Louise Mühlbach

Napoleon und der Wiener Kongress

Verone

Louise Mühlbach

Napoleon und der Wiener Kongress

1st Edition | ISBN: 978-9-92500-046-3

Place of Publication: Nikosia, Cyprus

Erscheinungsjahr: 2015

TP Verone Publishing House Ltd.

Werk der berühmten Schriftstellerin Louise Mühlbach, Nachdruck des Originals von 1861.

Napoleon in Deutschland.

Von

L. Mühlbach.

Vierter Band:

Napoleon und der Wiener Congreß.

Zweite Auflage.

Napoleon

und

der Wiener Congreß.

Von

L. Mühlbach.

Zweite Auflage.

Inhalt.

Erstes Buch.

Congreßgestalten.

1.

Das Fest im Prater.

Es war heute der erste Jahrestag der großen Völkerschlacht bei Leipzig,
der 18. Oktober 1814. Heute vor einem Jahr war die Macht des
Imperators gebrochen, heute vor einem Jahr hatte Deutschland aus
langer Ermattung und Schmach sich emporgerichtet und das Joch ab-
geschüttelt, unter dem es zwölf Jahre lang geseufzt und geblutet hatte.

Die Erinnerung an diesen großen Tag wollte man heute in Wien
besonders festlich begehen; der Congreß von Wien, der seit dem Ende
des September dort zusammengetreten war, wollte mit dieser öffentlichen großen Demonstration Deutschland beweisen, daß er wirkliche
patriotische Gefühle hege, und daß er ein Herz habe für das Ereigniß
der Befreiung Deutschlands. Die Welt, deren Augen jetzt auf Wien
gerichtet waren, sollte erkennen, daß die deutschen Fürsten und Diplomaten sehr wohl die Größe jenes Tages zu würdigen verständen, und
daß sie freudig bereit wären heute zu jubeln, zu essen und zu trinken
in Erinnerung des Tages, an welchem vor einem Jahr das deutsche
Volk sein Blut hingegeben für die Befreiung des Vaterlandes.

Ein großes militairisches Fest aber sollte heute im Prater gefeiert
werden. Ganz Wien freute sich darauf, ganz Wien strömte hinaus in
den Prater, um die Arrangements des Festes anzustaunen, um die
langen riesenhaften Tafeln zu bewundern, an denen heute eine Gesellschaft von sechszehntausend Personen speisen sollte. Sechszehntausend
Personen, welche der Kaiser Franz heute zur Tafel geladen, um das
Jahresfest der Niederlage seines Schwiegersohnes zu feiern.

Aber diese sechszehntausend Personen hatten indessen wohl ein

1 *

Recht Theil zu nehmen an den Erinnerungsfreuden jenes Tages, denn sie waren gewählt aus den Regimentern, welche heute vor einem Jahr mit in der Schlacht gestanden und sich ausgezeichnet hatten durch ruhmvolle Tapferkeit. Die Soldaten hatten Napoleon besiegt, deshalb also mußte das heutige Fest ein militairisches sein, und die Diplomaten, die Herren des Wiener Congresses, mußten es sich wohl heute gefallen lassen, in den Hintergrund zu treten und den Soldaten den Vorrang zu lassen, denn diese hatten ihre Siege schon mit ihrem Blut besiegelt, während jene ihre Siege erst noch mit ihrer Tinte zu bezeichnen hatten.

In den langen schattigen Laubgängen des Praters also sollte heute das militairische Fest statthaben. Selbst der Himmel schien Antheil zu nehmen an diesem Fest, denn er hatte in den letzten Tagen fortwährend eine reine, heitere Bläue gezeigt, als wollte er mit seiner Helle und mit seinem Glanz den Arbeitern leuchten, welche vom Aufgang der Sonne bis zum Einbruch der Nacht damit beschäftigt waren, im Prater die Vorbereitungen zu dem Fest zu machen, er hatte trotz der herbstlichen Jahreszeit durch die warmen Lüfte, die er hernieder sandte, durch die erquickenden Strahlen der Sonne das Laub der Bäume grün und frisch erhalten und den Blumen einen letzten Tag der Blüthe und der Schönheit aufbehalten; denn dieses Laub der Bäume wollte man benutzen zu den riesenlangen Guirlanden, welche rings um die Festtafeln von Baum zu Baum sich winden sollten, und diese letzten Herbstblumen waren dazu bestimmt in duftenden Sträußen die Tafeln zu zieren, an denen die Krieger sich niederlassen sollten zum frohen Erinnerungsmahl.

Alle Vorbereitungen waren jetzt beendet; auf den funfzig langen Tafeln inmitten des ungeheuren Platzes, den man nur dadurch gewonnen, daß man tausende von riesengroßen Bäumen abgehauen und schattige Alleen verschwinden gemacht hatte, um daraus einen Bankettsaal der Natur zu machen, auf diesen funfzig Tafeln waren alle Couverts geordnet, alle Embleme und Verzierungen angebracht. Die abgehauenen Bäume hatte man benutzt, um aus ihren dicken Stämmen Sitze zu bereiten, die oberhalb mit grünem Tuch beschlagen, unterhalb mit Laubgewinden geschmückt, gleichsam aus der Erde emporgewachsen schienen, um zu beweisen, daß nicht blos die Menschen, der Himmel und die Sonne, sondern auch die Erde zu diesem Feste ihre Liebesgabe darbringen wolle.

Es war ein schöner und imponirender Anblick, den dieser ungeheure Riesenplatz darbot. In der Mitte diese langen Tafeln mit ihren Converts, ihren Blumen, ihren in der Sonne funkelnden Gläsern uub Flaschen, ihren massenhaften Kuchen, ihren Bergen von Brod und Früchten, ringsum die hohen Tribünen, deren erhöhete lange Sitze mit purpurrothem Tuch bedeckt waren, deren Bedachungen von grünen Guirlanden und Blumenkränzen geschmückt waren, mit tausend und aber tausend Wimpeln, Flaggen und Fahnen, die in buntem Farbenspiel die Nationalflaggen aller der Völker und Länder trugen, welche im vergangenen Jahre Theil genommen an dem großen Kampf der Völkerschlacht bei Leipzig. Dort, von der großen Tribüne, auf welcher die beiden Kaiserinnen von Rußland und Oesterreich und alle die übrigen in Wien jetzt anwesenden souverainen Fürstinnen Platz nehmen sollten, dort stiegen an den vergoldeten Stangen die riesengroßen Fahnen von Oesterreich, Rußland und Preußen empor, die Fahnen der Hauptmächte, welche den Kampf gegen Napoleon geführt hatten; hier an der dicht neben der Damentribüne sich erhebenden großen Tribüne, auf der die kleineren Fürsten und Fürstinnen, die Diplomaten und Gesandten mit ihren Damen und ihrem Gefolge Platz nehmen sollten, wehten mehr denn funfzig Fahnen, Zeugniß ablegend von der deutschen Zerrissenheit und Zerstückelung, von den vielen deutschen Souverainetäten, die ihre Gesandten zu dem großen Congreß entboten, auf welchem Deutschland sich endlich Heilung suchen wollte für seine langen Leiden und Schmerzen, und sich seine Zukunft selber bestimmen, sein Glück sich gründen wollte. Unfern davon erhoben sich zwei andere Tribünen, auf denen der hohe Adel und das Gefolge der Kaiser, Könige und Fürsten und die hohen Staatsbeamten Oesterreichs ihre Plätze hatten, dann kamen wieder köstlich geschmückte Tribünen, welche die reichen Wiener Banquiers und Kaufleute für sich und ihre Damen hatten errichten lassen, und weiterhin dehnte sich die lange Reihe der Tribünen, welche die Speculation auf die öffentliche Neugierde errichtet hatte, und zu denen die einzelnen

Plätze zu enormen Preisen waren verkauft worden. Außerdem waren da noch die an den beiden Enden jeder der Tafeln angebrachten Tribünen für die Musici, hundert kleine Tribünen, zu deren Bemannung das ganze musikalische Böhmerland, das ganze melodiedurchrauschte Italien seine Bläser und Violinspieler, seine Paukenschläger, Flötisten, Cellisten, Trompeter ꝛc. entsandt hatte. Alle jene anderen Tribünen waren jetzt schon geschmückt mit den Glücklichen, welche entweder durch ihren Rang und ihre Stellung oder durch ihr Geld Plätze erhalten hatten. Aber es gab da nicht minder Glückliche, welche weder durch Rang und Stellung, noch durch Geld, sondern nur durch ihre eigene Geschicklichkeit sich Plätze verschafft hatten, das waren die Leute, welche in der Frühe des Morgens schon in den Prater gegangen waren, welche mit Katzenbehendigkeit die hohen Bäume, die als die Riesen-schildwachen der Natur rings den Platz einfaßten, erklettert hatten. Wie reife Früchte in den Zweigen hängend ließen sie ihre glühenden Pfirsichwangen, ihre lachenden Kirschenlippen, ihre gerötheten Aepfel-gesichter zwischen dem grünen Laub hervorschimmern, und hoch über dem kleinen Getriebe der Welt erhaben, schienen sie ganz überzeugt, daß das, was sich da zu ihren Füßen begab, nur ihnen allein zur Augenweide, nur ihnen zum unaussprechlichen Vergnügen bereitet sei. Tausende solcher glücklichen Zuschauer schwebten so über der Menge in den Lüften, das Fest aus der Vogelperspective genießend, und die Tausende und aber Tausende, die zu spät gekommen, die nicht mehr in den Prater zur rechten Zeit hatten gelangen können, um einen Platz auf den Bäumen oder zwischen den Tribünen zu finden, wogten in den weiter entfernten Alleen auf und ab, oder standen in undurchdringlichen Massen vor den Eingangspforten des Praters, des großen Moments harrend, wo die Herrscher mit ihren glänzenden Suiten, die fürstlichen Damen in ihren glänzenden Equipagen anlangen würden.

Auch auf den Tribünen herrschte jetzt schon eine lebhafte Span-nung und Ungeduld, denn die Stunde des Festes war jetzt herangerückt. Schon waren die Soldaten, die Theilhaber des Festes, mit klingendem Spiel, mit den Fahnen, welche bei Leipzig die Lüfte durchflattert hatten, geführt von ihren Regiments-Commandeuren, auf den Platz gerückt,

und hatten die Plätze eingenommen, welche die Festmarschälle, deren
an jeder Tafel sich vier befanden, mit den goldenen Stäben ihnen bezeichnet hatten. Hinter den Sitzen stehend harrten sie der Ankunft der
Souveraine, der Kaiser, Könige, Fürsten, Feldmarschälle und Generäle,
die heute in innigster Gemeinschaft mit ihnen das Festmahl einnehmen
wollten, und von denen an jeder dieser funfzig Tafeln Einer präsidiren
sollte. Die drei Mitteltafeln, an deren obersten Enden kostbar vergol-
dete, mit Purpursammet überzogene Fauteuils standen, schienen indeß
den Mittelpunkt des Ganzen zu bilden; an ihnen sollten die beiden
Kaiser und der König von Preußen präsidiren. An der Mitteltafel
Kaiser Alexander, an der Tafel ihm zur Rechten König Friedrich Wilhelm, und ihm zur Linken der Kaiser Franz. Weiterhin folgten dann
die Tafeln der Könige von Baiern und Württemberg, der Herzöge von
Baden, von Weimar, Koburg und Braunschweig, des Fürsten von
Schwarzenberg, der Erzherzöge von Oesterreich, der übrigen deutschen
Fürsten, und der russischen und deutschen Feldmarschälle.

Jetzt ließ sich in der Ferne ein unermeßliches Jubelgeschrei vernehmen, das wie das Gebrause des stürmenden Meeres näher und
näher heran rauschte, und in ungeheuren Accorden jetzt sich an den
Tafeln der Soldaten, von den Tribünen und hoch oben von den Bäumen wiederholte. Wie goldfunkelnde Sterne leuchtete es in der Ferne
auf, diese Sterne wurden größer und strahlender, die Wolke von Staub,
welche als Herold durch die große Allee daher flog, öffnete sich jetzt
und schien einen ganzen Himmel von Sternen, voll Purpurgluth und
Sonnenglanz auszuströmen. Es waren die Monarchen, welche in ihren
glänzenden Uniformen, die Brust bedeckt mit brillantnen Sternen und
breiten Ordensbändern daher kamen, begleitet von einem unermeßlichen
Gefolge von Fürsten und hohen Militairs in ihren goldgestickten Gewändern. Voran ritten die drei Monarchen von Rußland, Oesterreich
und Preußen; Alexander, strahlend von Schönheit, Jugend und Anmuth, Franz mit seinem kalten, gleichgültigen und gelangweilten Gesicht, Friedrich Wilhelm mit ernsten, fast traurigen Mienen. Wie sie
jetzt an der Tribüne vorüberkamen, auf welcher die Kaiserinnen so eben
ihre Plätze eingenommen hatten, verneigte sich der Kaiser Alexander mit

anmuthiger Courtoisie vor seiner Gemahlin, der Kaiserin Elisabeth; der Kaiser Franz grüßte seine Gemahlin, die Kaiserin Ludovica, mit einem freundlichen Kopfnicken; der König Friedrich Wilhelm ließ seine Augen langsam an der Tribüne dahin gleiten, und wandte dann den traurigen, sich verdüsternden Blick ernst und seufzend zum Himmel empor.

In diesem Moment traf das flammende Auge Alexanders das Antlitz seines Freundes, und mit einer raschen Bewegung reichte er dem König, neben welchem er ritt, seine Hand dar.

Armer, theurer Freund, sagte er innig, ich verstehe den Schmerz Ihres edlen Herzens. Sie sind traurig, und haben ein Recht dazu, denn Sie suchen vergeblich da drüben auf der Tribüne Ihre herrliche edle Gemahlin, und Sie sind betrübt, weil Sie sie nicht begrüßen können.

Sire, sagte der König mit einem wehmüthigen Lächeln, ich habe meine Louise dennoch so eben begrüßt, nur suchte ich sie nicht da drüben auf der Tribüne, sondern da oben im Himmel.

Sie haben Recht, rief Alexander bewegt, die Königin Louise war ein Engel, welche wieder zum Himmel emporgestiegen ist, und jetzt in seliger Verklärung auf uns niederschaut, sie —

Ein schmetternder Tusch, von den hundert Tribünen der Musici zu gleicher Zeit erschallend, übertönte jedes Wort, und ward wiederum fast übertönt von dem Jubelgebrüll der sechszehntausend Soldaten, an deren Tafeln die Monarchen jetzt eben langsam, freundlich grüßend nach beiden Seiten, dahin ritten.

Unter diesem Geschmetter der Fanfaren, diesem Jubelgeschrei der Soldaten und der Zuschauer schwangen sich die Fürsten von den Pferden und schritten jeder mit ihrem Gefolge zu den Tafeln hin, an denen sie zu präsidiren hatten.

Und jetzt schmetterten hier an der Tafel des Kaisers Alexander die Musici die russische Nationalhymne, dort an der Tafel des Kaisers Franz ertönte Haydn's: „Gott erhalte Franz den Kaiser", hier an der Tafel des Königs Friedrich Wilhelm schallte das: „Heil Dir im Siegerkranz", und weiterhin tönten die Volkshymnen von Baiern und Baden, von Württemberg und Braunschweig, von Hessen und Sachsen in einem rohwilden zerreißenden Chaos durcheinander.

Da haben Sie ein wundervolles Beispiel von der deutschen Einheit, flüsterte auf der Fremden-Tribüne eine junge Dame mit funkelnden Augen und lachendem Munde dem jungen, bleichen Mann in's Ohr, der neben ihr saß. Hören Sie nur, welche Dissonanzen das sind, und mit welchen Jammertönen sie unser Ohr zerreißen. Und doch sind es nur die deutschen Nationalhymnen, welche man uns da zum Besten giebt. Der Congreß sollte seine Thätigkeit damit beginnen, daß er den großen Beethoven, der ja auch hier in Wien anwesend ist, veranlaßte, eine deutsche Nationalhymne zu componiren, und daß er dann allen deutschen Stämmen beföhle, diese Nationalhymne allein zur Verherrlichung ihres kleinen Sonderpatriotismus abzusingen. Das wäre doch der Anfang der deutschen Einheit, die sonst von Congreßwegen nimmer und nimmer zu Stande kommen wird. Was meinen Sie zu meiner Idee, Herr von Sahla?

Ich meine, daß sie gut ist, gnädige Frau, sagte der junge Mann mit einem sanften Lächeln.

Die junge Dame runzelte die Stirn und ein zorniger Blick ihrer Augen traf den jungen Mann. Warum nennen Sie mich gnädige Frau? fragte sie heftig, warum nennen Sie mich so, da Sie doch wissen, daß ich das nicht bin. Oder vermeint der edle, tugendreiche Calatravaritter, es sei nöthig mir einen kleinen beschönigenden Schleier überzuwerfen, damit die tugendhafte Welt nicht vor meinem wahren Antlitz zu erröthen habe? Fort, fort mit dem Schleier; ich erröthe nicht vor mir selber, und es ist mir ganz gleichgültig, ob die tugendhafte Welt glaubt, es statt meiner thun zu müssen. Ein für alle Mal also, mein Herr, ich bin keine Frau, und am allerwenigsten eine gnädige Frau. Ich bin einfach und ohne Umschweife die Demoiselle Friederike Hänel, eines armen Uhrmachers älteste, eheleibliche Tochter, zur Zeit noch unvermählt. Ich bin hierher gekommen, weil ich mir die tolle, närrische Welt, die sich die kluge und vernünftige dünkt, ein wenig anschauen und beobachten wollte, und weil der edle und erhabene Freund, der einen Sonnenstrahl seines Herzens auf mich armes, zappelndes Menschengewürm niederfallen läßt, meine Anwesenheit hier wünscht, um nach den gelehrten, diplomatischen Conferenzen sich ein wenig an meinem höchst ungelehrten und undiplomatischem Geplauder zu zerstreuen. Bei diesem meinem erhabenen Freund hatte ich das Vergnügen, Sie heute Morgen zu treffen. Sie kamen, ihn um ein Billet für dies heutige Fest zu ersuchen. Er hatte nur noch ein Billet zur Fremden-Tribüne hier dicht neben mir. Ich bot mich an, Sie in meinem Wagen mit hierher zu nehmen; wir sind also als gute Freunde hierher gekommen, und damit wir es auch ferner bleiben, ist es nöthig, daß wir einander über unsere Positionen aufklären, und uns sagen, wer und was wir sind. Ich habe das meinige gethan. Jetzt ist an Ihnen die Reihe, und ich bitte Sie, mein Herr, machen Sie mir recht allerliebste und offenherzige Geständnisse, denn wir werden uns sonst von ganzem Herzen hier langweilen können.

Wie denn, langweilen? fragte Herr von Sahla erstaunt. Sie theilen also nicht den allgemeinen Enthusiasmus? Sie sind nicht entzückt, alle diese siegreichen Soldaten der Schlacht bei Leipzig, die Kaiser, Könige und Fürsten zu sehen, welche Deutschland von dem Joch des Tyrannen befreiten?

Ach, die haben das gethan? fragte Friederike. Ich bildete mir ein, das deutsche Volk hätte das zu Stande gebracht, und die Leichen, welche auf den deutschen Schlachtfeldern liegen, gehörten dem deutschen Volk an, und die Ströme von Blut, welche vergossen worden, seien aus den Adern des lieben leichtgläubigen deutschen Volkes geflossen. Aber Sie werden schon Recht haben, mein junger Freund, es wird bald heißen, daß diese paar Soldaten und diese Monarchen hier allein das große Werk der Befreiung zu Stande gebracht haben. Man wird die Soldaten mit erhöhtem Sold, mit Ordensbändern und Titeln belohnen, man wird sie Fürsten mit erbeutetem Land und neuen Unterthanen beschenken, — das wird die Arbeit des schönen Wiener Congresses werden, und vom lieben deutschen Volk wird weiter gar keine Rede sein. „Der Mohr hat seine Schuldigkeit gethan, der Mohr kann gehen."

Ja, ja, man wird die Fürsten mit erbeutetem Land belohnen, murmelte Herr von Sahla leise vor sich hin. Wehe ihnen aber, wehe, wenn sie es annehmen!

Sie werden es annehmen, mein Herr, rief Friederike lachend, sie werden es annehmen, zweifeln Sie nicht. Die Monarchen werden nicht so leichtgläubig und gutmüthig sein, wie das deutsche Volk, sie werden sich nicht mit Versprechungen abspeisen lassen! Schauen Sie einmal dorthin, mein Herr! Was sehen Sie da an den Tafeln, denen wir das Glück haben, ganz nahe zu sitzen?

Ich sehe da den Kaiser von Rußland und den König von Preußen, sagte Herr von Sahla, einen düstern Blick nach den Tafeln hinüber werfend.

Und was thun die beiden erlauchten Souveraine?

Sie essen von dem Braten, den man eben ihnen präsentirt hat!

Ja, sie essen von dem Lammbraten, mit dem Deutschland heute das Osterfest seiner Auferstehung feiert. Glauben Sie mir nur, dieser Lammbraten ist ziemlich hart und zähe, aber die Monarchen haben scharfe Zähne und sie essen den Braten, den Deutschland ihnen vorsetzt. Sie werden auch noch mehr Lämmer verspeisen, denn ihre Zähne sind scharf!

Und wo werden sie diese Lämmer finden? fragte Herr von Sahla ganz leise und kaum hörbar.

Friederike Hänel neigte sich dichter an sein Ohr. Der Kaiser von Rußland wird seine Lämmer in Polen finden, flüsterte sie.

Und der König von Preußen?

Nun, der wird sie in Sachsen suchen!

Aber er wird sie dort nicht finden, murmelte Herr von Sahla, zusammen zuckend, mit erbleichendem Antlitz.

Er wird sie dort finden, wenn der weise und erhabene Wiener Congreß ihm dazu die Berechtigung giebt.

Er wird es nicht thun! rief Herr von Sahla fast laut.

Wer wird ihn daran hindern?

Diejenigen eben, welche Sie genannt haben, die Herren des Wiener Congresses! Sie werden es nicht dulden, daß Preußen sich widerrechtlich bereichere auf Kosten des armen, unschuldigen Sachsens, das schon so viel gelitten, so viel geblutet hat. Sie werden unsern König Friedrich August nicht strafen wollen, weil er nicht blos, wie die Andern, in den Tagen seiner Größe dem Kaiser Napoleon gehuldigt und ihm Treue und Ergebenheit gelobt hat, sondern weil er dem Bundesgenossen diese Treue auch bewahrt hat in den Zeiten seines Unglücks und seiner Erniedrigung. Sie werden ein selbstständiges, edles Volk nicht verschenken wollen, wie eine Waare, die man heute Diesem, morgen Jenem verkauft, sie werden deutsche Herzen nicht zwingen wollen, seiner Liebe zu seinem angestammten alten Königshause zu entsagen, und einem neuen Herrscher sich zu geloben, während ihr König und ihr Herr, dem sie Liebe und Treue geschworen, noch lebt, und sie zu sich ruft mit seinen Thränen und seinen Seufzern! Oesterreich wird es nicht zugeben, daß sich Preußen auf so widerrechtliche Art bereichere, Baiern und Würtemberg werden dagegen protestiren, daß sich Preußen auf Kosten eines deutschen Volkes so stark machen wolle; England wird in seiner Loyalität einen solchen Raub nicht billigen und sanctioniren, und endlich Frankreich, das neue Frankreich, das durch die nächsten Bande der Verwandtschaft mit Sachsen verknüpft ist, Frankreich wird es nicht dulden, daß dieses Sachsen, dessen unglücklicher König der Oheim des Königs von Frankreich ist, jetzt dem ländergierigen Preußen als Siegespreis hingeschleudert werde!

Ah, Sie berühren da mit keckem Finger die Wunde, an welcher der Congreß blutet, bevor er noch zu wirken begonnen hat, rief Friederike lachend, bevor die Herren Diplomaten noch ihre Zungen und ihre Federn in Bewegung gesetzt haben! Aber Sie werden sehen, daß die Herren Diplomaten schon ein Pflaster erfinden werden, um diese Wunde zu schließen, und daß sie Preußen als Wundarzt und Pflasterschmierer dabei engagiren werden. Ja, ja, glauben Sie mir, Preußen hält sich schon ein Pflaster für das unglückliche, blutende Sachsen bereit, und es wird es auf Eure Wunden drücken, daß sie nicht mehr bluten, und auf Eure Lippen, daß sie nicht mehr schreien können. Hoffen sie nicht zu viel auf die Redlichkeit und die Treue der Diplomaten. Sachsen ist für sie nur eine offene Frage, und der König von Sachsen ist ein armer, schwacher Greis, der weder Orden, noch Brillanten, noch Titel und Ehren zu bieten hat, ein armer Bittsteller, der mit seinem guten Recht vor den Thüren der Mächtigen betteln geht. Die Mächtigen werden ihm also ihre Thüren verschließen und sich des unbequemen Bittstellers entledigen, damit er sie nicht untereinander in Unfrieden und Krieg verwickele. Man wird Sachsen opfern, um dafür sich selber den Frieden zu sichern!

Nun, wenn dem so ist, rief Herr von Sahla, seine düstern Blicke zum Himmel erhebend, wenn die Menschen das unglückliche Sachsen und seinen trauernden König verlassen, dann wird Gott da sein, sich unserer zu erbarmen, dann wird Gott sprechen, und wenn er das Unrecht nicht hindert, so wird er es wenigstens strafen, so wird er den Arm eines Rächers bewaffnen, daß er das an dem heiligen Völkerrecht begangene Verbrechen züchtige, daß er —

Still, junger Mann, still, flüsterte Friederike, ihm hastig die Hand auf die Schulter legend, Sie sprechen so laut, daß nicht ich allein, sondern auch Andere Sie verstehen, und Ihre Worte deuten können.

Nein, Niemand versteht mich außer Ihnen, sagte Herr von Sahla, einen raschen Blick rings um sich werfend, hören Sie und sehen Sie nur! Wir sind ja auf der Tribüne der Fremden, es sind keine deutschen Physiognomien, welche uns hier umgeben, vor uns und uns zur Seite spricht man italienisch, hinter uns französisch. Die Franzosen und die Italiener aber halten es nicht der Mühe werth, unsere deutsche Sprache zu erlernen, denn sie wissen sehr wohl, daß die Deutschen mit ihrer Vorliebe für alles Fremde und Ausländische gern alle fremden Sprachen lernen, um mit jedem Fremden, der ihnen die Ehre erzeigt, sie zu besuchen, in seiner Sprache zu reden.

Sie haben Recht, es sind gar gutmüthige, gelehrte Leute, die lieben Deutschen, lachte Friederike, jeder von ihnen ist ein gebornes Sprachgenie. Selbst mein guter Vater, der sonst wenig Anderes versteht, als die Räder seiner Uhren in Bewegung zu setzen, hat es doch für nöthig befunden, die Sprache meiner Mutter zu erlernen, damit sie nicht die Mühe haben sollte, die Sprache ihres Herrn und Gatten zu erlernen.

Ihre Mutter also ist keine Deutsche? fragte Herr von Sahla.

Nein, mein Herr, ich habe die Ehre eine halbe Französin zu sein. Meine Mutter ist eine Französin von uraltem Adelsgeschlecht, eine geborne Marquise von Barbasson. Aber ihr Name ist das Einzige, was uns von den alten Ahnenschlössern unsers Hauses geblieben ist, und die Noth hatte die hochgeborne französische Marquise zu der Mesalliance mit dem niedrig gebornen deutschen Uhrmacher gezwungen. Ich bin nur eine halbe Deutsche!

So wie ich nur ein halber Deutscher bin, sagte Herr von Sahla. Meine Mutter ist eine geborne Polin, deren Familie reiche Güter besaß, die aber mit dem letzten Sturz Polens verloren gegangen und an Rußland gekommen sind. Man zog die Güter der Familie meiner Mutter ein, weil man die polnischen Patrioten, welche die Zerstückelung ihres Landes nicht gutwillig dulden wollten, für Verräther erklärte, und sie aus ihrem Vaterlande verjagte, wenn man sie nicht nach Sibirien schickte.

Ach, mein armer junger Freund, in der That, Sie haben Unglück, rief Friederike, Sie gehören von Vater und von Mutter her zu den brennenden Fragen unseres lieben Congresses. Ihr Vater ist ein Sohn dieses unglücklichen Sachsens, das Preußen erbeuten will, Ihre Mutter eine Tochter des noch unglücklicheren Polens, das Rußland schon halb verspeist, und welches ihm so vortrefflich geschmeckt hat, daß es jetzt auch die andere Hälfte sich noch pour la bonne bouche aneignen möchte! Jetzt begreife ich vollkommen Ihren Grimm, und ich darf sagen, ich bedaure Sie!

Herr von Sahla neigte sich dichter zu ihr. Werden Sie, statt mich zu bedauern, mir nicht auch helfen wollen? fragte er. Werden Sie, welche mächtig und einflußreich sind, Sie, welche ein edles, großmüthiges Herz haben, werden Sie meinem unglücklichen Vaterland, das durch mich seine Hände flehend zu Ihnen erhebt, meinem unglücklichen König, der durch mich zu Ihnen spricht, nicht Ihre hülfreiche Hand reichen?

Still, oh still, flüsterte Friederike leise und rasch, Sie betreten da ein Gebiet, das zu gefährlich und zu verfänglich ist, um anders als in der Stille und mit vier unbewachten Augen betrachtet zu werden. Wir wollen über diese Dinge plaudern, wenn wir wieder allein in meinem Wagen sitzen. Dort sollen Sie meine Antwort empfangen.

Jetzt sprechen wir von etwas Anderem! Aber horch, was bedeutet dieses ungeheure Jubelgeschrei?

Es bedeutet, daß der Kaiser Alexander sich von seinem Sitz erhoben hat, und wie es scheint, einen Toast ausbringt. Hören Sie nur, er spricht jetzt, und Alles hört ihm zu in athemloser Andacht.

In der That, weithin über den unermeßlichen Platz hörte man jetzt die klare und volltönende Stimme des Kaisers Alexander, der das Glas mit purpurrothem Wein hoch emporhaltend, mit strahlendem Angesicht und lebhaftem Redefluß zu der Versammlung sprach.

Als er geendet, erhob sich auf's Neue weitschallender unermeßlicher Jubel, der nicht blos von den Tischen der Soldaten, sondern auch von den Tribünen ertönte. Ueberall hatte man sich, sobald der Kaiser zu sprechen begonnen, von seinen Sitzen erhoben, die Herren Diplomaten in der Fremdenloge hatten ihre Häupter entblößt und schauten mit ehrerbietiger und unterwürfiger Miene zu dem jungen Kaiser hin, den seine Schmeichler den „Agamemnon“, seine Freundinnen den „Engel“ nannten. Die Damen, welche hinter den beiden Kaiserinnen auf der Tribüne saßen, hatten sich erhoben, und schauten mit glühenden Wangen und blitzenden Augen zu dem schönen Kaiser hin, der jetzt seit seiner Anwesenheit in Wien alle Herzen beschäftigte, alle Sehnsucht und alle Wünsche in sich vereinigte, und neben dem alle deutschen Fürsten im Schatten standen. Die Kaiserin Elisabeth auch blickte mit entzücktem schwärmerischem Ausdruck hinüber zu dem Gemahl, und seine Stimme traf ihr Ohr, wie süße Musik. Aber diese Musik schien ihrem Herzen nur wehmüthige Gefühle zu erregen, denn sie seufzte tief auf, und ein schmerzliches Zucken flog durch ihre Züge hin. Dann wandte sie mit einer hastigen Bewegung das Haupt um, nach jener Seite, wo die Ehrendamen der österreichischen Kaiserin saßen. Mit einem scharfen schnellen Blick richteten sich die Augen der Kaiserin Elisabeth auf eine junge Dame, deren zarte, liebliche Erscheinung, deren reine, erhabene Schönheit, deren anmuthsvolle Gestalt allerdings im Stande war, die Blicke zu fesseln, und Aller Augen auf sich zu ziehen. Die junge Dame aber gewahrte nicht das Anschauen Elisabeth's, ihre großen schwarzen Augen, aus denen eine tiefe innere Gluth strahlte, waren

hinüber gewandt nach dem Kaiser, ein wundervolles Lächeln um=
spielte ihre purpurrothen Lippen, eine leise zarte Röthe überhauchte, je
länger Alexander sprach, ihre Wangen von durchsichtiger Blässe. Auf
einmal, vielleicht von den so forschend auf sie gehefteten Blicken der
Kaiserin angezogen, wandte die junge Dame das Auge von dem Kaiser
ab, und warf einen raschen verstohlenen Blick auf die Gemahlin
Alexanders. Ihre Augen begegneten jetzt den forschenden, durch=
bohrenden Blicken der Kaiserin, und sofort übergoß eine tiefe Purpur=
gluth die Wangen, das ganze Angesicht, den Hals der jungen Dame,
sie senkte die Augenlider, und ließ sich, wie in innerem Schrecken er=
bebend, rasch auf ihren Sitz niedergleiten.

Die Kaiserin seufzte tief auf, und so bang und schmerzlich war
dieser Seufzer, daß die Großfürstin Catharina, welche neben der
Kaiserin saß, sich ganz beängstigt ihrer Schwägerin zuwandte.

Weshalb seufzen Sie, meine Schwester? fragte sie theilnahmsvoll.
Sind Sie leidend?

Ja, ich leide, sagte Elisabeth leise, blicken Sie seitwärts, Catha=
rina, sehen Sie, wie schön und lieblich die Gräfin Auersperg ist.

Die Großfürstin lächelte. Arme Schwester, sagte sie, ich verstehe
Sie. Gabriele Auersperg ist sehr schön, und mein Bruder Alexander
hat Augen für die Schönheit. Er hat bei seiner Classification der
Wiener Schönheiten, welche Classification jetzt in allen Salons circulirt,
die Gräfin Auersperg bezeichnet, als „la beauté qui inspire seule du
vrai sentiment.“*)

Ja, murmelte die Kaiserin leise vor sich hin, es ist eine öffentliche
Liebeserklärung, und ich, — ich liebe ihn! Ach, Katharina, ich liebe
ihn, und er sieht es nicht und weiß es nicht!

Sagen Sie es ihm, Elisabeth, und er wird es wissen, und sein
edles und großes Herz wird sich Ihnen in dankbarer Gegenliebe zu=
neigen, flüsterte Katharina.

Ich soll um seine Gegenliebe betteln? fragte Elisabeth. Nie, nie=
mals! Der Wille der Kaiserin Katharina hat uns vermählt, als wir

---

*) Aus „Karl von Nostiz Leben und Briefwechsel“. S. 144.

Beide noch zu jung waren, unsere eigenen Herzen zu verstehen. Was kann Alexander dafür, daß sein Herz mich auch später nie verstehen wollte, während das meine in Liebe zu ihm bald sich selber verstand?

Die Großfürstin Katharina schaute ihre sanfte Schwägerin mit flammenden Augen an. Wenn ich an Ihrer Stelle wäre, Elisabeth, so würde ich wohl wissen, was ich zu thun hätte!

Und was würden Sie thun, meine Schwester?

Ich würde nicht schmachten und seufzen und dulden, sondern ich würde kämpfen und ringen um den Besitz meines Gemahls, ich würde ihn zu dem Geständniß zwingen, daß ich auch eine beauté wäre, qui inspire du vrai sentiment.

Und wenn Ihr Bemühen vergeblich wäre? Wenn Sie sein Herz nicht zu zwingen vermöchten?

Dann würde ich mich rächen, dann —

Die dritte Salve des donnernden Vivats, welches der Rede des Kaisers gefolgt war, erschallte eben und übertönte die Worte der Großfürstin.

II.

Die Diplomaten des Congresses.

Ein wahrer Freudentaumel, ein Rausch des Entzückens hatte sich Aller bemächtigt, immer auf's Neue jubelte man dem Kaiser entgegen, immer auf's Neue tönten die Fanfaren und Vivats.

Haben Sie etwas verstanden von der Rede des Kaisers? fragte Friederike Hänel, als endlich wieder Stille eingetreten war. Haben Sie begriffen, was so unermeßlichen Jubel erregt hat?

Ja, sagte Herr von Sahla mit einem leisen Lächeln, ich habe verstanden, was der russische Kaiser sprach. Er trank auf das Wohl und die Einheit Deutschlands und der deutschen Fürsten.

Ach, er trank auf die Einheit Deutschlands, der edle ruffifche Kaifer, rief Friederike lachend. Nun, er weiß beffer, als irgend ein Anderer, was das heißt, Einheit Deutschlands. Er hat davon in den Feldzügen der vergangenen Jahre manch angenehmes Beifpiel erlebt, und er hat gefehen, daß die lieben Deutfchen, wenn fie fich bei einander finden, fich ungefähr eben fo einig und verträglich miteinander fühlen, als die Katzen und die Hunde, die Habichte und Tauben, die Adler und Kaninchen, die Wölfe und Lämmer es nur irgend vermögen, wenn fie in Einem Raum zufammengepfercht werden. Aber was geht uns die Politik an; wir find ja nicht hierher gekommen, um uns zu langweilen, fondern um uns zu amüfiren. Amüfiren wir uns alfo! Erzählen wir uns ein wenig von der chronique scandaleuse, von den kleinen Frauencongreffen und den allerliebften Intriguen der Salons.

Ich weiß nichts davon zu erzählen, fagte Herr von Sahla feufzend. Ich bin, wie Sie wiffen, aus dem unglücklichen Sachfen hierher gekommen, und man weiß, daß meine Familie dem armen König von Sachfen in treuer Ergebenheit angehört. Ich habe daher alle Thüren verfchloffen, alle Salons unerreichbar gefunden, und ich weiß nichts von Allem, was fich unter der Diplomatie in den Salons begiebt.

Aber ich weiß defto mehr davon, obwohl ich auch nicht fagen kann, daß fich mir die Salons gerade bereitwillig eröffnen, aber ich habe meinen eigenen Salon, und wenn dahin auch keine Damen der höhern Gefellfchaft kommen, fo kommen doch defto mehr Herren, und diefe Herren Diplomaten find jetzt fchwatzhaft wie die Elftern. Ich glaube, fie fchwatzen fo viel, weil fie fo wenig zu fagen wiffen. Ob der Congreß der Diplomaten fich auf die Politik verfteht, das werden wir erft fpäter erfahren, aber daß er fich auf die On dit des Tages und auf die chronique scandaleuse und auf Bälle und Feftlichkeiten verfteht, das wird Niemand leugnen können. Seit mehr denn einem halben Monat ift der ganze Congreß mit allen feinen Fürftenhäuptern bereits in Wien verfammelt, und noch ift der diplomatifche Congreß nicht eröffnet, noch hat keine einzige Sitzung ftattgefunden. Mein Gott, die Herren Diplomaten haben keine Zeit dazu gehabt, fie hatten viel ernfthaftere Dinge zu thun, fie mußten Diners und Bälle besuchen, sich Costüme zu Maskenbällen und kleinen allerliebsten Theater-Aufführungen besorgen, mußten ihre Rollen, ich meine nicht die, welche sie auf dem Congreß spielen wollten, sondern die, welche sie in den Theaterstücken spielten, auswendig lernen, Proben halten; genug, sie hatten durchaus keine Zeit übrig, um sich mit politischen Angelegenheiten zu beschäftigen. Ich hoffe, Sie sehen das ein, mein Herr, und sind nicht so vermessen, die Herren Congreßmitglieder der Saumseligkeit anzuklagen.

Nein, gewiß nicht, höchstens zu großer Seligkeit möchte ich sie anklagen, und sie bitten, dem deutschen Volk, das noch immer in Ungewißheit, in Trauer und Angst bei Seite steht, ein wenig von der Seligkeit, die sie empfinden, abzugeben. Aber erlauben Sie mir doch eine Frage? In welcher Sprache unterhält man sich denn eigentlich in den hiesigen Salons und bei den Festlichkeiten? Werden die Theaterstücke, welche man aufführt, in deutscher Sprache gespielt?

In deutscher Sprache? Wo denken Sie hin. Dann würde es ja Niemand verstehen, und wie wenig Bildung und Feinheit das beweisen würde, wenn man Deutsch spräche, und deutsche Komödien spielte! Wie sollten sich denn die Deutschen mitsammen verstehen, wenn sie nicht Französisch miteinander sprächen? Glauben Sie etwa, daß der König von Preußen es verstehen würde, wenn man ihm hier auf gut Wienerisch etwas vorspielte, oder daß der Kaiser von Oesterreich eine Sylbe verstände, wenn man ihm den norddeutschen Dialekt zum Besten gäbe? Nein, nein, die guten Deutschen aus Nord und Süd, und Ost und West verstehen sich nur unter einander, wenn sie Französisch sprechen, und es ist daher ganz natürlich, daß man jetzt hier in Wien nur Französisch spricht. Mein Gott, auf Französisch kann man so viele hübsche Worte machen, ohne ein einziges Wort zu sagen, und das ist den Diplomaten gerade angenehm. Wenn sie hier erst Deutsch miteinander reden, dann wird bald ein neuer Krieg vor der Thür sein.

Oh Deutschland, armes betrogenes Deutschland, murmelte Herr von Sahla leise vor sich hin, mit schmerzlichem Ausdruck zum Himmel empor schauend. Wie viel hast Du gelitten, und wie viel wirst Du noch leiden müssen. Zehn Jahre hast Du geduldet unter dem Druck der Tyrannei, und jetzt, —

Jetzt wirst Du das alte Joch wieder auf Deine Schultern nehmen, und fein still und geduldig fein, unterbrach ihn Friederike lachend. Sprechen wir nicht von Deutschland, mein Herr. Was soll der Ritter von der traurigen Gestalt bei unserm heitern Volksfest, bei unserm imposanten Erinnerungsjubel? Schauen wir lieber ein wenig hinüber nach der Tribüne der Fürstinnen und Damen dort. Welch ein reicher Kranz herrlicher Blumen da die beiden Kaiserinnen umgiebt. Mein Herr, ich bitte, wenn Sie den Wiener Congreß studiren wollen, so sehen Sie nicht auf die Diplomatentribüne, sondern auf die Damentribüne, da finden Sie die eigentlichen Lenkerinnen des Congresses und der Politik. Da ist zuerst die Großfürstin Katharina, die Dame, um welche Napoleon warb, bevor er sich der Kaiserstochter von Oesterreich vermählte. Katharina, in ihrem energischen Haß gegen Napoleon, und fürchtend, daß ihr Bruder, der Kaiser, ihr am Ende die Vermählung mit Alexanders Herzensfreund, Napoleon, befehlen werde, Katharina bewog ihre Mutter, sie lieber dem ersten besten kleinen Fürsten zu vermählen, als sie noch länger der Gefahr dieses verhaßten Bündnisses auszusetzen. So ward sie denn in aller Eile die Gemahlin des Herzogs von Oldenburg, und schützte sich durch diese Ehe vor dem Unglück, Kaiserin von Frankreich zu werden. Jetzt ist Katharina Wittwe, doch wie man sagt, wirbt der Kronprinz von Würtemberg um die stolze, schöne Kaiserstochter. Aber es werben auch sonst noch um sie alle Diplomaten und Politiker, denn Katharina ist einflußreich, und ihr Bruder, der Kaiser Alexander, läßt sie Theil nehmen an seiner Politik und sich von ihren Ansichten bestimmen. Außerdem ist Katharina die Freundin des Herrn vom Stein, der hier als russischer Bevollmächtigter auf dem Congreß fungirt, und mit seiner Grobheit, seiner Rücksichtslosigkeit und Aufgeblasenheit alle Welt in Schrecken setzt. Gleich ihm, haßt sie Alles, was französisch ist, gleich ihm sieht sie für Deutschland nur das Heil in der engen Verknüpfung mit Rußland, und diese zu erstreben, das ist die Aufgabe, die sie sich selber gestellt hat.

Und die Kaiserin? Besitzt diese edle schöne Frau keinen Einfluß auf ihren Gemahl? Man sagt doch, daß sie ihn sehr innig lieben soll.

Vielleicht wär's besser, sie liebte ihn weniger, das würde den Kaiser reizen, um ihre Liebe zu werben. Die Männer sind ja so seltsam närrisch, daß nur das sie reizt, was sich ihnen zu entziehen scheint. Die sanfte schöne Kaiserin sollte von den beiden Damen, welche da auf der Bank hinter ihr sitzen, vor allen Dingen lernen, wie man die Männer boudiren und sekkiren muß, um sie zu beherrschen. Sehen Sie diese beiden Damen, welche ich meine? Zuerst diese Dame da mit dem überaus zarten Teint von durchsichtiger Weiße, die Wangen sanft überhaucht von einem zarten Roth, diese Dame mit den regel= mäßigen und doch leicht beweglichen Zügen, mit den großen ausdrucks= vollen Augen und den sanft geschwellten purpurnen Lippen, das ist die Fürstin Bagration. Oh, ich rathe Ihnen, sehen Sie sie recht genau an, und wenn Ihnen Ihre Ruhe und Ihr Leben werth ist, so hüten Sie sich vor dieser Frau, die glühend und stolz ist, wie eine Andalu= sierin, rachsüchtig wie eine Römerin, üppig und verschwenderisch wie eine Creolin, grausam und herzlos wie eine Russin, listig und intri= guant wie eine Französin. Ich wiederhole Ihnen, sehen Sie sich diese Frau genau an, denn sie ist eine der mächtigsten Erscheinungen des Congresses, und was sie erreichen will, das wird sie erreichen, sei's mit List oder mit Gewalt, mit Haß oder mit Liebe, sei's mit Gift und Dolch, oder mit Hingebung und Erniedrigung. Sie ist die langjährige Freundin und Vertraute des Fürsten Metternich, den sie einst leiden= schaftlich geliebt, und den sie vielleicht noch liebt, so viel als ihr er= mattetes Herz es vermag, und es ihrem Vortheil angemessen ist. Metternich freilich hat sie nie geliebt, aber er hat sich doch den An= schein gegeben, und er thut es auch jetzt noch, denn die Fürstin Bagration ist für ihn eine sehr wichtige Person, da sie von großem Einfluß auf den Kaiser Alexander ist, und zugleich mit den Diplo= maten England's in sehr gutem Vernehmen steht. England bedarf einer Vermittlerin zwischen sich und Rußland, und die Fürstin Bagration bedarf sehr vielen Geldes; ihre Börse ist wie ein Danaidenfaß, durch das russisches, österreichisches und englisches Gold in gleichmäßiger

Schnelle und in unaufhörlichem Strom hindurch fließt. Sehen Sie nur, da läßt die Fürstin den zobelbesetzten Sammetüberwurf von ihren Schultern gleiten. Nicht wahr, diese Schultern sind schön, so durchsichtig weiß, so edel geformt? Ja, ja, die Fürstin Bagration hat eine wundervolle Büste, und sie ist so großmüthig, diese so viel als möglich alle Welt sehen zu lassen. Man hat ihr daher in der Salonwelt seit langer Zeit den Zunamen: „belle ange nue“ gegeben, und alle Welt versichert, daß sie diesem Namen Ehre macht.*)

Und ihr Gemahl, der Fürst Bagration? Er ist nicht eifersüchtig, wie es scheint?

Er ist klug genug gewesen, zu rechter Zeit zu sterben, und seiner Gemahlin, der er unbequem war, aus dem Wege zu gehen. Er fiel 1812 in der Schlacht von Mosaisk, und die Fürstin schwört jetzt, daß dieser Tod ihres Gemahls die Haupttriebfeder ihres Hasses gegen Napoleon ist. Denn ich sage Ihnen, die Fürstin Bagration ist eine der glühendsten Feindinnen Bonaparte's, und sie und ihr großer Freund, der Graf Pozzo di Borgo, können es nie verwinden, daß man dem gefallenen Cäsaren erlaubt hat, auf Elba seine frühere Herrlichkeit als Schattenspiel an der Wand zu repetiren. Uebrigens, was fällt mir da ein, — Sie müßten sich eigentlich an die Fürstin Bagration wenden, denn die Dame ist eine halbe Landsmännin von Ihnen, eine geborne Polin, die Tochter des polnischen Generals Grafen Paul Skrawnesky. Vielleicht, wenn Sie das Glück haben, ihr zu gefallen, schafft sie Ihnen einige von den eingezogenen Gütern Ihrer Mutter wieder.

Ich bin nicht hier, um für mich selber zu feilschen und zu betteln, sagte Herr von Sahla düster. Mein Leben, meine Interessen und Gedanken gehören allein meinem Vaterland und meinem König. Für Sachsen allein will ich handeln, sprechen und wirken, und wenn es sein muß, mich demüthigen und betteln! Die Fürstin Bagration wird sich nicht für Sachsen interessiren, denn unser König ist arm, er hat ihr keine Schätze und keine Brillanten zu bieten, und sie wird daher für sein Unglück keine Theilnahme haben.

---

*) Hormayr: Kaiser Franz und Metternich. Ein Fragment. S. 87.

Wer weiß, sagte Friederike lächelnd, sie ist so eigensinnig und capriciös, wie nur je ihr Oheim es war, und man kann daher gar nicht berechnen, was sie thun wird. Sie ist die Großnichte des allmächtigen Günstlings Katharinens, des großen Potemkin, der Katharina vor sich zittern machte, dem alle Fürsten Europa's, selbst Friedrich der Große, schmeichelten und huldigten, der die ganze Welt unter seine Füße trat, mit seinem fabelhaften Luxus in jedem Jahr Millionen verschwendete, und der doch zuletzt auf offener Landstraße, am Rande eines Grabens liegend, sein Leben aushauchte. Aber wir haben uns zu lange bei der schönen Bagration verweilt. Wenden Sie jetzt Ihre Augen von ihr ab, auf ihre Nachbarin, auf die zweite Puissance des Congresses. Sehen Sie da diese schöne Frau in dem veilchenblauen Sammetanzug, und dem weißen mit Rosen verzierten Spitzenhütchen über dem gekräuselten Haar?

Ich sehe sie, sagte Herr von Sahla. Sie spricht so eben mit der Fürstin Bagration, und sehen Sie nur, jetzt neigt sie sich und drückt einen Kuß auf die Schultern der belle ange uue.

Ich sehe, und ich weiß, daß sie nicht blos die Hälfte ihres Landes, sondern sogar zwei Jahre ihres Lebens darum geben würde, wenn sie die schöne Fürstin Bagration, ihre Freundin, welche sie haßt und verabscheut, mit diesem Kuß vergiften könnte.

Oh, wie heißt sie denn, diese reizende Frau, die küßt, wenn sie haßt, und zärtlich ist, wenn sie verwünscht?

Sie heißt: Herzogin Wilhelmine von Sagan, oder, wenn Sie wollen, Prinzessin Rohan, denn sie war fünf Jahre mit dem Prinzen Rohan vermählt; oder, wenn es Ihnen schöner klingt, Fürstin Trubetzkoi, denn nachdem sie sich von Rohan hatte scheiden lassen, war sie mit dem Fürsten Trubetzkoi vermählt, von dem sie sich aber schon nach einem Jahr wieder scheiden ließ. Darauf hat sie, wie die schönen Schlangen, welche alljährlich ihre glänzende Haut abwerfen, um sich mit einer andern zu schmücken, die beiden Schlangenhäute ihrer Ehen und den Namen ihrer Männer abgeworfen, und nennt sich bis auf Weiteres jetzt nach ihren ererbten Besitzungen Herzogin zu Sagan, bis auf Weiteres! Denn wenn die Fürstin Metternich heute oder morgen

sterben sollte, so würde die Herzogin von Sagan sich vielleicht ent=
schließen, Metternichs Hand anzunehmen, sei's auch nur, um endlich
sich darüber zu entscheiden, ob sie ihn liebt oder haßt, ob sie seine Freundin
oder seine Feindin ist, ob sie ihn nur deshalb verabscheut, weil er neben
ihr noch funfzig anderen Frauen den Hof macht, oder ob sie ihn nur
deshalb liebt, weil noch funfzig andere Frauen ihn lieben und ihr seine
Person streitig machen. Aber die Fürstin Metternich lebt, und sie ist
viel zu boshaft, um ihren Nebenbuhlerinnen den Gefallen zu thun, die
Hand ihres schönen Gemahls frei zu geben, und ihn zum Wittwer zu
machen. Die Herzogin von Sagan aber ist Metternichs politische
Nymphe Egeria, und an dem Born ihrer Weisheit und Welterfahren=
heit trinkt er sich dieselbe Erkenntniß, welche sich einst Eva aus dem
von der Schlange ihr dargereichten Apfel aß. Die Herzogin ist aber
außerdem bei dem Kaiser von Rußland noch einflußreicher als die Fürstin
Bagration, denn sie ist geistreicher, und sie versteht Etwas, was der
leichtfertigen Bagration ganz unmöglich ist, sie versteht es, auf die
frommen Schwärmereien des Kaisers einzugehen, und wenn sie die
Stimmung dazu anwandelt, oder wenn der Schatten seines ermordeten
Vaters, des Kaisers Paul, mit drohendem Auge an ihm vorüberschweift,
mit dem Kaiser zu beten, und von Gott und den göttlichen Dingen zu
schwärmen. Es kommt nun darauf an, ob Fürst Metternich es ver=
stehen wird, die Herzogin auch jetzt noch als seine Freundin zu bewahren,
und sie seinen Interessen geneigt zu erhalten, wenn nicht, wird sie seine
mächtige Feindin werden, und sie wird ihn stürzen, dessen seien Sie
gewiß! Man sagt, daß der Kaiser Alexander ihm überdies nicht sehr
geneigt sei, und die Herzogin von Sagan ist eine viel zu geistreiche und
welterfahrene Frau, um, wenn sie die Wahl hat zwischen der zweifel=
haften Freundschaft eines österreichischen Ministers, und der mächtigen
Gunst eines russischen Kaisers, nicht lieber den Letztern zu bewahren,
und den Ersteren fallen zu lassen. Oh, es wird allerliebste Salon=
kämpfe auf diesem Congreß geben, und die Absichten und Zwecke des
Congresses werden nicht in den Sitzungen der Diplomaten, sondern in
den Salons und den Boudoirs der Damen entschieden werden.

Und ich werde aus diesen Salons und diesen Boudoirs ausgeschlossen sein, seufzte Herr von Sahla leise.

Nein, sagte Friederike ebenso leise, Sie werden mein Boudoir geöffnet finden, und es kommt nur auf Sie an, ob Sie mir helfen wollen, auch einen Salon zu eröffnen. Wenn wir allein sind, werden wir weiter davon reden. Lassen Sie uns jetzt noch ein Bischen nach den Damen hinüber schauen. Aber was ist das? Die Kaiserinnen erheben sich, und alle Damen folgen ihrem Beispiel?

Auch die Kaiser und Könige haben sich von ihren Sitzen erhoben, das Gastmahl ist beendet, sagte Herr von Sahla. Die Soldaten erheben sich. Nun wird man mit ungeheurer Geschwindigkeit die Tafeln forträumen, und dann werden die Spiele und Volksbelustigungen beginnen, denen nach dem Programm der Kaiser Franz mit seinen erhabenen Gästen vom Balcon des Lusthauses im Prater zuschauen wird.

Aber da wir leider nicht zu den erhabenen Gästen des Kaisers Franz gehören, sagte Friederike lachend, so werden wir nicht in das Lusthaus gelangen können und müssen uns entweder in das frohe Volksgetümmel stürzen, oder unsere Beobachtungen von hier aus fortsetzen.

Thun wir das, oh thun wir das, rief Herr von Sahla lebhaft. Was kümmert mich das Volk mit seiner furchtbaren Lustigkeit, was kümmert mich diese zur Schau getragene Cordialität und Herrlichkeit zwischen den Fürsten, was kümmert mich dieses ganze Fest der Vergangenheit, mich, für den nur die Gegenwart und die Zukunft Interesse hat. Sehen Sie alle diese lächelnden Gesichter, diese Herzlichkeit und Freundlichkeit, hören Sie dieses laute Freudengeschrei, das die Fürsten auf jedem Schritt begleitet! Das ist Alles doch nur Schein, nur aufgeputzte Lüge, hinter der das Volk seine Befürchtungen und Bedrängnisse verbirgt, mit der es seine Wünsche und Hoffnungen schmückt, nur Schein, hinter welchem die Fürsten ihre Pläne und Absichten verbergen, und mit dem sie sich loskaufen wollen von den Versprechungen, welche sie ihren Völkern gegeben in der Stunde der Gefahr. Ich aber will nicht den Schein, ich will Wahrheit, und diese finde ich nur auf Ihren Lippen.

Aber Sie werden sehen, daß meine Wahrheit ein etwas pikantes

Getränk ist, ein Gemisch von Honig und Galle, von Nießwurz und Rhabarber, bei welchem Einem die Augen übergehen können, man weiß nicht, ob vor Weinen, oder vor Lachen. Indeß, wenn es Ihnen mundet, so bleiben wir noch ein wenig, und schauen dem göttlichen Volk zu, das so dumm ist wie ein Kind, welches mit dem Feuer spielt, und so gutmüthig wie ein Elephant, der sich ganz bemüthig und unterwürfig den Palakin, in welchem der Fürst spazieren reiten will, auf den Rücken schnallen läßt, statt mit einem einzigen Ruck seiner Glieder alle Riemen, mit denen man ihn eingeschnallt, zu zerreißen, sich in himmlischer Freiheit seiner eigenen Lust dahin zu geben, und Alles in seinen Rüssel zu stecken, was ihm eben wohlgefällt.

Sehen Sie, fuhr sie fort, da wogt es heran wie ein schwarzes Meer, das liebe lustige Volk, das jetzt das Verbrüderungsfest mit den Soldaten feiern will zur heiligen Erinnerung an den achtzehnten Oktober des vorigen Jahres. Wie das jauchzt und lacht und fröhlich ist, als gäbe es gar keinen Napoleon mehr auf Elba, und keinen Diplomaten= Congreß mehr in Wien.

Ja, ja, seufzte Herr von Sahla, mit Blut hat der Völkerkampf begonnen, mit Dinte wird er endigen. Die Dinte aber ist schwarz, und sie wird sich wie ein Trauerschleier über das ganze unglückliche deutsche Volk ergießen. Sagen Sie mir, oh seien Sie barmherzig und sagen Sie mir, wo sind die Männer, auf welche Deutschland hoffen darf, denen das Wohl, die Ehre, die Freiheit Deutschlands am Herzen liegt, die sich nicht bestechen lassen von ihrem eigenen Egoismus, ihrem Ehrgeiz, von den Schmeicheleien Frankreichs, dem Gelde Rußlands, den Versprechungen Englands, den Titeln Preußens und den Orden Oesterreichs! Zeigen Sie mir die Männer, welche nicht um Vortheil und Gewinn, sondern in ehrlicher Gesinnung, in treuster Liebe und Hingabe für Deutschland ihre Stimme erheben, für Deutschland wirken und kämpfen wollen?

Schauen Sie doch hinüber nach der Diplomatenloge, da finden Sie die Bevollmächtigten und Diplomaten von allen deutschen Ländern und Gebieten; es sind ihrer mehr denn hundert Diplomaten, und jeder von ihnen wird Ihnen sagen, daß Er einer von den Männern ist, die

Sie suchen, daß Er es ehrlich meine mit dem Wohle Deutschlands. Nur wird es Jedem von ihnen passiren, daß sie die Interessen des Landes, das sie vertreten, mit den Interessen Deutschlands verwechseln, und vermeinen, für Deutschland einzutreten, wenn sie einfach nur für ein kleines Theilchen von Deutschland wirken. Der Gesandte von Hessen wird sehr mit sich zufrieden sein, wenn er für das hessische Gebiet einen Zuwachs von Land und Unterthanen erwerben kann, der Gesandte von Baiern hat keinen anderen Zweck, als für seinen König Anspach und Baireuth zu gewinnen, der Gesandte von Weimar möchte seinen Herzog durch Fulda arrondiren, Jeder will Etwas, und dieses Etwas will er sich aus diesem lieben unglücklichen Deutschland erwerben, dessen Größe, Stärke und Einheit der angebliche Zweck seines Hierseins ist. Selbst die mediatisirten Fürsten haben ihre Gesandten hierhergeschickt, um von dem Congreß zu verlangen, daß er die Mediatisirung wieder rückgängig mache, und daß ihre Souverainetäten wieder hergestellt werden.

Ja, ja, alle Souverainetäten wollen sie wieder herstellen, alle Throne wollen sie verfestigen, sagte Herr von Sahla, nur den Thron meines armen Königs, den wollen sie umstürzen, nur Sachsen wollen sie vernichten.

Ah, mein Freund, Sie vergessen Polen, Sie vergessen Italien! Oder meinen Sie, daß man den Stiefsohn Bonaparte's, den unglücklichen Eugène von Beauharnais, als Bicekönig von Italien belassen wird, daß man dem Schwager Bonaparte's, Joachim Murat, den Thron von Neapel nicht wieder entreißen will, um ihn den Bourbonen zurück zu geben? Aber still, still, wir verlieren uns da in zu gefährliche Geschichten, und es ist wirklich besser, wir brechen ganz davon ab. Was soll ich Ihnen auch von den Diplomaten erzählen, es ist genug, daß ich Ihnen die Diplomatinnen ein wenig geschildert habe. Ueberdies wird Ihnen und uns Allen jeder Tag neue Geschichten von den Diplomaten erzählen, wir werden alle die Herren kennen lernen, die öffentlich zu wirken, und die deutschen Länder zu vertreten bestimmt sind. Aber die geheimen Agenten, die Leute, die im Trüben arbeiten, und im Dunkeln fischen, die geheimen Agenten, welche hierher gekommen sind, und die Fäden des großen Netzes in Händen halten, das hier gewebt werden soll, um es Deutschland über die Ohren zu ziehen, und diese eigentlichen und mächtigen Congreßmitglieder, welche durch die Hinterthüren in die Conferenzsäle schleichen, und durch die Kammerdiener und Kammerkätzchen die Maschinerie in Bewegung setzen, die wird man nicht kennen lernen, und das sind doch die wichtigsten Gestalten hier. Sind Sie nicht auch ein heimliches Congreßmitglied? Nur daß Ihr armer König nicht in der Lage war, Ihnen ein Beglaubigungsschreiben auszustellen, und daß das arme Sachsen Ihnen keine Diäten zahlt? Kommen Sie jetzt, mein Herr, kommen Sie, ich will nach Hause. Dieses wüste Freudengetümmel fängt an mich zu langweilen, der Bratengeruch ist mir in die Nase gefahren und hat mich hungrig gemacht. Ich will nach Hause und essen und schlafen, denn ich habe genug von dem Erinnerungsfest und dem Wiener Congreß, genug für heute.

Sie stand auf und drängte sich, gefolgt von dem jungen Mann, mühsam durch die Reihen der Sitzenden dahin, dem Ausgang zu.

Aber bevor sie diesen noch erreicht hatten, erhoben sich von den Bänken, die vor und hinter dem Sitz der Beiden sich befanden, zwei Herren, und eilten gleich ihnen dem Ausgang der Tribüne zu.

Kurz vor demselben traten sie zusammen und grüßten sich verstohlen mit einem schnellen Wink ihrer Augenlider, dann stiegen sie rasch die zu der Tribüne führende Treppe hinunter.

Eine wundervolle Entdeckung, flüsterte der Eine von ihnen in italienischer Sprache.

Ja, sagte der Andere französisch, ja, vraiment, wundervoll. Welch ein Glück, daß wir Beide die barbarische Sprache dieses Landes verstehen.

Aber verlieren wir das schöne Paar nicht aus den Augen.

Nein, da sind sie. Sie winden sich mühsam durch das Volksgedränge, um zu ihrem Wagen zu gelangen. Folgen wir ihnen.

Ja, folgen wir ihnen. Ich muß sehen, wo sie wohnt und wer der mächtige Herr Fürst ist, der sie protegirt.

Und ich habe mit dem Herrn von Sahla zu reden. Es ist der

Stoff zu einem Franz Ravaillac in ihm, denn er ist ein Fanatiker, und die können wir gebrauchen.

Und ich, ich habe mit der Dame zu reden; sie ist klug wie eine Schlange und durchaus nicht unschuldig wie eine Taube. Uebrigens benachrichtige ich Sie, daß ich von heute an mich Marquis von Barbasson nenne.

Ach, wie sich das wundervoll trifft. Sagte diese Dame, diese eheleibliche Tochter des Uhrmachers, nicht, daß ihre Mutter eine geborne Marquise von Barbasson sei?

Ja, sie sagte das, erwiederte der Andere mit einem feinen Lächeln. Sie sehen also, daß ich demzufolge der Verwandte der Mademoiselle Friederike Hänel bin, und das giebt mir wohl ein Recht sie aufzusuchen. Nur muß ich wissen, wo sie wohnt.

Schnell, schnell, hier ist ein Fiacre, lassen Sie uns hineinsteigen. Sehen Sie, da steigen die Beiden in ihren Wagen. Vorwärts, Kutscher, vorwärts!

Es geht nicht, meine Herren, es geht nicht! rief der Fiacrekutscher. Ich bin bestellt, und meine Herrschaft kann jeden Augenblick kommen.

Der Franzose neigte sich zu ihm, und indem er ihn eine Hand voll Goldstücke sehen ließ, sagte er in gebrochenem Deutsch: Ein Louisd'or, wenn Du uns zur Stadt fährst, noch ein Louisd'or, wenn Du geschickt genug bist, der Equipage, welche der Herr und die Dame da besteigen, und die eben abfährt, zu folgen und immer zehn Schritte hinter ihr zu bleiben.

Der Kutscher hieb auf die Pferde ein. Ich werde meine zwei Louisd'or verdienen, sagte er. Die andere Herrschaft muß warten, bis ich wieder hier bin.

III.

Der Heirathsantrag.

So, hier im Wagen ist es bequem und angenehm, sagte Friederike Hänel, indem sie sich mit einem Ausdruck des Behagens in die Polster zurücklehnte, und dann ihre blitzenden, schwarzen Augen mit einem forschenden Ausdruck auf den jungen Mann heftete, der mit düsterem, gedankenvollem Gesicht sich an ihre Seite gesetzt hatte. Hier können wir ungenirt plaudern, fuhr sie fort, Niemand kann uns hier belauschen und unsere Pläne verrathen.

Nun denn, rief der junge Mann lebhaft, so lassen Sie mich Ihnen hier die Frage wiederholen, die ich schon vorher an Sie richtete, und deren Beantwortung Sie mir hier im Wagen versprachen.

Was fragten Sie doch? fragte Friederike gleichgültig, indem sie ihren großen Fächer von grünem Taffet langsam auf und zu klappte.

Ich fragte Sie im Namen meines unglücklichen Vaterlandes, das durch mich seine Hände flehend zu Ihnen erhebt, im Namen meines unglücklichen Königs, der durch mich zu Ihnen spricht, ich fragte Sie, ob Sie diesen Beiden nicht Ihre hülfreiche Hand darreichen wollten? Ich wandte mich an die Großmuth Ihres Herzens und forderte Ihre Unterstützung für das von fremden Soldaten besetzte, von fremden Behörden verwaltete Sachsen, für den König Friedrich August, der aus seinem Lande verjagt, unglücklich und verlassen umherirrt. Wollen Sie uns diese Unterstützung gewähren?

Wahrhaftig, rief Friederike lachend, Sie geben Sich den Anschein als glaubten Sie, in meiner Hand allein ruhe die Krone Sachsens, und ich sei es, die sie Ihrem König entzogen habe. Gott bewahre mich aber davor, diese unglückliche Krone in meinem Besitz zu haben, denn sie wird der ErisApfel sein, den die Götter der Zwietracht auf die grüne Tafel des Congresses geworfen haben, und an dem die ganze Herrlichkeit der deutschen Einheit und Größe zerschellen wird. Glauben Sie mir, ich, die ich bis zu dieser Stunde noch gar nichts bin, die ich weder Titel, noch Rang, noch Vermögen habe, ich tausche doch nicht mit dem König Friedrich August, obwohl er Titel, Rang, und wahrscheinlich auch noch, trotz seiner angeblichen Armuth, ein recht hübsches Vermögen besitzt. Aber mir gehört die Zukunft, ich werde mir alles das erwerben, was mir jetzt noch fehlt, während der König von Sachsen gar keine Zukunft mehr hat, und im besten Fall, und wenn er Glück hat, nur noch einige Fetzen von seinem Purpurmantel, einige Zipfelchen von dem Lande erretten kann, das ihm einst ganz gehörte.

Aber es ist doch unmöglich, daß Europa diesen Raub zugebe und dulde, rief Herr von Sahla verzweiflungsvoll. Was that denn Friedrich August, um eine solche Schmach zu verdienen, und wer von den deutschen Fürsten hat das Recht, ihn zu richten, zu strafen und abzusetzen?

Sie fragen, was Ihr König that? fragte Friederike achselzuckend. Er liebte den Feind Deutschlands auch dann noch, als er keine Kronen, keine Reiche und Länder mehr zu vertheilen hatte, er liebte ihn nicht blos mit den Lippen, wie die anderen deutschen Fürsten, sondern auch mit dem Herzen, und er wollte seiner Liebe auch dann noch treu bleiben, als die anderen Herren schon längst begriffen hatten, daß Bonaparte jetzt hinlänglich schwach und gebeugt sei, um von ihnen mit Glück angegriffen werden zu können. Ihr König liebte jedenfalls seine Treue mehr als sein Land, und darum meinen die Fürsten jetzt, er solle sich seine Treue immerhin bewahren, aber sein Land fahren lassen.

Aber Sachsen will seinen König nicht aufgeben, Sachsen will nicht Preußisch werden, rief Sahla glühend.

Mein Lieber, um Gotteswillen verschonen Sie mich mit der Politik, sagte Friederike lachend. Was geht es mich an, ob Sachsen Preußisch werden will? Preußen will jedenfalls, daß es Sachsen behalten kann, und ich glaube, es wird alle Mittel in Bewegung setzen, um seinen Willen durchzuführen.

Das heißt mit anderen Worten, Sie weisen mich ab? fragte Herr von Sahla düster. Sie wollen uns nicht Ihren Beistand leisten?

Nein, das heißt, ich will, daß Sie Sich ganz und deutlich aussprechen. Sie haben mir gesagt, was Sie von mir wollen, aber Sie haben mir noch nicht gesagt, was Sie mir für Gegendienste bieten können? Wir wollen offen und ehrlich mit einander sprechen und dadurch beweisen, daß wir nicht zu den officiellen Diplomaten des Congresses gehören. Also offen und ehrlich: Ja, ich kann Ihnen nützlich werden, wenn ich will, denn mein hoher Gönner und Freund ist schwach genug, meinen Wünschen und Bitten zuweilen sein Ohr zu leihen, und er ist es, der die Politik Preußens lenkt. Ich kann Ihnen also nützlich sein, wenn ich will, aber es fragt sich nur, ob ich will? Es fragt sich vor allen Dingen, was Sie mir bieten können, um auf meinen Willen einzuwirken? Ach, Sie sehen mich erstaunt an? Sie finden, daß ich sehr wenig dem Ideal von Weiblichkeit, Großmuth und Uneigennützigkeit gleiche, das Sie in Ihrem Herzen tragen?

Nein, sagte Herr von Sahla schüchtern, ich frage mich nur, was ein armer König ohne Land und Krone, was ein verarmtes, ausgesogenes Land einer schönen jungen Dame, die von einem reichen, mächtigen und freigebigen Herrn beschützt wird, von einem Herrn, der, obwohl er keine Krone trägt, doch die Macht eines Herrschers besitzt und Ehren und Würden zu vergeben hat, ich frage mich nur, was Sachsen der Freundin des mächtigen Staatskanzlers bieten kann?

Und ich will Ihnen die Antwort nicht schuldig bleiben, sagte Friederike. Sie haben mich in Ihr Herz schauen und mich die Motive Ihres Hierseins sehen lassen. Ich will Ihnen auch mein Herz zeigen, und Sie sollen erfahren, weshalb ich hierher gekommen bin. Sie nannten mich die Freundin des Staatskanzlers? Nun ja, ich bin es, aber im Schatten, in der Stille und im Verborgenen. Ich blühe wie das bescheidene Veilchen, das man nicht sieht, das man nur entdeckt, wenn man sich zur Erde niederbückt und es unter seinem Versteck von Blättern hervorsucht. Ich gestehe aber, daß ich dieser Veilchenrolle herzlich satt und überdrüssig bin, und daß ich lieber als volle Purpurrose im hellen Glanz der Sonne blühen, daß ich mich hoch erheben möchte, damit Niemand sich zu mir herab, sondern, daß Jeder sich vor mir bücken müßte. Dazu bedarf ich der Titel, der Stellung, der Anerkennung in der Gesellschaft. Ich bin also hierher nach Wien gekommen, hierher, wo jetzt neben den Diplomaten ein ganzes Heer von

Abenteuerern, Glücksrittern und Romanheldinnen sich eingefunden hat, um hier auch meinerseits meine Netze aufzustellen, meine kleinen Aventuren zu haben und meine Romane aufzuführen. Wissen Sie, was ich in meinem Netz einfangen will? Zuerst und vor allen Dingen Geld und Brillanten. Sind Sie beauftragt, mir dergleichen anzubieten?

Wenn man gewußt hätte, daß man wagen dürfte, Ihnen dergleichen anzubieten, so würde man mich ganz gewiß damit beauftragt haben, sagte Herr von Sahla leise. Der König ist zwar arm, aber er besitzt noch seine Brillanten, und er wird glücklich sein, wenn er Ihnen einige davon als Angedenken geben darf.

Gut! Aber Sie wissen noch nicht Alles, was ich in meinem Netz einfangen will. Ich sagte Ihnen schon vorher, daß es in Ihrer Hand liegt, mir neben meinem Boudoir noch einen Salon zu öffnen. Haben Sie verstanden, was ich damit sagen wollte?

Nein, ich gestehe, daß ich das nicht verstanden habe.

Nun denn, ich will also deutlicher sprechen. Was hindert mich, einen Salon zu eröffnen, gleich den Damen der haute volée, gleich den reichen Banquiersfrauen Geymüller, Fries und Arnstein, in deren Salons zu erscheinen sogar Kaiser und Könige nicht verschmähen? Mich hindert der Mangel an Reichthümern, der Mangel an Geburt. Reichthümer lassen sich erwerben, aber wenn ich sie selbst hätte, glauben Sie, daß Mademoiselle Friederike Hähnel im Stande wäre, einen Salon zu eröffnen, daß die Könige und Kaiser ihr die Ehre erzeigen würden, zu ihr zu kommen, und daß die Damen der haute volée meine Einladungen annehmen würden? Nein, Sie glauben das nicht, Sie wissen so gut, wie ich es weiß, daß sich Alles verbergen läßt unter anständigen Namen und Titeln, daß aber die Tugend selbst nicht nackt gehen darf, wenn sie nicht für sündhaft gehalten werden will. Sehen Sie, im Grunde meines Herzens finde ich mich ziemlich tugendhaft und unschuldig, wenn ich mich zum Beispiel mit der Fürstin Bagration oder Herzogin von Sagan vergleiche. Ich habe bisher Niemanden geschadet, keine Herzen gebrochen, keine Männer verrathen, keine Liaisons bald hier, bald dort gehabt. Die Welt kann mir weiter nichts vorwerfen, als daß ich einen edlen, erhabenen, großsinnigen und groß=

herzigen Mann anbete, der mein Großvater sein könnte, und der mich liebt als seine Tochter, seine Freundin, als das lachende Spielzeug seiner heiteren Stunden, als eine kleine Zerstreuung nach angestrengter Arbeit, und daß ich es angenommen habe, in der Nähe dieses angebeteten Greises zu wohnen, ohne dazu durch irgend ein sanctionirtes Band berechtigt zu sein.

Aber ich meine doch gehört zu haben, daß der Staatskanzler von Hardenberg verheirathet sei, sagte Herr von Sahla mit dem Ausdruck des Erstaunens.

Mein Lieber, sagte Friederike lachend, Sie sagen mir da eine Impertinenz, die sich ganz ungeschickt unter dem Anschein der Unschuld verbirgt. Sie wollen sich den Anschein geben, als glaubten Sie, der Staatskanzler sei mit mir verheirathet, aber im Grunde wollten Sie mir einen Vorwurf machen. Gestehen Sie es nur, Ihre erstaunte Frage war ein cachirter Vorwurf! Nun denn ja, Herr von Hardenberg ist verheirathet, aber ich habe nicht die Ehre seine Gemahlin zu sein. Herr von Hardenberg ist verheirathet, und es geht ihm wie dem Kaiser von Oesterreich, er hat schon seine dritte Gemahlin.

Der Unglückliche, er ist schon zweimal Wittwer geworden? fragte Sahla theilnahmsvoll.

Wenn Sie wollen, Wittwer, nur daß nicht der Tod, sondern das Leben seine beiden ersten Ehen getrennt hat, und daß er um seine beiden jungen schönen Gemahlinnen nicht den Trauerflor zu tragen hatte, wie der Kaiser Franz um seine beiden gestorbenen Kaiserinnen. Die zweite Gemahlin des Staatskanzlers Hardenberg lebt noch, das hat aber keinen Priester verhindert, seine Ehe mit der Schauspielerin Schönemann einzusegnen, und aus der Schauspielerin eine legitime Frau Staatskanzlerin zu machen. Mich indessen, mich hat das Schicksal auserkoren, um die dritte Frau von Hardenberg für die Thränen zu strafen, welche die zweite Frau um ihretwillen vergießen mußte, und vielleicht noch vergießt. Haben Sie also Respect vor mir, denn ich habe von dem Schicksal die Mission erhalten, der Racheengel der Tugend und der verlaßenen Liebe zu sein, und ich glaube, daß ich mich meiner Mission mit vielem Erfolg unterziehe. Die dritte Frau von

Hardenberg verwünscht mich von ganzer Seele, und lernt durch mich ein wenig von den Qualen kennen, welche sie der zweiten bereitet hat. Gerechtigkeit muß geübt werden, und die verfolgte Tugend muß ihre Rache haben!

Sie wollen also die dritte Frau von Hardenberg zu der zweiten in's Exil schicken, und als rächender Tugendbengel ihre Stelle und ihren Namen ihr rauben?

Nicht doch, das hieße dasselbe Verbrechen begehen, das ich strafen will. Nein, nein, möge die gute Schönemann ihre Rolle als Staatskanzlerin weiter schauspielern, und tüchtig beklatscht werden von dem Parterre der Welt. Ich beneide sie nicht, ich will und mag ewig nur als die Tochter, die Freundin zu den Füßen meines angebeteten Freundes sitzen. Aber Sie wissen, die Welt ist so jammervoll und klein, sie sucht Alles zu verdächtigen, über Alles die ätzende Lauge ihrer Bosheit zu ergießen. Davor möchte ich meine reine uneigennützige Liebe bewahren, deshalb möchte ich mir einen Schleier anschaffen, der so undurchsichtig ist, daß ich mich ganz unter demselben verbergen kann, und gar nicht zu befürchten brauche, von den boshaften Augen der Neider beobachtet, von den Giftzungen der Verleumder bekrittelt zu werden. Und jetzt, mein Herr, sind wir auf dem Gipfelpunkt unserer Unterredung angelangt, Sie sollen jetzt mit freiem Blick die Aussicht genießen, und entscheiden, ob Sie mit mir hinabsteigen wollen in das Thal meiner Zukunft. Wir stehen hier vor dem entscheidenden Punkt unseres Gesprächs; die weitschweifige Einleitung ist zu Ende, jetzt kommen wir zu dem Kern der Sache.

Und ich gestehe Ihnen, daß ich auf diesen Kern außerordentlich gespannt bin, sagte Herr von Sahla lächelnd, und daß ich meinen Verstand vergeblich abmühe, mir zu sagen, inwiefern ich Ihnen behülflich sein könnte, einen Salon neben Ihrem Boudoir zu eröffnen.

Sie haben indessen gerade das, was mir fehlt, Sie haben einen schönen vornehmen Namen, und Sie sind ein Mann. Herr von Sahla, ich frage Sie also ganz kurz und offen, wie es großen und genialen Seelen ziemt: Wollen Sie mir das geben, was mir fehlt, und was Sie besitzen? Wollen Sie mir einen Namen und einen Mann geben?

Ihre schwarzen Augen waren mit funkelnden, durchbohrenden Blicken auf ihn gerichtet, und schienen auf dem Grunde seiner Seele lesen zu wollen.

Herr von Sahla schlug vor diesen Blicken die Augen nieder und seufzte tief auf. Sie sind grausam, sagte er leise und schwermuths-voll, Sie lassen mich da den offenen Himmel sehen, und wissen, daß ich ihn nie betreten kann, daß ein heiliges Gelübde mich auf ewig von ihm fern hält.

Es ist wahr, Sie sind Calatrava-Ritter, sagte Friederike lächelnd. Aber die Zeit der Romantik und des Ritterthums ist vorbei; es giebt keine Kreuzzüge mehr zu unternehmen, keine Drachen mehr zu bekämpfen, und von Ihrem ganzen Ritterthum ist Ihnen nichts mehr übrig ge-blieben als die leere Schaale. Werfen Sie diese Schaale von sich, bitten Sie den Papst, daß er Sie von derselben befreie, hören Sie auf, ein Ritter zu sein und werden Sie wieder ein freier Mann, der sich nach eigenem Wunsch und Willen sein Leben und seine Zukunft bestimmen kann!

Wenn ich das thäte, und wenn der Papst mich frei gäbe, was würde meine Zukunft sein? fragte Sahla traurig. Ich bin arm, ich lebe von dem Gehalt, das mir als Calatrava-Ritter zukommt, ich be-sitze nichts als einen altadlichen Namen, und ein altes Wappenschild.

Und das ist ein sehr kostbares Besitzthum, mein Freund, ein Be-sitzthum, das mehr werth ist, als Ihr ganzes Calatrava-Ritterthum. Werfen Sie das Todte zu den Todten, fort mit dem Ordenskreuz und dem Rittermantel. Werden Sie ein freier Mann, und reichen Sie mir Ihre Hand. Ich verspreche Ihnen Orden und Titel, Geld und Güter, und ich verlange nichts dafür als Ihren Namen, das Recht, mich Ihre Gemahlin zu nennen, mit Ihnen in Einem Hause, verstehen Sie wohl, in unserm Hause zu wohnen, und in diesem Hause als die Frau Baronin von Sahla meinen Salon eröffnen zu können. Ich werde Ihnen außerdem vollkommene Freiheit lassen, werde Sie in keiner Hinsicht geniren, werde Sie Ihren Weg wandeln lassen, und

Sie bitten, mich auf dem meinen ungehindert dahin gehen zu lassen. Wir werden nur den Namen, das Haus, unser Vermögen und unsere Gesellschaften mit einander gemein haben, sonst aber vollkommene Freiheit haben, unseren Neigungen und Gewohnheiten gemäß weiter zu leben. Gefällt Ihnen mein Vorschlag? Nehmen Sie ihn an? Still, still, antworten Sie mir noch nicht! Ich sehe da den Schatten einer Wolke auf Ihrer Stirn, und es funkelt wie ein Blitz in Ihrem Auge! Das ist der letzte Blitz des ersterbenden Calatrava-Ritterthums, dem mein Vorschlag vielleicht nicht romantisch, nicht nobel genug erscheint! Ertödten Sie dieses alte romantische Ritterthum in sich, und werden Sie ein praktischer Mann, ein Mann der Gegenwart, der seinem Vortheil nachgeht, und Carrière machen will. Antworten Sie mir also noch nicht, sondern überlegen Sie, bedenken Sie! Ich gebe Ihnen vier Wochen Zeit dazu! Nach diesen vier Wochen sollen Sie mir sagen, ob Sie meinen Vorschlag annehmen, das heißt, ob Sie der Gemahl einer jungen, nicht ganz geistlosen, nicht ganz einflußlosen Person sein wollen, die im Stande ist, Ihrem Vaterland, Ihrem König und Ihnen selbst allerlei Vortheil und Nutzen zu gewähren, oder ob Sie meinen Vorschlag ablehnen, das heißt, sich eine Feindin erwerben wollen, die durchaus im Stande und alsdann sehr gewillt ist, Ihrem Vaterland, Ihrem König und Ihnen selbst so viel Schaden zuzufügen, als irgend in ihrer Macht steht. Wählen Sie, mein Herr, wählen Sie! Aber bedächtig, in der Stille! Ich gebe Ihnen, wie gesagt, vier Wochen Zeit. Bis dahin wollen wir uns öfter sehen, aber ohne auch nur mit Einem Wort unseres Planes zu gedenken, nur der Gegenwart und unserem Vergnügen lebend. Aber heute über einen Monat, also am achtzehnten November, dann erwarte ich Sie bei mir zu einer ernsten diplomatischen Conferenz, und an dem Tage soll es sich entscheiden, ob Sie es vorziehen, Calatrava-Ritter zu bleiben, oder ob Sie Ihr Glück annehmen und mein Gemahl werden wollen, ob Sie sich eine einflußreiche Freundin, oder eine gefährliche Feindin für Ihren König und Ihr Sachsenland erwerben wollen. Nun kein Wort weiter! Da sind wir eben vor meiner Wohnung angelangt, und der Wagen hält, steigen wir also aus! Addio, mein Herr Calatrava-Ritter von Sahla! Addio!

Beherzigen und überlegen Sie meine Vorschläge wohl! Besuchen Sie mich bald und oft, denn es ist nöthig, daß wir einander besser kennen lernen wegen unserer Conferenz am achtzehnten November! Addio!

Sie nickte Herrn von Sahla lachend einen Abschiedsgruß, und schlüpfte in das Haus, dessen hohes, schweres Eingangsthor ein reich gallonnirter Livréebedienter, der vor der Thür gestanden, ihr mit ehrfurchtsvollem Gruß weit geöffnet hatte.

Herr von Sahla stand, wie gelähmt vor Staunen und Ueberraschung, noch immer vor dem Hause und starrte zu dem Thor hin, durch welches die seltsame Erscheinung verschwunden war. Er achtete gar nicht darauf, daß gleich hinter ihm ein junger Mann mit eiligem, hastigem Schritt auch in das Haus eingetreten war, er hatte auch nicht bemerkt, daß wenige Schritte von ihm ein Fiacre angehalten, aus dem dieser Herr, der jener seltsamen Schönen gefolgt, nebst einem andern Herrn ausgestiegen war. Seine Seele war noch wie betäubt von dem überraschenden Gespräch, das er so eben gehabt, und er fragte sich noch immer, ob dies Alles nicht ein Traum gewesen, ob dieses übermüthige Mädchen vielleicht mit ihm nur einen kecken Scherz getrieben, ob es möglich sei, daß sie im Ernst so zu ihm gesprochen?

Ich werde wieder zu ihr gehen, ich werde sie zu erforschen suchen, murmelte er leise vor sich hin. Ich muß auf den Grund ihres Herzens schauen, und die Wahrheit in ihr erkennen! Ich —

Plötzlich legte sich eine Hand auf seine Schulter, und wie er sich erschrocken umwandte, sah er da einen jungen Mann, dessen Antlitz ihm vollkommen fremd war, der ihn aber mit einem freundlichen Lächeln begrüßte, wie einen alten Freund und Bekannten.

Herr von Sahla, flüsterte der junge Mann, ich weiß, Sie lieben Ihr Vaterland und Ihren König, ich weiß, Sie sind hierher gekommen, um der edlen Sache Ihres unglücklichen Landes und Ihres vertriebenen Königs zu dienen. Wollen Sie sich Denen anschließen, die hier zu demselben Zweck in der Stille und im Geheimen arbeiten und wirken?

Ich will es, sagte Herr von Sahla. Sagen Sie mir, wo ich die Edlen finde, damit ich mich mit Ihnen verbinden kann?

Wollen Sie mir schwören, Niemanden zu verrathen, was wir jetzt eben mit einander sprechen?

Ich schwöre es Ihnen, mein Herr! Gott, der in die Herzen schaut, weiß, daß es mir Ernst ist mit meinem Schwur, und daß ich freudig bereit bin, alle meine Kräfte, ja mein Blut und mein Leben dem Dienste meines Vaterlandes und meines Königs hinzugeben.

Und Sie wollen in diesem Dienste keine Gefahr scheuen, vor keinem Schreckniß zurückbeben?

Ich sagte Ihnen schon, daß ich ihm mein Leben und mein Blut weihen will!

Aber auch Ihre Ehre, Ihre Gewissensscrupel, wenn es sein muß?

Sie wissen, wer ich bin?

Ja, der Calatrava-Ritter von Sahla.

Und Sie, Sie sind ein Franzose, und Sie kennen nicht die Geschichte Ihres Kaisers?

Doch, ich kenne sie. Ich weiß, daß einst in Dresden ein Mordverfuch auf Napoleon gemacht ward, der fehlschlug, und den man damals sorgfältig zu unterdrücken suchte.

Und wissen Sie auch, wie Derjenige hieß, der jenen Mordverfuch machte?

Nein, mein Herr, ich weiß es nicht.

Nun, mein Herr, er hieß von Sahla, und war Calatrava-Ritter.

Sie waren es?

Ich war es! Jetzt wissen Sie, ob ich Gewissensscrupel habe, wenn es sich um das Wohl meines Vaterlandes, um die Zukunft meines Königs handelt. Jetzt wissen Sie, daß Sie mir vertrauen können.

Und ich vertraue Ihnen, ich fordere Sie auf, Theil zu nehmen an dem geheimen Brüderbunde, der sich hier zu Wien versammelt, und dessen Aufgabe es ist, die Unterdrückten und Leidenden, die vom Schicksal und den undankbaren Fürsten Verfolgten zu beschützen und zu unterstützen. Kommen Sie morgen Abend um zehn Uhr auf den Josephplatz, stellen Sie sich bei der Statue des Kaisers hin, ich werde Sie dort aufsuchen, um Sie zu Freunden und Gleichgesinnten zu führen.

Ich werde kommen. Morgen um zehn Uhr bin ich bei der Statue des Kaisers Joseph!

Auch ich bin dort! Leben Sie wohl bis dahin!

Leben Sie wohl!

IV.

Die Congreßtage in Wien.

Ganz Wien glich in diesen Tagen seit dem Beginn des Congresses nur einem einzigen Ballfeste, an welchem Jeder sein Theil haben wollte, der Geringste sowohl wie der Vornehmste, der Aermste sowohl wie der Reichste. Denn dem Armen auch gehörten die Feste, welche der Reiche gab, er hatte seinen Antheil daran durch seine Augen, welche ihm den Anblick der glänzenden Carossen, der geputzten Ballgäste, die den Carossen entstiegen, gewährten, durch seine Ohren, welche mit freudiger Genugthuung den Schall der schmetternden Musik vernahmen, die aus den leuchtenden Sälen zu ihm niedertönte auf die Straße. Der Arme auch fühlte sich in diesen Tagen stolz auf „sein Wien", und er nannte im frohen Selbstbewußtsein alle die Kaiser, Könige, Fürsten, Grafen und Herren „unsere Gäste", und fühlte sich erhoben durch den Ge= danken, daß alle diese vornehmen Leute, welche aus ganz Europa sich in der Kaiserstadt zusammengefunden, Oesterreich's Gastfreundschaft ge= nossen und von der Freigebigkeit des Kaisers bewirthet wurden. Freilich war diese Freigebigkeit sehr großartiger Natur, und den vernünftigen und besonnenen Leuten hätte sie ein sorgenvolles Kopfschütteln erregen können, aber es gab eben in diesen Tagen der Wiener Congreßherr= lichkeit keine besonnenen und vernünftigen Leute. Jeder fühlte sich fort= gerissen von dem allgemeinen Taumel der Lust. Jeder wollte seinen Antheil haben an den Herrlichkeiten und Festen, und das Nachdenken und die Ueberlegung, das waren langweilige und unbequeme Gesellen, denen man scheu aus dem Wege ging, vor deren stirnrunzelndem Anschauen man sich eiligst zu irgend einer Reboute, zu einem Ball, Diner oder Souper rettete, oder denen man sich entzog, indem man in den Vormittagsstunden in den Prater, oder auf die Bastei ging, um da in raschen Bildern, gleich der Laterna magica, alle die Gestalten des Wiener Congresses an sich vorüberrauschen zu sehen. — Und alle diese Gestalten, wie gesagt, alle diese Fürsten waren die Gäste Wiens, die Gäste des Kaisers. Sie wohnten bei ihm in der Kaiserburg, oder man hatte für sie in den Palästen der österreichischen Großen und in den ersten Hôtels bequeme und glänzende Quartiere ausgewählt. Die Kaiserburg war jetzt die Residenz von zwei Kaisern, zwei Kaiserinnen, vier Königen, einer Königin, einem kaiserlichen und einem königlichen Kronprinzen, zwei Großfürstinnen und drei Fürsten, und das zahlreiche und glänzende Gefolge, der Sternenschweif dieser Sonnen, durchleuchtete ganz Wien auf Kosten des österreichischen Kaisers. Wien durfte sich dem Genusse und den Freuden des Tages hingeben ohne Sorgen und Kümmernisse, der Kaiser sorgte für Alles, und hatte vielleicht auch seine Kümmernisse für Alle. Diese Könige und Fürsten speiseten an den kaiserlichen Tafeln, diese Grafen, Kammerherren, Kammerdiener und Lakaien auch speiseten auf kaiserliche Kosten, und die Wiener erzählten sich mit stolzem Selbstgefühl, daß die kaiserliche Tafel allein täglich funfzigtausend Gulden koste.*) Aber nicht blos Wohnung und Kost gab Wien seinen fürstlichen Gästen und dessen Gefolge, sondern es sorgte auch für ihre Behaglichkeit, und war bemüht ihnen den Genuß aller Freuden so bequem als möglich einzurichten. Jeder der kaiserlichen Gäste mußte seine Pferde und Equipagen für sich und sein Haus haben; der Kaiser Franz hatte daher dreihundert neue Equipagen anfertigen lassen. Alle von derselben Bauart, derselben Farbe, alle geziert mit dem österreichischen Kaiserwappen; er hatte aus allen Marställen Europa's Pferde ankaufen, und nach Wien bringen lassen, um seinen erhabenen Gästen nicht blos für ihre Equipagen ein glänzendes

---

*) Fêtes et Souvenirs de Congrès de Vienne. Par le Comte de la Garde. I. 44.

Gespann, sondern ihnen auch zum Spazierenreiten Pferde zu geben, die der erhabenen Personen, welche sie tragen sollten, würdig seien.

Außerdem hatte man aus Paris die Tänzer und Tänzerinnen der großen Oper verschrieben, und die Reize der schönen Bigottini, die Kunstfertigkeit der reizenden Aimé waren wohl im Stande die Aufmerksamkeit der hohen kaiserlichen Gäste zu fesseln. Aber das Theater, die Oper, das Ballet boten nur die Zerstreuungen gewöhnlicher Art dar; man erschöpfte seine Phantasie, um neue fremdartige, überraschende Feste zu ersinnen, man gab Maskenbälle, Jagden, man bereitete Caroussels, lebende Bilder, Privat-Aufführungen vor; Jedermann hatte seine Gedanken nur erfüllt mit dem Einen Bestreben: sich zu amüsiren, und zu dem Amüsement der Andern nach Kräften beizutragen. Nichts durfte über diese heitern Gedanken den Schatten einer Wolke hinwerfen, selbst die Majestät des Todes ignorirte man der Majestät des Vergnügens zu Gefallen. Die Königin Caroline von Neapel, die Tochter Maria Theresia's, die Tante des Kaisers Franz, war in den ersten Tagen des Wiener Congresses gestorben, aber man hütete sich wohl ihren Tod officiell bekannt zu machen, man ließ die buntglitzernde Woge des Vergnügens über ihren Sarg dahin rauschen, man übertönte das Grabgeläute der heimgegangenen Königin mit den Fanfaren der Festesklänge, und kein Trauerflor, kein düsteres Gesicht sollte die heitere Harmonie dieser, nur den Festen und den Vergnügungen geweiheten Tage stören.

-Die Fürsten hatten die Etiquette abgestreift, auch die Etiquette der Trauer, sie wollten in Wien nur dem Vergnügen, der Freundschaft und dem Genuß leben, und vielleicht auch nebenher ein wenig für die Beglückung ihrer Völker, für die Vergrößerung ihrer Länder arbeiten.

Aber dies war doch nur die Nebensache; an die Völker und die Politik dachte man nur in denjenigen Stunden, wo man sich zu den ernsthaften Sitzungen des Congresses vereinte, wo man sich bemühte, das lachende Gesicht in ernste Falten zu legen, die profanen Gedanken mit der Würde der politischen Weisheit zu verbrämen, und des Zweckes eingedenk zu werden, um dessentwillen man eigentlich hier in Wien sich zusammengefunden hatte. Einmal indeß aus dem Saale der Conferenzen herausgetreten, legte man auch die Maske der Ehrbarkeit und Weisheit wieder ab, und der Diplomat ward wieder Lebemann, der gekrönte Fürst ward wieder Particulier, und legte seine Krone bei Seite, um sich am liebsten so unbemerkt als möglich in das frohe Gewühl des Tages zu mischen, und sich seinen Antheil an den Freuden, Zerstreuungen und Genüssen desselben zu erobern. Das Incognito war daher das erste und liebste Bedürfniß all dieser gekrönten Häupter, dieser vornehmen Herren, und um als Menschen sich frei, leicht und glücklich zu fühlen, mußte man vor allen Dingen des Ceremoniells sich entledigen. Die Fürsten waren daher gleich am ersten Tage übereingekommen, daß nicht ihr äußerer Rang über den Eintritt und Austritt aus den Zimmern, über die Plätze bei Tafel entscheiden, sondern daß nur der Rang des Alters dafür die Norm angeben sollte, und so präsidirte der sechzigjährige König von Würtemberg, und so war der siebenundbreißigjährige Kaiser von Rußland der Letzte in der Reihenfolge der gekrönten Häupter.

Und in welcher Friedlichkeit, Brüderlichkeit und Eintracht diese gekrönten Häupter mit einander lebten, wie sie stets nur bemüht waren, sich einander zu lieben, zu erfreuen, sich ihre brüderliche Zuneigung zu beweisen! Mochten die Diplomaten in ihren Conferenzen sich streiten und überwerfen, mochten sie das diplomatische Würfelspiel über den Besitz von Ländern und Völkern je nach ihrer Geschicklichkeit, ihrer Zungen- und Fingerfertigkeit an jedem Morgen auf's Neue beginnen, die Fürsten nahmen keinen Antheil daran; die Verbrüderung der Völker konnte einer späteren Zeit aufbehalten bleiben, viel wichtiger und unaufschiebbarer war die Verbrüderung der Fürsten.

Die Fürsten fingen diese damit an, daß sie sich gegenseitig mit ihren Orden schmückten, und sich so lange ihre Decorationen schenkten, bis der diplomatische Congreß so weit vorgeschritten wäre, daß man sich gegenseitig Provinzen, Länder, Königreiche und Völker schenken könne.

Alle möglichen Ungeheuer und wilden Thiere breiteten ihre vergoldeten und diamantenstrahlenden Tatzen und Fänge nach den fürstlichen Häuptern aus, und schmiegten sich sanft und geduldig an die

Bruſt der Könige und Fürſten; da flatterten die ſchwarzen, die rothen, die weißen Adler durch die Luft, da fielen die glänzenden Meteore des Phönix, des Großkreuzes, aus den Wolken, da ſchmückte man ſich mit Elephanten, Löwen und goldenen Bließen, und ließ um das kaiſerliche Knie das blitzende Strumpfband des engliſchen Hoſenband-ordens legen.

Und nach dieſem Amüſement der gegenſeitigen Ordensverleihung kam das Amüſement der gegenſeitigen Regimentsverleihung. Die Fürſten ſchenkten ſich Regimenter in ihren Armeen, und man beeilte ſich dann, ſich ſo raſch als möglich eine vollſtändige Uniform des ge-ſchenkten Regiments zu verſchaffen, um in derſelben vor den Geſchenk-gebern zu erſcheinen, und den Paraden und Revüen beizuwohnen, die an jedem Tage ſtattfanden. Aber nach den Paraden, den Spazier-gängen, den Jagden und Unterhandlungen des Vormittags verſammelten ſich, einer gleich Anfangs getroffenen Verabredung gemäß, alle die ge-krönten Häupter in einem Saale der Kaiſerburg, um doch eine Stunde dieſer roſenbekränzten, faſt funkelnden Tage den ernſten Geſchäften und dem Glücke ihrer Völker zu weihen. In dieſer Stunde der völker-beglückenden Fürſtenpolitik überlegte man mit einander, was die fürſt-lichen Diplomaten und Bevollmächtigten in den Sitzungen des Vor-mittags beſprochen, vorgeſchlagen und berathen hatten. Aber die gemüthlichen Wiener, welche Theil nahmen an Allem, was die Gäſte des Kaiſers und der Stadt Wien betrafen, die gemüthlichen Wiener flüſterten einander lachend in's Ohr, daß dieſe Stunde der fürſtlichen Berathungen nicht immer blos der Politik gewidmet ſei, und daß zu-weilen die ernſten Fragen der Diplomatie durch die heitere und lachende Frage nach einer neuen Feſtlichkeit, einem neuen Amüſement verdrängt werde. *)

An jedem Morgen aber zeigten ſich die Fürſten, die Diplo-maten und alle die vornehmen Fremden, ſowohl die Damen als die Herren, den Wienern im Prater und auf der Baſtei. Den Fremden ſchien es eine Pflicht der Höflichkeit, ſich den Schauluſtigen hier nach

---

*) Comte de la Garde. I. 58.

Herzenslust zu zeigen, und den Wienern eine Pflicht der Gastlichkeit, durch lächelndes Anschauen und Anstarren die lieben, theuren Gäste zu ehren. Im Prater zu erscheinen gehörte für Jedermann zum guten Ton und zur Mode, und dahin also drängte sich Alles, was sehen und gesehen sein wollte.

Dort im Prater konnte der Fremde in einem bunten Panorama das ganze heitere, lachende, geputzte lebensfrohe Wien an sich vorüberrauschen sehen, dort konnte der Wiener alle die berühmten Männer, die schönen Frauen, alle Abenteurer, Glücksritter und Narren des Congresses im bunten, glitzernden Durcheinander bewundern.

Hier sieht man im eleganten leichten Cabriolet den Kaiser Alexander daher kommen, an seiner Seite seine schöne und geliebte Schwester, die Großfürstin Katharina, neben der auf herrlichem Pferde der verliebte Kronprinz von Würtemberg pirouettirt, während auf der andern Seite des Cabriolets Eugène Beauharnais, einst der Vicekönig von Italien, reitet, und sein schönes melancholisches Angesicht seinem edlen Freunde, dem Kaiser Alexander, zuwendet. Unfern von diesen folgt in offener Kalesche die zweite Schwester des Kaisers, die Großfürstin Marie von Weimar, und neben ihr die Fürstin von Thurn und Taxis, die Schwester der Königin Louise von Preußen, und deshalb, wie wegen ihrer eigenen Schönheit und Liebenswürdigkeit, von ihrem Schwager, dem König Friedrich Wilhelm, besonders ausgezeichnet und gefeiert.

Hinter ihnen erscheint im einfachen unscheinbaren Phaeton der Kaiser Franz neben seiner schönen bleichen Gemahlin, der Kaiserin Ludovica, mit lächelnder heiterer Ruhe hinblickend auf das bunte Gewühl um ihn her.

Nun bleibt die Masse der Spaziergänger mit einem Gefühl von Ehrfurcht und Stolz stehen, denn so eben fährt der Erzherzog Karl, der Sieger von Aspern, vorüber. Ihm folgt in vollem Galopp auf einem schäumenden ukrainischen Pferde der russische Husarengeneral Zibin; seine goldblitzende Uniform leuchtet in der Sonne, an seinem Hut wallt ein Pamache, das von Weitem wie der Schweif eines Kometen die Luft durchfliegt.

In der großen Berline, die jetzt daher rollt, sieht man den

Admiral Sir Sidney Smidt neben seiner Gemahlin und seinen zwei schönen Töchtern, Sir Sidney Smidt, den Bertheidiger von St. Jean d'Acre, auf dessen Brust eine Medaille glänzt, die glorwürdiger ihn ziert, als alle seine andern Ordenssterne. Diese Medaille hat ihm nach der Bertheidigung der Festung der Bischof von St. Jean d'Acre gegeben, indem er zu ihm sagte: „Diese Medaille stammt von Richard Löwenherz her; wir haben sie von ihm erhalten; ich gebe sie seinem Landsmanne zur Erinnerung seiner ruhmwürdigen Anwesenheit in einer Stadt, in welche vor Jahrhunderten sein König gleich ihm den Ruhm seines Namens hingetragen hat.*)

Jetzt kommt der König von Preußen daher galoppirt auf einem schönen englischen Pferde, nur von einem einzigen Abjutanten begleitet. Dicht hinter ihm sieht man die stolzen Reitergestalten des Generals von Tettenborn und des Prinzen von Hessen-Homburg. Dann kommen in offener, reich aufgeschirrter Equipage die beiden schönsten Männer des Wiener Congresses, der Fürst Metternich und der Prinz Leopold von Coburg; Beide in heiterm Gespräch, lächelnd, unbefangen und froh, Beide zuweilen rasch das Haupt zurück wendend, um hinter sich zu schauen nach der eleganten Equipage, die ihnen folgt, und in welcher man die drei Prinzessinnen von Kurland, die Herzogin von Sagan, die Fürstinnen von Accerenza und von Hohenzollern gewahrt, lächelnd umher blickend in vollem, siegreichen Bewußtsein ihrer Schönheit. Auf der Seite des Wagens, wo die Fürstin von Accerenza sitzt, reitet der reiche junge Holländer Borel, ein Diplomat, der sich nur des Einen Verdienstes rühmen kann, daß er die Erfindung der in das Auge eingekniffenen Lorgnette gemacht hat.

Jetzt kommt in eleganter Calesche der englische Gesandte, Lord Castlereagh mit seiner Gemahlin daher, Beide in seltsamer, auffallender und lächerlicher Toilette, Beide voll ernster Würde, nicht ahnend, daß sie der Gegenstand der allgemeinen Heiterkeit, des boshaften Geflüsters sind. Unfern von ihnen versperrt eben ein Fiacre der eleganten Carosse des Pascha's von Widdin den Weg, und gleich hinter diesem kommen

*) v. Nostiz: Tagebuch 2c. S. 148.

die Erzherzoge in einfachen Caleschen. Ihnen folgt in einer Chaise von seltsamer Bauart, die so niedrig ist, daß man von der Erde nicht nöthig hat, hineinzusteigen, sondern nur hineingeht, der König von Würtemberg, dessen ungeheure Corpulenz ihn nöthigt, an jedem Tisch für seinen Bauch einen Ausschnitt machen zu lassen. Hinter ihm galoppirt auf blendend weißem Roß der schöne junge Prinz Ypsilanti daher, der Sohn des vertriebenen Hospodar's der Moldau und Walachei, der in Rußland Schutz gesucht und gefunden hat, und von Alexanders großmüthiger Freundschaft hoch erhoben ist zu fürstlichen Ehren und Würden.

Ein ganzer Schwarm russischer Generäle und Fürsten folgt ihm, und pirouettirt an den lustwandelnden schönen Wienerinnen vorüber, die sich der stattlichen Cavaliere freuen, und ihren flammenden Blicken mit einen verstohlenen und ermuthigenden Lächeln antworten.

Und wenn nach diesen Vergnügungen des heitern, sonnenhellen Tages der Abend, die Dunkelheit sich über das freudevolle, singende und jauchzende Wien niedersenkte, dann wogte das Vergnügen von dem Prater, von der Bastei, von der Straße hinein in die Häuser, und da tanzte es die Tänze, da sang es die Lieder weiter, die es am Tage begonnen. Von hundert und hundert Kerzen strahlten dann die Häuser, überall hörte man Musik, heiteres Lachen. Durch alle Straßen flogen die Carossen daher, um ihre geschmückten Besitzer zu Bällen, Concerten, Redouten und Festlichkeiten zu tragen. Wien lebte bei Tag und bei Nacht in einem Taumel der Lust und Freude, und diese Lust, diese Freude, — das nannte man den Wiener Congreß!

V.

Die Verschworenen.

Die Dunkelheit der Nacht ruhte über Wien; die Häuser und Paläste strahlten im Glanz der Kerzen, in den vergoldeten Sälen sang und tanzte man und feierte seine Feste, aber hier unten auf dem

Josephsplatz war Alles dunkel und still, und zu der erhabenen Statue des großen Kaisers Joseph steigt kein Ton der lauten Congreßfreude, des profanen Congreßjubels empor. Schweigend und düster lag der weite Platz da, schweigend und düster hob sich das Monument empor, den Männern der Gegenwart und der Dunkelheit eine unangenehme Erinnerung an die vergangene Größe und ihr strahlendes Licht.

Jetzt kam mit hastigen Schritten eine männliche Gestalt über den Platz daher, und schritt gerade auf das Denkmal hin.

Sind Sie da? fragte eine leise gedämpfte Stimme.

Ja, ich bin da, und erwartete Sie, erwiederte eine andere Stimme, und aus dem Schatten der Statue hervor trat eine zweite männliche Gestalt.

Herr von Sahla? fragte der eben Gekommene.

Ich bin es, erwiederte der Andere. Und Sie? Ich kenne noch nicht den Namen des Freundes, der mir die Hand bieten will, damit ich meinem Vaterland und meinem König helfen und dienen kann.

Ich heiße Montbrun, Graf Montbrun, sagte der Andere hastig. Sie sehen, ich vertraue Ihnen, denn ich sage Ihnen da meinen wirklichen Namen, den nur meine Freunde kennen. Hier in Wien, vor der Polizei, den Spionen und Häschern bin ich der Graf von Longlemène, der letzte Sprosse einer altadligen Familie aus der Picardie.

Sie fürchten also die Polizei, die Spione und Häscher? fragte Herr von Sahla düster.

Ich fürchte sie nicht, sagte der Andere stolz, aber sie sollen mich nicht hindern an dem Werk, an dem wir Alle zu arbeiten haben; ich bin freudig bereit, für die gerechte Sache auf dem Schlachtfeld zu fallen, aber ich will nicht in einem Kerker meine Tage durchseufzen. Kommen Sie, mein Herr! Vom Stephansthurme schlägt es halb elf Uhr, lassen Sie uns eilen, denn die Gesellschaft erwartet uns. Sie sind doch salonmäßig angezogen?

Ich trage wie immer mein Ordenskleid, und ich denke, ich kann mit demselben bei Königen und Kaisern erscheinen.

Sie können es! Reichen Sie mir Ihren Arm, mein Herr! Nur wenige Schritte und wir sind am Ziel. —

Arm in Arm schritten sie über den Josephsplatz dahin, Beide schweigend und in sich gekehrt. Vor einem großen, glänzend erleuchteten Hause in einer der nahegelegenen Straßen machte der Graf Montbrun Halt.

Wir sind am Ziel, sagte er, aber bevor wir eintreten, mein Herr, muß ich Ihnen doch sagen, zu Wem wir gehen, und wessen Gast Sie heute sein werden. In diesem Hôtel wohnt der Graf Albini, einer der einflußreichsten und edelsten Männer Italiens. Oesterreich, das seinen Einfluß in der Lombardei fürchtet, und ihm mißtraut, hat ihn eingeladen, nach Wien zu kommen, unter dem Vorwand, über die Angelegenheiten und Bedürfnisse Italiens und der Lombardei seinen Rath hören zu wollen, in Wahrheit aber, um ihn hier besser bewachen und ihn unschädlich machen zu können. Aber Graf Albini sieht alle Fallstricke und weiß ihnen allen zu entgehen. Er giebt heute ein Fest, und wir werden einen Augenblick bei demselben erscheinen, um unsere Anwesenheit zu bekunden. Aber haben Sie wohl Acht auf mich, bleiben Sie immer neben mir, und folgen Sie mir, wohin ich gehe.

Ich werde Sie nicht verlassen, sagte Herr von Sahla, nur bin ich begierig zu wissen, wie die Feste des Grafen Albini Interesse für mich und die Angelegenheiten, die ich verfechten will, haben könnten.

Sie werden das schon sehen, kommen Sie nur! —

Die Säle des Grafen Albini strahlten im reichsten Schmuck, und in denselben wogte eine glänzende Gesellschaft auf und ab. Die Diplomaten aller Länder waren gekommen, um dem einstigen Minister, Staatssecretair des Königreiches Italien, als welcher Albini in Paris gewohnt hatte, ihre Achtung zu bezeigen, und Albini empfing sie mit der lächelnden Feinheit und Ruhe eines gewandten Weltmannes. Aber der Schatten einer Wolke ruhte doch auf seiner Stirn, und seine Augen flogen zuweilen mit einem raschen, trüben Blick durch die Säle dahin. Als jetzt der Graf Montbrun mit Herrn von Sahla in den Salon trat, ging er dem Ersteren rasch einige Schritte entgegen und zog ihn in eine Fensternische.

Graf, sagte er leise und hastig, seien Sie auf Ihrer Hut, sagen

Sie den Freunden, daß sie es auch sein sollen. Ich fürchte, man miß-
traut uns, und überwacht mein Haus. Sehen Sie sich um in den
Sälen. Kein Einziger der Fürsten ist erschienen, sie haben Alle heute
Nachmittag wegen eines improvisirten Festes bei der Kaiserin von
Rußland absagen lassen.

Aber der Vicekönig wird doch kommen? fragte Montbrun hastig.

Nein, auch Er, auch Eugène kommt nicht, sagte Albini traurig.
Er hat mir geschrieben, und sich entschuldigt. Ah, mein Freund, welch'
einen schmerzlichen, wehmuthsvollen Brief! Er darf es nicht wagen,
hierher zu kommen, weil man ihn alsdann verdächtigen würde. Glauben
Sie mir, er ist ein armer Gefangener, den man mit Rosenketten gefesselt hat, aber die Dornen bohren sich doch heimlich in sein Fleisch
ein. Eugène ist es, der mich warnt. „Seien Sie auf Ihrer Hut,"
schreibt er mir, „verbergen Sie Ihre Gedanken unter doppelten Schleiern,
fürchten Sie vor allen Dingen die Verräther, die sich unter dem Schein
der Gleichgesinntheit in Ihr Haus einschleichen möchten. Glauben Sie
nur, daß man Sie, gleich mir, immer beobachtet, immer beargwöhnt.
Verbrennen Sie auch Ihre Briefe, wenn Sie deren aus Frankreich
oder Italien erhalten."

Der Vicekönig hat Recht, Graf, sagte Montbrun ernst, seien Sie
auf Ihrer Hut. Ihr Haus ist die einzige Zuflucht des politischen
Unglücks, der zertretenen Freiheit, erhalten Sie uns diese. Sie sind
der Mittelpunkt, um den sich die Freunde sammeln; wenn wir diesen
verlieren sollten, würden wir vom Sturm der Ereignisse hierhin und
dorthin getrieben werden, und allen Zusammenhang untereinander
verlieren.

Ich bleibe Ihnen, sagte Albini, und ich werde vorsichtig sein.
Aber Sie selber, Graf, sind Sie auch vorsichtig? Wer ist zum
Beispiel dieser bleiche junge Mann, mit dem Sie vorhin eintraten,
und der, so viel ich weiß, nicht zu den eingeladenen Gästen gehört?

Ich habe mir erlaubt, ihn einzuführen, Excellenz, und ich bitte
um die Gunst, Ihnen den jungen Mann vorstellen zu dürfen. Es ist
der Calatrava-Ritter Herr von Sahla.

Und Sie glauben, ihm trauen zu dürfen?

Ich bin davon überzeugt. Ich habe Gelegenheit gehabt, ihn zu beobachten, und ich sage Ew. Excellenz, er ist ein Mann, der uns sehr nützen kann. Zudem sind wir wohl verpflichtet uns seiner anzunehmen, denn er ist ein fanatischer Anhänger des Königs August von Sachsen, des getreuesten der deutschen Fürsten. Um für seinen König zu wirken, ist er hier.

Ah, der Arme, ich fürchte, er wird da wenig erwirken können, sagte Albini, Sachsen ist verloren. Aber kommen Sie, Graf, stellen Sie mir Ihren Schützling vor. Noch Eins. Gehen Sie nicht eher in das Berathungszimmer, als bis der Tanz begonnen hat, und haben Sie die Güte, sogleich wieder in die Säle zu kommen, wenn ich Ihnen das Zeichen geben lasse, daß das Souper beginnt. Nun lassen Sie mich Ihren Freund kennen lernen!

Die beiden Herren traten wieder aus der Fensternische hervor, und näherten sich dem Calatrava-Ritter, der einsam und unbeachtet dagestanden, und mit düstern Mienen das bunte Getreibe um sich her beobachtet hatte.

Die Säle indessen hatten sich immer mehr gefüllt, und wenn auch die gekrönten Häupter selber nicht erschienen, so waren sie mindestens doch vertreten durch ihre Gesandten und ihre Würdenträger; und außerdem hatte die Aristocratie der Ahnen sowohl wie des Geldes sich beeifert, der Einladung des Grafen Albini Folge zu leisten, und in dem bunten Gewühl dieser glänzenden Gesellschaft begegnete man den schönsten Frauen, den hochgestelltesten Persönlichkeiten aller Länder Europa's. Und Alles lachte und war heiter, und gab sich in harmlosem Frohsinn dem Genuß des Momentes hin.

Jetzt riefen die schmetternden Töne der Musik die jugendlichen Gäste in den großen Tanzsaal, die Cavaliere näherten sich den jungen, blumengeschmückten, rosigen, lächelnden Damen, um sie zum Tanz aufzufordern, die alten Diplomaten sogar wagten es dem Beispiel der Jugend zu folgen, und in den Tanzsaal zu gehen, um wenigstens an dem neuen, vom Kaiser von Rußland eingeführten Tanz Theil zu nehmen, und die gracieuse bequeme Polonaise mit durch die Säle zu gehen. Alles schien Heiterkeit, Vergnügen und Zufriedenheit, und nur hier und da begegnete man in dem geputzten Gewühl einem düstern Gesicht, einer ernsten Gestalt, die aber, fortgerissen von dem allgemeinen Strom, sich mit fortbewegte in den bunten Schlangenwindungen der Polonaise.

Jetzt ist es an der Zeit, flüsterte Herr von Montbrun seinem Begleiter in's Ohr. Der Tanz hat begonnen, die rauschende Musik ist der Schleier, der unsere Worte verhüllen wird. Kommen Sie!

Er nahm den Arm des jungen Mannes, und ging mit ihm aus dem Tanzsaal durch die anstoßenden Säle in das kleine düstere Boudoir, das am Ende der langen Galerie der glänzenden Zimmer lag. Hier blieb er einen Augenblick stehen und lauschte. Die Polonaise, welche ihre glitzernde Schlangenlinie eben durch den letzten Salon hingewunden hatte, war jetzt wieder in die vordern Säle zurückgekehrt, nur fern und leise rauschte die Musik in das Cabinet, und die Stimmen der plaudernden, lachenden, sich hin und wieder bewegenden Menschen einten sich nur zu einem verworrenen Geräusch, wie von brausendem Winde, oder grollenden Meereswogen.

Graf Montbrun nickte leise mit dem Kopf. Sie tanzen und freuen sich, sagte er, Niemand achtet auf uns! Weiter also!

Er trat rasch zu dem großen Gemälde, das den Grafen Albini in ganzer, lebensgroßer Figur darstellte, und dessen breiter vergoldeter Rahmen fast bis zum Fußboden niederreichte. An eine der in dem Rahmen befindlichen Rosen legte Graf Montbrun seinen Finger und drückte die Rose nieder. Das Bild sprang zurück und öffnete sich zu einer Thür, die nach einem schmalen, matterleuchteten Corridor führte.

Hastig überschritten die beiden Männer diese Thür, dann zog der Graf das Bild wieder an sich, und drückte es wieder fest in die Wandvertiefung ein.

Nun zwei Schritte und wir treten in das Allerheiligste ein, sagte Montbrun. Sie haben mir geschworen, nichts zu verrathen. Entsinnen Sie sich Ihres Schwurs?

Ich entsinne mich desselben, und ich werde ihn erfüllen.

Und es wird zu Ihrem Glück sein, mein Herr! Haben Sie gehört, daß man jüngst in Paris den General Quesnel todt in der

Seine gefunden hat, und daß man nicht begreift, weshalb dieser so lebensfrohe, so glückliche General zum Selbstmörder geworden?

Ja, ich habe davon gehört, und ich habe auch gehört, daß man es bezweifelt, daß General Quesnel ein Selbstmörder sei.

Man hat Recht. General Quesnel ward verurtheilt und er erlitt die Strafe des Verbrechens. Er gehörte zu uns, und um sich bei dem König von Frankreich beliebt zu machen, verrieth er einen Theil unseres Bundes. An demselben Abend noch führten vier der Unsrigen den aus den Tuilerien heimkehrenden General zu der Seine. Man ließ ihm Zeit zu einem Gebet, dann schlugen die Wellen über dem Grab des Verräthers zusammen.*) Ich erzähle Ihnen dies, um Sie zu warnen, mein Herr!

Und ich erwiedere Ihnen darauf nur, daß ich Ihre Strafe gerecht finde. Dem Verräther gebührt der Tod! Lassen Sie uns weiter gehen, Herr Graf.

Nun denn, es sei, sagte Graf Montbrun. Kommen Sie!

Er eilte hastig den Corridor hinunter, an dessen Ende eine kleine Thür sich befand. Der Graf klopfte drei Mal in eigenthümlicher Weise; bei dem dritten Klopfen ward innen ein Riegel zurückgeschoben und die Thür öffnete sich ein wenig.

Die Parole? fragte eine Stimme innerhalb.

Frankreich, Polen, Sachsen, Italien, sagte Graf Montbrun leise.

Jetzt flog die Thür auf, und an dem Arm des Grafen trat Sahla ein. Einen Moment blieben sie Beide an der Thür stehen, geblendet von dem Glanz der Kerzen, die von zwei großen Kronleuchtern und von vier Candelabern strahlten, und den Salon wie mit Tageshelle erfüllten.

Sie sehen, wir scheuen das Licht nicht, sagte der Graf lächelnd, aber wenn man uns hier überraschen sollte, so würde unser einziges Vergehen doch nur darin bestehen, daß wir, den österreichischen Gesetzen zum Trotz, hier hohes Hazardspiel getrieben, und Herr von Albini, der sich den Anschein giebt, selber ein leidenschaftlicher Pharaospieler

---

*) Abrantès: Mémoires XVIII. 279.

zu sein, hätte doch weiter kein Unrecht begangen, als daß er für sich und seine Freunde einen Pharaotisch und ein Roulette hält. Man würde ihm kaum dafür einen Verweis aussprechen dürfen. Sehen Sie die beiden Tische da in der Mitte des Saals, um den sich die Gesell= schaft drängt? Das sind die Glückstische; noch spielt man wirklich, und man hat uns daher noch nicht bemerkt. Aber man wird gleich aufhören zu spielen. Lassen Sie uns näher treten!

Nur noch Eine Frage, Herr Graf, flüsterte Sahla haftig. Ich sehe dort an den Tischen viele schöne und junge Damen. Sind diese nur hier um zu spielen, oder wagt man es, auch Frauen in Ihren Bund aufzunehmen?

Mein Herr, die Frauen sind die thätigsten und verschwiegensten Mitglieder unseres Bundes, sagte Graf Montbrun, und ohne die Frauen würden wir wenig Einfluß und Bedeutung haben. Sie werden das selbst erkennen, wenn Sie unserer heutigen Sitzung beigewohnt haben.

Er schritt jetzt rasch vorwärts, und sich dem Croupier nähernd, der eben das Roulette drehte, legte er ihm leise die Hand auf die Schulter.

Gott zum Gruß, Herr Marquis, sagte er.

Der Angeredete sprang empor und verneigte sich grüßend. Graf Montbrun, rief er laut.

Graf Montbrun, wiederholten die Spieler an den Tischen, und die Herren erhoben sich von ihren Sitzen, ihn zu begrüßen, und die Damen winkten ihm mit ihren Fächern und ihren von Brillanten blitzenden weißen Händen, und hießen ihn willkommen mit ihren glän= zenden Blicken und ihren lächelnden Lippen.

Enden Sie das Spiel, sagte der Graf ernst, lassen Sie uns die Sitzung beginnen.

Sofort wurden die Karten bei Seite geschoben, das Geld einge= zogen und das Roulette verhüllt.

Eine augenblickliche Stille trat ein, dann sagte der Graf, auf Herrn von Sahla deutend, der neben ihm stand: ich führe Ihnen heute ein neues Bundesmitglied zu, und ich bitte die Herren und Damen von der Abtheilung für Sachsen, den neugewonnenen Freund in Ihre Mitte aufnehmen zu wollen.

Fünf Herren und zwei Damen erhoben sich von ihren Plätzen und näherten sich Herrn von Sahla, die Herren, indem sie ihm ihre Hände darreichten und ihn freundlich willkommen hießen, die Damen, indem sie ihn mit einem Lächeln und einem freundlichen Neigen des Kopfes begrüßten.

Herr von Sahla folgte ihnen und nahm in ihrer Mitte Platz.

Und jetzt, sagte Graf von Montbrun, jetzt bitte ich die Versammlung, den neuen Bundesgenossen ein wenig mit den Zwecken und den Pflichten unseres Bundes bekannt machen zu wollen, damit er weiß, was wir ihm gewähren, und was wir von ihm erwarten. Es ist überdies immer gut, wenn wir uns Alle, inmitten dieses bewegten und rauschenden Lebens, das uns in seine Strudel hineinzieht, recht oft der ernsten Zwecke, die uns hier zusammengeführt, erinnern, und uns immer wieder die großen Ziele vergegenwärtigen, denen wir nachstreben. Ich will Ihnen also sagen, Herr von Sahla, was unser Bund ist und was er bezweckt. Er ist ein freies Uebereinkommen hochherziger und uneigennütziger Seelen, denen die Freiheit, die Ehre und das Glück der Völker wichtiger ist als Fürstengunst und Ehrenstellen, und die ihr Leben, ihr Vermögen, ihre Sicherheit und ihre Ruhe daran wagen, den Völkern zu dienen, denen, welchen sie einmal ihre Treue gelobt, sie auch zu bewahren, die Untreue zu verfolgen, die aufgedrungenen Herrscher zu bekämpfen, und Alles daran zu setzen, die rechtmäßigen Herrscher, welche die Liebe ihrer Völker begehrt, welche zum Wohl des Vaterlandes nützlich sind, zurück zu führen. Sie sehen daher hier alle diejenigen Völker vertreten, welche leiden, welche bluten, und von dem Congreß keine Rettung und Heilung, sondern nur ihren völligen Untergang zu erwarten haben. Wir sind hier also nicht blos Franzosen, sondern wir sind hier auch Italiener, Polen und Sachsen, nur haben wir die französische Sprache als die Conversationssprache angenommen, weil sie die bekannteste ist, und deshalb werden die Verhandlungen in dieser Sprache geführt. Wir haben uns hier versammelt als die unberufenen Mitglieder des Congresses, als die geheimen Arbeiter, welche in der Stille der Nacht, und unter dem Schweigen des Geheimnisses das Gewebe wieder zerstören, das während des Tages die berufenen

Diplomaten, welche hier fremde Güter verschenken wollen, gewebt haben. Sie wollen Polen, Frankreich, Italien und Sachsen vernichten, zertreten, und den fürstlichen Raubvögeln als Beute hinwerfen, wir wollen ihnen diese Beute entreißen, wir wollen es verhindern, daß man Völker gleich Sclaven verhandele und verschenke, daß man Länder, gleich überreifen Früchten, zerschneide und vertheile, um deren beliebig Diesem und Jenem ein Stückchen zum Verspeisen zu geben. Dies ist es, was unser Bund bezweckt, worauf alle unsere Bestrebungen gerichtet sind: wir wollen Gerechtigkeit für die Völker. Wir wollen, daß man ihre Sympathieen ehre, und ihnen die Herrscher wiedergebe, welche ihr Herz ersehnt und ihre Vernunft begehrt. Um dieses Ziel zu erreichen, nehmen wir zu allen Mitteln unsere Zuflucht, um dieses Ziel zu erreichen, lernen wir zu heucheln und uns zu verstellen, legen wir eine Maske vor unser Angesicht, und scheinen, was wir nicht sind, und sprechen, was wir nicht denken, forschen wir die Menschen aus, um ihre Gesinnung kennen zu lernen, und ihre Geheimnisse zu erlauschen. Wir schleichen uns als Spione in die Kabinette, wir machen uns zu Verräthern und zu Betrügern, wir heucheln Liebe, die wir nicht empfinden, und Haß, der uns fremd ist, wir machen es gleich dem Brutus, und gleich ihm dienen wir den Tyrannen, bis der Moment gekommen ist, wo wir sie stürzen werden. Nun frage ich Sie noch einmal, Herr Ritter von Sahla, wollen Sie sich den Nachkommen des Brutus verbünden, wollen Sie Ihre Liebe, Ihre Ehre, Ihr Gewissen dem Dienste des Vaterlandes, dem Dienste der Unterdrückten weihen?

Ich will es, sagte Sahla laut und fest. Man will Sachsen zerreißen, Sachsens König in Armuth und Verbannung stürzen, ich liebe mein Vaterland, ich liebe meinen König, ich weihe mich also seinem Dienst. Ich will um seinetwillen die Rolle des Brutus spielen, ich will, um ihm zu dienen, zum Spion, zum Verräther, ja, wenn es sein muß, zum Mörder werden. Dem Vaterland gehört meine Ehre und mein Gewissen, dem König mein Blut und meine Treue!

Eine düstere fanatische Gluth flammte aus seinen Augen, während er so sprach, und man sah es diesem bleichen Angesicht wohl an, daß es ihm Ernst sei mit seinem Gelöbniß, und daß er in seinem Fanatismus selbst vor einer Mordthat nicht zurückbeben werde. Mit einer scheuen Ehrfurcht ruhten daher die Blicke aller Anwesenden auf ihm und Niemand wagte zu lächeln über den sächsischen Accent, mit dem Herr von Sahla sein Französisch gesprochen.

Sie wollen also dem Bunde angehören? fragte Graf Montbrun.

Ich will ihm angehören!

Sie wollen gehorsam sein den Oberen, wollen thun, was zu thun man Sie heißt, und was von den Oberen als zum Wohl des Ganzen nothwendig erachtet wird?

Ich will es thun. Wenn man mir einen Dolch in die Hand drückt und mir sagt: „tödte diesen Mann, denn Er ist es, der Dein Vaterland zertreten, Deinen König verjagen will," nun wohl, so werde ich ihn tödten. Wenn man mir befiehlt: „mache Dich zum gehorsamen Sclaven dieses Mannes, laß ihn ohne Murren seinen Fuß auf Deinen Nacken stellen, denn dies ist nothwendig zum Wohl Deines Vaterlandes," nun wohl, so werde ich mich zur Erde niederwerfen, meine Stirn in den Staub drücken und Sclave werden.

Wenn man Ihnen aber befiehlt: gehen Sie hin, suchen Sie die Liebe dieser Frau zu erwerben, schwören Sie ihr ewige Liebe, ewige Treue, sie ist im Besitz von Geheimnissen, die uns wichtig sind, deren Enthüllung Ihrem Vaterlande nützen kann, suchen Sie also der Frau, welche Sie liebt, dieselben zu entreißen, schwören Sie ihr, daß Sie Niemanden etwas sagen wollen. Was würden Sie thun, wenn Sie im Vertrauen auf Ihre Liebe Ihnen wirklich ihre Geheimnisse enthüllt?

Ich würde freudig den schwärzesten und ehrlosesten Verrath be=gehen, ich würde die Geheimnisse der Frau, welche mich liebt, ver=rathen, obwohl ich ihr geschworen, sie Niemanden auf der Welt an=zuvertrauen.

Sie haben seine Antworten vernommen, meine Brüder und Schwestern, sagte Montbrun, seine Blicke über die Gesellschaft hin=gleiten lassend, ist er es würdig, in unseren Bund aufgenommen zu werden?

Er ist es würdig! riefen Alle, wie aus Einem Munde.

VI.

Der geheime Congreß.

Herr von Sahla ist also aufgenommen, rief Graf Montbrun. Willkommen dem Getreuen, Tod dem Verräther. Jetzt, meine Brüder und Schwestern, rasch zum Werk. Was haben wir gethan, was haben wir erreicht? Die Commission für Italien spreche zuerst. Was sagen die heimgekehrten Emissaire?

Drei der Herren, die auf der unteren Seite des Tisches saßen, erhoben sich von ihren Sitzen.

Ich war in der Lombardei, sagte der Erste. Alles ist dort in Aufregung und Gährung, alle Gemüther sind entflammt. Venedig und Mailand sind bereit zu offenem Widerstande, wenn man sie ihrer Selbstständigkeit und ihrer Freiheit berauben, und sie wieder in österreichisches Joch schmieden will. Alle Herzen sind in Sehnsucht und Liebe erglüht für den Völkerbefreier, der als Gefangener auf Elba schmachtet, und der allein die zertretene Lombardei wieder aufrichten wird.

Ich komme aus Genua, sagte der Zweite. Genua zittert für seine Zukunft, es sieht seine Selbstständigkeit bedroht, es fürchtet an Sardinien als Beute hingegeben zu werden. Alle Gesichter sind gen Elba gekehrt, heimlich schmiedet man Waffen, rüstet man Schiffe aus, betet man zu Gott, daß er dem Befreier Kraft verleihe, seine Ketten zu brechen, Flügel, seinem Gefängniß zu entfliehen.

Ich komme aus Neapel, sagte der Dritte. König Joachim Murat bereut den Verrath, den er einst an dem großen Kaiser begangen, er will wieder gut machen, er fühlt, daß er verloren ist, wenn nicht bald eine Aenderung der Dinge eintritt, er sieht den Thron unter sich schwanken, und sieht die Bourbonen ihre habgierige Hand nach seiner Krone ausstrecken. Sein Volk liebt ihn und zittert mit ihm, aber es weiß, daß es nicht im Stande ist, den Thron Joachims zu stützen, wenn nicht von dem Befreier der Welt ihnen Hülfe kommt.

Und was berichten unsere anwesenden Emissaire für Italien?

Drei Damen von seltener Schönheit erhoben sich von ihren Sitzen und grüßten den Grafen Montbrun mit einem bezaubernden Lächeln.

Die Lombardei ist verloren, wenn der Befreier nicht bald kommt, sagte die Erste. Man hat den Plan entworfen, Baiern mit Oesterreich zu verbinden, und will den König von Baiern dafür zum König der Lombardei machen. Schon ist der König diesem Plan geneigt, und bereit den Tausch einzugehen. Man trifft im Geheimen alle Vorkehrungen, und wird die Welt erst mit diesem Plan überraschen, wenn der Traktat abgeschlossen ist und nicht wieder rückgängig gemacht werden kann. Nur der Kaiser Franz, der König von Baiern und der Fürst Metternich allein wissen um dies Project, und Einer von diesen Dreien vertraute es mir unter dem Beichtgeheimniß der Liebe. Was soll ich thun?

Suchen Sie die Unterhandlungen in die Länge zu ziehen, und in der Stunde der Gefahr benachrichtigen Sie solche Personen, von denen Sie wissen und ermessen können, daß sie Einfluß genug haben, den Plan zu zerstören.

Genua ist verloren, sagte die zweite Dame mit zürnender, schmerzbewegter Stimme, ich sehe meine Vaterstadt in Gefahr, man schmiedet schon die Ketten, mit denen man es an Sardinien heften will. Vergebens haben die Gräfin Brignolle und ich Alles in Bewegung gesetzt, um die Gemüther Derjenigen, welche Genua retten können, für die große Sache unseres Vaterlandes zu gewinnen. Aber unser Flehen, unsere Thränen, unser Lächeln selbst ist vergeblich. Es giebt nur noch Ein Mittel, Genua zu retten, — der Prometheus, welcher auf dem Felsen von Elba schmachtet, muß befreit werden!

Der König von Neapel ist verloren, wenn man ihn nicht warnt, sagte die dritte Dame. Die Gesandten des Königs von Sicilien haben im Verein mit den Gesandten des Königs von Portugal und Spanien bei dem Congreß den Antrag gestellt, daß man Neapel seinem rechtmäßigen König zurück gebe, daß man Murat von dem usurpirten Thron stürze, ihn deshalb in Händel mit Oesterreich zu verwickeln suche, ihn dann herausfordere zum Kampf und mit vereinter Macht ihn stürze. Alle Mächte sind bereit, den Wunsch der südlichen Bourbonen zu erfüllen, nur Oesterreich zögert noch und ich hoffe, es wird mir gelingen, dieses Zögern noch eine Zeit lang zu erhalten. Man eile sich, Murat zu warnen, man eile sich, den Prometheus zu befreien!

Die Commission für Polen spreche jetzt! befahl der Graf Montbrun.

Wieder erhoben sich drei Herren und mit trauriger Geberde und düsterer Stimme erzählten sie von den Leiden des unglücklichen Polens, das auf's Neue von einer Theilung bedroht sei, und daß Oesterreich, Preußen und Rußland wieder die Fänge ihrer Adler ausstreckten, um es zu zerreißen und zu zerstören.

Nach ihnen erhoben sich drei Damen, um zu berichten, was sie auf dem Congreß erfahren, was ihnen anvertraut aus gewichtigem Munde, und die Gefahren und die Hülfsquellen zu bezeichnen, welche noch für Polen geblieben.

Der einzige Freund, den Polen noch auf dem Congreß besitzt, sagte die dritte der Damen, das ist der Kaiser Alexander von Rußland, die einzige Frau, die den Muth haben wird, bei Alexander für Polen zu sprechen, das ist die schöne und kluge Fürstin Bagration, aber um ihren Mund zu gewinnen, muß man ihren Eigennutz gewinnen, um sie reden zu machen, muß man mit Gold und Diamanten zu ihr reden.

Man wird so zu ihr reden, sagte Graf Montbrun. Was sagen die Emissaire für Sachsen?

Wieder erhoben sich drei Herren von ihren Sitzen. Sie erzählten von dem Schmerz, der Verzweiflung der Sachsen, welche seufzten unter fremdem Joch, und vergeblich ihren König zurücksehnten. Sie erzählten von den Bedrückungen, die Sachsen erduldet unter der russischen Occupation des Fürsten Repnin, und daß es jetzt nicht weniger dulde, seit Rußland die Herrschaft Sachsens an Preußen abgetreten, Preußen feierlich von Sachsen Besitz genommen, die sächsischen Regimenter in preußische Städte verlegt habe, und von dem Militair und den Behörden Treue und Gehorsam für den König von Preußen begehre. Sie sagten, daß der König von Preußen und sein Minister, der Staatskanzler von Hardenberg, den Besitz Sachsens als eine Ehrenschuld betrachte, die Europa Preußen bezahlen müsse, sie erzählten, daß der

König Ludwig der Achtzehnte von Frankreich seinem Minister Talleyrand befohlen habe, beim Congreß darauf zu beharren, daß das treu-
lose, verrätherische Sachsen gestraft werde und auf ewig aus der Reihe
der Staaten verschwinde.

Herr von Sahla hatte ihnen zugehört mit bleichem Angesicht, mit
düstern Blicken, seine Hände hatten sich krampfhaft in einander geschlossen, seine Lippen bebten, der Athem ging keuchend aus seiner
Brust hervor.

Ja, ja, murmelte er leise vor sich hin, der König von Preußen
ist Sachsens gefährlichster Feind, wehe ihm also!

Und giebt es kein Mittel, den unglücklichen Sachsen zu helfen?
fragte Graf Montbrun.

Doch, es giebt ein Mittel, sagten die beiden Damen, welche unfern von Sahla sich befanden, und ihn mit theilnehmenden Blicken betrachtet hatten. Man muß die Feinde Sachsens unschädlich machen,
und den Freund Sachsens befreien. Sachsens größter Feind ist der
König von Preußen, Sachsens größter Freund ist der Kaiser Napoleon.
Auf den König von Preußen wirkt sein Staatskanzler von Hardenberg,
auf den Staatskanzler wirkt seine Freundin Friederike Hähnel.

Ich kenne sie, murmelte Herr von Sahla.

Ich kenne sie, sagte der Graf Montbrun mit einem unmerklichen
Lächeln. Ich kenne sie, und ich werde sie für Frankreich gewinnen, es
ist die Sache des Königs von Sachsen, sie für seine Sache zu gewinnen.
Sie ist ehrgeizig und geldgierig. Man muß sie bestechen, indem man
ihrem Ehrgeiz fröhnt, indem man ihrer Vorliebe für Brillanten genügt. Der König von Sachsen, sagt man, besitzt sehr schöne Brillanten.
Herr von Sahla, wollen Sie gehen, von dem König von Sachsen
einige Brillanten für Ihre Freundin zu fordern?

Ich werde heute Abend noch abreisen, sagte Herr von Sahla.
Ich werde Brillanten anschaffen für die Freundin des Staatskanzlers,
und wenn diese funkelnde Bitte bei Hardenberg nichts hilft, werde ich
mich an den König von Preußen selber wenden, werde ich ihn zwingen,
Sachsen zu entsagen, und meinem König seine Krone wieder zu geben.

Und jetzt, was sagen die Emissaire aus Frankreich? rief Graf Montbrun.

Sie sagen, Frankreich ist der Last müde, die auf seinen Schultern ruht, riefen die Männer, die sich jetzt erhoben. Frankreich kennt nur Eine Sehnsucht, nur Einen Wunsch, nur Ein Begehr: es will seinen Kaiser wieder haben, und seine Kaiserin und seinen König von Rom. Frankreich ruft nach seinem Napoleon; das Volk bereut, daß es sich einen Moment von ihm gewandt, die Armee hängt an ihm mit enthusiastischer Liebe, und wenn die Soldaten laut rufen: „es lebe der König!" so setzen sie leise hinzu: „von Rom, und sein Vater, der kleine Corporal!"*) Ganz Frankreich ist aus dem kurzen Rausch der Bourbonenliebe erwacht, es sieht, daß es unter dem neuen Regiment nichts gewonnen hat an Freiheit und Wohlstand, daß es aber Alles eingebüßt hat an Ehre und Ruhm. Frankreich ruft seinen Kaiser. Möge er ihm wiederkehren!

Wir haben jetzt Alle angehört, rief Graf Montbrun begeistert, wir haben die Stimmen des unglücklichen Italiens, des unglücklichen Sachsens und Polens gehört, sie rufen nach dem Kaiser, als nach ihrem Erlöser. Wir haben die Stimmen Frankreichs gehört, sie rufen nach dem Kaiser, als nach ihrem Ruhm, ihrer Ehre und ihrer Liebe. Die unglücklichen Völker alle strecken ihre Hände nach Elba hin, nach dem gefangenen Kaiser! Geben wir ihm also seinen Kaiser wieder, erlösen wir Napoleon, auf daß er die Völker erlöse.

Erlösen wir Napoleon, auf daß er die Völker erlöse, riefen Alle mit jauchzender Begeisterung.

Still, still, sagte Montbrun. Laßt unser Entzücken leise sprechen, dämpft die Begeisterung Eurer Sehnsucht. Noch schmachtet der Kaiser auf Elba, noch ist die Kaiserin und der König von Rom in Schönbrunn. Wir müssen also vorsichtig und besonnen sein, um unser Ziel zu erreichen. Aber die Zeit des Handelns und der Thaten ist jetzt gekommen. Wohlan, so sei es! Der Congreß bedroht uns, jetzt wollen wir ihn bedrohen. Zuerst ein Wort zu den Emissairen für Italien,

---

*) Mémoires d'une femme de qualité. Vol. II.

Sachsen und Polen. Wendet alle Mittel der Ueberredung, der List, des Goldes, der Liebe an, um die Entscheidungen hinzuhalten, die Diplomaten unter einander zu verwirren, sucht Zwietracht zu erwecken unter den Congreßmitgliedern, sucht den Neid, die Eifersucht, den Stolz der Fürsten untereinander zu erregen. Macht den Freund dem Freunde, den Bundesgenossen dem Bundesgenossen verdächtig, säet Unfrieden, streut Zwietracht aus, schafft Euch mächtige Verbindungen, werft Geld mit vollen Händen aus. Wir haben über Millionen zu gebieten, sagt wohin wir sie geben sollen, und es wird geschehen. Ein schriftlich Wort an den Grafen Albini oder an mich genügt, und die Summen liegen bereit. — Jetzt zu den Emissairen und Bundesbrüdern, welche den König von Rom und die Kaiserin umgeben. Bereitet Alles vor zur Flucht, sucht die Kaiserin vorsichtig für unsern Plan zu gewinnen, weiht vorsichtig den König von Rom in denselben ein, seid jeden Abend bereit die Botschaft zu vernehmen, welche Euch mit der Kaiserin, mit dem König von Rom nach Frankreich ruft. Herr Baron von Meneval, Frau Gräfin von Montesquiou, Herr Abbé Letti, Ihnen zunächst liegt diese Sorge ob, Frankreich hat Ihnen seine heiligen Güter, seine Kaiserin und seinen Thronerben anvertraut, Frankreich erwartet, daß Sie Ihre Schuldigkeit thun, und seinen Ruf nicht überhören, wenn es von Ihnen die Gemahlin und den Sohn seines Kaisers zurückverlangt. Horchen Sie auf den Ruf, und seien Sie bereit, ihm nachzukommen. Die Stunde der Rettung naht, machen Sie sich bereit.

Wir machen uns bereit, riefen der Baron Meneval und der Abbé Letti.

Ich bin bereit, sagte die Gräfin Montesquiou, und ich weiß, auch der kleine König von Rom ist bereit. Aber ich fürchte für die Kaiserin. Man bemüht sich, ihr Herz dem Kaiser abwendig zu machen, die Kaiserin von Frankreich wieder in eine Erzherzogin von Oesterreich zu verwandeln, und es wird gelingen, wenn die Rückkehr nach Frankreich noch lange verschoben wird.

Sie wird bald erfolgen, nur noch einige Monate der Vorbereitung, und es wird geschehen. Wer ist bereit nach Elba abzureisen, und dem Kaiser die Grüße seiner Getreuen zu bringen, ihm die Pläne mitzutheilen, die wir keinem Papier anvertrauen dürfen, und von ihm seine Befehle einzuholen?

Vier Herren erhoben sich zu gleicher Zeit. Ich bin bereit, rief Jeder von ihnen mit leuchtenden Augen und freudestrahlendem Angesicht.

Wohlan, Sie werden alle Vier auf verschiedenen Wegen und unter verschiedenen Verkleidungen abreisen, sagte Montbrun; wenn Einer von Ihnen Schiffbruch leidet, wenn der Andere gefangen, der Dritte getödtet wird, so kann doch der Vierte nach Elba gelangen, dem Kaiser zu sagen, daß Frankreich ihn ruft, daß Italien, Polen und Sachsen auf ihn hoffen, daß er die Liebe Frankreichs, die Hoffnung der unglücklichen Völker ist, daß wir ihm die Wege bahnen, die ihn zurückführen sollen auf den Thron. Dieser Eine, welcher, so Gott will, bis nach Elba gelangt, wird auch Mittel und Wege erfinden müssen, sich dem Commodore Campbell zu nähern, dem Wächter, den England dem Kaiser nach Elba nachgesandt, und der mit seinem Schiffe immer die Insel umkreuzt.

Ich weiß ein Mittel, Sir Campbell von Elba fortzulocken, sagte eine Dame von wunderbarer, stolzer Schönheit, indem sie sich erhob, und mit langsamen, majestätischen Schritten sich dem Grafen Montbrun näherte.

Die Gräfin Ildefonso, die schöne Genueserin, flüsterte man, und Aller Augen richteten sich neugierig und bewundernd zugleich auf diese junge Frau, deren Schönheit eben so berühmt war, als ihre Tugend und Sittsamkeit, und um deren Gunst bisher Könige und Fürsten vergeblich geworben. Die Gräfin Ildefonso hatte sie Alle mit stolzem Lächeln zurückgewiesen, aber dieses Lächeln war immer doch so bezaubernd gewesen, daß es ihre Verehrer zu größerer Liebe entzündete, und statt sie abzuschrecken, sie auf's Neue entflammte. Denen, welche um ihre Hand geworben, hatte sie gesagt: „Ich habe die Schmerzen der Ehe empfunden; jetzt bin ich Wittwe und will es bleiben, weil ich nicht wieder unglücklich sein will." Denen, welche um ihre Liebe gefleht, hatte sie gesagt: „Ich liebe nichts als mein Vaterland. Meinem Genua gehört mein Herz, meine Seele, mein Reichthum und meine Freiheit.

Ich liebe Genua, und Genua's Bürgerkrone ist mir lieber als alle Fürstenkronen."

Hier in Wien, wie in Paris und Genua, war die Gräfin Ildefonso der Stern aller Gesellschaften, das bewunderte Idol aller Männer gewesen, und selbst die Frauen hatten sie geliebt, weil sie wußten, daß die stolze keusche Gräfin ihnen weder ihre Männer noch ihre Liebhaber entreißen wolle, weil sie zur Coquetterie zu stolz, zur Liebe zu kalt sei.

Ich weiß ein Mittel, Sir Campbell von Elba fortzulocken, wiederholte die Gräfin Ildefonso noch einmal, ihre großen schwarzen Augen auf den Grafen Montbrun heftend.

Und wollen Sie uns dieses Mittel angeben, Frau Gräfin? fragte Montbrun.

Die Gräfin hob ihr edles Haupt empor, und ein wunderbares Lächeln durchleuchtete ihr Angesicht.

Ich werde nach Livorno gehen, sagte sie stolz und ruhig. Die vier Herren, welche nach Elba gehen, haben nur nöthig, dort zu erzählen, daß ich mich in Livorno niedergelassen, daß ich den Winter dort zuzubringen gedenke. Sir Colin Campbell wird es hören, und sein Schiff wird nicht mehr die Insel Elba umkreuzen, denn es wird alsdann mehr vor Livorno, als vor Elba liegen.

Es lag so viel stolze Würde, so viel keusche Ruhe in den Worten, der Erscheinung der schönen Frau, daß Niemand einen uneblen Gedanken, einen entwürdigenden Verdacht in sich aufkeimen ließ.

Jedermann sagte sich: „Sir Campbell kennt die schöne Gräfin Ildefonso, und er liebt sie!" — Niemand sagte: „Die Gräfin Ildefonso kennt Sir Campbell, und sie ist seine Geliebte."

Graf Montbrun neigte sich tief vor der Gräfin, die ihn mit einem strahlenden Lächeln anschaute.

Gott, der Kaiser und das schöne Genua möge Ihnen das Opfer lohnen, sagte er, das Sie, Frau Gräfin, Ihrem Vaterlande darbringen wollen, indem Sie allen Triumphen, allen Huldigungen, allen Festen und Genüssen entsagen, welche das glänzende, freudedurchrauschte Wien Ihnen zu Füßen legt, und sich in die Einsamkeit und Stille Livorno's zurückziehen.

Die Gräfin neigte leise ihr Haupt. Ich werde in einigen Tagen schon abreisen, sagte sie. Vorher werde ich Sorge tragen, daß man in allen Salons erfährt, die Aerzte hätten meiner schwachen Brust das südliche Klima und den Aufenthalt in Livorno verordnet. So wird meine Abreise hier nicht auffallen, und Sir Campbell wird, wenn unsere Abgesandten nicht zu ihm gelangen sollten, durch die Zeitungen erfahren, wo er mich finden kann. Nun habe ich nur noch die Bitte, daß man mir einige Adressen angebe, durch welche ich sicher hierher meine Briefe gelangen lasse, und von Ihnen Briefe empfange, damit ich Ihnen melden kann, wann Sir Campbell in Livorno ist, und von Ihnen erfahren kann, wann Sie oder der Kaiser seine Abwesenheit von Elba wünschen.*)

Ich werde die Ehre haben, der Frau Gräfin einige sichere Adressen zu geben, sagte Baron von Meneval, der Privatsecretair der Kaiserin Marie Louise. Ich kenne hier in Wien einige treue und verschwiegene Handelsherren, durch die ich meine Correspondenz mit dem Kaiser befördere, und welche die Frau Gräfin zu gleichem Dienst verwenden kann. Auch —

In diesem Moment ließ sich das leise Anschlagen einer Glocke vernehmen. Dieser Ton erneuerte sich drei Mal.

Graf Montbrun erhob sich. Wir müssen uns trennen, um in die Salons zurückzukehren, sagte er. Graf Albini giebt das Zeichen, daß der Tanz beendet ist. Beeilen wir uns also, damit wir keinen Verdacht erregen, und nicht das Asyl gefährden, das uns der Graf gewährt, indem er unsere Zusammenkünfte mit dem Lichterglanz und der Tanzmusik seiner Feste verhüllt. Kehren wir zur Gesellschaft zurück, und flüstern wir den Bekannten freundlich in's Ohr, daß wir gespielt, und wie viel wir gewonnen oder verloren haben.

*) Mémoires du Duc de Rovigo. Vol. VII. S. 350.

VII.

Fürst Metternich und Hofrath Gentz.

Es war noch früh am Morgen, der Staatskanzler Fürst Metternich hatte so eben erst sein Schlafzimmer verlassen, und war in das neben demselben befindliche Cabinet eingetreten. Nachlässig auf dem Divan lehnend, die seine schlanke Gestalt umhüllt von einem aus kostbaren persischen Shawls angefertigten Schlafrock schlürfte der Fürst seine Chocolade aus der goldenen Mundtasse, einem persönlichen Geschenk des Kaisers. Nebenher beschäftigte er sich damit, die Briefe zu erbrechen und zu lesen, die auf einem großen goldenen Teller neben seinem Dejeuner standen. Es befanden sich unter diese Masse viele sehr ernst und würdig aussehende Briefe, deren großes Format, steifes Couvert und mächtiges scharf ausgedrücktes Siegel ihnen ein sehr würdiges amtliches Aussehen verlieh. Aber diese ernsten und würdigen Schreiben schienen durchaus nicht die Neugierde des Herrn Staatskanzlers zu reizen, denn er schob sie jedes Mal bei Seite, ohne sie nur eines Blickes zu würdigen, und griff immer wieder nach diesen kleinen zierlich gefalteten, duftigen Briefen, die er mit lächelndem Munde und mit einem leisen spöttischen Ausdruck einen nach dem andern sorgfältig las. Zuweilen, während des Lesens, hob er seine blauen glänzenden Augen empor, und richtete sie auf den großen Stehspiegel, der dicht neben seinem Divan stand, und der dem Fürsten seine eigene Gestalt, und sein schönes feines Angesicht wiederspiegelte. Dann, mit einem helleren und spöttischeren Lächeln, senkte er die Blicke wieder nieder auf die Briefe, warf die gelesenen in eine geöffnete Chatoulle des Tisches, der vor dem Divan stand, und erbrach hastig einen der noch ungelesenen.

Er war mit dieser Lectüre noch nicht zu Ende, als ein leises Klopfen an der Thür, die in das Gesellschaftszimmer führte, sich vernehmen ließ, und diese sich öffnete.

Der Herr Hofrath von Gentz, annoncirte der hereinschauende

Kammerdiener, und dann wieder hastig zurücktretend, machte er der breiten übervollen Gestalt Platz, die sich jetzt in das Cabinet bewegte, und noch keuchte von der Anstrengung des Treppensteigens.

Wahrhaftig, mein lieber Gentz, rief der Fürst ihm lachend entgegen, wahrhaftig, ich bewundere Sie! Schon aufgestanden, schon in voller Toilette, und hierher kommend, um mich zu beschämen, mich, der ich, wie Sie sehen, noch kaum mich dem Bette entwunden habe, und noch gar nicht gewillt bin, die Maske des Staatsmannes wieder über mein vergnügliches Antlitz zu legen.

Ew. Excellenz haben also ein beneidenswerthes Glück gehabt, sagte Gentz, indem er sich seufzend auf den Lehnstuhl niedergleiten ließ, auf welchen der Fürst mit einem stummen Wink hingedeutet hatte. Ja, wahrlich ein beneidenswerthes Glück haben Ew. Excellenz gehabt, denn Sie haben die Zeit verschlafen, und in Ihren seligen Träumen vergessen, daß Sie mich auf heute Morgen neun Uhr zu einer vorberathenden Conferenz herbeschieden hatten.

Der Fürst ließ seine Blicke langsam nach der großen Pendule hinübergleiten, die auf dem Marmorkamin stand. Es ist wahrhaftig schon fast halb zehn Uhr, sagte er, und ich darf es also nicht bestreiten, ich habe wirklich die Zeit verschlafen. Aber das gestrige Fest beim Grafen Razumowsky trägt die Schuld davon. Ich kehrte erst um drei Uhr von dort zurück.

Ja, in der That, man tödtet uns jetzt mit Festen, seufzte Gentz. Man macht es wie Heliogabal mit den römischen Senatoren, man erstickt uns in Blumen.

Sagen Sie lieber, wir ersticken die Andern mit unsern Blumen und Festen, rief der Fürst lächelnd. Denn ich denke alles Ernstes, wir werden alle die hohen, ehrgeizigen Gelüste, mit denen man von allen Weltgegenden hierher gekommen ist, nach und nach in unseren großartigen Festen, und in der verschwenderischen Herrlichkeit, die wir vor unseren Gästen entfalten, ersticken und ertödten. Die Herren, die mit so stolzen Ideen von sich selber, und so geringschätzenden Ideen von der Größe und Bedeutsamkeit Oesterreichs hierher kamen, werden sich jetzt zu ihrem Schrecken überzeugen, daß Oesterreich von seinen langen Kriegen durchaus nicht erschöpft ist, sondern daß es ein Heer von zweimalhunderttausend Mann schon morgen in das Feld stellen kann, daß seine Finanzen außerdem in so vortrefflichem Zustande sich befinden, um uns gar nicht zu geniren, wenn es uns beliebt, für Oesterreichs Gäste die kleine Summe von zehn bis zwanzig Millionen zu verausgaben.*)

Auch sehen es unsere Gäste bereits mit Staunen und Unbehagen, sagte Gentz lächelnd. Das große militairische Fest vom achtzehnten Oktober hat dem Kaiser Alexander viel zu denken gegeben, und er hat die Unzufriedenheit, die es ihm erregt, nicht so ganz verbergen können, daß der Kronprinz von Würtemberg, der sich in seiner Nähe befand, sie nicht auf seiner Stirn hätte lesen können. Der Kronprinz selber erzählte mir davon. Er hat den Kaiser genau beobachtet, und er meint, Alexander habe sich unangenehm überrascht gefunden. Er sei hierher gekommen in der vollen Ueberzeugung von Oesterreichs Schwäche und von Rußlands Macht und Unwiderstehlichkeit, und nun habe er hier bei diesem glänzenden Fest, an der Haltung der Truppen, an dem Beifallsjauchzen der Zuschauer, an dem Ueberfluß bei der Ausstattung des Festes erkennen müssen, daß er in einem Irrthum befangen gewesen, und daß Oesterreich wider sein Vermuthen durchaus befähigt sei, ihm die Spitze zu bieten.**)

Ja, ja, sagte der Fürst, indem er mechanisch wieder nach einem der kleinen duftigen Briefchen griff, die noch unentsiegelt vor ihm lagen, der Herr Kaiser Alexander hat freilich geglaubt, daß er wie Cäsar sagen könnte: „veni, vidi, vici“, und er ist jetzt höchlich überrascht, daß wir es wagen, ihm noch einige Siege streitig zu machen. Er ist indessen ein sehr schöner Mann, und ich wundere mich gar nicht, daß die Weiber ihn par excellence als ihren Abgott und Engel anbeten.

---

*) Die Ausgaben, welche der österreichische Kaiserhof während der Dauer des Congresses zur Bewirthung seiner Gäste und zu den Festlichkeiten verausgabte, betrug über zehn Millionen Gulden. Siehe: Comte de la Garde: Congrès de Vienne. I. 44.

**) Pertz: Leben Steins. III. S. 174.

Nun, sagte Gentz lächelnd, indem er auf die Briefe hindeutete, er hat aber an Ew. Excellenz in der Politik wie in der Liebe einen sehr gefährlichen Nebenbuhler. Die Fürstin Bagration hat mich erst gestern versichert, daß man den Kaiser Alexander nur so lange schön finden könne, als man den Fürsten Metternich nicht neben ihm gesehen.

Ach, mein Lieber, rief der Fürst lächelnd, das macht, ich habe der guten charmanten Fürstin gestern eine kleine Gefälligkeit erwiesen, ich habe ihr eine allerliebste Aventure der Prinzessin Narischkin erzählt, die sich, während ihr edler Geliebter, der Kaiser Alexander, hier in Wien nach ihr seufzt, und die Rücksichten verwünscht, die ihn veranlaßten, seine Geliebte in Petersburg zurückzulassen, dort in Petersburg auf eine recht angenehme Art zu zerstreuen sucht. Die liebe Fürstin wäre sehr gern geneigt, die Stelle der schönen Narischkin beim Kaiser zu ersetzen, und sie meint, ich habe ihr da einen kleinen Dolch in die Hand gedrückt, mit dem sie ihre Nebenbuhlerin vielleicht spielend und ganz unbemerkt tödten könnte.

Und Ew. Excellenz sind gar nicht eifersüchtig? fragte Gentz erstaunt.

Mein Freund, sagte der Fürst achselzuckend, was sollte denn aus mir werden, wenn ich eifersüchtig wäre? Sehen Sie, da sind etwa zwanzig Briefe, die ich heute wie jeden Morgen erhalten, zwanzig Briefe, in denen man mir schwört, daß man mich grenzenlos liebt, zwanzig Briefe von Damen, denen ich geschworen, daß ich sie grenzenlos liebe. Ich habe also bei jedem Schwur neunzehn andere Schwüre gebrochen, wie sollte ich also verlangen, daß diese zwanzig Weiber Schwüre leisteten, die nicht ein wenig von Untreue und gebrochenen Gelübden getrübt wären?

Ew. Excellenz besitzen in der That eine beneidenswerthe Philosophie, seufzte Gentz. Ich gestehe, daß ich mich immer noch nicht bis zu dieser Höhe empor zu schwingen vermag, und daß jede entdeckte Untreue der Frau, welche ich liebe, mich für den Augenblick in eine wahre Verzweiflung und Berserkerwuth versetzen kann.

Das macht, Sie haben noch sehr veraltete Ideen, es spukt noch immer etwas von der Romantik der himmelstürmenden Liebe in Ihnen.

Sie begehen den Fehler, noch immer mit dem Herzen, und nicht blos mit dem Kopf und den Sinnen zu lieben. Deshalb auch vermögen Sie nicht zwei oder drei Amouren nebeneinander in Ihrem Herzen zu placiren. Sie öffnen der Einen, die Sie anbeten, die beiden Thorflügel Ihres Herzens, lassen den angebeteten Engel im Triumph einziehen, errichten ihm Altäre, nähren ihn mit Ihrem Herzblut und mit Ihrer Begeisterung und fühlen sich dann entmächtert und unglücklich, wenn der Engel nach einiger Zeit als flügellahmes nacktes Menschenkind wieder aus Ihrem Herzen herausschlüpft, um sich in sehr menschlicher und irdischer Gesellschaft für die Langeweile zu entschädigen, die Sie ihm mit Ihrer himmlischen Anbetung auferlegten. Um von den Frauen angebetet zu werden, muß man sie immer fürchten lassen, daß man sich ihnen entzieht und anderswo anbetet. Die Frau, welche keine Nebenbuhlerin zu fürchten hat, wird bald aufhören zu lieben, und so meine ich, sollte auch der Mann es zufrieden sein, wenn seine Ange- betete durch einige Nebenbuhler dem Feuer seiner Liebe Nahrungs- stoff giebt.

Um sich zu dieser Weisheit aufzuschwingen, muß man keine Ader der Eifersucht in sich fühlen, seufzte Gentz. Ew. Excellenz haben wohl niemals die Qualen der Eifersucht kennen gelernt?

Der Fürst lächelte, und warf einen raschen, verstohlenen Blick auf sein schönes Spiegelbild hin. Ich habe mich immer damit begnügt, meine Nebenbuhler aus dem Felde zu jagen, und ihnen den Sieg ab- zuzwingen, sagte er. Es ist übrigens ein häßliches und böses Wort, das Wort Eifersucht. Man muß niemals Eifer haben, weder in der Politik, noch in der Liebe. Der Eifer ist nirgends etwas nütze, er verdirbt vielmehr Alles, die Geschäfte wie die Herzensangelegenheiten. In Negociationen giebt es nur ein einziges Unglück: „nicht reussiren", — in Liebesangelegenheiten wieder nur eines: „den Eclat". Dissimu- liren, Temporisiren, Laviren, Capituliren, das sind die großen Künste, die man im Leben erlernen muß! Die aber haben Sie immer noch nicht erlernen können, mein Lieber. Ihr ganzes Wesen ist Leidenschaft. Leidenschaftslos sind Sie nichts mehr als ein schlafender Gelehrter, der unglaublich viel weiß, aber in der Gluth der Leidenschaft sind Sie im Stande, wahre Wunder zu erwirken, und Niemand kommt Ihnen alsdann gleich in Liebenswürdigkeit und Anmuth.*)

Aber die Leidenschaft zehrt die Kräfte auf, und ertödtet die Ruhe, sagte Gentz seufzend. Ich meinestheils habe viel von ihr gelitten, und sie hat mich alt gemacht vor der Zeit. Sie hat mich um den Schlaf und die besten und angenehmsten Lebensgenüsse gebracht. Mein Appetit zum Essen ist leider auch jetzt dahin, und das glänzendste Diner bietet mir keinen Genuß mehr.

Aber Sie vergessen die Dejeuners, mein Freund, sagte der Fürst lächelnd. Haben Sie mir nicht neulich gestanden, daß die Tasse Bouillon Ihres Dejeuners für Sie ein unentbehrlicher Lebensgenuß sei?

Ja wohl, Excellenz, seufzte Gentz, aber ich muß, um diese Eine Tasse Bouillon stark und wirksam genug zu bekommen, sie mir von funfzehn Pfund Rindfleisch kochen lassen, das heißt, ich verzehre in einer Woche die Kraft eines ganzen Ochsen, um mein bischen Menschenthum damit aufrecht zu erhalten. Und ich fürchte, wenn dieser unglückselige Congreß mit seinen Conferenzen, Aufregungen und Aergernissen noch lange andauert, so wird ein Ochse für die Woche nicht mehr genügen, mir die nöthige Kraft zu verleihen. Ach, ich hatte wohl Recht, gegen diese Idee eines allgemeinen Völkercongresses mich auszusprechen. Jetzt haben wir ihn, und er bringt uns nur täglich neue Aergernisse, neue Verwickelungen, neue Unruhe, und Sie werden sehen, er wird damit endigen, daß er uns in tausend Feindseligkeiten, tausend Intriguen und Ränke verwickelt, daß er uns statt des allgemeinen europäischen Friedens einen allgemeinen europäischen Krieg bringt. Das war es, was ich fürchtete, und deshalb beschwor ich Ew. Excellenz, die Idee dieses Congresses aufzugeben, weil ich die Verwickelungen voraus sah, die uns die Habgier und der Neid der Menschen hier bereiten würden.

Es ist wahr, sagte der Fürst lächelnd, der Verwickelungen giebt es in der That genug, und der Egoismus der Menschen zeigt sich hier

---

*) Metternichs eigene Worte. Siehe: Kaiser Franz und Metternich. Ein Fragment. S. 91.

trotz aller Hermelinmäntel, Sammetkleider, Sterne und Ordensbänder in seiner nackten Blöße. Jedermann glaubt, daß der Congreß nur um Seinetwillen sich hier versammelt habe, und daß es sich einfach nur darum handle, ihm Vergrößerungen, Quadratmeilen und Unterthanen zu erwerben. Es ist wie auf einem afrikanischen Sclavenmarkt, Jeder will kaufen, aber Niemand will gekauft sein. Die Länder und Völker werden auf den Markt geführt, wie in einer Auction ausgeboten, und Jeder nimmt es übel, wenn sein Nebenmann sein Angebot überbietet, und ihm die Waare im Preise steigert. Mir scheint aber, das ist ein sehr lehrreiches und belustigendes Schauspiel, und Sie sollten sich daran ergötzen, statt sich darüber zu ärgern.

Ich sage Ew. Excellenz aber, daß es bei dieser Belustigung wie bei den spanischen Stiergefechten gehen wird, es wird Blut dabei fließen, und was erst ein angenehmes Ergötzen war, wird zuletzt ein widerliches Massacre werden. Ich sehe schon das Gemetzel auf allen Seiten beginnen, ich rieche schon das Blut, das bald wieder in Strömen fließen wird. Jeder will hier ein Taureador sein, und betrachtet den Andern als den Stier, den er bezwingen will.

Nun ja, einige Stiere sind allerdings vorhanden, die man dem allgemeinen Vergnügen wird opfern müssen, sagte Metternich lächelnd. Da ist zuerst Genua, das seine republikanische Selbstständigkeit wieder- fordert, dann ist da Sachsen, das seinen alten König und die Brillanten des grünen Gewölbes, die er mitgenommen hat, durchaus nicht ent- behren will, ferner ist da die Lombardei und die bella Venezia, welche sich durchaus nicht möchte in die Fesseln unserer Liebe schlagen lassen, und endlich, ach endlich, ist da noch Polen, welches noch einmal die Prätension macht, ein freies selbstständiges Königreich sein zu wollen.

Und Ew. Excellenz vergessen das Wichtigste, rief Gentz, Sie ver- gessen Deutschland, das mit einem ganzen Bienenschwarm von An- trägen, Wünschen und Begehren den Congreß umflattert und uns mit seinem Gesumme die Ohren wahrhaft betäubt. Jeder der deutschen Fürsten will erbeuten und erwerben, die Kleinen wollen groß werden, und sehen mit Neid, daß die Großen noch größer, ihnen daher noch überlegener werden wollen. Da haben sich nun die Kleinen zusammen-

geschaart, und begehrten das deutsche Kaiserreich und die alte Reichs-
verfassung wiederhergestellt. Aber nicht etwa aus Patriotismus, sondern nur aus Egoismus, denn das deutsche Kaiserreich wieder herstellen, hieße alle die kleinen souverainen Ritterburgen und Raubnester
der Reichsgrafen und Reichsbarone wieder herstellen, und wieder ein
Heer neuer kleiner Dynastien schaffen, die den Scandal und die Intriguen der vorigen Jahrhunderte auf's Neue wieder beginnen und
Deutschland ganz und gar zerfleischen würden.

Deutschland, sagte Metternich achselzuckend, was ist Deutschland?
Machen Sie sich doch frei von dieser hochtönenden Phrase, es giebt
kein Deutschland, und es kann auch keins geben. Es giebt nur ein
Beieinander von Staaten, deren Bewohner zufälligerweise dieselbe
Sprache reden, nur daß sie sich untereinander nicht recht verstehen.
Deutschland! Will der Preuße, der Bayer, der Würtemberger, der
Badenser etwa seinen Particularismus aufgeben, um in Deutschland
aufzugehen? Sehen Sie doch, wie die Sachsen sich geberden, weil
sie ihren Privatkönig verlieren und zu Preußens Krone kommen sollen.
Wenn sie sich als Deutsche fühlten, könnte ihnen das nur willkommen
sein, denn sie stärkten dadurch nur das Ansehen der nordischen Groß-
macht, die vielleicht eines Tages den hochmüthigen Einfall haben
könnte, wirklich ein Deutschland zu schaffen, die kleinen Dynastien zu
beseitigen, und sich zum Kaiser von Deutschland empor zu wirbeln.
Oesterreich kann und will das natürlich nicht dulden, es will keinen
Rival haben, der seine Sprache spricht, es muß daher alle die kleinen
Throne und Thrönchen bestehen lassen, die wie die Raubvögel auf den
Bergen des grünen Deutschlands nisten, und ihm das Mark aus den
Knochen aussaugen; sie sind die Blutegel, welche Preußen darnieder-
halten, daß es nicht zu vollblütig und kräftig werde. Könnten wir
diese Blutegel alsdann einmal später für uns verwenden, das von
ihnen ausgesogene Blut in unsere österreichischen Adern ergießen, und
zuletzt ein Oesterreich schaffen, in welchem Deutschland aufginge, so
wollt' ich mich nicht länger sträuben, ein einiges Deutschland anzuerkennen. Bis dahin aber müssen wir uns begnügen, ein uneiniges
Deutschland zu haben, und alle Kronen zu erhalten und niederzuhalten.

Das heißt also, Ew. Durchlaucht werden es nicht zugeben, daß Preußen Sachsen erwerbe? Sie werden sich da auf die Seite Sachsens, Bayerns, der sächsischen Herzogthümer und Frankreichs stellen, und Preußen diese Vergrößerung nicht zugestehen?

Sie fragen aber auch so energisch und bestimmt, als wäre es möglich, gleich eine energische und bestimmte Antwort zu geben! Das ist aber, wie mir scheint, ganz unmöglich. Vorläufig kommt Alles darauf an, jede bestimmte Aeußerung in dieser Sache zu vermeiden, zu laviren, zu versprechen, unter der Hand die verschiedenen Meinungen zu sondiren, und vor allen Dingen erst zu erfahren, was der Congreß der Frauen für Absichten und Wünsche hegt. Denn, verhehlen wir es uns nur nicht, mein Freund, die Frauen sind die eigentliche Hauptmacht unsers Congresses, sie schürzen mit geschäftigen und zierlichen Händen an dem Gewebe unserer Staatenpolitik, und halten alle Fäden desselben in ihren schlanken rosigen Fingern. Wenn man sie aber darin beirrt, und ihnen ein Fädchen fortreißen will, so verwandeln sich diese sanften reizenden Engel in glühende Furien, welche Rache wüthen und über Verrath und Ungerechtigkeit schreien. Oh ich kenne das, ich habe es oftmals erfahren, und dieser Frauencongreß hier mitten auf dem Wiener Congreß macht mir wahrhafte Angst und Sorge. Besonders die Polinnen, diese enragirten Patriotinnen, die mit ihrer Schönheit, ihrer Leidenschaft und ihren Verführungskünsten überall Propaganda machen für ihr unglückliches Polen. Von allen Fragen des Congresses schaudert mir daher am meisten vor der polnischen Frage, welche der Kaiser Alexander uns als den Erisapfel hingeworfen hat. Es wird entsetzliches Geschrei geben, denn wir haben hier ein ganzes Heer reizender polnischer Amazonen.

Auch die Fürstin Bagration ist eine geborne Polin, sagte Gentz lächelnd, und sobald es sich um Polen handelt, verwandelt sie sich in einen Vesuv, aus dem sich ein Lavastrom von flammendem Patriotismus über den Unglücklichen ergießt, der nicht ihrer Meinung ist.

Oh, ich kenne das, seufzte Metternich, ich habe das schon vor Jahren in Dresden erfahren, in Dresden, wo ich die Fürstin Bagration und andere schöne polnische Patriotinnen kennen lernte. Ja, in

Dresden begann ich meine Carrière in der Diplomatie sowohl, als auch meine Laufbahn mit den Weibern. Sie hat mich oft entzückt, oft zum Sterben ennuyirt, und in Verzweiflung gebracht. Aber wissen Sie, was mir seit jener Zeit das Allerunverständigste in der ganzen Weltgeschichte geblieben ist? Das ist Kosciusko's Schmerzensruf bei Macejowice: „Finis Poloniae!" Denn wie mit und in den Polinnen ein Ende zu finden, ist mir heute noch unbegreiflicher als die Räthsel der Sphinx. Viele schöne Närrinnen haben mich aufrichtig geliebt, obwohl ich es mir bewußt bin, es mit gar keiner von ihnen ehrlich gemeint zu haben, was sie nämlich in ihrem Dünkel ehrlich nennen. Was ich namentlich in Dresden von alten Königinnen, Kurfürstinnen, Großherzoginnen und Herzoginnen ausgestanden habe, davon ließe sich ein ganzer Roman für schwergeplagte schlaflose chronische Kranke schreiben. Aus Verzweiflung griff ich nach Allem, nach Karten- und Hazardspielen, Taschenspieler- und Bauchrednerkünsten, aber die Weiber ließen mir keine Ruhe dazu, sie rissen mich immer wieder in ihre Arme und priesen mich als unbegreiflich liebenswürdig.*)

Und Sie sind es auch, Durchlaucht, sagte Gentz emphatisch. Ich erkenne Sie als meinen Meister an in allen Dingen, in der Politik sowohl als in der Weisheit des Lebensgenusses. Nur auf dem schlüpfrigen rosenbestreuten Parquet der Liebe, da vermag ich Ihnen nicht mehr zu folgen, denn das sind für mich tempi passati, und nicht blos den Jahren, sondern den Erfahrungen nach bin ich ein Greis, mein Herz hat so gut seine Runzeln, wie mein Gesicht. Indessen, was thut's, es bleiben mir doch noch allerlei Freuden und vielfache Genüsse, und die einzige Klippe, an welcher der vollkommenste Lebensgenuß scheitern würde, die Langeweile, kenne ich nicht. So habe ich diese Nacht, welche ich leider schlaflos verbrachte, und in der ich also vielleicht einige Langeweile hätte empfinden können, mich damit unterhalten, mir die künftige Gestaltung Deutschlands auszumalen, und mir im Kopf einen vollständigen Plan auszuarbeiten, wie man am Besten und Zweck-

---

*) Metternichs eigene Worte. Siehe: Kaiser Franz und Metternich. Ein Fragment. 91.

mäßigsten wenigstens eine äußerliche Einigung der deutschen Staaten erzielen könnte, ohne die deutsche Kaiserwürde wieder herzustellen, und ohne Oesterreich des Vorrechtes zu berauben, den es von jeher in dem deutschen Staatenbunde eingenommen.

Nun, ich bitte, lassen Sie mich Ihren Plan wissen, sagte Metternich, indem er lächelnd mit dem letzten der kleinen Briefchen spielte, das er noch nicht eröffnet hatte, und das ihn daher mit einiger Neugierde erfüllte. Ich bitte, theilen Sie mir Ihren Plan mit, denn Sie wissen, daß ich heute Morgen eine Conferenz mit dem Staatskanzler von Hardenberg haben werde, und daß es sich dabei nicht nur um Sachsen, sondern auch um die deutschen Angelegenheiten handeln wird.

Hier ist mein Plan, Durchlaucht! Er ist einfach und kurz, und wird Ihnen nicht viel von Ihrer kostbaren Zeit rauben. Wir lassen Deutschland bestehen mit allen seinen Ländern und Länderchen, wir schmälern keinem der bisher anerkannten Souveraine das Recht, innerhalb der Grenzen seines Landes seinen souverainen Willen auszuführen, Steuern aufzuerlegen, Todesurtheile zu unterschreiben und alle Prärogative der Krone auszuüben. Aber wir legen doch Jedem dieser Fürsten einen Zwang auf, und hindern ihn, in seinem Willen allzu souverain zu sein. Wir schaffen also eine Macht, die in allen deutschen Fürsten ruht, und zugleich über allen deutschen Fürsten steht, und die wir den deutschen Bundestag nennen wollen. Auf dem deutschen Bundestag, der sich etwa in Frankfurt oder Regensburg versammelt, sind, wie einst beim deutschen Reichstag, alle deutschen Souveraine durch ihre Gesandten vertreten. Dieser deutsche Bundestag beginnt alsdann seine Arbeiten damit: für Deutschland eine Verfassung auszuarbeiten, welche in allen deutschen Bundesländern als gültige Landesverfassung anerkannt wird. Sollte indeß einer der deutschen Bundesfürsten für sein Land eine andere Verfassung belieben, oder dieselbe aufheben wollen, oder vielleicht von seinem aufrührerischen Volk zu den liberalen Ideen, die jetzt in der Luft herum spuken, gezwungen werden, so kann solche Aenderung der Landesverfassung nur mit ausdrücklicher Bewilligung des Bundestags geschehen, und bei allen Zwistigkeiten zwischen den deutschen Fürsten und ihren Unterthanen hat der Bundestag zu entscheiden und Recht zu sprechen. Wollen die Völker oder die Fürsten sich dem Richterspruch nicht gutwillig fügen, so schickt der Bundestag eine Executions-Armee hin, zu der alle Mitglieder des deutschen Bundes ihr Contingent stellen müssen. Denn der deutsche Bundestag vereinigt auch in sich alle militairischen Kräfte der deutschen Fürsten; er hindert diese nicht, auf ihre eigene Hand Kriege mit auswärtigen Mächten zu führen, aber er verhindert Kriege innerhalb der deutschen Grenzen, und wenn Zwistigkeiten zwischen den deutschen Fürsten entstehen, welche diese mit Waffengewalt entscheiden wollen, so hat der Bund zu entscheiden, wer von den beiden Streitenden Recht hat. Sobald er dies entschieden, ruft er die militairische Hülfe aller übrigen deutschen Bundesfürsten zusammen, um durch diese vereinten Streitkräfte den Widersacher des allgemeinen deutschen Friedens zur Ruhe zu zwingen. Denn der Bundestag ist ein Schutz Aller gegen den Einen, und des Einen gegen Alle. Der Bundestag giebt ferner ein allgemeines deutsches Preßgesetz, eine allgemeine deutsche Censur, deren Zweck und Ziel ist, die Wucherpflanzen des Liberalismus zu unterdrücken, die Prätensionen nach sogenannter Preßfreiheit als verbrecherische Triebe auszuschneiden, und die widerlichen zänkischen Stimmen der Zeitungsschreiber und Pamphletisten zu unterdrücken. Das deutsche Preßgesetz muß aber von allen deutschen Bundesfürsten zum gültigen Landesgesetz erhoben werden, und jedes Darüberhinausgehen, jede Bewilligung von Preßfreiheit wird von Bundeswegen verboten. Dies ist eine kurze Uebersicht meines Planes, dessen detaillirte Auseinandersetzung ich mir vorbehalte, bis Ew. Durchlaucht sie von mir fordern.

Ich glaube, ich kann Ihnen die Detaillirung ersparen, mein lieber Freund, sagte Metternich, indem er die Chatoulle seines Schreibtisches ein wenig weiter öffnete, und zwischen den geöffneteten Liebesbriefen ein großes Actenstück hervorzog. Lesen Sie einmal die Ueberschrift, sagte er, es Gentz darreichend.

Dieser warf einen flüchtigen Blick auf das Papier und ein Schrei der Ueberraschung tönte von seinen Lippen. Ist es möglich, rief er, Ew. Durchlaucht haben da denselben Gedanken gehabt? „Plan zu einem deutschen Bunde oder Bundestag" ist die Ueberschrift dieses von Ihrer eigenen Hand geschriebenen Entwurfs.

Lesen Sie nur weiter, und Sie werden finden, daß ich ganz Ihre eigenen Ideen da wiederholt habe, daß ich auch gleich Ihnen ein Schutz- und Trutz-Bündniß des Einen gegen Alle, und Aller gegen den Einen beabsichtige, kurz, daß ich ganz dieselben Ansichten von der Neugestaltung und Organisation Deutschlands habe, wie Sie mir solche vorher entwickelt haben.

Ja, rief Gentz lebhaft, indem er rasch das Munuscript durchblätterte, ja, es ist wahr, es sind dieselben Ideen, dieselben Vorschläge zur Organisation eines allgemeinen Preßgesetzes, einer allgemeinen Militairvertretung. Ah, theuerster Fürst, ich bin stolz darauf, ohne Verabredung und Besprechung mit Ihnen ganz dieselben Pläne für Deutschland gehegt zu haben.*)

Nun, ich denke wenigstens, es spricht für die Zulässigkeit eines Planes, der zu gleicher Zeit in zwei Köpfen gewachsen ist, von denen man nicht sagen kann, daß sie arm sind an Ideen, sagte der Fürst lächelnd. Ich würde vielleicht meinem eigenen Plan gemißtraut haben, aber da Sie mir die Ehre erzeigen, dieselben Gedanken wie ich gehabt, und denselben Plan entworfen zu haben, so zweifle ich gar nicht mehr, daß wir Beide das Richtige getroffen, und daß wir an unserm Plan werden festhalten und ihn vertheidigen müssen, allen anderweitigen Ansprüchen und Prätensionen gegenüber. Aber Eines haben Sie vergessen mir zu sagen, und doch ist das von großer Wichtigkeit und Bedeutung. Sie wollen, daß sich die Gesandten aller deutschen Souveraine auf neutralem Boden, also meinetwegen in Frankfurt versammeln,

---

*) Dieses Factum beruht auf Wahrheit und wird durch einen Brief in dem Buch „Rahel und ihre Freunde" bestätigt. Rahel erinnert da in einer Zuschrift an Gentz diesen daran, wie er ihr erzählt, er habe dem Fürsten von Metternich eines Tages den Plan zum deutschen Bundestag entwickelt, da habe der Fürst lächelnd aus seinem Schreibtisch ein Actenstück hervorgeholt, und auf demselben sei, von des Fürsten Hand geschrieben, ganz derselbe Plan einer deutschen Bundesverfassung entwickelt gewesen, genau so, wie Gentz ihn eben dem Fürsten angegeben, und als hätten Beide sich über denselben besprochen und verständigt.

und gemeinsame Sitzungen halten, aber Sie haben mir noch nicht gesagt, wer, nach Ihrer Ansicht, bei diesen Sitzungen präsidiren soll?

Nun, ich bin der Meinung, daß man das Präsidium der Bundes-Versammlung zwischen Preußen und Oesterreich abwechseln lasse.

Da bin ich nun nicht Ihrer Meinung, sagte Metternich mit einem feinen Lächeln. Ich meine, das Präsidium in der deutschen Bundes-Versammlung müsse einzig und ausschließlich Oesterreich zuerkannt werden, Oesterreich, dessen Kaiser noch vor zehn Jahren das Haupt Deutschlands, der Kaiser des deutschen Reichs war.

Ah, Durchlaucht, seufzte Gentz, wenn Sie auf dieser Idee beharren wollen, so sehe ich daran unser ganzes schönes Bundesproject scheitern. Preußen ist viel zu eitel und ehrgeizig, um auf das Präsidium ganz und gar zu verzichten, und sich so in die zweite Linie und auf dieselbe Stufe mit allen übrigen kleinen deutschen Fürsten gestellt zu sehen. Es wird einer solchen Demüthigung sogar einen Krieg mit Oesterreich vorziehen, fürchte ich.

Ich fürchte gar nichts, sagte Metternich ruhig, aber ich bin überzeugt, daß der König von Preußen durchaus nicht der Mann ist, leichtfertige Kriege anzufangen, und daß er bescheiden genug ist, um nicht mit Oesterreich rivalisiren zu wollen. Ich — —

Das Eintreten des Kammerdieners unterbrach den Fürsten.

Ew. Durchlaucht, meldete er, Se. Excellenz der Herr Staatskanzler von Hardenberg ist so eben vorgefahren.

Ich bitte Se. Excellenz, mich im Salon zu erwarten, sagte der Fürst, sich von seinem Divan erhebend. Sie sehen wohl, mein Freund, seufzte er, sich an Gentz wendend, nachdem der Kammerdiener hinaus gegangen war, Sie sehen wohl, wir müssen die Sisyphus-Arbeit des heutigen Tages wieder beginnen, und den Stein des Anstoßes wieder aufwärts tragen, damit er die Nacht wieder herunterrolle und wir morgen das Spiel wieder von Neuem anfangen können.

Ich bleibe dabei, murmelte Gentz, wir hätten diesen Congreß nicht an's Tageslicht rufen sollen. Er wird ein unglückliches Ende nehmen, Durchlaucht.

So schweigen Sie doch, meine liebenswürdige Kassandra, rief der

Fürst lächelnd, indem er rasch den Schlafrock bei Seite warf und den goldgestickten, mit Ordenssternen geschmückten Rock anzog, der neben dem Spiegel auf dem Divan gelegen. Nicht einmal so viel Zeit läßt uns dieses Deutschland, um eine würdige Toilette machen zu können, rief er, während er seine schöne, elegante Gestalt mit einem raschen, zufriedenen Blick im Spiegel musterte. Dieses Deutschland macht selber fortwährend neue Toilette und verlangt, daß wir ihm Kammerdiener und Friseure sein sollen. Die alte Coquette möchte immer noch gern sich als jeune fille gebärden und ihre grauen Haare unter erborgten Locken verbergen, und ihre eingefallenen Wangen schminken, damit sie hübsch frisch und jung erscheinen.

Ew. Durchlaucht haben Recht, sagte Gentz lachend, Deutschland ist wirklich eine alte Coquette, welche sich einbildet, die Schlachten, die es jetzt geschlagen, hätten es wieder verjüngt, und das Blutbad der letzten Jahre sei gewissermaßen der Jungbrunnen gewesen, in dem es seine alten Glieder zu neuer Schönheit und Jugendkraft gestärkt habe. Solche tollen, alten Coquetten aber sind die allerschlimmsten und eitelsten, und wir müssen uns daher Mühe geben, sie zu rechter Zeit anzubändigen und ihr die letzten Zähne auszureißen, damit sie inne wird, daß sie nicht mehr beißen kann.

Eine deliciöse Idee, sagte Metternich, und wenn wir ihr die Zähne ausgezogen haben, dann wollen wir sie frisiren mit einem recht langen, stattlichen Zopf. Aber ich glaube, Oesterreich darf Preußen nicht länger in seinem Vorzimmer warten lassen, und der Staatskanzler des Kaisers Franz muß dem Staatskanzler des Königs Friedrich Wilhelm wohl endlich Audienz geben. Der Vorhang wird wieder aufgezogen, und das politische Drama des Tages nimmt wieder seinen Anfang. Addio, mein lieber Hofrath und Protocollführer des Congresses! Auf Wiedersehen heute Abend, denn Sie kommen doch zum großen Reboutefest des Kaisers?

Ja, ich komme, und zwar werde ich mir die Maske der Kassandra wählen, und wehe, wehe über den Congreß schreien, und alle Welt wird über mich lachen, bis man sehen wird, daß unsere trojanische Herrlichkeit doch eines Tages in Flammen aufgeht.

Eh bien, mon ami, dann spielen wir den Askan, nehmen unsern alten Vater Priamus auf den Rücken, und retten aus den Flammen, was zu retten ist. Abbio, Hofrath, abbio!

Er nickte Genz freundlich zu, und während dieser sich durch eine Seitenthür entfernte, ging der Fürst mit leichtem, tändelndem Schritt durch das Cabinet, und eilte nach dem Empfangssaal, wo Hardenberg ihn erwartete.

VIII.

Diplomatische Intriguen.

Der Staatskanzler von Hardenberg hatte sich in die letzte der Fensternischen des fürstlich ausgestatteten Salons zurückgezogen, und schien das Eintreten des Fürsten Metternich gar nicht gehört zu haben, denn er wandte sich gar nicht um, sondern schaute ruhig hinunter auf die Straße, und trommelte dabei mit seinen schlanken weißen Fingern auf den klirrenden Scheiben.

Fürst Metternich blickte lächelnd zu ihm hin, und schritt rasch über den kostbaren türkischen Teppich, der den ganzen Fußboden bedeckte, und die Schritte des Fürsten unhörbar machte.

Dieser Staatskanzler ist ein ganz guter Diplomat, sagte der Fürst leise zu sich selber, er hat sich in das äußerste Fenster gestellt, damit er nicht nöthig hat, mein Eintreten zu hören, und er scheint mich nicht zu sehen, damit ich zu ihm komme, und er nicht nöthig hat, mich zuerst zu begrüßen. Seien wir also auf unserer Huth!

Und mit dem freundlichsten Lächeln trat der Fürst jetzt dicht zu dem Staatskanzler hin, und legte sanft seine Hand auf dessen Schulter.

Ich bitte Ew. Excellenz um eine Audienz, sagte er, sich anmuthig verneigend. Ich bedarf der Fürsprache meines Freundes des Barons Hardenberg.

Der Fürsprache, Ew. Durchlaucht, und bei wem? fragte Harden=
berg, indem er sich heiter dem Fürsten. zuwandte.

Der Fürsprache bei dem Staatskanzler Preußens, damit er dem
Staatskanzler Oesterreichs verzeihe, wenn er unter dem Wust von Acten
und Geschäften sich nicht schnell genug hervorarbeiten konnte, um den
preußischen Staatskanzler gleich an der Schwelle seines Gemaches zu
empfangen.

Es bedarf indeß keiner Fürsprache, Durchlaucht. Ich weiß, daß
Sie die Last des Atlas, den ganzen Himmel Oesterreichs mit allen
seinen Göttern und Göttinnen auf den Schultern tragen, und ich
habe Ihnen schon dankbar zu sein, wenn Sie einen Augenblick für einen
armen Sterblichen sich Ihrer himmlischen Last entäußern.

Ah, Ew. Excellenz nennen sich einen armen Sterblichen, rief der
Fürst lächelnd, und doch sehe ich alle Göttinnen unseres Congresses sich
um Ihre Gunst mit seltenem Eifer bewerben.

Es wirbt hier Jeder um die Gunst des Andern, sagte Harbenberg
ernst, und um uns Alle wirbt die schöne Frau Germania.

Ach, Sie finden, daß die noch immer eine schöne Frau ist? rief
der Fürst nachlässig.

Durchlaucht, sie ist unsere Mutter, sagte Harbenberg, leise sein
Haupt neigend, und die Liebe der Kinder verklärt das Antlitz der Mutter
immer mit unvergänglicher Schönheit.

Nun, wenn Germania unsere Mutter ist, wie Sie sagen, so folgere
ich baraus, daß ich Ew. Excellenz Bruder nennen darf.

Und ich biete Ew. Durchlaucht von Herzen meine Bruderhand,
sagte Harbenberg, bem Fürsten mit einem offenen herzlichen Ausbruck
seine Rechte barreichend.

Metternich beeilte sich, seine Hand in die des Fürsten zu legen,
und heftete babei seine großen Augen mit einem forschenden Ausbruck
auf das ernste würbevolle Angesicht Harbenbergs.

Sie finden also, daß die Frau Germania unserer Bruderhülfe
bebarf? fragte er.

Ja, Durchlaucht, und ich komme zu Ihnen mit offenem, rückhalt=
losem Vertrauen, sagte Harbenberg mit edler Würbe. Ich komme zu

Ihnen, um zu sagen: lassen Sie uns zu einander stehen in der Sache Deutschlands. Lassen Sie uns gemeinschaftlich handeln, gemeinschaftlich überlegen, wie wir Deutschland glücklich, groß, selbstständig und frei machen können.

Ah, Excellenz, das wird eine schwierige und gefährliche Arbeit sein, rief Metternich, und ich fürchte, daß die deutschen Fürsten uns wenig Dank dafür wissen werden.

Durchlaucht, ich dachte dabei auch weniger an die deutschen Fürsten, als an das deutsche Volk, sagte Hardenberg rasch. Es ist bisher hier immer nur von den Rechten, den Wünschen und Forderungen der deutschen Fürsten gesprochen worden, aber mir scheint, daß es jetzt wohl an der Zeit wäre, auch einmal von den Rechten, Wünschen und Forderungen der deutschen Völker zu sprechen. Sie haben ihr Blut, ihr Leben, ihr Hab und Gut für die Befreiung Deutschlands hingegeben, sie dürfen also wohl erwarten, daß man nicht Alles blos durch die Völker, sondern auch Etwas für die Völker Deutschlands thut. Als die Völker für ihre Fürsten das Schwert erhoben, versprachen diese ihnen nach dem Siege Dankbarkeit und Belohnung. Ich glaube, man hat aber noch nirgends dieses Versprechen erfüllt.

Es ist wahr, sagte Metternich achselzuckend, die Völker haben von unseren Siegen noch keinen weiteren Vortheil gehabt, als daß sie sich ungestört ihre Wunden können verbinden lassen, und man müßte in diese offenen Wunden wohl etwas Balsam gießen. Auch haben die deutschen Völker jetzt eine sehr empfindliche Haut, und wenn sich ihre Fürsten ein wenig stark auf sie stützen wollen, schreien sie gleich über Druck und Ueberlast.

Ja, ich glaube auch, daß der Sultanismus seine Endschaft erreicht hat, sagte Hardenberg ernst. Die deutschen Völker sind sich ihrer Würde bewußt geworden, und wollen nicht mehr blos gedankenlose, von der Laune despotischer Gebieter abhängige Unterthanen sein; sie begehren eine Sicherung ihrer Rechte, eine Verfassung.

Geben wir ihnen also eine Verfassung, geben wir ihnen Einigkeit, Kraft und Würde, indem wir Deutschland zu Einem großen Ganzen verbinden. Deutschland war bis zu dem unglücklichen Jahr 1806 ein

Kaiferreich, erheben wir es wieder zu feiner alten Würde, nur daß wir ihm statt der Kaiferkrone eine gemeinfchaftliche Bundeskrone auf das vielköpfige Haupt fetzen. Wir haben uns ja fchon einmal in Baden über diefen Plan befprochen, Excellenz, ich habe feitdem viel darüber nachgedacht, und bin ganz Ihrer Meinung: wir wollen Deutfchland zu einem Bunde vereinigen, und ihm eine Bundesverfaffung geben. Die vier großen deutfchen Mächte müffen fich das Recht vorbehalten, in befonderen Berathungen diefe Verfaffung feftzuftellen.

Ich habe meine Gedanken über diefe projectirte Verfaffung zu Papier gebracht, und ich erlaube mir, fie Ew. Durchlaucht mitzutheilen. Sie ift indeß lediglich und im engften Vertrauen für Ew. Durchlaucht beftimmt, und ich wünfche nicht, daß fie jemand Anders zu Geficht bekomme.

Er zog aus feinem Bufen ein zufammengefaltetes Papier hervor, das er Metternich darreichte.

Ich gebe Ew. Excellenz mein Wort, daß Niemand außer mir diefe Schrift fehen foll, fagte der Fürft feierlich, und ich danke Ihnen, daß Sie mir diefelbe mittheilen wollen.

Ich habe darin einen Punkt berührt, der für Deutfchland von der höchften Wichtigkeit ift, fagte Hardenberg. Das ift der Einfluß der auswärtigen Mächte auf die Gefchicke Deutfchlands. Namenlofes Elend hat diefe Einmifchung von jeher über Deutfchland hereingeführt, und wir follten von unferm Unglück gelernt haben, daß wir diefe Einmifchung zu vermeiden und zurückzuweifen haben! Sonft war es Frankreich, welches fich ein Recht anmaßte, in den deutfchen Verfaffungsangelegenheiten mitfprechen zu dürfen, jetzt fehe ich noch einen viel gefährlicheren und mächtigeren Feind feine Hand über Deutfchland ausftrecken.

Sie fehen Rußland, fagte Metternich leife.

Ja, ich fehe Rußland, rief Hardenberg, und ich fehe, daß es bereit ift, über Deutfchland hinweg Frankreich feine Hand darzureichen, um mit vereinten Anftrengungen Deutfchland zufammenzupreffen und außer Athem zu fetzen. Frankreich wagt es daher fchon wieder, fein Haupt und feine Stimme gegen Deutfchland zu erheben, und Rußland sucht sich unseren Grenzen immer mehr zu nähern, um bei der ersten günstigen Gelegenheit sie zu überschreiten. Rußland ist für Deutschland eine wachsende Gefahr, wir sollten also zu rechter Zeit bedacht sein, diese Gefahr von uns abzuwenden und uns eine Mauer gegen Rußland aufzurichten.

Eine solche Mauer wäre es zum Beispiel, wenn man Sachsen an Preußen gäbe, nicht wahr, Excellenz? fragte Metternich mit einem feinen Lächeln.

Ja, Durchlaucht, das wäre es, sagte Hardenberg ernst. Preußen muß gestärkt werden, damit es Deutschland gegen Rußland als schützender Damm behüten kann. Preußen hat es außerdem wohl zu beanspruchen, daß ihm eine Entschädigung für seine Opfer, seine Anstrengungen und seine Siege werde. Man wird es nicht ableugnen können, daß Preußen sich den Dank ganz Deutschlands erworben hat, und daß seine ruhmvollen Thaten wohl eines glänzenden Lohns gewärtig sein sollten. Preußen hat beim Beginn des Krieges Sachsen, das verrätherische, undeutsche Sachsen, kraft des Eroberungsrechtes in Besitz genommen und wünscht es als Entschädigung seinen Grenzen einzuverleiben. Rußland ist damit einverstanden, auch England hat durch Lord Castlereagh uns gestern seine Zustimmung versichert, und ich komme jetzt, Ew. Durchlaucht zu ersuchen, daß Oesterreich in dieser Sache sich nicht den Willen Preußens entgegensetzen, sondern darin uns kräftig beistimmen wolle.

Ich darf indessen Ew. Excellenz nicht verhehlen, daß die Herzogthümer Sachsen, daß die Königreiche Baiern und Würtemberg, das Großherzogthum Baden und das Königreich Frankreich Erklärungen im entgegengesetzten Sinne an Oesterreich abgegeben haben, und daß selbst mein erhabener Kaiser und Herr es als gefährlich für das Princip der Legitimität betrachtet, wenn man einen legitimen Fürsten seines Thrones und seines Landes berauben will, gerade zu einer Zeit, wo man bemüht ist, das Princip der Legitimität an die Spitze aller unserer hiesigen Verhandlungen zu setzen. Nur diesem Princip der Legitimität verdanken es die Bourbonen, daß sie wieder auf den Thron Frankreichs gelangt sind, dies Princip allein macht es fraglich, ob man Murat im

Besitz des Königreichs Neapel belassen wird. Und in demselben Mo=
ment, wo wir den Wünschen der Völker die Legitimität der Fürsten
entgegenhalten, sollen wir einen legitimen Fürsten absetzen und vom
Thron stoßen?

Aber der König von Sachsen hat sich durch sein unredliches, un=
deutsches und unpolitisches Benehmen des Thrones unwürdig gemacht,
sein Thron ist vacant, und Preußen ist wohl berechtigt, ihn einzunehmen.
Der Kalischer Vertrag hat Preußen die Wiederherstellung seiner Größe
auf dem Fuß von 1805 versprochen. Aber wie soll Preußen dazu
gelangen? Rußland will Polen haben, England beansprucht Hannover,
Baiern will Baireuth und Anspach, Baden und Würtemberg begehren
Vergrößerungen am Rhein. Sachsen ist also das einzige Land, das
eine hinlängliche Entschädigung für Preußen darbietet. Ich sage also
noch einmal, Durchlaucht, erkennen Sie Preußens gerechte und unab-
weisliche Ansprüche auf Sachsen an, und wollen Sie Ihre gewichtige
und bedeutsame Stimme mit der meinigen vereinen, um von dem Congreß die Anerkennung und Bewilligung der preußischen Besitznahme
Sachsens zu erringen!

Ich bleibe dabei, es wird Schwierigkeiten haben, sagte Metternich
gedankenvoll. Aber ich werde mich bemühen, diese Schwierigkeiten zu
beseitigen, und den Kaiser, meinen Herrn, von der Nothwendigkeit der
preußischen Occupation Sachsens zu überzeugen; ich werde endlich in
den Congreß = Sitzungen ganz offen und unumwunden für Preußen
meine Stimme erheben! Aber ich knüpfe an dieses Versprechen Eine
Bedingung!

Haben Ew. Durchlaucht die Güte mir dieselbe mitzutheilen!

Nun denn, sagte Metternich leise, indem er sein Haupt dichter an
das Ohr Hardenbergs neigte, nun denn, diese Bedingung ist: daß Sie
mir Ihre Stimme geben und mir helfen, es zu verhindern, daß der
Kaiser Alexander Polen in Besitz nehme.

Ich verspreche Ihnen, daß ich alle meine Kraft aufbieten werde,
um Ihnen in dieser Sache zu dienen, sagte Hardenberg ernst. Ich
kann Ihnen das um so mehr versprechen, als es mit meiner innersten
Ueberzeugung übereinstimmt, daß wir verpflichtet sind, Alles zu thun

unb anzuwenden, um zu verhindern, daß Rußland sich mit Polen be=
reichere unb seine Grenzen noch weiter vorschiebe nach Preußen. Auch
der Freiherr von Stein ist hierin ganz meiner Meinung, und hat mir
in einem eigenen Schreiben die Nachtheile unb Gefahren auseinander=
gesetzt, die daraus entstehen werden, wenn Rußland das Königreich
Polen mit den von Alexander vorgeschlagenen Grenzen erhielte, unb
ihm, wie es der Kaiser beabsichtigt, eine freisinnige Verfassung gäbe.*)

Unb Ew. Excellenz sagen nichts von den Gefahren, die Oesterreich
bedrohen, wenn der Kaiser Alexander sein Ziel erreicht? Doch sind
diese Gefahren zwiefacher Art, denn sie sind materieller unb politischer
Natur. Materiell bedroht uns Rußland durch die Besitznahme Polens
damit, daß Galizien sich erinnern wird, auch einst zum Königreich Polen
gehört zu haben, unb baß es, angelockt von dem Namen unb der frei=
sinnigen Verfassung, die Alexander für Polen beabsichtigt, sich wieder
mit dem Königreich Polen zu vereinigen strebt. Politisch aber bedroht
uns diese freie Verfassung damit, daß sie unsern andern Völkerstämmen
ein böses unb verführerisches Beispiel ist, unb sie verlocken wird, von
der österreichischen Regierung für die eigenen Unterthanen eben so viele
Freiheiten zu fordern, als der Autokrat des Norbens einem von ihm
unterjochtem Volke aus freiem Antrieb gewährt. Sie sehen also, daß
Oesterreich niemals es zulassen kann, den Kaiser Alexander sich zum
König von Polen machen zu sehen. Seien wir uns also gegenseitig
hülfreich, Excellenz, beweisen wir es uns, daß wir erkannt haben, es
müßten Oesterreich unb Preußen, statt einander zu befehden, sich als
treue Bundesgenossen zur Seite stehen. Ich werde Ihnen beistehen,
für Preußen das Königreich Sachsen zu erwerben, dafür werden Sie
mir beistehen, daß Rußland das Königreich Polen sich nicht an=
eignen darf.

Es sei so, ich nehme den Vergleich an, sagte Harbenberg, indem
er aufstand unb Metternich seine Hand darreichte. Wir haben also
heute ein geheimes Schutz- unb Trutz-Bündniß geschlossen, unb wir

---

*) Dieses Schreiben Steins ist zu finden: Pertz, Leben Steins. Th. IV.
S. 166.

werben uns gegenseitig beistehen. Aber lassen Sie uns über Sachsen und Polen doch des armen Deutschlands nicht vergessen und auch ihm unsere Hülfe und unsern Beistand weihen.

Ja, ja, rief Metternich lächelnd, machen wir es wie die klugen und gelehrten Aerzte, suchen wir den Scheintobten zu galvanisiren und durch die Lebenskräfte, die wir auf ihn wirken lassen, ihn wieder aus seiner Lethargie zu erwecken. Wir werden dann ja sehen, ob unsere Kur geholfen hat, ob ihm noch wirkliches Leben inne wohnt, oder ob er wieder in seine Lethargie zurücksinkt.

Hardenberg lächelte und verabschiebete sich von dem Fürsten, der ihn unter Versicherungen seiner innigsten Anhänglichkeit und Freund= schaft bis zur Thür geleitete.

Als aber diese Thür sich hinter dem Staatskanzler geschlossen hatte, verschwand das Lächeln von des Fürsten Lippen und sein schönes Gesicht nahm einen ungewöhnlich finstern und gehässigen Ausdruck an.

Ach, er denkt uns zu ködern, sagte er leise vor sich hin; indem er uns mit Rußlands wachsender Macht droht, meint er, wir sollten, dem dummen Fisch gleich, anbeißen und vergnüglich zusehen, wie Preußen das Königreich Sachsen als hors d'oeuvres auf seine Tafel setzt und verspeist. Der Herr Staatskanzler liebt es, empfindsame Gefühls= politik zu machen, und immer einige Tropfen Gemüthlichkeit in den sauren Wein der Staatspolitik zu mischen. Nun, wir werden auf un= serer Huth sein, er hat uns ja selbst ein wirksames Antidotum gegen seine empfindsamen Tränke gegeben.

Er schlug mit seinen Fingern auf das von Hardenberg ihm über= gebene Actenstück, und blätterte dann hastig darin, hier und dort eine Stelle lesend, dann wieder ganze Seiten nur mit den Augen überfliegend.

Wahrhaftig, murmelte er, das ist ein sehr wichtiges Actenstück, und es kann ein Tag kommen, wo wir es als eine sehr scharfe Waffe gegen den Herrn Staatskanzler selbst gebrauchen können. Warten wir es ab, ob dieser Tag erscheint, oder ob wir keiner Waffen bedürfen. Bewahren wir also dieses Document sorgfältig auf!

Er nahm die Papiere, kehrte damit in sein Cabinet zurück, und legte sie zu den Liebesbriefen in seinen Schreibtisch.

Und jetzt, sagte dann der Fürst, indem sein Antlitz wieder seinen klaren, freundlichen Ausdruck annahm, jetzt will ich einmal versuchen, ob die leidige Politik mir so viel Zeit gönnen wird, um das Gedicht zu vollenden, das ich meiner reizenden Herzogin Sagan morgen zu ihrem Geburtstag mit meinem Cadeau überreichen will. Sie liebt die Verse, wie alle Frauen, und eine gereimte Liebeserklärung ist ihr lieber als eine ungereimte. Also begeistere mich ein wenig, Gott der Liebe, und flüstere mir einige angenehme Reime auf Herz, Gluth und Leidenschaft in's Ohr!

Er nahm den Crayon und ging mit der geöffneten Schreibtafel in seinem Cabinet auf und ab.

Aber die „leidige Politik" sollte ihn doch bald wieder in seiner poetischen Begeisterung stören. Die Thür seines Cabinets ward hastig aufgerissen, und der Kammerdiener stürzte herein.

Se. Majestät der Kaiser von Rußland, sagte er athemlos.

Der Fürst warf seine Schreibtafel auf den Tisch, und machte rasch einige Schritte, um in den Salon zu gehen, aber schon erschien auf der Schwelle der Thür die schlanke stolze Gestalt des Kaisers Alexander, der mit einem anmuthigen Neigen des Kopfes dem Fürsten seine Hand darreichte.

Ich komme Ihnen ungelegen, nicht wahr? fragte der Kaiser, und wäre ich nicht zum Unglück Ihnen bekannt, so würden Sie es machen, wie es gestern der Herr vom Stein mit einem ihm unbekannten Besuch gemacht hat, nicht wahr?

Ich gestehe Ew. Majestät, daß ich nicht weiß, was der Herr vom Stein gethan hat.

Nun hören Sie, es ist eine tragikomische Geschichte. Herr vom Stein war gleich Ihnen in seinem Arbeitszimmer, da öffnet sich, wie hier, die Thür, und der Kammerdiener meldet einen Besuch. Herr vom Stein indessen, ganz absorbirt von seiner Arbeit, überhört die Annonce des Kammerdieners und erwacht erst aus seinen Meditationen zur Wirklichkeit, als der Annoncirte schon mitten im Cabinet steht, und Stein mit Höflichkeitphrasen becomplimentirt. Stein springt wüthend auf, und als einzige Antwort auf alle Complimente faßt er mit seinen beiden kräftigen Armen die schlanke, zierliche Gestalt des fremden Herrn, dreht sie um, daß sie mit dem Antlitz sich nach der Thür hinwendet, und wirbelt sie ohne Aufenthalt aus dem Cabinet hinaus in das Vorzimmer, immerfort schreiend: „Ich habe keine Zeit! Ich habe keine Zeit! Ich will nicht gestört sein!" Erst im Vorzimmer kam der entsetzte Fremde zu Athem, während Stein schon längst wieder in sein Cabinet zurückgekehrt war, und die Thür mit dröhnendem Geräusch hinter sich zugeworfen hatte. Der hinausgewirbelte Fremde wandte sich zornbebend mit bleichen Lippen an den nicht minder entsetzten Kammerdiener. „Sagen Sie Ihrem Herrn, rief er, daß er in mir nicht blos mich, sondern auch das Land, das in meiner Person vertreten wird, gröblich beleidigt hat, und daß Beide Genugthuung fordern werden."

Ah, der Gewirbelte war also ein Gesandter? fragte Metternich lachend.

Ja wohl, der Herr Gesandte von Reuß, Schleiz, Greitz und Lobenstein, und noch einiger anderer kleiner Länder, glaube ich. Der Kammerdiener brachte Herrn vom Stein diese Botschaft, und dieser erfuhr jetzt erst, wen er mit so beflügelter Eile aus seinem Cabinet befördert hatte, und er fing an seine Heftigkeit zu bereuen. Sie können aber denken, daß diese Beleidigung unter den Gesandten, besonders unter den kleinen, Furore machte, und daß sie Alle, von der Furcht getrieben, es könnte ihnen sonst leicht etwas Aehnliches begegnen, von Herrn vom Stein Genugthuung begehren. Eine Deputation begab sich also gestern Nachmittag zu Stein, und verlangte, daß er dem Beleidigten seinen Besuch mache, ihn um Entschuldigung bitte, oder sich mit ihm schlage. Herr vom Stein hat erklärt, daß er seine Heftigkeit sehr bedauere, und es ihm wirklich Leid thue, den kleinen Herrn Gesandten beleidigt zu haben. Aber um Besuche zu machen, dazu fehle es ihm an Zeit, und der Beleidigte möge sich an dieser Entschuldigung genügen lassen. Wenn nicht, so bedauere er ihn, denn eine andere Genugthuung zu geben, fiele ihm nicht ein. Er habe zu wichtige Dinge zu thun, als daß er den Studenten spielen und mit Fechthandschuhen auf den Fechtboden treten könne. — Sie können denken, daß diese Antwort die kleinen Diplomaten mit Entsetzen erfüllt hat. In ihrer Noth wandten sie sich an mich und baten um meine Vermittelung. Nun, ich habe die Sache in Ordnung gebracht. Herr vom Stein war heute Morgen bei mir, und traf da wie zufällig den beleidigten Diplomaten. Er reichte ihm die Hand und murmelte einige Worte, die eine Entschuldigung sein mochten, die aber Niemand verstand. Damit war die Sache abgethan und der Friede geschlossen.*)

Ich erlaube mir Ew. Majestät ein kleines Gegenstück zu dieser Geschichte zu geben, sagte Metternich lächelnd. Es scheint, der Herr vom Stein hat gestern, wie Manna in der Wüste, Grobheiten regnen lassen, denn meine Geschichte hat auch gestern stattgefunden. Der zweite Gesandte Frankreichs, der Herzog von Dalberg, hat gestern dem Freiherrn vom Stein seinen Besuch machen wollen, und ließ sich bei ihm melden. Herr vom Stein ließ ihm durch seinen Kammerdiener in's Vorzimmer sagen: wenn der Herr Herzog als Gesandter von Frankreich ihm seinen Besuch machen wolle, so würde er ihn annehmen, wenn er aber als deutscher Edelmann, und als Neffe des Fürsten Primas komme, so würde er ihn die Treppe hinunter werfen.**)

Der Kaiser lachte. Und was hat der Herzog gethan? fragte er. Ist er als Franzose hingegangen oder als Deutscher fortgeblieben?

Er ist als Franzose hingegangen, Sire, und hat eine Viertelstunde lang das Vergnügen gehabt, von Herrn vom Stein allerlei piquante Reden über Renegaten und französirte deutsche Edelknaben anhören zu müssen. Er kam zu mir, um mir seine Noth zu klagen, und mich um Rath zu fragen, wie er sich dabei benehmen sollte. Ich habe ihm gerathen, das Stein'sche Pflaster ganz behutsam auf seinen Wunden und auf seinen Lippen liegen zu lassen, und es Niemanden zu verrathen, weil er sonst nur riskire von der Welt ausgelacht zu werden, und von Herrn vom Stein doch keine Genugthuung zu erhalten. –

Vraiment, das war ein sehr schöner und kluger Rath, rief Alexander. Sie sind überhaupt ein sehr kluger Rathgeber, und ich

---

*) Pertz: Leben Steins. III.
**) Ebendaselbst.

komme daher auch zu Ihnen, um Ihren Rath und Ihren Beistand zu beanspruchen.

Sire, Ew. Majestät wissen wohl, daß ich glücklich sein würde, Ew. Majestät in irgend einer Weise meine Ergebenheit beweisen zu können, aber worin könute ich einen so mächtigen, weisen und erleuchteten Monarchen wohl nützlich sein?

Mächtig! rief Alexander schmerzvoll, Sie nennen mich mächtig, und doch habe ich nicht einmal die Macht, meinen Willen durchzusetzen, und das zu thun, was ich für gerecht, nothwendig und nützlich erachte. Deshalb komme ich zu Ihnen! Ich will mir an Ihnen einen Bundesgenossen werben! Sie sollen mir helfen, meinen Willen durchzusetzen!

Sire, Sie sehen mich mit Freuden bereit dazu, und ich bitte Sie nur, mir zu sagen, worin ich Ew. Majestät dienstbar sein darf.

Darin, rief Alexander lebhaft, darin, daß Sie mir helfen, meine Pläne auf Polen durchzusetzen, und meinem Willen Genüge zu thun! Ich will Polen zu einem Königreich erheben, ich will den edlen hochherzigen Polen, welche seit einem halben Jahrhundert so ritterlich gekämpft haben für ihre Unabhängigkeit und ihr Vaterland, endlich ihren Wunsch erfüllen, ich will ihr Land wieder herstellen, und ihnen eine freisinnige Verfassung geben! Unter dieser Bedingung, hoffe ich, werden die Polen es mir wohl verzeihen, wenn ich die Krone des Königreichs Polen auf mein Haupt setze, und mich zum König von Polen in Warschau krönen lasse. Ich werde ihnen, denke ich, ein besserer König sein, wie es ihnen Stanislaus gewesen, und ich will wieder gut machen, was meine Großmutter, die Kaiserin Katharina, an Polen verschuldet hat, indem sie ihm den schwachen Stanislaus Poniatowsky zum König gab.

Das ist ein eben so edles als großmüthiges Vorhaben von Ew. Majestät, bemerkte Metternich, sein Haupt voll Verehrung neigend.

Der Kaiser fuhr, ohne ihn zu beachten, aufgeregt von seinen eigenen Gedanken, fort: Es ist überhaupt sehr Vieles an Polen wieder gut zu machen und die schwere Schuld der polnischen Theilungen lastet auf meinem Gewissen. Ich mag aber solche Last nicht tragen, ich will mein Auge frei zu Gott erheben und es vor keinem Volk beschämt zu Boden schlagen müssen. Die Theilung Polens ist eine moralische Schuld, die ich von meinen Vorgängern ererbt habe, und die ich bezahlen will!

Sire, es ist dies indessen eine Schuld, welche Ew. Majestät mit Oesterreich und Preußen theilen, und wenn Ew. Majestät jetzt daran denken, Das den Polen wieder zu erstatten, was, der Politik gemäß, Ihre Vorgänger ihnen genommen, so werden die Polen beinahe ein Recht haben, zu verlangen, daß auch Oesterreich und Preußen ihren Antheil wieder abtreten an das Königreich Polen.

Ich werde dies zu verhindern wissen! Sie vergessen, daß ich der König des Königreichs Polen bin! Ich werde, kraft meiner Würde als König von Polen, eine feierliche Erklärung abgeben, daß die Grenzen des Königreichs Polen geschlossen sind, daß es an seine Nachbarn keine Ansprüche mehr hat, und daß es nach keiner Vergrößerung strebt. Ich werde dies als constitutioneller König beeidigen, und dieser Eid wird bindend sein auch für meine Nachfolger. Sind Sie damit zufrieden?

Sire, es wäre dies allerdings eine Beruhigung für die andern betheiligten Mächte.

Und wie mir scheint, rief Alexander lebhaft, müßte mein ganzer Plan überhaupt eine Beruhigung für die betheiligten Mächte sein. Ihr Alle fürchtet die wachsende Macht Rußlands, Eure Schriftsteller und Journalisten schreien in Broschüren und Journalen Zeter über den nordischen Coloß, der sich mit vernichtender Gewalt nach Europa herein wälzt, und Ihr Herren Diplomaten seid immer beflissen, Rußlands Einfluß zu contrepariren, gegen uns Front zu machen. Ihr solltet also Alle zufrieden sein, daß ich freiwillig eine Vormauer zwischen Rußland und dem übrigen Europa aufrichte, daß ich zwischen dem barbarischen Rußland und der civilisirten Welt das constitutionelle Polen schaffe. Denn ich will dieses Königreich Polen ganz unabhängig und frei machen, ich will aus demselben die russischen Truppen zurückziehen, ich will ihm aus seinem Volke eine Militairmacht geben, ich will es von seinen Beamten regieren lassen. Ich will der Herr sein über Polen, aber ich will ihm ein gütiger und versöhnender Herr sein.*) Weshalb hindert man mich nun? Weshalb legt man mir von allen Seiten Hemmnisse in den Weg? Ich habe den Polen einmal mein Wort gegeben, ihnen ein liberaler König zu sein, warum will man mich daran hindern? Warum will man überhaupt es versuchen, mir Polen streitig zu machen? Habe ich nicht ein Recht auf Entschädigung?

Sire, wer könnte es wohl wagen zu bestreiten, daß Rußland sich nicht blos den Dank Deutschlands durch seine großmüthige Hülfe verdient hat, sondern daß es gegen sich selber fast verpflichtet ist, zum Ersatz für seine Opfer eine Entschädigung zu beanspruchen?

Und wo könnte ich die alsdann anders finden als in Polen? fragte Alexander. Jedermann sucht sich hier zu vergrößern, und ich hindere Keinen. Warum will man mich denn hindern? Warum setzt man sich meinen billigen Forderungen so hartnäckig entgegen? Ich habe diesen Krieg nicht aus Eigennutz unternommen, nicht ich war bedroht von dem Usurpator, ich hätte also zufrieden sein können, als meine tapfern Heere den Feind besiegt und seine letzten Trümmer über die Grenzen meines Landes hinausgeworfen hatten. Aber Deutschland forderte meine Hülfe, und ich gab sie. Ich ließ, um meiner Bundesgenossen willen, das edle Blut meiner Landeskinder vergießen, ich ließ, um die Kriegskosten zu bestreiten, in diesen letzten drei Jahren einhundert und achtundsechszig Millionen Rubel Papiergeld anfertigen.**) Ich that dies Alles für Euch, und jetzt will man nichts für mich thun. Jetzt intriguirt man gegen mich von allen Seiten, vereinigt sich förmlich gegen mich, und sucht mich zu isoliren. Ich sehe wohl, wer dahinter steckt, es ist Herr Talleyrand, der alle diese Intriguen anspinnt, der Alles zu verwirren, Alles in Unfrieden zu bringen sucht, weil er hofft, dann für Frankreich in der allgemeinen Verwirrung die beste Beute machen zu können. Aber man muß diesem alten Fuchs dies Mal beweisen, daß er auf falscher Fährte gewesen, und daß er keine Beute

---

*) Pertz: Leben Steins. III. S. 164.
**) Historisch. Siehe: Pertz, Leben Steins. III. 180.

davon tragen wird. Ich komme daher zu Ihnen, Metternich, ich fordere von Ihnen Wahrheit und Offenheit, wie ich Ihnen wahr und offen entgegenkomme. Sagen Sie mir also ehrlich und offen, wollen Sie sich auch meinen Feinden und Widersachern anschließen? Wollen Sie auch mich hindern, meine Pläne auf Polen auszuführen?

Und ich will Ihnen eine wahre und offene Antwort geben, Sire. Oesterreich sieht die Gefahr, von der es eines Tages bedroht werden könnte, wenn Rußland für sich Polen erwirbt, und seine Grenzen daher bis an die Grenze Oesterreichs hinanschiebt. Aber Oesterreich ist stark und mächtig genug, um keine Gefahr zu fürchten, und statt Rußland als einen gefährlichen Nachbar zu fürchten, wird es lieber suchen, es zu einem benachbarten Bundesgenossen und Freund zu haben. Oesterreich ist daher gern bereit, den Wünschen Rußlands entgegen zu kommen, und es wird sich auch, wenn gleich mit einigem Widerstreben, darein ergeben, daß Ew. Majestät Polen und besonders Warschau nehmen, es zu einem Königreich machen, und diesem Königreich eine freisinnige Verfassung geben. Es steht einem Souverain wohl frei, im Innern seines Landes eine Verwaltung nach seinem Belieben einzurichten, und wenn einmal entschieden ist, daß Ew. Majestät Polen in Besitz nehmen können, so darf Niemand es hindern, daß Sie Polen eine freie Verfassung geben. Oesterreich wird, um Ew. Majestät Freundschaft zu erwerben, also bereit sein, Ihnen ein Opfer zu bringen, es wird einwilligen, daß Ew. Majestät Polen in Besitz nehmen, ich selbst werde beim Congreß für Ew. Majestät gerechte und billige Ansprüche auf Polen meine Stimme erheben, ich werde Ihre Sache zu der meinen machen, — aber ich muß mir erlauben, dafür von Ew. Majestät einen Gegendienst zu fordern, und eine Bedingung zu stellen.

Nennen Sie mir Ihre Bedingung!

Nun denn: Oesterreich giebt Rußland seine Stimme zur Erwerbung Polens, wenn Rußland dagegen sich mit Oesterreich verbünden will, um Preußen zu verhindern, daß es sich Sachsen aneigne.

Ah, rief Alexander schmerzvoll, ich habe indessen dem König von Preußen meine Unterstützung zugesagt!

Dann sind Ew. Majestät sehr großmüthig gewesen, sagte Metternich lächelnd, denn Preußen ist weniger gefällig gegen Sie, und billigt Ew. Majestät Ansprüche auf Polen ganz und gar nicht.

Ich weiß das, ja wohl, ich weiß das! seufzte der Kaiser. Der König, Hardenberg, Humbold, Alle sind gegen mich, und selbst Stein hält sich in dieser Sache auf der Seite meiner Gegner.

Dennoch werden Ew. Majestät Ihr Ziel erreichen, Oesterreich wird Ihnen helfen, Polen zu erwerben, wenn Sie Oesterreich beistehen wollen, Prenßen zu verhindern, daß es Sachsen erwerbe. Der Kaiser, mein Herr, sieht die Einverleibung Sachsens sehr ungern; Sachsen ist nicht, wie zur Zeit Polen es ist, ein vacantes Land, Sachsen hat einen König und zwar einen legitimen König, über den zu Gericht zu sitzen, die andern Fürsten nicht berechtigt sind, und dies um so weniger sind, als das sächsische Volk keine Neigung zeigt, mit Preußen verbunden zu werden, sondern seinen König zurück begehrt.

Wenn dem so ist, so möge das sächsische Volk sich laut genug aus- sprechen, damit man seine Stimme hier so gut vernehme, wie wir in Paris die Stimme des Volks vernahmen, das die Bourbonen begehrte. Ich werde dann mich eben so entschieden für den Wunsch des sächsischen Volks erklären, wie in Paris für die Wünsche der Franzosen. Ich werde darauf bringen, daß man Friedrich August wieder auf den Thron seiner Väter setze, nur muß er nicht verlangen, daß sein Land gar nicht einige Verkleinerungen und Verstümmelungen erfahre. Man muß Preußen befriedigen, indem man ihm ein Stück von Sachsen giebt, man muß Sachsen und dem Princip der Legitimität genug thun, indem man den König wieder auf den Thron zurückführt. Sind Sie damit einverstanden?

Ja, Sire, ich bin vollkommen damit einverstanden.

Der Handel ist also abgeschlossen? Sie stehen mir bei, Polen zu erwerben, und ich stehe Ihnen bei, Sachsen selbstständig zu erhalten?

Der Handel ist abgeschlossen, Sire.

Ich freue mich dessen, sagte der Kaiser heiter, und ich wünsche mir Glück dazu, daß ich zu Ihnen gekommen bin. Sie können hinfort auf meine Dankbarkeit rechnen, Durchlaucht.

Auch auf Ihre Verschwiegenheit, Sire? Auf Ihre völlige Verschwiegenheit?

Ja, auch auf meine völlige Verschwiegenheit, sagte Alexander lächelnd. Ich werde Niemanden etwas von dem Uebereinkommen verrathen, das wir Beide hier untereinander getroffen haben. Hier haben Sie meine Hand darauf!

Metternich nahm die dargereichte Hand des Kaisers und schloß sie in die seine, indem er sich ehrfurchtsvoll verneigte.

Aber Sie, Metternich, rief Alexander heiter, werden Sie auch nichts verrathen? Denn ich gestehe Ihnen, wenn der König Friedrich Wilhelm von unserm Uebereinkommen erführe, so würde ich etwas Furcht haben, dem ernsten, kalten Gesicht und den strafenden Blicken des Königs gegenüber zu stehen! Ich bitte also, schweigen auch Sie, und lassen Sie von keiner Sirene, so verlockend sie auch immer sein mag, sich verführen.

Ah, Sire, rief Metternich lächelnd, ich fürchte keine Sirene, denn die Sirenen geben sich gar nicht die Mühe, mich verlocken zu wollen. Sie wenden ihre Lieder und ihre Bezauberungen nur dem Einen zu, der uns Alle in den Schatten gedrängt hat. Für die andern Sterblichen haben die Sirenen keine Lieder und keine Blicke mehr.

Ah, rief der Kaiser lachend, diesem unglücklichen Einen sollten Sie rathen, sich gleich dem Odysseus Wachs in die Ohren zu stopfen, damit er den Sirenengesang nicht höre und sich nicht von ihm verlocken lasse. Doch freilich, er wäre dann zu beklagen, denn er würde gar viele schöne Melodien entbehren müssen! Ihre Kaiserstadt ist überreich an schönen Frauen, ich sah niemals einen solchen Flor von Schönheiten, wie hier bei Ihnen.

Und Ew. Majestät haben unsere Schönheiten noch schöner gemacht, denn Sie haben sie untereinander zu einem Wettstreit angeregt. Jede möchte zu der Ehre gelangen, von Ew. Majestät mit einem Epitheton ornans geschmückt zu werden, und vor allen Dingen möchte Jede, daß Ew. Majestät von ihr sagten, was Ew. Majestät von der Gräfin Auersperg gesagt: „sie ist die Schönheit, die allein wahre Gefühle einflößt!"

Es ist wahr, sie thut das, sagte Alexander sinnend, sie ist sehr schön, und ebenso geistreich als schön, und ebenso sittsam als geistreich. Sie kennen sie wahrscheinlich schon lange, und nicht wahr, Sie geben mir Recht?

Ich kenne die Gräfin Auersperg seit ihrer Kindheit, sagte Metternich lächelnd, sie heißt Gabriele und sie ist eines Heinrich des Vierten werth.

Der Kaiser erröthete, und vielleicht um seine Verwirrung zu verbergen, stand er auf und schickte sich an, zu gehen.

Es bleibt bei unserer Verabredung, sagte er, Metternich zum Abschiede seine Hand darreichend.

Ja, Sire, es bleibt bei unserer Verabredung.

Der Kaiser grüßte ihn noch einmal mit einem freundlichen Kopfnicken, und wandte sich der Thür zu. Metternich wollte ihn bis über dieselbe hinausbegleiten, aber der Kaiser schob ihn sanft zurück.

Ich bin nicht hierher gekommen als Kaiser, sagte er, sondern als Bittsteller, ich verlasse Sie als Freund. Der Bittsteller hat kein Recht auf Ceremonien, der Freund hat das Recht, sie zurückzuweisen, und zu bitten, daß man sans cérémonie mit ihm verkehre. Bleiben Sie also und lassen Sie mich allein meinen Weg gehen!

Er drückte rasch die Thür hinter sich zu, und ließ den Fürsten allein in seinem Kabinet zurück.

Metternich blieb neben der Thür stehen, und horchte, bis die Schritte des Kaisers in der Ferne verhallten. Dann flog ein helles spöttisches Lächeln über sein Antlitz hin.

Er will seinen Weg allein gehen, sagte er achselzuckend, er weiß also nicht einmal, daß er gelenkt wird, und daß er keinen Schritt thut, den nicht der Wille Anderer bestimmt hat. Man geht nicht seinen Weg allein, wenn man in seinem Herzen und seinem Gewissen eine Erinnerung hat, welche immerfort mit uns geht, wenn man immer über seinem Haupte die Fußtritte der Mörder seines Vaters hört.*) Solche Er-

---

*) Alexander befand sich in einem Zimmer unterhalb des Schlafzimmers seines Vaters, des Kaisers Paul, als dieser durch eine Pallastrevolution gestürzt und ermordet ward. Alexander hörte das Hülfeschreien des Kaisers, das heftige Fußstampfen der mit ihm ringenden Mörder, aber er konnte seinem Vater nicht zu Hülfe eilen, da man, des Großfürsten Dazwischenkunft fürchtend, ihn in seinem Zimmer eingeschlossen hatte.

innerungen sind gar treue Begleiter auf dem Lebenswege, und man betet, um sie zu beschwichtigen, man wirft sich in die Arme der Frauen, um sie zu übertäuben, und man macht eine Art von Politik, die gar sehr den Ablaßzetteln Tetzel's gleicht, man will sich mit romantischer Gefühlspolitik loskaufen von begangenen Sünden! Polen wieder herstellen, Polen eine freie Verfassung geben! Das heißt für den Mörder den Dolch schleifen, den er uns in's Herz stoßen will, das heißt die Schwärmer lostrennen, mit denen das politische Feuerwerk beginnen soll! Nun, wir werden ja sehen, wie weit diese Herren kommen werden mit ihrer habsüchtigen Ländergier, die sich unter philanthropischen Völkerbeglückungstheorieen verbirgt! Der Congreß wird ein ziemlich belustigendes Schauspiel darbieten. Er ist reich an brennenden Fragen, und ich denke, ich habe die Sache so vorbereitet und eingerichtet, daß Oesterreichs Kopf und Hand allein kalt genug bleiben werden, um aus den brennenden Fragen für sich einige vortheilhafte und nutzbringende Antworten zu gewinnen. Ich will zu Talleyrand gehen! Er muß mir helfen, das Feuer dieser brennenden Fragen zu schüren, er muß im Namen Frankreichs gegen die Einverleibung Sachsens in Preußen protestiren, und erklären, daß Frankreich die Besitznahme Polens von Seiten Rußlands nur dann billigen könne, wenn der Kaiser von Rußland solche Garantieen gebe, welche die europäischen Mächte nicht neue Unruhen und Verwickelungen befürchten ließen. Diese, von Talleyrand abgegebene Erklärung wird die Souveraine von Preußen und Rußland noch mehr gegen Frankreich erbittern und einen unheilbaren Riß in ihre Beziehungen bringen. Die Verwickelung wird immer größer werden, und je mehr der Congreß in Verwirrung und Zank auseinander geht, desto mehr werden wir für Oesterreich erobern können. Der Erisapfel dieses Congresses ist nun einmal auf die Tafel Europa's geworfen, und wir müßten gar sehr ungeschickt sein, wenn wir von diesem Apfel uns nicht das beste und wohlschmeckendste Stück für Oesterreich aneigneten. Möge also die Sache ihren Lauf gehen, der Congreß ist eröffnet, spitzen wir also öffentlich unsere Federn, aber schleifen wir im Stillen unsere Schwerter und schürzen wir im Geheimen unsere Intriguen!

Zweites Buch.

Marie Louise.

I.

Graf Neipperg.

Willkommen in Wien, mein lieber Herr Graf, sagte Fürst Metternich, dem Herrn, welcher ihm eben gemeldet worden, mit einer überaus freundlichen Zuvorkommenheit bis an die Thür entgegen gehend und ihm seine beiden Hände darreichend.

Der so Angeredete war ein schlankgewachsener, hoher Mann; ein Krieger, das bewies die glänzende, ungarische Generalsuniform, die seine Gestalt umhüllte, ein Tapferer, das bewies die breite, tiefe Narbe, die quer über sein Gesicht hinlief und hinter der schwarzen Binde endete, die sein linkes von einem Säbelhieb zerstörtes Auge bedeckte. Aber diese Wunde und diese Binde entstellte sein Gesicht nicht, sondern sie gab demselben einen eigenthümlichen Reiz durch den Contrast, der zwischen diesen Zeichen heroischer Tapferkeit und seinen sonst so sanften und milden Zügen herrschte. In der That, das Antlitz des Generals war von ungewöhnlicher Feinheit und Zartheit, der Blick seines Auges feurig und schüchtern zugleich, die von dichten blonden Locken umkräuselte hohe Stirn weiß wie die eines Mädchens, und doch mit jenen hohen Buckeln geschmückt, welche den Denker und den Gelehrten verriethen, die Wangen von einer reinen Blässe, die von der schwarzen Augenbinde noch erhöht ward, der feine Mund mit den purpurnen, leicht aufgeworfenen Lippen von einem sanften und gütigen Lächeln umspielt, und von einem zierlichen, blonden Schnurrbart beschattet, welcher mehr zu dem Schmuck eines Cavaliers, als zu der Uniform eines Soldaten zu passen schien. Zu diesem feinen Gesicht

stimmte die zierliche, schlanke Gestalt, deren Ebenmaaß von der eng-
anschließenden, glänzend gestickten ungarischen Uniform noch mehr hervorgehoben ward. Seine Brust war geziert mit brillantenen Ordenssternen, welche die hohe Gunst und das hohe Ansehen bewiesen, deren
er sich von den Fürsten zu rühmen hatte, denn kaum vierzig Jahre
alt, besaß er doch schon die höchsten Orden Oesterreichs, und hohe
Orden Rußlands und Preußens. Dieser also Decorirte, der zugleich
den Krieger und den Cavalier darstellte, das war der General Graf
Neipperg, jetzt der Ehrencavalier der Kaiserin Marie Louise.

Fürst Metternich, wie gesagt, empfing den Eintretenden mit freundlicher Bewillkommnung und reichte ihm beide Hände dar.

Der Graf erwiderte diese fast zärtliche Begrüßung mit unnach-
ahmlicher Grazie und mit Worten, die von der Freude zeugten, welche
der Graf empfand, den verehrten und angebeteten Fürsten wieder-
zusehen.

Setzen wir uns, mein lieber General, und plaudern wir, sagte
der Fürst, den Grafen Neipperg zu dem Divan hinführend, in den er
ihn sanft niederdrückte, worauf er ihm gegenüber auf einem Fauteuil
Platz nahm. Es ist mir, als hätten wir uns eine Ewigkeit lang nicht
gesehen, und als hätten wir uns vielerlei zu sagen und zu fragen.

Wollen Ew. Durchlaucht mir also einige Fragen erlauben? fragte
Graf Neipperg. Denn ich gestehe Ihnen, ich komme mir vor wie ein
Wilder, der durch einen Zauberschlag plötzlich in die Mitte der civilisirten Welt versetzt worden; ich war nur zwei Monate von Wien ab-
wesend, und doch scheint mir, daß Wien sich in dieser Zeit vollkommen
verändert und umgestaltet hat.

Das macht, wir haben jetzt hier iu Wien den europäischen Congreß, sagte Fürst Metternich lächelnd, es wimmelt bei uns von Fürsten,
Generälen und Diplomaten, und man kann keinen Schritt thun, ohne
nicht irgend einem kleinen Souverain oder einem Reichsgrafen auf den
Fuß zu treten.

Sie begreifen also, Durchlaucht, daß es mir schwer fällt, mich in
dieser fremden Welt zu orientiren, rief der Graf, und ich bitte Sie
deshalb mir einige Fragen erlauben zu wollen.

Fragen Sie, lieber Graf, fragen Sie, aber vergessen Sie nicht, daß nachher auch an mich die Reihe kommt.

Ich werde es nicht vergessen, Durchlaucht! Ich erlaube mir also vor allen Dingen zu fragen: wie steht es mit dem Congreß? Was thut er eigentlich, was will er eigentlich, und welches ist sein Ziel eigentlich?

Mein Freund, rief Metternich lachend und mit dem Anschein des Schreckens, Sie thun da wahrlich Fragen, auf die, wie ich glaube, nur Gott im Himmel genügende Antwort geben kann. Was der Congreß thut? Mein Gott, er spricht viel, projectirt viel und amüsirt sich viel. Was der Congreß will? Nun, er will die Verhältnisse der Fürsten unter einander und der Fürsten zu ihren Völkern ordnen. Was das Ziel des Congresses ist? Ich glaube, der allgemeine Frieden, es ist indessen auch sehr möglich, daß es der allgemeine Krieg sein wird.

Mein Fürst, sagte Graf Neipperg, sich lächelnd verneigend, Sie haben mir da geantwortet in Worten, deren Mystik dem Orakel zu Delphi Ehre machen würde.

Oh, und ich versichere Sie, rief Metternich lachend, daß die Pythia auf ihrem heißen Dreifuß nicht mehr gelitten hat, als ich auf meinem Fanteuil in den Congreßsitzungen! Sind Sie jetzt zu Ende mit Ihren Fragen, lieber Graf, und ist an mir die Reihe?

Ich bitte, mir noch einige Ihrer Orakelsprüche zu gönnen.

Nun denn, Priester des Apollo und der neun Musen, so fragen Sie!

Hat der Congreß sich schon mit dem weitern Schicksal des Kaisers Napoleon beschäftigt?

Wie denn, mit dem weitern Schicksal Napoleons? Er ist Gefangener auf Elba.

Und man will ihn dort lassen? Europa fürchtet nicht die Gefahr, diesen Mann, der eine ewige Brandfackel ist, innerhalb seiner Grenzen zu dulden? Es ist nicht entschlossen, ihn so weit fortzubringen, daß Frankreichs Soldaten nicht mehr das Tönen seiner Stimme vernehmen, nicht mehr die Seufzer hören können, die der Sturmwind von Elba zu ihnen herüberträgt, und die ihre Augen feucht machen von den Thränen der Sehnsucht und der Liebe?

Europa ist gewaffnet und fürchtet nichts. Es hat den gefangenen Prometheus auf der Felseninsel festgeschmiedet, und so lange er sich dort still und ruhig verhält, haben wir nicht das Recht, ihn von dort zu entführen. Nichtsdestoweniger ist doch schon davon die Rede gewesen, besonders seit der Herzog von Lucca feierlich Protest eingelegt hat gegen Napoleons Besitznahme Elba's, und sie als sein seit Jahrhunderten dem Hause Lucca zustehendes Eigenthum beansprucht hat.*) Außerdem ist der Graf Pozzo di Borgo da, dessen unversöhnlicher Haß mit unerschütterlicher Ausdauer seinen corsischen Landsmann verfolgt, und sich nicht dabei beruhigen kann, daß man seinem einstigen Freunde noch den Schatten jener Größe gelassen hat, die der ehrgeizige Graf ihm früher so schmerzlich beneidet hat. Sie wissen ja, es giebt keine grausameren Feinde, als solche, die früher unsere zärtlichen Freunde waren, und Pozzo di Borgo möchte daher gern neue Torturen und Martern erfinden, um seine corsische Blutrache an seinem Rivalen zu nehmen. Indeß bis jetzt ist es ihm noch nicht gelungen, das Ohr des Kaisers Alexander zu gewinnen, obwohl die Fürstin Bagration und die Herzogin von Sagan, welche Beide den Haß Pozzo's theilen, ihn beim russischen Kaiser in seinen Bemühungen unterstützen. Aber Sie wissen ja, der gute Kaiser Alexander ist eine romantische Seele; er hat jetzt die Freundschaft, die er einst dem Kaiser Napoleon feierlich zugeschworen und nicht gehalten hat, auf Napoleons Stiefsohn Eugène Beauharnais übertragen, und deshalb hört er nicht auf die grausamen Einflüsterungen Pozzo's. Da aber der Kaiser von Rußland auf unserm Congreß die erste Puissance ist, so ist sein Benehmen maaßgebend für die Anderen, und die kleineren Souveraine wagen es nicht noch ferner, mit ihren Krallen nach dem Adler zu hacken, da der große russische Doppeladler ihn nicht weiter anfällt. — Nun, mein lieber Graf, dies Mal sind Sie hoffentlich mit meiner Antwort zufrieden, denn Sie werden gestehen müssen, daß sie ausführlich und bündig war, und nichts von der Mystik des Dreifußes an sich trug.

---

*) Comte de la Garde: Congrès de Vienne. I.

Ich danke Ew. Durchlaucht, denn ich fange in der That schon an, mich zu orientiren. Jetzt erlaube ich mir nur noch Eine Frage!

Ihre letzte, lieber Graf?

Ja, Durchlaucht, meine letzte. Wie steht es mit dem Herzogthum Parma? Wird die Kaiserin Marie Louise es erhalten? Wird sie als Souverainin dieses Herzogthums bald von den hier versammelten Fürsten anerkannt werden? Beschäftigt sich der Congreß nicht vorzugsweise mit dieser Frage, und denkt er daran, die Zukunft der entthronten Kaiserin zu sichern, ihrem Sohn, der jetzt keinen Namen, kein Erbe, keinen Titel hat, endlich wenigstens die Anerkennung zu geben, die ihm als dem legitimen Sohn einer Erzherzogin von Oesterreich zusteht? Beschäftigt sich der Kaiser, Marie Louisens Vater, nicht vorzugsweise mit diesen Verhältnissen seiner edlen und unglücklichen Tochter, und ist bemüht ihr eine weniger demüthigende, abhängige und kränkende Stellung zu geben, wie die Kaiserin sie jetzt leider erdulden muß?

Ah, mein lieber Graf, Sie verstehen es in der That, Fragen zu stellen, die gleich den Kern der Sache ergründen wollen, und diese Fragen mit einem Feuer und einer Beredtsamkeit vorzutragen, die Ihrem Herzen und Ihrem Geist Ehre machen. Ich will versuchen, Ihnen auf alle Ihre Fragen so entscheidend und prägnant als möglich, jedenfalls aber aufrichtig zu antworten. Sie fragten zuerst, ob die Kaiserin das Herzogthum Parma erhalten und als Souverainin bald von den hier versammelten Fürsten werde anerkannt werden. Dieses „Bald" setzt mich einigermaßen in Verlegenheit; ich hoffe zwar, daß wir eines Tages unser Ziel erreichen, und die Erzherzogin zur souverainen Herzogin von Parma erheben werden, aber ob das bald sein kann, hängt von den Umständen ab, und — von der Kaiserin Marie Louise selber. Wir werden nachher darauf zurückkommen. Zuerst will ich Ihnen nur alle Ihre Fragen beantworten. Sie fragten also ferner: ob der Congreß sich nicht vorzugsweise damit beschäftige, der entthronten Kaiserin einen Ersatz, ihrem kleinen Johann ohne Land und ohne Namen endlich Land und Namen zuzuführen. Darauf erwidere ich Ihnen: der Congreß beschäftigt sich mit Allem, er denkt an Alles, er spricht über Alles, aber daher kommt es auch, daß über dem

Allen das Einzelne nicht vorwärts kommt, und daß wir Viel zu thun scheinen, aber im Grunde bis jetzt gar nichts Positives gethan haben. Zuletzt fragten Sie noch, ob der Kaiser Franz sich nicht vorzugsweise mit den Verhältnissen seiner Tochter beschäftige, und bemüht sei, die Erzherzogin Marie Louise anständig zu dotiren, und sie zu einer Souverainin zu machen? Sie können aber leicht ermessen, mein Freund, wie vorsichtig und zurückhaltend der Kaiser sich in dieser Sache benehmen muß, und wie jeder Schritt, den er für seine Tochter bei den andern Souverainen thun muß, seinen Stolz verletzt und seine Delicatesse verwundet. Der Kaiser hat daher den festen Entschluß gefaßt, sich gar nicht persönlich für diese Angelegenheit zu verwenden, sondern den Congreß allein über die nothwendige Entschädigung der entthronten Kaiserin von Frankreich entscheiden zu lassen. Oesterreich, welches ja doch eine erste Stimme in dem Congreß hat, wird also nichtsdestoweniger in dieser Angelegenheit mitwirken und mithandeln, aber nicht, weil Marie Louise die Tochter des österreichischen Kaiserhauses ist, sondern weil die Placirung der Gemahlin des Gefangenen von Elba eine Pflicht des Congresses, und von den verbündeten Mächten in Paris feierlich versprochen ist. Der Kaiser Franz hat übrigens den Souverainen erklärt, daß er bei dieser Frage gar kein persönliches Interesse habe, und jedenfalls im Stande sei, seiner Tochter eine ihren Verhältnissen angemessene Dotation aus den Krongütern seines Hauses zu machen. Indessen hoffe ich, daß es unfern geheimen Bemühungen und Verwendungen gelingen werde, der Kaiserin das Herzogthum Parma zu sichern, aber dies hängt von dem Benehmen der Erzherzogin selber ab, und in der Art, wie sie sich zu dem Gefangenen auf Elba stellt. Ich werde Ihnen darüber nachher Ausführliches sagen. Jetzt aber, mein lieber Graf, jetzt, da ich Ihnen alle Ihre Fragen beantwortet habe, jetzt, nicht wahr, werden Sie auch mir gütigst erlauben, einige Fragen an Sie zu richten, und die Güte haben, mir dieselben aufrichtig zu beantworten?

Ich verspreche es Ihnen, Durchlaucht. Haben Sie also die Gnade zu fragen.

Nun also, ich frage! Wie stehen Sie zu der Erzherzogin Marie Louise?

Ach, Durchlaucht, das ist eine Frage, die ich Ihnen leider ohne Umschweife ganz kurz und bündig beantworten kann. Die Erzherzogin Marie Louise haßt mich und verabscheut mich!

Ach, Sie haßt und verabscheut Sie, rief Metternich, indem er nachlässig mit den Spitzenmanschetten spielte, die unter dem Aermel seines gestickten Gewandes hervorschauten, und über seine feine weiße Hand niederfielen. Erzählen Sie mir doch ein wenig, wie dieser Haß sich äußert, und wie dieser Abscheu sich darlegt.

Durchlaucht, das ist schwer zu sagen, denn es ist eine Sache, die nur mit dem Instinct errathen, nur mit dem Tact des Herzens gemessen wird. Die Kaiserin ist viel zu milde, viel zu großmüthig und zart, um mich absichtlich kränken und beleidigen zu wollen, aber ihr Haß verräth sich in tausend kleinen Dingen, die vielleicht nur Ich sehe, aber die ich doch sehe. So oft ich ihr nahe, geht ein leises Zucken durch ihre Gestalt, ihre Lippen pressen sich trotzig aufeinander, über ihre Stirn fliegt ein Schatten hin, und ihre blitzenden Augen fordern von mir eine Erklärung, wie ich es wagen darf, unaufgefordert in ihre Nähe zu kommen. Wenn ich sie dann demüthig über mein unaufgefordertes Erscheinen um Verzeihung bitte, so scheint sie meine Worte gar nicht zu hören, wenigstens sie gar keiner Beachtung werth zu halten, und sicher wird sie nach kurzer Zeit schon irgend einen Vorwand suchen, um sich zu entfernen und in das Innere ihrer Gemächer zurückzuziehen.

Aber Sie waren jetzt sechs Wochen lang mit der Kaiserin auf der Reise. Sie haben mit ihr die Schweiz besucht, die Alpen bestiegen, da gab es doch keine Gelegenheit sich in ihre Gemächer zurückzuziehen, und da konnte Marie Louise Sie doch nicht verhindern, neben ihr zu gehen?

Sie hat es indessen sehr wohl gehindert, Durchlaucht. Wir fuhren in mehreren Wagen, die Kaiserin mit der Gräfin Brignole in dem ersten Wagen, die Herren von Meneval, Bausset und ich in dem zweiten Wagen, und in dem dritten und vierten folgte die Dienerschaft.

Es war vom ersten Tage der Reise an eingeführt, daß die Kaiserin einen von den Herren des zweiten Wagens einlud, sich in ihren Wagen auf dem Rücksitz zu placiren, und einige Stationen ihr Gesellschaft zu leisten. Nun, die Kaiserin hat mich am seltensten und spärlichsten zu dieser Ehre gelangen lassen, sie hat die beiden anderen Herren wohl drei, vier Mal eingeladen, ehe sie mir Ein Mal diese Gunst erzeigte, und wenn ich dann und wann wirklich eine Einladung empfing, in den Wagen der Kaiserin zu kommen, so geschah das jedes Mal auf der letzten Station vor dem Reiseziel des Tages, so daß ich dann nur die Hälfte der Zeit mit der Kaiserin zubrachte, welche sie den beiden andern Herren vergönnte, in ihrer Gesellschaft zu sein.

Und nahmen Sie das gelassen hin, Herr General? Beschwerten Sie sich nicht?

Einmal wagte ich mich zu beschweren, und der Kaiserin zu sagen, wie wehe es mir thue, von ihr so zurückgesetzt zu werden. Da sah die Kaiserin mich mit einem schnellen und trotzigen Blick an. „Herr Graf,“ sagte sie, „mein Vater, der Kaiser, hat mir befohlen, daß Sie als mein Ehrencavalier an meiner Reise Theil nehmen, aber er hat mir nicht befohlen, daß ich Sie die Reise in meinem Wagen machen lasse, und ich darf folglich über den Rücksitz meines Wagens nach meinem Gutdünken verfügen.“

Ah, das war allerdings eine ziemlich herbe Antwort, sagte Metternich achselzuckend. Aber Sie machten doch auch oftmals Wanderungen, Bergpartieen zu Fuß? Dabei konnte es doch die Kaiserin nicht vermeiden, Sie in ihrer Nähe zu dulden?

Aber sie verstand es, mich doch so fern als möglich zu halten, seufzte Graf Neipperg. Sie machte die Gebirgspartieen entweder zu Pferde, und dann ritt sie auf der einen Seite dicht neben der Gräfin Brignole, auf der andern Seite mußten die beiden Führer einhergehen. Ging sie zu Fuß, so konnte sie es freilich nicht immer vermeiden, daß ich mich ein wenig an ihre Seite drängte und mit ihr wanderte, aber sie begann dann jedes Mal von dem Kaiser, ihrem Gemahl, zu sprechen, und zwar mit einer Begeisterung und einem Feuer der Empfindung, die mich wahrhaft erschreckten, und mir bewiesen, daß das Herz der

Kaiserin noch immer mit aller Gluth der ersten Liebe an ihrem Gemahl hängt. Da es mir aber unangenehm und schmerzlich war, immer diesen Dithyramben ihrer Liebe zuhören zu sollen, so zog ich mich freiwillig mehr zurück, und hielt mich ferner von der Kaiserin, so daß ich in den letzten Tagen unserer Reise sehr wenig mit ihr gesprochen habe. Gerade diese letzten Tage aber war die Kaiserin so heiter und froh, wie ich sie nie zuvor gesehen habe, sie lachte und schäkerte in der anmuthigsten Weise, sie war von einer hinreißenden Naivetät, einer bezaubernden Grazie; es schien, als wolle sie mir beweisen, daß ihre Seele aufathme in Freudigkeit, seit ich sie nicht so oft mit meiner Nähe belästigte. Als wir endlich heute in Schönbrunn anlangten, dankte sie Jedem ihrer Reisegefährten für die geleisteten Dienste, Jedem sagte sie einige freundliche Worte, zu mir aber sagte sie, sich verneigend: „Mein Herr, ich habe Sie und mich während dieser Reise beklagt. Sie waren von meinem Vater zu dieser Reise befohlen, es war ein Zwang für Sie, mich zu begleiten, ein Zwang für mich, Ihre Begleitung annehmen zu müssen. Sie waren der Beobachter, ich die Beobachtete, es konnte also keine Harmonie zwischen uns sein. Ich danke Ihnen indessen, daß Sie das Amt eines Aufsehers mit so viel Anstand und Nachsicht geübt haben, und ich hoffe, daß Sie in Ihrem Bericht über mich an den Kaiser, meinen Vater, milde sein werden.“

Vraiment, die Frauen sind doch ein gar grausames und schonungsloses Geschlecht, sagte Metternich lächelnd. Sie sagte Ihnen das in Gegenwart der Andern, und so, daß diese ihre Worte hören konnten?

Ja, Durchlaucht, so daß der Graf Bausset und der Baron Meneval jedes Wort hören mußten und es für nothwendig hielten, nachdem die Kaiserin uns verlassen hatte, das harte Benehmen Marie Louisens zu entschuldigen und mir ihr inniges Bedauern und Mitgefühl auszudrücken.

Wahrhaftig, das thaten sie? sagte Metternich achselzuckend. Dann mußten sie nicht, was sie thaten. — Sie glauben also, Herr Graf, daß die Kaiserin noch an ihren Erinnerungen hängt, daß sie Napoleon noch liebt, und bereit wäre, zu ihm nach Elba zu gehen?

Ich glaube, daß die Kaiserin ihren Gemahl zärtlich und leidenschaftlich liebt, und daß sie nicht blos bereit ist, zu ihm nach Elba zu gehen, sondern daß sie sich heimlich zu ihm flüchten wird, wenn man ihr verwehren will, sich öffentlich mit ihrem Gemahl zu vereinigen. Die Kaiserin hängt mit ganzer Seele an ihren Erinnerungen, sie fühlt sich ganz und gar als Französin, sie spricht nur Französisch, scheint das Deutsche ganz vergessen zu haben, und es nicht wieder lernen zu wollen, denn sie verkehrt nur mit ihrer französischen Umgebung, und hat ihr Haus ganz auf französischem Fuß und nach französischer Etiquette eingerichtet. Alles erinnert sie daher nur an ihre Vergangenheit, Alles spricht ihr von dem Kaiser, sogar die Livréen ihrer Diener, das Wappen ihrer Equipage, denn ihre Diener tragen die Livrée Napoleons, auf den Köpfen die Kaiserkrone mit dem großen ominösen N, und auf den Equipagen prangt das Napoleonische Kaiserwappen.

Man wird sie bitten müssen, ihre Livréen zu ändern, und ihren Equipagen das Habsburgische Kaiserwappen wiederzugeben, sagte Metternich lächelnd.

Sie wird die Erfüllung dieser Bitte verweigern, Durchlaucht, rief der Graf seufzend.

Man wird sie also nicht bitten, sagte Metternich gelassen, sondern man wird solche Mittel anwenden, daß Marie Louise aus freiem Antrieb ihre Livréen und ihr Wappen ändert! Dies ist meine Aufgabe, und ich versichere Sie, lieber Graf, daß ich sie in einigen Tagen gelöst haben werde. — Jetzt aber, nachdem Sie mir so gütig und mit so dankenswerther Genauigkeit auf meine Fragen geantwortet haben, jetzt wollen wir uns recht vertraulich und aufrichtig mit einander besprechen. Sind Sie geneigt dazu, mein lieber Graf?

Ach, Sie sehen wohl, Durchlaucht, daß ich Ihnen gegenüber mein Herz auf der Zunge trage, und daß ich durchaus vertraulich und aufrichtig gewesen bin.

Wollen wir also, wenn's Ihnen beliebt, in dieser Vertraulichkeit fortfahren. Sie wissen, mein theuerster General, wie sehr ich Sie immer geliebt und hochgeachtet habe und welch' unbegrenztes Vertrauen ich in Ihre Fähigkeiten und Ihren Geist setze. Ein Beweis davon ist, daß ich dem Kaiser vorschlug, Sie der Kaiserin Marie Louise als

Reisebegleiter mitzugeben und Ihnen die Stelle eines Oberstallmeisters und Ehren-Cavaliers der Kaiserin zu geben.

Durchlaucht, ich finde, daß das sehr gütig von Ihnen war, sagte Neipperg mit einem tiefen Seufzer, die Kaiserin wird indeß nicht meiner Meinung sein und es Ihnen wenig Dank wissen.

Metternich zuckte die Achseln und ein spöttisches Lächeln umspielte seine Lippen. Da wir also übereingekommen sind, uns vertraulich zu unterhalten, sagte er, wollen Sie mir da noch zwei vertrauliche Fragen erlauben?

Durchlaucht, fragen Sie, ich werde Sie in meiner Antwort auf den Grund meines Herzens schauen lassen.

Nun denn, verzeihen Sie, — lieben Sie Ihre Gemahlin, die Gräfin Neipperg?

Der Graf stutzte und schlug vor den zugleich lächelnden und forschenden Blicken Metternich's die Augen nieder.

Durchlaucht, sagte er leise und verwirrt, die Gräfin ist die Mutter meiner vier Söhne.

Ah, bah, lieber Graf, rief Metternich lachend, ich frage nicht nach den Söhnen, sondern nach der Mutter! Lieben Sie diese? Sie antworten mir nicht? Nun, wir sind hier unter vier Augen und unsere Frauen hören uns nicht, seien wir also aufrichtig mit einander, und um Ihnen Muth zu machen, will ich Ihnen mit gutem Beispiel voran gehen. Hören Sie also: meine Gemahlin, die Fürstin Metternich, ist auch die Mutter meiner Kinder, aber, — ich liebe sie dennoch nicht. Die Fürstin entbehrt jedes Liebreizes, jeder äußern Annehmlichkeit, ich habe das immer gewußt, und sie nicht aus Liebe, sondern aus Politik geheirathet, denn die Fürstin gehörte einer Familie und einer Partei an, die hier am Kaiserhofe sehr mächtig und mir sehr nützlich war, die Fürstin war indeß außerdem sehr ehrgeizig und besitzt einen scharfen Verstand. Wie wir uns verheiratheten, gelobten wir uns festes Zusammenhalten in allen politischen Dingen, aber zugleich für sie und für mich die Freiheit, Jeder seinen Weg ungenirt zu gehen. Und wir haben Beide dies Gelöbniß treulich erfüllt. In politischen Dingen haben wir immer fest zu einander gehalten, und ich verschmähe es

keineswegs, politische Chancen, die der Mühe werth sind, mit ihr zu
überlegen, — in andern Dingen, namentlich aber in den Herzensangelegenheiten, sind wir Jeder unsern eigenen Weg gegangen und gehen
ihn noch. Alle Welt weiß das und sieht das ja, und hat manches
Aergerniß daran genommen, denn wir haben uns Beide niemals genirt.
Dennoch aber, wie gesagt, achte ich die Fürstin von ganzem Herzen,
aber — ich liebe sie nicht.*) — Da haben Sie mein aufrichtiges Bekenntniß, theuerster Graf, und jetzt wiederhole ich meine Frage: lieben
Sie Ihre Gemahlin, die Frau Gräfin Neipperg?

Nun, mein Fürst, rief der Graf lachend, die Geschichte meiner Ehe
ist eine vollkommene Wiederholung der Ihrigen, und damit ist Alles
gesagt! Ich liebe meine Gemahlin nicht, und habe sie niemals geliebt.
Der Wille und Wunsch unserer Familien hat uns vermählt, wir haben
unsere Ehe mit Anstand, wie ein bequem sitzendes Staatskleid getragen,
in dem wir uns aber niemals häuslich fühlten. In den letzten Jahren
indeß haben wir uns weniger von dem Genre dieser Ehe bedrückt ge-
fühlt, denn wir waren immerfort getrennt. Mich hielt der Krieg fern,
meine Gemahlin war mit der Erziehung unserer Söhne und der Verwaltung unseres Gutes, das in Würtemberg liegt, beschäftigt, und so
glaube ich, haben wir gegenseitig fast vergessen, daß wir vermählt sind,
und erinnern uns nur daran, wenn wir uns alle Quartal über den
Stand unserer Angelegenheiten und das Wohlergehen unserer Söhne
Nachricht geben.

Ihr Herz ist also vollkommen frei, Herr Graf?

Ich glaube, ja, sagte der Graf zögernd.

Ach, Sie glauben, rief Metternich lächelnd. Nun, mein lieber
Graf, ich glaube das nicht! — Ich will Ihnen die Wahrheit sagen:
Sie lieben die Kaiserin Marie Louise!

Der Graf zuckte zusammen und eine tiefe Röthe flammte einen
Moment über sein Antlitz hin, um dann einer tödtlichen Blässe Platz
zu machen. Wissen Sie, Durchlaucht, sagte er beklommen und verwirrt,

---

*) Metternich's eigene Worte. Siehe: Kaiser Franz und Metternich. (Von
Hormayr.) S. 90.

wissen Sie, daß Sie mich da zugleich eines Hochverraths und eines Unglücks zeihen?

Wie so denn, Graf?

Es wäre ein Hochverrath, wenn ich die Tochter meines Kaisers, die Erzherzogin und Kaiserin, zu lieben wagte, es wäre für mich ein Unglück, denn die Erzherzogin haßt mich!

Reden wir zuerst von Ihrem Hochverrath, Graf! Wissen Sie, warum ich Sie, und gerade Sie zum Begleiter und Ehren-Cavalier der Kaiserin Marie Louise auserkor? Weil Sie ein sehr tapferer Soldat und Ehrenmann, ein sehr vornehmer Edelmann, ein sehr eleganter Cavalier, ein sehr interessanter Gesellschafter und ein sehr schöner Mann sind.

Ach, Durchlaucht, rief Neipperg lachend, indem er auf die schwarze Binde seines Auges hindeutete, man ist nicht schön, wenn man einäugig ist, und das Gesicht von Narben zerfetzt hat.

Die Narben sind die Wappenschilder Ihres Ruhms, und was die Einäugigkeit anbetrifft, so hat das den Damen nur Gelegenheit gegeben, Ihnen ein neues Epitheton daraus zu verleihen, denn sie nennen Sie seitdem „den blinden Amor." Ich wußte, daß man Sie so nennt, und meine Gemahlin, sowie die Fürstin Bagration· versicherten mich, daß, wenn es Ihnen Ernst ist, eine Frau zu gewinnen und ihre Liebe zu erobern, es keine Frau giebt, die Ihnen zu widerstehen vermöchte. Ich weiß nicht, ob diese beiden Damen aus Erfahrung sprechen, aber ich weiß, daß ich gern die Erfahrung machen wollte, ob sie Recht hatten, und daß ich Sie deshalb zum Ehren-Cavalier der Erzherzogin Marie Louise und zu ihrem Reisebegleiter ernannte.

Und jetzt, Durchlaucht, haben Sie die Erfahrung gemacht, daß man Ihnen falsch berichtete. Die Erzherzogin Marie Louise haßt mich.

Vielleicht haben Sie sich nicht mit Ernst und Eifer um ihre Gunst bemühen wollen? Vielleicht finden Sie die Kaiserin nicht interessant, nicht schön, nicht liebenswürdig und anmuthig?

Ach, Durchlaucht, sie ist das reizendste, bezauberndste, liebenswürdigste, geistreichste Wesen, das ich je gesehen!

Der Hochverrath ist also erklärt, Sie lieben Marie Louise. Still,

still, vertheidigen Sie sich nicht, sondern gönnen Sie einem Rechen-
meister, der sich eine schwierige Aufgabe gestellt hatte, den kleinen
Triumph, zu sehen, daß sein Exempel richtig gerechnet ist und die
Probe aushält. Aufrichtig also: ich wünschte und hoffte, daß Sie die
Erzherzogin lieben sollten, ich rechnete dabei auf Ihr Herz und — auf
Ihren Ehrgeiz. Denn man mag noch so sehr Philosoph sein, es ist
immerhin schmeichelhaft für einen tapferen General, wenn er eine
Festung erobert, welche dem Kaiser und Feldherrn Napoleon gehört
und von ihm vertheidigt wird; es ist immerhin schmeichelhaft für einen
noch so hochgeborenen Grafen, der bevorzugte Freund, und, — sagen
wir das Wort, — der Geliebte einer Kaiserstochter, einer Erzherzogin
zu sein! Ich rechnete also auf Ihr Herz und Ihren Ehrgeiz! Und
jetzt, mein Freund, jetzt, da wir uns so lange von Herzensangelegenheiten unterhalten haben, jetzt dürfen wir uns wohl erlauben, uns auch
einige Momente mit der Politik zu beschäftigen. Sie fragten vorhin,
ob die Erzherzogin Marie Louise Aussichten habe, bald in den Besitz
des Herzogthums Parma zu gelangen, und ich gab Ihnen vorher eine
ausweichende Antwort, jetzt will ich Ihnen besser antworten: es hängt
von Ihnen ab, lieber theurer Graf, ob die entthronte Kaiserin, die
heimgekehrte Erzherzogin bald die souveraine Herzogin von Parma
werden kann.

Von mir? rief der Graf erschrocken. Was kann ich dazu thun,
Durchlaucht?

Sie können Alles dazu thun, Graf, und Sie müssen den Willen
und die Absicht haben, Alles zu thun! Sie müssen Marie Louise vergessen machen, daß sie Kaiserin und Französin war, und sie sanft dahin
bringen, daß sie sich wieder als Erzherzogin und als Deutsche fühlt.
Sie müssen als tapferer General Bresche schlagen in die Festung ihres
Herzens, und müssen die Liebe, das Bild und die Erinnerung Napo=
leons daraus verjagen. Sie müssen die Erzherzogin gelehrig und füg=
sam machen, auf daß sie einsieht, daß ihre Existenz und die ihres
Sohnes nur wieder eine feste und gesicherte werden kann, wenn sie sich
ganz und gar von Napoleon lossagt, wenn sie ihren Vater ermächtigt,
bei dem Papst zu Rom auf eine Trennung ihrer Ehe mit dem Exkaiser

Napoleon anzutragen, und wenn sie öffentlich und in's Geheim jeden Verkehr mit dem Gefangenen von Elba aufgiebt. Sobald sie diese Entschlüsse faßt, und durch ihre Handlungen die Aufrichtigkeit derselben bewährt, ist ihr das Herzogthum Parma gesichert, und sie kann dort residiren, vorausgesetzt, daß sie neben sich einen vertrauten und klugen Rathgeber hat, der ihre politische Unerfahrenheit leitet, und ihr das Geschäft der Staatsregierung nach Kräften erleichtert. Ein solcher Rathgeber müßte also Marie Louisens Staatsminister sein, ein Mann voll Einsicht, Mäßigung, Verstand und Klugheit, mit einem Wort, Sie, Graf Neipperg, müßten es sein!

Der Graf erröthete vor Vergnügen und ein Blitz flammte in seinen Augen auf, aber er unterdrückte ihn schnell und schlug die Augen nieder.

Ich sagte Ihnen ja, Durchlaucht, daß die Kaiserin mich verabscheut und haßt, bemerkte er traurig.

Mein Freund, die Liebe fängt sehr oft mit dem Haß an, und die Herren von Bausset und von Meneval, welche Sie beklagten, weil Marie Louise hart und grausam gegen sie war, die müssen sehr wenig die Politik der Liebe und die Herzen der Frauen kennen. Wenn die Frauen fühlen, daß sie angegriffen werden und daß sie zu schwach sind, um dem Angriff widerstehen zu können, so machen sie es, wie die Schnecke es in ihrem Hause macht. Sie kriechen hervor aus der Festung ihres Herzens, strecken ihre Hörner vor und greifen an, um sich zu vertheidigen und zu retten. Es kommt dann Alles darauf an, daß man die kleinen zierlichen Schneckchen bei den Hörnern ergreift und sie verhindert, wieder in ihre Festung zurückzukriechen, sondern sie zwingt, ihr wahres und wirkliches Antlitz zu zeigen. Marie Louise vertheidigt sich mit dem Haß gegen die Liebe, glauben Sie das einem Manne, der von sich sagen darf, daß er die Frauen kennt, und sich diese Kenntniß mit hundert süßen und bittern Erfahrungen erkauft hat.

Oh, was Sie da sagen, macht meinen Kopf wirre, und mein Herz beben vor Entzücken, murmelte der Graf. Sie zeigen mir da ein Glück, welches so blendend ist, daß ich fürchte, es sich in einen Blitz verwandeln zu sehen, der mich zerschmettert und vernichtet. Diese schöne liebreizende Frau, welche ich anbete, welcher jeder Pulsschlag meines Herzens, jeder Gedanke meines Kopfes gehört, die sollte eines Tages mich lieben können!

Sie wird es, wenn Sie als tapferer General um sie werben. Sie haben Ihre Narben, Ihre Schönheit, Ihren Geist für sich, und endlich haben Sie noch die Kunst als Ihren Schildknappen. Sie sind Virtuos, ein Meister des Clavierspiels! Die Musik ist aber die beste Bundesgenossin der Liebe, sie umstrickt die Sinne mit allerlei träumerischen und nebelhaften Gefühlen, sie hüllt die Gedanken in duftige Schleier von Träumereien, Phantasterei und Poesie, und lullt die Vernunft ein zum Besten des Gefühls. Es ist eine recht sinnliche Kunst, die Musik, und deshalb haben die Bildhauer und Maler Recht, welche dem Amor eine Leier in den Arm legen. Wenn der Amor singt und musicirt, widersteht ihm kein Frauenherz. Musiciren Sie also, mein schöner blinder Amor, musiciren Sie Marie Louisens Herz wach, singen Sie ihre Erinnerungen in ewigen Schlaf, und lullen Sie ihre Kaiserliebe mit den Wiegenliedern einer neugebornen zweiten Liebe ein. Das ist Ihre Aufgabe, und bei Gott, mich dünkt, es ist eine schöne und stolze Aufgabe. Der Nebenbuhler eines Napoleon zu sein, ist immer schon Etwas, ihn besiegt zu haben, ist sehr Viel!

Nur daß, selbst wenn ich das Glück hätte zu siegen, dieser Sieg sich in Schweigen und Geheimniß zurückziehen müßte, seufzte der Graf, nur daß die Welt niemals erfahren dürfte, daß ich gewagt, auch nur der Nebenbuhler Napoleons bei der Tochter des Kaisers von Oesterreich zu sein!

Und warum nicht, mein Freund? Was war denn Napoleon, der erste Gemahl dieser Tochter des Kaisers? Er war der Sohn eines Advokaten, war selbst ein armer Artillerie-Offizier. Nun, Sie sind Graf und General; die Kaiserin wird sich in eine Herzogin verwandeln, und dadurch einige Stufen zu Ihnen herabsteigen; Sie werden sich vielleicht in einen Fürsten, einen Feldmarschall verwandeln, und dadurch einige Stufen zu ihr hinaufsteigen, so werden Sie sich begegnen und sich die Hand reichen können, — ist es dabei nicht gleichgültig, ob Sie sich die rechte oder die linke Hand reichen? Aber ich verliere mich da in Träumereien über die Zukunft, und wir wollten zunächst doch von der Gegenwart sprechen. Ich wiederhole Ihnen also, theuerster Graf, machen Sie aus der französischen Kaiserin wieder eine deutsche Erzherzogin und seien Sie der Zufriedenheit des Kaisers und Ihres eigenen Glückes gewiß.

Man sieht wohl, Durchlaucht, daß Sie die Kaiserin wenig beobachtet haben, sagte Graf Neipperg seufzend, sie ist treu in ihrem Lieben und in ihrem Hassen. Sie liebt Napoleon und haßt mich! Ich glaube und fürchte daher, Durchlaucht, daß es zur Erreichung Ihres Planes nothwendig sein wird, daß Sie einem anderen, der Kaiserin weniger verhaßten Ehren-Cavalier diese Mission anvertrauen: die Kaiserin ihre Liebe vergessen zu machen. Es ist für mich ein tiefer Schmerz, eingestehen zu müssen, daß ich nicht im Stande bin, diese herrliche und glanzvolle Mission auszuführen, aber ich hatte Ihnen die Wahrheit versprochen und ich mußte sie also sagen.

Blinder Amor, wirklich, die Frauen haben Recht, Sie den blinden Amor zu nennen. Sie sehen nicht, mein Freund! Nun, ich will Sie sehend machen! Ich gehe also auf Ihren Vorschlag ein: zeigen Sie sich heute nicht bei der Kaiserin, gehen Sie morgen früh zu ihr und bieten Sie ihr an, daß Sie, um ihrem Wunsche zu genügen, bei dem Kaiser um Ihre Entlassung nachsuchen und bitten würden, für Marie Louise einen andern Ehren-Cavalier zu bestimmen.

Sie wird mein Anerbieten annehmen, sie wird mich entlassen, rief der Graf mit zitternder Stimme und mit erbleichenden Wangen.

Wir werden ja sehen, ob sie es thut, sagte Metternich lächelnd. Es ist die Probe meines Exempels; wenn Marie Louise Sie wirklich entläßt, so habe ich falsch gerechnet; wenn sie es nicht thut, so werden Sie sich Ihrer Mission erinnern, und der Ehren-Cavalier der Kaiserin wird all seinen Geist und seinen Witz anwenden, die Kaiserin in eine Herzogin, Sie selber in einen Staatsminister zu verwandeln. Ich werde Ihnen bei diesem Bemühen nach besten Kräften beistehen, und mich mit Ihnen verbinden, um das Glück, die Zukunft und Ruhe Marie Louisens zu sichern. Ich werde damit anfangen, die Kaiserin zu veranlassen, daß sie ihre Livréen und ihre Wappen ändert, unb Sie werden damit anfangen, daß Sie Ihre Entlaffung anbieten! An's Werk also, mein theuerfter Graf!

Ja, an's Werk, feufzte Graf Neipperg, indem er fich erhob und zum Gehen anfchickte, aber ich verfichere Ew. Durchlaucht, daß mir fehr bange ift, und daß ich vor dem morgenden Tage mehr Sorge und Furcht empfinde, als ich jemals an dem Vorabend einer Schlacht gehabt habe. Morgen erwartet mich auch eine Schlacht, nur werde ich meine Wunden nicht außen an meiner Stirn, fondern innen an meinem Herzen empfangen!

Nun, diefe Angelegenheit wird, denke ich, ihren normalen Lauf gehen, fagte Metternich, als der Graf ihn verlaffen hatte und er wieder allein war. Der fchöne und liebenswürdige Graf Neipperg wird feine Schuldigkeit thun und die Feftung erobern. Ich werde ihm dabei helfen und einige Hülfstruppen für ihn in's Feld rücken laffen. Die Kaiferin Marie Louife hat in Paris gelernt, daß die öffentliche Meinung eine wichtige Sache ift, und daß man das Murren des Volkes nicht unbeachtet laffen darf. Wir wollen ihr beweifen, daß es auch in Wien eine öffentliche Meinung giebt, daß das Volk auch hier zu murren verfteht, wenn ihm eine Sache nicht gefällt. Sie foll erkennen müffen, daß unferm lieben Wiener Volk ihre Kaiferlivréen und ihre Kaiferwappen durchaus nicht gefallen!

II.

Marie Louife.

Marie Louife ging mit haftigen, unruhigen Schritten in ihrem Kabinet auf und ab, zuweilen forfchende Blicke nach dem Fenfter hinwerfend, dann bei dem geringften Laut ftehen bleibend und horchend.

Sie werden fehen, meine liebe Gräfin, fagte fie dann nach einer langen Paufe, indem fie fich an die Dame wandte, die neben dem Tifch in der Mitte des Cabinets stand, und mit ehrerbietiger Aufmerksamkeit jeder Bewegung der Kaiserin gefolgt war, Sie werden sehen, daß der Kaiser nicht kommt, daß man mich ganz und gar vergißt und vernachlässigt. Ich bin seit gestern von meiner Reise zurückgekehrt, ich habe sogleich einen Courier an meinen Vater gesandt und ihn gebeten, mir zu erlauben, daß ich ihm und meiner Familie ganz in der Stille und ganz incognito meinen Besuch mache, aber er hat es mir abgeschlagen, er hat mir sagen lassen, er würde heute mit der Kaiserin zu mir nach Schönbrunn kommen, um mich zu besuchen. Und er kommt nicht, oh, Sie werden sehen, die Kaiserin, meine Stiefmutter, wird es bei ihm durchgesetzt haben, daß mein Vater nicht kommt, daß meine Schwestern und Brüder sich fern von mir halten. Oh, meine Stiefmutter haßt mich so sehr, sie hat es mir nie vergeben, daß ich damals in Dresden vor ihr den Vortritt gehabt, daß ich sie in den Schatten gestellt habe. Die Kaiserin Ludovica haßt mich, und sie will jetzt ihre Rache nehmen für Dresden. Oh; mein Gott, Gräfin, welch ein unglückseliges, beklagenswerthes Geschöpf bin ich doch! Alles verläßt mich, Alles giebt mich auf! Was habe ich denn gethan, was habe ich denn verschuldet, daß ich so viel Unglück und Strafe verdient?

Ew. Majestät sind die Gemahlin des großen Kaisers gewesen, dessen Name genügt, um alle die hier in Wien versammelten Fürsten mit Scham und daher mit Zorn zu erfüllen, sagte die Gräfin Brignole ernst. Das ist Ihre Schuld, Majestät; Sie sind ein lebendes, unabweisbares Denkmal von der Macht und Größe Napoleons, dessen Existenz jetzt Alle so gern vergessen und verleugnen möchten, — deshalb wird man vielleicht jetzt Ew. Majestät auch zu vergessen trachten.

Oh, es ist grausam, höchst grausam, rief Marie Louise, während ihre großen blauen Augen sich mit Thränen füllten, die dann langsam über ihre rosigen Wangen niederrollten. Sagen Sie selbst, ist es nicht grausam, wie man mit mir verfährt? Vor vier Jahren gebietet mir der Kaiser, mein Vater, ich solle den Kaiser Napoleon heirathen, das heißt, einen Mann, den ich niemals gesehen, und den man mich bis dahin gelehrt hatte, zu verabscheuen und zu hassen. Jetzt aber war die Politik eines Opfers bedürftig, und ich sollte das Opfer sein! Man achtete nicht meines Flehens, meiner Angst, meiner Thränen, man sagte mir, die Prinzessinnen hätten die Pflicht, als stumme und gehorsame Werkzeuge der Politik sich dahin stellen zu lassen, wohin man sie stellen wolle, um dem Wohl des Staats, dem sie angehörten, zu dienen.

Der Kaiser befahl mir, die Gemahlin Napoleons zu werden, er befahl mir, meinen Gemahl zu lieben, und ihm in allen Dingen Gehorsam, Treue und Anhänglichkeit zu beweisen.*) Nun wohl, ich unterwarf mich, ich gehorchte, und ward die Gemahlin Napoleons. Anfangs fürchtete ich ihn, aber er, — er liebte mich, und die Liebe trieb die Furcht aus, ich liebte und bewunderte ihn, und dankte meinem Vater von ganzer Seele, daß er mich zu meinem Glück gezwungen. Ich war eine glückliche Kaiserin, ein glückliches Weib, eine glückliche Mutter. Und nun, sehen Sie mich an, Brignole, was bin ich jetzt? Eine verlassene, einsame Frau ohne Namen, ohne Gemahl, ohne Titel! Eine Frau, die durch die Armee ihres eigenen Vaters ihrer Krone, ihres Reiches und ihres Gemahls beraubt worden ist, und die bei ihrem Besieger jetzt Hülfe und Schutz suchen muß, weil dieser Besieger ihr Vater ist!

Sie stieß einen lauten Wehelaut aus, und schlug ihre Hände vor ihr Angesicht, um ihre Thränen und ihr Schluchzen zu ersticken.

Ihre Oberhofmeisterin, die Gräfin Brignole, betrachtete sie mit kalten, strengen Blicken.

Ew. Majestät haben indessen Unrecht, sich zu beklagen, sagte sie. Es hängt nur von Ihnen ab, frei, geehrt, glücklich und von der Welt beneidet zu sein.

Marie Louise richtete ihr Haupt hastig empor und blickte mit ihren, noch von Thränen umdüsterten Augen erstaunt in das düstere, strenge Antlitz ihrer Oberhofmeisterin.

Sie wollen mich also verspotten, Brignole? fragte sie.

Nein, Majestät, es würde mir schlecht anstehen, das Unglück zu verspotten.

---

*) Méneval. II. p. 5.

Wie denn könnte es von mir abhängen, frei, glücklich und von aller Welt beneidet zu werden?

Kaiserin, der Mann, dem Sie angehören, dem Sie Treue und Liebe geschworen, der der Vater Ihres Sohnes ist, dieser Mann lebt! Gehen Sie zu ihm, gehen Sie nach Elba, und Sie werden frei, Sie werden wieder Kaiserin, Sie werden wieder glücklich sein, denn Sie werden Ihre Pflicht gethan haben, und alle Frauen werden Sie beneiden, daß es Ihnen vergönnt ist, den Heros in seinem Unglück zu trösten!

Ach, Gräfin, rief Marie Louise schmerzlich, Sie wissen wohl, daß ich keinen Willen haben darf, daß der Befehl meines Vaters mich heute so gut zwingt, hier zu bleiben, wie er mich vor vier Jahren gezwungen hat, von hier fortzugehen.

Wer kann eine Frau zwingen, sich von ihrem Gemahl zu trennen, wenn sie es nicht will? fragte die Gräfin mit strengem Ton. Ich wiederhole Ihnen, Majestät, was Ihnen Ihre Großmutter, die Königin Caroline von Neapel sagte, als Sie vor Ihrer Reise von ihr Abschied nahmen. „Wenn man Sie hindern will, zu ihrem Gemahl zu gehen, so müssen Sie Nachts Ihre Betttücher an das Fenster binden, und verkleidet entfliehen, um zu Napoleon zu gehen. Er ist Ihr Gemahl, und wenn man sich verheirathet hat, so ist das für's ganze Leben. Entfliehen Sie also, eilen Sie zu Ihrem Gemahl, und alle Welt wird Ihnen Beifall spenden.“*)

Entfliehen, um von den Spionen, die mich ewig umschleichen und umlauern, wieder eingeholt, und wie eine Verbrecherin zurück gebracht zu werden! rief Marie Louise entsetzt. Oh nie, nie würde ich den Muth dazu haben, denn ich weiß, daß eine Flucht unmöglich ist, daß sie nicht gelingen kann!

Ein rascher Blitz leuchtete in den dunklen Augen der Gräfin auf, und sie schritt hastig zu der Kaiserin hin. Aber wenn man Ew. Majestät einen ganz sichern Weg zur Flucht angeben könnte, sagte sie geheimnißvoll, wenn man eine Verkleidung anschaffte, welche Ew. Majestät

---

*) Méneval: Mémoires. Vol. III. p. 9.

unkenntlich machte, wenn man sichere Führer bereit hielte, Begleiter, die lieber sterben, als ihre Kaiserin verlassen, wenn man für rasche Pferde, für ein schnell segelndes Schiff gesorgt hätte, wenn Alles zur Flucht mit Vorsicht und Verschwiegenheit bereitet wäre, würden Ew. Majestät dann thun, was Ihre Großmutter, die Königin Caroline, sagte, daß Sie thun müßten, würden Sie dann nach Elba gehen, um sich mit Ihrem Gemahl zu vereinigen?

Gräfin, stammelte die Kaiserin erschrocken, und mit erbleichenden Wangen, Sie wollen doch nicht sagen, daß —

Das donnernde Geräusch heranrollender Wagen machte Marie Louise verstummen. Sie eilte an's Fenster und schaute hinaus.

Es ist der Kaiser und die Kaiserin, rief sie beklommen. Gräfin, sehen Sie mich an. Sieht man, daß ich geweint habe?

Man sieht es, sagte die Gräfin ernst, aber die Thränen, die man um das Unglück des Gemahls weint, ehren jede Frau.

Die Kaiserin soll aber nicht sehen, daß ich geweint habe, rief Marie Louise, und sie eilte zum Spiegel hin, beschaute prüfend ihr eigenes Bild, und ordnete mit hastigen Händen ihren Kopfputz und die Spitzen und Schleifen, die ihre vollen weißen Schultern an dem Aus- schnitt des blauen Atlaskleides einfaßten.

Erlauben Ew. Majestät, daß ich mich auf mein Zimmer zurück- ziehe, sagte die Gräfin Brignole, sich tief verneigend. Da die Ma- jestäten sich nicht melden lassen, scheinen' sie sans cérémonie kommen zu wollen, und also wäre es nicht schicklich, daß ich bei dieser Familien- scene anwesend wäre.

Marie Louise antwortete ihr nicht. Sie war noch immer damit beschäftigt, vor dem Spiegel ihre Toilette zu ordnen, und jede Spur von Trauer aus ihren Mienen zu verbannen.

Gräfin Brignole wandte sich um, und indem sie mit eiligen Schritten das Cabinet der Kaiserin verließ, murmelte sie: sie hat ein eitles, kaltes Herz. Es wird nicht gelingen, sie zur Flucht zu bereden, denn ihr fehlt die Liebe und der Muth!

Die Oberhofmeisterin hatte kaum das Cabinet der Kaiserin verlassen, als da drüben die beiden Flügelthüren des Salons geöffnet wurden, und der Kammerherr der Kaiserin mit lauter Stimme rief: Ihre Majestäten der Kaiser und die Kaiserin.

Marie Louise eilte rasch durch das Gemach hin, um mit lachendem, heiterm Gesicht ihren kaiserlichen Aeltern entgegen zu gehen. Sie hatte noch nicht die Thür erreicht, als auf der Schwelle derselben die hohe, stattliche Gestalt des Kaisers Franz erschien, hinter dem man das bleiche ernste Antlitz der Kaiserin Ludovica gewahrte.

Ah, mein Vater, rief Marie Louise mit dem Ausdruck freudiger Verwirrung, wie Sie mich überraschen! Ich habe Ihr Kommen gar nicht gehört!

Wir wollten Dich auch überraschen, meine Tochter, sagte Kaiser Franz, mit seinem heitern gutmüthigen Gesicht seine Tochter anschauend und ihr freundlich zunickend. Jetzt komm her, mein Kind, komm in die Arme Deines Vaters! Willkommen sei Deine Heimkehr!

Ja, willkommen sei Deine Heimkehr, wiederholte die Kaiserin Ludovica, sich Marie Louise nähernd, und ihr freundlich zunickend.

Marie Louise, welche sich eben mit Thränen der Rührung ihrem Vater in die Arme geworfen, zuckte leise zusammen bei den Worten der Kaiserin. — Seit ihrer Vermählung hatte ihre Stiefmutter sie sowohl in jenem berühmten Beisammensein in Dresden und in Prag, wie auch in den Briefen, die sie an die Kaiserin nach Paris gesandt, immer mit dem ceremoniellen und feierlichen „Sie“ angeredet. — Jetzt nannte die Kaiserin Ludovica sie wieder „Du“, und Marie Louise empfand das nicht als einen Beweis ihrer Liebe und Herzlichkeit, sondern als eine Zurücksetzung und Vernachlässigung.

Ew. Majestät sind zu gütig, mich willkommen zu heißen, sagte sie, sich aus den Armen des Kaisers aufrichtend, und sich tief vor der Kaiserin verneigend.

Nicht so, nicht so, mein Kind, rief der Kaiser in seinem ungenirten Wiener Dialekt, sind halt nit gekommen zum feierlichen Ceremoniell, sondern es ist der Vater und die Mutter, welche Dich willkommen heißen, meine Tochter. Da gieb also Deiner Mutter einen herzlichen Kußerl, und laß uns vertraulich mit einander plaudern.

Die Kaiserin Ludovica schloß Marie Louise mit herzlicher Zuvorkommenheit in die Arme, und drückte einen Kuß auf ihre Stirn. Sei nochmals willkommen, meine Tochter, sagte sie. Ich verspreche Dir hiermit feierlich meinen Schutz, meine Protektion und meine Liebe, und werde thun, was in meinen Kräften steht, um die beklagenswerthe und demüthigende Stellung, in der Du Dich befindest, zu erleichtern.

Marie Louise empfand jedes dieser anscheinend so herzlichen und zärtlichen Worte wie einen Dolchstoß, und ihr verwundetes Herz strömte sein Blut in ihre Wangen.

Ich bin gewiß, sagte sie, sich dem Kaiser zuwendend, ich bin gewiß, daß mein theurer Vater Alles thun wird, um mein Glück und meine Zukunft zu sichern, und um mir eine Stellung zu geben, wie sie einer Kaiserin gebührt, deren Majestät von allen Fürsten Europa's anerkannt worden.

Kaiser Franz hustete leicht, wie er es zu thun pflegte, wenn irgend eine Sache oder Situation ihn genirte und ihm unbequem war. Mein Kind, sagte er, seine lange dürre Hand auf Marie Louisens Schulter legend, sprechen wir halt ganz aufrichtig miteinander, und sehen wir die Sachen klar und deutlich, so wie sie sind. Du nennst Dich eine Kaiserin, und sagst, ganz Europa habe Deine Majestät anerkannt. Das kann möglich sein, aber es ist halt schon so lange her, und ist seitdem so Vieles passirt, daß ich die Dinge, die so lange her sind, darüber vergessen habe. Ich weiß nur, daß meine Tochter Marie Louise, die wegen einer Badekur nach Aix gegangen war, zu uns zurückgekehrt ist, und daß wir gekommen sind, die heimgekehrte Erzherzogin von ganzem Herzen willkommen zu heißen. Als meine Tochter kannst Du über Alles, was ich habe, verfügen, und jedes meiner Schlösser, welches Du wählen magst, gebe ich Dir, jeden Wunsch, den ich Dir erfüllen kann, erfülle ich Dir mit Freuden. Aber als Souverainin und als Kaiserin kenne ich Dich nicht.*)

Marie Louise senkte traurig ihr Haupt auf ihre Brust, und ein schwerer Seufzer entwand sich ihrem Herzen.

Aber Sie sollten doch der Verlassenheit und Hülflosigkeit unserer

---

*) Des Kaisers eigene Worte. Siehe: Méneval, Mémoires. III. 5.

armen geliebten Marie Louise sich erbarmen, sagte die Kaiserin freundlich. Sie müssen bedenken, daß unsere arme Tochter jetzt gewissermaßen
ohne Namen, ohne Rang, ohne Stand ist, und daß man kaum weiß,
wie man sie nennen soll. Hier in Schönbrunn hört man sie noch
immer als Kaiserin und Majestät tituliren, aber außerhalb dieses
Schlosses weiß Niemand etwas mehr von ihrer Majestät und ihrem
Kaiserthum. Man will sie nicht als Kaiserin betrachten, und wagt
nicht, sie wieder als Erzherzogin zu behandeln. Die fremden Souveraine machen daher der armen Marie Louise nicht, wie sie es doch
ihren Brüdern und Schwestern gethan, ihren Besuch, und noch gestern
sagte die Kaiserin Elisabeth von Rußland zu mir: Ich würde gern
nach Schönbrunn gehen, und die unglückliche verlassene Frau, die dort
wohnt, besuchen. Aber sagen Sie mir nur, wie ich sie nennen, welchen
Titel ich ihr geben soll? Ich mußte leider schweigen, und konnte der
Kaiserin keine genügende Auskunft geben.

Marie Louise hob ihr Antlitz hastig empor und blickte nach ihrer
Stiefmutter hin. Ihre Augen kreuzten sich, wie zwei flammende Degen-
klingen im Duell.

Sie hätten, glaube ich, der Kaiserin von Rußland sagen können,
daß ich noch immer die Kaiserin bin, rief Marie Louise heftig, Sie
hätten ihr sagen können, daß ich vor kaum zwei Jahren in Dresden
alle souverainen Fürsten und Fürstinnen Deutschlands sich vor mir
neigen sah; Sie hätten ihr sagen können, daß die Kaiserin von Oesterreich mir damals nachstehen, und mir den Vortritt lassen mußte; Sie
hätten ihr sagen können, daß die Krone noch nicht von meinem Haupt
gefallen ist, denn mein Gemahl lebt und er ist Kaiser! Ich bin daher
eine Kaiserin, ich habe einen Namen, denn ich heiße Marie Louise, wie
Sie Ludovica heißen, ich habe einen Titel, denn man nennt mich
Majestät, wie man Sie und wie man die Kaiserin Elisabeth nennt.
Ich bin ferner keine verlassene Frau, denn mein Gemahl, der Kaiser
Napoleon, liebt mich, und begehrt meine Nähe, und ich bin auch keine
arme Frau, denn mein Gemahl ist der Herr über die Insel Elba, und
ich denke, diese Insel wird wohl eben so groß sein, wie das Herzogthum Modena, das Vaterland meiner erhabenen Stiefmutter. Aber

da es doch scheint, als wenn man mich hier nur beklagen und nicht anerkennen will, so beschwöre ich Sie, mein Herr und Kaiser, Sie, mein Vater, lassen Sie mich zu meinem Gemahl nach Elba gehen! Dort wird Jedermann wissen, wie er mich zu nennen hat, dort werde ich die Gemahlin des Kaisers, die Mutter des Kronprinzen sein. Oh, mein geliebter Vater, haben Sie Erbarmen, entlassen Sie mich nach Elba!

Der Kaiser schüttelte hastig und unwillig sein Haupt. Red' mir nit solches Zeug, sagte er unwillig. Hast nichts zu schaffen mit dem Mann, den wir da auf Elba eingesperrt haben, und sollst nimmer wieder mit ihm zusammen kommen. Er ist kein Kaiser mehr, sondern ein abgesetzter Usurpator, und Du bist also auch keine Kaiserin mehr, sondern bist halt wieder die Erzherzogin Marie Louise. Meine Gemahlin, Deine Mutter, hat aber doch Recht, daß man im Augenblick nit weiß, wie man Dich nennen soll, denn ich kann doch Dich nicht wieder zur unverheiratheten Erzherzogin machen, da Du leider einen Sohn mit heimgebracht hast, der immer wieder erinnern wird an das, was gewesen, wenn der heilige Vater zu Rom mir auch den Gefallen thut, Deine Ehe zu lösen und Dich von dem bösen Feind zu trennen. Dies Kind bleibt immer als ein trauriger Beweis unserer Schande und Demüthigung übrig.

Ja, seufzte die Kaiserin Ludovica, dieses Kind ist eine traurige Last, ein schlimmes memento mori.

Madame, rief Marie Louise, wenn Gott Sie jemals begnadigt hätte, Mutter zu werden, so würden Sie nicht so grausam sein, in Gegenwart einer Mutter so von ihrem Kinde zu sprechen.

Still, still, mein Kind, sagte der Kaiser, ereifere Dich nicht ohne Noth und beleidige nicht Deine Mutter, die es gut mit Dir meint.

Oh, mein Gemahl, sagte Ludovica mit einem stolzen Lächeln, Marie Louise kann mich nicht kränken. Sie ist unglücklich und den Unglücklichen verzeiht man es, wenn sie ein wenig die Haltung verlieren!

Marie Louise zuckte in sich zusammen, ihre Lippen zitterten, und ein leises Aechzen drang aus ihrer Brust hervor, welche von diesem neuen Dolchstoß ihrer kaiserlichen Mutter sich tief verwundet fühlte.

Der Kaiser achtete nicht darauf und sagte freundlich und gelassen: Wir sind Beide hierher gekommen, liebes Kind, um Dich zu begrüßen und Dir zu sagen, daß Deine Angelegenheit sich hoffentlich günstig gestalten, und daß man Dich hoffentlich bald zur souverainen Herzogin von Parma und Piacenza ernennen wird. Freilich mußt Du auch Deinerseits noch einige Schritte thun, um dies Ziel zu erreichen, aber meine Tochter wird klug und gescheidt genug sein, um vor dieser Nothwendigkeit nicht zurückzuschrecken. Der Metternich wird kommen, das Nöthige mit Dir darüber zu besprechen, und Dir meinen Willen kund zu thun.

Ich werde ihn mit Gehorsam empfangen, sagte Marie Louise traurig, ich werde gewiß Alles, was man verlangt, thun, um mir das Herzogthum Parma, meinem Sohn einen Namen und ein Erbe zu sichern.

Der Kaiser bekam wieder seinen Husten.

Das würd' halt doch nimmer angehen, sagte er zögernd, ich kann halt nit in Italien eine neue Dynastie gründen, das Parma und Piacenza gehört mir nicht, und es haben sich schon die eigentlichen Eigenthümer gemeldet. Die vormalige Königin von Hetrurien verlangt als Bormünderin ihres Sohnes, des Prinzen von Toscana, die Herzogthümer Parma und Piacenza, und die spanischen Gesandten haben schon auf dem Congreß Klage geführt, daß wir die Herzogthümer eigenmächtig verschenken wollen. Wenn wir's also zuletzt doch dahin bringen, daß wir Dich zur Herzogin von Parma machen, so wird's doch nur unter der Bedingung geschehen, daß die Besitznahme nur für die Zeit Deines Lebens gemeint ist, und keine Nachfolge beansprucht wird.

Das heißt also, man will meinen Sohn enterben, sagte Marie Louise, und die Thränen, die sie nicht mehr zurück zu halten vermochte, flossen in hellen Perlen über ihre Wangen nieder.

Armes, unglückliches Kind, sagte Ludovica mitleidsvoll, auch er hat keinen Namen und keinen Titel, und wenn man ihn jetzt nennen wollte mit dem Titel, den der Uebermuth seines Vaters ihm gegeben, so würde man nur verlacht und verhöhnt werden. Denn es giebt so wenig einen König von Rom, wie es einen Kaiser von Frankreich giebt.

Oh, wie danke ich Gott, daß ich keine Kinder habe, da ich sehe, welchen Kummer und welche Schmerzen man für seine Kinder erleiden muß! Aber, mein Gemahl, Sie dürfen die arme Marie Louise nicht so in Trauer und Schmerzen über den kleinen Knaben lassen, Sie müssen in Ihrer Güte und Liebe auch seine Zukunft sichern und ihm eine Existenz begründen. Mag sein Vater sein, wer er will, so ist doch seine Mutter jedenfalls Ihre Tochter und eine Erzherzogin von Oesterreich, es ist also eine heilige Pflicht, die Existenz des Knaben zu sichern.

Ich werd' ihm eine ausreichende Appanage geben, ihm aus einigen Gütern ein kleines Fürstenthum zusammenstellen, sagte Kaiser Franz gelassen, und er kann sich dann halt nach dem Fürstenthum nennen, so lange er lebt; nach seinem Tode fällt es aber an mein Haus zurück.

Aber wenn er sich vermählt? fragte Marie Louise schüchtern. Wenn er Erben hat?

Ja, das ist freilich ein schlimmer Punkt, sagte der Kaiser gedankenvoll. Hab' halt nit dran gedacht, daß der kleine Teufelsbraten sich am Ende auch vermählen und eine neue Dynastie gründen könnt', — als ob wir noch nicht genug hätten an den Königen, Herzögen und Fürsten, die der Bonaparte, sein Vater, hat vom Mond herunterfallen lassen, und die jetzt alle Welt erfüllen mit ihrem Geschrei, weil sie halt nit runter wollen vom Thron, und weil man sie doch halt runter schmeißen muß von den Thronen, die ihnen nit zukommen.

Man müßte ein solches Embarras zu vermeiden suchen, mein theurer Gemahl, sagte Ludovica mit einem sanften Lächeln. Man müßte den unglücklichen Knaben von seiner Jugend an schon mit dem Gedanken vertraut machen, daß er sich niemals vermählen darf. Man müßte ihn also für die Kirche bestimmen, vielleicht einen Bischof aus ihm machen. *)

Einen Bischof? rief Marie Louise empört. Mein Sohn, der Enkel des Kaisers Franz, sollte zu einem Bischof gemacht werden?

Und warum nicht? fragte Ludovica gelassen. Warum sollte der

---

*) Méneval, Mémoires. III. p. 58.

Enkel des Kaisers sich nicht der Kirche weihen können, da es doch der Bruder des Kaisers thut? Ist nicht der Erzherzog Rudolf dem geistlichen Stande bestimmt, und wird vielleicht bald ein geistliches Amt antreten?

Der Erzherzog Rudolf indessen, mein theurer, geliebter Oheim, leidet an der schlimmen und gefährlichen Krankheit, welche die Spanier und Italiener in unser Haus gebracht haben, rief Marie Louise erbittert. Der Erzherzog leidet gleich Ihren spanischen und italienischen Verwandten, Madame, an der Epilepsie.

Und wer sagt Dir, daß Dein Sohn nicht auch daran leiden wird? fragte die Kaiserin. Ich habe ihn schon mehrmals gar seltsam zucken und Gesichter schneiden sehen, aber freilich, das kann auch ein Erbtheil sein von seinem Vater, der das Zucken und Gesichterschneiden als ein Andenken an die schmutzige und ekelhafte Krankheit behalten hatte, die er als Artillerie-Officier sich in den Kasernen geholt.*) Wahrlich, meine arme Marie Louise, ich bewundere, daß Du die Annäherung eines Mannes ertragen konntest, dessen bloße Berührung Dich der Gefahr der Ansteckung aussetzte.

---

*) Napoleon litt viele Jahre an einem schlimmen und widrigen Hautausschlag, der ihm indessen nicht zur Schande, sondern zur Ehre gereichte. Als General bei der Belagerung von Toulon war er selber bei den Belagerungsgeschützen thätig, und gab den Kanonieren die Richtung an, in welcher sie feuern sollten. Eben hatte er einem Kanonier einen sehr wichtigen Punkt bezeichnet, auf welchen er sein Geschütz abbrennen sollte, als eine feindliche Kugel heransauste und den Kanonier todt zu Boden warf. Napoleon nahm mit Gelassenheit aus den Händen des Sterbenden die noch von seinem langen Halten warme Lunte, feuerte selbst das Geschütz ab, und behielt die Lunte in der Hand, um noch mehrere Schüsse zu thun. Der Kanonier aber hatte die Krätze gehabt. Napoleon ward durch das lange Halten und Anfassen der Lunte gerade an den für diese Hautkrankheit empfänglichsten Theilen angesteckt, und da er sich niemals Zeit und Muße gönnte, sich einer gründlichen Kur zu unterwerfen, so litt er Jahre lang an diesem Uebel. Erst als er schon Kaiser war, gelang es Corvisart, ihn zu überreden, daß er sich einer strengen Kur unterzog, die ihn dann auch heilte. Aber von dem peinlichen Jucken seines ganzen Körpers hatte er für immer die Gewohnheit beibehalten, zu zucken und mit den Schultern zu ziehen. Constant. II.

Madame, sagte Marie Louise mit blitzenden Augen, ich habe indeſſen in Dresden geſehen, daß Sie dem Kaiſer Napoleon immer ſehr
bereitwillig Ihre Hand darreichten, und daß Sie ſich ſehr geſchmeichelt
fühlten und ſehr glücklich lächelten, wenn er ſich herabließ, Ihnen die
Hand zu küſſen.

Hör' Du, meine Tochter, sagte der Kaiſer raſch, um einer Antwort der Kaiſerin zuvorzukommen, hör' Du, es wär' halt beſſer, Du
ſchwiegſt von der Vergangenheit und beſchäftigteſt Dich ein wenig mit
der Zukunft, mit Deiner eigenen und der Deines Sohnes. Es iſt aber
halt gar keine üble Idee, einen Geiſtlichen aus ihm zu machen, dann
haben wir wenigſtens keine legitimen Erben zu befürchten.

Und ich glaube in der That, der Knabe würde ſehr zufrieden ſein
können, wenn man ihm eine recht einträgliche Pfründe, einen recht guten
Biſchoffſitz verſchaffte, sagte die Kaiſerin freundlich.

Ah, mein Sohn ſoll alſo Biſchof werden! rief Marie Louise heftig.
Sagten Sie nicht vorhin, Madame, er ſolle werden, was mein Oheim,
der Erzherzog Rudolf, wird?

Gewiß, meine theure Louise, ich ſchlug Deinem Vater vor, den
kleinen namenloſen Knaben dieſelbe Bahn einſchlagen zu laſſen, die
Dein Oheim, mein theurer Schwager, wandeln wird.

Nun, mein Oheim wird indeſſen Cardinal werden!

Auch Dein Sohn kann es ja zu dieſer Höhe bringen! Wenn er
erſt Biſchof iſt, kann er nachher Cardinal werden.

Und wenn er erſt Cardinal iſt, kann er dran benken, Papſt zu
werden, rief der Kaiſer faſt erſchrocken. Und wenn er Papſt iſt, kann
das ehrgeizige Blut ſeines Vaters ſich in ihm regen, und er kann auch
anfangen, Alles drunter und drüber zu kehren, und die ganze Welt in
Verwirrung zu bringen! Nein, nein, es iſt halt nix mit Deinem Plan,
Ludovica, der Burſch' darf mir nit Geiſtlicher werden, denn es iſt
ſchon richtig, wenn er Biſchof iſt, kann er Cardinal werden, und wenn
er Cardinal iſt, kann er Papſt werden, und ganz Europa in Brand
ſtecken. Ich werd' ihm ſchon ſo viel geben, daß er nit hungern und
darben braucht, und ich mich ſeiner nit als meines Enkels zu ſchämen
hab'. Werd' ihm auch einen guten Titel und eine gute Erziehung

geben, und schon dafür sorgen, daß die Bäum' nit in den Himmel wachsen, und mir der Bub' fein gehorsam und bescheiden bleibt. Aber wir müssen jetzt fort, meine Tochter, wir sind blos gekommen, Dich zu begrüßen, und Dir zu sagen, daß wir Dich lieben, und allzeit nur Dein Bestes im Aug' haben. Ich werd' für Dich thun, was ich kann, und ich hoff', auch die Herren vom Congreß werden ihre Einwilligung geben, daß Du souveraine Herzogin von Parma wirst, besonders wenn Du klug und gehorsam bist, und Alles das thust, was Dir der Metternich sagen wird. Und jetzt lebe wohl, mein Kind, und nochmals sei herzlich willkommen bei uns in Wien, — das heißt in Schönbrunn wollt' ich sagen. Denn ich denke mir, es kann Dir halt nit angenehm sein, jetzt nach Wien zu kommen, wo so viel Menschen zusammen sind, die Du vielleicht nit gern sehen, und so viel Feste gefeiert werden, denen Du vielleicht nit beiwohnen magst.

Und bei denen man gewiß auch meine Anwesenheit nicht gern sehen würde, sagte Marie Louise mit einem traurigen Lächeln, und mit Thränen in den Augen. Ich werde also Schönbrunn nicht verlassen, und während man in Wien überall Feste giebt, und singt und tanzt, werde ich hier einsam und allein sein, und weinen.

Nun, ich denk', Du wirst auch noch einige Zerstreuung bekommen, sagte der Kaiser gutmüthig. Hab' so etwas gehört, als wollten die Fürsten Dir ihren Besuch machen, und meiner Tochter ihre Ehrfurcht bezeugen. Ich weiß, der König von Baiern hat gemeint, er würd' Dir sehr gern einen Besuch machen, wenn nur ein Anderer den Anfang machte, er möcht' nit gern der Erste sein. Und da hat der Kaiser Alexander gelächelt und gesagt: „Ich nenne mich Alexander der Erste, und ich werde sehr gern den Anfang machen." Ich glaub' also, mein Kind, daß Du Dich halt immer darauf vorbereiten kannst, die Monarchen hier bei Dir zu empfangen.

Ah, wirklich, die Monarchen wollen kommen? rief Ludovica freudig. Welch ein Glück und eine Ehre für unsere arme Louise. Bereite Dich also vor, meine Theure, die Monarchen auf eine würdige Weise, ihrem Range gemäß, zu empfangen.

Es bedarf dazu keiner weitern Vorbereitungen, sagte Marie Louise stolz, ich bin es sehr gewohnt, Königen und Fürsten Audienzen zu geben.

Aber jetzt sollst Du nicht blos Audienzen geben, sagte Ludovica lächelnd, sondern ich habe Dir noch eine andere Freude zu verkünden, Du sollst auch zu einer Audienz zugelassen werden. Ich wollte Dich morgen mit dieser Nachricht überraschen, aber ich sag's Dir lieber gleich heute: die Kaiserin von Rußland will Dir eine Audienz geben.

Ich habe indessen keine Audienz verlangt, sagte Marie Louise, ihr Haupt stolz zurückwerfend. Ich bin keine Bittstellerin!

Ach, meine Tochter, rief Ludovica zärtlich, doch bleibt Dir so Vieles zu bitten, und Du bedarfst so sehr der Fürsprache! Die Kaiserin Elisabeth ist sehr bereit, allen ihren Einfluß anzuwenden, damit der Congreß die Sorge für Deine Existenz übernimmt und Dich als Herzogin von Parma feierlich anerkenne. Es ist daher wohl nöthig, daß Du der Kaiserin einen Besuch machst.

Ist das auch Ihre Ansicht, mein Vater? fragte Marie Louise, schüchtern zu dem Kaiser empor sehend. Bedarf es wirklich für mich noch anderer Protectionen, da ich doch unter der Protection meines edlen und großmüthigen Vaters stehe?

Der Kaiser zuckte die Achseln. Mein Kind, sagte er, ich bemerkte Dir schon vorher, daß in Deiner Sache ich mich ganz neutral verhalten muß, und daß das Zartgefühl und meine Stellung als Vater es mir zur Pflicht machen, in Betreff Deiner Angelegenheiten auf den Congreß gar keinen Einfluß auszuüben.*) Es wär' also halt sehr gut, wenn die Kaiserin Elisabeth und die Großfürstin Katharina, die Beide viel Einfluß auf die Herren des Congresses haben, Deine Fürsprecherinnen sein wollten. Und ich rath' Dir deshalb den Vorschlag der Kaiserin anzunehmen und mit ihr zur Kaiserin Elisabeth zu fahren.

Ich habe auch schon Alles mit der Kaiserin verabredet, sagte Ludovica freundlich, die Etiquettefrage ist erledigt. Da Du mit mir und in meiner Begleitung kommst, so wird die Etiquette geübt werden, wie man sie einer Kaiserin schuldig ist, und die Kaiserin Elisabeth wird

---

*) Des Kaisers eigene Worte. Siehe: Ménoval, Mémoires. III. 5.

mir, das heißt uns bis in den Vorsaal entgegenkommen. Ich werde Dich dann ihr präsentiren als meine geliebte Tochter Marie Louise, und sie wird Dich im Lauf des Gespräches als Majestät anreden. Ich hoffe, meine liebe Louise erkennt in meinen Bemühungen, aus dem Schiffbruch ihrer Verhältnisse ihr einige glänzende Trümmer wenigstens zu retten, die zärtliche und fürsorgliche Liebe einer Mutter, die ich ihr von ganzem Herzen darbringe.

Marie Louise antwortete nur mit Seufzern und halb unterdrücktem Schluchzen, und nur mühsam noch ihre Thränen zurückhaltend, begleitete sie den Kaiser und die Kaiserin bis zur Thür des Vorsaals.

Als sich aber diese Thür hinter dem Kaiserpaar schloß, als Marie Louise allein war, stürzten ihre Thränen in glühenden Strömen hervor, und ihre beiden Arme gen Himmel erhebend, rief sie: oh mein Gott, mein Gott, wie unglücklich bin ich doch! Welche Marter habe ich erdulden müssen! Warum denn, mein Gott? Was that ich denn, um solche Strafe zu verdienen? Man will mir Alles nehmen, Alles, meine Treue, meinen Namen und Titel, meinen Gemahl und selbst meinen Sohn! Und ich, ich kann nichts thun, als dulden, schweigen und mich unterwerfen!

Der Kaiser und die Kaiserin indessen waren schweigend zu ihrem Wagen zurückgekehrt. Der Kaiser war gedankenvoll und trübe, und eine Wolke lag auf seiner schmalen hohen Stirn.

Weißt Du, Ludovica, sagte er nach einer langen Pause, als der Wagen auf der Straße nach Wien dahin rollte, weißt Du, daß es mir halt geschienen hat, als wollte meine schöne und edle Gemahlin die neue Mode mitmachen, die wir mit unsern Congreßfreuden angenommen haben, und in Schönbrunn bei meiner Tochter ein kleines Lustspiel aufführen?

Und was für ein Lustspiel, mein Gemahl? fragte die Kaiserin lächelnd.

Nun ich meine, Dein Lustspiel hieß: „Le chat métamorphosé en Imperatrice", und ich meine, Du hast Deine Rolle ausgezeichnet gespielt, und warst eine schöne Katze, welche wundervoll kratzte, indem sie zu streicheln schien.

Die dunklen Augen der Kaiserin flammten höher auf, und ein stolzes Lächeln umspielte ihre purpurrothen Lippen. Ach, mein Gemahl, rief sie, ich bin aber eine Katze, welche von Marie Louise in Dresden immerfort rückwärts gestrichen ist. Kein Wunder also, daß ich Funken sprühe!

III.

Der Sohn des Verbannten.

Tiefe Stille herrschte auf der Seite des Schlosses von Schönbrunn, in welchem der Sohn Napoleons, der einstige kleine König von Rom wohnte. Keine Schildwachen, kein Durcheinander von Bedienten, Wagen und Pferden, Kommenden und Gehenden, wie man das sonst vor den Wohnungen der Fürsten zu sehen gewohnt ist, kein Geräusch des bewegten wechselnden Lebens war hier zu sehen.

Auch im Innern des Schlosses selbst war hier Alles düster, trübe und einförmig. Nur selten kam durch die langen, schweigenden Corridore eine menschliche Gestalt, die langsam und träge vorüberrauschte, nur selten unterbrach das Geräusch irgend einer in die Bedientenzimmer ausmündenden Klingel dieses Schweigen der Oede, das den Sohn des Kaisers Napoleon umgab. Kein freudiges Lachen ertönte aus dem Innern der Gemächer, und die jubelnde Stimme des kleinen Königs von Rom, die sonst in Versailles und in den Tuilerieen so oft die großen Säle durchklungen hatte, sie schien jetzt für immer verstummt.

Traurig, still und bleich saß der Knabe vor seinem mit Spielzeug aller Art bedeckten Tisch, und die Hände in seinem Schooß gefalten, das noch immer von langen blonden Locken umwallte Haupt an die Lehne seines Stuhls zurückgebeugt, starrte er mit seinen großen blauen Augen in das Leere.

Warum spielen Sie nicht, Sire? fragte die Gräfin Montesquiou, welche neben dem Tisch saß und mit einer Tapisserie-Arbeit beschäftigt war, von der sie indeß sehr häufig die Augen emporhob, um sie mit einem Blick unendlicher Liebe und Theilnahme auf den Prinzen zu heften. Warum spielen Sie nicht, Sire? fragte sie noch einmal, als der Knabe ihr nicht antwortete.

Er schüttelte hastig das Haupt und blickte die Gräfin düster und fast zürnend an. Warum nennen Sie mich, Sire? fragte er. Wissen Sie nicht, daß ich nicht mehr so genannt werde? Hat man Ihnen nicht gesagt, liebe Quiou, daß mein Herr Großvater, der Kaiser Franz, es nicht gern hat, wenn man mich „Sire" nennt, weil er auch so ge= nannt wird?

Aber der Kaiser Franz ist jetzt nicht hier, sagte die Gräfin, und ich darf Sie wohl „Sire" nennen, denn Niemand hört uns, wir sind allein!

Ja, seufzte der Prinz, wir sind allein! Wir sind immer allein! Als ich noch in unserm schönen Tuilerieenschloß wohnte, als ich noch bei meinem lieben Papa Kaiser war, da durfte ich niemals allein sein! Da hatte ich immer kleine Knaben bei mir, die mit mir spielten, mit mir lachten und sangen. Ach, wir sangen so schöne Lieder zusammen, und einmal da kam der Papa Kaiser herein, wie wir gerade sein Lieb= lingslied sangen, und sang mit uns, bis wir Beide so sehr lachen mußten, daß wir nicht mehr singen konnten. Wie hieß doch das Lied? Oh, sage mir doch, liebe Quiou, Du warst ja doch dabei, sage mir, wie hieß das Lied? Ich habe es ganz vergessen, und das kommt daher, daß ich hier Niemand habe, mit dem ich singen kann.

Sire, ich weiß es wirklich nicht, was Sie damals gesungen haben, sagte die Gräfin lächelnd.

Es war ein Lied, das mich mein Papa selber gelehrt, sagte der Knabe sinnend, und er sagte mir auch dabei, daß ich, der kleine König von Rom, der Einzige sei, der dies Lied jetzt in Frankreich singen und darnach marschiren dürfe. Oh, liebe Quiou, sage mir nur die ersten zwei Worte, dann fällt es mir Alles wieder ein!

Sire, Ew. Majestät haben also vergessen, daß Ihre Frau Mutter verboten hat, daß Sie dies Lied singen? Als wir damals von Paris nach Rambouillet fuhren, da stimmten Sie auch einmal im Wagen diesen Gesang an, aber Ihre Majestät die Kaiserin ward sehr böse, und sie sagte, das sei ein schlechtes und unwürdiges Lied, und Sie sollten es niemals wieder singen.

Und mein Papa hatte mir doch erlaubt, daß ich es singen dürfe, und mein Papa ist doch der Kaiser, der allein in Frankreich und in der ganzen Welt zu befehlen und zu verbieten hat.

Er war der Einzige, er war der Kaiser, seufzte die Gräfin. Aber seine Feinde haben ihn aus Frankreich vertrieben und haben ihn nach der einsamen kleinen Insel Elba gebracht, und sie wollen, daß er da bleiben, und niemals wieder Kaiser von Frankreich werden soll.

Oh, liebe Ouiou, rief der Knabe aufspringend, ich will nach Elba, ich will zu meinem Papa. Er wird sonst denken, daß ich ihn vergessen habe, und ich benke doch alle Tage an ihn, und ich habe ihn doch so sehr, sehr lieb! Ouiou, laß meinen Wagen vorfahren, ich will zu meinem Papa Kaiser nach Elba fahren!

Sire, das ist unmöglich! Ich sagte Ihnen ja, Elba ist eine Insel, die sehr weit von hier ist; um dahin zu gelangen, müßten Sie erst bis an's Meeresufer fahren, und bort ein Schiff besteigen, um über das Meer bis zur Insel Elba hinzugelangen.

So soll man mir ein Schiff geben, und mich zu meinem Vater fahren! rief der Knabe mit blitzenden Augen.

Sire, sagte die Gräfin leise, nicht so laut, nicht so laut. Sie dürfen das zu keinem Menschen hier sagen, denn Ihr Herr Großvater, der Kaiser, würde sehr böse sein wenn er das hörte.

Der Prinz runzelte die Stirn, und sein schönes, sonst so sanftes Gesicht nahm einen trotzigen Ausdruck an. Ich liebe meinen Großvater, den Kaiser Franz, gar nicht sehr, sagte er.

Sire, ermahnte ihn die Gräfin, er ist aber der Vater Ihrer Frau Mutter.

Aber er ist der Feind meines Herrn Vaters, rief der Knabe heftig, und er ist daran Schuld, daß mein Papa nicht mehr Kaiser von Frankreich ist, und daß Er jetzt auf der alten schlechten Insel Elba, und ich in dem alten schlechten Schloß von Schönbrunn sitze. Ach, liebe Quiou, wenn ich doch nur ein einziges Mal erst wieder mit meinem lieben Papa Kaiser in Paris und in den Tuilerieen wäre, und mit ihm das schöne Lied singen könnte, das ich vergessen habe, und das — Nein, halt, unterbrach er sich lebhaft, ich weiß es jetzt, ich weiß es! Höre nur, liebe Quiou, höre nur.

Er nahm hastig von dem großen Tisch mit Spielsachen ein kleines zierliches Gewehr, und es in seinen Arm legend und eine strenge militairische Haltung annehmend, begann er mit klarer, heller Stimme zu singen:

> Allons, enfants de la patrie,
> Le jour de gloire est arrivé,
> Marchons —

Die Stimme versagte ihm, und seine vorher so glänzenden Augen umdüsterten sich. Ich will lieber nicht singen, Quiou, sagte er, denn mir ist immer, als hörte ich meinen Papa mit mir singen, und dann thut mir das Herz so weh, weil ich ihn nicht sehen kann. Nein, rief er dann, ich will doch singen, denn alsdann höre ich doch die Stimme meines lieben Papa Kaisers.

Und zum zweiten Mal, jetzt noch lauter, noch jauchzender, begann er von Neuem:

> Allons, enfants de la patrie —

Le jour de gloire est arrivé, sang hinter ihm eine laute mächtige Stimme.

Der Knabe sah sich erschrocken um, dann lachte er laut auf, und eilte zu dem Herrn hin, der auf der Schwelle der geöffneten Thür stand, und fröhlich lachend den kleinen Prinzen begrüßte.

Ah, mein lieber Freund Isabey, rief der kleine Prinz, ihm beide Hände darreichend.

Ja, mein theurer Sire, Ihr Freund Isabey, rief der Eintretende, und indem er sich tief vor der Gräfin verneigte, fuhr er fort: ich bitte die Frau Gräfin um Verzeihung, daß ich es gewagt habe, auf so wenig ceremonielle Weise hier einzutreten. Allein der Maler hat, gleich dem Arzt, das Vorrecht, unangemeldet zu seinen Patienten eintreten zu dürfen. Denn Diejenigen, welche dem Maler sitzen, betrachten sich gar sehr als Patienten, und es geht ihnen, wie den andern Patienten, ihr Arzt, der Maler, ist es, der sie krank macht. So bin ich denn heute gekommen, um unsern lieben Prinzen wieder krank zu machen. Sire, ich bitte Sie um eine Sitzung für Ihr Portrait.

Heute schon? fragte die Gräfin. Ich meinte, Sie hätten die nächste Sitzung erst auf morgen bestimmt gehabt?

Isabey zuckte die Achseln. Meine Gnädige, sagte er, hier in Wien kann man vorher nichts bestimmen, und nicht wissen, ob das Heute dem Morgen entsprechen wird. Es ist wahr, ich wollte morgen hierher kommen, und heute sollte ich das Glück haben, die Herren Congreßmitglieder in ihrer Sitzung zu sehen, um ihnen auf meinem Bilde die richtige Stellung und die Wahrheit der Natur zu geben.*) Aber die Herren Diplomaten wissen immer nicht, ob ihnen auch Zeit übrig bleibt, um sie mit Geschäften und Conferenzen zu vergeuden, oder ob nicht irgend ein wichtiges Fest sie daran verhindern wird. So

---

*) Isabey, der berühmte Hofmaler Napoleons, war, einer Aufforderung Talleyrands folgend, nach Wien gekommen, um sein Glück, das mit dem Kaiser in Trümmer gefallen zu sein schien, in Wien beim Congreß wieder aufzurichten. Es gelang ihm dies auch in der That. Er erhielt von dem Kaiser Alexander den Auftrag, die Herren Congreßmitglieder, auf einem Bilde und in einer Sitzung vereinigt, zu malen, und zugleich die Erlaubniß, dieses Bild alsbann durch den Kupferstich zu vervielfältigen. Jeder von den Herren der Congreß-sitzungen rechnete es sich zur Ehre an, dem Maler zu seinem eigenen Portrait zu sitzen, und kaufte dann sein eigenes Portrait für einen hohen Preis dem Maler ab. Nur Wilhelm von Humboldt weigerte sich zu sitzen, indem er sagte: die Natur habe ihm ein so sehr häßliches Gesicht gegeben, daß er sich wohl hüten würde, für sein Conterfey noch Geld auszugeben. — Isabey bat aber nur um Erlaubniß, das Portrait des zweiten preußischen Diplomaten des Con-gresses für sein Bild malen zu dürfen, und Herr von Humboldt bewilligte ihm alsbann mehrere Sitzungen. Das Portrait Wilhelm von Humboldt's gehört zu den wohlgelungensten des großen Isabey'schen Bildes, das damals durch den Kupferstich in viel tausend Exemplaren verbreitet ward. Wilhelm von Humboldt aber sagte lachend: ich habe dem Maler Isabey nichts für mein Portrait bezahlt. Er hat sich dafür gerächt, indem er mich sprechend ähnlich gemalt hat.

ist aber heute wirklich eine Verhinderung eingetreten. Die Congreßmitglieder sind zu einem déjeuner dansant zur Kaiserin von Oesterreich eingeladen, und es ist daher natürlich, daß die Conferenz ausfällt.
Ich werde also erst morgen an meinem Bilde weiter arbeiten können,
und ich wollte deshalb bitten, daß ich heute das Portrait des Prinzen
weiter fortführen dürfte, das heißt, wenn die Frau Gräfin und der
Prinz nicht anderweit verhindert sind.

Oh, wir sind niemals verhindert, sagte die Gräfin mit einem
trüben Lächeln. Es bekümmert sich Niemand um uns, und vielleicht
ist das noch ein Glück, denn wir sind dadurch vollkommen Herr unserer Zeit. Lassen Sie uns also in das Malzimmer gehen. Kommen
Sie, Sire!

Aber ich mag nicht gemalt werden, rief der Knabe unwillig. Es
ist unangenehm, immer so still auf dem Stuhl zu sitzen und sich gar
nicht zu bewegen. Nein, nein, ich will nicht gemalt werden.

Sire, bedenken Sie aber, daß Ihr Portrait von Ihrer Frau
Mutter gewünscht wird, und daß sie es in ihrem Salon zu haben
begehrt.

Der Knabe seufzte. Ach, sagte er leise vor sich hin, ich wollte,
das Portrait wäre für meinen lieben Papa bestimmt, dann würde ich
mich sehr gern malen lassen.

Wer weiß, Sire, sagte Isabey, welcher die leisen Worte des
Knaben dennoch verstanden hatte, wer weiß, ob es Ihr Herr Vater,
der Kaiser, nicht doch noch einmal erhält, und ob es also nicht für Ihn
ist, daß Sie mir heute eine Sitzung bewilligen.

Wenn das so ist, so will ich sitzen, rief der Prinz lebhaft, — das
heißt, setzte er zögernd hinzu, ich mache eine Bedingung!

Was für eine Bedingung, mein Prinz?

Der Knabe schaute den Maler mit zärtlichen, flehenden Blicken
an. Ich mache die Bedingung, sagte er, daß Sie mir wieder eine
so hübsche Geschichte von meinem lieben Papa erzählen, wie Sie es
gestern thaten.

Ich nehme die Bedingung an, sagte Isabey lächelnd. Ihr Vater,
der große Kaiser Napoleon, hat so viel Großes und Herrliches gethan,

daß es niemals schwer fällt, von ihm Neues zu erzählen. Kommen Sie also in das Malzimmer und erlauben Sie, daß ich Ihnen als Ober= Ceremonienmeister vorauf gehe und Ihnen die Pforten öffne.

Er verneigte sich tief vor dem kleinen Napoleon und der Gräfin, und durchschritt dann mit gravitätischen Schritten das Gemach, um die großen Flügelthüren da drüben zu öffnen.

Der Prinz reichte seiner „Duiou" die Hand und folgte lächelnd dem Maler in das anstoßende Gemach. Hier, in dem Malzimmer, stand auf einer großen Staffelei das angefangene Portrait des kleinen Napoleon, daneben der geöffnete Malkasten und die Palette, auf welche der kunstgeübte Diener Isabey's schon die Farben in ihrer Reihenfolge aufgesetzt hatte.

Fangen wir sogleich an, rief der Knabe, indem er sich auf den mit Goldbrocat überzogenen Lehnstuhl setzte, welcher der Palette gegen= über stand.

Die Gräfin ordnete seine reichen, bis auf die Schultern nieder= ringelnden Locken, und gab ihm die Stellung, in welcher er gemalt ward. Isabey nahm seine Palette in die linke Hand, und den Pinsel in die Farben eintauchend, wollte er eben zu malen beginnen.

Halte là, rief Napoleon lebhaft, Sie dürfen erst anfangen zu malen, wenn Sie auch anfangen zu erzählen!

Nun, ich fange an zu erzählen, sagte Isabey lächelnd. Hören Sie also, Sire!

Und indem Isabey jetzt eifrig malte, bald die Augen fest auf seine Arbeit gerichtet, bald hinüberschauend auf das Kind, das mit lächelndem Angesicht, mit freudestrahlenden Augen ihm zuhörte, begann er zu erzählen:

Sire, ich will Ihnen heute einige kleine Züge aus der Kindheit Ihres Vaters, des Kaisers Napoleon erzählen. Denn Sie müssen wissen, der Kaiser, ein so großer und erhabener Mann er jetzt ist, war doch auch einmal ein kleiner Knabe, und was noch mehr sagen will, er war zuweilen ein unartiger Knabe. Das heißt, wenn man das unartig nennen will, daß er durchaus immer beschäftigt, immer thätig sein wollte, und sogar des Nachts keine Ruhe fand, um zu schlafen.

Vielleicht aber kam das daher, weil er mit seinen vier Brüdern in Einem und demselben Zimmer schlief, und das Geräusch der schlafenden und schnarchenden Brüder ihn, den lebhaften Knaben, in seinem leichten Schlummer störte.

Warum sagte er da nicht seinen Kammerdienern, und seinem Gouverneur, daß er in einem andern Zimmer schlafen wolle, wo er die schnarchenden Brüder nicht hören konnte? fragte der kleine Prinz lebhaft.

Sire, damals hatte Ihr Vater noch keine Kammerdiener und keinen Gouverneur; denn damals war er noch kein reicher und mächtiger Kaiser, sondern der Sohn eines Advokaten Bonaparte, der auf der Insel Corsika wohnte. Ihr Vater, mein Prinz, hat es nicht so gemacht, wie die andern Kaiser und Könige, er hat sich nicht blos die Mühe genommen, geboren zu werden, um sich dann eines Tages auf den Thron zu setzen, sondern er hat sich die Mühe gegeben, große Thaten zu thun, und sich selber einen Kaiserthron aufzurichten. Damals aber war Ihr Vater nur noch der kleine Sohn des Advocaten Bonaparte und Niemand ahnte, welch' ein großer Mann er eines Tages werden würde. Er hatte keine Kammerdiener und keinen Gouverneur, er hatte nur seine Amme Cordelia; die aber liebte ihn grenzenlos, und wenn der kleine Napoleon Abends nicht einschlafen konnte, so setzte sich Cordelia vor sein Bett, und sang ihm vor, und erzählte ihm Geschichten und Mährchen, bis er ruhig ward und ihre Feenmährchen übergingen in seine Träume.

Aber eines Tages vermochten alle schönen Mährchen der treuen Amme Cordelia den kleinen Napoleon nicht einzuschläfern, er lag immer noch da mit offenen Augen, und weinte leise vor sich hin aus Aerger über seinen Bruder Louis, der sein Bett mit ihm theilte, und so laut schnarchte, als habe er ein ganzes Register von Orgelpfeifen in seiner Nase.

Die Amme Cordelia neigte sich über den kleinen Napoleon und küßte ihn. Sei ruhig, Napoleon, sagte sie bittend, schlafe jetzt ein, dafür gebe ich Dir auch, wenn Du groß bist, die ganze Insel Corsika! —

Und giebst Du mir nicht auch Frankreich? fragte der kleine Napoleon, sie trotzig anstarrend.

Nun ja, ich gebe Dir Corsika und ganz Frankreich dazu, wenn Du jetzt einschläfst.

Ich will einschlafen, wenn Du mir die ganze Welt giebst, rief Napoleon heftig.

Ach, mein Kind, seufzte Cordelia, nimm sie denn hin, die ganze Welt. Aber hüte Dich, mehr zu fordern, denn sonst müßten wir ja Gott im Himmel entthronen um Deinetwillen.

Es ist gut, Delia, sagte Napoleon, ich will jetzt schlafen, denn Du hast mir Corsica, Frankreich und die ganze Welt geschenkt, und wenn ich groß bin, werde ich mir das Alles nehmen, was Mein ist. Ich bin also König von Corsika, von Frankreich und der ganzen Welt. —

Er legte sich ruhig nieder, und schlief wirklich ein. — Von diesem Tage an nannte der kleine fünfjährige Knabe sich immer nur „König von Corsika und Frankreich", und er beeilte sich vor allen Dingen sich eine Armee zu bilden. Alle Knaben seiner Nachbarschaft, selbst Diejenigen, welche älter und größer waren, als Er, gehorchten ihm dennoch, und ließen sich von ihm täglich in Schlachtordnung aufstellen und einexerciren, — nur war das militairische Exercitium ganz und gar von des kleinen Napoleon Erfindung. Oft rückte er auch mit seinen Truppen aus der Stadt hinaus, um Schlachten zu liefern, und Eroberungen zu machen. Aber da kein Feind da war, so lieferte er mit seinen Soldaten den Blumen und Bäumen in den Gärten seine Schlachten, und Blumen und Früchte waren dann die einzigen Eroberungen der tapfern Armee. — Doch den Leuten, welchen die Gärten gehörten, gefielen diese Schlachten ganz und gar nicht, und sie gingen zu dem Vater Napoleons, zu dem Advocaten Bonaparte, und beklagten sich über seinen Sohn, und verlangten, daß er den kleinen Napoleon tüchtig bestrafe, weil er ein Räuber sei.

Der kleine Napoleon war bei der Anklage gegenwärtig gewesen, und er trat jetzt mit blitzenden Augen, die Arme über der Brust in einander geschlagen, vor seine Ankläger hin.

Ich bin kein Räuber, sagte er stolz, ich bin ein Feldherr, und meine Soldaten mußten das Fouragiren lernen. — Die Leute lachten, und verziehen ihm das Fouragiren, wenn er versprechen wollte, seine Schlachten künftig nicht wieder in ihren Gärten zu liefern. Napoleon versprach es, und versprach auch seiner guten Amme Cordelia, daß er sich jetzt wie ein Mann und ein Feldherr betragen, und niemals mehr Abends im Bett weinen wolle, wenn sein Schlafgefährte, der Bruder Louis, so laut schnarchte. — Er hielt auch Wort, und als Abends Louis wieder so heftig schnarchte, da weinte Napoleon nicht, sondern er lag ganz still, und sah mit seinen großen feurigen Augen seine Amme Cordelia spöttisch an, indem er flüsterte: „Er wird doch wohl einmal aufhören, wie ein Esel zu schreien." Als aber Louis immerfort schnarchte, da ward der kleine Napoleon zornig, und schüttelte und rüttelte seinen Bruder so heftig, bis dieser die Augen aufschlug und erwachte.

Warum weckst Du mich, Napoleon? fragte er seufzend.

Weil Du schnarchtest, wie ein Esel, und weil sich das nicht geziemt für den Bruder des Königs von Corsika und Frankreich, sagte Napoleon trotzig.

Ach, seufzte Louis, ich träumte eben so schön und prächtig.

Und was träumtest Du denn?

Ich träumte, daß ich König wäre, und eine goldene Krone auf meinem Haupte trüge!

Wie, rief Napoleon heftig, was bin denn ich, wenn Du König bist? Dann muß ich doch zum Allerwenigsten Kaiser sein!

Zum Allerwenigsten? fragte Louis schüchtern. Kann man denn noch mehr sein?

Ja, man kann noch mehr sein, rief Napoleon, man kann ein berühmter Feldherr sein, ein berühmter Mann, und das ist mehr als König und Kaiser und Papst, das ist so viel als der liebe Gott selber ist!

Die gute Cordelia drückte mit einem Ausruf des Schreckens ihre Hand auf Napoleons Lippen, und neben dem Bett auf ihre Kniee sinkend, rief sie: „Bete, Napoleon, bete, daß der liebe Gott Dich nicht strafe für Deinen Uebermuth, und nicht in's Gericht mit Dir gehe, wenn Du es eines Tages versuchen willst, ihm gleich zu sein!" — Sie begann Gebete zu murmeln; Napoleon lag ganz still und hörte auf diese Gebete, die wie das leise Geplätscher einer Quelle an sein Ohr schlugen, und unter diesem Geplätscher schlief er ein. Aber noch im Schlaf murmelte er leise: „ich will Kaiser werden! Ich will ein berühmter Mann werden!"

Und er hat Wort gehalten, jubelte der kleine König von Rom, vergnügt seine kleinen Hände in einanderschlagend, und ganz vergessend, daß er still sitzen müsse, damit sein Portrait gemalt werden könne. Ja, mein lieber Papa hat Wort gehalten, er ist Kaiser geworden, ein berühmter Feldherr! Oh, mein lieber Herr Isabey, ich danke Ihnen! Welch' eine schöne Geschichte haben Sie mir erzählt. Wenn Sie mir noch mehr von meinem Papa erzählen wollen, werde ich den ganzen Tag, die ganze Nacht, und immerfort still sitzen, bis mein Portrait vollendet ist.

Isabey lachte und war eben im Begriff eine Antwort zu geben, als ein Bedienter in der Thür des Malzimmers erschien, und sich der Gräfin nähernd, leise sagte: der Herr Marschall von Ligne ist da, und wünscht Sr. Majestät dem König von Rom seine Aufwartung zu machen!

Der Knabe sprang auf, und heftig seine Arme vor sich ausstreckend, als wolle er ein nahendes Schreckniß von sich abwehren, rief er: ein Marschall will mich besuchen? Nein, nein, ich will keinen Marschall empfangen. Die Marschälle haben meinen Vater verrathen! Keiner von ihnen soll zu mir kommen!*)

Aber Sire, sagte die Gräfin begütigend, dies ist keiner von den französischen Marschällen. Es giebt auch außerhalb Frankreichs Marschälle, und dieser Marschall ist nicht von Ihrem Herrn Vater, sondern vom Kaiser von Oesterreich ernannt worden.

Ich will ihn dennoch nicht sehen, murmelte der Knabe, ich will niemals wieder einen Marschall sehen.

---

*) Des Königs von Rom eigene Worte. Siehe: Comte de la Garde: Mémoires. I. 99.

Wissen Sie aber, wer dieser Marschall ist, Sire? Es ist ein guter Freund von Ihnen, und Sie haben ohne Zweifel seinen Namen mißverstanden?

Ich habe nur gehört, daß es ein Marschall ist, der mich besuchen will, und ich will ihn nicht empfangen, sagte der Knabe trotzig.

Aber Sire, es ist ja der Marschall Fürst von Ligne —

Wie, es ist mein lieber Fürst Ligne? rief der Knabe fröhlich. Er soll kommen, der gute liebe Fürst. Laufe, Jacques, laufe, damit er nicht länger warten muß! Oh, ich will selber gehen, und ihn willkommen heißen!

Und leicht und anmuthig wie ein Vogel flatterte der Knabe durch das Zimmer in das anstoßende Gemach, um dieses durcheilend in den Vorsaal zu gehen.

IV.

Der Fürst von Ligne.

Indeß war der Lakay dem Prinzen schon zuvorgekommen, und hatte den Fürsten benachrichtigt. Jetzt öffnete er die Thür, und auf der Schwelle erschien die lange hagere Gestalt des alten Fürsten von Ligne, des einstigen Freundes der Kaiserin Katharina, des Kaisers Josephs des Zweiten, und des Königs Friedrich des Großen. Achtzig Jahre waren über sein Haupt dahin gegangen, ohne seinen graden stolzen Rücken zu beugen, ohne das Feuer seiner Augen zu trüben, und ohne den Ausdruck der Heiterkeit und des Lebensgenusses aus seinem edlen und geistvollen Antlitz zu verwischen. Das Alter hatte wohl die Jahrzehnte mit hartem Griffel auf seiner Stirn verzeichnet, es hatte wohl seine Haare gebleicht, die wie die ungeheure Mähne eines Löwen bis auf seine Schultern niederhingen, aber es hatte keine Furchen durch sein Herz gezogen, es hatte den Geist und die Phantasie des Fürsten nicht abgemattet. Der Fürst von Ligne war mit achtzig Jahren noch immer ein heiterer, feiner, lebensfroher Gesellschafter, ein geistvoller Mann, ein feiner Satyriker, der mit heiterm Spott jede Lächerlichkeit geißelte, und dessen piquante Witzworte noch jetzt, wie schon vor fünfzig Jahren, von ganz Wien, ja von ganz Europa wiederholt wurden.

Ah, mein lieber Fürst Ligne ist da! rief der kleine Napoleon, zu dem Greise hineilend, und ihm seine beiden Hände barreichend.

Ja, der Fürst Ligne ist da, die Signalstange der alten Zeit ist da, sagte der Fürst heiter lachend, indem er den Knaben in seinen Armen emporhob, und ihn herzlich küßte. Mein Herz sehnte sich zu sehen, wie es meinem kleinen König hier ergeht; während die großen Könige in Wien so viel tanzen und lachen und schwatzen, wollte ich mich bei Ihrer kindlichen Weisheit ausruhen von all' den altklugen Thorheiten, die ich in Wien mit anschauen muß. Sagen Sie, Sire, bin ich willkommen?

Von Herzen willkommen, sagte der Knabe, indem er seine beiden kleinen Arme um des Fürsten Nacken legte, einen Kuß auf des Fürsten Stirn drückte. Aber ich will Sie um Etwas bitten, Herr Fürst, und Sie müssen mir einen Gefallen thun!

Alles, Sire, nur müssen Sie nicht verlangen, daß ich, weil ich so hübsch groß bin, Ihnen einige Sterne vom Himmel herunterholen soll.

Ich verlange das auch nicht, denn ich weiß wohl, daß die eigentlichen Sterne viel zu hoch sind für die Menschen, und daß sie sich darum Sterne von Gold und Brillanten machen, die sie auf ihre Brust stecken, und „Orden" nennen. Sie sollen mir blos den Gefallen thun, sich bei mir niemals als Marschall anmelden zu lassen. Ich liebe die Marschälle nicht, aber ich liebe Sie, und nicht wahr, Sie werden es nicht mit mir so machen, wie es die Marschälle mit meinem Vater gemacht haben, Sie werden mich nicht verrathen?

Der Fürst hatte den Prinzen sanft aus seinen Armen auf den Boden niedergleiten lassen, und schaute jetzt mit einem wehmüthigen Lächeln zu ihm nieder.

Nein, sagte er, ich werde Sie nicht verrathen, obwohl ich ein

Marschall bin, und niemals werde ich bei Ihnen mich anders melden, als indem ich Ihnen sagen lasse: „der alte Freund ist da, um mit seinem jungen Freund zu spielen!" — Aber kommen Sie, Sire, wir wollen erst die Frau Gräfin begrüßen!

Ja, kommen Sie, rief der Prinz, den Fürsten mit sich fortziehend, und betrachten Sie dann auch mein Bild, das der gute Isabey malt.

Der Fürst betrat mit dem kleinen Prinzen das Malzimmer, an dessen Thür die Gräfin ihn mit einer ehrfurchtsvollen Verbeugung empfing, während Isabey vor seiner Palette saß und malte.

Fürst Ligne begrüßte die Fürstin mit jener chevaleresken Höflichkeit und Grazie, wie er sie an dem Hof der großen Katharina geübt, und mit der er selbst die Marquise Pompadour für sich gewonnen hatte. Dann wandte er sich dem Maler zu, und betrachtete schweigend und mit forschenden Blicken das fast vollendete, lebensgroße Bild des kleinen Prinzen.

Welch' eine frappante Aehnlichkeit, rief er, mit wie viel Grazie, Feinheit und Genialität das aufgefaßt ist! Wahrlich, mein Herr, Sie haben da ein Meisterwerk geschaffen, das nicht blos Ihrem Talent, sondern auch Ihrem Geist und Ihrem Herzen Ehre macht. Sie haben nicht blos mit dem Pinsel, sondern auch mit dem Herzen und dem Geist gemalt. Es ist eine reizende und hochpoetische Elegie, welche Sie da auf die Leinwand gezaubert haben. Sie haben nicht ein Kind gemalt, sondern eine Sternenblume, die in reizender Unschuld und Schönheit auf den Trümmern von Rom blüht; diese großen blauen Augen scheinen wehmüthig zu fragen: „wollt Ihr mich blühen lassen auf meinen eigenen Trümmern?" Dieses Lächeln, das die purpurnen Lippen wie der Traum eines Engels umschwebt, scheint zu bitten: „gönnt mir ein wenig Sonnenschein und Glück, denn ich muß verwelken, wenn ich im Schatten stehen soll." Mein Meister, Sie haben da nicht ein Bild geschaffen, sondern ein Gedicht!

Durchlaucht, rief Isabey freudig, Sie schufen das Gedicht, aber ich bin schon zufrieden, daß mein Bild Sie dazu begeistern konnte. Ich bin nach Wien gekommen mit dem Wunsch, daß ich die Portraits aller der berühmten und erlauchten Personen, die sich jetzt hier befinden, malen dürfte, und ich hätte eigentlich bei Ihnen den Anfang machen müssen.

Ah gewiß, lachte der Fürst, in meiner Eigenschaft als Großmeister des Alters!

Nein, Durchlaucht, in Ihrer Eigenschaft als Vorbild alles Dessen, was es Großes und Ruhmvolles in diesem Jahrhundert giebt, sagte Isabey sich tief verneigend.

Der Fürst wandte seine Augen wieder dem Portrait zu. Dies Bild hat eine wunderbare Aehnlichkeit mit einem andern Portrait, das ich besitze, sagte er, mit einem Portrait, das Joseph den Zweiten als Kind darstellt, und das mir Maria Theresia zum Geschenk gemacht hat. Nun, Sire, ich gratulire Ihnen, diese Aehnlichkeit mit einem großen Mann ist eine glückliche Vorbereitung für die Zukunft!

Sagen Sie, Fürst, fragte der Knabe hastig, war dieser Joseph der Zweite, von dem Sie sagen, daß ich ihm ähnlich sehe, war er ein Oesterreicher?

Ja, Sire, ein Kaiser von Oesterreich.

Dann thut es mir leid, daß ich ihm ähnlich sehe!

Und weshalb, Sire?

Der Prinz hob seine großen blauen Augen langsam zu dem Fürsten empor, und ließ sie dann mit einem forschenden Ausdruck in dem Zimmer umher gleiten. Ich will es Ihnen erzählen, sagte er, denn Sie, und die liebe Ouriou und Freund Isabey werden mir nicht böse darüber sein, und Sie werden es alle Drei keinem Menschen wieder sagen, — auch nicht, fügte er leise hinzu, auch nicht meiner Mutter, der Kaiserin! Ich will Ihnen also erzählen, weshalb ich mich nicht freue, daß ich einem Oesterreicher ähnlich sehe. An dem Tage, an welchem ich meinen Papa Kaiser zum letzten Mal sah, war mein lieber Papa sehr ernst und traurig. Er spielte und lachte nicht mit mir, wie er sonst gethan, er ließ mich nicht exerciren und commandiren, sondern er sah mich immer so traurig an, ach, so traurig, daß ich auch gar nicht mehr spielen und lachen mochte, sondern ganz still zu ihm hinschlich, mich zu seinen Füßen niedersetzte, und meinen Kopf auf sein Knie legte.

Er nickte mir zu und sagte: ich müsse aber ganz still sein, er habe heute noch viel zu arbeiten, denn er wolle die Nacht zur Armee abreisen. Ich lag auch ganz still, so still, als ob ich schliefe. Da kam Herr Minister Maret herein, und kaum hatte er die Thür geschlossen, so rief er: Sire, die Oesterreicher sind schon in Frankreich! Die Oesterreicher auch? rief mein Papa; oh, Maret, Maret, diese Oesterreicher sind mein Unglück. Sie haben mich immer betrogen, immer getäuscht, die Oesterreicher haben es nie ehrlich gemeint! Sie sehen jetzt, daß ich schwach bin, und deshalb hoffen sie, daß sie mich zertreten können. — Herr Maret sagte: Sire, ist nicht Ihr eigener Sohn ein halber Oesterreicher? — Nein, nein, rief mein Papa, er soll immer nur ein ganzer Franzose sein, denn das österreichische Blut hat Frankreich immer nur Unglück gebracht. Gott verhüte also, daß mein Sohn ein halber Oesterreicher wäre, und Gott verhüte, daß er jemals ein ganzer Oesterreicher werden sollte. Schwören Sie mir, Maret, daß Sie das nicht leiden wollen, schwören Sie mir, daß Sie meinen Sohn lieber tödten, als leiden wollen, daß man ihn nach Oesterreich bringt, und ihn zu einem Oesterreicher mache. — Herr Maret wollte eben antworten, da kam ein anderer Herr herein, und sie sprachen von anderen Dingen. Ich lag noch immer da zu den Füßen meines Papa's, und während sie dachten, daß ich schliefe, hatte ich Alles gehört, und ich that leise den Schwur, den Herr Maret nicht hatte leisten wollen, ich schwur: niemals ein Oesterreicher zu werden, und lieber zu sterben, als nach Oesterreich zu gehen! — Ach, aber ich habe doch nicht Wort halten können, und sie haben mich doch nach Oesterreich gebracht; ich konnt's nicht hindern, und ich wäre freilich gern gestorben, aber ich wußte nicht, wie man's anfangen muß, um zu sterben, und so hab' ich's denn leiden müssen, daß ich nach Oesterreich gebracht wurde. Aber ein Oesterreicher will ich doch niemals werden, denn sonst würde mein Papa mich nicht mehr lieb haben. Nein, nein, ein Oesterreicher will ich niemals werden; wenn ich erst größer bin, so werde ich auch lernen, wie man's machen muß, um zu sterben, und wenn sie dann verlangen, daß ich ein Oesterreicher werde, so sterbe ich, ganz gewiß, dann sterbe ich, damit mein Papa mich lieb behält! Und darum, Herr Fürst, darum ist es mir nicht lieb, daß ich einem Oesterreicher gleiche, denn die Oesterreicher haben meinem Papa Kaiser Unglück gebracht!

Der Knabe schwieg, aber Niemand antwortete ihm, alle Gesichter waren düster und wehmuthsvoll, und allen Herzen schien die sanfte melodische Stimme des Prinzen wie ein Lied der Klage, der Trauer und der schmerzlichen Erinnerungen erklungen zu sein, denn Thränen rollten über die bleichen Wangen der Gräfin nieder, Thränen umdüsterten die Augen Isabey's, daß er nicht malen konnte, und selbst die Augen des achtzigjährigen Fürsten fanden dieses salzige Naß wieder, das seit manchem langen Jahr seine Wimpern nicht befeuchtet hatte.

Aber er wollte dieser Stimmung nicht nachgeben, er wollte sich ihr mit Gewalt entreißen. Er neigte sich nieder und drückte einen Kuß auf Napoleons goldene Locken. Mein Kind, sagte er leise, erzählen Sie diese Geschichte Niemanden anders, als uns, und sagen Sie es Niemand, daß Sie kein Oesterreicher sein wollen. Und jetzt, Sire, jetzt erlauben Sie mir, Ihnen das kleine Geschenk zu zeigen, das ich Ihnen mitgebracht habe.

Er zog ein kleines Kästchen von rothem Maroquin aus seinem Busen hervor und reichte es geöffnet dem Prinzen dar. Es enthielt einige große Medaillen von seltener Schönheit, Medaillen, die einst bei Gelegenheit und zur Feier der Geburt des Königs von Rom geschlagen worden.

Es ist ein Andenken an Frankreich, sagte der Fürst lächelnd, erkennen Sie wohl diese Medaillen?

Der kleine Prinz betrachtete sie aufmerksam. Ja, sagte er mit einem sanften Lächeln, ich erkenne sie, diese Medaillen sind gemacht, als ich noch König war?*)

Und wer hat Ihnen denn gesagt, daß Sie jetzt nicht mehr König sind? fragte der Fürst.

Der Kaiser von Oesterreich und die Kaiserin, sagte Napoleon traurig, und die kleinen Erzherzöge sagen es mir, so oft ich mit ihnen

---

*) Des Prinzen eigene Worte. Siehe: Comte de la Garde. I. 105.

zusammenkomme, und sie lachen und weisen mit Fingern nach mir hin und singen dazu: „Seht, seht, in der Wiege war er König, und jetzt ist er gar nichts mehr!" Aber wenn man mir es auch nicht gesagt hätte, so wüßte ich es doch, daß ich kein König mehr bin, denn ich habe keine Pagen mehr, und wenn die liebe Ouiou nicht wäre, so müßt' ich immer allein sein, und —

Auf einmal erhellte sich das Antlitz des Knaben und ein glühendes Roth übergoß seine Wangen. Von draußen ertönten die schmetternden Klänge militairischer Musik, mit welchen einige Regimenter ungarischer Husaren, vom Exerciren heimkehrend, an dem Schlosse vorüberzogen.

Der kleine Napoleon flog zum Fenster hin und schaute hinaus, bis der letzte Husar um die Biegung des Weges verschwunden war. Dann wandte er sich wieder den Freunden zu und ein glückliches stolzes Lächeln verklärte jetzt sein Angesicht.

Es waren die Lanciers meines Papa Kaisers, sagte er, in kindlicher Unschuld die Gegenwart mit der Vergangenheit verwechselnd. Jetzt, Herr Fürst, jetzt fällt mir ein, daß ich Ihnen auch noch etwas Schönes zu zeigen habe, rief er heiter. Kommen Sie und sehen Sie einmal, welche schöne Soldaten mir der Herr Erzherzog Carl gestern gebracht hat.

Und er zog den Fürsten in das andere Zimmer und zu seinem Spieltisch hin. Sehen Sie einmal, rief er eifrig, es sind Soldaten, die ihre Arme und Beine bewegen, exerciren und manövriren können, als wenn sie wirkliche Menschen wären.

In der That, der kleine Prinz hatte Recht, diese Soldaten von Holz benahmen sich, als ob sie wirkliche Menschen wären. Es war ein Trupp Cavalleristen, die auf beweglichen und zusammenhängenden Klötzen stehend, durch einen künstlichen Mechanismus so eingerichtet waren, daß sie alle militairischen Evolutionen ausführen, sich auseinander bewegen, sich entwickeln und in Colonnen aufstellen konnten.

Ach, das ist eine allerliebste Armee, rief der Fürst lächelnd, ganz würdig des Feldherrn, der sie zur Schlacht führen soll. Denn nicht wahr, Sie verstehen schon mit Ihrer Armee da zu manövriren?

Ich kann sie das ganze Manöver machen lassen, sagte Napoleon stolz.

Nun denn, Sire, zum Manöver! rief Fürst Ligne mit lauter Commandostimme. Und mit einem Ernst, als ginge es zu einer wirklichen Schlacht, zog er seinen Degen, salutirte vor dem Prinzen und stellte sich dann in militairischer Haltung neben dem Tisch auf.

Und mit eben solchem Ernst, ganz Aufmerksamkeit und Spannung, legte Napoleon die Hand an die Schraube, welche seine Armee bewegte.

Aufgepaßt! rief der Fürst mit schallender Stimme. Aufgepaßt!

Und mit unerschütterlichem Ernst ertheilte er jetzt das erste Commando. Und mit unerschütterlichem Ernst führte der Prinz es aus. Dann folgte ein zweites, ein drittes Commando, ebenso ernst gegeben, ebenso prompt und ernst ausgeführt.

Das Antlitz des Kindes glühte vor Begeisterung und Kriegsluft, und ein Abglanz dieser Gluth röthete die Wangen des Greises. Eben sollte das letzte große Manöver beginnen, als sie durch das Eintreten des Lakaien unterbrochen wurden. Er meldete der Gräfin Montesquiou, daß der Commodore Sir Neil Campbell mit Erlaubniß der Kaiserin dem Prinzen einen Besuch zu machen komme.

Die Gräfin winkte ihn einzulassen, Fürst Ligne steckte seinen Degen wieder in die Scheide, der kleine Prinz schob seine Armee wieder in ihren Kasten, und der Maler Isabey kehrte wieder in das andere Zimmer und zu seiner Palette zurück.

Die Thür öffnete sich jetzt, und Sir Neil Campbell trat herein. Mit aller Feierlichkeit, Steifheit und Würde eines Sohns Albions durchschritt er das Gemach und machte den Anwesenden seine militairischen Verbeugungen.

Sire, sagte die Gräfin, sich dem Prinzen zuwendend, der Herr Commodore Neil Campbell ist einer von den vier Herren, die Se. Majestät den Kaiser, Ihren Herrn Vater, von Fontainebleau nach Elba begleitet haben.

Das Antlitz des kleinen Prinzen verfinsterte sich. Der Herr war also einer von den vier Gefangenwärtern meines Vaters? fragte er

mit fast drohendem Ton, die Arme in einander schlagend, und den Eng=
länder trotzig anblickend.

Aber Sire, sagte die Gräfin fast verlegen, dieser Herr will Sie
besuchen. Ihre Frau Mutter hat es ihm erlaubt, Sie müssen den
Herrn Commodore also willkommen heißen.

Nein, rief der Knabe, heftig mit dem Fuß stampfend, nein, ich heiße
ihn nicht willkommen, denn er hat meinen Papa in's Gefängniß geführt!

Sie werden ihn doch willkommen heißen, Sire, sagte der Fürst
Ligne lächelnd. Sie werden ihn willkommen heißen, wenn ich Ihnen
eine kleine reizende Geschichte von dem Herrn Commodore erzählt habe.
Sie erlauben es mir doch, Herr Commodore.

Ach, mein Fürst, rief Sir Neil, Jeder wird unsterblich, dem Fürst
Ligne die Ehre erzeigt von ihm zu sprechen.

Der Fürst dankte mit einem Lächeln, und wandte sich wieder dem
Prinzen zu.

Es ist wahr, Sire, sagte er, Sir Neil Campbell war Einer von
den vier Herren, welche nach Fontainebleau geschickt waren, um den
Kaiser Napoleon nach Elba zu begleiten, als Gefangenwärter, wie Sie
vorhin sagten. Aber Sir Neil Campbell war, wie Sie gleich sehen
werden, ein sehr milder Gefangenwärter. Er war zugegen, als der
Kaiser auf dem Hof des Schlosses Fontainebleau von seiner Garde
Abschied nahm. Er hörte jene erhabene, rührend schöne Rede, mit
welcher Napoleon, Ihr Vater, Sire, seinen Kriegern das letzte Lebe=
wohl sagte, und als der Kaiser die Adler küßte, und als nun der all=
gemeine Jubel losbrach, als alle die Krieger ihre Schwerter hoben,
ihre Fahnen schwenkten, und alle ihre Stimmen sich vereinigten zu dem
Einen weithallenden, begeisterten Ruf: vive l'Empereur! da vergaß
Sir Campbell, daß Er einer von den vier Commissairen war, welche
den Kaiser eben fortführen sollten, und hingerissen von Begeisterung
und Rührung schwenkte auch Er seinen Hut hoch in die Luft, und
während ihm die Thränen über die Wangen rollten, rief er wie die
Andern: vive l'Empereur!*)

---

*) Comte de la Garde. I. 102.

Ist das wahr, mein Herr? fragte der kleine Napoleon, mit strahlenden Augen den Engländer anschauend.

Es ist wahr, sagte Sir Campbell langsam und feierlich. Ich habe gerufen: vive l'Empereur! und wenn ich jene erhabene Scene noch einmal erlebte, würde ich noch einmal rufen: vive l'Empereur!

Der Knabe trat rasch auf ihn zu, und reichte ihm beide Hände dar. Ich danke Ihnen, mein Herr, sagte er, und ich heiße Sie willkommen!

Nicht wahr, fragte Frau von Montesquiou lächelnd, jetzt freuen Sie sich, Sire, diesen Herrn zu sehen, der Ihren Herrn Vater nach Elba begleitet hat, und der ihn erst vor kurzer Zeit verlassen?

Ja, ich freue mich, sagte das Kind leise, aber wir dürfen das hier Niemand sagen, hört Ihr, Niemand!

Ich habe Ihren Vater nicht blos erst kürzlich gesehen, sagte der Commodore, sondern ich werde ihn auch bald wieder sehen, denn ich reise noch heute wieder ab, und werde mit meinem Schiff ganz nahe bei Elba sein.

Oh, wenn Sie meinen Papa Kaiser sehen, rief der Prinz mit zitternder Stimme, wenn Sie ihn sehen, so grüßen Sie ihn, und sagen Sie ihm, daß sein armer kleiner König von Rom so gern bei ihm sein möchte, wenn man es ihm nur erlauben wollte.

Sire, sagte Sir Campbell ernst, Ihr Herr Vater hat mir einen Auftrag an Sie gegeben. Wollen Sie mir erlauben, daß ich ihn ausführe?

Thun Sie es, mein Herr, thun Sie es!

Ihr Herr Vater hat mir aufgetragen, Sie zu umarmen und Ihnen in seinem Namen einen Kuß zu geben!

Der Prinz schrie laut auf; zu Sir Campbell hinstürzend, sprang er in seine Arme und drückte einen langen glühenden Kuß auf seine Lippen.

Dann auf einmal in lautes Weinen ausbrechend, und seine kleinen Arme und das von Thränen überfluthete Antlitz zum Himmel erhebend, rief er mit herzzerreißendem Wehelaut: Oh, mein Vater, warum bin ich nicht bei Dir! Warum bist Du nicht bei mir! Mein Vater, mein lieber, lieber Papa Kaiser!

V.

Das Wappen und die Livrée Napoleons.

In Thränen aufgelöst, an allen Gliedern bebend, verließ Marie Louise ihre Equipage, und kehrte schwankenden Ganges, leise Klagen und Seufzer ausstoßend, in ihre Gemächer zurück.

Die Gräfin von Brignole soll sogleich zu mir kommen, befahl sie dem ihr die Thüren öffnenden Kammerdiener. Dann trat sie in ihr Cabinet ein, und den Hut, den Mantel abreißend und ihn weit von sich in das Gemach hinein schleudernd, sank sie auf einen Lehnstuhl nieder, bedeckte sich das Antlitz mit beiden Händen und weinte laut und bitterlich.

Gräfin Brignole hatte schon lange das Cabinet betreten, ohne daß Marie Louise sie beachtet hatte. Sie stand unfern der Thür, und schaute mit aufmerksamen und theilnahmsvollen Blicken zu der Kaiserin hin, welche noch immer mit verhülltem Antlitz dasaß, und deren Seufzen und Schluchzen allein die Stille unterbrach. Endlich, als sie sah, daß Marie Louise immer noch nicht ihr Haupt emporrichtete, und gar nicht zu wissen schien, daß sie gegenwärtig sei, näherte sich die Gräfin leise der Kaiserin.

Ew. Majestät haben mich rufen lassen, sagte sie mit sanftem Ton.

Marie Louise zuckte zusammen, ließ ihre Hände von ihrem Antlitz gleiten, und sich von ihrem Fauteuil erhebend, schlang sie mit leidenschaftlicher Gewalt ihre Arme um den Hals der Oberhofmeisterin.

Gräfin, rief sie schluchzend, Gräfin, retten Sie mich! Lassen Sie uns fliehen! Lassen Sie uns in irgend einer Verkleidung dieses Schloß verlassen, und zu meinem Gemahl flüchten! Oh, bei Napoleon allein ist mein Platz, bei ihm allein ist für mich Ehre, Ruhe und Glück!

Gelobt sei Gott, daß Ew. Majestät das endlich anerkennen, sagte die Gräfin freudig, gelobt sei Gott, daß Sie dahin gehen wollen, wohin die Pflicht und die Ehre Eure Majestät allein rufen! Ja, es ist wahr, Sie müssen nach Elba, Sie müssen zu Ihrem Gemahl hineilen.

Ihre Gegenwart wird für ihn nicht allein eine Freude, sondern auch eine Stütze sein. Man wird nicht wagen, die schlimmen Dinge auszuführen, welche man hier gegen den Kaiser im Schilde führt, wenn Ew. Majestät an Napoleons Seite ist, und daher Oesterreich die Pflicht auferlegt, um Ihretwillen Schonung zu üben. Gehen Sie also zum Kaiser, Majestät, er breitet Ihnen lange schon seine Arme entgegen, eilen Sie, sich an seine Brust zu werfen!

Ja, rief Marie Louise entschlossen, ich will zu ihm hin. Ich sehe es klar, daß dies die einzige Rettung ist, die mir noch geblieben. Wir wollen uns ernsthaft damit beschäftigen, Brignole, wir wollen ganz im Geheimen alle Vorbereitungen treffen. Ich muß fort, ich muß zu meinem Gemahl! Hier wagt man es, mich zu beleidigen, mich zu beschimpfen, und Niemand ist da, der mich schützt, Niemand, der sich meiner erbarmt. Wissen Sie, Brignole, was man mir gethan, wie furchtbar man mich so eben in Wien beleidigt hat?

Ich hatte nicht die Ehre, Ew. Majestät nach Wien zu begleiten, ich weiß daher nichts.

Hören Sie also, wie man in diesem gemüthlichen Oesterreich die Tochter des Kaisers von Oesterreich zu beschimpfen wagt! Sie wissen, ich begab mich nach Wien, um mit der Kaiserin Ludovica einige Besuche zu machen, und mich der Kaiserin von Rußland vorstellen zu lassen.

Ja, ich weiß, seufzte die Gräfin, daß die Gemahlin des Kaisers Napoleon diese Demüthigung hat erfahren müssen, daß sie, nicht Incognito, sondern in ihrer Staatscarosse, öffentlich vor aller Welt der Kaiserin von Rußland den er st en Besuch machte, ehe diese ihr den schuldigen ersten Besuch gemacht. Oh, Majestät, ich konnte nur weinen vor unaussprechlichem Weh, als ich die Staatscarosse mit dem großen kaiserlichen Wappen dahin rollen sah, und dachte, daß diese und die Livréen des Kaisers es den Straßen von Wien verrathen würden, daß Ew. Majestät sich zu den Feinden Ihres erhabenen Gemahls begaben. Oh, wären Ew. Majestät mindestens in einfacher Equipage, ohne die große Livrée dahin gefahren, so —

Ja, Sie haben Recht, unterbrach sie die Kaiserin ungestüm, wäre

ich incognito dahin gefahren, so würde ich die Schmach und Beschimpfung vermieden haben, die ich jetzt erdulden mußte. Denn man
hat mich beschimpft, Brignole, man hat mit Fingern auf mich gewiesen, und hat mich verspottet und verlacht. Und weshalb? Weil ich
das kaiserliche Wappen Frankreichs an meiner Kutsche führe, weil
mein Kutscher und meine Lakaien die kaiserliche Livrée und das mit
der Kaiserkrone gezierte N auf ihren Knöpfen tragen. Ich war zuerst
an der Burg vorgefahren, um die Kaiserin Ludovica abzuholen. Mein
Vater und meine Geschwister kamen mich zu begrüßen, und es dauerte
daher einige Zeit, ehe wir zu den Equipagen hinab stiegen. Der
Wagen der Kaiserin Ludovica fuhr zuerst vor, und das Volk, das sich
in großer Menge um die Wagen gruppirt hatte, empfing die Kaiserin
mit lautem Vivatrufen. Alsdann aber, als mein Wagen vorfuhr, als
ich einstieg, brach diese rohe, elende Menschenmenge in lautes Geschrei,
in Zischen und Pfeifen aus, und lachte und schrie, und zeigte mit
Fingern auf mich, die ich halbohnmächtig in den Wagen zurücksank,
und mich vergeblich fragte: was ich denn gethan, um diese Verhöh-
nung des Volkes zu verdienen? Endlich hielt der Wagen vor dem Hôtel
der Kaiserin von Rußland, und zitternd, mit angstklopfendem Herzen
stieg ich aus. Gott sei Dank, die Straße war leer, unangefochten
trat ich in das Hôtel, und begab mich mit der Kaiserin unangemeldet
in die Gemächer der Kaiserin Elisabeth. Sie empfing mich mit einer
Zärtlichkeit, Zuvorkommenheit und Güte, wie ich sie hier in Wien noch
von Niemanden erfahren habe. Für sie mindestens war ich noch immer
die Kaiserin, und sie nannte mich so, und beobachtete alle Egards, die
meinem Range gebühren. Das machte mich heiter und gesprächig, ich
vergaß in der Unterhaltung mit Elisabeth die unangenehme Scene,
welche ich zuvor erlebt hatte, und verließ ganz ruhig die kaiserlichen
Gemächer, um zu meinem Wagen zurückzukehren. Aber unsere vor
dem Hôtel wartenden Equipagen hatten eine ungeheure Menschen-
masse herangelockt, die doppelt so groß war, wie die, welche ich vorhin
vor der Burg gesehen. Wieder bestieg die Kaiserin unter dem Zu=
jauchzen der Menge ihre Equipage, und wieder, sobald meine Equi=
page vorfuhr, begann das Schreien und Toben, das Pfeifen und

Zischen. Ich fühlte, wie meine Augen sich mit Thränen füllten, und ich ließ den Schleier über mein Antlitz fallen, damit Niemand die Todesblässe sehen solle, welche meine Wangen bedeckte. Man ließ mir kaum einen Weg offen, um in den Wagen zu gelangen, und als der Lakai dann die Wagenthür zuschlug, ward das Schreien und Toben nur noch lauter. Der Kutscher wollte abfahren, aber das Volk, das jetzt in dichten brausenden Massen die ganze Straße erfüllte, das Volk litt es nicht. Es fiel den Pferden in die Zügel, und zwang sie zum Stehen, es faßte den Vorreiter, und warf ihn unter Lachen und Geschrei von seinem Pferde, es drohte mit geballten Fäusten nach dem Kutscher empor, und rief: „Still gehalten, still gehalten! Wir haben der Madame, die im Wagen sitzt, Etwas zu sagen!" — Ja, wir haben der Madame Etwas zu sagen, lachte und brüllte die Menge, und jetzt wälzte sich die tobende Masse bis dicht zu meinem Wagenfenster hin. Ein riesengroßer Mensch, der die Menge anzuleiten schien, klopfte mit der Hand an mein Wagenfenster, und begehrte, daß ich es öffnete, weil er mir im Namen des Wiener Volkes Etwas zu sagen habe. Ich raffte all' meinen Muth zusammen, damit dieser elende Pöbel nicht sehen sollte, wie sehr ich mich ängstigte, und ließ das Fenster herunter. Hören Sie, Madame, sagte der Mensch, den die Menge zu ihrem Redner ernannt, hören Sie, Madame, wir kennen Sie nicht, und wir wollen Sie auch nicht kennen. Aber wir haben gehört, daß Sie von Schönbrunn kommen, und sicherlich fahren Sie dahin zurück. In Schönbrunn aber wohnt jetzt die Tochter unsers Kaisers, die Erzherzogin Marie Louise, und wir glauben, daß ihr dieser Wagen gehört, und daß sie diese Livrée noch aus Frankreich mitgebracht hat. Sagen Sie aber der Erzherzogin, daß wir hofften, sie sei zu uns zurückgekehrt mit einem deutschen Herzen und mit deutscher Gesinnung, und daß wir überzeugt wären, es sei nur aus Versehen und Vergessenheit geschehen, daß sie noch das alte verhaßte französische Kaiserwappen und die häßliche kaiserliche Livrée beibehalten habe. Sagen Sie ihr, der Maler und der Schneider müßten sich sehr beeilen, um ein anderes Wappen zu malen, und andere Livréen zu machen, denn diese Kutsche und diese Livréen wollten und könnten wir nicht mehr dulden. Wenn sie sich noch einmal hier auf den Straßen zeigten, so würde das Volk sie zerstören. Sagen Sie das der Erzherzogin Marie Louise, sagen Sie ihr, sie soll uns in Wien, als die Tochter unsers Kaisers, immer willkommen sein, aber das abgedankte kaiserliche Wappen und das gottverdammte N mit der Kaiserkrone wollen wir nicht mehr sehen!" — Nein, das wollen wir nicht mehr sehen, rief und heulte der Pöbel ihm nach, fort mit dem Wappen, fort mit der Livrée! — Dem Kutscher war es endlich gelungen, vorwärts zu fahren, aber das Volk lief schreiend und brüllend zu beiden Seiten meines Wagens her, es pfiff und heulte und tobte und drohte mir mit den Fäusten, und zeigte mit Fingern nach mir hin. Ich ließ die Vorhänge nieder, um wenigstens unbemerkt weinen zu können, und Gott mein Elend zu klagen, da doch auf Erden Niemand sich meines Jammers erbarmen wollte.*)

Entsetzlich, rief die Gräfin, ja, Ew. Majestät haben Recht, man hat es gewagt Sie zu beschimpfen, und die Polizei, welche sonst in Wien ihre Argusaugen überall offen hat, und Jedermann bewacht, die Polizei hat nicht für gut befunden, diesen Scandal zu verhüten, ja, sie hat ihn vielleicht sogar hervorgerufen, um Ew. Majestät zu zwingen, die verhaßten Farben und Wappen des Kaisers abzulegen. Ew. Majestät haben Recht, Sie dürfen nicht länger hier in Oesterreich bleiben, denn Ew. Majestät sind hier nicht sicher vor Schmach und Beleidigung. Sie müssen nach Elba zu Ihrem Gemahl, er wird Sie schützen, an seiner Seite allein werden Sie sicher sein. Bereiten wir also heimlich und in aller Stille Alles zur Flucht vor, suchen wir uns Vertraute, auf deren Verschwiegenheit wir rechnen können, und die uns bei der Ausführung Ihrer Flucht hülfreiche Hand leisten können.

Ja, thun wir das, sagte Marie Louise zerstreut, ich überlasse Ihnen das ganze Arrangement, sorgen Sie für Alles. Aber ist es Ihr Ernst, Gräfin, meinen Sie wirklich, daß dieser Scandal, den man mir da bereitet hat, nicht von dem Volk ausgegangen, sondern von Anderen veranlaßt worden ist?

---

*) Méneval: Mémoires. Vol. III. p. 85.

Ich bin davon überzeugt, sagte die Gräfin rasch. Es ist ein Angriff der Polizei —

Nein, rief Marie Louise heftig, nein, es ist eine neue Bosheit des Grafen Neipperg! Oh, jetzt verstehe ich Alles, jetzt weiß ich Alles! Meine Livréen, meine Wappen waren ihm lange ein Gegenstand des Aergernisses, und er hat mich schon oft gebeten, dieselben aufzugeben. Da ich es ihm abgeschlagen, will er mich mit Gewalt dazu zwingen. Ja, so ist es, Er ist der Anstifter dieses Straßentumults! Deshalb auch ist er seit gestern nicht hier gewesen, deshalb hat er es nicht gewagt, vor mir zu erscheinen. Oh, von diesem Manne kommt mir alles Unglück und alles Wehe! Er schwebt über mir, wie der böse Dämon, und so oft ich ihn sehe, fühle ich es daher wie einen Dolchstich in meinem Herzen, habe ich ein Gefühl, als ob ich fliehen müßte, um mich vor dem aufgehobenen Arm des Unheils zu erretten. Oh, ich hasse, ich verabscheue diesen Mann, den mein Vater mir als Spion, als Aufseher an meine Seite gestellt; ich will ihn nicht da dulden, und müßte ich mich dem Zorn meines Vaters deshalb aussetzen! Besser selbst zu Grunde gehen, als solche Schmach und Demüthigung länger ertragen. Gleich, jetzt in dieser Stunde soll es zur Entscheidung kommen!

Sie sprang zu dem Tisch hin, und die Klingel ergreifend, schellte sie heftig. Ist der Graf Neipperg hier? fragte sie den eintretenden Lakaien.

Zu Befehl, Majestät, der Graf ist so eben angelangt.

Sagen Sie dem Grafen Neipperg, er solle sich sogleich hier in mein Cabinet begeben, ich wolle ihn sprechen!

Was wollen Ew. Majestät thun? fragte die Gräfin Brignole, als der Lakai hinaus gegangen war.

Ich will den Verräther zur Verantwortung ziehen, rief Marie Louise, indem sie mit hastigen Schritten, die Arme über der Brust gefaltet, auf und nieder ging. Ich will ihm seine Hinterlist und Bosheit in's Antlitz werfen, ich will ihm sagen, daß Er es ist, der mir diese empörende Scene in Wien bereitet hat, daß Er es ist —

Die Thür des Vorsaals ward geöffnet, und der Lakai erschien

wieder in derselben. Se. Excellenz der General Graf Neipperg, meldete er.

Gut, er soll eintreten, rief Marie Louise, und sich an die Gräfin wendend, sagte sie: gehen Sie, Brignole, lassen Sie mich allein mit ihm! Wenn er mich beim Kaiser verklagen will, soll er wenigstens keine Zeugen wider mich anrufen können!

Die Gräfin verneigte sich, und verließ durch eine Seitenthür das Cabinet. In demselben Augenblick erschien in der Thür des Vorsaals die schlanke und edle Gestalt des Grafen Neipperg.

VI.

Das Entlassungsgesuch.

Marie Louise ging noch immer mit raschen Schritten auf und ab, den Grafen gar nicht beachtend, der in demüthiger Haltung neben der Thür stand und von der Kaiserin erst die Erlaubniß zu erwarten schien, um sich ihr nähern zu dürfen.

Auf einmal blieb Marie Louise vor ihm stehen und sah ihn mit flammenden Zornesblicken an. Weshalb waren Sie gestern nicht hier, Herr Graf? fragte sie strenge.

Ich glaubte, Ew. Majestät bedürften meiner nicht, sagte der Graf demüthig.

Marie Louise lachte höhnisch. Wirklich, Sie glaubten das, rief sie. Nun, wenn Sie aber erst kommen wollen, wenn ich Ihrer bedarf, Herr Graf, so hätten Sie niemals nöthig gehabt, mich mit Ihrer Nähe zu belästigen, denn in der That, ich habe Ihrer noch niemals bedurft!

Ich weiß das wohl, und Ew. Majestät haben schon oft die Gnade gehabt, es mir zu wiederholen, sagte Graf Neipperg traurig. Aber Se. Majestät, mein Herr und Kaiser, hatte mich zu der hohen Stelle eines Ehrencavaliers Eurer Majestät ernannt, und diese Stelle legte mir die Pflicht auf, mich immer wieder in die Nähe Ew. Majestät zu drängen, so wenig willkommen ich auch sein mochte.

Das ist's, rief Marie Louise, es war Ihre befohlene Pflicht, hier in Schönbrunn und zu meinen Diensten zu sein! Ich wiederhole also meine Frage, mein Herr: warum waren Sie gestern nicht hier in Schönbrunn? Warum vernachläßigen Sie Ihre Pflicht? Sagen Sie mir die Wahrheit, mein Herr!

Ew. Majestät wollen die Wahrheit wissen? Nun wohl, da Sie es befehlen, werde ich sie Ihnen sagen: ich kam nicht nach Schönbrunn, weil ich weiß, daß Ew. Majestät meine Gegenwart verabscheuen, und weil ich Sie wenigstens für einen Tag von einem so verhaßten Anblick befreien wollte.

Ah, in der That, Sie sind sehr barmherzig, rief Marie Louise hohnlachend, Sie wollten mir also aus Erbarmen einen Tag der Ruhe gönnen, nachdem Sie mich sechs Wochen lang nicht einen Tag dieser Erholung würdig gehalten.

Majestät, wir waren auf der Reise, und es war daher unmöglich, mich fern zu halten und zu verbergen.

Und man muß gestehen, daß Sie auch nicht den mindesten Ver= such dazu machten, rief die Kaiserin spöttisch. Immer fand ich Sie an meiner Seite, immer beobachteten Sie mein Gesicht, um auf dem= selben meine innersten Gedanken zu errathen. Die Wünsche, die ich noch nicht ausgesprochen, Sie hatten sie schon auf dem Grunde meines Herzens gelesen, und ehe ich ihnen Worte geben konnte, waren sie schon erfüllt. Sahen Sie, daß etwas mir unbequem und lästig war, so räumten Sie es hinweg, noch ehe ich meine Lippen geöffnet, um es zu verlangen; lasen Sie in meinen Zügen, daß mir irgend Etwas an= genehm war, so boten Sie es mir dar, ehe ich Zeit gehabt, es zu for= dern. Gefiel mir eine Gegend, so fand ich am andern Tage ein Bild derselben auf meinem Frühstückstisch — kurz, Sie verfolgten mich mit Ihrer Spionage in jedem Moment, auf jedem Schritte, und ich hätte mich in das Grab retten müssen, um Ihrem fürchterlichen Spionir= system zu entgehen.

Jetzt haben aber Ew. Majeſtät glücklicherweiſe ein anderes Mittel erſonnen, um ſich zu befreien von meinem Spionirſyſtem, wie Sie meine gehorſame Aufmerkſamkeit auf alle Ihre Wünſche zu nennen belieben.

Und welch' ein Mittel, wenn ich fragen darf?

Ew. Majeſtät werden mich in das Grab ſchicken, ſagte Graf Neipperg leiſe und traurig. Ew. Majeſtät wollten die Wahrheit wiſſen, weshalb ich geſtern nicht hierher gekommen? Nun, ich geſtehe, daß ich Ew. Majeſtät noch nicht ganz die Wahrheit geſagt habe, jetzt aber will ich ſie ſagen: ich war geſtern feig und ſchwach. Ich fühlte, daß ich nicht die Kraft hatte, wieder den Zorn und Spott Ew. Majeſtät zu ertragen. Mein Herz ſchmerzte von tauſend Wunden, die ich auf dieſer Reiſe empfangen. Ich wollte ſie wenigſtens einen Tag ausbluten laſſen, ehe ich neue Wunden empfing. Deshalb, Majeſtät, kam ich geſtern nicht nach Schönbrunn!

Das iſt nicht wahr, rief Marie Louiſe, zum zweiten Mal haben Sie mir die Wahrheit verhehlt. Ich aber will ſie Ihnen ſagen: Sie kamen nicht nach Schönbrunn, weil Sie in Wien beſchäftigt waren. Weil Sie die Leute anzuwerben hatten, welche ich heute auf den Straßen Wiens finden ſollte, weil Sie die Rede aufzuſchreiben hatten, welche der Anführer der Straßen-Emeute heute an meinem Wagen halten ſollte. Sie kamen nicht nach Schönbrunn, weil Sie mit der Polizei Ihre Verabredungen zu treffen hatten, damit ſie Ihnen kein Hinderniß in den Weg legte, und weil Sie Alles vorbereiten mußten zu der ekelhaften und verächtlichen Scene, mit welcher der Pöbel Wiens ſich heute auf meine Koſten beluſtigen ſollte. Ach, mein Herr Graf, ich mache Ihnen mein Compliment, Sie ſind in der That ein ſehr geſchickter Theater-Regiſſeur, und Sie haben Ihr Volksdrama mit bewunderungswürdiger Geſchicklichkeit in Scene geſetzt.

Mein Gott, mein Gott, wovon reden Ew. Majeſtät? fragte Graf Neipperg verwirrt und erſtaunt. Was iſt geſchehen? Wer hat es gewagt, Ew. Majeſtät zu beleidigen? Oh, ich beſchwöre Ew. Majeſtät, ſagen Sie mir, worüber Sie ſich zu beklagen haben? Sie ſprachen vom Pöbel, von einer Emeute? Was iſt denn geſchehen?

Ach, in der That, es steht Ihnen wohl an, den Erstaunten, den Unwissenden zu spielen, rief Marie Louise. Nicht wahr, Sie wissen es nicht, daß heute in Wien der Pöbel sich um meinen Wagen zusammengerottet hat? Sie so wenig, wie die Polizei, wissen es, daß dieser Pöbel mit Fingern nach mir gezeigt, mit Fäusten mir gedroht hat? Sie haben nichts davon gehört, daß man mit unverschämten Drohungen von mir verlangt hat, ich solle das Kaiserliche Wappen von meinen Equipagen nehmen, meinen Lakaien die Kaiserliche Livrée ausziehen lassen und ihnen andere Livrée und andere Knöpfe geben? So sagen Sie doch, daß dies Alles nicht von Ihnen veranstaltet ist? Schwören Sie doch, daß Sie gar nichts davon gewußt haben und ganz unschuldig sind an dem Insult, den man mir angethan.

Ja, ich bin unschuldig daran, ich schwöre es, sagte der Graf ernst und würdevoll. Es steht Ew. Majestät frei, mich zu hassen, aber Sie dürfen mich nicht verachten, Sie dürfen mich nicht einer schmachvollen und erbärmlichen Hinterlist fähig halten. Ich habe Ew. Majestät bemüthigst gebeten, lieber jetzt aus Klugheit, wenigstens für einige Zeit, die Kaiserliche Livrée aufzugeben, nur so lange, bis der Congreß über Ihre Zukunft entschieden, bis man Ihnen gestattet hätte, nach Parma zu gehen, und dort als Souverainin Sich Selber zu leben. Ich wollte, indem ich an Ew. Majestät diese Bitte wagte, Sie bewahren vor dem Uebelwollen und der Mißstimmung der öffentlichen Meinung. Aber als Ew. Majestät mir meine Bitte abschlugen, habe ich mich demüthig gefügt, und niemals würde ich mich so weit vergangen haben, dem Willen Ew. Majestät auf so unwürdige Weise Trotz bieten zu wollen.

Ach, das sind Worte, leere Worte, rief Marie Louise, die Thaten sprechen gegen Sie.

Wie? rief der Graf, Ew. Majestät wagen es, zu bezweifeln und mich zu beschuldigen?

Ja, ich wage es, sagte Marie Louise, ihre herausfordernden Blicke auf das bleiche, wehmüthige Antlitz des Grafen heftend. Ich wage es, Sie zu beschuldigen!

Ew. Majeſtät haben alſo nicht gehört, daß ich Ihnen geſchworen habe, ich ſei an dieſer Infamie unſchuldig?

Ich habe das wohl gehört, mein Herr, aber ich habe Ihnen nicht geglaubt, ſagte Marie Louiſe mit jenem ſtolzen, kalten Ton, der nur den Fürſten zu Gebote ſteht, und der mehr kränkt und demüthigt, als es Worte und Beſchuldigungen vermögen.

Der Graf zuckte zuſammen und eine flammende Röthe überflog einen Moment ſein Antlitz. Majeſtät, rief er außer ſich, aber indem Sie meinem Schwur nicht glaubten, haben Sie mich in meiner Ehre beleidigt!

Nun denn, ich habe Sie beleidigt, ſagte Marie Louiſe ruhig, ich habe Sie beleidigt, was weiter?

Der Graf war im Begriff eine heftige Antwort zu geben, ſeine Lippen hatten ſich ſchon geöffnet — aber mit einer letzten, gewaltigen Kraftanſtrengung zwang er ſeine Worte wieder hinein in ſein Herz, und trat haſtig, als fürchte er die Nähe der Kaiſerin, einige Schritte zurück.

Ich ſehe es wohl, ſagte er tiefauffeufzend, Ew. Majeſtät haßten mich wirklich.

Ja, ich haßte Sie, rief ſie faſt freudig. Ich räche mich mit meinem Haß dafür, daß man Sie an meine Seite geſtellt, damit Sie an mir Ihr Meiſterſtück machen ſollten, damit Sie durch Ihr liebenswürdiges und chevalereskes Benehmen mich darüber täuſchen ſollten, daß Sie mein Aufſeher ſind, damit Sie durch Ihre geiſtvolle und anregende Unterhaltung mich über mein Unglück zerſtreuen ſollten, damit Sie durch Ihre Demuth, Unterwärfigkeit und Verehrung mich belehren ſollten, daß ich noch immer eine hohe und der Verehrung würdige Fürſtin ſei, wenn ich auch nicht mehr eine Kaiſerkrone auf meinem Haupte trage. Ich räche mich mit meinem Haß dafür, daß Sie es verſuchen ſollen, meine Vergangenheit auszulöſchen und mich mit der Gegenwart zu verſöhnen. Aber ich ſage Ihnen, ich will die Vergangenheit nicht vergeſſen, ich werde ſie ewig beklagen, ewig zurück erſehnen, denn ich liebe meinen Gemahl, hören Sie es wohl, mein Herr General Graf Neipperg, ich liebe den Kaiſer Napoleon und ich werde ihn ewig lieben, ihn, und ihn allein.

Ich habe es gehört, Majestät, sagte der Graf sich tief verneigend, ich, habe Alles gehört und Ihre Worte haben mein Herz wie Dolchstiche getroffen. Ich fühle, daß ich nicht mehr die Kraft habe, die Qualen, die ich erdulden muß, länger zu ertragen, die Last dieses Hasses auf mich zu nehmen, mit dem Ew. Majestät mein Haupt und mein Herz zerschmettern. Ich fühle mich zu schwach, um die Folter dieser kalten, verächtlichen Blicke, mit denen Ew. Majestät mich zermalmen, auch nur einen Tag noch zu ertragen, und ich werde es nicht länger mehr wagen, Ihrem Zorn und Ihrem Abscheu Trotz zu bieten. Ich bitte Ew. Majestät mich zu entlassen, denn ich will sogleich nach Wien zum Kaiser gehen, um Se. Majestät zu beschwören, daß er mir meinen Abschied bewilligt. Ich will heute noch dieses Land verlassen, in dem ich so unglücklich war, nur Haß und Abscheu zu ernbten für eine Anbetung und Verehrung, die so tief, so heilig und rein war, daß ihre Seufzer, ihre Wünsche zu Gebeten wurden für die erhabene Frau, der ich mit Freuden mein Leben geopfert, für die mein Blut tropfenweise hinzugeben, für welche Folterqualen zu leiden mir eine Wonne und ein Entzücken gewesen wäre! Ich bitte Ew. Majestät mich zu entlassen!

Die Kaiserin erbebte, ein Ausdruck des Schreckens malte sich auf ihren Zügen, aber er verschwand schnell wieder, und sie nahm wieder ihre gleichgültige, stolze Miene an.

Gehen Sie, mein Herr, gehen Sie, sagte sie, ich gebe Ihnen mit Freuden meine Entlassung, und zum ersten Male fühle ich mich Ihnen dankbar, denn Sie wollen mich befreien von der Wachsamkeit eines befohlenen Aufsehers. Gehen Sie!

Der Graf erblaßte und schwankte rückwärts. Ew. Majestät ermächtigen mich also, zu dem Kaiser zu gehen und mit Ihrer gnädigen Erlaubniß um meine Entlassung, um meinen Abschied nachzusuchen?

Ja, ich ermächtige Sie dazu, Herr Graf!

Graf Neipperg seufzte tief auf, und einen letzten Blick voll Schmerz und Verzweiflung auf die Kaiserin heftend, sagte er mit zitternder Stimme: so leben Ew. Majestät denn wohl! Ich gehe hin um zu sterben!

Er wandte sich ab und durchschritt langsam, gebeugten Hauptes, das Gemach.

Marie Louise schaute ihm nach mit bewegten, angstvollen Mienen, ihr Busen wogte, ihre Gestalt bebte, ihre Augen waren unverwandt und mit einem wunderbar leuchtenden Ausdruck auf die gebeugte Gestalt hingerichtet, die da langsam der Thür zuschritt.

Jetzt legte der Graf die Hand auf den Griff der Thür, jetzt öffnete er sie —

Herr Graf Neipperg, rief die Kaiserin mit einem Ton, der fast einem Schrei glich.

Der Graf wandte sich um. Ew. Majestät haben mich gerufen? fragte er.

Ja, ich habe Sie gerufen, sagte sie athemlos. Kommen Sie hierher, Herr Graf. Beantworten Sie mir noch eine Frage! Sagten Sie nicht, Sie wollten den Kaiser um Ihren Abschied bitten, weil Sie die tägliche Qual des Zusammenseins mit mir nicht länger zu ertragen vermöchten?

Ich sagte, daß ich mich zu schwach fühlte, noch länger die Folter Ihrer verächtlichen Blicke zu ertragen, rief der Graf heftig, ich sagte, daß ich nicht länger die Kraft hätte, die Last Ihres Hasses, mit dem Sie mich zerschmettern, zu ertragen, daß ich deshalb mich flüchten wollte vor den Qualen, die ich hier täglich erdulden muß.

Nun wohl, mein Herr Graf, sagte Marie Louise freudig, Sie werden diese Qualen noch länger erdulden müssen. Ich nehme mein Wort zurück. Ich entlasse Sie nicht, nein, ich entlasse Sie nicht! Sie haben mich viele Wochen lang leiden gemacht, jetzt sollen Sie leiden! Ihre Nähe ist mir eine stete Qual, eine stete Mahnung an meine Abhängigkeit gewesen, jetzt will ich Ihnen vergelten! Jetzt sollen Sie Ihre Abhängigkeit fühlen! Ich entlasse Sie nicht, ich erlaube Ihnen nicht, bei meinem Vater um Ihren Abschied nachzusuchen. Sie sind mein Ehrencavalier und Sie sollen es bleiben. Sie sollen täglich die Qual erdulden, neben mir zu sein, Sie sollen Theil nehmen an meinen Diners, Sie sollen gezwungen sein, Ihren Dienst zu erfüllen, mit mir spazieren zu gehen, mich zu unterhalten, mir auf dem Pianoforte vorzuspielen, obwohl Sie wissen, daß mir Ihre Gegenwart lästig und bedrückend ist, daß mich Ihre Unterhaltung langweilt, daß ich das Clavierspiel hasse! Aber Sie sind mein Ehrencavalier und Sie sollen es bleiben, und es giebt für Sie kein Entrinnen! Ich banne Sie in meine Nähe, Ihnen zur Strafe, mir zur Befriedigung meines Hasses und meiner Rache! Sie werden bleiben, mein Herr, ich gebe Ihnen nicht Ihre Entlassung!

Der Graf stieß einen Freudenschrei aus, auf seine Kniee niederstürzend, neigte er sein Haupt bis zur Erde nieder vor der Kaiserin und küßte den Saum ihres Kleides.

Ich danke Ew. Majestät, daß Sie mir das Leben gerettet haben, sagte er mit tiefbewegter zitternder Stimme, denn ich wäre gestorben, wenn Ew. Majestät mich aus Ihrer Nähe verbannt hätten, ich hätte das Leben von mir geworfen, dem die Sonne auf ewig untergegangen, und das für mich nur eine ewige qualvolle Nacht der Dunkelheit und des Schweigens gewesen! Jetzt ist es Tag um mich, und hoch über mir strahlt und leuchtet meine Sonne! Gesegnet sei ihr Licht, gesegnet jeder ihrer Strahlen, der, wenn auch wider ihren Willen, mein Haupt trifft!

Marie Louise stand da mit niedergeschlagenen Augen, befangen und erröthend, wie ein junges Mädchen.

Ich weiß, sagte sie verwirrt und mit leiser stockender Stimme, ich weiß, daß ich zuweilen sehr hart gegen Sie gewesen, und vielleicht waren Sie weniger schuldig, als ich glaubte, vielleicht war es nicht Ihre Absicht, mich zu kränken, und mich meine unglückliche und demüthigende Lage fühlen zu lassen. Aber mein Unglück hat mich ängstlich und mißtrauisch gemacht, und da ich weiß, daß ich immer umgeben bin von Feinden und Spähern, glaubte ich nicht mehr an irgend einen Freund! Mein Gott, ich bin ja so allein, so verlassen auf der Welt! Ich habe Niemand, der sich Meiner erbarmt!

Ew. Majestät haben wenigstens Einen treuen Diener, wenigstens Einen Mann, der in jeder Minute freudig bereit ist, sein Leben für Sie hinzugeben, rief der Graf leidenschaftlich. Dieser Mann, das bin ich, ich, der den Platz hier zu Ihren Füßen nicht mit einem Thron vertauschen möchte, ich, der hinfort nur leben wird, um Ew. Majestät zu dienen und an der Erfüllung Ihrer Wünsche zu arbeiten! Ich bin freilich kein mächtiger Fürst, ich habe keine Länder und keine Kronen zu vergeben, aber ich habe einen tapfern Arm, und ein kühnes Schwert, und Beide sind Ihnen geweiht. Ich habe eine Stimme, die laut genug ist, um das Festgetöse und die Musik des Congresses zu durchschallen, und inmitten ihrer Conferenzen, ihrer Bälle und Maskeraden sollen die Herren, die da in Wien die Welt unter sich theilen und verschenken wollen, immer diese meine Stimme hören, welche ruft: Gerechtigkeit für die Kaiserin Marie Louise! Man hat ihr das Herzogthum Parma versprochen, man muß das Versprechen erfüllen! Marie Louise soll und muß Herzogin von Parma werden!

Gesegnet sei der Tag, an dem ich abreisen kann in mein neues Herzogthum, seufzte Marie Louise, gesegnet sei der Tag, wo ich dieses Wien verlassen darf, in welchem man mich heute so tief beleidigt und gekränkt hat!

Aber Ew. Majestät glauben nicht mehr, daß ich Theil gehabt habe an dieser verabscheuungswürdigen That?

Nein, ich glaube es nicht mehr, und ich will Ihnen einen Beweis davon geben, sagte Marie Louise sanft. Ich beauftrage Sie als meinen Ehrencavalier und Ober-Stallmeister, mir sogleich andere Livréen für meine Dienerschaft zu bestellen, auch Sorge zu tragen, daß man das Kaiserwappen an meiner Kutsche übermale, und es durch das Wappen Oesterreichs ersetze. Wieder schwindet eine Erinnerung an meine stolze und schöne Vergangenheit dahin, und indem ich meine Livréen und meine Wappen ändere, bekenne ich es demüthig aller Welt: ich bin nicht mehr die Kaiserin Marie Louise! Ich bin jetzt nur eine Frau ohne Namen, Rang und Stand, und ich werde schon glücklich sein, wenn man mir bald erlaubt, mich die Herzogin von Parma zu nennen! — — —

Während Marie Louise mit ihrem Ehrencavalier, dem Grafen Neipperg, in ihrem Cabinet verweilte, saß die Gräfin Brignole vor ihrem Schreibtisch, und mit rascher, flüchtiger Hand schrieb sie: „Man bereite Alles vor zur Flucht, man besorge einen Männeranzug, halte

Pferde bereit und beschaffe ein Schiff. M. L. ist endlich entschlossen, sich zu ihrem Gemahl zu begeben. In höchstens vier Wochen müssen alle Vorbereitungen beendet sein! In vier Wochen muß M. L. entfliehen!"

Am Abend dieses Tages war geheime Sitzung im Hôtel Albini, und als Graf Montbrun dieses vom Baron von Meneval ihm übergebene Briefchen der Gräfin Brignole gelesen, sagte er mit freudestrahlendem Gesicht: Bald werden wir am Ziel stehen! Bald wird der Adler nicht mehr einsam sein auf unwirthlichem Felsenhorst! Er wird die Geliebte, das Weib an seiner Seite haben! Laßt uns ein Schiff ausrüsten, ein Schiff, auf dem wir die Matrosendienste üben! Gott sende uns einen günstigen Wind, damit das Schiff alsdann sicher den Hafen von Porto Ferrajo erreiche!

Drittes Buch.

—

Ludwig van Beethoven.

I.

Der Marquis von Barbaſſon.

Und ſo iſt es denn wahr, ſo liebſt Du mich wirklich? fragte Friederike Hähnel, ſich mit einem ſeligen Lächeln hernieder neigend zu dem
jungen Mann, der vor ihr auf den Knieen lag und mit ſtrahlenden
Augen zu ihr empor ſchaute.

Ja, ich liebe Dich, ſagte er, ſein Haupt auf ihr Knie lehnend und
mit einer anmuthigen Bewegung ihre beiden Arme um ſeinen Nacken
ſchlingend. Lege die funkelnden Marmorketten um meinen Hals, Du
meine Gebieterin, laß Deinen Sclaven einhergehen unter dem Joch
der Liebe.

Es iſt wahr, ſagte Friederike ſinnend, die Liebe iſt eine Sclaven-
kette, welche unſer ganzes Weſen und Sein umſchlingt, die Liebe iſt
eine Tyrannin, welche uns mit unſern Gedanken, unſerm Wollen und
Fühlen gefangen nimmt. Seit ich Dich kenne, ſehe, denke und fühle
ich nur Dich; weit ab hinter mir liegt meine Vergangenheit, wie ein
wüſter, ſchlimmer Traum, aus dem ich zum ſchönſten Erwachen mich
aufgeſchwungen habe. Ich will Dir etwas geſtehen, mein Eduard,
Du haſt mich nicht blos glücklich gemacht, ſondern Du haſt auch meine
Seele errettet. Ohne Dich war ich ein armes, unglückliches Weſen, hingegeben und verloren an die Eitelkeit der Welt, meine Seele verkau-
fend für Gold und Brillanten, meine Ehre hingebend für den flüchtigen Ruhm: eine einflußreiche, mächtige, politiſche Intriguantin zu
ſein. Ohne Dich, mein Eduard, war ich verdammt, unterzugehen in
dieſem wüſten Strudel des Lebens; Du aber, Du haſt mich errettet,

unb ich steige empor aus bem Strubel, in bem ich meine Seele rein gebadet von allen Lastern unb von allen Sünden, ich steige empor, eine fleckenlose, reine Jungfrau, welche ihre Hände emporhebt zum Himmel unb ihn bemüthig anfleht, ihr zu vergeben, baß sie einst so schlimme unb unheilige Träume gehabt. Die Liebe entsündigt, unb so bin ich benn entsündigt, benn ich liebe Dich, mein Eduard!

Sie neigte sich zu ihm nieder unb brückte einen Kuß auf sein schwarzes, lockiges Haar. Du liebst mich, sagte er, mit einem zärtlichen Lächeln zu ihr aufschauenb. Aber wirst Du auch treu sein, Friederike? Wirst Du nicht eines Tages mich verrathen unb vergessen unb mich in ben Tod der Verzweiflung jagen?

Sie schüttelte lachenb bas Haupt. Ich bin getreu, sagte sie ernst, getreu im Lieben, wie im Hassen, Eduard. Nie werde ich aufhören, Dich zu lieben, es müßte benn sein — —

Ach, unterbrach er sie traurig, es giebt also boch eine Möglichkeit, baß Du aufhören könntest mich zu lieben?

Ja, sagte sie, wenn Du mich verrathen unb vergessen könntest, bann würbe ich aufhören Dich zu lieben, bann würbe sich meine Liebe in Haß verwanbeln, unb bann, ach, ich fürchte, bann würbe der böse Dämon wieder in mir erwachen, unb bann würbe ich mich rächen! Aber nein, nein, schwöre mir, Eduard, baß Du mich nie verrathen willst, schwöre mir, baß Du kein Weib liebst außer mir, baß Du mich liebst, unb mich allein! Schwöre mir bas, bamit ich ruhig sein kann! Denn, siehst Du, es martert unb quält mich zuweilen ein Zweifel. In der Stille der Nacht kriecht er wie eine giftige Schlange in mein Herz unb beängstigt, plagt mich, baß ich laut aufschreie vor Qual, baß Ströme von Thränen meinen Augen entstürzen. Dann frage ich mich zitternb vor Angst unb Weh: wie kommt es, baß er, der schöne, der vornehme Marquis von Barbasson mich lieben kann, mich, bas häßliche, reizlose Geschöpf, bas ihm nichts zu bieten hat, nicht einmal einen Namen, nur ein glühenb Herz, eine begeisterungsvolle Liebe.

Aber inbem Du so fragst, Friederike, rief der junge Mann hastig aufspringenb, inbem Du so fragst, lästerst Du Dich selber, lästerst Du unsere Liebe! Das Schicksal selber ist es gewesen, bas uns zusammenführte, das Schicksal hat gewollt, daß wir uns liebten. Ich kam hierher als ein armer, heimathloser Fremdling, und jetzt, jetzt habe ich in Dir meine Heimath, meine Familie, meine Vergangenheit und meine Zukunft gefunden. Gott selber ließ Dich damals, an jenem Tage, an dem ich Dich zuerst sah, jene Worte sprechen: „meine Mutter war eine Marquise von Barbasson!“ — Ich schrak zusammen, wie ich da inmitten dieser fremden Welt meinen Namen nennen hörte, und blickte nach Dir hin. Ich sah in Deine von Geist, Klugheit und Genialität blitzenden Augen, ich horchte auf den sanften, lieblichen Ton Deiner Stimme — mein Herz jauchzte auf vor Entzücken und begrüßte Dich als meine Verwandte. Ich folgte Dir, als Du die Tribüne verließest, denn ich mußte doch wissen, wo diejenige wohnte, welche sich eine Tochter der Marquise Barbasson nennen durfte, und welche ich jetzt schon liebte wie ein theures, letztes Vermächtniß meiner Familie. Ich erfuhr Deine Wohnung und am andern Morgen kam ich zu Dir, um Dir zu sagen: Madame, ich bin der Marquis Barbasson, der letzte meines Stammes, denn mein Vater und mein Großvater sind todt und der einzige Bruder meines Großvaters ist in Deutschland verschollen. Ich hörte Sie gestern sagen: Ihre Mutter sei eine Marquise Barbasson gewesen, und ich komme also, Sie zu fragen, ob ich das Glück habe, mit Ihnen verwandt zu sein? — Und ich hatte das Glück! Wir verständigten uns und erfuhren, daß unsere Großväter Brüder gewesen. Wir reichten uns die Hand als die letzten Reiser eines einst so mächtigen, blüthenreichen Stammes, wir schwuren uns einander treue Freundschaft und Verwandtschaft, das Alles ging ganz einfach, ganz natürlich zu! Unter dem Sonnenschein der Freundschaft reifte uns die köstliche Blüthe der Liebe, und wir hatten nicht nöthig, sie uns zu verleugnen, denn wir sind Beide unabhängig und frei, wir dürfen es froh hinaus jauchzen in die ganze Welt: Ich liebe Dich! Ich liebe Dich! — Und jetzt willst Du böse, geliebte Zweiflerin uns unsern Himmel trüben? Jetzt genügt es Dir nicht an dem Glück und Du willst uns absichtlich Schlangen unter die Rosen schieben?

Die Liebe ist hellsehend, sagte sie kopfschüttelnd. Ich fühle, daß Du nicht ganz wahr mit mir bist, daß Du mir etwas verbirgst. Du fagft mir nicht, weshalb Du hierher gekommen bift? Du fagft mir nicht, was Du hier thuft und treibft? Du haft ein Geheimniß vor mir, Eduard, und doch fagft Du, daß Du mich liebft?

Der Marquis antwortete ihr nicht fogleich; fein fchönes Antlitz hatte fich befchattet und mit düftern Mienen, die Arme ineinander gefchlagen, ging er einige Male im Zimmer auf und ab.

Friederike folgte jeder feiner Bewegungen mit flammenden Blicken, mit athemlofer Aufmerkfamkeit.

Jetzt blieb der Marquis vor ihr ftehen und fchaute fie lange und forfchend an. Friederike fchlug das Auge nicht nieder, fondern fah ihn mit fragendem Lächeln an.

Du haft die Wahrheit gefagt, Friederike, fagte er düfter, ich habe ein Geheimniß vor Dir, ich habe Dir etwas verborgen gehalten. Aber jetzt follft Du fehen, wie ich Dich liebe, denn ich will Dir die Wahrheit fagen, ich will Dir mein Geheimniß anvertrauen!

Komm hierher, fagte fie, ihn fanft auf den Divan neben fich niederziehend, fetze Dich zu mir, mein Geliebter, laß uns Auge in Auge fchauen, und nun fage mir Dein Geheimniß.

Schwörft Du mir, es treu zu bewahren, Friederike?

Ich fchwöre es Dir bei unferer Liebe! Sprich zu mir, mein Geliebter, und möge ich verdammt fein, und möge ich Dein Herz verlieren, wenn ich auch nur ein Wort Deines Geheimniffes verrathe!

Nun denn, fo höre mich! Du haft meine Liebe angeklagt, Du haft mir gemißtraut, ich will Dir wenigftens den Beweis geben, daß ich Dich grenzenlos liebe, daß ich Vertrauen zu Dir habe! Höre alfo mein Geheimniß: Ich bin hierher gekommen nach Wien, um den König von Rom, um die Kaiferin Marie Louife nach Frankreich zu entführen. Frankreich fehnt fich nach feinem Kaifer, nach feiner Kaiferin, und bald wird es fich erheben wie Ein Mann, und in heiligem Zorn wird es den Bourbonen, der es gewagt, fich auf den lorbeerbekränzten Thron des Kaifers niederzufetzen, von diefem Thron niederfchmettern und mit der Stimme des zürnenden Weltenfturmes wird es feinen Kaifer von Elba herbeirufen. Ich und meine Freunde wir werden Sorge tragen, daß der Kaifer ein Schiff bereit finde, um ihn hinüber zu führen nach

Frankreich, und meine specielle Aufgabe ist es, die Kaiserin und den König von Rom dem Kaiser zuzubringen. Ich werde diese Aufgabe erfüllen, oder ich werde sterben! Das habe ich mit einem heiligen Eid geschworen, bevor ich Frankreich verließ, das habe ich auf das Crucifix geschworen in der Versammlung meiner Freunde. Ich werde Wort halten, und selbst die Liebe darf mich nicht davon zurückbringen! Jetzt, Friederike, weißt Du mein Geheimniß, und jetzt, da Du es weißt, entscheide über unsere Zukunft. Reiche mir Deine Hand, laß uns gemeinsam wirken zu dem großen Ziel, und wenn wir es erreicht, wenn der Kaiser wieder in die Tuilerien eingezogen ist, wenn die Kaiserin und der König von Rom wieder durch mich an seine Seite gestellt worden, dann werde mein Weib, meine Gemahlin vor Gott und den Menschen, dann laß uns heimkehren in die Stille und den Frieden unseres Ahnenschlosses, und laß uns dort unserer Liebe und unserem Glücke leben! Oder, wenn Du dies nicht willst, dann wende Dich von mir, gehe hin, verrathe mich Deinen mächtigen Freunden, sie werden Dir den Verrath mit Schätzen und Ehren belohnen, und Dich braucht es alsdann nicht zu beunruhigen, daß meine sterbenden Lippen Dir als meiner Mörderin fluchen. Du wirst dafür die Segnungen der Bourbonen, die Lobsprüche von halb Europa haben, und vielleicht wird Dich dereinst die Geschichte die Retterin der Welt nennen. Entscheide Dich also! Denn jetzt, da Du mein Geheimniß weißt, jetzt hast Du auch unsere Liebe herausgehoben aus den Bahnen des stillen, sorglosen Glückes. Da Du mein Geheimniß weißt, mußt Du entweder meine Mitschuldige sein oder meine Verrätherin. Es giebt keinen Mittelweg mehr!

Und ich will auch keinen Mittelweg gehen, rief Friederike mit flammenden Blicken, ich will Deine Mitschuldige sein. Ich lege meine Hand auf Dein Herz, und so schwöre ich Dir: ich will Theil haben an Deinem Werk! Ich will Deine Gefahren mit Dir theilen, Deine Zwecke verfolgen, für sie thätig sein, für sie wirken, so viel in meinen Kräften steht. Ich will für Dich spioniren, und Alles, was ich erfahre, und erlausche, das will ich Dir wiedersagen, und wo eine Gefahr droht, da will ich sie hinwegräumen, und wo es einen Vortheil zu erkämpfen giebt, da will ich ihn für Dich erkämpfen, oder im Kampf sterben! Von dieser Stunde an nehme ich Theil an Deiner Verschwörung, und erst, wenn es unserm gemeinsamen Wollen gelungen ist, die Gemahlin und den Sohn des Kaisers Napoleon wieder nach Frankreich zurück zu führen, erst dann will ich Deine Gemahlin werden, erst dann soll der Marquis von Barbasson mich als sein Weib in das Schloß unserer Ahnen heimführen. Das schwöre ich bei Gott und unserer Liebe!

Ich nehme Deinen Schwur an im Namen unserer Liebe, und Gott wird seinen Segen dazu geben, rief der Marquis, indem er das junge Mädchen in seine Arme zog und einen glühenden Kuß auf ihre Lippen preßte.

Und jetzt sage, was ich thun muß, sagte sie lebhaft. Weihe mich in Deine Pläne ein. Gieb mir einen recht schwierigen, gefährlichen Auftrag, damit ich ihn erfüllen und Dir beweisen kann, was ich zu thun im Stande bin.

Für den Augenblick giebt es noch nichts Entscheidendes zu thun. Alles kommt darauf an, abzuwarten, hinzuhalten und zu verhindern, daß man den Kaiser nicht etwa durch einen coup de main und ehe wir es hindern können, von Elba fortführt.

Ich werde Eure Spionin sein, rief Friederike lächelnd, ich werde Alles erfahren und Dir Alles wiedersagen.

Du wirst Alles erfahren? wiederholte der Marquis sinnend. Durch wen?

Durch einen hohen und mächtigen Freund und Gönner, durch einen Mann, der mich seines Vertrauens, seiner Freundschaft würdigt, und der mächtig und einflußreich ist.

Das heißt durch einen Nebenbuhler, rief er düster, durch einen Mann, mit dem ich Deine Liebe und Dein Herz theilen soll.

Ah, ich rathe Dir, auf ihn eifersüchtig zu sein, sagte sie lächelnd. Mein Freund ist ein Greis von mehr als sechszig Jahren, ein Greis, der mich liebt, wie ein Großvater sein Enkelkind liebt, mit dem er schäkert und spielt, um sich von den ernsten Geschäften zu erholen.

Ich glaube Dir, Friederike, sagte er, seine Hand auf ihre Schulter legend, und ihr tief in die Augen schauend. Ja, ich glaube Dir, denn mein Leben würde seinen Halt und sein Licht verlieren, wenn ich Dir mißtrauen müßte. Sprich also mit Deinem Freund, suche zu erfahren, was der Congreß über den Kaiser Napoleon, über den Prometheus, den sie auf Elba angeschmiedet haben, beschlossen hat. Suche einzuwirken auf die Gesinnungen Deines Freundes. Mache ihn unsern Plänen geneigt, sage ihm, daß Frankreich die Bourbonen verabscheut, und den Kaiser zurücksehnt.

Ich werde ihm das Alles sagen, ich werde alle meine Beredtsamkeit, meine Geschicklichkeit aufbieten. Indem ich das thue, arbeite ich ja an meinem Brautkleid und pflücke mir die Myrthen zu meinem Hochzeitskranz. Aber ist das Alles, kann ich weiter nichts für Dich thun, Eduard? Bedürfen wir zu unserer Unternehmung nicht vor allen Dingen des Geldes?

Nein, Friederike, sagte er lächelnd. Wenn Du Geld hast, so sammle es für Dich, meine Braut, für unser Stammschloß im Ardennenwald. Ich bin arm, Friederike, meine Vorfahren haben ihr Vermögen hingegeben im Dienst der Könige. Ich habe die letzten Trümmer desselben hingegeben im Dienst des gefangenen Kaisers.

Ich werde Reichthümer sammeln für uns Beide, rief Friederike freudig. Das Schloß unserer Ahnen soll aus dem Schutt hervorgehen, wie der Phönix aus der Asche, und alle Quellen des Wohlstandes, des Lebensgenusses sollen sich uns öffnen! Vertraue nur mir, mein Geliebter. Du giebst mir Deinen Namen, ich gebe Dir die Mittel, unserm Namen Glanz zu verleihen.

Dazu bedarf es keines Geldes, dazu bedarf es nur Deiner Person, sagte er innig. Aber jetzt fällt mir noch etwas ein, um das ich Dich bitten könnte im Namen unseres Bundes. Ich bedarf einer Unterredung mit Eugène Beauharnais, ich muß suchen ihn für uns, für seinen Vater zu gewinnen. Aber es giebt kein Mittel ihn zu sehen, ohne ihn zu verdächtigen, denn überall umgeben ihn Aufpasser und Spione, und er wäre verloren, wenn es gelänge, ihn bei dem Kaiser Alexander zu verdächtigen.

Sende mich zu ihm, rief Friederike, mache mich zur Vermittlerin zwischen ihm und Euch. Ich werde ihn nicht verdächtigen, mich wird man nicht für eine Verschworene halten.

Es ist wichtig, daß ich ihn selbst spreche, sagte der Marquis lächelnd, und so weise und frei von Eifersucht bin ich nicht, daß ich dem schönen Beauharnais ein tête à tête mit meiner Geliebten erlauben möchte. Ich selber muß ihn sprechen, und Du kannst mir die Gelegenheit dazu verschaffen. Der Baron von Arnstein giebt in acht Tagen einen Maskenball, zu dem bereits die Einladungen ergangen sind. Alle hier anwesenden Monarchen haben ihr Erscheinen auf diesem Maskenball zugesagt, auch Eugène Beauharnais wird dort sein. Ich bitte Dich also, suche mir eine Einladungskarte zu diesem Fest zu verschaffen.

Sie sprang auf, und eilte zu ihrem Schreibtisch hin, aus dem sie ein Papier hervorzog. Da, rief sie triumphirend, das Blatt hoch empor haltend, da sieh, wie mächtig ich bin! Du sprichst den Wunsch kaum aus, und ich erfülle ihn schon. Hier ist die Einladungskarte! Ich selber wollte zu diesem Fest gehen, ich wünschte auch einmal mir die Freuden und Herrlichkeiten des Congresses anzuschauen, und mein Freund verschaffte mir also dies Billet. Denn unter der verhüllenden Maske darf ich ihn begleiten, und Niemand von den hohen Aristokraten ahnt das Verbrechen, daß des Uhrmachers bürgerliches Töchterlein sich sub rosa in ihre geweiheten Kreise eingeschlichen hat. Aber um Deinetwillen entsage ich dem Feste. Da, nimm die Karte, Du siehst, der Name ist noch nicht ausgefüllt, schreibe den stolzen schönen Namen: „Marquis von Barbasson" hinein, und die Pforten des Banquier-Palastes werden sich vor Dir aufthun, und der Banquierfürst wird Dich mit Freuden bei seinem Fest willkommen heißen.

Aber Du entbehrst alsdann ein schönes Fest, Friederike?

Komm andern Tages zu mir, und ich habe mein Fest, sagte sie, sich lächelnd an ihn schmiegend. Jetzt aber geh, mein Geliebter, geh! Es ist bald die Stunde, in welcher mein Freund mich zu besuchen pflegt, und ich will nicht, daß er Dich sieht, bevor ich ihm gesagt, was Du mir bist, und wie ich Dich liebe.

Ich gehe also, sagte der Marquis traurig, ich weiche einem Glücklicheren. Möge die Zeit bald kommen, wo Wir jeder Andere weichen muß, wo ich frei und stolz vor aller Welt sagen darf: Friederike ist Mein! Mir gehört sie an, und Niemand hat ein Recht auf sie, als ich allein!

Diese Zeit wird bald kommen, Eduard, wir werden ihren Flug beschleunigen, daß sie mit Engelsfittigen zu uns heranschwebt und uns glücklich macht! Lebe wohl, mein Eduard, lebe wohl, und gedenke mein!

Noch eine letzte Umarmung, ein letzter Kuß, dann eilte Eduard von dannen.

II.

Die Entdeckung.

Friederike schaute ihm nach mit strahlenden Augen, mit einem glücklichen Lächeln. Oh, mein Gott, flüsterte sie leise, ich liebe ihn, und ich fühl's, diese Liebe wird mein Verderben sein, denn sie hat mich herausgeworfen aus meiner Bahn, sie will versuchen, den Dämon in einen Engel zu verwandeln. Aber wird ihr denn das gelingen? Wird nicht eines Tages, mitten in den heiligen Tempelhallen der Liebe, der Dämon wieder wach in mir werden, und wird den Engel verjagen, um wieder Besitz von mir zu nehmen? Ach, ach, ich zittere vor meiner eigenen Schwäche, und mir scheint, ich bin nicht dazu gemacht, um gut und glücklich zu sein. — Aber nein, ich will nicht grübeln, und phantasiren von der Zukunft. Die Gegenwart nimmt alle meine Kräfte und Gedanken in Anspruch. Wie närrisch doch diese Welt ist! Die Liebe sollte mich erlösen, hoffte ich, aus allen Intriguen, Heucheleien und Verstellungen, und jetzt ist es just die Liebe, welche mich wieder mitten hinein wirft in den Strudel der Intriguen, der Heuchelei und Lüge! Denn ich bin jetzt eine Verschworene, eine Bonapartistin! Ah, wie mein theurer Freund staunen und sich entsetzen würde, wenn er dies wüßte! Ha, und ist es nicht in der That eine lustige Geschichte? Die Freundin des großen Staatskanzlers von Harbenberg ist die Geliebte eines bonapartistischen Parteigängers, und hat sich mit ihm verschworen, die Kaiserin und den König von Rom nach Paris zu entführen, und Napoleon von Elba zu befreien! Oh, ich muß lachen, lachen über diesen köstlichen Roman, den ich da ganz für mich allein aufführe. Steh mir bei, Gott der Liebe, daß er ein schönes Ende hat, und daß die Liebenden am Schluß sich heirathen! Doch still, still, höre ich da nicht Schritte auf der Treppe? Ja, ja, sie kommen näher! Er ist es! Nun, Schauspielerin, nun spiele deine Rolle! Heuchle, schmeichle! Ziehe seine Geheimnisse aus seiner Seele, um sie dem Geliebten zu verrathen, und dir ein Lächeln zu verdienen!

Sie flog nach der Thür und öffnete sie. Willkommen, willkommen, rief sie mit lautem Jubelton, willkommen, meine Sonne und mein Tag!

Willkommen, meine Sonne und mein Abend! müssen Sie sagen, Friederike, sagte der Staatskanzler lächelnd, indem er in das Zimmer trat. Denn wenn Sie schon die Schmeichelei so weit treiben wollen, mich eine Sonne zu nennen, so müssen Sie doch auch dieser Schmeichelei ein wenig Schein der Wahrheit geben, und mich der untergehenden Sonne vergleichen, oder, wenn Sie wollen, auch dem Mond, denn schauen Sie nur mein Haupt an, es ist vollkommener Mondschein da.

Er neigte sein von dicken weißen Locken umwalltes Haupt, und ließ sie die Stelle sehen, von welcher die Jahre und die Mühen des Lebens die Haare schon hinweg genommen hatten.

Mein Herr und Meister, sagte Friederike ernsthaft, Sie sind ein Priester der Weltweisheit, und es ist daher ganz natürlich, daß Sie die Tonsur tragen. Das hindert Sie aber nicht, doch in Ihrem Herzen die ewige Jugend zu tragen, und Ihnen, als dem geweiheten Priester, lege ich, die Novize der Weltthorheit, mich zu Füßen.

Der Staatskanzler lachte. Gott segne Deine tolle Laune, Kind, sagte er, indem er auf dem Fauteuil Platz nahm, und Friederike zu sich winkte. Sie eilte zu ihm hin, und kauerte sich zu seinen Füßen nieder, wie ein Hund zu den Füßen seines Herrn, und schaute, wie dieser, mit großen, glänzenden Augen zu ihm empor.

Hardenberg blickte zu ihr nieder mit einem sanften stillen Lächeln, das sein schönes edles Angesicht wie mit einem Abendsonnenstrahl verklärte. Erzähle mir ein wenig von Deinen tollen Streichen, Kind, sagte er. Laß mich ausruhen bei Deiner weisen Thorheit von der thörichten Weisheit der sogenannten klugen Leute. Ach Kind, Kind, ich komme zu Dir, um mich ein wenig zu erholen von all dem Jammer dieser Herrlichkeit und dieser Feste, mit denen man uns hier in Wien erdrückt, ich komme zu Dir, um endlich wieder ein wahres Menschenangesicht zu sehen, nachdem ich heute schon so viele Larven gesehen habe. Nicht wahr, Friederike, Du betrügst und heuchelst nicht, Du trägst keine Larve?

Wenn ich eine Larve trüge, so hätte ich mir sicherlich eine schönere gewählt, sagte sie lachend. Und wozu denn auch für mich eine Larve und eine Lüge? Ich bin noch immer ein armes, vergessenes, unbeachtetes Geschöpf, das Niemand kennt, und von dem Niemand weiß, außer dem Einzig Einen, den ich anbete, und bei dem mein Antlitz und mein Herz immer unverhüllt daliegen vor seinen Alles schauenden und ergründenden Blicken.

Hardenberg neigte sich lächelnd vorwärts und betrachtete mit einem seltsamen Ausdruck die zu seinen Füßen hingekauerte Gestalt.

Du hast Dich seit einigen Wochen verändert, Friederike, sagte er, seit wir hier in Wien sind, ist ein fremder Ausdruck in Dein Antlitz gekommen. Deine Augen haben ihren wilden dämonischen Blitz verloren, Dein Lächeln ist milder und mädchenhafter geworden. Wie, sollte sich da vielleicht ein Wunder begeben? Sollte meine holde liebreizende Diavolezza sich am Ende alles Ernstes in einen schmachtenden, unschuldsvollen Engel verwandeln wollen?

Die Götter mögen mich vor solcher Verwandlung bewahren, rief sie lächelnd, denn wenn ich ein Engel wäre, müßte ich zuletzt noch in den Himmel kommen und selig werden. Ich gestehe aber, ich habe eine fürchterliche Angst vor der Seligkeit, und als Engel im weißen Flügelgewande am Throne Gottes zu stehen, und Hallelujah zu singen, das ist eine Seligkeit vor der mir graut. Nein, nein, in der Hölle geht es lustiger und interessanter zu, da finde ich die beste Gesellschaft, und also bleibe ich Ihre Diavolezza, und freue mich darauf, mit Ihnen dort unten zusammen zu sein.

Wie, Du meinst also, daß ich auch ein Sohn der Hölle sei und einst in meine Heimath zurückkehren werde? rief Hardenberg lachend.

Ich bin davon überzeugt, Excellenz. Sie sind viel zu geistreich, um in den Himmel kommen zu können, und seit Sie hier in Wien als Congreßmitglied wirken, haben Sie schon ganz den Duft eines echten Teufelsbratens angenommen.

Ja, es ist wahr, ein bischen von der Vorhölle durchleben wir schon hier in Wien, sagte Hardenberg lachend, und wenn wir nicht selbst Teufel sind, so kann man hier in der Ungeduld seines Herzens leicht zum Teufel gehen.

Das heißt, zu Talleyrand, rief Friederike, ich bilde mir ein, daß Talleyrand wirklich der verkleidete Teufel ist. Er hat sich freilich als Mensch angezogen, aber seinen hinkenden Pferdefuß hat er doch nicht verleugnen können, und diese Mahnung an seinen Ursprung schleppt er durch Eure Salons dahin! Und Ihr seht's mit Euren leibhaftigen Augen, und ahnt doch nicht, daß er der leibhaftige Gottseibeiuns ist, dem Ihr Alle so hofirt und schön thut.

Du hast Recht, Friederike, etwas vom Teufel steckt in ihm, sagte Hardenberg gedankenvoll. Ein ziemliches Feuer höllischer Zwietracht hat der Herr Talleyrand uns hier schon auf dem Congreß angezündet, und schürt es mit geschickten Händen, auf daß es immer höher auf= lodere, und mit seinem Rauch und seinem Dunst uns Allen die Köpfe verdrehe. Unter dem Vorgeben, nichts zu wollen, sondern nur im Namen Frankreichs das Princip der Legitimität aufrecht erhalten zu müssen, opponirt er dagegen, daß Preußen von Sachsen Besitz nehme, und erklärt es für einen Raub, für ein revolutionaires Unternehmen. Aus demselben Princip will Talleyrand den König Joachim Murat des Throns von Neapel verlustig erklärt wissen, obwohl England und Oesterreich, zum Dank für Murat's an Napoleon verübten Verrath, ihm feierlich den Besitz Neapels zugesichert haben. Eine unbeschreib= liche Verwirrung, ein ewiges Hadern und Zanken ist die Folge davon, und Herr Talleyrand sieht das mit Lust, und ergötzt sich an dieser Zwietracht, unter welcher die eigentlichen Zwecke des Congresses vernichtet werden, und man zuletzt Alles so lassen wird, wie es ist. Von den Völkern, ihren Rechten und Ansprüchen, und den Versprechungen, die man ihnen gemacht hat, ist schon jetzt gar keine Rede mehr, sondern nur noch von den Ländergrenzen, die man erweitern möchte, von den Thronen, die man stärken und stützen soll, von den Titeln und Bevorzugungen, die man sich aneignen will. Zuletzt wird der Congreß nur eine große Razzia sein, in der Jeder sich bemüht, so viel Beute als möglich zu machen, und sich durch einen kühnen Handgriff anzueignen, was dem Andern gehört.

Und an all diesem Elend ist der Talleyrand und sein König Ludwig der Achtzehnte Schuld, rief Friederike glühend. Wahrlich, es wäre klüger gehandelt, diesen undankbaren, zanksüchtigen alten König Ludwig, den, gleich dem Sir John Falstaff, „Kummer und Sorgen aufgebläht haben wie einen alten Schlauch", es wäre besser, ihn wieder vom Thron herunter zu rollen, und den Napoleon von Elba herbei zu rufen, daß er wieder Frieden mache in Europa. Schicken Sie mich hin zu Napoleon nach Elba, Excellenz. Ich will ihm sagen, daß Preußen ihm helfen wolle, wieder den Thron von Frankreich zu besteigen, vorausgesetzt, daß er Preußen dafür im Besitz von Sachsen belasse. Was denkt mein angebeteter Herr und Meister von diesem Plan? Wäre er nicht ganz geeignet dem unseligen Congreß und allen Zwistigkeiten ein rasches Ende zu machen?

Ja, wahrhaftig, das wäre ein rasches Ende, sagte Hardenberg, das hieße eine heroische Kur machen, und Demjenigen, der an Zahnweh leidet, die Schmerzen vertreiben, indem man ihn guillotinirt. Aber was kümmert uns die Politik, Holde, sprechen wir nicht mehr von dieser Kinderkrankheit der Herren Diplomaten. Sprechen wir von Ihnen, Friederike. Ich habe mich in diesen Tagen viel mit Ihnen beschäftigt, mein Kind, und oft an das Versprechen gedacht, das ich Ihnen in Berlin gegeben.

Welches Versprechen, Excellenz? fragte Friederike mit dem Anschein der Befremdung.

Ach, die Schlaue, will sich den Anschein geben, als habe sie es vergessen!

Friederike legte ihr Haupt auf seine Kniee, und schaute mit ihren großen schwarzen Augen tiefernst zu ihm empor. Ich habe Alles vergessen, außer daß ich Sie anbete, und daß ich ewig so zu Ihren Füßen liegen möchte!

Oder als angebetete Königin und Herrin, umgeben von Schmeichlern, inmitten eines Salons stehen möchte, rief Hardenberg lachend.

Ah, jetzt weiß ich, wovon Sie reden, sagte Friederike gleichgültig, Sie reden von meinem Mann, von dem deus ex machina, der erscheinen, und mir Namen, Rang und Stand geben soll.

Ja, von Ihrem Manne rede ich, den ich Ihnen damals in Berlin feierlich versprochen habe. Denken Sie nicht, Theuerste, daß ich es mit Ihnen mache, wie es die Fürsten mit ihren Völkern gemacht, daß ich in der Stunde, wo ich Ihrer Hülfe bedurfte, Ihnen nur glänzende Versprechungen gemacht habe, die ich aber nicht zu erfüllen gedenke. Nein, mein Kind, ich bin eingedenk meines Schwurs, und die Stunde der Erfüllung ist jetzt gekommen. Aber erst sagen Sie mir doch, wie stehen Sie mit dem jungen Herrn von Sahla, dem enragirten jungen Sachsen? Haben Sie seinen Enthusiasmus richtig geleitet, und die Vaterlandsbegeisterung glücklich erstickt unter der Liebesbegeisterung? Ist er noch immer der Auserkorene, dem meine Diavolezza ihre Hand reichen will?

Ich glaube, Excellenz, ich habe da den furchtbarsten Affront, der einem Weibe geschehen kann, erdulden müssen. Ich bin verschmäht, und Herr von Sahla hat unsern Plan vergessen, oder er mißträut mir, und meint, daß ich als gute Preußin, das heißt als gute Hardenbergerin, auch nicht sein Sachsen von Preußen erlösen werde. Die Probezeit der vier Wochen ist beinahe zu Ende, und ich habe Herrn von Sahla nicht wieder gesehen.

Nun denn, le mari est mort, vive le mari! sagte Hardenberg lächelnd. Ich habe einen andern Gemahl für Sie entdeckt, einen liebenswürdigen Gentilhomme, mit hochtönendem aristocratischen Namen, seines Handwerks ein Spieler, und sehr gern bereit, für einige tausend Thaler sein Herz und seine Hand hinzugeben.

Ein verführerischer Gemahl, rief Friederike, aber er kommt zu spät, ich selber habe schon gewählt, und ich bitte meinen erhabenen Herrn und Meister mich gewähren zu lassen. Mein Herz liegt zu Ihren Füßen, und träumt seinen ersten Frühlingstraum, lassen Sie mich doch träumen, und wecken Sie mich nicht, um mir einen Trauring anzuheften. Warten Sie nur, die Jahre werden schon kommen, mich zu wecken, und wenn ich dann erwachend in den Spiegel schaue, und die erste Runzel und das erste weiße Haar entdecke, dann werde ich sagen: vive le mari! Bis dahin, oh, bis dahin will ich frei sein, um zu lieben und zu hassen, frei, um Sie zu lieben, mein Herr und Meister.

Hardenberg schüttelte leise sein Haupt, und legte seine Hand auf Friederikens Stirn. Sie sind aus der Rolle gefallen, Kind, sagte er freundlich, Sie schwören jetzt, daß Sie nur um meinetwillen den Gemahl, den ich Ihnen biete, verschmähen, und doch gestand Ihr Herz vorher, Sie hätten schon selbst gewählt. Kind, halten Sie mich nicht für einen eifersüchtigen Tyrannen, der Ihrem Glück im Wege stehen möchte. Was Sie mir sind, das bleiben Sie mir, wenn auch ein Gemahl Ihnen zur Seite steht. Ich liebe an Ihnen Ihren Geist, Ihren Muthwillen, Ihre Bosheit. Mein Gott, ich liebe meine Diavolezza, und ich frage nichts darnach, ob die Diavolezza Anderen gegenüber sich vielleicht in ein liebeschmachtendes, empfindungsvolles Weib verwandelt. Es ist eine Maske, mit der sie sich und Andere belustigt, die mich aber niemals täuschen wird und soll. Ich habe meiner Diavolezza bis auf den Grund geschaut, und ich weiß, daß sie kein Herz hat.

Und wenn Sie sich nun doch geirrt hätten? fragte Friederike mit zitternder Stimme. Wenn die Diavolezza nun doch ein Herz hätte, und dies wüchse jetzt auf einmal schnell empor, und öffnete, gleich der Königin der Nacht, auf einmal seine Wunderblüthe, und erfüllte mein ganzes Sein und Denken mit köstlichem Entzücken? Was würde mein Herr und Meister dann sagen?

Dann würde ich sagen: mein holdes Kind, die Königin der Nacht blüht wie Ihre Liebe nur vier und zwanzig Stunden, dann ist's mit ihrem Duft und ihrer Poesie vorbei, und der verwelkten Blüthe gegenüber erwacht man aus seinen Himmelsphantasieen mit etwas Kopfschmerz und Erschlaffung, und fragt sich ganz entnüchtert: wie man jene abgefallenen welken Blätter als Wunderblüthe habe anstaunen können? Hüten Sie sich wohl, meine liebe Holde, es giebt auch falsche Wunderblüthen, und falsche Liebe. Bewahren Sie Ihr Herz, da Sie doch sagen, daß Sie bei sich ein Herz entdeckt haben. Lassen Sie sich nicht anstecken von Ihrer Sympathie, — Sie haben sich oft selbst eine Abenteurerin genannt, hüten Sie sich aber vor den Abenteurern! Es giebt deren in Wien sehr viele, der Congreß hat alle Vögel dieser Art aus ihren Nestern und Schlupfwinkeln aufgetrieben, und wer nur irgend noch von ihnen die Kraft in seinen Flügeln spürte, der ist hierher geflattert, um sich wo möglich hier im allgemeinen Trouble unbemerkt mit einigen falschen Federn aufzustutzen, und seinen Sperlingscharacter unter einem Pfauencostüm zu verbergen. Es giebt hier viele solche Pfauen, die doch nur ausgeputzte Sperlinge sind! Ein ganzes Heer von Glücksrittern, Aventuriers, Spielern und Beutelschneidern jeder Art umlagert uns hier, und wahrhaftig, man kann oft kaum noch den Diplomaten und Politiker von dem Glücksritter und Beutelschneider mehr unterscheiden. Das erinnert mich daran, daß ich vor Ihrer Thür einem solchen Aventurier, und zwar einem von der gefährlichsten Sorte, begegnet bin. Sie kennen ihn doch nicht, und er kam nicht von Ihnen?

Ich weiß nicht einmal, von wem Sie sprechen, Excellenz, und ich soll sagen, ob ich ihn kenne?

Ich spreche von einem jungen Mann, der unseren geheimen Agenten bekannt ist als ein sehr gefährliches Individuum, als ein enragirter Bonapartist, der hierher gekommen ist, um hier zu intrigüiren, Verbindungen anzuknüpfen, und Alles in Bewegung zu setzen, um Napoleon von Elba nach Frankreich zurückzuführen. Er gehört nicht zu der schlimmsten Sorte der Abenteurer, denn er meint es in gewissem Betrachte ehrlich. Es ist ihm wirklich um die Sache Ernst, die er vertritt, und nicht um persönlichen Vortheil und Gewinn. Aber um die Sache, der er dient zu fördern, scheut er keine Lüge, keine Heuchelei und Verstellung, und darum nenne ich ihn gefährlich, denn er ist überdies ein schöner Mann, und besitzt in hohem Grade die Anmuth der Rede und des Betragens. Auch ist er so geschickt, daß ihm die Polizei nichts anhaben kann. Seine Papiere sind in Ordnung, er ist bei der französischen Gesandtschaft legitimirt, in vielen Häusern hier accreditirt, und besitzt mächtige und einflußreiche Gönner.

Ah, wahrhaftig, Sie machen mich neugierig, dieses Wunder kennen zu lernen, rief Friederike vollkommen unbefangen. Wie heißt denn Ihr interessanter Abenteurer?

Er heißt, je nachdem es ihm bequem ist. Beim Grafen Albini ist er mir vorgestellt als Marquis von Lastcrère, doch weiß ich, daß er sich anderswo als Marquis von Barbasson eingeführt hat.

Marquis Barbasson, rief Friederike, aus ihrer ruhenden Stellung emporschnellend, und sich groß und stolz aufrichtend. Marquis Barbasson! Ach, ich sehe, Excellenz, Ihre Spione sind gut, und Sie haben mich gut überwachen lassen. Sie wissen also Alles, Sie wissen, daß ich den Marquis kenne, daß er oft zu mir kommt. Ja, ich leugne es nicht, ich kenne den Marquis Barbasson, ich leugne es nicht, ich liebe ihn. Er ist es, der mein Herz erweckt hat. Er ist es, dem ich meine Hand reichen, von dem ich meinen Namen empfangen will. Oh, Excellenz, zürnen Sie mir nicht, verstoßen Sie mich nicht von Ihrem Angesicht, ich verehre Sie als meinen Herrn und Meister, ich liebe Sie als Ihre Sclavin, als Ihr Geschöpf, ich hänge Ihnen in ewiger Treue an als Ihre Schülerin und Ihre Dienerin, aber der Marquis Barbasson, den liebe ich als meinen Geliebten, als den Gemahl, dem ich zu ewigem Liebesbunde meine Hand reichen will.

Hat er Ihnen gesagt, daß er sich mit Ihnen vermählen will? Hat er Ihnen seine Hand angeboten? Hat er Ihnen gesagt, daß er Sie liebt?

Die Luft hier ist noch durchduftet von den Schwüren seiner Liebe, und mein Herz bebt noch von der süßen Melodie seiner Worte, seines Liebesantrags. Ja, er hat mir seine Hand angeboten, er hat mir gesagt, daß ich sein Weib, daß ich die Marquise von Barbasson werden soll, er hat mir geschworen, daß er mich liebt, mich allein.

Armes Kind, und Sie haben ihm geglaubt? fragte Hardenberg mitleidsvoll. Hören Sie, Friederike, ich habe diesen Mann genau beobachten lassen, und ich weiß mehr von ihm als die wachsame Wiener Polizei. Das kommt daher, daß diese jetzt sehr Viele überwachen muß, während ich mein Augenmerk nur diesem Einzigen zugewandt hatte, und nur um Ihretwillen, Kind. Ich werde daher auch meine Entdeckungen nicht der Wiener Polizei mittheilen, denn ich mische mich nicht gern in fremde Angelegenheiten, und ich bin fremd hier, wie Ihr Marquis Barbasson selber. Aber ich werde Ihnen meine Entdeckungen mittheilen, Friederike, denn Ihre Angelegenheiten sind die meinen, und mich trifft der Pfeil der auf Ihr Herz gerichtet ist. Ich sage Ihnen also, Kind, hüten Sie sich vor dem Verräther, der sich bei Ihnen unter einem falschen Namen eingeschlichen hat.

Unter einem falschen Namen? rief Friederike empört. Ew. Excellenz verlästern und klagen an, aber Sie beweisen nicht.

Ich will beweisen! Es kennt ihn hier Niemand als Marquis Barbasson. Er heißt für Jedermann Marquis von Lastobère Als solchen kennt ihn die französische Gesandtschaft, der er als eifriger Legitimist und geschickter Agent von Fouché selbst empfohlen worden.

Das beweist also nur, daß er Jenen seinen wahren Namen verschwiegen hat, sagte Friederike.

Nein, Kind, das beweist, daß er Ihnen, gleich Jenen, einen falschen Namen gesagt hat, denn er heißt weder Barbasson noch Lastobère. Er heißt Graf von Montbrun.

Nun, ich finde nicht, daß dieser Name schlechter klingt, als die beiden andern, und ich werde mich eben so gern Gräfin Montbrun, als Marquise Barbasson nennen hören.

Ein ganz kleiner Umstand wird das aber leider unmöglich machen.

Was für ein Umstand?

Der Graf Montbrun, oder der Marquis Barbasson ist verheirathet.

Das ist nicht wahr, das ist eine elende Lüge, rief Friederike mit erglühenden Wangen.

Das ist die Wahrheit, Kind, die lautere Wahrheit. Er ist ver= mählt mit einer reizenden, schönen Frau, gleich ihm einer enragirten Bonapartistin, einer nahen Anverwandtin der Herzogin von Montebello. Sie ist gleich ihm hier unter einem falschen Namen, und Niemand ahnt, daß die liebreizende junge Wittwe Baldorini, die hier in allen Salons gefeiert wird, ganz im Geheimen vermählt, und nichts weiter als eine sehr geschickte Agentin des Herrn Bonaparte ist.

Beweise! sagte Friederike hochathmend, ihre Hände krampfhaft in einander schlagend, die bebenden Lippen fest auf einander gepreßt. Lassen Sie mich seine Frau sehen, — oh, lassen Sie mich sie sehen, damit ich sie mit meinen Blicken erdolchen kann.

Nun, ich denke, eine Gelegenheit, sie zu sehen, werde ich Ihnen schon verschaffen können. Die schöne Gräfin Baldorini wird überall eingeladen, wo man hier ein Fest giebt. Um Ihnen gefällig zu sein, habe ich mich erkundigt, ob sie eine Einladung zum Maskenfest beim Baron von Arnstein erhalten hat.

Und was haben Sie erfahren? Wird sie dort sein?

Ja, sie hat eine Einladung erhalten, und sie hat sie angenommen. Sie sehen also, wie herrlich sich das trifft, denn auch Sie haben ja eine Einladungskarte für dieses Fest.

Friederike stieß einen dumpfen Schrei aus, und sank wie zerbrochen auf einen Sessel nieder.

Was ist's? fragte Hardenberg erstaunt. Was bewegt Sie auf einmal so sehr? Fühlen Sie nicht die Kraft, Ihrer glücklichen Neben= buhlerin gegenüber zu treten? Wollen Sie nicht zu dem Fest gehen?

Ich kann nicht hingehen! sagte sie, ihre geballten Fäuste hoch emporstreckend, als wolle sie dem Himmel drohen, daß er sie ver= rathen habe.

Wie denn, Sie können nicht zu dem Fest gehen? fragte Harden= berg. Ich habe ja für Sie, für meine Landsmännin, Fräulein von Friedrich, noch eine Einladungskarte erbeten, und man hat sie mir ge= sandt. Haben Sie denn diese Karte nicht mehr?

Nein, ich habe sie nicht mehr! Er hat sie von mir erbeten, und ich gab sie ihm.

Hardenberg lachte. Wahrhaftig, sagte er, das ist genial. Sie müssen ihm auf diese Weise zu einem Rendezvous mit seiner Frau verhelfen. Niemand soll ohne Zweifel erfahren, daß zwischen Beiden ein Zusammenhang ist, deshalb sieht man sie nie bei einander. Auch hat der Herr Marquis trotz seiner wohlklingenden Namen nur in wenig Häusern Zutritt gefunden, denn man mißtrauet ihm allgemein. Es hat ihm also, wie es scheint, an einer Einladungskarte für den Maskenball des Baron Arnstein gefehlt, und er ist so klug gewesen, sich von Ihnen eine solche zu verschaffen. Ihr lieber kleiner Cousin, der Marquis von Barbasson, fängt an, mir zu gefallen. Es gehört in der That eine geniale Frechheit dazu, sich von seiner Geliebten die Mittel zu einem Rendezvous mit seiner Frau zu verschaffen.

Friederike zuckte zusammen, und sich von ihrem Sessel erhebend, schritt sie langsam zu Hardenberg hin. Eine seltsame Veränderung war jetzt mit ihrem ganzen Wesen vorgegangen. Der freudige Glanz war aus ihrem Antlitz gewichen, das verklärte Lächeln umspielte nicht mehr ihre vollen Lippen, das schwärmerische Feuer glühte nicht mehr in ihren schwarzen Augen, — die Verklärung der Liebe, welche dieses Antlitz wie mit strahlendem Sonnenglanz verschönt hatte, war jetzt auf ihren Wangen erblaßt, ein unheimliches Feuer blitzte aus ihren Augen, ihre zuckenden Lippen schienen eine Verwünschung zu murmeln, und mit entsetzten Mienen in das Leere starrend, die rechte Hand hoch erhoben, als fasse sie in der leeren Luft nach Etwas, schien sie gleich Macbeth den unsichtbaren Dolch zu zücken, mit dem sie ihren Feind erlegen wollte.

Diavolezza, rief Hardenberg, Diavolezza, willst Du mich ermorden? Sieh nicht so starr, Kind, laß den Dämon in Dir nicht seine geheimsten Gedanken verrathen! Sei ruhig, stürmisches Meer, sei ruhig!

Ich bin ruhig, oh ganz ruhig, sagte sie mit dumpfer Stimme. Ich werde auch bald wieder lachen und fröhlich sein. Ich hatte nur eben ein Gefühl, als ob ein Geier mit seinen Krallen nach meinem Herzen faßte, und es mit Gewalt aus meiner Brust riß. Oh, es that sehr weh, aber die Wunde wird bald heilen, und dann werde ich wieder ganz glücklich sein, denn ich werde wieder Ich selbst sein, Ihre Diavolezza, Ihr lustiger Kobold, Ihr boshafter Dämon. Aber damit ich ganz geheilt werde, ganz genese, dazu bedarf es nur Eins.

Was denn, mein armes liebes Kind? fragte Hardenberg. Beim Himmel, ich habe nicht geahnt, daß ich Ihnen einen so tiefen Schmerz verursachen würde. Ich glaubte, Sie suchten da nur den vornehmen Namen und nähmen den Mann mit in den Kauf, und nun finde ich zu meinem Bedauern, daß Sie den Mann geliebt, und nur den vornehmen Namen mit in den Kauf genommen haben. Sagen Sie also, Theure, was kann ich thun, um Ihnen Genesung zu verschaffen?

Ich muß auf den Maskenball, rief sie mit einem lauten Schrei. Ja, ich muß dahin. Ein Billet, schaffen Sie mir ein Billet zu diesem Fest.

Oh, Sie wollen ihn in flagranti überraschen? Aber, Kind, ich fürchte Ihre Leidenschaftlichkeit. Sie werden eine Scene machen, Sie werden den Strom Ihres leidenschaftlichen Zorns über den Verbrecher ergießen, Sie —

Ich schwöre Ihnen ganz still zu sein, kein Wort mit ihm zu sprechen, ihn nicht ahnen zu lassen, daß ich da war. Wollen Sie mir nun eine Einlaßkarte verschaffen?

Und was versprechen Sie mir, wenn ich's thue?

Ich verspreche Ihnen alsdann, den Mann zu heirathen, den Sie mir ausgewählt, ich verspreche Ihnen, niemals etwas Anderes mehr zu sein, und sein zu wollen, als Ihre Diavolezza.

Es sei, ich nehme Ihre Versprechungen an. Sie sollen Ihre Einladungskarte haben. Aber Sie schwören mir, keine Scene zu machen?

Ich schwöre es Ihnen.

Aber der Marquis wird im Costüm und maskirt dort sein. Wie wollen Sie ihn erkennen?

Oh, sagte sie mit einem eigenthümlichen Lächeln, er wird mir sein Costüm sagen, er hat kein Geheimniß vor mir, denn er weiß, daß er mir vertrauen kann, und daß ich ihn liebe. Ich muß die

Wahrheit wissen, und wenn es so ist, wie Sie sagen, wenn er ver=
mählt ist, und mich betrogen hat, dann, beim ewigen Gott, dann
werde ich mich rächen!

III.

Ludwig van Beethoven.

Auf dem Landhaus des Fürsten von Lichnowsky war heute eine
glänzende, auserlesene Gesellschaft versammelt. Alles, was sich jetzt
in Wien an Rang, Stand und Namen anhielt, alle Diplomaten des
Congresses, alle die schönen und hochabligen Diplomatinnen, der ganze
hohe Adel von Wien, waren zu diesem Feste geladen, das der Fürst
zur Abwechselung der sich immer wiederholenden Feste heute nicht in
seinem Hôtel iu Wien, sondern in seiner zwei Meilen von Wien ent=
fernten Villa veranstaltet hatte. Man fing bereits an, der immer in
gleichem Styl veranstalteten Diners, Soupers, und Routs von ganzem
Herzen überdrüßig zu sein, und man mußte auf pikante Variationen
über das angenommene Thema der Congreßvergnügungen bedacht sein,
um ihnen noch Reiz und Interesse zu verleihen. Deshalb hatte der
Fürst heute eine erste Variation versucht, und die schöne und glänzende
Congreßgesellschaft hinaus geladen auf seine Villa zu einem Fest ganz
neuer Art. Dieses Fest sollte einen ganzen Tag in Anspruch nehmen,
und schon in der Frühe des Morgens fuhren daher die Equipagen in
einer langen Reihe die chaussirte, breite Straße dahin. Neben den
Wagen sah man die vornehmen Reiter auf herrlichen Rossen und ge=
folgt von ihren Jockeys dahin sprengen. Es war ein schöner, kalter
Novembermorgen, die Nachtkälte hatte die Bäume und Gesträuche, die
zu beiden Seiten des Weges standen, mit einem leichten Reif über=
zogen, der jetzt in der hellen Morgensonne wie mit tausend Diamanten
und Sternen funkelte, als habe die Natur selbst sich schmücken wollen,

die vorüberfahrenden Gäste Wiens zu begrüßen. Die Luft war von jener reinen, durchsichtigen Klarheit, wie sie nur den Herbsttagen eigen ist, und in den wundervollsten, wechselndsten Schattirungen lagerte der Wald dort drüben, die Gegend abschließend, sich am Horizont hin. Dieser heitere Sonnenschein, diese reine Luft färbte die Wangen der Damen mit einem höhern, schönern Incarnat, und da sie sich dessen gar wohl bewußt waren, so glänzten ihre Augen freudiger, und mit köstlichem Lächeln auf den Purpurlippen wandten sie sich aus den Equipagen zu den Cavalieren, die sich in ihren schönen pelzverbrämten Reitercostümen gar stattlich ausnahmen auf den schönen pirouettirenden Pferden. So unter Lachen und fröhlichen Scherzen legte man den Weg nach der Villa zurück, und dort empfing das fürstliche Paar mit anmuthiger Zuvorkommenheit die glänzende Schaar seiner Gäste. Man erquickte sich an einem auserlesenen Dejeuner, zu welchem die schöne Morgenfahrt den Appetit gegeben, welchen man, ermattet von den stets sich gleich bleibenden Diners und Soupers, lange schon verloren gehabt, und nach dem Dejeuner begann die Reihe der verschiedenartigen Belustigungen und länblichen Freuden, mit denen man sich eine Erquickung bereiten wollte nach so vielen städtischen Freuden und Genüssen. Eine Hetzjagd in den großartigen, hinter der Villa belegenen Waldungen füllte die Zeit angenehm genug aus, dann beschäftigte man sich mit der Fischerei und ergötzte sich damit, die in italienischer Tracht sich darstellenden Fischer ihre Reusen aus dem See ziehen zu sehen, in deren Netzen eine Unzahl lustiger Fische zappelte und sprang. Alsdann kehrte man in die Villa zurück, die Damen, um in den Gastzimmern ihre Toiletten zu machen, die Herren, um in dem Billardsaal, in der Bibliothek oder im Musiksaal sich bis zum Diner je nach ihren Neigungen zu erheitern.

Die erste Hälfte dieses Tages, die gleichsam wie ein Schluck schöner, unschuldiger Milch die überreizten Gaumen kühlen sollte, war also durchaus den länblichen Vergnügungen gewidmet. Aber die zweite kleinere Hälfte gehörte fast wieder dem aristokratischen Stadtleben an. Gemäß dem Programm des Tages, das der Fürst seinen Gästen gegeben, sollte nach dem Diner eine kurze Erholung stattfinden, alsbann

eine Soirée folgen, zu der aus Wien noch neue Gäste eintreffen würden, und dann inmitten der Nacht sollte die ganze Gesellschaft unter
Fackelschein wieder nach Wien zurückfahren.

Man war in dem Programm der Tagesfreuden bis zu der Soirée
gelangt, und die Gesellschaft befand sich jetzt in den prachtvollen, glänzend erleuchteten Sälen, die in ihrer kostbaren und auserlesenen Einrichtung nichts von dem Charakter des Ländlichen und Einfachen mehr
an sich trugen. Die Damen wetteiferten miteinander in der Pracht
der Toiletten, mit Brillanten und Juwelen waren ihr Haupt und ihre
Arme geschmückt, die Herren erschienen in ihren goldgestickten Uniformen,
die Brust mit funkelnden Orden geziert, und nur spärlich wagte sich
der schwarze Frack, das bürgerliche Civilkleid unter dieses goldfunkelnde, frohe Gewühl.

Man war heiter und frohen Muthes, selbst die erhabenen Diplomaten, welche in Wien sich täglich damit beschäftigten, Europa's Ländern und Fürsten neue Gesetze, neue Grenzen zu geben und Europa's
Völker, je nach den Wünschen der Fürsten, hierhin und dorthin zu vertheilen, Denen Unterthanen, oder wie man damals zu Wien auf gut
Russisch sagte: „Seelen" fortzunehmen, um sie Jenen zu geben, hier
ein Herzogthum in ein Königreich, ein Fürstenthum in ein Herzogthum
zu verwandeln, bald Königreiche zerstückelnd, um sie als neuen, glänzenden Diamant andern Kronen einzufügen, bald Republiken vernichtend,
um sie als Provinzen irgend einem Königreich oder Kaiserreich einzuverleiben, diese so vielfach beschäftigten Diplomaten selbst hatten heute
bei diesem Fest ein vollkommen heiteres Gesicht. Ihre Sorgen und
Nöthe hatten sie in Wien zurückgelassen und keine der Wolken, die in
den vormittäglichen Conferenzen die Stirnen der Staatsmänner zu be-
schatten pflegten, lagerten jetzt auf ihrer Stirn. Viele von ihnen
hatten indeß dem Ernst des Tages erst ihren Tribut zahlen müssen,
sie hatten nicht Theil nehmen können an den ländlichen Vergnügungen
und waren erst zur Soirée auf der fürstlichen Villa eingetroffen.

Diese spät Gekommenen wurden von ihren Freunden und Bekannten freudig begrüßt, gleichsam, als habe man sich lange nicht gesehen und finde sich nun nach langer Trennung in der Fremde wieder.

Auch der Fürst Metternich war erst am Abend von Wien her angelangt, und sein Erscheinen hatte in allen Salons eine freudige Sensation gemacht. Die Herren empfingen ihn als den vielgefeierten, mächtigen Staatsmann, in dessen Händen die Geschicke der Völker, in dessen Brust die Geheimnisse und Wünsche der Fürsten ruhten, die Damen begrüßten ihn als den schönen, anmuthsvollen, geistreichen Cavalier, dem jedes Frauenherz entgegenklopfte, und den, wenn auch nur für einen Tag, gewonnen zu haben, auch der schönsten Frau ein glänzender Triumph, eine von der Schönheit, der Jugend und Grazie ihr gewährte Prämie dünkte.

Der Fürst hatte so eben die Dame des Hauses, die Fürstin Lichnowsky, begrüßt und näherte sich den Damen, die da wie ein großer funkelnder, duftender Blumenstrauß in der Mitte des Salons sich befanden.

Willkommen, Durchlaucht, von Herzen willkommen, rief eine der schönsten, reichgeschmücktesten Damen, indem sie aus dem Kreise heraustrat, dem Fürsten ihre von Brillanten funkelnde Hand entgegenstreckte, und ihn mit einem Lächeln begrüßte, das zwischen den purpurnen Lippen zwei Reihen blendend weißer Zähne sehen ließ.

Der Fürst drückte die dargereichte Hand an seine Lippen, und wie er sich dann wieder aufrichtete, traf ein glühender Blick seiner Augen das schöne Antlitz der Dame. Er trat einige Schritte zurück, und wie von seinem Blick angezogen folgte ihm die Dame, so daß sie jetzt Beide, allein und abgesondert von den Andern, in der Mitte des Salons sich befanden.

Sie nennen mich von Herzen willkommen, sagte der Fürst leise und mit einem seltsamen Lächeln, haben Sie denn noch ein Herz, Frau Fürstin Bagration?

Sie lächelte. Wenn ich keins mehr hätte, sagte sie, wer wäre denn anders Schuld daran, als der Fürst Metternich? Denn gestehen Sie selbst, Fürst, als wir uns damals in Dresden kennen lernten, damals, vor so und so viel Jahren — rechnen Sie mir nicht vor, wie viel Jahre es her ist — damals hatte ich ein Herz.

Wenn man Sie ansieht, Fürstin, sagte Metternich lächelnd, so

follte man meinen, diefes „Damals" fei geftern gewefen, denn Sie,
Sie fehen noch ganz genau fo aus wie damals, als ich zum erften
Mal zu Ihren Füßen kniete, und Ihnen fchwur, daß ich Sie ewig
lieben würde. Die ewige Jugend thront auf Ihrer Stirn, und wenn
Ihr Herz feitdem geftorben ift, fo muß es doch vorher keine große
Leidens- und Paffionsftationen durchwandelt haben, denn Ihre Schönheit hat nicht davon gelitten. Sie find noch immer das junge Weib
von fechszehn Jahren, und wenn ich Sie anfehe, fcheint mir, ich bin
auch wieder der junge, fchüchterne Diplomat von zwanzig Jahren, der
in Dresden von Ihnen feine erften Lectionen über den Umgang mit
Frauen empfing.

Still, ftill, flüfterte die Fürftin mit einem zauberhaften Lächeln,
fprechen Sie nicht weiter, fonft wird die Herzogin von Sagan eiferfüchtig, und mag vermeinen, ich habe ihr ihren glühenden Anbeter
und Liebhaber, den Fürften Metternich, geraubt. Schauen Sie nur,
Fürft, wie fie hinter dem Fächer nach uns herüber fchaut; ihre Augen
find wie zwei Dolchfpitzen, die fich in mein Angeficht bohren möchten.
Ah, ich fürchte mich, beim Himmel, ich fürchte mich.

Und die Fürftin fchlug ihren großen Fächer auseinander und hielt
ihn gleichfam zum Schutz vor ihr lachendes Angeficht.

Sie find bezaubernd, fagte Metternich lächelnd, ich fah nie eine
talentvollere Schaufpielerin. Selbft der Bigottini find Sie überlegen
an Meifterfchaft der Mimik.

Fürft, wenn die Herzogin Sie hört, —

Ah bah, mag die Herzogin mich hören und meine Gemahlin dazu,
fagte der Fürft faft unwillig, ich fürchte mich nicht vor ihnen Allen,
— ich bete Sie an, Fürftin, Sie wiffen es wohl, und es ift graufam,
daß Sie Sich immer den Anfchein geben, es nicht wiffen zu wollen.

Oh, rief die Fürftin lachend, es geht alfo Etwas vor? Sie bedürfen alfo meiner? Ich foll Ihnen alfo zu irgend Etwas meine
Hand bieten? Bei irgend Jemand Ihnen behülflich fein? Was ift's
denn, Fürft? Was giebt's, daß Sie meiner bedürfen, und womit foll
ich Ihnen dienen? Denn wenn Sie Ihre fchönen zarten Hände auf
die Claviatur meines Herzens legen, und das fchöne melancholifche

Lied von der ersten Liebe unserer unschuldigen Herzen wieder erklingen lassen, so hat das Etwas zu bedeuten. Ich bin überzeugt davon, es hat Etwas zu bedeuten.

Es hat weiter nichts zu bedeuten, als daß ich Sie beschwöre, meine treue Alliirte zu bleiben, wie wir es uns gelobt. Ich sehe Sie seit einigen Tagen immer in Begleitung des Lord Steward, und Se. Lordschaft ist ganz entzückt von Ihnen. Machen Sie ihm doch begreiflich, daß England Unrecht thut, für Preußen in der sächsischen Angelegenheit Partei zu nehmen, denn, —

Still, die Sagan schreitet auf uns zu, flüsterte die Fürstin, kommen Sie morgen zu mir, Fürst, dann besprechen wir das Weitere. Ah, Herzogin, rief sie dann mit einem fröhlichen Lachen, Sie kommen gerade zu rechter Zeit. Der Fürst fing eben an, insupportable zu werden mit seiner ewigen Politik. Und sagen Sie selbst: was hat die Politik in unsern Salons zu thun? Es ist eine langweilige, hohläugige Alte, halb Parze, und halb Lumpensammlerin, immer bereit, den Lebensfaden der Völker abzuschneiden, und immer sammelnd an den Lumpen vergilbter Pergamente, um daraus neue Besitz- und Rechtstitel für die Fürsten zusammen zu flicken. Ich frage Sie, was sollen wir mit diesem Unding in den Salons beginnen?"

Ueber dasselbe lachen, Fürstin, wie Sie es thun, sagte die Herzogin freundlich. Aber was geht denn da vor, unterbrach sie sich auf einmal selber, indem sie hinüberschaute nach der andern Seite des Saals. Sehen Sie nur, wie Alles dorthin drängt, wie Aller Blicke nach jener Gruppe sich hinwenden. Irgend eine der höchsten Personen muß so eben unerwartet angelangt sein. Doch kann es nicht der Kaiser Alexander, auch nicht der König von Preußen sein, denn man würde ihre schlanken Gestalten über den andern hervorragen sehen.

Aber Sie haben Recht, sagte die Fürstin, eine der hervorragendsten Personen muß angelangt sein. Sehen Sie nur, wie freudestrahlend der Fürst Lichnowsky da herbeieilt, um den Angekommenen zu begrüßen. Und jetzt durchschreitet die Fürstin Lichnowsky den Salon, und geht gerade zu dem Fürsten Radziwill hin, dem sie einige Worte sagt. Mein Gott, sehen Sie nur, er zuckt zusammen wie in freudigem

Schreck, und sein gutes rundes Antlitz leuchtet wie ein verklärter Vollmond. Er nimmt die Hand der Fürstin, und folgt ihr zu dem Kreis. Mein Gott, wer kann denn der Angekommene sein?

Und bemerken Sie nur, flüsterte Metternich, wie still es auf einmal hier im Salon wird. Jeder scheint den Athem anzuhalten und zu horchen.

Aber auf was denn, auf wen denn? fragte die Herzogin von Sagan eifrig. Es muß in der That eine der allerhöchsten Personen sein, aber wie kommt es denn, daß man nicht vor allen Dingen Sie heranruft, Fürst, und daß man uns —

Lassen Sie uns ein wenig näher gehen, meine Damen, sagte Metternich lächelnd, wohnen wir der Präsentation in der Nähe bei, dann werden wir ja sehen, welcher Potentat und Fürst hier die Huldigungen seines Hofes empfängt.

Er näherte sich mit den Damen diesem glänzenden Kreis von Herren und Damen, der da an der andern Seite des Salons sich gebildet hatte, und der in wunderbarem, ungewohntem Schweigen sich verhielt.

In der That, alle Unterhaltung schien auf einmal in diesem von Heiterkeit, Lachen und frohen wechselnden Menschenstimmen durchrauschten Salon verstummt zu sein. Aller Lippen waren geschlossen, aber Aller Mienen sprachen; sprachen von Bewunderung, Ehrfurcht und Liebe. Hier und da standen einige mit der Schreibtafel in der Hand, hastig einige Worte aufzeichnend, und dann mit der Schreibtafel sich in den Kreis hinein drängend.

Auf einmal jetzt ward die tiefe Stille durch eine laute männliche Stimme unterbrochen, die hastig einige Worte sprach, dann folgte wieder dasselbe feierliche Schweigen.

Eine merkwürdige Scene in der That, murmelte die Herzogin von Sagan, es scheint, nur der unbekannte Fürst hat heute hier das Recht zu sprechen, und alle Andern müssen vor ihm verstummen.

Sehen Sie nur, meine Damen, flüsterte Fürst Metternich, jetzt wird sich uns das Räthsel lösen. Der Kreis theilt und öffnet sich, um der Fürstin Lichnowsky und dem Fürsten Radziwill Platz zu machen. Sehen Sie nur!

In der That, der Kreis zog sich jetzt auseinander, und in der Mitte dieser Herren in goldgestickten Uniformen mit den reichen Ordenssternen, dieser schönen vornehmen Frauen in den reizenden Toiletten und dem Schmuck der Brillanten und Juwelen, in der Mitte dieser hocharistokratischen reichen Gesellschaft erblickte man jetzt Denjenigen, dem alle Aufmerksamkeit sich zugewandt hatte.

Es war ein Mann von untersetzter kräftiger Gestalt, gekleidet in einen einfachen, schwarzen Frack, der mit keinem Band, keinem Ordensstern geziert, schmucklos und einfach war, wie die ganze Gestalt. Und dennoch lag in der Erscheinung dieses Fremden etwas Imponirendes, Hoheitsvolles und Außergewöhnliches. Sein Kopf, der für seine Gestalt von breiten, muskelkräftigen Formen etwas zu groß erschien, war umwallt von einer Fülle dichter brauner Haare, die wenig gepflegt in kunstloser genialer Wildheit wie eine Löwenmähne zu beiden Seiten seines Antlitzes niederfielen. Auch sein Angesicht hatte etwas von der Majestät und der wilden Energie des Löwen. Seine Stirn war breit, oberhalb dicht beschattet von dem dicken braunen Haar, unterhalb begrenzt von dicken buschichten Augenbrauen, die in großen Bogen sich wölbten und in deren Mitte das breite kräftige Nasenbein sich ansetzte. Seine Augen, beschattet von starken Brauen und von langen schwarzen Wimpern, waren klein und hervortretend, doch zuweilen leuchtete es in ihnen auf wie mit drohenden göttlichen Zornesblitzen, und dieses Leuchten seiner Augen warf dann einen seltsamen, durchgeistigenden Ausdruck über sein ganzes Antlitz, und gab seinen ausgeprägten harten Zügen einen weicheren, milderen Charakter. Sein Mund war wohlgeformt, die Lippen leicht aufgeworfen, und selten umspielt von einem Lächeln, aber wenn er lächelte, so war der Ausdruck dieses Lächelns so traurig wehmuthsvoll und spöttisch zugleich, daß man davon sein Herz in tiefem Mitleid erregt fühlte, und ahnte, welche große und gewaltige Schmerzen in dieser breiten Brust gestürmt und ihre Lineamente durch dieses düstere Antlitz gezogen haben mochten.

Diesem Fremden, wie gesagt, waren Aller Blicke, Aller Aufmerksamkeit zugewandt, um seinetwillen war die Unterhaltung in den Salons verstummt, und ihn nur wollte man hören.

Mein Gott, wer mag das sein? fragte die Fürstin Bagration. Ich habe mich doch geirrt, es ist kein Fürst —

Nein, Fürstin, sagte Metternich, und sein schönes Antlitz hatte einen ernsten, ehrfurchtsvollen Ausdruck angenommen, nein, Fürstin, Sie haben sich nicht geirrt, es ist ein Fürst, den Sie da vor sich sehen, ein großer und mächtiger Fürst, nur daß sein Reich nicht von dieser Welt ist, und daß der Congreß, so mächtig und begehrlich er immer sein mag, ihm von seinen Domainen auch nicht einen Zoll breit entwenden kann. Es ist ein souverainer Fürst der Kunst, und er heißt Ludwig van Beethoven.

Beethoven! rief die Fürstin freudig. Oh, lassen Sie mich hin, ich muß seine Hand küssen, muß ihm sagen, daß ich ihn anbete, daß —

Nein, bleiben Sie, holde Schwärmerin, sagte Metternich, sie lächelnd zurückhaltend, Sie sollen Niemand sagen, daß Sie ihn anbeten, selbst Beethoven nicht! Aber hören Sie nur, welch' eine mächtige gewaltige Stimme Fürst Beethoven hat.

Still! Lassen Sie mich hören, was er sagt. Er schweigt schon wieder. Aber warum antwortet ihm denn Niemand? Was schreiben denn die Andern?

Sie schreiben, Fürstin, weil Beethoven wohl sehen, aber nicht hören kann. Der große Fürst der Töne und der Klänge ist selber taub, und nur Wenige giebt es, die er versteht, deren Stimmen ihm noch im Ohr klingen von langer Gewohnheit her. Deshalb versteht er auch die Fürstin Lichnowsky, denn er kennt sie lange schon.

In diesem Moment vernahm man wieder Beethoven's Stimme.

Ach, Sie sind ein Verwandter des Prinzen Louis Ferdinand, Herr Fürst von Radziwill, sagte er. Es freut mich, Sie kennen zu lernen, denn Sie erinnern mich an einen der liebenswürdigsten, begabtesten und geistvollsten Jünglinge, die ich gesehen. Wahrhaftig, der Prinz Louis Ferdinand hätte es gar nicht nöthig gehabt, ein Fürst zu sein, um Etwas in der Welt vorzustellen, es war der Stoff in ihm zu einem Künstler, zu einem Meister in der Kunst!

Fürst Radziwill schrieb schnell einige Worte auf die Schreibtafel und reichte sie Beethoven hin.

Sie meinen, Fürst, die Kunst des Lebens habe er nicht verstanden, sagte Beethoven. Das ist freilich auch die schwerste von allen Künsten, der Stärkste unterliegt oft unter dieser Last, und läuft dem Meister da droben aus der Schule weg. Aber der Prinz Louis Ferdinand ist ihr nicht entlaufen, sondern das Schicksal hat die Hand nach ihm ausgestreckt. Vielleicht brauchten sie da droben einen guten Kapellmeister zu ihren Engelsconcerten. Aber wenn sie den Prinzen Louis Ferdinand dazu angestellt haben, so fürchte ich, der geniale Kapellmeister wird die schönen Engelein in Verwirrung und aus dem Tact bringen.

Sie meinen also, schrieb der Fürst, daß die Musik des Himmels und der Engel auch an bestimmte Rhythmen und Takteintheilungen gebunden ist?

Ich weiß das ganz gewiß, sagte Beethoven rasch, denn ich habe oft in den Stunden der Begeisterung diese Musik vernommen, und was ich dann geschrieben, ist nur eine Wiederholung dessen, was ich gehört.

Aber Sie, großer Meister, schrieb der Fürst, Sie haben nichts von den Engeln gelernt, sondern Sie haben Alles von sich selber, und sind selber eine Offenbarung der Kunst.

Wer kann sagen, daß er von sich selber Alles ist und hat? sagte Beethoven mit einem milden Lächeln; man empfindet, denkt, kämpft, leidet und überwindet, und das Resultat aller Schmerzen und aller Kämpfe, das ist bei mir Musik, wie es bei den Muscheln die Perle ist. Die Menschen haben schon dafür gesorgt, daß ich recht viele Perlen erzeugen mußte.

Und sie werden Ihnen dafür dankbar sein durch kommende Jahrhunderte hindurch, schrieb Fürst Radziwill.

Ich wollte, sagte Beethoven mit einem matten Lächeln, ich wollte, daß sie mir lieber erlaubt hätten, während meines Lebens ein bischen glücklich zu sein.

Und wie er so sprach, fuhren seine Augen mit einem raschen

Blitz über die Gesellschaft fort, und hefteten sich mit einem wunderbaren Ausdruck auf den ferner stehenden Kreis der Damen hin.

Die Fürstin Lichnowsky war seinem Blick gefolgt, und als jetzt Beethoven's Augen sich mit einem fragenden Ausdruck ihr zuwandten, schüttelte sie leise das Haupt.

Nun, was sagen Sie, flüsterte Fürst Metternich der Fürstin Bagration zu, gefällt Ihnen Fürst Beethoven?

Ich sage, seufzte die Fürstin mit Thränen in den Augen, ich sage, daß ich vor ihm niederknieen und im Namen des Schicksals ihn um Vergebung bitten möchte, daß es ihn so hart geprüft, mit so furchtbarem Unglück ihn heimgesucht hat. Oh, mein Gott, Er, welcher der Welt die erhabenste, die schönste Musik gegeben, er hört sie nicht! Es ist, wie wenn ein Bildhauer eine wundervolle Statue geschaffen, die alle Welt entzückt, nur ihn haben die Götter verdammt, daß sein geblendetes Auge immer nur den Marmorblock, nicht die Statue sieht.

Aber Sie haben ja gehört, daß er die Musik der Engel vernimmt, und zwar so deutlich vernimmt, daß er nur niederschreibt, was er gehört hat, sagte Metternich lächelnd. Nähern Sie sich ihm also Etwas, und er wird die Musik Ihrer Stimme vernehmen, und die Welt wird bald um eine Symphonie reicher sein!

Schmeichler und Spötter, rief die Fürstin, mit ihrem brillantenbesetzten Fächer dem Fürsten einen leisen Schlag auf die Schulter gebend, Schmeichler, wenn ich ein Engel wäre, würde ich dann jemals das Glück gehabt haben, Sie kennen zu lernen, Sie, den Sohn der Hölle! Aber was ist das? Die Stimme Beethovens wird auf einmal so laut und gellend, — hören Sie, mein Gott, hören Sie, und sehen Sie nur, wie er aussieht! Wie ein grimmiger Löwe schüttelt er seine Mähne! Mein Gott, was kann ihm nur geschehen sein.

In der That, das Antlitz Beethovens hatte jetzt einen wilden, zornigen Ausdruck angenommen, seine Augen schienen sich erweitert zu haben und schossen flammende Blitze, seine Stirn war in düstere Falten gelegt, sein Mund trotzig aufgeworfen, und wie er wild und unbändig den Kopf schüttelte, flatterte sein Haar um ihn her, wie ringelnde Schlangen.

Nein, Fürstin, sagte er laut und heftig, nein, ich spiele heute nicht!

Oh, ich kenne Sie schon, mein guter Beethoven, rief die Fürstin lächelnd, Sie werden sich doch endlich erweichen lassen. Sie sind weichherziger und milder, als Sie sich den Anschein geben möchten. Wenn Sie in den Blicken der hier Anwesenden die flehentliche Bitte gelesen haben, zu spielen, uns eine Ihrer wunderherrlichen Phantasieen hören zu lassen, dann werden Sie diese allgemeine Bitte erfüllen.

Glaubt die Frau Fürstin, daß die Phantasieen nur so aus meinem Kopf heraussprudeln, wie der Wein aus der Champagnerflasche, wenn man den Kork hat springen lassen? fragte Beethoven mit barschem Ton. Ich habe meine Begeisterung nicht auf Flaschen gezogen, und kann sie nicht nach Belieben öffnen.

Ah, rief die Fürstin immer noch lächelnd, und ihm schelmisch mit dem Finger drohend, wie oft habe ich den Meister Beethoven sagen hören: der echte Künstler müsse sich zu jeder Stunde begeistern können, oder vielmehr immer im Innersten seiner Seele begeistert sein!

Ja, das muß er auch, rief Beethoven heftig, aber die Begeisterung ist ein heiliges Altarlicht, und er muß sie nicht als Talglicht verbrennen wollen für schwache Dämmerungsseelen, deren blöde Augen doch nicht sehen können. Ich vermag mich zu begeistern in der Einsamkeit, in der Natur, die mich versteht, und die ich liebe, aber in der großen glänzenden Gesellschaft kriecht die Begeisterung scheu zurück unter die Flügel meiner Seele, und wagt sich nicht unter die geputzte, blöde Menge.

Aber Sie werden sie heute doch unter Ihren Flügeln hervorziehen, sagte die Fürstin. Sie werden es aus Gefälligkeit für mich thun, aus Freundlichkeit für den Herrn Fürsten von Radziwill, der zwei Mal in Ihrer Wohnung war, und immer abgewiesen ward, und dem ich versprochen habe, daß er Sie hier kennen lernen und Sie spielen hören sollte.

Dann thut es mir leid, Fürstin, daß Sie Ihr Versprechen nicht erfüllen können, sagte Beethoven rauh. Ich spiele heute nicht, und da man, wie es scheint, mich nur geladen hat, daß ich als Musikmaschine hier wirke, so erlauben Sie, daß die Musikmaschine sich selber zuklappt und von dannen geht.

Er verneigte sich rasch, und wollte sich entfernen, aber die Fürstin legte ihre Hand auf seinen Arm, und hielt ihn zurück.

Nein, sagte sie lächelnd, wer ein Verbrechen begeht, muß seine Strafe erdulden. Sie haben sich an uns versündigt, denn Sie wollen uns einen schönen und ersehnten Genuß versagen, Sie werden dafür gestraft, und müssen hier bleiben. Sie sind unser Gefangener, und Sie dürfen dies Schloß nicht eher verlassen, bevor Sie nicht dort am Flügel mit Ihrer Musik sich Vergebung erwirkt haben!

Das wird nicht geschehen! rief Beethoven trotzig.

Dann werden Sie also immer mein Gefangener bleiben, sagte die Fürstin, indem sie, kaum noch im Stande, ihren Unmuth zu verbergen, sich abwandte.*)

IV.

Die Flucht.

Nun, gefällt Ihnen Fürst Beethoven immer noch? fragte Metternich lächelnd. Möchten Sie noch vor ihm niederknieen und im Namen des Schicksals ihn um Vergebung anflehen?

Ja, ich möchte es, selbst auf die Gefahr hin, von ihm fortgestoßen zu werden, sagte die Fürstin lächelnd. Er sah aus wie der Donnergott, der mit seinem Blitz das niedere Gewürm aller Titanen zerschmettern will. Es ist ein wundervoller Anblick, einen Mann in der Majestät seines Zorns zu sehen.

Nun, in dieser Majestät, glaube ich, würden Sie den Beethoven

---

*) Ignaz Ritter von Seyfried: Ludwig van Beethoven's Studien im Generalbaß ꝛc. nebst biographischen Notizen. S. 23 des Anhangs.

alle Tage sehen können, sagte Metternich lächelnd. Er soll oft gar heftig und ungebärdig sein, der gute Beethoven, und er bestätigt die Ansicht der Alten, daß das wahre Genie von einem göttlichen Wahnsinn befallen sei, und daß der wahre Künstler unter den Menschen einhergehe wie ein Geächteter, dem die Andern ängstlich ausweichen, weil sie ihn für einen Thoren oder für einen Rasenden halten! Aber helfen wir der Fürstin Lichnowsky ein wenig, die Störung zu überwinden, welche das Genie in die Gesellschaft gebracht hat.

Er verneigte sich leicht vor der schönen Bagration und wandte sich der Fürstin Lichnowsky zu.

Sie hätten mich auffordern sollen, Gnädigste, Ihnen ein wenig Musik vorzumachen, sagte Metternich lächelnd, denn ich bin ganz im Stande, die Stelle des großen Beethoven zu ersetzen. Sie sehen mich ungläubig an, Fürstin? Ich rede im vollen Ernst, Gnädigste. Ich habe ein Lied aufgebracht, zur Unterhaltung für Sie und Ihre Gäste. Freilich ist es kein Lied von meiner Composition, aber ich werde es Ihnen wenigstens mit Begeisterung vortragen können, und dazu ist nicht einmal nöthig, daß man es singt, die Worte klingen schon an sich selber wie Musik.

Ich bitte Ew. Durchlaucht um Gnade, sagte die Fürstin lächelnd, erklären Sie sich deutlicher, wenn ich nicht sterben soll vor Neugierde. Was ist's für ein Lied? Hat der hochweise Congreß es componirt? Hat die heilige Taube der göttlichen Pfingsten sich über dem Congreß niedergelassen, und ihn begeistert, daß er in tausend Zungen spricht, dichtet und singt?

Nein, nein, ich versichere Sie, rief Metternich lachend, der Congreß hat nichts gethan, und ich habe keine Taube in unserm Sitzungssaal bemerkt. Der Congreß singt nicht und dichtet nicht, aber er ist besungen, er hat sich einen Dichter begeistert, und zwar einen Dichter von fürstlichem Ruhm und hohem Namen.

Und wer ist dieser congreßbegeisterte Dichter?

Der Fürst von Ligne, meine Gnädige.

Ach, hören Sie nur, meine Herren und Damen, rief die Fürstin

Lichnowsky, sich der Gesellschaft zuwendend, hören Sie nur die große Neuigkeit, welche der Fürst Metternich die Gnade hat, uns mitzubringen. Der Fürst von Ligne hat den Congreß besungen.

Ach, das ist allerliebst! Das ist interessant! tönte es von allen Seiten, und die Diplomaten und Generäle, die Fürstinnen und Gräfinnen, die ganze aristokratische Gesellschaft drängte sich dichter heran, und Alles lachte und freute sich dieser herrlichen Idee des Fürsten Ligne, den Congreß zum Gegenstand eines Liedes zu machen.

Aber wird man dies wundervolle Lied auch kennen lernen, Durchlaucht? fragte die Herzogin von Sagan. Wird man es kennen lernen, oder existirt es nur gleich jenem unsichtbaren Gott Wischnu, der in dem Kelche der irdischen Wunderblüthe ruht, und dessen Existenz Jedermann kennt, aber den noch kein menschliches Auge jemals erschaut hat?

Nein, das Gedicht des Fürsten Ligne ist aus dem Wunderkelch seiner Poesie in die Wirklichkeit herniedergestiegen und existirt wirklich. Ich habe es mitgebracht und ich biete das Lied den Damen und Herren an als einen Ersatz für die Musik Beethovens.

Ach bitte, lassen Sie uns das Lied hören, riefen die Damen und Herren von allen Seiten. Das Lied, das den Congreß besingt!

Fürst Metternich verneigte sich lächelnd und zog aus seinem Busen ein zierlich zusammengefaltetes rosa Papier hervor.

Es ist kein Lied im hohen Styl, sagte er, sondern es ist ein Lied in der Art der berühmten Lieder vom Pont neuf, wie man sie zu den Zeiten Ludwigs des Funfzehnten in Paris auf dem Pont neuf sang, ein rechtes Volkslied, das Jeder sich selbst componirt und wozu es keines Beethoven bedarf. Hören Sie also! Die Ueberschrift lautet: Le congrès d'amour. — Sie sehen also, daß unser Congreß durchaus nicht damit gemeint und daß wir es ohne Furcht der Beleidigung lesen dürfen. Die erste Strophe also!

> Après une longue guerre
> L'enfant ailé de Cythère
> Voulut, en donnant la paix
> Tenir à Vienne un congrès.

Il convoque en diligence
Les dieux, qu'on put réunir,
Et par une contredanse
On vit le, congrés s'ouvrir!

Et par une contredanse, on vit le congrès s'ouvrir! wieder=
holte man hier und dort in leisem, singendem Ton, und alle Gesichter
lächelten und alle Blicke waren strahlend vor Vergnügen auf den Fürsten
gerichtet, der jetzt die zweite und dritte Strophe las:

Au bureau de Terpsichore
Dès le soir jusqu'à l'aurore
On agitait des débats
Sur l'importance des pas.
Minerve dit en colère:
Cessez au moins un instant,
Si vous ne voulez pas faire
A Vienne un congrès dansant.

Venus et la Jouissance,
Qui savaient bien que la danse
Ajoutait à leurs appas,
Voulaient qu'on ne cessât pas.
La Sagesse doit se taire,
Dit en riant le plaisir
A Vienne l'unique affaire
Est de traiter le plaisir.*)

A Vienne l'unique affaire, est de traiter le plaisir! rief und
lachte die ganze Gesellschaft. Selbst die Diplomaten, die ernsten und

---

*) Die anderen Strophen dieses Chanson des Fürsten Ligne lauten also:
A ces mots on recommence
Les masques entrent en danse;
Mars, Hercules et Jupiter
Valsent un nouveau landler.
Soudain Minerve en furie
Dit sans son courroux: Je crois,
Qu'à ce congrès la Folie
Présiderait mieux que moi.

gewichtvollen Herren des Congresses, der in Wien zusammengekommen, um über das Schicksal der Völker und Länder zu entscheiden, selbst diese lauschten mit heiterem Lachen der sanglanten Verspottung ihrer ernsten Angelegenheiten, und wiederholten mit den Andern: A Vienne l'unique affaire, est de traiter le plaisir!

Nur Einer stimmte nicht ein in die allgemeine Heiterkeit, nur Einer stand düsteren Angesichts abseits von den Anderen und betrachtete mit zürnenden unwilligen Blicken diese goldglitzernde, brillantenfunkelnde, lächelnde und heitere Menge.

Dieser Eine, das war Beethoven!

Er hatte sich seit jener Scene mit der Fürstin in eine Fenster-

———

Taisez vous, mademoiselle,
Lui dit l'enfant infidèle,
Laissez ces propos oiseux
Et livrez vous à nos jeux:
Assez longtemps sur la terre
Votre soeur nous fit gémir,
Laissez nous après la guerre
Respirer pour le plaisir.

A l'instant à la barrière
Pour entrer dans la carrière
S'offrent trente chevaliers,
Le front couvert de lauriers.
On lisait sur leurs bannières
Ces mots: loyal et fidel,
Ce sont les chargés d'affaires
Du congrès au carrousel.

Enfin de tout on se lasse:
Les bals, les jeux et la chasse
Avaient été discutés
Et résumés en traités.
Que ferons nous d'avantage,
Dit l'Amour? Donnons la paix
Et cessons ce badinage
En terminant le congrès.

nische zurückgezogen, und mit in einander geschlagenen Armen, das
Herz voll finsteren Grolls, schaute er auf das glänzende Gewühl hin.

Wie sie lachen und froh sind, murmelte er in sich hinein. Wie
harmlos, glücklich und unbekümmert der Fürst Metternich dreinschaut,
als wäre Er's nicht, der ganz Oesterreich auf den Schultern trägt,
als wär' er nur so ein loser Schmetterling, der von Blume zu Blume
flattert, und Honig saugt, den er nachher als Galle auf das Gesindel
ausspritzt, welches keine Orden und keine goldgestickten Kleider trägt.
Ha, da verzerren sich die Gesichter schon wieder zu einem grinsenden
Lachen! Warum lachen sie denn? Wie? Lachen sie etwa über mich?
Diene ich den faden Gesellschaftsseelen zur Zielscheibe des Spottes
und Hohnes! Ah, ich will es ihnen nicht gerathen haben, ich will ihnen
beweisen, daß der Beethoven nicht über sich lachen läßt!

Und mit zornblitzenden Augen that Beethoven einige Schritte vor=
wärts. Aber Niemand achtete auf ihn, Niemand blickte zu ihm hin,
und ließ sich erschrecken von seiner drohenden Stellung. Alle schauten
sie nur zu Metternich hin, der eben die fünfte Strophe des Chanson
begonnen hatte.

Beethoven trat wieder in seine Fensternische zurück. Thor, der
ich war, zu glauben, daß diese vornehmen, geputzten Leute sich mit
mir beschäftigen, und sei's auch nur, um mich zu verspotten, murmelte
er. Niemand denkt an mich! Da ich ihnen nicht apportiren und Hunde=
künste vormachen, da ich nicht der Knecht ihrer Laune und Langeweile
sein will, so kümmern sie sich nicht um mich, und scheinen ganz ver=
gessen zu haben, daß der Beethoven noch da ist. Aber warum bin ich
denn da? Was stehe ich denn hier als Hampelmann für die kindischen
Leute, und warte, bis es ihnen gefällig ist, mich tanzen und Purzel=
bäume schießen zu lassen! Die Fürstin sagt, ich sei ihr Gefangener,
ich dürfe nicht eher fort, als bis ich gespielt habe, — ah, wir wollen
doch einmal sehen, ob sie es wagen will, mich festzuhalten, wenn ich
fortgehen will!

Mit trotzigen Schritten, die Arme über der Brust in einander ge=
schlagen, trat Beethoven wieder aus der Fensternische hervor, und
mitten durch die Gesellschaft dahin schreitend, warf er nach allen Seiten

hin drohende, herausfordernde Blicke, als wollte er kecken Muthes Diejenigen zum Kampf fordern, die es wagen möchten, ihn aufzuhalten.

Aber ach! Niemand achtete auf ihn, Niemand schien sich noch zu erinnern, daß Beethoven gegenwärtig sei. Ueber dem spöttelnden Chanson hatte man den großen Meister der Symphonieen vergessen!

Jetzt stand er an der Thür, und seine Löwenmähne schüttelnd warf er einen letzten flammenden Zornesblick rückwärts in den Salon hinein.

Laissez nous après la guerre respirer pour le plaisir! wiederholte man erröthend und einander zunickend hier und dort die Endstrophe des fünften Verses.

Beethoven hatte die Worte nicht gehört, aber er sah, daß Alle lachten, er sah, daß Alle heiter waren, daß Keiner zu ihm hinblickte, Keiner sich um ihn kümmerte.

Mit einem hastigen Ruck öffnete er die Thür und stürmte hinaus. Im Vorzimmer trat ihm des Fürsten alter Kammerdiener entgegen, den Beethoven von manchem langen Aufenthalt in der Villa des Fürsten schon kannte, und der es gelernt hatte, sich durch Zeichen mit ihm zu verständigen.

Mein Zimmer, schrie Beethoven außer sich, ich bin krank, ich will zu Bett gehen!

Der Kammerdiener machte einige Zeichen mit der Hand, nahm den Leuchter und schritt voran. Beethoven folgte ihm mit düstern Blicken, nicht achtend, daß sie heute einen andern Weg einschlugen, als er es sonst gewohnt gewesen, daß sie, statt die große Treppe hinauf zu gehen, die kleine, seitwärts belegene Treppe hinauf gingen, und den kleinen niedrigen Corridor einschlugen, statt den großen vorderen Corridor zu gehen, an welchem die beiden Zimmer lagen, welche Beethoven bei seinen früheren Besuchen der fürstlichen Villa bewohnt hatte.

Endlich öffnete der Kammerdiener eine Thür und sie traten in ein Gemach ein, das comfortable und stattlich genug eingerichtet war, aber nichts von jener fürstlichen Eleganz, jenem strahlenden Luxus zeigte, der die früheren Logirzimmer des Meisters geziert hatte.

Beethoven, aus seinem düsteren Sinnen erwachend, warf einen

fragenden, verwunderten Blick umher. Was ist das? rief er. Dies ist nicht ja nicht mein gewohntes Zimmer? Warum führen Sie mich hierher?

Ich sagte es Ihnen ja vorher, schrie der Kammerdiener, die vorderen Logirzimmer sind alle von den Damen, welche hier bleiben, besetzt. Die Frau Fürstin läßt daher bitten, daß Sie diese Eine Nacht mit diesem Zimmer hier vorlieb nehmen.

Recht so, recht so, rief Beethoven mit jenem lauten, brüllenden Lachen, das ihm in Momenten der Aufwallung eigen war, recht so, man schickt mich in das Bedientenzimmer, damit die vornehmen Damen es bequemer haben!

Dies ist kein Bedientenzimmer, schrie der Kammerdiener, es ist nur ein Logirzimmer zweiter Ordnung!

Schön, schön, und in die zweite Ordnung, unter das Gefolge, da gehöre ich hin, das ist mein Platz! rief Beethoven. Hier in diesem Vogelbauer kann ich als Dompfaff mir ein Lied einüben, um es morgen pflichtschuldigst den Herrschaften vorzupfeifen, wenn sie die Langeweile antritt, und sie nicht wissen, wie sie sich zerstreuen sollen. Nicht einmal ein Bett ist hier. Soll ich etwa auf dem Fußboden schlafen?

Hier ist das Bett, schrie der Kammerdiener, eine Tapetenthür öffnend, hinter der eine hohe gewölbte Nische sichtbar ward. In dieser Nische stand ein Bett, dessen dunkelroth seidene, mit breiten Spitzen eingefaßte Decke, dessen Kissen von feinstem Batist mit kunstvoller Stickerei über seidenem Unterfutter wenigstens die Sorgfalt bewies, welche man auf dies Lager verwendet hatte.

Darin soll ich schlafen? schrie Beethoven. In diese Mauerritze soll ich mich legen? Aber, Mensch, das ist ja ein offenes Grab, und wenn ich darin liege, so habt Ihr nichts weiter nöthig, als die Thür zuzumachen, und ich bin verloren, ich bin ein lebendig Begrabener, ein Gefangener auf Lebenszeit. Kein Mensch kann meinen Todesschrei vernehmen, kein Mensch auf meinen Hülferuf herbeieilen. Und Ihr glaubt, daß ich so albern sein werde, mich freiwillig in's Grab zu legen? Nein, nein, nein! Ich gehe nicht in die Falle, ich bin keine

Mauerschwalbe, die in irgend einer finstern Ecke ihr Nest baut. Ich bleibe hier in dem Zimmer, hier auf dem Sopha!

Gut, wie's Ihnen gefällig ist, schrie der Kammerdiener. Jetzt will ich hingehen und Ihnen etwas zum Nachtmahl besorgen. Nicht wahr, Sie essen doch Etwas, Herr van Beethoven?

Jetzt fragt der Mensch, ob ich Etwas esse! rief Beethoven. Aber soll ich denn etwa gar verhungern? Ist's nicht genug, daß Ihr mich in ein Bedientenzimmer steckt, mir ein offenes Grab als Nachtlager anbietet, wollt Ihr mich jetzt auch noch Hunger leiden lassen?

Es ist heute einmal wieder nichts mit ihm anzufangen, sagte der Kammerdiener vor sich hin. Er hat heute einmal wieder seinen Raptus, wie er das selbst zu nennen pflegt, und da ist es besser, man läßt ihn austoben! Ich werd' ihm sein Souper besorgen, und mich soll's nicht kümmern, wenn er den Bedienten ein paar Teller an den Kopf wirft.

Er machte Beethoven eine ehrfurchtsvolle Verbeugung und verließ das Gemach. Draußen vor der Thür blieb er stehen. Halt, sagte er leise vor sich hin, wenn der Herr van Beethoven seinen Raptus hat, ist ihm nicht recht zu trauen, und man muß vorsichtig sein! Er wär' im Stande, und rennt hier fort, um sich seine gewohnten Zimmer zu erobern, und brächt' die Damen mit Gewalt da heraus. Nein, das geht nicht! Ich muß ihn hier festhalten bis der Raptus vorüber, und er wieder sanft geworden ist. Wenn er zu Nacht gegessen, wird er schon anders werden! Bis dahin, und bis ich ihm sein Souper schicke, bis dahin wollen wir uns sicher stellen.

Er schloß vorsichtig und leise die Thür von Beethoven's Zimmer zu, zog den Schlüssel heraus und steckte ihn in seine Tasche. So, sagte er, jetzt sind wir sicher, jetzt kann er wenigstens nur in seinem Zimmer Scandal machen.

Beethoven hatte das Zuschließen der Thür nicht bemerkt. Er war auf den Divan niedergesunken, und das Haupt an die Polster zurück-gelehnt, schaute er mit starren Blicken zur Decke empor.

Allein, sagte er, immer allein, verlacht, verkannt und geflohen von den Menschen, gemißbraucht von ihrem Egoismus, verfolgt von ihrem Neid, mißverstanden und geschmäht von ihrer Erbärmlichkeit, das ist mein Loos! So gehe ich durch die Welt, ohne Freund, ohne Geliebte, — ja, ohne Geliebte, wiederholte er nach einer langen Pause. Ich war gekommen, um sie zu sehen, aber sie? Oh, auch sie hat mich vergessen! Ich weiß, daß sie in Wien ist, ich wollte sie heute Abend sehen, ich wollte mit einem Blick ihr sagen, daß ich ihr vergeben habe, daß — Nichts wollte ich ihr sagen, rief er auf einmal ganz laut, indem er aufsprang, und mit flammenden Blicken umher schaute. Nein, gar nichts wollte ich ihr sagen, — ein Glück für sie, daß sie nicht da war, ich würde sie mit meinen Blicken, wie mit Blitzstrahlen zerschmettert haben, sie, welche mein Herz zerfleischt hat, welche — Still, still! Schweigt Ihr Stimmen da innen! Warum muß ich denn Euch immer hören können, da ich doch die Stimmen da draußen nicht hören kann, da ewiges, furchtbares Schweigen, ewige Grabesstille mich Armen umgiebt! Oh, schweigt also auch Ihr, Stimmen meiner Erinnerungen, werdet stumm für mich wie die Welt, wie die Menschen! Ich bin einsam und allein, laßt mich so bleiben, flüstert nicht ewig von der Vergangenheit. Still, sage ich, still!

Er stampfte heftig mit dem Fuß auf den Boden, und rannte auf und ab.

Es ist mir zu einsam hier, sagte er dann hochaufathmend, ich muß Menschengesichter sehen, denn hier ist es wie in einem offenen Grabe. Ich will wieder hinunter gehen, will der Fürstin meine Hand reichen, denn ich glaube, ich bin zu heftig gegen sie gewesen, ich habe ihr weh gethan. Es war vielleicht Unrecht, daß ich ihr nicht zu Gefallen spielen wollte, denn sie ist mir allzeit eine liebe, mütterliche Freundin gewesen, sie hat mich niemals gekränkt, niemals vernachlässigt. Ja, ja, ich will hinunter gehen, ich will wieder gut machen. Ich will spielen, nicht um der andern Maulaffen willen, sondern für meine gute Fürstin!

Er stürzte nach der Thür hin, und wollte sie öffnen, um hinab zu gehen. Aber diese Thür gab dem Druck seiner Hand nicht nach, sie öffnete sich nicht.

Was ist das? schrie Beethoven entsetzt. Warum kann ich nicht hinaus?

Er rüttelte heftig an der Thür, aber sie gab nicht nach, sie war und blieb geschlossen!

Sie haben mich eingeschlossen, schrie Beethoven wüthend, sie haben mich wie ein wildes Thier in einen Käfig gesteckt. Es ist also Ernst gewesen, und nicht blos eine Drohung. Sie behandeln mich als einen Gefangenen! Weil ich nicht spielen wollte, haben sie mich hinterlistiger Weise herauf gelockt, und mich eingesperrt wie ein unartiges Kind, das man erziehen will. Und ich Dummkopf, ich gutmüthiger Narr wollte mich schon wieder überreden, daß ich Unrecht gehabt, wollte schon wieder hingehen, und ihnen den Willen thun! Oh Menschen, Menschen, was für grausame, herzlose Geschöpfe seid Ihr doch, wie zerfleischt Ihr mein Herz, und lacht zu meinen Qualen! Aber dies Mal soll's ihnen nicht gelingen. Nein, sie sollen nicht die Freude haben, mich hier wie ein wildes Thier einsperren zu können, und über mich, den armen Gefangenen, zu lachen! Ich will frei sein, ihnen Allen zum Trotz!

Er sprang zu dem Fenster hin, und öffnete es. Unten, wenigstens dreißig Fuß unter dem Fenster lag der Park; deutlich konnte er im hellen Mondschein die gelben Kieswege der Alleen erkennen. Da unten war die Freiheit, die Rettung! Aber wie sollte er da hinunter gelangen? Die Entfernung war zu groß, um hinunter zu springen, denn er lief Gefahr, sich zu zerschmettern, oder die Glieder zu zerbrechen! Oh, welche Wonne dann für seine Feinde, ihn da mit zerbrochenen Füßen am Boden zu finden, ihn wieder in's Haus zu schaffen, den Gefangenen wieder in sein Zelle einzusperren!

Nein, sie sollten diesen Triumph nicht haben! Er wollte ihnen diese Freude nicht bereiten!

Er stürzte zu dem Bett hin, und wühlte unter den Kissen, und zog das weiße Bettlaken hervor. Mit gewaltiger Kraftanstrengung riß er es in drei Streifen auseinander, knotete diese Streifen zusammen, band das Ende dieser improvisirten Strickleiter an das Fensterkreuz fest, und hing sie hinaus.

So, sagte er, einen letzten, flammenden Blick auf das Zimmer schlendernd, jetzt fort! Ein Glück noch, daß sie mir keinen Hund als Wächter in meinen Käfig gegeben haben! Fort, fort!

Er sprang auf den Fenstersims empor, faßte mit seinen beiden Händen die Strickleiter, und sich nun mit einem einzigen starken Ruck hinausschwingend, glitt er rasch an dem weichen weißen Rettungs=seil hinab.

V.

Die Nachtwanderung.

Jetzt berührten seine Füße den Boden, jetzt war er unten im Park. Gerettet! sagte er athemlos, einen Moment unten am Boden zusammensinkend und nach Athem, nach Fassung ringend. Ich bin frei! Ich bin wieder mein eigener Herr!

Er sprang auf und that einige Schritte die Allee hinunter, und wandte sich wieder zurück, um nach dem Fenster hinzublicken, aus wel=chem er eben entflohen war. Deutlich konnte er durch das große, offene Fenster das hell erleuchtete Zimmer überschauen. Er sah Schatten sich an den Wänden abzeichnen, er sah wie jetzt zwei Lakayen in der silbergestickten Livrée des Fürsten an's Fenster stürzten, seine Strick=leiter entdeckten und sie wieder emporzogen.

Ja, holt sie nur, holt sie nur, sagte Beethoven in sich hinein=lachend, der Gefangene sitzt nicht mehr daran, der Gefangene hat sich befreit. Aber jetzt werden sie mich am Ende hier im Park suchen, rief er aufspringend, jetzt werden sie mich wieder einfangen wollen! Vor=wärts also, vorwärts!

Und in rasender Eile lief er die Allee hinunter zu der kleinen Seitenpforte des Parks, die auf den großen Hof vor der Villa hinaus=führte. Da lag sie vor ihm, diese glänzende, schöne Villa, wie ein Feenpalast leuchtend im Glanz der Lichter, die in den Sälen flammten und einen goldenen Schein über den Hofraum hinaus warfen. Man hatte, weil es keine Zuschauer zu meiden gab, die Fenstervorhänge nicht geschlossen, und da die Säle im hohen Parterre der Villa belegen waren, konnte man bequem alle diese Säle überschauen, diese ganze glänzende, gepußte, lächelnde, plaudernde, minaudirende, medisirende und coquettirende Gesellschaft, wie in wechselnden, reizenden Bildern einer Laterna magica an sich vorübergaukeln lassen.

Beethoven, fernab hinter dem Vorsprung der Mauer des Parkes stehend, schaute eine Zeitlang hinüber zu dem Glanz des frohen Festes. Dann hob er drohend mit verächtlichen Mienen die Hände gegen die erleuchteten Fenster empor.

Lacht nur, ja, lacht nur, sagte er ingrimmig. Ihr seid glücklich, hochgeehrt und unabhängig. Ihr habt alles, was das Leben angenehm, genußvoll und schön macht! Ich habe nichts als meine Kunst und meine Freiheit, und doch bin ich mehr als Ihr Alle, Alle, und ich möchte meine Schmerzen und Qualen nicht austauschen gegen Eure Freuden und Genüsse. Denn meine Schmerzen läutern sich zu Brillanten, die Euren werden trübe und schaal, wie geschmolzenes Eis! Lacht nur, lacht! Wie bald, und Ihr werdet in Staub und Asche zerfallen, aber der Beethoven, der stirbt nicht, der wird ewig leben, und vielleicht erlaubt ihm Gott da droben, was ihm hier unten versagt ist, vielleicht kann er im Himmel lachen und glücklich sein! Lacht also hier unten, ich werde da droben lachen!

Noch einmal drohte er hinüber zu den glänzenden Fenstern, dann wandte er sich ab und schritt über den weiten Hofraum hin, zu dem Eisengitter, das ihn von der Landstraße abschloß. Dem Pförtner, der neben dem Gitter stand, und Beethoven seit manchem Jahr kannte, drückte er ein Geldstück in die Hand und hieß ihn die kleine Pforte öffnen, und wie er dann hinaustrat, stieß er einen lauten Freudenschrei aus, als wolle er der Freiheit seinen Jubelgruß entgegenjauchzen. Dann, wie im ersten Taumel des Entzückens, rannte er vorwärts, die Straße hinunter, gar nicht des Weges achtend, ganz unbekümmert, wohin er ihn führe. Das Haupt rückwärts geworfen, schaute er empor zu dem Himmel, zu dem goldenen, strahlenden Mond, zu den Sternen, die hell und köstlich zu ihm niederfunkelten, und ein seliges Lächeln verklärte Beethovens Angesicht, und Stimmen der Wonne, des Jubels, der Begeisterung erklangen in seiner Brust. Beethoven, lauschend auf diese Stimmen, stand still, und den Blick zum Himmel empor gewandt, horchte er in andächtigem Schweigen dieser wunderbaren Musik, die mit heiligen Orgelklängen, mit Posaunenschall, mit dem Geflüster harmonischer Saiten, mit rauschenden und jauchzenden Engelsstimmen ihn umtönte. Nein, jetzt war er nicht taub, jetzt hörte er Alles, Alles! Dort der große dunkle Baum, dessen Zweige sich im Nachtwind bewegten, er hörte ihn rauschen, mit wunderbaren, geheimnißvollen Melodien, hier der kleine Bach, der zur Seite des Weges dahin floß, er hörte seine vom Monblicht vergoldeten Wasser plätschern, und hörte das Lachen und Kichern, mit denen die Welle zur Welle plauderte. Der Mond, der groß und golden ihn begleitete auf seiner einsamen Nachtwanderung, der sprach wie mit machtvoller Gottesstimme zu ihm und kündete ihm die Geheimnisse des Himmels; die Sterne, die hell zu ihm niederfunkelten, sie sangen ihm die Melodien der Engel!" Die ganze Natur sprach zu ihm, umrauschte ihn mit himmlischen Melodien, mit erhabener, wunderbarer Musik, und er fühlte sich ihr hingegeben in Liebe, Andacht und Entzücken. Lächelnd vor Wonne und Glück setzte er sich nieder auf einem der großen, weißen Steine zur Seite des Weges und zog sein Notizbuch hervor. Der Mond, der groß und voll über ihm stand, schien zu lächeln über die Idee, daß er dem Meister als Studirlampe zu seiner Arbeit leuchten solle, aber er that es doch; die Sterne schienen heller aufzuflimmern, als wollten auch sie sich bemühen, die Nacht für ihn zu erhellen und ein wenig Himmelsglanz über das Papier zu werfen, auf dem Beethoven jetzt mit großen Zügen seine Noten hinwarf, daß die großen, schwarzen Punkte auf dem weißen Grunde aufleuchteten, wie die Schatten der Sterne da oben am Himmel. Und der Nachtwind rauschte herbei und kühlte mit seinem Fächeln die brennende Stirn des Meisters, und mahnte ihn daran, daß es Zeit sei, aufzubrechen und heimzukehren.

Beethoven, in sich zusammenschauernd, schlug sein Notizbuch zu, und stand auf. Wie aus einer Verzückung erwachend, schaute er mit verwunderten staunenden Blicken umher, als werde er jetzt erst inne, daß er nicht daheim an seinem Schreibtisch gesessen, daß nicht die Lampe ihm geleuchtet, sondern der Mond, daß er nicht auf dem Clavier von Holz und Metall sich seine Symphonie componirt, sondern auf dem großen Clavier der Natur, das ihm seine aus Luft und Mondenschein, aus Nachtfrieden und Waldesrauschen, aus Sternenfunkeln und Bachesmurmeln zusammengefügte Claviatur hatte erklingen lassen.

Aber ich muß doch wieder hinein in das häusliche Elend, in den Menschenjammer, und die Lebensnoth, seufzte Beethoven leise vor sich hin. Ich muß heimkehren nach Wien, denn sonst schilt meine gute Haushälterin, die gute Frau Schnaps, und mein Bruder Carl wird böse werden und vermeinen, sein lebendiges Capital, das für ihn arbeiten muß, seine lebendige Citrone, die er nach Belieben auspreßt, sein unglücklicher Bruder sei davon gegangen. Nein, nein, Bruder Carl, ich komm schon wieder und Du kannst weiter an mir pressen. Ich komm schon wieder, Frau Schnaps, und Sie kann mir wieder Ihre verwünschten magern Suppen und Ihre angebrannten Braten vorsetzen. Ich komm schon wieder und Ihr könnt mich Alle wieder betrügen und verlästern, und an meinem Herzen zerren und reißen, bis es bricht!

Aber wie? fragte er sich selber. Wie komm ich nur heim nach Wien? Ich habe den Weg verloren und die Richtung, und weiß nicht, ob ich zur Rechten, oder zur Linken gehen muß. Sagt mir's doch, Ihr Sterne! Steck' doch einmal Deine Nase heraus, Du Mann im Monde, und deute mit Deiner Nasenspitze mir die Richtung an, die ich gehen muß!

Er warf sein Haupt zurück in den Nacken, und blickte empor zum Himmel, lange und forschend, als erwarte er wirklich, da oben einen Wegweiser für sich ausstrahlen zu sehen. Aber der Mond ging ruhig seine Bahn, die Sterne funkelten und flimmerten an derselben Stelle — doch nein, da drüben, da löste sich ein Stern ab, fuhr vorüber mit Blitzesschnelle und sank dort jenseits hinab in die Dunkelheit.

Also dorthin muß ich mich wenden, hinter mir geht der Weg nach Wien, sagte Beethoven, ganz überzeugt, daß für ihn die Sternenschnuppe gefallen sei. Gut, ich werde meinem himmlischen Wegweiser folgen! Ich werde nach links gehen!

Er wandte sich um, und schritt rüstig die Landstraße dahin. Aber die Zeit verging, mehr wie zwei Stunden mochte er gewandert sein, und immer noch nicht hatte er sein Ziel erreicht, immer noch nicht sah er die Häusermassen Wiens am Horizont sich abzeichnen. In unendlicher Oede drehte die Straße sich dahin, und Beethoven fing an sich ermüdet zu fühlen, und die Kälte der Nacht zu empfinden.

Dahin also haben die bösen, mißgünstigen Menschen mich gebracht, sagte er grollend, dahin, daß ich jetzt einsam und verlassen hier auf der Landstraße umher irren muß! Das ist der Lohn für alle meine Werke, daß ich wie ein Ausgestoßener, Flüchtiger umher irre in der Wüste! Weil ich nicht wie ein Dudelsack bei ihrem ersten Händedruck gleich Musik von mir gab, wollten sie mich einsperren, mich zum Gefangenen machen, und ich mußte fliehen, um meine Ehre und Manneswürde zu erretten, und ihnen zu zeigen, daß sie trotz ihrer Fürstentitel und ihrer Herrlichkeit doch keine Macht haben über mich, und daß ihr Wille keine Gewalt und keine Bedeutung hat für mich. Aber nun muß ich hier herum irren in Nacht und Nebel, als wäre ich es, der Strafe dafür verdient, und nicht sie, die Uebermüthigen, die in ihren vergoldeten Sälen einherstolziren, und die ich verwünsche, ja, denen ich fluche mit aller Kraft meines Geistes, deren Hochmuth, Kälte und Eigennutz meinem Herzen schon so viele, ach so unsäglich viele Schmerzen gemacht hat. Ja, immer sind sie mir genaht mit Lächeln und süßen Blicken, diese vornehmen Frauen, diese verblendeten Sirenen, immer haben sie mich zu sich gezogen mit ihren Verführungskünsten und ihren glänzenden Augen, die einen Himmel verhießen, und ihren rosigen Händen, die bereit schienen, den Vorhang des Paradieses vor mir aufzuthun! Und ich war immer der Thor, der an sie glaubte, der sein Herzblut zu ihren Füßen hinströmte, der in seligen Zukunftsträumen der Welt vergaß, und nur von seiner Liebe sich begeistern ließ. Aber dann kamen sie, diese rosigen Engel, und weckten mich aus meiner Begeisterung, und sagten mir, daß sie nicht Mein sein könnten, daß eine Kluft zwischen uns liege! Was für eine Kluft? Die Kluft der

Vorurtheile, der Standesunterschiede! Beethoven, der Mann der Musik, des Talents und der Kunst, Beethoven war ihnen nicht ebenbürtig, sie hatten nur eine Stunde der Entzückung mit ihm durchträumen, eine Symphonie der Liebe mit ihm spielen wollen, um dann als vernünftige, nüchterne Menschenkinder weiter zu gehen.*) Und sie gingen weiter, und ich blieb einsam zurück, einsam, aber mit blutendem Herzen, und allein in meiner Qual. Und so bin ich geblieben, einsam und ausgestoßen, so schreite ich einsam und verlassen jetzt durch die Nacht dahin! Ach, mein ganzes Leben ist Nacht, Einsamkeit und Oede! — Doch sieh, leuchtet da nicht ein Licht? Sehe ich da nicht Häuser? Ja, ja, Gott sei Dank, ich bin am Ziel!

Und Beethoven schritt rascher vorwärts den Lichtern zu, die als lockende Wegweiser ihm entgegen leuchteten. Aber es war nicht eine Stadt, nicht das ersehnte Wien, das ihm da seine Lichter entgegengefunkelt hatte, sondern es waren nur die Laternen, die vor einem großen, einsam gelegenen, nur von einigen niederen Stallgebäuden und Schuppen umgebenen Hause brannten.

Dieses Haus indeß war eine Posthalterei, und Beethoven gelang es nach vielem Toben und Schelten endlich, die Schlafenden zu wecken, zu erfahren, daß sein fallender Stern ihn doch irre geleitet, und ihn weit ab von Wien geführt hatte, und daß es wohl eine Stunde Weges bis dahin sei.

Gebt mir also eine Extrapost, legt mir vier Pferde vor, rief er, aber tummelt Euch! Ich bin müde, ich sehne mich nach meinem Bett!

Eine halbe Stunde später fuhr die holprichte Postchaise vor, der verschlafene Hausknecht öffnete den Schlag, und hielt mürrisch die Hand hin, um sein Trinkgeld zu empfangen, der Postillon schwang sich auf den Bock, und hob die Peitsche, um die Pferde in Trab zu setzen.

Beethoven lehnte sich behaglich in die Wagenecke zurück, und

---

*) Beethoven hatte mehrere sehr glühende Liebesverhältnisse, die sich ihm, dem Gefeierten, mehr entgegentrugen, als daß er sie suchte. Aber immer waren seine Geliebten hohen und vornehmen Standes, so daß an eine ernsthafte und dauernde Verbindung nicht gedacht werden konnte. Siehe: Anton Schindler. Biographie von Ludwig van Beethoven. S. 67.

lächelte vergnügt, als der Wagen jetzt mit ihm dahin fuhr. Ach, sagte er leise, so möchte ich durch die Welt dahin fahren, ein glückliches, freies, ungebundenes Menschenkind, von Niemanden abhängend, als von dem schmucken Postillon da vor mir auf seinem Thiere, und lauschend auf das lustige Geschmetter seines Horns!

In diesem Augenblick, und als habe der Postillon gehört und verstanden, was Beethoven doch nur zu sich selber gesagt, hob der Postillon sein im Mondschein blitzendes Posthorn empor und setzte es an seine Lippen.

Beethoven, mit froh lachendem Angesicht, neigte sich vorwärts, um das schmetternde Lied zu hören.

Aber ach, kein Ton desselben erreichte sein Ohr, nichts unterbrach das öde Schweigen, das ihn umgab, und doch sah er, daß der Postillon noch immer das Horn an die Lippen gesetzt hatte, sah, daß er noch immer sein schmetterndes Lied erschallen ließ.

Mit einem schmerzlichen Aechzen sank Beethoven in die Wagenecke zurück. Nein, murmelte er traurig, ich möchte doch nicht reisen, denn mein Elend würde mit mir gehen!

Nun schwieg er und versank tiefer in sich selbst. Und allgemach senkte sich der Schlaf auf seine müden Augen nieder und ließ ihn seiner Schmerzen vergessen, und ließ ihn seine Träume von Glück weiter träumen.

Erst als nach dreistündiger Fahrt der Wagen in Wien vor seinem Hause in der Möblingergasse anhielt, erwachte Beethoven, und richtete sich staunend und verwundert umherschauend empor.

Wo bin ich denn? murmelte er leise vor sich hin. Was habe ich denn geträumt von Flucht, Verfolgung und — Ach, jetzt weiß ich Alles, Alles, rief er auf einmal, rasch sich erhebend und aus dem Wagen springend. Dann reichte er hastig dem Postillon sein Trink=geld dar und stürzte nach der Hausthür, um so lange Sturm zu läuten, bis der Portier sich brummend und scheltend entschloß, die Thür zu öffnen.

Nun schlüpfte er in's Haus und die zwei Stiegen hinauf zu seiner Wohnung. Den Schlüssel zu seiner Thür führte er immer bei sich, und unbemerkt und leise trat er ein.

Da im Vorzimmer, neben der Nachtlampe, saß seine alte treue Dienerin; das Haupt auf die Brust gesenkt, ihren Meister und Herrn erwartend, war sie eingeschlafen.

Beethoven trat leise auf, um sie nicht zu stören, und ging in das anstoßende Gemach, sein Arbeitszimmer. Hier brannte die große Astrallampe, bei der er sonst zu arbeiten pflegte, und die ihn die halbe Nacht durch vergeblich an dem Schreibtisch erwartet hatte. Bei ihrem Schein konnte er Alles im Zimmer ganz deutlich erkennen. Er sah die beiden Büsten, welche da drüben auf dem Gesims des Schrankes standen, und welches die Büsten des Fürsten und der Fürstin Lichnowsky waren. Mit einem wilden zornigen Aufschrei stürzte er zu ihnen hin, und die Büste der Fürstin mit beiden Händen packend, rief er: Du hast mich heute gemißhandelt! Jetzt will ich Dich mißhandeln! Zahn um Zahn! Aug' um Auge!

Und die Büste hoch über seinem Haupt erhebend, schleuderte er sie dann mit gewaltiger Kraftanstrengung zur Erde nieder, daß sie in tausend Stücke zerschellte. *)

Auf das polternde, prasselnde Geräusch folgte ein Schrei, die Thür des Vorzimmers ward hastig aufgerissen, und die alte Haushälterin erschien in derselben, bleich vor Angst und Entsetzen.

Was ist's, Herr? Was ist geschehen? schrie sie außer sich.

Nichts ist geschehen, sagte Beethoven. Ich habe nur dem Scharfrichter ein bischen in's Handwerk gepfuscht und eine Sünderin gestraft. Jetzt, da sie ihre Strafe erlitten, ist ihr aber auch vergeben, und ich liebe sie wieder. Hör', Alte, morgen in der Frühe gehst Du zuerst in einen Gypsladen, kaufst mir da eine Büste der guten Fürstin Lichnowsky und stellst sie mir auf den Platz der andern. Und nun laß uns zu Bett gehen, gute Frau Schnaps! Gute Nacht! Aber vergiß nicht, mir die Büste zu kaufen!

Aber ich hab' kein Geld, Herr, schrie die Alte.

Beethoven achtete nicht auf sie, sondern nahm die Lampe und begab sich in sein Schlafzimmer.

---

*) Aus dem Leben Beethovens. Siehe: Ignaz Ritter von Seyfried. S. 18.

VI.

Beethovens Häuslichkeit.

Die lange, nächtliche Wanderung, die vielfachen Aufregungen des vorigen Tages hatten Beethoven ermüdet, und ihn in einen tiefen Schlaf versenkt. Die Sonne stand schon hoch am Himmel und der Meister schlief noch immer. Sein würdiger Diener, der zugleich sich verrühmte, ein geschickter Kleiberkünstler zu sein, saß schon lange auf seinem gewohnten Platz im Vorzimmer, und nähete mit emsiger Hand an dem neuen Frack seines Herrn. Seine Wirthschafterin, die gute alte „Frau Schnaps", hatte schon lange das Wasser zum Kaffee aufgesetzt, aber wie sehr es auch siedete und kochte, Beethoven schlief immer noch.

Ich muß ihn wecken, sagte die Haushälterin zu dem Bedienten; Meister Zipferlein, ich muß den Herrn wecken.

Und warum müssen Sie ihn wecken, Frau Streng? fragte Zipferlein, indem er langsam und gemächlich den langen Faden aus dem Schwalbenschwanz des neuen Fracks emporzog. Warum müssen Sie ihn wecken? Sie sagen ja, der Herr ist erst in der Nacht heim gekommen; da ist er natürlich matt und erschöpft, und muß sich ausruhen. Zudem wissen Sie wohl, daß er heut einen schweren Tag hat. Muß Probe abhalten für die Conzertaufführung, und Sie wissen wohl, da giebt's immer viel Aergerniß, und wir Beide müssen's ausbaden, wenn die Musici nicht haben Ordre pariren wollen. Lassen Sie ihn also immerhin schlafen, denn wenn er schläft, dann brummt und zankt er nicht.

Es geht nicht, ich muß ihn wecken, sagte Frau Streng kopfschüttelnd. Ich muß auf den Markt, denn es ist heut Freitag, und Sie wissen ja, er muß jeden Freitag seinen Schill aus der Donau haben, sonst ist er nicht zufrieden.

Na, so gehen Sie und kaufen Sie ihm seinen Schill, sagte Zipferlein gelassen. Da Sie wissen, daß der Herr diesen Fisch gern ißt, so brauchen Sie ihn ja nicht erst zu fragen, ob er will.

Nein, aber Geld brauch' ich mir erst von ihm geben zu lassen, damit ich den Schill auch bezahlen kann, rief Frau Streng.

Geld? Von ihm Geld? rief Zipferlein lachend. Liebe Frau, das ist eine Schwärmerei von Ihnen. Unser Herr hat wieder einmal gar kein Geld! Ich war gestern im Vorzimmer, als der Herr Bruder Carl hier 'reingerast kam. Ist Cassirer bei der Nationalbank, hat aber niemals nicht Geld, und kommt immer gelaufen und preßt unserm Herrn den letzten Gulden aus. War gestern wieder ein Lamento, und eine Wirthschaft, daß unserm Herrn Hören und Sehen verging. „Wenn Du mir nicht dreihundert Gulden giebst, schrie Herr Carl immer, so bin ich ein ruinirter Mann, so muß ich in's Schuldgefängniß wandern, und werde meine Stelle verlieren." Na, natürlich gab der Herr die dreihundert Gulden, und der Herr Bruder zog mit sehr vergnügtem Gesicht ab. Der Herr aber brummte, als ich ihn darauf anzog: „Er hat's Geld, und ich habe nun wieder gar nichts."

Er hat aber doch noch was, Zipferlein, sagte Frau Streng geheimnißvoll, aber Sie müssen fein den Mund halten, und sich nichts merken lassen, denn wenn die Herrn Brüder es erfahren, so fallen sie wie die Raben über ihn her, und rupfen ihn kahl. Er hat gestern aus England von einem Musikalienhändler Herrn Thompson, für den er die schottischen Lieder gemacht hat, hundert Ducaten bekommen, und die hat er noch, und davon will ich ihm nach und nach etwas abzwacken, damit wir's sicher haben, und die Brüder ihm nicht wieder Alles abjagen können. Sehen Sie, darum muß er mir Geld geben, darum kann ich nicht nach dem Markt gehen, und den Schill kaufen. Geld habe ich wohl noch, denn ich habe diese Woche vier Mal Schmerzensgeld bekommen, aber ich will's doch lieber aufheben für die Zeiten der Noth, und ich will's nicht ausgeben, da noch Geld im Hause ist.

Na, Sie haben Recht, sagte Zipferlein, dann gehen Sie nur hin und wecken Sie ihn. Nu wird der Teufel los gehen, und das Gezanke und Gequike und Gebudle und Claviergetrommle, und die ganze Hölle wird nun wieder flott. Frau Streng, ich sage Ihnen, wenn der Herr mich nicht jammerte, und wenn ich nicht wüßte, wie verlassen und hülflos der Herr sein würde, wenn ich nicht mehr bei ihm wäre, um ihn anzuziehen, seine Röcke zu bürsten, und ihm neue zu machen, —

Und wenn der Herr Sie nicht so verschwenderisch bezahlte, als wenn er'n Prinz wär', unterbrach ihn Frau Streng, wenn er Ihnen nicht monatlich dreißig Gulden gäbe, so würden Sie nicht bei ihm bleiben, und sich nicht das bischen Schelten und Brummen gefallen lassen. Es hat ihn nicht ein Jeder so lieb, wie ich, daß er blos aus Anhänglichkeit bei ihm bleibt, und es ist nicht Jedermann's Sache, auch für umsonst 'n guter und treuer Dienstbote zu sein!

Sie warf auf Herrn Zipferlein einen majestätisch verächtlichen Blick und verließ mit stolzen Schritten das Vorzimmer, dessen Thür sie heftig hinter sich zuwarf, worauf sie, das Wohnzimmer durcheilend, in das Schlafgemach ihres Herrn eintrat.

Beethoven schlief noch immer, und es mußten schöne Träume sein, die ihn im Schlaf umgaukelten, denn ein Lächeln stand auf seinen Lippen, und seine Stirn war so heiter und klar, wie es niemals bei dem wachenden Beethoven der Fall war.

Frau Streng neigte sich über ihn und betrachtete das sanfte lächelnde Antlitz ihres Herrn mit mütterlicher Zärtlichkeit. Er schläft so ruhig und träumt so schön, sagte sie, und wenn ich ihn nun wecke, ist's vorbei mit seinem Glück. Armer Herr, er hat so viel Schmerzen und Herzeleid, und macht sich noch mehr als nöthig ist. Ja, wenn nur die Brüder nicht wären, die schlimmen Brüder! Na, es hilft nichts, ich muß ihn wecken!

Sie faßte seine beiden Hände und rüttelte und schüttelte sie so lange, bis Beethoven die Augen aufschlug.

Ach, sagte er seufzend, warum weckt Sie mich, Frau Schnaps. Und sofort war das Lächeln auf seinen Lippen erblaßt, und seine Stirn umwölkt.

Es ist schon so spät, schrie Frau Streng, nach dem Fenster hindeutend, durch welches die Sonne lustig herein schien.

Sie hat Recht, sagte Beethoven, es ist schon spät, denn wenn die Sonne da auf mein Bett scheint, ist's neun Uhr. Auf also, auf zum neuen Gang durch's Jammerthal des Lebens. Geh' Sie hinaus, Frau Schnaps, damit ich aufstehen kann.

Frau Streng zog sich in die neben dem Schlafzimmer belegene Küche zurück, und Beethoven stand auf, warf seine Morgenkleider über, und trat in schlurfenden Pantoffeln, und in einem hier und da stark durchsichtigen Schlafrock in die Küchenthür.

Mein Frühstück, sagte er gebieterisch. Mich hungert fürchterlich, Alte, denn ich hab' seit gestern Mittag nichts zu essen bekommen. Hol' Sie mir doch ein paar Kipferle zum Frühstück.

Erst geben Sie mir die Kaffeebohnen heraus, Herr, schrie die Alte, damit ich Ihnen ten Kaffee kochen kann.

Ach! rief Beethoven. Der Kaffee ist noch nicht einmal fertig? Mich hungert fürchterlich, ich stehe zwei Stunden später auf als sonst, und der Kaffee ist noch nicht einmal fertig.

Herr, das Wasser kocht schon eine Stunde, schrie Frau Streng, aber Sie haben's ja verboten, daß ich mir selber Kaffee nehme!

Warum habe ich's verboten? fragte Beethoven kläglich. Weil ich niemals eine ordentliche Tasse Kaffee bekomme, wenn Sie den Kaffee selbst nimmt, indem Sie bald zu viel, bald zu wenig nimmt, bald damit verschwendet, da Sie weiß, daß er Ihr nichts kostet, bald damit so knausert, als ob Sie ihn bezahlen müßt'. Ach Gott, ich bin ein gar unglücklicher Mensch, muß Alles allein besorgen, an Alles selber benken. Komm' Sie benn, Frau Schnaps, ich will Ihr den Kaffee geben!

Er ging an den in seinem Schlafzimmer befindlichen Wandschrank, schloß ihn auf, und holte die blecherne Kaffeebüchse hervor. Mit vollkommenem, tiefem Ernst zählte er sechszig Kaffeebohnen ab und reichte sie der Haushälterin dar.

Nun, Frau Schnaps, koche Sie mir einen guten, schönen Kaffee, aber hör' Sie, nicht mehr als Eine Tasse von sechszig Bohnen. Doch halt, da Sie mir Kipferle spendirt, ist Eine Tasse zu wenig. Ich muß heute zwei Tassen haben. Also nochmals abgezählt!*)

---

*) Dies Geschäft des Kaffeebohnenzählens besorgte Beethoven immer selbst, und mit einer Pünktlichkeit und Genauigkeit, die ihm sonst nicht eigen zu sein pflegte. Siehe: Schindler, Biographie Beethovens.

Er öffnete wieder den Wandschrank und zählte mit sorgfältigster Genauigkeit abermals sechszig Bohnen ab.

Jetzt, alte Spindel, jetzt schnurre Sie ab, damit ich meinen Kaffee bald habe, rief Beethoven, indem er die Küchenthür zuschlug, und den Schlafrock abwerfend, sich an seinen Waschtisch begab. Bald floß das Wasser in Strömen über den Fußboden hin, denn die beiden blechernen Eimer, die mit Wasser bis zum Rand gefüllt neben dem Waschtisch gestanden, waren jetzt leer; Beethoven hatte seinen Kopf und seine Arme so lange darin getaucht, bis der letzte Tropfen verbraucht war.

So, sagte er aufathmend, jetzt ist mir wohl, der Kopf ist wieder frei und arbeitsfrisch. Nun Kaffee, Kaffee, und ich bin ein gemachter Mann!

Der Kaffee stand schon in dem Wohnzimmer auf dem Tisch vor dem Sopha bereit, und daneben lag das ersehnte duftende Backwerk.

Beethoven nahm mit innigem Behagen sein Frühstück ein, und wie er dabei an die Scene des gestrigen Abends dachte, an seine Flucht aus der fürstlichen Villa, lachte er so laut, daß der Resonnanzboden des offenen Flügels tönte und die Saiten in leisem Echo erklangen.

Frau Streng hatte dieses Lachen in der Küche gehört. Er scheint mir heute gut gelaunt, sagte sie, er lacht. Das ist der richtige Augenblick, um Geld von ihm zu fordern.

Und mit entschlossenem Schritt, den großen Marktkorb am Arm, trat sie in das Zimmer.

Na, was giebt's, Frau Schnaps, rief Beethoven ihr fröhlich entgegen. Kommt Sie vom Markt?

Die Haushälterin schüttelte verneinend ihr gewichtiges Haupt.

Aber es ist doch heute Freitag, rief Beethoven unwillig, und Sie weiß doch, daß ich Freitag's vom Fischmarkt einen Schill haben muß?

Er ließ seine zornigen Blicke auf Frau Schnaps ruhen, und wie er sie abwandte, traf sein Auge die Stelle, wo die Büste der Fürstin Lichnowsky stehen sollte, und nicht stand.

Was ist das? schrie er auffspringend. Habe ich Ihr nicht befohlen, mir eine andere Büste der Fürstin zu kaufen?

Ja, Herr!

Nun also, hat Sie sie gekauft?

Nein, Herr!

Warum nicht? schrie Beethoven, wild mit dem Fuß stampfend. Warum hat Sie nicht die Büste gekauft? Warum hat Sie nicht den Fisch gekauft?

Frau Streng trat mit stolzen Schritten dicht zu ihm heran, und blickte ihren Herrn mit feierlichem Ernst an.

Weil ich kein Geld habe, rief sie mit donnernder Stimme.

Was, Sie hat kein Geld? schrie Beethoven wüthend. Sie will mir vorlügen, daß Sie kein Geld hat? Habe ich Ihr nicht erst zwanzig Gulden gegeben?

Ja, Herr, vor acht Tagen. Aber das ist aufgebraucht, kein Kreuzer ist mehr da!

Das heißt, schrie Beethoven, es ist aufgebraucht, aber nicht für mich, nicht für die elenden Mittagsessen, die Sie mir auftischt, und die ein Armenhaus-Pensionair Ihr in's Gesicht schmeißen würde; aber es ist aufgebraucht für Sie, für Ihre Näschereien. O Gott, mein Gott, Jeder geht darauf aus, mich zu betrügen, und mir das Leben sauer zu machen. Keinen Augenblick habe ich Ruhe. Ihr wollt mich zu Tode ärgern, mich umbringen. Alle arbeitet Ihr an meinem Untergang. Keinem kann ich trauen! Wenn das so fortgeht, bin ich bald ein ruinirter Mann, der betteln gehen kann vor den Thüren Derer, die sich an mir bereichert haben. Aber nein, nein, ich will das nicht länger mehr dulden! Ich will mich nicht mehr wissentlich betrügen lassen, ich will Herr in meinem Hause sein, und meine Wirthschaft selber führen. Sie hat nichts mehr von den zwanzig Gulden, die ich Ihr vor acht Tagen gab, sagt Sie?

Keinen Kreuzer habe ich mehr davon, Herr, Alles ist für die Wirthschaft hingegeben.

Das ist Ihr letztes Wort?

Ja, Herr, es ist mein letztes Wort.

Beethoven schleuderte einen flammenden Zornesblick auf sie hin. Gut, Frau Schnaps, so bleibt es Ihr letztes Wort. Von nun an gehe ich selbst auf den Markt, und werde selber meine Einkäufe machen. Ich will nicht mehr Ihr Narr sein, ich will mich nicht länger betrügen lassen! Ich gehe selbst auf den Markt, und Zipferlein soll mit dem Korb mit mir gehen. Sag' Sie's ihm, daß er sich fertig mache! Gebe Sie Ihren Korb, und Ihren Küchenscepter an Zipferlein ab. Ihr Reich ist zu Ende! Geh' Sie hinaus! Ich will mich an- kleiden und auf den Markt gehen!

Frau Streng verneigte sich schweigend und ging mit ihrem Korb hinaus in das Vorzimmer, wo Zipferlein mit gekreuzten Beinen saß und emsig an dem neuen Frack seines Herrn arbeitete.

Legen Sie die Arbeit bei Seite, Zipferlein, sagte Frau Streng lächelnd, und nehmen Sie meinen Korb hier. Sie sollen mit dem Herrn auf den Markt gehen, und einkaufen.

Herr Gott, was ist denn das wieder für ein neuer Unsinn, rief der Schneider erstaunt. Der Herr will selber einkaufen? Warum denn?

Er meint, ich übertheuere und betrüge ihn, sagte Frau Streng, und ihre Stimme zitterte ein wenig, und wider ihren Willen füllten sich ihre Augen mit Thränen, aber sie preßte sie muthig fort, und zwang sich zu lächeln.

Ich nehm's ihm weiter nicht übel, sagte sie, er ist gar so unglücklich, und außerdem habe ich mir sagen lassen, daß die tauben Leute alle gar sehr mißtrauisch sind, und immer glauben, daß man sie beträgt. Er wird's schon einsehen, und es wird ihm leid thun, seine arme Frau Schnaps so gekränkt zu haben. Er wird mir schon heute noch Schmerzens- gelder zahlen.

Ja, unterbrach sie Zipferlein, und die werden Sie nachher, wenn er mal wieder kein Geld hat, ihm schon wieder zustecken.

Das kümmert Sie nicht, das ist meine Sach', rief Frau Streng. Aber Sie sehen, daß ich Recht hatte. Der Herr ist bei Kasse und da wollen wir suchen, ihm heute möglichst viel Geld abzunehmen, damit wir was für ihn haben, wenn die Herren Brüder ihm mal wieder Alles abgenommen haben. Hören Sie also, guter Zipferlein, wie wir's machen wollen. Sie gehen mit ihm auf den Markt, und zu den Frauen, von denen ich immer kaufe. Sie sagen ihnen, daß Sie von mir geschickt werden, und daß unser armer lieber Herr heut' Mal wieder 'n bißchen seinen Raptus hat, und selbst einkaufen will. Sie sagen den guten Frauen, die lauter liebe und ehrliche Weiber sind, sie sollen ihm von allen Sachen gerade noch zwei Mal so viel abfordern, als es kostet, dann sollen sie so viel herunterlassen, daß es noch Ein Mal so viel kostet als es werth ist. Und das Geld sollen sie mir aufheben, ich werde nachher auf den Markt kommen, und es mir wieder fordern.

Aber wenn sie's nun nachher nicht wieder geben wollen?

Sie werden's aber Alle wiedergeben. Sie wissen ja, daß es für Herrn van Beethoven ist. Oder meinen Sie, die Wiener kennen den großen, berühmten Beethoven nicht, und die Fischfrauen und die Krautweiber wären nit stolz darauf, daß sie für den Beethoven ihre Sachen liefern, für den Beethoven, der die schönste Musik in der Welt macht, und der so berühmt ist, daß kein Fremder nach Wien kommt, der nicht glücklich ist, wenn er den Beethoven nur einmal sehen kann, den Beethoven, der so klug ist, daß selbst ein Erzherzog noch von ihm lernen kann, und bei ihm in die Schule geht? Und den Mann, der der Stolz ist von ganz Wien, und den Jedermann kennt, den meinen Sie, werden die Fischfrauen und die Krautweiber betrügen, und mir's Geld nit wiedergeben, was er ihnen hat zu viel bezahlen müssen? Sie sind auch wohl schon angesteckt von dem Mißtrauen unsers armen Herrn? Meinen auch wohl schon, daß jeder Mensch ein Betrüger und ein Dieb ist?

Na, wenn ich vielleicht angesteckt bin von unsers Herrn Mißtrauen, sagte Zipferlein, so sind Sie jedenfalls angesteckt von seinem Zorn und seiner Wüthigkeit. Schelten da gleich los, blos weil ein ehrlicher Christenmensch 'ne Bemerkung macht.

Eine schlechte und unwürdige Bemerkung, rief Frau Streng. Aber es ist nun gut, vergessen Sie nur nicht, was ich Ihnen gesagt habe. Denn jetzt geht es los. Da kommt der Herr!

Die Thür des Wohnzimmers öffnete sich hastig, und Beethoven, vollständig gekleidet und zum Ausgehen bereit, trat ein. Er ging gerade auf Frau Streng hin, und mit einem langen zornigen Blick ihre ganze Gestalt überschauend, fragte er: Frau Schnaps, wie viel hat Sie am vergangenen Freitag für den Schill gezahlt?

Einen Gulden, Herr!

Und wie viel wog er?

Vier Pfund!

Und wie viel hat Sie für das Pfund Butter gegeben?

Einen halben Gulden!

Gut, rief Beethoven pathetisch. Jetzt werde ich Ihr beweisen, wie man einkaufen und handeln muß! Jetzt werde ich Ihr beweisen, was man zahlen muß, wenn man seinen Herrn nicht betrügen und zum Bettler machen will. Komm' Er, Zipferlein, nehme Er den Korb! Wir wollen zur Schande der Frau Streng auf den Markt gehen und unsere Einkäufe machen!*) —

Und wir wollen zur Ehre der Frau Streng mit unsern Einkäufen wieder heimkommen! sagte Frau Streng, ihrem Herrn mit lächelnden Blicken nachschauend. Ich sage Ihnen, lieber guter Herr, es wird heute noch Schmerzensgelder kosten! Aber jetzt will ich seine Zimmer in Ordnung bringen, denn wenn Besuch kommt, soll man nicht sagen können, daß die Frau Streng dem großen berühmten Herrn van Beethoven seine Zimmer nicht in Ordnung hält!

VII.

Der Generalissimus und das Adjutanterl.

Eine Stunde war vergangen, da that sich die Thür des Vor-zimmers wieder auf, und Beethoven trat herein, gefolgt von seinem

---

*) Ignaz Ritter von Seyfried. Anhang. S. 16.

Diener, der gebeugt unter der Last des hoch gefüllten Korbes voll Gemüse, Fleisch und Fischen daher keuchte.

Frau Streng hatte am Fenster ihre Wiederkehr erwartet, und war ihnen schon bis in's Vorzimmer entgegen gekommen.

Nun, fragte sie den keuchenden Diener, ist's alles gut abgegangen?

Oh ja, das heißt, wir haben mit jeder Verkäuferin Scandal gehabt, sagte Zipferlein, den Korb zur Erde stellend. Der Herr hat mörderlich gewettert und gescholten, und hat natürlich Alles noch einmal so theuer bezahlt. Die Fischfrau und die Krautweiber lassen schön grüßen, und Sie sollen nur nachher auf den Markt kommen, Frau Streng, sie werden Ihnen Alle mitsammen das zu viel gezahlte Geld wiedergeben.

Beethoven war, ohne die Haushälterin auch nur eines Blickes zu würdigen, in sein Zimmer gegangen, und hatte die Thür heftig hinter sich zugeworfen.

Aber jetzt, wie Frau Streng eben den Korb genommen hatte, um ihn in die Küche zu tragen, öffnete sich die Thür des Wohnzimmers wieder, Beethoven schaute heraus und rief mit sanfter, freundlicher Stimme: Liebe Frau Schnaps!

Jetzt kommt das Schmerzensgeld, passen Sie auf, jetzt kommt's! sagte Frau Streng ganz laut zu Zipferlein, indem sie an ihm vorüber ging und in das Zimmer ihres Herrn eintrat.

Beethoven machte hinter ihr die Thür zu und sah sie mit einem freundlichen Lächeln an.

Ich habe Ihr etwas zu sagen, gute Frau Schnaps, sagte er.

Weiß schon, was Sie mir zu sagen haben, Herr, schrie Frau Streng, wollen sagen, daß Sie keine Betrügerin im Hause haben wollen. Aber ich habe auch was zu sagen. Ich bitt' um meine Entlassung! Ich will heut' noch fort; Sie haben mich auf den Tod gekränkt. Ich will nicht länger bei einem Herrn bleiben, der mich eine Betrügerin, eine Diebin schilt. Das habe ich zu sagen.

Ich habe aber ganz etwas Anderes zu sagen, sagte Beethoven mit einer Stimme, die so milde und weich war, daß sie der Frau Streng Thränen in die Augen trieb. Ich habe zu sagen, daß es mir leid thut, daß ich vorher so heftig war, und daß ich Sie von ganzem Herzen um Verzeihung bitte. Sie sagt, ich habe Sie bis auf den Tod gekränkt, aber vergesse Sie nur nicht, liebe Frau Streng, daß ich ein unglücklicher Mann bin, den ein hartes Schicksal zu jeder Zeit und zu jeder Stunde bis auf den Tod kränkt, und daß es daher kommt, daß jede leise Berührung mich wüthend macht. Vergesse Sie nur nicht, daß ich gewiß viel besser und sanftmüthiger sein würde, wenn das Schicksal, und ich darf auch sagen, die Menschen mit mir besser und sanftmüthiger verfahren wären. Daß ich Ihr gut bin und Ihr vertraue, das weiß Sie, und wenn ich dann manchmal auffahre und poltere, und wenn ich Sie sogar eine Betrügerin schelte, so muß Sie denken, ich habe da nur in meiner Taubheit auf meinem Herzensclavier einen falschen Ton angeschlagen, aber ich werd' den Fehler doch gleich wieder merken, und werd' dann den richtigen Ton wieder greifen. Und der richtige Ton ist: Sie ist eine gute brave Haushälterin, Frau Streng, ich weiß, daß Sie mich nicht betrügt, und ich bitte Sie, sei Sie wieder gut, und bleibe Sie bei mir. Will Sie's? Will Sie ja sagen?

Er streckte ihr mit einem unaussprechlichen Blick die Hand entgegen und wiederholte noch einmal: Will Sie ja sagen?

Aber Frau Streng vermochte nicht zu antworten, — nur liefen die Thränen wie leuchtende Perlen über ihre Wangen nieder, und wie sie sich über Beethovens dargereichte Hand neigte, um sie an ihre Lippen zu drücken, fielen diese heißen, glühenden Thränen auf seine Hand nieder.

Beethoven zuckte zusammen, und betrachtete sinnend die glänzenden Tropfen auf seiner Hand. Dann hob er langsam die Augen zum Himmel empor. Verzeihe mir, Gott, sagte er leise, verzeihe mir, daß ich, der selber so viel leiden muß, und weiß, wie bitter Leiden sind, daß ich noch Andern Thränen erpresse.

Ich weine nicht mehr, Herr, rief Frau Streng, mit hastiger Hand ihre Thränen abtrocknend, ich weine nicht mehr, ich bin schon ganz vergnügt, und ich bitte Sie, daß ich bei Ihnen bleiben darf.

Gut, Frau Streng, rief Beethoven, Sie darf bleiben, aber unter Einer Bedingung!

Was für Eine Bedingung, Herr?

Sie hat da vorhin sieben Thränen auf meine Hand fallen lassen. Ich habe sie gezählt. Just sieben Thränen. Nun muß Sie von mir für jede Thräne einen Ducaten Schmerzensgeld annehmen.

Herr, rief Frau Streng schmerzlich, Herr, Sie wollen mir meine Thränen bezahlen?

Nein, gute Frau Streng, sagte Beethoven sanft, ich will Sie blos bitten, sich ein kleines Andenken an diese Stunde zu kaufen, ein Amulet, einen Talisman, den Sie um den Hals tragen kann, und den Sie, wenn ich einmal wieder ein bischen böse werde, anfaßt, und dann bei sich denkt: „Er meint es nicht so arg. Es donnert blos ein bischen, und nachher scheint die Sonne wieder.“ Solch' einen Talisman, der Ihr das sagt, den muß Sie sich kaufen, dazu muß Sie von mir jetzt sieben Ducaten annehmen.

Er sprang zu seinem Schreibtisch hin und öffnete ihn. Mit hastigen Händen nahm er eine Rolle Gold daraus hervor, und brach sie mitten auseinander, daß die Goldstücke mit hellem Klang hervorsprudelten, über den Tisch rollten und zur Erde fielen.

Sehen Sie, Frau Streng, rief Beethoven fröhlich, die klugen Dinger wissen schon, wo sie hingehören, und kommen schon von selbst zu Ihr gelaufen. Jetzt wird Sie sich doch nicht mehr weigern, sie anzunehmen, Frau Streng?

Gut, sagte die Haushälterin, die Goldstücke aufsammelnd, ich nehme die sieben Ducaten an, aber ich mache auch meine Bedingung.

Nun, lasse Sie einmal hören, rief Beethoven lachend, was für eine Bedingung, Frau Streng?

Ich nehme die Ducaten nur an, wenn Sie mich nicht mehr Frau Streng, sondern wieder Frau Schnaps nennen.

Ihr Wille geschehe, rief Beethoven lachend. Hier sind die sieben Ducaten, und jetzt sind Sie wieder meine brave Frau Schnaps. Und jetzt fort mit Ihr, Frau Schnaps, fort mit Ihr und Ihrem Korb, und koch' Sie mir den Fisch recht schön. Uebrigens kann ich Ihr sagen, daß mich die Weiber auf dem Markt schon hinlänglich bestraft haben für meine böse Laune. Drei Mal so viel habe ich bezahlen müssen, wie Sie bezahlt. Sie muß sehr gut handeln können, Frau Schnaps, denn mein Schill wiegt nur drei Pfund und kostet doch baare zwei Gulden. Und wenn ich feilschen wollte, so wurden die Weiber, diese Poissarden böse, und es regnete Grobheiten und Schimpfworte. Gehört habe ich sie freilich nicht, aber gesehen, gesehen habe ich sie auf den verzerrten Gesichtern, und ich habe laut darüber lachen müssen. Hinaus, Frau Schnaps, hinaus jetzt mit Ihr! Wir haben wieder Frieden und ich will also arbeiten!

So, sagte Beethoven, als er wieder allein war, jetzt an die Arbeit, an die liebe schöne Arbeit, den Trost des Einsamen, die Geliebte des Verlassenen! Will doch zuerst einmal ansehen, was ich mir diese Nacht da aufgeschrieben habe in Waldeseinsamkeit, beim goldenen Mondenschein. Mein Notizbuch! He, wo ist mein Notizbuch!

Und indem er jetzt sein Notizbuch zu suchen begann, warf er alle die Bücher, die Papiere, die mancherlei Kleinigkeiten, die da auf dem Schreibtisch lagen, und welche Frau Streng erst vorher so zierlich geordnet hatte, durcheinander, schleuderte, was ihn hinderte, auf den Fußboden, auf den nahen offnenen Flügel, auf die Tasten, welche sofort einzelne unharmonische Accorde hören ließen.

Beethoven freilich hörte diese Accorde nicht, er hatte sein Notizbuch glücklich aufgefunden, und war jetzt ganz damit beschäftigt, die Noten zu entziffern, die er diese Nacht geschrieben.

Das ist schön, sehr schön, rief er jetzt begeistert, dieses Motiv ist gut, es ist Stoff darin zu einer Symphonie. Und ich will sie componiren, eine Symphonie in A-Dur. Und die Menschen werden sie spielen, und werden Beifall klatschen, und recht vergnügt dabei sein, und nicht ahnen, daß ich sie gedichtet, als ich, ein Einsamer, Ausgestoßener, in die Nacht und den Wald hinaus geflohen war. Ja, ganz einsam und verlassen saß ich da auf dem Stein am Wege, und wären die Sterne nicht gewesen und der Mond — Aber die Sterne und der Mond waren doch bei mir, rief er auf einmal mit fröhlicher Stimme, und sie schienen in mein Herz hinein und durchleuchteten meine Seele, und begeisterten mich zu neuen Melodieen und Rhythmen. Auf, Beethoven, auf! Der Mond hat Dir geleuchtet zu einem neuen Werk. Die Sterne haben sich für Dich in Noten hingestellt, nun schreibe ab, was Du gelesen im großen Notenbuch der Welt! An die Arbeit! An die A-Dur Symphonie!

Er stürzte mit seinem Notizbuch zum Schreibtisch hin, nahm Feder und Notenpapier und begann in ungeheurer Schnelle seine Noten auf das Papier zu werfen.

Still war es um ihn her, aber jetzt war Beethoven nicht taub! Er hörte vor seinem innern Ohr wunderbare, erhabene, bald jauchzende, bald klagende Stimmen, sie umrauschten ihn mit entzückenden Melodieen, mit tiefernsten Gedanken, mit himmlischer Wonne, und den heiligen Offenbarungen seines Genius lauschend, strahlte des Meisters Antlitz in edelster Begeisterung, in himmlischer Freude. Stunden vergingen, er achtete nicht darauf, sondern schrieb immerfort, zuweilen einzelne Töne leise vor sich hinsummend, zuweilen das strahlende Auge gen Himmel erhebend, als wolle er da droben die Note suchen, die ihm eben fehlen mochte.

Auf einmal legte sich eine Hand schwer auf seine Schulter; Beethoven zuckte zusammen und schaute sich um.

Ach, rief er dann plötzlich, Herr Tobias Haslinger, mein würdiger Adjutanterl, der meine Noten auf das Schlachtfeld des Lebens hinaus führt. *) Sei mir gegrüßt, Adjutanterl.

Er warf die Feder fort, und sprang auf, um diesem Herrn seine Hände darzureichen, und ihn mit freundlichen Worten zu begrüßen. Aber plötzlich verfinsterte sich sein Gesicht, und er warf einen ängstlichen Blick umher.

Weshalb kommen Sie zu so ungewohnter Stunde? fragte er.

---

*) Herr Tobias Haslinger war damals Mitbesitzer der großen Steiner'schen Musikalienhandlung in Wien; fast alle Werke Beethovens aus jener Zeit sind zuerst in seinem Verlag erschienen. Beethoven war mit ihm persönlich befreundet, und Herr Haslinger gehörte zu den Wenigen, die Beethoven an der Bewegung der Lippen auch dann noch verstand, als er schon ganz taub war.

Habt Ihr mir irgend ein Unglück zu verkünden? Irgend eine unangenehme Nachricht mitzutheilen?

Nein, lieber Herr van Beethoven, sagte Haslinger lächelnd, nichts ist vorgefallen, keine unangenehme Nachricht bringe ich mit. Ich komme blos, um Sie, wie wir verabredet hatten, zur Probe abzuholen.

Oh, das ist wahr, sagte Beethoven aufathmend, es ist heute die zweite Probe von meiner Vittoria-Schlacht und von der Cantate.

Aber es ist erst elf Uhr, rief Herr Haslinger, wir haben noch eine halbe Stunde Zeit, und wenn Sie wollen, machen wir einen Spaziergang.

Nein, ich bin diese halbe Nacht spazieren gelaufen, sagte Beethoven seufzend, ich habe einen Erlkönigsritt auf den schwarzen Fittigen der Nacht gemacht. Still, ich erzähl' Euch das ein ander Mal! Aber was die Nacht mir Schönes eingebracht, das sollen Sie jetzt schon erfahren. Herr Tobias Haslinger, geliebtes Adjutanterl des Generallieutenant Steiner, Adjutanterl, ich, Euer Generalissimus, bin im Begriff, meine Truppen wieder zu einer neuen Schlacht aufzustellen, und Ihr könnt Eure Platten von Stahl herrichten, um meine Truppen in alle Welt marschiren zu lassen. Eine neue Symphonie, hurrah, eine neue Symphonie! Schaut da, Adjutanterl, da ist der Schlachtplan!

Er reichte Herrn Haslinger die beschriebenen Notenblätter dar, die dieser indessen lächelnd und kopfschüttelnd betrachtete. Gratulire zu der neuen Symphonie, sagte er, gratulire aber nicht dem Abschreiber, der diese Hieroglyphen entziffern soll.

Es ist wahr, lachte Beethoven, ich schreibe nicht die schönste Handschrift. Aber das Leben ist zu kurz, um Buchstaben oder Noten schön zu malen, und schönere Noten brächten mich doch auch schwerlich aus den Nöthen.*)

Aber die Abschreiber und Stecher aus den Nöthen, sagte Herr Haslinger. Da haben sich zum Beispiel in's Violin-Quartett aus C-moll zwei Fehler eingeschlichen, die sicherlich auch nur der Abschreiber

---

*) Beethovens eigene Worte. Siehe: Seyfried, Anhang. S. 21.

verschuldet hat. Aber jetzt, wo wir das Quartett neu herausgeben wollen, jetzt möchten wir die Fehler gern ausmerzen.

Na, was sind's für Fehler? fragte Beethoven.

Es sind da zwei reine Quinten im ersten Satz.

So? Zwei reine Quinten, und warum sind das Fehler, mein superkluges Abjutanterl? Und wer sagt Ihnen denn, daß der Abschreiber die verschuldet, und daß nicht Ihr Generalissimus sie so hingestellt hat?

Das kann ich nimmermehr glauben, weil der große Meister Beethoven keine Fehler machen und keine verbotenen Quinten schreiben wird.

Und wer hat denn die Quinten verboten?

Wer sie verboten hat? fragte Herr Tobias erstaunt. Es sind ja doch die ersten Grundregeln —

Ich frage, wer die Quinten verboten hat? unterbrach ihn Beethoven heftig. Heraus damit! Schnell, schnell! Wer hat die Quinten verboten?

Nun, Marpurg, Kirnberger, Fuchs, alle großen Theoretiker haben die Quinten verboten.

Beethoven hob sein Haupt stolz empor, und dicht vor Herrn Haslinger hintretend, sagte er: Und ich erlaube die Quinten! Hören Sie wohl, ich Ludwig van Beethoven, ich erlaube die Quinten, wenn sie an der rechten Stelle stehen, und sie bleiben in meinem C-moll-Quartett!*) Stillgeschwiegen, nicht raisonnirt, Abjutanterl, Euer Generalissimus will es so! Soll mich wohl scheeren um Eure Generalbaß-lehren! Was gehen mich die Regeln an, die sich die kluge Menschen-dummheit zurecht gemacht hat? Ich brauch' sie nicht! Werd' Eurer weisen, musikalischen Dummheit noch manche Nuß zu knacken geben. Werd' den gelehrten Herren Kritikern noch oft Gelegenheit geben, mir nachzuweisen, daß ich nach ihrer Ansicht grammatikalische Fehler gemacht habe. Ja, ja, sie werden noch oft staunen, und die Köpfe zu-

---

*) Biographische Skizzen über Ludwig van Beethoven. Von Dr. Wegeler und Ferdinand Ries. S. 87.

sammenstecken, weil sie's noch in keinem Generalbaßbuch gefunden haben, was der Beethoven ihnen zum Trotz zu schreiben wagt.*) Aber halt, da fällt mir noch etwas ein, was ich Euch und dem Steiner vermelden wollt', ein neues Gesetz von Eurem Generalissimus, das Ihr in Euer Kriegsgesetz aufnehmen könnt. Aufgepaßt, Adjutanterl, hier ist das Gesetz!

Er nahm einen großen Bogen Papier von seinem Schreibtisch und las: „An den Wohlgebornen Generallieutenant von Steiner, und seinen Adjutanten Herrn Tobias Haslinger."

Publicandum.

„Wir haben nach eigener Prüfung und nach Anhörung unsers Conseils beschlossen und beschließen, daß hinfüro auf allen unsern Werken, wozu der Titel deutsch, statt Pianoforte: „Hammerclavier" gesetzt werde, wonach sich unser bester Generallieutenant, sammt Adjutanten, so wie alle andern, die es betrifft, sogleich zu richten, und solches in's Werk zu bringen haben.

Statt Pianoforte, Hammerclavier —
womit es sein Abkommen einmal für allemal hiermit hat.

Gegeben in unserer Residenz zu Wien.
gez. Ludwig van Beethoven m. p.
Der beste Generalissimus für die Guten,
Der Teufel selbst für die Bösen."**)

Hier, Adjutanterl, sagte Beethoven, Herrn Haslinger das Papier darreichend, thut das Pergament meines Willens in Eure Gesetzsammlung, und richtet Euch darnach. Hammerclavier soll es fortan heißen! Hammerclavier ist sicher deutsch, die Erfindung des Instruments ist auch eine deutsche; also gebt Ehre dem Ehre gebührt.***) Aber noch Etwas! Ein Papier! Hab' Euch in's Verhör zu nehmen, Adjutanterl, und wollen das Verhör gleich zu Protocoll bringen. Papier her!

---

*) Beethovens eigene Worte. Siehe: Seyfried. Anhang. S. 5.
**) Seyfried, Anhang. S. 33.
***) Beethovens eigene Worte. Siehe: Seyfried. S. 33.

Er nahm ein Blatt Papier, und schrieb: Warum habe ich gestern die Correctur des Trio nicht bekommen?

Sodann reichte er Herrn Haslinger das Blatt dar. Dieser nahm eine andere Feder und schrieb, und so im raschen Schriftwechsel der Fragen und Antworten flog die Conversation der Feder herüber und hinüber.

Weil die Correctur noch nicht fertig ist, schrieb Herr Haslinger.

Warum ist sie nicht fertig?

Weil der Stecher an der Vollendung verhindert wurde.

Warum wurde er daran verhindert?

Weil wir ihm eine andere pressante Arbeit auftragen mußten.

Warum mußtet Ihr ihm etwas Anderes auftragen?

Weil — weil — weil wir Geld brauchen.

Geld? Geld? Auch ich brauche Geld! Und wenn ich deßwegen zu Euch komme, so habt Ihr immer keins für mich. Geld? Verdient Ihr etwa keins bei meinen Arbeiten?

O ja! Sonst würden wir gewiß nicht um den Besitz derselben geizen, und das Verlagsrecht mit bedeutenden Aufopferungen erkaufen. Indessen, haben Sie nur noch wenige Tage Geduld, dann erhalten Sie den letzten Abzug, und wir lassen auch ein schönes Titelblatt dazu anfertigen.

Titelblatt! Schönes Titelblatt! Wenn der Inhalt nichts taugt, gebe ich auch für das allerschönste Titelblatt keinen Pfifferling. Aber sagt mir einmal, wie ging's denn zu, daß, als ich gestern in Eurer Handlung war, sich gar keine Käufer im Laden sehen ließen?

Weil die vornehme Welt, die jetzt Abends mit den Congreß- freuden beschäftigt ist, den Vormittag lieber schläft, als Musika- lien kauft.

Musikalien kauft? Darin liegt's! Warum verkauft Ihr auch nichts als eitle Musikalien? Warum befolgt Ihr nicht schon längst meinen wohlgemeinten Rath? Werdet doch einmal klug und kommt zur Raison. Verschreibt Euch statt der Centner von Papierballen, echtes ungewäs- sertes Regensburger, laßt diesen sehr beliebten Handelsartikel auf der Donau herunterschwimmen, verabfolgt ihn Maaß-, Halbe- und

Seidelweis zu billigen Preisen, credenzt abwechselnd geselchte Würstel, Kipfel, Rettig, Butter und Käse, ladet die Hungrigen und Durstigen ein mit den ellenlangen Lettern eines Aushängeschildes: „Mufikalifches Bierhaus", und Ihr werdet zu allen Stunden des Tages so viele Gäste haben, daß Einer dem Andern die Thür in die Hand giebt, und Euer Bureau nie leer wird. Ha! ha! ha!*)

Und mit einem lauten, schallenden Gelächter warf Beethoven die Feder bei Seite.

Es ist Zeit, glaube ich, daß wir zur Probe gehen, sagte er, seinen Hut nehmend.

Herr Tobias Haslinger machte ein verlegenes Gesicht, und seufzte leise vor sich hin: Jetzt wird der Sturm losgehen! Aber es hilft nichts! Es muß sein!

Was seht Ihr auf einmal so verlegen aus, Adjutanterl? fragte Beethoven. Warum kommt Ihr nicht?

Ich, — ich habe Ihnen noch etwas zu sagen, Herr van Beethoven, rief Haslinger, und ich bitte Sie von ganzer Seele, mir nicht böse zu werden über das, was ich beauftragt bin, zu sagen.

Beethoven legte seinen Hut hin. So, sagte er, Sie haben mir noch etwas zu sagen, Herr Haslinger. Sie sind also doch nicht blos gekommen, um mich zur Probe abzuholen? Nun, was giebt es denn? Heraus damit! Sprechen Sie!

Ich komme eigentlich im Auftrag der Orchestermitglieder, rief Haslinger, und der Sänger, die in der Cantate singen sollen.

Sie wollen nicht singen und nicht spielen? schrie Beethoven. Nicht wahr, das ist es? Die Cantate ist ihnen zu schwer, liegt zu hoch, ist nicht für die Stimmen passend geschrieben, nicht wahr? Ich kenne die Redensarten. Ich soll abändern, es recht bequem und mundrecht machen, daß sie's nur so herunterleiern können, wie einen Gaffenhauer. Und die Schlacht bei Vittoria, die ist den Herren Orchestermitgliedern auch nicht recht. Es ist zu viel Tempowechsel, zu viel Abweichung

---

*) Diese schriftliche Conversation ist mitgetheilt in: Seyfried, Anhang S. 39—40.

darin, man kann sich auch nicht genug als Virtuos darin zur Geltung bringen, nicht wahr?

Nein, nein, schrie Haslinger, das ist es Alles nicht. Das Orchester ist ganz begeistert für Ihr Werk, die Sänger der Cantate wollen jeden Ton so singen, wie er da steht, aber —

Nun aber, — was ist's denn? rief Beethoven.

Aber sie bitten, der große Meister Beethoven möchte erlauben, daß sie heute ihre Probe für sich allein, unter Leitung des Kapellmeisters Umlauf abhalten dürfen, und daß Sie heute nicht der Probe beiwohnen, sondern erst übermorgen bei der Generalprobe gegenwärtig sein wollen, um sich zu überzeugen, daß Alle mit Eifer und Bewunderung für Ihre herrlichen Tonwerke geübt haben.

Beethoven war blaß geworden, seine Lippen preßten sich fest aufeinander, und mit einem Ausdruck des Entsetzens preßte er seine beiden Hände an seine Stirn.

Das heißt, sagte er leise und beklommen, das heißt, sie wollen mich nicht zum Dirigenten haben?

Sie werden sich Alle sehr glücklich und geehrt fühlen, wenn Sie bei der Aufführung und der Generalprobe an der Seite des Kapellmeisters Umlauf den Commandostab führen wollen, aber sie beschwören Sie, zu erlauben, daß sie sich erst recht sicher und fest unter Umlaufs Direction einüben, ehe sie sich Ihrer Oberleitung anvertrauen.

Das heißt, schrie Beethoven mit einem tiefen Seufzer, das heißt, ich bin kein guter Dirigent?

Nein, nein, ein vortrefflicher. Aber gestehen Sie selbst, die gestrige Probe war fürchterlich. Das Orchester kam alle Augenblicke in Verwirrung, die Sänger kamen aus dem Tact!

Ja, es war eine Höllenmusik, aber das kam daher, weil Alle eilten, Keiner im Tact blieb.

Nein, schrie Haslinger, das kam daher, weil Sie, verehrter lieber Herr van Beethoven, weil Sie immerfort retardirten, weil Sie immerfort auf das Eintreten der Instrumente horchten, und anhielten, wenn Sie das Piano der Violinen, das Einsetzen der Stimmen nicht hörten. Dadurch entstand die ganze heillose Verwirrung!

Beethoven stieß einen lauten, herzzerreißenden Schrei aus. Ich bin taub, rief er, und sie wollen keinen tauben Dirigenten!

Sie bitten nur, daß sie die ersten Proben unter Umlaufs Direction machen dürfen! Nachher, bei der Aufführung, da rechnen sie es sich zur höchsten Ehre, unter Ihrer Leitung zu stehen.

Nein, nein, ich will sie nicht leiten, schrie Beethoven. Sie haben mich verworfen, mich bei Seite gestoßen. Oh Gott, Gott, Du siehst meinen Jammer, siehst meine Demüthigung und Schmach, warum erbarmst Du Dich nicht meiner? Warum sendest Du nicht einen Blitzstrahl, daß er den zuckenden Wurm zermalme, den die Menschen unter ihre Füße getreten, den sie im Staub und Schmutz des Lebens umher gehetzt haben? Hast denn auch Du da droben kein Erbarmen mit mir? Bist auch Du taub, und hörst nicht den Jammerlaut Deiner Creatur?

Aber, Meister, flehte Haslinger, die Hand auf Beethovens Schulter legend, aber Meister, Freund, ich beschwöre Sie, regen Sie sich nicht so auf! Warum wollen Sie eine einfache Sache denn gar so tragisch nehmen? Warum —

Still, gebot Beethoven mit machtvoller Stimme, will etwa die Taube den Adler trösten? Still, sage ich, still. Gehen Sie zu den Leuten, die Sie gesandt, sagen Sie den Herren vom Orchester, den Sängern und Sängerinnen, sagen Sie Allen, ich wolle ihre Bitte erfüllen. Herr Kapellmeister Umlauf soll dirigiren, soll die Tempi angeben. Herr Kapellmeister Umlauf soll Alles, Alles leiten.

Aber bei der Aufführung, Beethoven, nicht wahr, bei der Aufführung, da erzeigen Sie dem Orchester, das Sie so hoch verehrt, den Sängern, die mit so viel Freude Ihre schöne Cantate singen wollen, da erzeigen Sie ihnen Allen die Ehre, und dirigiren selbst?

Ha, ich soll apportiren, ich armer Pudel, apportiren, wie's den lieben Menschenkindern gefällt, schrie Beethoven mit einem wilden Lachen. Nein, Herr, nein, ich werde nicht apportiren, nicht dirigiren. Führt Eure Musiken auf, quikt meine Cantate, was geht es mich an, ich kümmere mich nicht mehr darum. Ich habe die Cantate geschrieben, weil der hochlöbliche Magistrat von Wien mir den Auftrag gegeben hatte, eine Cantate zur Begrüßung der hohen Congreßherren zu machen. ich habe sie geschrieben, weil man sie mir gut bezahlt hat, und weil ich ein solcher Lump bin, wie alles andere Menschengesindel, weil ich auch Alles für's Geld thue, für's Geld meinen Geist apportiren lasse. Die Cantate ist geschrieben und bezahlt. Jetzt dudelt sie nur Euren hohen Herrschaften vor. Ich kümmere mich nicht darum, mich geht's nicht an.

Aber die höchsten Herrschaften wünschen, wie man weiß, daß Sie die öffentliche Aufführung leiten, die höchsten Herrschaften wünschen den großen Meister zu sehen, zu bewundern.

Was sind mir die höchsten Herrschaften! rief Beethoven wüthend. Meine höchsten Herrschaften das ist Gott und die Kunst, ich kenne keine anderen, kümmere mich um keine anderen. Und jetzt ist's genug, Mann! Gehen Sie! Ich will allein sein! Gönnt mir wenigstens mein bischen Ruhe und Einsamkeit!

Aber lieber Herr van Beethoven, ich —

Hinaus, hinaus! schrie Beethoven, zur Thür hinspringend und sie öffnend. Hinaus, sage ich! Hier in meinem Zimmer bin ich wenigstens der Herr, hier soll man mir nicht trotzen!

Aber, lieber Herr van Beethoven, flehte Herr Haslinger, zürnen Sie mir nicht, und vergeben Sie auch den Musikern, die wahrhaftig unschuldig sind und nicht anders konnten. Ich beschwöre Sie, seien Sie nicht grausam, sagen Sie, daß Sie die Aufführung dirigiren wollen, sonst —

Ich sage, daß ich allein sein will, schrie Beethoven, und daß ich kein Wort mehr hören will von der Aufführung! Herr Tobias Haslinger, es thut mir leid, mich nicht länger mit Ihnen unterhalten zu können, aber ich bin beschäftigt. Ich arbeite an einer neuen Symphonie, die ich den Herren Gebrüdern Schott in Mainz in Verlag geben will. Haben Sie also die Güte, mich nicht länger zu stören.

Auch das noch, seufzte Herr Haslinger, auch die neue Symphonie will er uns entziehen. Nun, ich werde wiederkommen, wenn sein Zorn verraucht ist, und dann werden wir ja sehen, ob er unerbittlich ist.

Er nahm seinen Hut, und Beethoven mit einem letzten stummen Schmerzensblick begrüßend, verließ er traurig, gesenkten Hauptes das Zimmer.

Beethoven stand mit flammenden Blicken, mit düstern gehässigen Mienen neben der Thür, auf die er mit gebieterischer Handbewegung hindeutete.

Jetzt, als Herr Haslinger hinaus gegangen war, sank sein Arm nieder, und ein tiefer, qualvoller Seufzer drang aus seiner Brust hervor.

Taub, sagte er, auf einen Stuhl niederfinkend, taub, ausgestoßen aus der Gesellschaft, aus der Gemeinschaft mit den Menschen. Ein Componist, der nicht einmal im Stande ist, seine eigenen Compositionen zu dirigiren, ein Musiker, der keinen Ton von der Musik hört, die er macht! Oh, mein Gott, mein Gott, ein Lebender stehe ich in einem offenen Grabe, abgesondert von allen Freuden, allein und einsam!

Er senkte sein Haupt auf seine Brust, und saß lange so da, in sich gekehrt, schweigend.

Dann auf einmal erhob er sich und mit großen Schritten durch das Zimmer gehend, trat er zum Schreibtisch. Dort, inmitten der Bücher und an diese gelehnt, stand ein in einem leichten Rahmen eingefaßtes Papier. Es enthielt nichts, als einige mit großen, flüchtigen Zügen hingeworfene Zeilen von Beethovens eigener Handschrift. Diese Zeilen waren eine Inschrift, wie man sie auf einem ägyptischen Tempel der Isis gefunden, und welche Beethoven für den Inbegriff aller Religion und aller Weisheit erklärte.

Diese Inschrift, welche immer auf seinem Schreibtisch stand, hob er jetzt mit ihrem Rahmen von demselben empor, und betrachtete sie lange mit düsterm Schweigen. Dann auf einmal begann er sie zu lesen mit lauter kräftiger Stimme:

„Ich bin, was da ist, Ich bin Alles, was ist, was war, und was sein wird. Kein sterblicher Mensch hat meinen Schleier aufgehoben."

„Es ist ein Zeugniß von Ihm selbst, und diesem Einzigen sind alle Dinge ihr Dasein schuldig."

Nun hob er den Blick zum Himmel empor, und der Zorn war aus seinem Antlitz gewichen, und sein Auge war wieder mild und klar.

Dir Einzigen bin ich mein Dasein schuldig, sagte er mit tiefer, feierlicher Stimme, und da es also ist, Einziger, so will ich auch über mein Dasein nicht murren, sondern will es ertragen, wie Du es mir gegeben hast.

Er legte leise und still den Rahmen mit der Inschrift wieder auf den Tisch hin, und trat zum Clavier. Mit zitternden Händen schlug er einige Accorde an, dann ließ er seufzend die Arme sinken.

Kein Ton durchdringt die Stille, sagte er leise, und doch singt und klingt Alles in mir, und klagt und weint, und schreit nach Luft und Erlösung. Ich will arbeiten, arbeiten! Das ist die Erlösung von meinen Schmerzen, das ist die Luft für mein armes, engbrüstiges Herz.

Er näherte sich seinem Schreibtisch und nahm die Feder, — aber in diesem Moment öffnete sich da drüben wieder die Thür und ein hochgewachsener, breitschultriger Mann, mit düsterm, geröthetem Antlitz trat herein.

VIII.

Die feindlichen Brüder.

Bruder Johann, sagte Beethoven fast erschrocken, indem er die Feder wieder bei Seite legte und aufstand. Guten Morgen, Bruder, bist schon heute so früh in die Stadt gekommen? Giebt es nichts zu thun auf Deinem Gut?

Das soll heißen, Bruder Ludwig, schrie Johann mit Stentorstimme, das soll heißen, daß ich besser gethan hätte, daheim zu bleiben auf meinem Gut, statt Dich mit meinem Besuch zu belästigen! Aber ich bin doch nur um Deinetwillen gekommen, Bruder Ludwig, bin um Deinetwillen in dem kalten Morgen die drei Stunden gefahren, versäume daheim meine Wirthschaft um Deinetwillen.

Um meinetwillen, Bruder? fragte Beethoven verwundert. Aber weshalb denn, Bruder?

Deshalb, schrie Johann, weil ich mich Deiner annehmen muß, weil Du nichts von Geschäften verstehst, und weil Du Dich daher von Jedermann betrügen läßt.

Hat man mich schon wieder betrogen? fragte Beethoven scheu und ängstlich.

Man betrügt Dich fortwährend, schrie Johann, Jeder will von Dir profitiren, von Dir Vortheil ziehen, Keiner meint es ehrlich mit Dir, und wenn ich nicht wäre, so würdest Du zuletzt noch Hungers sterben können.

Oh, Bruder, so traurig ist es nicht, sagte Beethoven stolz. Wenn ich auch kein Vermögen habe, so werde ich doch immer genug haben, um zu leben, denn ich werde arbeiten, und man bezahlt mir meine Compositionen sehr gut.

Das ist's eben! Man bezahlt Dich nicht gut, man könnte Dich noch viel besser bezahlen! Die Herren Steiner und Haslinger, die Du Deine Freunde nennst, das sind Deine ärgsten Feinde, denn sie sind nur auf ihren Vortheil bedacht, sie zahlen Dir ein elendes Honorar, um selber destomehr zu verdienen. Es sind eigennützige, geizige Men-schen, die Dich verlachen, weil Du so gutmüthig einfältig bist, ihnen für ein Lumpengeld Deine Compositionen hinzugeben.

Nun, ein Lumpengeld ist es gerade nicht, sagte Beethoven lächelnd. Sie zahlen mir für jede Sonate achtzig Ducaten, für jede Symphonie einhundert und funfzig Ducaten,*) das, glaube ich, ist ziemlich gut bezahlt.

Ich weiß aber, daß es schlecht bezahlt ist, schrie sein Bruder. Ich habe mich um Deinetwillen genau darnach erkundigt, habe an andere Musikalienhandlungen wegen des Verlags Deiner neuesten Arbeiten geschrieben und Alle haben sie mir mehr geboten.

Dir, mehr geboten, sagte Beethoven mit einem leisen Lächeln. Aber mir scheint, Dir hätten sie gar nichts für meine Arbeiten zu

---

*) Schindler. S. 101.

bieten, sondern nur mir allein, und ich bitte Dich, Bruder, daß Du so gut bist, Dich ferner nicht so sehr um meine Geschäfte zu bekümmern. Du sagst, alle Menschen bemühen sich aus Eigennutz um mich, und zuletzt müßte ich dann denken, daß Du es auch thätest.

Das ist also mein Dank für all die Arbeit und Mühe, die ich mit Dir habe, schrie sein Bruder. Das ist mein Lohn, daß ich mich für Dich quäle, für Dich Briefe schreibe, für Dich umherlaufe, für Dich zum Spion und Aufpasser werde, um zu lauschen und zu beobachten, wer Dich betrügt und Dich mißbraucht.

Und ich danke es Dir gar nicht, daß Du das thust, rief Beethoven unwillig. Du machst mich mißtrauisch, mürrisch gegen alle Menschen, Du verfeindest mich mit Denen, die ich bis dahin meine liebsten und treuesten Freunde nannte, Du gießest Galle in mein Blut, und statt mich mit meinem bösen Schicksal zu versöhnen, erbitterst Du mich mehr und mehr.

So ist's recht, schrie Johann, Vorwürfe, Anschuldigungen statt des Dankes. Denn ich habe Dank von Dir verdient. Ich habe immer an Dir gehandelt, wie ein guter Bruder; Du verstehst nichts von den Dingen dieser Welt, und bedarfst daher eines Rathgebers und Führers, und das bin ich Dir allezeit gewesen.

Du, mir ein Führer, ein Rathgeber? sagte Beethoven heftig. Ich bedarf eines Solchen nicht, und Du könntest es mir gewiß nicht sein. Was warst Du, ehe Du zu mir nach Wien kamst? Ein armer Apotheker, der nichts hatte und nichts war. Ich gab Dir, was ich besaß, ich kaufte Dir eine Apotheke, ich machte einen Mann aus Dir, denn Jedermann wollte Dir wohl, weil Du mein Bruder warst. Und was bist Du denn jetzt weiter mehr, als eben mein Bruder?

Oh, rief Johann stolz und würdevoll, ich bin Gutsbesitzer! Nein, nein, ich bin nicht blos des Herrn Ludwig van Beethovens Bruder, sondern ich stehe auf meinen eigenen Füßen, und stehe da vielleicht fester als Du auf den Deinen. Ich bin Gutsbesitzer.

Und ich, mein Herr Bruder, ich bin Hirnbesitzer,*) rief Beethoven,

---

*) Seyfried. S. 15.

sein Haupt stolz zurückwerfend. Glaubst Du, daß Dein Gut schwerer wiegt als mein Kopf?

Ich glaube, daß Du ein stolzer und hochfahrender Mann bist, der seinen Bruder gar nicht liebt, rief Johann. Ich glaube, daß ich am Besten thue, Dich zu verlassen und niemals mehr hierher zurückzukehren. Lebe also wohl! Mögen Deine Feinde Dein Herz umstricken und sich zu Deinen Freunden lügen, mögen sie Dich betrügen und bestehlen, mögen sie Dich umherzerren wie ein schwaches Kind und Dich zum Spott der Welt machen. Mich soll's nichts angehen, ich werde mich niemals mehr um Deine Angelegenheiten kümmern! Lebe wohl, wir sehen uns niemals wieder! Lebe wohl, Du mein geliebter, angebeteter Bruder, wir werden uns niemals wiedersehen!

Und während er mit vor Rührung zitternder Stimme so sprach, stürzten ihm die Thränen in hellen Strömen aus den Augen, und er wandte sich schwankenden Schrittes der Thür zu.

Aber sofort war Beethoven an seiner Seite, und ihn mit beiden Armen umschlingend und ihn zärtlich an seine Brust drückend, rief er: nein, Bruder Johann, Du gehst nicht fort, Du bleibst bei mir! Es soll nicht gesagt werden, daß die Söhne unserer Mutter, daß Brüder, die unter einem Herzen gelegen, in einem Hause aufgewachsen sind, daß die sich feindlich von einander lossagen könnten. Nein, nein, Du bist und bleibst mein Bruder, und ich liebe Dich und werde Dich ewig lieben. Mögest Du Recht haben, mögen alle Menschen mich betrügen, aber an Dich glaube ich, Dir will ich niemals mißtrauen, Dich will ich ewig lieben, mein Bruder, meiner geliebten Mutter geliebter Sohn!

Er drückte einen glühenden Kuß auf seines Bruders Lippen, und dann sein Haupt an des Bruders Brust legend, hielt er ihn lange und innig umfangen.

Und nun, sagte er dann, sich lächelnd wieder emporrichtend, nun mußt Du mir auch beweisen, daß Alles wieder zwischen uns gut ist, mußt Dich nach wie vor um meine Angelegenheiten bekümmern, mußt mir Rath geben, und mich warnen, wenn man mich betrügen will. Willst Du das auch thun, Bruder?

Ja, ich will's thun, sagte Johann freundlich, und ich will Dir gleich einen Beweis davon geben, wie sehr ich mich immer mit Deinen Angelegenheiten beschäftige.

Er zog einen Brief aus seinem Busen hervor, und reichte ihn Beethoven dar. Sieh', sagte er, diesen Brief will ich eben zur Post bringen.

Ein Brief an Herrn Thompson in Edinburg, rief Beethoven. Aber warum schreibst Du an ihn?

Warum? Ich will ihn mahnen, Dir die hundert Ducaten zu schicken, die er Dir noch für die schottischen Lieder schuldig ist, und die er Dir lange schon hätte schicken müssen, wenn er ein ehrlicher und anständiger Mann wäre.

Nun, Bruder Johann, er ist ein ehrlicher und anständiger Mann, sagte Beethoven aufathmend. Er hat mir gestern das Geld geschickt.

Ah, er hat's geschickt, rief Johann, nun das freut mich, denn alsdann bist Du jetzt ein wahrer Crösus, ein Capitalist. Hast erst vor acht Tagen von dem Wiener Magistrat für die Cantate hundert Ducaten bekommen, und jetzt wieder hundert, das machen nahe an tausend Gulden, ein Vermögen, Bruder. Jetzt mußt Du daran denken, Dir etwas zu sparen, und ich mache Dir einen Vorschlag! Gieb mir achthundert Gulden, damit ich Dir dafür sichere Staatspapiere kaufe, die ich Dir dann bei mir in meinem eisernen Schrank verwahre, denn hier bei Dir würde man sie Dir doch stehlen. Baar achthundert Gulden in sichern Papieren liegen haben, ist immer eine angenehme Sache, in Zeiten der Noth kann man sie sogleich zu Gelde machen, und sich aus der Verlegenheit erretten. Hörst Du, Bruder, gieb mir also einhundert und funfzig Ducaten, damit ich Dir Papiere kaufe. Dann hast Du noch funfzig Ducaten, und die reichen für das tägliche Leben hin, bis Du erst wieder neues Geld verdient hast. Also gieb das Geld.

Beethoven hatte, während sein Bruder sprach, mit verlegener und ängstlicher Miene vor sich hingestarrt, jetzt hob er langsam und mit bittendem Ausdruck die Augen zu seinem Bruder empor.

Lieber Bruder, sagte er, sei mir nicht böse, aber — es muß heraus, — ich habe die andern hundert Ducaten nicht mehr.

Was? schrie Johann. Du hast sie nicht mehr? Hat man sie Dir gestohlen?

Nein, nein, Bruder, man hat sie nicht gestohlen. Ich hatte selbst einige nothwendige Ausgaben und dann —

Und dann, nicht wahr, dann kam Bruder Carl und stahl Dir das Andere?

Nein, Bruder, er stahl mir nichts! Freiwillig habe ich ihm dreihundert Gulden gegeben, und ich hab's gern gethan, denn er war in gar großer Noth und Angst. Er weinte und jammerte, und hätte seine Stelle verlieren müssen, wenn er das Geld nicht herbeischaffte. Es war also meine Pflicht, als redlicher Bruder und Freund ihm zu helfen, und seine Ehre, welches ja auch die meine ist, rein zu erhalten.

Und so hat sich also mein kluger Bruder, das große Genie, wieder betrügen lassen, schrie Johann wüthend. So hat der Mann, der sich vorher so stolz Hirnbesitzer nannte, denn so hirnlos gehandelt, daß er sich von einem paar Crocodilsthränen hat täuschen lassen, daß er dem größten Lügner und Heuchler geglaubt hat. Denn ich sage Dir, unser Bruder Carl ist ein Lügner und Heuchler. Es ist nicht wahr, daß er in Noth war, daß er Geld brauchte. Er wußte nur, daß Du Geld bekommen hattest, und er wollte es Dir also blos abschwindeln. Und es ist ihm gelungen, er hat das Geld erwischt, und wird jetzt lachen über Deine Leichtgläubigkeit und Dummheit. Bruder, Bruder, wie oft soll ich es Dir denn sagen, traue Niemand, als mir allein! Traue auch unserm Bruder Carl nicht, denn auch Er meint es nicht ehrlich, er will Dich nur um Dein Geld betrügen!

Traue auch unserm Bruder Johann nicht, schrie hinter den Brüdern eine laute zornige Stimme, und als sie Beide sich umschaueten, stand hinter ihnen eine hohe männliche Gestalt, bleich vor Zorn, mit drohend emporgehobener Faust.

Bruder Carl! schrie Beethoven, entsetzt zurücktaumelnd.

Ja, Bruder Carl, welcher Alles gehört hat, schrie dieser, Bruder

Carl, welcher gleich nach dem Herrn Gutsbesitzer gekommen ist, und weil er neugierig war zu hören, was für Gift die brüderliche Schlange wieder in das Herz unsers Bruders ausspritzen wollte, da hinter der Thür gestanden und Alles mit angehört und die ganze saubere Unterhaltung der Herren Brüder vernommen hat. Aber jetzt hatte ich genug gehört, jetzt komme ich, um Theil zu nehmen an der Unterhaltung. Jetzt komme ich, um Dir zu sagen, Bruder Ludwig, daß Du ein Mann ohne Treu' und Glauben bist, denn Du hast Dein feierlich gegebenes Wort nicht gehalten. Du hattest mir geschworen, Niemanden von meiner Noth zu sagen, Niemanden anzuvertrauen, in welcher gräßlichen Verlegenheit ich mich befunden, Niemanden zu verrathen, daß Du mir Geld geliehen. Jetzt hast Du Deinen Schwur gebrochen, und das ist ehrlos.

Aber ich konnte ja nicht anders, rief Beethoven. Johann wollte ja das Geld von mir haben, um mir dafür Papiere zu kaufen, und ich mußte ihm also doch sagen, daß ich es nicht mehr habe! Zudem ist er ja unser Bruder, der wird also gewiß nicht Dein Geheimniß verrathen.

Carl lachte laut auf. Er verräth Bruder und Schwester, Feind und Freund, wenn er Geld damit verdienen kann. Er liebt nichts als Geld, will nichts als Geld; und könnte er aus dem Blut seines Bruders Ludwig Geld münzen, so würde er Dich ohne Bedauern ermorden.

Carl, schrie Johann wüthend, kein Wort mehr, oder —

Still, unterbrach ihn Carl gebieterisch. Still, Du hast gesprochen und beschuldigt. Jetzt ist an mir die Reihe. Jetzt, Bruder Ludwig, höre an, was ich Dir zu sagen habe! Dein Bruder Johann ist ein geldgieriger Mensch, der Dich betrügt, der Dich mit allen Menschen entzweien will, um Dich allein in seinem Besitz zu haben, um Dich allein auszusaugen, um Dir allein all' Dein Geld abzunehmen. Das ist seine Liebe, seine Fürsorge! Er will Dich wie eine Spinne in sein Netz einspinnen, damit er Dir das Blut aussaugen kann.

Oh, oh, habe Mitleid, schrie Beethoven ganz zerbrochen, ganz trostlos auf einen Stuhl niedersinkend. Sei barmherzig, Bruder, habe Mitleid mit mir.

Nein, kein Erbarmen, rief Carl, Du hast angehört, was er über mich gesagt hat, jetzt sollst Du auch anhören, was ich über ihn sage! Und ich sage Dir, er ist ein Heuchler und Betrüger. Er hat Dir gesagt, er wolle Dein Geld haben, um Dir Staatspapiere dafür zu kaufen, und sie Dir in seinem eisernen Kasten aufzubewahren. Jetzt aber will ich Dir sagen, was er mit den tausend Gulden thun wollte, jetzt —

Bruder, schrie Johann ganz laut, schweige, wenn Du nicht willst, daß ich Dich ermorden soll!

Er stürzte zu seinem Bruder hin und packte ihn heftig bei der Brust, aber indem er das that, sprach er zu ihm in sanfterem, gemäßigterem Ton, so daß Beethoven ihn nicht verstehen konnte.

Carl lachte laut auf und stieß ihn dann mit gewaltiger Faust zurück. Bruder Ludwig, schrie er, willst Du wissen, was der gute ehrliche Johann mir eben gesagt hat? Er hat gesagt: gehe nicht weiter, Carl! Schweige jetzt, und wenn er mir das Geld giebt, will ich Dir die Hälfte abgeben! Schweige, sonst entläuft er uns Beiden und wir werden gar nichts mehr von ihm bekommen.

Beethoven, einen lauten Schrei ausstoßend, schlug die Hände vor sein Angesicht und ächzte laut. Aber Carl faßte ihn an der Schulter und rüttelte ihn aus seiner Traurigkeit auf.

Ich will Dir sagen, Ludwig, wozu Bruder Johann die tausend Gulden haben wollte, von denen er sagt, daß er Dir Staatspapiere dafür kaufen wollte, schrie er. Er wollte das Geld haben, um mit diesen tausend Gulden die neue, schöne Equipage, die er sich heute gekauft hat, zu bezahlen! Das ist der eiserne Kasten, in dem er Dein Geld aufbewahren will. Eine Staatsequipage.

Ist das wahr, Johann? sagte Beethoven mit matter, versagender Stimme.

Nein, schrie Johann, es ist nicht wahr, es ist eine elende Lüge! Er soll's mir beweisen, wenn er nicht zugeben will, daß er ein Verläumder ist!

Ich kann's beweisen, und ich will's, schrie Carl. Soll ich Dir sagen, wer der Mann ist, der hier unten im Hausflur steht und mit dem Du hergekommen bist?

Johann erbebte und eine dunkle Röthe flog einen Moment über sein Antlitz hin.

Beethoven sah es und ein leiser Klageton, ein schmerzliches Wimmern kam aus seiner Brust hervor. Sage es, Bruder Carl, flüsterte er leise, wer ist der Mann?

Es ist der Wagenbauer, von dem Johann die Equipage gekauft hat, und der sie ihm nicht ohne Bezahlung verabfolgen wollte, denn der Herr Gutsbesitzer hat wenig Credit, wie es scheint. Johann wollte aber schon heute in seiner glänzenden Equipage auf's Gut fahren, und so hat er dem Wagenbauer gesagt, er solle mit ihm kommen, er habe bei Dir das Geld deponirt, und er wollte es von Dir holen! Und drunten im Hausflur steht also der Wagenbauer und wartet auf die tausend Gulden, die der liebe, ehrliche, treue Johann Dir abschwindeln wollte.

Oh, oh, stöhnte Beethoven, wie das schmerzt! Oh, warum sterbe ich nicht!

Siehst Du, schrie Johann, Du wirst noch zum Mörder an unserm Bruder werden.

Das wäre für Dich freilich ein Unglück, rief Carl, denn alsdann könnte er für Dich kein Geld mehr verdienen.

Und ziehst Du nicht auch von ihm? brüllte Johann. Drückst Du nicht auch an ihm, als wär' er eine Citrone?

Carl antwortete in gleicher wüthender Weise, und jetzt erhob sich zwischen den beiden Brüdern ein glühender erbitterter Streit. Mit lauter bonnernder Stimme sprachen sie zu einander, warfen sie sich die gröbsten Schmähungen in's Gesicht, beschuldigten sie sich gegenseitig der Betrügerei, der Habsucht, der Geldgier. Mit drohenden Blicken starrten sie einander an, und aus ihren Mienen flammte tödtlicher wilder Haß.

Beethoven saß mit bleichem, entsetztem Antlitz da. Einmal beim Beginn des wüthenden Streits, bei den lauten brüllenden Scheltworten

Johanns, hatte er haftig seine beiden Hände an seinen Kopf gedrückt, und schmerzvoll gerufen: Oh weh, weh, meine armen Ohren. *) — Dann hatte er die Hände wieder sinken lassen, und mit weit geöffneten stieren Augen, wie erstarrt vor Schreck und Entsetzen, dem wilden Streit der beiden Brüder zugeschaut.

Als er aber jetzt sah, wie Johann die drohend geballten Fäuste gegen seinen Bruder erhob, als er sah, wie Carl seinen gewaltigen Arm emporschnellte, wie zu einem zerschmetternden Schlag, da sprang Beethoven empor, und sich den beiden Zornigen entgegenstürzend, stieß er sie mit kräftigem Arm von einander zurück.

Es ist genug, sagte er ruhig und hoheitsvoll. Geht nicht weiter, belastet Euer Gewissen nicht mit noch größerer Schmach. Ihr seid sehr unbrüderliche Brüder, **) aber ich verzeihe Euch um unserer Mutter willen. In dieser Stunde habe ich zum ersten Mal dem Schicksal gedankt, daß ich taub bin, denn ich habe nichts verstanden von Eurem wüthenden Streit, ich habe nur in Euren verzerrten Mienen Euren Zorn und Eure gegenseitigen Beleidigungen gelesen. Ich will nicht, daß Ihr im Zorn von einander geht. Da Ihr aber Euch nur so fürchterlich erzürnt habt um des Geldes willen, so wird Euch also auch das Geld wieder versöhnen, und also will ich Euch versöhnen!

Mit großen stolzen Schritten eilte er zu dem Tisch, und öffnete die Chatoulle, worin die Geldrolle lag, die er vorhin durchbrochen hatte.

Hier, sagte er, die Rolle und die einzelnen herausgefallenen Stücke auf den Tisch legend, hier, nehmt Jeder! Du, Carl, die kleinere Hälfte der Rolle, denn Du hast ja gestern erst von mir bekommen, Du, Johann,

---

*) Beethoven war um diese Zeit noch nicht völlig taub, er hörte noch zuweilen ziemlich gut, je nach der Stimmung seiner Nerven. Zuweilen, nach großen Gemüthsaufregungen, war er ganz und gar taub und hörte gar nichts, zuweilen aber auch schärfte die Aufregung seine Gehörnerven, und dann that jeder laute, heftige Ton seinen Ohren physisch weh und machte ihn erbeben vor Schmerz.

**) Ein Ausdruck, dessen sich Beethoven sehr oft bediente, wenn er von seinen Brüdern sprach. Siehe: Schindler. Biographie Beethovens.

die größere Hälfte, denn Dein Wagenbauer wird Dir sonst am Ende Deine schöne Equipage nicht lassen. Nehmt das Geld, aber vorher reicht Euch die Hände.

Die Brüder standen sich trotzig gegenüber, einander anstarrend mit gehässigen Blicken. Keiner von ihnen mochte sich entschließen, dem Bruder die Hand darzureichen.

Gebt Euch die Hände, ich will es! sagte Beethoven gebieterisch.

Aber die Brüder gehorchten ihm nicht, sie starrten einander an mit finsterm Groll, doch sie bewegten sich nicht.

Gebt Euch die Hände, rief Beethoven, oder ich schließe das Geld wieder fort, und Ihr bekommt Beide nichts!

Nun zuckten sie Beide zusammen, und mit einer raschen Bewegung reichten sie einander die Hände dar.

Jetzt nehmt das Geld, und dann geht Beide fort, verlaßt mich Beide, befahl Beethoven.

Schweigend, mit niedergeschlagenen Augen traten die beiden Brüder zu dem Tisch und nahmen das Geld.

Jetzt, rief Beethoven, gebieterisch nach der Thür hindeutend, jetzt lebt wohl!

Aber die beiden Brüder traten zu ihm hin, sie reichten ihm die Hände dar, sie sprachen zu ihm von ihrer Reue, von ihrer Liebe, sie schwuren, daß niemals ähnliche Scenen sich wieder ereignen sollten, sie baten, daß er ihnen vergeben möchte.

Beethoven schüttelte traurig sein Haupt. Meine Brüder, sagte er, ich weiß und verstehe nicht, was Ihr zu mir sagt. Diese Stunde hat mir viel gekostet, denn jetzt höre ich keinen Ton mehr, jetzt bin ich ganz taub.

Als aber Johann nach einem Stück Papier griff, und schreiben wollte, wehrte ihn Beethoven zurück. Ich will nichts hören und wissen, rief er heftig. Geht! Geht! ich will allein sein!

So komm, Bruder, sagte Carl, sich der Thür nähernd.

Geh Du, rief Johann, ich will noch bleiben.

Um mich auf's Neue zu verleumden, rief Carl lachend, um ihn

wieder zu umgarnen, nicht wahr? Nein, Bruder Johann, wir gehen zusammen.

Er faßte mit kräftiger Hand den Arm seines Bruders und zog ihn nach der Thür.

IX.

Verzweiflung und Tröstung.

Beethoven blickte ihnen nach mit entsetzten starren Blicken, mit halbgeöffnetem Munde, athemlos vor Schmerz und Angst.

Nun endlich waren sie hinausgegangen, nun schloß sich die Thür hinter den „unbrüderlichen Brüdern!" Beethoven war allein.

Gott! Gott! schrie er, seine beiden Arme zum Himmel emporstreckend. Bist Du auch taub? Hast Du sie nicht gehört? Oh, sie haben die Liebe gelästert, die göttliche, die menschliche Liebe! Und sie sind meine Brüder! Sollten meine natürlichen Freunde sein, und sind doch nur meine Feinde. Und Du duldest es, Einziger, Du, dem alle Dinge ihr Dasein schuldig sind?

Er ließ seine Arme sinken, und ein schweres Aechzen kam aus seiner Brust hervor. Jetzt bin ich ganz allein, murmelte er, kein Geschöpf, das sich meiner erbarmt! Kein Bruder mehr! Allein, immer allein!

Zwei Thränen rannen langsam über seine Wangen, und tropften nieder auf seine Hände, die er an die Brust gedrückt hatte, als wolle er die Qual, die da innen brannte, erdrücken. Beethoven blickte auf diese glänzenden Thränen nieder und seine Stirn verfinsterte sich.

Pfui, sagte er wild, ein Mann, der weint, wie ein altes Weib! Ich will nicht weinen! — Er schüttelte sein Haupt, und seine Löwenmähne flog wild um sein bleiches, zuckendes Antlitz her. Mit machtvollen großen Schritten rannte er auf und ab, dann stürzte er zum Clavier hin, und warf seine beiden Hände auf die Tasten, daß sie in schreienden Mißklängen aufheulten. Und wieder und noch einmal schlug er auf die Tasten.

Umsonst, umsonst! Tonlose Stille des Grabes rings um ihn her! Kein Laut durchdringt dieses Schweigen des Todes!

Und immer stärker schlug Beethoven auf die Tasten, — er wollte das Instrument zwingen, seinem Meister zu gehorchen, Antwort zu geben auf seine Schmerzen. — Aber ob auch das Zimmer durchrauscht war von dieser wilden Musik der Verzweiflung, ob auch die Saiten klirrten und zitterten, der Resonanzboden dröhnte, — Beethoven vernahm es nicht, für ihn blieb Alles schweigend und stumm, nicht in ewigem Frieden, sondern stumm und in ewigen Schmerzen.

Mit einem letzten grollenden Accord hob er seine Hände von den Tasten, und preßte sie gegen das Instrument, daß es ächzend von ihm fortrollte, weiter hinab in das Zimmer.

Hinweg! hinweg! schrie er. Auch Du hast mich verrathen! Auch Du bleibst mir stumm! Nichts wie Verrath, Bosheit und Tücke, rings um mich her! Aber warum dulde ich es, warum bleibe ich in dieser ekelhaften Welt, unter diesen Menschen, die — Ich will fort! Hinaus, hinaus, dahin, wo ich keine Menschen mehr sehe! Wo ich allein bin, allein mit Gott, oder mit dem Tode!

Er faßte seinen Hut, und warf ihn ungestüm auf den Kopf, dann steckte er, ganz unbewußt, ganz mechanisch sein Notizbuch ein, und rannte hinaus in das Vorzimmer.

Eben kam Zipferlein mit den Tellern, um für seinen Herrn den Tisch zu decken.

Wie er Beethoven mit dem Hut auf dem Kopf gewahrte, rief er in die Küche hinein: Frau Streng, der Herr will noch ausgehen!

Und sofort stürzte Frau Streng, das Antlitz geröthet vom Feuer, mit geschäftiger Eile aus der Küche herbei.

Herr, schrie sie, das Essen ist fertig!

Aber Beethoven achtete nicht auf sie. Er hatte schon die Thür erreicht, und war schon im Begriff sie zu öffnen.

Frau Streng eilte zu ihm hin, und faßte hastig seine Hand, bemüht, ihn wieder in das Zimmer hinein zu ziehen.

Herr, schrie sie, der Schill ist fertig, und wenn er stehen soll, verdirbt er!

Beethoven schleuderte auf sie einen seiner zermalmenden Blitze, stieß sie mit gewaltiger Hand zurück, und stürzte fort, die Treppe hinunter, hinaus auf die Straße.

Die kalte Novemberluft that ihm wohl, und kühlte seine glühend heiße Stirn, und seine pochenden Schläfen. Er athmete hoch auf, wie von einer schweren Last befreit, und das blitzende Auge emporhebend zu den Wolken, die im schnellen Flug am Himmel vorüberrauschten, ging er die Straße hinab.

Die Menschen, die ihm auf seinem Wege begegneten, wichen ehrfurchtsvoll bei Seite.

Die ihn kannten, neigten sich tief vor ihm, und flüsterten zu einander: „das war der große Meister Beethoven! Wie sein Antlitz leuchtete. Er componirt gewiß wieder an einem neuen schönen Werk!"

Die ihn nicht kannten, blieben stehen, und schauten ihm verwundert nach, als hätten sie eine Geistererscheinung gesehen, und sagten kopfschüttelnd: „der Mann muß sehr unglücklich, oder sehr närrisch sein!"

Beethoven sah weder die Menschen, noch ihre Grüße, noch ihre verwunderten Gesichter, er rannte weiter, und immer weiter, die Straßen hinunter, dem Thor zu, hinaus aus dem Thor, die Landstraße dahin, und seitabwärts von der Straße über die weite kahle Wiesenfläche, an deren Ende da drüben der schwarze, nur hin und wieder noch mit röthlichem Laub geschmückte Wald lag.

Hin, hin in raschem Schritt über die Wiesen und das geackerte Feld!

Wohin, wohin?

Aus dem Acker schwingt sich ein aufgescheuchter Rabe auf, und fliegt mit wildem Gekreisch empor. Der wilde Wanderer mit dem fliegenden Haar schaut ihm nach und ruft mit zorniger Stimme: nimm mich mit, Vogel des Todes!

Durch die Wiese schlüpft ein im Schlaf gestörter Maulwurf dahin, seiner unterirdischen Höhle zu. Der wilde Wanderer nickt ihm zu und ruft: grabe, Maulwurf, grabe mir mein Grab!

Weiter! Weiter eilt er dahin, nicht achtend der Kälte, nicht achtend des Windes. Weiter!

Jetzt steht er am Rande des Waldes. Dunkel liegt er vor ihm da, im nächtigen Schatten des Schweigens.

Hinein, hinein! Er kennt die Wege! Er kennt die Stege! Er ist sie oft gewandelt in einsamen Leiden, in einsamen Freuden!

Den schmalen Waldweg hinunter, wohin! Einsamer Wanderer! Wohin!

Stundenlang wandert er! Den Gedanken will er entfliehen, aber sie gehen mit ihm! Den Schmerzen will er entrinnen, aber sie wühlen in seiner Brust.

Jetzt steht er an einer Lichtung des Waldes. Dort jenseits neben der Wiese liegt ein schönes stattliches Dorf. —

Er kennt es wohl! Schöne sonnige Tage hat er hier verlebt, hier in dem reizenden Hetzendorf. Damals war er glücklich! Damals glaubte er noch an die Menschen! Liebte sie Alle!

Und vor allen liebte er Sie! Giulietta!

Vorüber! Vorüber, schöne Erinnerung glücklicher Liebestage!

Er wendet das Haupt ab, er will seine Erinnerungen nicht sehen! Er will ihnen entfliehen! Weiter! Weiter lenkt er die Schritte.

Da liegt es vor ihm in fürstlicher Pracht, das kaiserliche Lustschloß Schönbrunn. Er schaut mit einem trotzigen wilden Blick hin auf das Schloß, das die große Maria Theresia gebaut hat, und in dem jetzt die Gemahlin des gestürzten Kaisers Napoleon wohnt, das jetzt die Zuflucht ist Marie Louisens und des kleinen Königs von Rom.

Vorüber an dem Schloß geht der einsame düstere Wanderer, und tritt durch die kleine, nur angelehnte Seitenpforte in den Park ein.

Weiter! Weiter! Die Wege hinab, die Alleen hinauf zur Höhe, wo der Pavillon Glorietta steht. Nun hinein in das Dickicht des Waldes, hinauf die Anhöhe dicht daneben. Da ist die Stelle, welche er gesucht, der wunderbare Eichbaum, der einst in den Zeiten der Liebe ihm ein Bild gedäucht des Menschenglücks.

In Einem dicken festen Stamm steigt diese Eiche empor aus der Erde, gebaut für die Ewigkeit, von der Erde geboren, aufstrebend zum Himmel. Aber auf einmal hat sich der Stamm getheilt, und zwei Fuß hoch über der Erde hat er sich getrennt, zu Zwei Eichen aus Einem Stamm. So zu Zweien, und doch nur Eins, sind sie emporgestiegen die beiden Eichen, und da droben haben sich ihre Häupter wieder geküßt, und ihre Zweige sich zu Einem wieder in einander geschlossen.

Beethoven kennt diesen seltsamen Baum. Zu ihm kommt er, um Abschied zu nehmen, zu ihm, der einst ihm sein Arbeitszimmer gewesen, oder wenn man will, der Altar, auf welchem der Priester seinem Gott geopfert hat.

Hier auf dieser Stelle, zwischen den beiden Eichen sitzend, hier hat er auch einst seinen Fidelio gedichtet. Hier in der Einsamkeit des Waldes, inmitten der Natur, seligen Gottesfriedens voll, hier hat Beethoven sein herrlichstes Werk geschrieben.

Mit einem lauten Schmerzensschrei sinkt er jetzt nieder vor der Eiche, und lehnt sein Haupt an den Stamm. Hier bin ich! ruft er mit zitterndem Ton. Eiche! Eiche! Ich fordere von Dir Genugthuung und Vergeltung, bei Dir war ich glücklich, und Du rauschtest mir zu, daß ich es ferner sein sollte! Und Du hast gelogen! Gelogen! Neun Jahre sind vergangen, seit ich nicht bei Dir war! Eiche! Eiche! Gieb mir meine Hoffnungen, meine Träume wieder, oder sei barmherzig und zerschmettere mich!

Er klammert seine Arme um den Stamm der Eiche, er schaut mit starrem Auge zu ihr empor.

Die Wipfel rauschen leise im Winde. Er hört es nicht! Aber er hört die Stimmen, die in seiner Brust flüstern. Sie singen und klagen vergangenes Glück, vergangenes Leid! Und es umrauscht ihn wie mit Wundermelodieen, und Fidelio, die Heldin der Liebe, tritt vor ihn hin, und grüßt ihn mit strahlenden Augen; sie kniet vor ihm nieder und das Antlitz von Thränen bethaut, singt sie mit flüsternder Engelsstimme: „da nimm, da nimm das Brot, Du armer, Du armer Mann!

Und Beethoven streckt die Hände aus, und murmelt: gieb es mir, das Brot des Lebens! Gieb es mir, sonst sterbe ich Hungers inmitten der Wüste! Oh, Fibelio, Fibelio, komm' und errette Deinen Florestan! Fibelio!

Seine flehende Stimme hallt durch den Wald. Aber keine Antwort erschallt. Er ächzt laut und lehnt seine Stirn an die Eiche und liegt da unbeweglich, erstarrt in Schmerzen.

Endlich nach langer Zeit springt er empor, und schüttelt seine Mähnen, und sein Auge hat wieder sein trotzig Leuchten.

Ich will nicht sterben, sagt er laut, die rechte Hand auf den Eichenstamm legend. Du hast mich gesehen, Eiche, in den Tagen des Glückes, und damals war es die Liebe, die mich begeisterte. Heute hast Du mich gesehen am Tage der Verzweiflung, und jetzt wird es der Schmerz sein, der mich begeistert. Lebe wohl, Eiche! Lebe wohl! Wie Du, will ich fest stehen und nicht wanken; wie Du, will ich die Stürme überdauern.

Er wendet sich ab, und geht weiter. Jetzt nicht mehr in rasender Eile, sondern langsam, gedankenvoll. Er hat an der Eiche das Brot des Lebens gegessen, und er fühlt sich erkräftigt zum Weiterwandeln durch die rauhen Pfade der Welt.

Jetzt tritt er hinaus an den Rand des Waldes. Vor ihm liegt vom Abendroth überstrahlt die weite Landschaft da, und drüben am Horizont in glühender Pracht senkt sich die Sonne nieder.

Und Beethoven schaut sie an, und ein Lächeln verklärt seine Züge. Die Erde ist stumm, sagt er leise, aber der Himmel spricht zu mir.

Dann breitet er die Arme empor, und er ruft mit lauter, freudiger Stimme: Ich sehe Dich, Einziger, und indem ich Dich sehe, verstehe ich Dich!

Nun wandert er weiter, gedankenvoll, gebeugten Hauptes, nicht achtend des Weges, nicht achtend, daß die Dämmerung herniedersinkt, daß es endlich Nacht wird.

Aber der erschöpfte Körper mahnt seine Seele. Seine Füße schwanken unter ihm, die Seele hat das Brot des Lebens genossen, aber der Körper begehrt noch der Nahrung.

Ermattet und schwankend geht er einsam durch den tonlosen Abend dahin. Da glänzt in der Ferne ein Licht ihm entgegen am Rande des dunklen Waldstreifens.

Beethoven folgt dem leuchtenden Wegweiser. Nun steht er vor dem einsamen Försterhause, und klopft leise an die Pforte.

Ein Greis mit silberweißem Haar öffnet ihm.

Oh, laßt mich ein, gönnt mir ein Nachtlager, sagt Beethoven mit matter Stimme. Gebt mir zu essen! Ich bin kein Bettler! Ich kann bezahlen, was Ihr Gutes an mir thut!

Auch der Bettler würde nicht von unserer Thür gewiesen, sagt der Greis würdevoll. Tretet ein und seid willkommen!

Beethoven tritt ein in das Haus und folgt dem Greise zu dem großen, hell erleuchteten Zimmer, das da zu ebener Erde liegt.

Ein gedeckter Tisch steht in der Mitte des Zimmers und auf demselben Butter, Brot und Käse, und Schüsseln mit köstlicher Milch, die ländliche Abendmahlzeit der Familie. Es ist eine zahlreiche Familie, die um den Tisch steht, denn da ist der Greis, und neben ihm dessen Sohn, der stattliche Förster, dann kommt die Frau Försterin, dann die drei rüstigen, kräftigen Jünglinge, ihre Söhne, und ihre Tochter. Es ist eine glückliche Familie, das sieht man an ihren rosigen Wangen, an ihren hellen, strahlenden Augen, an dem freundlichen, sanften Lächeln, mit dem sie einander anschauen.

Ein unendliches Wohlbehagen spricht von allen Gesichtern, herrscht in der ganzen Umgebung, und Beethoven fühlt einen Hauch davon über seine kranke Brust wehen. Seine Stirn beginnt sich zu glätten, und er schaut mit minder düsterm Blick im Zimmer umher. Er freut sich des hellen Feuers, das lustig in dem großen Kamin flackert, und vor dem in seliger Ruhe zwei Jagdhunde liegen und in die Flamme starren, er freut sich noch mehr des Claviers, das da drüben an der Wand steht, und neben dem er sogar einige Instrumentenkasten sieht.

Aber der Greis stört ihn in seinem Schauen, indem er ihm die Hand hinreicht und ihn an den Tisch führt. Die Förstersfrau tritt an seine andere Seite und spricht zu ihm lächelnd und freundlich.

Oh, lieben, guten Leute, verzeiht, sagt Beethoven milde, ich höre

Euch nicht, ich bin ganz taub. Aber ich sehe, daß Ihr gut und glücklich seid, und ich freue mich dessen.

Armer Mann, seufzt Rosa, die junge Förstertochter, armer Mann!
Taub zu sein, welch' ein Unglück! Keine Menschenstimme zu hören und
keine Musik! Vater, Ihr musicirt doch heute wieder?

Ja wohl, Kind, wir musiciren.

Armer Mann, er wird nichts davon hören, und Eure Musik ist
doch so schön! seufzt Rosa.

Armer Mann! sagen sie Alle. Taub zu sein, welch' ein Unglück.

Beethoven hört nichts von ihren mitleidsvollen Worten, er sitzt
still und gelassen da, und ißt von der Milch, die die Försterin ihm
aufthut, von den Eiern und dem Butterbrod, das Rosa mit geschäftiger Fürsorge ihm bereitet hat.

Jetzt endlich ist das Mahl vollendet. Rosa räumt eilig und rasch
den Tisch ab, und die Brüder helfen ihr dabei, und Alle scheinen sie
voll geschäftiger Eile, um diese Arbeit zu vollenden.

Jetzt ist es gethan, der große Tisch ist abgeräumt. Rosa eilt,
sich zwei Lichter darauf zu setzen, den Korb mit Handarbeiten daneben
zu stellen, und die Stühle für sich und ihre Mutter heranzurücken.

Der Greis nimmt auf einem der Lederstühle nahe am Kamin
Platz, und bedeutet den Gast, auf den anderen, den besseren Lehnstuhl
sich zu setzen.

Beethoven thut's, und fragt sich verwundert, was dies Alles bedeuten mag, weshalb sie Alle so feierlich, und doch so freudig aus-
schauen.

Nun schreitet der Förster nach dem Clavier hin, und öffnet es,
nun heben die Söhne die Deckel der Kasten auf, und ziehen die Instrumente hervor, eine Violine, eine Viola und ein Violoncell.

Ah, sie wollen ein Quartett spielen, sagt Beethoven leise zu sich
selber, und schaut hinüber nach den Musikern. Er sieht, wie sie die
Instrumente stimmen, sieht, wie der Vater ihnen den Accord angiebt,
sieht, wie er dann nickt, als stimmten die Saiten jetzt in schöner
Harmonie.

Nun beginnen sie zu spielen. Beethoven hört nichts, aber er

sieht! Sieht, mit welchem Eifer, welchem inneren Feuer sie spielen, immer in demselben feurigen Tact, demselben gleichmäßigen Bogen- strich. Er sieht, daß die Musiker mit inniger Freude spielen, sieht, wie die beiden Frauen die Handarbeit niederlegen und lauschen, sieht, wie der Greis sich erhebt, und leise auf den Zehen hinschleicht zu den Musikern, um mit gefalteten Händen ihnen zuzuhören.

Beethoven sieht den Eindruck, den die Musik macht, aber er hört sie nicht!

Jetzt sieht er die Musiker inne halten, jetzt sieht Beethoven sie einander zulächeln, sieht, wie Rosa aufspringt, und zu ihrem Vater hineilt, ihre vollen Arme um seinen Nacken schlingt und ihn küßt, und dann, als danke sie für den bereiteten Genuß, den Brüdern lächelnd zunickt.

Aber der Vater wehrt sie sanft zurück, und legt die Hände wieder auf die Tasten. Beethoven sieht, daß die Musik auf's Neue beginnt, feuriger noch, als zuvor, ist sie im Rhythmus. Beethoven sieht es an dem rascheren Bogenstrich der Spielenden. Er sieht, daß sie auch feuriger ist in ihrem Gedanken, denn die Augen der Jünglinge leuch- ten höher auf, Thränen glänzen in Rosa's Augen, vor Begeisterung strahlt das Angesicht ihrer Mutter.

Beethoven sieht es, und diese Musik, die er nicht hört, deren machtvolle Wirkung er auf den Angesichtern der Spieler und der Hörer sieht, diese Musik begeistert auch ihn.

Er steht auf, er nähert sich den Spielenden. Eben halten sie inne, und schauen einander an mit glückstrahlenden Augen, und lächeln ihrer Mutter zu, und Beethoven sieht das Wort auf ihren Lippen flüstern: Wunderschön!

Ach, Ihr guten Menschen, ruft Beethoven mit bebender Stimme, seht, wie unglücklich ich bin! Ich kann nicht Theil nehmen an Eurer Freude, ich bin taub, und doch liebe ich die Musik so sehr. Laßt mich also ein wenig Theil nehmen an Eurem Entzücken. Laßt mich die Musik lesen, die Ihr eben gespielt habt.

Der Förster reichte ihm die Partitur dar, die vor ihm auf dem Clavier gelegen.

Beethoven nimmt das Notenheft und schaut es an.

Nun schreckt er zusammen, seine Augen umdüstern sich, ein Zittern durchschleicht seine ganze Gestalt, das Notenheft entsinkt seinen Händen, der Athem geht schwer und schnell aus seiner Brust, und jetzt ringt er sich hervor in lautem Schluchzen, jetzt stürzen die Thränen in hellen Bächen aus seinen Augen hervor.

Mein E-dur-Quartett, sagt er leise, so leise, daß Niemand es hörte. Aber sie sahen seine Thränen, seine Bewegung, und sie eilen zu ihm hin, und fragen ihn mit Blicken, mit Zeichen um den Grund seiner Thränen.

Beethoven läßt seine Augen mit einem langen Blick an diesen guten, theilnahmsvollen Gesichtern dahin gleiten, dann sagte er mit einem wunderbaren, sanften Lächeln: Lieben Leute, ich habe die Musik geschrieben, die Ihr da spielt. Ich bin Beethoven!

Beethoven! rief der Greis. Beethoven! riefen Alle, wie aus Einem Munde, und der Greis zieht das Sammetkäppel von seinem weißen Haar und nähert sich mit ehrfurchtsvollen Mienen, und der Förster mit seinen Söhnen neigten sich vor ihm, und Rosa stürzte zu ihm hin, und vor ihm niederknieend faßte sie seine Hand und bedeckte sie mit Küssen.

Beethoven ließ es geschehen, er hatte die strahlenden Augen gen Himmel gewandt, und laut und freudig rief er jetzt: Er ist ein Zeugniß von ihm selbst, und diesem Einzigen sind alle Dinge ihr Dasein schuldig!

Dann senkte er das Auge und ließ es mit einem Gruß der Liebe auf den frohen, glücklichen Gesichtern ruhen, die Alle in Ehrfurcht und Liebe ihm zugewandt waren. Ein tiefes, unaussprechliches Glück, eine selige Wonne durchleuchtete jetzt sein armes, vielgequältes Herz, er breitete die Arme aus und rief: Kommt an mein Herz! Laßt mich Euch umarmen, Euch begrüßen! Denn Euch danke ich die schönste Stunde meines Lebens!

Und jubelnd umarmten ihn die Männer, jubelnd warf sich die Försterin an seine Brust, und da sie nicht zu ihm sprechen konnten mit Worten, sprachen sie zu ihm mit ihren Blicken, ihren Thränen, ihren Händedrücken.

Aber jetzt richtete sich Beethoven empor, und schüttelte sein Haupt, als wollte er die Thränen fortschleudern. Sein Auge leuchtete höher auf, seine Gestalt richtete sich stolz empor, und hochgehobenen Hauptes, majestätischen Schrittes ging er zu dem Clavier hin, wie ein Feldherr, der im Begriff ist, seine Truppen in die Schlacht zu führen.

Er setzte sich, und legte die Fingern auf die Tasten.

Stille ward es in dem großen Gemach. Mit angehaltenem Athem standen der Greis, der Mann und die Jünglinge, das Weib und die Jungfrau da. Mit angehaltenem Athem lauschten sie.

Und Beethoven spielte. Spielte, wie er's nie gethan. Die ganze Leidensgeschichte, alle Verzweiflung, alle Schmerzen und Qualen, die er heute geduldet, die crystallisirten sich ihm jetzt zur Musik, und es schrie und wehklagte aus den Saiten, daß die Augen seiner Zuhörer überflossen von Thränen. Aber allmälig löste sich die Verzweiflung, allmälig zerrissen die Wolken, der Sturm der Dissonanzen besänftigte sich, mildere Töne einigten sich zu lieblichen Melodieen, und jetzt im vollen Strom der Harmonie rauschte es daher wie ein Jubellied des Dankes und der Freude!*)

Ja, ein Jubellied des Dankes war es auch! Beethoven hatte in diesem Hause, von diesen fremden Menschen göttliches Labsal empfangen, sie hatten ihn erfreut und zum Leben getröstet mit Musik, die er nur gesehen, aber doch verstanden, er antwortete ihnen mit Musik, und seine Zuhörer verstanden seinen Dank.

———————————

*) Diese Scene ist nicht erfunden, sondern sie hat sich wirklich so begeben. Siehe darüber: Erinnerung an Ludwig van Beethoven. Bonn 1845.

X.

Die entfernte Geliebte.

Am anderen Morgen war Beethoven, begleitet von den Liebesgrüßen der ganzen Familie, in dem Wagen des Försters, der es sich nicht nehmen ließ, selber als Kutscher Beethovens zu fungiren, wieder nach Wien zurückgekehrt.

Seine Haushälterin, die gute Frau Streng, welche ihn die ganze Nacht erwartet hatte, empfing ihn mit Freudenthränen, und küßte mit lauten Jubelworten die dargereichte Hand ihres Herrn.

Meine gute, treue Frau Schnaps, sagte Beethoven mit einem wehmüthigen Lächeln, ich habe gestern alle Leidensstationen durchgemacht, und meine Füße sind wund von den Dornen. Sorgt mir heute ein bischen, daß ich Ruhe und Stille habe. Lasse Sie Niemand zu mir ein. Meine Augen sind trübe und können den Anblick der Menschen noch nicht ertragen.

Aber Herr, schrie Frau Streng —

Beethoven seufzte schmerzlich, und legte sich die Hände an die Schläfen und die Ohren. Sprecht leise, leise, Frau Schnaps, sagte er. Ihre lauten Töne schmerzen mich und brausen wie der Sturm in meinen Ohren. Meine Nerven sind überreizt. Gestern hörte ich gar nichts mehr, heute schmerzen mich die lauten Stimmen, und ich höre das leisere Wort. Morgen werde ich vielleicht wieder ganz taub sein. Sie sieht wohl, Frau Schnaps, es ist schwer mit mir umzugehen, und ich kann daher den Menschen eigentlich nicht gram sein, wenn sie sich von mir wenden.

Aber, Herr, die Menschen möchten doch nichts lieber, als mit Ihnen zusammen sein, sagte Frau Streng. Der Herr Erzherzog Rudolf hat gestern zwei Mal hergeschickt, und das zweite Mal brachte der Kammerdiener gleich die Equipage mit, um Sie abzuholen.

Ah, welch' ein Glück, daß ich nicht zu Hause war, sagte Beethoven mit erheitertem Gesicht. So bin ich von der Last befreit worden, Hofdienst zu thun. Das Schicksal ist doch zuweilen recht gütig gegen mich.

Ach, Herr, Sie werden aber nicht befreit werden, rief Frau Streng. Heute Morgen war der Kammerdiener schon wieder hier, und hat eine Einladung vom Herrn Erzherzog gebracht, ihn heute Nachmittag um vier Uhr zu besuchen.

Einladung! Besuchen! rief Beethoven zornig. Das heißt, ich soll Hofdienst thun, soll dem Bruder des Kaisers Unterricht geben, soll mir dazu den Staatsrock anziehen, mich schniegeln und bügeln, und es mir gefallen lassen, so lange im Vorzimmer zu stehen, bis der Herr Kammerherr mich gemeldet und der Lakay die Thüren aufgerissen hat. Und dann Unterricht geben, ich Unterricht geben! Es ist ein Gräuel, ein Entsetzen! Wer's nicht in sich selber hat, dem kann man's nicht einblasen, und wen's der Geist nicht lehrt, der lernt's nimmermehr von einem Lehrer, und wär's der Herrgott selber, der's ihn lehren sollte! Ich kann heute nicht den Lehrmeister spielen. Geh' Sie also, gute Frau Schnaps, geh' Sie schnell in die Burg, sag' Sie dem Kammerherrn des Erzherzogs, es wär' heute nicht möglich, ich könnte heute nicht kommen, ich — ich — ach, sag' Sie meinetwegen, ich sei gestorben, und deshalb könnte ich keine Stunden mehr geben. Dann bin ich die Plackerei auf einmal und für immer los.

Es glaubt's aber Niemand, wenn ich sag', daß Sie gestorben sind, sagte Frau Streng lächelnd, denn sonst würde die Sonne heute nicht scheinen, und der Himmel nicht blau sein.

Sieh, sieh, Frau Schnaps macht Complimente, sagte Beethoven, leise mit dem Kopf nickend, gratulire, Frau Kammerherrin. Geh' Sie doch hin, und gebe Sie dem Herrn Erzherzog Unterricht, Sie versteht sich auf das Complimentirbuch und die höfische Sprache, und würde gut mit großen Herren umgehen können.

Ja, aber ich habe schon meinen großen Herrn, dem ich diene, sagte Frau Streng, und bin ganz zufrieden mit meinem Hof, mag keinen andern. Sie aber, lieber Herr, Sie müssen heute zum Erzherzog. Er erwartet Sie um vier Uhr, und ich hab's versprochen, daß Sie kommen werden.

Nun, senfzte Beethoven kläglich, wenn Sie's versprochen hat, so werde ich freilich gehen müssen. Aber zum Dank dafür lasse Sie mir auch Niemand anders hier herein.

Aber Herrn Haslinger doch? Er war gestern Nachmittag drei Mal hier, wollt' Sie durchaus sprechen. War auch heute Morgen schon mit dem Kapellmeister Umlauf hier, und war ganz betrübt und traurig, daß er Sie nicht fand. Er sagte, er müsse Sie heute noch sprechen, er werde zum Nachmittag wieder kommen.

Er soll mich aber nicht sprechen, rief Beethoven mit schnell umdüstertem Gesicht. Nein, er soll mich nicht sprechen, ich habe nichts zu thun mit ihm, und auch nichts mit Umlauf. Was gehen mich diese Menschen an, was habe ich mit ihnen zu schaffen? Hör' Sie, Frau Schnaps, untersteh' Sie sich nicht, und lasse Sie mir den Haslinger, oder den Umlauf hier herein. Wenn Sie's thut, laufe ich fort und komme niemals wieder.

Gut also, Herr, ich werde Niemand einlassen, sagte Frau Streng seufzend.

Na, warum thut Sie denn deshalb so traurig, Frau Schnaps?

Weil ich weiß, daß Herr Haslinger Sie so sehr lieb hat.

Ach, lieb hat. Mich hat Niemand lieb, rief Beethoven mürrisch. Das Liebhaben ist nichts als eine bloße Redensart, die Diejenigen immer im Munde führen, die Einen gebrauchen, und von Einem was profitiren wollen. Es bleibt aber dabei, ich will den Haslinger nicht sehen.

Gut, Herr, es bleibt dabei, sagte Frau Streng, indem sie der Thür zuschritt. Im Begriff aber, hinaus zu gehen, wandte sie sich hastig noch einmal um, und kehrte zu Beethoven zurück.

Lieber Herr, sagte sie mit bebender Stimme, ich habe noch eine Bitte an Sie.

Nun, was ist's? rief Beethoven.

Sie sind immer so gütig und verschwenderisch gegen mich gewesen, und da habe ich mir einhundert Gulden gespart, aber weiß nun nicht, was ich mit dem Gelde anfangen, und wo ich es aufbewahren soll. So möchte ich nun meinen lieben gütigen Herrn bitten, ob er nicht so gut sein wollte, mein kleines Capital an sich zu nehmen, und mir vielleicht alle Jahr dafür sechs Gulden Zinsen zu geben, denn anderswo würde ich nur fünf Gulden bekommen.

Beethoven sah sie mit seinen düstern funkelnden Augen starr an, und Fran Streng schlug vor seinen durchbohrenden Blicken die Augen nieder.

Frau Streng, sagte er, Sie haben gestern Alles gehört, was zwischen den Brüdern und mir geschah? Sie haben gehört, daß Sie mir all' mein Geld fortgenommen haben, oder vielmehr, daß ich ihnen Alles gegeben habe?

Nein, Herr, sagte Frau Streng unbefangen, ich habe nichts gehört. Ich möchte nur meine hundert Gulden gut anlegen und hoch verzinst haben, und darum bitte ich meinen guten Herrn, daß er sie nimmt und mir sechs Gulden dafür Zins zahlt. Hier sind meine hundert Gulden, lieber Herr.

Sie reichte mit niedergeschlagenen Augen Beethoven eine kleine Rolle·Geldes dar. Als er sie nicht nahm, legte sie sie neben ihn auf den Tisch hin, und eilte rasch wieder der Thür zu.

Frau Streng, rief Beethoven, als sie eben im Begriff war hinauszugehen.

Was giebt's, Herr? fragte sie stehen bleibend.

Beethoven schritt zu ihr hin, und sanft seine Hand auf ihre Schulter legend, schaute er sie an mit einem Blick voll unaussprechlicher Güte.

Frau Streng, sagte er mit weicher Stimme, ich irrte mich doch vorher: das Liebhaben ist doch nicht eine bloße Redensart. Das wollte ich Ihr nur sagen, und daß ich sehr wohl weiß, daß es Ihr nicht um die sechs Gulden Zinsen zu thun ist. Jetzt geh' Sie, und lasse Sie mir Niemand herein, ausgenommen, fügte er ganz leise und schüchtern hinzu, ausgenommen, wenn meine Brüder kommen.

Und rasch, als schäme er sich seiner eigenen Schwäche, wandte er sich um, und begab sich in sein Arbeitszimmer, leise vor sich hinmurmelnd: „es sind doch immer meine Brüder."*)

Aber es sind doch unbrüderliche Brüder! sagte er dann unwillig vor sich hin. Sie verfeinden mich mit der Welt, mit mir selber, und mit Gott sogar!

Still, still, Beethoven! ermahnte er sich dann selber. Denke an die Stunde, welche Dir Gott gestern Abend geschenkt hat, und danke ihm, indem Du arbeitest und Großes schaffst!

Ja, ich will arbeiten, sagte er, will niederschreiben, was ich gestern auf meinen Leidensstationen empfangen habe. Oh, meine neue Symphonie in A-dur wird bald fertig sein, und die Menschen werden sie frohmüthig spielen, und werden nicht ahnen und wissen, daß es neue Perlen meiner Herzenskrankheit sind! Was thut's! Gott weiß es, und ich fühl' es doch!

Er setzte sich, und sein Notizbuch öffnend, begann er hastig zu schreiben, Das entziffernd, was er in der Nacht im Försterhause aufgezeichnet hatte.

Auf einmal öffnete sich drüben die Thür, und eine tiefverschleierte Dame erschien in derselben. Beethoven sah sie nicht, er hatte das Haupt über seine Noten geneigt und schrieb weiter.

Die Dame blieb einen Moment an der Thür stehen, unbeweglich, tief verhüllt. Dann, als sie sah, daß Beethoven sie immer noch nicht bemerkte, riß sie mit einer heftigen Bewegung den Spitzenschleier von ihrem Antlitz, den langen schwarzen Mantel von ihren Schultern fort und warf ihn achtlos zur Erde. Dann lehnte sie zaudernd und bebend neben der Thür, erwartend, daß Beethoven den Blick erhebe, zu ihr hinschaue.

Es war eine Frau von kaum dreißig Jahren, von einer seltenen, ungewöhnlichen Schönheit. Ihr schönes bleiches Antlitz war eingefaßt von einer Fülle schwarzer Locken, die in ungekünstelter Fülle sich bis auf die Schultern niederringelten, und nur über der Stirn von

---

*) Mit diesen wenigen Worten pflegte Beethoven seinen Brüdern alle ihm angethane Unbill zu vergeben und sie, Andern gegenüber, zu entschuldigen.

einem schmalen Goldreif auseinander gehalten wurden. Ihre großen, schwarzen Augen, welche sie starr auf Beethoven gerichtet hatte, waren von einer tiefen leidenschaftlichen Gluth, ihre purpurrothen, leicht geschwellten Lippen umspielte ein leises wehmüthiges Lächeln, und auf ihrer Stirn, die breit, mächtig und gedankenvoll war, wie die der Ludovisischen Venus, schwebte ein Schatten der Trauer. Ihre hohe, volle und majestätische Figur, die einer Königin anzugehören schien, war umhüllt von einem schwarzen Atlasgewande, das unter dem Busen von einem breiten, goldenen Gürtel zusammengehalten war, und keusch und streng die ganze edle schöne Büste umhüllte.

Sie stand und schaute noch immer zu ihm hinüber und immer ehrfurchtsvoller ward ihr Lächeln, immer tiefer der Schatten auf ihrer weißen Stirn.

Oh, wie viel Gram und Sorge die Jahre auf seiner Stirn verzeichnet haben, flüsterte sie, wie leidend er aussieht. Mein Herz zittert vor Schmerz und Liebe ihm entgegen, und doch fürchte ich mich vor seinem Zorn. Aber ich habe es der Kaiserin Elisabeth versprochen, daß sie ihn sehen soll, — ach, und ich selbst sehne mich so sehr, seine Stimme wieder zu hören, ihn endlich wieder Auge in Auge zu schauen. Möge er mir zürnen, möge er mich von sich stoßen, er wird mir doch vergeben, er wird doch fühlen, daß ich ihn ewig liebe! Auf, zu ihm!

Und nun schwebte sie durch das Gemach hin, nun trat sie bis dicht vor seinen Schreibtisch, und beide Arme ausbreitend, mit einem Schrei der Liebe, des Flehens, rief sie mit lauter, machtvoller Stimme: Beethoven!

Er schrak zusammen, blickte empor. Nun, wie er sie sah, sie, die ihn anschaute mit einem himmlischen Lächeln, mit Augen, die in Liebe und in Thränen glänzten, nun sprang er empor, und sein Antlitz leuchtete vor Zorn und Entsetzen.

Hinweg! Hebe Dich fort von mir! rief er, seinen Arm drohend gegen sie ausstreckend. Hinweg, Gespenst meiner Vergangenheit! Versinke, oder ich schlage Dich in den Boden!

Und er stürzte zu ihr hin, drohend, außer sich. Sie lächelte ihm entgegen, und immer noch die Arme ausgebreitet, sank sie leise auf ihre Kniee nieder, und schaute mit Blicken voll unaussprechlicher Liebe zu ihm auf.

Er schauderte in sich zusammen, und ließ den Arm sinken. Bist Du es? Bist Du es wirklich, Du, Giulia? flüsterte er, sie mit wirren, träumerischen Blicken ansehend. Nein, nein, rief er dann laut, hinweg von mir! Ich kenne Dich nicht!

Und er wandte sich von ihr ab, und rannte wild im Zimmer auf und nieder. Dann auf einmal blieb er vor dem Flügel stehen, und warf die Hände auf die Tasten, und ließ sie erklingen in seltsamen, schreienden Accorden; aber dann glitten seine Finger leise, träumerisch über die Saiten hin, und wunderbare Melodien ertönten leise und duftig, als wie von der Aeolsharfe seiner Erinnerungen angehaucht.

Giulia hatte sich von ihren Knieen erhoben, und war leise ihm gefolgt. Sie stand hinter ihm und lauschte mit einem seligen Lächeln auf die Musik; sie kannte diese Melodien wohl, sie hatte sie oft gesungen in Schmerz und Entzücken.

Lauter und voller begann jetzt Beethoven die Melodie zu spielen, als wolle er sie rufen mit seinen Tönen, sie beschwören mit seinem Liede aus vergangener Liebeszeit!

Und Giulia trat vor ihn hin an die andere Seite des Flügels, und mit strahlenden Augen, ihr Antlitz durchleuchtet von Begeisterung, sang sie mit voller, mächtiger Stimme:

> Weit bin ich von Dir geschieden,
> Trennend liegen Berg und Thal
> Zwischen uns und unserm Frieden,
> Unserm Glück und unsrer Qual.

Beethoven schlug mächtiger und voller in die Saiten, als wolle er die süße, lockende Stimme übertönen, und wie in einem wilden Strom des Zorns und des Schmerzes rauschten die Töne durcheinander, und mit flammenden Zornesblicken schaute er hinüber zu Giulia.

Sie schaute ihn an mit einem seligen Lächeln, mit flehenden, strahlenden Augen. Und seine Phantasieen sänftigten sich, sie lenkten wieder ein in sanfte, süße Modulationen, die vorige süße Melodie hob sich wieder empor aus den Stürmen und Disharmonieen, als ob die

Sonne aufgegangen sei über dem wilden Chaos der Welt, und jauch=
zend, das Antlitz überströmt von Thränen, und unter Thränen lächelnd,
sang Giulia:

> Will denn nichts mehr zu Dir bringen,
> Nichts der Liebe Bote sein?
> Singen will ich, Lieder singen,
> Die Dir klagen meine Pein.
> Denn vor Liebesklang entweichet
> Jeder Raum und jede Zeit,
> Und ein liebend Herz erreichet,
> Was ein liebend Herz geweiht. *)

Und hingerissen von ihrer Stimme, hingerissen von seinen eigenen
Erinnerungen, von seinem eigenen Herzen, hob Beethoven die Hände
von den Tasten empor, und breitete die Arme aus und rief: Giulia!

Sie stieß einen Schrei aus, und sprang vorwärts und warf sich
an seine Brust, ihn fest umschlingend mit ihren schönen vollen Armen. —

Sie hielten sich lange und innig umschlungen, sie ruhten Herz am
Herzen, und der Gegenwart entrückt, träumten sie noch einmal von ver=
gangener Liebe und vergangenem Glück.

Giulia's Haupt ruhte an seiner Brust, er hob es empor, und legte
es zwischen seine beiden Hände, und schaute es an mit einem wunder=
baren strahlenden Ausdruck.

Und so habe ich Dich wieder, Stern meines Lebens, sagte er leise
und tiefbewegt. Sieben Jahre lang habe ich Dich nicht gesehen, sieben
Jahre lang warst Du mir von Wolken verhüllt. Ach, Giulia, es waren
schreckliche Jahre voll Einsamkeit, Enttäuschung und Qual. Sieh mich
an, sieh, was diese sieben Jahre aus mir gemacht haben, Giulia! Ich
bin ein Greis geworden vor der Zeit!

Nein, rief sie, nein, Du bist ein Mann, ein Jüngling, denn der
Genius altert nicht.

Und auch die Schönheit altert nicht, sagte er, leise mit der Hand

---

*) Der Anhang des Liedercyclus: „An die ferne Geliebte" von Ludwig
van Beethoven.

über ihr schönes Angesicht hinstreichend. Du bist schön, wie damals, als ich Dich zuletzt sah. Du hast nicht gelitten, Du nicht! Die sieben Jahre sind an Dir vorübergerauscht wie ein goldener Morgentraum! Was kümmert's Dich, daß da ein Mensch war, der um Dich litt und jammerte, ein Mensch, der Dir seine Seele gegeben und sein Herz, ein Mensch, der Dich grenzenlos liebte, und den Du verrathen und verlassen hattest.

Verlassen mußt' ich Dich! sagte sie laut und feierlich. Verrathen habe ich Dich niemals.

Und warum verlassen! Warum? rief er zornig.

Sie legte ihre beiden Hände auf seine Schultern, und blickte ihm tief in die Augen. Du weißt es, Beethoven, Du weißt warum! Weil wir nie einander angehören konnten, weil Gott es der armen kleinen Gräfin Giulia Giuccardi nicht gestatten wollte, des großen reichen Beethoven Weib zu sein.

Weil der vornehme Graf Giuccardi nimmermehr eingewilligt haben würde, seine Tochter eine Mesalliance machen, und sie den Beethoven heirathen zu lassen, rief Beethoven mit einem rauhen Lachen. Weil —

Sie legte leise ihre kleine weiße Hand auf seine Lippen, und sagte flehend: still, oh still! Das Schicksal trennte uns, und Du selber fühltest, daß es nicht anders sein konnte. Weißt Du, was Du mir damals geschrieben, damals, als wir glaubten, uns nur auf Wochen zu trennen, und uns doch seitdem nicht wieder gesehen haben? Weißt Du's noch, was Du geschrieben?

Wie soll ich's wissen! sagte er rauh. Meine Erinnerungen sind mit meinem Herzblut ausgelöscht.

Die meinen nicht, sagte sie, und wenn ich sie verloren hätte, würde ich gestorben sein vor Schmerz. Sieh, daß ich meinen Erinnerungen treu geblieben!

Sie zog aus der Tasche ihres Kleides ein Portefeuille hervor, und es öffnend nahm sie aus demselben ein zusammengefaltetes Papier, das sie Beethoven darreichte.

Sieh, sagte sie, meinen Schatz; der letzte Brief von Dir an mich. Oh lies! Lies! Wenn Du Deine Giulia nicht vergessen hast, so laß mich von Deinen Lippen diese Worte hören, die so lange in meinem Herzen gebrannt. Lies!

Er nahm das Papier, und mit seinen Blicken ihrem schlanken rosigen Finger folgend, der auf das Papier hindeutete, las er: „Leben kann ich entweder nur ganz mit Dir, oder gar nicht; ja, ich habe beschlossen, in der Ferne so lange herum zu irren, bis ich in Deine Arme fliegen, mich ganz heimathlich bei Dir nennen, meine Seele, von Dir umgeben, in's Reich der Geister schicken kann! Ja, leider muß es sein! Du wirst Dich fassen, um so mehr, da Du meine Treue gegen Dich kennst. Nie kann eine Andere mein Herz besitzen! Nie! Nie! Oh Gott, warum sich trennen müssen, von dem, was man so liebt? Und doch ist mein Leben so wie jetzt ein kümmerliches Leben. Deine Liebe macht mich zum Glücklichsten und zum Unglücklichsten zugleich! Welche Sehnsucht mit Thränen nach Dir, mein Leben! Mein Alles!"*)

Beethoven schwieg, das Blatt entsank seiner Hand, er hob die von Thränen umdüsterten Blicke gen Himmel und flüsterte: oh goldener Traum des Glückes, warum mußtest Du so schnell verrauschen? Oh, himmlische Liebe, warum mußtest Du mich verrathen!

Sie hat Dich nicht verrathen, rief Giulia. Mein Herz ist Dir treu geblieben. Ich fügte mich der Nothwendigkeit, ich warb die Gemahlin des Grafen Gallenberg, weil es mein Vater befahl. Ich lebte mit ihm auf seinen Gütern in Rom und Neapel. Aber mein Herz vergaß Dich nie, meine Seele war immer doch bei Dir! Und jetzt, als ich mit meinem Gemahl heimkehrte nach Wien, jetzt galt Dir mein erster Gedanke, Dir mein erster Gruß!

Und warst doch nicht bei der Fürstin Lichnowsky, wo ich hoffte und fürchtete Dich zu sehen?

Unser erstes Wiedersehen sollte nicht entweiht werden von den Blicken der Menschen, rief sie glühend. In heiliger Einsamkeit wollte ich mit Dir der himmlischen Vergangenheit mich erinnern, wollte Dir sagen: Beethoven! Verzeihe Deiner Giulia! Ihr Körper hat Dich

---

*) Bruchstück aus einem Brief Beethovens an die Gräfin Giulia Giuccardi. Siehe Schindler: Biographie Beethovens. S. 56.

verlaffen! Ihre Seele war immer bei Dir! Sieh mich an, Ludwig, fieh, daß ich die Wahrheit fage! —

Er fchaute lange und tiefbewegt in ihr Angeficht. Ja, fagte er, ich weiß, daß Du die Wahrheit fprichft. Aber wie Du mich auch geliebt haft, ftärker liebte ich Dich doch. Ein Himmelsgebäude war meine Liebe, feft, wie die Befte des Himmels. Und wo ich auch war, warft Du bei mir!*) Und fo fei mir auch jetzt wieder willkommen, Stern meiner Jugend, willkommen, Giulia!

Er nahm ihre beiden Hände und drückte fie an feine Lippen, an feine Augen, an fein ftürmifch pochendes Herz.

Oh, fagte er lächelnd, in diefer Stunde möchte ich die Welt erobern, und ich fühl's, daß ich es könnte.

Du haft fie fchon erobert, rief Giulia, die ganze Welt liegt Dir zu Füßen und betet Dich an, und ich fehe es, und freue mich Deiner Triumphe, und bin ftolz auf meine Liebe. Oh, mein Beethoven, jetzt da wir in Stille und Einfamkeit das erfte Wiederfehen gefeiert haben, jetzt können wir uns begegnen im Geräufch der Welt und der Gefellfchaft. Jetzt will ich den himmlifchen Triumph haben, Kaifer und Könige fich beugen zu fehen vor dem Genius, vor meinem Beethoven, vor dem Manne, den ganz Europa feiert, und der mich unfterblich gemacht, meinem Namen Glanz verliehen hat.**) Oh, welch' Entzücken, meinen Beethoven zu fehen inmitten der Fürften, der Könige und Kaifer. Er, ihr Meifter, fie ihm huldigend als feine Vafallen. Beethoven, nicht wahr, Du gönnft mir diefen Triumph? Du erfüllft meine Bitte? Du kommft heute Abend zum Erzherzog Rudolf? Du erlaubft der Kaiferin von Rußland, der Großfürftin Catharina, Dich dort zu fehen und zu fprechen?***) Du nimmft da die Huldigungen des Kaifers Alexander, des Kronprinzen von Würtemberg an?

---

*) Beethovens eigene Worte. Siehe: Anton Schindler. S. 65.

**) Beethoven hat die Cis-moll-Sonate, die Sonata quasi Phantasia, der Gräfin Giulia Giuccardi, der „fernen Geliebten" zugeeignet.

***) Beethoven hatte mit dem Erzherzog Rudolf das Uebereinkommen getroffen, daß Niemand in das Zimmer des Erzherzogs eintreten durfte, fo lange

Beethovens Stirn hatte sich verfinstert, und mit mißtrauischen Blicken schaute er in Giulia's schönes Angesicht.

Ist es nur deshalb, daß Du gekommen bist? fragte er düster.

Sie schüttelte lächelnd ihr Haupt, und legte ihre Hand sanft auf seine Brust. Frage Dein Herz, ob ich deshalb gekommen bin? rief sie. Aber ich gönne der edlen Kaiserin die Freude, Dich kennen zu lernen, ich gönne mir den Triumph, zu sehen, wie man Dir huldigt. Oh, Lieber, fliehe nicht die Menschen, welche Dich verehren, und es Dir beweisen möchten. Oh, Lieber, komm' heute Abend zum Erzherzog Rudolf!

Er reichte ihr seine beiden Hände dar. Sieh, wie ich Dich liebe, sagte er, denn ich bringe Dir das Opfer, das Du forderst. Ich komme zum Erzherzog, und wenn Du es willst, werde ich musiciren, phantasiren, Alles, Alles was Du willst, aber nur für Dich, für keine Fürstin, und für keine Kaiserin, nur für Dich!

Giulia jauchzte laut auf und küßte seine Hände.

Was thust Du, Giulia? rief er erschrocken.

Ich neige mich in Demuth vor dem Genius, der höher und größer ist, als wir armes elendes Menschengewürm, sagte sie lächelnd. Und jetzt, jetzt lebe wohl! Mein Beethoven, lebe wohl! Auf Wiedersehen, heute Abend!

Oh, ich sehe Dich immer, sagte er lächelnd; nur in den dunkeln Stunden der Schmerzen, da haben die Wolken mir meinen Stern verhüllt.

Mögen die Wolken jetzt für immer verflogen sein, rief sie, ihren Schleier über ihr Antlitz werfend.

Sie haben meinen Stern schon wieder verhüllt, rief er, auf diesen Schleier deutend.

Ihre glühenden Augen flammten ihm durch den Schleier hindurch den letzten Liebesgruß entgegen, dann öffnete sie die Thür und verschwand.

Beethoven bei ihm war, nur für den Erzherzog Carl, den Sieger von Aspern, hatte Beethoven eine Ausnahme gemacht.

Beethoven schaute ihr nach mit träumerischen Blicken. Lebe wohl, Stern meines Glückes, lebe wohl, flüsterte er. Dann hob er die Augen zum Himmel empor.

Gott, rief er, Gott, wie gütig bist Du! Ich habe in diesen Tagen viel gelitten, aber Du hast mich viel getröstet! Gelobet seist Du Einziger, dem alle Dinge ihr Dasein schuldig sind! Oh, jetzt möchte ich mich versöhnen mit allen Menschen, mit der ganzen Welt, denn ein Strahl des Glückes hat mein Haupt getroffen, und mein Herz wieder erwärmt. Warum kommen denn meine Brüder nicht, daß ich sie wieder an mein Herz nehme! Und wo ist Haslinger, der gute Tobias Haslinger. Ich bin gestern böse gegen ihn gewesen, und ich glaube, er hatte es nicht verdient. Ich that ihm und den Andern Unrecht! Ich will wieder gut machen, ich will versöhnen!

Er eilte zu seinem Schreibtisch, nahm die Feder, und schrieb mit fliegender Eile: „Gutes Adjutanterl! Es würde mir sehr lieb und angenehm sein, wenn Ihr heute zu mir kommt, da ich sehr nothwendig mit Euch zu sprechen habe. Adjutanterl, Ihr sollt allen Groll, wie ein guter Christ, vergessen! Wir erkennen Seine Verdienste, und verkennen nicht das, was Er nicht verdient. Kurz und rundum, wir wünschen sehr, Ihn zu sehen! Ihr zugethanster Generalissimus.*)

Eben, wie er die Feder hinwarf, ließ sich draußen im Vorsaal lautes Geräusch zankender, streitender Stimmen vernehmen, die indessen Beethovens Ohr nicht erreichten.

Es waren Frau Streng und Herr Tobias Haslinger, welche im lebhaften Wortwechsel sich stritten, Frau Streng, weil sie Befehl hatte, Niemand vorzulassen, Herr Haslinger, weil er durchaus begehrte, eingelassen zu werden, und mit seinem Begleiter, Herrn Umlauf, Beethoven zu sprechen.

Jetzt hatte er, trotz der guten Frau Schnaps bringender Abmahnung, die Thür erreicht, und sie heftig öffnend, winkte er Herrn Umlauf, ihm zu folgen.

Aber da, gleich an der Thür begegneten sie Beethoven, Beethoven,

---

*) Seyfried. Anhang. S. 32.

ber eben im Begriff gewesen, hinaus zu gehen, um der Frau Streng seinen Brief zur Besorgung zu übergeben.

Als er die Beiden gewahrte, brach er in ein lautes Lachen aus, und reichte Herrn Tobias Haslinger seinen Brief dar, und während dieser las, wandte er sich zu dem Kapellmeister hin.

Herr Umlauf, sagte er freundlich, wann ist Generalprobe?

Morgen, schrie Umlauf, morgen, Herr van Beethoven, und ich wollte Sie beschwören —

Ich werde also morgen kommen und dirigiren, sagte Beethoven freundlich, aber ich bitte Sie, daß Sie mir zur Seite bleiben, und mich unterstützen, denn Sie kennen ja mein Unglück, und müssen in meinem Namen das Orchester und die Sänger bitten, daß sie Nachsicht haben mit einem armen Mann, der seine Musik selber nicht hören kann.

XI.

Die Aufführung der Schlacht von Vittoria.

Der neun und zwanzigste November, der Tag, an welchem das große Beethoven-Concert stattfinden sollte, war gekommen. Die Stadt Wien wollte mit diesem Concert die anwesenden Monarchen und Diplomaten des Congresses begrüßen, und ihnen im Namen Oesterreichs eine Huldigung darbringen. Deshalb hatte sie eigens zu diesem Concert von einem österreichischen Dichter eine Cantate dichten, und diese, um dem Fest die höchste Bedeutung zu geben, von Beethoven componiren lassen. So war die Cantate: „der glorreiche Augenblick" entstanden, und sie sollte heute vor den Monarchen, den Congreßmitgliedern, der höchsten Aristokratie, so wie den Bürgern Wiens zur Aufführung gelangen.

Der Magistrat hatte im Namen der Stadt seine Einladung an

die höchsten und hohen Gäste ergehen laffen, und Jedermann hatte sie angenommen, die Einen, um die beiden neueften Compositionen von Beethoven: „Wellingtons Sieg bei Vittoria“ und die Feft = Cantate: „der glorreiche Augenblick“ zu hören, die Anderen, um die fremden Monarchen, und die berühmten Diplomaten zu fehen. Jedermann war gefpannt, Jedermann wollte diefem Concert beiwohnen, das zugleich eine Verherrlichung der Monarchen und des großen Tondichters war, welchen den Ihren nennen zu können, die Wiener mit Stolz erfüllte.

In den weiten glänzenden Räumen der Reboutenfäle follte dies Concert ftattfinden. In dem größten der Säle war eine Eftrade errichtet für die Mufiker und Sänger, und diefer Eftrade gegenüber befand fich am anderen Ende des Saals eine eigene für diefen Abend erbaute andere Eftrade, auf welcher die hohen Gäfte der Stadt Wien ihre Plätze einnehmen follten, und über derfelben hatte man eine glänzende Tribüne errichtet, für den Kaiferhof und die fremden Monarchen beftimmt. Zu beiden Seiten diefer hohen mächtigen Eftrade, im Parterre, und in den ringsumherlaufenden Logen befanden fich die Sitze für die Zufchauer. Man hatte fich bemüht, das Ganze der Feier des Tages angemeffen zu decoriren. Die Treppen, die Galerien ftrahlten daher im Glanz der Lichter, waren gefchmückt mit bunten Teppichen, mit Blumenguirlanden. Durch eine Art Hain von duftenden Orangen und Lorbeern, welche den Vorfaal einnahmen, gelangte man in den Hauptfaal, der feenhaft erglänzte im Strahl von achttaufend Kerzen, die von den ungeheuren, rings im Saal aufgeftellten Candelabern erglänzten oder auf den riefigen Kronleuchtern von Bergcryftall ftrahlten, und in Millionen leuchtender Prismen des Cryftalls im wundervollen Farbenfpiel vervielfältigten. Die Wände waren mit koftbaren Seiden= ftoffen behangen, die an goldenen Säulen und Agraffen befeftigt waren, und die zur Aufnahme der hohen Gäfte beftimmte Eftrade glänzte von Gold und Purpurfammet.*)

Die Mufiker hatten fchon ihre Plätze eingenommen, und begannen mit dem Stimmen ihrer Inftrumente; in dem ungeheuren Saal, in

---

*) Comte de la Garde: Congrès de Vienne. Vol. I.

den Logen, in den Nebensälen sogar drängte sich das glänzende, geputzte Publikum, kein Platz war mehr leer. Ueber viertausend Personen waren schon versammelt, und Alles harrte schon in ungeduldiger Spannung, in sehnsuchtsvoller Neugierde, auf das Erscheinen des Kaiserhofes und seiner hohen Gäste. Schon war die Estrade angefüllt mit den fremden und einheimischen Würdenträgern und Diplomaten, mit den Damen der Aristokratie, und staunend schaute das Publikum zu ihnen hin. Welch' eine unendliche Mannigfaltigkeit der Uniformen, welch' eine funkelnde Menge von Orden und Decorationen, welch' eine Masse berühmter Persönlichkeiten hier in Einem Raume zusammengedrängt! Da war Talleyrand und Metternich, die beiden Männer, welche über das Loos der Völker und Dynastieen die Entscheidung fällten. Da war der Staatskanzler von Hardenberg, und neben ihm die beiden berühmten Brüder Wilhelm und Alexander von Humboldt, da waren die russischen Diplomaten Nesselrode und Razumowsky, Pozzo di Borgo, Capo d'Istria, und der Freiherr vom Stein, da war der Vertreter Roms, der Cardinal Consalvi, und die Gesandten Englands, Lord Castlereagh und Lord Stuart, da war auch Friedrich von Gentz, der Protocollführer des Congresses, geschmückt schon mit fast allen Orden der europäischen Monarchen, da war endlich die Schaar berühmter Generäle, die sich in den Feldzügen der beiden verflossenen Jahre Ruhm und Rang auf den siegreichen Schlachtfeldern erkämpft hatten. Und neben diesen Berühmtheiten jeder Art, welch' eine Fülle schöner Frauen, im höchsten Schmuck der Toilette. Wenn ganz Europa in diesem Augenblick nach Wien seine Vertreter des Ruhms und der Diplomatie beordert, so hatte es nicht minder dahin seine Vertreterinnen der Schönheit und Anmuth gesandt, und nie waren wohl in Einer Stadt so viel schöne Frauen versammelt, als hier in Wien zur Zeit des Wiener Congresses.

Jetzt endlich schmetterten die Trompeten des Orchesters eine jubelnde Fanfare, die Thüren der Kaisertribüne öffneten sich, das ganze Publikum erhob sich, um mit lautem Jubelruf die eintretende Kaiserfamilie und deren erhabene Gäste zu empfangen. Da sah man die bleiche schöne Kaiserin Ludovika von Oesterreich, neben ihr die sanfte mildlächelnde

Kaiserin Elisabeth von Rußland, beiden zur Seite die Königin von Baiern und die Großfürstin Catharina, dann die Großfürstin von Sachsen-Weimar, die Erzherzogin Beatrix, und die Fürstin von Thurn und Taxis. Hinter den Damen, in ihren glänzenden Uniformen die beiden Kaiser von Oesterreich und Rußland, die Könige von Preußen, von Baiern, von Würtemberg und Dänemark, und die Schaar der Großherzoge, Herzoge und Fürsten, Alle geschmückt mit den ersten Orden ihrer Freunde und Bundesgenossen, dem staunenden Publikum ganz Deutschland repräsentirend in seinen Fürsten, die in dem Wiener Congreß allein die Völker Deutschlands vertraten.

Nun endlich trat tiefe Stille ein in dem Saal. Die hohen Fürsten hatten ihre Plätze eingenommen, und es war daher auch dem Publikum erlaubt, sich zu setzen.

Von den Zuschauerräumen richtete jetzt Jedermann die Blicke nach der gegenüberliegenden Estrade hin, wo im weiten ungeheuren Halbkreis die Sänger und das Orchester sich befanden. Vor diesem standen auf einer kleinen Erhöhung zwei Pulte für die Dirigenten, für den Kapellmeister Umlauf und für Ludwig van Beethoven. Aber der Etiquette zuwider, waren diese Pulte so gestellt, daß die Dirigenten dem Publikum den Rücken zuwandten. Beethoven, welcher nicht mit dem Ohr das richtige Einsetzen der Instrumente beobachten konnte, Beethoven mußte es mit den Augen thun, er mußte seine Truppen überschauen können, mußte an der Bewegung der Violinbogen, an dem raschen Fingersatz der Flötisten, dem schnellen Auf- und Niederschieben der Posaunisten sehen, ob sie die Tempi richtig gewählt, ob sie im gleichmäßigen Takt sich vorwärts bewegten.

Man hatte sich gestern in der Generalprobe hinlänglich verständigt über das doppelte Dirigiren der heutigen Aufführung. Beethoven, in seiner milden und glücklichen Stimmung, hatte es sich selber erbeten, daß der Kapellmeister Umlauf ihm zur Seite bleibe, daß er bei der Cantate die Leitung der Sänger übernähme, während dem Componisten das Dirigiren des Orchesters verbleiben sollte.

Die Musiker und Sänger hatten überdies ihre Verabredungen getroffen, sie waren vollkommen ihrer großen Aufgabe sicher, und ganz

bereit, sich ihrem berühmten Dirigenten in seinen Launen und Eigen-
heiten zu fügen, mit ihm zu retardiren, zu allegriren, und nur in den
schwierigen Momenten vom Capellmeister Umlauf durch festes Tactiren
ein Zeichen erwartend, um vor dem Auseinanderkommen bewahrt zu
werden.

Jetzt also, wie gesagt, trat eine tiefe Stille ein. Die Musiker
hoben ihre Bogen, ihre Instrumente empor; durch ihre Reihen ging
Beethoven ruhigen, gelassenen Schrittes dahin, und trat an sein
Dirigenten-Pult.

Das Publikum empfing ihn mit lautem Applaus, er hörte es
nicht. Er hatte keinen Blick für das Publikum gehabt, nicht einen
Moment war sein Auge hinübergeflogen nach der Kaiserloge, nach
der Estrade.

Was kümmerte Ihn dies Alles jetzt, Ihn, den Feldherrn, der nur
daran dachte, seine Truppen in die Schlacht zu führen, und ihnen und
sich einen Sieg zu erkämpfen!

Eine wunderbare Ruhe und Heiterkeit strahlte von seinem Angesicht, und selbst Das störte ihn heute nicht in seiner hehren Ruhe,
selbst Das nicht, daß er heute, erschöpft und abgespannt von so vielen
und mächtigen Aufregungen der vergangenen Tage, keinen Ton, keinen
Laut vernahm. Alles um ihn her war für ihn heute klanglos, schweigend und öde; er hatte weder das Stimmen der Instrumente gehört,
noch das Applaudiren des Publikums. Aber in ihm tönte und klang
es in tausend wundervollen Stimmen, und seine Musik, die er von
außen nicht vernahm, sie hallte in ihren wechselnden Rhythmen, in
ihren erhabenen Melodieen, in ihrer tiefen Gedankenfülle vor seinem
innern Ohre wieder, sie gab ihm Lust und Wonne, Verzweiflung und
Schmerz, je nach ihren wechselnden Sätzen.

Er dachte und fühlte nur seine Musik, und so vor dem Pult
stehend, auf welcher die Partitur lag, ward Beethoven gewissermaßen
zum mimischen Darsteller seiner Musik, dramatisirte er seine Musik den
Musikern, wie den Spielern. Was kümmerte ihn daher das regelrechte
Tactiren, das herkömmliche Auf- und Niederschlagen. Bei jeder stark
markirten Note schlug er nieder, gleichviel ob sie auch in einem schlechten

Tacttheile war; bei klagenden Stellen ward seine Miene düster, sein Blick schwermuthsvoll; grollte der Zorn in seiner Musik, so ward auch sein Antlitz zornig, so blitzten seine Augen, und schwere Wolken lagerten sich auf seiner Stirn. Lösten sich dann aber die Stürme der wogenden Töne, so schwand auch der Zorn aus Beethovens Antlitz, und sein Auge glänzte wie in seligem Schauer. Trat eine Stelle ein, welche nur leise hingehaucht werden durfte, welche Diminuendo gegeben werden sollte, so schien Beethoven kleiner, immer kleiner in sich zusammen zu kriechen, und beim Pianissimo sah man ihn nicht mehr, schien er unter dem Pult zu verschwinden. Aber dann allgemach, je mehr die Tonmassen sich wieder hoben, und empor schwollen, trat auch Beethovens Gestalt wieder hervor, ward, je höher die Musik aufrauschte, immer größer, schien mit den schwellenden Tönen anzuwachsen, und bei dem jubelnden Zusammenrauschen aller Instrumente hob er sich empor auf den Zehenspitzen; mit beiden erhobenen Armen durch die Luft wellenförmige Kreise ziehend, schien er in seiner Verzückung bereit, empor zu schweben in den Himmel, den seine Musik ihm offenbart, und geöffnet hatte.*) — Freilich war bei solchem Dirigiren es den Musikern schwer, dem entzückten Dirigenten zu folgen, aber Kapellmeister Umlauf war da, immer aufmerksam, immer bereit durch Wink und Zeichen die Musiker zu orientiren und zusammenzuhalten, und Beethoven, wie gesagt, aus seinen Entzückungen sich wieder der Wirklichkeit zuwendend, orientirte sich schnell wieder, indem er mit seinem scharfen Auge an dem Strich der Bogeninstrumente errieth, welche Figur die Musiker eben vorzutragen hatten. — —

Das Concert war zu Ende. Das Publikum hatte ihm in athemlosem Schweigen, hingerissen von der erhabenen, wunderbaren Musik des großen Meisters, zugehört, ihm in staunender Bewunderung zugesehen. Jetzt, da die letzten Töne verhallten, jetzt machte sich das Entzücken, die Freude, die Bewunderung in einem allgemeinen, ungeheuren Sturm des Beifalls laut.

Beethoven hörte es nicht. Er stand, dem Publikum abgewandt,

---

*) Seyfried. Anhang. S. 17.

vor seinem Pult, und lauschte noch auf die Musik, die leise in seinem Innern verhallte.

Er dachte nicht an das Publikum, er wußte nichts von ihm. Aber das Publikum wollte ihn sehen, ihm danken, und ein zweiter ungeheurer Beifallssturm erschallte. Selbst die Kaiser und Könige, und die hohen Fürstinnen hatten ihre Plätze noch nicht verlassen, denn auch sie wollten den großen Meister sehen, ihn begrüßen mit ihrem Lächeln, ihren Blicken.

Aber Beethoven stand noch immer abgewandt da. Das Publikum ward ungeduldig, erzürnt über das lange Zaudern des Meisters, es rief seinen Namen, es applaudirte immer fort.

Beethoven stand immer noch abgewandt. Er hörte nicht das Applaudiren, hörte auch nicht, daß Umlauf ihm zurief, er müsse sich umwenden, müsse danken. Und endlich jetzt, da der Kapellmeister sich ihm nicht verständlich zu machen wußte, umschlang er ihn hastig mit seinen beiden Armen, wandte ihn um, das Antlitz dem Publikum zu, und deutete mit dem erhobenen Arm in den Saal hin.

Das Publikum verstand diese Pantomime, es verstand das ganze unermeßliche Unglück Beethovens, und den ganzen Saal durchrauschte ein Schrei des Mitleids, der Klage, des Erbarmens. Bis jetzt hatte man nur den großen Componisten gefeiert, jetzt wollte man auch sein Unglück feiern.

Wie von einem electrischen Schlage ergriffen, einmüthig, wie in Einem Herzschlag der Empfindung, erhob sich das ganze Publikum, nicht blos das Publikum des Parterre's und der Logen, sondern auch das der Estrade und der Kaisertribüne. Dort droben auf der Tribüne, hingerissen von Begeisterung, Thränen des Mitgefühls in den Augen, erhob sich die Kaiserin Elisabeth von Rußland, um Beethoven zu begrüßen mit einem Wink ihrer Hand, mit einem Neigen ihres edlen Hauptes, mit einem süßen, mitleidsvollen Lächeln. Und ihrem Beispiel folgend erhob sich auch die Kaiserin von Oesterreich und begrüßte den Meister, und alle Fürstinnen richteten sich empor, und die Kaiser und Könige, Herzöge und Fürsten, selber bewegt von dem großen, rührenden Moment, neigten ihre Häupter, um dem erhabenen Genie, dem erhabenen Unglück ihre Huldigung darzubringen.

Und jetzt, da drunten auf der Estrade hob die schöne Gräfin Giulia Giuccardi Gallenberg ihren weißen, mit goldenen Spangen geschmückten Arm hoch empor, die von Brillanten funkelnde Hand hielt einen Lorbeerkranz, mit mächtigem Schwung schleuderte sie ihn fort, daß er den Raum durchmaß und niederfiel zu den Füßen des Meisters. Und von den Logen hernieder flatterten rosa und weiße Papiere, auf denen Gedichte gedruckt waren zu Ehren Beethovens. Und Aller Blicke waren ihm zugewandt. In diesem Moment hatte man alles vergessen, gab es keine Kaiser und Könige, keine Congreßherrlichkeiten, und keine berühmten Diplomaten mehr in diesem Saal, sondern nur Beethoven, und nur ihm wollte man huldigen.

Und Beethoven, welcher den Jubel des Publikums nicht gehört hatte, er sah ihn jetzt, er sah Giulia, welche, das schöne Antlitz von Thränen bethaut, ihn grüßte mit einem seligen Lächeln.

Er sah nieder auf den Lorbeerkranz, der zu seinen Füßen lag, dann mit einem heißen Dankesblick empor zum Himmel und ein seltenes Lächeln des Glückes verklärte seine Züge.

Viertes Buch.

———

Le congrès danse, mais il ne marche pas.

I.

Das Diner beim Fürsten Ligne.

Fürst Ligne gab heute in seiner Villa auf dem Kalenberg ein Diner. Es war indessen keins dieser Monstrediners, wie sie jetzt alle Tage in Wien in den höchsten aristokratischen Kreisen statt fanden, sondern nur ein kleiner Kreis von Freunden war von dem Fürsten geladen worden, und nicht die reiche Zahl der Schüsseln und Weinsorten, sondern die Unterhaltung, die herüber und hinüber fliegenden Gespräche, sollten den Hauptgenuß dieses Diners en garçon ausmachen.

Ich sage Ihnen, meine Freunde, rief der Fürst, als er im Kreise der neun Herren, die er geladen, um den runden Tisch des Eßsalons Platz genommen, ich sage Ihnen, Sie werden heute bei meinem Tisch Gelegenheit finden, sich von den merveilleusen Diners zu erhölen, denen Sie täglich beiwohnen, und welche Ihnen zuletzt doch nur Langeweile und Indigestionen machen werden. Ich hatte mir daher vorgenommen, an Ihnen zum Wohlthäter zu werden und Sie zu kuriren, wie jener Franzose den Holländer kurirte, dem er auf dem Wege nach Paris in der Postkutsche begegnete. Der Franzose war ein vornehmer, mächtiger Staatsbeamte, den einmal die Laune anwandelte, Incognito in der Diligence zu fahren, und der auf dieser Fahrt den reichen dicken Holländer traf. Sie wurden bald vertraut mit einander und der Holländer gestand seinem neuen Freunde, daß er sich nach Paris begebe, um sich von dem Doctor Peyronnet für hundert Ducaten das Geheimmittel zu kaufen, wie man aus einem Falstaff sich in einen Adonis verwandeln könne, was allerdings dem ungeheuren Wanst des Hollänbers eine sehr willkommene Verwandelung gewesen sein würde. „Mein Herr,“ sagte der Franzose, „der Doctor Peyronnet ist ein Betrüger, sein Geheimmittel ist nur darauf berechnet, Sie um hundert Dukaten, aber nicht um ein einziges Pfund Fleisch leichter zu machen. Ich weiß indessen ein unfehlbares Mittel, Sie Ihres Ueberflusses zu entäußern, und Sie in einen schlanken Jüngling zu verwandeln. Einen Tag nach unserer Ankunft in Paris will ich es Ihnen mittheilen, bis dahin genießen Sie Ihres Daseins und seien Sie froh.“ — Am Tage nach ihrer gemeinsamen Ankunft in Paris erwartete der Holländer seinen französischen Freund vergeblich, statt seiner erschienen einige Häscher, die eine lettre de cachet vorzeigten, und ihn trotz seines Sträubens und der Betheuerungen seiner Unschuld in der vor dem Hause bereitstehenden, dicht verschlossenen Kutsche nach der Bastille brachten. Dort saß der Unglückliche zwei Monate in einem elenden niedrigen Gefängniß, und nicht allein die elende Kost, die in nichts Anderem bestand, als in Wasser und Brod, sondern auch der Zorn, der Gram, die Wuth machten ihn so mager, wie nur je das Geheimmittel des Doctors Peyronnet es vermocht haben würde. Nach zwei Monaten endlich öffneten sich die Pforten seines Gefängnisses eben so geheimnißvoll, als sie sich ihm geschlossen hatten. Der Holländer war frei, und sein erster Gang war zu seinem mächtigen, französischen Freund, den er beschwor, ihm Gerechtigkeit und Genugthuung zu verschaffen für den Frevel, den die französische Regierung an ihm begangen. Der Franzose sah ihn erstaunt und lächelnd an. „Mein Freund,“ sagt er, „weder die Regierung, noch Ihre Feinde haben Sie in die Bastille gebracht, sondern ich allein. Versprach ich Ihnen nicht, Ihnen einen Tag nach unserer Ankunft in Paris ein Mittel zu geben, das Sie schlank machen sollte, ohne Ihnen hundert Dukaten zu kosten? Nun wohl, mein Herr, ich habe mein Wort gehalten! Dank meinem Mittel, sind Sie schlank geworden, wie ein Adonis, das hat Ihnen durchaus nichts gekostet.“ Der Holländer warf seinem Freunde einen Blick der Verachtung zu, und verließ ihn, ohne ihm für die empfangene Wohlthat zu danken. — In dieser Weise also, meine Freunde, will ich Ihr Wohlthäter werden, fuhr der Fürst von Ligne fort, ich will Sie hungern lassen, damit Sie sich erholen von Ihren gestrigen Diners, sich vorbereiten zu Ihren morgenden Diners. Sie sind also benachrichtigt, meine Freunde!

Wir sind benachrichtigt, statt irdischer Speise Götterspeise zu empfangen, sagte Graf Novosilitzow, der Freund und Vertraute des Kaisers Alexander. Wenn es uns wirklich an pikanten Speisen fehlen sollte, so sind wir sicher, von Ihnen pikante Bonmots zu empfangen, mein Fürst.

Ach, ich fürchte, die Zeit meiner Bonmots ist vorüber, seufzte der Fürst; ich verstehe mich nicht mehr auf diese Zeit, und wenn ich jetzt durch Eure Gesellschaftssäle spaziere, so komme ich mir vor wie ein wandelndes Geschichtsbuch des vorigen Jahrhunderts, in dem aber Niemand nachschlagen will, um die Geschichte der Vergangenheit zu erfahren, weil Jedermann Kopf und Herz angefüllt hat von den Geschichten der Gegenwart, und sich einbildet, diese Gegenwart sei viel interessanter, als die Vergangenheit, was, unter uns gesagt, indessen nicht der Fall ist.

Aber Ew. Durchlaucht thun sich selber Unrecht, und Sie beschuldigen auch uns ungerechterweise, rief Fürst Ypsilanti lebhaft. Sie, mein Fürst, gehören keineswegs der Vergangenheit und dem vorigen Jahrhundert an, sondern Sie sind ein Glanzpunkt unserer Gegenwart. Wir aber, die wir die Gegenwart vertreten, wir sind nicht so entartet und verderbt, daß wir den Geist, den Witz, die Weisheit und Güte, welche alle Ew. Durchlaucht vertreten, nicht mit Ehrfurcht und Bewunderung erkennen sollten.

Ich beschuldige Sie Alle nicht, sagte Fürst Ligne lächelnd, ich mache es wie die Engländer, ich sage bei jeder Beschuldigung: excepted the present company! Sie müssen das Ein= für Allemal festhalten, meine würdigen neun Musen, als deren Apollo ich mich heute etablire. Sie müssen dieses „excepted the present company“ heute in Ihr Gedächtniß einprägen, denn es kann mir geschehen, daß ich nicht immer sanftmüthig und milde von der Gegenwart, und besonders von dem hier tagenden Congreß spreche, und da Sie Alle Beiden angehören, so würden Sie sich beleidigt fühlen ohne das vermittelnde Wort der Engländer.

Ich lege Protest ein, rief Ypsilanti. Ich gehöre nicht zum Congreß, vielmehr bin ich als demüthiger Bittsteller hier, der bei dem hohen Congreß für die Freiheit und Unabhängigkeit des herrlichen Griechenlands, meines Vaterlandes, petitionirt.

Und ich, mein Fürst, sagte der Graf de la Garde, ich habe gar nichts mit dem Congreß zu schaffen, ich bin nur hier als einfacher Zuschauer, der blos die Gelegenheit benutzt, seine Freunde aus Ost und West hier zu begrüßen.

Auch ich habe leider nicht die Ehre, zum Congreß zu gehören, seufzte der Graf von Manfredi, denn wenn ich's thäte, würde meine arme schöne Benezia nicht in der Lage sein, beim Congreß um ihre Freiheit zu flehen.

Und wenn ich zum Congreß gehörte, rief Graf Lucchesini, so würde die schöne Herzogin von Toscana als anerkannt souveraine Fürstin hier vertreten sein, und nicht nöthig haben, um Lucca's und Piombino's Besitz zu kämpfen.

Was mich betrifft, seufzte Graf Czartorisky, so bin ich auch nur der Bittsteller meines armen Polens, das vom Congreß seine Freiheit und Selbstständigkeit erwartet.

Ich bin auch nur hier als Bittsteller, sagte Graf Serra Ferranti, als Bittsteller meines Herrn, des Königs Joachim Murat, und ich habe auch nur zu petitioniren, nicht mit zu entscheiden.

Und ich, rief Graf Steckelbach lachend, ich bin nur hier als Abgesandter der kleinen deutschen Fürsten, die vom Congreß die Wiederherstellung des Deutschen Kaiserthums erflehen wollen, aber denen der Congreß bis jetzt kein willig Ohr geliehen.

Und mich hat Sachsens Unglück herbeigeführt, sagte Baron von Seelbach seufzend, ich will den Congreß im Namen Sachsens beschwören, uns unfern geliebten und unglücklichen König wiederzugeben.

Demnach scheint es, als ob ich nur zum Congreß gehören soll, sagte Graf Nowosilitzoff lächelnd, aber ich lehne diese Ehre auch für mich ab. Ich bin freilich nicht hier, um für irgend ein Land zu peti-

tioniren, aber doch um für irgend ein Land Glück und Frieden zu erkämpfen, und dieses Land ist Polen. Indessen, fuhr er fort, sich an
den Grafen Czartorisky wendend, das Glück kann, wie ich glaube, den
Polen nur durch meinen Herrn, den Kaiser Alexander, kommen, der
Congreß wird nichts für Polen thun!

Ach, ich athme auf, Graf, sagte Fürst Ligne, Ihre letzten Worte
beruhigen mich, denn Sie beweisen mir, daß Sie, gleich uns Allen,
keine Bewunderung hegen für den Congreß. Habe ich Recht, Herr
Graf?

Sie haben vollkommen Recht, mein Fürst.

Sie geben uns also den Congreß Preis? Wir dürfen damit umgehen wie abgewiesene Freier, die von der Schönen einen Korb erhalten
haben, und sich nun rächen, indem sie von ihr die schönsten Dinge,
nämlich die Wahrheit sagen?

Ich gebe Ihnen den Congreß Preis, und zwar von Herzen.

Aber, mein Fürst, rief Ypsilanti, Sie haben da, verzeihen Sie
mir die Rüge, Sie haben da einen falschen Vergleich gemacht. Sie
haben uns als Freier bezeichnet, die von der Schönen, um die sie sich
bewerben, einen Korb erhalten haben und abgewiesen sind. Der
Himmel möge aber verhüten, daß wir wirklich Körbe erhalten und abgewiesen werden!

Der Himmel wird es nicht verhüten, rief Fürst Ligne achselzuckend.
Ich habe das Alter einer Sybille, und kann daher prophezeihen wie
eine Sybille. Ich sage Ihnen, Sie werden Alle abgewiesen werden.
Sie, Fürst Ypsilanti, Sie werden die Sonne der Freiheit nicht über
Griechenland aufleuchten sehen, denn die eifersüchtigen Augen von Ruß-
land und der Türkei werden immer wieder neue Wolken vor dieser
Sonne aufthürmen. Sie, Graf Manfredi, Sie werden die Republik
Venedig nicht wieder herstellen, denn der Doppelabler liebt das Blut
der Republiken, und da er schon von dem Euren gekostet, wird er
Euch ganz verspeisen wollen. Sie, Graf Lucchesini, Sie werden der
schönen Madame Bacchiocchi, Herzogin von Toscana, nicht Lucca und
Piombino heimbringen, denn wenn Sie heimkommen, ist sie vielleicht
nicht mehr Herzogin. Sie, Graf Serra Ferranti, Sie werden dem

tapfern König Joachim Murat sein Königreich nicht erhalten können, denn Frankreich will es nicht, und das Princip der Legitimität schreit wider Sie. Ihnen, Baron Seelbach, wird man nicht Sachsen wieder geben, sondern höchstens den zerfetzten und beschnittenen Königsmantel Sachsens. Und was Sie anbetrifft, mein armer Graf von Steckelbach, so sollten Sie doch wissen, daß der deutsche Kaiser im Kyffhäuser schläft, und daß der Congreß ihn nicht wecken kann. Sie werden Alle, Alle Körbe erhalten, Sie unglücklichen, abgewiesenen Freier des Congresses! Glauben Sie das mir, Ihrer Sybille.

Ein schlimmes Prognostikon, das Sie aufstellen, Fürst, sagte Alexander Ypsilanti düster.

Sie sind also alles Ernstes überzeugt, Durchlaucht, fragte der Graf Ferranti, überzeugt, daß der Congreß nichts für uns Alle thun wird?

Mein Freund, sagte der Fürst ernst, der Congreß wird überhaupt gar nichts thun, der Congreß redet viel, macht viel von sich reden, aber er thut nichts. Doch nein, ich irre mich. Der Congreß ist doch nicht müßig, er thut doch etwas. Der Congreß tanzt, aber er geht nicht vorwärts!*)

Ach, das ist ein Wort, welches ganz genau den Congreß charakterisirt, rief Graf Novostlitzoff lachend. Es ist wahr, der Congreß tanzt, aber er geht nicht vorwärts. Alle die großen Angelegenheiten, um derenwillen der Congreß sich hier versammelt hat, sie sind noch alle auf demselben Punkt, auf dem sie gewesen, nichts ist entschieden, Alles ist in suspenso geblieben, und da Alle Alles für sich, und Nichts für die Andern wollen, so wird Nichts geschehen. Der Congreß ist zusammengetreten, um den allgemeinen Frieden wieder herzustellen, aber er wird auseinandergehen, weil er sich in den allgemeinen Krieg hineingeredet hat.

Jeder dieser Herren ist auch nicht gekommen, um Frieden zu machen,

---

*) Berühmtes Wort des Fürsten von Ligne. Le congrès danse, mais il ne marche pas.

sondern um Land zu erobern und Seelen zu gewinnen, seufzte Graf Czartorisky.

Seelen zu gewinnen! sagte Fürst Ligne lächelnd. Ich bewundere die Klugheit, mit der man es vermeidet, von den Völkern zu sprechen. Es ist wirklich eine echt diplomatische Umschreibung, die Völker jetzt nur als so und so viel Seelen zu bezeichnen, und allen Völkerverband damit aufzuheben. Man hat so sehr viel durch die Völker gethan, daß es am Ende Pflicht wäre, auch etwas für dieselben zu thun. Es ist deshalb besser, gar nicht von ihnen zu reden, sondern nur von ihnen als von Seelen zu sprechen, die man herüber und hinüber schenkt.

Eh bien, der Congreß will dadurch beweisen, daß er nicht seelenlos ist, sagte Graf Ferranti achselzuckend.

Und jedenfalls auch nicht herzlos, rief Graf Lucchesini, ich bin erst seit einigen Tagen hier, aber ich sehe mit Erstaunen, daß man hier sehr viel Seelen und sehr viel Herz hat. Ich kam hierher, um mich voll Ehrfurcht und scheuer Demuth dem hohen Areopagus zu nahen, welcher der Welt den Frieden geben, und über die Geschicke der Länder entscheiden soll, und statt dessen finde ich hier einen Congreß, der mehr dem Liebeshof des Königs René gleicht, und an dem man sich mehr mit schönen Festen, zarten Liebesangelegenheiten, und neuen Tänzen beschäftigt, als sich um die ernsten und langweiligen Dinge der Politik und Staatskunst bekümmert. Der Congreß singt, tanzt, courtoisirt und medisirt mehr, als daß er studirt und arbeitet.

Aber warum verlangen Sie auch, was der Congreß nicht leisten kann, sagte Fürst Ligne achselzuckend. Ich will Ihnen ein Geheimniß sagen, meine Freunde, man hat sich über die Bedeutung des Congresses getäuscht, das ist der ganze Uebelstand. Der Congreß ist nicht zusammengetreten, um über das Glück der Völker zu berathen, sondern um für das Vergnügen und· die Zerstreuung der Fürsten zu sorgen. Die Kaiser und Könige haben sich einmal, um von ihren vielen Arbeiten auszuruhen, Ferien gegeben, und sie haben ihre Ferienreise nach Wien gemacht, weil dies in der That die Stadt des heitern Lebensgenusses und der ungezwungenen Freuden ist.*) Nun, und wer wollte es den armen Königen verdenken, daß sie ihre Ferien ein bischen genießen möchten? Aber ich weiß nicht ganz genau, ob sie am Ende dieser Ferienzeit und dieser Feste so zu sich sprechen können, wie mein edler Kaiser Joseph der Zweite an jedem Abend zu sich selber sprach. Wenn er den ganzen Tag an den Reformen gearbeitet hatte, durch die er seinen Namen unsterblich gemacht hat, die ihm aber leider in das Grab gefolgt sind, dann gab er sich am Abend einen leisen Schlag auf seine eigene Wange und sagte: „Jetzt kannst Du schlafen gehen, Joseph, ich bin mit Dir zufrieden! Du hast genug gearbeitet!"

Nein, Durchlaucht haben Recht, sagte Graf Ferranti, die Herren des Congresses werden es dem großen Joseph nicht gleich thun, sie werden sich weder so anreden können, noch auch werden sie sich selber einen Backenstreich geben. Der Congreß tanzt, aber er schlägt sich nicht!

Doch! Er hat sich geschlagen, rief Graf Steckelbach. Wissen Sie nicht die große Neuigkeit des Tages? Zwei Herren vom Congreß haben sich geschlagen. Der preußische Minister Wilhelm von Humboldt und der preußische Kriegsminister von Boyen haben ein Duell gehabt.

Und weiß man, weshalb?

Um eine Frage der Etiquette! Herr von Boyen war zu einer der Congreßsitzungen berufen, um über eine Sache, welche die preußischen Etappenstraßen betrifft, zu sprechen. Er blieb in der Sitzung, obgleich man nachher zu anderen Verhandlungen überging, und der Herr von Humboldt soll ihn alsdann auf nicht sehr höfliche Weise aufgefordert haben, sich zurückzuziehen. Das war der Grund der Herausforderung, die der Minister von Boyen dem Baron von Humboldt zugesandt.

Und das Duell kam wirklich zu Stande?

Ja, es kam zu Stande. Herr von Boyen verfehlte seinen Gegner, darauf nahm Herr von Humboldt sein Pistol und schoß in die Luft, indem er sagte: Ich muß nur gleich so hoch als möglich zielen, denn

---

*) Des Fürsten Ligne eigene Worte. Siehe: Comte de la Garde: Congrès de Vienne. II.

bei meiner Ungeschicklichkeit wäre ich im Stande, aus Versehen zu treffen. *)

Ein allerliebstes Bonmot, sagte Fürst Ligne lächelnd. Und da wir jetzt bei dem Capitel von den Neuigkeiten des Congresses stehen, so sollten wir uns Alle verpflichten, Jeder irgend eine Neuigkeit, irgend ein Capitel aus der chronique scandaleuse vorzutragen. Sehen Sie, wir sind schon bei unserm Braten angelangt, machen wir diese Fasanen etwas pikant, indem wir sie ein wenig mit Trüffeln des Congresses spicken. Sind Sie einverstanden?

Wir sind einverstanden! riefen die Herren lachend.

Etwas scharfer Mixedpickle-Salat wird dem verwöhnten Gaumen gut thun, sagte Graf Novosilitzoff lächelnd.

Reichen Sie uns also ein wenig davon, Graf, rief Fürst Ligne.

Ah, Durchlaucht, ich verstehe mich schlecht auf die Zubereitung so pikanter Speisen. Ich bin ein guter Feinschmecker, aber ein schlechter Koch. Doch will ich sagen, was ich weiß. Unser hiesiger Gesandte, Graf Razumowsky, ist gestern von dem Kaiser Alexander in den Fürsten- stand erhoben worden; er ist sehr froh darüber, und beeifert sich jetzt um so mehr, das Fest recht auserlesen und glänzend zu machen, das er in seinem Hôtel vorbereitet, und mit dem er den Namenstag der Großfürstin Katharina feiern will. Er hat sich vorgenommen, den Fürsten und dem Congreß ein Zauberfest zu bereiten, das an Pracht, Ueppigkeit und Abwechselung Alles übertreffen soll, was man hier in diesen Zeiten glänzender Feste gesehen hat.

Ein neues Fest! Hurrah, ein neues Fest! rief Fürst Ligne. Der Congreß wird seine Schuldigkeit thun, er wird tanzen!

Wenn er noch lange Zeit dazu haben wird, sagte Graf Manfredi. Man ist nicht mehr immer in heiterer Rosenlaune. Man zankt sich auch bereits auf dem Congreß. In einer der letzten Sitzungen, an der die Fürsten Theil nahmen, kam es zu sehr heftigen Erörterungen. Man sprach von Sachsen, dessen Besitz der König von Preußen durch- aus beansprucht. England und Oesterreich erklärten sich wider Preußen,

---

*) Memoiren des Freiherrn von Wolzogen. S. 275.

und unterstützten seine Ansprüche nicht. Der König von Preußen, gereizt von so viel Widerspruch, warf im Unmuth seinen Handschuh auf den Tisch. Wollen Ew. Majestät den Krieg? fragte Lord Castlereagh, der englische Gesandte. — Vielleicht, mein Herr, rief der König. — Oh, Sire, sagte Castlereagh, ich wußte nicht, daß man die Gewohnheit hat, den Krieg ohne die englischen Guineen zu machen.

Eine allerliebste Antwort, die dem Engländer Ehre macht, rief Fürst Ligne, und zu unserm Braten paßt, denn sie hat wirklich etwas von der Schärfe des mixedpickle an sich.

Erlauben Sie mir, Fürst, Ihnen dazu ein kleines Gegenstück zu liefern, sagte Graf de la Garde. Ein Bonmot des Fürsten Talleyrand Périgord, das duftig und pikant ist, wie die Trüffeln von Périgord. Es betrifft auch das arme Sachsen, das der König Friedrich Wilhelm durchaus in Besitz nehmen will. Er machte neulich in einer Sitzung Talleyrand lebhafte Vorwürfe, daß er sich zu warm der Sache des Königs von Sachsen annehme. Er verdient das wahrlich nicht, sagte Friedrich Wilhelm, denn der König von Sachsen ist der einzige Verräther an der Sache Europa's gewesen.

Verräther, antwortete Talleyrand, aber von welchem Datum, Sire?

Oh, schon um dieser präcisen Antwort willen sollte man den armen König Friedrich August erhören, und ihm sein Land wiedergeben, rief Fürst Ligne.

Meine Herren, sagte Baron Seelbach mit einem eigenthümlichen Lächeln, es giebt ein arabisches Sprichwort, das sagt: „Reden ist Silber, Schweigen ist Gold." Vielleicht kennt der König von Sachsen dies Sprichwort, und wenn er sieht, daß Talleyrand's Reden von Silber nichts nützen, so wird er es mit dem Golde versuchen. Wenn man, wie Lord Castlereagh sagt, nicht ohne englische Guineen Krieg macht, so kann man vielleicht mit sächsischem Golde Frieden machen. Aber kennen Sie die neueste Aventure des Lord Castlereagh?

Sie meinen die Ohrfeige, die er vor einigen Tagen von einer jungen Dame erhielt, weil er beim Herausgehen aus dem Theater es wagte, ihr, die er gar nicht kannte, einen Kuß auf die Schulter zu drücken?

Nein, Durchlaucht, es handelt sich hier nicht um Ohrfeigen von schönen Damenhänden, sondern um herzhaftere Liebkosungen. Lord Castlereagh, der englische Gesandte, nimmt seit drei Tagen nicht an den Congreßsitzungen Theil. Wissen Sie, weshalb? Er hat sich auf der Donaubrücke mit zwei Fiacrekutschern gezankt, die seinem Tilbury nicht ausweichen wollten. Der edle Lord, empört von der Dreistigkeit der Fiacrekutscher, sprang sofort aus seinem Wagen, und die kunstgemäße Stellung eines englischen Boxers annehmend, provocirte er seine Gegner, indem er ihnen seine geballten Fäuste unter die Nase hielt. Die Fiacrekutscher, welche die englische Sprache Mylords nicht verstanden, begriffen aber vollkommen diese Sprache seiner Fäuste, und antworteten ihm in derselben auf eine so verständliche und energische Weise, daß der edle Lord nicht allein mit zerbläutem Rücken, sondern auch mit einem zerbläueten, geschwollenen Gesicht ohnmächtig auf dem Platz blieb, während die Fiacrekutscher sich beeilten, davon zu fahren. Der Lord ward von Vorübergehenden erkannt, und in sein Hôtel gebracht, und Dank den Fäusten der Wiener Fiacrekutscher, fehlt seit vier Tagen die Stimme Englands bei den Congreß-Verhandlungen.

Sie wird sich aber bald wieder vernehmen lassen, sagte Graf Ferranti. Der Lord ist wieder hergestellt. Lady Castlereagh hat schon die Einladungen zu einem großen Ball ergehen lassen, mit dem die zärtliche Gattin die Wiederherstellung ihres Gemahls feiern will. Der ganze Congreß ist eingeladen, und wird tanzen. Lord Castlereagh ist bekanntlich ein eifriger Tänzer.

Er hat zu seiner Entschuldigung große Vorbilder, sagte Fürst Ligne. Socrates unterrichtete bekanntlich die schöne Aspasia im Tanzen, David tanzte vor der Bundeslade, Ludwig der Vierzehnte vor der La Ballière und selbst der große Cato war ein Tänzer.

Aber keiner wird getanzt haben, wie Lord Castlereagh tanzt. Es ist wunderbar anzusehen, wenn diese lange Figur sich im Contretanz hin und her schlenkert, die langen dürren Arme wie Windmühlenflügel ausbreitet, und die langen dürren Beine hebt wie ein Kranich, der Jagd auf einen Frosch macht.

Nun, seine Gemahlin bildet zu ihm ein würdiges Seitenstück, rief

Fürst Ligne lachend. Ich sah sie gestern auf dem Ball beim Fürsten Esterhazy, sie war gekleidet wie eine von Watteau's Schäferinnen, und trug als Stirnband den Stern des Hosenbandordens ihres Gemahls. Aber sagen Sie doch, Graf Lucchesini, Sie, der Sie vorher behaupteten, der Congreß bekümmere sich nicht allein um Seelen, sondern auch um Herzen, können Sie uns nicht die Liebesaventüren des Congresses erzählen?

Ah, Durchlaucht, es giebt deren so viele, daß es unmöglich sein würde, sie alle zu erzählen, sagte Lucchesini lächelnd. Wenn man alle die Romane schreiben sollte, welche sich täglich unter unsern Augen in dieser Epoche der Lust und des Freudenrausches begeben, so würden Einem die Worte fehlen. Inmitten dieser auf einem Raum zusammengedrängten Menge, in diesem Leben des Luxus und Vergnügens, in dieser Masse von Wesen, die von allen Enden Europa's hier zusammengeströmt sind, müssen alle Ideen, alle Empfindungen, alle Instincte wenigstens zusammentreffen in dem lebhaftesten aller Gefühle und aller Instincte, in der Liebe. Alle diese schönen und jungen Männer, mögen sie nun über ihrem Wappen eine Grafen-, Fürsten- oder Herzogskrone haben, sie sprechen doch alle dieselbe Sprache, die der Leidenschaft, zu den Füßen der Fürstin, wie zu denen der einfachen Bürgerstochter. Die Luft von Wien scheint von Liebe wie von Ambra durchduftet. Ueberall in jeder Gesellschaft athmet man von diesem Duft ein, und er berauscht die Sinne, und macht die Herzen höher klopfen. Der Congreß tanzt nicht blos, sondern er liebt auch, und Sie haben ein großes und wahres Wort gesprochen, Fürst, als Sie von dem Congreß gesungen, den Gott Amor hier in Wien zusammenberufen.

Ach, Sie kennen meine jüngste Sünde schon, rief Fürst Ligne.

Jedermann kennt sie und absolvirt den Dichter, sagte Lucchesini, Jedermann singt in Wien:

> La Sagesse doit se taire,
> Dit en riant le plaisir.
> A Vienne l'unique affaire
> Est de traiter le plaisir.

Aber Graf, Sie haben mir auf meine Frage noch nicht geantwortet, sagte Fürst Ligne. Kennen Sie einige der Liebesaventüren des Congresses, und wollen Sie uns dieselben mittheilen?

Einige, Durchlaucht, aber — es ist gefährlich, in so zarten Dingen Namen zu nennen. Lassen Sie mich die Namen verschweigen und errathen Sie! Eine Herzogin, die hier auf dem Congreß sehr einflußreich ist, hat mit Empörung gesehen, daß eine nicht minder einflußreiche Fürstin ihren Geliebten zum Gesandten gemacht hat, und um es ihr nachzuthun, hat die Herzogin ihren Geliebten zum General erheben lassen. Der neue General hat freilich niemals einen Krieg mitgemacht, aber die Herzogin findet, daß ihm die Generals-Epauletten gut stehen, und das genügt, denn die Liebe allein hat zu entscheiden. Die Liebe verdreht noch ganz andere Köpfe, selbst die der Könige sind nicht sicher vor ihr. So weiß ich einen König, der auf einer seiner Incognito-Partieen, die ihn in eins der untergeordneten Vergnügungslocale im Prater führte, dort die Bekanntschaft einer allerliebsten Wiener Grisette machte, in deren liebliches Gesichtchen und feine Taille er sich verliebte. Es ist eine wahre und aufrichtige Passion, der königliche Liebhaber überhäuft seine leicht gewonnene Eroberung mit Geschenken, und seiner Rolle als Souverain vergessend, hat er ihr sogar sein in Diamanten gefaßtes Portrait geschenkt, mit dem seine kleine Grisettenkönigin ganz öffentlich im Prater, auf dem Graben und im Theater einherstolzirt.*)

Und wie aus einem Munde begann die heitere Tafelrunde leise und lächelnd zu wiederholen:

La Sagesse doit se taire,
Dit en riant le plaisir.
A Vienne l'unique affaire
Est de traiter le plaisir.

Ah, sehen Sie, wir sind mit unserm Diner zu Ende, und da kommt schon der Käse als letzter Schlußstein, sagte Fürst Ligne. Herr

---

*) Comte de la Garde. II. 114.

Graf Czartoryski, ich erinnere Sie daran, daß Sie uns eine Neuigkeit schuldig sind.

Ich will mich beim Käse dieser Schuld entledigen, sagte der Graf lächelnd. Ich habe Ihnen wirklich eine Neuigkeit zu melden. Der Congreß ist nicht so unthätig, wie Sie denken, der Congreß thut doch Mancherlei, und gestern hat er sogar einen König proclamirt.

Wie denn, einen König? fragten Alle verwundert. Sie wollen vielleicht sagen, er hat den König von Sachsen wieder hergestellt, oder den König von Sicilien wieder an Murat's Statt zum König von Neapel, oder den Kaiser von Rußland zum König von Polen proclamirt?

Nichts von dem Allen, meine Herren, der Congreß hat einen ganz neuen König proclamirt. Alle Herren vom Congreß waren gestern beim Fürsten Talleyrand zum Diner geladen, und ich hatte auch eine Einladung erhalten. Auf diesem Diner ward der neue König mit Zustimmung fast sämmtlicher Diplomaten vom Fürsten Talleyrand erwählt und anerkannt.

Der Prinz Eugène Beauharnais, nicht wahr? rief Fürst Ligne lebhaft. Man hat endlich für den ehemaligen Vicekönig von Italien ein Königreich entdeckt, das nicht im Monde, sondern in Italien liegt! Nicht wahr, Eugène Beauharnais ist der neue König?

Nein, Durchlaucht, er ist es nicht. Erlauben Sie mir, zu erzählen. Es war also gestern, wie gesagt, Diner beim Fürsten Talleyrand. Als man beim Dessert anlangte, waren alle Fragen der Politik erschöpft, und beim Käse unterhielt man sich vom Käse. Lord Castlereagh lobte den englischen Stilton Käse, Albini den Stracchino, der holländische Gesandte Graf Falk den Limburger Käse, der bekanntlich die Lieblingsspeise Peters des Großen war, als dieser in Holland als Zimmermeister wanderte, und Zeltner, der Schweizerische Gesandte, pries den Schweizer Käse. Die Stimmen der hohen Diplomaten waren bei dieser Frage über die Suprematie des Käses eben so getheilt, wie in den großen Fragen über Polen, Sachsen, Italien und die Deutsche Kaiserkrone. Man hatte sich noch nicht geeinigt, als ein Kammerdiener eintrat, und die Ankunft eines Couriers aus Frankreich meldete. — Was bringt er? fragte Talleyrand. — Depeschen vom König und

Käse von Brie. — Man trage die Depeschen in die Kanzlei, sagte Talleyrand würdevoll, und servire uns augenblicklich den Käse. —

Der Befehl ward ausgeführt. Man brachte den Käse, und Talleyrand, ihn beschauend, sagte feierlich: meine Herren, ich habe mich enthalten, Ihnen vorher das Product Frankreichs zu loben. Jetzt mag es sich selber loben.

Und mit tiefem Ernst reichte er den Teller mit Käse seinem Nachbar dar. Der Käse machte die Runde im Kreise der Diplomaten, man kostete ihn, man erörterte seine Vorzüge, und endlich ertheilten die Diplomaten in ungewohnter Uebereinstimmung diesem Käse die Krone. Meine Herren, Sie sehen also, der Wiener Congreß hat etwas gethan. Der Wiener Congreß tanzt nicht blos, er liebt nicht blos, sondern er schafft auch Könige. Der Wiener Congreß hat gestern den Fromage de Brie zum König aller Käse proclamirt!*)

II.

Das Fest beim Baron Arnstein.

Alle Vorbereitungen waren beendet, die Säle waren herrlich geschmückt, und bereit die glänzende Schaar der auserlesenen Gäste zu empfangen, welche heute zu dem bal masqué des Barons und Banquiers von Arnstein geladen waren.

Seit vielen Tagen schon waren Handwerker und Künstler jeder Art mit der Ausschmückung dieser glänzenden Räume beschäftigt gewesen, und alle Wunder der Industrie hatten sich vereinigen müssen, um diese Prachtgemächer der hohen Gäste, welche man erwartete, würdig auszustatten. Denn die höchste Gesellschaft Wiens, alle hervorragenden Persönlichkeiten des Congresses, alle ausgezeichnete Fremde,

---

*) Comte de la Garde. II. 118.

alle Häupter des hohen Abels und der österreichischen Fürstenhäuser sollten sich heute in diesen Sälen ein Rendezvous geben, und nur die Anwesenheit der gekrönten Häupter mangelte dieser Gesellschaft des jüdischen Barons, um sie denen ganz gleich zu machen, welche sich in den Sälen der kaiserlichen Burg versammelten. Aber heute sollte vielleicht auch dieser Unterschied aufhören, denn wenn es freilich die Etiquette den Souverainen verbieten mochte, einem gewöhnlichen Feste im Hause des jüdischen Barons beizuwohnen, so konnte man sich vielleicht bei einem Maskenfest dieser lästigen Etiquette entäußern, und dem Ceremoniel ein Paroli biegen. Der Kaiser Alexander, welcher es liebte, zuweilen die Last seines Kaisermantels ein wenig von seinen Schultern zu werfen, und sich frei und ungebunden als einfacher Cavalier in der Gesellschaft zu bewegen, der Kaiser Alexander hatte gestern, als er der Baronin von Arnstein in den kaiserlichen Reboutensälen begegnete, sich mit einem eigenthümlichen Lächeln erkundigt, ob es wahr sei, daß heute bei ihr ein Maskenfest stattfinde, und als die Baronin bejahete, hatte er gefragt, ob sie sehr erzürnt sein würde, wenn zwei ungebetene Gäste vielleicht bei dem Fest erscheinen und die gerühmte Gastfreundschaft ihres Hauses beanspruchen würden?

Ich bin überzeugt, der Kaiser Alexander will uns heute Abend mit seinem Besuche überraschen, sagte der Baron Arnstein, als er jetzt an der Seite seiner Gemahlin durch die erleuchteten Säle dahin schritt, um mit einem letzten Blick alle Arrangements zu prüfen. Er will der edlen und hochgefeierten Baronin von Arnstein den Triumph bereiten, den edelsten und gefeiertsten Fürsten in ihrem Hause empfangen zu haben.

Nicht mir, sagte Fanny, leise das Haupt schüttelnd, nein, nicht mir wird diese Aufmerksamkeit des Kaisers g..., sondern Dir, dem Baron von Arnstein, dem edelsten, großmüthigsten, geistreichsten und wohlthätigsten der Wiener Geldfürsten.

Ach, was bin denn ich, sagte der Baron mit einem sanften Lächeln, ich thue auf dieser Welt, so viel ich kann, meine Schuldigkeit, bin vielleicht ein gut arrangirter und nicht ganz unerfahrener Geschäftsmann, das ist Alles. In meinem Comtoir, da bin ich vielleicht eine kleine Puissance, aber hier in diesen glänzenden Sälen, da bin ich ein Fremder, ein unbekanntes, schweigendes Nichts, eine Null.

Aber eine Null, welche, indem sie da ist, aus den Tausenden eine Million macht, und ein Vermögen in einen Schatz verwandelt, sagte die Baronin, indem sie ihre zarte durchsichtige weiße Hand auf die Schulter ihres Gemahls legte, und ihm mit einem innigen langen Blick tief in die Augen schauete. Mein Freund, sagte sie dann, und ihre Stimme zitterte, mein Freund, wie edel, wie gut und groß Du bist! Ich habe keine Worte, um es Dir zu sagen, aber da drinnen in meinem Herzen, da fühle ich es, und demüthig und tief bewegt danke ich Gott an jedem Morgen und jedem Abend, daß er endlich meine Augen geöffnet, damit sie das Glück sehen und erkennen konnten, das mir so nahe lag, und das ich Arme doch so lange vergeblich gesucht hatte. Und demüthig bitte ich Gott an jedem Abend und jedem Morgen, er möge mir verzeihen, daß ich Dich, den edelsten, den besten Mann, so lange verkennen, so lange unglücklich machen konnte.

Nein, Fanny, Du hast mich niemals unglücklich gemacht, sagte Arnstein sanft. Inmitten meiner Schmerzen und meiner verborgenen Liebe habe ich es dennoch immer als ein schönes Glück betrachtet, Dich an meiner Seite haben, Dich sehen, Dich lieben, Dich mit allerlei kleinen Aufmerksamkeiten umgeben zu können. Ich leugne es nicht, es gab Tage, an denen ich verzagt und verzweiflungsvoll war, und in hoffnungslosem Schmerz vermeinte, es würde meinem armen, schmucklosen und bescheidenen Wesen nie gelingen, das Herz der schönen, glänzenden, gefeierten Fanny von Arnstein, meiner Gemahlin, zu gewinnen. Aber an solchen Tagen der Schwermuth flüchtete ich mich in mein Comtoir, zu meiner Arbeit, und sie gab mir Trost und Kraft, denn ich sagte mir: ich arbeite für sie! Ich will ringen und schaffen, um sie zu umgeben mit dem Luxus einer Fürstin, um ihr Reichthümer und Millionen, das heißt Macht, das heißt Fürstenrang zu verschaffen. Ich will arbeiten, um sie zu der ersten Frau in Wien zu machen, um ihr die Mittel zu geben, der Großmuth ihres Herzens immer zu folgen, die Armen zu trösten, den Nothleidenden und Unglücklichen ein hülfreicher Engel zu sein. Gott gab meiner Arbeit Gedeihen, und der reiche Banquier Arnstein verwandelte sich allgemach in den Millionair Arnstein, den Millionair, der im Stande war, Kaisern und Königen als eine bedeutende und einflußreiche Macht gegenüber zu stehen. Auch der Schmerz meiner Liebe ward mir zum Segen, denn er reifte mich zum Manne, und gab meiner Seele Festigkeit und Muth.

Oh, mein geliebter Freund, dennoch bangt mein Herz, und Thränen drängen sich mir in die Augen, daß ich es gewesen, durch die Du so viel leiden mußtest, sagte Fanny sanft und zärtlich. Spät erst und langsam öffneten sich meine Augen, erkannten sie Dich, verstanden sie Dich und Dein großmüthiges Herz, begriff ich, welch' eine edle, reine und uneigennützige Liebe Du an das Weib verschwendetest, das in ihrem Egoismus und ihrem Stolz nichts davon geahnt hatte. Aber nun auf einmal war es, als ob eine Wolke von meinen Augen niederfiel, ich sah, ich erkannte Dich und Dein großes göttliches Herz, und ich sank, von Andacht und Schmerz bewältigt, zu Deinen Füßen nieder, und rief: Vergieb mir, vergieb mir! Ich sehe Dich heute zum ersten Mal, ich sehe, daß Du der Engel bist, den Gott an meine Seite gestellt, und den ich fortan lieben, und dem ich dienen will, so lange ich lebe!

Ja, das sagtest Du, sagte der Baron sinnend, und Deine Stimme klang mir wie himmlische Musik, und wie mit einem Zauberschlag waren alle meine Schmerzen vernarbt, und ich fühlte nur, daß ein unermeßliches Glück wie eine leuchtende Sonne in mein Herz hinein strahlte, und mich ganz und gar mit seliger Wonne erfüllte. Ich fühlte, daß ich bis dahin nur geträumt hatte von Vermählung und verschmäheter Liebe, daß jetzt erst mein Haus sich schmücken sollte, um die Braut aufzunehmen, daß jetzt erst eine geliebte, angebetete Gemahlin mit dem Segen der Liebe bei mir einziehen wolle. Ich war Jahre lang unglücklich gewesen, aber dieser Moment des Glückes entschädigte mich für Alles, was ich gelitten. Ich drückte Dich fest in meine Arme, und hieß Dich willkommen, als den Stern meines Lebens, als meine schöne liebliche Braut!

Ach, aber es war leider keine schöne Braut mehr, mein armer Freund, sagte Fanny lächelnd und mit Thränen in den Augen. Sieben

Jahre der Enttäuschungen, der Schmerzen waren über mein Haupt dahin gegangen, der Sturm des Lebens hatte die Rosen von meinen Wangen, und die Jugend von meiner Stirn verweht.

Jacob hatte auch sieben Jahre um die Rahel geworben, sagte der Baron lächelnd, und als er sie dann nach vierzehn Jahren heimführte, nannte er sich doch einen glückseligen und beneidenswerthen Mann! Für mich warst Du immer noch jung und schön, für mich bist Du es heute noch, und wirst es ewig sein. Die ewige Jugend strahlt von Deiner reinen fleckenlosen Stirn, der edle tiefe Geist leuchtet aus Deinen himmlischen Augen, meine Fanny, meine Braut der ewigen Jugend und der ewigen Liebe!

Du nennst mich Deine Braut, sagte sie mit einem süßen Lächeln. Du hast also nicht daran gedacht, daß heute unser Hochzeitstag ist, daß wir heute vor zwanzig Jahren unsere Vermählung feierten? Es ist also ganz zufällig, daß der Herr Baron von Arnstein gerade heute in seinem Palais ein so glänzendes Zauberfest giebt, ganz zufällig, und nicht etwa um den Tag seiner Vermählung damit ganz in der Stille zu feiern?

Du hast mich also errathen, rief der Baron freudig. Du hast auch die Bedeutung dieses Tages begriffen, und das Datum nicht vergessen?

Ich will Dir zeigen, Freund, ob ich vergessen habe, sagte Fanny mit einem wunderbaren, feierlichen Ernst. Komm, mein Geliebter, komm, Du sollst sehen, daß ich die Bedeutung dieses Tages kenne. Gieb mir Deine Hand und folge mir!

Der Baron legte schweigend seine Hand in die dargereichte Hand seiner Gemahlin, und folgte ihr schweigend und still durch die Säle dahin. Jetzt standen sie vor einer verschlossenen Thür, vor einer Thür, welche sich seit manchem Jahr für Niemand geöffnet hatte, welche Niemand hatte überschreiten dürfen, außer Fanny, außer der trauernden Priesterin, welche kam, um in dem Tempel der Erinnerungen zu beten und zu weinen.

Jetzt stand Fanny vor dieser Thür mit leuchtenden Augen, ihr

Antlitz durchstrahlt von milder Rührung, ihre holden Lippen umspielt von einem sanften Lächeln.

Oeffne diese Thür, mein Freund, bat sie sanft.

Ihr Gemahl blickte sie erstaunt an und zögerte. Du willst mir gestatten hier einzutreten? In Dein Cabinet? In das Sterbezimmer Deines Glückes?*)

Oeffne die Thür, wiederholte sie lächelnd.

Der Baron that es, und jetzt tönte ein Schrei freudiger Ueberraschung von seinen Lippen.

Dieses Cabinet war nicht mehr schwarz decorirt, nicht mehr ein Trauersaal! Die Wände waren geschmückt mit hellblauem Seidenzeug, und von derselben Farbe waren die Vorhänge der Fenster und die Ueberzüge der Meubles. Einfach, sinnig und geschmackvoll war die ganze Einrichtung dieses Cabinets, einladend zu traulicher Unterhaltung und behaglichem Ruhen auf den weichen, schwellenden Polstern.

Der Baron sagte kein Wort, Thränen glänzten in seinen Augen, mit einer stürmischen Bewegung legte er seine beiden Arme um die schlanke Taille seiner Gemahlin, hob sie empor, trug die schwebende schöne Gestalt durch das Cabinet, ließ sie sanft auf den Divan niedergleiten, und vor ihr auf die Kniee niedersinkend, das freudestrahlende Antlitz zu ihr erhebend, sagte er: Gott segne Dich, mein geliebtes Weib! Gott segne Dich für das stolze Glück, das Dein edles, zartsinniges Herz mir in dieser Stunde bereitet hat!

Sie zog ihn empor, und einen innigen Kuß auf seine Lippen drückend, flüsterte sie unter seligen Thränen: Die Vergangenheit ist verschmerzt. Sie soll keinen Schatten mehr auf den reinen Himmel unseres Glückes werfen. Sieh, auf diesen schwarzen Wänden strahlt

-----

*) Siehe: „Napoleon in Deutschland. Rastatt und Jena." Th. III. S. 127. Die Baronin Fanny von Arnstein hatte das Cabinet, in welchem der Fürst Carl von Lichtenstein zuletzt bei ihr gewesen und in welchem sie seine Abschiedsgrüße empfangen, bevor er zu dem für ihn tödtlichen Duell mit dem Domherrn ging, schwarz ausschlagen lassen, wie ein Sterbezimmer. Dort bewahrte sie alle Andenken, Alles was auf den Fürsten Bezug hatte, sorgfältig auf, und Niemand durfte dieses schwarze Cabinet betreten, als sie allein.

jetzt das Blau des Himmels; das soll uns ein Symbol sein unserer Zukunft. Nichts soll unsern Himmel mehr umdüstern. Meine Vergangenheit ist ausgelöscht! Vergiß auch Du das, was gewesen, und lebe mit mir dem schönen Glück der Gegenwart!

So sei es, meine Fanny, sagte er, ihre Hände an seine Lippen, seine Augen, sein Herz drückend. Die Vergangenheit ist begraben, und uns umgiebt nur noch der Himmel unserer Liebe und unseres Glückes, nur noch die holde, lichtdurchstrahlte Gegenwart.

Und sieh, rief Fanny, mit einem strahlenden Lächeln auf das kleine Mädchen hindeutend, das eben im rosigen Gewande auf der Schwelle erschien, das reizende Gesichtchen umwallt von langen schwarzen Locken, die niederringelten auf ihre runden nackten Schultern: Sieh, mein Geliebter, da kommt unsere Zukunft! Die rechte und echte Verklärung unserer Liebe! Da kommt unser Kind! Komm, meine Rosa, komm, lege Deine Arme fest, fest um den Hals Deines Vaters und küsse ihn, und gieb ihm den Segensgruß der Engel und der Liebe.

Die kleine Rosa flog herbei und mit einem wunderholden Ausdruck in ihrem Angesicht schlang sie ihre vollen runden Aermchen um den Hals ihres Vaters und küßte ihn zärtlich.

Fanny hob ihre strahlenden Augen zum Himmel und ihre Lippen flüsterten ein leises Gebet des Dankes zu Gott empor. Dann senkte sie die Augen mit einem Ausdruck unendlicher Liebe auf Vater und Kind, die sich noch immer innig umschlungen hielten, und ihre beiden Arme um sie legend, und sie beide fest an ihr Herz drückend, rief sie: Ich segne und preise Gott aus der Fülle meines Herzens, und indem ich Dich an meine Brust drücke, Du schöne Gegenwart, Du holde Zukunft, ist die Vergangenheit ausgelöscht für immerdar. Nur die Liebe ist geblieben, die heilige, keusche, tugendhafte Liebe!

Sie hielten sich lange und innig umschlungen. Aber das donnernde Geräusch der Equipagen, die vor ihrem Hause anhielten, weckte sie endlich aus ihrer seligen Verzückung.

Der Baron ließ das Kind aus seinen Armen niedergleiten auf die Erde, und der Baronin die Hand darreichend, sagte er mit einem ausdrucksvollen Lächeln: Komm, meine schöne Braut! Die Gäste kommen, die wir zu unserm Hochzeitsfest geladen.

Sie nickte ihm zu, und sagte heiter: Wir wollen sie begrüßen, aber Niemand soll ahnen, welch' ein heiliges Fest sie uns feiern helfen.

Und Hand in Hand durchschritten sie die glänzenden Räume, um sich in den Empfangssaal zu begeben, und die Gäste willkommen zu heißen.

Allgemach begannen die Säle sich zu füllen, und ein zauberhafter Anblick war es, welchen diese Säle darboten. Jeder derselben war verschieden decorirt, je nach seiner verschiedenen Bestimmung. Da war zuerst der große Empfangssaal, der zur Conversation und Unterhaltung der Gäste bestimmt war. Diesen hatte man drapirt mit türkischen Seidentapeten, mit türkischen Teppichen; rings um an den Wänden, und in der Mitte des Saals standen eckige und runde Divans von jener niedrigen und breiten Art, wie sie die Türken lieben, und die so sehr geeignet zum Ruhen und Plaudern sind. Aus diesem Saal gelangte man in den Tanzsaal, der köstlich anzusehen war mit seiner Ausschmückung von Spiegeln, Kronleuchtern und Bergcrystall, mit seinen Draperieen von weißem Atlas, an denen goldene Körbe hingen, die gefüllt waren mit den seltensten, auserlesensten Blumen, prangend im wundervollsten Farbenspiel, und den Raum erfüllend mit ihren lieblichen Düften. Neben diesem Saal befanden sich zwei kleinere Säle, die man in Gärten mit springenden Cascaden, mit Blumenbeeten, mit schattigen Lorbeerbosquets verwandelt hatte, und aus diesen Sälen trat man alsdann in den Saal der Erfrischungen. Dort standen auf großen, von Gold- und Silbergeschirren strahlenden Buffets große goldene Schalen mit den herrlichsten Südfrüchten, silberne Kannen mit Sorbets und kühlenden Getränken, und Schüsseln mit allerlei auserlesenen Crême's und Eisarten. Aber für diesen Saal hatte der Reichthum und Geschmack des Barons von Arnstein eine ganz neue und geschmackvolle Decoration gefunden. Ringsum an den Wänden in ungeheuren Kübeln, die mit Epheu und blühenden Schlinggewächsen decorirt waren, standen große Obstbäume, in deren grünem Laub, der winterlichen Jahreszeit zum Trotz, die herrlichsten Früchte prangten,

und von denen man sich reife Kirschen, Apricofen und Birnen pflücken
konnte, als befände man sich da nicht mitten im Winter in einem er-
wärmten Salon, sondern in einem duftenden, sommerlichen Obstgarten.*)
Von diesem Saal der Erfrischungen kam man alsdann wieder in einen
kleineren Saal, in dem sich auf runden Tischen die neuesten Erzeug-
nisse der Literatur, Mappen mit Kupferstichen und Aquarellen befanden,
und dessen Wände geschmückt waren mit köstlichen Marmorbüsten von
großer Schönheit und ungeheurem Werth. Hinter diesem Saal endlich kam man zu dem großen Eßsaal, dessen Thüren indeß jetzt noch
geschlossen waren.

Und in diesen vom Glanz der Lichter, der Spiegel, der Goldverzierungen strahlenden Sälen wogte jetzt eine wunderbare, phantastische
Gesellschaft auf und ab. Jedermann hatte sich bemüht, sich das reichste
Costüm, die geschmackvollste Tracht irgend eines entfernten Landes aus-
zuwählen, oder irgend eine der großen, von den Dichtern geschaffenen
Gestalten berühmter Werke darzustellen. Da sah man Türken und
Türkinnen, Albanerinnen und Circassierinnen in ihren glänzenden und
kleidsamen Costümen, da waren Polen und Russen und Spanier in
schönen Landestrachten, hier schlüpften Zigeunerinnen durch das Gedränge, und dort kam majestätisch Christine von Schweden am Arm
des Herzogs von Alba daher; drüben schritt Egmont einher, und unfern von ihm sah man Philipp von Spanien, Maria Stuart und den
göttlichen Sir John Falstaff. Ihm gegenüber begegnete man einem
indischen Rajah, funkelnd von Brillanten und Goldgeschmeide, und
neben ihm tänzelten reizende Schäferinnen und Gärtnerinnen frohmüthig durch das Gewühl dahin. Und Alles schäkerte und lachte und
plauderte, und aus den Halbmasken von schwarzen Spitzen und Sammet sah man überall glühende Augen hervorblitzen, und Jedermann
war bemüht, seinen Nachbar zu errathen, und das Geheimniß seiner
Existenz zu entziffern.

Auf einmal jetzt entstand eine Bewegung in dem großen Tanzsaal, ein leises Geflüster ging durch die Reihen der Gesellschaft, alle

*) Comte de la Garde. Vol. II. 120.

diese blitzenden Augen wandten sich den beiden Masken zu, die Arm in Arm jetzt durch den Saal dahin schritten. Sie trugen die einfache ernste Tracht der Malteserritter, ihre Gesichter waren gleich denen der Anderen mit Halbmasken verhüllt, und doch schien Jedermann diese beiden hohen schlanken Gestalten zu erkennen, doch wich Jedermann ehrfurchtsvoll vor ihnen zurück, und wenn sie vorübergegangen waren, flüsterte man leise: Sie sind es! Es ist kein Zweifel, sie sind es!

Die beiden Malteser näherten sich der Baronin von Arnstein. Der schlankste und größte der Beiden grüßte sie mit einem leichten Kopfneigen, und reichte ihr die Hand dar.

Ich hoffe, Sie erkennen mich nicht, Baronin, sagte er leise und lächelnd. Nicht wahr, ich bin durchaus im Incognito?

Ja, flüsterte die Baronin, in eben dem Incognito, in welchem zum Beispiel die Ceder des Libanon sein würde, wenn es ihr beliebte, sich unter die Tannen und Buchen unserer Wälder zu stellen, und zu sagen: „Ich bin ein Baum, wie Ihr Alle, man wird mich also nicht herausfinden." Aber die Ceder hat das stolze Unglück, die anderen Bäume zu überragen, und deshalb erkennt man sie doch, selbst im Incognito.

Aber wenn man sie erkannt hat, rief der Malteserritter lachend, wenn man sie erkannt hat, die arme Ceder, so weist man ihr hoffentlich nicht den Weg, sondern erlaubt ihr im duftenden Waldesgrün, im Schatten der andern Bäume als ihres Gleichen ein wenig auszuruhen von der Hitze und Einsamkeit des hohen stolzen Libanon.

Man freut sich ihrer Herrlichkeit, und da die Ceder incognito sein will, bewundert man sie leise, und giebt sich das Ansehen, sie nicht zu erkennen.

Das ist sehr dankenswerth und — doch hören Sie, da beginnt das Orchester. Der Ball soll seinen Anfang nehmen. Darf ich um Ihre Hand bitten, Baronin, wollen wir die Polonaise eröffnen?

Die Musik schmetterte ihre jubelnden Klänge von den Estraden hernieder, der Malteserritter und die Baronin traten in die Mitte des Saals, hinter ihnen ordneten sich die Paare im wunderbaren Gemisch der Landestrachten, der Costüme, und die Polonaise, dieser vom Kaiser

Alexander in Wien in die Mode gebrachte Tanz, der mehr ein von musikalischen Rhythmen begleiteter Spaziergang ist, nahm seinen Anfang. In seltsamen Windungen bewegte sich der lange, aus allen Elementen der menschlichen Gesellschaft zusammengesetzte, von Gold, Juwelen und Stickereien funkelnde Zug durch den Saal, ringelte sich dann, einer ungeheuren Riesenschlange gleich, in die anderen Säle hinein, zog sich in zierlichen Windungen durch sie hin, und kehrte alsdann in den Tanzsaal zurück.

Nur wenige der Masken hatten sich nicht an dem Tanz betheiligt, diese standen in Gruppen umher, plauderten mit einander, oder folgten mit ihren Blicken den wunderbaren Verschlingungen und Windungen der Tanzenden.

Niemand achtete daher auf die reizende junge Gärtnerin, welche jetzt tänzelnd durch den Saal dahin schlüpfte, und mit der Hand nach dem Saal der Bosquets hindeutete.

Niemand beobachtete es, daß ein reichgekleideter Türke ihr folgte, und gleich ihr sich dem nächsten Saal zuwandte.

Doch, diese Zigeunerin, welche da drüben an der Thür dieses Saales stand, die hatte sie beobachtet und gesehen! Leise schlüpfte sie hinein, und glitt unhörbar und rasch hinter das dicht an der Thür befindliche Fliederbosquet.

Jetzt trat die Gärtnerin in den Saal, der Türke folgte ihr. Einen schnellen, spähenden Blick warf er umher. Wir sind allein, flüsterte er dann. Komm, laß uns in diese Laube eintreten.

Sie traten in die Fliederlaube, und wieder warf der Türke einen spähenden Blick umher; aber er sah nichts, er ahnte nicht, daß da hinter dem Gesträuch die junge Zigeunerin stand mit hochklopfendem Herzen, athemlos lauschend, und nur leise in sich selber flüsternd: Er ist es! Er ist es! Ich erkenne seine Stimme! Er ist es!

Du siehst, mein Freund, flüsterte jetzt die schöne Gärtnerin, ich hatte richtig berichtet. Der Kaiser ist hier, und Eugène Beauharnais mit ihm.

Ja, unser Plan wird gelingen, flüsterte der Türke, es wird uns gelingen, Beiden die Briefe und Papiere in die Hände zu spielen, ohne daß irgend Jemand es ahnt oder verhindern kann. Ich habe Dir die Früchte mitgebracht, in welchen sich die Papiere befinden. Diese Birne hier ist für den Kaiser bestimmt, diese Apricose muß Eugène Beauharnais erhalten. Lege sie jetzt in Deinen Korb mit Früchten und Blumen, und wenn der Tanz beendet ist, reiche sie ihnen dar.

Nein, mein Freund, ich habe mir jetzt einen anderen Plan ersonnen. Es ist gefährlich, diese Früchte in den Korb zu legen, denn ein Anderer könnte in den Korb greifen, und die Früchte nehmen, bevor ich Zeit gehabt, sie an die richtige Abresse zu geben. Es trifft sich daher gut, daß man hier in dem andern Saal Bäume mit Obst aufgestellt hat. Ich werde, sobald der Kaiser sich mit dem Prinzen in diesen Saal begiebt, ihnen folgen, und werde dann ihn bitten, mir zu erlauben, daß ich ihnen eine Frucht pflücke, dann bin ich sicher, daß meine Früchte sicher in ihre Hände kommen.

Eine sehr schöne Idee, flüsterte der Türke, und ganz würdig des schönen erfinderischen Kopfes meiner Aurelia. Ach, meine Geliebte, möchten unsere Pläne und Bemühungen enblich von Erfolg gekrönt werden, möchte es uns gelingen, dem unglücklichen Frankreich seinen Kaiser wieder zu geben, und dem Kaiser den geliebten Sohn wieder zuzuführen.

Wenn nicht Frankreich selber sich für ihn erhebt, flüsterte die Gärtnerin, wenn nicht das französische Volk ihn mit Gewalt zurückruft, ist Alles verloren. Du weißt, mein Geliebter, daß ich alle Mittel versuche, für den Kaiser und für unsere Sache zu wirken. Niemand mißtraut mir, Jedermann hält mich für eine begeisterte Legitimistin, ich habe daher überall Zutritt, werde überall eingeladen, kann überall sprechen und beobachten, und leise und vorsichtig meine Saat ausstreuen. Nun, ich sage Dir, mein Freund, kein Einziger dieser Herren des Congresses wird Partei nehmen für den Kaiser. Der Kaiser Alexander kann es ihm nie vergeben, daß er ihn einst geliebt hat, und will seinen Untergang. Der Kaiser Franz haßt ihn, weil er sein Schwiegersohn ist, und ihn einst so tief gedemüthigt hat. Er würde lieber seine Tochter und seinen Enkel todt zu seinen Füßen sehen, als sie wieder mit dem Kaiser Napoleon auf den Thron Frankreichs heben. Der König Friedrich Wilhelm wird es ihm nie vergessen, daß Napoleon seiner schönen Königin das Herz gebrochen, und er würde selbst eher sich bequemen, Sachsen fahren zu lassen, und auf alle Gebietsvergrößerungen zu verzichten, als Napoleon auch nur mit der Spitze seines kleinen Fingers hülfreich zu sein, daß er den Thron Frankreichs wieder empor steigen könne. Die Könige von Baiern und von Würtemberg mögen heimlich ihm geneigt sein, aber sie zittern für ihre Länder und Kronen, und würden niemals wagen, sich für Napoleon zu erklären, wenn er nicht schon ohne sie seines Erfolges sicher wäre. Niemand aber ist so voll glühenden Hasses gegen den Kaiser, als die Damen und Diplomatinnen des Congresses. Den gestürzten Kaiser zu hassen, sich mit fanatischem Ungestüm gegen ihn zu erklären, den Haß der Monarchen und der Diplomaten mit immer neuen Brandfackeln zu entzünden, das ist jetzt das Stichwort aller dieser mächtigen und einflußreichen Damen, welche die Herrschaft in den Salons üben und mit den Geschicken der Staaten und Völker spielen. Ach, glaube mir, mein Geliebter, es ist keine Hoffnung, keine! Ich habe überall ein aufmerksames Ohr, ein offenes Auge gehabt, aber ich höre und sehe, daß Alles vergeblich ist, daß wir scheitern werden mit allen unsern Plänen.

Und ich sage Dir, Aurelia, sie müssen und werden gelingen. Es ist unmöglich, daß der große Kaiser auf Elba verschmachte, daß seine Gemahlin und sein Sohn hier in elender Gefangenschaft und Erniedrigung vergehen, daß Frankreich sein Haupt beuge unter das Joch der Bourbonen, und seine Tage des Ruhms und der Größe, welche Napoleon ihm gegeben, vergessen könnte. Es ist unmöglich, daß es die Schmach auf sich nehme, die Eroberungen, welche Napoleon ihm gemacht, und die es getränkt mit dem Blut seiner Männer und Söhne, daß es diese Eroberungen wieder zurück gebe, und sich wieder in seine alten bourbonischen Grenzen zurück zwängen sollte. Nein, nein, Frankreich wird sich erheben, es wird seinen Kaiser mit Jauchzen willkommen heißen, das Volk wird die heimkehrende Kaiserin und den König von Rom auf seinen Armen von den Grenzen Frankreichs nach Paris hintragen. Nur muß der Kaiser erst von Elba entkommen, nur müffen wir die Kaiferin und feinen Sohn erft bis zu den Grenzen Frankreichs gebracht haben. Und dies ift unfere Aufgabe, unfer Streben. Darnach müffen wir trachten, darauf müffen wir finnen, dies müffen wir erreichen, und müßten wir felbft unfer Gut und Blut, unfer Leben, unfer Glück in die Schanze fchlagen. Die Heimkehr des Kaifers, das ift meine Religion, meine Hoffnung. Oh, und wie Vieles habe ich ihr nicht geopfert! Um ihretwillen bin ich hier unter einem fremden Namen, weil man dem meinen mißtraut, und mich erkennen würde, als einen treuen Anhänger des Kaifers. Um ihretwillen habe ich mich zum Verfchwörer, zum Spion, zum Horcher und Lügner gemacht, um ihretwillen habe ich felbft dem Glück entfagt, mit Dir, meine Aurelia, mit Dir, mein geliebtes Weib, zufammen zu fein, fondern ich füge mich darein, Dich im Dienft des Kaifers eine Rolle fpielen zu laffen, und felber eine andere zu fpielen, felber wie Proteus in allen Farben zu fchillern und immer zu fcheinen, was ich nicht bin.

Und fcheinft Du auch nur der Liebhaber der feltfamen Dame, von der Du mir neulich erzählteft? Oder ift der Marquis Barbaffon wirklich der glühende Liebende feiner Coufine, und denkt alles Ernftes daran, aus der Uhrmacherstochter bald eine Marquife zu machen?

Bift Du eiferfüchtig, Aurelia?

Eiferfüchtig? Vielleicht! Ich liebe meinen Gemahl mehr vielleicht als er es verdient, und es kränkt mich, daß feine Lippen für eine andere Frau Worte der Liebe, daß feine Augen für eine andere Frau Blicke voll Zärtlichkeit haben. Ich fürchte immer, das Spiel könne fich in Ernft verwandeln, der Marquis Barbaffon könne eines Tages vergeffen, daß er der Graf Montbrun und mein Gemahl ift, und könne aus feiner Amour für die Coufine Uhrmacherin eine ernfte Herzensneigung machen.

Fürchte das niemals, Aurelia. Diefe Friederike ift nichts weiter als ein Werkzeug in meinen Händen, und fie verdient nicht, daß fie etwas Anderes fei. Ich würde fie nicht lieben, felbft wenn Du nicht mein angebetetes Weib wärft, ich würde ihr nie meine Hand reichen, selbst wenn ich wirklich das Unglück hätte, ihr Cousin, der Marquis Barbasson zu sein. Dieses Weib ist nicht rein in ihrem Herzen, nicht rein in ihrem Ruf, nicht rein in ihrer Gesinnung. Sie ist eine Intriguantin, welche sich einen glänzenden Schleier sucht, um damit ihre Unehre zu bedecken, ein Weib, welches kein Herz hat, sondern nur Sinne, eine Ehrgeizige und Geldgierige, welche in jeder Stunde bereit sein würde, ihre sogenannte Liebe für einen glänzenden Namen, für Gold und Brillanten zu verkaufen. Ach, ich fühle mein Gewissen nicht dadurch belastet, daß ich sie zum Werkzeug meiner Pläne mache. Will sie mich doch auch nur zum Werkzeug der ihren machen. Sie will weiter nichts als die Gemahlin eines Mannes werden, der einen glänzenden Namen hat, unter dem sie ihre Vergangenheit verbergen kann, und der ihr die Pforten der Gesellschaft öffnet. Ich will weiter nichts, als eine Bundesgenossin haben, die mir nützen, durch die ich erfahren kann, was man in gewissen Kreisen denkt und beschließt, und durch die ich vielleicht auf den mächtigen und edlen Mann wirken kann, dessen Freundin sie sich nennt. Es kommt nur darauf an, wer von uns Beiden seinen Zweck erreicht, und wer zuletzt der Betrogene sein wird! Doch still, Aurelia, still! Man kommt hierher! Die Polonaise ist zu Ende! Laß uns gehen! Du in den Saal, um die Früchte an Alexander und Eugène zu geben, ich um dieses Haus zu verlassen und heimzukehren. Der Zweck meines Hierseins ist erfüllt, ich habe Dich gesehen und ich habe Dir die Früchte gegeben. Lebe wohl! Liebe mich und gedenke mein!

Sie schlüpften wieder hinaus aus der Fliederlaube und kehrten zurück in den Tanzsaal.

Einen Moment war Alles still in dem Saal der Bosquets, dann bewegten sich leise die Fliedergebüsche, die Zigeunerin trat hinter denselben hervor, und sank mit einem schmerzvollen Aechzen auf den Sitz in der Laube nieder, welchen die beiden Andern eben verlassen hatten.

Betrogen! sagte sie mit knirschenden Zähnen, mit keuchendem Athem. Nichts als ein Werkzeug seiner Pläne! Oh, oh! Wie das schmerzt! Welch' ein furchtbares Feuer da in meiner Brust lodert! Mein Gott, mein Gott, ich wünschte, es wäre der Tod, welcher mit seinen Flammen über mir zusammenschlüge! — Verrathen, betrogen! Und ich liebte ihn, ich hatte ihm meine ganze Seele hingegeben! Der Dämon wollte sich um seinetwillen in einen Engel verklären! Haha, wie das lustig ist! Welch' ein reizendes, vergängliches Ding ist doch das Leben!

Drinnen, in dem anstoßenden Saal begannen eben die Musiker die schmetternden Fanfaren eines Walzers ertönen zu lassen, und diese Musik voll Heiterkeit und Lust klang Friederiken wie neckender Hohn, sie fühlte ihr Herz erstarren, wie in einem Krampf verzweiflungsvollen Schmerzes.

Aechzend legte sie ihr Haupt zurück an den Stamm des blühenden Flieders, und fühlte es nicht, daß leise und langsam zwei kalte Thränen über ihre Wangen niederrollten. Die Töne des schmetternden Walzers überdeckten ihre Seufzer, die schwer aus ihrer Brust hervorkamen, und das Schmerzgestöhn ihrer in Qualen ringenden Seele.

Ich habe ihn geliebt, rief sie leise, oh Gott, ich habe ihn grenzenlos geliebt, und er, — er verachtet mich! Er verhöhnt und verspottet mich, und sein Weib kennt den Betrug, und sie läßt es geschehen! Sie erbarmt sich nicht einer Unglücklichen, welche ihren Gatten liebt, und welche er schmachvoll hintergeht. Sie weiß es und sie duldet es!

Sie wand verzweiflungsvoll die Hände, sie weinte und rang mit ihrer Qual, und fort und fort tönte die Musik aus dem Tanzsaal, und an den offenen Saalthüren vorüber flogen die tanzenden Paare in ihren glänzenden, reizenden Costümen.

Auf einmal warf der Kronleuchter zwei lange schwarze Schatten durch den Saal der Bosquets, und zwei große dunkle Gestalten traten in denselben ein.

Es waren die beiden Malteserritter, welche sich aus dem Gewühl der Gesellschaft in diese Stille und Einsamkeit flüchteten.

Hören Sie, weshalb ich Sie hierher geführt habe, sagte der Eine, dicht vor der Fliederlaube stehend. Ich habe so eben ein kleines Abenteuer erlebt. Sie wissen, die Gärtnerin, welche uns da in den Saal zu den Obstbäumen geführt hatte, pflückte für uns Beide eine Frucht. Sie gab Ihnen auch eine, nicht wahr?

Ja, Sire, sie gab mir eine Apricose.

Und mir eine Birne. Aber wie ich meine Frucht verspeisen will, finde ich Widerstand an der harten Schale, und entdecke, daß man mir nicht eine wirkliche Frucht gegeben, sondern ein Gebilde von Wachs, in welchem ich ein beschriebenes Blatt fand.

Und Ew. Majestät haben es gelesen?

Ja, mein Prinz, ich habe es gelesen, und ich will Ihnen den Inhalt des Papiers mittheilen, weil ich Ihre Ansicht wissen möchte. Man schreibt mir in diesem anonymen Schreiben, daß das französische Volk mir flucht, weil ich es gewesen, der es gezwungen, Ludwig von Bourbon als ihren König anzuerkennen, man droht mir mit der Strafe des Himmels, wenn ich nicht eile, mein Verbrechen wieder gut zu machen, wenn ich nicht den Fluch in Segen verwandle, und dem französischen Volk seinen angebeteten Kaiser wiedergebe. Man beschwört mich, auf den Kaiser von Oesterreich einzuwirken, damit er die Kaiserin Marie Louise nach Elba sende, und endlich droht man mir mit ewiger Verdammniß und mit einer neuen Revolution in Frankreich, wenn ich nicht umkehre, und von den Bourbonen mich Napoleon wieder zuwende. Dann folgt eine ergreifende Schilderung des jetzigen Zustandes in Frankreich, der Zerrissenheit aller Verhältnisse und aller Gemüther, der Schwäche, Blindheit und Unzulänglichkeit der königlichen Regierung, und für dieses Alles macht man mich verantwortlich, mich, der sich von einigen fanatischen Legitimisten habe täuschen lassen, und über ihrem wüthenden Geschrei das Klagen und Jammern des Volkes nicht gehört habe. — Oh, ich sage Ihnen, diese Beschwörung ist mit einem Feuer und einer Gluth der Empfindung geschrieben, daß ich mich davon ganz hingerissen, und die alten Zweifel wieder in mir erwachen fühle, ob ich Recht gethan, den Franzosen ihren legitimen König wieder zu geben, und ob es nicht wirklich ein Anderer ist, den sie begehren?

Ew. Majestät meinen unter diesem Andern den Kaiser Napoleon?

Nein, sagte Alexander ernst, nein, nicht ihn. Nie würde ich meine Hand dazu bieten, Napoleon wieder herzustellen, und das war es, was ich Ihnen zu sagen wünschte, mein Freund. Hoffen Sie nie von mir etwas für Napoleon. Ich hasse ihn nicht, ja, vielleicht bewundere ich ihn noch immer, aber ich bewundere ihn nur, wie man etwa den Strom glühender Lava bewundert, der sich aus dem Krater wie eine riesige Feuerschlange herniederstürzt auf blühende Thäler, lachende Gärten und glückliche Städte. Es ist ein göttlich schönes Schauspiel, aber es bringt Tod und Verderben in seinem Gefolge. Napoleon war die Geißel, welche Gott den sündigen Völkern gesandt; jetzt hat Gott die Geißel bei Seite geworfen, und es wäre vermessen, wenn Menschenhände sie wieder emporheben wollten. Nein, der Kaiser Napoleon möge es zufrieden sein, daß wir ihm Elba gelassen, er möge da, wie er es seinen Garden versprochen, die große Geschichte seiner Vergangenheit schreiben, aber eine Zukunft darf er nicht mehr haben. Es wäre das Verderben Europa's.

Und so soll die Welt das Schauspiel haben, von welchem die Dichter des Alterthums uns erzählen. Es wird den Prometheus an den Felsen angeschmiedet sehen, und die Adler werden kommen, sich zu nähren von seinem Leibe!

Ja, aber der russische Adler wird nicht dabei sein! Ich begehre nichts von Frankreich, will nicht der Erbe Napoleons sein. Ich will nur Polen wieder haben, und Polen auch nur, um es glücklich und frei zu machen. Aber wir sprachen von Frankreich, und daß es nicht glücklich ist unter den heimgekehrten Bourbonen. Auch meine dortigen Agenten berichten mir von allerlei Unruhen und Mißstimmungen; sie halten es nicht für unmöglich, daß das Volk sich erhebe, um die Bourbonen zu verjagen. Wir werden dann von Neuem hingehen müssen, um Frankreich seine Ruhe und einen andern Herrscher wiederzugeben. Aber wen? Der König von Rom ist ein armes Kind, das nicht geeignet ist, den grollenden Löwen zu zähmen. Es bedarf dazu eines starken Mannes Hand. Eugène, wollen Sie die Ihre dazu bereit halten? Haben Sie zuweilen an eine solche Zukunft gedacht?

Niemals, sagte Eugène Beauharnais ruhig. Möge Gott Frankreich beschützen, und ihm bald den Frieden geben. Aber wenn das Schicksal mir selber sagte, daß ich es sei, der berufen, Frankreich wieder frei und glücklich zu machen, daß es mich dazu ausersehen, den Thron Frankreichs einzunehmen, und daß es verloren wäre ohne mich, so würde ich fliehen bis in die Wüste, würde mich lieber in Dunkelheit

und Niedrigkeit begraben, würde lieber Frankreich zu Grunde gehen
sehen, als die Krone Frankreichs auf mein Haupt setzen. Es mag
sein, daß Napoleon den Völkern eine Geißel, ein verheerender Lavastrom gewesen, mir aber war er ein Vater, ein Wohlthäter, ich verdanke ihm Alles, was ich bin, und nie würde ich einen Thron einnehmen, den Er den seinen genannt, eine Krone tragen, die auf Seinem Haupt geglänzt hat.

Ich glaube Ihnen, sagte Alexander bewegt, ich glaube Ihnen,
denn ich kenne Ihr edles und großes Herz, und Sie wissen es, ich
nenne mich in Wahrheit Ihren Freund. Aber ich warne Sie, Freund.
Lassen Sie sich nicht hinreißen von dem Gefühl Ihrer Dankbarkeit
für Napoleon, folgen Sie nicht den Stimmen, die Sie vielleicht verlocken möchten, die Ihnen die Rückkehr des Kaisers in Aussicht stellen.
Wagen Sie sich nicht auf das Glatteis der Verschwörungen!

Ich danke Ew. Majestät für Ihren gnädigen Rath, und ich will
Ihnen beweisen, Sire, daß ich ihn befolge. Sire, auch ich habe eine
der Ihren ähnliche Frucht bekommen. Auch die Apricose, die man
mir gab, war von Wachs, und es befand sich ein beschriebenes Papier darin.

Und was stand in dem Papier?

Sire, sagte Eugène langsam und feierlich, es stand darin geschrieben, daß Napoleon bald heimkehren werde nach Frankreich. Man
forderte mich auf, in zwei Monaten nach einem Ort an der Südküste
Frankreichs zu kommen, um dort den Kaiser zu erwarten. Man beschwor mich, bis dahin alle Vorbereitungen zu treffen, um mit Geld
und Waffen den heimkehrenden Kaiser unterstützen zu können, und gleich
Ihnen, Sire, droht man mir mit dem Fluch Frankreichs, wenn ich
dem Ruf meines Kaisers, meines Stiefvaters nicht folgen wolle.

Und was gedenken Sie zu thun, Eugène?

Sire, ich gedenke mein Wort, mein Manneswort zu erfüllen.
Ich habe Ew. Majestät gelobt, Deutschland nicht zu verlassen, mich
in keine Verschwörungen, in keine geheimen Correspondenzen einzulassen, sondern von dem Schicksal und von Ihnen allein die Entschei-

bung über meine Zukunft zu erwarten. Ich habe das gelobt, und ich werde meinen Schwur erfüllen!

Der Kaiser schlang statt der Antwort seinen Arm um des Prinzen Nacken und drückte einen Kuß auf seine Stirn. Mein Freund, sagte er, ich sehe Wolken von allen Seiten sich aufthürmen, und der Congreß mit seinen spielerischen Händen und seinem schwachen Athem wird die kleinen Kartenhäuser unserer Diplomaten über den Haufen werfen, und selber das Gebäude der Zukunft errichten. Warten wir es in Demuth ab; das aber weiß ich, daß die Wolken Sie nicht zerschmettern sollen, und daß, wie immer auch die Zukunft sich gestalten möge, Sie immerdar einen treuen und ergebenen Freund finden werden! Und nun kein Wort weiter, mein Freund, lassen Sie uns in die Säle zurückkehren, und versuchen, ob wir die Gärtnerin nicht wiederfinden, die so seltsame Früchte von den Bäumen pflückt.

Der Kaiser nahm den Arm Eugène Beauharnais und begab sich mit ihm wieder in die strahlenden, duftenden, musikdurchrauschten Tanzsäle zurück.

Wieder ward es still in dem Saal der Bosquets. Niemand war mehr darin, als die Zigeunerin, welche, in der Fliederlaube verborgen, das Gespräch des Kaisers und des Prinzen gehört hatte.

Jetzt trat sie aus dem Bosquet hervor. Sie hatte die Maske abgenommen, um die Thränen von ihren Wangen fortzutrocknen, und das Licht des Kronleuchters fiel jetzt mit grellem Schein auf Friederike Hähnels bleiches, schmerzdurchzucktes, in düsterm Zorn grollendes Angesicht.

Ich weiß jetzt Alles, sagte sie langsam, ich kenne alle seine Pläne und seine Gedanken, er liegt vor mir da, wie ein offenes Buch. Ich habe für heute genug gelesen, und ich will heimkehren. Er hat ganz Recht, es kommt nur darauf an, wer von uns seinen Zweck erreicht, und wer der Betrogene sein wird!

Sie drückte die Maske wieder vor ihr Angesicht, und in den Tanzsaal zurückkehrend, glitt sie rasch durch das glänzende Gewühl dahin, um zu dem Ausgang zu gelangen, und das Fest zu verlassen, bevor noch mit dem Oeffnen des Eßsaals das Zeichen zum Abnehmen der Masken gegeben war.

III.

Der Schwur der Rache.

Nun, mein Kind? fragte der Staatskanzler von Hardenberg, am Morgen nach dem Balle in Friederikens Zimmer eintretend. Nun, mein Kind, Sie waren gestern Abend auf dem Zauberfest des jüdischen Barons?

Ja, ich war da, sagte Friederike mit einem seltsamen Lächeln. Ich war da, und ich danke Ew. Excellenz, daß Sie mir die Gelegenheit dazu verschafft hatten, diesem Zauberfest, wie Sie es nennen, beizuwohnen.

Aber ich danke es Dir nicht, Kind, daß Du mich Deine Existenz gar nicht ahnen ließest, sagte der Staatskanzler, ihr leicht mit dem Finger drohend.

Oh, Sie waren immer umringt von Bewunderern und Höflingen, rief Friederike, ich wagte mich nicht hinein in das vornehme Gedränge, das Ew. Excellenz umgab, denn ich fürchtete —

Nun, warum zögerst Du, Kind? Sprich doch weiter! Komm her zu mir, Friederike, setze Dich zu mir, und sage mir: was fürchtetest Du?

Friederike eilte zu ihm, und sich zu seinen Füßen niederkauernd, mit den Armen seine Füße umschlingend, und das Kinn auf seine Knieen aufgestützt, blickte sie mit ihren großen, schwarzen Augen fragend und forschend zu ihm empor.

Ich fürchtete, sagte sie ernst und langsam, ich fürchtete, Ew. Excellenz möchten mich in dem glänzenden und hochgebornen Kreis, der Sie umgab, vielleicht nicht erkennen wollen, möchten mich verleugnen. Und da ich Sie liebe, und da ich Sie anbete, wollte ich Ihnen keine Gelegenheit aufdrängen, Ihr edles, schönes Selbst verleugnen zu müssen.

Und wenn Du mich liebst, Thörin, mußtest Du wissen, daß ich meine Freunde niemals verleugne. Wir sprechen nachher weiter und ausführlicher darüber! Jetzt sage mir nur, warum Du den Ball so früh verlassen hast?

Warum, fragte sie, sich langsam wieder emporrichtend, warum ich den Ball verlassen habe? Weil —

Sie verstummte, und die Arme über der Brust ineinander faltend, ging sie mit großen mächtigen Schritten einige Male im Zimmer auf und ab. Hardenberg folgte ihr mit seinen milden, freundlichen Augen; er sah, wie ihr Antlitz immer farbloser ward, wie ihre Lippen bebten, wie ihre Augen immer zorniger blitzten, die Falten auf ihrer Stirn immer düsterer wurden.

Auf einmal wandte sich Friederike ihm wieder zu, und vor ihm stehen bleibend, sagte sie: ich will es Ihnen sagen, warum ich den Ball verließ! Weil ich eine Thörin war, weil ich so albern und so dumm war, eine ganz lächerliche und alltägliche Sache als etwas sehr Ernsthaftes, Ungewöhnliches zu betrachten, und darüber zu weinen, wie ein albernes Kind. Mein Gott, ist's nicht etwas Alltägliches und Gewöhnliches, daß die mächtigen und erhabenen Männer, welche sich die Herren der Schöpfung nennen, daß die eins dieser armen, elenden Geschöpfe zertreten, die da zu ihren Füßen kriechen, und sich Weiber nennen? Ich bin gestern Abend ein bischen zertreten worden, und es that mir so weh, daß ich das Bedürfniß hatte, mich auszujammern und zu weinen. Darum eilte ich nach Hause, und darum habe ich diese Nacht benutzt, und meinen Schmerz ausgetobt. Jetzt ist's vorüber, ich habe alle Thränen, die das Schicksal mir für das ganze Leben mitgegeben hatte, gleich auf Einmal ausgeweint, und ich glaubte, es werden mir für mein ganzes Leben keine mehr übrig geblieben sein. Dann, als der Morgen kam, und ich bemerkte, daß der harte Fuß, der mich zertreten, mich doch nicht getödtet hatte, da renkte ich mir die verrenkten Glieder wieder ein, beschloß bonne mine au mauvais jeu zu machen, und — und wieder Ihr lustiger und übermüthiger Teufel zu werden, da mir ein für alle Mal die Lust vergangen war, ein schwärmerischer, gutherziger Engel zu sein.

Und das ist weise, mein Kind, denn die Welt ist einmal nicht so eingerichtet, daß die Engel auf ihr leben und glücklich sein könnten.

Nein, rief Friederike mit blitzenden Augen, aber für Dämonen und lustige Teufel scheint mir die Welt ein allerliebster Aufenthaltsort, und ich gehe deshalb unter die Teufel, Excellenz.

Aber hoffentlich, mein kleiner allerliebster Teufel, hoffentlich wirst Du Dir keine Hölle und keinen Bratrost einrichten, auf welchem Du die Seelen, die sich Dir ergeben, braten und schmoren willst? Ah, was sollte aus mir Armen werden, wenn Du das thätest?

Oh, Sie haben das nicht zu fürchten, Excellenz, Sie sind mein Herr und Meister!

Wie? Also der Teufel Oberster?

Nein, der Gott, dem auch die Teufel wider ihren Willen dienen und ihm gehorchen müssen! Sind nicht die Teufel früher auch Engel gewesen? Sie sind gefallen, aber sie sehen mit scheuer Ehrfurcht in den Himmel hinein, und lieben und verehren wider ihren Willen den Gott, der hoch über ihnen steht, und der sein Antlitz gnadenvoll und milde über ihnen, wie über den Engeln leuchten läßt! So, mein Gott, mein Herr und Meister, rief sie, sich mit hervorstürzenden Thränen vor dem Staatskanzler niederwerfend, so schaue zu mir nieder, und laß Dich in scheuer Ehrfurcht lieben und anbeten, und laß gnadenvoll und milde Dein Auge leuchten über Der, welche aus allen ihren Himmeln gefallen ist, und verloren gehen muß ohne Dein Erbarmen, Deine Gnade. Oh, mein Herr und Meister, stoße mich nicht von Dir, tritt nicht auch Du mein Herz unter Deine Füße, laß mich leben, um Dich anzubeten, Dich zu preisen ewig und immerdar!

Armes Kind, sagte Hardenberg bewegt, ich sehe es, Du hast viel gelitten in dieser Nacht, die Wunde ist tiefer, als ich dachte, und ich bereue fast, daß ich Dir diesen Schmerz bereitet habe.

Ich aber danke Ihnen, daß Sie es thaten, ich danke Ihnen, daß Sie mich warnten vor dem blumengeschmückten Abgrund, an dessen Rand ich lag, und in den ich versunken wäre, wenn Sie mich nicht erretteten. Sie haben mir das Leben gerettet, und folglich gehört mein Leben Ihnen, und ich will fortan nichts sein, als Ihr Geschöpf.

So laß mich Dein Vater sein, Kind, und ich schwöre es Dir, ich will als Vater und als Freund für Dich sorgen! Vergiß diesen

Schmerz, den ein unwürdiger Betrüger Dir bereitet hat, und wir wollen schon Sorge tragen, daß Dein armes Herz genesen, und sich dem Glück wieder öffnen soll!

Mein Herz ist schon genesen, sagte sie, und glücklich bin ich auch schon wieder, denn Sie sind bei mir! Aber befehlen Sie mir nicht, daß ich den Betrüger vergessen soll, der mich verrathen und verspottet hat, denn ich würde Ihnen nicht gehorchen können!

Oh, Du liebst ihn also noch immer?

Sie brach in ein lautes spöttisches Lachen aus. Ich liebe ihn so sehr, sagte sie, daß ich ihn mit meinen Händen erwürgen würde, wenn es mir nicht schiene, daß der Tod eine viel zu geringe Strafe wäre für das Verbrechen, das er an mir begangen hat! Ich will den Betrüger nicht vergessen, weil ich mich an ihm rächen will!

Sie hob die Hand empor zum Himmel, und mit flammenden Augen rief sie: Rache will ich! Rache für die Schmach, die ich erlitten habe!

Oh, Kind, rief Hardenberg, wenn man Dich anschaut, sollte man meinen, die Göttin der Rache selber vor sich zu haben. Aber ich bitte Dich, mäßige Dich, mäßige Deinen wilden Zorn, so schön er Dich auch kleidet! Wir leben im kühlen Norden, Kind, und die Vendetta mit ihrem Dolch und Gift paßt nicht für unser Klima!

Oh, ich will mich auch nicht rächen mit Gift und Dolch, rief sie glühend, ich will ihn ganz langsam und vorsichtig mit Nadelstichen tödten, das dauert länger, und thut weher! Ew. Excellenz überlassen ihn mir, nicht wahr? Sie lassen mich still und unbemerkt meine Rache nehmen an dem Verräther? Sie fragen mich niemals nach ihm, Sie lassen es geschehen, daß er öfter zu mir kommt, Sie mißtrauen mir nicht, und fragen mich nicht?

Nein, ich verspreche Dir, ich mißtraue Dir nicht, und ich werde schweigen, bis Du kommst, mir auf meine stumme Frage Antwort zu geben.

Ich werde antworten, sobald mein Ziel erreicht ist, sobald die Wolke von mir genommen ist, die jetzt noch meinen Himmel beschattet.

Und jetzt, Friederike, sagte Hardenberg ernst, jetzt laß uns offen und ehrlich über Deine Zukunft miteinander sprechen. Sie muß endlich eine bestimmte Form und Gestalt annehmen. Du mußt endlich eine bestimmte Stellung in der Welt gewinnen.

Ich habe sie schon, rief Friederike, ich liege Ihnen zu Füßen, das ist die einzige Stellung, die ich begehre!

Sie genügt wohl meinem Herzen, aber nicht meiner Sorgfalt für Dich. Du mußt auch eine Stellung der Welt gegenüber gewinnen, Du mußt einen Salon haben, einen Namen, einen Rang, und da ich selber Dir das nicht geben kann, so müssen wir also darauf bedacht sein, Dir einen Gemahl zu suchen.

Nein, nein, nein, rief sie in flammendem Zorn, ich will keinen Gemahl, ich will keinen Rang, keinen Namen, keinen Salon. Ich habe mit meinen Thränen alle diese eitlen und thörichten Wünsche von mir abgewaschen. Ich will nichts mehr, als Sie lieben, Ihnen dienen, und Sie erheitern mit meinen Dummheiten und meinen Katzensprüngen, wenn die klugen Leute Sie genug gelangweilt haben mit ihrer Weisheit und ihrem ehrbaren Pfauenschritt.

Und ich bedarf einer solchen Erheiterung, ich bedarf Deiner, sagte der Staatskanzler. Das Leben ist ein so langweiliges Ding, daß man wohl dafür sorgen muß, es sich ein wenig zu verschönern und aufzuschmücken. Du, Friederike, sollst fortan der Schmuck meines armen, zerquälten, vielfach in Anspruch genommenen Lebens sein! Und ich will diesen Schmuck nicht verleugnen, ihn nicht vor der Welt mit Schleiern überflüssiger Schaam verhüllen. Ich werde immer als Mann, als Diener des Staats meine Schuldigkeit thun, und den Pflichten genügen, welche ich beschworen, und die mir das Schicksal auferlegt hat, aber dafür soll es mir auch erlaubt sein, als Mensch auf meine Weise glücklich zu sein, und meinem Alter einige Freude und Erholung, einigen Genuß zu schaffen. Von heute an, Friederike, nehme ich Dich an als meine Tochter, meine Gesellschafterin, meine Pflegerin und Freundin, und als solche sollst Du in meinem Hause mit mir wohnen, als solche will ich Dich den Menschen zeigen, welche zu mir kommen, und wenn ihre lächerliche Prüderie es nicht ertragen kann, an der Seite eines Greises ein junges Mädchen zu sehen, das ihn als das

Abendroth seines verlöschenden Tages umstrahlt, nun, so mögen sie ihre Augen abwenden, und im Gefühl ihrer stolzen Tugend von dannen gehen. Aber es fragt sich, Friederike, ob Du die Gefährtin des Greises sein willst, ob es Dir genügt an meiner Seite zu leben als meine Freundin, meine Tochter und Gesellschafterin?

Sie legte ihre beiden Hände auf seine Schultern, und sah ihm tief in die Augen. Ich will Alles das sein, flüsterte sie leise und lächelnd, Alles das, was Sie wollen, daß ich sein soll! Ich will nur für Sie leben, nur Ihre Wünsche als meine Gesetze betrachten, und wenig soll es mich kümmern, ob die heuchelnde Welt mit ihrem tugendhaften Gesicht, und ihrem lasterhaften Herzen hinter mir her lacht, wenn ich vorübergegangen bin. Ich werde schon dafür sorgen, daß Niemand es wagen soll, mir in's Gesicht zu lachen.

Dies wird meine Sorge sein, Kind, und ich denke, man wird sich schon bequemen, einige Rücksicht zu nehmen auf die Freundin und Gesellschafterin des Staatskanzlers von Hardenberg.*) Es ist also ab-

---

*) Der Staatskanzler von Hardenberg nahm wirklich Friederike Hähnel in sein Haus und ließ sie, unbekümmert um das Gerede der Welt, beständig an seiner Seite sein. Sie war seine unzertrennliche Gefährtin, die er niemals verleugnete, und der die allezeit in solchen Dingen gefällige Welt überall mit Zuvorkommenheit begegnete, um dem mächtigen Staatskanzler angenehm zu sein. Ich selber hörte Friederike Hähnel einmal, als sie allein war in einer Gesellschaft, in der ich zufällig mit ihr zusammentraf, erzählen, daß sie einst mit dem Staatskanzler eine Reise gemacht an einen kleinen deutschen Hof. Sie logirte mit ihm im Schloß des regierenden Herrn, und als die Einladung erging, zur großherzoglichen Tafel zu kommen, führte der Staatskanzler ganz unbekümmert seine Gesellschafterin mit sich in den fürstlichen Eßsaal. Sie sah sehr wohl das Entsetzen der fürstlichen Herrschaften und Hofleute und noch jetzt, als sie davon sprach, leuchtete ein dämonisches Feuer aus ihren dunkeln Augen und schilderte sie mit beißender Ironie die Verlegenheit und Bestürzung der Hofgesellschaft, und die höhnische Schadenfreude, die sie darüber empfunden. Indessen, erzählte sie, hätte der großherzogliche Hof sich in die Laune des allmächtigen Staatskanzlers gefügt, habe sie an der Tafel Platz nehmen lassen an der Seite des Staatskanzlers, und da die Großherzogin es nicht umgehen konnte, mit ihr zu sprechen, habe sie sie immer als „Frau Gräfin" angeredet. Aber sie lachte laut auf und rief: „Entschuldigen Ew. Königl. Hoheit, ich bin keine Gräfin, sondern nichts weiter als des Uhrmachers Hähnel älteste, eheleibliche Tochter."

gemacht. Du wohnst fortan bei mir in meinem Hôtel. Und so wäre denn der Pilgermarsch der wandernden Thörin und Abenteurerin, als welche Du Dich mir am ersten Tage unserer Bekanntschaft vorstelltest, beendet, und mein lieblicher Kobold hat endlich sich zur Ruhe bequemt! — —

Ja, sagte Friederike, als der Staatskanzler sie verlassen' hatte, die Wandertage der pilgernden Thörin sind jetzt vorläufig beendet, und ich habe meinen Hafen erreicht. Aber jetzt kommt es darauf an, mir in diesem Hafen auch ein mit den Schätzen Indiens beladenes Schiff vor Anker gehen zu lassen, damit, wenn der Herr, dem dieser Hafen gehört, einst stirbt, man mich nicht mit Schimpf und Schanden als Bettlerin von dannen jagt, und mich zwingt, mein Abenteurerleben von Neuem zu beginnen. Ich will reich werden, ich muß reich werden. Gold, das ist die Brücke, welche allein fortan mich mit der Gesellschaft verbindet, Gold wird mir dereinst einen Namen, einen Rang geben! Der reichen Frau wird man dereinst ihre Vergangenheit verzeihen, für die reiche Frau wird man Nachsicht, Entschuldigung und Güte haben. Erbärmliche Welt, deren Gunst, deren Achtung, deren Lächeln man sich mit Gold erkaufen kann! Aber es ist einmal so, und da es so ist, muß ich Gold zusammenraffen, Gold, um zuletzt die wandernde Thörin, die närrische Abenteurerin als eine tugendhafte Frau erscheinen zu lassen. Mit Gold erkauft man sich Alles, selbst den Himmel!*) Aber

---

*) Friederike Hähnel hat alle ihre Pläne erreicht. Sie hat nach dem Tode ihres Beschützers, des Staatskanzlers von Hardenberg, sich mit ihrem Gelde einen Gemahl gekauft, der ihr wenigstens einen abligen Namen und den Rang einer Baronin geben konnte. Sie hat, nachdem das Alter mit seiner Langeweile, seinen Schrecknissen, Enttäuschungen und vielleicht auch Gewissensbissen kam, sich auch den Himmel zu erkaufen gesucht. Sie ward in Rom katholisch, und galt dort für eine sehr heilige Dame, weil sie gelobt, nach ihrem Tode ihr ganzes ungeheures Vermögen der Kirche zu vermachen. Die römische Geistlichkeit, ja sogar die hohen Cardinäle hielten es daher für angemessen, sich um die Geneigtheit der reichen, frommen und geistreichen Frau zu bewerben. Durch einen der Cardinäle ward sie dem Papst Gregor XVI. vorgestellt, und bis zum Tode des Papstes war sie alsdann in Rom eine sehr einflußreiche, gefeierte Frau.

wie fange ich es an, Gold, viel Gold zu erwerben? Ich därf meinen edlen und erhabenen Freund nicht ahnen lassen, daß meine göttliche Liebe und schwärmende Bewunderung für ihn nicht ganz so rein von irdischen und eigennützigen Wünschen ist, wie er es vermeint, das Gold muß für mich ihm gegenüber immer nur Nebensache sein, die Liebe die Hauptsache! Die Liebe, rief sie laut auflachend, die Liebe! Als ob Friederike Hähnel noch etwas Anderes lieben könnte, als sich und das Gold allein, als ob —

Ein lautes Klopfen an ihrer Thür unterbrach sie in ihrem Selbstgespräch, und sie eilte zur Thür hin, sie zu öffnen.

Herr von Sahla, rief sie dann überrascht. Treten Sie ein, und seien Sie mir herzlich willkommen!

Ich danke Ihnen für diesen Gruß, sagte Herr von Sahla, in das Zimmer tretend, und möchten Sie ihn nicht zurücknehmen, wenn Sie erfahren, weshalb ich komme.

Weshalb Sie kommen? fragte sie erstaunt. Sie kommen also nicht blos, um nach so langer Zeit endlich Ihre gesprächige Freundin von der Tribüne des Oktoberfestes wieder zu sehen? Wahrhaftig, ich glaube, Sie hätten etwas früher kommen können, um sich für die Gefälligkeit zu bedanken, mit der ich mich damals Ihrer annahm. Sie haben sehr lange gezögert mit Ihrem Dank, denn wenn ich nicht irre, sind mehr als vier Wochen — ah, unterbrach sie sich plötzlich mit einem lauten Lachen, ah, jetzt weiß ich, weshalb Sie kommen. Sie haben meinen Vorschlag damals für Ernst genommen, Sie haben es nicht vergessen, daß wir nach vier Wochen der Prüfung unserer Herzen, uns eine sehr zarte, sehr folgenreiche Frage vorlegen wollten. Beim Himmel, Sie haben ein gutes Gedächtniß, ich hatte diese ganze Angelegenheit vergessen.

Ich aber, sagte Herr von Sahla mit seiner traurigen, düstern Stimme, ich habe Sie nicht vergessen. Ich habe Ihrer täglich gedacht, und wenn ich nicht von Ihrer gütigen Erlaubniß Gebrauch machte, wenn ich nicht zu Ihnen kam, so lag das nicht in meinem Willen, sondern es war nur mein Schicksal, das es verhinderte. Ich war nicht in Wien, und bin erst seit gestern wieder hierher zurückgekehrt.

Und jetzt kommen Sie, um mir zu sagen, daß Sie Calatrava-
ritter bleiben wollen, nicht wahr? Still, antworten Sie mir nicht!
Ich will Sie verhindern, mir einen Korb zu geben, indem ich Ihnen
denselben darreiche. Mein lieber Calatravaritter, wir wollen Beide
unsern Gelübben und Orden getreu bleiben! Sie sind ein weltlicher
Mönch, der das Gelübde der Keuschheit abgelegt hat, und ich, —
nun ich bin eine weltliche Nonne, die auch das Gelübde abgelegt hat,
ewig eine Jungfrau zu bleiben und ihrem Herrn zu dienen. Fragen
Sie mich nicht, wer mein Herr ist, sondern lassen Sie es sich genügen,
daß ich durchaus keine Lust verspüre, Sie Ihren Gelübben abwendig
machen zu wollen; überlassen Sie mich daher auch den meinen! Unsere
Lebenswege sind sehr verschieden, wie ich denke. Sie wollen nichts,
als sich den Himmel erwerben, ich, — nun ich will mir die Erde erwerben, und das Recht, auf ihr glücklich zu sein.

Wer weiß, ob unsere Wege so verschieden sind, als Sie denken,
sagte Herr von Sahla mit einem traurigen Lächeln. Haben Sie denn
vergessen, welche Bestrebungen, welche Wünsche mich hierher geführt
nach Wien? Habe ich Ihnen nicht damals gesagt, daß das Unglück
Sachsens, das Unglück meines Königs mein Herz bewege, daß ich
mein Leben hingeben wolle im Dienste meines Vaterlandes und meines
Königs?

Ah, Sie haben noch immer diese Schwärmerei? fragte Friederike
nachlässig. Sie wollen noch immer für Sachsens Unabhängigkeit petitioniren, und bei dem Congreß im Namen Sachsens Ihre Klagestimme
erheben?

Ja, das will ich, das muß ich ich, rief Sahla glühend. Die Unabhängigkeit, die Wiederherstellung meines Vaterlandes, das ist meines
Lebens Zweck und Ziel!

Armer Freund, dann beklage ich Sie. Sie werden dieses Ziel
nicht erreichen. Der Congreß wird Ihre Stimme nicht hören, denn
Preußen hat eine lautere und vollere Stimme, und es wird das Klage-
geschrei Sachsens übertönen.

Nun denn, sagte Herr von Sahla düster, wenn alle meine Pläne
scheitern, wenn mein Vaterland wirklich verloren ist, dann werde ich

wenigstens der Rächer meines sterbenden Baterlandes, meines unglücklichen Königs sein, dann wird das Schicksal meinen Arm bewaffnen, um Diejenigen zu strafen, welche sich an Sachsen versündigt haben! Wenn Alles verloren ist, bleibt mir noch die Rache!

Rache! rief Friederike. Sie haben da ein Wort gesprochen, das mich zu Ihrer Bundesgenossin macht. Auch ich habe dieses süße Wort in mein Herz eingegraben, auch ich gehöre zu ihren Priesterinnen. Geben Sie mir Ihre Hand, Freund, wir gehören Beide zu demselben Bunde, zu dem Bunde der Rache, und wir wollen uns förderlich sein, so viel wir können.

Wollen Sie das wirklich, Friederike? fragte Sahla, ihre dargereichte Hand fest in der seinen drückend. Wollen Sie mir wirklich helfen?

Sagen Sie nur, ob ich es kann?

Sie können es, denn Sie sind einflußreich bei Dem, in dessen Händen das Schicksal Sachsens ruht. Oh, Friederike, seien Sie großmüthig, seien Sie gerecht, erheben Sie Ihre mächtige, einflußreiche Stimme für das unglückliche Sachsen, für den tiefgebeugten König. Oh, Freundin, wenn Sie ihn gesehen hätten, den armen, beklagenswerthen König, wenn Sie ihn in Thränen, Jammer und Noth gesehen hätten, wie ich ihn gesehen habe, wenn Sie das Wehklagen des sächsischen Volkes gehört hätten, wie ich es gehört habe, so würde Ihr großmüthiges Herz sich erbarmen, so würden Sie erkennen, daß es ein Sacrilegium ist, den rechtmäßigen König von Sachsen seiner Krone, seiner Ehre und seines Eigenthums zu berauben, daß es ein Verbrechen an den heiligen Völkerrechten ist, ein Volk willkürlich seinem angebornen Herrscher zu entreißen, und es wider seinen Willen an einen Andern zu verschenken. Oh, Friederike, dulden Sie es nicht! Noch einmal beschwöre ich Sie im Namen meines Volkes, meines Königs: erheben Sie Ihre einflußreiche Stimme für Sachsen, wenden Sie mit Ihrem Feuergeist, mit Ihrer süßen Beredtsamkeit das Unheil ab, welches uns bedroht. In den Händen des Staatskanzlers liegt das Schicksal Sachsens, küssen Sie diese Hände und sie werden uns wieder geben, was sie uns nehmen wollten.

Ah, Sie wollen mich zu einer politischen Agentin machen, rief

Friederike lächelnd. Aber was geht mich Sachsen an, was habe ich davon, ob Ihr Sachsen ein selbstständiges Land bleibt, ob Ihr König sich zu Tode grämt? Er kümmert sich nicht um mich, weshalb sollte ich mich um ihn kümmern?

Sie thun ihm Unrecht, sagte Herr von Sahla rasch und leise, der König kümmert sich um Sie, der König kennt Sie und sendet Ihnen durch mich seine Grüße; und im Namen Sachsens soll ich Sie bitten, dies kleine Andenken anzunehmen.

Er zog ein großes Maroquin-Etui aus seinem Busen, und reichte es ihr da. Friederike nahm es lächelnd entgegen und öffnete es rasch. Als sie darin ein wundervolles Collier von Brillanten und Perlen fand, erröthete sie vor Vergnügen und ihre Augen blitzten höher auf.

Ich nehme Ihr Geschenk an, Herr von Sahla, sagte sie, und ich werde es nicht vergessen, daß Sachsen es war, von dem ich meine ersten Brillanten erhielt. Ich werde auch versuchen, Ihnen meine Dankbarkeit zu beweisen! Ich werde alle meine Beredtsamkeit, meinen Einfluß für Sie verwenden, und vielleicht gelingt es Ihren und meinen vereinten Bemühungen, Sachsen, wenn auch vielleicht in verkleinerter Gestalt, Ihrem König zu erhalten. Ich will meinen Eifer für Ihre Angelegenheit gleich dadurch bethätigen, daß ich Ihnen einen guten Rath gebe. Werben Sie sich noch andere einflußreichere Stimmen für Sachsen, werben Sie um die Gunst Talleyrand's. Er ist der mächtigste und geschickteste, weil er der intriguanteste und gewissenloseste aller Diplomaten ist. Wenden Sie sich also im Namen Ihres Königs an Talleyrand, er ist es, der allein noch hier auf dem Congreß Sachsen vertritt, richten Sie es so ein, daß für ihn die Frage der Politik eine Frage des Interesses wird, denn, — unter uns gesagt, Talleyrand liebt die Brillanten und das Gold, er kann wohl seine Principien wechseln, aber — er nimmt ein ziemlich hohes Agio! — —

Jetzt weiß ich den Weg, den ich zu wandeln habe, rief Friederike, als sie wieder allein war, und mit entzückten Augen das funkelnde Brillantgeschmeide betrachtete, das sie spielend durch ihre Hände gleiten ließ. Ja, ja, dieser romantische Schwärmer, der Herr von Sahla, ist für mich der Congreß gewesen, der mir die Richtung meines Lebensweges andeutet. Oh, ich denke, ich werde auf diesem Wege noch sehr viele Brillanten und sehr viel Gold finden! Ich werde sie finden in dem Vorzimmer meines angebeteten Freundes! Ja, sein Vorzimmer, das wird der Hafen sein, in welchem mein Schiff vor Anker geht, und bei Gott, Niemand soll mir dieses Vorzimmer passiren, der nicht einen guten Zoll in mein Schiff niederlegt! Oh, ich werde reich werden, das heißt, ich werde eine vornehme, tugendhafte, geachtete Frau werden! Ha, ha, welch' eine lustige Komödie ist doch das Leben, und wie Unrecht thut man, wenn man es ernsthaft nehmen, und die Posse als eine Tragödie herunter spielen will! Ich meinestheils werde nicht so thöricht sein! Ich spiele fröhlich mit in der Lebensposse und bei Gott, ich will das Publikum schon zwingen, mich darin als erste Liebhaberin auftreten zu lassen, und mir zu applaudiren! Aber still, höre ich da nicht Schritte über den Corridor daher kommen?

Sie flog zu der Thür hin und horchte. Ja, sagte sie, und ein dämonisches Lächeln glitt über ihr Antlitz hin, ja, ich kenne diesen Schritt. Er ist es! Er! Gott, rief sie, von der Thür in die Mitte des Zimmers zurücktretend, Gott, höre meinen Schwur der Rache, gieb mir die Mittel, diesen Verräther zu strafen, und —

Die Thür flog auf, und mit einem Aufschrei des Glücks, mit geöffneten Armen, flog Friederike dem Eintretenden entgegen.

Willkommen, mein Geliebter, willkommen! Oh, Du Grausamer, wie lange Du mich heute Dein geliebtes Angesicht hast erwarten lassen!

Und wie lange ich das Deine habe entbehren müssen, rief er, sie zärtlich an sein Herz drückend. Oh, Friederike, wann wird endlich die Zeit kommen, wo wir für immer einander angehören?

Du ersehnst es also wirklich? fragte sie, das Antlitz von seiner Brust erhebend, und ihre glühenden Augen auf ihn heftend. Du liebst mich also wirklich?

Ja, Du holde, liebe Zweiflerin, sagte er lächelnd, ich liebe Dich wirklich! Ich ersehne die Stunde, wo Du meine Gemahlin sein wirst, denn in dieser Stunde wird Frankreich glücklich, wird der Kaiser heimgekehrt sein.

Und wir, sagte Friederike lächelnd, wir werden unser Gelübbe erfüllt, wir werden ihm Marie Louise und den König von Rom wieder zugeführt haben! Oh, mein Geliebter, laß uns also alle unsere Gedanken, alle unsere Bestrebungen darauf richten, wie wir den Sohn und die Gemahlin Napoleons von hier entfernen und sie nach Frankreich entführen können. Dies sei unser Ziel und Streben, und erst, wenn wir es erreicht haben, dann wollen wir von unserer Liebe und von unserm Glück sprechen!

IV.

Der Geburtstag Marie Louisens.

Während Wien wiederhallte von dem Jubel der Feste, während der Congreß sang, jubelte und tanzte, aber, wie der Fürst Ligne gesagt, nicht vorwärts ging, lebte Marie Louise einsame, trübe Tage zu Schönbrunn. Freilich war auch in dies vereinsamte Schloß zuweilen das laute Geräusch der Feste gedrungen, und mehrmals hatte die Kaiserin Ludovica, die Veranstalterin und Ordnerin der kaiserlichen Feste, Schloß Schönbrunn mit hineingezogen in ihre Fest-Arrangements. Dann hatte auch Schönbrunn wiedergehallt vom Klange der Musik, dann hatten die stillen düstern Säle sich plötzlich mit Glanz und Licht erfüllt, und die Pracht und Herrlichkeit der vergangenen Tage, in denen einst die Kaiserin Maria Theresia in Schönbrunn verweilte, oder in denen der Kaiser Napoleon auf diesem Schloß residirte, schienen sich für einige Stunden wieder zu erneuern. Aber während dieser Stunden mußte die Kaiserin Marie Louise sich in das Innerste ihrer Gemächer zurückziehen, denn noch widerstand es ihrem Gefühl, bei diesen Festen sich zu zeigen und in ihrer zweifelhaften Stellung, nicht mehr Kaiserin, nicht mehr Erzherzogin, und noch nicht anerkannt als Herzogin von Parma, sich den Souverainen darzustellen. Solche Tage der Feste waren daher für die Kaiserin Marie Louise immer nur Tage der

Thränen, der Demüthigungen und des schmerzvollen Rückblickens in die Vergangenheit.

Aber heute sollte in Schönbrunn ein Fest begangen werden, das allein der Kaiserin Marie Louise galt, und dessen Königin sie allein sein durfte. Denn es war heute der zwölfte Dezember, der Geburtstag Marie Louisens, und ihre Damen und Cavaliere hatten es sich zur Aufgabe gemacht, diesen Tag möglichst feierlich zu begehen, um sie zu bewahren vor den schmerzlichen Rückerinnerungen an ihre glänzende Vergangenheit. Sie hatten daher allerlei kleine Ueberraschungen arrangirt, hatten die Kaiserin in der Frühe des Morgens schon mit Musik geweckt, dann hatte der ganze kleine Hof in festlicher Toilette sich zum Lever der Kaiserin gemeldet, und Jeder hatte um die Erlaubniß gebeten, ihr ein kleines Geschenk überreichen zu dürfen. Auch ihr Sohn, den man jetzt nicht mehr den König von Rom, sondern den Prinzen Napoleon nannte, hatte Marie Louisen ein kleines französisches Gedichtchen declamirt, und mit demselben ihr eine Silhouette seines Vaters überreicht, welche der Baron Meneval ihm aufgezeichnet, und die der Prinz dann selber zierlich ausgeschnitten und auf rosa Papier geklebt hatte.

Marie Louise hatte der niedlichen Declamation des kleinen Prinzen mit einem sanften Lächeln zugehört, als er ihr aber die Silhouette überreichte, hatte eine tiefe Röthe einen Moment ihr Antlitz übergossen; fast verlegen, mit niedergeschlagenen Augen, hatte sie das kleine Portrait genommen, und ohne nur einen Blick auf dasselbe zu werfen, hatte sie es rasch auf den Tisch zu den andern Geschenken gelegt.

Liebe Mama Kaiserin, sagte der kleine Prinz traurig, warum betrachtest Du Dir nicht das schöne Bild von meinem Papa? Hast Du denn den großen Kaiser gar nicht mehr lieb, daß Du sein Bild nicht sehen willst?

Marie Louise schien diese Frage nicht gehört zu haben, sie hatte ihr Angesicht ganz versenkt in den großen Blumenstrauß, den ihr der kleine Napoleon mit seiner Silhouette dargereicht, und dessen Duft sie mit Entzücken einzuathmen schien.

Aber der Prinz zog mit dem Ungestüm, der die Kaiserin schon so oft und so schmerzlich an seinen Vater erinnert hatte, ihre Hand mit dem Bouquet von ihrem Antlitz fort, und seine großen blauen Augen fest auf sie richtend, fragte er mit ernster, fast zürnender Stimme: Mama, hast Du Deinen Papa Kaiser gar nicht mehr lieb?

Ja, gewiß, mein Sohn, sagte die Kaiserin rasch und leise, ich habe ihn noch lieb, und ich werde niemals die schönen Tage vergessen, welche ich in Frankreich verlebt habe.

Das Kind schien nur den ersten Theil der Antwort seiner Mutter gehört zu haben, und blickte sinnend und mit jenem tiefen Ernst, der so oft das Antlitz der Kinder gleichsam versteinert, vor sich hin.

Mama, rief er auf einmal, wie aus tiefen Gedanken erwachend, Mama, wenn Du meinen Papa Kaiser lieb hast, warum bist Du alsdann nicht bei ihm?

Mein Kind, sagte Marie Louise seufzend, ich darf nicht zu dem Kaiser gehen. Mein Vater hat es mir nicht erlaubt, mein Vater befiehlt, daß ich hier bei ihm bleibe, und Du weißt wohl, die Kinder müssen immer ihren Eltern gehorsam sein.

Ja, rief Napoleon, so lange sie noch so klein sind, wie ich es bin, dann müssen sie gehorsam sein, wie ich es auch bin. Denn wenn ich Dir nicht gehorsam wäre, Mama, so wäre ich schon lange hier fortgelaufen, wo es mir gar nicht gefällt, und wäre zu meinem Papa Kaiser gelaufen, wo es mir gewiß sehr gut gefallen würde. Kleine Kinder müssen ihren Eltern gehorchen, und darum bleibe ich hier, aber große Damen müssen ihrem Vater nicht gehorchen, wenn er ihnen etwas befiehlt, was Unrecht ist.

Und wer sagt denn, daß mir mein Vater etwas befiehlt, was Unrecht ist? fragte die Kaiserin in gereiztem Ton.

Es sagt es mir Niemand, sagte der Knabe sinnend, aber ich selber habe es mir so nachgedacht, seit ich gestern den Herrn von Meneval mit meiner lieben Ouiou von dem schönen Brief sprechen hörte, den meine Tante Jerome an ihren Vater geschrieben hat. Siehst Du, Mama, die Tante Jerome, die hat auch nicht ihrem Vater gehorsam sein wollen, und als der befohlen hat, sie solle den Oncle Jerome verlassen und wieder zu ihrem Vater kommen, da hat sie gesagt: nein, ich will nicht zu Dir kommen, nein, ich bleibe bei meinem Mann, ich will meinen lieben Jerome nicht verlassen. Und meine liebe Quiou sagt, das sei sehr schön von der Tante, und darum denke ich, Du müßtest es auch so machen und müßtest zu Deinem Papa, meinem Herrn Großvater Kaiser, sagen: nein, ich will nicht zu Dir kommen, ich will bei meinem lieben Mann bleiben. Dann würde meine liebe Quiou auch von Dir sagen, daß es schön sei.

Das Antlitz Marie Louisens hatte sich umdüstert, und einen verdrießlichen Blick auf die Gräfin Montesquiou werfend, die verlegen und erschrocken sich in die Fensternische zurückgezogen hatte, fragte sie mit scharfem Ton: ist das auch ein Geburtstagsgedicht, welches Sie dem Prinzen eingeübt haben, Gräfin?

Gräfin Montesquiou trat aus der Fensternische hervor, und sich der Kaiserin nähernd, sagte sie mit ernster Würde: Ich bitte Ew. Majestät um Verzeihung, aber ich glaube, Ew. Majestät werden selbst am besten ermessen, ob das unschuldige Geplauder des Prinzen Aehnlichkeit hatte mit einem eingelernten Gedicht.

Wenigstens wäre es ein ziemlich ungereimtes, sagte Marie Louise, ihr Haupt zurückwerfend. Aber sagen Sie mir doch, Gräfin, was ist es denn überhaupt für eine seltsame Geschichte von der Madame Jerome Bonaparte, welche Sie da meinem Sohn erzählt haben?

Ich bitte Ew. Majestät abermals um Verzeihung, sagte die Gräfin, ich habe dem Prinzen gar keine Geschichte von Ihro Majestät, der Frau Königin von Westphalen, erzählt, und ich habe nicht geahnt, daß der Prinz dem Gespräch zugehört hat, das ich gestern mit dem Baron von Meneval gehabt, während der Prinz in dem andern Zimmer an seinem Spieltisch saß und mit seinen Soldaten spielte.

Ja, sagte Napoleon mit einem schlauen Lächeln, Ihr glaubtet, ich spiele mit meinen Soldaten, aber als ich Euch von meinem Oncle Jerome und von seiner Frau sprechen hörte, da stand ich leise auf, schlich bis zur Thür hin und horchte. Und so habe ich Alles gehört, was der Baron Meneval erzählte, auch den hübschen Brief, den die Tante Jerome an ihren Vater geschrieben.

Sie haben indessen da ein großes Unrecht begangen, Sire, sagte die Gräfin ernst, man muß niemals horchen, denn es ist nicht ehrenvoll, etwas heimlich zu thun, und Jemanden das abzulauschen, was er nicht freiwillig sagt.

Der Knabe erröthete und seine Augen füllten sich mit Thränen. Ich wollte nur so gern hören, was Ihr von meinem Oncle Jerome erzähltet, sagte er, und ich wußte, daß Sie es mir nicht erzählen würden, weil man Ihnen verboten, mir von meinem Papa Kaiser und von meinen Oncles und vom schönen Frankreich zu erzählen.

Man scheint sich indessen um dies Verbot wenig zu bekümmern, sagte die Kaiserin spöttisch. Aber sagen Sie mir doch, Frau Gräfin, was ist es mit diesem Brief der Madame Jerome?

Ew. Majestät, der Herr Baron von Meneval hatte durch einen ihm befreundeten Cavalier des Königs von Würtemberg die Abschrift eines Briefes erhalten, den die Königin von Westphalen an ihren hier in Wien anwesenden Vater geschrieben hat.

Und dieser Brief ist so sehr merkwürdig?

Majestät, er ist das Zeugniß einer edlen und erhabenen Frauenseele, sagte die Gräfin würdevoll.

Ah, in der That, Sie machen mich neugierig, dieses Muster von Briefstyl kennen zu lernen, rief Marie Louise mit gereizter Stimme. Ich bitte Sie, Gräfin, holen Sie doch Ihren schönen Brief und lesen Sie ihn mir vor.

Majestät, sagte die Gräfin ernst, ich habe den Brief bei mir, denn ich wollte Ew. Majestät um gnädige Erlaubniß bitten, Ihnen dieses schöne Schreiben, durch welches die Königin von Westphalen sich ein so edles und unvergängliches Monument gesetzt hat, vorlesen zu dürfen.

Lesen Sie also! rief die Kaiserin, indem sie sich nachlässig in die Kissen des Divans zurücklehnte und an dem Blumenstrauß zupfte, den sie in der Hand hielt. — Der kleine Napoleon stand neben ihr und heftete seine großen Augen bald auf seine Mutter, bald auf die Gräfin, welche jetzt aus der Tasche ihres Kleides ein Portefeuille hervorzog, aus demselben ein beschriebenes Blatt Papier nahm und las:

Sire! Ich habe Ihr gnädiges Schreiben erhalten, in welchem Ew. Majestät mir den Vorschlag machen, jetzt, da das Schicksal den

Kaifer Napoleon feiner Macht und Würde beraubt hat, und in Folge deffen auch feine Brüder ihrer Throne verluftig gegangen find, meinen Gemahl, den König Jerome, zu verlaffen, mich von ihm zu fcheiden und als Prinzeffin von Würtemberg wieder in die Staaten Eurer Majeftät zurückzukehren. Indem ich Ew. Majeftät für Ihre väterliche Fürforge und Ihre mir bezeigte Güte meinen ehrerbietigften Dank fage, bitte ich meinen gnädigen Vater, mir nicht zu zürnen, wenn ich nicht im Stande bin, den Befehlen Eurer Majeftät zu genügen, und das Afyl, welches mir Eure Majeftät bieten, anzunehmen. Als ich vor fechs Jahren mit dem König Jerome vermählt ward, da liebte ich ihn nicht, fondern ich unterwarf mich nur mit Thränen und Widerftreben dem Befehl meines königlichen Vaters, der es mir zur Pflicht machte, dem Bruder des Kaifers Napoleon meine Hand darzureichen. Seitdem habe ich fechs Jahre an der Seite meines Gemahls gelebt und die Zuvorkommenheit, Liebe und Güte, welche er mir immer bewiefen, hat ihm allgemach mein Herz gewonnen. Zudem ift er der Vater meiner beiden Kinder, der Mann, dem ich vor dem Altar Gottes mit einem feierlichen Eide gelobt, als fein treues Weib ihm bis zum Tode anzu- gehören und Glück und Unglück mit ihm zu theilen. In den Tagen des Glückes hat Niemand gewollt, daß ich mich von ihm trenne, und jetzt follte ich es thun, jetzt in den Tagen des Unglück's follte ich ihm den Arm entziehen, auf den allein er fich noch ftützen kann? Jetzt follte ich, treulos meinem Schwur, ohne Ehrfurcht vor meiner Ver- gangenheit, ohne Scheu vor dem Urtheil Gottes und der Welt die Bande zerreißen, die mich an fein Unglück binden? Sollte meinen Ge- mahl, den Vater meines Sohnes, allein, vielleicht flüchtig und ver- bannt in der Fremde umherfchweifen laffen, während ich am Hofe meines königlichen Vaters ein bequemes und glänzendes Leben führte? Aber das würde heißen, meine Vergangenheit entehren und Schande auf mein Haupt wälzen. Die Welt würde mir dann nicht glauben können, daß ich die angetraute Gemahlin des Königs Jerome gewefen, fondern fie würde mich für eins diefer verlornen, ehrlofen Mädchen halten, welche bei ihrem unlegitimen Liebhaber bleiben, fo lange er glücklich und reich genug ift, ihnen ein üppiges und glänzendes Leben zu verschaffen, welche aber, sobald das Unglück über ihn kommt, ihn verlassen, wie die Ratten das Schiff verlassen, dessen Untergang sie wittern. Aber ich bin die angetraute, ehrliche, legitime Frau des Königs Jerome, und als solche muß und will ich bei ihm bleiben, und er soll sich vertrauensvoll auf meinen Arm lehnen, und Niemand, weder die Welt, noch er selber, sollen glauben, daß ich ihn verlassen könnte! Ich bitte Ew. Majestät mir nicht zu zürnen wegen eines Entschlusses, der Ihren Befehlen widerspricht. Aber es stehet in der Bibel geschrieben: das Weib soll Vater und Mutter verlassen und ihrem Gatten nachfolgen. Mein gnädiger Vater wird mir verzeihen, wenn ich dem Wort der Bibel gehorsam bin.*)

Nicht wahr, Mama, das ist sehr schön? rief der kleine Prinz, als die Gräfin geendet hatte.

Marie Louise hatte während der Vorlesung des Briefes ihr Antlitz ganz und gar hinter dem großen Blumenbouquet verborgen gehabt, jetzt warf sie es bei Seite und ließ die Gräfin und ihren Sohn ihr von Thränen überfluthetes Angesicht sehen.

Ja, sagte sie ungestüm, das ist sehr schön und die Gräfin hat Recht, die Königin von Westphalen ist eine sehr edle Frau! Oh, ich beneide sie, daß sie so sprechen und so handeln durfte, daß sie die Freiheit hatte, ihrem eigenen Willen zu folgen und ihrem Herzen und ihrem Gewissen genug zu thun. Ich beneide sie und möchte mein Herzblut hingeben, um mir das Recht zu erkaufen, ihr gleich zu thun. Ich aber, ich kann es nicht, ich darf es nicht! Ich bin eine elende, beklagenswerthe Gefangene, man hat mich in Fesseln gelegt, und —

Oh, Mama, Mama, unterbrach sie der kleine Prinz, in Thränen ausbrechend, oh, weine nicht so sehr! Es ist schrecklich, Dich so weinen zu sehen.

Marie Louise wehrte ihn zurück und stand auf. Montesquiou, sagte sie, hastig im Zimmer auf und abgehend, bringen Sie den Prinzen hinaus, führen Sie ihn zur Gräfin Brignole und kehren Sie dann hierher zurück.

----

*) Mémoires de la Duchesse Abrantès. Vol. XVIII. 289.

Die Gräfin nahm den weinenden Knaben in ihre Arme empor, und ihn leise und zärtlich tröstend und beschwichtigend trug sie ihn hinaus.

Marie Louise ging immerfort heftig auf und ab, ihre Wangen waren farblos, ihre Lippen zitterten, und schwer und fieberhaft ging der Athem aus ihrer wogenden Brust hervor.

Ja, sagte sie haftig vor sich hin, ja, man behandelt mich hier wie eine Sclavin, die nur den Befehlen ihres Herrn folgen darf. Ich bin hier nichts weiter als eine Gefangene, die man auf jedem Schritt bewacht, deren Mienen, deren Gedanken selbst man belauscht, weil man immer fürchtet, sie möchte einen Versuch machen, ihre Freiheit wieder zu gewinnen und sich der Gewalt ihrer Thrannen zu entziehen. Oh, es ist ein schmachvolles und entwürdigendes Leben, das ich hier führe, man zwingt mich dazu, eine ehrlose Rolle zu spielen, und wenn ich gehorche und mich unterwerfe, wird die Welt einst mit Fingern auf mich zeigen, und wie man von der Königin von Westphalen sagt, daß sie sich ein Denkmal ihres Edelmuths und ihrer Hochherzigkeit gesetzt, so wird man von mir sagen, ich hätte mir ein Denkmal niedriger und feiger Gesinnung gesetzt. Aber man soll nicht so von mir reden dürfen! Nein, nein, ich will es nicht! Auch ich bin keine ehrlose Person, auch ich bin die legitime Gemahlin des Kaisers und ich will meinen Sohn nicht zum Bastard stempeln. Gräfin, rief sie der eintretenden Gouvernante des Prinzen zu, Gräfin, Sie sollen mir rathen, Sie sollen mir helfen, daß ich von hier fortkomme. Die Königin von Westphalen hat mir den Weg gezeigt, den ich wandeln muß. Ich will zu meinem Gemahl, ich will sein Unglück mit ihm theilen, wie ich sein Glück und seine Größe mit ihm getheilt habe!

Gott segne Ew. Majestät für dieses Wort, rief die Gräfin mit Thränen in den Augen. Oh, warum kann der Kaiser Sie nicht sehen in dieser edlen Begeisterung, welche Ihr Antlitz verklärt! Warum kann er Ihre edlen, schönen Worte nicht hören, er würde dann nicht traurig und verzagt sein, er würde nicht mehr fürchten und klagen, daß seine angebetete Gemahlin ihn auf ewig verlassen hat, daß sie zu seinen Feinden übergegangen ist.

Glaubt er das? fragte Marie Louise hastig. Haben Sie Nachrichten von ihm? Oh, mein Gott, man hält mich ja immer in so engen Banden, man beaufsichtigt mich so sehr, daß kein Wort, kein Brief mehr von ihm zu mir, und von mir zu ihm gelangen kann.

Majestät, flüsterte die Gräfin leise, Sie sind indessen umgeben von treuen Dienern und Anhängern, welche verschwiegen sind, und lieber sterben würden, als die Geheimnisse Ew. Majestät verrathen. Wir haben Verbindungen und Mittel, um Ihre Briefe sicher zu dem Kaiser hinzuschaffen, und Ihnen die Antworten des Kaisers zu übergeben.

Und Ihr ahnt nicht, daß man Euch bewacht, wie mich, daß auch Ihr von Spähern und Aufpassern umgeben seid, rief Marie Louise ungestüm, daß man jeden Eurer Schritte belauert, um an Euch irgend eine Unbesonnenheit zu erspähen, welche man vielleicht als einen Beweis Eures Einverständnisses mit Napoleon auslegen könnte, und dadurch einen Vorwand hätte, Euch Alle, die letzten Trümmer meiner einstigen Herrlichkeit, von hier zu verbannen, damit ich ganz allein sei, ganz von meinen Kerkermeistern abhängig werde? Oh, ich beschwöre Sie, Gräfin, warnen Sie Ihre Freunde, sich nicht täuschen zu lassen, nicht zu glauben, daß es ihnen gelingen könnte, die wachsame österreichische Polizei zu täuschen!

Majestät, sagte die Gräfin leise und hastig, es ist uns indessen schon gelungen, und wenn Ew. Majestät gnädigst erlauben, können wir Ihnen einen Beweis davon geben.

Was für einen Beweis? fragte Marie Louise erblassend.

Wollen Ew. Majestät erlauben, daß der Baron von Meneval einen Augenblick hier eintrete? fragte die Gräfin. Er ist im Stande, Ew. Majestät Beweise zu liefern.

Lassen Sie ihn eintreten, sagte Marie Louise, und Gott gebe, daß er wirklich nicht schon verrathen ist!

Die Gräfin durcheilte rasch das Zimmer, und öffnete die Thür des Vorsaals. Treten Sie ein, Herr Baron, sagte sie freudig, Ihre Majestät will Ihre Botschaft empfangen.

Gesegnet sei Ew. Majestät für diesen Entschluß, rief der Baron, in das Cabinet eintretend, und sich mit freudestrahlendem Gesicht Marie Louisen nähernd. Ich bin so glücklich, Ew. Majestät die Glückwünsche des Kaisers zu überbringen, und ich bin beauftragt, Ew. Majestät im Auftrag des Kaisers dieses Kästchen zu überreichen.

Marie Louise nahm das ihr dargereichte kleine Kästchen mit zitternden Händen entgegen und öffnete es. Es enthielt ein goldenes, in Brillanten eingefaßtes Medaillon, auf dessen Platte ein N eingegraben war. Die Kaiserin öffnete das Medaillon, und betrachtete lange und sinnend die Haarlocke, welche sich in derselben befand.

Und Sie haben dies wirklich aus Elba erhalten? fragte sie. Sie täuschen mich nicht? Das ist wirklich das Haar des Kaisers? Und er hat an mich gedacht, und dies Geschenk zu meinem Geburtstag hierher gesandt?

Ew. Majestät werden sich davon am besten überzeugen können, wenn Sie die Gnade haben wollen, das Begleitschreiben von des Kaisers eigener Handschrift von mir zu empfangen?

Wie? rief Marie Louise, Sie bringen mir auch einen Brief des Kaisers? Wo ist er? Geben Sie, oh, geben Sie!

Sie stellte hastig das Kästchen mit dem Medaillon auf den Tisch zu den andern Geschenken, und streckte die Hand ungeduldig nach dem Brief hin, welchen der Baron Meneval eben aus seinem Busen hervorzog.

In diesem Moment, und ehe die Kaiserin noch Zeit hatte, den Brief entgegenzunehmen, ward die Thür des Vorsaals geöffnet, und der Lakay meldete: Se. Excellenz der Graf Neipperg.

<hr>

V.

Folgen der Eifersucht.

Marie Louise zuckte zusammen bei dem Namen des Grafen, und trat rasch einige Schritte zurück, der Baron von Meneval schob eilig den Brief wieder in seinen Busen und flüsterte leise: Ich werde später Ew. Majestät den Brief überreichen.

Die Kaiserin winkte mit einer raschen Handbewegung nach der Thür hin, und forderte mit einem Blick und einer Kopfbewegung auch die Gräfin Montesquiou auf, hinauszugehen.

Dann, während die Gräfin und der Baron sich der in die innern Gemächer der Kaiserin führenden Thür zuwandten, richtete sie ihre Blicke dem Grafen Neipperg zu, der eben aus dem Vorsaal in das Cabinet eintrat. Ihr Antlitz hatte einen düsteren strengen Ausdruck angenommen, und nicht der leiseste Schimmer eines Lächelns umspielte ihre Lippen, als sie mit einem leichten Neigen des Kopfes die ehrerbietige Begrüßung des Generals erwiederte.

Ew. Majestät mögen mir verzeihen, wenn ich auch für mich die Huld beanspruche, welche Sie gnädigst Ihrem ganzen übrigen Hofstaat bewilligt haben, sagte der Graf, einen flüchtigen Blick nach dem mit Blumen und Geschenken beladenen Tisch hinüber werfend.

Was für eine Huld? fragte Marie Louise mit strengem Ton.

Die Huld, zu den Füßen Ew. Majestät die Glückwünsche niederzulegen, welche Ew. Majestät treuester und ergebenster Diener Ihnen aus vollster Seele darbringen möchte.

Glückwünsche! rief Marie Louise mit einem spöttischen Lachen. Mir Glückwünsche! Oh, ich bin nicht anmaßend, ich mache keine Ansprüche mehr an das Glück, ich begehre vom Schicksal nichts weiter, als die Freiheit, meinen eigenen Willen haben zu dürfen, und das zu thun, was mir angemessen, recht und pflichtgemäß erscheint.

Und wer möchte es wagen, Ew. Majestät daran verhindern zu wollen? rief der Graf entsetzt.

Sie wollen es wagen, der Fürst Metternich, der Kaiser Franz will es wagen! sagte Marie Louise in immer steigender Aufregung. Oh, nehmen Sie nicht die Miene des Erstaunens und der Ueberraschung an, Herr Graf, ich lasse mich nicht täuschen, denn ich kenne Sie, und ich weiß, welche Rolle Sie hier bei mir spielen sollen.

Eine Rolle? fragte der Graf schmerzlich. Ew. Majestät mißtrauen mir also noch immer?

Nein, ich mißtraue Ihnen gar nicht, Herr Graf! rief Marie Louise mit einem rauhen Lachen. Ich bin gar nicht im Zweifel über Sie. Ich weiß, daß man Ihnen den Auftrag gegeben, mich zu über= wachen, mich den Wünschen des Kaisers, meines Vaters, geneigt zu machen, meine Schritte zu lenken, und vor allen Dingen zu verhüten, daß ich keinen einzigen Schritt thue, der über die Grenzen hinausgeht, welche man mir so eng als möglich gezogen hat. Sie sehen, ich bin ganz klar über mein unglückliches Schicksal, und dennoch wagen Sie es, hierher zu kommen, und mir Glückwünsche zu bringen? Glück= wünsche! Sehen Sie da, Herr Graf, diese schönen und kostbaren Ge= schenke, welche man mir gesendet hat. Der Kaiser und die Kaiserin haben mir gestern schon ihre Geschenke dargebracht, meine Oheime und Brüder auch. Sehen Sie, alle diese Kostbarkeiten, welche hier in der Mitte des Tisches stehen, und hier die Gaben der Liebe meiner Freunde, meiner Diener. Nun, ich sage Ihnen, alle diese Beweise der Liebe, der Theilnahme, der Achtung, wie sehr sie mein Herz auch gerührt haben, ich würde sie alle freudig hingeben für das Eine, was allein ich begehre, dessen Besitz allein werth wäre, daß man mir Glückwünsche darbrächte.

Und was ist dieses Eine? fragte der Graf lebhaft.

Dieses Eine ist ein Reisepaß, der mir erlaubt, nach Elba zu gehen, sagte Marie Louise mit freudiger, stolzer Stimme. Ja, mein Herr, Sie sollen wissen, daß alle Ihre Bemühungen, Ihre Beobach= tungen, alle Ihre Beredtsamkeit vergeblich gewesen; Sie sollen es wissen, und mögen Sie es meinem Vater, mögen Sie es der ganzen Welt wiederholen, daß Marie Louise nichts will und ersehnt, als das Recht, welches Gott, die heilige Kirche und mein Gewissen mir gegeben, das Recht, als die treue Gefährtin meines Gemahls an seiner Seite zu sein, ihm sein Unglück ertragen zu helfen, mit ihm zu leiden, und, wenn es sein muß, mit ihm zu sterben! Denn ein ehrenvoller Tod, ein Tod in der Ausübung meiner Pflicht, ist besser, als das Leben der Sclaverei, der Demüthigung und Schande, welches ich zu führen ver= urtheilt bin; auf einer wüsten Insel zu leben, aber in unbeschränkter Freiheit, aber Herr seines Willens und Denkens, ist schöner und ehren=

voller, als umgeben von Ueberfluß in kaiserlichen Palläſten zu leben, die Sclavin eines fremden Willens, das abhängige Werkzeug einer fremden Hand. Ein Paß, ein Reiſepaß für die Inſel Elba, das iſt Alles, was ich mir erflehe, das iſt es, was mir als das einzige würdige Geſchenk zu meinem Geburtstag erſcheinen würde.

Der Graf hatte ihr mit ſchmerzlicher Erregung zugehört, ſein Antlitz war immer mehr erblaßt, ſeine Lippen bebten, und ſchwere Seufzer hoben ſeine Bruſt. Jetzt, als Marie Louiſe ſchwieg, ſchaute er ſie an mit einem langen, ſchmerzlichen Blick, dann ſtürzte er zu ihr hin, preßte, ihre Hand ergreifend, einen langen, glühenden Kuß auf dieſelbe, und wandte ſich dann ab, um ſchwankenden, aber haſtigen Schrittes der Thür zuzugehen.

Marie Louiſe ſchaute ihm mit verwunderten, fragenden Blicken nach, aber als der Graf ſchon die Hand auf den Griff der Thür ge= legt, rief ſie: Graf Neipperg!

Er wandte ihr ſein leichenbleiches, ſchmerzzuckendes Antlitz zu, aber er blieb neben der Thür ſtehen.

Kommen Sie hierher, rief Marie Louiſe ungeduldig.

Der Graf ſchritt vorwärts, aber blaß, ſchwankend, geſenkten Hauptes, wie ein Sterbender.

Wohin wollten Sie gehen, Herr Graf? fragte Marie Louiſe, und ihre Stimme war ſchon weicher und milder geworden.

Der Graf murmelte leiſe und hochathmend einige Worte, die Marie Louiſe nicht verſtand. Sie wiederholte daher ihre Frage: Wohin wollten Sie gehen, Herr Graf?

Ich wollte hingehen, um mich dem Kaiſer zu Füßen zu werfen, von ihm einen Reiſepaß für Ew. Majeſtät zu erflehen, und dann —

Und dann? fragte Marie Louiſe, als der Graf ſchwieg, und ſchwankend, nach der Lehne eines Seſſels griff, um ſich darauf zu ſtützen und ſich vor dem Umſinken zu bewahren.

Und dann? fragte ſie noch einmal, indem ſie ihm näher trat und ihm die Hand entgegenſtreckte, als ſolle er ſich an derſelben halten, um nicht umzuſinken.

Der Graf stürzte zu ihr hin, faßte ihre Hand, und sank, sie an seine Lippen pressend, auf seine Kniee nieder.

Und dann zu sterben, sagte er leise, indem er sein Haupt auf seine Brust senkte.

Marie Louise bebte leise zusammen, Purpurröthe überflog einen Moment ihre Wangen, und ein wunderbares Leuchten war in ihren Augen, welche sie jetzt auf den, noch immer in so demüthiger Stellung vor ihr knieenden General heftete.

Warum sterben? fragte sie mit bebender Stimme.

Oh Gott, murmelte der Graf, sie fragt mich noch, warum ich sterben will!

Stehen Sie auf, Graf, sagte Marie Louise, sich gewaltsam zusammenraffend. Es ziemt einem tapferen General nicht, zu knieen. Stehen Sie also auf und sagen Sie mir, weshalb Sie sterben wollten, wenn Sie mir den Reisepaß verschafft hätten?

Der General stand auf, und die Kaiserin mit traurigen Blicken anschauend, fragte er: Ew. Majestät befehlen es?

Ja, ich befehle es!

Nun denn, rief der Graf ungestüm, ich wollte sterben, weil ich das Unglück Ew. Majestät nicht überleben wollte.

Oh, dann hätten Sie jetzt sterben müssen, sagte Marie Louise spöttisch, denn bis jetzt war ich unglücklich, aber von dem Tage an, wo ich nach Elba reisen dürfte, würde ich nicht mehr unglücklich sein.

Nein, von dem Tage an würde das Unglück Ew. Majestät seinen Anfang nehmen, rief Graf Neipperg glühend. Denn von dem Tage an würden für Ew. Majestät die Enttäuschungen, die Entnüchterungen beginnen, und Ew. Majestät würden in Ihrem edlen und großmüthigen Herzen alsdann die schwerste aller Wunden erhalten, Sie würden erkennen müssen, daß Sie getäuscht worden, daß Ihre so edle, so großmüthige Liebe, Ihre erhabene, engelgleiche Treue nicht erwidert worden. Oh, ich rede nicht von den Gefahren, welche Ew. Majestät bedrohen würden, wenn Sie nach Elba gingen, nicht davon, daß Sie bald gezwungen sein würden, Elba entweder flüchtig zu verlassen, oder mit Ihrem Gemahl auf irgend eine öde, weitabgelegene Insel im Welt=

meer verbannt zu werden, denn ich weiß, daß Sie eine heldenmüthige Seele sind, welche nicht zurückschreckt vor den Gefahren, denen Sie auf dem Wege Ihrer Pflichterfüllung begegnen könnten. Ich rede auch nicht davon, daß der Congreß, welcher die Umtriebe und Verschwörungspläne kennt und beobachtet, denen man auf Elba nachhängt, mit dem Plan umgeht, Napoleon, indem er ihn nach einer wüsten Insel im Weltmeer verbannt, auch seines Kaisertitels, seines Namens und seiner Würde zu berauben, denn ich weiß, daß die hochherzige, über Vorurtheile erhabene Marie Louise nicht zu ihrem Glück des Titels einer Kaiserin bedarf, sondern, daß sie eben so erhaben, eben so strahlend der Welt entgegen leuchten wird als Madame Bonaparte. Aber ich rede davon, daß Ew. Majestät der furchtbarsten aller Enttäuschungen entgegen gehen werden, einer Enttäuschung, von der sich ein liebendes Herz nie wieder erholt.

Was meinen Sie? Was wollen Sie sagen? fragte Marie Louise erregt. Was für eine Enttäuschung erwartet mich auf Elba? Reden Sie! Ich will es wissen!

Nun denn, Ew. Majestät, sagte der Graf leise und schüchtern, der Kaiser Napoleon ist Ihnen nicht treu! Während Ew. Majestät mit unverbrüchlicher Treue seinem Andenken allein leben, vergißt der Kaiser Ihrer Treue, Ihrer Liebe, und giebt andern Frauen das Recht, an seiner Seite zu sein, an seinem Herzen zu ruhen, und die Stelle einzunehmen, welche Ew. Majestät allein gebührt.

Marie Louise stieß einen Schrei aus, und ihre Augen blitzten auf im Zorn. Das ist nicht wahr, rief sie ungestüm, das ist eine jammervolle Verleumdung, mit welcher man mich hintergehen will! Der Kaiser liebt mich, er ersehnt meine Ankunft, er richtet alle seine Wünsche zu mir hin, und denkt an mich in treuer Liebe.

Es ist möglich, daß er Ew. Majestät das geschrieben hat, und daß seine hiesigen Agenten das Ew. Majestät versichert haben, sagte Graf Neipperg gelassen. Aber die Wahrheit lautet anders. Die Wahrheit ist: daß der Kaiser Napoleon auf Elba nicht von Einer, sondern schon von drei Damen, welche er schon früher seiner Aufmerksamkeit und Liebe würdigte, Besuche empfangen hat.

Wer sind diese drei Damen? fragte Marie Louise athemlos.

Die erste ist eine Dame, welche sich die Frau von St. Elme nennt, eine Abenteurerin, die Napoleon scherzweise die fama volata zu nennen pflegt.

Ich weiß von ihr, sagte Marie Louise hastig. Der Kaiser selbst hat mir von ihr und von seiner kleinen Aventure mit ihr erzählt. Wenn sie nach Elba kam, so ist damit nicht gesagt, daß der Kaiser sie gerufen hat, oder daß sie für ihn mehr ist als nur eine politische Agentin. Wer ist die zweite Dame?

Die zweite Dame ist das Fräulein von Santo, ein schönes Mädchen von achtzehn Jahren, welche der Kaiser von Paris her kannte, und welche ihm mit ihrer Mutter nach Elba gefolgt ist. Der Kaiser hat sie empfangen, sie hat mit ihrer Mutter einige Monate auf dem Residenzschloß in Porto Ferrajo gewohnt, und ist dann an einen Officier aus dem Gefolge des Kaisers verheirathet worden.*)

Oh, flüsterte die Kaiserin leise vor sich hin, sie ist es nicht, was kümmert mich die Andere. Nennen Sie mir die dritte Dame!

Die dritte Dame, sagte der Graf langsam, das Auge fest auf Marie Louisens Antlitz heftend, die dritte Dame ist eine Polin, berühmt wegen ihrer Schönheit, ihrer Güte und Liebenswürdigkeit, berühmt —

Marie von Walewska? fragte Marie Louise athemlos, mit glühenden Wangen.

Der Graf verneigte sich. Ew. Majestät haben es errathen, sagte er. Die dritte Dame ist Marie von Walewska. Sie ist zu dem Kaiser nach Elba gegangen, und hat ihren Sohn mit dahin genommen.**)

_____

*) Constant, Mémoires. Vol. V.

**) Constant, Mémoires. Vol. V. Graf Neipperg hätte hinzufügen müssen, daß der Kaiser Napoleon allerdings diese Besuche empfing, aber daß er sie nicht begehrt hatte, daß er die schöne Santo sofort verheirathete, um ihrer los zu sein, daß er Marie von Walewska aber schon nach wenigen Tagen veranlaßte, die Insel Elba zu verlassen, weil er nicht wollte, daß eine andere Frau durch ihre Treue, Hingebung und Anhänglichkeit seine Gemahlin beschämen

Beweisen Sie mir das, rief Marie Louise ungestüm, ich glaube Ihnen nicht, wenn Sie es mir nicht beweisen.

Ich habe die Beweise bei mir, wenn anders Ew. Majestät die Berichte unserer politischen Agenten, die wir auf Elba haben, als Beweise anerkennen wollen! Ich war so eben beim Fürsten Metternich, der vor einer Stunde einen Courier vom Herzog von Toscana erhielt, welcher ihm den Bericht der Agenten übersandte.

Geben Sie mir diesen Bericht, rief Marie Louise ungeduldig.

Graf Neipperg zog sein Portefeuille hervor, und nahm aus demselben ein engbeschriebenes Papier, das er der Kaiserin darreichte.

Sie nahm es, und indem sie es entfaltete, zitterten ihre Hände so heftig, daß das Papier knisterte und ächzte unter dem Druck ihrer Fingern.

Hastig, mit weitgeöffneten Augen, mit bebenden Lippen las sie. Dann warf sie das Papier mit einer ungestümen Bewegung auf den Tisch.

Es ist wahr, rief sie heftig, ja, es ist wahr. Er hat Marie von Walewska nach Porto Ferrajo kommen lassen.

Sie ging heftig, in glühender Bewegung auf und ab, kämpfend mit ihrem Zorn und ihrer innern Empörung.

Graf Neipperg, rief sie dann, vor dem Grafen stehen bleibend, Sie haben Recht, es wäre eine Thorheit, wenn ich nach Porto Ferrajo gehen wollte, denn ich würde mich da in schlechter Gesellschaft befinden. Ich verlange also nicht mehr nach Elba zu gehen, ich begehre keinen Reisepaß mehr!

Der Graf stieß einen Freudenschrei aus, und drückte die Hand, welche Marie Louise ihm darreichte, an seine Lippen.

Ich hoffe indessen, daß Ew. Majestät bald Wien verlassen, und eine Reise antreten werden, sagte er.

Und wohin denken Sie, daß ich reisen werde?

---

sollte, und daß die Frau von St. Elme wirklich nur eine politische Agentin, eine Brieftaube seiner Schwester Elisa war. Siehe: Mémoires d'une Contemporaine. Vol. V.

 Nach Parma, in Ihre Staaten, Majestät.

Sie glauben also, daß man mir endlich Parma bewilligen werde? Daß der Congreß mir endlich eine Stellung, einen Namen geben werde?

Majestät, der Congreß ist ein vielköpfiges Ungeheuer, das viel spricht und schreit, und das man zähmen muß, indem man ihm allerlei Leckerbissen in den Rachen wirft. Ew. Majestät haben auf dem Congreß viele und boshafte Feinde, aber es hängt nur von Ew. Majestät ab, Ihre Feinde zum Schweigen zu bringen, und sich Freunde zu erwerben, welche mächtig genug sind, Ihnen trotz des allgemeinen Widerspruchs das Herzogthum Parma zu sichern.

Was muß ich thun, um meine Feinde zu beschwichtigen? fragte Marie Louise hastig.

Majestät, nur das, was der Fürst Metternich Ihnen gestern vorgeschlagen, und was Ew. Majestät gestern verweigert haben.

Ah, gestern, rief Marie Louise mit einem glühenden Blick auf die beschriebenen Blätter, gestern hatte ich die Berichte Ihres Agenten nicht gelesen! Was war es doch, das man begehrte?

Majestät, die ängstlichen Herren des Congresses wagen Sie zu beschuldigen, daß Sie noch immer im heimlichen Einverständniß mit dem Kaiser Napoleon handelten, und daß Sie von ihm heimlich Instructionen und Briefe empfingen, nach denen Ew. Majestät Ihre Schritte richteten. Fürst Metternich bat Ew. Majestät daher, eine schriftliche Erklärung abzugeben, in welcher Sie Sr. Majestät dem Kaiser Franz Ihr feierliches Wort geben, daß Ew. Majestät keine Briefe mehr von dem Kaiser annehmen, noch an ihn schreiben wollen, es sei denn, daß Se. Majestät der Kaiser, mit Bewilligung des Congresses, Ihnen die Briefe Napoleons selbst übergebe.*)

Gab es nicht noch eine andere Bedingung, fragte Marie Louise, stand nicht etwas Anderes noch in der Erklärung, welche Fürst Metternich für mich aufgezeichnet hatte, und die ich abschreiben sollte, damit man sie in meiner Handschrift dem Congreß vorlegen könnte?

---

*) Ménéval, Mémoires. III. 105.

Ja, Majestät, es stand noch etwas Anderes darin. Die europäischen Mächte würden weit bereitwilliger sein, Ew. Majestät in den Besitz Parma's zu setzen, wenn die Frage der Erbfolge sie nicht beunruhigte. Sie werden niemals ein neues Regentenhaus anerkennen, in welchem der nächste Erbe ein Sohn Napoleons sein könnte. Se. Majestät der Kaiser Franz hat sich daher erboten, dem Sohn Ew. Majestät die in Böhmen belegenen Güter des Erzherzogs Ferdinand als erbliches Lehen zu übergeben, wenn Ew. Majestät dafür im Namen und als natürliche Vormünderin Ihres Sohnes auf die Erbfolge desselben in Parma verzichten.*)

Armer, kleiner Napoleon, seufzte Marie Louise vor sich hin, ich soll ihn seines Erbes und seiner Herrschaft berauben!

Nein, Majestät, sagte der Graf, nein, Ew. Majestät berauben ihn weder eines Erbes, noch einer Herrschaft, denn Sie selber werden niemals in Besitz des Herzogthums Parma gelangen, wenn Ew. Majestät diese Bedingung nicht eingehen.

Marie Louise hatte sinnend und gesenkten Hauptes da gestanden, jetzt richtete sie ihr Haupt entschlossen empor.

Hat Ihnen Fürst Metternich die Schrift übergeben, welche ich abschreiben soll, und welche dann dem Congreß übergeben werden soll? fragte sie.

Ja, Majestät, er hat sie mir so eben übergeben.

Geben Sie sie mir! befahl die Kaiserin, ihm ihre Hand entgegenstreckend.

Der Graf nahm aus seinem Portefeuill: ein zweites beschriebenes Blatt hervor, und reichte es Marie Louise dar.

Sie nahm es, und indem sie einen grollenden, flammenden Blick auf das andere beschriebene Blatt, auf den Bericht des Agenten, hinüberwarf, sagte sie: Ich werde dieses Document heute noch abschreiben. Ich werde mit feierlichem Schwur mich verpflichten, nicht mehr an den Kaiser Napoleon zu schreiben, noch jemals von ihm wieder Briefe zu empfangen, und ich werde für meinen Sohn auf die Erbfolge in Parma

---

*) Ménéval, Mémoires.

verzichten. Er wird mit der Appanage der böhmischen Güter entschädigt werden. Sie haben mir jetzt gesagt, was ich thun muß, um
meine Feinde zu beschwichtigen. Aber sagen Sie mir jetzt auch, auf
welche Weise ich mir mächtige Freunde erwerben kann?

Majestät, der Kaiser von Rußland wünscht nichts sehnlicher, als
Ew. Majestät gefällig sein, Ihnen seine Dienste weihen zu können.
Geben Ew. Majestät ihm ein Recht dazu. Wenden Sie sich an den
Kaiser Alexander, ersuchen Sie ihn schriftlich, sich der Sache Ew. Ma-
jestät anzunehmen, und Ihnen seinen Beistand zu gewähren.

Bittstellern! rief Marie Louise mit bitterm Ton.

Ja, bittstellern, Majestät, um freie, um unabhängige Gebieterin
des Herzogthums Parma zu werden!

Nun wohl, ich will es thun, sagte Marie Louise. Ich will mein
Haupt beugen und bittstellern, und betteln, um endlich frei und selbstständig zu werden! Gott gebe, daß es mich endlich zum Ziele führt,
daß man der Kaiserin von Frankreich das bescheidene Glück gönne, sich
in eine kleine Herzogin von Parma verwandeln zu können. Wenn es
so ist, dann, Graf, dann fordere ich wieder von Ihnen einen Reisepaß,
aber auf der Reise, die ich dann vorhabe, auf der Reise nach Parma,
werden Sie mich begleiten.

Oh, Dank, Majestät, Dank, rief der Graf, indem er vor Marie
Louisen auf die Knie sinkend, die dargereichte Hand der Kaiserin an
seine Lippen drückte.

Fünftes Buch.

Diplomaten und Intriguanten.

I.

Der Anfang des Jahres 1815.

Ein neues Jahr war angebrochen, das Jahr 1815 hatte seinen Vor=
gänger zu Grabe getragen, und man hatte in Wien diese Grablegung
des Jahres 1814, diese Auferstehung des Jahres 1815 mit gleich glän=
zenden und rauschenden Festen gefeiert.

Der Congreß hielt noch immer Vormittags seine Sitzungen, in
denen er — nicht über das Glück der Völker, aber über die Grenzen
und Besitzungen der Fürsten debattirte und sprach, aber nicht weiter
kam, der Congreß feierte noch immer Abends seine Bälle, seine Routs,
seine Maskeraden, er führte Theaterstücke auf, stellte lebende Bilder
und machte seine Bonmots und seine kleinen Sinngedichte. Er konnte
mit vollkommener Gewissensruhe zurückschauen auf das Jahr 1814,
denn er hatte in den drei Monaten der Conferenzen Niemanden un=
glücklich gemacht, gar kein Blut, sondern nur viel Tinte vergossen, hatte
alle Streitigkeiten, alle Uneinigkeiten mit hinüber genommen in's Jahr
1815, und alle die brennenden und offenen Fragen des verflossenen
Jahres brennend und offen gelassen für das kommende Jahr.

Sachsen war noch immer der Zankapfel, um den man sich stritt,
das von Preußen, mit Hülfe Rußlands, begehrt ward, das von Frank=
reich, von Baiern, Würtemberg und Weimar verweigert ward, während
Oesterreich sich bald auf die Seite Preußens, bald auf die Seite
Sachsens stellte.

Polen war noch immer nicht dem Kaiser Alexander zugesprochen, denn alle Diplomaten des Congresses erzitterten über den Plan des großmüthigen und schwärmerischen Kaisers von Rußland, der das Königreich Polen glücklich machen, ihm eine freie Verfassung geben und Rußlands Macht dadurch bis an die Grenzen Deutschlands hinausschieben wollte.

Ueber die Zukunft Neapels war immer noch nichts entschieden, und trotz des Widerspruchs der Bourbonen war Joachim Murat noch immer König von Neapel. Eines nur hatte der Congreß im Jahr 1814 zu Stande gebracht. Er hatte die alte freie Stadt und Republik Genua dem König von Sardinien geschenkt und sie seinem Königreich einverleibt. Freilich waren die Genuesen entsetzt und trauervoll über diese Schenkung, freilich hallte ein Schrei des Zorns, des Jammers und der Empörung durch das ganze genuesische Gebiet hin, freilich erhoben sie ihre Stimme laut und mächtig auf dem Congreß, um ganz Europa zu sagen, daß dies eine schmachvolle Verletzung der Völkerrechte sei, aber was kümmerte dieses Wehegeschrei des Volkes den hohen Congreß, der damit beschäftigt war, die Ländergebiete der Fürsten zu vergrößern und ihnen zu helfen, sich möglichst zu arrondiren.

Wohl sandte Genua seine Abgesandten nach Wien, wohl kamen die ersten und angesehensten genuesischen Nobili dahin, um beim Congreß Protest einzulegen gegen dies willkürliche Verschenken einer Republik, welche noch ihrer Kraft, ihrer Selbstständigkeit sich bewußt war. Fürst Metternich bewilligte freundlich und zuvorkommend, wie immer, den hohen Abgesandten Genua's eine Audienz, er hörte mit seinem verbindlichsten Lächeln der Rede des Grafen Brignole zu, welcher aus der Geschichte nachwies, daß die Republik Genua ebenso alt, ebenso berechtigt sei wie die meisten der europäischen Königreiche, daß sie ebenso gut, wie diese, das Recht ihrer Souverainetät beanspruchen dürfe.

Aber als Graf Brignole seine lange gelehrte Rede beendet hatte, verneigte sich Metternich und antwortete mit vollkommener Ruhe, es sei leider nichts mehr zu ändern. Der Entschluß des Congresses sei einmal gefaßt und er sei unwiderruflich. Genua sei dem König von Sardinien zugesprochen, und es würde der Hoheit und Würde des

Congresses nicht angemessen sein, wenn er seinen Beschluß wieder um-
stieße, blos weil die Genuesen mit demselben nicht zufrieden seien. *)

Und halb mit Lächeln, halb mit Gewalt complimentirte Metternich
die genuesischen Abgesandten aus seinem Salon hinaus, in welchem
diese dem armen Freistaat Genua seine Grabrede gehalten hatten, und
in welchem am Abend die Diplomaten des Congresses und die Fürsten,
Aristokraten und Diplomaten mit den schönen Damen lebende Bilder
und Nationaltänze aufführten.

Der Congreß jubelte und tanzte immerfort, er tanzte im beginnen-
den Jahre 1815 so sorglos und vergnügt, wie er im verflossenen Jahre
1814 getanzt hatte. Einmal doch, in den letzten Tagen des Januar,
am Todestage des unglücklichen Königs Ludwigs des Sechszehnten von
Frankreich, verstummten die Festklänge und man nahm eine ernsthafte,
düstere Maske vor.

Der Minister Talleyrand, der so oft schon in seinem Hôtel dem
Congreß, den Fürsten und der hohen Aristokratie glänzende Feste ge-
geben, der Minister der Republik, der Minister des Kaiserreichs und
jetzt des Königreichs Frankreich, hatte auch heute den einundzwanzigsten
Januar das ganze vornehme Wien zu einem Fest geladen. Nur fand
dies Fest nicht in seinem Hôtel, sondern in dem Dom von St. Stephan
statt, nur kam man zu demselben nicht im Schmuck der Brillanten,
Blumen und köstlichen Kleiderstoffe, sondern man kam in schwarzen
Trauergewändern, die Herren mit wallenden Trauerschleifen an den
Hüten, die Damen das Antlitz verhüllt von schwarzen Schleiern. Und
schwarz verhangen war auch der Dom von St. Stephan, Trauerklänge
durchhallten die düstern Kirchenräume und auf allen Gesichtern, besonders auf dem Antlitz Talleyrands, malte sich eine tiefe, düstere Trauer.
Jedermann wollte seiner Pflicht Genüge thun und zu der ernsten Feier
des Tages auch seinem Gesicht das angemessene Costüm geben, aber
im Innern war Jedermann heimlich empört über die unglückliche Idee
des französischen Gesandten, den Gang der Bälle, Maskeraden, Caroussels und Jagden durch ein so düsteres Fest zu unterbrechen, fand

---

*) Comte de la Garde. Vol. II. 114.

man es höchst unangemessen, daß Talleyrand, inmitten dieser Fürsten-
herrlichkeit, an den Tod eines Königs erinnerte, dessen schmachvolles
und entsetzliches Ende als eine unheilbare Wunde der Fürstenautorität
erschien.

Aber am andern Tage entschädigte man sich für das düstere Fest
des einundzwanzigsten Januar! Am andern Tage gab der Kaiser von
Oesterreich seinen Gästen, wie den Diplomaten und der hohen Aristokratie ein neues, ein glänzendes Fest. Zur Erholung von der Trauer-
feierlichkeit fand an demselben Abend ein Ball in den Redoutensälen
statt, bei welchem alle Fürsten erschienen, und am Tage darauf eine
Schlittenfahrt. Mehr denn vierhundert mit Gold, Seide und Sammet
drapirter Schlitten führten die auserlesene Gesellschaft, die Damen in
der reichsten, prachtvollsten Wintertoilette, hinaus nach Schönbrunn.
Dort, auf dem blitzenden Eis des Teiches, vergnügte man sich mit
Schlittschuhlaufen, fuhren die Cavaliere auf prächtigen, goldstarrenden
Handschlitten die Damen, führte man Ballets und Nationaltänze auf.
Dann fand im Schloß von Schönbrunn ein glänzendes Diner statt,
nach welchem man sich alsdann in den Schauspielsaal begab, um der
Aufführung der Oper Cendrillon beizuwohnen, nachdem diese beendet,
bei Fackelbeleuchtung die Rückfahrt nach Wien wieder anzutreten, und
der armen vergessenen Kaiserin Marie Louise, welche sich in die beiden
einzigen, für sie reservirten Zimmer zurückgezogen hatte, zu gestatten,
wieder von ihrer Wohnung Besitz zu nehmen.

Indessen einen Todesfall hatte der Congreß in den letzten Monaten des Jahres 1814 doch verschuldet. Der Fürst von Ligne war
gestorben, und sehr wider seinen Willen hatte er eine glänzende Abwechselung in die Reihe der Festlichkeiten gebracht, hatte er dem
Congreß, dem von den verschiedenartigsten Festen ermatteten Wien
ein neues Fest gegeben: das Leichenbegängniß eines österreichischen
Feldmarschalls.

Es war dies in der That ein sehr seltenes, sehr prachtvolles Fest,
und man würde es vielleicht nicht so rasch vergessen haben, wenn nicht
am Abend dieses Tages die „Truppe der Kaiserin", das heißt: die
jungen Damen und Cavaliere, welche unter Anordnung der Kaiserin

Ludovica lebende Bilder stellten und Theatervorstellungen gaben, einige reizende französische Lustspiele aufgeführt hätten, wenn nicht am nächsten Tage ein glänzendes Ballfest beim Fürsten Razumowsky stattgefunden hätte.

Der Congreß hatte den armen achtzigjährigen Fürsten Ligne getödtet mit seinen Festen und seinen Bällen, aber das behinderte den Congreß nicht, ohne Gewissensbisse und ohne Reue weiter zu tanzen über dem Grabe des Fürsten Ligne, mit dem man den letzten Vertreter der Grazie, des Geistes, des Esprit und der Hofgeschichten des achtzehnten Jahrhunderts begraben hatte.

Aber mitten unter all diesen Festen, diesen glänzenden Zerstreuungen schürzten die Hände der Diplomaten immer doch weiter an ihren Netzen, verfolgten sie heimlich und in der Stille ihre Ziele und Pläne, und unter den Festgewändern und Blumen verbarg man geschickt und bequem die diplomatischen Schlangenkünste, mit welchen man Throne zu stürzen, und Throne zu erheben, Republiken zu vernichten, und Völker und Kronen zu verschenken trachtete.

Während Jedermann glaubte, daß der Congreß nur sich amüsirte, nur Feste beging, hatten die Conferenzen ungestört ihren Fortgang, stritt, zankte und veruneinigte man sich mehr und mehr.

Niemand war damit zufriedener, Niemand triumphirte in der Stille mehr über diesen allgemeinen politischen Hader, als der Vater aller Diplomaten, als Talleyrand. Wenn alle diese, vorher so eng gegen Frankreich verbündeten Mächte sich jetzt nach und nach zu entzweien begannen, so konnte Frankreich nur dabei gewinnen. Wenn man sich nicht darüber einigen konnte, wem man die früheren Eroberungen Frankreichs jetzt zuerkennen wollte, so mußten sie doch jedenfalls so lange bei Frankreich verbleiben, und man konnte sie vielleicht für dasselbe erhalten.

Der große Diplomat war daher eifrig bemüht, die Zwistigkeiten des Congresses immer in Bewegung zu erhalten, ihnen immer neue Nahrung zuzuführen, und Dank seinen Bemühungen hatten sich jetzt schon alle auf dem Congreß vertretenen Mächte entzweiet.

Daran dachte Talleyrand, als er, eben von einer Congreßsitzung heimkehrend, mit langsamen Schritten, die Hände auf dem Rücken gefaltet, in seinem Cabinet auf und ab ging; er überlegte die heutige Sitzung, die vielen Kämpfe und Wirrnisse, welche sich an dem diplomatischen Horizont aufthürmten, und ein leises, sarkastisches Lächeln flog über sein Antlitz hin.

Ungeschickte Diplomaten sind sie Alle, sagte er leise vor sich hin, denken nur an die nächste Stunde, haben keinen weitschauenden Blick, und meinen, genug gethan zu haben, wenn sie dem Chaos ein Fetzchen Land, ein paar Tausend Seelen entrissen haben. Sehen nicht, daß sie auf einem Vulkan tanzen, und daß dieser Congreß den Völkern eine Warnung sein wird für künftige Zeiten. Sie werden nicht wieder mit so enthusiastischer Bereitwilligkeit hinaus ziehen in den Krieg für die sogenannte Freiheit, sondern vorher ein wenig überlegen, was sie von dem Krieg haben, und welchen Lohn man ihnen für ihr vergossenes Blut und ihre zerschossenen Glieder geben wird. Ach, ach, sie sind arme Sünder, und wissen nicht, was sie thun, sie glauben, daß sie Alle nur im Princip der Monarchie handeln, und arbeiten wider ihren Willen der Demokratie und den einstigen Republiken in die Hände. Man muß immer genau wissen, was man will, und was man erreichen kann, und in der Gegenwart muß man immer die Zukunft im Auge behalten. Das·wissen diese kleinen, ungeübten Diplomaten nicht, und deshalb —

Ein leises Klopfen an der Thür unterbrach ihn in seinem Selbstgespräch. Der eintretende Kammerdiener meldete: der Herr Baron von Sahla wünsche Se. Durchlaucht zu sprechen.

Sahla, sagte Talleyrand sinnend, ich meine, ich hätte diesen Namen schon irgendwo sonst gehört. Ja, — jetzt entsinne ich mich, rief er dann lebhaft. Lassen Sie diesen Herrn eintreten!

Der Kammerdiener öffnete die Thür, und die bleiche, ernste Gestalt des Calatravaritters erschien auf der Schwelle.

Talleyrand winkte ihm näher zu treten, und seine kleinen, blitzenden Augen hafteten mit einem tiefen forschenden Blick auf dem schwermuthsvollen Angesicht des Herrn von Sahla.

Ich glaube, mein Herr, sagte er, ich habe schon früher einmal die

Ehre gehabt, Sie zu sehen, und wenn meine Erinnerungen mich nicht trügen, auch Sie zu sprechen, und zwar unter ziemlich ernsten und eigenthümlichen Umständen.

Ihre Erinnerungen trügen Sie nicht, Herr Fürst von Benevent, sagte Sahla ruhig. Wir haben uns schon einmal gesehen und gesprochen, und die Umstände waren ziemlich eigenthümlicher Art, denn man hatte mich beschuldigt, daß ich einen Mordversuch auf das Leben des Mannes, den Sie damals Ihren Kaiser Napoleon nannten, beabsichtigt habe.

Ich habe mich also nicht getäuscht, rief Talleyrand, bei Ihrem Namen tauchten diese alten Erinnerungen in mir auf. Es war zu Paris, nicht wahr? Man beschuldigte Sie, daß Sie den Kaiser beim Herausgehen aus dem Theater erschießen wollen, ist es nicht so?

Ja, es ist so, man beschuldigte mich dessen, man konnte mir aber nichts beweisen, sagte Herr von Sahla ruhig. Sie selber, Herr Fürst von Talleyrand, leiteten mein Verhör, und Sie erklärten mich für unschuldig, weil man mich nicht überführen konnte.

Und sicher waren Sie auch unschuldig, mein Herr, rief Talleyrand lächelnd. Sicher beabsichtigten Sie nicht eine so grausenvolle That, einen Mord!

Im Gegentheil, ich beabsichtigte ihn, sagte der Calatravaritter gelassen, ich hatte den festen Entschluß gefaßt, Bonaparte, diesen Dämon der Hölle, von der Erde zu schaffen, und Deutschland, der ganzen Welt, und vor allen Dingen meinem geliebten Vaterland, dem Königreich Sachsen, den Frieden wiederzugeben. Sie nennen das eine grausenvolle That, wenn sie aber gelungen, würden Sie dieselbe vielleicht eine Heldenthat genannt haben! Ich wollte Napoleon allerdings bei der Abfahrt aus dem Theater tödten, ich hielt das gespannte Taschenpistol schon unter meinem Kleide verborgen bereit; der Wagen fuhr unter der bedeckten Halle hervor, ich wollte das Pistol herausziehen, aber neben Bonaparte erblickte ich den Bruder des Königs von Sachsen, meines geliebten Herrn. Das rettete Bonaparte, denn ich konnte den Prinzen treffen, statt seiner! Dieser Gedanke machte mich schaudern, ich ließ die Hand mit dem Pistol sinken, verließ hastig das Gedränge, und warf mein Pistol in den nahen Fluß. Das hatte man gesehen, deshalb verhaftete und verdächtigte man mich. Mein König, der jetzt durch Bonaparte so unglücklich geworden, mein König rettete ihn damals vor dem sichern Tode.

Sie scheinen Ihren König sehr zu lieben? fragte Talleyrand lächelnd.

Ja, ich liebe ihn, rief Sahla glühend, und diese Liebe ist es, die mich herführt. Ich komme Sie zu beschwören, daß Sie sich meines unglücklichen Vaterlandes erbarmen, daß Sie Ihre mächtige, einflußreiche Stimme noch einbringlicher, noch stärker, wie es bis jetzt geschehen, für Sachsen erheben möchten. Ich komme, Ihnen im Namen meines Königs zu danken für das, was Sie bisher gethan, Sie zu beschwören, ihm zu seinem Recht, zu seiner Hülfe Ihren Beistand zu leihen.

Sie kommen wirklich im Auftrag Ihres Königs? fragte Talleyrand zweifelnd.

Ja, ich komme von ihm, rief Sahla, ich habe ihn zu Preßburg in seinem Elend gesehen, ich habe, vor ihm auf den Knieen liegend, mit ihm geweint über das Unglück Sachsens, welches man wie eine elende Waare verschenken, verschleudern will, ich komme jetzt im Namen meines Königs zu Ihnen, um Sie zu beschwören, diesen Seelenhandel nicht zu dulden, nicht zuzugeben, daß der Congreß, indem er moralische Reden über den Sclavenhandel hält, zugleich selber mit Völkern handelt, wie mit Sclaven, die ihm zum Verkauf übergeben worden!

Es ist sehr freundlich, daß Ihr König in seinem Unglück an mich gedacht hat, sagte Talleyrand achselzuckend, aber ich fürchte, daß meine Stimme nicht stark genug ist, um Diejenigen zu übertönen, welche wider ihn schreien. Ich habe Anfangs laut genug für Sachsen gesprochen, aber man hat mich übertönt, und jetzt, da ich gesehen, daß ich mit meinen Protestationen nichts erreiche, jetzt, da ich allein stehe, da auch England Sachsen fallen läßt, und es den Wünschen Preußens opfert, jetzt werde auch ich verstummen müssen, und geschehen lassen, was nicht mehr zu ändern ist. Sachsen wird an Preußen fallen, denn

Preußen beansprucht das eroberte Sachsen als Entschädigung für seine Opfer und seine Kriegsthaten. Die übrigen Mächte, welche Preußen keine andere Entschädigung zu bieten haben, fügen sich der Nothwendigkeit, und sind jetzt entschlossen, dem allgemeinen Weltfrieden Sachsen zum Opfer zu bringen; und um einen neuen Krieg zu vermeiden, auf dem Preußen, Rußland auf der einen, Frankreich, Oesterreich und England auf der andern Seite stehen würden, um Europa neue Qualen, neues Blutvergießen zu ersparen, wird man sich darein fügen, Sachsen an Preußen und Polen an Rußland zu geben.

Aber Sie, und Sie allein können uns retten, rief Herr von Sahla dringend, denn Sie sind Frankreich, Sie sind Spanien, Sie sind der Gedanke der Legitimität. Sprechen Sie im Namen dieser Legitimität, und Europa wird Ihre Stimme hören, und Oesterreich wird nicht wagen, diesen Ruf zu überhören, es wird sich mit Ihnen verbünden wider Preußen, es wird Preußen und Rußland zwingen, ihre Beute fahren zu lassen, und Sachsen seinem König zurückzugeben.

Sie sind ein liebenswürdiger Schwärmer, sagte Talleyrand mit einem mitleidigen Lächeln, aber die Wirklichkeit entspricht selten den Schwärmereien. Bringen Sie Ihrem König meine ergebensten Grüße, sagen Sie ihm, daß Frankreich ihn bedauert, daß aber —

Vollenden Sie nicht, rief Sahla, seine Hand feierlich ausstreckend und dem Fürsten mit einem flammenden Blick in's Antlitz starrend. Sie halten mich für einen Schwärmer, meinen König für einen armen Bettler, den man nur beklagen, aber dem man nicht helfen kann. Aber Sie irren, Herr Fürst von Benevent, ich bin kein Schwärmer, denn ich sehe mit hellem Auge in die Zukunft, und ich sehe, daß Sachsen nicht untergeht, daß Frankreich es erhalten wird! Und mein König ist kein Bettler, denn er wird Denjenigen königlich bezahlen, der ihm sein Land, seinen Thron errettet.

Bezahlen mit Versprechungen, sagte Talleyrand mit leisem Spott.

Nein, bezahlen mit Millionen, rief Sahla, seine düstern Augen mit einem triumphirenden Ausdruck auf Talleyrand heftend. Er sah sehr wohl, wie Talleyrand zusammenzuckte, wie eine plötzliche Röthe über sein Antlitz hinfuhr, und ein stolzes Lächeln glitt über Sahla's

Angesicht hin. Ich werde ihn gewinnen, sagte er leise zu sich selbst, ich werde Sachsen erretten.

Millionen, rief Talleyrand zweifelnd, wenn man über Millionen zu verfügen hat, braucht man nicht zu zittern für ein Königreich, denn mit Millionen kauft man es sich.

Das will mein König auch, sagte Sahla mit einem glücklichen Lächeln. Er hält drei Millionen Francs bereit, um sie Demjenigen zu geben, der ihm sein Königreich wiederbringt, der hier auf dem Congreß für ihn wirbt und wirkt, der ihm die Stimmen Oesterreichs, Englands und der kleinen deutschen Fürsten erobert, der nicht nachläßt in seinen Bemühungen, und Sachsen rettet, indem er es unter die Fahne der Legitimität, der bedrohten Fürstenwürde stellt. Wenn Frankreich fest und unerschütterlich bei seiner Forderung der Erhaltung Sachsens bleibt, so ist Sachsen gerettet! Oh, Heil über den, welcher Sachsen rettet, er wird mehr dadurch erwerben, als nur drei elende Millionen Francs, er wird den Segen und die Liebe von mehr als drei Millionen treuer Sachsenherzen gewinnen.

Drei Millionen, sagte Talleyrand, das faßt sich sehr leicht in Worte, in Begriffe, aber sie sind sehr schwer in Wirklichkeit zu setzen.

Nein, sie sind sehr leicht in Wirklichkeit zu setzen. Wollen Sie mir erlauben, Ihnen das zu beweisen?

Ich bitte Sie darum, sagte Talleyrand, leise sein Haupt neigend.

Herr von Sahla zog sein Portefeuille hervor, und es öffnend, nahm er aus demselben mehrere zusammengefaltete Papiere.

Erlauben Sie mir dieselben zu besserer Ansicht auseinanderzulegen, sagte er, und ohne eine Antwort abzuwarten, begann er mit geschäftiger Eilfertigkeit seine Papiere auf einem nahestehenden Tisch auszubreiten. Talleyrand hinkte leise und geräuschlos zu diesem Tisch hin, und schaute dem Calatravaritter zu, der jetzt eines neben dem andern in symmetrischer Ordnung diese kleinen, schmalen, länglichten Streifen Papier hinlegte, auf denen sich allerlei Zahlen und Zeichen geschrieben und gedruckt befanden.

Ew. Durchlaucht kennen diese Papiere? fragte er, während seiner Beschäftigung zu Talleyrand emporsehend.

Ja, sagte Talleyrand lächelnd, ich kenne sie sehr wohl. Es sind

Banknoten, und wie ich sehe, beläuft sich jede dieser Banknoten auf funfzigtausend Francs.

Und sehen Sie auch Durchlaucht, wie viel solcher Banknoten ich hier auf den Tisch gelegt habe?

Wie mir scheint, sind es deren zwanzig.

Sehr richtig, Fürst, und zwanzig Banknoten, jede zu funfzigtausend Francs, das macht?

Ich glaube, das macht eine Million, sagte Talleyrand lächelnd.

Ja, das macht eine Million, sagte Herr von Sahla, sich empor= richtend. Ew. Durchlaucht sehen also, daß es nicht so gar schwer ist, Millionen in Wirklichkeit zu setzen, denn ich habe in weniger als einer Viertelstunde hier eine Million aufzählen können.

Aber wenn ich nicht irre, sprachen Sie von drei Millionen Francs? Drei Millionen möchten doch schwieriger aufzuzählen sein.

Nicht im Mindesten, sagte Herr von Sahla, einige andere Pa= piere aus seinem Portefeuille nehmend. Erlauben Sie mir nur zuvor, Ihnen den Plan meines edlen und unglücklichen Königs auseinander zu setzen. Ich sagte Ihnen vorher, daß der König Demjenigen, welcher hier auf dem Congreß für ihn wirken und sprechen wolle, Demjenigen, welcher durch seinen Einfluß ihm seine Krone und sein Land erhalten würde, eine Belohnung von drei Millionen Francs geben wolle. Aber es versteht sich, daß die Klugheit hierbei einige Vorsichtsmaßregeln er= heischt, und daß mein König nicht belohnen kann, ehe das Ziel erreicht ist, um das es sich handelt. Ew. Durchlaucht wissen vielleicht, wie es der König Ludwig der Sechszehnte in einem ähnlichen Fall mit dem Grafen Mirabeau gehalten hat?

Nein, mein Herr, ich gestehe zu meiner Beschämung, daß ich das nicht weiß.

Graf Mirabeau versprach auch dem König Ludwig dem Sechs= zehnten durch seinen Einfluß und seine Beredtsamkeit seinen Thron und seine Macht zu erhalten. Der König bezahlte dafür Mirabeau's Schul= den, die sich auf mehr als zweimalhunderttausend Francs belaufen mochten, gab ihm eine monatliche Revenue von sechstausend Francs, und außerdem einige Wechsel, im Gesammtbetrage von einer Million, die der Graf Mirabeau, sobald das Ziel erreicht und der König wieder in den Besitz seiner Macht gesetzt sei, bei der königlichen Schatzkammer zu präsentiren hatte, um das Geld zu empfangen.*)

Oh, da hat der arme König also Frankreich eine Million gespart, sagte Talleyrand lächelnd, denn Mirabeau starb, ohne seinen Zweck erreicht zu haben. Und dieses Uebereinkommen zwischen Ludwig dem Sechszehnten und Mirabeau will Ihr König nachahmen?

Ja. Er giebt seinem Vertheidiger jetzt eine Million Francs, er giebt ihm außerdem Wechsel im Betrage von zwei Millionen Francs, Wechsel, welche indeß erst in einem Jahr fällig sind. Denn im Lauf eines Jahres muß doch jedenfalls Sachsen wieder hergestellt sein als eigenes selbstständiges Königreich, und ist es dies, so hat der Inhaber dieser Wechsel sie nur beim königlichen Schatzamt zu präsentiren, und sie werden ihm ausgezahlt werden. Ist es unsern Feinden gelungen, das Königreich Sachsen aus der Reihe der selbstständigen Staaten auszustreichen, so sind die Wechsel natürlich ungültig, da es alsdann keinen König von Sachsen mehr giebt. Sehen Sie, mein Herr Herzog, hier sind die Wechsel. Es sind deren zehn. Jeder Wechsel auf zweimalhunderttausend Francs. Sie tragen alle die Unterschrift: „Der König von Sachsen, für mich und meinen Nachfolger gültig."

Ich sehe, sagte Talleyrand, leise mit dem Kopf nickend, Sie haben mich wirklich überzeugt, mein Herr, daß es nicht so schwer ist, drei Millionen Francs in Wirklichkeit zu setzen.

Und werden Sie, Herr Herzog, mir jetzt auch dafür den Beweis liefern, daß es auch nicht so schwer ist, für diese drei Millionen Francs einen Vertheidiger für Sachsen, und die Rechte des Königs von Sachsen ausfindig zu machen? fragte Herr von Sahla, indem er die Wechsel zu den Banknoten auf den Tisch legte.

Talleyrand bemerkte das sehr wohl, aber er sagte kein Wort dazu, sondern wandte sich um, und ging langsam einige Male in seinem Cabinet auf und ab. Herr von Sahla schaute ihm nach mit blitzenden Augen, in athemloser Erwartung.

---

*) Siehe: Theodor Mundt. Graf Mirabeau. Th. VI. S. 364.

II.

Wie man Geschichte macht.

Mein Herr, sagte Talleyrand nach einiger Zeit, indem er vor Sahla stehen blieb, Ihr König hat sich durch Sie vertrauensvoll an mich gewandt und begehrt meinen Rath. Ich werde mit demselben Vertrauen antworten, denn das ehrwürdige Haupt des Königs Friedrich August ist doppelt geheiligt; geheiligt durch das Unglück und durch eine Krone. Ich beuge mich aber in Ehrfurcht vor ihm und weihe ihm meine lebhaftesten Sympathieen, und ich bin ihm vor allen Dingen die Wahrheit schuldig. Ich muß ihm daher gestehen, daß Frankreich sich lebhaft für das Schicksal des Königs von Sachsen interessirt, nicht sowohl aus persönlicher und verwandtschaftlicher Zuneigung des Königs Ludwig von Frankreich zu seinem Oheim, dem König von Sachsen, sondern mehr noch, um einem heiligen, großen und unzerstörbaren Princip zu genügen. Dies ist das Princip der Legitimität! Frankreich will für sich selber nichts, es beansprucht nichts. Ich bin daher nur hier, um die politischen Principien aufrecht zu erhalten, und um zu verhindern, daß man kein Attentat auf dieselben unternehme.*) Preußen aber will ein Attentat auf unsere politischen Principien machen. Es will das Princip der Legitimität umstürzen, es will einen König, der durch göttliches und menschliches Recht Herr und Herrscher der Erb= staaten seines Hauses, des Königreichs Sachsen, ist, seines Thrones be= rauben, um sich durch die sächsischen Lande bezahlt zu machen für seine Kriegsunkosten. Es entschuldigt sich damit, daß es den König von Sachsen einen Verräther an Deutschland nennt, weil er etwas länger und mit minderer Treulosigkeit der Bundesgenosse Frankreichs geblieben, als dies Preußen, Oesterreich und die anderen deutschen Staaten ge= than. Aber dafür, daß der König von Sachsen seinem Bundesgenossen treu geblieben, auch noch dann, als dieser schon im Unglück war, dafür

---

*) Talleyrands eigene Worte. Siehe: Carl von Nostitz. S. 133.

darf man ihn nicht strafen, indem man ihn ganz willkürlich seines Eigenthums beraubt. Hat der König von Sachsen Strafe verdient, so überlasse man diese Strafe Gott und dem Volk, dessen Stimme man die Stimme Gottes nennt. Möge die öffentliche Meinung, möge sein Volk ihn richten, möge dieses, wenn es keinen Herrscher will, welcher die Interessen Deutschlands seiner persönlichen Zuneigung geopfert hat, möge es sich alsdann erheben und diesen Herrscher verjagen, und möge es jetzt laut und feierlich vor dem hier versammelten Congreß, das heißt vor Europa, seine Stimme erheben und sich lossagen von seinem König und sich freiwillig unter die Krone Preußens stellen. Dann hätte, nach dem Sprüchwort: vox populi, vox dei, Gott selber entschieden. Aber das Volk, die Stimme Gottes, hat sich in Sachsen für den König erklärt, das Volk hat an den hier tagenden Congreß eine Deputation gesandt, welche feierlich erklärt hat, daß Sachsen nicht einer fremden Krone sich unterordnen, sondern daß es seinen angebornen König wiederhaben will. Demzufolge haben die Menschen nicht das Recht, einen König zu strafen, den die Stimme Gottes nicht verurtheilt hat. Das Princip der Legitimität muß aufrecht erhalten werden, denn alle Throne Europas würden bald schwanken und in Trümmer zerfallen, wenn dies nicht geschähe. Frankreich, welches keine Eroberungen, keine Gebietsvergrößerungen, keine Vortheile von dem Congreß beansprucht, Frankreich beansprucht aber von dem Congreß, daß er dieses Princip aufrecht erhalte. Bis heute hat Frankreich versucht, auf dem Wege der Ueberredung, der Vorstellungen, ja sogar der Bitten auf den Congreß für Sachsen einzuwirken, aber da es sieht, daß alle seine friedlichen Bemühungen vergeblich sind, wird es von heute ab eine andere Sprache führen. Statt zu bitten wird es drohen, statt zu überreden wird es rüsten, und wenn es ihm nicht gelingt, auf dem Wege der Verhandlungen Sachsen seinem angebornen König zu erhalten, Neapel seinem angebornen König wieder zu gewinnen, so wird es sein Ziel auf dem Wege des Krieges zu erreichen suchen, und wir werden dann sehen, ob Oesterreich, England und Rußland wirklich so unverständig sein wollen, ihre eigene Existenz zu untergraben, indem sie das Princip der Legitimität untergraben und

Preußen und Joachim Murat unterſtützen. — Sagen Sie dies Alles Ihrem König, Herr Baron von Sahla, ſagen Sie, daß ich es für meine heilige Pflicht erachte, ſeine Intereſſen, welche die Intereſſen aller beſtehenden Throne ſind, zu unterſtützen, nicht um Goldes oder Vortheils, ſondern um der Ueberzeugungen willen, die allein während meines vielbewegten Lebens die Richtſchnur meiner Handlungen geweſen. Sagen Sie ihm, daß Frankreich von heute an für Sachſen in die Schranken tritt, daß es alle Mittel in Bewegung ſetzen wird, um Sachſen, wenn auch vielleicht in engeren Grenzen, aber doch als ſelbſt= ſtändiges Königreich zu erhalten, und daß Frankreich entſchloſſen iſt, entweder Sachſen zu erhalten, oder mit ihm unterzugehen. Sagen Sie Ihrem König dies Alles, und fragen Sie ihn dann, ob er glaubt, daß ich des Vertrauens würdig bin, das er in mich geſetzt, und ob er noch immer hofft, daß ich ihm nützlich ſein kann?

Er wird dieſe meine Frage mit einem lauten, freudigen Ja be= antworten, rief Herr von Sahla mit ſtrahlendem Angeſicht. Er wird von heute an nicht mehr troſtlos in die Zukunft ſehen, denn er wird wiſſen, daß er einen Vertheidiger gefunden, der die Macht und den Willen hat, für ihn zu kämpfen, und der für ihn ſiegen wird! Segen über Sie, Fürſt, über Sie, den Freund, den Bundesgenoſſen meines Königs, meines Vaterlandes!

Ich werde wenigſtens verſuchen, mir Ihren Segen zu verdienen, ſagte Talleyrand, mit einem ſanften Lächeln Sahla ſeine Hand dar= reichend. Herr von Sahla drückte dieſe Hand feſt in der ſeinen und ſchaute mit einem langen, durchbringenden Blick in das ruhige, unbe= wegliche Antlitz Talleyrands.

Ich ſchaue in Ihr Herz, ſagte er feierlich, und ich weiß jetzt, daß Ihre Lippen die Wahrheit geſprochen, daß es Ihnen heiliger Ernſt iſt mit der Erhaltung Sachſens. Gehen Sie alſo hin, Durchlaucht, und ſprechen und handeln Sie zum Wohl eines Volkes und eines Königs, die Beide zu Gott für Sie beten werden! Ich will gehen, die Thrä= nen meines unglücklichen Königs zu trocknen, indem ich ihm ſage, daß Gott ihm einen Rächer, einen Vertheidiger geſandt hat.

Er verneigte sich tief, und sich dann umwendend, eilte er dem Ausgange zu.

Talleyrand schaute ihm mit einem seltsamen, scheuen Ausdruck nach. Jetzt hatte der Calatravaritter die Thür geöffnet, und war schon im Begriff hinauszugehen.

Herr Baron von Sahla, rief Talleyrand, kommen Sie doch. Sie haben ja hier noch die Papiere und Wechsel Ihres Königs vergessen!

Sie werden ihm dieselben nach einem Jahr wiederbringen, Herr Fürst von Benevent, sagte Herr von Sahla lächelnd, indem er rasch hinaus trat, und die Thür hinter sich zudrückte.*)

Herr von Talleyrand war jetzt allein. Er heftete noch eine Zeitlang die Blicke forschend und horchend nach der Thür hin, dann, als er sah, daß diese Thür sich nicht wieder öffnete, daß Herr von Sahla nicht zurückkam, die vergessenen Papiere zu holen, dann flog ein glänzender Ausdruck der Freude über sein Antlitz hin. Er eilte, so rasch es ihm sein hinkender Fuß erlaubte, nach den beiden Thüren seines

---

*) Diese Bestechung Talleyrands für und durch Sachsen ist keine müßige Erfindung, sondern ein historisches Factum. Der Graf de la Garde spricht in seinen Memoiren über den Wiener Congreß ganz unbefangen darüber, daß Sachsen sich durch seine Millionen auf dem Congreß vertreten ließ. Der gute König von Sachsen, sagt er, hat jetzt die beste Partie erwählt. Er hatte, in der Furcht vor unangenehmen Wechselfällen und Verlegenheiten, Sorge getragen, sich ein kleines Reserve-Kapital zu sichern. Jetzt hat er davon einige Millionen losgerissen, um sie an zwei einflußreiche Personen des Congresses zu geben. Der Schlüssel von Gold wird ihm die Pforten seines Königreiches weit rascher und sicherer öffnen als alle Protokolle des Congresses. Siehe: Comte de la Garde. II. S. 112. Der Graf de la Garde ist noch so discret, den Empfänger der Millionen nicht zu nennen, aber Chateaubriand ist offenherziger. Er sagt es geradezu, daß Talleyrand vom König von Sachsen für drei Millionen Francs gewonnen worden, und daß er für diese Summe das wahre Beste Frankreichs, welches lieber Sachsen als den Rhein in Preußens Macht zu geben rieth, verkauft und verrathen habe. Siehe: Chateaubriand, Mémoires d'outre tombe. Vol. VI. S. 441. Siehe auch: Pertz, Leben des Ministers vom Stein. Th. IV. S. 119.

Cabinets hin, verriegelte sie beide, und trat dann zu dem Tisch, auf welchem die Banknoten und Wechsel lagen.

Drei Millionen Francs, sagte er, seine Hand auf die Papiere legend, drei Millionen Francs, das heißt ein Vermögen, um allen Wechselfällen des Schicksals Troß bieten zu können! Drei Millionen! Hm, ich denke, ich habe in den letzten zwei Tagen ein ganz gutes Geschäft gemacht, und meine Erben werden mit mir zufrieden sein. Da drinnen in meinem Pult liegt ein Document von dem König von Sicilien, der mir das italienische Fürstenthum Dino als mein Eigenthum verschrieben und verbrieft hat, wenn ich ihm Neapel wieder verschaffe. Hier auf dem Tisch liegen drei Millionen Francs vom König von Sachsen. Ich werde also im Laufe eines Jahres Herzog von Dino sein, und ich werde ein herzogliches Vermögen haben! Ah, wie gut und nützlich ist es doch, wenn man mehr verschweigt, als sagt, wenn man ganz im Geheimen Politik macht. Wenn der König von Sachsen den geheimen Vertrag gekannt, den ich vor einigen Wochen mit Oesterreich und England abgeschlossen habe, so würde er vielleicht geglaubt haben, sein Königreich billiger erhalten zu können, und nur vielleicht eine Million dafür ausgegeben haben.*) Denn da Oesterreich und England sich mit Frankreich zu gegenseitiger Hülfsleistung und Durchführung der von einer der drei Mächte gemachten Vorschläge verpflichtet haben, so werden wir wohl ohne allzugroße Anstrengungen im Stande sein, Sachsen und seinen König zu erhalten. Zum guten Glück sind die drei Mächte verschwiegen gewesen. Ah, wie wunderlich doch die Welt ist, und welch' eine feine Nase man haben muß, um

*) Am 3. Januar 1815 schlossen Frankreich, Oesterreich und England einen geheimen Vertrag ab, durch welchen sie sich gegenseitig verpflichteten, im Einverständniß mit einander die Bestimmungen des Pariser Friedens aufrecht zu erhalten, das heißt, alle Mächte in ihren Rechten bestehen zu lassen, und in keine Macht- und Gebietsvergrößerungen einzelner Staaten zu willigen. Ferner verpflichteten die drei Mächte sich, sich gegenseitig zu vertheidigen, und mit ihren Armeen und ihrem Golde sich zu unterstützen, wenn man sie aus Haß gegen die von einer der drei Mächte gemachten Vorschläge angreifen sollte. Siehe: Perß. Th. IV. S. 274.

ihre Wechselfälle und Wandelungen wittern zu können, und daher ihren Eventualitäten zuvor zu kommen. Als ich noch Bischof von Autun war, witterte ich die Revolution und ward Republikaner. Als Republikaner witterte ich das Kaiserreich, und ward daher thätig, aus dem ersten Consul einen Kaiser zu machen. Als wir das Kaiserreich hatten, da roch ich schon den Geruch der Fäulniß aller unserer Zustände, und arbeitete und wirkte als Minister des Kaiserreichs für den Thron des Königs, der dem Kaiser folgen mußte. Und jetzt, da ich Minister des Königreichs Frankreich bin, für wen arbeite ich jetzt, und was wittert meine Nase? Nun, jedenfalls habe ich ein wenig für mich gearbeitet, und was auch die nächste Aventure Frankreichs sein mag, ich habe für mich ein Herzogthum und einige Millionen gewonnen. Dafür erhalte ich dem König von Sachsen zum Mindesten seine Krone, seine Residenzstadt Dresden, und einige Städte und Städtchen dazu! Dafür setze ich den König von Sicilien wieder auf den Thron von Neapel, und verjage Joachim Murat, meinen lieben Freund früherer Tage. Und das, seufzte Talleyrand, indem er die Millionen zusammen packte, und sie in seinem Schreibtisch verschloß, das nennt man Geschichte machen, und für das Wohl der Völker thätig sein!

III.

Jouché.

Fürst Metternich kehrte eben aus der Conferenz zurück in sein Cabinet. Sein Antlitz, welches sonst immer so ruhig und lächelnd erschien, war heute von Wolken beschattet, und seine Augen, welche sonst in so heiterem Glanz strahlten, schauten finster drein. Es war heute eine sehr stürmische Congreßsitzung gewesen, und der politische Horizont fing immer mehr an, sich zu verdunkeln. Eine unerwartete Brise hatte heute diese Wolken noch dichter zusammen gezogen. Diese Brise war von England herüber geweht. England, das bis jetzt in den sächsischen und polnischen Fragen im innigsten Einvernehmen mit Frankreich und Oesterreich gewesen, England hatte plötzlich seine Meinung geändert, und Lord Castlereagh hatte heute in der Conferenz Metternich ganz offen gestanden, daß die neuesten Depeschen des Regenten von England es ihm zur Pflicht machten, den Frieden zu erhalten, und ihm, wenn es sein müßte, Sachsen zu opfern, das heißt, es zuzulassen, daß Preußen sich in den Besitz Sachsens setze.

Diese unerwartete Nachricht war es, welche die Stirn Metternichs verdüstert hatte, und welche machte, daß er jetzt in seinem Cabinet gedankenvoll und in ernste Betrachtungen versenkt auf und ab ging.

Ich sehe da nichts als Verwickelungen, als Zwistigkeiten, sagte er leise vor sich hin. Alles ist Unfrieden, Neid und Bosheit, und Alles wird auseinander platzen, wie eine überladene Bombe, die Alles in Brand steckt. Preußen beginnt schon zu drohen, und der Herr von Hardenberg hat mir heute in der Conferenz mit blitzenden Augen versichert, daß Preußen nöthigenfalls mit den Waffen in der Hand seine Ansprüche auf Sachsen vertheidigen werde. Frankreich droht wiederum mit Waffengewalt, wenn Preußen seine Ansprüche auf Sachsen nicht aufgeben wolle, und läßt schon seine Truppen zusammenziehen. Herr Talleyrand sagte heute mit seinem ruhigen Lächeln zu Hardenberg, Frankreich habe bereits eine Armee von achtundsiebenzigtausend Mann an seinen Grenzen aufgestellt, die kampfgerüstet den Feind erwarte. Rußland wird auch immer ungestümer, und Kaiser Alexanders Augen schleudern Blitze auf mich, die jedenfalls geeignet wären, mich zu zerschmettern, wenn er der Gott Zeus, und ich nichts weiter wäre, als ein zu seinen Füßen gefesselter Titan. Sein Herr Bruder Constantin hat ja schon einen Aufruf an die Polen erlassen, sich zu erheben, die Waffen zu ergreifen, und bereit zu sein, auf den Ruf ihres Königs, des Kaisers Alexander, die Unabhängigkeit und Freiheit ihres Vaterlandes zu vertheidigen. Und wir selber, wir, Oesterreich? Sehen wir uns nicht auch genöthigt, zu drohen, zu rüsten, und auf einen neuen Krieg vorzubereiten? In Böhmen haben wir schon ein Heer zusammengezogen, um nöthigenfalls Sachsen zu vertheidigen. Jetzt müssen wir

ein anderes Heer hierher ziehen, um Wien im Fall des Krieges gegen
die Russen zu decken. Und ein drittes Heer haben wir in Italien aufgestellt, für den guten Joachim Murat, der den Hochmuth hat, noch
länger König von Neapel bleiben zu wollen. Nichts als Rüstungen!
Und das ist der Erfolg davon, daß die Diplomaten Europa's hier seit
fünf Monaten versammelt sind, um über den Weltfrieden zu berathen!
Wahrhaftig, wenn die Sache nicht so abscheuliche Folgen haben könnte,
so müßte man darüber lachen. Seit fünf Monaten Friedens-Confe-
renzen, und der Erfolg davon, — Krieg — Krieg auf allen Seiten!

Metternich lachte laut auf, und warf sich auf den Divan, um
ein wenig auszuruhen von den Anstrengungen der Conferenz. Aber
immer wieder führten ihn seine Gedanken zu derselben zurück und be-
lästigten seine Seele mit ihren Aufregungen und Verdrießlichkeiten.

Ah bah, sagte Metternich, sein Haupt schüttelnd, als wolle er die
lästigen Insecten verjagen, die ihn beunruhigten, ah bah, vergessen
wir doch diese Langweiligkeiten! Es ist am besten, sich gar nicht mehr
mit ihnen zu beschäftigen, sondern die Dinge gehen zu lassen, wie sie
eben gehen! Ich will heute nichts mehr damit zu thun haben, sondern
will mich mit nützlicheren und angenehmeren Dingen beschäftigen.
Ich habe da vor allen Dingen die Arrangements und Einladungen zu
dem Ballfest zu überlegen, das ich in acht Tagen geben will. Zuerst
also die Einladungen!

Er ging zu seinem Schreibtisch, setzte sich vor denselben, und nahm
Papier und Feder. Zuerst also: die kaiserliche Familie! sagte er, dieselbe aufschreibend. Nun, die wird mir nicht fehlen! — Dann: der
Kaiser und die Kaiserin von Rußland! Aber wird der Kaiser kommen
wollen? Darf ich ihn direct einladen, ohne eine brusque, abschlägige
Antwort zu riskiren? Ich werde General Harbegg als meinen Abgesandten zu ihm schicken! Weiter! Der König von — Nun, Jean, was
giebt es? fragte er den eintretenden Kammerdiener.

Durchlaucht, es ist im Vorsaal ein fremder Herr, der durchaus
Ew. Durchlaucht, wie er sagt, in dringenden Angelegenheiten, zu
sprechen wünscht.

Hat er seinen Namen nicht genannt?

Nein, Durchlaucht. Er hat mir nur dies Papier gegeben.

Und er hielt dem Fürsten einen silbernen Teller dar, auf welchem sich ein Streifchen Papier befand, mit allerlei seltsamen Zeichen und Strichen beschrieben.

Metternich nahm das Papier ganz achtlos entgegen, dann, als er die Augen auf die Hieroglyphenschrift des Papiers geheftet hatte, zuckte er zusammen und betrachtete sinnend von allen Seiten die geheimniß= volle Schrift.

Laß diesen Herrn sogleich eintreten, sagte er, hastig nach der Thür deutend, und während Jean hinaus eilte, murmelte der Fürst, indem er das Papier in kleine Stücke zerriß: Es ist unmöglich. Er kann es nicht sein! Er wird mir irgend einen seiner Agenten senden!

Der Kammerdiener öffnete die Thür und ein Fremder trat ein. Metternich heftete auf ihn seine großen, forschenden Augen. Ich hatte Recht, sagte er zu sich selber, er ist es nicht! Einer seiner Agenten, nichts weiter!

Er stand auf, und ging mit ernster, stolzer Ruhe und etwas zurück= haltendem Wesen dem Fremden entgegen, der rasch und ungezwungen sich ihm näherte, und ihn lächelnd anschaute.

Ew. Durchlaucht kennen mich nicht? fragte er, als Metternich ihn noch immer nicht willkommen hieß.

Der Fürst zuckte leise die Achseln. Ich habe leider nicht die Ehre, sagte er.

Nun, sagte der Fremde lächelnd, das beweist wenigstens, daß An= dere mich nicht erkennen werden, und daß meine Verkleidung gut war. Erlauben Sie, Durchlaucht!

Ohne eine Erlaubniß abzuwarten, drehte er sich um, zog mit einem raschen Griff die hellblonde Perrücke, welche in einer Fülle köst= licher Locken sein Haupt schmückte, von demselben fort, und mit ihr zugleich den vollen Backenbart, der sein Gesicht wie ein angenehmer winterlicher Fußsack umgab, und den untadelhaften Schnurrbart, der sich wie ein breites undurchdringliches Schutzdach über seinem Munde wölbte. Alsdann richtete er die rechte Schulter, welche bis dahin tief gesenkt gewesen, empor, und wandte sich in dieser Metamorphose wieder dem Fürsten zu.

Fouché! rief dieser erschrocken. Sind Sie es wirklich?

Ah, Ew. Durchlaucht kennen mich also doch! rief Fouché lachend. Und jetzt, nicht wahr, Durchlaucht, jetzt heißen Sie mich willkommen?

Ja, von Herzen willkommen, Herr Herzog von Otranto, sagte der Fürst, ihm mit seinem verbindlichsten Lächeln die Hand darreichend. Aber Sie werden mir verzeihen, wenn ich nichtsbestoweniger sehr verwundert bin, den Herrn Polizeiminister des einstigen Kaisers Napoleon so unerwartet hier in Wien bei mir zu sehen.

Sie sind verwundert, rief Fouché, mein Gott, Fürst, wie beneidenswerth Sie sind, sich noch über irgend etwas wundern zu können. Ich meinestheils habe diese glückliche Eigenschaft ganz und gar verloren. Ich wundere mich über nichts mehr. Aber sagen Sie, Durchlaucht, wollen Sie mir eine Viertelstunde schenken? Nicht mehr, als eine Viertelstunde! Ich bin mit Courierpferden, als mein eigener Courier, hierher gefahren, und werde als Courier mit den Depeschen des Fürsten Talleyrand in einer Viertelstunde wieder Wien verlassen, um nach Paris zurückzukehren.

Und Fürst Talleyrand kennt den Courier nicht, er ahnt nicht, daß Sie es sind, Herr Herzog?

Nein, er hat mich so wenig erkannt, wie Ew. Durchlaucht. Niemand darf ahnen, daß ich hier bin, weder in Wien, noch in Paris. Selbst den Späheraugen meiner frühern Polizeispione hoffe ich dies Geheimniß entziehen zu können. Ich bin blos hierher gekommen, um eine Unterredung mit Ihnen zu haben. Wollen Sie mir diese bewilligen? Komme ich Ihnen nicht unbequem?

Ach, Herr Herzog, welche Frage! Mein ganzer Tag steht Ihnen zur Verfügung!

Ich sagte Ew. Durchlaucht schon, daß ich nur eine Viertelstunde beanspruche! Aber wollen Sie die Gnade haben, Ordre zu geben, daß man uns nicht stört, daß Niemand hier eintritt? Meine Maskerade darf nur für Ew. Durchlaucht kenntlich sein.

Sie haben Recht, wir wollen uns vor Störungen sichern, sagte

Metternich und er eilte in den Vorsaal, um Jean zu benachrichtigen, daß, so lange der Fremde bei ihm sei, Niemand vorgelassen werde, und keiner in das Cabinet eintreten dürfe.

Jetzt, sagte er, zu Fouché zurückkehrend, jetzt wollen wir uns auch noch außerdem vor jedem bösen Zufall sichern!

Er verschloß die Thür des Vorsaals und die zweite in sein Wohnzimmer führende Thür.

Herr Herzog, sagte er dann, nun sind wir vor jeder Störung gesichert, und wenn es Ew. Durchlaucht gefällig ist, setzen wir uns.

Er führte den Herzog zu dem Divan hin und nahm ihm gegenüber auf dem Fauteuil Platz.

Und jetzt, Herr Herzog, sagte er lächelnd, jetzt erlauben Sie mir, Ihnen zu gestehen, daß ich auf Ihre Worte so gespannt bin, wie ein junges Mädchen auf die erste Liebeserklärung, die man ihr zu machen im Begriff ist.

Nur daß es sich bei meinen Erklärungen viel weniger um Liebe als um Haß handelt, Durchlaucht, rief Fouché. Ich komme, Ihnen zu gestehen, daß ich rathlos bin, daß ich nicht mehr weiß, wohin wir gehen, noch was wir wollen.

Ah, mein Freund, sagte Metternich achselzuckend, dann sind Sie in Paris genau so weit, wie wir hier in Wien auch sind. Wir befinden uns hier auch bereits in einem Chaos, aus dem uns schwerlich etwas Anderes herausziehen wird, als das Schwert!

Wir aber, sagte Fouché ernst, wir stehen am Vorabend einer Revolution, und ich komme hierher, Sie zu fragen, was geschehen soll, wenn diese Revolution den König Ludwig den Achtzehnten gestürzt hat?

Ach, Sie nehmen das als eine unumstößliche Gewißheit an? rief Metternich.

Ja, es ist eine Gewißheit, sagte Fouché ernst. Frankreich steht auf einem Vulkan, der in jeder Stunde seinen Krater öffnen und seine glühende Feuerlava ausströmen kann. Der König ist ein verlorner Mann, denn das Volk liebt ihn nicht, das Militair verabscheut ihn, und die Legitimisten selbst zürnen ihm wegen der freisinnigen Institutionen, die er gegeben, und wegen der Nachsicht, die er den Bonapar tiften erzeigt. Frankreich ist nur noch eine einzige große Verschwörung. Ueberall gährt es, überall nimmt das Volk eine drohende Miene an, empört es sich offen und geheim gegen die Regierung, welche nur noch ein reifes Geschwür ist, das Frankreich bei der ersten Gelegenheit abstoßen wird.

Was für ein Pflaster aber wird es dann auf seine offene Wunde legen? fragte Metternich achselzuckend.

Das ist es eben, weshalb ich Sie um Rath fragen möchte, sagte Fouché rasch. Ich glaube, Durchlaucht, Sie haben das Pflaster, welches Frankreich alsdann bedürfen wird. Ach, dieses arme Frankreich! Man hätte es retten, man hätte es den Bourbonen erhalten können, aber man hat es nicht gewollt! Diese Leute sind blind mit sehenden Augen! Sie rennen in ihr Verderben trotz aller Warnungen! Es ist, als ob eine allgemeine Verblendung die Regierung und alle ihre Anhänger und Beamten befallen habe. Man conspirirt öffentlich, an jeder Straßenecke, in jedem Hause! Selbst die Frauen sind von dem allgemeinen Schwindel ergriffen; die Herzogin von Bassano wirbt ohne Scheu ihre Freundinnen dazu an, ihre Männer zu bekehren, daß sie sich den Conspirationen anschließen. Sie hat sich jüngst erst der Marschallin Augereau fast zu Füßen geworfen und sie mit Thränen beschworen, den Marschall zum Anschluß an die große Napoleonische Verschwörung zu bewegen. Die Marschallin Augereau ist loyal genug gewesen, dem Polizeiminister André dieses Ansinnen der Herzogin von Bassano mitzutheilen. Der Polizeiminister hat ihr gelassen zugehört und hat gelacht über die Klatscherei schöner Frauen.*) Er hat auch gelacht, als der Präfect des Var-Departements ihm kürzlich berichtete, daß viele verdächtige Leute, anscheinend von Elba kommend, an der Küste der Provence landeten, sich im Lande umhertrieben und für Napoleon würben. Herr André hat ihn eben so wenig einer Antwort gewürdigt, als mir Herr Talleyrand geantwortet hat auf ein Schreiben, das ich vor vier Wochen an ihn richtete, und in welchem ich ihn warnte und ihm mittheilte, wie ich aus genauen Quellen wüßte, daß

---

*) Pertz, Leben Steins. IV. S. 369.

Joseph Bonaparte in der Schweiz Mannschaften sammle und bewaffne, daß er verdächtige Umtriebe habe mit mehreren Generälen der Armee. Aber diese Leute wollen nicht hören! Sie haben auch Barras nicht gehört, als er zu Herrn von Blacas kam, um ihn vor einer gegen den König gerichteten Verschwörung zu warnen, als er dem Minister vorschlug, Napoleon auf Elba verhaften zu lassen, als er sich erbot, alsdann Murat zur freiwilligen Niederlegung seiner Krone zu bereden. Diese Leute wollen nicht hören. Sie haben auch ihren eigenen Kriegs-minister Dupont nicht gehört, als der, erschrocken über den bonapar-tistischen aufwieglerischen Geist des Heeres, dem König und dem Herrn von Blacas vorgeschlagen hat, das Heer zu verringern und die Vertheidigung des Landes mehr der Nationalgarde anzuvertrauen. Diese Leute werden so lange taub sein, bis der Donner der Revolution, das Krachen des über ihren Häuptern zusammenbrechenden Gebäudes sie zu spät aus ihrer Sorglosigkeit aufschreckt.

Und denken zu müssen, daß sie dies Alles vermeiden konnten, wenn sie klug genug gewesen, sich einen Polizeiminister, wie der Her-zog von Otranto es war, zu sichern, sagte Metternich, einen raschen, forschenden Blick auf Fouché werfend.

Er sah sehr wohl das Aufblitzen seiner Augen, das düstere Zu-sammenziehen seiner Stirn. Sie bedurften Meiner nicht, sagte Fouché mit einem verächtlichen Lächeln, sie ließen mich unbeachtet, und in Un-thätigkeit. Nun, mögen Sie jetzt die Früchte Ihrer Thaten ernten. Ich komme nicht hierher, um Sie, Herr Fürst, zu beschwören, die Re-gierung Frankreichs zu warnen, und ihren Fall zu verhindern. Ich komme nur, um Ihnen zu sagen: die Regierung Frankreichs wird fallen! Um Sie ehrlich und offen zu fragen: was wird Oesterreich thun, wenn sie gefallen, wenn der König verjagt ist? Wird es Ludwig den Achtzehnten vertheidigen? Wird es Frankreich verhindern, seine Republik zu erneuern?

Das Alles sind ja innere Fragen Frankreichs, sagte Metternich achselzuckend, was kümmern die uns? Möge Frankreich seinen König absetzen, möge es die thörichte Comödie seiner Republik noch einmal durchspielen, wir werden es nicht verhindern, vorausgesetzt, daß Frankreich sich selber leitet und nicht von Andern verleitet wird. Was Ihren König Ludwig den Achtzehnten und die französischen Bourbonen anbetrifft, so kann Oesterreich Dem nur beistimmen, was vor einigen Tagen der Kaiser von Rußland sagte.

Und was sagte der, Durchlaucht?

Er sagte: „Wir haben die Bourbonen wieder auf den Thron gesetzt, mögen sie sich darauf halten. Fallen sie abermals, so bin ich es ganz gewiß nicht, der ihnen wieder emporhilft."*) Ich habe Ihnen jetzt ehrlich und offen Ihre Frage beantwortet. Jetzt, Herr Herzog, beantworten auch Sie mir mit derselben Ehrlichkeit und Offenheit eine Frage!

Fragen Sie, Durchlaucht.

Nun denn, Herr Herzog, sagen Sie mir: glauben Sie, daß Frankreich in der That nur deshalb conspirirt und revolutionirt, um sich das Königthum abzustreifen zu Gunsten einer Republik?

Nein, Durchlaucht, das glaube ich ganz und gar nicht, sagte Fouché mit einem feinen Lächeln.

Dieses Lächeln fand einen Wiederschein auf dem Angesicht Metternichs. Glauben Sie also, fragte er leise, glauben Sie, daß Frankreich die Bourbonen verjagen will zu Gunsten der Bonapartisten? Glauben Sie, daß es seine Regentin Marie Louise und den König von Rom in Frankreich willkommen heißen würde?

Ah, rief Fouché lebhaft, Sie sprechen da das Wort aus, um dessenwillen ich gekommen bin! Ja, Durchlaucht, ja, niemals ist der Augenblick für die Wiederherstellung der Regentschaft in Frankreich so günstig gewesen, wie eben jetzt. Die königliche Regierung hat alle Geister verstimmt, sie ist es am meisten gewesen, die Propaganda für den Bonapartismus gemacht hat. Ich sage Ihnen, Durchlaucht, wenn jetzt in dieser Zeit der Sohn des Kaisers, von einem Bauer geführt, auf einem Esel reitend, in Straßburg erschiene, so würde das erste beste Regiment, dem er vorgestellt würde, ihn ohne alle Hindernisse

---

*) Ménéval, Mémoires. II. 116.

nach Paris bringen, und Ludwig vom Thron stürzen, um ihn darauf zu setzen. *)

Um ihn als Napoleon den Zweiten auszurufen, oder ihn nur so lange auf dem Thron zu halten, bis Napoleon der Erste von Elba zurückgekommen?

Das hängt von den Umständen ab, Durchlaucht, und ich glaube, man muß den Umständen ein bischen zu Hülfe kommen. Die Rückkehr Napoleons wäre nicht blos für Frankreich, sondern für ganz Europa ein Mißgeschick, denn die Kriege würden sich wieder erneuern, und neue Umwälzungen wären die Folge davon. Napoleon ist eine Verlegenheit für Europa, und man müßte daher bemüht sein, sie zu beseitigen.

Beseitigen! Das ist ein vieldeutiges Wort, sagte Metternich. Ich hoffe, Sie denken dabei nicht an die Beseitigungen, wie sie die Bravi der Republik Venedig früher verstanden?

Ich denke an eine Beseitigung, wie sie zum Beispiel Oesterreich früher mit dem König Richard Löwenherz vornahm, den es auf lange Zeit in einem Thurm verschwinden ließ.

Ah, und ich bin sicher, Herzog, daß Sie alsdann für diesen zweiten Richard Löwenherz nicht die Rolle eines Blondel übernehmen würden! rief Metternich lachend. Aber das Beseitigen ist in diesem Falle schwerer, als damals, denn Richard Löwenherz zog durch Oesterreich, Napoleon aber horstet auf Elba.

Man müßte ihn heimlich von seinem Horst entführen. Man müßte ihn von Elba aufheben, ihn auf eins der vor Elba kreuzenden englischen Schiffe bringen, und ihn auf irgend einer wüsten Insel absetzen, ihn im Weltall entschwinden lassen. Es bedürfte dazu nur einiger weniger Männer, die muthig, entschlossen und treu sind.

Kennen Sie solche Männer? fragte Metternich rasch.

Ja, Durchlaucht, ich kenne solche Männer, und ich stelle sie Ew. Durchlaucht zur Verfügung!

Ah, nicht mir, rief Metternich fast erschrocken, ich will nichts zu

---

*) Fouché's eigene Worte. Siehe: Ménéval, Mémoires. III. 98.

thun haben mit diesen Dingen! Ich wiederhole und sage, was Talleyrand sagte, als ihm Lord Castlereagh neulich den Vorschlag machte, bei dem Congreß auf die Verhaftung und weitere Fortführung Napoleons anzutragen.

Was sagte Talleyrand?

Er sagte achselzuckend: „Mylord, reden wir nicht mehr von Napoleon. Er ist ein todter Mensch."*)

Ah, rief Fouché verächtlich, dieser schlaue Fuchs hat also ganz und gar die Witterung verloren, wie es scheint! Aber Sie, Durchlaucht, werden ihm nicht nachahmen wollen, Sie werden Napoleon nicht für einen todten Mann halten, sondern Sie wissen, daß er lebt, und daß er das Triebrad aller dieser Machinationen ist, die jetzt Frankreich in Unruhe und Aufruhr versetzen.

Ich gestehe, daß ich darin Ihre Ansicht theile, Herr Herzog.

Aber Sie wollen dennoch nicht die Verantwortung für die Entführung Bonaparte's übernehmen, Durchlaucht? Doch Sie würden es zufrieden sein, wenn die Sache geschähe, und würden keinen Groll hegen gegen Den, der sie veranlaßt hätte?

Groll gegen Den, der den Frieden Europa's gesichert hätte?

Sie würden dem Entführer also dankbar sein?

Wenn die Entführung erst ein fait accompli ist, so würde Oesterreich den heimlichen Veranstalter dieser Entführung unterstützen und fördern, so viel es in seinen Kräften stände.

Es würde ihm zum Beispiel die Stelle eines Regentschaftspräsidenten des kleinen Kaisers Napoleon des Zweiten bewilligen, und die Kaiserin Mutter, Marie Louise, veranlassen, daß sie ihn als ihren ersten Minister und Rathgeber betrachte?

Oesterreich würde dies als die erste Pflicht seiner Dankbarkeit betrachten, vorzüglich wenn der kühne Mann, der Bonaparte von Elba verschwinden ließe, der den König von Rom als Kaiser auf den Thron Frankreichs setzte, wenn dieser kühne Mann der Herzog von Otranto, der große Fouché wäre!

---

*) Pertz. Leben des Ministers vom Stein. IV. S. 369.

Durchlaucht, rief Fouché lächelnd, dem Fürsten seine Hand barreichend, Durchlaucht, wir sind also einig. In vier Wochen wird Napoleon von Elba entführt, und der König von Rom zum Kaiser von Frankreich erklärt sein, mit seinem Regentschaftsrath neben sich.

Aber Oesterreich darf sich nicht als Partei in dieser Sache hinstellen, sagte Metternich, es darf Ihnen nicht freiwillig und zuvorkommend den König von Rom entgegenführen.

Nein, wir werden ihn entführen, und Oesterreich wird nur die Güte haben, seine Flucht und Entführung erst dann zu bemerken, wenn wir die französische Grenze überschritten haben! Wir entführen Vater und Sohn! Den Ersteren, um ihn verschwinden zu lassen, den Letzteren, um ihn auf den Thron zu setzen.

Aber nur unter der Bedingung, daß Fouché der Präsident seines Regentschaftsrathes sei.

Sie garantiren mir Oesterreichs Zustimmung?

Ich garantire sie!

Durchlaucht, die Sache ist also abgemacht, und meine Viertelstunde ist um! Leben Sie wohl! Bald werden die Sterbeglocken des Königs, und die Krönungsglocken des Kaisers von Frankreich läuten! Leben Sie wohl! Sie müssen mir schon zuvor noch erlauben, in Ihrer Gegenwart meine Toilette zu machen!

Ah, Herr Herzog, lassen Sie mich dabei Ihr Kammerdiener sein!

Einige Minuten später verließ Fouché, wieder vollkommen unkenntlich und verwandelt, das Cabinet des Fürsten Metternich. Dieser schaute mit einem eigenthümlichen Lächeln dem Enteilenden nach, und horchte auf seine verhallenden Schritte.

Und dieser Mensch glaubt, daß wir auf seine Straßenräuberpolitik eingehen werden, flüsterte er achselzuckend. Er hält es für möglich, daß Oesterreich mit ihm ein Complott mache, und die Aventure des französischen Kaiserthums durch den eigenen Enkel des österreichischen Kaisers noch werde fortspielen lassen. Ah, man muß eben Jacobiner und Conventsmitglied gewesen sein, um solche Monstruositäten für möglich zu halten! Aber um seine Pläne durchschauen zu können, mußte ich schon auf dieselben eingehen. Jetzt liegt es an mir, sie entweder zu vernichten, oder sie je nach den Umständen zu fördern und zu benutzen. Frankreich, das ist klar, Frankreich geht einer neuen Revolution entgegen, und das muß man benutzen zur Förderung des Congresses und unserer Interessen! Sobald die Empörung in Frankreich ausgebrochen ist, müssen wir sie zu einem politischen Handstreich benutzen, und durch denselben müssen die brennenden Fragen des Congresses, an denen er fünf Monate lang brütet, auf Einen Schlag entschieden werden. Dieser Coup de main muß Oesterreich die Lombardei und Benedig bringen, Rußland befriedigen durch den Besitz Polens, dem König von Sachsen sein Königreich wiedergeben, und den Erbfeind Oesterreichs, das ehrgeizige Preußen, isoliren!

Aber um das zu bewirken, fuhr er nach einer Pause fort, um den Coup de main vorzubereiten, muß Oesterreich vor allen Dingen sich mit Rußland einigen, und eine Trennung Rußlands von Preußen zu Stande bringen. Ah, jetzt ist es Zeit, von der Denkschrift Hardenbergs Gebrauch zu machen! Ich werde dieselbe noch heute dem Kaiser von Rußland übergeben! —

IV.

Intriguen.

Während Fürst Metternich so in seinem Cabinet die Vortheile überlegte, welche die nahende Revolution Frankreichs für Oesterreich haben solle, war Fouché noch immer eifrig damit beschäftigt, die Dinge, welche sich in Frankreich begeben sollten, vorzubereiten.

Das Palais des Fürsten Metternich verlassend, schritt er eilig über die ihm von vielfachem Aufenthalt her wohlbekannten Straßen Wiens dahin. Jetzt trat er in eine kleine Nebengasse ein, und blieb vor einem niedrigen, unscheinbaren Häuschen stehen.

Mit sorgsamen, prüfenden Augen betrachtete er das Haus, und

las die über der Thür angebrachte, halb von der Sonne und dem Staub verwischte Hausnummer.

Ja, es ist richtig, sagte er. Hier werde ich mit dem Bonapartisten ein Rendezvous haben.

Er klopfte drei Mal hastig und leise an die Thür. Diese öffnete sich und Fouché trat ein. Eine alte Frau stand auf dem Flur und fragte ihn mit mißtrauischen Blicken nach seinem Begehr.

Ich bin hierher berufen, um den Maler Lestocq zu frisiren, sagte Fouché. Er wohnt doch hier im Hause?

Ja wohl, er wohnt hier, sagte die Alte, und er hat mir auch gesagt, daß er einen Friseur erwartet. Gehen Sie also nur die Treppe hinauf, und klopfen Sie da oben an die Thür. Man wird Ihnen aufmachen!

Fouché war schon beschäftigt, die düstere schmale Treppe hinauf zu klimmen, und stand jetzt vor der einzigen auf dem obern Flur befindlichen Thür. Wieder klopfte er drei Mal.

Jenseits der Thür vernahm man jetzt annähernde Schritte, und eine Stimme fragte: Sind Sie die Lilie, oder der Adler?

Ich bin der Adler, sagte Fouché.

Sofort ward die Thür geöffnet, und auf der Schwelle derselben erschien die hohe schlanke Gestalt des Grafen Montbrun.

Treten Sie ein, Herr Herzog, sagte er leise, Sie sehen, ich erwartete Sie!

Sie haben also die Botschaft erhalten, Herr Graf, die ich Ihnen vor drei Tagen sandte? fragte Fouché, in das kleine, ganz als das Atelier eines Malers eingerichtete Gemach eintretend.

Ich habe sie erhalten, Herr Herzog, sagte Montbrun, indem er mit einer leichten Handbewegung nach dem Divan hindeutete. Fouché setzte sich und heftete dann seine großen, blitzenden Augen mit einem forschenden Ausdruck auf das bleiche edle Angesicht des Grafen, der seinem Anschauen mit einem festen Blick begegnete.

Ich bin sehr glücklich, daß ich endlich den Mann von Angesicht sehe, auf dessen Treue, wie ich weiß, der Kaiser mit so zuversichtlichem Vertrauen rechnet, sagte Fouché nach einer Pause.

Graf Montbrun lächelte. Ich bedauere, Herr Herzog, Ihr Compliment nicht erwiedern zu können, sagte er, aber ich versichere, daß ich auch glücklich sein würde, Sie von Angesicht zu Angesicht sehen zu können.

Ah, Sie sehen also, daß ich Incognito hier bin? rief Fouché lächelnd.

Ja, und ich warte, daß Sie die Güte haben wollen, dies Incognito aufzuheben, um mir dadurch zu beweisen, daß Sie mir vertrauen!

Fouché ließ einen schnellen, forschenden Blick durch das Zimmer schweifen, und erst, als er sich überzeugt hatte, daß kein Meuble, kein Vorhang sei, hinter dem irgend ein Lauscher sich verborgen halten könne, legte er die Perrücke und den Bart ab.

Jetzt, Herr Herzog, heiße ich Sie von Herzen willkommen, sagte Montbrun, sich tief verneigend. Ich heiße Sie um so mehr willkommen, da Ihr Hiersein mir beweist, daß die Stunde der Entscheidung naht.

Sie freuen sich dessen? Sie lieben also den Kaiser sehr?

Er weiß, daß ich ihm mit Leib und Seele ergeben bin!

Ja, ja, er kennt Ihre Anhänglichkeit, rief Fouché, und er hat mir oft von Ihnen erzählt. Seltsam, daß wir uns niemals begegnet sind.

Ich war immer im Dienst des Kaisers auf Reisen, sagte Montbrun lächelnd, ich war in Italien, in Spanien, in Deutschland und Rußland, je nach den Befehlen und Instructionen, die der Kaiser mir sandte.

Und ich war im Dienst des Kaisers fast immer in Paris, rief Fouché, so ist es gekommen, daß die beiden ergebensten und treuesten Anhänger und Diener des Kaisers sich niemals begegnet sind.

Graf Montbrun verneigte sich schweigend.

Ich hoffe doch, sagte Fouché, daß Sie an meiner Treue und Anhänglichkeit für den Kaiser nicht zweifeln?

Ich würde es nicht wagen, an Ihren Worten zu zweifeln, sagte Montbrun scharf betonend.

Ah, ich verstehe, Sie wünschen aber auch meine Thaten in Uebereinstimmung mit meinen Worten zu sehen, rief Fouché. Sie werden das sehen, Herr Graf. Setzen Sie sich zu mir, und lassen Sie uns offen mit einander reden.

Graf Montbrun nahm einen Stuhl und setzte sich dem Herzog gegenüber.

Sie wissen wohl, Herr Herzog, sagte er, daß ich Ihnen nichts zu verschweigen beabsichtige. Ich bin freilich hier in Wien, gleich Ihnen, in einer Verkleidung, und man hält mich für einen unschädlichen Aventurier, für einen heruntergekommenen Marquis, der, Dank seinem altadligen Namen, von der Gnade der Bourbonen die Wiederherstellung seines Reichthums erhofft, und bis dahin sich in den Antichambres unserer Gesandten, und den Spielsälen der hier aus allen Ländern der Welt zusammengeströmten Spieler von Fach umhertreibt. Aber Ihnen gegenüber, Herr Herzog, verberge ich mich nicht. Sie haben mir vor einigen Tagen durch eine vertraute Mittelsperson ein Memorial gesandt, in welchem Sie die Güte hatten, mir ausführlich und genau die Zustände unseres gemeinsamen Vaterlandes, das wir Beide gleich sehr lieben, auseinander zu setzen. Ich habe dies Memorial mehr als Einmal mit der größten Aufmerksamkeit gelesen, und es hat mich überzeugt, daß jetzt die Stunde gekommen ist, welche wir so lange vorbereitet und ersehnt haben, die Stunde, in welcher der Kaiser nach Frankreich, das ihm seine Arme entgegenbreitet, zurückkehren muß.

Sie haben Recht, rief Fouché lebhaft, der Kaiser muß zurückkehren. Frankreich bedarf Seiner, und ihm selber droht Gefahr, wenn er länger auf Elba bleibt.

Sie sind also der Meinung, daß die Herren vom Congreß endlich doch ihre Worte und Drohungen in Thaten umsetzen, daß sie endlich den Antrag des Lord Castlereagh und des Grafen Pozzo di Borgo annehmen werden? Daß sie es wagen werden, den Kaiser auf Elba zu verhaften, und ihn heimlich von dort zu entführen?

Ja, sie werden es wagen, sagte Fouché. Meine hiesigen Kundschafter und Freunde haben mir die bestimmtesten und unzweifelhaftesten Nachrichten gegeben: der Congreß hat Furcht vor dem gefesselten Löwen, und er will daher seinen Kerker noch weiter ab in das Weltmeer entrücken. Es ist daher nothwendig, den Herren Diplomaten zuvorzukommen, und den Löwen zu befreien.

Und Sie find überzeugt, Herr Herzog, daß Frankreich bereit ist, ihn wieder auf den Thron zu setzen?

Ich bin davon überzeugt. Ich habe meine Verbindungen in allen Regimentern der Armee. Ich unterhandle und verkehre mit allen napoleonischen Generälen, welche der Unverstand Ludwigs des Achtzehnten bei der Armee belassen hat. Sie find alle bereit, den Kaiser mit ihren Regimentern willkommen zu heißen.

Aber sind sie auch bereit, zuvor mit ihren Regimentern den König zu stürzen und zu verjagen?

Das wird nicht vorher, sondern zur selben Zeit geschehen, sagte Fouché. Wenn das Gewitter gerade über uns steht, folgt Blitz und Donner unmittelbar auf einander. Der einschlagende Blitz, das wird der Kaiser sein, und der rollende Donner wird von dem fortbrausenden Wagen des entfliehenden Königs herrühren. Jetzt kommt es nur darauf an, daß Jeder von uns seine Rolle bei dem großen Drama, das Frankreich dem staunenden Europa vorspielen will, richtig durchführt, und sein Stichwort nicht verfehlt. Wir müssen uns also darüber verständigen, was wir gethan haben, und was uns noch zu thun übrig bleibt.

Was wir gethan haben, sagte Montbrun, das ist in kurzen Worten zusammen zu fassen: wir haben conspirirt. Was uns zu thun übrig bleibt, ist: den Kaiser wissen zu lassen, daß Frankreich ihn erwartet, und ihm die Gemahlin und den Sohn wieder zuzuführen.

Ah, wenn der Kaiser erst wieder in Frankreich ist, rief Fouché sorglos, wenn er erst seinen Thron wieder eingenommen hat, dann wird Oesterreich sich beeilen, ihm Beide wieder zuzuführen, und sich zu verrühmen, daß es dem Kaiser diese Pfänder von Oesterreichs Liebe getreulich bewahrt hat.

Nein, Herr Herzog, sagte Montbrun ernst. Oesterreich wird niemals einwilligen, die Kaiserin, welche man hier nur noch die Erzherzogin Marie Louise nennt, den König von Rom, welcher hier keinen andern Rang hat, als den, daß er der Sohn seiner Mutter ist, wieder nach Frankreich gehen zu lassen. Oesterreich wird Beide als Geißeln hier behalten, und als Beweis vor ganz Europa, daß der Kaiser Franz nicht gesonnen ist, Napoleon jemals wieder als seinen Schwiegersohn anzuerkennen. Ich habe auch meine Freunde und Agenten auf dem Congreß, und in den Hofkreisen, und sie sind einflußreich und mächtig genug, um die Wahrheit erforschen zu können. Wenn wir die Kaiserin und den Sohn des Kaisers nach Frankreich zurückführen wollen, müssen wir sie Beide mit Gewalt entführen.

Wollen Sie diese schwierige Aufgabe übernehmen, Herr Graf? fragte Fouché hastig. Wollen Sie, der Sie hier mit den Localitäten, den Persönlichkeiten bekannt und vertraut sind, die Rolle des Entführers der Gemahlin und des Sohnes unsers Kaisers übernehmen?

Ja, Herr Herzog, sagte Montbrun, ich will diese Rolle übernehmen. Ich will die Kaiserin und den König von Rom dem Kaiser zuführen, ich schwöre das bei dem Allen, was mir heilig und theuer ist.

Sie werden Ihr Ziel erreichen, davon bin ich überzeugt, sagte Fouché. Sie sind besonnen, tapfer, klug und verschwiegen, und Sie haben die Begeisterung Ihrer politischen Ueberzeugung und Ihrer Liebe zu dem Kaiser.

Ich werde mein Ziel erreichen, oder ich werde sterben, sagte Montbrun feierlich.

Aber wann, fragte Fouché, aufstehend und sich zum Gehen anschickend, indem er seine Verkleidung wieder anlegte, wann werden Sie das Werk beginnen, und die Entführung unternehmen?

Wenn ich durch unsern Agenten von Elba die Nachricht erhalten habe, daß der Kaiser Elba verlassen wird.

Noch Eins, sagte Fouché. Ich bin freilich hauptsächlich hierher gekommen, um Sie zu sprechen, theuerster Graf, aber meine Reise hatte auch einen kleinen Nebenzweck. Es ist nicht genug, daß wir für den Kaiser arbeiten und wirken, sondern wir müssen auch darauf bedacht sein, den Kaiser zu warnen. Ich weiß, daß der Congreß schon seine geheimen Agenten ausgesandt hat, die den Kaiser beobachten, den Moment erspähen sollen, um ihn zu überfallen, und auf ein bereit liegendes englisches Schiff zu bringen. Ich habe das hier in Wien erfahren, und es ist daher nöthig, daß wir sogleich sichere Agenten nach Elba senden, welche den Kaiser beschwören, auf seiner Huth zu sein, und nicht, wie er das zu thun pflegt, einsame Spazierritte am Ufer

des Meers zu unternehmen. Haben Sie irgend einen sichern, zuver-
lässigen Mann, den Sie entsenden können?

Ich werde wenigstens noch heute einen solchen ermitteln, und er
wird in dieser Nacht noch abreisen, sagte Montbrun.

Und Gott gebe, daß er zu rechter Zeit auf Elba anlangt, um den
Kaiser zu warnen. Leben Sie wohl, Herr Graf, der Zweck meiner
Hierherreise ist erreicht. Ich habe Sie kennen gelernt, ich weiß, daß
Sie mit tapferem Arm und offenem Auge bereit sind, zur rechten
Stunde die Kaiserin und den König von Rom nach Frankreich zurückzuführen, und daß Sie dem Kaiser einen warnenden Boten zusenden
werden. Jetzt kehre ich nach Paris zurück, um den Tag der Heimkehr
vorzubereiten, und dem Kaiser die Wege zu bahnen. Haben damals
bei der Heimkehr der Bourbonen die Legitimisten die Lilien und weißen
Cocarden bereit gehalten, und dem König einen würdigen Empfang
bereitet, so ist es jetzt die Pflicht der Bonapartisten, die Veilchen und
die Tricoloren bereit zu halten, und dem Kaiser auch einen würdigen
Empfang zu bereiten. Ich übernehme es, dem heimkehrenden Kaiser
Paris im Festschmuck und Jubel zu zeigen! Noch einmal Lebewohl,
und Gott sei mit uns Allen!

Er eilte der Thür zu, aber schon im Begriff hinaus zu gehen,
wandte er sich noch einmal um. Sagen Sie gefälligst, Herr Graf,
sagte er, kennen Sie hier einen gewissen Baron Brandon? Er hat
sich durch einen unserer Vertrauten an mich gewandt, und mir seine
Dienste angeboten. Er nennt sich einen treuen und ergebenen Anhänger
des Kaisers. Darf man ihm vertrauen?

Nein, Herr Herzog, sagte Graf Montbrun eifrig, man darf ihm
nicht vertrauen, sondern man muß sich sorgsam vor ihm hüten. Dieser
Baron Brandon ist ein treuloser Verräther, ein Spion im Solde von
Jedermann, der ihn bezahlt, ein verwegener Spabassin und Abenteurer,
der sich bei mir und meinen Freunden einzuschleichen versuchte, um
unsere Geheimnisse zu erlauschen, und sie an die Wiener Polizei, an
das französische Gesandtschaftshôtel und Gott weiß an wen sonst noch
zu verrathen. Wie waren auf unserer Huth; um ihn zu erproben,
theilten wir ihm einige falsche Nachrichten mit, und wir hatten nachher

die Beweise, daß er sie verkauft hatte. Trauen Sie ihm also nicht, Herr Herzog, denn das würde heißen, Ihre Geheimnisse an einen Feind, an einen enragirten Legitimisten zu verrathen.

Ich danke Ihnen für die Warnung, Herr Graf, sagte Fouché, und ich werde mich vor dem Spion zu hüten wissen!

Er reichte Montbrun zum Abschied die Hand dar und ging hinaus. Der Graf begleitete ihn bis zur Treppe und kehrte dann in sein Gemach zurück. Mit hastigem Schritt durcheilte er dasselbe, stieß das Fenster auf, und schaute vorsichtig spähend hinaus.

Er sah Fouché, welcher eben das Haus verließ, und er sah den zerlumpten Bettler, der drüben an dem gegenüberliegenden Hause lehnte, und in halber Trunkenheit sich ein Liedchen zu summen schien. Aber seine Trunkenheit verhinderte ihn doch nicht, zu sehen, daß Graf Montbrun ihm mit der Hand einen Wink gab, und hindeutete auf Fouché, welcher nachdenklich und langsam die Straße hinunter schritt.

Der Bettler nickte leise mit dem Kopf, und ging singend gleichfalls die Straße hinunter.

Jetzt, sagte Montbrun, sein Fenster wieder schließend, jetzt werden wir ja sehen, ob der schlaue Fuchs in die Falle geht, die wir ihm aufgestellt! —

Fouché wanderte indessen immer weiter durch die Straßen dahin, und immer weiter auf der andern Seite der Straße ging auch der Bettler dahin. Nun hatte er aufgehört zu singen und seine Augen verriethen nichts mehr von Trunkenheit. Sie waren mit scharfen, beobachtenden Blicken immer wieder hinüber gerichtet auf Fouché. So ging es dahin über Straßen und Plätze, aus der innern Stadt hinaus nach der Landstraßen Vorstadt. Jetzt blieb Fouché vor einem stattlichen Hause stehen und zog an der Hausklingel. In diesem Moment schlüpfte der Bettler quer über die Straße zu ihm heran und hielt Fouché seine Hand entgegen, ihn um eine Gabe ansprechend. Aber ehe Fouché noch Zeit hatte, seine Börse zu ziehen, ward die Hausthür geöffnet, und das fragende Gesicht des Portiers erschien in derselben.

Herr Baron Brandon zu Hause? fragte Fouché.

Ja, mein Herr, er ist zu Hause.

Fouché trat in das Haus ein, dessen Thür sich hinter ihm schloß.

Er ist in die Falle gegangen, murmelte der Bettler lächelnd vor sich hin. Heute Abend beim Grafen Albini in der General-Versammlung wird Brandon uns berichten, was für saubere Aufträge man ihm gegeben hat. —

Fouché schritt indessen die Treppen hinauf, und blieb vor der, von dem Portier ihm bezeichneten Thür stehen, um die an derselben befestigte Visitenkarte zu lesen.

„Baron de Brandon“ stand mit großen Lettern auf derselben.

Mit diesem werde ich nicht viele Umstände machen, sagte Fouché, der Graf Montbrun hat ihn mir zu warm empfohlen, als daß ich Grund hätte, ihm zu mißtrauen. Ich werde ihn bezahlen, das ist Alles! —

Er klopfte, und auf das laute von Innen erschallende Herein öffnete Fouché die Thür. — Das Gemach, in welches er eintrat, war glänzend ausgestattet, und in seiner prachtvollen Einrichtung ganz seines Bewohners würdig, dieses schlanken schönen Herrn, der da in einem kostbaren türkischen Schlafrock auf dem Divan lag, und sich damit amüsirte, die Brillantringe, mit welchen er alle Finger geschmückt hatte, in der Sonne spielen zu lassen.

Von dieser Beschäftigung warf er einen gleichgültigen Blick hinüber nach dem Eintretenden, den er für irgend einen Bittsteller, oder sonstigen untergeordneten Menschen halten mochte, denn er erhob sich nicht aus seiner ruhenden Stellung, sondern fragte nur mit vornehmer Nachlässigkeit: was wünschen Sie, mein Freund?

Ich wünsche nichts weiter, sagte Fouché mit dem Hut auf dem Kopf gerade auf ihn zuschreitend, nichts weiter, als den Herrn Baron Brandon zu benachrichtigen, daß ich seine demüthigen Bittgesuche empfangen habe, und daß ich Willens bin, ihn zu beschäftigen.

Und mit vollkommener Gelassenheit sich auf einen Fauteuil hinstreckend, nahm er seine Verkleidungsstücke ab, und warf sie nachlässig auf den Tisch hin.

Der Herzog von Otranto! rief der junge Mann, entsetzt von dem Divan emporschnellend.

Still, nicht so laut! sagte Fouché. Es ist nicht nöthig, daß irgend Jemand außer Ihnen erfahre wer ich bin. Schließen Sie die Thür, und dann kommen Sie hierher, und lassen Sie uns plaudern.

Der Baron gehorchte, und kehrte dann mit einem verlegenen und beschämten Gesicht zu Fouché zurück.

Gnädiger Herr, bat er mit flehender Stimme, ich beschwöre Sie, mir zu verzeihen, daß ich Sie nicht sofort erkannte. Aber wer hätte auch ahnen können, daß Sie selbst in eigener hoher Person hier in Wien anwesend sind, und daß Sie mir die Ehre eines Besuches würden gönnen wollen.

Machen wir keine Redensarten, sondern kommen wir zur Sache, Herr Baron, sagte Fouché ungeduldig. Sie haben mir Ihre Hülfe angeboten im Dienst Bonaparte's und der Umsturzpartei, welche jetzt in Frankreich ihr wühlerisches Wesen treibt. Sie haben sich mir als einen eifrigen Bonapartisten angepriesen, und meinen hiesigen Freunden und Agenten sich auch so vorgestellt. Indessen, ich kenne Sie besser, und ich weiß, daß Sie ein eifriger Legitimist sind.

Herr Herzog, ich versichere Sie —

Still! Wollen Sie es etwa leugnen? Wollen Sie etwa alles Ernstes, und verstehen Sie mich wohl, auf Ihre Gefahr hin, mich glauben machen, daß Sie zu diesen Revolutionnairen und Wühlern gehören, die jetzt, indem sie die Maske des Bonapartismus vor ihr Antlitz legen, und sich den Anschein geben, nur im Dienste Anderer zu handeln, doch nur ihre eigenen und eigensüchtigen Zwecke verfolgen, und Frankreich nur in neue Unruhen, in ein neues Chaos stürzen wollen, weil sie meinen, dann am sichersten aus diesem Chaos für sich Ehrenstellen, Titel, Würden, und vor allen Dingen Gold und Schätze zu retten? Ich, mein Herr, gehöre nicht zu diesen Leuten, und wenn Sie wirklich mich zu denselben zählten, so sage ich Ihnen ehrlich und offen, daß Sie sich in mir geirrt haben. Ich bin ein treuer und ergebener Anhänger des Königthums, und wünsche nichts sehnlicher, als dem König dienen zu können zur Erhaltung der Ruhe, zur Sicherung des Thrones und der Monarchie. Jetzt, mein Herr, kennen Sie meine

Ansichten, und ich bin begierig zu erfahren, ob Sie noch ferner Lust haben, mir Ihre Dienste anzubieten?

Ja, Herr Herzog, sagte der Baron eifrig und ehrerbietig, ja, jetzt erst biete ich Ihnen in Wahrheit und Freudigkeit meine Dienste an, jetzt erst kann ich Ew. Durchlaucht in voller hingebender Wahrheit sagen, daß ich bereit bin, Alles zu thun, was Ew. Durchlaucht mir befehlen werden, bereit für den König, für die heilige Sache der Bourbonen mein Leben zu wagen. Denn auch ich liebe meinen König, auch ich wünsche nichts sehnlicher, als zur Erhaltung seines Thrones beitragen zu können. Ich bekenne demüthigst und reuevoll, daß ich vor Ihnen eine Rolle gespielt habe, und zum Beweise, daß ich es jetzt ehrlich meine, sage ich Ew. Durchlaucht, daß man Ihnen in Paris höheren Ortes mißtrauet, daß man alle Ihre Schritte überwacht, und daß ich den Befehl erhielt, mich in Ihr Vertrauen zu drängen, um Ihre Pläne zu erforschen, und davon Anzeige zu machen. Daß ich ferner den Befehl erhielt, hierher nach Wien zu gehen, um hier die Bonapartisten, welche, da sie hoffen, hier weniger scharf überwacht zu werden, wie in Frankreich, als der Troß des Congresses sich hier niedergelassen haben.

Und die hiesigen Bonapartisten vertrauen Ihnen?

Ich glaube, sagte der Baron mit einem feinen Lächeln, ich glaube, daß sie mir eben so sehr vertrauen, als dem Herrn Herzog von Otranto.

Nun, desto besser können wir Beide uns trauen, Herr Baron, rief Fouché, und ich will Ihnen gestehen, daß mich der Polizeiminister des Königs, Herr Baron André, an Sie gewiesen hat. Es gilt, dem König, der Sache der Ordnung, Frankreichs und des Friedens einen wichtigen Dienst zu leisten. Sind Sie bereit dazu?

Ich sagte schon, daß ich dem König mit Leib und Leben ergeben bin.

Beide können bei dem, was ich Ihnen vorzuschlagen habe, gefährdet werden. Fürchten Sie sich?

Nein, aber im Fall des Gelingens —

Wünschen Sie für die überstandenen Gefahren sich belohnt zu

sehen, unterbrach ihn Fouché. Ich finde das sehr natürlich, und wir sprechen nachher darüber. Zuerst sagen Sie mir, haben Sie vier bis fünf tapfere Männer, die bereit sind, einen kühnen Handstreich zu wagen?

Ich habe deren mehr als fünf.

Vier genügen schon. Nun hören Sie! Mit diesen vier Gefährten werden Sie, unter dem Schein, eifrige Anhänger des Kaisers zu sein, sich nach Elba begeben.

Um Bonaparte zu beobachten?

Nein, um ihn gefangen zu nehmen, um ihn zu entführen. Ah, Sie entsetzen sich! Der Plan scheint Ihnen zu gefährlich? Sie treten zurück?

Der Plan ist gefährlich, aber ich trete nicht zurück, sagte Brandon nach kurzem Besinnen.

Wenn der Plan gelingt, so harrt Ihrer nicht blos eine Belohnung von hunderttausend Francs, sondern man wird auch gar leicht den Baron in einen Grafen, den Grafen mit der Zeit in einen Herzog verwandeln können.

Der Baron verneigte sich. Vorläufig indessen, sagte er, muß ich Reisegeld für mich und meine vier Gefährten haben.

Hier ist es, sagte Fouché, einige Banknoten aus seinem Portefeuille nehmend, und sie dem Baron darreichend. Es sind zwanzigtausend Francs in Banknoten. Genügt das?

Es genügt, Herr Herzog. Wollen Sie mir jetzt Ihre Instructionen ertheilen?

Ich habe sie hier aufgezeichnet, damit Sie genau nach denselben handeln können, sagte Fouché, ihm einige beschriebene Blätter über=gebend. Es ist ein detaillirter Plan, der Ihnen genau angiebt, wie Sie Napoleon verhaften, ihn unter einer Verkleidung auf eins der englischen Schiffe bringen, das dann mit ihm die Anker lichtet. Sie lassen sich von dem Schiff an der Südküste Frankreichs an's Land setzen, kommen mit Courierpferden nach Paris, um mir das glückliche Gelingen zu melden, und Ihre weiteren achtzigtausend Francs zu empfangen.

Ich werde kommen, Ew. Durchlaucht das glückliche Gelingen unseres Plans zu melden, oder ich werde bei der Ausführung desselben umgekommen sein!

Aber Eine Bedingung noch! Sie werden in vier Stunden mit Ihren Gefährten von hier abreisen. Alles was Sie bedürfen zu Ihrem Unternehmen, finden Sie in Livorno bereit, von wo Sie sich nach Porto Ferrajo einschiffen.

Ich werde in vier Stunden abreisen, sagte der Baron ruhig.

Alsdann sind wir zu Ende, sagte Fouché, indem er sich zum Gehen vorbereitete. Eilen Sie an's Werk! Seien Sie vorsichtig, besonnen, tapfer, und vor allen Dingen, seien Sie treu! Vergessen Sie nicht, daß man Sie beobachtet, daß man den muthigen Getreuen belohnen, den Verräther aber bestrafen wird! —

Und jetzt, sagte Fouché, als er den Baron verlassen hatte, und wieder dem bescheidenen, kleinen Gasthof zuwanderte, in welchem er abgestiegen war, jetzt glaube ich gegen alle Wechselfälle gesichert zu sein und ruhig den Dingen, welche da kommen, zuschauen zu können. Ich habe die Zustimmung des Fürsten Metternich, daß Oesterreich die Entführung des Königs von Rom nicht hindern, die Regentschaft aber anerkennen wird. Ich habe einen eifrigen bonapartistischen Parteigänger zu der Entführung der Kaiserin und des Königs von Rom gewonnen. Dieser selbe Parteigänger, dem Bonaparte vollständig vertraut, hat von mir den Auftrag, einen sichern Mann nach Elba zu schicken, um den Kaiser zu warnen vor den Umtrieben und Plänen seiner Feinde, die damit umgehen, ihn von Elba nach einer weitentlegenen wüsten Insel zu entführen. Dieser Warner wird aber erst morgen früh abreisen, während Derjenige, der Bonaparte entführen soll, mit seinen Leuten schon heute abreist, und also zehn Stunden vor dem Andern voraus hat. Gelingt die Entführung und Verhaftung Bonaparte's, so bedarf es keiner Entschuldigung und die Thatsachen werden für mich bei König Ludwig sprechen. Mißlingt das Unternehmen, so wird der Warner einige Stunden später in Elba anlangen, und er wird Bonaparte sagen, daß ich es bin, der ihn warnen läßt. Kehrt der Kaiser alsdann zurück, so wird er mich als einen Getreuen willkommen heißen, und Meiner nicht entbehren wollen. Kehrt er nicht zurück, mißlingen alle Pläne, und Ludwig bleibt König von Frankreich, so werde ich ihm beweisen können, daß ich es war, der Bonaparte verhaften ließ, der schon vorher Talleyrand warnte, der selber nach Wien reiste, um den Umtrieben der Bonapartisten überall nachzuspüren. Kurz, das Resultat aller meiner Pläne wird sein, daß ich wieder aus meinem Dunkel und aus meiner Unthätigkeit hervorgehen werde, und daß die Zukunft mir gehört! —

Als der Abend dunkelte, bestieg Fouché seinen Reisewagen und verließ Wien, um nach Paris zurückzukehren.

In derselben Stunde verließ auch der Baron Brandon Wien, um sich nach Elba zu begeben. Aber nicht als der Diener und Helfers= helfer Fouché's, nicht um den Kaiser zu entführen, sondern als der Abgesandte Montbrun's, um den Kaiser zu warnen.*)

V.

Die Anklage.

König Friedrich Wilhelm ging in heftiger Erregung in seinem Gemach auf und ab. Sein sonst so stilles und ernstes Antlitz war jetzt flammend in düsterm Zorn. Zuweilen warf er einen raschen, finstern Blick hinüber nach dem Staatskanzler von Hardenberg, der drüben in der Fensternische neben dem dort befindlichen, mit Papieren und Acten= stücken beladenen Tisch stand, dann setzte er sein heftiges Auf= und Ab= gehen wieder fort, schweigend, in sich zusammen genommen, als wolle er seine Aufregung erst niederkämpfen, bevor er das Gespräch mit dem Staatskanzler wieder anknüpfe.

---

*) Ueber diese Intriguen Fouché's und seine zweideutigen Pläne siehe Rovigo Mémoires VII. S. 338.

Hardenberg schien diesen Moment mit vollkommener Ruhe und Gelassenheit zu erwarten. Sein edles Angesicht zeigte keine Spur von Aufregung oder Furcht, seine Stirn war klar und heiter, wie immer, und seinen feingeschnittenen schönen Mund umspielte das gewohnte anmuthige und feine Lächeln.

Es ist also richtig doch Alles so gekommen, wie ich gesagt habe, rief der König endlich, nicht länger im Stande, seinen Unmuth zu bekämpfen. Warum warteten wir nicht die Entscheidung ab? Wozu ist der Congreß anders zusammengekommen, als um zu entscheiden über die Länder und Völker, welche entschädigt oder bestraft werden sollten? Warum hatten wir also nicht Besonnenheit genug, in ruhiger Würde den Congreß über unsere Rechtsansprüche auf Sachsen entscheiden zu lassen? Aber da wollte man wie immer selbst handeln und entscheiden und wollte sich gleich im Voraus sichern. Ließ die russische Besatzung Sachsens abziehen, und nahm feierlich in meinem Namen von Sachsen Besitz. Häb's gleich von Anfang her gesagt, daß es ein unüberlegter Schritt gewesen, aber Sie wollten ja Alle klüger sein, meine Herren Diplomaten! Nun ist die Prostitution fertig, nun werden wir wieder mit Schimpf und Schande abziehen müssen. Es geschieht gar nichts Kluges und Verständiges mehr, aber es soll immer Alles so aussehen.*) Jetzt ist das Ridicule fertig, und es bleibt uns nichts weiter übrig, als Ordre zu geben, daß unsere Truppen und Beamte Sachsen verlassen.

Da sei Gott vor, daß wir dies thun sollen, sagte Hardenberg lebhaft. Nein, Majestät, Preußen muß seine Ansprüche aufrecht erhalten, es muß sie vertheidigen auf jede Weise.

Das heißt, wir müssen einen Krieg mit Sachsen anfangen, rief der König heftig. Wir wollen Europa das Schauspiel geben, zu sehen, daß wir nicht minder ländergierig und eroberungssüchtig sind, als der Mann, den wir eben mit der Hülfe Gottes und unserer Heere von seinem angemaßten Thron verjagt haben, weil er sich nicht genügen ließ an dem Thron von Frankreich, sondern seine ehrgeizigen Hände

---

*) Des Königs eigene Worte. Siehe: Carl von Nostiz. S. 165.

ausstreckte nach fremden Thronen und nach fremden Kronen. Will keine Aehnlichkeit haben mit dem Bonaparte. Es soll nicht von mir gesagt werden, daß ich mein unglückliches Volk abermals, da es kaum seine Todten begraben, und noch nicht einmal von den Wunden genesen, wieder zu unseligem Blutvergießen hinausjage. Nein, nein, sage ich! Ich bin kein eroberungssüchtiger Mann, und ich will keinen neuen Krieg! Ich will nicht den Fluch meines Volkes auf mich laden, blos um meine Grenzen zu erweitern.

Und doch, Majestät, würde in dieser Erweiterung der Grenzen Ihres Landes Ihrem Volk Glück und Wohlstand erblühen, und Ihr Volk würde Sie dafür segnen, sagte Hardenberg innig. Es ist wahr, die Dinge haben sich verwirrt, und für den Augenblick ist der politische Horizont bewölkt. Aber diese Wolken werden und müssen vorübergehen, und Preußens gerechte Sache wird den Sieg davon tragen über die Eifersucht Oesterreichs und die Händelsucht Frankreichs. Preußen kann und darf nicht aus diesem schrecklichen Kampfe, worin es so große und edle Anstrengungen gemacht hat, in einem beschämenden Zustand von Schwäche hervorgehen. Preußen kann nicht zusehen, wie sie sich hier Alle, Alle vergrößern, abrunden, Sicherheit gewinnen und zwar größtentheils doch nur durch seine Anstrengungen. Man kann Preußen doch nicht mit irgend einem Schatten von Recht zumuthen, daß es ganz allein so schmerzliche Opfer bringe, blos zur Satisfaction der Andern. Nein, dies können, dies dürfen Ew. Majestät nicht zugeben, und lieber müssen Sie Alles Andere auf's Spiel setzen.*)

Das heißt, lieber muß ich mein eigenes Land, das, was ich jetzt besitze, auf's Spiel setzen, sagte der König heftig. Denn in diesem Krieg, den ich unternehmen soll, würde nicht allein Oesterreich und Frankreich mir gegenüber stehen, sondern auch Baiern, Würtemberg und die Herzogthümer Sachsen.

Aber Rußland wird zu Ihnen halten, Majestät, und es wäre überdies nicht das erste Mal, daß Preußen dem ganzen Deutschland

---

*) Hardenbergs eigene Worte. Siehe: Pertz, Leben Steins. IV. S. 229.

und Frankreich gegenüber stände. Friedrich der Große hatte ganz
Europa gegen sich, und er siegte über alle seine Feinde.

Aber ich habe durchaus nicht die Vermessenheit, mich mit Friedrich
dem Großen vergleichen zu wollen, rief der König. Ueberdies, als
Friedrich seinen Krieg um Schlesien begann, waren seine Heere nicht
erschöpft von jahrelangen Kriegen, seine Kassen nicht erschöpft von
jahrelangen, seinen Unterdrückern gezahlten Steuern, der Enthusiasmus
seines Volkes nicht erschöpft durch jahrelange Schlachten und Groß-
thaten. Auch hatte Friedrich auf Schlesien begründete Rechtsansprüche,
er konnte aus alten Erbverträgen unseres Hauses beweisen, daß Schlesien der Krone Preußens zugefallen, und wenn er auch Deutschlands
Heere gegen sich hatte, so hatte er doch Deutschlands öffentliche Meinung fast ganz und gar für sich. Die öffentliche Meinung ist ein sehr
mächtiger Bundesgenosse, und er fehlt uns bei unsern Ansprüchen auf
Sachsen.

Nein, Majestät, er fehlt uns nicht, der Bundesgenosse der öffentlichen Meinung steht viel mehr auf unserer Seite, als auf der des
Königs von Sachsen. Der sächsische Staat ist von Preußen und seinen Bundesgenossen ganz und gar erobert worden, der König Friedrich
August selbst ist zum Gefangenen gemacht. Die Eroberung Sachsens
durch das Eroberungsrecht ist daher unbestreitbar. Ganz Deutschland
hat das politische Betragen des Königs von Sachsen während des
Jahres 1813 gemißbilligt, denn es war die Quelle der größten Unglücksfälle und aller der Gefahren, denen die große Sache Europa's damals
ausgesetzt war. Er lehnte alle Aufforderungen Eurer Majestät, sich
mit Preußen zur Vertheidigung des gemeinsamen Vaterlandes zu vereinigen, nicht allein ab, sondern blieb der Bundesgenosse des Bedrückers
des Vaterlandes, und stand im Kriege als Feind Preußen gegenüber,
und als Feind eroberte Preußen das Land seines Feindes, des Königs
von Sachsen. Das von dem Völkerrechte zugelassene Recht der Eroberung spricht Preußen das eroberte Königreich Sachsen zu, und kraft
des Rechts des Eroberers hat sich Preußen das Königreich Sachsen
gewonnen. — Es ist ihm überdies in dem Bündniß von 1814 von
Oesterreich, Rußland und England feierlichst zugesagt worden, daß es

wiederhergestellt werden soll, nach seiner Größe und seinen Grenzen
von 1805. Preußen hat aber seitdem seine Besitzungen in Polen ver=
loren, und diese werden jetzt von dem Kaiser von Rußland beansprucht,
ferner seine Besitzungen in Franken, denn es hat die Markgrafthümer
Anspach und Baireuth an Baiern abtreten müssen, es hat ferner in
Niedersachsen und Westphalen einen Länderdistrict von dreimalhundert=
tausend Seelen verloren. Zusammengenommen hat es seit 1805 Länder=
districte mit zwei und einer halben Million Seelen verloren, und es
muß dafür laut den bestehenden Verträgen entschädigt werden. Dazu
genügt Sachsen noch nicht einmal, denn das Königreich Sachsen faßt
nur zwei Millionen Seelen, und deshalb beansprucht Preußen außer
Sachsen noch eine weitere Entschädigung durch das linke Rheinufer
und das Herzogthum Berg.*)

Nun ja, das klingt Alles recht hübsch und verständig, sagte der
König milder gestimmt, wäre auch vortheilhaft für Preußen, scheint
auch gerecht. Aber man muß über seinen Vortheil nicht der Mäßi=
gung vergessen. Können uns ja genügen lassen an einem Stück von
Sachsen, können dem Herrn Friedrich August eine Ecke von Sachsen
belassen, wo er seinen Thron hinstellen und König spielen kann. Wenn
wir uns damit zufrieden erklären, würde die Sache schnell abgethan
sein, denn unsere Verbündeten und alle Schreier des Congresses würden
dadurch zum Schweigen gebracht, und man könnte uns nicht den Vor=
wurf machen, daß wir das Princip der Legitimität, das sie hier jetzt
Alle auf ihre Fahnen gehoben, verletzt haben, und eigensinnig auf unsern
Wünschen bestehen.

Aber es wäre ein eben so großer politischer Fehler, Majestät, als
ihn Oesterreich beging, indem es Baiern bestehen ließ. Dies kleine
zerstückelte Sachsen würde immer eine Preußen feindliche Macht sein,
ein unzufriedener, grollender Nachbar, der immer den Moment zu er=
spähen suchen würde, um seine verlornen Provinzen wieder zu erobern,
der immer bereit sein würde, sich mit Preußens Feinden zu verbünden,

---

*) Pertz, Leben des Freiherrn vom Stein. IV. S. 234.

und ihm so viel Schaden als möglich zuzufügen.*) Außerdem würde
ein kleines, unbedeutendes, geschwächtes Königreich Sachsen, welches
man dem König Friedrich August zur Erhaltung des Princips der
Legitimität belassen wollte, dem Lande selbst nur Unheil und Verderben
bringen, denn dem in seiner Macht und seinen Einkünften geschwächten
König von Sachsen würden die Mittel fehlen, für die Verbesserung
seines Landes, für die Unterstützung seiner Unterthanen Genügendes
zu thun, und allgemach würde also das kleine Königreich Sachsen in
Trümmer zerfallen und zu Grunde gehen.

Wenn das Alles so klar und unumstößlich wäre, wie Sie es da
hinstellen, rief der König, so würde Jedermann mit uns übereinstimmen
müssen, und Niemanden könnte es in den Sinn kommen, unsere Besitznahme Sachsens zu tadeln, und unser Recht auf dasselbe anzweifeln
zu wollen. Es geschieht dies aber, wie Sie wissen, sehr viel, nicht
blos mit gesprochenen Worten, sondern auch mit gedruckten, und ich
habe da auf meinem Tisch wenigstens zehn Broschüren, welche im
heftigsten und beleidigendsten Ton wider Preußens Anmaßung und
Eroberungssucht eifern, und die Rache des Himmels und der Völker
wider uns anrufen.

Aber, sagte Hardenberg, indem er sich über den Tisch neigte, und
die Druckschriften musterte, ich sehe da zu meiner Freude auch drei
bis vier Broschüren, welche die Berechtigung Preußens zu der Einnahme Sachsens beweisen, und diese Broschüren haben den Vorzug,
daß sie in sehr klarer und ruhiger Sprache geschrieben sind. Da sind
die vortrefflichen Schriften von Niebuhr und Eichhorn, die eben so
klar als würdevoll die Ansprüche auf Sachsen vertheidigen, und da
sind noch einige andere, von ungenannten Autoren, aber durchaus gerüstet, unseren Angreifern gegenüber zu treten.

Und wollen Sie mir nicht etwa noch als zur Vertheidigung unserer Ansprüche dienlich jenes Gedicht da vorrechnen, das ich gestern
zugesandt erhielt, und das, wie ich weiß, auch die beiden Kaiser und
alle Diplomaten des Congresses erhalten haben?

---

*) Aus der Denkschrift Steins über die Theilung von Sachsen.

Majestät verzeihen, sagte Hardenberg, nicht alle Diplomaten. Ich zum Beispiel kann mich nicht rühmen, eine poetische Anerkennung unserer Ansprüche auf Sachsen erhalten zu haben.

Es ist auch das nicht, rief der König achselzuckend, es ist blos ein wilder Kriegsruf, eine dieser hochtrabenden Versklingeleien, mit denen man in den letzten Jahren meine Ohren bis zum Uebermaaß betäubt hat! Lesen Sie einmal diese kühne Herausforderung, welche irgend ein zahmer Dichter an seinem Schreibtisch zusammengereimt hat, und die ganz dazu geeignet ist, alle Welt glauben zu machen, daß Preußen nichts sehnlicher begehrt, als den Krieg anf's Neue zu beginnen. Da, nehmen Sie jenes Papier dort und lesen Sie laut.

Der Staatskanzler nahm das vom König ihm bezeichnete Papier und las:

Die Fahne Brandenburgs, mein Lied,
Die schwinge noch einmal,
Und noch einmal, erzürnt Gemüth,
Ergreif' den tapfern Stahl.

Denn dort ein feiger Mameluk
Und hier ein Jesuit,
Das grinst uns an, weil uns ein Schmuck
Von Ehren reich umglübt.

Das hängt an unser Hochgesims
Pechkranzes brennend Reis,
Und hetzt' die Hund' auf uns voll Grimms,
Und mehr noch voll Geschrei's.

Die Hunde Frankreichs, noch nicht heil
Von Wunden unf'rer Jagd,
Auf Kugelnblitz, auf Lanzenpfeil,
Die Hunde wollen Schlacht.

Sie haben sie! Geschoß Apoll's,
Verkünd' es durch die Gau'n!
Was sie geschürzt, das Eisen soll's
Auf ihrem Kopf zerhau'n.*)

*) Dies Gedicht, das man dem Herrn von Stägemann zuschrieb, circulirte in hunderten von Abschriften auf dem Wiener Congreß, und machte wegen

Ich bitte um Gnade, Sire, rief hinter dem König eine sanfte Stimme, und wie Friedrich Wilhelm entsetzt sich umschaute, gewahrte er da in der offenen Thür den Kaiser Alexander, der ihn mit einem sanften Lächeln begrüßte. Ich wiederhole, Sire, ich bitte um Gnade, sagte der Kaiser, weiter vorschreitend und dem König seine beiden Hände darreichend. Einmal um Gnade für meinen armen Kopf, der das Zerschlagen des geschürzten Eisens durchaus nicht zu ertragen vermöchte, und dann um Gnade, weil ich es gewagt habe, hier ohne alle Anmeldung und Erlaubniß einzutreten. Aber wir haben uns einmal während unseres hiesigen Aufenthaltes das schöne Versprechen gegeben, nicht wie fürstliche, von der Etiquette bewachte, sondern wie bürgerliche Freunde und Brüder miteinander zu verkehren, und jedes Mal ganz unangemeldet und ohne Ceremoniell zu einander einzutreten. Ich machte also ganz einfach nur von meinem Recht Gebrauch, indem ich hier unangemeldet eintrat.

Und Ew. Majestät ist, wie immer, hoch willkommen, sagte Friedrich Wilhelm, die dargereichte Hand des Kaisers in der seinen drückend. Gerade dieses herzliche und zwanglose Hierherkommen Ew. Majestät beweist mir ja, daß Sie noch in unveränderter, gütiger und freundschaftlicher Gesinnung mir zugethan sind, und daß Ew. Majestät nicht einstimmen in das allgemeine Geschrei, das sich gegen Preußen hier erhebt.

Während die Monarchen freundlich und lächelnd sich begrüßten, hatte der Staatskanzler geräuschlos und still einige der auf dem Arbeitstisch befindlichen Papiere zusammengepackt, und dieselben unter den Arm nehmend ging er leise nach der Thür hin.

Das Auge Alexanders war ihm indessen gefolgt, und jetzt, da der Staatskanzler eben im Begriff war, die Thür zu öffnen und hinauszugehen, rief der Kaiser hastig: Bleiben Sie, Herr Staatskanzler von Hardenberg, bleiben Sie, denn es ist um Ihretwillen, daß ich hierher gekommen bin.

---

seines kriegerischen Tons und seiner Begeisterung ungeheures Aufsehen bei den Herren des Congresses.

Um meinetwillen, Sire? fragte Hardenberg mit einem ungläubigen Lächeln.

Ja, um Ihretwillen, Herr Staatskanzler von Hardenberg, sagte der Kaiser ernst, und sich an den König wendend, fuhr er fort: ich bin gekommen, Sire, um bei Ihnen den Herrn Staatskanzler zu verklagen, und um ihn in Ihrem Beisein zur Rechenschaft zu ziehen. Ew. Majestät haben die Güte meine Klage anzunehmen?

Ich nehme sie an, Sire, obwohl es mir leid thut, daß mein erster und angesehenster Staatsminister Ew. Majestät zu einer Klage sollte Veranlassung gegeben haben.

Und Sie werden dem Staatskanzler erlauben, hier in Ihrem Beisein den Versuch seiner Rechtfertigung zu machen?

Ich erlaube es ihm und werde froh sein, wenn ihm dieser Versuch gelingen möchte.

Nun denn, Herr Staatskanzler von Hardenberg, sagte der Kaiser feierlich und ernst, ich klage Sie an, daß Sie bestrebt gewesen, zwischen mir und dem König von Preußen Haß und Unfrieden stiften zu wollen, ich klage Sie an, daß Sie es sind, welcher heimlich meinen Plan auf den Besitz von Polen untergräbt, sich eifrig bemüht, mir Feinde zu schaffen, und die Mitglieder des Congresses gegen das, was Sie meine Eroberungspläne nennen, mißtrauisch zu machen. Ich klage Sie an, daß Sie gegen mich intriguiren, und unter dem Deckmantel der Freundschaft heimlich bemüht sind, Preußen zu rüsten zu einem baldigen Krieg gegen Rußland.

Das ist eine sehr starke und sehr energische Anklage, Sire, sagte Hardenberg gelassen, aber es genügt zu der Begründung derselben nicht blos die Beschuldigung, sondern es bedarf der Beweise, — um diese bitte ich jetzt Ew. Majestät.

Beweise! rief Alexander lebhaft. Sire, wollen Sie mir erlauben, noch einmal in kurzen Umrissen die Begebenheiten der letzten Tage Ihnen vorzuführen?

Ich bitte Ew. Majestät darum, wenn das zum Verständniß dieser Sache nöthig ist, sagte Friedrich Wilhelm, denn ich gestehe Ew. Majeſtät, ich bin ſo verwirrt und betäubt von Ihren Worten, daß ich mich kaum aller Details erinnern würde.

Nun denn, ſagte Alexander ernſt, ich erinnere alſo Ew. Majeſtät daran, daß ich während der ganzen Dauer des Congreſſes immer Ihnen als Freund zur Seite geſtanden bin, immer mit Aufrichtigkeit und Treue Preußens Anſprüche auf Sachſen unterſtützt habe, obwohl ich mich nicht verrühmen kann, daß Preußen in gleich freundlicher Geſinnung meine Anſprüche auf Polen unterſtützt hätte. Ich blieb meiner Zuneigung getren, und wie ſehr auch Oeſterreich mich zu verlocken ſuchte, wie ſehr es auch bemüht war mir die Geſinnungen Preußens zu verdächtigen, ſo glaubte ich ihm nicht, und hielt treu zu meinem Bundesgenoſſen. Preußen verlangte zu ſeiner Entſchädigung das Königreich Sachſen, und ganz Europa, alle Diplomaten des Congreſſes ſchrieen Zeter über dieſes Verlangen. Ich allein unterſtützte Preußens Anforderungen, obwohl der Fürſt Metternich mich mehr als Ein Mal beſchwor, mit Preußen zu brechen, obwohl er mir zwei Mal mit feier⸗ lichen Worten gelobte, daß Oeſterreich in meine Beſitznahme Polens willigen werde, wenn ich ihm dafür Preußen opfern, und mich mit Oeſterreich, Frankreich und England verbünden würde, um Sachſen zu erhalten. Ich opferte meinem Lieblingsplan indeſſen den Freund, den Bundesgenoſſen nicht auf, ich entſagte der öſterreichiſchen Zuſtim⸗ mung zu meiner Beſitznahme Polens, und blieb an Preußens Seite. Indeſſen ward die Aufregung auf dem Congreß immer lauter, alle Stimmen erhoben ſich gegen Preußen, und vor einigen Tagen mußte Preußen zu ſeiner Ueberraſchung inne werden, daß auch Oeſterreich, auf deſſen Zuſtimmung es im Geheimen immer gerechnet hatte, ſich gegen ſeine Anſprüche erhöbe. Fürſt Metternich erklärte in einer Note, die er an alle Vertreter der Mächte ſandte, daß er nicht in die preu⸗ ßiſche Beſitznahme Sachſens willigen könne, daß man wenigſtens Preußen nur einen ſehr geringen Theil deſſelben bewilligen könne, und bedacht ſein müſſe, Preußen anderweitig zu entſchädigen.*) Alle Welt freute ſich dieſer offenen, mannhaften Erklärung Metternichs, ich allein

---

*) Pertz, Leben des Freiherrn vom Stein. IV. S. 245.

bekämpfte sie, und wandte mich dem Bundesgenossen nicht ab. Ich glaubte an die Treue und Aufrichtigkeit Preußens, ich glaubte an ihm einen ehrlichen Bundesgenossen zu haben. Heute Morgen bin ich indessen eines Anderen belehrt. Fürst Metternich ist zu mir gekommen, und er hat mir, um mir zu beweisen, wie sehr ich mich in Preußen irrte, wie wenig Veranlassung ich hätte, demselben zu vertrauen, diese Papiere übergeben. Eine Denkschrift des preußischen Staatskanzlers von Hardenberg, in welcher derselbe den Fürsten Metternich auffordert, mit ihm zusammen gegen Rußland zu stehen; in welcher er zu beweisen sucht, welche unermeßliche Gefahren für Deutschland aus der wachsenden Macht Rußlands entstehen würden, und wie nothwendig es daher sei, Rußland nicht weiter in Polen vordringen zu lassen, sondern es in seine Grenzen zurückzudrängen.

Hier ist diese Denkschrift, fuhr der Kaiser fort, einige Papiere aus seinem Busen ziehend, sehen Sie dieselben an, Herr Staatskanzler, und sagen Sie mir, ob Sie dieselbe wirklich geschrieben, oder ob, wie ich hoffe und glaube, der Fürst Metternich, in der Absicht, Preußen und Rußland zu trennen und zu entzweien, Sie nur fälschlich der Autorschaft beschuldigt hat?

Hardenberg nahm die dargereichten Papiere, und schlug sie auseinander. Die Blicke Alexanders und Friedrich Wilhelms waren fest und scharf auf ihn gerichtet, in lebhafter Spannung beobachteten Beide das Antlitz des Staatskanzlers. Aber keine Miene desselben veränderte sich, kein Zug verrieth, daß er Furcht oder Schrecken empfinde, vielmehr war der Ausdruck seines Gesichts ruhig, heiter und edel, wie immer.

Eine Pause trat ein, dann reichte Hardenberg die Papiere dem Kaiser dar.

Sire, sagte er mit fester, klarer Stimme, Sire, der Fürst Metternich hat Ew. Majestät die Wahrheit gesagt. Ich habe diese Denkschrift geschrieben.

Der König zuckte leise zusammen, und sich abwendend, trat er in die nahe Fensternische, als wolle er Niemand die lebhafte Unruhe und Bewegung seines Angesichts sehen lassen.

VI.

Diplomatische Doppelzüngigkeit.

Sie gestehen es also? rief Alexander. Sie verleugnen diese Schrift nicht, in welcher Sie Rußland als den gefährlichsten Feind Deutschlands bezeichnen?

Ich verleugne sie nicht, sagte Hardenberg, denn ich habe niemals meine Ueberzeugungen verleugnet, und es ist auch selten, daß ich meine Ueberzeugungen geändert habe. Ja, es ist meine Ueberzeugung, die ich nie verleugnen werde: Rußlands wachsende Macht ist eine Gefahr für Deutschland, und ein Tag wird kommen, wo der russische Adler mit schwerem Flügelschlag über Deutschland daher rauschen und die deutsche Unabhängigkeit in seinen Fängen ertödten wird, wenn Deutschland nicht zu rechter Zeit dem russischen Eroberungsgeist Grenzen zieht, wenn es nicht eine Mauer aufrichtet gegen die hereinbrechenden Sturmeswogen Rußlands. Diese Mauer hat aber die Geschichte und der Weltgeist selber zwischen Rußland und Deutschland aufgerichtet. Diese Mauer, das ist Polen! — Dies war es, was ich dem Fürsten Metternich in jener Denkschrift gesagt habe, und dies darf ich auch jetzt nimmermehr verleugnen. Sire, wäre ich ein Russe, so würde ich mit Begeisterung den vorwärts strebenden Plänen Ew. Majestät folgen, so würde ich sagen: „Rußland hat die himmlische Kraft der Jugend, und es muß seine Jugend gebrauchen, es muß lernen, studiren, sich bilden, und wenn es ein Mann geworden, so muß es erobern, denn Europa und Asien sind da, um von ihm erobert zu werden. Ich will Ew. Majestät helfen, Ihr junges Rußland zum Manne zu erziehen, und es würdig zu machen, daß es einst die Welt sich erobern könne!" — Aber ich bin ein Deutscher, und als Deutscher rufe ich es laut allen deutschen Fürsten zu: „Rußland ist das Meer, welches sich aufbäumt, um in Deutschland herein zu fluthen. Rußland ist das DamoklesSchwert, welches über Deutschland schwebt, und bereit ist, hernieder zu fallen auf unsere Freiheiten, unsere Selbstständigkeit, unsere Unab hängigkeit. Dieses Schwert hängt nur noch an einem Faden! Beeilt Euch, aus diesem Faden eine Schnur, aus der Schnur ein Tau, aus dem Tau eine Kette zu machen, damit Ihr das Schwert bändigt und fesselt, auf daß es nicht herunterfallen kann auf Deutschland, auf daß es an seinen eigenen Ketten gehalten wird!

Und wäre ich ein Deutscher, rief Alexander glühend, ja, wäre ich ein Deutscher, wie Sie, so würde ich sprechen und handeln wie Sie!

Sire, rief Hardenberg erstaunt, Sie vergeben mir also, Sie —

Ich vergebe Ihnen nicht, sondern ich danke Ihnen, rief der Kaiser, indem er mit der ganzen Lebhaftigkeit seines Naturells auf Hardenberg zuschritt, ihn innig umarmte, und einen Kuß auf seine Stirn drückte. Ja, ich danke Ihnen, daß Sie mich die Stirn eines echten deutschen Mannes haben küssen lassen. Ach, es ist so selten, daß man einem Mann begegnet, und ich muß leider gestehen, daß das hier auf dem Congreß auch eine Seltenheit ist. Sie, Hardenberg, Sie sind ein Mann, und ich bin glücklich, daß Sie sich mir so gezeigt haben, daß Sie immer noch der trotzige, unverzagte, begeisterte deutsche Mann sind, als welcher Sie sich Ihrem König bewährt haben in den schlimmen, wie in den guten Tagen! Ich kam hierher, um Sie zu prüfen, um zu sehen, ob Sie auch nur ein Diplomat sind wie alle Anderen, heimtückisch, intriguant, händelsüchtig und doch feigherzig, wenn sie von einer Gefahr bedroht werden. Deshalb klagte ich Sie an, deshalb wollte ich sehen, ob Sie den Muth hätten, Ihre gegen mich gerichtete Schrift anzuerkennen.

Sire, meine Schrift war nicht gegen Ew. Majestät gerichtet, sondern nur gegen Rußland, sagte Hardenberg. Ach, wenn wir gewiß sein könnten, in Rußland immer Herrscher zu haben, welche Ew. Majestät gleichen und nacheifern, so würden wir von Rußland nichts zu fürchten haben, denn der edle, loyale, hochherzige Sinn Ew. Majestät würde niemals einen Angriff auf die Freiheit und Unabhängigkeit Deutschlands unternehmen wollen. Aber Ihre Nachfolger können eroberungssüchtiger, eigennütziger sein, sie können in ihrer Ländergier die Rechte Anderer übersehen, und da sie die Macht haben, Deutschland zu schaden, so könnten sie auch den Willen dazu haben. Das war es, was ich in jener Denkschrift auseinandergesetzt habe. Uebrigens schrieb ich dieselbe beim Beginn des Congresses, und damals schon übergab ich sie dem Fürsten Metternich, der sie jetzt als eine Waffe gegen mich benutzen will.

Aber es soll ihm nicht gelingen, sagte Alexander. Ich durchschaue sehr wohl das Betragen Metternichs, der immer nur bestrebt ist, mich von Preußen zu trennen und Unfrieden zwischen uns auszustreuen. Jetzt, da sein räuberischer Falkenblick in der Luft irgend eine nahende Gefahr für Oesterreich erkannt haben mag, jetzt wollte er versuchen, an Rußland einen Bundesgenossen zu gewinnen, und deshalb spielte er seinen letzten großen Trumpf aus und brachte mir Ihre Denkschrift, indem er hinzufügte, er habe noch mehrere derartige Schreiben von Ihnen, von denen er aber keinen Gebrauch machen könne, da sie die Geheimnisse eines Dritten seien.*) Aber diese Perfidie Metternichs gegen Sie hat bei mir gerade das Gegentheil bewirkt von dem, was er beabsichtigte, sie hat mich erkennen lassen, daß Metternich ein gefährlicher und treuloser Mann ist, der seine Freunde von gestern heute preisgiebt und hinopfert, wenn das seinem Vortheil und seinen Interessen bequem ist. Ich will daher nichts mit ihm zu thun haben, und ich bin gekommen, um Sie, Herr Staatskanzler, vor Ihrem treulosen Freund zu warnen, indem ich Ihnen Ihre Denkschrift wiederbringe, und um mit Ihnen, Majestät, zu überlegen, was wir zu thun haben, um uns dieses zweideutigen Vermittlers zwischen uns und dem Kaiser Franz zu entledigen, und selber und unmittelbar mit dem Kaiser zu verhandeln.

Sire, Sie sprechen da einen Wunsch aus, den ich schon lange im Stillen gehegt habe, sagte der König rasch. Kaiser Franz ist ein biederer, ehrlicher Mann, der, wie ich glaube, die Zweideutigkeiten seines Staatskanzlers nicht kennt, sonst würde er sie nicht dulden.

Wollen die Majestäten mir erlauben, daß ich, bevor ich mich ehrerbietigst zurückziehe, noch einige Worte in Bezug auf die vorher gegen mich gerichtete Anklage erwidern darf? fragte Hardenberg.

---

*) Pertz. IV. S. 248.

Ich bitte, sprechen Sie, rief Alexander, das heißt, wenn mein königlicher Freund nichts dagegen hat!

Der König gab durch einen Wink mit der Hand und ein haftiges Kopfnicken seine Zustimmung zu erkennen.

Sire, sagte Hardenberg, sich an den Kaiser wendend, es waren in jener drohenden Anklage, welche Ew. Majestät vorher gegen mich richteten, zwei Punkte, auf welche ich mir erlaube, zurückzukommen. Ew. Majestät sagten, daß der Fürst Metternich Ihnen mehrmals zugesichert habe, Oesterreich werde Ihnen seine Stimme für Polen geben, wenn Ew Majestät dafür Preußen nicht in seinen Anforderungen auf Sachsen unterstützten. Ich habe dies wenigstens so verstanden, und ich bitte Ew. Majestät mich gnädigst zu berichtigen, wenn ich darin irren sollte.

Nein, nein, es ist so, rief Alexander, mehr als Ein Mal hat mir Metternich Polen angeboten, wenn ich dafür Preußen hindern wollte, Sachsen zu erwerben.

Ich werde mir erlauben, später auf diese Worte Ew. Majestät zurückzukommen, sagte Hardenberg, sich verneigend. Zuvor aber wollte ich nur sagen, daß Fürst Metternich mir mehrmals mit feierlichen Betheuerungen seiner Freundschaft für Preußen das Königreich Sachsen angeboten hat, wenn Preußen dafür Rußland hindern wolle, Polen in Besitz zu nehmen.

Alexander lachte laut auf. Ah, rief er, immer noch lachend, das ist wie der Fuchs in der Fabel, der dem Marder und dem Iltis jedem in's Geheim dasselbe Huhn verspricht, und es nachher für sich allein verspeist.

Haben Sie aber auch Beweise für Ihre Behauptung, Herr Staatskanzler? fragte der König ernst.

Geruhen Ew. Majestät sich zu erinnern, daß ich, um mich über mein politisches Verhalten zu rechtfertigen, und zu beweisen, daß Fürst Metternich bis zu diesem Augenblick wegen Sachsen mit uns im vollen Einverständniß gewesen, hierherkam, um Ew. Majestät einige zu meiner Rechtfertigung bestimmte Papiere zu überbringen. Diese Papiere habe ich dort auf dem Schreibtisch niedergelegt. Wollen Ew. Ma-

jeſtät mir erlauben, zwei derſelben Sr. Majeſtät dem Kaiſer vorzulegen?

Thun Sie das, ſagte der König. Fürſt Metternich hat Sie angeklagt, es iſt daher ſehr natürlich, daß Sie ſich zu rechtfertigen ſuchen.

Hardenberg eilte zu dem Tiſch hin, und unter den Papieren
ſuchend wählte er unter denſelben zwei Briefe aus, mit denen er zu
den Monarchen zurückkehrte.

Sire, ſagte er, dem Kaiſer einen der Briefe darreichend, hier iſt
ein vertrauliches Handbillet des Fürſten Metternich, in welchem er
Preußen unumwunden Sachſen verſpricht, wenn Preußen ſich mit ihm
gegen Rußland verbinde.

Alexander überflog das Papier mit raſchen Blicken und reichte es
dann dem König dar.

Es iſt Metternichs eigene Handſchrift, ſagte er, und ſeine Worte
ſind unzweideutig. Er verſpricht Ihnen Sachſen. Ah, wir wollen
ihn beim Wort halten! Und was, fuhr der Kaiſer fort, ſich wieder an
Hardenberg wendend, was enthält jenes Papier, das Sie da noch in
der Hand halten?

Sire, für dieſes Papier muß ich um Verzeihung bitten, daß ich
wage, es Ew. Majeſtät vorzulegen. Aber, wie mein königlicher Herr
die Gnade hatte, zu ſagen, Fürſt Metternich hat mich angegriffen, ich
muß mich alſo zu vertheidigen ſuchen. Ew. Majeſtät haben mir vorher feierlich verſichert, daß Fürſt Metternich Ew. Majeſtät Polen angeboten hätte, wenn dafür Ew. Majeſtät ſich verpflichteten, Preußens
Anſprüche auf Sachſen nicht zu unterſtützen. Dieſe Worte Ew. Majeſtät überraſchten mich nicht, denn Ew. Majeſtät hatten ſchon vor
einigen Wochen Daſſelbe dem Herrn von Stein erzählt, und dieſer,
um mich zu warnen, hatte die Güte gehabt, mir die Erzählung Ew.
Majeſtät zu wiederholen. Ich fand mich dadurch veranlaßt, an den
Fürſten Metternich zu ſchreiben, ihn von den mir zugekommenen Er-
zählungen zu benachrichtigen, und bei ihm förmlich anzufragen, ob er
wirklich Ew. Majeſtät ſolche Verſprechungen gemacht habe?

Und Metternich hat Ihnen auf Ihre Anfrage geantwortet? fragte
Alexander raſch.

Ja, Sire, sagte Hardenberg feierlich, ja, er hat mir geantwortet. Sire, hier ist die Antwort des Fürsten Metternich.

Der Kaiser riß das Papier ungestüm an sich, und wie er es dann überlas, erblaßte er, und seine sonst so heitere Stirn legte sich in düstere Falten.

Er leugnet es ab, rief er mit zorniger Stimme. Hören Sie, Majestät, Metternich wagt es, mich der Lüge zu zeihen. Er schreibt hier mit klaren, einfachen Worten, es sei nicht wahr, daß er mir solche Anerbietungen gemacht habe. Er giebt die bestimmte Versicherung, daß Kaiser Franz in die Abtretung Sachsens an Preußen eingewilligt habe. *)

Und jetzt, rief der König empört, jetzt erläßt der Fürst Metternich im Widerspruch mit jener schriftlichen Versicherung eine Note, in welcher er erklärt, Oesterreich könne nicht in die Einverleibung Sachsens in Preußen willigen, „weil die Grundsätze des Kaisers, die Familienbande, und die Grenz- und Nachbarverhältnisse sich entgegenstellten." **)

Er ist ein zweideutiger und unzuverlässiger Mann! rief der Kaiser. Er hat es überdies gewagt, mich der Lüge zu zeihen. Hätte ich das Glück, ein Privatmann zu sein, würde ich ihn dafür mit der Pistole in der Hand zur Rechenschaft ziehen. Aber da meine Verhältnisse mir dies verbieten, so will ich ihn wenigstens nicht mehr sehen. ***)

Aber Ew. Majestät werden dies eben so wenig als ich vermeiden können, sagte der König achselzuckend. Er ist das Organ, durch welches Kaiser Franz mit den andern Mächten unterhandelt, die Stimme, welche die Gedanken des Kaisers in Worte übersetzt.

Der Kaiser wird hinfort die Güte haben müssen, mit seiner eigenen Stimme zu uns zu sprechen, rief Alexander heftig. Ich werde wenigstens keine andere Stimme mehr hören. Vereinigen wir uns,

---

*) Diese Erklärung Metternichs ist vom 7. November, und findet sich in Pertz: Leben des Freiherrn vom Stein. IV. S. 201.

**) Worte aus jener Note Metternichs. Siehe: Pertz, Leben des Freiherrn von Stein. IV. S. 245.

***) Des Kaisers eigene Worte. Siehe: Pertz, Leben des Freiherrn vom Stein. IV. S. 278.

Sire, zu einem festen und entschiedenen Kampf gegen Metternich, enthüllen wir dem Kaiser Franz alle die Intriguen, Zweideutigkeiten und Hinterliste seines Ministers, und fordern wir von ihm fest und unabweislich, daß er unmittelbar und persönlich mit uns unterhandele. Wollen Sie das?

Ja, ich will es, sagte der König. Ich bin bereit, mich allen Ihren Schritten in dieser Sache anzuschließen.

So kommen Sie, Sire, rief der Kaiser hastig. Lassen Sie uns sogleich aufbrechen!

Wohin, Sire?

Zum Kaiser Franz von Oesterreich, um bei ihm seinen Minister anzuklagen, um ihm zu erklären, daß wir Beide nur unmittelbar mit dem Kaiser selbst unterhandeln wollen, und uns die Einmischung des Fürsten Metternich entschieden verbitten.*)

Wohlan, lassen Sie uns gehen, sagte der König, und um unsern Worten gleich die Beweise hinzuzufügen, wollen wir die Papiere, welche mir der Staatskanzler gebracht hat, zur Einsicht des Kaisers Franz mitnehmen.

Thun wir das! Auch ich habe Papiere, welche den Kaiser von der Zweideutigkeit seines Ministers überzeugen, und unseren Antrag rechtfertigen werden. Fahren wir also, wenn es Ew. Majestät gefällig ist, bei mir vor, und dann zum Kaiser Franz. Ah, wir wollen doch einmal sehen, ob die diplomatische Falschheit und Hinterlist über unser gerades und offenes Handeln den Sieg davon tragen wird.

---

*) Historisch. Siehe: Pertz, Leben des Freiherrn vom Stein. Bd. IV. S. 248.

VII.

Der Ballabend des Fürsten Metternich.

Der seit acht Tagen schon angekündigte Ball im Hôtel des Fürsten Metternich sollte heute stattfinden. Alle Räume waren schon in den Morgenstunden dieses festlichen Tages glänzend geschmückt und von den Decorateuren und Gärtnern auf das Herrlichste und Geschmackvollste hergestellt worden.

Fürst Metternich war so eben von einer Conferenz, zu welcher ihn sein Kaiser plötzlich und ganz unerwartet hatte einladen lassen, zurückgekehrt, und durchwanderte jetzt die Reihe der glänzenden Säle, um sich durch eigenes Anschauen zu überzeugen, daß alle seine Befehle ausgeführt worden, daß nirgends etwas an den Ausschmückungen versehen und vernachlässigt worden sei.

Wie er eben, ganz vertieft in diese Prüfung der Festanordnungen, durch den Empfangssaal dahin ging, ward die Thür des Vorsaals hastig geöffnet und Hofrath von Gentz trat ein.

Der Fürst schritt ihm lächelnd entgegen, und reichte ihm zur Begrüßung seine Hand dar.

Gut, daß Sie kommen, sagte er. Sie können mich auf meiner Wanderung durch die Säle begleiten. Sie verstehen sich ja auf Fest-Arrangements und haben einen feinen geläuterten Geschmack. Kommen Sie, geben Sie mir also Ihren Arm, lassen Sie uns die Säle durchwandern, und gewinnen Sie es über sich, mir ohne alle diplomatische Umschreibungen Ihre wahrhaftige Meinung zu sagen: ob Sie finden, daß die Arrangements gut, ob sie der hohen fürstlichen Gäste würdig sind, die ich heute hier empfangen werde.

Ich gestehe Ew. Durchlaucht, daß mir zu diesen Betrachtungen heute ganz und gar die Stimmung fehlt, sagte Gentz, und ich beschwöre Ew. Durchlaucht, daß Sie die Güte haben, statt Ihre Aufmerksamkeit dem Zimmerschmuck zu schenken, sie lieber mir zuzuwenden. Ich habe durchaus und ganz nothwendig mit Ihnen zu sprechen, und ich bin deshalb ganz eilig, kaum dem Bett entstiegen, und ohne erst meine Tasse Bouillon getrunken zu haben, hierher gekommen.

Ah, Ihre berühmte, aus sechs Pfund Rindfleisch bereitete Tasse Bouillon, sagte Metternich lächelnd. Nun freilich, wenn Sie diese merkwürdige Tasse Bouillon dem Wunsch einer Unterredung mit mir geopfert haben, so müssen Sie mir etwas sehr Ernstes vorzutragen haben.

Es ist auch in der That etwas sehr Ernstes und Wichtiges, rief Gentz eifrig.

Um so mehr ist es nothwendig, daß ich vorher mit der Besichtigung der Fest-Arrangements zu Ende bin, sagte Metternich gelassen, denn wenn ich erst Ihre ernsten und wichtigen Nachrichten erfahren habe, möchte mir der Sinn und Geschmack dazu fehlen. Kommen Sie also, lassen Sie uns Alles mit prüfenden Kennermienen betrachten.

Ich beschwöre Ew. Durchlaucht, lassen Sie uns in Ihr Cabinet gehen; ich habe —

Sie haben durchaus eine unbezwingliche Lust, Ihre großmächtigen Neuigkeiten aus Ihrer Brust zu entlassen, unterbrach ihn Metternich. Mein Gott, immer noch der heißblütige Feuerkopf, der immer stürmt, immer exaltirt ist, nichts mit Ruhe erwarten, nichts mit Besonnenheit vertagen kann! Der Himmel wird nicht zusammenfallen, die Sonne wird sich nicht verfinstern, wenn ich auch Ihre Nachrichten erst in einer Viertelstunde erhalte!

Aber Ihre Fest-Arrangements werden vielleicht zusammenfallen, die Kerzen Ihrer Kronleuchter werden vielleicht heute Abend gar nicht zum Leuchten und Brennen kommen, wenn Sie erfahren haben, was ich Ihnen sagen will!

Ah, welch ein großes Kind Sie sind, und was für Mährchen Sie sich aufbinden lassen. Mein Haus steht auf festem Grunde, und wird nicht zusammenstürzen bei dem ersten besten Sturmwind; die Kerzen meiner Kronleuchter sind von solidem Wachs und werden nicht gleich erlöschen vor dem Athem Ihres Mundes. Kommen Sie! Wenn Sie wollen, daß ich Sie nachher in mein Cabinet begleiten soll, so sträuben Sie sich nicht länger, sondern kommen Sie.

Gut, seufzte Gentz, ich komme. Aber versprechen mir Ew. Durchlaucht wenigstens, daß wir uns beeilen wollen mit der Besichtigung dieser Fest-Arrangements.

Ich verspreche es Ihnen!

Er nahm den Arm, den Gentz ihm seufzend darbot, und wanderte plaudernd, lächelnd, Alles besichtigend, Alles prüfend durch die Säle dahin.

Zum guten Glück für den ungeduldigen Hofrath Gentz waren alle Anordnungen genau den Befehlen des Fürsten entsprechend, gemacht worden, und es fand daher in keinem der Säle ein Aufenthalt, eine Verzögerung statt. Es genügte, sie zu durchwandern, um sich befriedigt und erfreut zu fühlen von ihrer Einrichtung voll wahrhaft fürstlicher Pracht.

Jetzt, sagte der Fürst, als sie eben vor der Thür seines Cabinets angelangt waren, jetzt müßte ich eigentlich nothwendiger Weise erst eine Viertelstunde hinüber gehen zu meiner Tochter, bei welcher sich eben ihr Tanzmeister befindet, um ihr einen russischen Tanz einzuüben, den sie heute Abend mit dem jungen Grafen Narischkin vor den russischen Majestäten tanzen soll. Ich habe meiner Tochter versprochen, heute der letzten Tanzprobe beizuwohnen, und —

Ich beschwöre Ew. Durchlaucht, rief Gentz mit fast weinerlicher Stimme, wollen Sie mich nicht länger martern, wollen Sie mir erlauben, Ihnen jetzt sogleich meinen Vortrag zu halten.

Nun denn, es sei, sagte Metternich lächelnd, ich sehe schon, daß ich Sie Ihrer Neuigkeiten entladen muß, wenn ich nicht will, daß Sie davon wie eine Bombe auseinander platzen!

Er öffnete die Thür seines Cabinets, und trat, gefolgt von Gentz, in dasselbe ein.

Vor allen Dingen setzen wir uns! sagte der Fürst, indem er sich auf den Divan niedergleiten ließ, und für Gentz auf einen Fauteuil hindeutete. Und nun lassen Sie mich Ihre ungeheuerlichen Nachrichten erfahren, mein armer Freund, der Sie mir fast an dieser Neuigkeits-Indigestion erstickt wären. Was giebt es denn?

Durchlaucht, sagte Gentz feierlich, es giebt eine Verschwörung gegen Sie, gegen Oesterreich, gegen uns Alle. Wenn Sie Ihren

Feinden nicht zuvorkommen, wenn Sie nicht sogleich, heute noch, energische Maßregeln ergreifen, so sind Sie verloren, und mit Ihnen ist es Oesterreich, mit Ihnen ist es Deutschland! Denn Sie vertreten Oesterreich, und Oesterreich vertritt auf diesem Congreß die Ordnung, die Gesetzlichkeit, die Rechte der Fürsten, der Reichsunmittelbaren, der Bevorzugten gegen die Wühlereien, gegen die neumodischen Umsturzfürsten, die, um sich populär zu machen, mit freisinnigen Redensarten, wie mit Spielbällen umher werfen, und um die Völker anzuziehen, mit liberalen Ideen allerlei Jongleurkünste treiben. Deutschland geht, wenn diese Umsturzfürsten die Oberhand gewinnen, nicht blos einem neuen Kriege, sondern seinem völligen Untergang entgegen, denn mit freisinnigen Redensarten werden die Völker nicht in Banden gehalten, und mit liberalen Ideen läßt sich nicht regieren. Ew. Durchlaucht haben also die Verpflichtung, sich Oesterreich, sich Deutschland zu erhalten, und Alles zu thun, um die Intrignen und Pläne, die Ihre Feinde gegen Sie schmieden, zu vernichten.

Wer sind denn aber vor allen Dingen diese Feinde? fragte Metternich mit seinem ruhigen Lächeln.

Es sind der Kaiser von Rußland und der König von Preußen. Seit gestern coursiren die wunderbarsten Gerüchte in allen Salons. Jeder raunt es verstohlen dem Andern in's Ohr: „Fürst Metternich ist in Ungnade gefallen. Die Monarchen von Rußland und Preußen haben sich gestern Mittag zu Kaiser Franz begeben, und von ihm begehrt, daß er den Fürsten entlasse, und haben erklärt, daß sie Beide mit dem Fürsten keinen weitern Verkehr haben, ihn niemals wieder sehen wollten." — Gestern gegen Abend, als ich zur Herzogin von Sagan kam, um sie, wie wir das verabredet hatten, zur Soirée bei der Kaiserin Ludovica zu begleiten, kam die Herzogin mir ganz bleich und aufgeregt entgegen, und sagte mir: Kaiser Alexander sei eben bei ihr gewesen, habe sich in den bittersten und heftigsten Ausdrücken über Ew. Durchlaucht beschwert, habe gesagt, Sie hätten mit ihm und dem König von Preußen ein unwürdiges Spiel getrieben, hätten Sie gegenseitig verfeinden und entzweien wollen, und seien sogar so weit gegangen, den Kaiser einer Unwahrheit zu zeihen.

Und diese Unwahrheit, deren ich ihn geziehen haben soll, wäre natürlich die erste und einzige Unwahrheit, die jemals über die Lippen des frommen und tugendhaften Kaisers gekommen, sagte Metternich achselzuckend. Die Freundschaftsbetheuerungen gegen Napoleon, die Umarmungen und Küsse in Erfurt, das Doppelspiel in Tilsit, wo Alexander dem König von Preußen ewige Freundschaft schwur und von Napoleon die preußischen Provinzen als Geschenk annahm, das Alles waren große, heilige Wahrheiten, welche vor den Augen der gottseligen Frau von Krüdener als Altarkerzen leuchten, und ihr Gelegenheit geben werden, in entzückte Krämpfe und Zuckungen zu verfallen, aus denen sie nur durch das Gebet des sogenannten Erzengels, des frommen Kaisers Alexander, wird errettet werden können.

Ich beschwöre Ew. Durchlaucht, bleiben wir bei der Sache, flehte Gentz. Der Kaiser hat ferner der Herzogin von Sagan erzählt, er sei so eben mit dem König von Preußen bei Kaiser Franz gewesen, und Beide hätten sie Ew. Durchlaucht angeklagt. Der Kaiser sei auch ganz von Ihrer Schuld überzeugt worden, höchst aufgebracht auf Sie gewesen, und habe den Monarchen versprochen, Sie zur Rechenschaft zu ziehen, ja, Sie Ihres Amtes zu entlassen.

Und was sagte die Herzogin von Sagan zu diesen Neuigkeiten? fragte Metternich.

Sie war tief erschüttert, Thränen glänzten in ihren Augen —

Aber sie rollten hoffentlich nicht über ihre Wangen nieder und zerstörten nicht die schöne Rosenmalerei ihrer Schminke? Sagen Sie doch, Freund, Sie halfen doch der Herzogin, ihre Thränen abtrocknen, ehe sie ihren Augen entströmten?

Ich versichere Ew. Durchlaucht, daß die Herzogin im vollen Ernst tief bewegt und betrübt war, daß Sie wirklich an ihr eine treue und zuverlässige Freundin haben, rief Gentz heftig. Sie war noch ganz traurig und kummervoll, als wir uns zur Soirée begaben, und sie ging nur dorthin, weil sie hoffte, Ew. Durchlaucht dort zu sehen und Sie zu warnen.

Ach, hätte ich ahnen können, daß die liebenswürdige und schöne Herzogin von Sagan mich erwartete, so würde ich gewiß zur kaiserlichen Soirée gekommen sein, rief Metternich. Ich war aber bei Isabey, der mich, wie Sie wissen, zu seinem großen Congreßbilde malt, dann wohnte ich einer Probe der lebenden Bilder bei, in denen meine Tochter morgen eine Rolle spielt, und da man ihr ein schlechtes Costüm gewählt hatte, mußte ich schon selber ihr ein besseres aussuchen. So verging die Zeit, und es ward zu spät, um noch die Soirée besuchen zu können.

Und doch wäre es ein Glück gewesen, wenn Ew. Durchlaucht, ob auch noch so spät, und ob auch nur auf Einen Moment gekommen wären. Denn Ihre Abwesenheit erschien nun Allen als eine Bestätigung der umlaufenden Gerüchte. Jedermann war überzeugt, daß Ew. Durchlaucht wirklich in Ungnade gefallen, und daß Sie nur deshalb nicht die Soirée der Kaiserin besuchen könnten. Man sprach, nicht mehr leise, sondern ziemlich laut und vernehmlich, von Ihrem Sturz, man wiederholte sich mit hämischer Freude die heftigen Scheltworte, mit denen Kaiser Franz Ew. Durchlaucht entlassen habe. Man erzählte sich, daß der Graf Nesselrode von dem Kaiser Alexander gleichfalls entlassen sei, und nur aus dem einzigen Grunde, weil er mit Ihnen in nächster Verbindung gestanden. Nur die Herzogin von Sagan hatte den Muth, nicht in das allgemeine Anathem einzustimmen, und als der Kaiser Alexander sich ihr näherte, und wieder ganz laut und heftig gegen Ew. Durchlaucht sprach, war sie kühn genug, Sie zu vertheidigen. Der Kaiser ward dunkelroth vor Zorn, und —

Und rief, unterbrach ihn Metternich, und rief heftig: „Wie können Sie sich nur mit so einem Schreiber einlassen, Herzogin?“*) Und er wandte ihr den Rücken und sprach zu andern Personen laut und heftig gegen das, was er meine Ränkesucht nennt. Später unterhielt er sich mit der alten Fürstin Metternich, meiner Mutter, und ganz laut sagte er zu ihr: er könne Niemand achten, der nicht die Uniform trüge.**)

Ew. Durchlaucht wissen das schon? rief Gentz erstaunt.

Ja, sagte Metternich lächelnd, ich weiß das schon, denn wie es

---

*) Pertz: Leben des Freiherrn vom Stein. Bd. IV.
**) Ebendaselbst.

scheint, steht meine Mutter früher auf, als Sie. Ich weiß Alles, nur das weiß ich nicht, was Sie zu meiner Vertheidigung gesagt und gethan haben.

Ew. Durchlaucht, was hätte ich anders thun können, als schweigen und unglücklich sein?

Sie hätten zum Beispiel alle Diejenigen, welche sich erlaubten, mich zu verläumden, zum Duell fordern können.

Ich? Zum Duell fordern? rief Gentz entsetzt und tief erblassend. Aber Ew. Durchlaucht, ich, — mein Gott, Sie wissen, daß ich einen Abscheu habe vor Waffen, und daß die einzige Waffe, welche ich zu führen verstehe, die Feder ist.

Sie vergessen die zweite Waffe, welche Ihnen wenigstens noch zu Gebote steht, Ihre Zunge! Da Sie nicht für mich handeln konnten, hätten Sie mindestens für mich Ihre Zunge gebrauchen, für mich reden können.

Und was hätte ich sagen können, da Ew. Durchlaucht nicht die Güte gehabt, mich in Ihr Vertrauen zu ziehen, und mir einige Instructionen über mein Verhalten zu geben?

Sie hätten sagen können, daß man sich in Bezug auf mich ganz falscher Ausdrücke bediene, sagte der Fürst, dessen Antlitz jetzt seinen lächelnden Ausdruck verloren, und ernst und feierlich geworden war. Sie hätten sagen können, daß ich nicht ein Günstling und Favorit sei, der je nach der Laune seines Herrn und gleich den Mignons weiland der Kaiserin Katharina von Rußland, in Ungnade fallen könne, sondern daß ich der erste Minister des Kaisers Franz sei, und daß man wenigstens dem Kaiser Franz so viel Achtung schuldig sei, um ihn für unfähig zu halten, einem Mann, dem er seit vielen Jahren sein Vertrauen geschenkt, dasselbe zu entziehen, bloß weil sein Minister sich dem Wunsch und Willen eines fremden Souverains nicht beugen wolle, und weil der Schreiber ohne Uniform nicht die Wünsche des Kaisers von Rußland als Befehle hinnähme, sondern weil er den Muth habe, ihn öffentlich zu bekämpfen, und des Kaisers ehrgeizige und romantische Gelüste auf Polen zu hintertreiben!

Das Alles habe ich auch gesagt, aber man hatte mich nicht hören wollen, rief Gentz.

Vielleicht weil Sie so leise und in sich hinein sprachen, daß Niemand Sie hören konnte, sagte Metternich. Aber ich bin Ihnen deshalb nicht gram, denn ich weiß, daß Ihr Naturell Ihnen nicht erlaubte lauter zu sprechen, daß Sie aber tief in Ihrem Herzen über mich trauerten, und an Ihrem Schreibtisch alle Mal den Muth finden würden, mich zu vertheidigen.

Ew. Durchlaucht lassen mir nur Gerechtigkeit widerfahren, wenn Sie anerkennen, daß ich Sie liebe und verehre, rief Gentz. Ich halte Sie für den einzigen nothwendigen Mann, der jetzt lebt, für den Einzigen, der im Stande ist, die Prinzipien der Ordnung und der Fürstengewalt aufrecht zu halten gegen das wüste Freiheitsgeschrei des unsinnigen Volkes. Ich liebe und verehre Sie um Ihres edlen Herzens, Ihrer großen Seele und Ihres reichen Geistes willen, und wenn Sie untergingen, so würde ich es machen, wie es einem treuen Hunde gebührt, ich würde mich auf Ihr Grab legen und da Hungers sterben.

Ah, so weit wollen wir es indeß nicht kommen lassen, daß Sie um meinetwillen dem höchsten aller Ihrer Genüsse, dem Essen, entsagen sollen, sagte Metternich lächelnd. Ich will versuchen, Sie ein wenig zu trösten, aber ich kann doch nicht verhehlen, daß die Sachen für mich in diesem Augenblick ziemlich mißlich und bedenklich stehen.

Also doch, seufzte Gentz erschauernd, es ist also doch wahr, daß —

Daß Kaiser Alexander wüthend auf mich ist? Ja, das ist wahr! Und es ist auch wahr, daß er den König von Preußen auch gegen mich aufgehetzt hat, und daß Beide sich zum Kaiser Franz begeben haben, um mich bei ihm der Zweideutigkeit, Hinterlist, Falschheit, und was weiß ich sonst noch Alles, anzuklagen.

Aber der Kaiser Franz hat ihnen nicht geglaubt, und sie haben nichts beweisen können? fragte Gentz in athemloser Angst.

Doch, sagte Metternich ruhig, sie haben einige ihrer Anklagen beweisen können, denn, — ich will es Ihnen nur gestehen, ich hatte einen, für einen Diplomaten ganz unverzeihlichen Fehler begangen! Ich hatte mich nicht begnügt mit mündlichen Zusicherungen und Versprechungen, sondern ich hatte das gethan, was man niemals thun muß, wenn man eine Geliebte hat, die man verrathen, oder einen Nachbar, den man zum Bundesgenossen machen will, ich hatte schriftliche Versprechungen gemacht, und diese Schriftzüge mit ihrer nicht abzuleugnenden Wahrheit sprachen gegen mich. Ich habe einen Fehler begangen, und es ist daher ganz natürlich, daß ich ihn büßen muß.

Ew. Durchlaucht glauben also doch, daß Sie ihn werden büßen müssen? fragte Gentz kleinlaut.

Ja, ich werde ihn büßen müssen, sagte Metternich, und zwar in sehr empfindlicher Art, denn ich befürchte fast, daß heute das Aergste geschieht, daß —

Daß? fragte Gentz athemlos, als Metternich schwieg. Oh, ich beschwöre Ew. Durchlaucht, sagen Sie mir, was kann geschehen?

Es kann geschehen, daß in Folge dieser großen diplomatischen Streitigkeiten ein offenes Zerwürfniß ausbricht, und daß der Kaiser von Rußland und der König von Preußen eine fürchterliche Demonstration gegen Oesterreich und gegen mich machen.

Und worin könnte diese Demonstration bestehen? fragte Gentz mit zitternder Stimme und aschfarbenem Gesicht.

Darin, daß die beiden Monarchen heute Abend nicht auf meinem Balle erscheinen, sagte Metternich vollkommen ernsthaft.

Ah, mein Gott, rief Gentz unwillig, Sie vermögen es noch zu scherzen.

Ich scherze gar nicht, sagte Metternich, dies ist wirklich die einzige Kriegserklärung, die Rußland und Preußen noch gegen mich machen können, nachdem sie die andere beim Kaiser Franz schon gemacht haben, und ich gestehe, sie ist mir unangenehm genug, denn meine schöne Tochter Clementine käme dann um die Freude, heute Abend mit dem Grafen Narischkin ihren russischen Tanz auszuführen.

Also die andere Kriegserklärung, die beim Kaiser Franz, ist den Monarchen doch mißlungen?

Ja, sie ist ihnen mißlungen. Die Herren Alexander und Friedrich Wilhelm haben sich bitter über mich beschwert, Kaiser Franz hat mich ein wenig verleugnet, hat sich zur Großfürstin Catharina begeben, um sich auch vor den Damen zu vertheibigen, und auch dort mein Betragen zu mißbilligen und zu desavouiren.*) Aber das ist Alles, was die Monarchen erlangen konnten! Kaiser Franz hat mich getadelt, aber er benkt nicht baran, mich entlassen zu wollen, und ich will Ihnen auch sagen, warum er das nicht thut!

Weil er Ew. Durchlaucht liebt, rief Gentz begeistert, weil er Ihre großen Eigenschaften, Ihren edlen Geist kennt, weil —

Nein, ganz einfach, weil er nicht sogleich Jemand weiß, der mich erseßen könnte, und weil er fürchtet, daß er selber mehr arbeiten, schreiben, unterhandeln und conferiren müßte, also weniger Siegellack fabriciren, Schächtelchen schnitzeln und Cello spielen könnte, wenn ich nicht mehr an seiner Seite wäre. Ich weiß nicht, ob er mich liebt, aber er weiß, daß ich ein guter Arbeiter bin.

Ew. Durchlaucht glauben nie an eine uneigennützige und wahre Liebe, seufzte Gentz.

Das wäre auch eine schwer zu verzeihende Thorheit für Jemand, der, wie ich, die Welt und die Menschen kennt, sagte Metternich lachend. Ich werde also, troß der Anfechtungen Alexanders und Friedrich Wilhelms, an meiner Stelle bleiben, denn ich bin dem Kaiser noth= wendig, und wenn die Monarchen dies sehen, so werden sie vielleicht baran benken, mir einige Zugeständnisse zu machen, so wie ich auch bemüht sein werde, ihnen einige zu machen, und mir wenigstens Preußen zu versöhnen. Ich werde also heute noch einen Vertrauten an Harbenberg schicken, und ihm neue Vorschläge in Betreff Sachsens machen.

Wollen mich Ew. Durchlaucht mit diesem Auftrag beehren?

Ja, gehen Sie zu Harbenberg, machen Sie ihm folgende Vor= schläge. Sagen Sie ihm, ein für alle Mal wolle Kaiser Franz nicht einwilligen, den König von Sachsen ganz und gar seines Landes zu berauben, sondern er bestehe darauf, daß ihm ein Theil desselben ver= bleibe. Daburch würden alle Parteien befriedigt, Frankreich und Eng= land könnten sich alsbann nicht beschweren, daß das Princip der

---

*) Pertz: Leben des Freiherrn vom Stein. Bd. IV. S. 248.

Legitimität verletzt werde, denn der König von Sachsen solle ja seinen Thron behalten; Preußen und Rußland könnten sich nicht beschweren, daß man dem Rechte der Eroberung nicht Gehör gegeben, und daß Oesterreich sich eifersüchtig und feindlich gegen die Vergrößerung Preußens auflehne. Machen Sie also den Vorschlag, daß Preußen in eine angemessene Theilung Sachsens willige. Diese Theilung soll so eingerichtet werden, daß Preußen die ganze Vertheidigungslinie der Elbe erhält; Kaiser Franz erklärt sich bereit, auch Torgau an Preußen gehen zu lassen, wenn dies dafür einwilligt, dem König von Sachsen seine Residenzstadt Dresden, und die Stadt Leipzig als seine beiden Hauptstädte zu lassen, und ihm außerdem einen Landstrich am rechten Ufer der Saale bis zur Oberlausitz und der Böhmischen Grenze mit anderthalb Millionen Seelen zurück zu geben.*) Dafür solle aber Preußen eine größere Entschädigung am Rhein und in Westphalen erhalten.

Nun, ich denke, Preußen wird, so ländergierig es immer sein mag, doch sich mit diesen Anerbietungen zufrieden erklären, rief Gentz.

Wenn es das ist, so wollen wir gleich in der nächsten Conferenz diese neuen Anträge den andern Mächten vorlegen, damit endlich diese unleidlich sächsische Frage zur Entscheidung komme, sagte Metternich. Preußen wird wenigstens in den ihm von Ihnen gemachten Vorschlägen Oesterreichs guten Willen, den Frieden und die Eintracht zu erhalten, erkennen müssen. Sagen Sie dem Minister von Hardenberg, daß ich dies sehnlichst wünsche, und daß, wenn er mir auch einen Beweis seines guten Willens geben wolle, er den König von Preußen überreden möge, mir die Ehre zu erzeigen, heute Abend auf meinem Fest zu erscheinen. Wahrhaftig, ich dächte doch, für Dreiviertel des schönen reichen Sachsenlandes könnte er mir diesen Wunsch schon erfüllen!

In diesem Augenblick ward die Thür der Antichambre geöffnet, und der Kammerdiener meldete den General von Harbegg.

Fürst Metternich ging ihm lebhaft entgegen. Nun, mein lieber General, sagte er, haben Sie die Güte gehabt, meine diplomatische Mission zu übernehmen? Waren Sie beim Kaiser Alexander?

---

*) Pertz: Leben des Freiherrn vom Stein. Bd. IV. S. 287.

Ja, Durchlaucht, ich war dort, sagte Harbegg ernst, ich fragte den Kaiser in Ihrem Namen, ob Sie auf die Erfüllung seines gnädig gegebenen Versprechens noch immer hoffen dürften., ob der Kaiser die Gnade haben würde, heute Abend auf Ihrem Ball zu erscheinen.

Und was antwortete Ihnen der Kaiser?

Er antwortete mir wörtlich: Hören Sie, Sie sind Soldat. Metternich hat mich der Unwahrheit geziehen; wenn meine Verhältnisse es erlaubten, wüßte ich, was ich zu thun hätte, aber jetzt muß ich mich damit begnügen, Metternich nicht mehr zu sehen. Ich und meine ganze Familie werden daher heute Abend nicht auf seinem Ballfeste erscheinen. *)

Das heißt, es werden überhaupt auch alle Russen nicht erscheinen dürfen, murmelte Metternich leise vor sich hin. Ich werde zum Gespött dieser Menschen werden, und — ah bah, wir werden sehen, den Dingen eine möglichst günstige Seite abzugewinnen, rief er laut. Ich danke Ihnen, General, daß Sie die Mühe dieser Sendung für mich übernommen haben. Ich bitte Sie, Herr Hofrath von Gentz, daß Sie sich sogleich mit Ihrer Sendung zum Herrn Staatskanzler von Hardenberg begeben, und was mich anbetrifft, so habe ich mir selbst auch noch eine Sendung gegeben, zu deren Ausführung ich sogleich schreiten werde. Leben Sie also wohl, meine Herren, heute Abend auf dem Ball sehen wir uns wieder!

Der Fürst begrüßte die beiden Herren zum Abschied und begleitete sie mit lächelnder Miene bis zur Thür. Aber kaum hatte sich diese hinter ihnen geschlossen, als seine Züge einen düstern Ausdruck annahmen.

Der Kaiser Alexander will sich auf eine kleinliche Weise an mir rächen, sagte er, aber ich werde versuchen, seiner Rache die Spitze abzubrechen. Möge er selbst mit seiner Familie immerhin heute Abend fehlen, aber er soll mir meine Gesellschaft nicht zerstören, er soll die Russen nicht durch sein böses Beispiel verführen. Wenn heute alle Russen in meinem Salon fehlen, so würde das so aussehen, als ob Oesterreich

---

*) Des Kaisers eigene Worte. Siehe: **La Garde III.** und **Pertz IV.**

und Rußland in offenem Kriegszustande lebten, und ganz Europa würde Zeter schreien. Es ist aber noch zu früh dazu! Wir müssen erst sehen, wie sich die Dinge in Frankreich entwickeln. Ich will meine Russen haben! Die Fürstin Bagration muß sie mir locken! Auf also, zu meiner Freundin Bagration!

Der Fürst befahl seinen Wagen vorfahren zu lassen, und rief seinen Kammerdiener, um ihm bei seiner Toilette behülflich zu sein.

VIII.

Die Fürstin Bagration.

Die Fürstin Bagration befand sich in ihrem Toilettenzimmer; sie war in einem reizenden Negligée, und mit dem ernsthaftesten aller Gegenstände, mit der Wahl ihrer Toilette beschäftigt. Die glänzendsten Kleider, die herrlichsten Coiffüren, Spitzen und Blumen lagen auf den Stühlen und Tischen um sie her, und daneben standen die geöffneten Etuis mit den kostbarsten und glänzendsten Schmucksachen.

Indeß die Fürstin hatte für alle diese Dinge, welche sonst so oft ihr Herz erfreuten, heute gar keinen Sinn. Sie ging langsam, die schönen Arme über der Brust gefalten, zwischen den Blumen, den Spitzen und Roben auf und ab, und blieb nachdenklich zuweilen vor der großen Psyche stehen, die zwischen den Fensterpfeilern stand. Dann schauete sie mit einem seltsam ängstlichen und befangenen Ausdruck auf ihr Spiegelbild hin, schüttelte heftig ihr Haupt, flüsterte leise: „nein, ich unternehme es nicht," und entfernte sich hastig von dem Spiegel, um ihr Auf- und Abwandeln wieder von Neuem zu beginnen.

Noch einmal jetzt trat sie zum Spiegel, und prüfte ihr Angesicht, prüfte es mit einem Ausdruck von Angst, Entsetzen und Kummer. Dann trat sie seufzend zurück, und wieder sagte sie: „nein, ich unternehme es nicht."

Nun verließ sie mit hastigen Schritten, gleichsam, als habe sie einen festen Entschluß gefaßt, das Toilettenzimmer, trat in ihr daneben belegenes Wohnzimmer, durchschritt es rasch, und sich vor ihrem Schreibtisch niederlassend, begann sie mit fliegender eiliger Hand zu schreiben. Dann faltete sie das Billet zusammen, siegelte und adressirte es, und klingelte heftig.

Sofort öffnete sich die Thür des Vorzimmers und der Kammerdiener trat ein. Hier, tragen Sie dies Billet sogleich zu dem Maler Isabey, befahl die Fürstin. Sagen Sie, daß meine Kammerfrau während Ihrer Abwesenheit im Vorzimmer bleiben und jeden Besuch abweisen soll. Ich bin leidend, sehr leidend, das soll sie Jedermann sagen. Ich könne Niemand empfangen und — hören Sie, wenn Sie vom Baron von Isabey zurückkommen, so gehen Sie sogleich in das Hôtel Metternich, und bestellen Sie dort, ich ließe mich dem Fürsten und der Frau Fürstin gehorsamst empfehlen, und bedauere, heute Abend nicht erscheinen zu können, da ich krank sei und das Bett hüten müsse!

Gott sei Dank, daß ich mich mit meinen eigenen Augen vom Gegentheil überzeugen kann, rief eine Stimme hinter ihr, und wie die Fürstin sich umschauete, gewahrte sie da drüben in der geöffneten Thür des Vorzimmers Denjenigen, den sie heute zu vermeiden beschlossen.

Metternich! rief die Fürstin erschrocken. Unangemeldet?

Verzeihen Sie, Fürstin, es war Niemand im Vorzimmer, der mich melden konnte, sagte Metternich, indem er lächelnd vorwärts schritt. Ich stand und wartete auf irgend einen dienstbaren Geist, da hörte ich hier durch die nur angelehnte Thür meinen Namen von Ihren schönen Lippen nennen. Ich glaubte, Sie riefen mich, und trat ein. So bin ich da, und erspare dadurch Ihrem Kammerdiener einen Weg in mein Hôtel. Oder hatten Sie ihm noch schriftliche Botschaft aufgetragen? Soll ich der glückliche Empfänger des Billets sein, das er da in der Hand hat?

Nein, sagte die Fürstin, es ist für Isabey. Gehen Sie, Jean, tragen Sie das Billet zu dem Baron und kehren Sie dann schnell zurück, damit mein Vorzimmer nicht wieder ohne Aufsicht ist.

Ach, das war ein grausamer Ansfall auf mich, seufzte Metternich, als Jean das Zimmer verlassen hatte. Sie wollten sogar Ihren Diener wissen lassen, daß ich in Ungnade gefallen sei, und nur ein Versehen mir heute hier Einlaß gegönnt hat?

Die Fürstin antwortete ihm nicht, sie schien seine Anwesenheit gar nicht zu bemerken, sondern streckte sich gemächlich auf dem Divan aus und lehnte das schöne Haupt langsam und ermattet zurück in die Kissen.

Metternich folgte ihr, und nicht einen Moment wich das Lächeln aus seinem Angesicht. Mit vollkommener Gelassenheit rollte er einen Fauteuil dicht neben den Divan hin, und setzte sich so, daß sein Arm fast das ruhende Haupt der Fürstin berührte.

Ach, welch ein Glück, sagte er aufathmend, welch ein Glück, endlich einmal wieder mit Ihnen allein zu sein, Katharina. Und Sie wollten mir diesen Genuß rauben, Sie wollten sich mir heute entziehen! Grausame, was that ich denn, um Ihren Zorn zu verdienen? Oh, sprechen Sie wenigstens, klagen Sie mich an, zerschmettern Sie mich, indem Sie das Verdammungsurtheil über mich aussprechen, nur lassen Sie mich den süßen Laut Ihrer Stimme hören!

Die Fürstin schwieg immer noch, sie starrte zu der Decke des Zimmers empor, und leise mit den Fingern auf den Polstern spielend, summte sie halblaut die Melodie eines Liedes vor sich hin.

Oh, welch einen göttlichen Humor meine schöne Katharina besitzt, flüsterte Metternich. Sie ist so leidend und krank, daß sie sogar den Getreuesten ihrer Getreuen nicht empfangen wollte, und dennoch, inmitten ihrer Schmerzen, lebt und klingt die süße Musik der Engel in ihr weiter, und tönt leise, ihr selber unbewußt, von ihren Lippen.

Die Fürstin sang nicht mehr, sie schloß die Augen, als sei sie im Begriff einzuschlummern.

Schlafe, schlafe, meine schöne Katharina, Du letzter Traum meines Herzens, schlafe, flüsterte Metternich. Gönne mir das Glück, Deinen Schlummer zu bewachen. Ja, ich werde bei Dir bleiben, und wär's auch nur, damit die Vorübergehenden meine Equipage vor Deiner Thür stehen sehen, und also wissen und erkennen, daß Du nicht bist, wie die Andern, daß Du mich nicht verleugnest und verstößt, weil der Kaiser

Alexander für einen Tag die Laune hat, sich als meinen Feind zu betrachten. Nein, die edle, hochherzige Fürstin Bagration, die ist nicht feig und engherzig, wie es die Andern sind, die wird es nicht machen, wie die Herzogin von Sagan, sie wird den Freund nicht verleugnen in der Stunde der Verlegenheit.

Die Fürstin Bagration schlief nicht mehr. Sie hatte ihre schönen Augen groß und weit geöffnet, und das Haupt ein wenig dem Fürsten zuwendend, schaute sie ihn an mit fragenden, forschenden Blicken.

Oh, sagte Metternich gedankenvoll, und gleichsam nur zu sich selber sprechend, wie wird sie sich ärgern, wie wird sie sich beschämt fühlen, diese stolze Herzogin, wenn sie hört, daß Katharina Bagration den Muth hat, ihr zu trotzen, daß Katharina, größer, edler, selbstständiger, wie die Herzogin, nicht achtet auf den Bannspruch, den jene gegen mich geschleudert. Ach, es wird der Herzogin, welche vermeint, daß sie es ist, die hier die tonangebende Puissance der Gesellschaft ist, es wird ihr seltsam imponiren, daß die Fürstin Bagration den kühnen Muth hat, ihr zu trotzen, daß sie den armen Fürsten Metternich empfängt, von dem die Herzogin gestern Abend gesagt hat: „er ist ein todter Mann, und selbst die Bagration wird ihn nicht mehr auferwecken dürfen. Selbst die Bagration wird dies Mal meinem Beispiel folgen, und sich mir unterordnen müssen."

Das hat sie gesagt? rief die Fürstin, sich rasch aufrichtend, und den Fürsten mit flammenden Blicken anschauend. Wie? Sie hat behauptet, ich würde ihrem Beispiel folgen, ihr mich unterordnen müssen? Was will sie denn? Was ist es denn, das sie beabsichtigt?

Sie waren also gestern nicht auf der Soirée? fragte Metternich, der es gar nicht zu beachten schien, daß er die Fürstin besiegt, daß er sie doch endlich gezwungen hatte, ihm Antwort zu geben. Sie fehlten also gleich mir auf dieser Soirée bei der Kaiserin?

Nein, ich war dort, sagte die Fürstin haftig, ich bekam auch meinen Theil von dem Ingrimm, den der Kaiser Alexander auf Sie geworfen. Er beschuldigte mich, daß ich eine heimliche Bonapartistin sei, da ich mit Ihnen verkehre, und Sie ohne alle Frage mit Bonaparte auf Elba conspirirten. Ich lachte dazu und vertheidigte Sie, und der Kaiser wandte sich achselzuckend von mir ab. Aber was hat die Sagan mit allen diesen Dingen zu thun? Was hat sie von mir gesagt? Hinter meinem Rücken gesagt, wie sie das zu thun pflegt? Ich verließ die Soirée früher, als sie, denn ich fühlte mich unwohl.

Nein, sagte Metternich, ihre Hand nehmend und sie an seine Lippen drückend, nein, Sie fühlten sich nicht unwohl, sondern Ihr großmüthiges Herz wollte es nur nicht ertragen, daß man Denjenigen, welchen Sie Ihren Freund nannten, verlästerte und verhöhnte.

Aber was hat die Sagan gesagt? rief die Fürstin ungeduldig.

Sie hat, nachdem der Kaiser Alexander sich eine Zeitlang leise und angelegentlich mit ihr unterhalten, sich dem Kreise der Damen zugewandt, und zu allen russischen Damen hingehend, hat sie, laut genug, um auch von allen Andern verstanden zu werden, gesagt: „der Kaiser hat mir eben gesagt, daß weder er, noch die Kaiserin, noch irgend Jemand von der kaiserlichen Familie morgen auf dem Ball des Fürsten Metternich erscheinen werde. Es ist daher für uns Alle eine Ehrenpflicht, der kaiserlichen Familie nachzuahmen. Ich selber, ich, welche man die Freundin des Fürsten Metternich nennt, ich werde nicht auf dem Ball des Fürsten erscheinen, und ich denke, selbst die Fürstin Bagration wird nicht die Verwegenheit haben, dem Unwillen des Kaisers trotzen zu wollen. Sie wird meinem Beispiel folgen und sich dem allgemeinen Anathem unterordnen müssen."

Unterordnen? Ich mich unterordnen! rief die Fürstin. Ah, diese Frau Herzogin von Sagan, welche immer ihre Meinung abhängig macht von dem Wind, der von dem Kaiserhof herüberweht, diese kluge Frau Herzogin, die vor lauter Klugheit immer feig und unselbstständig ist, sie soll sich doch in mir geirrt haben! Sie soll zu ihrer Beschämung erkennen müssen, daß Katharina Bagration wirklich die Verwegenheit hat, dem Unwillen des Kaisers zu trotzen, daß ihre Freundschaft und Zuneigung nicht wechselt, wie der Wind, sondern, daß sie dauernd und beständig ist, wie ein Fels im Meer! — Es war meine Absicht, heute nicht zu Ihrem Balle zu kommen, aber nicht weil der Kaiser Alexander Ihnen grollt, sondern weil ich der Kaiserin Ludovica beweisen wollte, daß ich wirklich krank sei, und daher morgen nicht

Theil nehmen könne an der Darstellung der lebenden Bilder. Aber jetzt komme ich, mein Freund. Ja, ich komme! Katharina Bagration wird die Verwegenheit haben, auf Ihrem Ball zu erscheinen, und sie wird mit Ihnen den ersten Tanz tanzen.

Ach, wie himmlisch Katharina Bagration da vor mir steht, rief Metternich begeistert, wie eine Heldin ist sie anzuschauen mit den kühnen, flammenden Augen und dem stolz wogenden Busen. Aber ich unglücklicher, nüchterner Erdenmensch muß meine heldenmüthige Jeanne d'Arc doch aus ihrer Begeisterung wecken. Sie darf nicht für mich sich in den Kampf stürzen, denn meine Feinde sind stark und mächtig, und wie die Jeanne d'Arc des unglücklichen Königs von Frankreich von den Engländern verbrannt ward, so wird die Jeanne d'Arc des unglücklichen Fürsten Metternich von den Russen auf den Scheiterhaufen gebracht werden.

Immerhin, rief die Fürstin mit einem stolzen Lächeln, ich werde den Scheiterhaufen als meinen Thron betrachten, und wenn man Feuer an denselben anlegt, nun so werde ich wie ein Phönix aus der Asche emporsteigen. Ich komme heute Abend auf Ihren Ball.

Aber bedenken Sie, meine Heldin, daß Sie die einzige Russin sein werden! Die Herzogin von Sagan, voll glühenden Eifers dem Kaiser Alexander zu dienen, damit er ihr wieder diene, und ihr ihre Besitzungen in Kurland garantire, die Herzogin fährt heute Morgen bei allen russischen Damen vor, und ermahnt sie, dem Beispiel des Kaisers und der Kaiserin zu folgen, und heute nicht auf meinem Ball zu erscheinen.

Ah, ich werde sogleich Toilette machen, ich werde auch umherfahren, rief die Fürstin. Ich werde meinen Landsmänninnen sagen: „der Kaiser erscheint nicht auf dem Ball des Fürsten Metternich, weil er sich persönlich von ihm beleidigt fühlt; aber wir dürfen daraus nicht eine politische Demonstration machen. Wir dürfen eine persönliche Mißstimmung des Kaisers nicht zu einer Kriegserklärung Rußlands gegen Oesterreich erheben, wir dürfen Europa nicht das Schauspiel bereiten, daß die Mächte, welche sich hier zum Friedens-Congreß versammelt haben, nicht einmal im Stande sind unter einander in Frieden zu leben. In einigen Tagen wird die Mißstimmung des Kaisers verflogen sein, denn Metternich wird sich vor ihm zu rechtfertigen wissen, und dann wird Alexander es uns Dank wissen, daß wir uns nicht haben fortreißen lassen von seinem Zorn, daß wir ihm die Versöhnung und das Einlenken nicht durch unsere Demonstration noch erschwert haben."

Oh, wenn Sie so sprechen, Katharina, mit dieser edlen Ruhe, diesem erhabenen Ausdruck, dann werden Alle sich von Ihnen hingerissen fühlen, dann werden Alle die schlauen Worte der Herzogin vergessen, und Ihnen, nur Ihnen folgen!

Ah, ich will doch sehen, wer hier mächtiger ist, sie oder ich, sagte die Fürstin, indem sie mit blitzenden Augen, mit glühenden Wangen ganz Aufregung und Bewegung, mit großen Schritten im Zimmer auf- und abging. Ich will doch sehen, wer von uns Beiden endlich den Sieg davon tragen wird. Sie, welche niemals den Muth einer eigenen Meinung hat, oder ich, welche immer den Muth derselben hat. Es ist ewiger Kampf zwischen uns, nur daß sie gegen mich mit tausend Stecknadeln kämpft, und ich nur das einzige Schwert der Wahrheit in meinen Händen halte. Ueberall, ja überall ist sie meine Rivalin gewesen, in meinem Haß sowohl, wie in meiner Liebe, und doch haßt sie nichts, und doch liebt sie nichts! Sie konnte lächeln und heiter sein in den Tagen unseres Unglücks, sie konnte Bonaparte einen großen Mann nennen, und ihn bewundern, weil sie sah, daß alle Welt ihm zu Füßen lag. Ich aber, ich haßte ihn auch damals, und als alle Welt ihn pries, da habe ich ihn immer noch laut und mit Thränen des Zorns verwünscht! Jetzt freilich prahlt sie mit ihrem Haß, jetzt giebt sie sich den Anschein zu Bonapartes glühenden Feindinnen zu gehören, aber sie thut es doch nur, weil sie dem Kaiser Alexander damit schmeicheln will, nicht, wie ich, aus dem tiefsten Instinct der Seele.

Katharina, sagte Metternich, vor ihr, die immer noch heftig auf- und abging, sich hinstellend, und sie so zwingend, einen Moment still zu stehen, Katharina, Sie sprachen von Ihrem gemeinsamen Haß. Wollen Sie nicht auch von Ihrer gemeinsamen Liebe sprechen?

Nein, rief die Fürstin glühend, nein, wir haben keine gemeinsame

Liebe. Denn die Liebe geht bei ihr nicht tiefer wie der Haß. Sie tanzt bei ihr nur auf den Lippen, bei mir ruht sie tief im Herzen. In der Stunde der Gefahr verläßt sie Den, welchen sie liebt, ich, ich suche ihn auf in der Stunde der Gefahr, um an seiner Seite zu bleiben. — Ich komme heute Abend zu Ihrem Ball, Clemens, und ich komme mit allen Freundinnen und Freunden.

Fürst Metternich sank vor ihr auf die Kniee nieder und blickte mit einem Ausdruck strahlenden Entzückens zu ihr empor.

Venus, meine Venus, ich danke Dir, flüsterte er.

Die Fürstin brach in ein lautes, fröhliches Lachen aus. Nein, sagte sie, ich bin nicht Venus, will nicht Venus sein. Das ist es ja eben, um was ich seit drei Tagen zanke und streite, was die ganze Truppe der Kaiserin in Verzweiflung bringt. Niemand will Venus sein. Aber still, was ist das für ein Geräusch im Vorzimmer? Hören Sie nur!

Der Fürst eilte nach der Thür hin und lauschte. Es scheint ein Besuch zu sein, der sich durchaus nicht will abweisen lassen, flüsterte er. Er sagt, er müsse die Fürstin Bagration sprechen. Die Kaiserin Ludovica sende ihn her.

Ach, ich erkenne die Stimme, rief die Fürstin, es ist Isabey, der arme Isabey, dem ich eben ein Absagebillet gesandt habe. Nun, wenn er von der Kaiserin kommt, muß ich ihn wohl annehmen, um so mehr, da er auch wahrscheinlich vor meiner Thür Ihre verrätherische Equipage gesehen hat. Oeffnen Sie ihm also die Thür, wenn ich bitten darf.

Der Fürst stieß rasch die Thür auf. Herr Baron Isabey, sagte er, die Frau Fürstin ersucht Sie, einzutreten.

Gott sei Dank, rief Isabey, mit erhitztem Gesicht durch das Vorzimmer herbeistürzend. Ich habe also durch mein unanständiges Poltern und Schreien doch mein Ziel erreicht, die Frau Fürstin hat mich gehört, und ihr Herz ist gerührt worden.

Er näherte sich der Fürstin, und mit halb wehmüthigem, halb zürnendem Gesicht in ihr rosiges, lächelndes Antlitz schauend, rief er: Und Sie wollen behaupten, daß Sie nicht schön genug sind? Sie wagen es, dieses Antlitz so zu beleidigen, daß Sie ihm nachsagen, es sei einer Venus nicht würdig? Ich bitte Sie, Fürst Metternich, stehen Sie mir bei, helfen Sie mir die Frau Fürstin zu überzeugen, daß sie sich selber verlästert. Denken Sie nur, Durchlaucht, die Frau Fürstin will keine Venus sein! Was sagen Sie dazu? Sie schlägt es aus, eine Venus zu sein?

Die Fürstin blickte mit einem schalkhaften Lächeln in Metternichs erstauntes Angesicht, und brach dann in ein lautes, fröhliches Lachen aus.

Nein, rief sie, ich will keine Venus sein.

Oh, dieser Olymp tödtet mich noch, seufzte Isabey. Herr Fürst, Sie sehen in mir den unglückseligsten aller Götterboten. Diese olympischen Götter bringen mich in Verzweiflung, und hiermit schwöre ich feierlich, daß, wenn die Fürstin durchaus nicht Venus sein will, so lege ich mein Amt nieder, und kümmere mich um den ganzen Olymp nicht mehr.

Aber ich bitte Sie, haben Sie Erbarmen mit mir, rief der Fürst, was bedeutet denn dies Alles? Wo hat sich denn der Olymp auf die Erde niedergelassen, und seit wann hat er den Baron Isabey, den Maler des Congresses, zu seinem Götterboten ernannt?

Ach, seit die Kaiserin Ludovica sich die Gesellschaft der Troubadoure geschaffen, welche lebende Bilder aufführt, ächzte Isabey, und seit ich Unglücklicher die Kühnheit hatte, dem Wunsch der Kaiserin gemäß das Arrangement des Olymps zu übernehmen.

Ach, rief Metternich lächelnd, jetzt begreife ich. Es sollen morgen bei dem Hoffest lebende Bilder aufgeführt werden, nicht wahr? Und wir werden das Glück haben, den ganzen Olymp sich den Augen der Sterblichen enthüllen zu sehen?

Ja, Sie werden das Glück haben, seufzte Isabey, wenn nämlich die Göttin Eris nicht wieder einen neuen Zankapfel auf die Göttertafel rollt. Gestern war dieser Zankapfel ein Schnurrbart, heute ist es eine römische Nase.

Gestern war es ein Schnurrbart? fragte Metternich mit einem

so erstaunten Gesicht, daß die Fürstin wieder ein lautes, fröhliches Lachen anstimmte.

Ja, sagte sie, gestern und auch vorgestern schon war der olympische Zankapfel wirklich ein Schnurrbart, und nur das Machtwort einer Kaiserin konnte ihn verschwinden machen. Denken Sie nur, Fürst, Graf Wrbna, der den Apollo darstellen soll, hatte die Vermessenheit, seinen Apollo mit dem schönen und stattlichen Schnurrbart, der seine Oberlippe beschattet, repräsentiren zu wollen. Denken Sie doch nur, Apollo mit einem Schnurrbart! Selbst der Herzog von Coburg, der den Jupiter darstellt, hat sich seinen Bart abnehmen lassen, obwohl es dem Gott der Götter doch am ersten erlaubt sein könnte, einen Bart zu tragen. Auch Graf Zichy, der den Kriegsgott Mars repräsentirt, hat seinen Bart auf den Altar der Götter niedergelegt. Und Apollo, der Gott der Künste, der Jugend und der Schönheit, der machte die Prätension, seinen Schnurrbart conserviren zu wollen.

Und mit einem Eigensinn, der durch nichts, weder durch vernünftigen Vorstellungen, noch durch Schelten und Zürnen besiegt werden konnte, seufzte Isabey. Wahrhaftig, man hätte glauben sollen, Graf Wrbna habe einen Schwur geleistet, sich nur mit dem Leben von seinem Schnurrbart zu trennen. Apollo mit einem Schnurrbart! Sagen Sie, Durchlaucht, ist das nicht ein Gedanke, ganz dazu geeignet, einen Künstler in Verzweiflung zu bringen?

Ja wohl, ein fürchterlicher Gedanke, sagte Metternich lächelnd. Und wie ist es Ihnen denn gelungen, das Entsetzliche abzuwenden?

Wir haben uns endlich in unserer höchsten Noth an die Kaiserin Ludovica gewandt, rief die Fürstin. Wir mußten wohl zu diesem großen Mittel unsere Zuflucht nehmen. Und es half. Die Kaiserin ließ sich herab, die Vermittlerin zu machen, sie mußte den eigensinnigen Grafen Wrbna mit so liebenswürdigem Humor zu verspotten und zu verhöhnen, daß er, verführt von ihrem Lächeln und ihrem Spott, sich für überwunden erklären mußte. Er verließ den Salon und kehrte in einer halben Stunde mit einer Oberlippe, so weiß und zart, wie die eines jungen Mädchens, zurück. Die ganze Truppe der Troubadours, ja die Kaiserin selbst, empfing ihn mit lautem Beifallsjubel, und nie hat der Apollo der Alten einen schöneren Sieg gefeiert, als diese Apollo des Wiener Congresses.*)

Und jetzt, da wir endlich hofften am Ziel zu sein, alle Schwierigkeiten überwunden zu haben, jetzt will die Fürstin Bagration uns neue Hindernisse bereiten, klagte Isabey. Denken Sie, Durchlaucht, ich erhalte so eben ein Billet von der Fürstin, in welchem sie mir meldet, daß sie die Venus nicht übernehmen könne. Ihr Gesicht sei nicht geeignet dazu, sie habe eine römische Nase, und das zieme sich nicht für eine Venus.

Ja, rief die Fürstin, eine Venus mit einer römischen Nase ist eine eben so große Unmöglichkeit, wie Apollo mit einem Schnurrbart. Da ich mir aber meine Nase nicht, gleich dem Schnurrbart des Apoll, abrasiren lassen kann, so bleibt es dabei, ich entsage der Venus.

Das heißt, sagte Metternich mit einem feinen Lächeln, Sie wollen sie nur nicht darstellen?

Nein, ich will sie nicht darstellen, rief die Fürstin. Ich will nicht die Medisance, die Bosheit meiner lieben Freundinnen hervorrufen. Ich bebe zurück vor der Vermessenheit, die Göttin der Schönheit darstellen zu wollen. Die Herzogin von Sagan würde mir das nie vergessen; um sich zu rächen, würde sie sagen, ich sei so alt wie Methusalem, und statt der Mutter des Amor könne ich lieber die Mutter aller Götter darstellen! Nein, nein, es bleibt dabei, ich übernehme die Venus nicht!

Gut, dann lege ich auch mein Amt als Ceremonienmeister der Götter nieder, sagte Isabey. Mag die Kaiserin sich einen anderen Ceremonienmeister für ihren Olymp suchen. Ich bin es müde, den Göttern zu dienen, und werde mich darauf beschränken, den Congreß zu malen.

Ich kann nicht, nein, ich kann die Venus nicht übernehmen, sagte die Fürstin. Ich zittere vor der Kühnheit dieses Unternehmens, und dann, ich gestehe, es widerstrebt meinem Stolz, so wie auf offenem Sclavenmarkt mein Antlitz Preis zu geben, Jedermann zu erlauben,

---

*) Comte de la Garde. II. 18.

seine Glossen zu machen, und mein Gesicht, wie eine Waare zu prüfen. Und dazu fordert die unglückliche Rolle der Venus heraus, es ist eine provocirende Rolle, — ich übernehme sie nicht.

Ich glaube, es gäbe ein Mittel, die Parteien zu versöhnen, sagte Metternich lächelnd.

Ein Mittel, rief Isabey, oh, ich beschwöre Sie, Durchlaucht, nennen Sie dies Mittel!

Ja, nennen Sie es, sagte die Fürstin, und ich gebe Ihnen mein Wort, wenn ich es vermag, will ich es annehmen.

Herr Baron Isabey, sagte Metternich, Sie haben Recht, Niemand ist so berufen und so geeignet, die Venus darzustellen, als die Frau Fürstin Bagration, und selbst der wirkliche Olymp würde sie mit freudigem Stolz als solche anerkannt haben. Frau Fürstin Bagration, Sie haben Recht, es ist provocirend, und einer wahren, hoheitsvollen, reinen Schönheit nicht ganz würdig, gleichsam ihre Schönheit auszubieten, und ihr Gesicht, wie Sie sagten, gleich einer Waare prüfen zu lassen. Die Schönheit der Venus ist über allen Vergleich erhaben, und man hat nicht nöthig, ihr Antlitz zu schauen, um sie zu erkennen. Und Venus hat nicht nöthig, ihr Antlitz zu zeigen, um zu siegen. Zudem ist ein schönes Gesicht nicht eine 'gar so große Seltenheit. Auch Juno, auch Minerva glänzten durch die Schönheit ihres Angesichts. Aber was die Venus über alle Göttinnen erhebt, das ist die Schönheit der Gestalt, das sind die Götterformen. Ich habe alle die Statuen der Venus gesehen, welche das schöne Hellas uns überliefert hat, wollen Sie mir erlauben, Ihnen zu sagen, welche von Allen mir am Schönsten erschienen ist? Die Venus von Milos, die Statue, deren größte Schönheit in ihrer herrlichen Gestalt, in ihrem wundervollen Rücken sich darstellt. Ein schöner Rücken ist aber die größte Seltenheit, viel seltener als ein schönes Gesicht, und die Frau Fürstin Bagration, glaube ich, besitzt diese seltene Schönheit.

Ah, rief Isabey, jetzt begreife ich. Sie meinen, wir sollten etwas ganz Neues, wundervoll Pikantes unternehmen? Wir sollten die Venus von der Rückseite darstellen?

Ja, das meine ich, sagte Metternich. Sie wollen die Götter des

Olymps bei ihren Tafelfreuden darstellen. Sie werden es also nicht zu vermeiden haben, einige der an der Tafel Sitzenden von hinten darzustellen. Lassen Sie also die Venus sich darstellen in der Attitude der Venus von Milos, mit entblößtem Rücken, die Hüften leicht umschürzt von silberfunkelnden Gewändern, die nur im leichten Spiel der Bewegung von den Schultern niedergesunken sind. Machen Sie Ihre Arrangements so künstlerisch und decent, wie Sie wollen, nur stellen Sie die Venus dar, die Göttin der Schönheit, welche nicht ihres Gesichts bedarf, um zu siegen. Nun, Fürstin, was sagen Sie, nehmen Sie meinen Vorschlag an?

Ich sage, daß Sie der größte, der bewunderungswürdigste, geschickteste aller Diplomaten sind, rief die Fürstin lachend. Ich sage, daß ich nun nicht mehr zweifle, Sie werden auch die Streitigkeiten der Congreßherren schlichten, da es Ihnen schon gelungen, die Streitigkeiten der Götter zu versöhnen. Ja, ich nehme Ihren Vorschlag an. Ich bin bereit, die Rolle der Venus zu übernehmen, aber ich werde sie von hinten darstellen und der neugierigen Menschenwelt nur ihren Rücken zeigen.*)

Aber ich, flüsterte Metternich lächelnd, ich werde mich hinter die Göttertafel schleichen, um das Antlitz der Venus zu sehen.

Gott sei Dank, sagte Isabey aufathmend, Ew. Durchlaucht hat den Olymp gerettet. Aber nun, Fürstin, wage ich, Sie daran zu erinnern, daß heute Morgen in den Gemächern der Kaiserin Probe ist. In einer halben Stunde erwartet die Kaiserin die Götter und die Göttinnen.

Und die Venus soll ihr nicht fehlen, rief die Fürstin. Ich werde eilen, meine Toilette zu machen. Nach der Probe, sagte sie leise zu Metternich, nach der Probe aber mache ich meine Besuche, und es wird mir schon gelingen, diejenigen, welche die Herzogin sich angeworben, wieder in unser Lager herüber zu ziehen.

Ich zweifle nicht daran, denn der Venus gelingt Alles, sagte der Fürst. Und heute Abend, Fürstin?

---

*) Méneval, Mémoires. III. 123.

Heute Abend erscheine ich mit allen meinen Truppen bei Ihrem Fest. — —

Am Abend strahlten die Säle des Metternich'schen Hôtels im vollen Glanz der Kerzen und des reichen Schmucks der Verzierungen. Und in diesen Sälen bewegte sich eine glänzende Gesellschaft, an deren Spitze der Kaiser und die Kaiserin von Oesterreich mit allen Erzherzogen und Erzherzoginnen sich befanden. Auch der König von Baiern war da und alle die kleinen Herzoge und Fürsten, und alle die berühmten und unberühmten Diplomaten des Congresses, und strahlend von Schönheit, Hoheit und freudigem Stolz stellte sich die Fürstin Bagratiou dar. Aber das Gefolge ihrer Freunde und Freundinnen war nur gering. Selbst der Ueberredungskunst der Fürstin hatte es nur bei wenigen ihrer russischen Landsleute gelingen wollen, sie zu ermuthigen, daß sie dem Unwillen ihres Kaisers Trotz zu bieten, und in einer Gesellschaft zu erscheinen wagten, welche das Stirnrunzeln und Mißfallen Alexanders erregt hatte.

Fürst Metternich, strahlend von Heiterkeit, allen seinen Gästen der aufmerksamste, liebenswürdigste Wirth, wanderte mit dem Ausdruck unendlicher Befriedigung und Freude durch die Reihen seiner Gäste dahin, und schien es gar nicht zu bemerken, daß fast alle die vornehmen russischen Familien, gleich dem Kaiser und der kaiserlichen Familie, auf seinem Feste fehlten. Nicht einen Moment wich das Lächeln von seinen Lippen, und nur ganz leise sagte er zu sich selber: Es ist Alles gut so wie es ist. Freilich fehlt mir hier Rußland, aber Rußland wird mir schon wiederkehren, und dann soll es mir den heutigen Abend theuer bezahlen! — Und während er das leise zu sich selber sagte, näherte er sich der Fürstin Bagration.

Venus, flüsterte er leise, ich danke Ihnen, daß Sie hier sind. Was kümmert mich Jupiter mit seinem ganzen Olymp, wenn ich die Venus an meiner Seite habe?

Auch Jupiter wird Ihnen wiederkehren, sagte die Fürstin, Venus wird das Herz des Gottes der Götter zu wenden suchen. Ach, Venus ist Ihnen so viel Dank schuldig! Der ganze Olymp war heute entzückt von der neuen pikanten Idee, die Venus von der Rückseite darzustellen, und ich feierte mit meinem Nacken und Rücken einen größern Triumph, wie ihn nur je das schönste Antlitz feiern kann.

Aber um des schönen Nackens willen dürfen wir doch Ihr schönes Götterantlitz nicht vergessen, flüsterte Metternich. Die kaiserliche Truppe der Troubadours ist nicht immer gut geschminkt. Es scheint mir, Ihr Garderobenmeister legt zu wenig Werth darauf, und doch kann das schönste Gesicht durch das falsche Auflegen der Schminke entstellt werden. Wann ist morgen die Generalprobe Ihres Olymps?

Um zwölf Uhr.

Darf ich vorher zu Ihnen kommen, und Sie schminken?

Kommen Sie, Freund!

Gut, Theuerste, ich komme, und ich werde das Glück haben, meine Venus erröthen zu machen. Niemand versteht es besser als ich, den Damen die Schminke aufzutragen, und wahrhaftig, ich denke, das ist eine Arbeit, ganz würdig eines Diplomaten.*)

———

IX.

Der Mordversuch.

Endlich jetzt, zu Ende des Monats Februar, begannen die Unterhandlungen des Congresses sich ihrem Ziel zu nähern und eine Eini-

---

*) Fürst Metternich beschäftigte sich zur Zeit des Wiener Congresses in der That sehr viel mit den Arrangements der Hoffeste, und hielt es nicht unter seiner Würde, die Damen mit eigener hoher Hand zu schminken. Der Freiherr vom Stein schreibt darüber an seine Frau: „Metternichs Frivolität zeigt sich ungeachtet der Krisis der großen Angelegenheiten unvermindert. Er beschäftigt sich mit Anordnung der Hoffeste, lebenden Gemälben u. s. w. bis in die größten Kleinigkeiten, sieht dem Tanz seiner Tochter zu, während Castlereagh und Humboldt zu einer Conferenz auf ihn warteten, legt den Damen, die bei den lebenden Bildern erschienen, Roth auf u. s. w." Siehe: Pertz, Leben des Freiherrn vom Stein. IV. S. 258.

gung unter den streitenden Parteien schien endlich zu Stande kommen zu können.

Fürst Metternich hatte, um die Aufregung Preußens über seine letzte widerspruchsvolle Note zu beschwichtigen, und um sich durch Preußen vielleicht mit Rußland zu versöhnen, es für nöthig erachtet, einige Zugeständnisse zu machen und dem Staatskanzler von Hardenberg einen neuen Plan, behufs einer Theilung Sachsens, übersandt.

Preußen war im Wesentlichen mit diesem Plan einverstanden gewesen, und nachdem man in mehreren Conferenzen der vereinigten Diplomaten über denselben unterhandelt hatte, war man endlich zu einer Art Einigung gelangt.

Preußen hatte sich nachgiebig und bereit gezeigt, den Wünschen und dem Begehr der übrigen Monarchen Gehör zu geben und den König von Sachsen nicht ganz und gar seines Thrones zu berauben. Es hatte sogar eingewilligt, dem König Friedrich August seine Residenzstadt Dresden nicht allein, sondern auch seine Handelsstadt Leipzig zu lassen. Aber für diese Nachgiebigkeit war Preußen entschädigt worden durch die Großmuth des Kaisers Alexander, der dem König von Preußen die Stadt Thorn, welche Alexander bis dahin für sein Königreich Polen bestimmt hatte, abzutreten versprach, wenn Friedrich Wilhelm dafür Leipzig aufgeben wolle. Preußen nahm dieses Erbieten an, und erklärte sich mit der ihm zugestandenen Hälfte des Königreichs Sachsen, mit 855,000 Seelen, zufriedengestellt, da es seine anderen Entschädigungen an beiden Ufern des Rheins und durch Lauenburg erhalten sollte, und ihm dieselbe von allen Mitgliedern des Congresses feierlich zugesagt worden war.

Auch die andern Streitigkeiten des Congresses begannen allgemach sich zu schlichten, oder vielmehr die Monarchen, des langen Haderns und Streitens müde, waren bereit, den gordischen Knoten, den die gewandten Hände ihrer Diplomaten nicht zu entwirren vermochten, zu zerschneiden, das heißt, allen Zwistigkeiten und Hemmnissen dadurch ein Ende zu machen, daß sie, unbekümmert über das Zustimmen oder Ablehnen des Congresses, unbekümmert um das Wollen und Begehren der Völker, aus eigener Machtvollkommenheit sich in Besitz der Länder, Provinzen, Titel und Gerechtsame setzten, die sie bis dahin vergeblich vom Congreß beansprucht hatten.

Der Kaiser von Rußland hatte also bereits mit fester Entschiedenheit erklärt, er werde, nicht achtend des allgemeinen Widerspruchs, ein selbstständiges, constitutionelles Königreich Polen errichten, und sich zu dem König desselben erklären.

Der Kaiser von Oesterreich hatte eben so entschieden und feierlich erklärt, er werde nicht allein die lombardischen Provinzen, welche schon früher dem Hause Oesterreich unterthan gewesen, wieder in Besitz nehmen, sondern sich auch Venedig zu Eigen geben.

Baiern hatte erklärt, daß es von Baden die Abtretung der Pfalz durchaus verlange, weil es doch einer Entschädigung für die Provinzen bedürfe, welche Oesterreich ihm zur Abrundung seiner militairischen Grenzen fortgenommen.

Hannover hatte bereits vom Congreß eine wichtige Schenkung empfangen, es hatte die Städte Hildesheim und Goslar erhalten, dazu Ostfriesland, die Grafschaft Lingen und einen Theil des Eichsfeldes.

Auch ein neues Königreich hatte der Congreß schon geschaffen; das Königreich der Niederlande erhob sich aus dem Chaos der Conferenzen, und ward bei seiner Geburt beschenkt mit einem Theil von Westphalen, dem Bisthum Lüttich, den wichtigen Maasfestungen und einem Theil der gefürsteten Abteien Stablo und Malmedy, und der Fürst von Oranien durfte sich als König der Niederlande die von dem Congreß geschaffene Krone auf sein Haupt setzen.

Freilich hatte man bei diesem Zerreißen von Ländern und Provinzen, bei diesem Vertheilen der Seelen, Diejenigen, welche in diesen Ländern und Provinzen wohnten, die Völker, welche man als Seelen verschenkte, gar nicht um ihre Einwilligung gefragt; genug, daß man die Fürsten befriedigte, mochten diese es nachher versuchen, sich mit ihren neuerworbenen Unterthanen zu verständigen und zu einigen.

Auch den König von Sachsen hatte man bis jetzt noch nicht gefragt, ob er die Hälfte seines Königreichs aufgeben, mit der anderen Hälfte desselben sich zufrieden erklären wolle?

Aber wo hätte der arme, gebeugte, unglückliche König von Sachsen, der zu Preßburg einsam klagte und weinte, wohl die Mittel und die Kraft hernehmen sollen, dem Willen des Congresses zu widerstehen? Wo hätte das unglückliche, gebeugte, sächsische Volk, das um seinen König klagte, Gehör finden können, da der Congreß der deutschen Fürsten es nicht hören wollte?

Das war es, was der Calatravaritter von Sahla sich immer wieder fragte, das war es, was ihn mit Verzweiflung und finsterem Zorn erfüllte: Sachsen war verloren, denn Niemand war da, der es erretten wollte! Sachsen sollte zerstückelt, zerrissen werden, die Hälfte des Volkes sollte gezwungen werden, die beschworne Treue gegen seinen angestammten König zu brechen, sollte aufhören, sich Sachsen nennen zu dürfen!

Dieser Gedanke erfüllte ihn mit Wuth und Todespein. Er liebte sein Vaterland, sein Sachsen grenzenlos, er wäre freudig bereit gewesen, sein Leben, sein Blut für dasselbe hinzugeben, und er konnte es doch nicht von seinem Unglück erretten, er konnte seinem König sein Land nicht erhalten!

Aber, sagte Sahla mit dumpfem Groll zu sich selber, wenn ich Sachsen nicht erretten kann, so kann ich es doch rächen! Wenn ich für meinen König nicht mein Blut hingeben kann, so kann ich ihm das Blut seines Feindes wenigstens opfern!

Und nun schien er zu grübeln und zu brüten über finstern Entschlüssen, und wilde Gedanken und Pläne schienen sein Inneres zu durchtoben. Tage lang verbrachte er einsam, düster vor sich hinstarrend, in seinem Gemach. Seine verschlossene Thür öffnete sich für Niemand, selbst den einzigen Freund, den er in Wien gefunden, den jungen Grafen Roß, ließ er vergeblich vor seiner Thür um Einlaß flehen. Er hörte seine liebevollen Worte, aber er antwortete nicht auf dieselben, und wie lange derselbe auch vor seiner Thür stand, wie viel er auch bat und drohte, wie lange und heftig er auch an dem Schloß rüttelte, die Thür öffnete sich nicht, und Sahla antwortete mit keinem Liebeswort auf die Beschwörungen seines Freundes.

Aber nach drei Tagen finstern Sinnens, gedankenvoller Schweigsamkeit schien Sahla endlich einen festen Entschluß gefaßt zu haben, endlich mit sich einig geworden zu sein, über das, was er zu thun habe!

Hatte er die finstern Gedanken besiegt, welche diese drei Tage lang in ihm gekämpft? Oder hatte er von denselben sich besiegen lassen, sie zu seinem Herrn angenommen, und sich ihren unheilsvollen Befehlen unterworfen? —

Es sei so! rief er mit lauter, machtvoller Stimme, gleichsam beschwörend die Rechte gen Himmel erhebend, ich habe geschworen, mein Vaterland und meinen König zu retten, oder wenn mir dies versagt ist, sie zu rächen!

Nun schien wieder Leben und Bewegung ihn zu durchglühen, nun ging er wieder geschäftig in seinen Zimmern hin und her, verließ, in seinen Mantel dicht gehüllt, das Haus, welches er bewohnte, und wanderte rasch und eilig durch die Straßen Wiens, hier und dort in einen Laden eintretend, und allerlei Einkäufe machend, die er dann eilig wieder in seine Wohnung trug und in seinen Koffern verschloß.

Aber nicht blos in die Kaufläden ging er, sondern auch in den Dom zu St. Stephan. Da knieete er nieder an den Stufen des Altars und betete lange und inbrünstig, dann erhob er sich, und ging in einen der Beichtstühle, in welchem ein ehrwürdiger Priester bereit saß, die Beichte Derer, welche ihr Herz belastet fühlten, zu empfangen. Sahla knieete nieder, und das Haupt verhüllt mit der Kapuze seines langen schwarzen Mantels, flüsterte er durch das Gitter die tiefverborgenen Geheimnisse seiner Seele in das Ohr des Priesters.

Es war eine lange Beichte, ein langes athemlos hingehauchtes Bekenntniß, das die bleichen Lippen des Verhüllten flüsterten, und je länger er sprach, desto bleicher ward das Antlitz des Priesters, desto kummervoller und ängstlicher seine Miene.

Die Abenddämmerung warf schon ihre langen Schatten durch den Dom, die hohen Hallen, deren Säulen wie schwarze Riesen emporragten, wurden leer von Andächtigen, und noch immer lag Sahla mit verhülltem Haupt auf seinen Knieen an dem Gitter des Beichtstuhls, und immer bleicher, schreckensvoller war das Antlitz des Priesters geworden, der, während der Andere sprach, den von seinem Gürtel herabhängenden Rosenkranz ergriff, und die Perlen desselben durch seine zitternden Finger gleiten ließ.

Jetzt endlich erhob sich Sahla von seinen Knieen, und durch die öde Stille des Doms hallte seine Stimme wie Geistergeflüster wieder in den Kreuzgängen und Kapellen.

Frommer Vater, sagte er, frommer Vater, gebt mir Eure Absolution.

Nein, rief der Priester, nein, die kann ich Dir nicht geben.

So gehe ich ohne dieselbe, rief Sahla, und er sprang aus dem Beichtstuhl hervor. Aber eben so schnell trat auch der Priester aus demselben heraus, und mit beiden Armen Sahla umklammernd, flüsterte er: Bleibe, mein Sohn, bleibe! Ich darf Dich nicht lassen, denn das, was Du beabsichtigst, ist ein Verbrechen! Bleibe, bleibe, ich kann Dir die Absolution nicht geben, denn das hieße Gott lästern und seiner Gebote spotten!

So lästere ich Gott, und so spotte ich seiner Gebote! rief Sahla; mit ungestümer Hand den greisen Priester zurückstoßend, machte er sich von seinen Armen frei und eilte den weiten Kreuzgang hinunter.

Halt, halt! rief der Priester mit angstvoller Stimme.

Aber schon hatte Sahla die Ausgangsthür erreicht, schon war er jetzt braußen auf der Straße, und stürzte mit unaufhaltsamer Eile vorwärts, sprang dann in einen daherkommenden Fiacre und ließ sich nach dem Hause fahren, in welchem er wohnte.

Keine Absolution! sagte er leise vor sich hin, indem er in sein Zimmer trat. Nun wohl, so mögen mein Vaterland und mein König mich absolviren, wenn es der Priester nicht thun will.

Er warf Hut und Mantel von sich und begann in seinen Zimmern zu ordnen und aufzuräumen. Er öffnete alle Kasten und Schränke, und that die Dinge, welche sie enthielten, in seine beiden großen Reisekoffer; es schien als bereite er sich vor, eine Reise zu machen, und Wien zu verlassen, denn fast nichts ließ er in den Kästen und Schränken zurück, Alles packte er sorgfältig in die Koffer, dann verschloß er diese, wickelte die Schlüssel in ein Papier, und legte sie auf den Tisch.

Und jetzt zu meinem letzten Geschäft, sagte er. Jetzt bleibt mir nur noch übrig, mein Testament zu machen, und an meine Mutter zu schreiben!

Er setzte die sechs Leuchter mit den dicken Wachskerzen, welche sich in seinen beiden Zimmern befanden, alle zusammen auf seinen Schreibtisch, drei zu beiden Seiten, und zündete sie an. Diese feierliche Beleuchtung des öden, stillen Zimmers hatte etwas Unheimliches, Schreckenerregendes, und Sahla selber mochte das finden, denn mit einem seltsamen Lächeln flüsterte er: Ich zünde die Kerzen an für mich, denn ich bin ja nur noch die Leiche meiner selber!

Zwischen den Lichtern setzte er sich jetzt nieder und schrieb, schrieb die ganze Nacht hindurch, und zuweilen während des Schreibens rollten zwei Thränen langsam aus seinen Augen nieder, und ein leises Aechzen und Stöhnen kam aus seiner Brust hervor. Aber immer wieder bezwang er seine Schwäche, schüttelte die Thränen aus seinen Augen und schrieb weiter.

Als der Morgen dämmerte, hatte er sein Werk beendet, lagen zwei große gesiegelte und adressirte Briefe und ein kleines Billet vor ihm auf dem Tisch.

Jetzt bin ich zu Ende, sagte er leise vor sich hin, jetzt will ich meinen letzten Schlaf thun!

Er ging in sein Schlafzimmer, warf sich, ohne indessen sich zu entkleiden, auf sein Bett, und bald verkündeten seine lauten, gleichmäßigen Athemzüge, daß er in einen tiefen, ruhigen Schlaf gefallen sei.

Die Sonne stand schon hoch am Himmel, als Sahla erwachte. Rasch richtete er sich vom Bett empor und sah nach der Uhr.

Zehn Uhr! sagte er erschrocken. Es ist die höchste Zeit!

Mit hastigen Schritten eilte er in sein Wohnzimmer, und ordnete vor dem Spiegel seinen Anzug und sein langes Haar.

Jetzt bin ich fertig, und jetzt ist es Zeit, sagte er dann, indem er, mit vielleicht vor Eile zitternden Händen, die unter dem Spiegel stehende Commode aufzog, und die einzigen Dinge, welche er in derselben gelassen, und nicht in die Koffer gepackt, aus derselben hervornahm.

Diese Dinge, das waren zwei Pistolen und ein Dolch.

Sahla untersuchte mit ruhigem, festem Blick die Pistolen, die er schon am Tage zuvor geladen hatte, zog den Dolch aus der Scheide und prüfte an den Fingern seine Schärfe und Spitze. Dann nahm er aus der Commode einen breiten, ledernen, zierlich gestickten Leibgurt hervor, schnallte ihn um seine Taille, und schob die Pistolen und den Dolch hinein.

Jetzt auf zum letzten Gange, sagte er, den langen, schwarzen Mantel überwerfend und den Hut aufsetzend. Ich habe geschworen, mein Vaterland zu retten, oder es zu rächen! Auf also, auf!

Er stürzte zur Thür hin, schob den Riegel zurück und eilte mit hastigem Schritt die Treppe hinunter, über den Hausflur dahin. Plötzlich blieb er stehen.

Die Briefe! Er hatte die Briefe vergessen, die er, bevor er seinen letzten Gang antrat, in der Wohnung seines Freundes, des Grafen Roß, abgeben und diesem zur Besorgung anvertrauen wollte.

Hastig kehrte er wieder um, eilte die Stiegen hinauf, und trat wieder in sein Zimmer, das er dies Mal nicht hinter sich verschloß. Da auf dem Tisch lagen sie noch, die Briefe, die letzten Zeugnisse seines Lebens, die letzten Grüße seiner Liebe.

Er nahm sie empor, und ganz zufällig fiel sein Auge auf die Adresse des einen der Briefe. An meine Mutter! flüsterte er. Oh, meine arme, geliebte Mutter! Trübsal wird mit diesem Brief in Dein Haus einziehen, und Deine lieben Augen werden Bäche von Thränen vergießen! Oh, meine Mutter, meine Mutter, verzeihe mir den Kummer, den ich Dir bereiten muß, und nimm von diesem Papier den letzten Kuß der Liebe, den ich jetzt auf dasselbe presse!

Er drückte den Brief lange und inbrünstig an seine Lippen, dann schob er ihn mit den beiden andern Briefen in seinen Busen.

Und jetzt fort, fort, flüsterte er, sorgfältig seinen Mantel wieder über der Brust zusammen ziehend und sich dann der Thür zuwendend.

Aber nun schreckte er zusammen und starrte nach der Thür hin, und eine dunkle Purpurgluth schoß einen Moment über seine fahlen Wangen hin.

In dieser Thür stand eine männliche Gestalt, das Antlitz ihm zugewandt, die forschenden, großen Augen mit einem ernsten, fast trotzigen Ausdruck auf Sahla gerichtet.

Graf Roß! murmelte Sahla in sich hinein, und einen Moment stand er unschlüssig und gesenkten Hauptes da. Aber dann richtete er sich wieder entschlossen empor, und gerade auf die Thür zuschreitend, wollte er, als habe er den Freund, der da stand, gar nicht bemerkt, an ihm vorüber und zur Thür hinausgehen.

Aber Graf Roß legte seine Hand fest und schwer auf seine Schulter und blickte ihn entschlossen an.

Herr von Sahla, fragte er, sehen Sie mich nicht? Wollen Sie mir nicht zum Gruß die Hand reichen?

Sahla schüttelte unwillig das Haupt. Ich habe jetzt nicht Zeit zum Plaudern und zum Händedrücken, sagte er hastig. Ein wichtiges Geschäft ruft mich von hinnen, und Tod und Leben hängt davon ab, daß ich zur rechten Zeit zur Stelle bin. Ich wollte aber an Ihrem Hause vorübergehen, einige Briefe bei Ihnen abgeben und Sie um deren Besorgung bitten. Hier sind sie, der eine an meine Mutter, der andere an meinen Rechtsbeistand.

Er zog die beiden Briefe, bemüht den Mantel nicht zu öffnen, vorsichtig aus seinem Busen hervor. Aber mit diesen Briefen kam auch das kleinere, in Billetform zusammengelegte Papier hervor, und fiel zur Erde nieder.

Da ist noch ein dritter Brief, sagte Graf Roß, sich bückend und das Papier aufhebend, soll ich diesen nicht auch besorgen? Ah, dies Billet ist an mich adressirt und —

Ja, dies Billet war an Sie, sagte Sahla verwirrt, ich wollte es an Ihren Diener mit den anderen Briefen abgeben, und ich bat Sie darin, diese Briefe zu besorgen. Jetzt, da ich Sie selbst gesprochen, bedarf es keiner schriftlichen Worte mehr, und ich bitte also, geben Sie mir das Billet zurück.

Ich bitte aber, es behalten zu dürfen, sagte Graf Roß, den Freund mit prüfenden Blicken anschauend. Dies Billet ist an mich adressirt, und da ich es nun einmal in Händen halte, ist es mein Eigenthum geworden.

Nun wohl, behalten Sie es denn, rief Sahla, aber jetzt bitte ich, geben Sie die Thür frei und lassen Sie mich gehen, ich habe die höchste Eile!

Er näherte sich wieder der Thür, aber Graf Roß wehrte ihm den Ausgang.

Sagen Sie mir zuvor, wohin Sie gehen wollen? bat er mit eindringlicher, ernster Stimme.

Ich bin Niemand Rechenschaft schuldig über meine Wege, rief Sahla unwillig.

Doch, sagte der Graf ernst und feierlich, Sie sind Gott über Ihre Wege Rechenschaft schuldig. Glauben Sie, daß Sie vor ihm sich zu rechtfertigen vermögen?

Ah, rief Sahla mit einem rauhen Lachen, Sie wollen die Rolle eines Beichtvaters übernehmen. Unnöthig, mein Freund, ich habe gestern schon gebeichtet! Treten Sie zurück von der Thür, lassen Sie mich hinaus!

Nein, ich lasse Sie nicht! rief der Graf, und mit einer raschen Bewegung schob er den Riegel vor die Thür, und stellte sich mit gekreuzten Armen vor dieselbe hin.

Sahla stieß einen Schrei der Wuth aus, und stürzte auf den Grafen hin. Ihn mit beiden Armen umschlingend, versuchte er, ihn von der Thür fortzuziehen.

Aber dieser, ihm überlegen an Stärke, Kraft und Gewandtheit, wehrte ihn zurück. Schweigend, Beide bleich vor Aufregung und Zorn, ächzend und keuchend vor Anstrengung rangen sie mit einander, Sahla, immer bemüht den Grafen von der Thür fortzuziehen, dieser, den Rücken an die Thür gelehnt, mit festem Fuß sich da behauptend.

Nun im heftigen Ringkampf sank der Mantel von Sahla's Schultern nieder.

Sahla, rief der Graf, ihn mit einer Geberde des Entsetzens zurückstoßend, Sahla, jetzt weiß ich, wohin Sie gehen wollten. Sie wollten einen Mord verüben!

Und mit aufgehobenem Arm deutete er auf die Pistolen und den Dolch hin, die Herr von Sahla in seinem Gürtel trug.

Dieser sagte kein Wort, bleich, mit bebenden Lippen, wich er zurück und griff nach seinem Mantel, um ihn wieder um die Schultern zu ziehen.

Während er das that, wandte Graf Roß sich der Thür zu, verschloß sie, zog den Schlüssel aus, und steckte ihn in seinen Busen.

Jetzt, sagte er, von der Thür zurücktretend, jetzt wissen Sie, was Sie zu thun haben! Nehmen Sie eine Ihrer Pistolen, ermorden Sie mich, und dann ziehen Sie den Schlüssel aus meiner Brusttasche, denn ich schwöre es Ihnen, so lange ich lebe, werden Sie ihn nicht von mir erhalten, werden Sie dies Zimmer nicht ohne mich verlassen!

Und aus seinem Antlitz sprach so viel Festigkeit und Entschlossenheit, daß Sahla wohl fühlte, es sei ihm vollkommen Ernst mit seinen Worten.

Oh, Sie wissen nicht, was Sie thun, murmelte er, nicht, daß Sie mir den letzten Trost meines elenden Daseins rauben!

Ihre Rache, nicht wahr? fragte der Graf, ihn mit funkelnden Augen betrachtend. Ah, Sie erröthen, Sie schlagen die Augen nieder! Sie sehen, ich habe Sie errathen! Ja, ich ahnte Ihr furchtbares Vorhaben. Deshalb habe ich in diesen letzten drei Tagen Sie immer bewacht, bin Ihnen immer gefolgt, deshalb stand ich Stunden lang vor Ihrer Thür und flehte um Einlaß, deshalb lauerte ich heute wieder drunten auf dem Hausflur, hinter der Hausthür verborgen. Ich sah Sie die Stiegen herunter kommen, sah bei einer Bewegung Ihres Mantels die Pistolen in Ihrem Gürtel, und errieth Alles. Als Sie die Stiegen wieder hinauf gingen, folgte ich Ihnen, als Sie, Ihrer sonstigen Vorsicht vergessend, die Thür nicht hinter sich verschlossen, trat ich hinter Ihnen in Ihr Zimmer ein, und hier bin ich jetzt, und so wahr ein Gott über uns ist, schwöre ich Ihnen, Sie werden Ihr grauenvolles Vorhaben nicht ausführen, ich werde es nicht dulden, daß Sie Ihr Gewissen mit einem Mord beladen!

Wer sagt Ihnen, daß ich das will? fragte Sahla mit unsicherer Stimme.

Sie selber haben es mir verrathen, sagte der Graf ernst. Haben Sie vergessen, was Alles Sie mir sagten, als wir uns das letzte Mal sprachen? Sie hatten so eben erfahren, daß der König von Preußen jetzt mit den übrigen Mitgliedern des Congresses sich geeinigt habe, und entschlossen sei, die Hälfte des Königreichs Sachsen als Kriegsbeute für sich zu nehmen. In Ihrem zornigen Schmerz verriethen Sie Ihre innersten Gedanken, und mit flammenden Augen riefen Sie: „Jetzt bleibt nur noch Ein Weg der Rettung! Gesegnet sei Der, der ihn wandeln will, der den kühnen Muth hat, dem König von Preußen die Pforten des Elysiums zu öffnen! Denn wenn Er todt ist, wird Sachsen nicht das Unglück haben, Preußisch werden zu müssen."*) Dieser Worte erinnerte ich mich, sie tönten immer wieder vor meinen Ohren, sie zwangen mich, Ihnen zu folgen, Sie zu bewachen! Ich habe Sie in diesen drei Tagen niemals aus den Augen verloren. Als Sie ausgingen, bin ich Ihnen von fern gefolgt, überall hin, endlich auch in den Dom von St. Stephan. Während Ihrer langen Beichte wartete ich, hinter einer Säule verborgen, auf Ihr Hinausgehen. Ich war Zeuge Ihres Streites mit dem Priester, der Sie zurückzuhalten suchte. Als Sie von dannen stürzten, eilte ich zu dem Priester hin, und beschwor ihn mir zu sagen, was Sie ihm gebeichtet, welche Frevelthat Sie ihm bekannt hätten. Er rief weinend: Die Kirche verbietet es mir, das Geheimniß des Beichtstuhls zu verrathen. Aber wenn Sie den Unglücklichen kennen, so folgen Sie ihm, so lassen Sie ihn nicht aus den Augen, so bewachen Sie ihn, denn es gilt ein Verbrechen zu verhüten. — Ich stürzte Ihnen nach, ich saß hinten auf dem Fiacre, in welchem Sie nach Hause fuhren, ich war die ganze Nacht hier im Hause und jetzt bin ich hier, und jetzt sage ich Ihnen: Fallen Sie auf Ihre Kniee nieder, und danken Sie Gott, daß er mich zu seinem Werkzeug erwählt, um Sie von einem Verbrechen zurückzuhalten. Sahla, unglücklicher Mann, was wollten Sie beginnen! Sich selber, Ihr Haus, Ihre Familie wollten Sie schänden. Sie wollten

---

*) v. Sahla's eigene Worte. Siehe: Erlebtes aus den Jahren 1813—1820. Von Dr. Wilhelm Dorow. II. 62.

Ihre Seele belasten mit einer Greuelthat! Sie wollten den König von Preußen ermorden!

Das ist nicht wahr, rief Sahla, nein, nein! Wer kann es mir beweisen? Wer kann mich überführen?

Ich kann es! Warum wollten Sie mir vorher das Billet entreißen? Warum erzitterten Sie, als Sie es in meinen Händen sahen? Es war doch an mich gerichtet? Aber Sie meinten, ich solle es erst erhalten, wenn es zu spät sei, Sie an Ihrem Vorhaben zu verhindern. Ich habe das Billet noch nicht gelesen, aber ich ahne seinen Inhalt, und jetzt in Ihrer Gegenwart, jetzt will ich es lesen!

Nein, nein, Sie sollen es nicht lesen, rief Sahla, auf den Grafen zustürzend, und bemüht, ihm das Papier zu entreißen.

Aber dieser, ihn an Größe weit überragend, hielt die Hand, in welcher er das Papier hatte, hoch empor, daß Sahla es nicht erreichen konnte.

Ermorden Sie mich erst, und dann nehmen Sie es, sagte er.

Ach, Sie wissen wohl, daß ich Sie nicht ermorden werde, seufzte Sahla. Sie wissen, daß ich Sie liebe, und kein Haar Ihres Hauptes verletzen möchte. Aber ich bitte Sie um Erbarmen. Geben Sie mir das Billet zurück, lesen Sie es nicht!

Graf Roß schüttelte sein Haupt. Ich muß den Inhalt des Billets kennen, ich muß Sie überführen können, sagte er. Rückwärts gehend, immer Sahla mit den Augen bewachend, näherte er sich der Thür, lehnte sich gegen dieselbe, und sicher jetzt in dem Gefühl, den Rücken gedeckt zu haben, öffnete er das Papier und las.

Oh Gott, mein Gott, murmelte Sahla, Du willst also nicht, daß ich diese That vollbringe! Du hältst den schon erhobenen Rächerarm auf, und statt ihn zu strafen, zerschmetterst Du mich!

Und ganz zerbrochen, und zerknirscht, sank er auf einen Stuhl nieder, und starrte mit vorwurfsvollen Blicken zum Himmel empor.

Graf Roß hatte jetzt gelesen, und mit dem offenen Papier in der Hand schritt er zu Sahla hin.

Unglücklicher, sagte er, da steht es geschrieben, von Ihrer eigenen Hand geschrieben: „Ich bin hingegangen, um das Werk der Rache zu vollführen. Wenn Sie diese Zeilen lesen, ist die That vielleicht schon gethan, habe ich den König von Preußen ermordet." Sehen Sie, das sind die Worte, mit denen Ihr Brief an mich beginnt. Wollen Sie nun noch leugnen?

Nein, ich leugne nicht, rief Sahla, sich gewaltsam emporraffend. Ich wollte den König von Preußen ermorden, ich wollte mein Vaterland, meinen König rächen.

Sie wollten sich erniedrigen zu einem elenden gemeinen Meuchelmord!

Ich wollte thun, was Brutus auch gethan hat, rief Sahla. Ich wollte mein Vaterland befreien von dem Tyrannen, der es unterjochen wollte.

Hochprahlerische Redensarten, mit denen Sie vergeblich versuchen, Ihr Verbrechen aufzuputzen, und aus einer nicht blos ganz gemeinen, sondern auch ganz unsinnigen That eine edle patriotische Heldenthat zu machen. Es ist aber gemein, als Meuchelmörder zu handeln, es ist unsinnig, daß Sie glaubten, sich Ihr Sachsen zu erretten, wenn Sie den König von Preußen mordeten. Sie konnten den König ermorden, aber Preußen blieb, und der König hatte seinen Nachfolger, und dieser Nachfolger, dieser neue König würde gleich seinem Vater, kraft des Eroberungsrechtes, kraft des historischen Vergeltungsrechtes, Sachsen, das eroberte Sachsen, beansprucht und sich zu Eigen gemacht haben. Ihre That wäre also nicht blos verbrecherisch, sondern auch nutzlos gewesen. Oder glaubten Sie vielleicht, man würde Ihnen gestatten, immer hinter dem König von Preußen, hinter jedem seiner Nachfolger zu stehen, und jeden neuen König zu ermorden, der die Hand nach Ihrem geliebten Sachsen ausstreckte? Ah, ich denke doch, man würde sich gleich nach seiner ersten fluchwürdigen That des blutigen Meuchelmörders versichert, und ihn auf dem Schaffot sein Verbrechen haben büßen lassen.

Nein, man würde mich nicht auf das Schaffot geführt haben, rief Sahla triumphirend. Für den König waren diese geladenen Pistolen, für mich war dieser Dolch!

Aber jetzt, sagte Graf Roß, ihn mit drohenden Blicken anstarrend, jetzt ist für Sie das Schaffot, und der Meuchelmörder wird es besteigen.

Was wollen Sie damit sagen? fragte Sahla entsetzt.

Ich will damit sagen, daß ich es sein werde, der Sie den Gerichten überliefert, daß ich diesen Brief hier den Gerichten übergeben werde, und daß man Sie, kraft Ihrer eigenen Handschrift, die Sie nicht ableugnen können, einer beabsichtigten Mordthat anklagen, Sie als einen Mörder verurtheilen wird. Sie werden das Schaffot besteigen, und Ihre unglückliche Mutter wird des verbrecherischen Sohnes fluchen, und Ihre Landsleute, und Ihr König werden sich schaudernd abwenden und keine Gemeinschaft haben wollen mit dem Mörder, der ihr Unglück entweihete, und dessen Mitschuldige sie nicht sein wollen. Die ganze Welt wird Sie verlachen um Ihre Narrheit und Thorheit, die sich Größe dünkte, und doch nichts war, als die Eitelkeit eines Wahnsinnigen, der sich vermaß, Gott habe ihn zu seinem Werkzeug erwählt, und der jetzt inne wird, daß Gott ihn, gleich den Menschen, verwirft!

Ah, ich werde das Schaffot nicht besteigen, meine Mutter wird mir nicht fluchen, rief Sahla, und mit einer raschen Bewegung zog er den Dolch aus seinem Gürtel.

Aber rascher noch, als er, stürzte Graf Roß sich auf ihn, entwand seinen zitternden Händen den Dolch, riß die Pistolen aus seinem Gürtel, und stand jetzt drohend mit aufgehobenen, bewaffneten Armen ihm gegenüber.

Oh, meine Mutter, meine arme Mutter, murmelte Sahla, in sich zusammenbrechend. Sie wird es erleben müssen, daß ihr Sohn als Verbrecher das Schaffot besteigt. Jetzt kann ich es nicht mehr verhindern.

Sie können es verhindern, sagte Graf Roß, immer noch drohend, mit erhobenem Arm vor ihm stehend.

Wie kann ich es verhindern? fragte Sahla, erstaunt zu ihm aufblickend.

Hören Sie! Wir sind allein, Niemand weiß bis jetzt von Ihrem verbrecherischen Vorhaben, Niemand als Gott, ein Priester, der das Beichtgeheimniß, und ich, der die Gesetze der Freundschaft ehren wird. Schwören Sie mir also bei dem Andenken an das Grab Ihres Vaters, der ein ehrenwerther Mann war, bei dem Andenken an Ihre

Mutter, die eine tugendhafte Frau ist, schwören Sie mir bei Allem, was Ihnen auf Erden und im Himmel theuer ist, daß Sie Ihr frevelhaftes Vorhaben aufgeben wollen, daß Sie für ewig und immer davon abstehen wollen, dem König von Preußen nach dem Leben zu trachten, oder sonst irgend einem Menschen mörderisch nachstellen zu wollen, schwören Sie das, und keines Menschen Ohr soll jemals hören, was hier zwischen uns vorgefallen, keines Menschen Auge soll diese von Ihrer Hand geschriebenen Zeilen lesen, die Sie verurtheilen. Schwören Sie also, Ihre Hand nicht zu einer Mordthat zu erheben, in dieser Stunde noch Wien zu verlassen, und Sie sind frei, und ich selbst werde Ihnen diese Thür öffnen.

Sahla schwieg, und blickte, kämpfend vielleicht und ringend mit seinem eigenen Herzen, vor sich nieder.

Weigern Sie den Schwur, rief Graf Roß mit mächtiger Stimme, verharren Sie bei Ihrer verbrecherischen Absicht, so öffne ich das Fenster, rufe Menschen herbei, rufe, daß man Wache und Polizei holen soll, um einen Mörder zu ergreifen, und so übergebe ich Sie den Gerichten, der Schande, dem Schaffot!

So sprechend trat der Graf zu dem Fenster hin, und da Sahla immer noch schwieg, öffnete er es.

Halten Sie ein, rief Sahla aufspringend, rufen Sie Niemand! Ich schwöre!

Was schwören Sie? fragte der Graf, immer noch die Hand an den Fensterriegel gelegt.

Ich schwöre, mein Vorhaben aufzugeben, sagte Sahla düster, ich schwöre, daß ich dem König von Preußen nicht mehr nach dem Leben trachten will, denn Gott hat meinen Arm verworfen, und er will nicht, daß ich meines Vaterlandes Rächer sei!

Schwören Sie auch, daß Sie in dieser Stunde Wien verlassen wollen, um nicht wieder dahin zurückzukehren, so lange der König von Preußen noch hier ist? Schwören Sie das bei Allem, was Ihnen heilig ist?

Ich schwöre es bei Allem, was mir heilig ist, sagte Sahla mit zitternder Stimme.

Graf Roß trat vom Fenster zurück.

Ich glaube Ihrem Schwur, sagte er, denn Sie sind ein Edelmann, und ich habe Sie bis heute immer auch als einen Ehrenmann gekannt. Kommen Sie also! Lassen Sie uns gehen!

Er näherte sich der Thür, zog den Schlüssel wieder aus seinem Busen und schob ihn in das Schloß.

Wohin wollen wir gehen? fragte Sahla verwundert und mißtrauisch.

Zur Post wollen wir gehen, sagte der Graf ruhig. Zur Post, um Extrapost zu bestellen. Ich bleibe bei Ihnen, bis Sie den Wagen bestiegen haben und abgereist sind.

Aber eine so schnelle Reise, stammelte Sahla, ich bin nicht vorbereitet, ich —

Waren Sie nicht vorbereitet, eine viel größere Reise zu unternehmen? unterbrach ihn Graf Roß. Wollten Sie nicht die Reise in das Jenseits machen? Und haben Sie nicht für diese große Reise Alles geordnet? Was bedarf es also jetzt anderer Vorbereitungen? Ihre Koffer sind gepackt, ich sende sie Ihnen nach. Kommen Sie!

Aber wohin soll ich reisen? fragte Sahla.

Reisen Sie zu Ihrer Mutter, sagte der Graf feierlich. Retten Sie sich an das Herz Ihrer Mutter, flüchten Sie zu ihr, stürzen Sie vor ihr nieder auf die Kniee, und sagen Sie: „Mutter, erbarme Dich mein! Klammere Dich an mich mit Deiner Liebe, bete für mich, auf daß die böse Versuchung von mir weiche!"

Ja, rief Sahla, ich will zu meiner Mutter. Ich will mich retten an ihr treues, edles Herz! Aber jetzt, fuhr er fort, während Thränen seinen Augen entstürzten, jetzt haben Sie Dank! Ich bringe Ihnen denselben dar aus zerknirschtem, verzweifeltem Herzen! Sie haben mich vor der Schande, vor dem Verbrechen bewahrt! Möge Gott Sie segnen, möge Gott Sie belohnen! Leben Sie wohl! Oh, ewig, ewig wohl!

Er stürzte sich in des Freundes Arme, ihn mit beiden Armen fest umschließend, lehnte er sein Haupt an des Grafen Brust und weinte laut.

Und jetzt fort, fort von hier, sagte er dann, sich wieder emporrichtend. Mir ist, als würden die Häuser über mir zusammenbrechen, als würde die Luft mein Geheimniß verrathen, und es ausschreien in alle Welt: „Er ist ein Mörder! Ein Königsmörder! Wehe über ihn!" Ich muß fort, oder ich sterbe!

Er faßte heftig des Freundes Arm und zog ihn fort aus dem Zimmer hinaus und hinunter auf die Straße. —

Eine halbe Stunde später fuhr von dem kaiserlichen Posthause zu Wien eine Extrapost ab, in welcher Niemand weiter saß, als ein junger Mann mit todesbleichem Angesicht, mit traurigen, schmerzvollen Mienen.

Dieser junge Mann, das war der Calatravaritter von Sahla, der vor den Mordgedanken seiner Seele sich flüchtete.*)

---

*) Siehe: Erlebtes aus den Jahren 1813—1830 von Dr. Wilhelm Dorow. Thl. II. S. 60 ff. und: Eylert, Leben des Königs Friedrich Wilhelm III. Thl. II. (Der Erstere, Dorow, theilt diese ganze Begebenheit mit den eigenen Worten, und nach der eigenhändig niedergeschriebenen Erzählung des Grafen Roß mit.) — Herr von Sahla selbst fand ein unglückliches und schreckliches Ende. Er ging, als der Krieg mit dem heimgekehrten Kaiser Napoleon begonnen, nach Paris. Die deutschen Schriftsteller und Historiker sagen, er habe die Absicht gehabt, einen abermaligen Mordversuch auf das Leben Napoleons zu machen. Die französischen behaupten, er sei nach Paris gekommen, um Napoleons Hülfe für Sachsen anzuflehen und ihn zu unterstützen, indem er ihm die Stellungen und Streitkräfte der Verbündeten verrieth. Gewiß ist, daß er sich mit Knallsilber, das er bei sich trug, furchtbar verwundete und verstümmelte, und mit zerrissenen, zerschmetterten Gliedern in Paris in das große Lazareth gebracht ward, wo er eines qualvollen Todes starb. Die deutschen Autoren sagen, er habe einen Versuch gemacht, Napoleon mit diesem Knallsilber zu töbten und habe dabei durch Unvorsichtigkeit nur sich selber getroffen. Die französischen Autoren behaupten, er habe dies Knallsilber nur zufällig bei sich getragen, sei auf der Straße ausgeglitten und gerade auf dies Knallsilber gefallen, das explodirte und ihn zerschmetterte. Siehe: Bourrienne, Mémoires. Vol VIII. S. 364 ff. — Der Staatskanzler von Harbenberg, der von dem jammervollen Zustand Sahla's bei seiner Anwesenheit in Paris Kunde erhielt, sandte den Hofrath Dorow zu ihm und sorgte großmüthig für seine Pflege bis zum Tode des Unglücklichen. Siehe: Dorow, Erlebtes. Thl. I. S. 161. und Thl. II. S. 60.

Sechstes Buch

Napoleons Rückkehr von Elba.

I.

Die Hiobspost.

Der Monat März des Jahres 1815 hatte hatte schon begonnen, und noch immer war der Congreß zu Wien nicht beendet, noch immer feierte er Tag um Tag seine glänzenden Feste, ergötzte sich an Redouten, Schauspielen, lebenden Bildern, hielt seine Conferenzen, berieth über die Schenkungen, Grenzen der Länder, und vertheilte „Seelen“ und Provinzen hierhin und dorthin an die begehrlichen Fürsten.

Aber noch immer waren die großen Fragen des Congresses nicht zur Entscheidung gelangt.

Preußen hatte freilich den Entschluß gefaßt, mit der Hälfte von Sachsen sich zu begnügen, aber der König von Sachsen, welcher in Preßburg seine traurigen, einsamen Tage durchweinte, der König von Sachsen weigerte sich, diese Acte zu unterschreiben, welche ihn der Hälfte seines Königreichs beraubte.

Der Kaiser von Rußland hatte, immer noch zurückgehalten von dem Widerstreben aller Congreßmächte, sein Vorhaben noch nicht ausgeführt, sich laut und feierlich zum König des constitutionnellen Polens zu erklären.

Oesterreich hatte sich immer noch nicht zum Herrn von Venedig machen können, denn Englands eifersüchtiges Auge erkannte sehr wohl die Vortheile, welche für Oesterreich aus dem Besitz dieser, das adriatische Meer beherrschenden Handelsstadt erwachsen müßten und England weigerte sich daher, für Oesterreich in die Besitznahme Venedigs zu willigen.

Auch die deutsche Kaiserfrage schwebte noch immer als dunkle Wolke an dem diplomatischen Himmel des Congresses. Die kleineren deutschen Fürsten und die Mediatisirten begehrten die Wiederherstellung des deutschen Kaisers, weil sie dadurch zugleich die Wiederherstellung ihrer Reichsunmittelbarkeit, ihrer Standesherrlichkeit, Reichsgrafenschaft und Souverainetät erwarteten; aber die großen deutschen Fürsten konnten sich nicht einigen über die Frage, wem von ihnen die deutsche Kaiserwürde zufallen solle. Freilich hatte Oesterreich ein historisches Recht auf dieselbe, und dies um so mehr, da Kaiser Franz von allen deutschen Fürsten als deutscher Kaiser anerkannt gewesen, und nur freiwillig dieser Würde entsagt hatte. Aber weder Preußen noch Baiern und Würtemberg waren geneigt, Oesterreich die Oberherrschaft, wenn auch nur die nominale, über sie zuzugestehen und sich unter den Scepter des deutschen Kaisers zu beugen.

Aber alle diese Wolken, welche noch immer an dem politischen Horizont des Wiener Congresses aufgethürmt standen, sie unterbrachen doch nicht die Feste und Vergnügungen, denen man nach wie vor mit ungeschwächter Freudigkeit, mit immer regem Frohsinn sich hingab.

Auch war ein neuer Anstoß zu erhöhetem Eifer, neue Feste zu ersinnen, dem Congreß und der hohen Gesellschaft von Wien gegeben worden. Eine neue Persönlichkeit war als glänzender Stern an dem Congreßhimmel aufgegangen. Der Herzog Wellington war als Ersatz für den heimberufenen Lord Castlereagh nach Wien gekommen, um England bei dem Congreß als Gesandter zu vertreten. Man mußte also die Anwesenheit dieses berühmten Feldherrn durch glänzende Feste feiern, um vor ihm und vor ganz Europa Zeugniß abzulegen, wie sehr man den Herzog ehre und bewundere, wie freudig man bereit sei, ihn zu feiern und ihm zu huldigen.

Feste also, immer neue Feste bei Hof, bei den Diplomaten und der hohen Aristokratie! Der Strudel der Vergnügungen rauschte und brauste immer fort, Jedermann fühlte sich davon fortgerissen, berauscht, und sann immer auf neue Feste, um ja nicht aus dieser Berauschung zu erwachen, und zum nüchternen Nachdenken zu gelangen.

Gestern hatte der Kaiserhof eine sogenannte Prachtfahrt veranstaltet, das heißt, das glückliche, neugierige Wien hatte die Freude gehabt, sämmtliche in Wien anwesende Monarchen und Fürsten in glänzenden Carossen, die Damen in prachtvoller Toilette, die Herren in den reichsten Uniformen, geschmückt mit allen ihren Orden spazieren fahren zu sehen.

Heute, am siebenten März, sollte bei der Kaiserin Ludovica wieder eine von ihrer „Truppe der Troubadours“ veranstaltete theatralische Aufführung stattfinden. Man wollte zuerst eine Oper „Der Barbier von Sevilla“ aufführen, und dieser sollte das reizende Vaudeville: „der unterbrochene Tanz“ folgen. In diesem letztern Stück wollte eine neue junge Schauspielerin der aristokratischen Truppe ihr erstes Debüt feiern, wollte die Frau von Périgord, die Nichte Talleyrands zum ersten Male die Bretter des kaiserlichen Liebhaber-Theaters betreten. Jedermann war gespannt auf dies Ereigniß, und schon am Tage zuvor sprach man im Abendcirkel der Kaiserin Ludovica mit der lebhaftesten Theilnahme nur von der morgenden Theater-Vorstellung und dem seltenen Talent der jungen Debütantin, der Frau von Périgord.

Dieser Abendcirkel der Kaiserin hatte bis spät in die Nacht ge-dauert, und nach demselben hatte der Fürst Metternich, damit die Ge-schäfte nicht ganz und gar von dem Vergnügen verdrängt würden, in seinem Hôtel mit den Diplomaten Frankreichs, Preußens und Eng-lands eine Conferenz gehalten.

Erst beim Beginn des Tages war dieselbe beendet gewesen, und Fürst Metternich hatte sich in sein Schlafzimmer begeben, dem Kammer-diener den Befehl ertheilend, ihn nicht zu wecken, wenn auch am frühen Morgen vielleicht schon Couriere mit Depeschen eintreffen sollten.

Die Häupter aller Cabinette waren ja in Wien versammelt, es konnten also von keinem Lande her so wichtige Depeschen kommen, daß man um derentwillen nöthig gehabt hätte, sich in dem so wichtigen Schlaf zu unterbrechen.

Fürst Metternich schlief also, und nach so vielen Anstrengungen, Zerstreuungen, Freuden und Geschäften des vergangenen Tages war sein Schlaf ein tiefer, erquicklicher und genußvoller.

Auf einmal ward er aus seinen süßen Träumen durch die Stimme seines Kammerdieners geweckt, der vor dem Bett des Fürsten stand, und mit ehrfurchtsvoller, flehender Stimme um Gehör bat.

Was giebt es? rief der Fürst, erschrocken emporfahrend. Was ist geschehen?

Durchlaucht, nichts ist geschehen, sagte der Kammerdiener, aber es ist so eben ein Courier eingetroffen mit Depeschen für Ew. Durchlaucht.

Ein Courier, rief Metternich unwillig. Aber habe ich Ihnen nicht gesagt, daß man wegen eines Couriers mich nicht wecken soll?

Zu Befehl, Durchlaucht, aber diese Depesche trägt auf dem Umschlag die Bezeichnung „sehr dringlich", und deshalb glaubte ich —

Woher kommt die Depesche? unterbrach ihn der Fürst. Geben Sie her, und lassen Sie mich sehen.

Der Kammerdiener reichte dem Fürsten die Depesche dar, und beeilte sich dann, das auf dem Tisch neben dem Bett stehende Nachtlicht zu nehmen, um seinem Gebieter beim Lesen zu leuchten.

Aber Fürst Metternich las nur die Adresse der Depesche. Ah, vom kaiserlich-königlichen General-Consulat in Genua, sagte er geringschätzend, indem er die Depesche auf den Nachttisch warf. Es wäre nicht nöthig gewesen mich um deretwillen im Schlaf zu stören. Es wird Zeit sein, sie später zu lesen. Gehen Sie, und stören Sie mich nicht mehr um solcher Bagatelle willen! Was ist die Uhr?

Durchlaucht, es ist sechs Uhr!

Gut, dann wird es mir vergönnt sein, noch drei Stunden zu schlafen. Wecken Sie mich um neun Uhr, dann will ich diese Depesche lesen.

Der Kammerdiener schlüpfte leise auf den Zehen hinaus, und Fürst Metternich senkte sein Haupt wieder in die Kissen, um weiter zu schlafen. Wieder war Alles still in dem Schlafzimmer des Fürsten. Nur das Nachtlicht knisterte zuweilen und warf aufflackernd einen hellern Schein auf das große weiße Briefcouvert mit dem feierlichen Amtssiegel, das da auf dem Nachttisch in gemüthlicher Ruhe lag und sich gleich dem Fürsten erholte von den Strapazen des verflossenen Tages.

Aber Fürst Metternich, einmal in seinem Schlafe gestört, konnte seine Ruhe nicht wiederfinden. Vergebens schloß er die Augen, sie öffneten sich immer wieder und fielen wie von einem Zauber bestrickt immer wieder auf die unglückselige Depesche vom General-Consulat in Genua hin.

Wie thöricht, mich um solche Kaufmannsdepesche zu wecken, murmelte der Fürst, sein Haupt nach der andern Seite wendend, um das unleidliche Couvert nicht mehr zu sehen.

Nun fielen seine Augen wieder müde zu, seine Gedanken begannen sich zu verwirren und sich in Träume aufzulösen. Aber seltsame, wunderliche Träume, in denen immer die Depesche eine Hauptrolle spielte! Bald schien es dem Fürsten, als erhebe sie sich von dem Tisch und lege sich wie eine kalte Marmorhand auf seine Stirn. Bald verwandelte sie sich in eine große Riesengestalt, die ihn anschauete mit zürnendem Geisterangesicht und drohend die Hand gegen ihn erhob. Dann wieder träumte er, daß die Buchstaben, welche auf der Adresse standen, sich plötzlich ablöseten und sich in kleine Soldaten verwandelten, die mit wunderbaren Grimassen um das Nachtlicht einen Rundtanz hielten und sich dann zappelnd und ermüdet wieder auf das Papier hinstreckten, um wieder als Buchstaben da fest zu kleben.

Fürst Metternich schlief wohl wieder und träumte, aber es war ein unruhiger Schlaf; die Depesche, die unglückselige Depesche hatte seine Ruhe gestört, und machte seine Träume wüst und unerquicklich.

Ach, sagte er nach anderthalb Stunden des Kämpfens zwischen Wachen und Schlafen, ach, ich werde diese abscheuliche Depesche am Ende nur lesen müssen, um endlich Ruhe vor ihr zu haben.

Er setzte sich im Bett aufrecht, schob das Licht näher zu sich heran und nahm das Papier von dem Tisch empor.

Eben schlug die Pendule die achte Stunde. Zwei Stunden hatte die Depesche auf dem Nachttisch des Fürsten sich ausgeruht.

Mit vollkommener Gelassenheit erbrach der Fürst das Siegel, schlug das Papier auseinander und schickte sich an zu lesen.

Aber kaum hatte er die ersten Zeilen gelesen, als der Fürst, wie von einem elektrischen Schlage zusammenzuckte und einen Schrei des Entsetzens ausstieß.

Noch einmal heftete er die Augen auf das Papier, noch einmal las er die sechs Zeilen, die es enthielt. Dann griff er nach der silbernen Handklingel, die auf dem Nachttisch stand, und schellte so heftig und unaufhörlich, daß der Kammerdiener ganz entsetzt hereinstürzte.

Anspannen, man soll sogleich anspannen, rief der Fürst, eilen Sie sich! In zehn Minuten muß der Wagen bereit sein.

Der Kammerdiener stürzte hinaus, und als er nach einigen Secunden wieder in das Schlafzimmer eintrat, hatte der Fürst schon das Bett verlassen, und war eifrig damit beschäftigt, seine Toilette zu machen.

Genau nach zehn Minuten war die Equipage des Fürsten vorgefahren, und Metternich, sorgsam und elegant wie immer gekleidet, begab sich hinunter an den Wagen.

Es ist jetzt ein Viertel nach acht Uhr, sagte er zu dem neben dem Schlag stehenden Kammerdiener. Um zehn Uhr werde ich wieder hier sein. Eilen Sie also zu dem Staatskanzler von Hardenberg, dem Herzog von Wellington, dem Fürsten Talleyrand und dem Grafen von Nesselrode, sagen Sie den Herren, ich ließe sie bringend ersuchen, die Güte zu haben, um zehn Uhr zu einer sehr wichtigen Conferenz zu mir zu kommen, und mit unvorhergesehenen Ereignissen meine plötzliche Einladung zu entschuldigen.

Dann stieg er in den Wagen, und sich in die Polster lehnend befahl er dem Lakayen, der die Wagenthür schloß: In die Kaiserburg! So rasch die Pferde jagen können!

Die Pferde brausten von dannen und bald war das Ziel erreicht, der Wagen hielt in dem Hof der Burg, Fürst Metternich eilte die breiten Stiegen hinauf und begab sich in den vom Kaiser bewohnten Flügel des Schlosses.

Mit raschem Schritt durchwandelte er die Corridore und Säle. Niemand wagte es, ihn aufzuhalten, denn Jedermann wußte, daß der Fürst zu jeder Stunde freien Zutritt zu dem Kaiser hatte, und daß er sogar unangemeldet in das Kabinet des Kaisers eintreten dürfe.

Schläft Se. Majestät noch? fragte der Fürst den Kammerhusaren, den er im Vorzimmer des kaiserlichen Schlafgemaches traf.

Nein, Durchlaucht, aber Se. Majestät sind noch im Schlafrock, und sind beim Dejeuner.

Melden Sie mich Sr. Majestät, sagen Sie, ich käme in wichtigen Geschäften. —

Zwei Minuten später trat der Fürst in das Wohnzimmer des Kaisers, der ihn, auf dem Divan sitzend, und seine Chocolade schlürfend, mit ziemlich verdrießlichem Gesicht empfing.

Nun, Herr Fürst, sagte er, was ist denn passirt, daß Sie halt mir nit einmal mehr meine Frühstücksstund' ungestört lassen können? Hat's gestern Abend wieder Zank in der Conferenz gegeben? Giebt's wieder Streit mit Kaiser Alexander, daß Sie gar so bedenklich drein schauen?

Nein, Majestät, sagte Metternich, es giebt jetzt viel ernstere Dinge, als die Conferenzen. Ich habe so eben eine Depesche aus Genua erhalten. Hier ist sie, wenn Eure Majestät die Gnade haben wollen, sie zu lesen!

Nein, sagte der Kaiser lesen Sie mir die Depesche immerhin vor, und lassen's mich dabei mein Chocolad' austrinken.

Er setzte die Tasse mit der dampfenden Chocolade an die Lippen, und während er sie behaglich hinunter schlürfte, entfaltete der Fürst das Papier.

„Kaiserlich königliches General-Consulat in Genua", las der Fürst jetzt. „Ew. Durchlaucht haben wir zu melden, daß so eben ein englisches Schiff in den Hafen von Genua eingelaufen ist, mit Sir Colin Campbell an Bord. Derselbe kam sofort auf das k. k. General-Consulat, um zu melden, daß der Kaiser Napoleon von der Insel Elba verschwunden sei."

Ah, rief der Kaiser, mit einem heftigen Ruck die noch nicht geleerte Tasse wieder hinsetzend, und den Fürsten mit großen Augen anstarrend. Der Bonaparte ist von der Insel Elba verschwunden?

Fürst Metternich verbeugte sich und las weiter: „Sir Colin Campbell fragte an, ob Napoleon sich vielleicht in Genua habe blicken lassen? Er habe sich mit seiner Kriegsmannschaft auf sechs Schiffen in Elba eingeschifft, und sei nordwärts steuernd von dem englischen Schiff gesehen worden. Als das General-Consulat erklärte, nichts von Napoleon zu wissen, nichts gehört zu haben, entfernte sich

Sir Colin Campbell, und die englische Fregatte ging sofort wieder in See."

Geben Sie her, ich muß das selbst lesen, rief der Kaiser, und heftig die dargereichte Depesche ergreifend las er sie langsam, jedes Wort genau betrachtend. Immer ernster und fester ward sein Angesicht, immer mehr schwand der Ausdruck gleichgültiger Gelassenheit aus seinen Zügen, die einen gespannten, energischen Ausdruck annahmen, und als er dann sprach, war seine Stimme fest und entschieden, und nichts von dem Wienerischen Jargon, dessen sich der Kaiser im gewöhnlichen Leben so gern bediente, mischte sich, da es sich um so ernste Dinge handelte, mehr in seine Rede.

Es scheint, Napoleon beabsichtigt jetzt noch ein wenig den Abenteurer zu spielen, sagte der Kaiser ernst. Nun, das ist seine Sache, und er mag zusehen, wie weit er damit kommt. Unsere Sache ist es, die Ruhe, welche Napoleon Jahrelang gestört hat, der Welt zu sichern. Gehen Sie ohne Verzug zu dem Kaiser von Rußland und dem König von Preußen, und sagen Sie ihnen, daß ich bereit bin, meiner Armee sofort den Rückmarsch nach Frankreich zu befehlen. Ich zweifle nicht, daß die beiden Monarchen mit mir einverstanden sein werden.*) Und Sie, Metternich, Sie sind auch einverstanden?

Ich wiederhole nur die edlen Worte Ew. Majestät; Napoleon hat Jahre lang den Frieden Europa's gestört, und es ist unsere Sache, diesen Frieden endlich der Welt zu sichern. Es ist möglich, daß Napoleon noch einige Tage des Sieges feiert, aber Oesterreich, Rußland und Preußen vereint, werden ihn doch überwinden, und dann wird seine Rolle für immer ausgespielt sein, denn jetzt wird man ihm auch nicht den Schatten seiner vergangenen Größe mehr erhalten können, jetzt ist er wirklich ein todter Mann.

Aber es wird wieder viel Blut und Geld kosten, ehe wir ihn wieder besiegt haben, sagte der Kaiser gedankenvoll. Doch Eins erfüllt mich bei der Sache fast mit Freude: der Congreß wird nun wohl zu

---

*) Des Kaisers eigene Worte. Siehe: Varnhagen v. Ense. Denkwürdigkeiten des eigenen Lebens. Th. III. S. 335.

Ende gehen und die unaufhörlichen Feste und Vergnügungen, die Einem Tag und Nacht keine Ruhe lassen, werden nun wohl ausgetobt haben. Es ist nichts Gescheidtes herausgekommen bei dem Congreß, hat uns aber beinah eben so viel Geld gekostet, als wenn wir eine Armee auf dem Kriegsfuß halten mußten. Jetzt lassen wir die Armee marschiren, und der Frieden, an dem der Congreß fünf Monate vergeblich arbeitet, den werden wir nun weit leichter auf dem Schlachtfeld zu Stande bringen. Gehen Sie also! Fragen Sie die Monarchen von Rußland und Preußen, ob sie meiner Meinung sind, ob sie ihre Armeen, die auch schon auf dem Heimweg waren, wieder umkehren lassen wollen nach Frankreich.

Majestät, ich gehe, und ich bin überzeugt, daß die Monarchen es wollen, sagte Metternich. Alles kommt darauf an, daß wir rasch und thatkräftig gewaffnet bastehen und nicht zaudern und überlegen, bis dem Kaiser Napoleon vielleicht irgend ein Coup de main gelingt.

Gehen Sie also, rief der Kaiser. Aber hören's! Noch Eins! Weiß meine Tochter, die Marie Louise, schon etwas von der Geschicht'?

Nein, Majestät, es müßte denn sein, daß sie auf geheimen Wegen Nachricht erhalten hätte.

Das glaub' ich halt nit, denn sie wird gut bewacht. Aber erfahren muß sie's. Wer soll's ihr auf eine kluge und vorsichtige Weise sagen?

Wenn Ew. Majestät erlauben, werde ich dem General Grafen Neipperg den Auftrag ertheilen.

Thun Sie's. Aber der Neipperg soll seine Sach' so machen, daß die Marie Louise keine Hoffnungen schöpft, und nicht etwa meint, ich könnt' mich nochmals entschließen, den Bonaparte als meinen Schwiegersohn anzuerkennen.

Majestät, sagte Metternich mit einem feinen Lächeln, Graf Neipperg würde gewiß der Letzte sein, welcher der Frau Erzherzogin solche thörigte Hoffnungen einzuflößen wagte. Ich werde ihm außerdem noch meine besondern Instructionen ertheilen.

Thun's das, rief der Kaiser, und jetzt eilen Sie zu den beiden Monarchen!

Der Fürst verabschiedete sich und eilte von bannen.

Es war kaum neun Uhr, als Fürst Metternich schon wieder in sein Hôtel zurückkehrte. Er hatte dem Kaiser Alexander und dem König Friedrich Wilhelm die unheilvolle Depesche mitgetheilt, und beide Monarchen hatten, ganz im Einvernehmen mit Kaiser Franz, erklärt, daß der Krieg auf's Neue beginnen, daß man nicht eher ruhen müsse, als bis man nun Napoleon für immer besiegt und unwirksam gemacht habe.

Neun Uhr, sagte Metternich, als er in sein Cabinet eintrat und nach der großen Pendule über dem Kamin hinblickte. Ich habe also bis zum Beginn der Conferenzen noch eine Stunde Zeit. Diese Stunde werde ich benutzen, um Neipperg rufen zu lassen, und ihn zu instruiren, und um mit dem Feldmarschall Fürsten Schwarzenberg mich zu besprechen.

Er klingelte und befahl dem eintretenden Kammerbiener, sofort zwei Boten, den einen an den Grafen Neipperg, und den andern an den Fürsten Schwarzenberg zu senden und sie zu einer sofortigen Conferenz einzuladen.

Sie waren auch bei den anderen Herren, welche ich hierher einladen ließ? fragte der Fürst.

Zu Befehl, Durchlaucht. Sie werden Alle kommen, bis auf den Herrn Fürsten Talleyrand. Sein Kammerbiener sagte mir, der Fürst sei erst gegen Morgen zu Bette gegangen und habe Befehl ertheilt, ihn nicht zu wecken. Wenn eine Conferenz angesagt würde, so solle bestellt werden: der Herr Fürst ließe sich entschuldigen, er könne wegen Unwohlseins heute nicht an der Conferenz Theil nehmen.

Senden Sie erst Ihre Boten ab und dann kommen Sie wieder, sagte Metternich, ich habe Ihnen noch einen Auftrag zu ertheilen.

Oh, der Herr Fürst von Benevent ist unwohl und kann heute nicht an der Conferenz Theil nehmen, sagte Metternich, als er allein war. Nun ich werde sein Arzt sein und ihm ein Recept verschreiben, das ihn sofort gesund und conferenzfähig machen wird.

Er trat zu seinem Schreibtisch, warf hastig einige Zeilen auf das

Papier, siegelte und adressirte sie und reichte es dem eintretenden Kammerdiener dar.

Dieses Billet sofort an den Fürsten von Benevent, befahl er. Tragen Sie es selbst hin, und lassen Sie sich nicht abweisen. Sagen Sie dem Kammerdiener, der Fürst müsse das Billet nothwendigerweise lesen und Sie dürften nicht ohne Bescheid heimkehren. Nehmen Sie sich einen Fiacre, um rascher fortzukommen. —

Talleyrand hatte sein Lager noch nicht verlassen, obwohl die Pendule schon die neunte Stunde geschlagen hatte. Er fühlte sich wirklich leidend und abgespannt, und hatte daher auch im Bett sein Dejeuner eingenommen.

Die Gräfin Edmonde von Périgord, die junge Gemahlin seines Neffen, welche zugleich in Wien im Hôtel des Fürsten als Dame des Hauses die Honneurs machte, hatte mit eigenen schönen Händen ihrem Oheim die Chocolade eingeschenkt und präsentirt, und hatte dann, während Talleyrand frühstückte, auf dem Fauteuil neben dem Bett Platz genommen, um mit ihrem heiteren und geistvollen Geplauder dem Dejeuner seine wahre Würze und Poesie zu geben.

Sie hatte dem Fürsten alle die kleinen Begebenheiten, welche sich auf der gestrigen Generalprobe des Vaudevilles ereignet hatten, mitgetheilt, und Talleyrand hatte herzlich mit ihr gelacht über die kleinen Zwistigkeiten und ehrgeizigen Zänkereien, welche die Truppe der kaiserlichen Troubadours eben so gut beunruhigten, als die Truppen gewöhnlicher engagirter Schauspieler.

Lieber Oheim und Fürst, sagte die Gräfin jetzt, indem ihr schönes lachendes Gesicht auf einmal einen ernsten Ausdruck annahm, nun habe ich noch eine schwere und ernste Frage an Sie zu richten. Wollen Sie mir gnädigst versprechen, dieselbe der Wahrheit gemäß und nach bestem Gewissen zu beantworten?

Bezieht sich diese Frage auf Ihr heutiges Theaterspiel in der kaiserlichen Soirée, meine schöne Nichte?

Ja, mein Oheim!

Dann verspreche ich Ihnen, Ihre Frage nach bestem Gewissen und der Wahrheit gemäß zu beantworten.

Nun denn, mein Oheim, Sie wissen, ich werde heute in dem Vaudeville: „der unterbrochene Ball" als neu engagirtes Mitglied der kaiserlichen Truppe der Troubadours mein erstes Debut haben. Sie haben mich in der Probe spielen sehen. Nun sagen Sie mir, lieber gütiger Fürst, ist es Ihre Ansicht, daß ich mit meinem Spiel Ehre einlegen kann? Wird man mich nicht verspotten, wird man nicht sagen, daß ich eine Rolle übernommen, die zu spielen ich nicht fähig sei? Oh, ich bitte, lassen Sie sich nicht von Ihrer gütigen Nachsicht für mich zu einer wohlmeinenden Antwort hinreißen, sondern überlegen Sie erst und antworten Sie dann als strenger, unparteiischer Richter. Denn noch ist es Zeit, ein Wort, ein Kopfschütteln von Ihnen, und ich trete zurück, ich setze mich nicht der Gefahr aus, heute Abend Fiasco zu machen, sondern ich bleibe daheim, lasse mich krank melden, und entsage ein für alle Mal dem ehrgeizigen Wunsch, noch andere Triumphe zu feiern, als diejenigen, welche mir dadurch zu Theil werden, daß ich mich die Nichte des edlen, weltberühmten und gefeierten Fürsten von Benevent nennen darf. Entscheiden Sie also jetzt, theuerster Fürst! Sagen Sie, habe ich Talent? Darf ich es wagen, heute Abend in dem Vaudeville als Schauspielerin zu debütiren? Werden Sie nicht nöthig haben, sich meiner zu schämen?

Sie blickte den Fürsten mit so erregtem, angstzuckenden Gesicht an, als handle es sich hier in der That um die Entscheidung einer gewichtigen Lebensfrage.

Talleyrand sah es und lächelte. Ah, wie glücklich Sie doch sind, Edmonde, sagte er seufzend, Ihr Himmel ist so hell und klar, daß selbst der kleinste Nebelhauch von Ihnen bemerkt werden kann. Mein Gott, ich habe in so vielen und schweren Gewittern gestanden, daß ich die Zahl der aufgethürmten Wolken gar nicht zu ermessen vermochte! Ich glaube aber, das erste Minister-Portefeuille, das ich erwartete, hat mein Herz nicht halb so sehr beunruhigt, wie Sie Ihre erste theatralische Vorstellung.

Sie beantworten meine Frage nicht? rief die Gräfin händeringend. Das heißt also, Sie verurtheilen mich? Ich soll heute Abend nicht spielen?

Nein, Theuerste, Sie sollen spielen! Sie sollen Ihrem Oheim die stolze Freude gönnen, dem Triumph einer Debütantin beizuwohnen, welche die reizendste, bezauberndste Schauspielerin ist, die ich je gesehen, und das will viel sagen, denn ich glaube, ich habe alle Schauspielerinnen gesehen, welche in den letzten zwanzig Jahren auf den Bühnen Europa's geglänzt haben.

Sie meinen also, rief die Gräfin, wie ein glückliches Kind ihre kleinen weißen Hände aneinander schlagend, Sie meinen, daß ich Talent habe? Daß ich heute Abend spielen soll?

Ja, meine theure Edmonde, Sie sollen spielen, und Sie sollen den Herren und Damen des Congresses beweisen, daß Frankreich überall die erste Rolle spielt, sowohl im Leben als auf der Bühne, und daß —

Die Thür des Vorzimmers ward hastig geöffnet, und der eintretende Kammerdiener brachte auf einem goldenen Teller ein versiegeltes Billet, das er dem Fürsten präsentirte.

Von Sr. Durchlaucht, dem Fürsten Metternich, sagte der Kammerdiener. Der Bote ist beauftragt, auf Antwort zu warten.

Ah, er wird mich auffordern, eine andere Stunde zu einer Conferenz zu bestimmen, sagte Talleyrand gleichgültig, indem er das Billet nahm und es der Gräfin darreichte. Lesen Sie doch, meine Theure, und sagen Sie mir den Inhalt; meine Augen sind so müde, daß sie noch ein wenig der Erholung bedürfen.

Die Gräfin nahm das Billet und erbrach es lächelnd. Auf einmal stieß sie einen lauten, durchbringenden Schrei aus, und ließ wie zerschmettert die Hand niedersinken, welche das Billet hielt.

Was giebt es, was erschreckt Sie auf einmal so sehr? fragte Talleyrand erstaunt, und als er sah, wie der Gräfin entsetztes Auge nach dem Diener hinüber flog, sagte er: Hippolyte, gehen Sie hinaus. Warten Sie im Vorzimmer, bis ich klingeln werde.

Und jetzt, rief Talleyrand, als der Kammerdiener sich entfernt hatte, jetzt sagen Sie mir, was für eine schreckensvolle Nachricht enthält denn dieser Brief?

Oh, mein Oncle, rief die Gräfin mit kläglicher Stimme, Fürst

Metternich schreibt Ihnen, daß Bonaparte die Insel Elba verlassen hat, ohne daß Jemand weiß, wohin er gegangen ist. Was soll nun heute Abend aus meinem Debüt werden?

Talleyrand nahm das Billet, das die Gräfin in ihrer kleinen Hand zerknittert hatte, und las es aufmerksam, aber mit vollkommener Gelassenheit.

Muß dieser Bonaparte auch gerade jetzt von Elba fortlaufen, klagte die Gräfin, und gerade heute muß die Nachricht hierher kommen, und mich an meinem Debüt verhindern, denn natürlich wird heute Abend keine Theater-Vorstellung bei Hofe stattfinden.

Im Gegentheil, sagte Talleyrand, die Theater-Vorstellung bei Hofe wird stattfinden, und Sie, meine theure Nichte, werden heute Abend Ihr Debüt feiern. Warum sollten wir um solcher Kleinigkeit willen uns auch in unsern Vergnügungen stören lassen?*) Aber jetzt haben Sie die Gnade, mich zu verlassen, denn ich muß sogleich auf-stehen, und zur Conferenz beim Fürsten Metternich fahren! —

Es schlug eben zehn Uhr, als der Fürst von Benevent in dem Hôtel Metternich anlangte, und den Salon betrat, in welchem er die Diplomaten schon versammelt fand.

Fürst Metternich selber nur war noch nicht anwesend, er hatte sich noch für einige Minuten wegen einer wichtigen Conferenz mit dem Fürsten Schwarzenberg entschuldigen lassen.

Niemand von den Diplomaten, außer Talleyrand, wußte die Veranlassung dieser unerwarteten Conferenz, zu welcher Fürst Metter-nich sie entboten hatte, und leise flüsternd theilten sie einander ihre Vermuthungen mit, als die Thür sich hastig öffnete, und Metternich ruhigen, lächelnden und heiteren Angesichts, wie immer, eintrat.

Eine wichtige Nachricht, meine Herren, sagte er, eine Depesche, welche das kaiserliche General-Consulat aus Genua uns gesandt hat.

Und er reichte mit einer leichten Verbeugung dem Staatskanzler von Hardenberg seine Depesche dar. Dieser las sie, und gab sie dann,

---

*) Talleyrands eigene Worte. Siehe: Comte de la Garde. Vol. IV. S. 122.

ohne ein Wort zu sagen, an seinen Nachbar, und Alle lasen sie schweigend, mit echt diplomatischer Ruhe, diese inhaltsvollen Zeilen, welche
die Depesche enthielt.

Talleyrand war der Letzte, welcher das Papier empfing. Er
las dessen Inhalt, und blickte dann mit ruhiger Gelassenheit auf
Metternich hin.

Wissen Sie, wohin Napoleon sich wenden wird? fragte er.

Der Rapport sagt nichts davon, erwiederte Metternich.

Er wird sich nach Italien wenden, sagte Talleyrand ruhig, er
wird an irgend einer Stelle Italiens an's Land steigen, und sich in
die Schweiz werfen.

Nein, rief Metternich, nein, er wird gerade nach Paris gehen!*)

Nun, dann hoffe ich, daß wir ihm da begegnen werden, rief
Hardenberg lebhaft. Ich dächte, die Verbündeten hätten wohl ein
Recht, Bonaparte die Honneurs von Paris zu machen, und wenn er
wieder dorthin kommt, werden auch wir uns beeilen müssen nach Paris
zu gehen.

Das ist auch die Ansicht der Monarchen von Oesterreich, Rußland und Preußen, sagte Metternich. Es fragt sich nur, ob der eble
Herzog von Wellington im Namen Englands dieser Ansicht bei-
pflichten wird?

Ich pflichte ihr bei, sagte der Herzog feierlich, ich habe von meinem Regenten genügende Vollmacht, in seinem Namen zu entscheiden.
Im Namen Englands erkläre ich also, daß England Theil nehmen
wird an dem erneuerten Krieg gegen Napoleon, und nicht dulden wird,
daß er auf's Neue die Welt beunruhige.

Die Monarchen haben mich bevollmächtigt, ihren Ministern anzu-
zeigen, daß sie den Krieg beschlossen haben, sagte Metternich. Es ist
also jetzt nur noch nöthig, über die Maßregeln der Ausführung zu
verhandeln. Einig im Hauptprincip werden wir uns bald verständigen,

---

*) Siehe: Barnhagen von Ense, Denkwürdigkeiten des eigenen Lebens.
III. S. 235.

und wohin Napoleon sich auch wenden möge, überall wird er die europäischen Mächte bereit finden, mit den Waffen in der Hand ihn zurück zu drängen.

II.

Marie Louise.

Auf dem innern Schloßhof von Schönbrunn stand die Equipage bereit, und erwartete die Kaiserin, welche heute nach Wien fahren wollte, um dort in der kaiserlichen Familie den ganzen Tag zuzubringen. Heute zum ersten Mal wollte sie, den dringenden Bitten des Grafen Neipperg nachgebend, auch an einem der kaiserlichen Feste Theil nehmen, und der Theater-Vorstellung in den Gemächern der Kaiserin Ludovica beiwohnen. Auch ihr Sohn, der kleine Prinz Napoleon, sollte bei diesem Fest erscheinen, und in feierlicher Repräsentation zum ersten Mal öffentlich als Mitglied der kaiserlichen Familie vorgestellt werden.

Marie Louise hatte so eben ihre Toilette beendet, und ließ sich von der Gräfin Montesquiou den Shawl über die Schultern werfen. Dabei traf ihr Blick ganz von ungefähr das Antlitz der Gräfin, und der trübe, schwermuthsvolle Ausdruck desselben überraschte Marie Louise.

Sie sehen traurig aus, Gräfin? fragte sie theilnahmsvoll. Fehlt Ihnen etwas? Haben Sie Kummer?

Nein, Majestät, sagte die Gräfin, ich habe nur den Kummer, den ich alle Tage empfinde. Nur ist er etwas geschärfter, denn ich sehe meine Kaiserin bereit, als Erzherzogin wieder an den Hof zu gehen, und ihre Vergangenheit zu verleugnen.

Es ist wahr, seufzte Marie Louise, es ist ein schwerer Schritt, und er hat mich viel Ueberwindung gekostet. Aber mein Vater wünscht, ich möchte den Souverainen, in deren Händen die Entscheidung meines Schicksals liegt, beweisen, daß ich nicht mehr traure über die Vergangenheit, und daß meine Wünsche sich nicht mehr rückwärts wenden, sondern nur noch auf das Herzogthum Parma gerichtet sind. Ich habe also mein widerstrebendes Herz überwunden, ich habe mein Haupt gebeugt, und ich gehe zu diesem Fest, um mir mit diesem Opfer meine Freiheit zu erkaufen. Denn einmal erst zur Herzogin von Parma ernannt, werde ich das Recht haben, dort zu restbiren, werden die Pforten meines Gefängnisses von Schönbrunn sich vor mir aufthun, und die Welt, das Leben, die Gedanken, der Wille wird wieder mein Eigen sein. Oh, sagen Sie nicht, daß ich aus eitler Zerstreuungssucht mich heute zu diesem Fest begebe, ich kenne alle die Demüthigungen, welche mir heute bevorstehen, ich weiß, daß meine erhabene Stiefmutter, die Kaiserin Ludovica, sich nicht bemühen wird, die Dornen aus dem Rosenkranz zu ziehen, den man mich heute zwingt in mein Haar zu flechten. Aber ich werde meine Schmerzen unter einem Lächeln verbergen, meine Thränen in mich hinein weinen, und es über mich gewinnen, heiter zu erscheinen. Ich werde mir immer wiederholen: Nimm das Joch auf Dich, damit Du frei werdest. Beuge Dein Haupt, damit man wenigstens eine Herzogskrone darauf befestige.

Und weshalb, Majestät, geht der König von Rom mit zu dem Fest? fragte die Gräfin.

Ich bitte Sie, liebe Gräfin, rief Marie Louise, einen ängstlichen Blick umher werfend, ich bitte Sie, wollen Sie meinen Sohn nicht mehr mit einem Titel nennen, den er für immer verloren hat. Wir müssen es vermeiden, hier Aergerniß zu erregen, und ich weiß, daß es meinem Vater sehr unangenehm ist, daß man noch so oft meinem Sohn einen Titel giebt, der ihm nicht gebührt. Aber es ist die höchste Zeit, unsere Fahrt anzutreten. Holen Sie gefälligst meinen Sohn, und —

Se. Excellenz der General Graf Reipperg, meldete der eintretende Lakay, und ehe Marie Louise noch Zeit fand zu einer Erwiederung, erschien der Graf auf der Schwelle der offenen Thür.

Ah, Sie kommen ohne Zweifel, um sich zu überzeugen, daß ich Wort halte, rief Marie Louise, daß ich wirklich mein Gefängniß verlasse und nach Wien gehe?

Nein, Majestät, sagte der Graf mit feierlichem Ernst, nein, ich komme, Ew. Majestät um eine Audienz zu bitten.

Eine Audienz? fragte Marie Louise erschrocken. Das heißt, Sie haben mir etwas Wichtiges zu sagen? Es ist irgend Etwas vorgefallen?

Ich bitte Ew. Majestät um eine geheime Audienz, sagte der Graf, sich tief verneigend.

Marie Louise, ganz verwirrt und beklommen, blickte die Gräfin an, und winkte dann nach der Thür hin.

Gräfin Montesquiou verneigte sich tief, und verließ das Gemach.

Jetzt, Herr Graf, sagte Marie Louise, jetzt sind wir allein, jetzt haben Sie Ihre geheime Audienz. Was giebt es? Weshalb sehen Sie mich so traurig an? Ah, ich errathe! Alle meine Demüthigungen, mein Bitten und Flehen sind vergeblich gewesen, und jetzt in der letzten Stunde noch nehmen Alle ihr Wort zurück! Ich werde nicht Herzogin von Parma werden, ich werde zu ewiger Abhängigkeit von meinem Bater, zu ewiger Gefangenschaft in Schönbrunn verurtheilt. Nicht wahr, das ist es, was Sie mir zu sagen haben? Oh, fürchten Sie sich nicht, es zu gestehen, denn Sie sehen, ich bin vorbereitet, und auf Alles gefaßt. Ich habe so viel erdulbet, daß nichts mich mehr überrascht. Sprechen Sie also! Ist es das?

Nein, Majestät, das ist es nicht, seufzte Graf Neipperg. Ich hoffe noch immer, daß die edle und erhabene Stirn Ew. Majestät, welche so würdig ist einer Kaiferkrone, mindestens mit einer Herzogskrone sich schmücken wird, und mehr als jemals hängt dies jetzt von dem Willen und den Entschlüssen meiner erhabenen Herrin ab. Beweisen Sie es, daß Sie mit der Vergangenheit gebrochen haben, geben Sie jetzt vor aller Welt ein Zeugniß, daß die Bande, welche Sie einst, den Befehlen des Kaisers, Ihres Baters, gehorsam, schließen mußten, jetzt für immer zerrissen sind, und daß Sie dieselben niemals wieder anknüpfen wollen, und man wird der Tochter des Kaisers von Oesterreich, der heimgekehrten deutschen Fürstin, jetzt freudig und bereitwillig die Krone von Parma, die allein ihr bescheidener Sinn erstrebt, darreichen. Oh, Fürstin, ich beschwöre Sie, haben Sie den

Muth, feierlich vor ganz Europa mit Ihrer Vergangenheit zu brechen, und Alles wird gut werden, und der gesegnete Hafen der Ruhe, des Friedens wird sich endlich Ihnen öffnen.

Graf, fragte Marie Louise, bleich und zitternd vor innerer Aufregung, was ist geschehen? Sagen Sie es mir schnell, ohne Umschweife! Ich will es wissen!

Wohlan, Majestät, Sie sollen es erfahren, sagte Graf Neipperg, und dicht zu der Kaiserin herantretend, und ihr mit einem unaussprechlichen Ausdruck tief und lange in das erregte Antlitz schauend, sagte er leise: Napoleon ist von Elba entflohen!

Marie Louise stieß einen lauten Schrei aus, eine dunkle Purpurröthe flog über ihr Antlitz hin, ein freudiger Glanz strahlte in ihren Augen auf, ein glückliches Lächeln umspielte ihre Lippen.*)

Er ist entflohen, rief sie, er ist wieder frei, er ist wieder der Kaiser! Wohin ist er gegangen? Oh, sagen Sie mir, wo ist Napoleon?

Niemand weiß das bis jetzt, sagte Neipperg mit trauriger Stimme. Niemand weiß, wohin der Kaiser sich gewandt hat und was er unternehmen wird.

Oh, ich weiß es, rief Marie Louise mit blitzenden Augen und einem seligen Lächeln. Ich weiß, wohin Napoleon sich wenden, und was er unternehmen wird! Nach Frankreich wendet sich sein heldenkühnes Herz, nach Paris wird er gehen und den König wieder verjagen, und wird wieder Kaiser von Frankreich werden. Oh, und dann wird er mich wieder zu sich rufen, und ich werde wieder Kaiserin von Frankreich sein, und die Fürsten, die jetzt in ihrem Hochmuth so stolz mir gegenüber stehen, die werden sich wieder vor mir beugen! Oh, mein Gott, mein Gott, ich danke Dir, Du hast meine Gebete erhört, Du hast mir endlich Erlösung gesandt! Napoleon ist wieder da, er wird mich wieder zur Kaiserin machen, und mein Sohn, mein armer, geliebter, kleiner Napoleon, dem man seinen Rang, seinen Titel, ja

*) Ueber die aufrichtige Freude, die Marie Louise bei der ersten Nachricht von der Flucht Napoleons äußerte, berichtet Gneisenau an die Prinzessin Louise Radziwill. Siehe: Pertz. IV.

sogar seinen Namen rauben wollte, er wird jetzt wieder der König von Rom werden, und freudig und stolz kann ich es aller Welt sagen: er heißt wie sein Vater, er heißt Napoleon! — Oh, Graf, freuen Sie sich doch mit mir, Sie, der Sie so oft mir geschworen haben, daß Sie Antheil nähmen an meinem Mißgeschick, freuen Sie sich jetzt mit mir meines Glückes, und — Aber wie, unterbrach sie sich auf einmal selbst, Sie sehen bleich aus, Sie, — mein Gott, ich glaube, Sie weinen sogar?

Ja, rief der Graf, in heftiger Bewegung seine Hände an seine Brust drückend, ja ich weine, und da drinnen in meiner Brust wühlen unsägliche Schmerzen. Oh Thor, erbarmungswürdiger Thor, der ich war, von einem Glück, einem Paradiese zu träumen, für mich zu träumen! Das Schicksal straft mich für meine Vermessenheit, und weil mein sündiges Herz gewagt hat zu hoffen, wird es zerschmettert. Ich habe Strafe verdient, und ich habe sie empfangen, denn ich bin Zeuge gewesen von der Freude Ew. Majestät. Jetzt habe ich nichts mehr zu sagen, darf ich nichts mehr sagen; von dieser Stunde an habe ich nicht mehr das Recht, vor Ew. Majestät zu erscheinen, denn Sie werden mich wieder hassen, wieder Ihren Feind nennen. Leben Sie also wohl, Majestät, leben Sie ewig wohl! Oh, könnte ich mein Herzblut zu Ihren Füßen hinströmen, um Ihnen zu beweisen, daß Sie nie einen treuern, ergebeneren Diener gehabt haben, als ich es bin, oh könnte ich für Sie in den Tod gehen! Aber das Schicksal hat mir diese letzte Gnade versagt, ich darf nicht einmal zu Ihren Füßen sterben. Leben Sie also wohl, und möge Gott mir gnädig sein, möge er mir eine mitleidige Kugel senden, die mich erlöst!

Er stürzte zu der Kaiserin hin, und in gewaltiger Bewegung vor ihr niedersinkend, umklammerte er ihre Füße, lehnte er sein Haupt an ihre Kniee und küßte mit glühender Inbrunst ihr Gewand. Dann sprang er empor, und ohne ein weiteres Wort, einen weiteren Blick eilte er nach der Thür hin.

Aber Marie Louise eilte ihm nach, sie legte ihre Hand auf seinen Arm, und zog ihn von der Thür zurück.

Wo wollen Sie hingehen? fragte sie mit bebenden Lippen. Warum sagen Sie mir Lebewohl?

Weil ich Wien verlasse, und zur Armee abgehe, sagte er fast trotzig.

Zur Armee? fragte Marie Louise athemlos. Soll denn der Krieg auf's Neue beginnen?

Ja, rief Neipperg mit wilder Freude, ja der Krieg soll auf's Neue beginnen! Die Monarchen haben geschworen, nicht eher das Schwert wieder in die Scheide zu stecken, bis die Welt für immer von Bonaparte befreit ist. Schon sprengen die Couriere und Stafetten nach allen Seiten hin, um den Armeen der Verbündeten, welche Alle schon auf dem Rückmarsch von Frankreich waren, den Befehl zu bringen, umzukehren und wieder vorwärts zu rücken an die Grenzen Frankreichs. Ja, Gott sei gelobt und gepriesen, die Monarchen sind einig, sie haben den Krieg beschlossen, sie haben geschworen, die Waffen nicht eher wieder niederzulegen, als bis sie die Welt für immer von dem Ungeheuer befreit haben, welches, nachdem es schon das Blut von Millionen Männern vergossen hat, noch nicht zufrieden ist, den erschöpften Nationen noch nicht den Frieden gönnen will.

Und das wagen Sie mir zu sagen? rief Marie Louise mit blitzenden Augen. In meiner Gegenwart wagen Sie es, meinen Gemahl, den heimgekehrten Kaiser, zu schmähen?

Ja, das wage ich, sagte Neipperg, sie mit stolzem, trotzigem Blick anschauend. Für mich ist Bonaparte nicht der heimgekehrte Kaiser, sondern ich sage von ihm, was heute Morgen der Kaiser Franz sagte, als Fürst Metternich ihm die Nachricht von der Flucht Napoleons brachte: „Er ist ein Abenteurer, der jetzt seine letzte Rolle spielt."

Oh, mein Gott, murmelte Marie Louise, schweigen Sie doch! Gönnen Sie mir doch die Hoffnung auf die Zukunft.

Nein, rief Neipperg mit einem grausamen Lächeln, nein, ich will nicht schweigen! Sie haben vorher kein Erbarmen mit mir gehabt, jetzt will ich auch keins haben. Sie haben vor mir gejubelt über die Rückkehr Napoleons, jetzt sollen Sie auch von mir den Jubel über das Ende dieses Abenteurers hören müssen. Und ich sage Ihnen, Madame,

dieses Ende wird anders sein, wie Bonaparte in seinem stolzen Hochmuth es vermeint, es wird den schmachvollsten Fluch an seiner Stirn
tragen, den Fluch der Lächerlichkeit! Statt daß man bisher den gestürzten Kaiser bewunderte und fast beklagte, wird man von jetzt an
den flüchtigen Abenteurer, welcher mit seinen tollen Theatercoups Fiasco
macht, verlachen und verhöhnen, und er wird für ganz Europa die
Zielscheibe des Spottes, der Bosheit und des Witzes werden. Ew.
Majestät sagen, Napoleon werde sich nach Paris wenden, nach Frankreich gehen. Nun wohl, möge er es thun! Das französische Volk wird
ihn mit Verwünschungen empfangen, die Armee, welche mit enthusiastischer Liebe an dem guten König hängt, dem sie Treue geschworen,
die Armee wird ihm ihre Waffen entgegenstrecken, und sich nicht noch
einmal von den leeren Versprechungen des Mannes verlocken lassen,
der seit zwanzig Jahren sie von Krieg zu Krieg geschleppt hat, indem
er immer versicherte, daß er nur den Frieden begehre und erkämpfe.
Frankreich war gefaßt auf solchen Handstreich des Abenteurers Napoleon, und es ist bereit, ihn mit Gewalt zurückzuweisen. Schon seit
Wochen ist die ganze Küste Frankreichs mit einem starken Militair-
Cordon besetzt, und mächtige Kriegsschiffe kreuzen unfern der Ufer.
Kein Schiff, kein Boot kann unbemerkt sich Frankreich nähern, und
wenn Napoleon mit seinen hundert Garden und drei Schiffen daher
kommt, wird das Hohngelächter, welches ihn von den französischen
Schiffen und von dem Ufer her empfängt, ihm besser als rollende
Kanonenkugeln das Scheitern seines abenteuerlichen Kaiserunternehmens
anzeigen. Aber nehmen wir an, daß es ihm gelingt zu landen, daß
er unter einer Verkleidung den Boden Frankreichs betritt, daß er einige
Abenteurer findet, welche sich ihm anschließen, so wird doch die ganze
Nation sich wider ihn erheben, und auf ihre Wittwen und Waisen
zeigend, wird sie rufen: Wir wollen Dich nicht, Dich, den Mörder
unserer Söhne und Männer, wir verwünschen Dich, den Menschen-
schlächter! Wir wollen Frieden, Frieden, und den giebt und erhält uns
unser König. Hebe Dich weg von uns! Frankreich verwirft den
Tyrannen, der es so lange unterjocht, so lange seine Freiheit unter-

brückt hat. Frankreich will frei sein, und es schaudert zurück vor Deiner despotischen Hand!

Nein, rief Marie Louise trotzig, nein, Sie irren sich, mein Herr! Frankreich wird des Ruhmes gedenken und der Siege, mit welchen der Kaiser es wie mit einer Glorie umstrahlt hat, Frankreich wird der Liebe gedenken, welche sein großer Kaiser ihm stets bewiesen hat, und es wird ihm seine Arme entgegenstrecken, und wird ihn jubelnd willkommen heißen, und ihn anerkennen als seinen Kaiser!

Nun wohl, nehmen wir an, daß es so sei, sagte General Neipperg, glauben wir, daß die Hoffnungen Eurer Majestät sich verwirklichen, daß Napoleons abenteuerliches Unternehmen von Erfolg gekrönt wird, und er sich wieder zum Kaiser von Frankreich erhebt. Sein erster Schritt auf den Thron ist für ganz Europa eine Kriegserklärung und alle Mächte sind entschlossen, diese Kriegserklärung anzunehmen und den Friedensstörer zu bekämpfen auf Leben und Tod. Schon haben die Regenten von Oesterreich, Rußland, England und Preußen sich hier zum neuen Kampf verbündet, schon rufen sie ihre Heere, und jubelnd werden ihre Soldaten zu den Fahnen eilen und wieder hinziehen nach Frankreich. Und inmitten dieser Heere, die voll Siegesmuth von allen Seiten herbeiströmen, steht Napoleon allein, ohne Bundesgenossen, ganz Europa gegen sich gewaffnet. Wird er die Kraft haben, er mit seinem geschwächten Heer, das den Glauben an seine Unüberwindlichkeit und das Glück des Kaisers schon auf den Schneefeldern von Rußland eingebüßt hat, wird er die Kraft haben, den Armeen aller europäischen Mächte die Stirn zu bieten?

Marie Louise senkte traurig ihr Haupt. Ich sehe wohl, seufzte sie, er ist verloren.

Ja, rief General Neipperg triumphirend, ja, er ist verloren. Zum zweiten Mal werden wir ihn vernichten, zum zweiten Mal werden wir ihn seines Theaterputzes, seiner Kaiserkrone und seines Kaisermantels entkleiden. Aber dies Mal wird man weniger großmüthig, weniger respectvoll sein. Vor einem Jahr war Napoleon noch der Kaiser, welchen man besiegt hatte und dem man Rücksicht schuldig zu sein glaubte, jetzt wird er der gefangene Abenteurer sein, den man verurtheilt und richtet.

Sie wollen ihn hinrichten? rief Marie Louise entsetzt.

Nein, sagte Neipperg ruhig, mag er leben, ein Leben der Demüthigung, der Erniedrigung, des Hohns und der Schande. Verbannt auf irgend eine wüste Insel im Ocean, oder in einem Käfig umhergeführt, um den Völkern gezeigt zu werden als die Geißel Gottes, die einst gesandt worden, um die Völker zu strafen, die Gott aber jetzt bei Seite geworfen hat. Er wird bei Gott und Menschen kein Erbarmen finden, er wird allein sein, ganz allein. Doch nein, ich irrte mich, seine Gemahlin wird bei ihm sein und auch sein Sohn. Sie werden seine Schmach, seine Demüthigung mit ihm theilen, sie werden mit ihm in der Wüste des Weltmeers oder im Gefängniß leben. Oh, Marie Louise wird sich unsterblich machen, und wenn man auch dereinst von ihr sagen wird: „sie war eine schlechte Patriotin, denn sie verrieth ihr deutsches Vaterland, sie war eine undankbare Tochter, denn sie verließ ihren Vater", so wird man doch bewundernd hinzusetzen: „aber sie war eine treue Gattin, denn sie folgte dem Feind ihres Vaterlandes, ihres Hauses, in das Elend und die Schande, sie bewunderte ihn, obgleich ganz Frankreich ihn verhöhnte, sie liebte ihn, obgleich Er sie selber niemals geliebt, ihr immer die Treue gebrochen und es ihr nie vergeben hat, daß sie ihm nicht nach Elba gefolgt war, sondern diese Ehre seinen Geliebten überlassen hatte." — Oh, zu denken, daß Marie Louise, meine Herrin, die geliebte Tochter ihres Vaters, die von Oesterreich angebetete deutsche Fürstin, daß diese edle, stolze, tugendhafte Frau dazu verurtheilt ist, an der Seite eines corsischen Abenteurers durch die Welt zu ziehen ohne Heimath, ohne Vaterland, ohne Namen und ohne Ehre! Denn täuschen Sie sich nicht, Fürstin, an dieser Stunde hängt Ihre ganze Zukunft, in dieser Stunde entscheiden Sie über den Rang, den Sie künftig in der Welt einnehmen, den Sie Ihrem Sohne geben wollen!

Was sagen Sie? fragte Marie Louise entsetzt. Wie kann ich jetzt entscheiden über meine Zukunft, ich, eine arme, willenlose Frau?

Sie sollen in dieser Stunde einen Willen haben, sagte Neipperg feierlich. Ihr Herr Vater, der Kaiser, ermächtigt Sie dazu. Fürstin, ich komme im Auftrag des Kaisers. Er legt Ihre Zukunft in Ihre Hand, und gleich den Monarchen von Rußland und Preußen, gleich ganz Europa, wartet er auf Ihre Entscheidung. Die Mächte haben sich vereint zum Kriege gegen Napoleon, und in diesem großen europäischen Kriege wollen und dürfen sie keine Neutralität dulden. Wer mit Napoleon geht, der ist ihr Feind, den sie angreifen, wer wider ihn ist, der ist ihr Bundesgenosse, den sie beschützen und für dessen Wohlfahrt sie sorgen. Sie fragen jetzt die einstige Kaiserin von Frankreich, die einstige Gemahlin Napoleons, auf welche Seite sie sich stellen will, — auf die Seite Napoleons, oder auf die Seite der Verbündeten? Auch für Sie ist die Zeit der Neutralität vorüber, und auch Sie müssen vor ganz Europa sich offen erklären. Wollen Sie zu Napoleon stehen, wohlan, der Kaiser Franz gestattet es Ihnen, er will die Feindin Deutschlands nicht mehr zwingen, sich seine Tochter zu nennen und in seinem Hause zu wohnen.

Das heißt, er will mich verstoßen? rief Marie Louise entsetzt.

Das heißt, er gestattet Ihnen, mit Ihrem Sohne zu Ihrem Gemahl zurückzukehren, und er wird vergessen, daß die Gemahlin des Abenteurers Napoleon einst seine Tochter war und daß er ihren Sohn als seinen Enkel geliebt hat. Die Monarchen, welche sich einst für die Tochter des Kaisers Franz, für die deutsche Erzherzogin, die entthronte Kaiserin verwandten, und ihre Zukunft sichern, und sie zur Souverainin eines schönen und reichen Herzogthums machen wollten, die Monarchen geben es auf, für Diejenige zu sorgen, welche sich laut zu ihrer Feindin bekennt, und einem Mann anhängt, welcher der Feind Deutschlands, der Feind ganz Europa's ist; sie ziehen ihre Hand zurück von der Gemahlin Napoleons, und sie mag sein Loos mit ihm theilen, aber nimmer wird sie Herzogin von Parma werden, nimmer wird sie als Erzherzogin von Oesterreich in die Staaten ihres Vaters zurückkehren dürfen.

Oh Gott, Gott, schrie Marie Louise in Todesangst, was soll ich denn thun, um dies Unheil von mir abzuwenden? Was kann ich beginnen, um meinem Vater, um den Monarchen zu beweisen, daß ich nicht eine Feindin meines Vaterlandes und meines Kaisers bin?

Madame, ich sagte Ihnen erst, was der Kaiser von Oesterreich, was die Verbündeten thun werden, wenn Sie sich auf Napoleons Seite stellen wollten. Es bleibt mir noch übrig zu sagen, was sie thun werden, wenn Sie sich als deutsche Prinzessin, als Erzherzogin von Oesterreich, als die Tochter Ihres kaiserlichen Vaters offen und frei zu den Alliirten, zu den Gesinnungen Ihres Vaters, Deutschlands und ganz Europa's bekennen wollen. Geben Sie ein Zeugniß, daß Sie dies thun, sagen Sie sich feierlich los von Napoleon, und der Kaiser, Ihr Vater, wird Sie mit Thränen des Entzückens in seine Arme schließen und er wird Ihren Sohn als seinen Enkel segnen und behüten, und Sie Beide lieben und heilig halten. Sagen Sie sich heute, in dieser Stunde los von Napoleon, und die Monarchen und alle Mitglieder des Congresses werden morgen schon in feierlicher Sitzung es für ihre erste, ihre heiligste Pflicht erachten, die Zukunft der Erzherzogin Marie Louise zu sichern; sie werden Sie einstimmig und unabänderlich zur Herzogin von Parma erklären, und morgen schon wird Marie Louise die freie, selbstständige und unabhängige Souverainin eines Herzogthums, gesichert gegen alle Wechselfälle des Schicksals, sein.

Und mein Sohn? fragte Marie Louise lebhaft.

Der Kaiser von Oesterreich wird seinem Enkel, dem er die Erbfolge in Parma nicht zugestehen darf, eine glänzende Dotation in Böhmen geben, und ihm den Titel eines Herzogs von Reichstadt verleihen, wie er das schon früher beschlossen hat.

Aber wie soll ich mich feierlich lossagen von Napoleon, fragte Marie Louise, wie muß ich es anfangen, damit man mir glaubt, daß ich keine ehrgeizigen Wünsche mehr hege und kein Gelüste mehr trage nach der französischen Kaiserkrone?

Setzen Sie sich dort an Ihren Schreibtisch, Madame. Schreiben Sie ein kurzes, zärtliches Billet an den Kaiser, Ihren Vater. Schreiben Sie Sr. Majestät, daß Sie ihn bitten, was auch Napoleon fordern möge, Sie und Ihren Sohn unter keiner Bedingung wieder an ihn auszuliefern. Versichern Sie ihn mit heiligem Schwur, daß Sie dem

Unternehmen Napoleons ganz fremd sind, daß Sie nichts gewußt haben von seinen Plänen und stellen Sie sich und Ihren Sohn unter den Schutz des Kaisers und seiner Alliirten.

Warten Sie, rief Marie Louise, zu ihrem Schreibtisch stürzend und sich vor demselben niederlassend, wiederholen Sie mir doch noch einmal, sagen Sie mir, was ich schreiben muß. Dictiren Sie mir!

Nun wohl denn, haben Ew. Majestät die Güte zu schreiben: „Mein gnädigster Vater! Noch ganz bewegt und erschüttert von der furchtbaren Nachricht, die ich so eben erhalten, eile ich, Ew. Majestät zu beschwören, mir Ihre Gnade nicht zu entziehen und Ihre unglückliche und gehorsame Tochter nicht von Ihrem Herzen zu verstoßen. Ich schwöre Ew. Majestät, daß ich dem Unternehmen Napoleons ganz fremd bin, nichts gewußt habe von seinen Plänen, und nichts wünsche und begehre, als aus den Händen meines kaiserlichen Vaters allein meine Zukunft zu empfangen. Ich beschwöre Ew. Majestät, mich und meinen Sohn unter Ihre Obhut zu nehmen, und ich stelle mich hiermit feierlich unter den Schutz Ew. Majestät und der alliirten Souveraine. Zugleich ersuche ich Ew. Majestät, meinem mütterlichen Herzen einen Wunsch zu erfüllen, und mir gnädigst zu gestatten, daß ich meinem Sohn das herrlichste und ehrenvollste Geschenk mache, daß ich ihm den Namen seines Großvaters gebe, und ihn von heute an Franz benenne, auch meine Dienerschaft anweise, ihn von jetzt an nicht anders zu benennen. Mögen Ew. Majestät dies als einen kleinen Beweis der treuen und kindlich ergebenen Gesinnung betrachten, mit der ich bin Ew. Majestät ganz gehorsame Tochter   Marie Louise.*)

Ach, rief Marie Louise, nachdem sie zu Ende geschrieben, die Feder bei Seite werfend, jetzt bin ich Herzogin von Parma.

Mit hastigen Händen faltete sie das Papier zusammen und adressirte es. Dann stand sie auf, und mit dem Papier in der Hand näherte sie sich dem Grafen, der mit strahlendem Angesicht ihr entgegen schauete.

Hier, General, sagte sie, mit einem sanften Lächeln ihm das Billet

---

*) Méneval: Mémoires. III. 142.

darreichend, tragen Sie dies Billet zu meinem Vater. Ich selber werde ihm sagen, daß Sie heute den schwersten und größten Ihrer Siege gefeiert haben, den Sieg über ein menschliches Herz. Sie haben meinem rebellischen Herzen eine tüchtige Schlacht geliefert, und zwar mit scharfen zweischneidigen Waffen, aber Sie haben damit die übermüthige, ehrgeizige Kaiserin besiegt, und sie in eine gehorsame Erzherzogin verwandelt. Sie haben mich besiegt, General, und dennoch, ja dennoch danke ich Ihnen, und werde dieser Stunde nie vergessen!

Graf Neipperg erwiederte nichts, er knieete vor Marie Louise nieder und preßte die Hand, welche ihm das Billet darreichte, an seine glühenden Lippen und schaute dann zu ihr auf mit einem seligen entzückten Ausdruck.

Auch ich werde dieser Stunde nie vergessen, flüsterte er, sie wird das schönste Besitzthum meines Lebens bleiben!

Stehen Sie auf, Graf, sagte Marie Louise beklommen, der Kaiser wird Sie erwarten. Bringen Sie ihm mein Billet.

Graf Neipperg erhob sich, verneigte sich tief und wandte sich der Thür zu.

Graf, rief Marie Louise, noch ein Wort!

Sofort wandte der Graf sich um, und kehrte zu ihr zurück.

Ich bemerke, daß Sie einen schwarzen Flor um Ihren Arm tragen, sagte Marie Louise hastig. Sie haben also Trauer? Wer ist Ihnen denn gestorben, und wen haben Sie zu beweinen?

Ew. Majestät, sagte der Graf mit seltsam bewegtem Ton, ich erhielt heute Morgen eine ganz unerwartete Nachricht. Ich bin Wittwer, meine Gemahlin ist nach zweitägiger Krankheit plötzlich gestorben.*)

Marie Louise zuckte zusammen, eine tiefe Purpurgluth flog über ihre Wangen hin, und vor dem glühend auf sie gehefteten Blicke des Grafen schlug sie befangen die Augen nieder.

Graf Neipperg trat noch dichter zu ihr hin, und mit zitternder bewegter Stimme flüsterte er: Ew. Majestät fragten mich, wer mir

---

*) Méneval: Mémoires. III. 221.

gestorben, und wen ich beweinte. Gestorben ist mir die Gemahlin, aber ich beweine sie nicht, und als ich die Trauerbotschaft erhielt, jauchzte mein sündiges Herz, und ich rief freudig: ich bin frei. Mein Herz darf sein Idol lieben und anbeten, und Niemand darf sagen, daß meine Liebe ein Verbrechen ist! Ich bin frei!

Er neigte sich auf die Hand Marie Louisens, drückte einen flammenden Kuß auf dieselbe, und eilte hinaus.

Marie Louise schaute lange noch nach der Thür hin, durch welche er verschwunden war. Dann hob sie die großen blauen Augen mit einem vorwurfsvollen Ausdruck zum Himmel empor.

Er ist frei, flüsterte sie. Er darf lieben ohne Sünde, — aber ich? Oh mein Gott, ich?

III.

Das unterbrochene Fest.

Fünf Tage der Ruhe und des Schweigens waren diesem ersten Donnerschlag des über Europa hereinbrechenden Gewitters gefolgt, und keine weitern Nachrichten von dem Unternehmen Napoleons waren bis jetzt nach Wien gelangt. Dennoch konnte man an der Kunde von der Flucht Napoleons nicht mehr zweifeln, denn an jenem ersten Tage waren noch zwei weitere Couriere von Genua angelangt, und sie hatten die Nachricht bestätigt.

Napoleon hatte wirklich Gelegenheit gefunden, der Wachsamkeit der englischen Schiffe zu entgehen und die Insel Elba zu verlassen. Freilich war der Commodore Sir Colin Campbell in der letzten Zeit mit ganz andern Dingen beschäftigt gewesen, als mit der Bewachung Napoleons, und statt den Blick auf Elba geheftet zu haben, hatte er ihn nach Livorno hingewandt, nach Livorno, wo die Frau jetzt weilte, welche er liebte, nach Livorno, wo die schöne Gräfin

Ildefonse wohnte, und Sir Colin Campbell zu sich lockte mit ihrem bezaubernden Angesicht. Der Commodore hatte nicht die Kraft gefunden, den Liebesblicken der Zauberin zu widerstehen, und statt mit seinem Schiff die Insel Elba zu bewachen, hatte er es immer wieder nach Livorno gelenkt, um dort in den Zaubergärten seiner Armida alles Andere zu vergessen, außer seine Liebe.*)

Diese häufige Abwesenheit von den Küsten Elba's hatte die Flucht des Kaisers außerordentlich begünstigt, und es ihm möglich gemacht, die hohe See zu erreichen, ohne von irgend einem Unfall aufgehalten zu werden.

Das waren die Nachrichten, welche die beiden andern Couriere von Genua nach Wien gebracht, und welche wie ein Blitz in allen Gemüthern gezündet hatten. Jedermann kannte jetzt die große, welterschütternde Neuigkeit, Jedermann war in lebhafter Spannung, die weitere Entwickelung dieses großen Drama's, das Napoleon der Welt darstellen wollte, zu schauen, und mit glühender Neugierde wandten sich Aller Blicke dem Kaiserhofe zu, suchten sie in den Angesichtern der Monarchen und der Diplomaten den Eindruck zu lesen, den das große Ereigniß auf sie gemacht.

Aber der Kaiserhof bot immer noch das Bild des sorglosen Glückes, der ungetrübten Festlichkeit dar, und immer noch schienen die Monarchen und Diplomaten nur darauf bedacht, ihre „Ferien in Wien" möglichst heiter und in glänzender Festlichkeit zu durchjubeln. Nichts hatte sich daher geändert in der Physiognomie des Congresses und der Gesellschaft.

Am Abend des Tages, an welchem die Nachricht von der Flucht Napoleons in Wien eingetroffen, hatte wirklich das von der Kaiserin veranstaltete Fest stattgefunden, und die Gräfin Edmond von Perigord hatte wirklich, wie ihr Talleyrand das am Morgen prophezeihte, als junge Debütantin in dem Vaudeville, „der unterbrochene Tanz" einen glänzenden Triumph gefeiert. Der Theater-Aufführung war ein Ball gefolgt, und man hatte sich dem Tanz und den Vergnügungen des

---

*) Mémoires du Duc de Rovigo. VII. S. 850.

Abends mit derselben sorglosen Heiterkeit hingegeben, mit der man bis hierher jeden Tag hatte scheiden, jeden neuen Tag hatte kommen sehen.

Das Publikum sah nur die Oberfläche, nur den heitern Schein, Niemand konnte das Geheimniß der Conferenzen durchdringen, Niemand konnte Nachricht geben von dem, was Talleyrand, der Minister Frankreichs, täglich mit den Ministern von Oesterreich, Preußen, Rußland und England besprach und verabredete.

Die Diplomaten beobachteten ein tiefes Schweigen, sie legten den sternfunkelnden Schleier der Feste und Zerstreuungen über ihre ernsten Angesichter, sie beriethen sich in der Stille, und vergnügten sich vor aller Welt.

Fünf Tage also, wie gesagt, waren vergangen seit jenem ersten Blitzstrahl, der von Elba herübergeflammt war, und noch immer waren keine weitern Nachrichten angelangt.

Man schien also in Wien ganz heiter und unbesorgt zu sein und vielleicht um der Welt zu beweisen, daß man es sei, hatte Fürst Metternich für heute, den zwölften März, ein großes glänzendes Ballfest arrangirt.

Alle diese glänzenden Säle waren heute wieder festlich decorirt und leuchteten wieder im Glanz der Lichter, der Spiegel und der Goldverzierungen, und lächelnd, ruhig und heiter wie immer, durchschritt Fürst Metternich in seiner goldgestickten Staatsuniform, die Brust bedeckt mit funkelnden Orden, die Säle, mit liebenswürdiger Beflissenheit seine Gäste empfangend. Er hatte wieder die ganze hocharistokratische Gesellschaft eingeladen, welche sich täglich hier und dort in den Salons, oder in den Kaisersälen zusammentraf. Alle Diplomaten des Congresses, der ganze hohe Adel, alle in Wien anwesenden Fürsten hatten von Metternich zu dem heutigen Ballfest eine Einladung erhalten, und sie angenommen. Kaiser Franz mit seiner Gemahlin und seinem ganzen Hof hatte sein Erscheinen zugesagt, der König von Preußen hatte durch seinen General-Adjutanten dem Fürsten seinen Besuch anmelden lassen und der König von Baiern war seinem Beispiel gefolgt. Jedermann wollte der Welt Zeugniß geben von dem guten Einvernehmen, welches unter den Mächten herrscht, von dem freudigen Zusammengehen und

Zusammentanzen mit dem österreichischen Minister, dem Präsidenten des Congresses.

Fürst Metternich aber sollte heute noch eine andere Genugthuung empfangen. Er hatte sich wohl gehütet, den Kaiser von Rußland oder irgend ein Mitglied der kaiserlichen Familie einzuladen, er hatte es sogar vermieden, an die russischen Großen seine Invitationen zu senden. Sie waren bei seinem letzten Ballfeste trotz der angenommenen Einladung nicht erschienen, weil Kaiser Alexander sein Kommen verweigert hatte. Fürst Metternich wollte also ihnen und sich einen abermaligen Refus ersparen, und da er den Kaiser Alexander nicht einzuladen wagte, hatte er den Russen überhaupt keine Einladungen gesandt.

Aber auf einmal öffneten sich die Thüren des ersten Salons, und man sah da die Kaiserin Elisabeth, die Großfürstin Katharina in reicher, glänzender Toilette, strahlend von Brillanten, neben ihnen den Kaiser Alexander in der Uniform seines österreichischen Regiments und hinter ihm das glänzende Gefolge der Hofdamen, Generäle und Adjutanten des Kaisers.

Fürst Metternich war eben, in der Mitte des zweiten Salons stehend, mit dem König von Preußen und dem Herzog von Wellington in einem lebhaften Gespräch begriffen, und zufällig richtete sich sein Blick nach dem ersten Salon hin, da sah er durch denselben einherschreiten die hohe glänzende Gestalt des Kaisers Alexander, neben ihm die beiden Damen, welche ihm entgegenschauten mit einem holden, gütigen Lächeln.

Fürst Metternich unterbrach sich mitten in einem angefangenen Satze; sich vor dem König Friedrich Wilhelm verneigend und um Entschuldigung bittend, eilte er dem Kaiser entgegen.

Alexander trat rascher, den Damen vorauseilend, auf ihn zu und reichte ihn mit einem freundlichen Kopfneigen die Hand dar. Fürst Metternich, sagte er laut genng, um von der lauschenden, athemlosen Gesellschaft verstanden zu werden, Fürst Metternich, ich komme mit meinen Damen, um mir mit ihnen Entschädigung zu suchen für das vorige Ballfest, bei dem wir nicht gegenwärtig waren. Aber werden Ihnen auch die ungebetenen Gäste willkommen sein?

Sire, rief Metternich mit strahlendem Angesicht, ich finde keine Worte, um Ew. Majestät zu danken für die gnädige Auszeichnung, die Ew. Majestät mir wiederfahren lassen, und ich bin noch so berauscht davon, daß ich kaum weiß, ob ich wache oder ob dies nur ein goldener Feentraum ist.

Oh, ich dächte, der Herr Bonaparte hat uns schon einmal wieder aus allen Feenträumen aufgeschreckt, rief Alexander, und wir, Metternich, wir wollen jetzt zusammen wachen und handeln. Alles sei vergessen, und so lange wir leben, soll von diesem Gegenstand, der uns veruneinte, niemals wieder die Rede sein. Wir haben jetzt wichtigere Dinge zu thun, Napoleon ist zurückgekehrt, und unsere Allianz muß fester sein, denn je.*) Nicht wahr, wandte er sich dann mit einem sanften Lächeln an den Kaiser von Oesterreich, der eben zu ihnen trat, jetzt sind Sie mit mir zufrieden, und es freut Sie, mich mit dem Fürsten Metternich wieder ausgesöhnt zu sehen?

Sire, sagte der Kaiser Franz, indem er seine Hand auf die Hand des Kaisers legte, lassen Sie mich, wie der Schiller in seinem Gedicht sagt, lassen Sie mich in Ihrem Bunde der Dritte sein!

Und ich? fragte der König von Preußen, zu ihnen tretend; soll ich nicht auch meinen Theil haben an diesem Bunde und diesem Handschlag?

Ach, Sire, rief Alexander, Sie haben Theil an allem Guten, Edlen und Großen, und wenn Sie zu uns stehen, wird uns auch Segen und Erfolg nicht fehlen, denn über Ihnen wacht der Genius, der unsere Schwerdter segnet, der Genius Louise! — Aber wir vergessen, daß wir zu einem Feste und nicht zur Conferenz versammelt sind, und daß wir das Wort des Fürsten Ligne immer noch bewahrheiten müssen: „A Vienne l'unique affaire est de traiter le plaisir."

Und jetzt schien sich die ganze glänzende und auserlesene Gesellschaft ganz und gar nur noch dieser einzigen Angelegenheit, dem Vergnügen, hinzugeben. Ueberall begegnete man nur heitern, frohen Ge-

---

*) Alexanders eigene Worte. Siehe: Memoiren des Freiherrn von Wolzogen. S. 280.

ſichtern, überall lachte und ſcherzte man, und als endlich in dem großen glänzenden Tanzſaal die Muſik begann und ihre berauſchenden, jubelnden Klänge ertönen ließ, ſah man bald die Fürſten und Diplomaten mit den reizenden Damen im Tanz dahin ſchweben.

Freilich bildeten ſich auch hier und da einzelne Gruppen, in denen man nicht blos ſchäkerte und lachte, freilich begegnete man unter dieſer glänzenden frohlockenden Menge auch zuweilen bedenklichen Geſichtern, und manches ernſte Geſpräch durfte ſich, begleitet von den ſchmetternden Tönen der Muſik, in den Tanzſaal wagen.

Hier und da in den Fensterniſchen ſtanden die Diplomaten und Staatsmänner bei einander, die Zukunft mit einander berathend und immer wieder zurückkommend auf die große Frage, auf welche man noch immer keine Antwort wußte, die große Frage: wohin iſt Napoleon gegangen? Wo wird er landen?

Er wird nicht nach Frankreich gehen, ſagte Talleyrand, welcher da drüben mit dem König von Baiern und dem Staatskanzler von Hardenberg in der Fensterniſche ſtand.

Wohin er auch gehen möge, rief der König von Baiern, wo er auch den Hexentanz wieder beginnen möge, ich werde zu den Muſikern gehören, welche ihm aufſpielen. *)

Und ich denke, wir werden mit dem Herrn Bonaparte den Kehraus tanzen, ſagte Hardenberg lächelnd. Aber was iſt das? Sehen Ew. Majeſtät nur, mit welcher Lebhaftigkeit der Kaiſer Franz ſich da dem Kaiſer Alexander nähert, während Fürſt Metternich zu dem König von Preußen hineilt. Es muß Etwas geſchehen ſein, irgend eine Nachricht —

In dieſem Augenblick näherte General Harbegg ſich den Herren.

Sire, ſagte er, ſich dem König von Baiern zuwendend, Sire, ſo eben ſind zwei Couriere aus Frankreich angelangt, der eine an den Fürſten Metternich, der andere an den Kaiſer Alexander. Sie bringen Beide dieſelbe Nachricht: Napoleon iſt in Frankreich gelandet!

In Frankreich? rief der König; und weiß man, wo er gelandet iſt?

---

*) Ménéval, Mémoires. III. 131.

Ja, Sire, ungefähr auf derselben Stelle, an welcher er, aus Aegypten heimkehrend, landete. Bei Cannes ist Napoleon an das Land gestiegen und als er den Fuß auf den Boden Frankreichs setzte, war sein erstes Wort: der Wiener Congreß ist aufgehoben.*)

Und wie hat die Bevölkerung ihn empfangen?

Sire, wie man sagt, mit wahrem Enthusiasmus!

Ach, ich muß die Herren sprechen, rief der König, rasch aus der Fensternische hervortretend und zu den Monarchen hineilend, welche in der Mitte des Saals standen und lebhaft mit einander sprachen.

Die lustige Tanzmusik rauschte noch immer, die Paare hatten sich bis jetzt in wirbelnden Kreisen gedreht. Aber jetzt auf einmal war es, als ob ein Zauberwort sie Alle bannte, jetzt auf einmal verstummte das heitere Geplauder, verblich das Lächeln auf allen Gesichtern. Mit erschrockenen Blicken schaute man einander an, und die zitternden Lippen flüsterten: er ist in Frankreich!

Die Musik jauchzte und klang immerfort und rief mit ihren jubelnden Tönen die Ballgäste zum Tanz. Aber die Paare standen wie gefesselt da und der Raum für die Tanzenden blieb leer. Alle Gesichter waren bleich und entsetzt, es schien, als sei ein Gespenst durch den glänzenden Ballsaal dahingegangen und habe Alles angehaucht mit seinem eisigen Todesathem; selbst die Lichter auf den Kronleuchtern schienen trüber zu brennen, die Diamanten der Damen matter zu funkeln, und die Musik schien Allen nur noch entgegenzukreischen: „Napoleon ist in Frankreich!"

Niemand mochte mehr tanzen nach dieser fürchterlichen Musik. Sie schmetterte an Aller Ohren wie die Drommete des jüngsten Gerichtes.

Endlich, da die Musici sahen, daß ihre Klänge vergeblich die Tänzer lockten und riefen, endlich verstummten auch sie, und bei diesem unerwarteten, überraschenden Schweigen hörte man die Stimme des Kaisers Alexander, welcher, Talleyrand gegenüber stehend, soeben zu diesem sagte: ich hatte es Ihnen vorher gesagt, daß die Dinge nicht

---

*) Comte de la Garde: Mémoires. IV. 124.

lange so fortgehen könnten, und daß Napoleon nicht, wie sie meinten, ein todter Mann sei.*)

Talleyrand, bleich und sichtbar erschüttert, verneigte sich, und fand kein Wort der Erwiderung.

Alexander wandte sich von ihm und zu dem Kaiser Franz hintretend, flüsterte er: jetzt ist es Zeit, daß wir uns öffentlich gegen Napoleon aussprechen. Ein Glück, daß Ihre Frau Tochter sich feierlich für uns erklärt, und Bonaparte entsagt hat. Wir haben also keine Rücksicht zu nehmen. Die Herzogin von Parma wird uns nicht zürnen, wenn wir den Bannstrahl gegen Bonaparte schleudern. Sind Ew. Majestät nicht auch der Meinung, daß wir jetzt sprechen müssen?

Ja, sagte Kaiser Franz gelassen, das Gewitter muß losbrechen. Der Bonaparte hat geblitzt, jetzt wollen wir donnern, und ganz Europa soll uns vernehmen. Kommen Sie, Sire.

Er nahm den Arm Alexanders, und verließ, gefolgt vom Fürsten Metternich, den Saal. In diesem Moment sah man den König Friedrich Wilhelm dem Herzog von Wellington und dem Staatskanzler von Hardenberg mit der Hand einen Wink geben, und sich dann auch der Thür zuwenden. Die beiden Herren folgten ihm und entfernten sich mit ihm, und jetzt schlich auch Talleyrand mit seinen französischen Begleitern leise und schnell von dannen; hier und dort sah man jetzt auch andere Diplomaten durch die Säle dahin schlüpfen und dem Ausgang zueilen.

Immer stiller, immer leerer ward es in den Sälen, ohne Wort und ohne Gruß eilte man fort, und das Vaudeville, das man an jenem Abend, als die Nachricht von Napoleons Flucht anlangte, zum ersten Mal im Scherz aufgeführt hatte, das Vaudeville: „Der unterbrochene Tanz," es fand jetzt bei der Nachricht von Napoleons Heimkehr nach Frankreich seine zweite Wiederholung, aber sehr im Ernst, und die Gesichter aller der unfreiwilligen Mitspieler waren bleich und verstört.

Der Congreß in Wien, er war von dieser Stunde an wirklich ein

---

*) Comte de la Garde. IV. 123.

„unterbrochener Tanz“, und jetzt konnte man nicht mehr sagen: A Vienne, l'unique affaire est de traiter le plaisir!

Napoleon hatte wohl dafür gesorgt, daß man endlich auf dem Wiener Congreß sich auch mit ernsten Dingen beschäftigen mußte, und dem „tanzenden Congreß“ hatte er ein Ende gemacht.

Das Gewitter war wieder über Europa heraufgezogen. Napoleon hatte, wie Kaiser Franz sagte, geblitzt, und jetzt mußten die Alliirten den Donner vernehmen lassen.

Dieser Donner erdröhnte am Morgen des dreizehnten März, und in der Nacht des unterbrochenen Ballfestes beim Fürsten Metternich hatten die Alliirten ihn vorbereitet.

Am dreizehnten März erschien die feierliche Proclamation der verbündeten Monarchen, in welcher sie vor ganz Europa Napoleon in die Acht erklärten.

Diese Proklamation lautete:

„Die Mächte, welche den Tractat von Paris unterzeichnet haben, jetzt beim Congresse in Wien vereinigt, und unterrichtet sind von der Entweichung Napoleons, wie auch von seinem Einbruch in Frankreich mit bewaffneter Hand, die Mächte erachten es ihrer Würde und des Interesses der öffentlichen Ordnung wegen für ihre Pflicht, eine feierliche Erklärung abzulegen über die Gefühle, welche dies Ereigniß in ihnen hervorgerufen hat.“

„Bonaparte hat durch den Bruch der Convention, welche ihn auf der Insel Elba einsetzte, den einzigen gesetzlichen Anspruch vernichtet, an welchen seine Existenz geknüpft war. Durch sein Wiedererscheinen in Frankreich, das verbunden ist mit Plänen der Verwirrung und des Umsturzes alles Bestehenden, hat er sich selbst des Schutzes der Gesetze beraubt und der ganzen Welt gegenüber an den Tag gelegt, daß man nicht im Stande ist, Ruhe und Frieden mit ihm zu haben.“

„Demgemäß erklären die Mächte, daß Napoleon Bonaparte sich außerhalb aller bürgerlichen und gesellschaftlichen Beziehungen gesetzt hat, und daß sie ihn als Feind und Störer des Weltfriedens der öffentlichen Acht überliefern. Sie erklären zu gleicher Zeit, daß, fest entschlossen, den Tractat von Paris vom dreißigsten März 1814 auf-

recht zu halten, sie alle ihnen zu Gebote stehenden Mittel anwenden
wollen, damit der allgemeine Frieden, dieser Gegenstand der Wünsche
von ganz Europa, dieses beständige Ziel aller ihrer Arbeiten, nicht
auf's Neue gestört werde, und damit er gesichert sei gegen jedes
Attentat, das droht, die Völker wieder in die Unordnungen und das
Unglück der Revolutionen zurückzustoßen."

„Obwohl innig überzeugt, daß ganz Frankreich, sich um seinen
legitimen Herrscher schaarend, diesen letzten Versuch eines verbrecherischen und ohnmächtigen Deliriums unverzüglich in das Nichts schleudern werde, erklären doch alle Souveraine Europa's, daß sie, belebt
von denselben Gefühlen, und geleitet von denselben Principien, auf
den Fall, daß gegen alle Berechnung aus diesem Ereigniß eine wirkliche Gefahr irgend einer Art entstehen könnte, bereit sein werden, dem
König von Frankreich und der französischen Nation, oder jeder andern
angegriffenen Regierung, sobald es gefordert wird, den nöthigen Beistand zu leihen, um die öffentliche Ruhe wieder herzustellen, und ge-
meinschaftliche Sache zu machen gegen alle Diejenigen, die es versuchen
wollen, sie zu compromittiren." *)

———

IV.

Die Siegesbotschaft.

Tiefe Stille, ununterbrochene Ruhe herrschte nach wie vor in den
Räumen des Schlosses von Schönbrunn. Einen Moment nur war
diese Stille von der Nachricht, welche aus Elba und Frankreich herüber tönte, unterbrochen worden, dann war wieder Alles schweigend
und lautlos geworden und keine weiteren Nachrichten waren bis zum
Ohr der Kaiserin gelangt.

———

*) Fleury de Chaboulon, Mémoires etc. Vol. II. 182.

Keine einzige französische Zeitung durfte mehr die Schwelle des Schlosses überschreiten, und die österreichischen Zeitungen beobachteten ein strenges unverbrüchliches Schweigen über Alles, was in Frankreich geschah. Der Umgebung Marie Louisens war es vom Kaiser Franz streng untersagt, ihre Gebieterin von den Gerüchten zu unterhalten, welche in Wien coursirten, oder auch nur vor ihr den Namen des Kaisers Napoleon zu nennen, und da man wußte, daß es überall auch in Schönbrunn Späher und Aufpasser gab, und da man vor allen Dingen fürchtete, Marie Louise würde das, was man ihr sagen möchte, dem Grafen Neipperg verrathen, hütete man sich wohl, dem Befehl des Kaisers Franz zuwider zu handeln.

Marie Louise wußte daher nichts von all' den Dingen, die man sich in Wien erzählte, sie wußte nur, daß sie jetzt als Herzogin von Parma, Piacenza und Guastalla von den Monarchen anerkannt worden, daß der Kaiser Franz im Namen Marie Louisens vorläufig ihr neues Herzogthum administriren lasse, und daß sie nach wiederhergestelltem Frieden in Begleitung ihres ersten Ministers, des Generals Grafen Neipperg, nach Parma sich begeben würde.

Keine Kunde, wie gesagt, von den Ereignissen, welche sich in Frankreich begeben, war an ihr Ohr gedrungen; nur die Achtserklärung, welche die Alliirten gegen Napoleon geschleudert, war Marie Louise von dem General Neipperg mitgetheilt worden, und nur aus dieser hatte sie erfahren, daß Napoleon in Frankreich gelandet war.

Seit diesem Tage indeß war Marie Louise schweigsam und traurig geworden, das Lächeln war von ihren purpurnen Lippen gewichen, ihre Wangen waren erblaßt, oft saß sie zu ganzen Stunden, gedankenvoll vor sich hinstarrend, da, und achtete nicht auf das liebevolle Zureden ihrer Damen, und hörte nichts von dem heitern Geplauder ihres Sohnes.

Was war es, das Marie Louise so befangen und traurig machte?

War es diese furchtbare Achtserklärung, welche ihren Gemahl, den Vater ihres Sohnes, außerhalb des Gesetzes und der Menschenrechte erklärte?

War es die Sorge um das Schicksal Napoleons, die ihre Augen oft wie mit trüben Schleiern verhüllte?

Niemand wußte das zu sagen. Marie Louise sprach zu Niemand, sie schien angstvoll jede Aeußerung zu vermeiden über das, was ihre Seele beschäftigte, und verbrachte viele Stunden des Tages einsam und allein in ihren Gemächern.

Nur wenn Graf Neipperg kam, schien sie sich gewaltsam aus ihrem dumpfen Hinbrüten aufzuraffen, und bemühte sich, ihre traurige, schwermuthsvolle Stimmung zu überwinden, nur dann kehrte ein Lächeln auf ihre Lippen zurück, ward sie gesprächig und heiter. Mit dem Grafen machte sie täglich weite Spazierritte, mit ihm musicirte sie und lauschte mit einem sanften Lächeln seinem herrlichen Clavierspiel. Aber sobald er sie wieder verlassen, legten sich die Schatten wieder über ihr Antlitz, wich das Lächeln von ihren Lippen, überließ sie sich wieder ihrem schweigenden Trübsinn.

So waren vierzehn Tage vergangen und Marie Louise war immer stiller, immer schweigsamer geworden, und ihre Augen, welche sonst so heiter glänzten, waren jetzt geröthet, doch hatte Niemand ihre Thränen gesehen, und Niemand wußte, ob Marie Louise weine.

Es war noch früh am Morgen und die Gräfin Montesquiou hatte so eben, wie sie das jeden Morgen zu thun pflegte, den jungen Prinzen zu seiner Mutter geführt, um ihr seinen Morgengruß darzubringen.

Marie Louise empfing den Sohn mit einem trüben Lächeln, und ihn dicht zu sich heranziehend, legte sie ihm leise die Hand auf die goldenen Locken und schaute ihm lange und tief in die Augen.

Hast Du mich lieb, Napoleon? fragte sie mit leiser, zitternder Stimme.

Der kleine Prinz stieß einen Freudenschrei aus und warf mit glühendem Ungestüm seine beiden Arme um den Hals seiner Mutter. Ach, rief er dann, sich lebhaft wieder emporrichtend, haben Sie gehört, liebe Quiou? Meine liebe Mama Kaiserin hat mich doch Napoleon genannt, und der kleine böse Erzherzog hat doch gelogen.

Oh, Sire, rief die Gräfin von Montesquiou, man darf Niemand einer Lüge beschuldigen, besonders in seiner Abwesenheit.

Ich will's ihm aber auch in's Gesicht sagen, daß er gelogen hat, rief der Prinz trotzig. Ja, er hat gelogen, meine Mama Kaiserin hat mich so eben Napoleon genannt, und es ist also nicht wahr, daß sie den Kaiser von Oesterreich gebeten hat, er solle ihr erlauben, daß sie mir den häßlichen Namen Franz geben darf.

Aber Sire, das ist kein häßlicher Name, sagte die Gräfin, es ist ja der Name Ihres Herrn Großvaters.

Aber ich will nicht heißen, wie Er, rief der Prinz. Ich will heißen, wie mein Papa Kaiser, ich will Napoleon heißen, Napoleon!

Marie Louise zuckte zusammen, und eine dunkle Röthe überflog ihre Wangen.

Sprich nicht so laut, mein Sohn, sagte sie, angstvoll um sich blickend. Du weißt, Dein Großvater hört den Namen Napoleon nicht gern.

Aber Du, nicht wahr, meine liebe Mama Kaiserin, Du hörst ihn gern?

Nenne mich nicht mehr Mama Kaiserin, sagte Marie Louise ausweichend, ich bin keine Kaiserin, sondern nur eine Herzogin.

Das Kind sah sie mit großen staunenden Blicken an, und allgemach flammten seine Augen auf. Du eine Herzogin? rief er. Nein, das ist nicht wahr! Die Marschälle, welche meinen Papa Kaiser verriethen, das waren Herzöge, aber Du kannst nicht sein, was die Verräther waren! Du bist die Kaiserin, denn mein Papa, das ist der Kaiser, und ich weiß recht wohl, warum der Herr Großvater von Oesterreich den Namen Napoleon nicht gern hat. Das kommt daher, daß ihm der Kaiser Napoleon so viele Schlachten abgewonnen hat.

Schweig, rief Marie Louise heftig, und sich an die Gräfin Montesquiou wendend, fuhr sie in strengem Ton fort: Sie sollten um Ihrer Selbst willen dafür Sorge tragen, daß der Prinz nicht von Dingen hört, die seiner Jugend und seiner Stellung wenig angemessen sind, und welche den Kaiser, meinen Vater, in dem Verdacht bestärken, daß

Sie auf das Gemüth meines Sohnes in einer Weise influiren, die seiner Zukunft schädlich sein könnte.

Maman, rief der Prinz mit Thränen in den Augen, und sich angstvoll an die Gräfin anklammernd, oh, Maman, schilt meine liebe Quiou nicht. Sie hat mir nichts erzählt, sie ist gar nicht Schuld daran, daß ich meinen Papa Kaiser noch immer lieb habe, und ihn gar nicht vergessen kann. Oh, sieh mich nur nicht so böse an, liebe Mama! Ich will still sein, ganz still. Laß mich nur noch ein wenig bei Dir. Nur so lange, bis der Herr Graf Neipperg kommt, und Dich zum Spazierenreiten abholt. Ah, er kommt recht oft, der Herr Graf, und seit er so viel im Schloß ist, sehe ich meine liebe Maman so sehr selten, und darf niemals wie sonst mehr in ihrem Zimmer spielen. Sieh doch, liebe Maman, da drüben in der Fensternische, da steht mein Spieltisch mit den schönen Soldaten. Es ist so lange her, daß ich hier nicht mit ihnen spielen durfte, denn immer kam der Graf Neipperg, und ich durfte nicht stören. Aber heute ist er nicht hier, und nicht wahr, Maman, heute erlauben Sie Ihrem kleinen Napoleon, daß er hier bleibt und noch ein wenig spielen darf?

Bleibe, mein Sohn, sagte Marie Louise seufzend, und Sie, Frau Gräfin, wollen Sie, wenn Sie den Prinzen an seinem Tisch installirt haben, so gütig sein, zu mir zurückzukehren!

Gräfin Montesquiou verbeugte sich schweigend, und dann die Hand des Prinzen nehmend, führte sie ihn zu dem letzten Fenster des Salons, in dessen tiefer Nische ein kleiner Tisch mit allerlei Spielgeräth und ein Stuhl sich befanden. Die Gräfin half dem Prinzen seine Regimenter aus den Schachteln hervorzuheben, und bald war der kleine Napoleon so ganz vertieft in sein Soldatenspiel, daß er es kaum bemerkte, als die Gräfin ihn verließ, um zu der Kaiserin zurückzukehren.

Marie Louise saß in ihren Lehnstuhl zurückgesunken, und starrte düster vor sich hin. Die Gräfin näherte sich ihr, und schaute sie lange mit theilnahmsvollen Blicken an.

Ew. Majestät leiden? fragte sie dann mit leiser, zitternder Stimme.

Marie Louise zuckte erschrocken in sich zusammen und hob ihr

Antlitz mit einem trüben Schmerzensausdruck zu der Gräfin empor. Ja, sagte sie seufzend, ich leide, oh, ich leide sehr!

Ew. Majestät sollten den Arzt rufen lassen, sagte die Gräfin.

Ach, meine liebe Gräfin, seufzte Marie Louise, es ist nicht mein Körper, welcher leidet, sondern meine Seele, und kein Arzt weiß ein Mittel dafür.

Vielleicht doch, flüsterte die Gräfin leise und schnell. Ich errathe, was die Seele meiner Kaiserin bewegt, ich begreife, wem Ihre Seufzer gelten, wohin Ihre von Thränen gerötheten Augen gerichtet sind. Ew. Majestät sehnen sich, gleich uns Allen, nach Frankreich, Ew. Majestät möchten Kunde erhalten von den großen Dingen, welche dort geschehen.

Still, oh, mein Gott, wenn uns Jemand hörte, sagte Marie Louise, angstvoll umher schauend und ihre scheuen Blicke mit einem forschenden Ausdruck auf die Pendule heftend.

Majestät, flüsterte die Gräfin, es ist noch früh, und erst in einer Stunde wird der Graf Neipperg kommen, um Ew. Majestät zu dem gewöhnlichen Spazierritt abzuholen. Ach, ich beschwöre Ew. Majestät, wollen Sie in dieser Stunde Ihren Getreuen Gehör schenken? Wollen Sie dem Grafen Montbrun eine Audienz gewähren?

Dem Grafen Montbrun? fragte Marie Louise überrascht. Ist der hier in Wien?

Majestät, er ist seit Monaten hier, aber unter falschem Namen, und er hat es nicht gewagt, sich Ew. Majestät darzustellen, um nicht die Augen der Polizei auf sich zu lenken, und nicht in seiner angenommenen Rolle als glühender Legitimist sich ein Dementi zu geben. Aber heute ist er hierher gekommen, und fleht um eine Audienz. Er sagt, er bringe Ew. Majestät Nachrichten von der größten Wichtigkeit. Wollen Sie die Gnade haben, ihn zu empfangen?

Marie Louise schwieg und blickte gedankenvoll vor sich hin. Ja, sagte sie endlich, entschlossen ihr Haupt emporrichtend, ja, ich will ihn annehmen. Ich habe mich, gedrängt von den Umständen und Verhältnissen, zu einem grausamen Schritt gegen meinen Gemahl bewegen lassen. Ach, sagen Sie kein Wort, Gräfin, ich weiß sehr wohl, daß ich Sie Alle betrübt habe, — ach, ich selber bin seitdem auch betrübt, ich bereue und möchte wieder gut machen! Vielleicht kann ich meinem Gemahl nützlich sein, vielleicht ist er in Noth, flüchtig, verfolgt und ich kann ihm von meinem Vater ein Asyl erflehen. Ja, führen Sie den Grafen herein, aber geben Sie wohl auf die Uhr Achtung, damit er geht, bevor der Graf Neipperg kommt.

Der Graf ist in meinem Zimmer, und ich werde ihn, sobald es Zeit ist, auch dahin wieder zurückführen, sagte die Gräfin hastig. Erlauben Ew. Majestät jetzt, daß ich den Grafen hierher führe.

Sie verließ eilig das Gemach und kehrte nach einigen Minuten schon zurück, gefolgt von dem Grafen Montbrun.

Marie Louise ging ihm lebhaft einige Schritte entgegen. Sie haben mich sprechen wollen, sagte sie, Sie haben mir wichtige Nachrichten zu bringen, sagt mir die Gräfin? Von wem sind diese Nachrichten?

Majestät, sie sind von dem Kaiser Napoleon, sagte Graf Montbrun feierlich.

Er lebt also noch? rief Marie Louise bebend. Man hat ihn noch nicht eingefangen? Ach, sagen Sie schnell, er ist noch frei?

Graf Montbrun schaute die Kaiserin mit erstaunten Blicken an. Ew. Majestät wissen also nichts? fragte er. Sie haben keine Botschaft aus Frankreich erhalten?

Ich weiß gar nichts, rief Marie Louise, man hält jede Nachricht von mir fern. Ich weiß nur, daß der Kaiser Napoleon von Elba geflüchtet, in Frankreich eingebrochen, von den Monarchen geächtet ist, und daß er sich, um der Wuth des französischen Volkes, der Rache der Alliirten zu entgehen, mit den wenigen Getreuen, die ihn nicht verlassen haben, in die Pyrenäen geflüchtet hat.

Ach, das hat man gewagt, Ew. Majestät zu erzählen, rief Montbrun, zu solchen Mitteln der Lüge hat man seine Zuflucht genommen, um die Gemahlin des Kaisers zu hintergehen! Ach, ich beschwöre Ew. Majestät, wollen Sie mir erlauben, Ihnen zu erzählen, was sich in Frankreich begeben? Darf ich Ihnen der reinen lautern Wahrheit gemäß von den Ereignissen Bericht erstatten?

Marie Louise warf einen spähenden Blick durch das Zimmer, als fürchte sie, es möchte sich irgendwo ein Lauscher verborgen halten. Aber Niemand war da, als die Gräfin Montesquiou, welche neben ihrem Lehnstuhl stand; den kleinen Napoleon, der da drüben in der Fensternische saß, den hatte Marie Louise ganz vergessen, an den dachte sie gar nicht mehr, nur auf die Uhr heftete sie die Augen.

Wir haben noch eine halbe Stunde Zeit, sagte sie. Eilen Sie sich, erzählen Sie schnell. Was ist geschehen, seit der Kaiser in Frankreich gelandet ist?

Majestät, es sind Dinge geschehen, welche mehr einem erhabenen Heldenepos, als der Wirklichkeit anzugehören scheinen, und doch haben sie sich wirklich begeben, und doch schwöre ich, daß ich es nicht wagen werde, auch nur mit einem einzigen Wort zu übertreiben oder auszuschmücken. Die Weltgeschichte hat hier ein Epos geschrieben, das größer ist, als alle Heldengedichte Homers. — Man hat Ihnen also nur gesagt, Majestät, daß der Kaiser mit seinen achthundert Soldaten im Hafen Juan bei Cannes gelandet ist, und vielleicht hat man noch hinzugefügt, daß ein Theil der Garden nach Antibes marschirte, und dort von dem Gouverneur gefangen genommen ward?

Ja, man hat mir dies gesagt, und daß, erschreckt von diesem Fehlschlag, die anderen Soldaten den Kaiser verließen, und er sich in das Gebirge flüchtete.

Graf Montbrun zuckte die Achseln. Man hat also geglaubt, daß die hell glänzende Wahrheit die Augen Eurer Majestät verblenden würde, und darum hat man zu der finsteren farblosen Lüge seine Zuflucht genommen! Nein, Majestät, Napoleon floh nicht in's Gebirge, seine Getreuen verließen ihn nicht! Sie zogen muthig mit ihrem Kaiser durch die Nacht dahin, und der Mond leuchtete ihm auf seinem Pfad, und behütete den heimkehrenden Kaiser, als er durch die schneegefüllten Gebirgsschluchten dahin zog. Bei Grasse machte er am Morgen Halt, und die Einwohner der kleinen Stadt strömten herzu, um ihn zu begrüßen, und ihm zu klagen, wie viel Unrecht sie erduldet während seiner Abwesenheit. Der Kaiser hörte sie gütig an, und versprach ihnen baldige Abhülfe. Dann zog er weiter, vorüber an Antibes, das ihm seine Thore geschlossen hatte, den Weg nach Grenoble dahin. Die Straße war verödet, der Regen goß in Strömen nieder, tiefe Einsamkeit umgab den Kaiser und seine kleine Armee. So zogen sie dahin, fünf Tage lang, ohne Menschen auf ihrem Wege zu finden, ohne irgend Soldaten zu begegnen. Aber jetzt, unfern von Grenoble bei dem Dorf La Fréte, kommt ihnen ein Detaschement Soldaten entgegen; sie machen Halt, ihre Blicke richten sich drohend auf den anmarschirenden Feind. Der Hauptmann tritt vor die Front seiner Soldaten und commandirt: Anlegen! — Die Soldaten, gehorsam dem Befehl ihres Obern, heben die Gewehre, — da tritt Napoleon vor, Er ganz allein, mit dem kühnen Feldherrnauge schaut er zu seinen Soldaten hin. „Meine Freunde," sagt er, „erkennt Ihr mich nicht mehr? Ich bin Euer Kaiser. Wenn in Euren Reihen sich ein Soldat befindet, der seinen General tödten will, so mag er es thun! Hier bin ich!" — Die Soldaten, bezaubert von dem Blick, der Stimme ihres Feldherrn, die Soldaten setzten ihre Gewehre ab, und riefen, während Thränen der Wonne ihren Augen entströmten: „Es lebe der Kaiser!" Und Napoleon grüßte sie mit einem freundlichen Lächeln, und commandirte mit lauter Stimme: „Rechts um!" — Und rechts um schwenkte das Bataillon, und stellte sich als Avantgarde vor den Kaiser hin.

Oh, welch' ein Glück! murmelte Marie Louise hochaufathmend, und in ihrer eigenen Aufregung sah sie nicht, daß dicht neben ihr, von dem Rücken des Fauteuils versteckt, der kleine König von Rom stand, das Köpfchen vorwärts geneigt, das rosige Antlitz strahlend von Entzücken, und die großen, blauen Augen, denen helle Thränen entstürzten, mit dem Ausdruck glänzender Freude auf den Erzähler gerichtet. Sie sah auch nicht auf die Gräfin Montesquiou, die auf der andern Seite ihres Fauteuils stand, die Hände gefalten, bleich vor Erregung, die von Thränen umdunkelten Augen gen Himmel erhoben, mit bebenden Lippen ein Gebet des Dankes zu Gott emporflüsternd. Marie Louise sah, wußte, dachte nichts, ihre ganze Seele lag in den Blicken, welche sie auf den Grafen heftete, in dem Ton, mit welchem sie jetzt flüsterte: Weiter! Oh, erzählen Sie weiter!

Montbrun verneigte sich, und hoch aufathmend fuhr er fort:

Der Kaiser mit seiner neu gewonnenen Avantgarde zog weiter. Vor Grenoble stellte sich ihm das siebente Regiment entgegen, ausgesandt, den Kaiser mit seinen Truppen zu bekämpfen, zu vernichten. Aber der Kaiser reitet ihm entgegen, sein Auge heftet sich auf den Anführer des Regiments, auf seinen früheren Adjutanten Carl von Labédoyère, und dieser, hingerissen von der Freude des Wiedersehens, schwenkt seinen Degen, und ruft: vive l'Empereur! Und jubelnd brüllt das ganze Regiment ihm nach: vive l'Empereur! und die Soldaten werfen ihre Gewehre hin und knieen nieder und Thränen entströmen den Augen ergrauter Krieger, sie heben ihre Arme empor, als wollten sie Alle, Alle den Kaiser an ihr Herz drücken, sie rufen ihn mit zärtlichen Liebesworten, sie grüßen ihn als ihren geliebten heimgekehrten Herrn. Dann springen sie auf, um mit einer Bewegung des Zorns die weiße Cokarde von ihren Czakos zu reißen, die geliebte Tricolore, die sie bis dahin sorgfältig in ihrem Tornister verborgen gehalten, wieder anzuheften, und dann die Luft zu erfüllen mit dem erneuerten Jubelgeschrei: vive l'Empereur! Bei La Frète hatte er ein Bataillon erobert, jetzt, bei Grenoble, eroberte er ein Regiment! — So zog der Kaiser weiter gen Grenoble hin. Die Thore der Festung waren geschlossen, und General Marchand wollte die Stadt vertheidigen. Aber die Soldaten auf den Wällen riefen, gleich den Soldaten außen vor den Mauern, vive l'Empereur! Sie nahmen ihre Aexte und Hämmer, und hämmerten und schlugen, gleich denen da draußen, gegen die Thore und Pallisaden, um sie zu zerstören, und dem Kaiser die Festung zu öffnen, und Tausende von Menschen standen auf den Wällen, und jubelten Napoleon ihr vive l'Empereur entgegen. Endlich fiel das Thor krachend zusammen, der Kaiser ritt in die Stadt ein, und aus dem andern Thor floh der General Marchand hinaus. Grenoble war gewonnen ohne Schwertstreich. Unter dem Jubel der Bevölkerung zog der Kaiser nach dem Gasthof hin, um kurze Rast zu halten. Als er in der Frühe des Morgens weiter zog, folgte ihm schon ein Heer von zwölftausend Mann, und überall, wohin er kam, zog ihm das Militair mit klingendem Spiel, mit freudigem Jauchzen entgegen, rief ihm die herbeiströmende Landbevölkerung ihr Willkommen zu und grüßte ihn als den Erretter und Befreier.

Und dies Alles ist wahr, wirklich wahr? fragte Marie Louise mit leuchtenden Augen. Es ist kein Mährchen, was Sie mir da erzählen? Mein Gott, man hat mir doch die französischen Zeitungen gezeigt, in welchen der Kriegsminister Marschall Soult den Parisern meldet, daß das „Ungeheuer", wie er den Kaiser nennt, eine völlige Niederlage erlitten, daß überall die Landleute sich bewaffneten, um den „elenden Abenteurer" einzufangen, den „corsischen Wehrwolf" zu erschießen.

Man hat Ew. Majestät also mit denselben Mitteln täuschen wollen, mit denen man die Bevölkerung von Paris täuschen wollte, sagte Graf Montbrun mit einem verächtlichen Lächeln. Ja, der Minister Soult gab im Moniteur solche Schimpf- und Kriegsberichte, und suchte die Pariser über das Schicksal des Kaisers zu täuschen. Aber die Pariser konnten doch an dem Ton der Moniteurberichte selbst zwischen den Zeilen die Wahrheit herauslesen, und sie ergötzten sich an dem immer milder werdenden Ton der Zeitungsberichte. Die erste Nachricht, welche der Moniteur enthielt, bezeichnete Napoleon als den „von der Insel Elba entwischten Unhold". Die zweite Nachricht berichtete, daß „der corsische Wehrwolf" bei Cap Juan gelandet sei. Dann kam die Kunde, der „Tiger" habe sich zu Gap gezeigt, und am andern Tage berichtete der Moniteur, der „elende Abenteurer" zöge in den Gebirgen umher und könne nicht „entwischen". Doch mußte man nachher zugeben, daß „das Ungeheuer" dennoch entwischt sei, und sich zu Grenoble gezeigt habe. — Von nun an jedoch wurden die Ausdrücke milder; der Moniteur meldete, „der Tyrann" habe in Lyon seinen Einzug gehalten, und „der Usurpator" wage es, sich der Hauptstadt zu nähern. Aber nach einigen Tagen berichtete der Moniteur, „Bonaparte" nähere sich mit starken Schritten der Hauptstadt, dann meldete er, „Napoleon" werde morgen in Paris erwartet, und am nächsten Tage stand mit großer Schrift im Moniteur zu lesen: „Se. Majestät der Kaiser und König Napoleon habe am zwanzigsten März seinen Einzug in die Tuilerieen gehalten.*)

---

*) Geschichte Napoleons. Von **r. II. 467.

Wie? rief Marie Louise, von ihrem Fauteuil auffpringend, wie, der Kaiser ift in die Tuilerieen eingezogen?

Ja, Majeftät, fagte Montbrun, der Kaifer ift in die Tuilerieen heimgekehrt. Der König ift entflohen. Frankreich hat Napoleon wieder als feinen Herrn anerkannt, und jetzt ruft der Kaifer mit fehnfuchtsvoller Liebe nach feiner Gemahlin, und nach feinem Sohn, dem König von Rom.

Oh, mein Papa Kaifer ruft mich, rief der Prinz mit einem glückfeligen Lächeln. Mein Papa Kaifer ruft mich. Ach, mein lieber, lieber Papa, ich will zu Dir! Ich will wieder nach meinem fchönen Paris, nach den lieben Tuilerieen. Mein Papa Kaifer ift da, und er ruft feinen kleinen König von Rom! Ach, er wird mich wieder auf feinen Arm nehmen, und mit mir fpielen, und mir feinen Hut auffetzen, und mich exerciren laffen, und ich werde wieder das fchöne Lied fingen, das Niemand fingen durfte, als fein kleiner König von Rom. Oh, lieber, lieber Papa, ich kann's noch fingen, ich kann noch exerciren. Sie haben's mir hier wohl verboten, und ich habe nicht von meinem Papa fprechen dürfen, aber ich habe immer an ihn gedacht, und ihn immer lieb gehabt, und immer Abends zum lieben Gott gebetet: „Lieber Gott, gieb, daß mein Papa wieder kommt und feinen kleinen König von Rom wieder an fein Herz nimmt, und ihn aus diefem häßlichen Schloß erlöft, und nach Paris abholt." Und nun ift mein Gebet erhört, und mein Papa ift in den Tuilerieen, und er ruft mich! Mama, wann reifen wir ab? Wann fahren wir nach Paris? Der Papa hat Dich gerufen, und Du mußt gehorfam fein, denn er ift Dein Kaifer! Wann reifen wir ab?

Still, Napoleon, ftill, bat die Gräfin Montesquiou, fich die Thränen trocknend, Ihro Majeftät hat mit dem Herrn Grafen zu reden, und Sie dürfen fie nicht ftören.

Sie zog den Prinzen von der Kaiferin fort, und wollte ihn wieder zu dem Tifch mit dem Spielzeug hinführen, aber er riß fich los, und fprang vorwärts in die Mitte des Zimmers hinein.

Ich will exerciren, damit ich Alles kann, wenn ich zu meinem Papa komme, rief der Prinz. Und jetzt nahm er eine ernfte militai sche Haltung an, und hob die beiden Finger der rechten Hand salu= tirend gegen seine Stirn, als säße da auf dem in goldigen Locken her= niederringelnden Haar der militairische Czako.

Vive l'Empereur! rief er, und im militairischen Schritt vorwärts marschirend, sang er mit lauter, jubelnder Stimme:

Allons, enfants de la patrie
Le jour de gloire est arrivé.

Majestät, flüsterte währenddeß der Graf Montbrun, der Kaiser ruft nach seiner Gemahlin und nach seinem Sohn. Wird der Ruf seiner Liebe vergeblich ertönen? Wird die Kaiserin Marie Louise nicht zu ihrem Gemahl, zu ihrem Volk zurückkehren?

Ich weiß nicht, was mein Vater, der Kaiser, über mich beschließen wird, sagte Marie Louise beklommen. Ihm bin ich Gehorsam schuldig, er allein hat über meine Zukunft zu entscheiden.

Graf Montbrun trat dicht zu ihr heran. Majestät, flüsterte er, der Kaiser sendet mich. Er hat mir und einigen Getreuen den Auf= trag gegeben, ihm die Gemahlin, sei's mit Güte oder mit Gewalt, zuzuführen. Majestät, ein Wort aus Ihrem Munde, ach, ich beschwöre Sie im Namen des Kaisers, der in sehnsuchtsvoller Angst diesem Worte entgegen harrt, sagen Sie dies eine Wort: ich will nach Frank= reich zu meinem Gemahl zurückkehren!

Ach, was hülfe es mir, wenn ich es sagte, rief Marie Louise bebend. Ich habe nicht die Kraft, meinen Willen durchzuführen. Ich bin eine Gefangene, deren Willen man gebrochen hat, die abhängig ist von dem Willen ihres Vaters. Ich kann nicht thun, was ich zu thun wünschte, ich habe keinen Willen, ich kann nur gehorchen, der Nothwendigkeit mich fügen, dem Zwange mich unterwerfen!

Ein leises Lächeln glitt über die Züge des Grafen hin. Ew. Majestät werden also der Nothwendigkeit sich fügen, sagte er leise. Es ist eine Nothwendigkeit, daß Sie nach Paris zurückkehren. Sie wollen dem Zwange sich unterwerfen! Der Kaiser Napoleon wird seine Gemahlin also zwingen, zu ihm zurückzukehren, und der Kaiser Franz kann alsdann seiner Tochter, der Erzherzogin Marie Louise, keine Vorwürfe machen; da sie nur gewaltsam gezwungen worden, dem Ruf des Kaisers zu folgen, wird er nicht sagen können, daß sie eine ungehorsame Tochter ist! Ew. Majestät sehen, daß ich den Sinn Ihrer Worte verstanden habe, und ich schwöre, daß ich darnach handeln werde! Der Kaiser hat befohlen, daß seine Gemahlin und sein Sohn zu ihm nach Paris kommen! Wohlan, seine Getreuen sind bereit, sie ihm zuzuführen, und —

Der Graf Neipperg reitet so eben in den Hof ein, rief die Gräfin Montesquiou, von dem Fenster herbeistürzend. Um Gotteswillen, Graf, kommen Sie!

Sie faßte die Hand des Grafen Montbrun und zog ihn hastig zu der Thür hin. Kehren Sie in mein Zimmer zurück und erwarten Sie mich dort! flüsterte sie, dann schloß sie die Thür hinter dem enteilenden Grafen und kehrte zu der Kaiserin zurück, die ganz erschöpft und zerbrochen wieder auf den Fauteuil zurückgesunken war.

Um Gotteswillen, Majestät, Fassung, flüsterte sie, lassen Sie den Grafen nicht ahnen, was hier vorgefallen ist, oder wir sind verloren.

Fassung, Fassung! murmelte Marie Louise. Ich habe keine. Meine ganze Seele ist in Aufruhr! Aber es ist wahr, er darf nichts ahnen, ich muß mich zusammenraffen! Und ich will es! sagte sie, sich erhebend und hastig auf- und abgehend. Gräfin, führen Sie den Prinzen dort an den Spieltisch zurück, sagen Sie ihm, daß er sich still verhalten, daß er nichts verrathen soll.

Gräfin Montesquiou zog den kleinen Prinzen nach der Fensternische hin. Sire, flüsterte sie leise, wenn Sie ein Wort von dem verrathen, was der Graf Montbrun erzählt hat, so wird man mich von Ihnen fortjagen und Ihnen eine andere Gouvernante geben.

Der Knabe sah sie mit einem raschen, verständnißvollen Blick an. Ich werde nichts verrathen, flüsterte er, sei ruhig, liebe Quiou, ich werde ganz still sein und spielen.

V.

Herzog Franz.

Die Thür des Vorsaals öffnete sich, und der Lakay meldete den General Grafen Neipperg. Marie Louise trat ihm lächelnd entgegen, und reichte ihm ihre Hand dar, die er an seine Lippen drückte.

Sie kommen spät, General, sagte sie, ich erwartete Sie schon lange zu unserm Spazierritt.

Graf Neipperg dankte ihr mit einem flammenden Blick für dies schmeichelhafte Wort, und Marie Louise, erröthend und verwirrt, ließ ganz unwillkürlich den Blick zu der Fensternische hinschweifen, in welcher die Gräfin mit dem Prinzen sich befand.

Ach, rief Graf Neipperg, da ist ja unser kleiner Herzog Franz! Und mit lebhaften Schritten eilte er zu dem Prinzen hin.

Ich habe die Ehre, den Herzog Franz von Reichstadt zu begrüßen, sagte er, sich tief verneigend.

Der Knabe hob sein Haupt langsam von dem Spielzeug empor, schüttelte die Locken, welche über seine Wangen gefallen waren, zurück und blickte mit seinen großen blauen Augen erstaunt zu dem Grafen empor.

Wer ist der Herzog Franz von Reichstadt? fragte er.

Nun, sagte Graf Neipperg lächelnd, wissen Ew. Hoheit noch nicht Ihren eigenen Namen? Sie sind der Herzog Franz!

Nein, das ist nicht mein Name! rief der Prinz lebhaft. Ich heiße Napoleon und bin der König von Rom!

Ach, Sie reden da von den schönen Mährchen, mit denen Ihre Amme Sie früher in den Schlaf gesungen hat, mein Prinz, sagte Graf Neipperg lächelnd. „Es war einmal ein kleiner König von Rom, und der wohnte mit einem großen Kaiser in einem wundervollen Palast, der von lauter Menschenschädeln erbaut war." Nicht wahr, Herzog Franz, so fing Ihr Mährchen an? Aber jetzt wollen Sie keine Mährchen mehr hören, denn Sie sind jetzt ein gar vornehmer Herr geworden, ein Herzog, und zu den Ammenmährchen lachen Sie, denn Sie sind schon so alt und verständig, daß Sie an keine Mährchen mehr glauben. Im Traum und im Mährchen nannte man Sie Napoleon, jetzt sind Sie aufgewacht, und Sie wissen, daß Sie, gleich Ihrem Herrn Großvater, Franz heißen, nicht wahr, mein kleiner Herzog?

Nein, mein Herr, sagte der Prinz, und seine weichen, kindlichen Züge nahmen einen trotzigen, ernsten Ausdruck an, und in seinen großen blauen Augen brannte ein Strahl von dem Feuergeist seines Vaters. Nein, mein Herr, wiederholte er noch einmal, ich heiße nicht Franz, sondern Napoleon, wie mein Vater, der Kaiser von Frankreich!

Graf Neipperg zuckte zusammen und wandte den verwunderten, fragenden Blick auf Marie Louise hin. Sie schlug vor diesem Blick die Augen nieder und erröthete.

Wie, gnädigste Frau, fragte er, Sie haben noch nicht die Gnade gehabt, dem Prinzen zu sagen, daß Se. Majestät der Kaiser Ihren Wunsch erfüllt und seinem Enkel seinen eigenen Namen gegeben hat?

Nein, flüsterte Marie Louise, es ist wahr, ich habe das vergessen, ich glaubte nicht, daß es damit solche Eile hätte.

Der Graf seufzte tief auf. — Marie Louise hörte diesen Seufzer, und rasch emporschauend begegnete ihr Auge dem traurigen, flehenden Blick des Grafen.

Frau Gräfin Montesquiou, sagte sie heftig und rasch, ich habe Ihnen mitzutheilen, daß Se. Majestät, mein Vater, mir auf meine Bitte die Erlaubniß ertheilt hat, meinem Sohn, statt des Namens Napoleon, einen andern zu wählen, und daß er mir gnädigst gestattet, ihm seinen eigenen Namen zu geben. Mein Sohn, der Herzog von Reichstadt, heißt also von heute an Franz, und —

Nein, nein, rief der Prinz, von seinem Stuhl aufspringend und heftig mit den Füßen stampfend, ich heiße nicht Franz, ich will mich nicht so nennen lassen! Ich heiße Napoleon!

Du heißt Franz, sagte Marie Louise, welche fühlte, daß der Blick des Grafen Neipperg auf ihr ruhte. Frau Gräfin, es ist mein ernster Wille, daß der Prinz fortan nur mit dem Namen Franz bezeichnet

werde. Sie haben davon in meinem Namen die sämmtliche Dienerschaft zu benachrichtigen, und Sorge zu tragen, daß vor allen Dingen
der Prinz selber sich meinem Befehl und Willen unterwerfe und es
seinem Gedächtniß einpräge, daß er Franz heißt! Und jetzt, Gräfin,
führen Sie den Herzog in sein Zimmer!

Kommen Sie, flüsterte die Gräfin mit von Thränen erstickter
Stimme, kommen Sie!

Sie nahm die Hand des Prinzen und führte ihn, der ganz betäubt, ganz überwältigt schien von dem Schlag, der sein armes, kleines
Herz getroffen, nach der Thür hin.

Aber auf einmal riß der Prinz sich ungestüm von ihr los, und
sich umwendend, schritt er gerade zu seiner Mutter hin. Sein liebliches Antlitz war bleich und hatte in seinem tiefen, strengen Ernst
einen Ausdruck weit über seine Jahre hinaus; seine Augen, welche
von keiner Thräne mehr befeuchtet waren, schossen flammende Blitze.

Ew. Majestät, sagte er trotzig, seine Arme über der Brust zu-
sammenschlagend, und das Haupt stolz zurückwerfend, Ew. Majestät
melde ich, daß ich nicht gehorchen werde, es mir nicht einprägen werde,
daß man mir jetzt einen andern Namen geben will, und daß ich niemals auf diesen andern Namen hören werde. Ich heiße nicht Franz,
wie der Herr Kaiser von Oesterreich, sondern ich heiße Napoleon, wie
mein lieber Vater, der Kaiser von Frankreich.

Um Gotteswillen, Sire, was thun Sie, rief die Gräfin, Sie
wagen es —

Madame, sagte Marie Louise kalt, man muß gestehen, daß Sie
Ihrem Zögling wunderbare Begriffe von Gehorsam und Bescheiden-
heit beigebracht haben, und daß es vielleicht rathsam wäre, dafür zu
sorgen, ihm andere Begriffe zu geben! Führen Sie jetzt den Herzog
Franz fort! —

Sire, oh Sire, was haben Sie gethan, flüsterte die Gräfin, als
sie mit dem Prinzen in ihr Gemach eintrat. Sie haben die Kaiserin
erzürnt, Sie haben Ihrer Frau Mutter getrotzt.

Ich will aber nicht Franz heißen, rief der Prinz heftig. Wagen
Sie es nicht, mich so zu nennen, Madame. Ah, da ist der Herr

Graf Montbrun, rief er, den Grafen gewahrend, der eben aus der Fensternische hervortrat. Herr Graf, Sie haben uns erzählt, daß mein Papa wieder in Paris ist. Ach, ich bitte Sie, schreiben Sie meinem lieben Papa, er soll mir schnell seine Lanciers herschicken und mich abholen lassen. Und er soll mir meinen Wagen mitschicken und meine Pagen. Ich will hier nicht mehr bleiben! Ich will nach Paris! Ich will wieder in den Tuilerieen bei meinem lieben Papa Kaiser wohnen.

Möchten Sie das wirklich, Sire? fragte Montbrun, sich zu dem Knaben niederneigend.

Ja, das möchte ich, rief der Prinz freudig. Ich möchte es so gern, daß ich Denjenigen, der mich wieder zu meinem Vater brächte, so lieb, ach so lieb haben und ihm Alles schenken wollte, was ich habe.

Montbrun wandte seinen forschenden Blick auf die Gräfin hin. Darf ich ihn vorbereiten? fragte er.

Thun Sie es, sagte sie. Die Dinge sind jetzt so weit gekommen, daß wir Alles wagen müssen, und keine Zeit mehr zu verlieren haben. Ich fürchte, man wird mir den Prinzen entreißen; die drohenden Worte, welche die Kaiserin so eben an mich richtete, haben mir die Absicht ihrer Zwingherren verrathen.

Was geschehen soll, muß heute oder morgen geschehen, denn übermorgen möchte es zu spät sein, möchte man den Prinzen strengern Wächtern übergeben haben.

Sie würden mich also lieb haben, wenn ich Sie zu Ihrem Vater, dem Kaiser Napoleon, zurückführte? fragte Graf Montbrun.

Der Prinz warf statt aller Antwort seine beiden Arme um den Hals des Grafen, und das Gesicht an seiner Schulter verbergend, brach er in lautes Weinen aus.

Oh, ich bitte, bitte, bringen Sie mich zu meinem Papa Kaiser, schluchzte er.

Nun wohl, ich will es. Der Kaiser hat mir befohlen, daß ich ihm seinen kleinen König von Rom zurückführe, und jetzt, Sire, merken Sie wohl auf, was Sie thun müssen, damit wir von hier entfliehen können.

Oh, sprechen Sie, ich will mir Alles wohl merken, sagte der

Prinz, mit seinen langen Locken die Thränen aus seinen Augen forttrocknend.

Morgen Nacht entführe ich Sie von hier, mein Prinz.

Morgen schon! flüsterte der Prinz und ein Lächeln verklärte sein Antlitz.

Sie müssen nur heute und morgen recht artig, sanft und vergnügt sein. Sie müssen lachen, wenn man Sie Franz nennt, und niemals müssen Sie von Ihrem Vater sprechen.

Ich werde es nicht thun, sagte der Knabe, ich werde nur an ihn denken! Was habe ich weiter zu thun?

Weiter nichts, als morgen Nacht nicht erschrecken, was auch geschehen möge, und wenn selbst Feuer in dem Schloß entstände, sondern ruhig und ohne zu schreien den Männern folgen, welche kommen werden, Sie zu retten und von hier fortzuführen, keinen Laut von sich zu geben, sondern Alles das zu thun, was man von Ihnen erbitten wird.

Sie werden also nicht selbst kommen, mich von hier fortzuholen?

Nein, Sire, aber ich werde Ihnen einen treuen Freund senden, und der wird Sie zuerst zu einer Dame führen, welche Sie sehr liebt, und bei der Sie einen Tag verborgen bleiben. Am andern Abend komme ich dann, Sie abzuholen, und mit Ihnen nach Frankreich abzureisen.

Nach Frankreich! Zu meinem Papa? flüsterte der Knabe, in die Hände klatschend. Und meine Mama?

Wir werden an der französischen Grenze wieder mit ihr zusammentreffen, und mit der Kaiserin werden Sie in Paris anlangen! Aber jetzt, Sire, bitte ich Sie, wollen Sie mir gestatten, einige Worte mit der Frau Gräfin im Geheimen zu sprechen.

Oh, ich werde gar nichts hören, ich werde mit meinen Soldaten spielen, und meine Regimenter marschiren lassen, rief der Prinz, von dannen hüpfend.

Graf Montbrun trat mit der Gräfin Montesquiou in die Fensternische.

Morgen Nacht also, Gräfin, morgen muß es geschehen, flüsterte er. Sie sagten selbst, wir haben keine Zeit mehr zu verlieren.

Und sind Sie überzeugt, daß Ihr Plan gelingen wird? fragte die Gräfin.

Ja, ich bin davon überzeugt, sagte Montbrun. Es ist Alles wohl überlegt und vorbereitet. Wir haben Monate lang mit diesem Plan uns beschäftigt, und Sie wissen wohl, daß wir von Paris her die mächtigste Hülfe haben. Der Herzog von Otranto, dem es gelungen, sich wirklich wieder zum Polizeiminister Napoleons emporzuschwingen, setzt alle Hebel in Bewegung, um uns hülfreich zu sein, denn er denkt an seine eigene Zukunft. Ist der König von Rom wieder in Paris, so ist, selbst auf den Fall, daß der Kaiser stirbt, oder besiegt wird, die Regentschaftsfrage gesichert, und Fouché hofft sich dann die Zügel der Regierung zu sichern. Fouché hat im Geheim mit dem Fürsten Metternich über die Flucht des Prinzen verhandelt, und er versichert, daß man uns keine allzugroße Schwierigkeiten in den Weg legen wird. Man wird nicht helfen, aber man wird geschehen lassen.

Trauen Sie um's Himmels willen weder den Worten Fouché's, noch den Worten Metternich's. Das sind zweischneidige Schwerter, welche immer verletzen und verwunden können, wenn man es am wenigsten vermuthet! Verlassen Sie sich auf Niemand anders, als auf sich selber, und handeln Sie immer so, als ob Sie hier nur die größte Feindschaft, das glühendste und wachsamste Bestreben, Ihren Fluchtversuch zu hindern, vermuthen müßten!

Ich habe das auch gethan. Ich und meine Freunde haben es daher sorgsam vermieden, Fouché oder seinen Creaturen genau den Tag der Flucht zu sagen, oder ihre unmittelbare Beihülfe zu beanspruchen. Niemand als die getreuesten Bundesgenossen werden bei der Flucht thätig sein. Herr von Narbonne wird den Prinzen von hier entführen, und er wird ihn, um alle Verfolgungen der Polizei zu vereiteln, zuerst nach Wien bringen. Dort wird er im Hause einer Dame, auf deren Treue und Verschwiegenheit wir zählen können, und die vor jeder Nachstellung der Polizei durch ihre Verhältnisse gesichert ist, die Nacht zubringen, und am andern Morgen wird sie mit dem, in ein

Mädchen verkleideten Prinzen, mit guten und unverdächtigen Pässen
versehen, Wien verlassen, um mit dem Prinzen bis nach Straßburg zu
fahren, wo wir sie erwarten.

Und Sie sind sicher, daß Sie dieser Dame trauen können? fragte
die Gräfin. Bedenken Sie wohl, daß ich einst in die Hände des Kaisers geschworen habe, den König von Rom zu behüten und zu bewachen,
und ihn keinen fremden Händen zu überlassen. Wenn ich diesem Schwur
also jetzt zuwider handele, so muß ich sicher sein, daß der Prinz solchen
Händen übergeben wird, die ihn sicher behüten werden. Ich frage
Sie also, kraft meines Amtes als Gouvernante des Königs von Rom,
wie heißt und wer ist die Dame, welcher Sie den Prinzen anvertrauen
wollen?

Nun, ich will Ihnen eine offene und rückhaltslose Antwort geben,
Gräfin. Diese Dame heißt Friederike Hähnel, und sie ist die Freundin
des Staatskanzlers von Hardenberg. Bei ihr wird man daher nicht
den Sohn des Kaisers suchen, sie allein ist im Stande, ihn sicher und
ungefährdet von hier fortzuführen, und sie allein konnte durch den
mächtigen Gönner, der ihr zur Seite steht, und der freilich nichts ahnt
von den Plänen der Freundin, zu einer Reise nach Frankreich Pässe
erhalten, die man sonst Jedermann verweigern würde.

Aber wie kommt es, daß diese Dame, die Freundin eines dem
Kaiser Napoleon feindlichen Staatsmannes, sich so sehr für das Schicksal des Königs von Rom interessirt, daß sie sogar ihre eigene Existenz
und Stellung für ihn in Gefahr bringt?

Das, Gräfin, sollte eigentlich mein Geheimniß sein, aber ich halte
mich in meinem Gewissen verpflichtet, Ihnen die volle Wahrheit zu
sagen, um Sie ganz zufrieden zu stellen. Diese Dame also, Friederike
Hähnel, liebt mich, und aus Liebe zu mir fördert sie meine Pläne, ist
sie mir hülfreich und nimmt Theil an meinen Complotten. Gräfin,
wäre der Zweck nicht ein heiliger und großer, so wären Sie berechtigt,
mich einen Verbrecher zu nennen, denn ich habe wissentlich und mit
kalter Ueberlegenheit ein Herz verführt, ich hintergehe und betrüge eine
große und starke Liebe, die bereit ist, mir Alles zu opfern, und die ich
doch nur zu meinen Speculationen mißbraucht habe.

Und sie, diese Friederike Hähnel, sie mißtrauet Ihnen nicht? Sie glaubt an Ihre Liebe?

Ja, sie glaubt an meine Liebe, und deshalb geht sie auf alle meine Pläne ein. Sie hat mit wunderbarer Energie und Klugheit alle Vorbereitungen geleitet, für Alles gesorgt, Alles bedacht. Sie hat Alles eingeleitet und ersonnen, ihr Kopf ist unerschöpflich in Hülfsquellen und Vorschlägen gewesen, und ohne sie, die so unverdächtig erscheint, wären wir sicher nicht zum Ziel gelangt. Sie ist daher wohl geeignet, den Prinzen bei sich aufzunehmen, und ihn nach Frankreich zu geleiten! Ah, sie hofft dort meine Gemahlin zu werden, und statt dessen werde ich ihr dort mein Verbrechen bekennen, und ihr gestehen müssen, daß ich ihre große und starke Liebe nur als das Werkzeug benutzt habe für meine Pläne, daß sie mir nur helfen sollte, den Prinzen und die Kaiserin zu befreien.

Sie weiß also auch um die Entführung der Kaiserin?

Ja, sie weiß darum, und sie hat auch hierzu Alles vorbereitet. Sie hat, als bedürfe sie das für sich zu einem Maskenball, einen eleganten Herrenanzug anfertigen lassen, sie hat Alles für die Toilette Nothwendige beschafft, selbst den Reisekoffer für die Kaiserin gepackt, und in ihrer Equipage wird der König von Rom von hier nach Wien fahren.

Aber ich begreife noch immer nicht, wie Sie es anfangen wollen, die Kaiserin zu dieser Flucht zu bewegen.

Ich werde sie dazu zwingen, rief Graf Montbrun lächelnd, denn sie will ja den Anschein haben, gezwungen worden zu sein, um ihre Rolle als gehorsame Tochter nicht zu gefährden. Sie sagt ja, daß sie keinen eigenen Willen hat; wir werden also für sie einen Willen haben, und ihre Worte verriethen mir, daß sie es also wünscht. — Sie wissen jetzt Alles, Gräfin. Bereiten Sie also Alles vor, und wenn Sie dort drüben die Feuerzeichen aus den Fenstern der Kaiserin hervorleuchten sehen, so öffnen Sie das Fenster von dem Schlafzimmer des Prinzen, und lassen die Strickleiter herunter. Das ist Alles, was nöthig ist.

Nein, seufzte die Gräfin, was nöthig ist, das ist der Schutz Gottes! Oh, möge er Ihrem gefährlichen und gewagten Unternehmen zur Seite stehen, und die Kaiserin und den König von Rom behüten!

VI.

Die Flucht.

Die Nacht des dreißigsten März war hereingebrochen, eine finstere, dunkle Regennacht. Kein Stern stand am Himmel, und nicht mit einem einzigen Lichtstrahl vermochte der Mond die Wolken zu durchdringen, die schwer und grollend den ganzen Horizont überhingen, und die Erde wie mit schwarzen Schleiern überschatteten.

Die Lichter im Schlosse zu Schönbrunn waren längst schon erloschen, die Bewohner des Schlosses waren längst schon zur Ruhe gegangen. Der Regen, der gegen die Fenster plätscherte, störte die Schlafenden nicht, der Sturm, der durch die großen beschnittenen Alleen des Parks pfiff, und zuweilen, wie mit machtvollem Finger, gegen die Pforten und die Fenster klirrte, weckte doch Niemand aus dem ersten, erquicklichen Schlummer.

Aber er überdeckte das Geräusch zweier heranrollender Wagen, und der Regen, welcher den Boden aufgeweicht hatte, machte das Geräusch der Räder noch unhörbarer.

Der eine der Wagen hielt dießseits des Schlosses neben der kleinen Pforte, die in den Park führte, und der zweite Wagen fuhr hinüber, nach der anderen Seite des Schlosses, fuhr vorsichtig und langsam dort um den Flügel des Schlosses herum, und hielt neben der kleinen Seitenpforte an, die seit lange unbenutzt und ungeöffnet, von den Bewohnern des Schlosses fast ganz vergessen war. Ein Mann stieg aus diesem zweiten Wagen hervor, und vorsichtig und geräuschlos die Wagenthür schließend, trat er zu dem Kutscher hin.

In einer Viertelstunde, hoffe ich, wird Alles gethan sein, flüsterte er. Leben Sie wohl bis dahin.

Leben Sie wohl, Graf, und der Himmel sei mit Ihnen, flüsterte der Kutscher.

Der Graf schlich leise zu der Pforte hin, tappte vorsichtig mit den Händen nach dem Griff der Thür, und öffnete sie.

Oh, flüsterte er leise, die Gräfin hat Alles gut vorbereitet. Sie hat die Thür aufgeschlossen, und ich habe nicht einmal nöthig, von meinem Nachschlüssel Gebrauch zu machen. Aber wenn ich wiederkomme, werde ich die Thür verschließen.

Er drückte leise die Thür hinter sich zu, und stand jetzt innerhalb des Schlosses auf einem kleinen mit Backsteinen ausgelegten Flur.

Nur noch einmal die Lection überlegt, damit kein Irrthum vorfällt, flüsterte der Graf in sich hinein. Das Programm lautet so: „Einmal auf dem Flur stehend, wendet man sich links, geht zwanzig Schritte seitwärts und befindet sich dann vor einer kleinen Treppe. Diese Treppe, welche funfzig Stufen hoch ist, geht man hinauf und befindet sich auf einem Seitencorridor des obern Stockwerks. Zwei Schritte links machend, steht man vor einer Thür, welche so künstlich in die Bretterwand eingelassen ist, daß sie dem Auge des Uneingeweihten nicht zu erkennen ist, und daß Niemand der jetzt im Schlosse Anwesenden von ihrer Existenz weiß. Selbst die Kaiserin Marie Louise kennt nicht das Geheimniß dieser Thür, und sie ahnt nicht, daß ihr eigener Gemahl, als er in Schönbrunn residirte, diese Thür heimlich hier anbringen ließ, um unbemerkt das Schloß betreten und verlassen zu können. Auch Diejenigen, welche Marie Louise in Schönbrunn bewachen, kennen diese Thür nicht. Es ist ein Geheimniß, das der Kaiser von Elba aus dem Baron von Ménéval hat melden lassen, und das uns jetzt sehr nützlich ist. Denn diese Thür führt gerade in das Toilettenzimmer der Kaiserin. Die Thür also befindet sich zwölf Schritte links von der Treppe. Mit der Hand über die Wand fahrend, wird man da einen kleinen Nagel, der wie von ungefähr dort eingeschlagen ist, entdecken. An diesen Nagel drückt man, und die Thür geht auf. Man ist jetzt im Toilettenzimmer der Kaiserin, geht gerade aus, zwanzig Schritt, und befindet sich dann vor der Thür, welche in das Schlafgemach der Kaiserin führt. Die Kaiserin schläft allein, aber die Thür nach dem nächsten Zimmer ist geöffnet und dort schlafen ihre beiden Kammerfrauen. Sie gehören zu den Unsrigen, und sie sind angewiesen, sich nicht auszukleiden. Sie werden das Zeichen des Feuers erwarten, und dann in das Zimmer der Kaiserin stürzen. Alles Andere, fuhr der Graf aufathmend fort, alles Andere wird sich finden. Hätte die Kaiserin nicht durchaus gezwungen, und wider ihren Willen fortgeführt sein wollen, so hätten wir die lästige Geschichte mit dem Feuer gar nicht nöthig gehabt. Es wäre nur erforderlich gewesen, die geheime Thür zu öffnen und Marie Louise hinunter zu geleiten. Aber sie hat nicht den Muth, ihrem Vater zu trotzen, und will sich sichern für die Möglichkeit des Mißlingens. Nun wohl denn, sei es so! Auf, an's Werk!

Und der Graf schlich mit zwanzig wohlgezählten Schritten nach der kleinen Treppe hin. —

Während dies auf dem rechten Flügel des Schlosses sich begab, hielt der Wagen, welcher an dem linken Flügel vorgefahren war, noch immer neben der kleinen Gartenpforte.

Ein Mann war ausgestiegen, und vorsichtig und leise hatte er die Pforte aufgeschlossen. Das Heulen des Sturmes hatte das Knarren der eisernen Thür übertönt, und der aufgeweichte Boden machte seine Schritte unhörbar. Hastig schlüpfte er an der Mauer entlang bis zu dem vierten Fenster des Parterre's. Hier blieb er stehen, und schaute empor zu dem Fenster da oben, welches, das einzige an der dunklen Reihe, von einem matten Lichtschimmer erhellt war.

Das Schlafzimmer des Prinzen, murmelte der Mann. Die Gräfin wacht, und wartet auf das Zeichen. Er blieb stehen, und lauschte, immer die Augen nach dem obern Fenster gewandt.

Plötzlich hörte man in der Ferne lautes Geschrei, ein heller Lichtschein, von der andern Seite des Schlosses ausströmend, blitzte durch die Nacht, und Feuer! Feuer! hörte man erstickte Stimmen rufen.

Jetzt ist das Zeichen gegeben, murmelte der Fremde, und — ha, da öffnet sich das Fenster und die Strickleiter kommt!

Er streckte der luftigen seidenen Leiter, die sich zu ihm hernieder ließ, seine beiden Arme entgegen, faßte sie jetzt, und befestigte die unteren Enden an einem in der Mauer wie zufällig angebrachten eisernen Haken.

Nun kletterte er rasch und gewandt wie eine Katze die Leiter hinauf. Jetzt stand er am offenen Fenster.

Erreicht! sagte er leise. Wo ist der Prinz?

Hier bin ich! flüsterte der Knabe, der von den Händen der Gräfin gehalten auf dem Fensterbrett stand. Hier bin ich, mein Herr!

Wollen Sie mit mir kommen, Prinz?

Ja, mein Herr! Aber noch einen Kuß meiner lieben Onion! Adieu, adieu!

Er küßte sie innig, und die Gräfin, ihn unter Thränen an ihr Herz drückend, flüsterte: Gott segne Sie, Sire, Gott behüte Sie!

Sie reichte den Knaben hinaus. Halten Sie ihn sicher, Herr von Narbonne, flüsterte sie, gehen Sie vorsichtig, oh, um des Himmels willen —

Herr von Narbonne hörte sie nicht mehr. Er schlüpfte behend, mit der einen Hand den Knaben fest an seine Brust drückend, mit der andern an der Strickleiter sich anklammernd, die luftigen Stufen hinunter.

Fürchten Sie sich, Sire? flüsterte er, während er hinabstieg.

Nein, mein Herr, ich fürchte mich nicht, sagte der Knabe. Ich weiß, daß ich zu meinem Papa gehe!

Jetzt hatten sie den Boden erreicht; nun mit hastigen Schritten sprang Herr von Narbonne, den Knaben im Arm haltend, vorwärts nach der Pforte hin, hinein in den Wagen.

Vorwärts, jetzt vorwärts! So rasch die Pferde jagen können!

Der Wagen rollte von dannen; Niemand hörte es, Niemand war auf diesem Flügel des Schlosses, Jedermann war hinüber geeilt nach dem anderen Flügel, Jedermann wollte dort helfen, retten, denn der Ruf: Feuer! Feuer! hatte das ganze Haus erweckt, und nur nach den brennenden Zimmern war die Aufmerksamkeit hingelenkt.

Der Wagen rollte von dannen nach Wien hin und darin saß der

kleine König von Rom, und je schneller der Wagen fuhr, desto strahlender ward sein Lächeln.

Ach, wie rasch das geht, jubelte er, in die Hände klatschend. Nicht wahr, nun werde ich bald bei meinem lieben Papa sein?

Ach, Sire, so bald noch nicht. Es ist sehr weit von Wien nach Paris.

Aber ich werde hinkommen, rief der Prinz. Ich werde meinen Papa Kaiser wiedersehen, er wird wieder mit mir spielen und mit mir lachen und singen. Ich liebe ihn so sehr, meinen guten Papa. Oh, sagen Sie, ich werde doch gewiß zu ihm fahren? Sie bringen mich nicht anderswo hin? Sie halten Wort, Sie führen mich zu meinem Papa?

Ja, ich halte Wort! Sehen Sie nur, Prinz, da fahren wir in das Außenthor von Wien ein. Jetzt nur noch einige Straßen und wir sind vor dem Hause der Dame angelangt, bei welcher Sie diese Nacht schlafen und mit der Sie morgen nach Paris abreisen werden.

Ach, morgen reise ich nach Paris, jubelte der Prinz. Und in Paris erwartet mich mein Papa, und in Paris werde ich in den Tuilerien wohnen, und da werde ich wieder der König von Rom sein, und ich werde meine Pagen wieder haben, und alle Menschen werden mich wieder lieb haben, und Alle werden freundlich zu mir sein, und Niemand, oh Niemand, wird mich wieder Franz nennen. Oh, sagen Sie, mein Herr, ist das nicht ein sehr häßlicher Name, Franz?

Es ist wahr, der Name Napoleon ist schöner, sagte Herr von Narbonne lächelnd, und Sie sind sicher, daß man Sie in Paris niemals anders nennen wird, besonders — Aber halt, was ist das, wir fahren in eine falsche Straße ein — Kutscher, wir müssen rechts fahren, rechts —

Herr von Narbonne sprang empor und riß das vordere Wagenfenster auf und legte seine Hand auf die Schulter des Wagenführers.

Sie haben einen falschen Weg eingeschlagen, hören Sie doch!

Aber der Kutscher hörte nicht, er hieb auf die Pferde ein, und fuhr in schnellerem Trabe vorwärts durch die von den flackernden Laternen matt erleuchteten Straßen.

Ich sage Ihnen, Kutscher, Sie haben einen falschen Weg eingeschlagen, rief Narbonne, dem Kutscher die Hand auf die Schulter legend und ihn heftig rüttelnd, Sie fahren in die Straße nach dem Burgthor hinauf, und Sie müssen rechts einbiegen, um nach dem Kärthnerthor zu kommen.

Der Kutscher, ohne sich umzuwenden, ohne ein Wort zu erwiedern, hieb wieder auf die Pferde ein, und donnernd rollte der Wagen über das Pflaster dahin.

Mein Gott, mein Gott, was bedeutet dies? murmelte Narbonne, einen Moment wie betäubt in den Wagen zurücksinkend.

Herr von Narbonne, fragte der Prinz leise weinend, ach, sagen Sie, werden wir nun doch nicht zu meinem Papa kommen? Will der böse Kutscher uns nicht dahin fahren?

Er soll uns dahin fahren, sagte Narbonne entschlossen, wieder von dem Sitz emporspringend und wieder dem Kutscher sich zuwendend.

Hören Sie, sagte er leise und rasch, Sie schlagen jetzt den Weg ein, den ich Ihnen angegeben, oder ich schieße Sie nieder.

Und indem er so sprach, hörte man ganz deutlich, wie er den Hahn seiner Pistole aufzog.

In demselben Moment hielt der Kutscher mit energischer Kraft seine Pferde mitten im Lauf an und sprang von seinem Sitz nieder auf den Boden.

Erstaunt blickte Herr von Narbonne aus dem Seitenfenster des Wagens. Sie befanden sich jetzt mitten in der großen, durch den Volksgarten dahin führenden Straße. Tiefe Oede und Stille herrschte rings umher, nur hier und da warf eine Laterne einen trüben Schein auf die aufgeweichte, schmutzglitzernde Straße und hüllte dicht daneben wieder Alles in tiefere Dunkelheit ein.

Kutscher! rief Herr von Narbonne, Kutscher, wo sind Sie?

Keine Antwort erfolgte. Herr von Narbonne riß den Schlag des Wagens auf und sprang hinaus. In demselben Moment packten ihn von beiden Seiten vier mächtige Arme und rissen ihn von dem Wagen fort.

Herr von Narbonne! schrie der Prinz angstvoll, von dem Sitz aufspringend und im Begriff, aus dem Wagen zu stürzen.

Eine kräftige Hand schob ihn zurück, und ein Mann stieg zu ihm in den Wagen.

Sind Sie es, Herr von Narbonne? fragte Napoleon angstvoll, und als der Mann nicht antwortete, schrie er laut und angstvoll: Herr von Narbonne! Kommen Sie her zu mir, Herr von Narbonne!

Seine laute jammernde Stimme schallte weithin über den Platz und erreichte das Ohr Narbonne's, der eben, von den vier Männern an beiden Armen gehalten, in einen an der andern Seite des Weges stehenden Wagen geschoben ward.

Herr von Narbonne! rief Napoleon mit lauterer, flehenderer Stimme. Hier! — Ich —

Eine schwere Hand legte sich auf Narbonne's geöffnete Lippen. Kein Wort, oder Sie sind des Todes, sagte eine drohende Stimme dicht neben seinem Ohr. Verhalten Sie sich ruhig und Ihnen wird nichts geschehen.

Eben ward die Thür des Wagens, in welchem sich der Prinz befand, heftig zugeschlagen und der Wagen rollte von bannen.

Sie sehen, sagte die Stimme neben dem Herrn von Narbonne, Ihr Plan ist vereitelt, der Prinzenraub ist mißlungen. Die Polizei war von Allem unterrichtet, aber sie ließ die Flucht geschehen, um Beweise gegen die Hauptschuldigen zu haben. Aber wir wollen dieses Abenteuer verborgen halten, und deshalb, mein Herr, wird man, anstatt Sie zu strafen und Ihnen den Prozeß zu machen, Sie nur ohne Aufenthalt aus den Kaiserstaaten entfernen und an der französischen Grenze absetzen. Vorwärts, Kutscher!

Der Wagen rollte wieder dem Burgthor zu und führte den vor Zorn und Verzweiflung weinenden Herrn von Narbonne von bannen.

Während Jener die Stadt verließ, fuhr der Wagen, in welchem sich der der kleine Napoleon befand, immer rascher vorwärts.

Mein Herr, sagte der Prinz mit tonloser, bebender Stimme, warum sprechen Sie nicht mit mir? Warum sagen Sie mir nicht, ob Sie der Herr von Narbonne sind? Ach, ich bitte Sie, sagen Sie es mir doch! Ich ängstige mich so sehr, ich —

Der Wagen hielt, goldbetreßte Lakayen öffneten den Schlag, eine

Dame stand neben dem Wagen und streckte dem Prinzen ihre beiden Arme entgegen.

Er ließ es geschehen, daß man ihn aus dem Wagen hob, daß die fremde Dame ihn in ihre Arme nahm und durch das hohe, lichtstrahlende Portal über den Flur und die Stiegen hinauftrug. Er war ganz betäubt, ganz ermattet von Angst und Entsetzen. Sein Kopf hing matt und kraftlos über den Arm der Dame hin, seine kleine Gestalt war schwer und bewegungslos, wie die einer Leiche. Lakayen mit brennenden Armleuchtern schritten voran über den Corridor, Lakayen und Diener folgten. Jetzt ward eine hohe Flügelthür geöffnet und man trat in eine Reihe glänzend erleuchteter Zimmer ein.

Die Dame ließ den Prinzen sorgfältig aus ihren Armen auf einen Fauteuil niedergleiten und kniete dann vor ihm nieder, um mit sorgsamem Blick ihn zu betrachten.

Der kleine Napoleon schaute sie an mit weitoffenen Augen, seine Wangen waren kalt und bleich, seine Lippen bebten.

Oh, fürchten Sie sich nicht, sagte die Dame zärtlich, sehen Sie nicht so traurig aus, Herzog, Niemand zürnt mit Ihnen, Jedermann liebt Sie, und gleich wird Se. Majestät, Ihr Herr Großvater, kommen, um —

Ein Zittern flog durch die Glieder des Knaben hin und er richtete sich hastig empor. Mein Großvater wird kommen? sagte er angstvoll. Aber wo bin ich denn? Sind Sie denn nicht die liebe freundliche Dame, bei der ich die Nacht bleiben soll und die morgen mit mir nach Paris zu meinem Vater fahren wird?

Nein, mein lieber kleiner Herzog, sagte die Dame, das Alles war nur ein böser Traum. Sie sind hier, — aber da kommt Se. Majestät der Kaiser.

Sie erhob sich rasch von ihren Knieen und verneigte sich dann tief vor dem Kaiser, der soeben in der Thür des nächsten Zimmers erschien.

Der Prinz blieb ruhig auf seinem Lehnstuhl sitzen und starrte mit entsetzten Blicken seinem Großvater entgegen.

Kaiser Franz näherte sich dem Kinde mit lächelndem, unbefangenem Gesicht und reichte ihm seine Hand dar.

Guten Abend, mein kleiner Herzog, sagte er heiter. Hast durchaus eine Reise machen wollen, kleiner Franz? Und noch dazu zur Nachtzeit? Nun schau, hast jetzt Deinen Spaß gehabt und bist gereist von Schönbrunn nach Wien. Und hier in Wien sollst Du halt bleiben, mein Kind, und sollst hier in der Burg bei mir, bei Deinem Großvater wohnen. Da wird's Dir schon besser gefallen, als da draußen in Schönbrunn, nicht wahr, mein kleiner Franz?

Der Knabe schaute mit traurigen, thränenschweren Blicken zu ihm empor und schüttelte leise sein Haupt.

Wir wollen Dich hier Alle recht lieb haben, fuhr der Kaiser gutmüthig fort, aber Du mußt uns dafür auch halt wieder lieb haben. Besonders mußt Du recht freundlich, artig und gehorsam sein gegen Deine neue Gouvernante. Sieh da, mein kleiner Franz, diese Dame hier, die Frau Generalin von Mitrowska, das ist Deine neue Gouvernante, und die wird von jetzt an immer bei Dir bleiben und wird Dich unterrichten und für Dich sorgen. Heiß die Frau Generalin willkommen, kleiner Franz, gieb ihr die Hand und sag' ihr, daß Du ihr immer recht gehorsam sein willst.

Der Prinz regte sich nicht — er starrte zu dem Kaiser empor und zwei einzelne, glänzende Thränen rollten langsam über seine Wangen nieder.

VII.

Die Rache.

Feuer! Feuer! Das war der Ruf gewesen, der auf einmal die Bewohner des Schlosses von Schönbrunn aus dem ersten Schlummer erweckt hatte. Feuer in den Gemächern der Kaiserin.

In dem Schlafzimmer der Kammerfrauen war es ausgebrochen; die beiden Frauen waren von dem hellen Lichtschein erwacht, sie hatten vor allen Dingen die Kaiserin geweckt, waren ihr behülflich gewesen, sich rasch und eilig anzukleiden und waren dann von dannen gestürzt, um die Schlafenden zu wecken und Hülfe herbei zu rufen.

Marie Louise war also einen Moment allein geblieben. Entsetzt hatte sie dem Zimmer der Kammerfrauen sich genähert, um zu entfliehen, aber die hellen Flammen, die ihr von den brennenden Vorhängen entgegenschlugen, schreckten sie zurück.

Außer sich, bleich und zitternd, flog sie jetzt durch ihr Schlafzimmer hin, der andern Thür zu, und trat durch dieselbe in ihr Toilettenzimmer ein. Dieses Zimmer war dunkel, nur das Feuer aus dem nahen Gemach warf einen röthlichen Schein durch dasselbe, und Marie Louise, geblendet und geängstigt von diesem Schein, schlug mit einem lauten Aechzen ihre Hände vor ihr Angesicht.

Fürchten Ew. Majestät nichts, sagte neben ihr eine leise, männliche Stimme, ich errette Ew. Majestät aus den Flammen.

Zur selben Zeit fühlte sie sich von zwei kräftigen Armen emporgehoben, und ehe sie noch Kraft gefunden zu einem Schrei, einem Hülferuf, stürzte der, welcher sie trug, mit ihr vorwärts; die Wand schien sich vor ihm aufzuthun, und er sprang hindurch, und er rannte, die entsetzte, halb ohnmächtige Kaiserin im Arm, vorwärts, eine Treppe hinunter.

Marie Louise fühlte ihre Sinne schwinden, ein seltsames Klingen und Sausen war vor ihren Ohren, wie schillernde Sterne blitzte es vor ihren Augen, sie wollte sich sträuben, aber ihre Glieder versagten ihr den Dienst, sie wollte um Hülfe schreien, aber das Entsetzen hatte ihre Zunge gelähmt, sie sank regungslos zusammen.

Sie ist ohnmächtig, und das war in ihrer Situation das Beste, was sie thun konnte, sagte Graf Montbrun zu sich selber, indem er mit seiner schönen Last durch das Seitenthor des Schlosses hinaustrat und sich dem Wagen näherte.

Sind Sie es, Graf? flüsterte der Kutscher, der von seinem vordern Sitz niedergestiegen war, und neben dem offenen Wagenschlag stand.

Ja, ich bin es, Baron, sagte der Graf, helfen Sie mir, die Kaiserin in den Wagen zu heben.

Vorsichtig ward die Kaiserin auf dem Vordersitz des Wagens gebettet, Graf Montbrun nahm auf dem Rücksitz Platz, der Kutscher schwang sich wieder auf den Bock und vorwärts ging es jetzt in rastloser Eile, vorwärts die Straße hinunter, hinein in das Dickicht des Waldes.

Die Kaiserin lag noch immer bewußtlos da. Allmälig schien die schaukelnde Bewegung des Wagens und die Nachtluft, die aus den geöffneten Wagenfenstern herein strömte, sie aus ihrer Betäubung zu erwecken. Ein leises Zucken ging durch ihre Gestalt hin, dann schlug sie die Augen auf und richtete sich empor.

Alles dunkel, murmelte sie, und doch meinte ich Feuer gesehen zu haben, Feuer in meinem Zimmer, in — Mein Gott, wo bin ich? rief sie erschreckt, jetzt erst zum vollen Bewußtsein zurückkehrend, wohin fährt man mich? Wer ist da vor mir? Wer sind Sie?

Majestät, Ihr treuester und ergebenster Diener, der Graf Montbrun.

Montbrun! rief Marie Louise entsetzt, und wie kommen Sie hierher in meinen Wagen? Mein Gott, was geschieht denn mit mir? Wie kam ich in den Wagen? Was bedeutet es, daß Sie neben mir sind? Oh, mir ist Alles wie ein wüster Traum, mein Kopf schwindelt, mein Herz klopft zum Ersticken! Ich frage Sie, was bedeutet dies Alles? Wohin führt man mich?

Majestät, dahin, wo allein der Platz meiner erhabenen Kaiserin sein kann, nach Frankreich! Nach Paris!

Nach Paris! schrie Marie Louise entsetzt. Und mein Vater hat seine Einwilligung gegeben?

Nein, Majestät. Aber der Kaiser Napoleon hatte mir befohlen, ihm die Gemahlin und den Sohn zuzuführen, und ich hatte geschworen, dem Befehl meines erhabenen Herrn zu genügen, um jeden Preis, sei's mit List oder mit Gewalt.

Sie haben mich entführt, rief Marie Louise, von ihrem Sitz aufspringend, und eine Bewegung machend, als wolle sie die Wagenthür öffnen, um hinaus zu springen.

Aber die Thür gab dem Druck ihrer Hand nicht nach, und mit einem tiefen Seufzer sank Marie Louise wieder in die Kissen zurück.

Ja, sagte Graf Montbrun, ich habe es gewagt, Ew. Majestät zu entführen, und ich hoffe, daß Ew. Majestät mit mir zufrieden sind, und daß ich Ihre Worte richtig gedeutet habe.

Welche Worte? fragte Marie Louise verwundert. Was habe ich denn gesagt?

Sie haben geruht, mir zu verstehen zu geben, daß Ew. Majestät nicht zu handeln, keinen Willen zu haben wagten, daß Sie Sr. Majestät, Ihrem Herrn Vater, nicht trotzen, sondern nur dem Zwang nachgeben dürften. Ich habe also Zwang angewandt, um Ew. Majestät aus den Banden zu befreien, mit welchen man Sie zurückhielt. Ich habe Alles so vorbereitet, daß wenn mein Plan mißlang, wenn er jetzt noch scheitern sollte, Ew. Majestät, indem Sie zu dem Kaiser von Oesterreich zurückkehrten, ihm feierlich schwören könnten, nichts von diesem Unternehmen gewußt zu haben, sondern mit Gewalt entführt worden zu sein. Ew. Majestät würden dann erzählen, daß eine frevelnde Hand Feuer in dem Zimmer ihrer Kammerfrauen angelegt, daß Diejenigen, welche Sie entführt, die Verwirrung, die sie selber hervorgerufen, benutzend, durch eine geheime Thür in Ihr Toilettenzimmer gedrungen, Sie mit Gewalt fortgeführt hätten, daß Niemand auf Ihren Hülferuf geachtet, daß Niemand das Fortrollen des Wagens gehört habe, weil Jedermann nur mit dem Feuer beschäftigt gewesen wäre. Das könnten Ew. Majestät sagen, wenn der Fluchtversuch mißlungen wäre, und es würde Ihnen in den Augen des Kaisers Franz als Entschuldigung dienen. Aber Gott wird nicht so grausam sein, die Wünsche des Kaisers Napoleon, des ganzen französischen Volkes, und wie ich hoffe, auch die Wünsche Eurer Majestät zu vereiteln, Gott wird es zulassen, daß Ew. Majestät wieder zu Ihrem Gemahl zurückkehren, um mit dem Kaiser wieder den Thron von Frankreich zu theilen, und dem französischen Volk, das Ihnen mit aller Sehnsucht der Liebe entgegenjauchzt, wieder den Segen der Liebe und des Friedens zu bringen, und Frankreich mit Oesterreich, mit Deutschland zu versöhnen.

Aber es ist unmöglich, daß Ihr verwegener Plan gelingt, rief Marie Louise, die Hände ringend. Es ist unmöglich, daß Sie mich aus den österreichischen Staaten fortführen, ohne entdeckt zu werden.

Mein Gott, in dem nächsten Ort schon kann man uns anhalten, mich erkennen, oder mich mit Gewalt zur Rückkehr zwingen. Oh, welche Schmach, welche Demüthigung dann, als eine flüchtige Verbrecherin zurückkehren zu müssen!

Der Himmel wird nicht wollen, daß Ew. Majestät von solchem Unglück bedroht werde, sagte Montbrun feierlich. Alle Vorkehrungen sind getroffen, Alles ist wohl durchdacht und wohl überlegt. Ueberall auf dem ganzen Wege liegen Relais bereit, unsere Pässe sind in vollkommener Ordnung, und es hängt nur von Ew. Majestät ab, jedes Erkennen unmöglich zu machen und sich vor jeder Entdeckung zu sichern.

Wie? Das hängt von mir ab? fragte Marie Louise.

Ja, von Ew. Majestät. Der Paß, den ich bei mir führe, lautet auf zwei Personen, auf zwei Männer. Ew. Majestät müssen die Gnade haben, eine Verkleidung anzulegen, sich in Männerkleidung zu hüllen.

Ach, als ob es so leicht sein würde, die zu erhalten, rief Marie Louise.

Majestät, es ist Alles vorbereitet, hier in dem Kasten des Wagens steht ein Koffer, der Alles enthält, was zur Toilette Ew. Majestät erforderlich ist, und bemerken Sie nur, wir fahren jetzt in einen kleinen Seitenweg ein. Ew. Majestät erinnern sich des kleinen Pavillons im Walde von Schönbrunn? Er ist jetzt einsam und unbemerkt, und daher ganz geeignet, Ew. Majestät als Toilettenzimmer zu dienen.

Oh, mein Gott, murmelte Marie Louise in sich hinein, es ist also kein Entrinnen mehr, ich muß —

Der Wagen hielt vor dem einsamen Häuschen an, der Graf öffnete den Schlag und sprang hinaus, um der Kaiserin beim Aussteigen behülflich zu sein.

Seufzend und zitternd verließ Marie Louise den Wagen und trat in das Haus ein. Niemand kam ihr entgegen, Niemand hieß sie willkommen, aber das Zimmer, welches der Graf jetzt öffnete, war erleuchtet und wohnlich eingerichtet, als hätten unsichtbare Geister, die Ankunft der Prinzessin vorherschauend, Alles zu ihrem Empfange bereitet. In der Mitte des kleinen runden Gemachs befand sich ein

Tisch, auf welchem auf hohen Armleuchtern dicke Wachskerzen brannten, daneben stand eine Schale mit Früchten und Backwerk, und unfern davon hing an der Wand ein hoher Spiegel, zu dessen beiden Seiten auf Wandleuchtern Kerzen brannten.

Geruhen Ew. Majestät hier einzutreten, sagte Graf Montbrun, wir werden sogleich den Koffer bringen.

Er ging hinaus und schloß die Thür. Marie Louise war allein. Mit scheuer Angst blickte sie im Zimmer umher. Ja, sie war allein, ganz allein! Niemand da, der sich ihrer erbarmen, der sie erretten konnte! Sie war der Gewalt dieses Mannes hingegeben, der sie ent= führte, um sie zu ihrem Gemahl zurückzubringen. Wie sie das dachte, schauerte sie in sich zusammen, und ihre Wangen erbleichten.

Die Thür öffnete sich wieder, der Graf trug den Koffer herein, und sich tief vor der Kaiserin verneigend, sagte er: Ew. Majestät bitte ich nur um die Gnade, Ihre Toilette zu beeilen, damit wir weiter fahren können.

Aber, mein Herr, rief Marie Louise, nach Kraft, nach einem festen Entschlusse ringend, wer sagt Ihnen denn, daß ich weiter fahren will, daß ich diese abenteuerliche Flucht, zu der Sie mich wider meinen Willen zwingen wollen, auch unternehmen will?

Ew. Majestät werden sich gnädigst erinnern, daß der Kaiser, Ihr Gemahl, mir befohlen hat, ihm die Gemahlin zurückzuführen, sagte der Graf mit ruhiger Entschlossenheit, und daß ich geschworen habe, seinem Befehl zu genügen. Der Kaiser von Frankreich ruft seine Ge= mahlin, er fordert von ihr die Treue, die sie ihm vor dem Altar Gottes gelobt hat, er fordert, daß sie zu ihm zurückkehre.

Aber ich kann nicht, rief Marie Louise außer sich, bebend vor Angst. Ich habe meinem Vater geschworen, ihm gehorsam zu sein, nicht ohne seine Einwilligung irgend eine Botschaft des Kaisers anzu= nehmen, und jetzt will man mich mit Gewalt zu ihm zurückführen, jetzt will man mich zwingen —

Niemand wird es wagen, Ew. Majestät zwingen zu wollen, rief eine machtvolle Stimme hinter ihnen.

Marie Louise stieß einen Freudenschrei aus und wandte sich um.

Dort, in der geöffneten Thür, dort stand eine hohe männliche Gestalt. Ein langer Mantel umhüllte sie, ein großer breitkrämpiger Hut bedeckte sein Haupt und beschattete sein Gesicht.

Aber Marie Louise erkannte ihn doch. Neipperg! Graf Neipperg! rief sie mit einem lauten Jubelton, und außer sich, aller Ueberlegung, aller Rücksicht vergessend, nur fühlend, daß Er da sei, daß Er sie erretten und beschützen werde, sprang sie vorwärts und warf sich in die geöffneten Arme des Grafen.

Retten Sie mich, flüsterte sie, oh dulden Sie es nicht, daß man mich von hier fortführt.

Nein, ich werde das nicht dulden, sagte der Graf, sie innig an sich drückend, man hat es gewagt, ein unwürdiges Spiel mit Ew. Majestät zu treiben, aber es ist zu Ende, und Niemand soll Ew. Majestät zwingen zu einem Schritt, den Sie nicht freiwillig thun wollen.

Das heißt, sagte Montbrun, sich bleich und mit düsterer Stirn nähernd, das heißt, Sie, Herr Graf Neipperg, wollen es verhindern, daß die Kaiserin einen freiwilligen Schritt thue? Sie wollen sie zwingen, umzukehren!

Nein, sagte Graf Neipperg würdevoll, ich will, daß die Kaiserin freie Wahl habe. Hätte ich das nicht gewollt, so wäre es mir ein Leichtes gewesen, den Fluchtversuch zu hindern, denn ich kannte ihn seit acht Tagen schon, ich wußte um Alles. Aber ich ließ Sie Ihren Plan ruhig ausführen, und — verzeihen Sie es mir, Sie so überlistet zu haben, Herr Graf Montbrun, — ich war der Kutscher, der Sie hierher fuhr. Während Sie in das Schloß von Schönbrunn gingen, um Feuer anzulegen, und die erschreckte Fürstin zu entführen, nahm ich die Stelle Ihres von mir längst bestochenen Kutschers, nahm er meine Stelle hinter dem Mauerpfeiler ein, hinter dem ich Ihr Kommen erwartet hatte. Sie sehen also, es wäre mir ein Leichtes gewesen, Ihre Pläne zu durchkreuzen. Ich hätte nur nöthig gehabt, die Polizei zu benachrichtigen. Indeß, ich wollte der Kaiserin die Wahl überlassen, sie selber sollte über ihre Zukunft entscheiden, sie allein! Deshalb ließ ich Alles geschehen, deshalb begleitete ich Sie hierher. Es muß endlich Alles klar und entschieden werden. Der Kaiser Napoleon soll nicht sagen, daß man seine Gemahlin mit Gewalt zurückhält. Sie, Herr Graf Montbrun, werden ihm entweder die Gemahlin zuführen, oder Sie werden zu ihm gehen, und ihm sagen, daß es ihr freier Wille war, nicht zu ihm zurückzukehren.

Und jetzt, fuhr er fort, von der Kaiserin zurücktretend, und sich tief vor ihr verneigend, jetzt lege ich die Entscheidung in die Hände Ew. Majestät. Wir sind hier allein, zwei Ehrenmänner, Beide bereit dem Willen und Befehl Ew. Majestät zu gehorchen, Beide, so verschieden auch unsere Wege sind, einig in dem Gefühl des Gehorsams und der Ehrfurcht, die wir Ew. Majestät, der Dame schulden, die ich die Tochter meines Kaisers, die Graf Montbrun die Gemahlin seines Kaisers nennt. Ich schwöre also hier, und Gott hört meinen Schwur, daß ich mich dem Willen Ew. Majestät unterwerfe, daß ich, wie auch Ihre Entscheidung ausfallen möge, schweigend und gehorsam mich den Befehlen der Kaiserin unterordnen will. Herr Graf Montbrun, wollen auch Sie das schwören?

Ja, sagte Montbrun feierlich, ich schwöre, gleich dem Grafen Neipperg, mich schweigend und gehorsam den Befehlen der Kaiserin unterzuordnen, ihrem Willen mich zu unterwerfen, wie auch die Entscheidung ausfallen möge!

Nun wohlan denn, jetzt mögen Ew. Majestät Ihren Willen kund thun, rief Graf Neipperg. Wollen Sie dem Ruf des Kaisers Napoleon folgen, wollen Sie nach Frankreich, zu Ihrem Gemahl zurückkehren? Sagen Sie es, und ich trete ehrfurchtsvoll bei Seite. Ew. Majestät legen Ihre Verkleidung an, und fahren mit dem Grafen Montbrun weiter, und Niemand wird Ihre Flucht aufhalten, denn Graf Montbrun hat alle Vorbereitungen gut getroffen, auf allen Stationen stehen die Relais bereit, und ich selbst werde bemüht sein, Diejenigen, welche Sie verfolgen möchten, auf falsche Wege zu leiten, bis Sie die französische Grenze überschritten haben. Wollen aber Ew. Majestät nicht nach Frankreich gehen, wollen Sie freiwillig der Kaiserkrone, welche Ihrer in Frankreich wartet, entsagen, wollen Sie statt Kaiserin von Frankreich nur die Herzogin von Parma sein, dann sagen Sie es, und Graf Montbrun wird allein nach Paris gehen, und er

wird dem Kaifer Napoleon melden, daß Marie Louife die Bande zer-
riffen hat, welche fie an ihn knüpfen, daß fie fich weigert, ihn als
ihren Gemahl anzuerkennen, daß fie fich weigert, die Kaiferin von
Frankreich zu heißen, und nur noch die Herzogin von Parma, die Tochter
des Kaifers Franz, die deutfche Prinzeffin fein will. Sagen Sie
es, und der Graf Montbrun wird es nicht hindern, daß Ew. Majeftät mit mir diefes Haus verlaffen, ich werde Sie wieder zurückfahren
nach Schönbrunn, und unbemerkt, von der Nacht gefchützt, werden Sie
auf demfelben Wege, auf dem Sie das Schloß verlaffen, wieder in
daffelbe zurückkehren. — Ew. Majeftät, wir warten auf Ihre Ent-
fcheidung!

Eine Paufe trat ein. Athemlos, mit hochklopfendem Herzen,
bleich vor innerer Aufregung ftanden die beiden Männer der Kaiferin
gegenüber, fie beide anfchauend mit flammenden Blicken voll Unruhe
und Pein.

Jetzt hob Marie Louife langfam ihr Haupt empor, jetzt fchritt
fie vorwärts, und mit lauter, faft freudiger Stimme fagte fie: Herr
Graf Neipperg, führen Sie mich nach Schönbrunn zurück. Ich ent-
fage der Kaiferkrone von Frankreich, ich will nur noch die Herzogin
von Parma fein.

Graf Neipperg ftieß einen Freudenfchrei aus, und auf feine
Kniee niederfinkend, preßte er die dargereichte Hand der Kaiferin an
feine Lippen.

Graf Montbrun, fagte Marie Louife, ihr erröthendes Antlitz dem
Grafen zuwendend, der todesbleich, mit fchmerzbewegten Zügen an der
Wand lehnte, Graf Montbrun, kehren Sie nach Paris zurück, bringen
Sie dem Kaifer meine Grüße, fagen Sie ihm, daß ich niemals den
Vater meines Sohnes vergeffen, daß ich niemals aufhören werde für
ihn zu beten, daß mein Herz und meine Pflicht mir aber verbieten,
zu ihm zurück zu kehren. Leben Sie wohl, Herr Graf Montbrun.
Sie aber, General Neipperg, geben Sie mir Ihren Arm und führen
Sie mich zu meinem Wagen, um mit mir nach Schönbrunn zurück
zu kehren.

Erlauben mir Ew. Majeftät nur, dem Grafen Montbrun noch

ein Wort zu sagen, bat Graf Neipperg. Er näherte sich dem Grafen, zog aus seinem Busen einen Brief hervor, und reichte ihn dem Grafen dar.

Herr Graf Montbrun, sagte er, ich bin Ihnen noch schuldig, Ihnen eine Erklärung zu geben, Ihnen zu sagen, durch Wen mir Ihr Entführungsplan verrathen ward, und Wer mir die Mittel in die Hand gab, ihn zu vereiteln. Diese Aufklärung finden Sie in diesem Brief. Er kommt von einer Dame, die Ihnen wohl bekannt ist, er kommt von Friederike Hähnel! — Jetzt möge Ew. Majestät die Gnade haben, meinen Arm anzunehmen und mir zu gestatten, Sie nach Schön-brunn zurückzufahren. Das Abenteuer dieser Nacht wird in Schweigen und Geheimniß begraben werden, denn Niemand, außer uns, kennt die geheime Thür des Toilettenzimmers, und durch diese werden Ew. Majestät in Ihre Gemächer zurückkehren, noch ehe der Morgen dämmert!

Marie Louise, mit einem zärtlichen Blick zu ihm aufschauend, nahm seinen Arm und verließ mit dem Grafen das Gemach.

Montbrun schaute ihnen mit düsteren Blicken nach, in sich ver-sunken, verloren in die finstern Gedanken, welche seine Seele bewegten und ihn mit Verzweiflung und Zorn erfüllten. Jetzt, als er das Rollen des sich entfernenden Wagens vernahm, stampfte er wild mit dem Fuß auf den Boden, und schleuderte einen flammenden Zornesblick zum Himmel empor.

Alles verloren! Alles umsonst! sagte er zähneknirschend. Die Ar-beit und Mühe eines halben Jahres vernichtet in Einem Moment, und mit leeren Händen muß ich zu dem Kaiser zurückkehren, kann ihm kein Zeugniß geben meiner Ergebenheit, meiner Thätigkeit, kann von ihm keinen Lohn, keinen Dank fordern, sondern werde nur mit finsterm Zornesblick, mit einem Lächeln der Verachtung empfangen werden. Oh, mein Gott, habe ich denn für all' meine Treue, meine Mühe eine solche Strafe verdient? — Aber der Brief! Der Brief soll mir Aufklärung geben, sagte mir der Graf Neipperg. Er soll mir sagen, wer mich verrieth. Wehe, wehe über ihn!

Er griff nach dem Brief, den er vorher mit einer verächtlichen Bewegung auf den Tisch geschleudert hatte, und riß ihn auseinander.

Ja, sagte er, ihn anschauend, es ist ihre Handschrift. Dieser Brief ist wirklich von Friederike Hähnel. Und sie, sie sollte mich verrathen haben? Nein, nein, das ist unmöglich, das — ach, lesen wir doch den Brief!

Er warf sich auf einen Stuhl neben dem Tisch nieder, zog den Armleuchter näher zu sich heran und las den Brief, welcher also lautete:

„Sie haben mich getäuscht und hintergangen! Sie haben mit meinem Herzen ein elendes und unwürdiges Spiel getrieben, und meine Liebe zu einem Werkzeug Ihrer Pläne gemacht. Ich habe Sie geliebt, grenzenlos, unaussprechlich; doch das ist lange her, und klingt nur noch in mir nach wie die Ammenmährchen meiner Kindheit, die ich jetzt belächele, weil ich so klug geworden bin, zu wissen, daß sie niemals eine Wahrheit werden können. Sie haben mich klug gemacht, und ich will Ihnen jetzt einen Beweis meiner Klugheit geben. — Auf jenem Fest beim Baron Arnstein, wo Sie mit Ihrer Gemahlin zusammen trafen, belauschte ich Ihr Gespräch. Ich stand hinter dem Bosquet, als Sie Ihrer zärtlichen Ehehälfte die Versicherung gaben, daß Sie Friederike Hähnel durchaus nicht liebten, daß sie nur ein Werkzeug in Ihren Händen sei, als Sie ihr mit lachendem Munde erzählten, daß Sie mich betrögen, und zu Ihrer Rechtfertigung hinzusetzten, auch ich betröge Sie, denn ich liebte nicht Sie, sondern Ihren glänzenden Namen allein. Sie sagten damals: „es kommt nur darauf an, wer seinen Zweck erreicht, und wer von uns Beiden zuletzt der Betrogene sein wird." Diese Worte habe ich mir seitdem täglich wiederholt, mir täglich geschworen, daß Sie zuletzt der Betrogene sein sollten! Jetzt habe ich mein Ziel erreicht, und — Sie sind der Betrogene! Sie hatten mich verrathen in dem, was einer Frau das Höchste ist, in meiner Liebe, — ich habe Sie dafür verrathen in dem, was Ihnen das Höchste dünkte, — in Ihrem Ehrgeiz! Sie wollten dem Kaiser Napoleon wichtige Dienste leisten, damit er Sie dafür mit Ehrenstellen, Orden und Aemtern belohne. Sie wollten ihm die Gemahlin und den Sohn zuführen, und Sie machten mich zu der Vertrauten Ihrer Pläne! Ich unterstützte und förderte sie, ich half Ihnen mit thätigster Zuvorkommenheit, und als die Zeit gekommen, da verrieth ich Sie und Ihre Pläne an den Grafen Neipperg. Ja, mein Herr Marquis Barbasson, mein lieber, zärtlicher Cousin, ja, mein Herr Graf Montbrun, ich habe Sie verrathen! In der Stunde, in welcher Sie dies lesen, sind alle Ihre so klug berechneten, mit so viel Mühe, Geld und Zeitverschwendung angelegten Pläne vereitelt. Der kleine König von Rom, statt bei mir zu sein, ist jetzt in der Kaiserburg bei seinem Großvater, dem Kaiser Franz, und der wird ihn wohl vor jedem erneuerten Fluchtversuch zu sichern wissen. Die Herzogin von Parma, die Sie als Kaiserin nach Frankreich zurückführen wollten, hat ohne Zweifel die romantische Reisekleidung verschmäht, die wir ihr mit so viel Zuvorkommenheit hatten bereiten lassen, und ist nach Schönbrunn zurückgekehrt, begleitet von einem Mann, der ihr den Kaiser Napoleon ersetzen wird. Sie sind allein in der Waldhütte, Sie lesen meinen Brief. Ist es Ihnen nicht, als sähen Sie das vor Bosheit strahlende Antlitz, die vor Verachtung und Zorn blitzenden Augen Ihrer lieben Cousine neben sich, hören Sie nicht durch die öde Stille, die Sie, den überlisteten Verräther, umgiebt, das laute höhnische Lachen, mit dem ich Sie anschaue? Sehen Sie nicht, wie ich mit wilden Sprüngen in meinem Zimmer umherfliege, und mit rasender Lust, gleich den Feuergeistern in Gluck's Armide, den Tanz der Rache tanze? Ja, mein lieber Cousin, ich tanze, ich lache und singe, denn ich bin gerächt. Sie wollten mein Herz zertreten, aber es war eine Natter, die sich aufrichtete und Sie in die Ferse stach. Ich hoffe, daß es schmerzt, und daß Sie ewig davon hinken werden. Leben Sie wohl, theurer Cousin, und gedenken Sie zuweilen Ihrer schönen Cousine

Friederike Hähnel."

Sie hat recht gethan, sagte Graf Montbrun, den Brief langsam zusammenfaltend und in seinen Busen steckend. Ja, sie hat recht gethan, und mir ist mein Recht geworden. Ich war an ihr zum Verräther geworden, und Gott hat deshalb meinen Arm verworfen; da ich mit unreinen Waffen kämpfte, burfte ich nicht siegen. Unb so will ich benn meine Strafe erbulben, unb will hingehen zu Napoleon unb ihm sagen, baß ich ein Meineibiger bin, ber seinen Schwur nicht gehalten hat. Möge Er mich strafen, ober mich entsünbigen unb mir verzeihen! Fort jetzt, hinaus in bie Nacht!

Er blies bie Lichter aus, unb schritt burch bie Dunkelheit hinaus in ben öben, schweigenben unb finstern Walb.

VIII.

Der Abschied.

Der Congreß, welcher troß ber brohenben Gewitterstürme, bie sich rings am Horizont erhoben, noch immer in Wien tagte, ber Congreß beschäftigte sich inbeß jetzt nicht mehr mit bem allgemeinen Frieben, sonbern mit bem allgemeinen Krieg, unb ba man jetzt zu biesem Krieg wieber ber Hülfe ber Völker, ber tapfern Arme unb ber offenen Kassen beburfte, so beschäftigte man sich auch ein wenig mit bem Glück unb ber Befriebigung ber Völker. Statt wie bisher nur bie Schenkungen an „Seelen" unb Länbern zu berathen, welche man ben Fürsten zuerkennen wollte, überlegte unb berieth man nunmehr bie Versprechungen an Freiheit unb Selbstständigkeit, bie man jetzt ben Völkern machen mußte, um ihren Enthusiasmus aufzustacheln, unb ihren Kriegsmuth anzufeuern, machten alle Diplomaten jetzt Entwürfe zu Verfassungs-Urkunden, welche bie beutschen Fürsten ihren Völkern als freie Liebesgabe barbringen wollten.

Aber vor allen Dingen kam es boch barauf an, sich feierlich unb einstimmig gegen Napoleon zu erklären unb Frankreich, bem neuerstanbenen Kaiserreich, einen Kampf auf Tob unb Leben anzukünbigen.

Alle europäischen Mächte gaben in seltener Uebereinstimmung biese feierliche unb einstimmige Erklärung ab. Alle ihre Stimmen zu Einer vereinend thaten sie Napoleon in die Acht, erklärten sie Frankreich den Krieg, wenn es den geächteten Napoleon als seinen Kaiser anerkenne. Diese Kriegserklärung vom 12. Mai 1815, das war das Donner= wort, welches Frankreich aus seinem Freudentaumel, aus seiner Wieder= sehenslust aufschreckte, welches alle Völker Europa's wieder zu den Waffen rief.

Ganz Europa rüstete sich, ganz Europa erhob das Schwert gegen Einen Mann, aber dieser Eine Mann hatte früher ganz Europa unter seine Füße getreten, und vor ihm hatten alle diese Fürsten einst sich gebeugt, die jetzt wider ihn rüsteten. Sie rüsteten mit Verträgen, mit dem Schwert und mit dem Wort. Oesterreich, Rußland und Preußen erneuerten ihre Allianz mit England, das ihnen Subsidien zu zahlen sich verpflichtete. Alle deutschen kleineren Fürsten verpflichteten sich, ihre Contingente an Linientruppen und Landwehr zur großen Haupt= armee zu senden. Rußland bot drei große Armeecorps auf, die in Eilmärschen durch Ungarn und Schlesien vorrücken sollten, Preußen organisirte mit energischer Thatkraft zwei Armeen, die eine in den Niederlanden, die andere am Rhein, Oesterreich formirte ein Heer am Rhein, ein anderes in Italien. England schiffte seine Truppen nach den Niederlanden über, Spanien zog seine Regimenter zu einer Armee zusammen, und mehr als eine halbe Million Soldaten setzte sich in Bereitschaft, um von allen Seiten Frankreich anzugreifen.

Die erste Folge dieser Kriegserklärung war, daß alle Franzosen, welche sich in Wien befanden, sich zur schleunigen Abreise anschicken mußten. Herr von Talleyrand hatte längst schon sein Haus geschlossen, und verließ jetzt mit seinem ganzen Gesandtschaftspersonal die Haupt= stadt Oesterreichs, in welcher er so lange als mächtiges Congreßmitglied eine so bedeutende Rolle gespielt. Aber auch alle die Franzosen, welche bisher den kleinen Hofstaat Marie Louisens gebildet und zu ihrer nächsten Umgebung gehört hatten, bekamen jetzt den Befehl, die öster= reichischen Kaiserstaaten sofort zu verlassen und in dem Dienst der Herzogin von Parma ihren deutschen Nachfolgern zu weichen.

Die Gräfin Montesquiou hatte gleich an dem nächsten Tage nach den vereitelten Fluchtversuchen ihre Stelle niederlegen und sich von der

Kaiserin Marie Louise beurlauben müssen. Die Kaiserin hatte sie mit kalter Ruhe empfangen, ohne auch nur mit einem Wort der Begebenheiten jener schreckensvollen Nacht zu gedenken. Marie Louise war unbemerkt, noch bevor der Tag graute, wieder nach Schönbrunn zurückgekehrt, und von Graf Neipperg geleitet, war sie durch die geheime von Niemand gekannte Thür in ihre Gemächer gelangt. Sie schien auch von Niemanden vermißt zu sein, denn Niemand war erstaunt, die Kaiserin am Morgen in ihrem Toilettenzimmer auf dem Divan ruhend zu finden, und als Marie Louise ihren Kammerfrauen erzählte, daß sie sich vor dem Feuer in dies Zimmer gerettet, um vor Störungen gesichert zu sein, die Thür desselben verschlossen und dann die ganze Nacht hindurch auf dem Divan ruhig geschlafen habe, schienen sie davon durchaus nicht überrascht, sondern äußerten nur ihre glühende Freude, daß ihre Herrin nicht auf lange in ihrer Nachtruhe gestört worden.

Auch von der Flucht des Prinzen Napoleon, den jetzt Niemand mehr König von Rom zu nennen wagte, verbreiteten sich nur einige dunkle unbestimmte Gerüchte, aber Niemand wußte mit Bestimmtheit etwas darüber zu sagen. Nur das wußte man, daß der Prinz jetzt für immer in Wien in der Kaiserburg wohne, daß er eine deutsche Gouvernante habe, und daß die Gräfin Montesquiou trotz ihres innigen Flehens nicht die Erlaubniß erhalten habe, vor ihrer Abreise den Prinzen noch einmal zu sehen und ihm Lebewohl zu sagen.

Auch die anderen Franzosen aus dem Hofstaat Marie Louisens, wie gesagt, mußten Wien verlassen, selbst der Privat-Secretair der Kaiserin, der Baron von Meneval, war von dieser strengen Maßregel nicht ausgeschlossen. Aber ihm hatte man die Gunst gewährt, die man der Gräfin Montesquiou versagt hatte, ihm sollte es verstattet werden, von dem Herzog von Reichstadt Abschied zu nehmen.

Am Tage seiner Abreise, am sechsundzwanzigsten Mai sollte Baron von Meneval also in der Kaiserburg den jungen Prinzen zum letzten Mal sehen, und dort auch, in den Gemächern ihres Sohnes, wollte Marie Louise ihrem frühern Geheimsecretair ihr letztes Lebewohl sagen.

Aber dieses letzte Lebewohl der einstigen Kaiserin war eben so kalt und ruhig, wie das, welches sie von der Gräfin Montesquiou genommen. Sie dankte dem Baron für seine treuen Dienste, sie gab ihm ein kostbares Geschenk als Andenken, aber sie that das ohne ein Zeichen innerer Aufregung und Theilnahme. Sie fragte gar nicht, wohin der Baron gehen wolle, sie erwähnte gar nicht des Kaisers Napoleon, und als Meneval es dennoch wagte, ihr zu erzählen, daß er nach Paris gegangen, als er von dem Kaiser sprach, und von dem Schmerz, den er empfinden würde, nicht einmal einen Brief von seiner Gemahlin zu erhalten, schien Marie Louise kaum auf seine Worte zu hören, sondern lauschte mit halb abgewandtem Haupt auf die Töne der Musik, die aus dem anstoßenden Gemach zu ihr herrauschten. Und diese Töne schienen einen wunderbaren Zauber auf sie zu üben, denn Marie Louise schrak in sich zusammen bei dem Beginn der Musik, eine tiefe Röthe überflog ihre Wangen, und ihre Augen leuchteten in feurigem, zärtlichem Glanz.

Oh, Majestät, sagte Meneval jetzt leise und hastig, oh, Majestät, ich beschwöre Sie, lassen Sie mich nicht ganz ohne Botschaft zu dem Kaiser zurückkehren. Geben Sie mir zum Mindesten einen Gruß, ein Wort der Hoffnung für ihn mit. Beauftragen Sie mich —

Herr von Meneval, unterbrach ihn Marie Louise, es thut mir leid, Ihnen jetzt Lebewohl sagen zu müssen. Aber ich habe dem Grafen Neipperg versprochen, mir von ihm eine neue Symphonie Beethovens vorspielen zu lassen, und Sie hören wohl, der Graf erwartet mich schon am Clavier, das er so meisterhaft schön zu spielen versteht. Leben Sie also wohl, Herr von Meneval. Dort in jenem Zimmer finden Sie meinen Sohn, den Herzog Franz!

Sie deutete mit der Hand nach der geöffneten Thür des Nebenzimmers, nickte leicht mit dem Kopf und wandte sich dann ab, um mit raschen Schritten nach der verschlossenen Thür jenseits des Salons hinzugehen.

Der Baron schaute ihr mit traurigen Blicken nach, bis die schöne jugendliche Gestalt hinter der Thür des Musikzimmers verschwunden war; ein schwerer Seufzer entrang sich seiner Brust, und als er sich dann dem Zimmer des Prinzen zuwandte, flüsterte er leise: Armer Kaiser! Seine Gemahlin betrachtet sich schon als seine Wittwe, die ihm einen Nachfolger geben darf!

Der Prinz saß, als Herr von Meneval zu ihm eintrat, vor seinem Spieltisch. Aber nicht wie sonst ordnete er mit Jubel und lachendem Frohsinn seine Soldaten, nicht wie sonst glänzte sein Auge, glühten seine Wangen wie holde Maienrosen. Still und schweigend saß er da, das Köpfchen vornüber geneigt, blickte er gleichgültig auf seine zerstreut umherliegenden Regimenter hin, und nur wie in Zerstreuung wühlten seine kleinen weißen Hände zwischen dem Spielzeug umher.

Hoheit, sagte Frau von Mitrowska, welche mit der neuen Kammerfrau neben dem Spieltisch stand, Hoheit, da ist der Baron von Meneval, welcher Ihnen Lebewohl sagen möchte. Wollen Sie ihn nicht willkommen heißen?

Das Kind hob seine Augen langsam empor, und blickte den Baron an, ohne ihn zu grüßen, ohne ihn, wie es schien, zu kennen. Sonst war er ihm stets jauchzend entgegen gehüpft, und hatte ihn mit lieblicher Geschwätzigkeit willkommen geheißen, heute stand er nur, als die Gouvernante ihn dazu aufforderte, von seinem Stuhl auf, und dem Baron zwei Schritte entgegentretend, reichte er ihm zögernd, und einen mißtrauischen ängstlichen Blick auf Frau von Mitrowska werfend, die Hand dar.

Sie wollen abreisen, mein Herr? fragte er mit leiser bebender Stimme.

Ja, Sire, ich will abreisen, sagte der Baron, die kleine Hand an seine Lippen drückend, und sie dann zwischen seinen beiden Händen festhaltend, ja, Sire, ich will abreisen, und ich bitte Sie, mir zu sagen, ob Sie nichts zu bestellen haben? Ich kehre jetzt nach Paris zu Ihrem Herrn Vater, dem Kaiser Napoleon zurück. Sire, haben Sie mir gar keine Aufträge für Ihren Herrn Vater zu geben?

Der kleine Knabe hob seine Augen mit einem langen traurigen Blick zu ihm empor, aber er sagte kein Wort; langsam und unmerklich das Haupt schüttelnd, machte er seine Hand aus der des Barons los, und zog sich, schweigend und still dahin schleichend, in eine entfernte Fensternische zurück.

Der Herzog ist heute nicht ganz wohl, glaube ich, sagte Frau von Mitrowska unbefangen, er ist sonst immer außerordentlich heiter und vergnügt, und scherzt und lacht den ganzen Tag.

Ja, Madame, das war sonst seine liebliche Art, sagte Baron Meneval seufzend. Ich muß mich jetzt beurlauben. Gestatten Sie mir, daß ich zu dem Prinzen hingehe, und ihm einen Kuß zum letzten Lebewohl gebe?

Oh, Herr Baron, welche Frage, rief Frau von Mitrowska lächelnd, nehmen Sie Ihren Abschied ganz wie es Ihrem Herzen und dem Belieben des Prinzen angemessen ist.

Der Baron eilte nach der Fensternische hin, in welcher der Prinz stand, der aus der Ferne mit mißtrauischen Blicken zu den Sprechenden hinüber geschaut hatte.

Sire, sagte Meneval, und seine Augen füllten sich mit Thränen, wie er auf das kleine, ernste, bleiche Antlitz des Knaben hinblickte, Sire, ich reise wirklich zu Ihrem Vater, zu Ihrem Papa Kaiser. Wollen Sie mir gar keine Grüße für ihn mitgeben?

Der Prinz zog mit beiden Händen den Baron zu sich heran, tief in die Fensternische hinein, und mit einem rührenden, flehenden Ausdruck zu ihm aufschauend, flüsterte er leise: Lieber Herr von Meneval, sagen Sie ihm, daß ich ihn immer noch sehr lieb habe.*)

Sire, sagte der Baron mit vor Rührung erstickter Stimme, man hat mir erlaubt, Sie zum Abschied umarmen zu dürfen. Wollen Sie es mir gestatten?

Der kleine Knabe breitete seine beiden Arme aus, und flog mit einem süßen, schmerzlichen Lächeln an die Brust des Barons. Mit einer glühenden Innigkeit küßte er ihm die Augen, die Lippen, die Stirn, und bei jedem Kuß flüsterte er: Grüßen Sie meinen Papa, sagen Sie ihm, daß ich ihn so lieb, ach, so lieb habe, und daß ich ihn nie vergessen werde.

---

*) Des Prinzen eigene Worte. Siehe: Ménéval, Mémoires. IV. 230.

Franz! Franz! rief aus dem Nebengemache die Stimme der Kaiferin.

Der Knabe zuckte zusammen, das Lächeln erblaßte auf seinen Lippen. Sie hören wohl, Herr von Meneval, flüsterte er traurig, ich heiße nun doch Franz! Leben Sie wohl!

Er grüßte ihn mit einem trüben Blick, und trat einige Schritte aus der Fensternische vorwärts. Plötzlich wandte er sich um, kehrte haftig zu dem Baron zurück, und ihn mit einem flehenden Blick ansehend, flüsterte er: sagen Sie es meinem Papa nicht, daß sie mich hier Franz nennen. Es würde ihm weh thun!

Franz! rief die Stimme seiner Mutter abermals.

Ich komme schon, sagte das Kind traurig, indem es haftig nach dem andern Zimmer eilte.

Herr von Meneval blickte ihm nach, bis die kleine zierliche Gestalt verschwunden war, dann schlug er seine Hände vor sein Angesicht und weinte laut. —

An demselben Tage, und um dieselbe Stunde fand in einem andern Gemach der Kaiferburg noch ein zweiter Abschied statt. Es war in dem Cabinet des Kaifers Franz, und der Kaifer Alexander und der König Friedrich Wilhelm waren es, welche ihrem Bundesgenossen, dem Kaifer Franz, ihr letztes Lebewohl sagten.

Hand in Hand standen die drei Monarchen in der Mitte des Zimmers, und schauten einander an mit Blicken fester, ernster Entschlossenheit.

So ziehen wir denn wieder aus zu erneuertem Blutvergießen, sagte Alexander mit leifer, bebender Stimme. Die glücklichen Tage unfers schönen Beisammenfeins sind vorüber, und auf's Neue wird Krieg und Verderben das arme noch von so vielen Wunden blutende Europa durchheulen, auf's Neue werden Taufende blühender kräftiger Männer hingeopfert werden durch die Schuld diefes Würgeengels, den Gott zum zweiten Mal zur Strafe unferer Sünden auf uns gehetzt hat. Aber dies Mal dürfen wir nicht eher ruhen, als bis wir ihn ganz und für immer vernichtet haben. Ich wenigftens habe auf das Evangelium geschworen, die Waffen nicht niederzulegen, so lange Napoleon Herr von Frankreich ist, sondern zu kämpfen bis zu seinem völligen und unwiderbringlichen Untergang.*)

Und ich schwöre hier in die Hände der Majestäten, daß auch ich mit aller meiner Macht diesen Mann bekämpfen will, der so lange Europa beunruhigt, sagte Kaiser Franz. Auch ich schwöre, daß ich den Krieg nur dann als beendet betrachten will, wenn Bonaparte entweder gefangen oder todt ist.

Ich schwöre, wie Sie Beide geschworen haben, sagte der König Friedrich Wilhelm. Krieg, unversöhnlicher Krieg dem ehrgeizigen Tyrannen, durch dessen Schuld auf's Neue das Blut unserer braven Soldaten wird vergossen werden. Auf sein Haupt komme die Schuld alles Unglücks, das Er allein jetzt wieder über Europa gebracht hat. Gott hat uns ausersehen, ihn zu strafen, und unsere unglücklichen Völker endlich von ihm zu befreien.

Ja, unsere unglücklichen Völker wollen wir endlich befreien von diesem Schreckniß, rief Alexander begeistert, wir wollen ihnen endlich die Ruhe und den Frieden wiedergeben, und heimkehrend mit unsern Siegesfahnen wollen wir den Völkern, die wir die unsern nennen, zum Dank für ihre edle Treue und ihre tapfern Thaten, das Glück, die Freiheit und die Gerechtigkeit bringen. Die Tyrannei sei verjagt mit dem Tyrannen Bonaparte, und unser Stolz soll es sein, als freie Fürsten über freie Völker zu regieren. Sie haben, gleich allen deutschen Fürsten, Ihren Völkern eine Verfassung verheißen. Sie werden Ihr Wort erfüllen, wie ich es meinem neu erworbenen Königreich Polen erfüllen werde. Möge mich Gott den Tag sehen lassen, wo auch mein eigenes geliebtes Vaterland, mein Rußland, so weit heran gereift ist, daß ich auch ihm die Wohlthat einer Verfassung gewähren, daß ich auch meinen angestammten Völkern, wie Sie den Ihren, sagen kann: „Ihr habt auf dem Schlachtfeld Euch die Manneswürde und die Freiheit der Selbstbestimmung erkämpft, und ich gebe Euch dafür eine Verfassung, wie sie freien Männern geziemt." Aber das steht noch in weiter Ferne, und das Nächste nur wollen wir jetzt bedenken. Das

---

Nächste ist: Krieg gegen Napoleon! Unversöhnliche Feindschaft dem Störer des Weltfriedens! Krieg bis zur Vernichtung!

Ja, so sei es, riefen die beiden Monarchen. Bonaparte hat es so gewollt, ihm werde sein Wille!

Und nun, meine Freunde, meine Bundesgenossen, rief Alexander mit Thränen in den Augen, eine letzte Umarmung, ein letzter Kuß! Unsere Armeen erwarten uns! Leben Sie wohl! Auf dem Schlachtfeld oder in Paris sehen wir uns wieder!

Sie hielten sich lange umschlungen, dann nickten sie einander den letzten Gruß zu.

In Paris sehen wir uns wieder, sagten sie Alle drei, und Hand in Hand durchschritten sie die Gemächer, gingen sie hinunter bis zu den bereit stehenden Equipagen der beiden Monarchen Alexander und Friedrich Wilhelm, die jetzt Wien verließen, um sich zu ihren Armeen zu begeben.

Siebentes Buch.

—

Die Schlacht bei Belle-Alliance.

I.

Die Hiobspost.

Ganz Paris war heute in Bewegung, und schon beim Beginn des Tages sah man die Bevölkerung schaarenweise durch die Straßen dahin strömen, Alle dem Einen Ziele zu, Alle in eilfertiger, neugieriger Hast dem Marsfelde sich zuwendend, denn auf dem Marsfelde sollte heute ein neues großartiges Fest sich begeben; schon von Lyon aus hatte der Kaiser dem französischen Volk verheißen, daß er, wie in den Tagen des alten Roms ein Maifeld berufen wolle, auf welchem das Volk über die Zukunft Frankreichs entscheiden solle.

Heute am ersten Juni sollte endlich dieses „Maifeld" abgehalten werden, heute sollte das Volk seinen heimgekehrten Kaiser auf dem Märzfelde begrüßen, auf diesem weiten, ungeheuren Platz, den die Föderirten vom Jahr 1790 geschaffen hatten, und auf dem vor fünf und zwanzig Jahren zur Erinnerung an den ersten Jahrestag der Erstürmung der Bastille das große Föderationsfest stattgefunden hatte.

Auch heute sollten auf diesem Platz die Föderirten erscheinen, die Föderirten, welche auf den Ruf des Kaisers sich aus dem Pariser Volk hervorgehoben hatten, welche bereit waren, mit den ihnen verliehenen Waffen das Vaterland und dessen Freiheit und Unabhängigkeit zu vertheidigen. Auch heute sollte auf dem Märzfeld ein glänzendes Fest gefeiert werden.

Was für ein Fest?

Das war die große Frage, welche alle Gemüther beschäftigte, und welche Jeder sich seinen Wünschen, seinen Hoffnungen gemäß beantwortete.

Denn diese vielen Tausende, die da rings um den Platz von der Frühe des Morgens an die Rasenstufen, welche die Republikaner von 1790 zu Sitzen für das Volk aufgeworfen hatten, einnahmen, diese vielen Tausende waren gekommen, um auf dem vom Kaiser berufenen Maifelde des ersten Juni den Schleier sich lüften zu sehen, welcher ihnen die Zukunft Frankreichs umhüllte; sie waren gekommen, nicht im Freudenjubel über vollbrachte Thaten, sondern in neugieriger Ungeduld, endlich eine Thatsache zu erfahren, endlich zu wissen, was der Kaiser beabsichtige, warum er das Maifeld berufen, was er dem französischen Volk zu sagen habe?

Und Jeder wie gesagt, beantwortete sich diese Frage nach seinen eigenen Wünschen und Gesinnungen.

Dort drüben, unweit der Militairschule stand auf den Rasenstufen eine Schaar ernster und düsterer Gestalten, gebräunte Gesichter, von ergrauetem Haar umwallt, die gerunzelte Stirn gezeichnet von dem Alter und den Erfahrungen, welche über ihren verwitterten Häuptern dahin gezogen.

Das waren die Republikaner, welche vor fünf und zwanzig Jahren als begeisterte Jünglinge das Märzfeld hatten begründen helfen, welche das Kaiserreich in der Stille verwünscht, und den heimkehrenden Kaiser nur deshalb freudig willkommen geheißen hatten, weil sie von ihm erwarteten, daß er jetzt nur ein Werkzeug in ihren Händen sei, daß Er, durch den der Thron der Lilien zum zweiten Male gestürzt worden, jetzt nur da her komme, als der Herold der Republik, welche zwölf Jahr auf dem Märzfelde geschlafen, und die Napoleon jetzt wieder mit seiner Imperatorstimme zur Auferstehung erwecken wolle.

Er wird dies Maifeld nur berufen haben, um dem Volk zu verkünden, daß er seine Krone niederlegt zu Gunsten der Republik, sagten einige dieser Männer untereinander.

Aber wenn er das thut, werden wir uns wohl hüten, ihn wieder zum ersten Consul zu erwählen, murmelten Andere. Wir haben gesehen, was aus der Republik unter seinen Händen geworden ist.

Wir werden ihn schwören lassen, niemals wieder ein öffentliches Amt bekleiden zu wollen, flüsterten Andere. Gott hat ihn gesandt, um den letzten französischen Thron zu stürzen, und er darf nicht denken, daß er dem freien Frankreich einen neuen Thron auf den Nacken setzen darf. Tod allen Tyrannen und Verräthern!

Aber auch andere Stimmen wurden laut in dieser unermeßlichen Menge, die sich auf den Rasenstufen, und auf dem weiten Platz hinter denselben bewegte, und die mit jeder Minute höher anschwoll, zu immer dichterer Masse sich zusammendrängte.

Wißt Ihr, weshalb der Kaiser das Maifeld berufen hat? fragte hier eine ernste männliche Stimme. Er will dem Volk beweisen, daß er kein Usurpator ist, und daß er die Hand nicht mehr ausstreckt nach einer Krone, die ihm nicht mehr gehört.

Es ist wahr, sagte ein Anderer, er ist nicht mehr Kaiser, er hat in Fontainebleau im vorigen Jahr der Krone entsagt und seinen Sohn zum Kaiser ernannt und erklärt.

Ja, rief ein Dritter, Frankreich hat damals seine Abdankung angenommen und den König von Rom als Napoleon den Zweiten anerkannt. Napoleon hat also gar kein Recht mehr, sich unsern Kaiser zu nennen.

Er hat das Recht der Bajonette, sagte ein Vierter, aber er will heute hier auf dem Maifelde diesem Recht freiwillig entsagen, seinen Sohn zum Kaiser von Frankreich ausrufen und das Volk fragen, ob es den Kaiser Napoleon den Zweiten anerkennen will.

Aber sein Sohn ist ja nicht hier, rief ein Anderer. Der kleine König von Rom ist ja noch immer Gefangener in Oesterreich und sein Großvater will ihn nicht heraus geben.

So werden wir so lange, bis wir ihn gezwungen haben, ihn uns herauszugeben, einen Regentschaftsrath haben, sagte ein Anderer. Da sind ja noch alle Mitglieder des damaligen Regentschaftsraths versammelt. Nur die Regentin von damals fehlt. Aber statt dessen nehmen wir Fouché als Präsidenten des Regentschaftsrathes.

Ja, das ist wahr, riefen hier und dort laute Stimmen aus der Menge hervor. Fouché ist am besten dazu geeignet, Präsident des Regentschaftsrathes zu werden. Er ist ein gar kluger und schlauer

Mann und versteht das Steuerruder des Staates mit geschickter Hand durch alle Stürme hindurch zu lenken.

Und dieser Ruf wiederholte sich auf den verschiedensten Punkten in der wogenden Volksmenge; überall sah man einzelne Männer sich mit breiten Schultern und schlauem Lächeln durch das Gedränge Bahn machen, und den schweigenden, staunenden Massen flüsterten sie zu: wenn der Kaiser kommt, so ruft: es lebe Napoleon der Zweite! Es lebe der Regentschaftsrath!

Doch auch andere Zuflüsterungen ertönten hier und da in der Menge, wehten wie leises Windessäuseln über den Häuptern dieser Tausende dahin.

Wenn der Kaiser kommt, sagten sie, so ruft: es lebe unser König Ludwig! Es leben die Bourbonen!

Aber das Volk, welches zu den Stimmen, die ihm den Regentschaftsrath und den Präsidenten Fouché empfohlen, nur geschwiegen, das Volk antwortete auf diese bourbonischen Zuflüsterungen mit einem verächtlichen Lächeln und einem abwehrenden Kopfschütteln, und wie Wogenbrausen rauschte es über den weiten Platz dahin: wir wollen keine Bourbonen, keinen König Ludwig den Achtzehnten mehr!

So wählt Napoleon zu Eurem Oberhaupt, rauschte eine andere Volkswelle. Wählt Napoleon. Er hat das Maifeld berufen, um feierlich vor Gott und dem Volk die Krone niederzulegen, und dem souverainen Volk anheim zu geben, ob es ihn oder einen Würdigern zu seinem Oberhaupt, zu seinem Kaiser erwählen wolle.

Ja, Napoleon will beweisen, daß er ein Mann der Ehre und Gerechtigkeit ist, riefen Andere, er will seine Krone zurückgeben an das Volk. Möge das Volk sich seinen Herrscher wählen, denn das Volk allein hat das Recht dazu.

Aber auch zu diesen Stimmen schwieg das Volk und schaute nur mit staunenden Blicken hin auf den Platz und die Festesveranstaltungen, welche man auf demselben gemacht.

In der Mitte des Platzes erhob sich eine hohe Pyramide, auf deren oberster Plattform man den goldfunkelnden, von einem Baldachin bedeckten Thronsessel des Kaisers gewahrte. Diese Plattform, die in gleicher Linie mit den Fenstern der obersten Etage der Militairschule lag und bis zu dieser hin sich erstreckte, hatte ihren Eingang eben aus dieser obersten Etage der Militairschule. Zu beiden Seiten des hohen Thrones der Plattform stiegen in weiten Linien die Tribünen hernieder, auf welchen die von der Nation gewählten Kammermitglieder, die Minister, die Würdenträger und Beamten des Staats ihre Plätze hatten. Eine kleinere Tribüne nahe dem Thron war bestimmt für die Prinzessinnen und die Damen des kaiserlichen Hofes. Dem Thron gegenüber erhob sich ein hoher Altar, um den die Priester in vollem Ornat sich schaarten, nur noch den Erzbischof von Paris und die andern Bischöfe erwartend, die mit dem Kaiser daher kommen sollten.

Hinter diesem Altar, die halbrunden Bogen bis zu beiden Seiten der Tribünen sich hinziehend, gegenüber der Militairschule, standen funfzigtausend Soldaten in glänzendem Waffenschmucke mit flatternden Fahnen, mit einem Wald von blitzenden Bajonetten, und einer tausendfachen Schaar der dreifarbigen kaiserlichen Adler.

Eben schlug es vom Invaliden-Dome elf Uhr; jetzt begannen die Kanonen des Invalidenhauses ihre donnernde Stimme zu erheben, die Kanonen des Forts Vincennes und des Montmartre gaben ihre schallende Antwort und verkündeten der Stadt Paris und dem Volk, daß der Kaiser jetzt mit seinem Gefolge die Tuilerien verlassen habe und sich dem Märzfelde nähere.

Eine tiefe Stille trat jetzt ein, alles Geräusch verstummte, alle Gespräche wurden abgebrochen, und diese aus mehr als zwanzigtausend Menschen bestehende Menge richtete ihre blitzenden, neugierigen Augen nach der Kriegsschule hin, aus deren Balconfenstern sich der Kaiserzug nahen sollte.

Jetzt ward es lebendig da droben, jetzt sah man eine buntschillernde Masse daher wogen, und über die Tribünen sich ergießen. Diese Masse, das waren die Mitglieder der Kammern, die Volksvertreter und Wähler. Sie nahmen ihre Plätze ein, und schaueten gleich den Andern empor zu der Estrade.

Wieder bevölkerte sich diese jetzt, und in ihren glänzenden Uniformen mit blitzenden Ordenssternen geschmückt kamen die Generäle unb Marschälle des Kaiserreichs daher, ihre Plätze einnehmend auf den Stufen der Pyramide auf der Vorderseite des Thrones. Nun folgten, unter Vorantritt ihrer Hofbeamten und Damen, die Prinzessinnen des Kaiserhauses. Nur zwei von ihnen waren indeß in Paris anwesend, die Andern irrten geächtet und verfolgt in der Fremde umher und ihnen hatte es nicht gelingen wollen, die Grenzen Frankreichs zu erreichen. Nur Lätitia, die Madame Mutter, war da, und Hortense, die Königin von Holland.

Sie nahmen auf der kleinen Tribüne hinter dem Thronsessel Platz; sie waren in glänzender Toilette, das Haupt geschmückt mit diamantenfunkelnden Juwelen, aber ihre Angesichter waren trübe und mit bangen, angstvollen Blicken schauten sie hin auf dieses glänzende Gewoge des Volks und der Soldaten. Kein Lächeln umspielte wie sonst die Lippen der Königin Hortense, und ihre großen blauen Augen hatten Mühe, die Thränen zurückzuhalten, die wider ihren Willen aus ihrem Herzen in dieselben empor stiegen.

Kein Strahl des Glückes leuchtete aus dem edlen Antlitz der Madame Lätitia, fest aufeinander gepreßt waren ihre Lippen, und ihre düstern, spähenden Blicke schweiften weit über die Menge nach dem fernen Horizont hin, als lauschten sie auf den Donner des heran= ziehenden Gewitters, das diesen neu aufgerichteten Thron ihres Sohnes in Staub und Asche verwandeln solle.

Von der Estrade ringelte sich immer weiter die goldglitzernde, sternfunkelnde Schlange des Kaiserzuges hernieder. Jetzt war die hohe Geistlichkeit gekommen und hatte den unter dem goldgestickten Baldachin von seinen Priestern und den die Weihkessel schwenkenden Chorknaben geleiteten Erzbischof zu dem Altar geführt.

Nun kamen die Hofbeamten des Kaisers, dann die kaiserlichen Pagen, und jetzt erschien eine in Purpursammet und Gold gekleidete Gestalt auf der Estrade, jetzt blitzte da oben hoch über den Häuptern des Volks eine goldene Krone, ein goldener Scepter.

Diese wunderbare Gestalt trat vorwärts, sie schritt vor bis zu dem Thronsessel, drei andere Gestalten in weißen goldgestickten Gewän= dern folgten ihr.

Die Kanonen donnerten, die Glocken von allen Thürmen jauchzten mit ihren ehernen Stimmen, aber das Volk — das Volk blieb stumm. Es schaute staunend empor zu dem Thron, es fragte verwundert unter einander: ist das der Kaiser? Ist dieser Mann in dem Theaterputz, dieser Mann in dem mit goldenen Bienen gestickten Mantel von Purpursammet, ist das Napoleon? Das der Feldherr, der uns erretten soll von den Feinden, die von allen Seiten gegen Frankreich heranziehen? Was soll's mit diesem Kaisermantel und der goldenen Lorbeerkrone? Warum zeigt er sich uns nicht in seiner Uniform, mit dem Degen in der Hand, dem kleinen dreieckigen Hut über der Stirn?

Und weil man also fragte, und sich verwunderte, und weil man staunte und neugierig aufschaute zu der geputzten goldflimmernden Gestalt, blieb jeder stumm vor Verwunderung, Staunen und Neugierde. Niemand dachte daran, den Kaiser zu begrüßen, und doch erkannte man ihn jetzt, doch sah man sein bleiches Antlitz von eherner Majestät, und seine großen, unergründlichen Augen, die nichts zu schauen und den Blick nach Innen gewandt zu haben schienen auf die geheimnißvollen Gedanken seiner eigenen Brust.

Stille, ungeheure beängstigende Stille ringsum auf dem weiten Platz. Der Kaiser in seinem glänzenden Mantel steht vor seinem Thron, die erhobene Rechte gelehnt an die goldene, mit dem Kaiseradler gekrönte Standarte. Ihm zur Seite seine drei Brüder Jerome, Joseph und Lucian, alle drei in Tuniken und Mänteln von weißem Sammet, mit goldenen Bienen gestickt.

Jetzt erhebt der Erzbischof vor dem Hochaltar da drüben seine Stimme, jetzt schmettern die Posaunen und Pauken und das Hochamt beginnt. Nun, bei der Erhebung der heiligen Monstranz, kommt zuerst Leben und Bewegung in die athemlose, staunende Menge, und alle diese Bürger, Soldaten, Officiere, Magistratspersonen, Generäle, Marschälle und Fürsten, Alles beugt seine Kniee nieder in den Staub und erfleht in leisem, inbrünstigem Gebet den Segen des Himmels für Frankreich. Selbst der Kaiser, sonst so gleichgültig und unbeweglich bei solchen Ceremonien, selbst Er scheint bewegt, und tiefer wie sonst beugt er sein Haupt vor dem Wesen da droben, dem Einzigen, das größer ist als Er!

Jetzt wieder, nachdem das Hochamt beendet, jetzt donnerten die Kanonen, begannen die Glocken ihr weithin schallendes Geläut, und dem Throne nahete sich jetzt eine Deputation von fünfhundert Wählern aus allen Departements, welche kamen im Namen Frankreichs den Kaiser zu begrüßen, und das Ergebniß der Wahlen und die Abstimmung über die constitutionelle Zusatzacte zu geben, welche der Kaiser der von Ludwig dem Achtzehnten gegebenen Charte hinzugefügt hatte.

Diese Deputation der Fünfhundert erklärte im Namen Frankreichs die Zusatzacte, welche der Nation alle die Freiheiten gegeben, die ihr noch fehlten, für angenommen, denn mehr als anderthalb Millionen Stimmen hatten für dieselbe entschieden und nur viertausend gegen dieselbe.

Frankreich, dieses von mehr denn acht und zwanzig Millionen Menschen bewohnte Frankreich hatte also mit noch nicht zwei Millionen Stimmen gesprochen, — sechs und zwanzig Millionen hatten geschwiegen.

Aber diese Stimmen, welche gesprochen, sie hatten doch jetzt über das Schicksal Frankreichs entschieden, sie hatten gesagt, daß Frankreich die Zusatzacte annähme, welche ihm der Kaiser geboten, daß es Napoleon danke für diesen neuen Beweis seiner Liebe und Großmuth.

Jetzt erhob sich Napoleon von seinem Thron, und sich den Wählern zuwendend grüßte er sie mit einem leisen Neigen des Hauptes und einem flammenden Blick, der wie ein Blitz durch die Reihen der Männer dahin fuhr.

Athemlos lauschend hatte Jeder sein Haupt vorwärts geneigt, mehr denn zwanzigtausend Menschen schauten empor zu dem Kaiser, horchten in gespannter Aufmerksamkeit auf diese volle, gewaltige Stimme, die jetzt machtvoll wie das Brausen des Sturmwindes über ihren Häuptern dahin rollte, auf diese Stimme, deren metallnen Orgelklang man fast ein Jahr lang nicht gehört hatte, von der man in zweifelndem Bangen nicht wußte, ob man sie heute zum letzten Male hören würde.

„Ihr Herren Wähler der Collegien, der Departements und der

Arrondissements," sprach der Kaiser, „Ihr Herren Deputirte der Armeen zu Lande und zu Wasser, ich grüße Euch auf dem Maifelde."

„Kaiser, Consul, Soldat, Alles was ich bin, bin ich durch das Volk. Im Glück, im Mißgeschick, auf dem Schlachtfeld, im Rath, auf dem Thron, im Exil, immer ist Frankreich der einzige und ausschließliche Gegenstand meiner Gedanken und meiner Thaten gewesen."

„Gleich jenem König von Athen habe ich mich für mein Volk geopfert in der Hoffnung, dadurch mein gegebenes Versprechen, Frankreich seine natürliche Unantastbarkeit, seine Ehren und seine Rechte zu erhalten, sich verwirklichen zu sehen."

„Der tiefe Unmuth, diese geheiligten, durch fünf und zwanzig Jahre der Siege erworbenen Rechte verkannt und auf immer verloren zu sehen, der Schrei der entweihten Ehre Frankreichs, die Wünsche der Nation haben mich zurückgeführt auf diesen Thron, der mir theuer ist, weil er das Palladium ist der Unabhängigkeit, der Ehre und der Rechte des Volkes."

„Franzosen, indem ich inmitten des allgemeinen Jauchzens die verschiedenen Provinzen des Reichs durchschritt, um in meine Hauptstadt zu gelangen, habe ich wohl auf einen langen Frieden hoffen dürfen, die Nationen sind unter einander verbunden durch die Tractate, welche ihre Regierungen, wer sie auch sein mögen, geschlossen haben."

„Meine Gedanken wandten sich also ausschließlich den Mitteln zu, welche unsere Freiheit durch eine dem Willen und den Interessen des Volkes gemäße Constitution begründen sollten. Ich habe das Maifeld berufen."

„Ich mußte dennoch gar bald erfahren, daß die Fürsten, welche alle Principien verkennen, die Meinung und die theuersten Interessen so vieler Völker mit Füßen treten, uns den Krieg bringen wollen. Sie beabsichtigen ein Königreich der Niederlande zu schaffen, diesem alle unsere festen Plätze des Nordens als Grenze zu geben und die Differenzen, die sie noch trennen, dadurch zu versöhnen, daß sie sich Lothringen und den Elsaß theilen."

„Wir haben uns auf den Krieg vorbereiten müssen."

„Indeß, bevor ich persönlich den Wechselfällen der Kämpfe entgegeneile, hat es meine erste Sorge sein müssen, vor allen Dingen und ohne Zögern mit der Nation mich zu berathen. Das Volk hat die Acte angenommen, die ich ihm dargeboten."

„Franzosen, wenn wir diese ungerechten Angreifer zurückgedrängt und Europa zur Erkenntniß gebracht haben über das, was es den Rechten und der Unabhängigkeit von acht und zwanzig Millionen Franzosen schuldig ist, wird ein feierliches Gesetz, das in den von dem constitutionellen Acte vorgeschriebenen Formen gemacht ist, die verschiedenen, jetzt noch verwirrten Dispositionen unserer Constitution regeln."

„Franzosen, Ihr werdet jetzt in Eure Departements zurückkehren! Sagt den Bürgern, daß die Umstände groß sind! Daß mit Einigkeit, Thatkraft und Vorsicht wir indeß siegreich aus diesem Kampf eines großen Volkes gegen seine Bedrücker hervorgehen werden; daß die kommenden Geschlechter unser Benehmen strenge richten werden; daß eine Nation Alles verloren, wenn sie ihre Unabhängigkeit verloren hat."

„Sagt ihnen, daß die fremden Könige, die ich entweder auf ihre Throne erhoben habe, oder die mir doch die Erhaltung ihrer Krone danken, die alle in den Tagen meines Glückes meine Allianz und die Protection des französischen Volkes erfleht haben, daß Alle diese heute ihre Schläge gegen meine Person richten."

„Wenn ich nicht sähe, daß es das Vaterland ist, welches sie bedrohen, so würde ich bereitwillig diese meine Existenz, gegen welche sie sich so empört zeigen, zu ihrer Verfügung stellen."

„Aber sagt auch den Bürgern, daß so lange die Franzosen mir die Gefühle ihrer Liebe erhalten werden, von der sie mir so viele Beweise gegeben, diese Wuth unserer Feinde ohnmächtig sein wird."

„Franzosen, mein Wille ist der des Volkes: meine Rechte sind die seinen; meine Ehre, mein Ruhm, mein Glück können keine andern sein als die Ehre, der Ruhm und das Glück Frankreichs."*)

Als Napoleon seine Rede beendet, herrschte wieder tiefes feierliches Schweigen, — seine Stimme, seine energische und großartige Ansprache

---

*) Wortgetreue Uebersetzung dieser letzten Rede Napoleons an das französische Volk. Siehe den französischen Text: Fleury III. S. 102.

schien kein Echo gefunden zu haben in den Herzen seiner Hörer. Aller Blicke waren dem Kaiser zugewandt, aber die Herzen Aller schienen wie ihre Lippen zu schweigen.

Eine Wolke flog über des Kaisers Stirn hin und sein ehernes Antlitz belebte sich zu einem schmerzlich düstern Ausdruck. Er schritt rasch die Stufen hinunter zu dem Altar hin, und die Hand auf das von dem Cardinal-Erzbischof ihm dargereichte Evangelium legend, beschwor er mit lauter Stimme, die Verfassung des Reichs heilig zu halten.

Dann, nachdem Herolde im Namen des französischen Volks die Annahme der Verfassung proklamirt hatten, dann trat der Kaiser von dem Altar zurück, und auf der untersten Stufe der zu dem Throne hinaufführenden Pyramide stehen bleibend, warf er mit einer raschen Bewegung den glänzenden Kaisermantel von seinen Schultern.

Nun stand er wieder da vor seinem Volk, vor seinen Kriegern als der Feldherr, als der Soldat, nun war er wieder Napoleon, der angebetete Kaiser seines Heeres.

Die Soldaten, die geliebte Uniform gewahrend, brachen in lauten weitschallenden Jubel aus, und das Volk, hingerissen von dieser Begeisterung seiner kriegerischen Brüder und Söhne, stimmte ein in diesen Jubel. Wie ein Donner, immer sich wieder erneuernd, immer neu anschwellend, hallte es über das weite Märzfeld dahin: vive l'Empereur! Und die Posaunen und Pauken schmetterten ihre Jubeltöne dazwischen, die Glocken läuteten, die Kanonen krachten wieder, und unter diesem Geschrei, diesem Rufen und Klingen zogen die Regimenter an dem Kaiser vorüber, um aus seinen Händen die von dem Cardinal geweiheten Adler und Fahnen zu empfangen. Und bei jeder Fahne, welche der Kaiser den Officieren darreichte, erneuerte sich der begeisterte Zuruf der Soldaten, und ward jedes Mal von dem Beifalljauchzen des Volkes wiederholt.

Die Fahnen waren ausgetheilt, der Kaiser ließ sich den Mantel wieder über die Schultern hängen, und schritt langsam die Stufen der Estrade wieder hinauf.

Die Ceremonie war beendet, das Jubelgeschrei war verstummt, nur die Glocken und die Kanonen hallten noch immer. Die Menge wogte in lebhafteren, wilderen Strömungen auf und ab, und dachte nur daran, so rasch als möglich die Stätte der Feierlichkeit zu verlassen.

Droben vor seinem Thronsessel stand der Kaiser. Sein Antlitz war bleich, ruhig, unbewegt wie immer; seine langen, flammenden Blicke warf er hinunter auf die Volksmenge, dann hob er das Auge empor, und ließ es langsam an dem Horizont dahingleiten mit einem wunderbaren, innigen, schmerzlichen Ausdruck.

Nun wandte er sich um, und schritt über die Estrade dahin wieder in die Militairschule hinein.

Die Ceremonie war zu Ende, — zum letzten Mal hatte der Kaiser sein Land und sein Reich überschaut!

II.

Die Kammern.

Die Kammern, welche der Kaiser zwei Tage nach dem Maifelde eröffnet hatte, die Kammern hielten heute ihre erste Sitzung, und zwei Dinge waren es, mit denen sie sich zu beschäftigen hatten. Sie hatten sich einen Präsidenten zu wählen, und dann feierlich den Eid der Treue für den Kaiser und die Verfassung abzulegen.

Der Kaiser, die Nachrichten über diese erste Sitzung der Kammern erwartend, ging mit lebhafter Ungeduld in seinem Cabinet auf und ab. Niemand war bei ihm als Benjamin Constant, der große Genfer Rechtsgelehrte, dem der Kaiser bei seiner Heimkehr den ehrenvollen Auftrag gegeben, die Zusatzacte zu der constitutionellen Charte zu entwerfen, welche er dem französischen Volke als einen Beweis seiner veränderten liberalen Gesinnung verleihen wollte. Napoleon hatte Constant heute zu sich beschieden, um von ihm über die Stimmung der Deputirten und der Stadt Paris Nachrichten zu erhalten.

Diese Nachrichten schienen indeß das Herz des Kaisers wenig

erfreut zu haben, denn sein Antlitz war düster und seine Augen blitzten in finsterm Zorn.

Sie glauben also nicht, daß die Kammern meinen Bruder Lucian zu ihrem Präsidenten wählen werden? fragte der Kaiser nach einer Pause.

Ich fürchte, Sire, daß sie es nicht thun werden, sagte Benjamin Constant achselzuckend.

Der Kaiser stampfte in heftigem Zorn mit dem Fuß auf. Und warum nicht? rief er. Warum wollen sie, da ich ihnen meinen Wunsch habe zu erkennen geben lassen, warum wollen sie ihn nicht wählen? Was haben sie Lucian vorzuwerfen? Ist er nicht ein edler, unabhängiger Mann? Ist er nicht der Einzige von meinen Brüdern, der in den Tagen des Glücks die Kronen, die ich ihm darbot, verschmähete und die Größe verachtete, weil er sie nicht annehmen wollte aus den Händen seines Bruders, den er in seinem liberalen Eigensinn einen Thrannen nannte. Hat man sich nicht daran erinnert, daß Lucian, so lange ich glücklich war, stets in Opposition mit mir gewesen, und erst jetzt, da er mich bedroht und in Gefahr sieht, zu mir zurückgekommen ist?

Sire, man hat sich noch mehr daran erinnert, daß Prinz Lucian Ew. Majestät damals bei dem Staatsstreich vom achtzehnten Brumaire hülfreiche Hand geleistet.

Das heißt, rief Napoleon ungestüm, diese Herren sind noch immer verkappte Republikaner, und sie möchten mich bei Seite schieben, um ihre utopischen Träume zu verwirklichen, die Republik wiederherzustellen und die Guillotine für mich und die Aristokraten wieder aufzurichten?

Nein, Sire, ich glaube nicht, daß sie so weit gehen möchten, aber — da Ew. Majestät mir befohlen, die Wahrheit zu sagen, ich glaube, daß sie Ihren Gesinnungen mißtrauen, und nicht an die aufrichtigen constitutionellen Absichten Ew. Majestät glauben.

Ja, sagte Napoleon achselzuckend, darin haben sie vollkommen Recht. Es ist nicht aus innerer Neigung und Ueberzeugung geschehen, daß ich mich den constitutionellen Ideen zugewandt habe. Ich will Ihnen die Wahrheit sagen, ich habe meine Ueberzeugungen noch nicht geändert, und ich glaube nicht an die liberalen Ideen. Aber ich habe überlegt, welches die Wünsche Frankreichs sind, und was ich der Nation als Zeichen meiner Liebe opfern müßte. Die Nation hat sich zwölf Jahre von allen politischen Bewegungen ausgeruht, und seit einem Jahr ruht sie sich auch vom Krieg aus. Diese doppelte Ruhe hat ihr das Bedürfniß der Bewegung gegeben. Sie will oder glaubt eine Tribüne und Versammlungen haben zu wollen: sie hat sie nicht immer gewollt. Sie hat sich mir zu Füßen geworfen, als ich zur Herrschaft gelangte. Sie müssen das wissen, Sie, der Sie damals versuchten, Opposition zu machen. Aber wo war Ihre Unterstützung, Ihre Stärke? Nirgends! Ich habe weniger Autorität beansprucht, als man mich aufforderte zu beanspruchen. Aber heute ist Alles verändert: eine schwache, den nationalen Interessen abgewandte Regierung hat diesen Interessen die Gewohnheit gegeben, sich immer im Vertheidigungszustand zu halten und die Autorität zu chicaniren. Der Geschmack an Constitutionen, Reden, Debatten scheint wieder zu erwachen. Aber täuschen Sie sich nicht darüber, nur die Minorität ist so gesonnen. Das Volk, oder wenn Sie lieber wollen, die Menge, will nur mich. Haben Sie sie nicht gesehen, diese Menge, wie sie sich bei meiner Heimkehr überall mir entgegendrängte, von der Höhe der Gebirge sich zu mir herniederstürzte, mich rufend, mich suchend, mich grüßend? Bei meinem ganzen Zuge von Cannes hierher habe ich nicht erobert, sondern nur administrirt. Ich bin nicht blos, wie man mir gesagt hat, der Kaiser der Soldaten, ich bin auch der Kaiser der Bauern, der Plebejer Frankreichs. Trotz der Vergangenheit sehen Sie das Volk zu mir zurückkehren, denn es ist Sympathie zwischen uns.*) Wollen Sie das bestreiten?

Nein, Sire, wenn das Volk nur aus Soldaten, Bauern und Plebejern bestände, so würden Sie Recht haben zu sagen, daß das ganze Volk für Sie ist, denn diese Alle bewundern und lieben den Kaiser, den Feldherrn, der ihnen und dem Vaterland so viel Ruhm und Ehre

---

*) Diese ganze Rede enthält nur Napoleons eigene Worte. Siehe: Lettres sur les cent-jours, par Monsieur Benjamin Constant.

gebracht hat. Aber es waren noch andere Elemente auf dem Maifeld vertreten.

Ja, es ist wahr, sagte der Kaiser düster, es waren noch andere Elemente vertreten, und diese waren mir feindlich, und diese unterdrückten den Schrei der Liebe, mit welchem das Volk, das wirkliche, treue Volk mich sonst begrüßt haben würde. Es waren da die alten Republikaner von 89, die Liberalen, die immer gegen mich gekämpft, und die Bourbonisten —

Sire, Sie vergessen, daß da auch die Orleanisten waren, und diejenigen, welche Fouché gesandt, um zu opponiren.

Ah, Fouché, sagte Napoleon achselzuckend, er ist für mich unschädlich. Er wird, sobald sich meine Macht consolidirt hat, der gehorsamste und nützlichste Diener sein, und wenn sie zusammenstürzt, was liegt dann daran, ob er geschickt genug ist, zu rechter Zeit zu entlaufen, um nicht von den Trümmern erschlagen zu werden. Sie sehen, ich habe nicht mehr den stürmischen Sinn früherer Tage, ich verzeihe, und suche zu vergessen. Ich will Ihnen dadurch beweisen, daß ich nicht so schlimm bin, wie Sie, mein Herr, vor meiner Ankunft hier in den Journalen verkündigt hatten.

Oh, Sire, sagte Constant verwirrt, ich hatte, — ich glaubte —

Sie glaubten, ich sei ein Thrann, ein Blutmensch, schlimmer als Attila und Dschingischan, sagte Napoleon mit einem leisen Lächeln. Nicht wahr, das waren Ihre Ausdrücke? Sie sagten, daß die Restauration große Verdienste habe um die öffentliche Freiheit, und Sie erklärten feierlich vor ganz Frankreich, daß Sie niemals etwas mit dem Usurpator wollten zu thun haben.*) Gerade deshalb, mein Herr, habe ich Sie zu mir rufen lassen, gerade deshalb übertrug ich Ihnen die Arbeit, mir die Zusatzacte zu entwerfen. Denn ich sagte mir, daß Sie, der Sie mich als Thrannen haßten, und mir nicht dienen wollten, um so besser geeignet sein müßten, der Freiheit und der Constitution zu dienen, und eine Vermittelung zwischen dem Thrannen und der Freiheit zu Stande zu bringen. Gebe Gott, daß es Ihnen gelungen ist,

---

*) Siehe: Eduard Arnd. Geschichte der letzten vierzig Jahre. I. 115.

und daß die Zusatzacte mir die Zustimmung der Kammern gewonnen hat. Ich habe die Liberalen durch Ihren Mund zu mir sprechen lassen; ich habe Ihre Ansichten angenommen. Ich bin der Mann des Volks. Wenn also, wie Sie sagen, das Volk wirklich die Freiheit will, bin ich sie ihm schuldig; ich habe seine Souverainetät anerkannt, ich muß daher wohl seinem Willen, selbst seinen Capricen mein Ohr leihen. Auch hasse ich die Freiheit nicht; ich habe sie beseitigt, als sie sich meinem Weg entgegenstellte, aber ich verstehe sie, und bin in ihren Gedanken aufgewachsen.*) Mögen die Kammern das jetzt anerkennen, und mögen sie mir einen Beweis geben, daß sie mir vertrauen, denn nur durch festes Zusammenwirken können wir Frankreich vor dem Unheil bewahren. Denn verhehlen wir uns nicht: Frankreich ist in Gefahr! Ich habe noch einmal versucht, friedliche Unterhandlungen anzuknüpfen, und den fremden Mächten Versicherungen meiner Friedfertigkeit zu geben. Wenn sie diese wiederum zurückweisen, dann bleibt uns nur der Krieg, dann muß sich ganz Frankreich mit mir erheben, mit mir Ein Mann, Ein Herz, Ein Gedanke und Ein Wille sein, denn nur dann können wir Frankreich erretten und vor dem Untergang bewahren! Ach, rief der Kaiser, als eben leise an die Thür des Cabinets geklopft ward, da kommt Lucian!

Er schritt hastig nach der Thür hin und stieß sie auf. Der Kaiser hatte sich nicht getäuscht, es war wirklich sein Bruder Lucian, welcher jetzt in das Cabinet eintrat. Ein einziger schneller Blick auf das bleiche erregte Antlitz seines Bruders sagte Napoleon, daß er ihm keine guten Nachrichten zu bringen habe.

Mit einer schnellen Bewegung, ohne Gruß, ohne Frage, wandte er sich hastig um und ging auf und ab. Seine Blicke, die wie düstere Flammen durch das Zimmer blitzten, trafen jetzt die Gestalt Benjamin Constants, der in peinlicher Angst und Verlegenheit, nicht wissend, ob er bleiben solle, oder verabschiedet sei, sich der Thür genähert hatte.

Der Kaiser deutete mit einem raschen Wink seines Hauptes nach der Thür hin, und sagte kurz: Gehen Sie!

---

*) Napoleons eigene Worte. Siehe: Benj. Constant, Lettres etc.

Dann wandte er sich wieder um, und stellte sich an das Fenster und blieb dort, den Rücken dem Zimmer zugekehrt, stehen, bis das leise Zufallen der Thür ihm sagte, daß Constant hinausgegangen, daß er keinen verrätherischen Zeugen seiner Aufregung, seines Zorns mehr zu vermeiden habe.

Nun wandte er sich wieder dem Zimmer zu, und schritt hastig zu Lucian hin, der in der Mitte des Zimmers stehend, mit ruhiger Fassung die Frage seines Bruders erwartet hatte.

Lucian, sagte er, jetzt sprich! Ich sehe an Deinem Angesicht, daß nicht Du der Präsident der Kammern geworden bist? Sage also, wen haben sie gewählt?

Sie haben Lanjuinais zu ihrem Präsidenten gewählt, sagte Lucian mit seiner sanften ruhigen Stimme.

Lanjuinais, rief Napoleon auffahrend, Lanjuinais, den Republikaner, den Girondisten, den Vertheidiger Ludwigs des Sechszehnten, meinen beständigen Feind und Widersacher! Ihn, ihn haben sie gewählt! Das heißt also, sie wollen mir öffentlich ohne Rückhalt Feindschaft anbieten. Sie wollen mir sagen, daß, wie Lanjuinais es öffentlich vor seinen Wählern gesagt hat, Frankreich nur zwischen der Republik und den Bourbonen wählen kann. Sie haben Lanjuinais gewählt!

Ja, sagte Lucian düster, sie haben ihn mit glänzender Majorität gewählt.

Aber wer hatte nach ihm die meisten Stimmen? fragte Napoleon rasch. Du, nicht wahr, Du?

Nein, mein Bruder, nach Lanjuinais hatte Lafayette die meisten Stimmen.

Auch ein Republikaner, rief der Kaiser, ein Mensch, der aus Republikanismus und Bourbonismus zusammengefügt ist. Die Feindschaft ist also rückhaltlos ausgesprochen! Diese Leute, welche sich die Deputirten des Volkes nennen, erklären sich gegen mich. Sie haben nicht genug an dem Krieg von Außen, sie wollen auch den Krieg im Innern. Nun wohl, sie sollen ihn haben. Wenn ich erst den Krieg da außen beseitigt habe, so werde ich mit diesen republikanischen und

conftitutionellen Parteien, die meine Macht und mein Ansehen unter-
wühlen wollen, Abrechnung halten. Bis dahin Geduld, Geduld! Was
ist weiter in der heutigen Kammersitzung geschehen? Haben die Deputirten mir, dem Kaiser, und der Verfassung den Eid geleistet?

Ja, sie haben den Eid geleistet.

Ohne Rückhalt und Zögern? fragte Napoleon, seinen Bruder mit
scharfem Auge fixirend. Sprich, Lucian, es ist jetzt nicht die Zeit,
mich schonen, mir etwas verbergen zu wollen. Ich muß Alles wissen,
und ich habe auch gelernt, Alles anzuhören. Ich frage Dich also noch
einmal, haben die Kammern ohne Vorbehalt und ohne Zögern mir und
der Verfassung den Eid geleistet?

Nein, sagte Lucian ernst. Es ist lange über diesen Eid debattirt
worden. Einer der Deputirten machte den Antrag, daß man nur der
Verfassung, nicht aber dem Kaiser Treue und Gehorsam schwören wolle,
weil man nicht wissen könne, wie lange der Kaiser noch das Oberhaupt
Frankreichs sein werde.

Aber man verwarf diesen Antrag wenigstens einstimmig, nicht
wahr? Man ließ ihn nicht zur Abstimmung kommen?

Doch, Sire, man ließ ihn zur Abstimmung kommen, — dann freilich
ward er verworfen.

Mit großer Majorität?

Nein, mit nur einer Majorität von zehn Stimmen.

Ach, und wenn diese zehn Stimmen nicht gewesen wären, so hätten
die Deputirten der Nation vor ganz Frankreich, vor ganz Europa mir
die Schmach angethan, mir, der sie berufen, mir, der ihnen eben erst
die freisinnigsten Institutionen gegeben, mir, ihrem Kaiser, den Eid der
Treue zu verweigern. Du siehst, mein Bruder, es läßt sich mit dem
Liberalismus schlecht regieren, es ist eine elende Komödie, dieser Con-
stitutionalismus, man kann nur eine Republik oder den Absolutismus
haben. Jetzt, wo Du zu mir zurückgekehrt bist, wo Du siehst, welche
Hemmnisse und Zögerungen diese Constitution bewirkt, in welche Abhängigkeit sie den Herrscher von seinen Unterthanen bringt, welches
feindliche Element sie zwischen dem Herrscher und dem Volke aufbaut,
jetzt wirst Du begreifen, daß ich nicht versuchen mochte, mit solchen

Elementen ein großes Weltreich zu begründen, daß ich den Liberalismus bei Seite schob, um Herr in meinem Reich zu bleiben.

Und es ist dennoch zusammengestürzt, mein Bruder, sagte Lucian traurig. Sie hatten den Liberalismus zertreten, aber die Bajonette und der Absolutismus haben Ihren Thron nicht aufrecht zu erhalten vermocht.

Darum will ich es jetzt mit dem Liberalismus versuchen, rief Napoleon. Frankreich will die Constitution, ich nehme sie also an, — ich sage nicht für immer, aber für jetzt. Wenn es mir gelingt, mich mit den Mächten in Frieden zu verständigen, dann freilich —

Die Thür des Vorsaals ward nach leisem Klopfen geöffnet, und Caulaincourt, der Herzog von Vicenza, trat ein.

Nun, Herr Minister des Auswärtigen, rief der Kaiser ihm entgegen, was bringen Sie mir?

Sire, der Courier, welchen ich mit einem Handschreiben Ew. Majestät an den Kaiser von Rußland nach Deutschland absandte, ist so eben wieder hier eingetroffen, sagte Caulaincourt.

Und er hat den Kaiser Alexander getroffen?

Nein, Sire. Man hat den Courier an der Grenze Deutschlands zurückgewiesen.

Hat er nicht gesagt, daß er Depeschen für den Kaiser von Rußland habe? Hat er nicht verlangt, daß man ihn, wenn auch unter Bedeckung, zu dem Kaiser reisen lasse?

Er hat es gefordert, aber man hat es ihm verweigert, indem man ihm bedeutete, daß der Kaiser Alexander von Rußland erklärt habe, er wolle durchaus keine Unterhandlungen mit Ew. Majestät anknüpfen, keine Briefe von Ihnen empfangen.

Zurückgewiesen! sagte Napoleon leise vor sich hin. Nun, immerhin! Vielleicht gelingt es dem Courier, den ich an meinen Schwiegervater, den Kaiser von Oesterreich, abgesandt habe, die Grenze zu überschreiten, und dem Kaiser meine Friedensvorschläge zu überbringen.

Sire, auch dieser Courier ist heute wieder zurückgekehrt, sagte Caulaincourt. Er ist auf der Grenze einer Abtheilung des österreichischen Heeres begegnet, und hat sich zu dem commandirenden General führen laffen, um von ihm zu erfahren, wo der Kaifer fei. Aber der General hat ihm eine von dem Fürften Metternich eigenhändig ausgefertigte Ordre vorgezeigt, welche den ftrengen Befehl enthält, keinen Courier und keinen Unterhändler Ew. Majeftät über die Grenze zu laffen, da der Kaifer von Oefterreich in keine Verhandlungen mehr mit Ew. Majeftät treten, fondern nur die Waffen entfcheiden laffen wollte.

Sie wollen alfo Krieg! rief Napoleon mit flammenden Blicken und donnernder Stimme. Nun denn, fo follen fie den Krieg haben. Aber auf ihr Haupt komme das Blut der Taufende, die jetzt wieder in den Tod gejagt werden, um dem Hochmuth und der Thorheit der Fürften zum Opfer zu fallen. Ich habe fie nicht gereizt, ich habe diefen Krieg nicht hervorgerufen. Ein Volk hat wohl das Recht der Selbftbeftimmung, Niemand darf es hindern, fich den Herrfcher zu wählen, dem es fich unterordnen, dem es gehorchen will. Und Frankreich hat mich gewählt, es hat mich erfehnt, und als ich kam, hat es mich mit offenen Armen empfangen. Niemand hat Widerftand geleiftet, Niemand hat fich mir widerfetzt, und meine Rückkehr auf den Thron, den mir die Stimmen des franzöfifchen Volkes vor eilf Jahren zuerkannt, ift ohne Schwertftreich, ohne Kampf erfolgt. Ein Wort von mir, und ganz Frankreich wird fich erheben. Seht Ihr nicht, mit welchem Enthufiasmus die Föderirten von Paris die Waffen empfangen haben, und bereit find, für mich, das heißt für Frankreich, in den Kampf zu gehen? Ich werde in allen Arrondiffements, in allen Departements, in allen Städten Föderirte bilden, ich werde Waffen austheilen und ganz Frankreich wird nur noch Ein Heer und Ein Feldherr fein!

Sire, meldete der dienftthuende Kammerherr, indem er die Thür öffnete, Sire, der Herr Herzog von Otranto!

Ah, Fouché, rief der Kaifer, dem Eintretenden entgegengehend, Sie bringen mir ficher irgend eine Ueberrafchung, da Sie zu fo unerwarteter Stunde hierher kommen. Nun, was giebt es?

Sire, ich komme, um Ew. Majeftät den Bericht abzuftatten, den Sie von mir gefordert hatten, fagte Fouché. Ew. Majeftät trugen mir auf, durch sichere, schnelle nnd gewandte Agenten die Stimmung in den Provinzen erforschen zu lassen. Ich habe dem Befehl Ew. Majestät genügt, meine Agenten sind heimgekehrt.

Und sie bringen, wie es scheint, schlimme Nachrichten, sagte Napoleon heftig, schlimme Nachrichten, denn Sie sehen ungewöhnlich heiter aus, Herzog, und das bedeutet mir nichts Gutes!

Sire, ich weiß nicht, ob die Nachrichten, welche meine Agenten gebracht haben, gerade als schlimme bezeichnet werden können, sagte Fouché, der den Angriff auf seine Person gar nicht gehört zu haben schien, jedenfalls aber sind diese Nachrichten beachtenswerth.

Nun, ich bin bereit, sie zu beachten, sagte der Kaiser, indem er sich auf seinen Lehnstuhl warf, und nach dem Federmesser griff, das auf seinem Schreibtisch lag, um an der Armlehne zu schnitzen, wie er das in Momenten innerer Aufregung zu thun pflegte. Lassen Sie die Berichte Ihrer Agenten hören, Herr Herzog!

Sire, ich habe die Berichte aller meiner Agenten zusammengestellt und verglichen, sagte Fouché, und sie alle bestätigen dieselbe Thatsache. Der ganze Süden Frankreichs droht mit offener Insurrection. Die Vendée ist trotz der beiden Siege, welche die Truppen gegen die Aufrührer erfochten, trotz des Todes ihres Anführers La Rochejacquelin noch nicht bezähmt, und die Insurrection, statt erstickt zu sein, breitet sich immer mehr aus. Die Royalisten und Vendéeisten sind entschlossene, unversöhnliche Feinde. Sie haben ihr festes Ziel vor Augen, und sie verfolgen es mit unerschütterlicher Hartnäckigkeit. Bewaffnete Banden durchziehen die ganze Bretagne, dringen selbst bis in die Normandie vor, wo die Nachbarschaft der Inseln, und die Dispositionen der Küste die Communicationen leichter machen. Sie steigen auf der anderen Seite durch die Cevennen bis zu den Ufern der Rhone, und veranlassen Revolten in der Languedoc und Provence. Bordeaux ist der Mittelpunkt der Direction dieser Umtriebe.

Weiter! rief der Kaiser, als Fouché jetzt einen Moment schwieg. Weiter! rief er noch einmal, aber ohne aufzusehen, eifrig damit beschäftigt, kleine Holzstücke aus der Seitenlehne seines Fauteuils zu schnitzen.

Diese Partei der südlichen Royalisten, fuhr Fouché fort, diese Partei wird immer kühner, immer verwegener. Es ist ihr gelungen, sich mit dem Ausland in Verbindung zu setzen, und alle Pamphlets, die aus den Pressen Belgiens hervorgehen, Alles, was die auswärtigen Blätter gegen uns Gehässiges enthalten, Alles, was gegen das Kaiserreich geschrieben wird, weiß diese Partei der Benbéeisten durch ganz Frankreich zu colportiren. Diese Partei agitirt jetzt in Marseille, Toulouse und Bordeaux, und findet dort in den untersten Klassen begeisterten Anhang. Durch falschen Alarm, durch falsche Hoffnungen, durch Vertheilen von Geld, durch Anwendung von Drohungen ist die Partei dahin gelangt, die friedlichen Landbewohner, die zwischen der Loire, der Benbée, dem Ocean und der Rhone wohnen, zu insurgiren. Man hat da Waffen und Kriegsmunition eingeschifft. Die Hydra der Rebellion hebt ihr Haupt empor. Banden durchziehen das Land und halten die einberufenen Militairs und Matrosen mit Gewalt zurück, sie entwaffnen die Landbesitzer, verstärken sich durch die Bauern, die sie zwingen, mit ihnen zu marschiren, berauben die öffentlichen Kassen, bedrohen die Beamten, bemächtigen sich der Diligencen und halten die Couriere an; sie haben auf einige Tage sogar die Verbindung zwischen den wichtigsten Landesstädten unterbrochen. An den Ufern des Canals sind Dieppe und Havre von aufrührerischen Missionairen des Südens aufgeregt. In der ganzen funfzehnten Division hat man die National-Miliz nur mit der größten Schwierigkeit bilden können. Die Soldaten und Matrosen weigern sich, auf den Appell zu antworten und gehorchen nur den Mitteln der Strenge. Caen ist zwei Mal von royalistischen Reactionairen beunruhigt worden, und in einigen Arrondissements der Orne bilden sich Banden wie in der Bretagne und der Benbée.*)

Und das Alles haben Sie durch die Geschicklichkeit Ihrer Leute zu Stande gebracht? fragte Napoleon, indem er aufspringend das Federmesser bei Seite warf und dicht vor Fouché hintrat.

---

*) Fleury de Chaboulon, Mémoires etc. Vol. III. 142.

Ja, Sire, sagte Fouché, das Alles habe ich durch die Geschicklichkeit meiner Leute erfahren.

Nicht erfahren, sondern zu Stande gebracht, sagte ich, rief Napoleon ungestüm, den Herzog mit flammenden Zornesblicken anschauend. Ja, Sie sind es, welcher revoltirt, welcher durch seine Agenten die Provinzen aufzuregen strebt, welcher, immer doppelzüngig und treulos, mit den Royalisten insurgirt, mit den Republikanern intriguirt, und es doch nicht verschmäht, mir zu dienen, gelegentlich mir die Absichten der Royalisten und Republikaner zu verrathen und ihnen dafür, wenn es Ihren Zwecken paßt, meine Absichten mitzutheilen.

Sire, Ew. Majestät wollen also immer noch nicht an meine Ergebenheit glauben? rief Fouché. Sie mißtrauen also noch immer meinem Eifer, Ihnen zu dienen?

Oh nein, sagte Napoleon verächtlich, Sie dienen mir, weil ich einmal da bin, und weil es nicht in Ihrer Macht gestanden, mich fern zu halten. Sie dienen mir, weil es Ihnen doch immer noch lieber ist, handelnd einzugreifen, als unthätig im Dunkeln zu stehen. Aber Sie dienen mir nicht, weil ich es bin, ich, der Kaiser, sondern weil ich die Gewalt, die Regierung, das Mittel zu Ihrem Zweck bin. Und lassen Sie es sich gesagt sein, mein Herr Herzog von Otranto, ich werde mir die Gewalt nicht aus den Händen winden lassen, trotz Ihrer Vendéeisten und Royalisten, ich werde das Haupt der Regierung bleiben, trotz Ihrer Republikaner und Revolutionairs! Seien Sie also klug und vorsichtig, dienen Sie mir treu, denn mein Auge wacht über Ihnen, und wehe Ihnen, wenn es Sie auf einem Fehltritt ertappt! Senden Sie Ihre Agenten, welche Frankreich jetzt so insurgirt und royalistisch gefunden, abermals aus, und befehlen Sie ihnen, nicht eher wieder zu kommen, als bis sie Ihnen die sichere und verbürgte Nachricht mitbringen können, daß die Insurrectionen unterdrückt, die Aufrührer zu ihrer Pflicht und zum Gehorsam gegen mich, ihren Kaiser, zurückgekehrt sind! Gehen Sie!

Er wandte dem Herzog den Rücken und trat in die Fensternische. Fouché schaute ihm nach mit einem Blick voll Haß und Zorn, dann

verneigte er sich leicht vor Lucian und Caulaincourt, und ging lang=
sam der Thür zu.

Natter, sagte der Kaiser, als Fouché hinaus gegangen war,
Natter, welche sich Jedem unter die Füße legt, aber immer bereit ist
zu stechen.

Der man daher lieber aus dem Wege gehen und sie nicht reizen
sollte, sagte Lucian.

Ah, ich fürchte ihr Gift nicht, rief Napoleon. Ich bin kein Achill,
die Stelle, wo ich sterblich bin, ist daher nicht an meiner Ferse und
dem Stich der Natter nicht erreichbar. Der Himmel selbst muß seine
Blitze senden, um die Eiche zu fällen und zu zerschmettern, die Nat=
tern, die zu ihren Füßen ringeln, vermögen nichts über sie. Aber ich
sehe wohl die Stürme heranziehen, ich sehe die Wolken des Gewitters
sich aufthürmen, das vielleicht mit seinen Blitzen mich zerschmettern
soll. — Doch still, keine schwermüthigen Seufzer jetzt! Ich habe alles
dies vorausgesehen, ich habe gewußt, daß es viel Kämpfe und Un=
wetter geben würde, und darum habe ich mich vorbereitet, sie zu er=
tragen. Seht mich daher nicht so traurig an, Lucian, Caulaincourt!
Hofft mit mir, arbeitet mit mir und bauet mit mir an dem Glück der
Zukunft! Frankreich, welches mir entgegen gejauchzt hat, welches mich
auf seinen Armen bis hierher getragen hat, Frankreich wird mich auch
jetzt nicht verlassen! Ich baue auf den Muth und den Patriotismus
der Nation und auf mein eigenes Schwert!

III.

Die Intriguen Fouché's.

Der Herzog von Otranto war in seinem Cabinet eifrig damit
beschäftigt, die Depeschen zu entziffern, die so eben ein Courier ihm
überbracht hatte. Diese Depeschen waren in Chiffren geschrieben, die

von so kunstvoller und verwickelter Art waren, daß Niemand, außer dem Herzog und seinen Correspondenten, dieselben vermittelst des Schlüssels zu lesen vermochte.

Während Fouché jetzt, Dank seinem Schlüssel, den Inhalt der Depesche las, erhellte sein düsteres Antlitz sich immer mehr, und ein hämisches Lächeln umspielte seine breiten, aufgeworfenen Lippen. Gute Nachrichten, die mir da der Fürst Metternich schreibt, sagte er leise vor sich hin. Man ist entschlossen zum äußersten Widerstand, man wird nicht eher ruhen, bis Bonaparte für immer gestürzt, und auf irgend eine wüste Insel gebracht ist. Selbst im Fall eines entscheidenden Sieges Napoleons werden die Mächte nicht mit ihm unterhandeln, keine Friedensbedingungen vorschlagen oder annehmen, sondern eine Heerschaar heranrücken lassen, um Bonaparte's Armee zu bekämpfen. Ah, das ist gut, sehr gut! Der Löwe ist umstellt, und von allen Seiten umgarnt, es wird ihm nicht mehr gelingen, sich zu befreien. Ich werde dafür sorgen, daß es keine Mäuse giebt, die ihm helfen und ihn befreien. Ja, ja, Metternich hat ganz Recht, meine Aufgabe ist es, während die Soldaten des Auslandes heranziehen, die Soldaten des Inlandes am Heranziehen zu verhindern! Meine Aufgabe ist es, das Land zu insurgiren, die Gemüther gegen ihn zu wenden, und das Volk in Aufruhr zu bringen gegen den Tyrannen, der nur heimgekommen ist, um Frankreich auf's Neue unglücklich zu machen, und an den Rand des Verderbens zu führen. — Ach, wie scharf doch immer noch der Blick dieses Mannes ist! Er durchschaut meine Pläne, und sieht, daß ich es bin, der bei den Aufständen und Revolten der Provinzen seine Hände ein wenig im Spiel hat. Er hätte so klug sein sollen, mich, da er dies erkannt hat, verhaften zu lassen, — aber der Löwe ist großmüthig und läßt seinem Feind ruhig die Freiheit weiter zu intriguiren, er stößt wohl einmal mit seiner breiten Tatze nach ihm, er versucht mit seinen flammenden Zornesblicken den Feind zu zerschmettern, aber da dieser ein zähes Leben und eine harte Haut hat, und weder von der Tatze zertreten, noch von dem Blick zerschmettert wird, wendet der Löwe ihm großmüthig den Rücken und läßt ihn gehen. Großmüthig! Ach, ich werde mich niemals eines solchen Fehlers schuldig machen, großmüthig zu sein. — Großmuth, das ist Dummheit, und das ist der größte Fehler eines Staatsmannes. Bonaparte, statt mich verhaften zu lassen, hat die Dummheit gehabt, mir die Freiheit zu lassen. Er wird für diese Dummheit bestraft werden, denn ich werde es sein, der ihn stürzt! Auf denn, an's Werk! Die halbe Arbeit ist gethan, aber die Hälfte bleibt noch zu thun übrig.

Er klingelte heftig, und befahl dem eintretenden Kammerdiener, die vier Personen, die im Vorsaal sich befänden, eintreten zu lassen.

Wenige Minuten später traten die Gerufenen, vier düster blickende Männer von kräftiger Gestalt und energischem Aussehen, in das Cabinet des Polizeiministers ein, und blieben demüthig und schweigend an der Thür stehen.

Fouché ging ihnen entgegen, und gab ihnen einen stummen Wink näher zu treten. Meine Herren, sagte er, ich bin sehr mit Ihrem Eifer und Ihrer Geschicklichkeit zufrieden. Sie haben in den Districten, in die ich Sie gesandt, sehr gut gewirkt; meine höheren Agenten, denn Sie wissen es wohl, daß mein Auge überall wacht, daß ich überall meine geheimen Diener habe, die meine Agenten beobachten, und mir Nachricht geben über ihr Betragen, meine höheren Agenten also haben mir gemeldet, daß Sie alle Vier mit großem Eifer und vieler Discretion gewirkt haben, und daß Ihrer Geschicklichkeit die Aufstände in Dieppe und der Normandie zum Theil zuzuschreiben sind. Meine Herren, dieser Eifer, dem König, Ihrem rechtmäßigen Herrn, zu dienen, macht Ihnen Ehre, und gewiß wird der König bei seiner Heimkehr die treuen Diener, die so Vieles für ihn gethan, und die ich nicht verfehlen werde, ihm zu nennen, gnädigst belohnen. Zu dieser Heimkehr des Königs mitzuwirken, das ist Ihre Aufgabe. Frankreich muß befreit werden von dem Tyrannen, der König muß uns wiedergegeben werden. Wir werden das erreichen, wenn wir darnach streben, daß das französische Volk immer mehr in offener Empörung sich erhebt, daß seine Männer sich weigern, der Trommel zu folgen und die Pike zu tragen, und Napoleon die Kriegssteuern zu zahlen. Ihr habt bis jetzt in den Provinzen gewirkt, jetzt ist es Eure Aufgabe, in Paris selber Euch nützlich zu machen. Setzt Euch daher in Verbindung mit allen Denen, welche als treue Anhänger des Königs bekannt sind, macht Propaganda überall, bei den Bürgern, den Arbeitern, wie den Soldaten. Erzählt es in jedem Estaminet, in jedem Versammlungsort des Volkes, daß Napoleon verloren ist, daß Frankreich umstellt ist von den Armeen Englands, Preußens, Rußlands und Oesterreichs, daß mehr denn viermalhunderttausend Soldaten an unsern Grenzen stehen, und daß Napoleons Armee kaum einmalhunderttausend Mann stark ist. Streut auf allen Straßen die Proklamationen aus, mit denen der König sein Volk zu sich ruft, und die Ihr heute Abend von meinen Agenten werdet zugeschickt erhalten. Wendet Euch besonders an das Heer, sagt den Soldaten, daß sie dem sicheren Tode entgegen gehen, wenn sie nicht umkehren, sondern Napoleon folgen. Sagt ihnen, daß die Generäle entschlossen sind, den Kaiser bei der ersten passenden Gelegenheit zu verlassen, daß er weder auf Soult, noch auf Ney rechnen kann, die Beide, bevor er hier war, dem König gedient haben, ihm im Geheimen immer noch dienen. Rathet ihnen, es ebenso zu machen, und sobald sie mit dem Feind zusammentreffen, zu diesem überzugehen, denn der Feind ist der Bundesgenosse unsers rechtmäßigen Königs, er ist nicht der Feind Frankreichs, sondern nur der Napoleons. Aber seid vor allen Dingen vorsichtig. Gebt Euch das Ansehen eifriger Anhänger des Kaisers, und wenn man Euch für Solche hält, so wendet Euch an Diejenigen, die Euch mit scheelem Auge betrachten, die Euren Umgang meiden, diese sucht dann zu erobern, und durch sie Propaganda zu machen. — Habt Ihr Eure Aufgabe begriffen, und seid Ihr bereit, sie zu übernehmen?

Ja, Herr Herzog, wir sind bereit dazu, riefen alle Viere, wie aus Einem Munde.

So geht, sagte Fouché, ihnen freundlich zunickend, geht und laßt mich bald von Euch hören.

Die vier Männer verbeugten sich schweigend und gingen dann hinaus.

Und jetzt will ich meine Depesche für den Herzog von Wellington schreiben, sagte Fouché, sie muß heute Abend noch abgehen. Diese Engländer sind von einer unerträglichen Gewissenhaftigkeit, und ihre

Ideen von Selbstregierung wollen sie auch auf.andere Völker anwenden. Wellington will die verbündeten Mächte durchaus veranlassen, daß sie Frankreich nach dem Sturz Bonaparte's die Freiheit gewähren, sich selbst einen Herrscher und eine Regierungsform zu wählen, und sei diese selbst die Republik. Frankreich soll die Wahl haben, sich Bernadotte, oder den Herzog von Orléans, oder irgend einen andern beliebigen Regenten zu wählen, außer aber den Sohn Napoleons. Ach, welch ein Thor ich war, für diesen Sprößling des Tyrannen wirken zu wollen, und eine Regentschaft für möglich zu halten! Nein, nein, dieser kleine König von Rom ist gleich seinem Vater von den Verbündeten in die Acht erklärt, und es ist nichts mehr mit ihm anzufangen. Die ganze Napoleonische Brut muß ausgerottet werden, wie man die Bienen aus dem Bienenstamm räuchert, um sich des Honigs, den sie gebaut, zu bemächtigen. König Ludwig muß zurückkehren, er allein! Ich werde es sein, der ihn zurückkehren läßt, er wird mich dafür zu seinem Minister ernennen, eben so gut, wie mich Napoleon dazu ernannt hat, den ich auch habe zurückkehren lassen. Die Gewalt wird in meinen Händen verbleiben, denn ich werde für Ludwig eben so unentbehrlich sein, wie ich es für Napoleon war! Schreiben wir also diesem guten gewissenhaften Herzog von Wellington! Schreiben wir ihm, daß ganz Frankreich mit Sehnsucht seinem rechtmäßigen König entgegenharrt, schildern wir ihm den Aufstand im Süden Frankreichs, sagen wir ihm, daß selbst in Paris Napoleon tödtlich verhaßt ist, und daß, wenn man den König Ludwig verhindert, hierher zu kommen, eine Erhebung von ganz Frankreich die Folge davon sein wird.

Er setzte sich und schrieb, indem er sich wieder der Chiffern bediente, doch nicht derjenigen, welche für seine Correspondenz mit dem Fürsten Metternich verabredet waren, sondern ganz eigener Zeichen, zu denen auch nur wiederum der Herzog von Wellington den Schlüssel besaß.

Dann, nachdem er seinen Brief vollendet, klingelte er, und fragte den eintretenden Kammerdiener, ob Niemand im Vorzimmer sei, der eine Audienz begehre?

Ja, Durchlaucht, sagte der Diener, es ist so eben ein Herr

erſchienen, der Ew. Durchlaucht zu ſprechen wünſcht. Hier iſt ſeine Karte.

Gut, ſagte Fouché, nachdem er einen flüchtigen Blick auf die Karte geworfen, laſſen Sie den Herrn eintreten. Aber ſagen Sie, Jean, waren Sie bei der Frau Gräfin Du Cayla? Haben Sie ihr mein Billet übergeben?

Zu Befehl, Durchlaucht. Die Frau Gräfin wird um ſieben Uhr ſich hier einfinden.

In einer Viertelſtunde alſo, ſagte Fouché, nach der Pendule blickend. Wenn die Dame kommt, führen Sie ſie durch den Corridor in den Salon ein. Und jetzt öffnen Sie dem Herrn die Thür!

Der jetzt Eintretende war ein alter Herr, von militairiſchem Aus= ſehen, elegant gekleidet, ariſtokratiſch in jeder Bewegung, in jedem Zug ſeines Angeſichts.

Sie haben mich zu ſprechen verlangt, mein Herr Graf Dantré, ſagte Fouché, ihm lebhaft entgegen gehend, und ihm die Hand dar= reichend.

Der Graf ſchien das nicht zu bemerken. Er verbeugte ſich, und ſagte mit froſtigem Ton: Ich muß mich wohl bei dem Herrn Herzog von Otranto melden, um von ihm den Paß zu erlangen, deſſen ich bedarf.

Ah, rief Fouché lächelnd, indem er ſeine Hand zurückzog, ah, Sie zürnen mir alſo noch immer, Herr Graf. Sie und Ihre Geſin= nungsgenoſſen nennen mich noch immer einen Verräther, blos weil ich die Pläne des Herrn Herzogs von Orléans nicht unterſtützte, und ihm nicht half, ſeinen Oheim und Herrn König Ludwig vom Thron zu ſtoßen, um ſich auf demſelben niederzulaſſen.

Verzeihung, mein Herr, ſagte der Graf Dantré, der Herr Herzog unterſtützten ja unſere Pläne lange Zeit mit regem Eifer, und nur erſt dann, als Sie zu ſehen vermeinten, daß dieſe Pläne vielleicht ſcheitern könnten, begannen Sie uns entgegen zu wirken und verriethen uns, indem Sie den Grafen Artois warnten vor dem, was Sie jetzt als eine Militair=Verſchwörung bezeichneten, was Sie aber bis dahin Pläne zur Errettung des Vaterlandes genannt hatten.

Mein lieber Graf, sagte Fouché lächelnd, so lange ich glaubte, daß diese Pläne des Generals Lefebre-Desaouettes wirklich, wie er es versicherte, in der ganzen Armee ihre Sympathieen hätten, daß wirklich die ganze Armee bereit sei, Ludwig zu entthronen, und den Herzog von Orléans zu seinem Regenten zu erheben, so lange durfte ich allerdings Ihre Pläne als zur Errettung des Vaterlandes nothwendig bezeichnen. Als ich aber sah, daß der General Lefebre sich und uns Alle getäuscht, daß die Armee durchaus nur Napoleonisch und gar nicht Orleanistisch gesinnt war, da konnte ich die verwegenen Pläne des Generals nur als das bezeichnen, was sie waren, als eine Militair-Verschwörung.*)° Denn in solchen Dingen entscheidet der Erfolg allein! Wäre Napoleon zum Beispiel mit seinem Einbruch in Frankreich gescheitert, hätte Frankreich ihn nicht aufgenommen, sondern ihn verjagt, so würde man ihn einen wahnsinnigen Thoren genannt haben, während man ihn jetzt einen großen Kaiser nennt. Und was nun den Vorwurf anbetrifft, daß ich Ihre Pläne an den Herrn Grafen von Artois verrieth, so sollten Sie Alle mir eigentlich dafür dankbar sein. Indem ich ihn warnte, und der Regierung also die Gelegenheit gab, Vorkehrungen zu treffen, verhinderte ich den Ausbruch einer Verschwörung, von der ich leider wußte, daß sie zu keinem glücklichen Ziel gelangen könnte, und errettete dadurch Viele, die, wenn die Verschwörung zum Ausbruch kam, und mißlang, sicher verloren gewesen wären. So hatte die Verschwörung wenigstens für Einen Menschen guten Nutzen, für mich; denn sie verschaffte mir das Vertrauen des Herrn Grafen von Artois.

Ich glaubte indessen, Herr Herzog, daß es wider das Gewissen streitet, die Geheimnisse Anderer zu verrathen.

Gewissen! Mein lieber Graf, das ist ein Feld, auf das ich Ihnen nicht zu folgen vermag. Gewissen, ich kenne kein Gewissen, ich handle immer so, wie es mir den Umständen, der Klugheit und meinen eigenen Interessen förderlich erscheint und lasse meinen Kopf niemals von

*) Ueber diese Militairverschwörung zu Gunsten des Herzogs Louis Philipp von Orléans siehe: Arnd, Geschichte der letzten vierzig Jahre. I.

Regungen des Herzens oder des Gefühls beirrt werden! — Aber ich glaube, Sie sind nicht hierher gekommen, um sich mit mir von der Vergangenheit zu unterhalten, sondern um mir ein Anliegen vorzutragen.

Ja, Herr Herzog, so ist es, sagte Graf Dautré. Ich habe Sie um einen Paß nach Holland zu bitten, wo ich einige Angelegenheiten zu ordnen habe.

Lieber Graf, sagte Fouché lächelnd, Sie vergessen, daß ich Chef der Polizei bin und daher wissen muß, was für Absichten und Angelegenheiten Sie beschäftigen. Offenherzig also. Sie sind bis jetzt in Ihrer Eigenschaft als Oberhofmeister der Herzogin von Orléans Penthièvres, die Paris wegen Krankheit nicht verlassen und nicht fliehen konnte, hier geblieben. Jetzt, da der Kaiser der Herzogin seinen Schutz und eine Pension versprochen hat, jetzt bedarf sie Ihres Schutzes nicht, und Sie wollen sich daher zu dem Sohne der Herzogin, zum Herzog Louis Philipp von Orléans, nach England begeben? Ist es nicht so?

Ja, Herr Herzog, es ist so. Ich will in Holland zu Schiffe gehen. Wollen Sie mir dazu einen Paß bewilligen?

Ich will es, aber unter der Bedingung, daß, wenn Sie nach Holland gehen, Sie einen Abstecher nach Belgien machen. Es ist im Dienst des Königs Ludwig, und daher als guter Unterthan Ihre Pflicht. Nehmen Sie meine Bedingung an?

Ich nehme sie an, da es, wie Sie sagen, den Dienst des Königs betrifft!

Nun wohl, Herr Graf. Sie gehen nach Belgien, begeben sich zur englischen Armee, verlangen den Herzog von Wellington zu sprechen und übergeben ihm diesen Brief, aber hören Sie wohl, nur ihm allein. Uebernehmen Sie den Auftrag?

Ich übernehme ihn und gebe mein Ehrenwort, daß ich ihn getreulich ausführen werde.

Dann ist hier der Brief und hier Ihre Pässe. Sie sehen, Herr Graf, ich kannte Ihre Pläne und rechnete auf Ihre Bereitwilligkeit, denn ich habe die Papiere schon ausgefertigt. Reisen Sie also, Herr Graf, reisen Sie mit Gott! Sagen Sie dem Herrn Herzog von

Orléans, daß ich zu seinen treuesten Verehrern und Bewunderern gehöre, und daß, indem ich für Ludwig zu wirken scheine, ich doch eigentlich nur für ihn wirke. Denn die Dynastie der Bourbonen naht sich ihrem Ende und der Herzog von Orléans wird der Erbe dieses Thrones sein, den ich helfe für die Bourbonen zu erbauen! Leben Sie wohl und vergessen Sie nicht, daß ich Ihnen ein wichtiges Geheimniß anvertraut habe, indem ich Ihnen den Brief an den Herzog von Wellington gab.

Er begleitete den Grafen bis zur Thür, und dann haftig das Zimmer durchschreitend, trat er durch die gegenüberliegende Thür in den Salon ein. Eine Dame von seltener Schönheit, Anmuth und Eleganz trat ihm entgegen.

Ah, Frau Gräfin du Cayla, rief der Herzog, die kleine weiße Hand, die sie ihm lächelnd darreichte, an seine Lippen drückend. Wie glücklich bin ich, Sie zu sehen.

Wissen Sie aber, Herr Herzog, sagte sie, daß ich hierher gekommen bin, um Ihnen zu zürnen? Ach, Ihre Unvorsichtigkeit ist wahrlich groß! Ich erkenne Sie nicht mehr! Sie richten ganz offen ein Billet an mich, an mich, von der man weiß, daß ich so eben aus Gent komme, daß ich dort Se. Majestät gesprochen habe, und daß ich eine Royalistin bin mit jedem Schlag meines Herzens.

Eben deshalb, sagte Fouché lachend, die Polizei hat die Pflicht, die gefährlichste aller Royalistinnen zu überwachen, und ich habe Sie also zu einem strengen Verhör hierher beschieden. Der Kaiser wird es mir Dank wissen, daß ich so wachsam bin. Uebrigens, um Ihnen die Wahrheit zu sagen, ich gebe mir gar nicht mehr die Mühe mich zu verstellen. Die Sachen gehen so rasch vorwärts, daß man beinahe offenes Spiel spielen kann. Außerdem kenne ich auch meine Correspondenten und meine Boten. Nun aber vor allen Dingen, Gräfin, berichten Sie mir! Sie waren in Gent? Sie sahen den König?

Ja, ich war in Gent, und der König war mir gnädig wie immer. Er sehnt sich mit glühender Ungeduld, wieder nach Paris zurückzukehren, und er wird Ihnen ewig dankbar sein für die großen Dienste, die Sie ihm leisten.

Aber es wäre besser, wenn der König es versuchte, sich der Schuld seiner Dankbarkeit zu entledigen, sagte Fouché achselzuckend. Ich mache ihn zum König. Er könnte mich wohl dafür zu seinem Minister machen!

Ach, Herzog, rief die Gräfin erschrocken, wie könnten Sie jemals der Minister eines Bourbonen sein?

Sie meinen, schöne Gräfin, weil ich zu den sogenannten Königs- mördern, weil ich zu denen gehöre, welche für den Tod Ludwigs des Sechszehnten gestimmt haben?

Ja, sagte die Gräfin, ihn mit flammenden Blicken ansehend, ja, das meine ich! Der König wird Ihnen verzeihen, er wird Ihnen in jeder Weise dankbar sein, aber er kann den Mörder seines Bruders nicht zu seinem Rathgeber, seinem Minister machen!

Gut, Madame, sehr gut, sagte Fouché lächelnd, Sie machen da Gefühlspolitik. Aber in dem Jahrhundert, in welchem wir uns be- finden, ist diese Gefühlspolitik nicht anwendbar. Um nach einer Revo- lution regieren zu können, muß man weder ein Herz noch ein Ge- dächtniß haben, und sich nicht mit den gefühlvollsten, sondern mit den geschicktesten Menschen umgeben. Alles, was jetzt geschieht, beweist das zur Genüge.*) — Und haben Sie mir gar keine Antwort auf mein langes und dienstergebenes Schreiben an den König zu bringen, Gräfin?

Doch, Herr Herzog, sagte die Gräfin, einen Brief aus der Tasche ihres Kleides hervorziehend, hier ist ein eigenhändiges Antwortschreiben Sr. Majestät, und ich versichere Sie im Voraus, daß nur der König allein seinen Inhalt kennt, und ihn, ohne seine Minister, oder auch nur mich zu Rathe zu ziehen, geschrieben hat. Ich bin daher sehr neugierig, und ich bitte Sie mir als Lohn für meine treuen Boten- gängerdienste den Inhalt des königlichen Handschreibens mittheilen zu wollen.

Fouché versprach es, und erbrach dann das königliche Siegel, um den Brief zu lesen.

---

*) Fouché's eigene Worte. Siehe: Mémoires d'une femme de qualité. Vol. II. S. 219.

Sehen Sie, meine schöne Gräfin, sagte er lächelnd, der edle, weise und freisinnige König hat die Gnade, mir Recht zu geben, daß man nicht mit dem Gefühl Politik machen muß. Erlauben Sie, daß ich Ihnen den Brief Sr. Majestät vorlesen darf. Er ist so inhaltsreich, und doch von so bewunderungswürdiger Kürze, daß er für ein Muster des Briefstyls gelten kann. Hören Sie, Gräfin. „Herr Herzog von Otranto! Ich danke Ihnen für Ihre Treue und Ihren Eifer, mir zu dienen! Fahren Sie so fort, und an dem Tage, wo ich die Grenzen meines Königreichs als souveräner Herrscher wieder überschreite, werde ich die Cabinets-Ordre unterzeichnen, welche Sie zu meinem Polizei-Minister ernennt. Ludwig.“

Ah, das hat der König wirklich geschrieben? fragte die Gräfin überrascht.

Ich vermuthe, Sie kennen besser, als irgend Jemand die Handschrift Seiner Majestät, sagte Fouché lächelnd, überzeugen Sie sich also.

Er reichte ihr das Billet dar, und die Gräfin heftete lange und aufmerksam ihre flammenden Blicke auf dasselbe.

Ja, sagte sie, es ist die Handschrift des Königs und Sie haben richtig gelesen! Da der König gesprochen hat, schweige ich, da der König weise ist und klug, so folgt daraus, daß meine Ansicht thöricht ist, und daß wirklich, wie Sie sagen, man in der Staatspolitik kein Herz und kein Gedächtniß haben muß.

Nun also, mein Herr Herzog, frage ich Sie, wann wird der König die Ordonnanz, die Sie zu seinem Minister macht, unterzeichnen?

Das heißt, schöne Gräfin, Sie wollen nur fragen, wann wird der König nach Frankreich heimkehren? Aber das läßt sich jetzt noch nicht mit Bestimmtheit sagen! Es hängt von Napoleon nicht allein, sondern ebenso sehr vom König Ludwig selber ab!

Wie denn vom König?

Der König ist umgeben von Personen, welche seine Regierung unbeliebt gemacht haben. Er muß diese vor allen Dingen entfernen, wenn das Volk wieder Vertrauen zu ihm fassen soll.

Ach, Sie reden von Blacas, sagte die Gräfin seufzend, ich habe mich vergeblich bemüht, ihn zu stürzen. Er besitzt noch immer das Ohr und das Herz des Königs, und weiß alle edleren und aufgeklärteren Männer von ihm fern zu halten. Es hat mir nicht gelingen wollen, den König zum nähern Verkehr mit meinem Freund Chateaubriand zu bereden, Blacas wollte es nicht!

Er ist ein wahrhaft unbequemer Bursche, rief Fouché. Aber ich übernehme es, ihn zu stürzen, vorausgesetzt, daß der König das Memoire, welches ich für ihn eben ausarbeite, und welches ich ihm durch Ihre gnädige Vermittelung senden möchte, richtig empfängt, und Blacas es nicht escamotirt.

Auch ich werde dafür sorgen, daß er es nicht kann. Der Oberkammerherr des Königs, Prinz von Poix, liebt den Grafen Blacas auch nicht, und hat mir versprochen, mein Vermittler zu sein, so oft ich dem König, seinem Pylades zum Trotz, etwas mittheilen will.

Nun gut! Ich werde daran arbeiten, ihn bald zu stürzen, und besonders ihn zu verhindern, nach Frankreich zurückzukehren. Zu diesem Zweck werde ich versuchen, Furcht einzuflößen; mit der Furcht macht man aus gewissen Leuten Alles, was man will.

Ach, rief die Gräfin lachend, jetzt kenne ich also das große Geheimniß der Politik, es ist die Kunst, Furcht zu erregen! Aber sagen Sie doch, Herzog, wie lange werden wir denn diesen Herrn Bonaparte hier noch dulden müssen?

Fouché zuckte die Achseln. Geduld, sagte er, man muß besonnen sein und die Dinge nicht übereilen wollen. Er ist nun einmal da, und man kann ihn nicht fortnehmen wie einen Bauer im Schachspiel. Aber wir wollen sehen, was wir thun können, um ihn möglichst bald zu beseitigen.*) Sie haben ihn ja gesehen, nicht wahr?

Ja, die Königin Hortense ließ mich zu sich rufen, und dort hatte ich die Ehre, den Herrn Bonaparte zu sehen, der mich wie ein Inquisitor über den König, die Herzogin von Angoulème und den Grafen von Artois ausfragte. Aber er war nicht mehr der Kaiser früherer Tage, er war abgespannt, erschöpft, er fühlte, daß es mit ihm zu Ende geht.

---

*) Fouché's eigene Worte. Siehe: Ménéval, Mémoires. III. 247.

Ach, Sie verkennen ihn, sagte Fouché lächelnd. Er fühlt sich jetzt nur augenblicklich unbehaglich, weil zwei oder drei Männer wie Carnot und ich ein bischen seinem Despotismus entgegenarbeiten. Aber lassen Sie ihn erst zwei oder drei Schlachten gewinnen, wie Er sie zu gewinnen versteht, und Sie werden ihn eben so furchtbar und so energisch sehen, wie in früheren Tagen. — Ich habe ihm angezeigt, daß ich Sie rufen lassen und ihn nachher von dem Resultat unserer Conferenz benachrichtigen würde.

Nun, und was werden Sie ihm jetzt sagen? fragte die Gräfin lebhaft.

So ziemlich Alles. Daß Sie in Gent gewesen sind, um bei dem König Ihrer Gunst zu genießen; daß Sie versucht haben, den König für Herrn von Chateaubriand zu gewinnen; daß Herr von Blacas den Sieg über Sie im Geist des Königs errungen, und daß Sie jetzt in völliger Ungnade sind.

Sehr verbunden, rief die Gräfin, Sie lassen mich da eine Rolle spielen, unter der meine Eigenliebe bedeutend leidet.

Was thut Ihnen das? Die Hauptsache ist doch, daß man Sie in Ruhe läßt. Ich werde Sie hier in Paris unter Polizeiaufsicht stellen. Auf diese Art werden Sie täglich einen Vorwand haben, zu mir zu kommen, und unser Verkehr kann Niemanden auffallen. Beunruhigen Sie sich nicht, Sie werden dadurch keine Gefangene! Wenn Ihre Geschäfte oder Ihre Vergnügungen Sie nach außerhalb rufen, so sagen Sie es mir nur vorher, und ich werde Sie entschlüpfen lassen. Aber seien Sie vorsichtig, theuerste Gräfin. Vertrauen Sie nicht Allen Denen, welche sich Ihnen als Royalistin nahen, und theilen Sie ihnen nicht unsere kleinen Geheimnisse mit. Man wird Sie überwachen, und meine Polizei ist nicht die einzige hier. Vielleicht auch wird Napoleon selbst Sie rufen lassen, um Sie auszuforschen. Hüten Sie sich vor seinem Späherblick.

Ach, sagte die Gräfin lächelnd, er ist ein Mann, ich bin eine Frau, ich habe also gewonnenes Spiel gegen ihn.

Verlassen Sie sich nicht so fest darauf, sagte Fouché achselzuckend, der Kaiser ist sehr geschickt. Ich selbst habe oft große Mühe, ihn zu täuschen. Er hat ein wunderbares Ahnungsvermögen. Aber unsern vereinten Kräften soll und wird es dennoch gelingen, ihn zu täuschen, und wenn er in den Schlachten, zu denen er jetzt auszieht, nicht von einer Kugel um's Leben kommt, so werden wir ihn in den Netzen unserer Ränke erwürgen. Es giebt nur noch Ein Mittel, durch das er seinen Untergang noch etwas verzögern könnte. Er müßte, bevor er zur Armee abgeht, mich verhaften lassen. Thut er das nicht, so ist er verloren, denn alsdann hat er nicht blos vor sich einen vier Mal überlegenen Feind, sondern hinter sich eine Insurrections-Armee, deren Feldherr ich bin, und die ihn sicher entthronen wird.

IV.

Napoleons Abreise zur Armee.

Es war am Abend des elften Juni. Der Kaiser hatte seine Minister berufen, um zum letzten Male vor seiner Abreise zur Armee mit ihnen sich zu berathen und ihnen gewissermaßen sein politisches Testament zu übergeben.

Seit vier Stunden befanden sich seine Minister bei ihm in seinem Cabinet, und mit klarem Blick und ernster Ruhe überlegte der Kaiser mit ihnen alle Wechselfälle der Zukunft und gab für alle diese seine Bestimmungen.

Während der Dauer seiner Abwesenheit sollte ein Regentschaftsrath die Geschäfte der Regierung verwalten, und die vierzehn Mitglieder dieses Regentschaftsrathes, an dessen Spitze die beiden Prinzen Joseph und Lucian standen, hatten ihren Eid der Treue in die Hände des Kaisers abgelegt.

Im Fall, daß der Tod den Kaiser auf dem Schlachtfeld ereilte, sollte der Regentschaftsrath sogleich den Sohn des Kaisers als Napoleon den Zweiten zum Kaiser proclamiren, für ihn die Regierung übernehmen und das Reich verwalten, bis es den Bemühungen der Nation gelungen, Oesterreich zur Herausgabe des jungen Kaisers zu veranlassen.

Jetzt waren die Geschäfte beendet. Der Kaiser erhob sich aus seinem Lehnsessel und ließ seine forschenden Blicke an den Gesichtern seiner Minister dahingleiten, ließ sie lange mit bohrendem Ausdruck auf jedem Einzelnen ruhen, als wolle er die geheimsten Gedanken ihrer Seele in ihren Mienen lesen.

Helft mir das Vaterland retten, sagte er dann mit jenem wunderbaren metallenen Ton, der ihm in den großen Momenten eigen war und alle Herzen erzittern machte. Wir gehen einem großen und ernsten Kampf entgegen, laßt uns Alle unsere Pflicht gegen das Vaterland erfüllen. Ich werde Euch mit einem guten Beispiel vorangehen. Ich werde auf dem Schlachtfeld die Freiheit und Unabhängigkeit Frankreichs vertheidigen und nur dies Eine Ziel im Auge haben. Ihr, meine Herren Minister, Ihr werdet Sorge tragen, Frankreich im Innern die Ruhe und den Frieden zu sichern, deren es so sehr benöthigt ist. — In den schwierigen und verwickelten Zeiten müssen große Männer wie große Nationen die ganze Energie ihres Charakters entfalten und ein Gegenstand der Bewunderung für die Nachwelt werden. — Ich reise diese Nacht ab. Meine Herren, thun Sie Ihre Pflicht; die Armee und ich wir werden die unsrige thun. Ich empfehle Ihnen Eintracht, Eifer und Energie. Leben Sie wohl.*)

Er neigte leise sein Haupt und winkte ihnen mit der Hand einen letzten Abschiedsgruß zu. Schweigend, mit bleichen Gesichtern, mit traurigen Mienen gingen die Minister, gesenkten Hauptes einer hinter dem andern dahin schreitend, durch das Gemach der Thür zu. Napoleon immer noch aufrecht vor seinem Tisch stehend, die rechte Hand auf denselben aufgestützt, sah sie mit unbeweglichem, ehernem Antlitz, mit düstern Blicken dahin ziehen. Dann, als der letzte von ihnen verschwunden war, als die Thür sich hinter ihnen geschlossen hatte, dann

---

*) Napoleons eigene Worte. Siehe: Cochelet: Mémoires sur la reine Hortense. Vol. III. 106.

sank er schwer und rasch, wie eine vom Blitz gefällte Eiche, wieder in den Lehnstuhl nieder, und das Haupt tief hernieder gesenkt auf seine Brust, die Stirn in finstere Falten gelegt, starrte er vor sich hin.

Er hörte es nicht, wie sich die Thür des Vorsaals wieder öffnete, er sah nicht, daß Caulaincourt eintrat, und schüchtern und unentschlossen neben der Thür stehen bleibend, zu ihm hinschauete mit Blicken voll unendlicher Liebe und Trauer.

Sire, sagte er dann ganz leise, Sire!

Napoleon hob langsam sein Haupt empor, und er schien gar nicht überrascht, den treuen Freund da unaufgefordert vor sich zu sehen. Mit einem matten Lächeln streckte er ihm die Hand entgegen. Caulaincourt eilte vorwärts; vor dem Kaiser in die Kniee sinkend, nahm er seine Hand, drückte sie fest an seine Brust, und blickte mit dem Ausdruck inbrünstigen Flehens zu ihm empor.

Sire, sagte er mit zitternder Stimme, Sire, nehmen Sie mich mit sich, lassen Sie mich an Ihrer Seite bleiben.

Der Kaiser schüttelte langsam das Haupt. Nein, sagte er, ich bedarf hier in Paris mehr eines treuen Freundes, als bei der Armee. Dort stütze ich mich auf meine eigene Kraft, hier muß ich Jemand haben, der mich vor dem Verrath und den Intriguen meiner Feinde behütet. Sie müssen bleiben, Caulaincourt, ich kann Sie hier nicht entbehren, ich habe Niemand, der Sie mir hier ersetzen könnte!

Oh, Sire, rief Caulaincourt tiefbewegt, Sie schlagen es mir ab? Sie wollen mir nicht erlauben, Ihre Gefahren mit Ihnen zu theilen?

Mein Freund, sagte der Kaiser sanft, die Gefahren, die mich auf dem Schlachtfelde erwarten, sind nicht die schlimmsten, welche mich bedrohen. Größere Gefahren giebt es hier, und diese sollen Sie für mich ertragen. Man wird mir dort nicht den Gehorsam verweigern, aber hier lasse ich Intriguanten und Wühler genug zurück, welche nur auf den Moment lauern, daß ich abreise, um ihre Intriguen und Ränke gegen mich zu spinnen. Haben Sie also ein wachsames Auge, Caulaincourt, suchen Sie einzuwirken auf die einflußreichen Mitglieder der Kammern, damit sie wenigstens für die Dauer des Krieges inne halten in ihrer unsinnigen großsprecherischen Opposition. Ach, fuhr er fort, indem er aufstand, und die Hände auf dem Rücken gefaltet im Zimmer auf und ab ging, ach, ich hasse diese sogenannten Liberalen. Es sind eitle Thoren, die nur deshalb Opposition machen, um sich dabei in den Vordergrund zu stellen, die ihrer persönlichen Eitelkeit das Glück, den Frieden und die Eintracht des Volkes und des Landes opfern. Sie sind es, diese liberalen Schwätzer der Kammern, welche mir die Sympathieen meines Volkes zu entziehen trachten, und die Unzufriedenheit erwecken. Ach, diese Kammern, diese Constitution! Es ist eine Fessel, welche die Hände des Regenten bindet und ihn zu einer Puppe macht, mit welcher die eitlen Schwätzer der sogenannten Volksvertretung spielen möchten. Aber ich werde ihnen dies Spiel nicht lange gestatten, und ein Tag wird kommen, wo ich diese nur vom Winde ihrer Eitelkeit aufgeblähten, großen Männer in meinen Händen zerdrücken und klein machen werde. Sobald ich Frieden habe von Außen, werde ich Ruhe schaffen im Innern, und die Kammern für immer auflösen.

Oh, Sire, das wäre ein gewagtes und gefährliches Unternehmen, rief Caulaincourt seufzend. Das französische Volk hat sich mit einer wahrhaften Begeisterung diesen neuen liberalen Institutionen zugewandt, und würde Den für seinen Feind halten, der ihnen dieselben zu entreißen trachtete.

Ja, es ist wahr, die Nation macht die Kinderkrankheit des parlamentarischen Liberalismus durch, sagte Napoleon gedankenvoll. Ich habe sie anders wiedergefunden, als ich erwartete. Welch eine Veränderung ist in diesen elf Monaten meiner Abwesenheit mit den Franzosen vorgegangen! Wie haben mir diese Bourbonen Frankreich zugerichtet, und wie viel Mühe wird es mir kosten, sie wieder auf die rechte Bahn zu bringen!*) Es ist Alles anders geworden, und statt der gehorsamen, schweigenden Unterthanen finde ich eine aufrührerische Masse, die sich vermißt ihr eigener Herr sein zu wollen, und sich sogar beleidigt fühlt, wenn ihr Herrscher von ihnen Gehorsam und Unterwürfigkeit fordert. Der nationale Wille, das ist es, was man an die Stelle des Gehorsams gegen das Oberhaupt der Nation gesetzt hat.

---

*) Napoleons eigene Worte. Siehe: Las Cases. Mémoires. Vol III.

Hat mir Carnot doch gestern mit seiner impertinenten Ruhe gesagt: Sire, die Franzosen sind ein freies Volk geworden. Dieser Titel „Unterthan“, den Sie ihnen so oft geben, beleidigt und erschreckt sie. Nennen Sie sie „Bürger“ oder noch besser, nennen Sie sie Ihre „Kinder.“*) — Nun wohl, wenn die Franzosen meine Kinder sind, so müssen sie mir als ihrem Vater gehorchen. Dazu aber haben sie nicht die mindeste Neigung. Bin ich denn nicht mehr der Kaiser?

Ja, Sire, seufzte Caulaincourt, Sie sind der Kaiser, aber mit einer Constitution!

Das heißt mit einem Thron über meinem Throne, mit einer Krone über meiner Krone! Das heißt, ich habe da ein Haus voll aufgeblasener Schwätzer, die vermeinen, daß man mit schönen und wohl= klingenden Phrasen einen Staat regieren könnte, daß liberale Redens= arten genügten, um eine Nation glücklich zu machen. Aber diese par= lamentarischen Diskussionen, diese Polemik der Parteien, diese fortge= setzten Angriffe auf die Unantastbarkeit des Herrschers, die sind es, die mir mein Volk verführen! Es ist, wie gesagt, eine Kinderkrankheit, welche die Franzosen während meiner Abwesenheit befallen hat, und ich fürchte, es wird lange dauern, ehe ich sie wieder von derselben ge= heilt habe. Wenn ich wiederkehre, werde ich die Cour damit beginnen, daß ich die Schwätzer der Kammern zum Schweigen bringe. Man kennt den Arm des Kaisers nicht mehr, aber bei meiner Heimkunft soll man ihn kennen lernen!**)

Sire, darf ich eintreten, fragte eine Stimme hinter ihm, und in der halbgeöffneten Thür erschien die Gestalt des Prinzen Lucian.

Ja, sagte Napoleon ihm zunickend, ja, treten Sie ein, mein Bruder. Ich werde dann die beiden Getreuesten meiner Getreuen um mich haben. Früher war das anders, fuhr er düster fort, früher hatte kein Souverain treuere Diener, geschicktere Generäle! Aber nein, ich will mich nicht beklagen. Viele sind mir treu geblieben und über die Abwesenden will ich die Anwesenden nicht vergessen. Frankreich hat

---

*) Fleury: Mémoires. III. 109.
**) Napoleons eigene Worte. Siehe: Fleury III.

mich mit einer Begeisterung empfangen, welche meinen Zug von Cannes hierher zu einem Epos gemacht hat, das die Nachwelt einst ebenso bewundern wird, wie die Dichtungen des Homer; ich habe hier viele meiner Getreuen wiedergefunden, die Herzen meiner Soldaten schlagen noch eben so warm für mich wie in den frühern Tagen, und auf den Eifer, die Tapferkeit und Treue meiner Armee kann ich mich unbedingt verlassen.

Mein Bruder, sagte Lucian, ich kam hierher, um Ihnen noch von einem Ihrer Diener früherer Tage zu sprechen, der freilich Eurer Majestät die Treue gebrochen hat, der jetzt aber demüthig und reuevoll zu Ihnen zurückkehren möchte, und mich um meine Fürsprache bei Eurer Majestät gebeten hat.

Wer ist es? fragte Napoleon lebhaft.

Sire, es ist Murat!

Murat, rief der Kaiser mit lauter, zorniger Stimme. Murat, der Verräther, der mich treulos und undankbar in den Tagen der Gefahr verlassen hat, der wagt es jetzt, zu mir zurückkehren zu wollen.

Sire, er bereuet, und er ist bereit, so viel in seinen Kräften steht, wieder gut zu machen!

Das heißt, nicht wahr, er ist von den Oesterreichern besiegt, aus seinem Lande verjagt worden, und hat sich jetzt nach Frankreich geflüchtet, um sich hier vor der Verfolgung seiner Feinde zu sichern?

Ja, es ist wahr, sagte Lucian traurig, Murat ist besiegt worden. Er wollte sich zum König von Italien machen, er hatte große und heldenkühne Pläne, aber sie sind nicht zur Ausführung gekommen. Die Völker Italiens haben seinem begeisterten Zuruf nicht entsprochen, sie haben nicht für ihn und die Unabhängigkeit Italiens zu den Waffen gegriffen, und sein eigenes Heer ward in zwei Schlachten von den Oesterreichern geschlagen, bei Macerata und bei Introdocca. Er eilte zurück nach Neapel, um neue Streitkräfte zu sammeln, doch er fand seine Hauptstadt in Aufruhr; die Lazzaroni waren bereit, sich für ihren frühern König Ferdinand zu erheben, und sein eigenes Heer wandte sich von ihm; die Oesterreicher näherten sich unter den Generalen Neipperg und Bianchi der Hauptstadt.

Und unsere Schwester Caroline? fragte Napoleon.

Sire, Murat fand sie im Begriff, mit ihren Kindern ein englisches Schiff zu besteigen, das sie nach Triest bringen sollte.

Als Staatsgefangene der europäischen Mächte, rief der Kaiser mit grollender Stimme. Es ist diesen von ihrer eigenen Furcht zu barbarischer Gewaltthätigkeit aufgestachelten Souverainen ja nicht genügend gewesen, Mir den Krieg zu erklären, gegen mich ihre Donnerkeile zu schleudern, sie haben meine ganze Familie in den Bann gethan und erklärt, sie zu Gefangenen machen zu wollen, wo immer sie sie träfen. Meine gute treue Caroline muß also schon das Joch auf ihrem Nacken tragen. Und Murat? Er ist den Oesterreichern entkommen?

Ja, mein Bruder! Verkleidet, in einer Fischerbarke, ist er entflohen, und hat vor einigen Tagen das Glück gehabt, die Küste Frankreichs betreten zu können. Sire, er beschwört Ew. Majestät, ihm zu verzeihen, ihn wieder in Ihre Dienste aufzunehmen.

Niemals, rief Napoleon mit Ungestüm, niemals werde ich ihn in meiner Nähe dulden. Sein Verrath gegen mich hat ihn gebrandmarkt, ich kann ihn nicht wiedersehen.

Sire, sagte Caulaincourt mit flehender Stimme, Ew. Majestät sollten gnädigst die Vergangenheit zu vergessen suchen. Murat wird Ew. Majestät auf dem Schlachtfelde nützlich sein können. Ew. Majestät haben ihn zu einem geschickten Reitergeneral gebildet, und er versteht es, die Truppen zu enthusiasmiren, durch seine eigene persönliche Tapferkeit sie zu Heldenthaten zu entflammen.

Meine Armee wird auch ohne ihn Heldenthaten verrichten, rief Napoleon, mit Mir wird sie auch ohne Murat zu siegen wissen! Ach, Ihr seht mich Beide traurig und seufzend an? Ihr glaubt nicht an meine Siege? Aber ich sage Euch, ich werde dennoch siegen. Kommt hierher, schaut mit mir auf die Karte!

Er stieß ungestüm die Tapetenthür auf, die von dem Cabinet in das Landkartenzimmer führte und trat in dasselbe ein, gefolgt von Lucian und Caulaincourt. Mit raschen Schritten eilte er zu dem in der Mitte des Zimmers befindlichen Tisch, auf welchem über mehreren andern Karten eine mit vielen Nadeln bezeichnete große Karte ausgebreitet war.

Seht, rief Napoleon, dessen Antlitz jetzt wieder flammte von kühner Energie, seht, ich habe da das Horoscop meiner Zukunft aufgestellt, und ich sage Euch, es ist mir günstig. Meine Spione und Agenten haben mich gut unterrichtet und ich kenne ganz genau die Stellung und die Stärke der Verbündeten. Sie rücken in drei großen Heeressäulen heran, die sich von den Ufern der Maas bis nach den Alpen hinziehen, die, nach ihrem Plan, zu gleicher Zeit die französische Grenze überschreiten und gegen Paris marschiren sollen. Denn sie vermeinen, daß ich so thöricht wäre, hier in Paris zu bleiben, das Abmarschiren ihrer vereinten Streitkräfte zu erwarten, und dann erst zu versuchen, mich, den Umzingelten, gegen ihre Uebermacht zu vertheidigen. Thor, der ich wäre, mich in ihren Netzen einfangen zu lassen, den Vertheidiger, statt des Angreifers zu spielen! Sie wollen den Krieg, sie sollen ihn haben! Ich werde ihnen denselben auf halbem Wege entgegen tragen. Seht, hier oben in Belgien, hier stehen hundertzwanzigtausend Preußen. Der betrunkene alte Reitergeneral, der Blücher, führt sie an, ein tollkühner Raufbold, der sich für einen Helden hält, weil ihm im vorigen Jahre der Zufall günstig gewesen und ihn seinen tollen Handstreich auf Paris hat ausführen lassen. — Hier, unfern von den Preußen, hier, wo die rothen Nadeln sind, da steht das aus allerlei Nationalitäten zusammengestellte englische Heer von hunderttausend Mann. Der Herzog von Wellington führt sie an. Ich kenne ihn, denn ich habe ihn in Spanien und Portugal fünf Jahre zu bekämpfen gehabt. Er ist ein tapferer und entschlossener Soldat, aber er ist langsam in seinen Bewegungen, der kühne Angriff ist nicht seine Sache. Darauf baue ich meinen Plan. Hier, weiter abwärts an den Ufern des Rheins, ziehen zweimalhunderttausend Oesterreicher heran, und hier an den Schweizer Grenzen sammelt sich ein deutsch-piemontesisches Heer von hunderttausend Mann. Aber diese beiden Heere kümmern mich ebenso wenig, wie das russische Heer, das in weiter Ferne heranrückt, wie das spanische Heer, das sich den Pyrenäen nähert. Wenn diese vier Heere an den Grenzen Frankreichs anlangen, wird das

Schicksal schon entschieden haben, ich werde alsdann den Mächten entweder den Frieden dictiren können, oder es wird für mich Alles beendet sein. — Ich habe es nur mit den Preußen und Engländern zu thun.

Das heißt mit zwei Armeen, die zusammen zweimalhundertundzwanzigtausend Mann stark sein werden, sagte Lucian.

Ja, und ich werde ihnen nur hundertundfunfzigtausend Mann entgegenzustellen haben, rief der Kaiser lebhaft, aber ich werde meine Armee wie einen Keil zwischen diese beiden Armeen hineinzwängen, und ich werde sie auseinandersprengen. Sie liegen einige Stunden weit auseinander, ich werde mit meinem Heer diesen Zwischenraum ausfüllen. Sie glauben mich noch nicht zum Krieg gerüstet, sie glauben, daß ich ihnen noch einige Wochen Ruhe lassen werde, bis alle Rekruten ausgehoben, alle Föderirten bewaffnet sind. Sie sind daher auch nicht auf den Angriff vorbereitet. Der alte Blücher glaubt in seinem Lager gemächlich rauchen und trinken zu können, Wellington meint, daß ich ihm Zeit lasse, in Brüssel den zu seinen Ehren veranstalteten Festlichkeiten beizuwohnen. Seine einzelnen Armeecorps liegen ziemlich weit auseinander, und bei seiner Bedächtigkeit und Vorsicht wird er den Kampf nicht eher annehmen, als bis er sein ganzes Heer vereinigt hat. Wenn er mein unvermuthetes Erscheinen erfährt, wird er sich anfangs zurückziehen, ich werde das benutzen, um mich auf die Preußen zu stürzen, und der alte Blücher wird tollkühn genug sein, den Angriff anzunehmen. Es kommt nur darauf an, daß er meine Annäherung nicht vorher erfährt, und nicht Zeit findet, seine Corps schneller zusammenzuziehen. Er glaubt mich hier in Paris beschäftigt; während er daher müßig und unthätig ruht, stürze ich mich auf ihn, und der Tag von Jena wird sich für ihn wiederholen. Ich reibe die preußischen Heeres-Abtheilungen auf, dann, wenn dies vollbracht, dann wende ich mich den Engländern zu. Ich zwinge Wellington, der seine Corps noch nicht zusammengezogen hat, zur Schlacht; er wird stutzen, zurückweichen, meine Truppen, siegbegeistert, werden auf ihn einbringen, und wenn das Glück, das sich so oft mir günstig gezeigt, auch dies Mal nur etwas für mich thut, so werde ich Wellington besiegen, wie ich Blücher besiegt habe. — Dann werde ich unterhandeln, werde mich auf's Neue an Oesterreich wenden, und Frieden anbieten, und wenn meinen Anerbietungen einige gewonnene Schlachten als Herolde voraufgehen, wird der Kaiser von Oesterreich meine Couriere nicht zurückweisen, sondern er wird meinen Vorschlägen ein williges Ohr leihen. Ach, ich kenne ja diese Fürsten, sie haben mir immer geschmeichelt, sich immer vor mir in den Staub gebeugt, sobald ich Sieger war, sobald die Furcht vor der Schärfe meines Schwertes sie überkam. Ich werde ihnen beweisen, daß mein Schwert noch nicht stumpf geworden, daß ich noch immer der Kaiser Napoleon bin, dem sie so viele Jahre zu Füßen gesessen, ich werde sie zwingen, sich wieder vor mir zu bemüthigen und mich wieder als Kaiser von Frankreich anzuerkennen.

Der Himmel gebe, daß dieser Tag der Gerechtigkeit für Ew. Majestät kommen möge, rief Caulaincourt begeistert, denn die Fürsten haben die Strafe Gottes gegen sich herausgefordert, sie haben in dem Schrecken vor Ihrer Person zu schmachvollen und unwürdigen Mitteln ihre Zuflucht genommen, und indem sie Ew. Majestät zu ächten meinten, haben sie sich selbst geächtet.

Ja, sie haben schlecht, sie haben unwürdig an mir gehandelt, rief Napoleon mit zorniger Stimme. Ich war ihres Gleichen, ich war auch auf Elba noch ein freier Souverain, wie sie, und sie selber hatten im Vertrag von Fontainebleau meine Souverainetätsrechte anerkannt. Ich war noch immer der Kaiser, wie ich es gewesen in den Tagen von Erfurt und Dresden. Ich war und blieb der von der Hand des Papstes gesalbte Souverain, dessen Krone, wie klein sie immer sein mochte, man respectiren mußte. Niemand konnte das jedem Souverain zustehende Recht, anderen Souverainen den Krieg zu erklären, mir streitig machen. Und ich erklärte Ludwig, der sich König von Frankreich nannte, den Krieg, ich wollte, was ich verloren, wieder gewinnen. Was kümmerten die auswärtigen Mächte diese Streitigkeiten im Innern Frankreichs? Waren sie es, die ich angriff, die ich bedrohete? Ich forderte nur Frankreich, nur meinen von allen europäischen Mächten, außer England, einst anerkannten Kaiserthron von Frankreich, es war eine innere Angelegenheit, die ich mit der französischen Nation, mit den Bourbonen allein abzumachen hatte. Aber die Furcht vor mir hatte den Verstand der auswärtigen Fürsten verwirrt, und die Furcht machte, daß sie, die einst als Bewunderer zu meinen Füßen gesessen, die mich ihren Freund genannt, die von mir Kronen zum Geschenk erhalten, sich jetzt gegen mich verbündeten und eine Achtserklärung gegen mich schleuderten, als sei ich ein Banditenchef, als lebten wir noch in den grauen Zeiten des Mittelalters, und es gäbe kein Völkerrecht, und das Faustrecht allein sei noch gültig. Oh, sie werden es eines Tages bereuen, so gehandelt zu haben, ihre eigenen Völker werden sie dafür strafen, daß sie in mir die monarchische Würde, die Moral und Gerechtigkeit verletzt haben. Die Völker werden keinen Glauben mehr haben an das Wort ihrer Fürsten, denn sie werden meiner gedenken, und sich erinnern, wie die Fürsten mir ihr Wort, ihre Treue gehalten, und welcher Art die Moral ist, die sie üben, wie heilig ihnen die Familienbande sind, welche sie schließen. Ich bin der Schwiegersohn des Kaisers von Oesterreich, und Er ist es, der, allem Völkerrecht zum Trotz, mir den Krieg erklärt, Er ist es, der meine rechtmäßige Gemahlin mit Gewalt von mir fern hält, der mir sogar meinen Sohn, meinen armen kleinen König von Rom, der dem Vater sein Kind verweigert. Lucian, Caulaincourt, habt Ihr den Baron Meneval gesprochen, hat er Euch von meiner Marie Louise, von meinem kleinen Napoleon erzählt?

Ja, Sire, sagte Lucian mit düsterer Miene, er hat mir erzählt, daß die Kaiserin mehr Furcht vor ihrem Vater, als Liebe für ihren Gemahl empfindet, daß sie hätte entfliehen können, daß sie es aber nicht gewagt hat.

Ach, Du mußt ihr das nicht übel nehmen, rief Napoleon, dessen Stimme jetzt weich und milde war, dessen Antlitz jetzt zuckte vor innerer Bewegung. Nein, Du mußt das meiner armen Louise nicht übel nehmen. Sie ist ein schüchternes, furchtsames Weib, das keine Kraft in sich fühlt, dem Schicksal zu trotzen, eine Frau, die ihren Vater als eine Autorität betrachtet, gegen die sie als Tochter nicht opponiren darf. Aber sie liebt mich dennoch, das weiß ich, und sie würde glücklich sein, wenn man ihr gestattete, zu mir zurückzukehren. Und mein

Sohn, mein kleiner blonblockiger Knabe? Habt Ihr's gehört, daß er immer noch an seinen Vater denkt, daß er ganz leise und schüchtern dem Baron Meneval zugeflüstert hat, er solle mir sagen, daß der kleine König von Rom mich noch immer lieb habe? Ach, sie wollen es ihm verbieten, seinen Vater zu lieben; sie sind grausam genug, ihm sogar seinen Namen zu stehlen, und sie nennen sich Christen, und sie wagen es, von christlicher Liebe und Moral zu sprechen! Einem Kinde seinen Namen zu nehmen, den es von geweiheter Priesterhand in der heiligen Taufe erhalten hat, ihm denselben blos deshalb zu nehmen, weil es der Name seines Vaters ist! Und mein armer Knabe weint darüber, und will nicht Franz heißen, will kein Oesterreicher sein. Ach, ich hätte ihn sehen mögen, wie er mit Thränen in den Augen zu Meneval sagte: Erzählen Sie es nicht meinem Papa, daß sie mich hier Franz nennen. Es würde ihm wehe thun.

Der Kaiser, überwältigt von seiner eigenen Rührung, verstummte und legte die Hand über sein Angesicht, um Niemand die Thränen sehen zu laffen, die in seinen Augen standen. Dann nach einer Pause ließ er seine Hand wieder niedergleiten und seine Züge hatten wieder die eherne Ruhe angenommen.

Ich werde sie zur Rechenschaft ziehen für diesen Frevel, den sie an den geheiligten Gesetzen der Natur verübt haben, rief er mit drohender Stimme, und wenn ich es nicht vermag, so wird Gott selber ihre Strafe übernehmen! Aber vorläufig will ich versuchen, selber sie zu strafen! Die Menschen haben mich oft den Löwen genannt, nun wohl, wir werden ja sehen, ob der Löwe noch seine Kraft und sein Glück früherer Tage besitzt.

Der Himmel gebe es, rief Lucian, der Himmel mache Sie zum Sieger über alle Ihre Feinde!

Der Himmel! Du meinst also doch, mein Bruder, daß ich allein dazu nicht stark genug bin, und daß ich dazu noch des Bundes mit Dem da oben bedarf?

Und Sie, Caulaincourt! Bezweifeln auch Sie, daß ich das Werk allein vollenden, den Sieg allein erkämpfen kann?

Sire, es bedarf ein Jeder zu seinem Glück der Allianz mit dem

Souverain da droben. Wenn Er nicht mit Ihren Feinden ist, so werden sie besiegt werden, obwohl sie zwei Mal stärker sind als Ew. Majestät.

Das will sagen, wenn Er nicht mit mir ist, so werde ich besiegt werden, weil sie mir zweifach überlegen sind. Ja, es ist wahr, murmelte Napoleon düster vor sich hin, die Kräfte sind ungleich. Ich habe nicht allein ein viel geringeres Heer, sondern es fehlen mir auch die Marschälle und Generäle, mit denen ich gewohnt war, zu siegen. Wo sind sie Alle, meine Tapferen, deren leuchtende Augen schon vor der Schlacht mir Glück wünschten zu dem kommenden Siege? Der Tod oder der Verrath hat sie von meiner Seite genommen. Mein edler, treuer Duroc, mein braver Lannes sind in's Grab gegangen, Berthier hat mich verrathen und ist entflohen, Augereau ist auch ein Verräther, und er vergißt in seiner neuen Höflingsrolle, daß er einst ein wüthender Republikaner war, und daß ich es bin, der ihn groß gemacht. Macdonald, Oudinot, Marmont, Sebastiani, Maison, St. Cyr, Lauriston, sie Alle haben den Feldherrn verlassen, der sie einst zu so vielen Siegen geführt, und dem sie ihren Titel und ihre Ehren verdanken. Massena ist alt geworden, und ich darf ihm kein Commando mehr übertragen. Soult, Ney und Davoust, das sind die einzigen Marschälle, die mir geblieben. Aber darf ich auf sie rechnen und ihnen vertrauen? Soult ist zu mir zurückgekehrt, nachdem er noch einige Tage vorher in einer Proclamation an die Armee von mir wie von einem Banditen und Verbrecher, auf den man fahnden müsse, gesprochen hatte. Er dient mir jetzt, wie er vor mir dem König Ludwig gedient hat, und wie er, wenn ich scheitere, meinem Nachfolger dienen wird, nicht aus Neigung und Treue, sondern weil ich der Machtgeber bin, und weil es klüger und vortheilhafter ist, mit dem Sieger zu bleiben, als mit dem Besiegten zu entfliehen. — Ney ist seiner alten Liebe zu mir gefolgt, und er ist da, weil er dem Ruf seines alten Feldherrn nicht zu widerstehen vermochte. Aber er zürnt fast seinem Herzen, daß es seinen Kopf überflügelt hat, er nennt seine Treue gegen mich Verrath gegen die Bourbonen, und ist mit sich selber in Zwiespalt. Davoust ist mir auch noch geblieben, aber ich muß ihn als meinen Kriegsminister zurücklassen. — Und so ziehe ich aus mit nur zweien meiner alten Marschälle und ‚sonst mit lauter jüngeren Generälen, deren Fähigkeiten ich kaum kenne und denen ich zum Theil mißtraue. Vor allen Dingen aber traue ich dem General Bourmont nicht. Er ist immer ein zweideutiger Charakter gewesen, immer nur auf seinen Vortheil bedacht, er wird mich verrathen, wenn es seinem Vortheil angemessen erscheint.

Sire, sagte Caulaincourt, die Marschälle Ney und Soult haben für seine Treue gut gesagt.

Ja, rief Napoleon, sie haben das gethan, die beiden Herren Mar= schälle. Aber wer sagt mir für ihre Treue gut? Ach, wenn ich Eugène Beauharnais noch bei mir hätte, Eugène, den ich mir zum Feldherrn erzogen, den ich zu meinem Sohn angenommen habe, und der jetzt bei meinen Feinden lebt, während ich — doch still, es nützt nichts, über das Unabwendbare zu klagen. Ich gedenke der Abwesenden, aber sie gedenken meiner nicht mehr!

Aber, mein Bruder, bat Lucian, wenn Einer von den Abwesenden zu Ihnen zurückkehrt, so sollten Sie ihn willkommen heißen und ihm die Hand zur Versöhnung darreichen. Ich wage es noch einmal, für Murat zu bitten. Er kommt reuevoll zurück, und er vermag Ew. Ma= jestät nützlich zu sein.

Nein, nichts mehr von Murat, rief Napoleon heftig. Das Un= glück hat ihn gezeichnet und zieht ihn zu sich, ich will meinen wankenden Thron nicht von der Hand eines entthronten Königs stützen lassen. Nichts mehr von diesem einstigen Freund, der in der Stunde der Noth sich zu meinem Feind erklärt hat.

Sire, sagte Caulaincourt, so erlauben Sie mir, Ihnen dagegen von einem Feinde zu sprechen, der in der Stunde der Noth sich zu Ihrem Freund erklärt hat, das heißt, in der Stunde der Noth, die ihn bedrohte. Sire, trauen Sie Fouché nicht. Er ist ein gefährlicher und böser Feind, und er sinnt auf Ihr Verderben.

Mein Bruder, rief Lucian, ich wage es, meine Bitten mit denen des Herzogs von Vicenza zu vereinigen. Lassen Sie nicht hier in Ihrem Rücken einen Feind zurück, der um so gefährlicher ist, da Sie ihm die Mittel in die Hände gegeben, durch welche man sonst die Verdächtigen überwacht und entfernt. Fouché darf nicht der Chef der Polizei bleiben, denn diese gerade giebt ihm die Gewalt, Ihnen im Innern Frankreichs mehr zu schaden, als ein feindliches Heer außerhalb Frankreichs Ihnen gefährlich sein kann.

Sire, sagte Caulaincourt, ich klage vor Ew. Majestät den Herzog von Otranto des Verrathes an, des heimlichen Verkehrs mit Ihren Feinden, der Intriguen mit Gent, des Bestrebens, die Bourbonen wieder auf den Thron von Frankreich zurückzuführen. Möge es Ew. Majestät gefallen, meine Anklage anzunehmen, und des Verräthers sich zu bemächtigen.

Ja, Fouché ist ein Verräther, rief Lucian, er ist es, der durch seine Emissaire die Provinzen zum Aufstand reizt, der die Stimmung der Bevölkerung von Paris gegen Sie zu wenden sucht. Gleich dem Herzog trage ich auf die sofortige Verhaftung Fouché's an, beschwöre ich Ew. Majestät, sich dieses gefährlichen Feindes zu versichern, und ihn zu verhindern, seine verrätherischen Intriguen noch weiter auszudehnen! Sire, er ist ein Verschwörer, möge der Rebell mit seinem Leben seinen Verrath büßen!

Napoleon antwortete nicht sogleich. Er ging, die Hände auf dem Rücken gefaltet, langsam einige Male auf und ab. Die Gesichter Lucians und Caulaincourts waren mit einem Ausdruck flehender Angst ihm zugewendet; als der Kaiser jetzt still stand, und seine flammenden Blicke auf sie richtete, hämmerte ihr Herz mit fieberhaften Schlägen in ihrer Brust, und sie hielten den Athem an vor Ungeduld und Erregung.

Nein, sagte Napoleon langsam, nein! Wozu könnte mir das Blut dieses Menschen nützen, wenn ich bei meinem Unternehmen unterliegen sollte? Aber derselbe Courier, der die Nachricht von der Niederlage der Engländer und Preußen nach Paris bringt, wird auch den Befehl zur Hinrichtung Fouché's überbringen.*) Habe ich erst den Feind da

---

*) Napoleons eigene Worte. Siehe: Eduard Arnd, Geschichte der letzten vierzig Jahre. I. 139.

außen bezwungen, so mögen meine Feinde im Innern Frankreichs
zittern. Ich werde sie unter meine Füße treten. Zwei große Siege
und Frankreich beugt sich in Gehorsam vor seinem Kaiser. Daran ge-
denkt, meine Freunde, und zagt nicht! In einer Stunde reise ich zur
Armee ab, mit mir reist das Glück der Zukunft, oder das Verderben!

V.

Die Schlacht bei Ligny.

Napoleon hatte wohl Recht gehabt, dem General Bourmont nicht
zu trauen, und von ihm einen Verrath zu befürchten. Das Heer hatte
kaum am vierzehnten Juni die französische Grenze überschritten, und
war in Belgien eingerückt, als der General Bourmont das französische
Heer verließ, und sich zu den Preußen begab, um dem Feldmarschall
Fürsten Blücher Napoleons Plan zu einem raschen Angriff der Preußen
zu verrathen.

Der alte Feldherr jauchzte dieser Nachricht entgegen wie einer
Verkündigung nahenden Glückes. Seine Eilboten flogen nach allen
Richtungen und zu allen preußischen Heerestheilen hin, um den Truppen den Befehl zu bringen, daß sie auf ihre verschiedenen Sammel-
orte rücken und sich zur Schlacht bereit halten sollten.

Hinter dem Dorf Ligny stand Blücher mit der Hauptmacht seines
Heeres, des Heranrückens Napoleons gewärtig, und ganz bereit den
Kampf anzunehmen. Alle Anordnungen waren beendet, alle Truppen
hatten ihre angewiesene Stellung eingenommen, Alles war schlachtbereit, kampfgerüstet.

Vor allen Dingen aber war Blücher schlachtbereit und kampfgerüstet. Dort auf der Höhe hinter Ligny hielt er auf seinem Schimmel, umgeben von seinen Generälen und Adjutanten. Es war immer
noch derselbe freudige heitere Ausdruck in seinen Zügen; das Jahr,

das seit der Einnahme von Paris, seit Blüchers großen Triumphen und Siegen vergangen war, hatte auf seinem Antlitz keine Spur zurückgelassen, sein Auge glänzte noch immer im Feuer der Jugend, seine Stimme war noch eben so frisch, sein Herz noch eben so muthvoll und unverzagt.

Sein glänzender Blick schweifte umher an dem Horizont und spähete hinüber nach dem heranziehenden Feind, den jetzt freilich auch das schärfste Fernrohr nicht zu erspähen vermochte, dessen Annäherung man aber inne ward an dem Donner der Kanonen, der in ununterbrochener Macht immerfort daherrollte und verkündete, daß der Feind schon mit irgend einer Abtheilung des preußischen oder englischen Heeres im Kampf begriffen sei.

Es ist auf dem rechten Flügel, sagte Blücher, der lange stumm hinübergehorcht hatte nach dem Kanonendonner, ja, es ist auf unserm rechten Flügel, wo Zieten steht. Er bedarf Hülfe und wir müssen sie ihm bringen.

Und in seiner raschen entschiedenen Weise ertheilte er seine Befehle, gab er seinen Generälen und Adjutanten ihre Weisungen. Sie sprengten von bannen, und Blücher war jetzt allein mit seinem Generalquartiermeister, seinem getreuen Freund Gneisenau. Unfern von Beiden befand sich noch ein anderer Getreuer; er saß auf einem stattlichen Pferd und trug die einfache Uniform eines gemeinen Husaren; vor ihm auf dem Sattelknopf stand ein länglicher eiserner Kasten, und aus demselben hatte er eben eine kurze weiße Thonpfeife genommen, die er jetzt in Brand setzte, und von deren Wohlbefinden er sich mit zärtlichster Sorgfalt zu überzeugen suchte. Zuweilen nur hob er die kleinen hellblauen Augen empor und richtete den gutmüthigen Blick hinüber zu den beiden Herren, die da vor ihm hielten und in lebhaftem Gespräch begriffen waren.

Na, das scheint heute wieder 'ne gute Wirthschaft zu sind, brummte er leise vor sich hin. Nich mal an seinen Stummel denkt er heute wieder und Augen macht er, als wollt er sie gleich zu Kohlen gebrauchen und den Toback damit in Brand stecken. Muß doch 'n bisken näher reiten und zuhören, was sie Beide nu wieder sprechen, ob was los werden soll. Ich weiß, was ich der Male, — ne, der Frau Fürstin Blücher wollt ich sagen, versprochen habe, und ich will mein Wort halten.

Er gab seinem Pferde einen wohlgeführten Stoß in die Weichen und ließ es vorwärts traben.

Na, nu wird er mich doch wohl hören, brummte er, nu wird er sich doch wohl erinnern, daß Christian da ist, und der Stummel dazu!

Aber Blücher schien sich dessen durchaus nicht zu erinnern, sondern war noch immer eifrig im Gespräch mit seinem Vertrauten begriffen.

Ich denke, sagte der Feldmarschall, die spähenden Blicke noch einmal am Horizont dahin schweifen lassend, ich denke, es ist nun Alles wohlgeordnet und wir haben nichts vergessen, Gneisenau?

Nein, Ew. Durchlaucht, wir —

Hören Sie, unterbrach ihn Blücher, indem er seinen langen weißen Schnurrbart durch seine Finger zog, hören Sie mal, Freund, thun Sie mir den einzigen Gefallen und lassen Sie die dumme Titulatur weg. Für Sie bin ich keine Durchlaucht, und es geht Sie rein ganz und gar nichts an, daß mich der König zum Fürsten von Wahlstatt gemacht hat. Er hat's auch man blos gethan, weil er in mir die Tapferkeit der schlesischen Armee belohnen wollte und weil ich just an der Spitze derselben stehe. Aber Sie haben nicht nöthig, sich darum zu kümmern; für Sie bin ich man blos Ihr Freund Blücher, Sie sind mein anderes Ich, und da paßt sich die Durchlaucht nicht. Es wär' grad' so, als wenn meine Male mich Durchlaucht nennen und ihren alten Knasterbart Fürst tituliren wollte. Das ist gut für die fremden Menschen, aber nicht für Sie und die Male. Na, das habe ich Ihnen blos sagen wollen, und nu sprechen Sie weiter. Wir haben nichts vergessen, nicht wahr?

Nein, Feldmarschall, wir haben nichts vergessen, sagte Gneisenau mit einem zärtlichen Blick auf seinen alten Feldherrn, es ist Alles wohl überlegt und geordnet. Wir haben eine schöne und vortheilhafte Stellung, und diese Höhenzüge hier hinter dem Bach Ligne scheint der liebe Gott eigens für uns geschaffen zu haben. Da drüben weit über

Bry hinaus steht unser rechter Flügel unter General von Zieten; der linke Flügel, unter General von Thielmann, dehnt sich hinunter nach dem Point du Jour und nach Tongrines, und das Centrum, unter General von Pirch, steht zwischen Sembref und Bry. Die drei Dörfer hier vor uns, Saint Amand, Ligny und Tongrines haben wir stark besetzt, und wenn Napoleon uns da angreift, wird er es zu büßen haben. Wir sind vierundachtzigtausend Mann stark, und Napoleon rückt, wie General Bourmont uns gesagt hat, nur mit fünfundsiebenzigtausend Mann gegen uns heran. Die anderen Heeresabtheilungen bleiben stehen, um die Engländer zu bewachen.

Aber sie werden die Engländer hoffentlich doch nicht hindern, uns, wenn's Noth thut, zur Hülfe herbeizueilen? Wellington hat mir versprochen, daß bis heute Mittag um zwei Uhr zwanzigtausend Mann seiner Truppen bei uns anlangen sollen. Sie glauben doch, daß er Wort halten kann?

Ich bin davon überzeugt, Feldmarschall. Er wird, wie Sie ihn gebeten haben, seine Truppen über Quatre-Bras anmarschiren lassen, und wenn diese auch erst um vier Uhr hier anlangen, so ist es immer noch zeitig genug.

Na, also in Gottes Namen denn, so will ich die Schlacht annehmen, wenn der Bonaparte sie mir bietet, sagte Blücher vergnügt. Er hat keinen Pardon annehmen wollen vom Schicksal, ist's nicht zufrieden gewesen, daß es ihm die Insel Elba aus übermäßiger Gnade gelassen hat, damit er dort noch 'n bischen Kaiser spielen könnte. Dafür wird ihn das Schicksal aber nu auch abstrafen, und nicht 'n Fetzen vom Kaiserthum soll an ihm bleiben. Ich dank's dem lieben Gott, dank's ihm von ganzem Herzen, daß er mich hat leben lassen bis auf diesen Tag, und daß ich noch kein alter wacklicher Greis geworden bin, der kein Schwert mehr halten kann. Gneisenau, es geht nu wieder los, und dies Mal, so wahr ein Gott über mir ist, dies Mal lege ich's Schwert nicht eher wieder hin, als bis wir ihn für immer eingefangen haben!

Und mein tapferer Feldmarschall wird sein Wort halten, wie er es vor einem Jahr gethan hat!

Ja, ich habe wohl mein Wort erfüllt, sagte Blücher gedankenvoll, und wir haben Paris erobert, und haben ihn runter.gekriegt von seinem Thron, den Bonaparte. Aber nachher sind die Federfuchser und die Trübsalsspritzen gekommen und die Herren mit den Manschetten, die sich Diplomaten nennen und so überklug sind, die haben Alles wieder zu Schanden gemacht. Ich will Ihnen was sagen, Gneisenau, ich denke immer, unsere Königin Louise die hat den lieben Gott gebeten, daß er ein Einsehen hat und ein Machtwort spricht, damit der Congreß, den die Federfuchser in Wien abhielten, endlich ein Ende nähme. Und weil der liebe Gott seit zwanzig Jahren immer, wenn er die Völker und die Großen für ihre Fehler und Sünden abstrafen wollte, sich den Bonaparte als Geißel für die Strafbaren nahm, so hat er ihn sich auch dies Mal wieder von Elba herüber gelangt, und hat ihn hin und her geschwenkt, damit alle die weisen Herren Diplomaten von Wien Reißaus nähmen. Gneisenau, es war ein jammervolles Ding dieser Congreß in Wien, und das Herz that Einem weh, wenn man hörte und sah, wie's da zuging. Gered't und geschrieben haben sie genug, aber es kam nichts zu Stande, und sie zankten sich blos hin und her um Länder und Unterthanen, und das Haben und Besitzen und das Mein und Dein, das war ihnen Allen die Hauptsache. Ich weiß nicht, ich mag auch wohl gern haben und besitzen, und wenn ich am Spieltisch so'n paar tausend Louisd'or gewinne, so lacht mir's alte Herz im Leibe. Aber um was es sich da handelt, und um was wir da würfeln und streiten, das sind doch man blos eben Goldfüchse und keine Menschen. In Wien haben sie aber um Menschen gewürfelt und gestritten, als wenn's Goldfüchse wären, und als ob die Völker blos darum ihr Hab und Gut, ihr Blut und Leben geopfert hätten, um dafür links und rechts, an diesen oder jenen großen Herrn, den die Lust kitzelte, noch'n paar tausend Unterthanen mehr zu regieren, verschenkt zu werden. Ich mein' aber, Gneisenau, die Völker sollten für die Fürsten keine Goldfüchse sein, um die sie würfeln, spielen und streiten, sondern die Fürsten hätten daran denken sollen, wie groß, tapfer und opferbereit sich ihre Völker bewiesen haben, und sie hätten vor allen Dingen sich dafür dankbar zeigen und darauf bedacht sein sollen, ihre Völker glücklich zu machen.

Nun, zuletzt haben sie ja in Wien noch daran gedacht, sagte Gneisenau. Zuletzt, als wieder Gefahr drohte, da haben ja alle deutschen Fürsten an ihre Völker gedacht, und haben ihnen allen gar köstliche Geschenke gemacht.

Ah, Sie meinen die Verordnungen und Versprechungen? Die Geschichte von den Landständen und Constitutionen, welche die Fürsten versprochen haben?

Ja, die meine ich! Und ich denke, das edle und tapfere preußische Volk wird zufrieden sein mit dem Dank seines Königs. Er hat ihm feierlich versprochen und zugesagt, daß eine Repräsentation des Volkes gebildet werden soll. Er hat gelobt, daß eine Landes-Repräsentation auferstehen soll, die in Berlin ihren Sitz haben, und welche die Befugniß und das Recht haben soll, über alle Gegenstände der Gesetzgebung zu berathen, welche die persönlichen und Eigenthumsrechte der Staatsbürger, mit Einschluß der Besteuerung, betreffen.*) Es ist ein großes Geschenk, welches der König Friedrich Wilhelm seinem Volk verkündet hat, er will seine Unterthanen zu seinen Staatsbürgern erheben. Meinen Sie nicht, daß damit das Volk für seine Heldenthaten und sein vergossenes Blut königlich belohnt wird?

Na, das versteh' ich nicht, Gneisenau, sagte Blücher achselzuckend, das sind so moderne Ansichten und Phrasen, die nicht recht in meinen alten Kopf rein wollen. Constitution, freie Staatsbürger, ach ja, es klingt recht hübsch. Aber wissen Sie, wie mir Eure moderne, sogenanute constitutionelle Freiheit vorkommt? Es ist grade so, wie wenn man einem Jagdhund, der's Edelwild gut gejagt hat, zur Belohnung wollt' Butter auf die Nase schmieren. Es riecht dem armen Kerl gar vortrefflich zu, und er streckt die Zunge darnach aus, und möcht's lecken, aber es geht nicht, er kann mit seiner Zunge nicht 'ran an die Nase, und leckt und leckt, und kriegt von seiner Belohnung doch nichts in den Mund. Sehen Sie, Freund, just so kommt's mir vor mit der

---

*) Pertz. VI. S. 430.

constitutionellen Freiheit der Völker. Es ist auch man blos Butter, die ihnen auf die Nase geschmiert wird, aber in den Magen kriegen sie rein gar nichts davon, und zu Tode hungern können Sie sich auch dabei. Man blos 'ne Redensart ist's mit so 'ner Constitution, und noch schlimmer ist's, wenn's keine Redensart ist, und wenn die Unter=thanen solche großmäulige, scheinrednerische Kerls werden, wie ich sie in England im Unterhause gesehen habe, solche langnasige Kerls, die Morgens Dütchen drehen und Lichter ziehen, und Abends so klug und gelehrt thun, und meinen, sie wären dazu da, Gesetze zu geben und die Volksbeglückung zu erfinden! Nein, nein, verschont mich mit Eurer constitutionellen Freiheit, gebt den guten treuen Völkern eine ordent=liche, aus weisen und ehrlichen Männern zusammengesetzte Regierung, verringert so viel als möglich ihre Abgaben und Steuern, seid ihnen väterliche, liebevolle, sparsame und genereuse Fürsten, und haltet ihnen ein tapferes und tüchtiges Heer, das sie vor Feinden von Außen be=schützt. Meinen Sie nicht, Freund, daß die Völker sehr glücklich sein würden, wenn sie das Alles hätten?

Ja gewiß, Feldmarschall, das meine ich, sagte Gneisenau lächelnd. Aber alle diese Dinge werden ihnen eben durch die Constitution, die Verfassung, gesichert.

Na, meinetwegen, rief Blücher, wir wollen uns nicht darüber streiten, sondern von der Constitution sagen, was mein weiser Pipen=meister immer von streitigen Dingen zu sagen pflegte: „Wer't mag, de mag't, un wer't nich mag, de mag't ja woll nich mögen."*) Aber hören Sie nur, Gneisenau, der Kanonendonner kommt näher und näher, und — hurrah, hurrah, sehen Sie da hinten, da drüben am Horizont, sehen Sie da den dunkeln Streifen, Gneisenau?

Ich seh's, Feldmarschall, es bewegt sich vorwärts.

Das sind die Franzosen! rief Blücher jubelnd. Sie kommen, sie kommen, und es wird nu wieder los gehen. Na, du lieber Gott da droben, nu sei so gut und hilf uns, und denke daran, daß wir siegen

---

*) Wer's mag, der mag's, und wer's nicht mag, der mag's ja wohl nicht mögen. Plattdeutsche Redensart.

müssen, daß es 'ne Ehrensache von ganz Europa ist, den Kerl, den Bonaparte, endlich zu vernichten, und denke auch daran, lieber Gott, daß ich doch wahr und wahrhaftig nicht eher sterben kann, als bis ich meinen Schwur erfüllt, den Bonaparte klein gekriegt habe und mein liebes Deutschland wieder in Ehren und Freiheit dasteht, daß ich nicht eher die Augen schließen kann, als bis das geschehen ist, und daß meine alten Augen doch schon recht müde sind, und ich mich oft recht sehnte, bei Dir im Himmel zu sein. Aber jetzt geht's nicht, nein, jetzt nicht. Ich hab' hier unten noch tüchtig was zu thun, noch schwere Arbeit zu Stande zu bringen, hilf mir also ein bischen, mein Gott, und Du, meine edle, schöne Königin Louise, Du bete für mich und Deine Preußen! — Es geht los, hurrah, es geht los! Gneisenau, kommen Sie doch mal her, mein altes Herz ist so glücklich, und darum hab' ich Sie so lieb, und ich muß Ihnen einen Kuß geben zum Abschied für heute!

Er neigte sich über sein Pferd herüber nach Gneisenau, der dicht an seiner Seite hielt, und mit der Zärtlichkeit und der Ehrerbietung eines Sohnes ihn anschaute. Einen schallenden, lauten Kuß drückte der alte Blücher auf die Lippen seines Gneisenau, und einen Moment schlang er seinen Arm um des Generals Nacken.

Dann sprengte er lachend vorwärts, seinen Adjutanten entgegen, welche kamen, ihm das Anrücken des Feindes zu verkünden.

Nun ward es lebhaft überall, der Kanonendonner rollte näher und näher, und der schwarze Streifen, den Blücher zuerst da drüben am Horizont gewahrt hatte, er ward jetzt zu einer schillernden, glitzern= den Wolke, die wie auf den Flügeln des donnernden Sturmes heran= zubrausen schien.

Die Regimenter stellten sich in Schlachtordnung, die Ordonnanzen flogen hierhin und dorthin, die Trompeten schmetterten, die Trommeln wirbelten. Blücher, umgeben jetzt wieder von seinen Adjutanten, hielt auf dem Hügel hinter dem Dorf Ligny, und musterte mit freudestrah= lendem Angesicht seine Armee, die in wundervoller Haltung und Ord= nung das weite Feld überdeckte, und schaute hinüber nach dem Feind, der immer näher heranzog.

He, Pipenmeister, rief er jetzt, Pipenmeister, meinen Stummel her!

Christian Hennemann, der Pipenmeister, hatte lange schon den dampfenden Stummel in Bereitschaft gehalten und sprengte jetzt eilfertig heran.

Dacht' schon, Sie hätten mich ganz und gar vergessen, brummte er, indem er seinem Feldmarschall die Pfeife darreichte. Hier ist sie, und hat gute Luft, brennt so schön, daß Sie immer dabei commandiren können, sie wird nicht ausgehen. Aber ich möcht' Ew. Durchlaucht, eh's nu los geht, gern noch'n wichtiges Wort sagen, und geheim muß es sein, denn was ich zu sagen hab', das ist was von der Frau Fürstin Male.

Na, denn sprich mal, Pipenmeister, sagte Blücher, einige Schritte vorwärts reitend. Was hast Du zu sagen?

Blos das, Durchlaucht, daß Sie sich heute nich dürfen einfallen lassen, wieder wie vor'm Jahr bei La Rothière selber mit in's Gefecht zu gehen und selber mit drein hauen zu wollen.

Ih, seh mal, sagte Blücher, das soll ich mir nicht einfallen lassen? Wer will's mir denn verbieten?

Die Frau Fürstin Male und ich. Sie hat mir befohlen, daß ich, so oft es nu hier zu 'ner Schlacht kommt, jedes Mal soll ihren lieben, guten Fürsten Blücher von ihr bitten, daß er sich vernünftig und anständig beträgt, nicht wie'n gemeiner Husar selbst kämpft und in's Feuer geht, sondern wie'n vornehmer Feldherr man blos von fern hält und die Schlacht mit ansieht, Hurrah brüllt, wenn seine Armee siegt, und mit fortläuft, wenn sie besiegt wird. So sollen Sie's machen, läßt Ihnen die Frau Fürstin sagen, und ich hab' ihr versprochen, daß ich Sie bitten will, es zu thun, und daß, wenn's Bitten nicht hilft, ich Sie zwingen will, es zu thun.

Zwingen, Christian? fragte Blücher, eine große blaue Wolke aus seiner Pfeife hervorblasend. Na, sag' mir mal blos, Du Knirps, wie Du's machen willst, den Feldmarschall Blücher zu zwingen, daß er nicht in den Kampf geht, wenn er doch will?

Ich werd' ihm immer zurufen: Herr Fürst Blücher, 'n schlechter Kerl, der nicht Wort hält, und Sie haben der Male, — der Fürstin

Male, wollt' ich sagen, feierlich versprochen, daß Sie vernünftig sein und nicht selbst mit drein hauen wollen. Na, und wenn das nicht hilft, und Sie so'n schlechter Kerl sein wollen, dann werd' ich mit meinem Pferd quer vor Ihren Weg reiten, und Sie müssen mich denn erst in Stücke hauen, ehe ich Sie vorwärts lasse.

Na, und dann werde ich Dich in Stücke hauen, rief Blücher halb belustigt, halb erzürnt.

Thun Sie's, wenn Sie glauben, daß Sie gleich wieder 'n guten Pipenmeister bekommen können, sagte Christian Hennemann gelassen. Ich hab' Ihnen nanu gesagt, was ich zu sagen hab', und was ich der Fürstin versprochen hatt' zu sagen. Sie werden nu wissen, Durchlaucht, was Sie zu thun haben, und es kann nu losgehen!

Wahr ist es, brummte Blücher, als er wieder sein Pferd vorwärts lenkte, seinem Generalstab zu, wahr ist es, versprochen hab' ich der Male, daß ich in diesem Feldzug nicht selbst mit drein hauen und kämpfen wollt', und wenn es irgend geht, will ich auch Wort halten, aber —

Eine Ordonnanz flog heran, und meldete vom rechten Flügel vom General Zieten her, daß der Feind ihn hart bedrohe, und er Unterstützung begehren müsse.

Eine zweite Ordonnanz kam herangesprengt.

General Vandamme mit seinen Truppen ist vorgedrungen bis zum Dorf Saint-Amand, er hat die Preußen zurückgeworfen, er hat sich des Theils von dem Dorf, das drüben jenseits des Baches liegt, schon bemächtigt.

Aber sieh, da rücken sie im Sturmschritt heran auf das Dorf Ligny, da kommen sie, die Franzosen!

Nun schmettern die Fanfaren, nun öffnen die Kanonen ihre Feuerschlünde, nun knattern die Musketen.

Die Schlacht hat begonnen, und um den Besitz des Dorfes Ligny erhebt sich der wüthende Kampf.

Fest wie eine Mauer stehen die Preußen, wie ein heulender Sturmwind stürmen die Franzosen heran. Die Erde bebt von dem Krachen der Schüsse, die aus zweihundert Kanonen abgefeuert werden, und bald die Luft mit bläulichen Wolken verdicken. Durch diese zitternden Nebelschichten sieht man den in immer dichteren Massen heranstürmenden Feind, hört man das wüthende Geschrei der Kämpfenden, das Geheul der Verwundeten.

Vorwärts, Kinder, vorwärts, ruft Blüchers machtvolle Stimme, wir müssen die Franzosen verjagen! Wir müssen was gethan haben, wenn die Engländer kommen!*)

Aber wo bleiben die Engländer? Wo sind sie? Die Preußen bedürfen ihrer Hülfe. Vandamme mit seinen Truppen hat schon die Preußen aus Saint-Amand vertrieben, der General Gérard mit seiner Heeresabtheilung stürmt mit immer neuen Kriegermassen auf das Dorf Ligny ein.

Wo bleiben die Engländer, Gneisenau? ruft Blücher verzweiflungsvoll. Sie wollten um zwei Uhr hier sein, und jetzt ist es schon fünf Uhr! Wo bleiben die Engländer?

Eine neue furchtbare Salve aus den Geschützen übertönte die Antwort Gneisenau's; immer heftiger wüthet der Kampf. Die Preußen weichen, der Zuruf ihres Feldherrn treibt sie wieder vorwärts.

Wir müssen Ligny halten, bis die Engländer kommen, und die werden bald hier sein, meine Jungens! Also vorwärts, meine Kinder, vorwärts. Ihr werdet doch die Schande nicht erleben wollen, daß wir den Franzosen das Dorf lassen, und die Engländer es uns wieder erobern müssen? Vorwärts! Vorwärts!

Und vorwärts stürmen die Preußen mit lautem Kriegsgeschrei, aber vorwärts auch stürmen die Franzosen. Mann gegen Mann kämpfen die Feinde, keuchend vor Anstrengung, sich anschauend mit wuthblitzenden Augen, jauchzend vor Lust, wenn das Blut hervorspritzt aus den Wunden, die sie geschlagen, wenn der Feind tödtlich getroffen zusammensinkt.

Aber die Heeresmacht der Franzosen ist den Preußen überlegen. Wie tapfer sie kämpfen, wie sehr sie die Nähe ihres Feldherrn ent-

____

*) Blüchers eigene Worte.

flammt, sie vermögen es nicht, vorwärts zu bringen, kaum noch sich zu halten.

Gneisenau, wo bleiben die Engländer? fragt Blücher mit zitternder Stimme.

Durchlaucht, ich habe Officiere abgeschickt, Wellington von dem Gange der Schlacht zu benachrichtigen, ihm zu sagen, daß wir bringend seiner Hülfe bedürfen. Sie müssen bald zurückkehren.

Die Engländer müßten lange schon hier sein, seufzt Blücher. Es ist sechs Uhr!

Da sprengen die ausgeschickten Officiere wieder heran, sie bringen Kunde von den Engländern.

Wellington kann nicht kommen, er selber ist bei Quatre-Bras heftig angegriffen; statt Blücher zu Hülfe zu eilen, muß er selber einen Kampf bestehen.

Nun, dann müssen wir auf die Hülfe der Engländer verzichten, ruft Blücher. Aber wo bleibt unser vierter Heertheil? Wo bleibt Bülow mit seinen frischen Truppen? Wenn nur der Bülow jetzt kommt, kann noch Alles gut gehen, auch ohne die Engländer.

Aber Bülow kommt nicht, und immer mehr erlahmt die Kraft der Preußen, die bei Ligny dastehen im mörderischen Gefecht.

Keine Hülfe naht, weder Wellington noch Bülow kommen.

Mit immer neuen Verstärkungen rückt der Feind heran auf Ligny. Jetzt haben die Franzosen schon den Uebergang über den Bach erkämpft, jetzt ziehen sie jauchzend heran. Zehn Kanonen schon haben sie über den Bach gebracht, und jetzt donnern diese Kanonen hinter dem Rücken der Preußen ihre Todesgrüße daher, jetzt stürmen zwei Bataillone der französischen Garde, sechszehn Schwadronen schwerer französischer Reiterei die Höhen zwischen Bry und Sembref heran, den Preußen in den Rücken.

Aber Blücher sieht es und sein Auge blitzt höher auf, und er zieht den Degen aus der Scheide und schwingt ihn hoch empor über seinem Haupt.

Auf, vorwärts, meine Kinder! Zu mir her, Soldaten!

Die Reiter folgen dem Schlachtenruf ihres Feldherrn, sie sprengen zu ihm heran, die Bataillone formiren sich und schaaren sich um den Marschall Vorwärts, den Schlachtengewinner.

Hoch schwingt er den Säbel und ruft: Vorwärts! Dem Feind entgegen!

Was stellt sich ihm da entgegen auf seinem Wege? Was hemmt sein Vorwärtssprengen? Blücher sieht es kaum, oder nur wie durch eine Wolke meint er da quer vor sich ein Pferd zu sehen und ein paar blitzende Menschenaugen. Er schwingt seinen Degen und haut darauf ein, und die Wolke zerstiebt, sieht noch aus wie ein bäumendes sich überschlagendes Pferd und rauscht zur Seite.

Der Weg ist frei! Vorwärts jetzt! Vorwärts!

Da stehen die feindlichen Kürassiere — gegen sie an sprengt der Blücher mit seiner Reiterei. Er, der Held, immer voraus, nicht hinter sich schauend, nur vorwärts das Auge gerichtet, dem Feinde entgegen. Was kümmert es ihn, daß seine Soldaten noch nicht dicht hinter ihm sind, daß nur sein erster Adjutant, Graf Nostiz, an seiner Seite ist. Er sieht nur den Feind und er sprengt vorwärts.

Die Kanonenkugeln sausen um ihn her, die Kartätschen knattern, vergebens sprengt die preußische Reiterei gegen die französischen Kürassiere an; wie eine Mauer stehen sie da in geschlossenen Reihen, empfangen sie den Angriff und feuern ihre Karabiner ab, Tod und Verderben in die Reihen der Preußen zu schmettern.

Und die Preußen weichen. Der übermächtig vordringende Feind jagt sie zurück.

Die Preußen weichen, und Blücher, welcher der Erste war im Vorrücken, ist jetzt der Letzte im Weichen. Hinter seinen retirirenden Schaaren reitet er dahin, ihm zur Seite sein Adjutant. Mit lautem Siegesgeschrei stürmen die französischen Kürassiere den Weichenden nach.

Eine Kugel saust, dicht an dem Ohr Blüchers pfeift sie vorüber, sein Schimmel wiehert auf, bäumt sich empor, und fliegt dann vorwärts wie ein abgeschossener Pfeil. Nur mühsam hält sich Nostiz seinem Feldherrn zur Seite.

Plötzlich steht der Schimmel still, — schon hört man wieder dort näher heranbrausend die Hufesschläge der feindlichen Reiter.

Roſtitz, ruft Blücher entſetzt, ich bin verloren!

Sein Pferd bricht zuſammen, ſtürzt nieder zur Erde, zieht ſeinen Reiter mit ſich! Schwer fällt das Haupt Blüchers auf den Boden nieder, halb bedeckt von der Leiche des Pferdes iſt ſeine Geſtalt.

Graf Roſtitz ſpringt vom Pferde, er beugt ſich nieder zu dem Feldherrn, er will ihn hervorziehen unter dem Pferde. Vergebens, Blücher iſt betäubt, halb von Entſetzen, halb von der Erſchütterung des ſchweren Falls. Wie eine Centnerlaſt liegt das todte Pferd auf ſeinen Gliedern.

Aber jetzt ſchlägt er die Augen auf, jetzt ſieht er es unweit von ſich wie eine Schaar Raubvögel heranbrauſen.

Das iſt der Feind, der Feind, ich bin verloren!

Graf Roſtitz zieht den Degen und ſtellt ſich vor dem hingeſtreckten Helden hin, mit flammenden Blicken den Heranſtürmenden entgegen ſchauend, feſt entſchloſſen, mit dem letzten Tropfen Blut den Feldherrn zu vertheidigen.

Sie ſtürmen heran, die ſiegesjauchzenden Küraſſiere. Roſtiz faßt ſein Schwert feſter — aber was kümmert die Sieger, welche den Feind verfolgen, die einzelne kleine Gruppe, die am Wege liegt? Was kümmert ſie das todte Pferd mit dem unter demſelben begrabenen Reiter und der verwundete Soldat daneben?

Sie ſtürmen vorüber dem fliehenden Feinde nach.

Aber die Preußen haben ſich wieder geſammelt, ſie wenden ſich den Heranſtürmenden zu, ſie wollen nicht fliehen! Sie dringen vorwärts mit lautem Wuthgeſchrei.

Und die franzöſiſchen Küraſſiere, überraſcht von dem unvermutheten Angriff, weichen zurück, die Preußen dringen ihnen nach.

Zum zweiten Male kommen jetzt die feindlichen Schaaren daher zu der Gruppe, die da zur Seite des Weges ſich befindet, zu dem todten Pferde mit dem Reiter unter ihm und der Schildwacht daneben. Aber zum zweiten Mal ſtürmen ſie vorüber, vorüber, und die Preußen folgen ihnen nach.

Nun, mein Feldherr, nun raſch! ruft Roſtitz. He, Uhlan, raſch hierher. Ein Pferd für den Feldmarſchall!

Ein Uhlan sprengt heran und schwingt sich vom Pferde, und hilft dem Grafen Nostiz, den Feldmarschall unter dem todten Pferde hervorzuziehen.

Ihr müßt mich auf's Pferd heben, seufzte Blücher, ich kann nicht, alle Glieder sind zerquetscht.

Der Uhlan faßt ihn mit kräftigem Arm und hebt ihn auf sein eigenes Pferd und schwingt sich hinter ihm in den Sattel, und Graf Nostiz springt auf sein Pferd.

Vorwärts jetzt! Vorwärts! Zu den Unsern!

Wohl stürmten die feindlichen Küraffiere jetzt wieder vorwärts, wohl gewinnen sie den Boden wieder, den ihnen die Preußen noch einmal wieder streitig gemacht hatten, aber dieser Boden trägt jetzt nicht mehr die kostbare Last. Der Heerführer der Preußen liegt nicht mehr da unbeweglich, widerstandlos preisgegeben.

Gott hat ihn behütet! Oder vielleicht hat das Gebet seiner Heiligen, seiner Königin Louise, ihn errettet, und für ihn eine Minute des Beistandes von Gott erfleht.

Diese Eine Minute hat Blücher errettet, sie hat so viel Zeit gewährt, daß man Blücher auf das Pferd heben, und mit ihm fortreiten konnte. Nun ist die Minute vergangen, die siegreichen französischen Kürassiere kommen zurück, sie halten an neben dem todten Pferde, dessen glänzende Schabracke, dessen herrliches goldbeschlagenes Geschirr sie aufmerksam macht*) — aber der Reiter, der zu dem Pferde gehört, der ist nicht mehr da! Der Blücher ist gerettet! —

Ja, Blücher war gerettet, und dennoch war sein Herz trauervoll, aber nicht wegen seines armen zerdrückten, zerquetschten Körpers! Was kümmerten ihn die Schmerzen seiner Glieder, das Hämmern und Dröhnen in seinem Kopf, er dachte nur an die Schmerzen seiner Seele, diese nur waren es, die ihm Seufzer entlockten, und seine Augen mit einem Etwas befeuchteten, das nicht der vom Himmel herabströmende Regen ihm in die Augen geweht.

---

*) Dieses Pferd mit der kostbaren Aufzäumung war ein Geschenk, das Blücher bei seiner Anwesenheit in London 1814 vom Prinz-Regenten erhielt.

Blücher war traurig und litt an unsäglichen Schmerzen, weil er es nicht mehr verhehlen konnte, daß der Bonaparte ihm heute eine Schlacht abgewonnen hatte, daß diese Schlacht bei Ligny für die Preußen verloren war!

Ja, sie war verloren, und in wirrer Unordnung stürmten sie durcheinander, nur bedacht, sich zu retten vor dem nachsetzenden Feind.

Aber der Himmel schien doch den Fliehenden noch ein Bundesgenosse sein zu wollen. Er bedeckte mit Nacht und Dunkelheit die Erde, er ließ schwere Regenwolken sich entladen, die mit ihren vom Winde gepeitschten Wasserströmen die Feinde aufhielten.

Die Nacht und der Regen retteten die Preußen. Sie ordneten sich bald wieder, und in geschlossenen Reihen zogen sie gen Gembloux und Wawre hin, um da Halt zu machen von der furchtbaren Arbeit des Tages.

In einer Bauernhütte in Gembloux ruhte Blücher endlich aus von den Mühsalen und Erregungen des Tages. Um ihn her lagen seine Adjutanten auf dem Stroh gebettet, in tiefen Schlaf versenkt.

Aber Blücher wachte, und er sah, wie die Thür aufging, und wie eine Gestalt, den Arm in der Binde tragend, steif und mühsam hereinschritt. Er sah das blutrünstige und abgeschundene Antlitz, und — jetzt flog ein Lächeln über Blüchers Züge, denn er sah den brennenden Stummel, den jener im Munde hielt.

Christian, Pipenmeister, bist Du's wirklich? rief Blücher freudig. Du lebst also doch?

Na ja, ich bin's, brummte Christian, und ich leb' noch, obwohl ich sagen muß, daß das nicht Ihre Schuld ist. Haben meinen Braunen ein's über'n Kopf gehauen, daß er gleich zusammenstürzt, und auf mir zu liegen kam, daß mir alle Glieder krachten, und mein linker Arm wie'n Splitter auseinanderbrach. Na, das war'n Schmerz, so unterm todten Pferd zu liegen und still halten zu müssen.

Sei still, Pipenmeister, ich weiß, wie's thut, ich hab' auch drunter gelegen.

Na, das weiß ich, brummte Christian, und darum vergeb' ich Ihnen auch, daß Sie mich bald um's Leben gebracht haben, blos weil ich that, was mir die Frau Fürstin befohlen. Und nanu sagen Sie mal selbst: Wär's nicht besser, wenn Sie gethan hätten, was Sie der Fürstin versprochen hatten, und wären davon geblieben, und vernünftig und vornehm gewesen?

Ja, freilich wär's besser gewesen, Christian, sagte Blücher kleinlaut.

Na, Durchlaucht, wenn Sie's einsehen, denn ist's schon gut und denn wollen wir nicht weiter davon sprechen. Sie sind ja glücklich unterm Schimmel und ich unterm Braunen rausgekommen, meinen Kasten mit Tobak und Pfeifen, den hab' ich von'n Braunen abgeschnallt, denn habe ich mir 'n anderes Pferd gesucht, hab' mir den Arm verbinden lassen, und da bin ich, und da is nu der Stummel. Nu rauchen Sie, Herr Fürst, rauchen Sie, das vertreibt die Sorgen und die Schmerzen, und was die Franzosen anbetrifft, na, Sie wissen doch, was die Mecklenburger sagen: „Brüben geht üm! Ut Tictacken ward Burjacken!" Na, heut haben die Franzosen uns gebrübet,*) morgen werden wir sie brüben. Heut haben die Franzosen uns getidtadt, morgen werden wir sie burjacken und ihnen's Leder voll hauen.

Hast Recht, Christian, rief Blücher mit muthiger freudiger Stimme, burjacken wollen wir die Franzosen, und sie sollen uns büßen für ihr Tictacken.

Eben öffnete sich die Thür, und Gneisenau trat ein, und eilte zu seinem Feldherrn hin, um ihn zu umarmen und mit zärtlicher Theilnahme nach seinen Schmerzen zu fragen.

Na, rief Blücher mit muthig blitzenden Augen, ich lebe noch, und werd' auch die Glieder wieder rühren, und 's Pferd wieder besteigen können, um in die Schlacht zu reiten. Die Glieder krachen und knacken, aber der Kopf ist gesund geblieben, und das Herz sitzt noch auf dem alten Fleck und hat die Courage noch nicht verloren. Schläge haben wir gekriegt, aber dafür wollen wir auch Schläge wieder austheilen und zwar recht gehörige. Wir haben's Capital Schläge auf dem Rücken, wir wollen's den Franzosen aber mit Zinsen zurückerstatten. Dazu gebe der liebe Gott seinen Segen!

*) genedt.

VI.

Schlacht bei Belle Alliance.

Der Morgen des achtzehnten Juni war angebrochen, und im Heerlager der Preußen herrschte trotz des furchtbaren Unwetters, das seit zwei Tagen wüthete, ein reges, fröhliches Leben. Denn heute, das hatte Blücher in einem Tagebefehl seiner Armee verkündet, heute am achtzehnten Juni sollten die Preußen ihre Revanche nehmen für die verlorne Schlacht bei Ligny, heute wollten die Prenßen und Engländer mit vereinter Macht Napoleon angreifen und ihm eine Schlacht liefern.

Wellington und Blücher hatten Alles dazu verabredet, Alles erwogen und geordnet. Bei Mont-Saint-Jean wollte Wellington, so hatte der Herzog durch seinen Abjutanten dem Fürsten Blücher melden laffen, bei Mont-Saint-Jean wollte er sich aufstellen, und Napoleon zur Schlacht erwarten, wenn Blücher ihm versprechen könne, mit zwei preußischen Heertheilen zur Unterstützung spätestens um die Mittags-stunde einzutreffen. Blücher aber hatte dem englischen Feldherrn auf diese Botschaft erwidern laffen, er werde statt mit einem Theil mit seinem ganzen Heer zum achtzehnten Juni über Saint Lambert heran-rücken, um mit Wellington vereint die Schlacht zu schlagen.[*)]

Alles Nähere war dann schriftlich und mündlich verabredet, Patronen und Lebensmittel ausgetheilt worden, und jetzt am Morgen dieses Tages, jetzt war die Stunde gekommen, dem Herzog Wellington sein gegebenes Wort zu erfüllen, jetzt mußte das preußische Heer aufbrechen, um sich mit dem englischen zu vereinen.

Es war indeß noch früh am Morgen, noch eine Stunde vor der zum Aufbruch festgesetzten Zeit. Fürst Blücher hatte sich daher noch nicht von seinem Lager erhoben, er dehnte und streckte noch ein wenig seine armen, geschwollenen, zerquetschten Glieder, und jede Bewegung,

---

*) Varnhagen v. Enfe: Leben des Fürsten v. Wahlstatt. 440.

jebe unvorsichtige Wendung entlockte ihm ein unwillkührliches Aechzen, einen dumpfen Schmerzenslaut.

Ew. Durchlaucht thäten besser, heute im Bett zu bleiben, sagte der Chirurg, der eben eingetreten, und zu dem Lager des Feldherrn hingetreten war.

Besser wär's freilich, wenn Sie das thäten, Herr Durchlaucht, brummte Christian, indem er die Kleider seines Herrn auf den Stühlen bereit legte. Ich weiß, wie 'n Menschen zu Muth is, der von 'n todten Pferd beinah zu Tod gequetscht ist, und ich kann sagen, daß ihm schlecht zu Muth ist.

Aber Du weißt nicht, Pipenmeister, wie 'n Feldherrn zu Muthe ist, der 'ne Schlacht verloren hat, rief Blücher, ich kann Dir aber auch sagen, daß ihm schlecht zu Muth ist, und daß er keine Ruhe und kein Genügen eher hat, als bis er seine Scharte wieder ausgewetzt hat und sich wieder 'ne Schlacht gewonnen hat. Also redt nur kein Wort mehr, sondern kommt her mir beim Aufstehen zu helfen.

Aber bevor Sie aufstehen, Durchlaucht, erlauben Sie mir erst, daß ich Sie einreibe, sagte der Chirurg, indem er sich mit einer Flasche und einem Teller näherte.

Aber Blücher wehrte ihn zurück. Ach was, rief er ungeduldig, noch erst schmieren! Laßt nur sein, ob ich nu heute balsamirt werde, oder unbalsamirt in die andre Welt gehe, das wird auf eins heraus kommen!*) Und übrigens hilft Eure Schmiererei nicht ein Bischen. Was habt Ihr denn eigentlich für Zeug's da, Chirurgus?

Durchlaucht, es sind Spirituosa. Blos Rum mit etwas Wachholderbeerbranntwein darunter zur Erwärmung und Stärkung der Glieder.

Na, zeigen Sie mal her Ihre Einreibung!

Blücher nahm die Flasche aus den Händen des Chirurgus, betrachtete ihren Inhalt prüfend gegen das Licht, und als er sich durch das Auge überzeugt, daß dieser Inhalt klar und rein, durch die Nase, daß er wirklich nichts andres sei als Rum mit Wachholderbeerbrannt-

---

*) Blüchers eigene Worte. Siehe: Barnhagen v. Ense. 447.

wein verſetzt, hob er die Flaſche an ſeine Lippen und that einen langen und herzhaften Zug aus derſelben, was der Chirurg mit einem Ausdruck wahren Entſetzens, Chriſtian Hannemann mit einem vergnügten Grinſen gewahrte.

Seht mal, Chirurgus, ſagte Blücher dann vollkommen ernſthaft, indem er dem Chirurgus die Flaſche wieder barreichte, ſeht mal, ſolche Einreibungen müſſen inwendig und nicht auswendig angewandt werden, und ſie haben nun ganz ihren Zweck erfüllt, ſie haben meine Glieder geſtärkt und erwärmt. Nun kommt und helft mir aufſtehen. Aber faßt mich recht leiſe an, denn ich ſage Euch, meine alten Glieder ſchmerzen fürchterlich.

Und dabei auf's Pferd ſteigen und reiten, ſeufzte Chriſtian, indem er ſeinem Feldherrn kopfſchüttelnd die Stiefeln anzog.

Na, Du brauchſt es ja nicht, Chriſtian, brummte Blücher, Du kannſt ja zurück bleiben und Dich ſchmieren laſſen.

Denk' gar nicht dran, ſagte Chriſtian. Und übrigens, was wollten Sie denn anfangen, Durchlaucht, wenn ich hier bleiben und mich ſchmieren laſſen thät? Ich denk', Sie wollen heut' 'ne Schlacht gewinnen?

Ja, ſo wahr Gott lebt, das will ich auch!

Na, alſo! Wie wollten Sie denn das machen, wenn ich nicht bei Ihnen wäre? Es geht doch nu einmal nicht ohne 'ne Pfeife und 'nen rechtſchaffenen Stummel. Na, und wer iſt denn der Pipenmeiſter?

Das biſt Du, Chriſtian, und Du haſt Recht, Du mußt mit, denn meinen Stummel den muß ich haben und ohne den geht's ganz und gar nicht. Und nun raſch angezogen. Da kommen die Generäle ſchon alle an, ich ſeh ſie hier durch's Fenſter. Sputet Euch, damit ich fertig werde und's Pferd beſteigen kann!

Einige Minuten ſpäter trat Blücher hinaus vor die Hüttenthür, vor welcher ſein Generalſtab ihn erwartete. Er begrüßte die Herren mit freundlichem Kopfnicken und hob dann den raſchen leuchtenden Blick zum Himmel empor. Wie eine einzige ſtahlgraue Fläche war der ganze Horizont anzuſchauen, und aus dieſer Fläche ſtürzte in ununterbrochener gleichmäßiger Folge der Regen in dicken gewaltigen Strömen nieder.

Schauen Sie die ungeheuren Regenmassen da droben, die noch alle heute herniederfallen wollen auf die Erde, sagte Blücher lächelnd zu seinen Adjutanten. Das sind unsere Alliirten von der Katzbach und die sparen dem König wieder viel Pulver.*)

Er bestieg jetzt, nicht achtend der furchtbaren Schmerzen, sein Pferd, und damit war das Signal zum Aufbruch gegeben.

Das preußische Heer also setzte sich in Bewegung, trotz des strömenden Regens, der den Boden aufgeweicht hatte, daß er wie eine schlammige Masse unter den Füßen der Soldaten, den Hufen der Pferde fortglitt, und Mann und Roß bei jedem Schritt in tiefe, vom Regen angefüllte Versenkungen treten ließ.

Vorwärts mußte man, denn Wellington erwartete die versprochene Hülfe, und man hörte schon in der Ferne das Donnern der Kanonen, welches verkündete, daß die Schlacht schon begonnen hatte.

Vorwärts also, vorwärts!

Aber immer undurchbringlicher wurden die Wege, und in ununterbrochenen Strömen stürzte der Regen hernieder, die Kleider der Soldaten durchweichend, wie den Boden, auf welchem sie mühsam in ihren nassen, mit Wasser durchsickerten Stiefeln dahin wankten. Immer vorwärts ging es, allen Hindernissen und Hemmnissen zum Trotz. Der schlüpfrige Boden, die angeschwollenen Bäche, die breiten wassergefüllten Pfützen auf dem Wege, nichts durfte hindern und aufhalten. Die Geschütze sanken tief ein in den Morast, die Pferde wateten bis über die Hufe im Schmutz, aber dies Alles durfte das Auge nicht ablenken von dem Einen großen Ziel! Das preußische Heer mußte vorwärts, der Vereinigung mit den Engländern entgegen!

Aber Blücher sah wohl die Noth und Beschwerde seiner Soldaten, er sah, mit welchen Mühsalen sie zu kämpfen hatten, er sah, daß ihr Muth allgemach erschlaffte, daß ihre Gesichter düster und verdrießlich wurden. Ueberall, wo er eine Schwierigkeit erblickte, ein Gemurmel

---

*) Blüchers eigene Worte. Siehe: Varnhagen v. Ense. 447.

der Unzufriedenheit vernahm, überall dahin sprengte der Feldherr, die Schwierigkeit beseitigen zu helfen, das Gemurmel der Unzufriedenheit verstummen zu machen durch seinen freundlichen Zuspruch, sein tapferes Wort.

Aber die Schwierigkeiten häuften sich mehr und mehr, die Unzufriedenheit ward lauter und stürmischer. Sie begnügte sich nicht mehr, verdrießliche Gesichter zu machen und leise zu murren, sie sprach laut und ungestüm.

Und Blücher hörte es, und eine unaussprechliche Angst sprach aus seinen Zügen, und seine buschigten weißen Augenbrauen zogen sich finster über seinen blitzenden Augen zusammen.

Es geht nicht, rief es jetzt hier und dort aus den Reihen der schwankenden, durch Morast und Wasserpfützen mühsam dahin watenden Krieger. Es geht nicht, wir können nicht vorwärts. Es ist unmöglich!

Kinder, rief Blücher in tiefster Seelenangst, Kinder, es muß gehen! Wir müssen vorwärts! Ich hab's ja versprochen! Kinder, hört Ihr wohl, ich hab's meinem Bruder Wellington versprochen, hört Ihr wohl? Ihr wollt doch nicht, daß ich wortbrüchig werden soll?

Nein, das wollen wir nicht, Vater Blücher, riefen die Soldaten. Wir wollen thun, was möglich ist! Vorwärts!

Vorwärts! jubelte Blücher, seine Mütze abnehmend, und sie hoch in die Luft schwenkend, nicht achtend des triefenden Regens, der seinen kahlen Scheitel näßte, vorwärts, meine Kinder, vorwärts! Hört Ihr nicht den Donner der Kanonen? Das sind die Kanonen von unsern englischen Freunden, die sich die Franzosen zum Fricassee einschlachten. Kinder, wir sind auch hungrig auf das Fricassee und wir müssen unsern Antheil daran haben. Vorwärts also! die donnernden Kanonen rufen uns, die Schlacht hat begonnen!

Ja, die Schlacht hatte begonnen, sie wüthete mit furchtbarer Gewalt seit zwei Uhr Nachmittag zwischen den Engländern und den Franzosen, die zwischen Mont-Saint-Jean, Waterloo und Belle-Alliance gegenüber standen. Auf der Höhe von Belle-Alliance hielt Napoleon, und schaute mit seinem bleichen ehernen Cäsarenangesicht hinunter auf die wogende Schlacht, und immer heller ward sein Blick, und immer heiterer seine Stirn, denn für ihn scheint sich das Schicksal des Tages zu entscheiden! Die französischen Truppen dringen muthvoll vorwärts, ihr Ungestüm bezwingt jeden Widerstand, sie wollen und müssen die Sieger dieses Tages sein.

- Auf der Höhe bei Waterloo hielt Wellington, und schaute hinunter auf die wogende Schlacht, und immer bleicher ward sein Angesicht, immer mehr wich der vornehme, ruhige Gleichmuth aus seinen Zügen, die den Ausdruck der Sorge und Angst annahmen.

Die Engländer, so muthig sie auch dem heranstürmenden Feind sich entgegenstellen und den Kampf aufnehmen, die Engländer sind doch verloren, wenn die Hülfe der Preußen ausbleibt. Napoleons Heer ist über neunzigtausend Mann stark, und Wellingtons Heer zählt kaum sechzigtausend Mann!

Es hält den Feldherrn nicht mehr da oben in müßiger, unthätiger Ruhe. Seine Engländer fochten wie die Löwen, Wellington wollte mit ihnen kämpfen, mit ihnen, wenn es sein müßte, untergehen.

Er ritt, gefolgt von seinen Adjutanten und Ordonnanzofficieren, hinunter in das Gewühl der Schlacht, die in furchtbaren Wellenschlägen herüber und hinüber tobte. Die Kanonen brüllten, dazwischen vernahm man das Geheul der Verwundeten, die schaarenweise auf der Straße nach Brüssel dahin zogen, das Wuthgeschrei der Kämpfenden, die wie gereizte Tiger gegen einander sprengten, und sich anschaueten mit Blicken des Hasses und Ingrimms.

Durch die Reihen seiner kämpfenden, hier zurückweichenden, dort vorwärts dringenden Soldaten sah man die hohe, schlanke Gestalt Wellingtons sich dahin bewegen, um überall den sinkenden Muth durch freundlichen Zuruf zu beleben, die Wankenden anzufeuern und zu trösten.

Kinder, rief Wellington seinen Kriegern entgegen, die in Schlamm und Blut, über Sterbende und Verwundete dahin schritten, und dem prasselnden Kartätschenfeuer des Feindes ruhig Trotz boten, Kinder, wir dürfen nicht geschlagen werden, was würde man in England von uns sagen!

Nein, wir dürfen nicht geschlagen werden, riefen die muthigen Schaaren, und vorwärts drangen sie, vorwärts, ob auch die Kartätschen ihre Reihen immer mehr lichteten, ob auch der Feind mit immer neuen Massen heranstürmte.

Aber diese Massen mit ihrer Ueberlegenheit drängten sie immer wieder zurück. Schon haben die Franzosen den Engländern das Dorf La Haye Sainte abgenommen, und auch das Dorf Houguemont, von den Kartätschen der Franzosen in Brand gesteckt, hat von den Engländern geräumt werden müssen.

Es war schon drei Uhr Nachmittags, Wellington konnte es sich nicht mehr verhehlen, die Schlacht war verloren, wenn keine Hülfe komme, denn seine Engländer waren im Weichen.

Napoleon sah das auch, und ein Strahl der Freude blitzte in seinem Antlitz auf. Die Schlacht ist gewonnen, sagte er zu dem Marschall Soult, der neben ihm hielt. Wir wollen die Botschaft des Sieges nach Paris hinsenden.

Einige Minuten später sprengte eine Ordonnanz auf der Straße nach Frankreich dahin. Sie sollte den Brüdern Napoleons und den Kammern die Nachricht bringen von dem glücklich erfochtenen Sieg des Kaisers über die Engländer.

Denn der Sieg schien jetzt nicht mehr zweifelhaft. Die Engländer kämpften zwar noch immer, aber ihre Reihen lichteten sich mehr und mehr, und wie muthvoll sie auch Widerstand leisteten, es war keine Frage, sie mußten endlich doch der Uebermacht weichen.

Wie brav meine Truppen sind, sagte Napoleon mit leuchtenden Augen, wie sie arbeiten! Aber es ist wahr, auch die Engländer schlagen sich gut. Aber werden sie nicht bald den Widerstand aufgeben und Anstalten zum Rückzug machen?*)

Nein, sagte Soult kopfschüttelnd, ich glaube, diese Engländer sind entschlossen, sich eher in Stücke hauen zu lassen, als zu retiriren.

Ja, die Engländer waren entschlossen dazu. Sie wollten nicht

---

*) Mémoires du Duc de Rovigo. Vol. VIII.

retiriren. Sie hofften noch immer auf die Hülfe der Preußen, und diese Hoffnung belebte immer wieder auf's Neue ihren Muth.

Aber doch ward die Gefahr immer dringender, die Möglichkeit des Sieges immer geringer. Die Franzosen waren schon wieder weiter vorgedrungen, sie beherrschten jetzt fast das ganze Schlachtfeld von La Haye bis Mont-Saint-Jean. Auf der Landstraße, die nach Brüssel führt, stand Wellington, umgeben von seinen Officieren, und schaute mit trostlosem Blick auf das Getümmel der Schlacht, die jetzt eine verlorene schien.

Jetzt umringten ihn seine Officiere und flehten ihn an, sich zurückzuziehen, und riethen ihm auch, der Armee, die sich so tapfer geschlagen, den Befehl zum Rückzug zu geben.

Nein, sagte Wellington, ich bleibe hier, ich weiche keinen Fuß breit!

Und mit fester Entschlossenheit setzte er sich auf den Grabenrand zur Seite des Weges, und starrte hinüber zu der Höhe von Belle-Alliance, um deren Besitz sich eben ein wüthender Kampf entsponnen hatte.

Ich wollte, es wäre Abend, oder Blücher käme, seufzte Wellington aus tiefster Seele, und sein flehender Blick flog hinüber nach jener Seite, von welcher die ersehnte Hülfe daher kommen mußte.

Und auch seine Krieger hofften noch immer auf Blücher und seine Preußen, und wieder und immer wieder tönte der Ruf durch ihre Reihen: Ist Blücher schon da? Kommen die Preußen?

Nein, nein, Blücher ist noch immer nicht da, und die Gefahr ist auf's Höchste gestiegen. Immer mehr lichten sich die Reihen der Engländer, der Wald von Frichmont, der ihren Rücken deckt, ist vollgepfropft von Verwundeten und Wagentrains. — Aber jetzt auf einmal, was war das? Was für ein Kanonendonner da drüben im Rücken der Franzosen? Was ist das für eine schwarze Masse, die sich da von der Höhe herniederschlängelt, die da aus dem Walde von Frichmont hervorstürzt? Was sind das für jubelnde, singende Stimmen, die das Geschrei der Verwundeten und Kämpfenden übertönen mit lustigen Kriegsliedern?

Wellington springt von der Erde auf, und sein Gesicht strahlt vor Wonne, und sein Auge flammt vor Freude.

Das ist Blücher, das sind die Preußen! ruft er mit lauter glückseliger Stimme, und durch die Reihen der Krieger wälzt sich die frohe Botschaft hin: Die Preußen sind da! Blücher ist angekommen!

Ja, die Preußen sind da, und mit jubelndem Ungestüm warfen sie sich auf den Feind!

Es galt, die Schlacht von Ligny zu rächen. Es galt, die Macht des Feindes auf Einmal und für immer zu brechen!

Die Feinde stürmten vorwärts, auf die von den Engländern besetzten Anhöhen hin, aber die Preußen greifen die Franzosen auf beiden Flügeln an. Die Kanonen bonnern wieder, die Kartätschen prasseln und knattern, mit erneuter furchtbarer Gewalt tobt die Schlacht. La Haye, das die Franzosen den Engländern abgenommen, wird ihnen in blutigem Gemetzel wieder von den Preußen entrissen, bej Houguemont haben sich die Engländer wieder in vierdoppelter Schlachtlinie aufgestellt.

Die französischen Garden stürmen gegen sie heran, aber sie werden zurückgeworfen, und jetzt verbreitet sich durch ihre Reihen die Kunde: es war nicht Grouchy, der vorhin da heranzog, es waren nicht Truppen von den Unsrigen. Es war Blücher mit seinen Preußen! Der Feind steht uns im Rücken!

Einen panischen Schrecken erregt diese Nachricht in den Reihen der Franzosen, sie weichen zurück, und Sauve qni peut! ertönt es aller Orten, und die Soldaten verlassen die Glieder, und wildes Durcheinander und wildes Geschrei unterbricht alle Ordnung und alle Regel. Vergebens sprengt Napoleon selbst unter seine Grenadiere und ermahnt sie zum Stillstand, vergebens donnert Ney's machtvolle Stimme den wankenden Schaaren ein Halt entgegen. Ein Kanonenschuß trifft in diesem Moment sein Pferd, Ney stürzt mit ihm zu Boden. Seine Soldaten sehen es, und dieser Unfall nimmt ihnen den letzten Rest von Besonnenheit und Ruhe. Sie rennen wild durcheinander, sie wollen nicht mehr kämpfen, sie wollen sich nur noch retten!

Nur die Garde, nur diese letzten Trümmer der granitenen Heeressäule von Marengo, steht noch unerschütterlich fest da, in einzelnen Quarré's zusammengeschoben, wie an den Tagen der großen Siege.

Napoleon reitet zu einem dieser Quarré's hin, er ruft seinen Garden sein: En avant! entgegen, und diese jauchzen ihm, seine Stimme erkennend, ihr: vive l'Empereur! entgegen! Ihren letzten Liebesgruß!

En avant! wiederholte General Cambronne den Befehl des Kaisers. An der Spitze seiner Garden steht der Kaiser mit gezogenem Degen, kampfbereit, um ihn sind alle seine Getreuen, seine Generäle Ney, Soult, Bertrand, Drouot, Gourgaud, Labedoyère, sie nehmen, gleich dem Kaiser, den Degen in die Hand, um zu fechten und zu kämpfen wie gewöhnliche Soldaten.

Aber die alten Grenadiere sehen jetzt mit Entsetzen die Gefahr, welcher der Kaiser sich aussetzt, sie zittern für sein Leben, nicht für das ihrige.

Ziehen Sie sich zurück, Sire, schreien sie wüthend, Sie sehen es ja, der Tod will Sie nicht!*)

Napoleon schaut zu ihnen zurück mit einem flammenden Blick, dann schwingt er den Degen hoch empor und commandirt: Feuer!

Aber die Officiere, die ihn umringen, fassen sein Pferd am Zügel und ziehen es mit Gewalt fort, hinaus aus dem Getümmel.

Sire, ruft Soult ihm entgegen, wollen Sie dem Feind den Triumph gönnen, Sie zu seinem Gefangenen zu machen? Retten Sie sich, Sie sind uns Allen, Sie sind es Frankreich schuldig!

Der Kaiser senkt sein Haupt auf seine Brust und sträubt sich nicht mehr. Gefolgt von einigen wenigen Getreuen verläßt er das Getümmel, das jetzt immer blutiger, immer wilder wird.

Noch immer kämpft General Cambronne mit seinen alten Garden, aber in immer größeren Massen ziehen die Engländer heran.

Ergebt Euch! schreien sie von allen Seiten dem Feinde entgegen, dessen Tapferkeit sie mit Bewunderung erfüllt. Ergebt Euch.

Doch Cambronne ruft: die Garde stirbt, aber sie ergiebt sich nicht!

Und die alten Grenadiere rufen es ihm nach: die Garde stirbt, aber sie ergiebt sich nicht!

---

*) Fleury III.

Ein furchtbares Gemetzel beginnt, die Kugeln sausen und pfeifen umher, Mann gegen Mann wird gekämpft, Haufen von Leichen bedecken den blutgetränkten Boden, die Grenadiere stehen und kämpfen wie die Mauern, und erst, als der letzte von ihnen zusammengesunken, können die Engländer und Preußen sagen, daß sie gesiegt haben.

Und nun tönt es jubelnd über das Schlachtfeld hin: Sieg! Sieg! Die Schlacht ist gewonnen! Napoleon ist geflohen. — —

Droben auf der Höhe von Belle-Alliance, auf derselben Stelle, von welcher Napoleon heute Nachmittag um vier Uhr die Schlacht überschauet und sich den Sieg zugeschrieben hat, da stehen jetzt Abends neun Uhr die beiden Feldherrn Wellington und Blücher. Sie stehen da Hand in Hand und schauen einander an mit innigen, freudigen Blicken, und Jeder beglückwünscht den Andern zu dem herrlichen Erfolg des blutigen Tagewerks, und Jeder schreibt dem Andern das Verdienst zu, den Sieg herbeigeführt zu haben.

Aber es war jetzt keine Zeit lange zu rasten und zu sprechen, das Werk mußte ganz vollendet werden.

Ich werde in Bonaparte's gestrigem Nachtquartier schlafen, sagte Wellington, sich mit freundlichem Gruß von Blücher verabschiedend.

Aber ich werde Bonaparte aus seinem heutigen Nachtquartier verjagen, rief Blücher mit kühnem Aufblitzen seiner Augen, ich übernehme die Verfolgung des Feindes.

Und bald jetzt ertönte Trommelwirbel und Trompetenschmettern, und unter lautem Hurrahrufen setzten sich die Preußen in Bewegung und folgten dem Feind, der in wildester Unordnung, im furchtbaren Durcheinander, sinnverwirrt vor Schreck und Entsetzen, auf der Heerstraße von Genappe dahinstürzte.

Mitten unter ihnen ritt Napoleon, umgeben von wenigen Getreuen, auf seinem persischen Schimmel dahin, und die flüchtigen Soldaten, die an ihm vorüberstürmten, und ihn beim hellen Licht des Mondes erkannten, zeigten ihn sich untereinander und flüsterten: seht da, der Kaiser! Er ist nicht todt! Er lebt noch!

Ja, er lebt noch, aber seine Seele ist gebeugt bis zum Tode, und der Muth seines Herzens ist gebrochen! Er reitet dahin, schweigend, regungslos, immer weiter, weiter!

Endlich, in einem Hause unweit Charleroi, will er einen Moment ruhen, um nach vierundzwanzigstündigem Fasten etwas Nahrung zu sich zu nehmen, weil Bertrand und Gourgaud ihn darum gebeten haben.

Er steigt vom Pferde, und tritt in das Haus ein, wo er sein Nachtquartier nehmen will. Vor dem Hause halten, umringt von Bewaffneten, die Bagage-Wagen und der Reisewagen des Kaisers.

Aber hat Blücher nicht zu seinem Bruder Wellington gesagt, er wolle den Bonaparte aus seinem heutigen Nachtquartier vertreiben?

Blücher hält Wort! Da kommt er schon dahergebraust mit seinen Preußen, da stürzt er mit ihnen heran, und jubelnd werfen sich die Krieger auf die Wagen, auf die Siegesbeute.*)

Das Jubelgeschrei rettet Napoleon. Durch eine Hinterpforte des Hauses flüchtet er sich, springt auf's Pferd, und stürmt, von Gourgaud und Bertrand gefolgt, wieder hinaus in die Nacht.

Alles ist verloren! Alles ist verloren! murmeln seine erbleichten Lippen, und in rasender Eile, jetzt nicht mehr der Kaiser, der Feldherr, sondern nur noch ein flüchtiger Soldat, der sein Leben retten will, sprengt der Kaiser dahin, gehetzt von dem einen, dem fürchterlichen Gedanken: Der Feind! Der Feind ist mir auf den Fersen!

Endlich in Philippeville macht er Halt. Hier sind keine Preußen, hier ist kein verfolgender Feind, hier findet er einige seiner treuen Diener.

---

*) Die Preußen machten hier eine große Siegesbeute, denn der Wagen des Kaisers, den sie hier nebst den kaiserlichen Bagagewagen erbeuteten, enthielt außerordentliche Schätze. Unter Anderm ein wundervolles Collier von Brillanten, das die Prinzessin Borghese dem Kaiser, ihrem Bruder, gegeben hatte, außerdem sehr viele kostbare Schmucksachen, welche Napoleon mitgenommen, um nach dem Siege, wenn er in Brüssel eingezogen, dort sich die Herzen mit glänzenden Geschenken zu erwerben. Auch die Garderobenkoffer des Kaisers, sogar sein Hut und Degen fanden sich in dem Landau des Kaisers, und die eroberten Bagagewagen enthielten unter Anderm ein schweres silbernes Tafel-Service.

Das ist Maret, der Herzog von Baffano, und Fleury von Chaboulon, sein Geheim-Secretair, die ihm entgegeneilen.

Der Kaiser reichte ihnen seine Hände dar. Weinend, faft zu Boden gedrückt von der Gewalt ihres Schmerzes, neigen sich die Beiden
auf seine Hände, und küffen sie und bethauen sie mit ihren Thränen.

Und hinter dem Kaiser stehen Gourgaud und Bertrand, die Häupter
auf die Bruft gesenkt, nicht mehr im Stande, ihr Weinen, ihr Schluchzen
zurückzuhalten.

Kein Wort wird geredet, aber ergreifender als alle Worte sprechen
die Thränen, die jetzt auf einmal, Bächen gleich, aus den Augen des
Kaisers hervorftürzen, und mit ihren heißen Strömen die eifernen
Züge des Kaisers aufthauen, daß sie zucken vor Berzweiflung und
Schmerz.

VII.

Die Heimkehr.

Paris hatte heute einen vielbewegten, traurigen Tag erlebt, es
hatte heute, am zwanzigften Juni, die Kunde von der verlorenen
Schlacht von Mont-Saint-Jean (Belle-Alliance) erhalten, und diese
Kunde hatte alle die frohen Hoffnungen zerftört, welche der Sieg von
Ligny in den Herzen der sanguinischen Parifer erweckt hatte. Alle
Familien waren in Thränen und Trauer versenkt, denn der Tod hatte
in diesen Schlachten von Ligny und Belle-Alliance mehr denn dreißig-
taufend Opfer gefordert, — und jetzt waren diese Opfer vergeblich
gefallen, jetzt hatte man außer den Bätern, Gatten und Brüdern auch
noch die Niederlage, das Berderben des Vaterlandes und des Kaisers
zu beklagen.

Ein düfterer Trauerschleier hatte sich daher über ganz Paris
niedergesenkt, den ganzen Tag über hatten auf allen Straßen große

Volksgruppen sich gesammelt, um untereinander das Unglück des Vaterlandes, die Niederlage der Armee, die Zukunft des Kaisers zu besprechen.

Die beiden Kammern hatten sich auch bei der ersten Kunde von der verlorenen Schlacht versammelt und waren seitdem in Permanenz geblieben. Man erzählte von energischen Entschlüssen, die sie gefaßt, man flüsterte sich leise zu, daß sie den Kaiser seines Thrones für verlustig erklären wollten, und nur noch beriethen über die neue Regierungsform, die sie Frankreich geben wollten.

Unter Klagen und Vermuthungen, Zweifeln und Schwankungen war der Tag hingegangen, und die Nacht hatte jetzt endlich auf einige Stunden wenigstens den bewegten Gemüthern Ruhe und Erholung gebracht.

Paris schlief, die Straßen waren öde und leer, in allen Häusern waren die Lichter erloschen, die Fenster dunkel.

Nur in dem Palais des Elysée waren noch einige Fenster erleuchtet, und vor dem Portal des Palastes stand der Minister Herzog Caulaincourt, sorgsam nach allen Seiten spähend, als erwarte er Jemand.

Jetzt vernahm man in der Ferne dumpfes Räderrollen, es kam näher und näher, deutlich sah man jetzt schon am Ende der Straße Saint Honoré einen Wagen daher kommen.

Er ist es, murmelte Caulaincourt mit einem langen, zitternden Seufzer, indem er vorwärts schritt, dem Wagen entgegen, der eben vor dem Palais anhielt.

Ein Mann hob sich mühsam aus dem Wagen empor, stieg, sich schwer auf Caulaincourts Schulter lehnend, aus demselben nieder, und ging in das Schloß, immer noch auf Caulaincourt gestützt, aber schweigend, das Haupt gesenkt, zuweilen nur tief aufächzend wie in unendlicher Qual.

Jetzt stieß Caulaincourt, nachdem sie den öden, matt erhellten Vorsaal durchschritten, eine Thür auf, und sie traten jetzt in das Wohnzimmer des Kaisers.

Es war hell erleuchtet, und bei dem Glanz der Kerzen konnte Caulaincourt jetzt zuerst das Antlitz des Kaisers gewahren. Wie hatten wenige Tage der Leiden dieses Antlitz verändert, welche Verwüstungen hatten sie angerichtet in diesem Gesicht, das sonst so gestählt schien gegen alle Eindrücke der Seele. Jetzt hatte der Schmerz seine tiefen Lineamente durch diese Züge gezogen. Jahre der Qualen hatte Napoleon in drei Tagen durchlebt, und diese Jahre waren auf seinem Antlitz verzeichnet und hatten ihre Furchen über seine Stirn gezogen.

Mit einem lauten Seufzer, der mehr einem Schrei glich, warf sich der Kaiser auf einen Fauteuil nieder und ließ seine Arme schlaff über die Seitenlehne, sein Haupt an den Rücken des Fauteuils sinken.

Dann, nach einem langen, angstvollen Schweigen hefteten sich seine düsteren, glanzlosen Blicke auf den Herzog von Vicenza, der mit Thränen in den Augen ihm gegenüber stand. Napoleon streckte ihm langsam seine Hand entgegen, Caulaincourt nahm sie und drückte sie an seine Lippen mit einer Ehrfurcht, wie er sie ihm kaum je so tief in den Tagen seines Glanzes gezeigt.

Der Athem des Kaisers ging rascher und keuchender aus seiner Brust hervor, er schien mit seiner eigenen Aufregung zu kämpfen, und legte schnell seine Hand über sein Angesicht, um Caulaincourt die heftige Bewegung seiner Züge nicht sehen zu lassen.

Die Armee hat Wunder der Tapferkeit gethan, sagte Napoleon dann nach langer Pause, und seine Stimme, welche er zwingen wollte, ruhig zu sein, war laut und hart: ja, die Armee hat Wunder der Tapferkeit gethan, aber ein panischer Schrecken hatte sie plötzlich ergriffen und Alles war verloren!

Er senkte sein Haupt tiefer auf seine Brust, und starrte düster vor sich hin.

Ney hat sich betragen wie ein Narr, rief er dann heftig, er ist dran Schuld, daß meine Cavallerie massacrirt worden ist. Ach, ich kann nicht mehr, fuhr er fort, plötzlich aufspringend und seinen Uniformrock aufknöpfend, ich bin erschöpft, und bedarf zwei Stunden der Ruhe, ehe ich an die Geschäfte gehen kann. Ich ersticke da! rief er mit einem schmerzvollen Aechzen, die Hand auf sein Herz drückend.*)

---

*) Napoleons eigene Worte, so wie er sie bei seiner Heimkehr von Waterloo zu Caulaincourt im Elysée sprach. Siehe: Fleury IV. 2.

Er nahm die Handklingel und schellte heftig. Ein Bad! rief er dem eintretenden Kammerdiener Marchand entgegen, sogleich ein Bad!

Sire, das Bad ist schon bereit.

Napoleon dankte seinem getreuen Diener mit einem matten Lächeln für dies Errathen seiner Wünsche, und wandte dann langsam sein Haupt nach Caulaincourt hin.

Ich will in's Bad gehen, und dann schlafen, sagte er, oder wenigstens versuchen zu schlafen. Senden Sie nach meinen Brüdern und den Ministern. Sie sollen in drei Stunden hier sein. Es ist jetzt elf Uhr. Um zwei Uhr will ich Ministerrath halten! Es müssen rasche energische Entschlüsse gefaßt werden, wenn nicht Alles verloren sein soll! —

Genau nach drei Stunden trat der Kaiser wieder in sein Cabinet, in welchem seine Brüder Joseph und Lucian mit Caulaincourt ihn erwarteten.

Napoleon grüßte seine Brüder mit einem stummen Kopfnicken und einem schweren Seufzer. Aber kein Wort der Klage kam mehr über seine Lippen, und sein Gesicht hatte jetzt schon seine kalte, unburchdringliche Ruhe wieder angenommen.

Es ist meine Absicht, die beiden Kammern zu einer kaiserlichen Haupt-Sitzung zu versammeln, sagte er. Ich werde ihnen das Unglück der Armee schildern, ich werde von ihnen die Mittel zur Rettung des Vaterlandes forbern, und dann werde ich wieder abreisen.

Sire, sagte Lucian ehrfurchtsvoll, die Nachricht Ihres Unglücks ist leiber schon hierher gedrungen. Es herrscht eine große Aufregung in Paris, und die Stimmung der Kammern scheint feindlicher, wie je zuvor. Ich glaube, daß die Kammern in ihrer Feindseligkeit so weit gehen könnten, den Anforderungen Ew. Majestät nicht zu entsprechen, sondern sich gegen dieselben aufzulehnen. Ich bedaure, Ihnen gestehen zu müssen, daß Sie vielleicht besser gethan, nicht nach Paris zu kommen, und sich nicht von Ihrer Armee zu trennen, denn auf Ihrer Armee beruht jetzt Ihre Stärke und Ihre Sicherheit.

Ich habe keine Armee mehr, rief Napoleon, ich habe nur noch Flüchtlinge. Ich werde wohl Soldaten wieder finden, aber wie sie bewaffnen? Ich habe keine Gewehre. Indeß, wenn man in Uebereinstimmung handelt, kann noch Alles wiederhergestellt werden. Ich hoffe, daß die Deputirten mich unterstützen, daß sie die Verantwortlichkeit, die auf ihnen ruht, fühlen werden. Ich hoffe, daß Sie ihre Gesinnung falsch beurtheilen, die Majorität ist gut, ist Frankreichs würdig. Ich habe nur Lafayette, Lanjuinais und einige Andere gegen mich. Diese wollen mich nicht, das weiß ich. Ich bin ihnen lästig, denn sie wollen für sich selber wirken, aber ich werde das nicht leiden. Meine Gegenwart hier wird sie in Schranken halten.

Ich fürchte, Sire, daß Lafayette und Lanjuinais nicht Ihre einzigen mächtigen Feinde in den Kammern sind, sagte Joseph ernst. Mächtiger noch als diese ist Fouché, und er hat die Zeit Ihrer Abwesenheit benutzt, um in den Kammern Propaganda zu machen für Ihren Sturz.

Ich hätte ihn verhaften lassen sollen, Lucian hatte Recht, murmelte Napoleon leise vor sich hin. Caulaincourt, sind Sie auch der Meinung, daß ich nicht auf die Kammern zählen kann?

Sire, ich fürchte es. Wenigstens ist es rathsam, die Berufung der Sitzung zu verschieben, und erst die Minister wirken zu lassen.

Sind die Minister hier?

Ja, Sire, sie erwarten Ew. Majestät seit einer halben Stunde im Conferenzsaal. Auch der Herzog von Bassano und die Adjutanten Ew. Majestät sind von Philippeville angelangt.

Maret soll kommen, rief Napoleon. Ich habe ihm in Philippeville das Bülletin der Schlacht von Mont-Saint-Jean diktirt. Er soll es in meiner Gegenwart den Ministern vorlesen. Gehen Sie zu den Ministern, nehmen Sie Maret mit, und lassen Sie ihn das Bülletin vorlesen. Ich werde nachher auch dorthin kommen.

Die Prinzen und der Herzog zogen sich schweigend zurück, die Befehle des Kaisers zu erfüllen, und mit dem Herzog von Bassano sich in den Conferenzsaal zu begeben, um dort das Bülletin der unglücklichen Schlacht vorlesen zu lassen.

Und diese Vorlesung machte die Gesichter der Minister erbleichen und legte einen düsteren Schatten über ihre Züge. Dieser Schatten verschwand selbst dann nicht, als der Kaiser zu ihnen eintrat, als er wieder unter ihnen erschien, kalt und ruhig, entschlossen und energisch wie immer. Mit Verbeugungen, die weniger tief und ehrerbietig wie sonst waren, erwiderten sie das rasche Kopfnicken des Kaisers, und ihre Blicke hefteten sich offen und trotzig auf Napoleons Angesicht.

Wir haben große Unglücksfälle zu beklagen, sagte Napoleon mit seiner vollen, tönenden Stimme. Ich bin gekommen, um sie wieder gut zu machen, um der Nation, der Armee eble und große Entschlüsse einzuflößen. Wenn die Nation sich erhebt, wird der Feind vernichtet werden. Wenn man, anstatt sich zu erheben und außerordentliche Maßregeln zu ergreifen, überlegt und streitet, ist Alles verloren. Der Feind ist in Frankreich. Damit ich das Vaterland erretten kann, ist es nothwendig, mir eine große Macht, eine zeitweise Diktatur zu gewähren. Im Interesse des Vaterlandes könnte ich mich aus eigenem Willen mit dieser Macht bekleiden, aber es wäre nützlicher und nationaler, wenn die Kammern sie mir verliehen.*)

Er ließ seine flammenden, forschenden Blicke über die Gesichter der Minister dahin gleiten, diese senkten scheu ihre Augen nieder, aber sie antworteten nicht.

Meine Herren, rief Napoleon ungeduldig, sprechen Sie! Geben Sie mir Ihre Meinung zu erkennen. Berathen wir, was zum Wohl des Vaterlandes geschehen muß! —

Und jetzt folgten die Minister dem Befehl des Kaisers. Sie gaben ihre Meinung zu erkennen, und zwar mit einer Offenheit und Rücksichtslosigkeit, wie sie sonst der Kaiser niemals im Ministerrath vernommen.

Sie sprachen, sie legten die ganze Schwierigkeit der gegenwärtigen Lage dar. Sie schilderten die feindliche Stimmung der Kammern, die royalistische Stimmung der Provinzen, die allgemeine Abneigung der Franzosen, einen Krieg fortzusetzen, der nicht gegen Frankreich, sondern nur gegen einen einzigen Mann, nur gegen den Kaiser gerichtet sei.

---

*) Napoleons eigene Worte. Siehe: Fleury IV. 8.

Napoleon, auf einem Fauteuil niedergesunken und mit dem Federmesser an dessen Armlehne schnitzend, hatte Stunden lang schweigend,
nur zuweilen einige rasche energische Worte in die Discussion hinein-
schleudernd, zugehört. Aber bei dieser letzten Bemerkung hob er rasch
das Haupt empor und blickte mit scharfen, prüfenden Augen auf den
Grafen Regnault hin, welcher eben sprach.

Ich fürchte, sagte dieser, ich fürchte, die Kammern werden die Absichten des Kaisers nicht unterstützen, denn sie scheinen überzeugt, daß
es nicht mehr der Kaiser ist, der das Vaterland zu erretten vermag.
Ich fürchte daher, daß ein großes, unermeßliches Opfer gebracht werden muß.

Sprechen Sie offenherzig, rief Napoleon heftig, die Kammern
wollen meine Abdankung, nicht wahr?

Ich glaube es, Sire, sagte Regnault mit feierlicher Stimme, wie
schmerzlich mir es auch ist, ich halte es für meine Pflicht, die Wahrheit zu sagen. Ja, ich fürchte die Kammern begehren Ihre Abdankung, ich muß selbst noch hinzufügen, daß, wenn Ew. Majestät nicht
aus freiem Entschluß Ihre Abdankung darbieten, diese vielleicht von
der Kammer gefordert wird.

Nein, rief Lucian, nein! Ich habe mich oft schon in schwierigen
Lagen befunden, und ich habe gesehen, daß, je größer die Krisen sind,
man desto mehr Energie entfalten muß. Wenn die Kammern den
Kaiser nicht unterstützen wollen, so muß er sich ihrer entledigen. Das
Heil des Vaterlandes muß das erste Gesetz des Staates sein, und da
die Kammern nicht geneigt scheinen, sich mit dem Kaiser zur Rettung
Frankreichs zu vereinigen, so muß er es allein erretten. Er muß sich
zum Diktator erklären, er muß den Belagerungszustand über Frankreich verhängen, und alle Patrioten und alle wohlgesinnten Franzosen
zu seiner Vertheidigung aufrufen.

Ja, sagte Graf Carnot mit feierlicher Entschiedenheit, ja, das
Volk muß bewaffnet werden, es muß seine heiligste Pflicht, die Vertheidigung des Vaterlandes, erfüllen, und dazu scheint es nöthig, den
Kaiser während der Dauer dieser Krisis mit einer außerordentlichen
diktatorischen Gewalt zu bekleiden.

Der Kaiser warf sein Federmesser bei Seite und erhob sich von seinem Fauteuil. Mit einer Ruhe und Majestät, die Jedermann imponirte, schaute er im Kreise umher, und seine Augen hatten wieder ihre flammende Gewalt, seine Mienen hatten wieder ihre stolze Ruhe angenommen. Er war wieder der Kaiser, der Gebieter, der Held!

Die Kammern werden patriotischer und klüger sein, wie Ihr Alle meint, rief er. Die Gegenwart des Feindes auf dem nationalen Boden wird, so hoffe ich, die Deputirten zu dem Gefühl ihrer Pflicht zurückführen. Die Nation hat sie nicht hierher geschickt, um mich zu stürzen, sondern um mich zu unterstützen. Ich fürchte sie nicht. Was sie auch thun mögen, ich werde immer das Idol des Volkes und der Armee sein. Es bedürfte nur Eines Wortes von mir, und sie würden Alle verjagt werden. Aber indem ich nichts für mich fürchte, so fürchte ich doch Alles für das Vaterland. Wenn wir uns untereinander entzweien, statt uns zu verständigen, so werden wir das Loos des abendländischen Reichs haben. Alles wird verloren sein. Der Patriotismus der Nation, ihr Haß gegen die Bourbonen, ihre Anhänglichkeit für meine Person bieten uns noch unendliche Hülfsmittel dar; unsere Sache ist noch nicht verzweiflungsvoll. Wir können uns noch erretten, und wir wollen es!*) Wie —

Die Thür des Saals ward hastig geöffnet und Fouché trat ein. Er näherte sich mit eiligen Schritten dem Kaiser und ein Ausdruck stolzen Hohns leuchtete aus seinem Angesicht.

Sire, sagte er, statt hier im Ministerrath zu erscheinen, hatte ich, um den Interessen Ew. Majestät zu dienen, mich in die Kammer der Repräsentanten begeben, die mitten in der Nacht, sobald sie von der Rückkehr Ew. Majestät erfahren, eine Sitzung berufen hatte.

Und Sie kommen jetzt, Herr Herzog, mir das Resultat der dortigen Berathung mitzutheilen? fragte Napoleon mit ruhiger Würde.

Ja, Sire, die Kammer hat mir den unglücklichen Auftrag gegeben, Ew. Majestät die Beschlüsse, welche sie trotz meines heftigen und ener-

---

*) Napoleons eigene Worte. Siehe: Fleury IV. 11.

gischen Widerspruchs gefaßt hat, mitzutheilen, so wie gleicherweise die hier anwesenden Minister damit bekannt zu machen.

Und welches sind die Beschlüsse des Hauses der Repräsentanten? fragte Napoleon. Lassen Sie hören, Herr Herzog von Otranto.

Fouché zog ein Papier hervor und las:

Die Kammer der Repräsentanten erklärt, daß die Unabhängigkeit der Nation bedroht ist.

Die Kammer erklärt sich in Permanenz. Jeder Versuch, sie aufzulösen, ist ein Verbrechen des Hochverraths; derjenige, welcher sich dieses Verbrechens schuldig macht, ist ein Vaterlandsverräther, und soll als solcher bestraft werden.

Die Armee der Linientruppen und die Nationalgarde, die für die Freiheit, die Unabhängigkeit der Erde Frankreichs gekämpft haben und noch kämpfen, haben sich um das Vaterland wohl verdient gemacht.

Die Minister des Krieges, der äußern und innern Angelegenheiten, werden aufgefordert, sich sofort in den Schooß der Versammlung zu begeben.

Sind Sie zu Ende? fragte Napoleon, als Fouché jetzt schwieg, mit lauter Donnerstimme. Fouché verneigte sich schweigend.

Meine Herren Minister, rief Napoleon ungestüm, Sie haben jetzt den Ausspruch dieser Verräther vernommen. Denn sie, die Repräsentanten, welche solche Beschlüsse zu fassen wagten, sie sind Hochverräther. Jeder dieser Artikel ist ein Attentat gegen die beschworene Constitution, eine frevelhafte Anmaßung der Souverainetätsrechte. Noch bin ich der Kaiser und der Herr! Ich hätte meinem Impuls folgen, ich hätte diese Leute verhaften sollen, ehe ich zur Armee abreiste. Sie werden Frankreich in's Unglück stürzen. Ich werde versuchen, es zu retten, und wenn ich es nicht vermag, nun wohl, so werde ich abdanken!*)

Er verabschiedete die Minister mit einem kurzen Gruß, und durchschritt das Gemach, um sich in sein Arbeits-Cabinet zu begeben. Aber vor der Thür desselben angelangt, wandte er sich wieder um, und kehrte hastig wieder in den Kreis seiner Minister zurück.

---

*) Napoleons eigene Worte. Siehe: Fleury IV. 12.

Ich will noch nichts entscheiden, sagte er, wir wollen versuchen, uns zu verständigen. Graf Regnault, gehen Sie in die Kammer, um sie zu beruhigen, und das Terrain zu recognosciren. Melden Sie den Repräsentanten, daß ich zurückgekehrt bin, daß ich so eben einen Ministerrath berufen habe, daß die Armee, nach dem ihnen gemeldeten Sieg, eine neue große Schlacht bestanden hat, daß Alles gut ging, daß die Engländer geschlagen waren, daß wir ihnen schon sechs Fahnen entrissen hatten, als Uebelwollende und Verräther einen panischen Schrecken verursachten. Melden Sie ferner, daß die Armee sich schon wieder sammelt, daß ich Befehle ertheilt habe, um die Flüchtlinge aufzuhalten, daß ich hierher gekommen bin, um mich mit den Ministern und den Kammern zu verständigen, und daß ich mich in diesem Augenblick damit beschäftige, solche Maaßregeln für das öffentliche Wohl zu ergreifen, wie die Umstände sie erfordern. Eilen Sie, Regnault, Sie aber, meine Herren Minister, bleiben Sie. Ich verbiete Ihnen, der Aufforderung der Kammern zu entsprechen, die Kammern haben kein Recht, meinen Ministern zu gebieten! Man soll Ihnen Erfrischungen bringen. Wir bedürfen Alle eines Moments der Erholung. Wenn Graf Regnault zurückkehrt, wollen wir uns hier wieder zusammenfinden! —

Kaum eine Stunde war vergangen, als Regnault wieder in das Conferenzzimmer eintrat. Die Minister waren dort schon wieder versammelt, und der Kaiser, von der Ankunft des Grafen benachrichtigt, trat wieder aus seinem Arbeits-Cabinet hervor.

Sire, sagte Graf Regnault traurig, die Kammer hat meine Botschaft mit kalter Ruhe und Gleichgültigkeit aufgenommen. Sie sendet durch mich zum zweiten Mal den Ministern den Befehl, vor ihren Schranken zu erscheinen, und erklärt es für eine Beleidigung der Nation, wenn sie ihr nicht gehorsamen.

Und was denken meine Herren Minister zu thun? Wem wollen sie gehorchen? Mir, oder den Repräsentanten? fragte Napoleon, seine flammenden Augen den Ministern zuwendend. Er sah ihre erbleichten, düsteren Gesichter, ihre gesenkten Augen, ihre unschlüssigen Mienen, er las die Gedanken, die auf dem Grund ihrer Seele ruhten, und die

sie vielleicht nur noch nicht auszusprechen wagten, und ein tiefer, qualvoller Seufzer hob seine Brust.

Ich autorisire meine Minister, den Präsidenten der Kammer zu
benachrichtigen, daß sie in kurzer Zeit in der Versammlung erscheinen
werden, sagte er düster. Ich werde meine Minister mit einer Botschaft von mir an beide Häuser senden. Mein Bruder Lucian soll als
mein General-Commissarius die Minister begleiten, und mir die Antwort der Kammern auf meine Botschaft überbringen. Ich will es noch
einmal versuchen, in Eintracht mit den Kammern zu verhandeln, mit
ihnen die Mittel zur Rettung des Vaterlandes zu berathschlagen. —

Er diktirte dem Herzog von Bassano mit fester Stimme seine
Botschaft an die Kammern, und zog sich dann, erschöpft von so viel
Aufregungen und Sorgen, in sein Schlafzimmer zurück, um zu ruhen.

Aber seine Seele in ihren Schmerzen und Qualen ließ ihn keine
Ruhe finden, mit offenen Augen, gemartert von seinen eigenen Gedanken, zuweilen laut aufächzend, zuweilen einzelne Worte des Zorns
und der Verwünschung ausstoßend, lag er auf seinem Lager, und kein
Schlaf senkte sich auf seine Augenlider, keine Ruhe in sein gemar-
tertes Herz.

Luft, ich muß Luft haben, oder ich ersticke, rief er emporspringend.
Ich mag nicht allein sein, diese Stille martert mich.

Er ging hastig in sein Cabinet, und sein Antlitz erhellte sich, als
er dort den Herzog von Rovigo und Benjamin Constant traf, die Beide
gekommen waren, den heimgekehrten Kaiser zu begrüßen.

Kommen Sie in den Garten, sagte der Kaiser, und er schritt
hastig den beiden Herren voran und ging hinunter in den Garten, um
in dessen schattigen Alleen mit ihnen auf und ab zu wandeln, und
ernst und gelassen die Angelegenheiten des heutigen Tages zu besprechen.

Sie glauben also auch, Savary, sagte er, daß die Kammern sich
gegen mich erklären und sich von mir lossagen werden?

Ja, Sire, ich fürchte es, diese unglücklichen Repräsentanten vermeinen, sich selber und Frankreich zu erretten von der Feindschaft der
Alliirten, wenn sie sich freiwillig lossagen von dem Kaiser, dem, nach

ber Erklärung der Alliirten, allein ihr Angriff und ihre Feindseligkeit gilt.

Ja, rief Napoleon mit einem bittern Lächeln, das sind dieselben
Menschen, die voriges Jahr mich zur Abbankung beredeten! Sie
wollen nicht einsehen, daß ich nur der Vorwand des Krieges bin, und
daß Frankreich der eigentliche Gegenstand desselben ist. Wenn Frankreich nicht bei dem letzten Traktat ganz und gar vernichtet wurde, so
kam es daher, weil die Fremden noch von einem Rest menschlicher
Ehrfurcht zurückgehalten wurden, und weil sie Furcht hatten vor meiner möglichen Rückkehr. Unsinnige sind Diejenigen, die das nicht begreifen wollen; wenn sie mich werden verlassen haben, dann wird man
es ihnen als Schuld anrechnen, daß sie mich vorher aufgenommen
haben, und dann wird es an der Zeit sein, sich der Reue hinzugeben. *)

Sire, sagte Benjamin Constant, die Alliirten werden es nicht
wagen, eine Versammlung anzugreifen, welche das ganze französische
Volk vertritt und von diesem berufen ist.

Ach, Sie wollen mir damit sagen, daß Frankreich gerettet ist, wenn
ich abbanke, und daß —

Ein lautes, freudiges Jauchzen, ein donnerndes Vive l'Empereur!
unterbrach die Worte des Kaisers. Er hatte im Auf- und Abwandeln
durch die Alleen des Gartens jetzt mit seinen Begleitern die große,
breite Allee gewählt, welche dicht an dem Eisengitter sich befand, das
den Garten begrenzte. Hinter diesem durchbrochenen und weitläuftigen
Eisengitter standen Tausende von Arbeitern, von Leuten aus dem Volk,
sie waren gekommen, den Kaiser zu sehen, ihn zu begrüßen, ihm zu
sagen, daß sie ihm treu bleiben, und daß sie ihn nicht verlassen wollten,
daß sie nur ihn und nicht die Kammern zu ihrem Herrn annehmen
wollten.

Und dies Alles sagten sie ihm jetzt mit ihrem lauten, immer sich
ernenernden vive l'Empereur! dies sagten sie ihm mit ihren hoch em-

---

*) Napoleons eigene Worte. Siehe: Mémoires du Duc de Rovigo.
Vol. VIII. 188.

por gehobenen Armen, die sich nach ihm hinstreckten, mit ihren blitzenden Augen, die durch das Gitter mit Blicken voll Liebe und Bewunderung auf ihn gerichtet waren.

Der Kaiser begrüßte sie mit einem traurigen Lächeln, und wandte sich dann seinen beiden Begleitern zu. Seht, sagte er, so geht es. Diese Menschen habe ich mit Ehren und Reichthümern überhäuft? Was schulden sie mir? Ich fand sie arm, und ich verlasse sie arm. Der Instinct der Nothwendigkeit spricht aus ihrem Munde; er klärt sie auf, und wenn ich es will, wenn ich es gestatte, haben in Einer Stunde die widerspenstigen Kammern aufgehört zu existiren.*)

Ach, da kommt mein Bruder! da kommt Lucian!

Er ging dem Prinzen, der eben die Allee daher schritt, lebhaft entgegen.

Nun, Lucian, was für Botschaft bringst Du mir? Wie haben die Kammern meine Vorschläge aufgenommen?

Ach, Sire, ich bringe schlimme Botschaft. Alle meine Vorstellungen, meine Vernunftgründe, meine Vorwürfe waren vergeblich. Ich war zuerst in der Kammer der Repräsentanten. Ich beschwor sie, den Kaiser zu unterstützen, mit ihm sich zur Errettung des Vaterlandes zu vereinen. Meine Worte wurden mit Hohn, mit Spott zurückgewiesen. Der Repräsentant Jay erklärte, der Kaiser sei ein Hinderniß für das Glück Frankreichs, denn er könne es nicht mehr vertheidigen, und er verhindere nur die Versöhnung mit Europa, und als ich dann daran erinnerte, wie viele Wohlthaten, wie viele Siege Frankreich Eurer Majestät verdanke, da erhob sich Lafayette, um wider mich das Wort zu ergreifen, um die Opfer zu schildern, welche Frankreich seinem Kaiser gebracht, um zu erklären, die Nation habe genug für einen Einzigen gethan, es sei jetzt Zeit, daß sie an sich selber denke. Und alle Repräsentanten jauchzten ihm zu, und erhoben sich von ihren Sitzen und riefen: der Kaiser muß freiwillig abdanken oder wir werden ihn dazu zwingen!

Ah, ich muß! rief Napoleon mit donnernder Stimme. Man will

---

*) Napoleons eigene Worte. Siehe: Benj. Constant, Lettres etc.

mir Gesetze vorschreiben! Jetzt werde ich nicht abdanken! Die Kammer ist aus Jakobinern, aus verbrannten Köpfen, aus Ehrgeizigen zusammengesetzt, die nur Stellen erhaschen und Unordnung erregen wollen. Ich hätte sie der Nation denunciren, sie verjagen sollen. Es ist vielleicht noch Zeit dazu!*)

Ja, Sire, es ist noch Zeit dazu, rief Lucian. Fassen Sie jetzt einen energischen Entschluß. Verjagen Sie die Kammern, ergreifen Sie bis nach Befreiung des Vaterlandes die militairische Diktatur, rufen Sie das Volk zu einer allgemeinen Erhebung und Bewaffnung auf! Sire, es ist, wie Ihnen gemeldet worden, ein Theil der Armee, zehntausend Mann, in Paris eingerückt, und sie glühen dem Kampf entgegen, sie hängen noch immer mit Begeisterung an ihrem Kaiser, sie sind bereit, für ihn zu kämpfen. Rufen Sie Ihre Getreuen, lassen Sie die Kammern verjagen, und Sie sind wieder der Kaiser, und keine Stimme wird es wagen, sich wider Sie zu erheben!

Der Kaiser antwortete nicht sogleich. Er ging, die Arme auf dem Rücken gefaltet, langsam die Allee hinauf; zuweilen blieb er stehen, und warf einen langen Blick hinüber nach jener Seite, wo hinter den Bäumen und Büschen das Gitter sich befand, durch welches das Volk nach seinem Kaiser spähete, und horchte auf das verworrene Geschrei, das da herübertönte, und aus dem zuweilen wie eine himmlische Musik das jauchzende vive l'Empereur! emporrauschte. Dann schritt er wieder rascher vorwärts und schien nun wieder auf die Stimmen zu lauschen, die in seiner eigenen Brust ihm ertönten.

Endlich blieb er, zu dem Portal des Palastes gelangt, vor den Herren stehen und hob seine düstern Augen zu ihren fragenden, erwartungsvollen Gesichtern empor.

Nein, sagte er, ich will keinen Bürgerkrieg! Ich weiß wohl, daß es nur eines Winkes von mir bedürfte, um die Opposition zu vernichten und mir einen Triumph über sie zu verschaffen. Aber das Leben Eines Mannes ist nicht werth, mit so viel Menschenleben er-

---

*) Napoleons eigene Worte. Siehe: Fleury IV.

kauft zu werden. Ich kam nicht von Elba zurück, um Paris mit Blut zu überschwemmen.*)

So sind Sie verloren, mein Bruder, seufzte Lucian.

Das heißt, wenn es sein muß, so opfere ich mich der Ruhe und dem Wohlergehen Frankreichs, sagte Napoleon ruhig, und Frankreich wird dereinst dieses Opfer anerkennen, und es wird mich dafür lieben. Was thun die Kammern jetzt, Lucian?

Sire, die Repräsentanten waren von der zwanzigstündigen Sitzung, von den langen und heftigen Debatten so erschöpft, daß sie die Sitzung aufgehoben haben und erst morgen früh um acht Uhr sich wieder versammeln wollen.

Ja, es ist wahr, murmelte Napoleon, dies war ein sehr angreifender Tag. Ich empfinde das auch, meine Seele ist auch erschöpft. Die Sonne ist untergegangen und es wird Abend. Da meine Feinde schlafen, will ich es auch thun. Adieu, Lucian, adieu, Savary und Constant. Morgen früh wollen wir weiter sprechen!

Er nickte ihnen mit einem matten Lächeln einen Abschiedsgruß zu und schritt langsam, gesenkten Hauptes, durch das Portal in das Schloß.

Die Sonne ist untergegangen und es wird Abend, flüsterte Lucian, seinem Bruder nachblickend. Ja, ich fürchte, seine Sonne ist jetzt für immer untergegangen.

VIII.

Die Abdankung.

Ob der Kaiser in dieser Nacht vom einundzwanzigsten auf den zweiundzwanzigsten Juni geschlafen? Er hatte sich wenigstens in sein

---

*) Napoleons eigene Worte. Siehe: Mémoires du Duc de Rovigo.

Schlafzimmer zurückgezogen und sich mit Hülfe seines Kammerdieners Marchand zu Bett begeben.

Aber als er am andern Morgen wieder aus seinem Schlafzimmer hervortrat, zeigte sein Antlitz die Spuren tiefster Erschöpfung und selbst das düstere Feuer seiner Augen war erloschen.

Die wenigen Getreuen, welche in diesen Tagen der Trübsal ihn nicht verlassen, seine Minister, seine Brüder, der General Bertrand und der Herzog von Rovigo und einige Andere hatten ihn in seinem Cabinet erwartet und empfingen ihn mit ehrfurchtsvollen Grüßen und Verbeugungen.

Es ist acht Uhr, sagte der Kaiser. Jetzt werden die Kammern sich versammeln, und jetzt wollen auch wir berathen, was geschehen soll und muß. Der Feind naht sich unsern Mauern.

Sire, meldete der eintretende Kammerdiener, der Herzog von Otranto! Er öffnete auf einen Wink Napoleons die Thür und Fouché trat ein.

Er schritt einher aufrecht, stolz gehobenen Hauptes, wie er es sonst nie gewagt vor dem Kaiser zu erscheinen, sein Angesicht strahlte wie in höhnischer Freude und ein triumphirendes Lächeln umspielte seine Lippen.

Napoleon, der mit einem einzigen Blick seine ganze Gestalt überflogen hatte, wandte langsam das Haupt den andern Herren zu.

Ich sagte so eben, der Feind naht sich unsern Mauern, ich irrte mich, der Feind ist schon innerhalb derselben! Nun, was giebt es, Herr Herzog? Warum sind Sie nicht, gleich den andern Ministern, wie ich befohlen, um halb acht Uhr hier erschienen? Hat man Ihnen nicht gemeldet, daß ich einen Ministerrath halten wollte?

Sire, sagte Fouché gelassen, ich konnte leider nicht kommen, denn die Kammern hielten heute Morgen eine Sitzung, und ich mußte derselben beiwohnen.

Was, die Kammern haben schon eine Sitzung gehalten? rief der Kaiser. Sie wollten sich ja erst um acht Uhr versammeln?

Die dringlichen Umstände haben sie indeß veranlaßt, diese Sitzung auf eine frühere Stunde zu verlegen, und sie sind schon heute Morgen um fünf Uhr zusammengetreten. Es haben heftige Debatten stattgefunden, Ihre Feinde, Lafayette und Lanjuinais an ihrer Spitze, ergoffen sich in den leidenschaftlichsten Reden gegen das Oberhaupt des Staates.

Aber Sie, nicht wahr, Sie sprachen für mich? fragte Napoleon mit einem höhnischen Ausdruck.

Ja, ich sprach für Sie, sagte Fouché ruhig, und meinen Bemühungen allein ist es gelungen, die harten Aussprüche der Kammer ein wenig zu mildern. Lafayette schlug vor, daß man Sie ohne Weiteres als der Krone für verlustig erklären sollte. General Grenier proponirte, daß sich eine Deputation in das Elysée begeben und verlangen sollte, daß Napoleon Bonaparte sofort seine Abdankung erkläre. Meinen Bemühungen ist es gelungen, noch eine Stunde Aufschub zu erlangen. Man hat mir gestattet, mich hierher zu verfügen, Sie zu beschwören, freiwillig und wie aus eigenem Impuls eine Botschaft an die Kammern zu senden, und denselben zu melden, daß Sie der Krone entsagen und sie niederlegen. Man will, um die Ehre des Staatsoberhauptes zu schonen, eine Stunde noch auf diese Erklärung warten, und erst, wenn sie bis dahin nicht erfolgt ist, wird die Kammer eine Deputation hierher entsenden, um Sie aufzufordern, sofort und ohne Säumen die Krone niederzulegen.*)

Der Kaiser hatte den Worten Fouché's, wie es schien, mit vollkommener Ruhe zugehört, aber seine Wangen waren noch bleicher geworden, als zuvor, und in seinen Augen, welche vorher so trübe und glanzlos gewesen, flammte jetzt das Feuer des Zorns.

Herr Herzog von Otranto, sagte er, noch bin ich der Kaiser, und wenn ich auch die Krone niederlege, so bleibt mir doch die Würde eines Kaisers. Ich habe dieselbe von der französischen Nation erhalten, und sie verliert sich nicht.**) Bedienen Sie sich daher in Ihren Verhandlungen mit mir der ehrfurchtsvollen Formen, wie sie meinem Diener und dem Manne geziemen, den ich zum Herzog gemacht habe. Was

---

*) Fleury IV. 24.
**) Napoleons eigene Worte. Siehe: Fleury IV. 31.

die unverschämte Forderung der durch mich eingesetzten Kammern an-
belangt, so werde ich überlegen, was mir zum Wohle des Staats erforderlich scheint.

Oh, Sire, rief der General Solignac, der so eben in das Cabinet
eintrat, ich beschwöre Sie, überlegen Sie nicht mehr. Entscheiden Sie
sich rasch. Ich komme aus der Kammer. Alles ist dort in Aufruhr und
Bewegung. Lafayette hat den Vorschlag gemacht, die Entsetzung auszusprechen, und Ew. Majestät verhaften zu lassen. Mehr als funfzig
der Repräsentanten haben sich vereinigt, um hierher zu ziehen, ein Trupp
National-Garbisten hat sich ihnen zugesellt, und sie warten nur auf das
Ablaufen der bewilligten Frist, um her zu kommen, und Ew. Majestät
zu verhaften. *)

Und was sagen Sie, meine Brüder, Sie, meine Herren Minister,
zu diesem Attentat? rief Napoleon mit donnernder Stimme. Lucian,
sprechen Sie, Sie, der mir immer gerathen hat, nicht nachzugeben.
Sind Sie noch jetzt dieser Meinung?

Nein, Sire, seufzte Lucian, es ist zu spät. Der glückliche Moment
ist vorübergegangen, jetzt müssen Sie sich unterwerfen!

Napoleons fragender Blick wandte sich von Lucian zu seinem
Bruder Joseph hin.

Sire, ich theile die Ansicht meines Bruders, sagte der Prinz traurig,
Ew. Majestät müssen sich unterwerfen!

Und was sagen meine Minister? fragte Napoleon.

Aber weder Maret, noch Caulaincourt, noch Decrès und Carnot
antworteten, sie standen da gesenkten Hauptes, — nur Fouché, der
Polizeiminister des Kaisers, stand hoch erhobenen Hauptes, und heftete
seine leuchtenden Blicke fest auf das bleiche Antlitz des Kaisers.

Und Sie, Savary und Bertrand, fragte Napoleon, sagen auch
Sie, daß Alles verloren ist?

Ja, rief der Herzog von Rovigo, ja, es ist Alles verloren. Ew.
Majestät müssen sich entschließen, Frankreich das größte Opfer darzubringen. Oh, Sire, ich beschwöre Sie, suchen Sie nicht länger gegen

---

*) Eduard Arnd. Geschichte der letzten vierzig Jahre. I. 147.

die Macht der Verhältniffe anzukämpfen. Die Zeit verfließt, der Feind rückt heran. Dulden Sie es nicht, daß die Kammer, daß die Nation Sie beschuldigen kann, Sie hätten Frankreich verhindert, Frieden mit seinen Feinden zu machen.

Sire, sagte General Bertrand mit flehender Stimme, das Antlitz überfluthet von Thränen, Sire, seien Sie groß, wie Sie es bis hierher immer gewesen. Im Jahre 1814 haben Sie sich dem Wohle Aller geopfert, erneuern Sie heute dieses erhabene, dieses großmüthige Opfer.

Napoleon schwieg, — eine tiefe Stille trat ein, und inmitten dieser Stille vernahm man nur die Seufzer, die schwer und ächzend aus der Brust des Kaisers hervorkamen. Lange starrte er, nicht achtend, daß Aller Augen auf ihn gerichtet waren, in das Leere, dann wandte er langsam sein Haupt nach Fouché hin.

Herr Herzog von Otranto, sagte er mit fester, ruhiger Stimme, gehen Sie in die Kammer, und melden Sie den Herren, daß sie sich ruhig verhalten sollen. Ich werde ihre Wünsche erfüllen. Ich werde abdanken.

Ein einziger gemeinschaftlicher Schrei des Schmerzes tönte von Aller Lippen, nur Fouché lächelte, und sich leicht verneigend, verließ er eilig das Zimmer.

Jetzt, mein Bruder Lucian, sagte der Kaiser gelassen, jetzt nehmen Sie die Feder, ich will Ihnen dictiren!

Lucian setzte sich vor dem Schreibtisch nieder, die Minister, Herzöge und Generäle zogen sich ehrfurchtsvoll in den Hintergrund des Zimmers zurück.

Napoleon blieb seinem Bruder Lucian gegenüber neben dem Tisch stehen, und die Hand auf denselben aufgestützt, gerade und stolz aufgerichtet, dictirte der Kaiser mit ruhiger, fester Stimme wie folgt:

„Declaration an das französische Volk.

„Indem ich den Krieg begann, um die nationale Unabhängigkeit aufrecht zu erhalten, zählte ich auf die Vereinigung aller Kräfte, aller nationalen Autoritäten. Ich war berechtigt, einen guten Erfolg davon zu erhoffen, und ich hatte deshalb allen Erklärungen der Mächte gegen mich Trotz geboten.“

„Die Umstände erscheinen mir jetzt verändert; ich biete mich dem Haß der Feinde Frankreichs als Opfer dar; möchten sie aufrichtig gewesen sein in ihren Erklärungen und wirklich nur ihre Feindschaft gegen meine Person gerichtet haben! Mein politisches Leben ist abgeschlossen; und ich proclamire meinen Sohn unter dem Titel Napoleon II. zum Kaiser der Franzosen."

„Die activen Minister werden einen provisorischen Regentschafts-rath bilden. Die Zuneigung, die ich für meinen Sohn hege, verpflichtet mich, die Kammern aufzufordern, ohne Verzug die Regentschaft durch ein Gesetz zu organisiren."

„Vereinigt Euch Alle für das öffentliche Wohl und um eine unabhängige Nation zu bleiben."

Mein Bruder, sagte Napoleon mit einem sanften Lächeln, jetzt bin ich zu Ende. Es bleibt nur noch übrig zu unterschreiben.

Er ging mit festem Schritt an die andere Seite des Tisches, nahm die Feder aus Lucians Händen, und stehend, sich nur leicht herunter-neigend über das Papier schrieb er mit rascher Hand seinen Namen unter die Declaration.

Jetzt soll Fleury zwei Abschriften davon machen, sagte Napoleon, die Feder fortwerfend, drei meiner Minister sollen die eine der Declarationen in die Deputirtenkammer, und wieder drei andere die zweite Abschrift in die Pairskammer tragen.

Eben ward die Thür hastig aufgerissen und der Graf de la Borde, der General-Adjutant der National-Garde, stürzte herein.

Sire, sagte er athemlos und keuchend, Sire, es ist keine Minute mehr zu verlieren. Die Kammern wollen so eben die Absetzung Eurer Majestät zur Abstimmung bringen.

Napoleon schritt zu dem Grafen hin, der bleich, athemlos vom eiligen Lauf kaum noch im Stande war, sich aufrecht zu halten. Mit einem Blick voll Theilnahme und Güte legte Napoleon seine Hand auf die Schulter des Grafen.

Diese guten Leute haben es wirklich sehr eilig, sagte er. Kehren Sie zu ihnen zurück und sagen Sie ihnen, sie möchten sich beruhigen. Die Abdankung sei schon geschrieben und würde ihnen sogleich überreicht werden.*) Und jetzt, da die Geschäfte beendet sind, fuhr der Kaiser ruhig fort, jetzt darf ich wohl eine Stunde der Ruhe genießen. Ich fühle mich erschöpft, ich will schlafen!

Er durchschritt langsam das Gemach, trat in sein Schlafzimmer ein und ließ sich mit einem tiefen Seufzer auf sein Lager niedergleiten. —

Eine Stunde später trat sein Bruder Lucian in das Schlafgemach Napoleons ein, um ihm zu melden, daß eine Deputation aus der Kammer der Abgeordneten im Palais angelangt sei, um dem Kaiser zu danken.

Leise schlich Lucian zu dem Bett hin, auf welchem der Kaiser ruhte, leise rief er seinen Namen.

Aber der Kaiser hörte ihn nicht.

Er schläft, sagte Lucian tief bewegt. Eine Welt ist in Aufregung, Zorn und Aufruhr um seinetwillen. Aber er kann schlafen, er fühlt sich still und ruhig, denn er hat das Opfer gebracht, welches ihm das schwerste auf der Welt dünkte. Er hat seine Krone dahin gegeben. Er war Kaiser, jetzt ist er wieder ein Held, und nicht als entthronter Kaiser liegt er da und schläft, sondern als der lorbeerbekränzte Held, den nichts entthronen kann, und der schlafen darf, wenn er auch einen irdischen Thron verloren hat, denn ihm bleibt der unsterbliche Thron, den ihm sein Ruhm in der Weltgeschichte erbaut hat.

Er neigte sich tief über den Schlafenden, und drückte leise einen Kuß auf Napoleons Stirn.

Wache auf, mein Bruder, wache auf! Vollende Dein Opfer, nimm die letzten Huldigungen Frankreichs entgegen!

Napoleon richtete sich rasch von seinem Lager empor, und schaute verwundert zu Lucian hin, den er sonst immer so entschlossen und mannhaft gesehen, und dessen Antlitz jetzt überfluthet war von Thränen.

Weinst Du, Lucian, weil Du über mich trauerst? fragte Napoleon.

Nein, sagte er, ich weine, weil ich mich über Dich freue, mein Bruder. Du hast das schwerste gethan, Du hast Dich selbst über-

---

*) Fleury IV. 28.

wunden! Aber jetzt, Sire, sagte er, ehrfurchtsvoll zurücktretend, jetzt bringen Sie das letzte Opfer. Nehmen Sie mit heiterer Ruhe die Huldigungen Ihrer Feinde entgegen. Eine zahlreiche Deputation der Kammer ist da, und wünscht von Ew. Majestät Abschied zu nehmen.

Ach, sie wünschen mich zu sehen, wie mir die Glieder zerschmettert sind durch diesen Fall von meinem Thron, rief Napoleon, indem er von dem Lager emporsprang. Sie sollen diesen Wunsch nicht erfüllt sehen! Ich lebe noch, ich fühle mich nicht zerschmettert, ich kann noch meine Arme heben, meine Hand kann noch immer ein Schwert fassen, und meine Füße sind noch stark und kräftig, um mich weit fortzutragen, weit fort in eine neue Welt. Und die will ich mir suchen, und in ihr will ich mir einen neuen Thron erbauen. Ach, wer noch einen starken Kopf, einen kräftigen Arm, ein scharfes Schwert und gesunde Füße hat, dem gehört die Zukunft, und er kann noch nicht sagen, daß er mit dem Leben abgeschlossen hat. Ich habe für Frankreich, für Europa vielleicht aufgehört zu leben, aber die Welt ist groß, und ich werde auf einem andern Welttheil wieder auferstehen.

Die Welt ist nicht so groß, rief Lucian, daß der Klang Ihres Namens, daß der Ruhm Napoleons nicht überall hingedrungen wäre. Ich hörte ihn an den Ufern des Delaware so hell und jauchzend erklingen, wie in Europa, die Wüsten Afrika's wissen von ihm zu erzählen, und über die Mauern China's ist er hinüber geschallt. Die ganze Welt huldigt dem Ruhm des großen Napoleon.

Die ganze Welt huldigt mir, sagte Napoleon leise vor sich hin, und doch werde ich bald nicht mehr wissen, wo ich mein Haupt hinlegen soll, und kein Fuß breit Landes wird Mein sein. Doch still davon! Mein Herz soll stark bleiben. Geh, Lucian, sage, daß ich kommen werde, die Deputation zu empfangen. —

Wenige Minuten später trat Napoleon in den Audienzsaal, in welchem seine Brüder, seine Minister, seine wenigen getreuen Freunde, und die zahlreiche Deputation der Repräsentanten versammelt waren.

Fest und ruhig, wie in den Tagen seines Glückes, schritt der Kaiser bis in die Mitte des Saals. Sein Auge hatte jetzt wieder seinen tiefen, feurigen Glanz, seine Züge waren wieder unburchbringlich, es war wieder das eherne Cäsarenhaupt, welches die Deputirten da vor sich sahen, und vor dem sie, von unwillkürlicher Ehrfurcht ergriffen, sich tief verneigten.

Und ehern, kalt und ruhig blieb auch das Cäsarenantlitz, als der Sprecher der Deputirten, als Graf Lanjuinais jetzt dem Kaiser im Namen der Kammern sich nahte, als er in pathetischen Worten sprach „von der Ehrfurcht und Dankbarkeit, mit welcher die Nation das edle Opfer annähme, welches Napoleon dem Glück und der Unabhängigkeit des französischen Volkes dargebracht."

Eine tiefe Stille trat ein, nachdem Lanjuinais gesprochen; in athemlosem Schweigen schauten Alle auf Napoleon hin, um von ihm noch ein letztes Wort, ein Wort des Abschieds für Frankreich zu vernehmen.

Ich danke Ihnen, sagte der Kaiser nach langem Schweigen mit einer Stimme, welche so sanft und weich war, daß sie Thränen in die Augen seiner Zuhörer rief, und jedes Herz erbeben machte vor Rührung, ich danke Ihnen für die Gefühle, welche Sie mir ausdrücken; ich wünsche, daß meine Abdankung das Glück Frankreichs wiederherstelle, aber ich hoffe es nicht, denn sie läßt den Staat ohne Haupt, ohne politische Existenz. Die Zeit, die man damit verloren hat, eine Monarchie umzustoßen, hätte besser dazu angewandt werden können, Frankreich in den Stand zu setzen, den Feind zu vernichten.

Ich empfehle der Kammer, die Armee so rasch wie möglich zu vervollständigen: wer den Frieden will, muß sich zum Kriege bereit halten.

Gebt diese große Nation nicht der Gnade der Fremden dahin, fürchtet von Euren Hoffnungen betrogen zu werden, denn da liegt für Euch die Gefahr. In welcher Lage ich mich auch befinden werde, ich werde immer zufrieden sein, wenn Frankreich glücklich ist.

Ich empfehle meinen Sohn der Liebe Frankreichs. Ich hoffe, daß Frankreich nicht vergessen wird, daß ich nur für ihn abgedankt habe. Ich habe außerdem dies große Opfer dem Wohl der Nation dargebracht; nur unter meiner Dynastie kann sie hoffen, frei, glücklich und unabhängig zu sein. Lebet wohl! Frankreich gehören alle meine Wünsche!*)

---

*) Des Kaisers eigene Worte. Siehe: Fleury VI. 31.

Stille ward es, nachdem der Kaiser gesprochen. Mit gesenkten Häuptern standen die Deputirten da, die Größe des Moments, die hinreißende Gewalt der Stimme Napoleons hatte sie fortgerissen, kein Auge war trocken geblieben, in dem weiten Saal hörte man nur Weinen und Seufzen und alle diese von Thränen getrübten Blicke ruhten mit schmerzlicher Bewunderung auf dem bleichen ruhigen Antlitz des Kaisers.

Napoleon weinte nicht. Einen langen feurigen Blick ließ er an allen Anwesenden vorübergleiten, dann neigte er leise sein Haupt, wandte sich um und verließ den Saal.

Die Thür fiel hinter ihm in's Schloß, — der Kaiser hatte der französischen Nation sein letztes Lebewohl gesagt!

Achtes Buch.

Malmaison und Helena.

I.

Der deutsche Brief.

Ein Courier von dem Befehlshaber der französischen Truppen, vom Marschall Davoust, war heute, den dreißigsten Juni, im Hauptquartier des Fürsten Blücher, in La Balette, unweit Paris, eingetroffen und hatte dem Fürsten Blücher ein Schreiben des Marschalls überbracht.

Blücher hatte sich dieses Schreiben soeben von Gneisenau übersetzen lassen und dampfte jetzt nach beendeter Vorlesung große Rauchwolken aus seiner Pfeife hervor.

Na, sagte er nach einer langen Pause, wir haben ihn also mit Gottes Hülfe zum zweiten Mal glücklich runter gebracht von seinem Thron. Aber, ist es auch wahr, Gneisenau? Ist es auch nicht man blos Verstellung und Reberei, blos, damit wir mit langer Nase abziehen sollen? Können Sie mir Ihr Ehrenwort geben, Mann, daß Sie's glauben und daß der Bonaparte wirklich abgedankt hat?

Ja, Durchlaucht, sagte Gneisenau zuversichtlich, ich kann Ihnen mein Ehrenwort geben, Napoleon hat wirklich abgedankt, die Kammern haben eine provisorische Regierung ernannt, die aus Couché, Carnot, Grenier, Caulaincourt und Quinette besteht und deren Präsidentschaft Fouché glücklich an sich gerissen hat. Diese provisorische Regierung hat alle Souverainetätsrechte des Thrones in sich vereinigt, und herrscht jetzt über Frankreich mit unbedingten Vollmachten. Sie hat bereits ein neues Ministerium ernannt, und den Marschall Davoust zum Oberbefehlshaber der Truppen erhoben.

Und wo ist der Bonaparte?

Der hat, wie der Courier meldet, gestern das Palais Elisée verlassen und sich nach Malmaison begeben.

Und diese übermüthigen Franzosen denken, wir werden mit ihnen Frieden und Freundschaft schließen, so lange dieser Mensch noch in Frankreich ist, und alle Tage wieder auftreten und sein scheußliches Unwesen wieder von vorn anfangen kann? Sie sollen uns erst den Bonaparte gebunden hierher bringen, ihn uns als Gefangenen übergeben, damit wir sehen, daß es ihnen Ernst damit ist, mit ihrer Vergangenheit zu brechen, dann nachher wollen wir sehen, was zu thun ist, und ob wir ihnen den Frieden schenken wollen, das heißt, wenn sie uns erst 'ne gehörige Portion Kriegscontribution gezahlt und uns vollständige Revanche gegeben haben. Aber zu allererst müssen sie uns den Bonaparte ausliefern.

Aber, Durchlaucht, das hieße nicht allein das französische Volk, sondern auch diejenigen Souveraine, welche früher Napoleon als ihres Gleichen geehrt haben, zu sehr beschämen, das wäre selbst ein Verbrechen gegen Napoleon, der, was man auch immer von ihm sagen mag, doch jedenfalls ein Held und ein großer Feldherr ist und dem man jetzt in seinem Unglück wohl einige Ehrfurcht schuldig ist.

Na, rief Blücher zornig, das fehlt mir blos noch, Ehrfurcht vor dem Bonaparte! Thun Sie mir den einzigen Gefallen, und bleiben Sie mir mit solchen schönen Redensarten vom Leibe, Sie ärgern mich und machen mich wüthend, und ich wär's im Stande und ritt mit 'nen paar Husarenregimentern nach Malmaison hin und holt' mir den Bonaparte, ließ ihn in einen eisernen Käfig stecken und nähm' ihn als 'n wilden Menschenfresser mit mir, blos um Euch und aller Welt zu beweisen, daß ich ganz und gar keine Ehrfurcht vor dem Kerl habe. Na, übrigens ist's mir lieb, Sie haben mich grade in die rechte Stimmung gebracht, um den hochnasigen aufgeblasenen Brief des Monsieur Davoust zu beantworten. Das ist auch Einer von Denen, die Deutschland mit Füßen getreten und so gethan haben, als hätt' der liebe Gott uns Deutsche man blos dazu geschaffen, den Herren Franzosen die Schuhriemen zu lösen und ihre gehorsamen Diener zu sein. Der Monsieur Davoust hat dazumal in Hamburg den kleinen Napoleon gemacht, und mit deutschem Hab und Gut, und mit deutscher Ehre und Gesinnung gespielt, als wenn's Billardbälle wären, die blos zum Amusement für den Herrn Marschall da wären. Ist mir sehr lieb, daß ich dem Monsieur zu antworten hab' und einen rechtschaffenen, ehrlichen Brief will ich ihm antworten. Wollen Sie so gut sein, und mein Secretair sein, Gneisenau? Wollen Sie schreiben, was ich Ihnen dictire? Denn Sie wissen wohl, das Schreiben ist just nicht meine Sach', und wenn ich die Buchstaben auf's Papier male, so verfliegen mir dabei immer die besten Gedanken, und das Feuer geht mir aus, wie 'ner Pfeife, die man nicht anbläst. Das macht, mein Kopf denkt rascher, als meine Hand schreibt. Wollen Sie mir also den Gefallen thun und für mich schreiben?

Von Herzen gern, Durchlaucht, sagte Gneisenau, vor dem Tisch Platz nehmend, auf welchem das Schreibgeräth schon bereit gelegt worden.

Na, so schreiben Sie mal, rief Blücher, indem er mit dem kleinen Finger ein wenig in dem Kopf seiner Pfeife umherfuhr und dann einige kräftige Züge that. Der Herr Davoust will'n Waffenstillstand, nicht wahr, das steht in seinem französischen Brief?

Ja, Durchlaucht.

Er schreibt, die Ursache des Krieges sei hinweggeräumt, da Bonaparte dem Throne entsagt hätte, die verbündeten Mächte hätten das bereits auch anerkannt, Oesterreich hätte schon einen Waffenstillstand mit der provisorischen Regierung abgeschlossen, und ich würde eine große Verantwortung auf mich laden, wenn ich nicht auch bereit wäre, die Feindseligkeiten einzustellen. Nicht wahr, das steht Alles in dem Brief?

Ja, Durchlaucht, das steht darin.

Rann wollen wir mal sehen, was in meinem Brief darauf zu antworten ist. Schreiben Sie, Gneisenau, nu frisch druf!

Und mit lauter, feuriger Stimme dictirte Blücher:

„Mein Herr Marschall! Es ist irrig, daß zwischen den verbündeten Mächten und Frankreich alle Ursachen zum Krieg aufgehört hätten, weil Napoleon dem Thron entsagt habe; dieser hat nur bedingungsweise entsagt zu Gunsten seines Sohnes, und der Beschluß der vereinigten Mächte schließt nicht allein Napoleon, sondern auch alle Mitglieder seiner Familie vom Thron aus. Wenn der österreichische General Frimont sich berechtigt geglaubt, einen Waffenstillstand mit dem ihm gegenüber stehenden feindlichen General zu schließen, so ist das kein Beweggrund für uns, ein Gleiches zu thun. Wir verfolgen unsern Sieg, und Gott hat uns Mittel und Wollen dazu verliehen. Sehen Sie zu, Herr Marschall, was Sie thun, und stürzen Sie nicht abermals eine Stadt in's Verderben; denn Sie wissen, was der erbitterte Soldat sich erlauben würde, wenn Ihre Hauptstadt mit Sturm genommen würde. Wollen Sie die Verwünschungen von Paris ebenso wie die von Hamburg auf sich laden? Wir wollen in Paris einrücken, um die rechtlichen Leute in Schutz zu nehmen gegen die Plünderung, die ihnen von Seiten des Pöbels droht. Nur in Paris kann ein zuverlässiger Waffenstillstand Statt haben. Sie wollen, Herr Marschall, dieses unser Verhältniß zu Ihrer Nation nicht verkennen. Ich mache Ihnen, Herr Marschall, übrigens bemerklich, daß, wenn Sie mit uns unterhandeln wollen, es sonderbar ist, daß Sie unsere mit Briefen und Aufträgen gesendeten Officiere gegen das Völkerrecht zurückhalten. In den gewöhnlichen Formen übereinkömmlicher Höflichkeit habe ich die Ehre, mich zu nennen, Herr Marschall, Ihr dienstwilliger —"*)

Na nu sind wir fertig, Freund! sagte Blücher, unterzeichnen will ich selbst. Aber erst sagen Sie mal, Gneisenau, was denken Sie von meinem Antwortschreiben an Monsieur Davoust?

Wenn ich die Wahrheit sagen soll, Durchlaucht, so finde ich dasselbe etwas sehr rauh und herbe, ja, grade heraus, etwas ungroßmüthig.

Ist auch durchaus nicht meine Absicht, den Großmüthigen spielen zu wollen, rief Blücher, und wenn mein Brief rauh und herbe ist, so ist er just so, wie Monsieur Davoust in Person gewesen ist, als er in Hamburg war, und mein Brief soll so bleiben. Nu, geben Sie mal her Ihre Feder, nun will ich noch meinen Namen drunter schreiben, und dann schicken wir meinen Liebesbrief ab.

---

*) Varnhagen v. Ense: Biographische Denkmale. Fürst Blücher. 476.

Durchlaucht vergessen, daß ich den Brief vorher erst übersetzen muß, und daß Sie nicht nöthig haben, unter das Concept Ihren Namen zu setzen. Ich werde Ihnen nachher die französische Uebersetzung vorlegen, und nur diese haben Sie nöthig zu unterzeichnen.

Was? Sie wollen den Brief in's Französische übersetzen? rief Blücher.

Natürlich, Durchlaucht. Wir können doch einem Franzosen nicht zumuthen, daß er einen deutschen Brief verstehen soll?

Na, und warum können wir ihm das nicht zumuthen? schrie Blücher hochroth vor Zorn. Herr Gott im Himmel, was wir Deutsche doch immer für demüthige Fuchsschwänzer und unterthänigste Duckmäuser sind! Wir können's andern Völkern nicht zumuthen, daß sie unsere Sprache kennen, um uns zu verstehen, und darum lernen wir ganz gehorsamst ihre Sprachen, um sie zu verstehen. Sagen Sie mal, Mann, Gneisenau, sind Sie denn auch 'n vornehmer Diplomat und Hofmann geworden, daß Sie mit den Franzosen so sauber und höflich umgehen wollen? Ich sag' Ihnen, es wird nichts daraus, und dies Mal sollen die Franzosen den Blücher kennen lernen. Ich frage Sie, in welcher Sprache hat der Herr Davoust denn an mich geschrieben?

Nun, natürlich in französischer Sprache, Durchlaucht.

So, das finden Sie natürlich, daß der Franzose an einen Ausländer, an einen Deutschen in französischer Sprache schreibt, der Franzose hat das Recht dazu? Na, dann habe ich auch das Recht, ihm in meiner Sprache zu antworten, und als Deutscher an den Ausländer, den Franzosen in deutscher Sprache zu schreiben. Er mag meinetwegen vornehm die Nase rümpfen, und sagen: „der Kerl, der Blücher, ist so dumm und ungebildet, daß er nicht einmal französisch versteht, und mir in seiner Muttersprache schreibt." Ich rümpfe auch die Nase, und sage: „der Kerl, der Davoust ist so dumm und ungebildet, daß er nicht einmal deutsch versteht, und mir in seiner Muttersprache schreibt." Es bleibt dabei, Gneisenau, schreibt er mir französisch, weil's ihm so bequem ist, so antwort' ich ihm deutsch, weil's mir so bequem ist. Es wär' uns Deutschen allzeit her viel nützlicher gewesen, wenn wir weniger

Zeit darauf verwandt hätten, französische Vocabeln zu lernen, sondern lieber unsere eigene deutsche Sprach' und unser deutsches Wesen mehr im Aug' behalten hätten.

Ja, das ist wahr, rief Gneisenau, unser edle und tapfere Fürst Blücher hat heute, wie immer Recht. Er ist ein deutscher Held und er vertheidigt deutsche Ehre und deutsches Recht in Allem, was er thut. Es ist wahr, wir Deutsche sind es gewohnt, daß wir uns den andern Völkern unterordnen, daß wir gar nicht den Muth haben zu verlangen, sie sollen unsere Sprache lernen, sondern bescheidentlich uns bemühen, in ihrer Sprache mit ihnen zu reden. Mein edler Blücher hat Recht, es ist würdiger, den Herren Franzosen, die französisch geschrieben, eine deutsche Antwort zu geben. Freilich, die Herren Franzosen werden uns deshalb der Unhöflichkeit zeihen und die Herren Diplomaten werden die Achseln zucken.

Lassen Sie sie zucken, bis sie meinetwegen bucklicht werden, sagte Blücher fröhlich. Ich will Ihnen was sagen, Gneisenau, ich hab' mir zugeschworen, daß ich die Franzosen lehren will, Respect vor uns Deutschen zu haben, und daß ich ihnen alles das vergelten will, was sie uns gethan haben. Nicht aus Bosheit und Rache, sondern um unsere Ehre zu retten und um den Franzosen zu beweisen, daß wir Deutsche auch eine Nation sind, und daß wir wieder treten, wenn man uns getreten hat. Und dazu hat mich der liebe Gott so lange leben lassen, daß ich Deutschland in Achtung und Ansehen bringen soll. Vorig Jahr, da war's meine Aufgabe, Deutschland zu befreien vom französischen Joch, aber dies Jahr da bin ich hergeschickt, Deutschland zu rächen und unsere Ehre rein zu waschen von den Flecken, die noch immer drauf sitzen. Darum ist's nicht genug, daß wir den Bonaparte verjagen, sondern wir müssen auch unsere Genugthuung haben von der französischen Nation, wir müssen sie lehren, wie weh es thut, getreten, mißachtet und verhöhnt zu werden. Wir müssen Vergeltung üben, denn dazu hat uns der liebe Gott hierher geschickt. Und darum will ich auch nicht wieder umkehren, sondern vorwärts will ich, vorwärts nach Paris. Die Franzosen müssen ebenso gut gedemüthigt werden, als der Bonaparte, sie sind ein übermüthiges Volk und müssen klein gemacht

werden wie ihr übermüthiger Bonaparte. Als sie die Herren in Deutsch-
land waren, da haben sie uns gerupft und zerfetzt, und immer zu ihrer
Entschuldigung das Eroberungsrecht angeführt. Na, nun sind wir
Herren in Frankreich, und nun wollen wir auch'n bischen rupfen und
zerfetzen. Das Eroberungsrecht erlaubt es uns. Kein Pardon für die
Franzosen! Sie müssen geduckt werden! Sie müssen erkennen, daß der
liebe Gott gerecht ist, und daß, wie einst die Franzosen Herren in
Deutschland waren, die Deutschen jetzt Herren in Frankreich sind! —
In dieser Nacht noch, Gneisenau, wollen wir aufbrechen.

Ohne vorher mit Wellington und dem englischen Heer uns vereinigt zu haben?

Ja, ganz auf unsere eigene Hand, Gneisenau, wollen wir vorwärts. Der Wellington ist mein lieber Freund und Bruder, aber er
ist mir zu fein, er möcht's auch mit keinem Menschen verderben, möcht'
den Franzosen noch lange Zeit lassen zu überlegen und zu berathschlagen,
ob sie so gütig sein wollen und uns nach Paris rein lassen, möcht'
ihnen Zeit lassen, sich in Gutem mit uns zu verständigen. Ich will
mich aber nicht in Gutem verständigen, ich will sie zwingen, Raison
anzunehmen, und darum rück' ich rasch vorwärts und zwinge Wellington
dadurch, mir zu folgen und auch vorwärts zu rücken. Diese Nacht noch
müssen wir bei Saint Germain über die Seine, denn die Franzosen sind
sonst im Stande und zerstören uns die Brücke und dann haben wir's
Nachschauen und können nicht hinüber. Wir müssen aber über die
Seine, um nach Paris zu kommen, denn um die Stadt zur Uebergabe
zu zwingen, müssen wir ihr die Zufuhr der Lebensmittel aus der Normandie abschneiden.

Aber, Durchlaucht, dadurch kommt das preußische Heer in Gefahr,
abgeschnitten zu werden und es tritt eine Trennung der verbündeten
Heere ein, die gefährlich werden kann, wenn die Franzosen sie zu benutzen verstehen.

Ach, was Trennung, brummte Blücher. Wir werden Alle einer
hinter dem Andern so rasch als möglich rüber gehen über die Seine.
Der Thielmann mit seinem Heer geht zuerst herüber. Dann folgt
Zieten mit seinen Truppen, und während der Zeit hat sich der Bülow

gesputet und ist auch heranmarschirt, geht dann auch rasch über die Brücke, und dann sind wir Alle beisammen, und dann geht's nach Paris. Hurrah! Auf Paris! Die Franzosen sollen uns kennen lernen! Das Parlez-vous hat aufgehört und von jetzt an wird deutsch mit den Franzosen gesprochen! Gneisenau, schicken Sie meinen deutschen Brief ab, und diese Nacht geht's über die Seine. Ich muß nach Paris, ich bin ein prächtiger Sprachmeister und die Franzosen sollen deutsch von mir lernen.

II.

In Malmaison.

Das Opfer war vollbracht! Zum zweiten Mal hatte Napoleon seine Krone niedergelegt, zum zweiten Male war er von dem Thron hernieder gestiegen und er fühlte jetzt, daß er dies Mal für immer mit seiner Vergangenheit abgeschlossen habe, daß keine Rückkehr mehr möglich sei. Es war zu Ende mit den Tagen des Glanzes und des Ruhmes, zu Ende mit seiner Kaiserherrlichkeit!

Seine ganze Vergangenheit, seine Krone, seine Macht, Alles das war in Paris zurückgeblieben, und nur als armer General war Bonaparte heimgekehrt nach Malmaison, nach diesem Schloß, in welchem er als Consul an der Seite seiner Josephine so schöne und glückliche Tage verlebt hatte, nach diesem Schloß, in welchem seine von ihm verlassene Gemahlin gestorben war vor Gram, aber mit dem letzten Hauch ihrer erbleichenden Lippen ihn gesegnet hatte.

Daran dachte er eben, als er einsam und allein in seinem Cabinet vor dem lebensgroßen Bilde Josephinens stand, das mit mildem Lächeln, mit sanften Engelsblicken zu ihm niederschaute. Zu ihr emporblickend erinnerte er sich ihrer Liebe, ihrer Güte und der vielen Thränen, die sie um ihn geweint.

Josephine, sagte er leise, Du bist gerächt. Alle Deine Prophe-
zeihungen sind eingetroffen. Als ich Dich verließ, erbleichte mein Stern,
verließ ich meinen guten Engel und gab den Dämonen Gewalt über
mich. Sie haben mich zu Grunde gerichtet, vom Thron hernieder geschleudert und zerschmettert, und so kehre ich zurück, gelähmt an allen
Gliedern, ein armer verlassener Mann. Bist Du nun zufrieden, Josephine? Wirst Du dem Heimkehrenden jetzt vergeben?

Er starrte zu dem Bilde empor, so lange, so unverwandt, bis
seine Augen sich umdüsterten, bis sie sich wie mit einem feuchten
Schleier umhüllten, und durch diesen Schleier hindurch glaubte er zu
sehen, wie Josephine ihm zunickte, wie sie ihn grüßte mit einem seligen
Lächeln.

Mit einer hastigen Bewegung ließ Napoleon seine Hand über seine
Augen dahin fahren und trat von dem Bilde zurück.

Ich ersticke in dieser Einsamkeit und Stille, die mich hier umgiebt,
sagte er verzweiflungsvoll. Es ist mir, als ob die Mauern dieses
Schlosses über mir zusammenfallen sollten. Oh, thäten sie es doch,
zerschmetterten sie mich doch! Es wäre besser, als hier so unthätig, so
dumpf seine Tage dahinschleichen zu sehen! Ah, aber was ist das?
Da höre ich endlich ein Geräusch, ein Zeichen des Lebens?

Und eiligen Schrittes näherte er sich der Thür und horchte. —
Wirklich da draußen im Vorsaal wurden jetzt laute, streitende Stimmen
hörbar. Man sprach heftig, zürnend im verworrenen Geräusch durcheinander.

Deutlich erkannte der Kaiser jetzt die Stimme des Generals
Gourgaud, deutlich hörte er ihn sagen: niemals, so lange ich lebe, soll
irgend eine frevelnde Hand den Kaiser berühren dürfen. Mit meinem
letzten Blutstropfen werde ich ihn vertheidigen, das schwöre ich!

Das schwöre auch ich! rief General Bertrand.

Wer die Schwelle dieser Thür überschreiten will, der muß erst
mich tödten, rief Savary.

Der Kaiser stand noch immer an der Thür und horchte, und diese
Liebesbetheuerungen seiner Getreuen riefen ein sanftes Lächeln auf
seine Lippen.

Ah, murmelte er leise, ich habe wenigstens noch einige Freunde, welche mich nicht verlassen werden.

Jetzt hörte er da draußen eine ihm fremde Stimme, welche betheuerte, daß man gar nichts Böses gegen den Kaiser unternehmen wolle. Dann wieder vernahm er die Stimme der Königin Hortense, welche mit dem Ausdruck des Entsetzens fragte: was geschehen solle, was diese bloßen Schwerter, diese zornigen Angesichter im Vorsaal des Kaisers zu bedeuten hätten?

Man will den Kaiser verhaften, hörte er Gourgaud mit vor Wuth zitternder Stimme.

Ah, man will mich verhaften, rief der Kaiser, und mit einem raschen Stoß öffnete er die Thür, und erschien mit seinem ernsten bleichen Antlitz auf der Schwelle.

Der Kaiser! riefen Savary, Gourgaud und Bertrand, und mit entblößten Schwertern stürzten sie zu ihm hin, und stellten sich zu beiden Seiten der Thür auf.

Der Kaiser! sagte Hortense, und zu ihm hineilend, nahm sie seine Hand und drückte sie an ihre Lippen.

Napoleons ernster, klarer Blick aber war auf den General hingerichtet, der da drüben bleich und zitternd an der Thür stand, nicht wagend, die Augen zu dem Kaiser zu erheben, oder sich ihm zu nähern.

General Graf Becker, nicht wahr, so heißen Sie? fragte der Kaiser nach einer Pause.

Ja, Sire, sagte der Angeredete, Ew. Majestät haben die Gnade, sich meiner zu erinnern.

Und Sie sind hierhergekommen, um mich zu verhaften?

Nein, Majestät, niemals würde ich einen so entehrenden und unwürdigen Auftrag angenommen haben. Diese Herren hier wollten mich nicht anhören; es war ein Mißverständniß, das ich vergeblich aufzuklären versuchte. Der Zweck meiner Sendung ist nicht, Ew. Majestät zu verhaften, sondern über die Sicherheit Ihrer erhabenen Person zu wachen, die unter den Schutz der Ehre der Nation gestellt ist.

Und wer hat Ihnen diesen Auftrag ertheilt, General?

Die provisorische Regierung, Sire. Hier ist das Dekret, welches mich zum Commandanten der Garde Ew. Majestät ernennt, und mir befiehlt, mich nach Malmaison zu verfügen.

Er reichte dem Kaiser ein mit großen Siegeln versehenes Papier dar, das dieser mit raschen Blicken überlas.

Ja, mein Herr, ich sehe, daß Sie die Wahrheit sagen. Die fünf Kaiser von Paris haben Sie hierher gesandt, rief Napoleon, Sie sollen, wie hier geschrieben steht, für die Sicherheit der Person Napoleons Sorge tragen, und die Uebelwollenden verhindern, daß sie sich seines Namens bedienen, um Unruhen zu veranlassen.*)

Oh, rief Hortense mit hervorstürzenden Thränen, dahin also ist es gekommen, daß der Kaiser in Malmaison Gefangener der Franzosen ist.

Ruhig, Hortense, weinen Sie nicht, sagte Napoleon. Sie sehen wohl, wie peinlich dem armen General die Charge ist, die man ihm übertragen. Machen wir ihm dieselbe nicht schwerer. General, ich heiße Sie willkommen, und ich fordere von den anwesenden Herren, daß sie die Mission und die Person des Generals Becker ehren.

Sire, rief der General mit Thränen in den Augen, Ihre Güte zerschmettert mich. Könnten Sie in meinem Herzen lesen, Sie würden sehen, daß darin nur Ehrerbietung und Bewunderung für die erhabene Person Ew. Majestät lebt. Ich nahm die schwierige Sendung an, welche die provisorische Regierung mir im Namen der Nation übertrug, ich nahm sie an, damit sie nicht einer weniger ergebenen und ehrerbietigen Person übertragen werde.

Und was hat Ihnen die provisorische Regierung weiter für Befehle ertheilt? Hat sie Ihnen keine Aufträge für mich gegeben?

Sire, die provisorische Regierung läßt Ew. Majestät beschwören, so rasch als möglich Frankreich zu verlassen, Alles zu Ihrer Abreise bereit zu halten, damit, sobald die provisorische Regierung Ew. Majestät die nöthigen Pässe und Sicherheits-Papiere sendet, Ew. Majestät sofort nach Rochefort abreisen, wo schon zwei Schiffe bereit liegen, um Ew. Majestät dahin zu führen, wohin Sie gehen wollen.

Es ist gut, wir werden abreisen, sobald die Zeit gekommen ist!

---

*) Fleury IV. 65.

sagte Napoleon, leise das Haupt neigend. Dann trat er in sein Cabinet zurück, aber bevor er die Thür schloß, wandte er sein Antlitz noch einmal zurück und winkte Maret, ihm zu folgen.

Der Herzog von Bassano eilte herbei, und trat mit dem Kaiser in sein Cabinet ein.

Maret, sagte Napoleon schwer aufseufzend, ich ersticke, ich muß fort. Ich will zurückkehren nach Paris.

Sire, nach Paris, wo Ihre Feinde sind, rief Maret entsetzt.

Nach Paris, wo meine Soldaten sind, sagte Napoleon mit blitzenden Augen. Ich habe abgedankt, um das Vaterland zu retten, und zu Gunsten meines Sohnes. Aber jetzt sehe ich, daß das Vaterland verloren ist, wenn ich ihm nicht zu Hülfe komme, daß mein Sohn nicht zu seinem Thron gelangt, wenn ich ihn nicht auf demselben einsetze. Maret, ich weiß, daß der Feind auf Paris marschirt, und statt ihm mit einer Armee, die aus den Trümmern meines Heers, aus der Nationalgarde, den Föderirten und Rekruten zusammengesetzt werden muß, entgegen zu ziehen, unterhandeln diese Menschen, demüthigen sich, und entehren Frankreich. Ich will nach Paris. Wenn mein Thron wirklich verloren ist, so will ich ihn lieber auf dem Schlachtfelde verlieren, als hier. Ich kann für Euch Alle, für meinen Sohn und für mich nichts Besseres thun, als daß ich mich meinen Soldaten in die Arme werfe. Meine Erscheinung wird die Armee electrisiren, sie wird die Fremden niederschmettern. Sie werden erkennen, daß ich nur auf das Terrain zurückgekehrt bin, um sie entweder unter meine Füße zu treten, oder zu sterben; sie werden, um nur von mir befreit zu werden, Euch Alles bewilligen, was Ihr nur fordern mögt. Wenn Ihr statt dessen mich hier in Malmaison müßig an meinem Degen kauen laßt, werden sie Euch verspotten, und Euch zwingen, Ludwig den Achtzehnten ehrerbietigst, mit dem Hut in der Hand zu empfangen! Wir müssen endlich ein Ende machen. Wenn Eure fünf Kaiser mich nicht wollen, so will mich doch die Armee. Ich habe nur nöthig, mich zu zeigen, und Paris und die Armee werden mich zum zweiten Mal als ihren Befreier willkommen heißen!*)

---

*) Napoleons eigene Worte. Siehe: Fleury IV. 75.

Ach, Sire, seufzte der Herzog von Bassano, die Armee würde Sie willkommen heißen, aber sie ist jetzt der kleinste und der schwächste Theil der Nation, und sie würde selbst unter Ihrer Anführung nicht alle die feindlichen Armeen bezwingen können, welche von allen Seiten heranziehen, wenn die Nation sich nicht für Ew. Majestät erhebt, und die Armee unterstützt. Das Volk aber hat seine Vertreter und seine Sprecher in den Kammern, und diese Kammern würden sich, sobald Sie nach Paris kämen, gegen Ew. Majestät erklären, vielleicht würden sie es sogar wagen, Sie außerhalb des Gesetzes zu erklären. Außerdem aber, Sire, wenn nun das Glück Sie nicht begünstigte, wenn Sie mit Ihrer Armee der Uebermacht erlägen, was sollte aus Frankreich werden? Was würde das Loos Eurer Majestät sein? Der Feind würde sich berechtigt halten, seinen Sieg auszubeuten, und Ew. Majestät würden sich vielleicht vorwerfen müssen, den Untergang Frankreichs verschuldet zu haben.

Es ist wahr, seufzte der Kaiser, ich sehe es wohl, man muß immer nachgeben.

Er senkte sein Haupt tiefer auf seine Brust und stand düster sinnend da.

Sie haben Recht, sagte er dann rasch, sein Haupt wieder emporhebend, ich kann nicht die Verantwortlichkeit für ein so gewagtes Unternehmen auf mich laden. Ich muß warten, bis die Stimme des Volkes, der Soldaten, der Kammern mich ruft. Aber warum verlangt Paris nicht nach mir? Man will es also nicht sehen, daß die Alliirten Euch meine Abdankung gar nicht anrechnen? Daß sie in ihrer Feindschaft gegen Frankreich fortfahren, obwohl sie erklärt hatten, nur Mir allein den Krieg machen zu wollen? Wenn die Pariser, wenn meine Soldaten das endlich erkennen, so werden sie mich rufen, und gebe Gott, daß es dann noch nicht zu spät ist, daß es dann noch in meiner Macht steht, Frankreich zu retten, und —

Die Thür des Vorsaals ward geöffnet, und General Gourgaud erschien auf der Schwelle.

Sire, sagte er, ein Courier aus Paris, der Ew. Majestät bringend zu sprechen wünscht, und den der Marine-Minister an Ew. Majestät abgesandt hat.

Ah, Maret, rief Napoleon mit freudestrahlenden Augen, sehen Sie wohl, meine Hoffnungen erfüllen sich schon, und die Botschaft, die ich erwartete, ist vielleicht schon hier! Lassen Sie den Courier eintreten, Gourgaud.

Einige Minuten später trat ein Marine-Officier in das Cabinet, in welchem Napoleon und Maret ihn erwarteten.

Sire, sagte er, mich sendet der Marine-Minister Graf Decrès. Er läßt im Namen der provisorischen Regierung Eurer Majestät melden, daß der Feind bereits bis Compiègne vorgedrungen ist, daß die erste Heeresabtheilung Blüchers die Seine überschritten hat, —

Und Wellington, rief Napoleon ungestüm, Wellington steht noch jenseits der Seine?

Ja, Sire, bis jetzt steht er noch jenseits. Aber er wird ohne Zweifel sofort mit seiner Armee nachrücken und auf Paris marschiren. Die provisorische Regierung zittert daher für die Sicherheit Eurer Majestät. Sie dispensirt Eure Majestät deshalb davon, die Paß- und Sicherheits-Papiere zu erwarten, und wünscht, daß Ew. Majestät so schnell als möglich incognito abreisen möchten.

Das ist Alles, was Sie mir zu sagen haben? fragte Napoleon düster.

Ja, Sire, es ist Alles, nur soll ich von dem Herrn Marine-Minister noch hinzufügen, daß er Ew. Majestät beschwört, Ihre Abreise nicht länger zu verzögern, damit nicht die Engländer Zeit gewinnen, den französischen Hafen zu blokiren, bevor Ew. Majestät ihn mit den bereit liegenden Schiffen verlassen haben.

Napoleon seufzte tief auf und wandte sich ab, um sein zuckendes Antlitz nicht sehen zu lassen. Es ist gut, sagte er, ich werde abreisen. Gehen Sie, sagen Sie das dem Marine-Minister.

Er winkte heftig mit der Hand nach der Thür hin, und sank dann, als der Bote hinausgegangen war, mit einem dumpfen Schmerzenslaut auf den Lehnstuhl nieder.

Es ist zu Ende, murmelte er, ich will mich nicht mehr sträuben, ich will abreisen! Ich —

Plötzlich zuckte der Kaiser zusammen, sein bleiches Antlitz röthete sich, sein blitzendes Auge wandte sich mit forschendem Ausdruck dem Fenster zu.

Er hatte da einen Ton gehört, der alle Fibern seines Herzens leben machte, er hatte den Donner einer Kanone gehört.

Und jetzt wieder und noch einmal rollte der Donner daher.

Sie kämpfen, schrie Napoleon, der Feind ist da, meine Armee schlägt sich, — und ich, oh, ich! — Er schlug seine Fäuste gegen seine Brust, daß sie dröhnend wiederhallte, er stieß Worte der Verwünschung, des Zorns, des Schmerzes aus, er achtete es nicht, daß seine Augen sich mit Thränen füllten, daß sie über seine bleichen Wangen niederrollten. Er hörte nur den fernen Donner der Kanonen, und wie ein Schlachtroß bäumte sich sein Herz in seiner Brust auf, und Alles in ihm schrie und jauchzte: Hinaus! hinaus! Die Schlacht hat begonnen, der Feind ist da! Hinaus zur Schlacht!

Und er war ein Gefangener, er war nicht mehr der Feldherr, der Kaiser! Er konnte seine Armee nicht mehr zum Ruhm, zum Sieg führen. Er war ein Gefangener! Er konnte das Vaterland nicht mehr retten!

Aber ich will es retten, ich muß es retten, rief er auf einmal mit entschlossenem Ton. Das Vaterland ist in Gefahr, es ruft mich mit diesen Kanonen, ich muß es retten! Maret, gehen Sie, rufen Sie mir den General Becker hierher. In einer Viertelstunde erwarte ich ihn hier! Ertheilen Sie Befehl, daß sogleich ein Kaleschwagen angespannt werde und vorfahre!

Als nach einer Viertelstunde der General in das Cabinet des Kaisers eintrat, stand dieser vor dem Tisch, auf welchem seine Landkarten ausgebreitet lagen. Neben der Karte lag ein offener Brief, Napoleons Angesicht war jetzt wieder ruhig, ernst, kein Zug desselben verrieth die Stürme, welche eben erst über dasselbe hingezogen waren.

General, sagte Napoleon, kommen Sie hierher. Sehen Sie die Nadeln auf dieser Karte an. Sehen Sie, hier bei Compiègne und Senlis steht der Feind. Er hat einen großen Fehler begangen, er hat seine Kräfte getheilt. Hier, diesseits der Seine, steht Blücher mit einem

Theil seiner Armee, und drüben, jenseits der Seine, steht sein anderer Heertheil, steht Wellington mit seiner Armee. Jetzt ist der Moment gekommen, um Blücher anzugreifen. Aber keine Stunde darf verloren werden. Man muß vor allen Dingen die Brücke bei Saint-Germain sofort abbrechen, um den weiteren Uebergang der feindlichen Armeen zu hindern, dann ist Blücher mit seinem schon auf dem linken Seine-Ufer stehenden Armee-Corps abgeschnitten, man muß ihn zur Schlacht zwingen und man wird ihn vernichten. Läßt man ihn hingegen ungehindert vorschreiten, so wird er morgen vor Paris stehen. Ich begreife die Verblendung des Gouvernements nicht. Man muß entweder ein Narr oder ein Vaterlandsverräther sein, um noch an dem Uebelwollen und der Treulosigkeit der Alliirten zweifeln zu können. Diese Leute in Paris verstehen nichts von den Geschäften, nichts vor allen Dingen vom Kriege.

Es ist wahr, seufzte General Becker, die Gefahr ist groß.

Sie sehen es ein? rief Napoleon lebhaft, Sie sehen, daß Alles verloren ist, wenn nicht sofort energisch eingeschritten wird? Sie begreifen, daß ich Frankreich zu Hülfe kommen muß? Oh, erschrecken Sie nicht, ich verlange nicht mehr Kaiser zu sein, ich will Frankreich dienen als General, als Soldat. Ich will noch einmal die Armee commandiren, ich will das von der provisorischen Regierung fordern. General, ich will Sie mit dieser Botschaft an die Regierung senden!

Mich, Ew. Majestät? fragte General Becker, entsetzt einen Schritt zurücktretend. Aber Ew. Majestät wissen, daß ich Befehl habe, in Malmaison, in der Nähe Ew. Majestät zu bleiben, bis zu Ew. Majestät Abreise.

Ich aber, rief Napoleon gebieterisch, ich befehle Ihnen, die Botschaft zu erfüllen, die ich Ihnen übertragen will. General, Sie dürfen nicht säumen, denn es handelt sich um das Wohl des Vaterlandes! Wollen Sie sich demselben feindlich widersetzen?

Nein, Sire, sagte der General ehrfurchtsvoll, Ew. Majestät rufen mich im Namen des Vaterlandes, Sie rufen mich mit einer Stimme, welche die Armee, der ich angehöre, oft zu Kampf und Sieg geführt.

Ich gehorche Ew. Majestät! Was auch die Folgen davon sein mögen, ich gehorche.

Napoleons Augen blitzten höher auf, und ein Schimmer von Genugthuung erhellte seine Züge.

Sie werden auf der Stelle nach Paris gehen, sagte er, ein Wagen steht schon für Sie bereit. Sie werden der provisorischen Regierung einen Brief von mir übergeben. Sie werden es ihr begreiflich machen, daß es nicht meine Absicht ist, die Macht wieder an mich zu reißen, daß ich nur den Feind schlagen, vernichten, ihn durch einen Sieg zwingen will, den Verhandlungen eine günstigere Wendung zu geben; daß, wenn ich diesen großen Zweck erreicht habe, ich sofort abreisen und Frankreich verlassen werde.*) Gehen Sie, General, ich zähle auf Sie. Hier ist der Brief! Lesen Sie ihn, damit Sie seinen Inhalt kennen und wissen, daß er mit dem übereinstimmt, was ich Ihnen mündlich aufgetragen. Lesen Sie laut, ich will hören, ob man meine Handschrift entziffern kann.

General Becker nahm den dargereichten Brief und las:

„An die Commission des Gouvernements.

„Indem ich abdankte, habe ich nicht verzichtet auf das edelste Recht des Bürgers, das Recht, mein Vaterland zu vertheidigen.

„Die Annäherung der Feinde an die Hauptstadt läßt keinen Zweifel mehr an ihrer Absicht, ihrer Treulosigkeit.

„Unter diesen ernsten Umständen biete ich dem Vaterlande meine Dienste an als General, indem ich mich noch immer als den ersten Soldaten des Vaterlandes betrachte."**)

Jetzt eilen Sie, General, sagte Napoleon, erinnern Sie sich, daß ich Sie mit Ungeduld erwarte, und daß das Vaterland meiner bedarf! —

General Becker nahm den Brief, den Napoleon selber zuvor adressirt und gesiegelt hatte, und eilte von dannen. Wenige Minuten

---

*) Napoleons eigene Worte. Siehe: Fleury IV. 70.
**) Fleury: Mémoires. IV. 70.

später verkündete das Fortrollen eines Wagens von dem Schloßhof dem Kaiser, daß der General seine Mission angetreten habe.

Das Angesicht des Kaisers erhellte sich, er athmete hoch auf, und ein seltener, freudiger Ausdruck sprach aus seinen Zügen.

Er rief seine Generäle herbei, und befahl ihnen, sich selber zur Abreise bereit zu halten, für sich selber und für ihn alle nöthigen Vorbereitungen zu treffen. Er befahl, seine Schlachtrosse satteln zu lassen und seine Feldequipage bereit zu halten, und zog sich dann in sein Landchartenzimmer zurück, das er hinter sich verschloß.

Der Kaiser will sich zur Armee begeben, flüsterten die Herzoge und Generäle untereinander. Er will die Abwesenheit des Generals Becker benutzen, um seine Freiheit wieder zu gewinnen. Seine Pferde sind schon gesattelt, und wenn General Becker zurückkommt, wird der Kaiser mit uns schon lange zuvor Malmaison verlassen haben.

Sie trafen eiligst die nöthigen Vorbereitungen, und begaben sich dann in den Vorsaal, den Ruf des Kaisers erwartend, um mit ihm zu Pferde zu steigen.

Aber der Kaiser rief nicht; drei Stunden waren schon vergangen, und noch immer verweilte Napoleon in seinem Cabinet, und noch immer harrten die Generäle vergeblich seines Rufes.

Jetzt vernahm man das Rollen eines Wagens, er hielt vor dem Schloß an, — jetzt öffnete sich die Thür des Vorsaals und General Becker trat herein.

Die Gesichter aller Generäle erblaßten, und Seufzer hoben ihre Brust. Jetzt war es zu spät. Napoleon konnte nicht mehr entfliehen!

Aber der Kaiser hatte auch nicht entfliehen wollen! Nicht einen Moment war ihm der Gedanke gekommen, das Vertrauen des General Becker zu täuschen, und in seiner Abwesenheit, ohne Zustimmung des Gouvernements, Malmaison zu verlassen und zur Armee abzugehen.

Er saß in seinem Cabinet auf dem Fauteuil vor dem Landcharten= tisch, als General Becker zu ihm eintrat.

Ein flammender Blick Napoleons traf das blasse, verlegene Antlitz des Generals, und sagte ihm, daß seine Sendung vergeblich gewesen.

Mit einem tiefen Seufzer nahm er das Antwortsschreiben der

Commission, das Becker ihm schweigend darreichte. Aber Napoleons Angesicht war jetzt wieder ganz ruhig und undurchdringlich, langsam, ohne irgend einen Schein von Aufregung und Ungeduld, erbrach er das Siegel, schlug den Brief auseinander und las.

Dann wandte er mit einer stolzen Bewegung voll Ruhe und Würde sein Haupt nach dem General hin.

Sie haben meinen Vorschlag zurückgewiesen, sagte er. Ich war leider überzeugt davon, diese Leute haben keine Energie. Nun, da es so ist, General, reisen wir ab. Ordnen Sie Alles an! Morgen früh reise ich! Sagen Sie es da draußen! Morgen früh reise ich!

Nun hob er den Blick langsam zum Himmel empor. Alles ist zu Ende, rief er schmerzvoll, Frankreich ist verloren! Ich kann es nicht mehr erretten! Ich reise ab!

III.

Der Abschied.

Der Morgen des neunundzwanzigsten Juni, der Tag des Abschieds, war herangekommen. Heute wollte Napoleon abreisen, wollte er Malmaison verlassen, um nach Rochefort zu gehen, in dessen Hafen zwei von der provisorischen Regierung ihm zur Verfügung gestellten Schiffe ihn erwarteten.

Heute wollte Napoleon für immer Malmaison verlassen, die Erinnerungsstätte seines Glückes, seiner Jugend, seiner Liebe. Alle Vorbereitungen waren beendet, am Abend des gestrigen Tages schon hatte der Kaiser die letzten Abschiedsbesuche angenommen, heute sollte kein Fremder mehr vorgelassen werden, heute wollte der Kaiser nur noch seiner Familie, seinen nächsten Freunden ein letztes Lebewohl sagen.

Drunten im Hof standen schon die Equipagen bereit, weinende Diener umgaben sie, weinend gingen alle Bewohner des Schlosses von

Malmaison umher, jedes Herz fühlte sich bedrückt und trauervoll, jeder empfand die melancholische Größe dieser Stunde, in welcher der Kaiser Abschied nahm von seiner Vergangenheit, seinem Thron und seinem Vaterland.

Napoleon allein war ruhig, unbewegt. Keine Klage kam jetzt mehr über seine Lippen, keine Thräne feuchtete mehr sein Auge. Er hatte sein Geschick angenommen, und er trug es wie ein Held, mit erhobenem Haupt, mit wolkenloser Stirn, mit flammendem Blick.

Er befand sich in seinem Cabinet. Dort wollte er die letzten Grüße seiner Verwandten entgegennehmen, dort war jetzt die Königin Hortense bei ihm mit ihren beiden Söhnen.

Sie wollen mir also nicht erlauben, mit Ihnen zu gehen? flüsterte Hortense unter Thränen. Sie wollen mir, Ihrer Tochter, der Tochter Josephinens nicht das heilige Recht geben, Ihre Verbannung mit Ihnen zu theilen, und an Ihrer Seite zu bleiben in den Tagen des Unglücks?

Nein, Hortense, sagte Napoleon ernst, Sie haben Söhne, Sie müssen Ihren Söhnen leben.

Sire, meine Söhne würden mit mir gehen. Unter Ihren Augen würden sie leben, die Nähe Ihres erhabenen Ruhms, Ihres erhabenen Unglücks würde sie befeuern zu großen Thaten, zu großen Gedanken, würde sie zu Männern, zu Helden erziehen.

Es darf nicht sein, Hortense, rief der Kaiser, Sie müssen hier bleiben. Nur Eine Frau hat das Recht und die Pflicht mir zu folgen, — aber diese Eine habe ich seit einem Jahr vergeblich erwartet! — Ich zürne ihr nicht, ich vergebe ihr. Aber die Stelle, die sie an meiner Seite leer gelassen, darf von keiner anderen Frau, selbst von Ihnen nicht, ausgefüllt werden. Bleiben Sie, Hortense, bleiben Sie! Und jetzt hören Sie mein letztes Wort, — das letzte Codicill meines Testaments! Suchen Sie sich meinem Sohn zu nähern. Man wird es Ihnen jetzt noch verweigern, und es mögen Jahre vergehen, ehe man die Furcht vor mir so weit überwunden haben wird, daß man den Mitgliedern meiner Familie die Freiheit gestattet, zu gehen, wohin sie wollen. Aber ein Tag wird doch kommen, wo sie ihre Furcht überwunden haben, wo der Schatten Napoleons ihren Weg nicht mehr verdunkelt. Sobald dieser Tag gekommen ist, Hortense, gedenken Sie dieser Stunde, eilen Sie zu meinem Sohn, nehmen Sie ihn in Ihre Arme, und drücken Sie einen Kuß auf seine Lippen. Sagen Sie ihm, dieser Kuß komme ihm von seinem Vater! Er habe Ihnen aufgetragen, ihm diesen Kuß zu bringen, es sei das letzte Vermächtniß des sterbenden Kaisers gewesen, und Sie habe er zu seinem Testamentsvollstrecker erkoren. Sagen Sie meinem Sohn, ich sendete ihm durch Sie meinen Segen und den Gruß meiner Liebe. Sagen Sie ihm, er solle eingedenk bleiben seiner Geburt, seiner Rechte, seiner Pflichten, er solle sich in seinem Herzen mindestens immer Napoleon nennen, wenn er es auch dulden müsse, daß die Menschen ihm einen anderen Namen gegeben. Sagen Sie ihm, daß meine Gedanken bei ihm sein werden, so lange ich lebe, und daß, wenn er ein Mann geworden, er sich erinnern soll, daß der Schatten seines Vaters über ihm schwebt, und ihn zu großen Thaten mahnt! Sagen Sie ihm, daß ich nur für ihn dem Thron entsagt habe, daß die Krone von Frankreich ihm gehört, daß er der rechtmäßige Kaiser von Frankreich ist. Dessen soll er eingedenk bleiben, darnach soll er handeln! — Und dann, Hortense, wenn Sie also gesprochen, dann legen Sie Ihre Hand auf sein Haupt und segnen Sie meinen Sohn im Namen seines Vaters. Als letzte Liebesgabe bringen Sie ihm dies Medaillon. Es enthält nur eine Locke von meinem Haar, ich habe sie selbst in dieser Nacht von meinem Haupt geschnitten, und in die Kapsel gelegt! Er soll das Medaillon tragen zu meinem Gedächtniß. Wenn er aber einst wieder Kaiser von Frankreich geworden, dann soll er das Medaillon mit meinem Haar im Innern seiner Krone befestigen lassen, wie ein Nagel von dem Kreuz Christi in meiner Krone Italiens befestigt war. Es sei ihm auch ein Zeichen meines Leidens, meines Märtyrerthums, und gemahne ihn an die Vergänglichkeit aller irdischen Größe. — Und nun, Hortense, habe ich nichts mehr zu sagen. Mein Codicill ist beendet.

Sire, sagte Hortense mit von Thränen erstickter Stimme, Sire, ich bitte Sie um einen letzten Liebesblick für meine Söhne. Der Segen eines großen Mannes ist ein unverlierbares Geschenk, ein Talisman gegen alle Stürme des Lebens. Sire, segnen Sie meine Söhne.

Sie faßte die beiden kleinen Knaben, welche sich leise weinend in den Hintergrund des Gemaches zurückgezogen hatten, bei der Hand und führte sie zu ihrem Oheim hin.

Knieet nieder, meine Kinder, sagte sie feierlich, knieet nieder, um den Segen des Kaisers zu empfangen.

Die Kinder sanken auf ihre Kniee nieder, ihre Hände faltend, ihre von Thränen bethaueten bleichen Gesichter zu dem Kaiser erhebend, der mit seinem stolzen feierlichen Cäsarengesicht ihnen wie ein heiliges überirdisches Wesen erscheinen mochte. Hinter ihnen stand ihre Mutter mit gefalteten Händen, ihre von Ehrfurcht und Liebe strahlenden Blicke dem Kaiser zugewandt.

Ich sage Euch Lebewohl, meine Kinder, sagte Napoleon, sich leise niederneigend und einen Moment seine Hände auf die blonden Häupter seiner beiden Neffen legend. Ihr tragt Beide meinen Namen, macht diesem Namen Ehre, verleugnet ihn niemals, tragt ihn tapfer und offen an Eurer Stirn, denn was Euch jetzt als ein Makel angerechnet wird, weil die Leidenschaften noch entflammt sind, wird Euch dereinst als eine Glorie und Verherrlichung von der Stirn leuchten. Ihr heißt Beide Napoleon; vergeßt das nicht, macht Eurem Oheim Ehre, und wenn das Schicksal es Euch gestatten will, so rächt ihn dereinst an den Fürsten, welche im Glück mir zu Füßen lagen und jetzt im Unglück mich behandeln wie einen Banditen. Aber niemals, niemals rächt Euch an Frankreich. Liebt Frankreich, dient Frankreich, und lebt und sterbt in Treue Eurem Vaterlande! Lebet wohl!

Er hob die beiden Knaben in seine Arme empor, und küßte sie innig. Dann ließ er sie langsam wieder auf den Boden niedergleiten und wandte sich ab, um die Thränen zu zerdrücken, die in seine Augen getreten waren.

Hortense führte die Kinder durch das Kabinet und öffnete ihnen die Thür zu dem Nebengemach. Erwartet mich hier, sagte sie, die

Kinder in das andere Zimmer geleitend, ich werde gleich zu Euch
kommen.*)

Nun trat sie wieder in das Kabinet ein, dessen Thür sie sorgfältig hinter sich zudrückte und zu dem Kaiser hineilte, der auf einem
Lehnstuhl niedergesunken war, und das Haupt auf die Brust gesenkt,
die Arme schlaff herniederhängend, unbeweglich da saß.

Sire, sagte Hortense leise, Sire, jetzt habe ich noch eine letzte
Bitte. Jetzt erflehe ich mir von Ihnen einen letzten Beweis Ihrer
Güte, Ihrer Zuneigung für mich. Sire, ich bitte Sie, von mir ein
Andenken anzunehmen. Diese Binde, welche ich Sie bitte unter Ihrem
Gewand auf dem Körper zu tragen.

Sie zog aus einem Kästchen eine breite schwarze Binde hervor,
und reichte sie, fast in die Knie sinkend, mit einem Blick angstvollen
Flehens dem Kaiser dar.

Napoleon nahm die Binde, und blickte sie erstaunt an. Sie ist
schwer, sagte er, sie enthält ein Geheimniß, wie es scheint. Was haben
Sie darin verborgen?

Sire, ich habe meinen großen Brillantschmuck auseinander genommen, und ihn in diese Binde genäht. Oh, nicht diese abwehrende
Bewegung, Sire, sagen Sie nicht, daß Sie mir diese letzte Bitte
verweigern wollen, daß Sie mir, die ich zugleich Ihre Tochter und
Ihre Schwägerin bin, daß Sie mir dies Recht verweigern, Ihnen zu
geben von meinem Ueberfluß. Sire, Sie wenden sich einer ungewissen,
bewegten Zukunft zu. Der Kaiser von Frankreich steigt hernieder von
seinem Thron mit einer Krone, die glänzender ist, als alle Schätze der
Welt, mit der Krone der Armuth!

Es ist wahr, sagte Napoleon leise vor sich hin, ich habe nicht
daran gedacht, mir Schätze zu sammeln, ich habe nur an Frankreich
gedacht, und arm, wie ich den Thron bestiegen, verlasse ich ihn jetzt.

Aber in dieser elenden und jammervollen Welt genügt es nicht
an Ihrer Glorie der Armuth. Sie wird kommenden Geschlechtern

---

*) Von diesen beiden Kindern Hortense's starb der älteste 1830, der zweite
ist der jetzige Kaiser von Frankreich.

entgegenstrahlen, und sie werden sich vor ihr beugen, aber die Mit-
welt wird sie nicht sehen, und sie wird nicht hinreichen, um Sie vor
Noth und Mangel zu schützen. Sire, nehmen Sie meine Brillanten
für die Tage der Noth und Bedrängniß, um sie alsdann in Geld zu
verwandeln, in Geld, für welches Sie sich in Amerika Land, Bürger-
recht — eine Zukunft erkaufen.

Aber Sie selber, Hortense, Sie selber könnten eines Tages der
Hülfe Ihrer Brillanten bedürfen.

Nein, Sire, was ich besitze, reicht hin, um meinen Söhnen und
mir ein bescheidenes Leben zu sichern, und des Schmuckes bedarf ich
nicht. Die Thränen, die ich um Sie weinen werde, das sollen die
Perlen sein, mit denen ich mich schmücken will, so lange ich lebe.
Sire, ich beschwöre Sie, nehmen Sie das kleine Zeichen meiner Dankbarkeit, meiner ehrerbietigen Liebe von mir an. Gönnen Sie mir das
freudige Bewußtsein, Sie vor augenblicklicher Noth und elender Geld-
verlegenheit gesichert zu haben.

Nun wohl denn, Hortense, ich nehme Ihr Geschenk an, und wenn
ich eines Tages als ein armer Pflanzer in Amerika mir für Ihre
Brillanten Land erwerbe, um doch ein Fleckchen Erde zu haben, das
mein ist, so werde ich Ihrer gedenken, und Ihnen im Geist meine
Grüße senden. Jetzt, Hortense, leben Sie wohl. Sie haben in Ihrem
Leben viel geweint, möge das Glück Ihre Thränen trocknen, und Ihre
Zukunft weniger stürmisch sein, als Ihre Vergangenheit. Der Sturm
ging von mir aus, ich gehe! Möge der Welt und Ihnen jetzt Ruhe
und heiterer Himmel leuchten! Leben Sie wohl!

Er breitete ihr seine Arme aus, und Hortense warf sich an seine
Brust und küßte ehrfurchtsvoll seine Hände, die mit milder Zärtlichkeit
ihre Wangen streichelten.

Jetzt will ich fort, sagte Napoleon dann rasch, indem er die
schwarze Binde mit den Brillanten in seinen Busen steckte. Die Stunde
des Abschieds ist gekommen, ich will nicht länger zögern.

Er durchschritt rasch das Gemach, und wollte sich der Thür nähern,
als diese geöffnet ward, und eine bleiche, hohe Frauengestalt auf der
Schwelle derselben erschien.

Sie hier, meine Mutter, murmelte Napoleon zurücktretend. Ich hoffte, Sie hätten Frankreich schon verlassen, um in Rom ein Asyl zu suchen, wie ich Sie darum gebeten hatte.

Ich werde nach Rom gehen, um mit meinem Bruder zu weinen und zu beten, sagte Madame Lätitia mit feierlicher Würde, indem sie langsam vorwärts schritt, ihre großen Augen unverwandt auf den Sohn gerichtet, als wolle sie seine Gestalt tief und mit unvergänglichen Zügen in ihre Augen, in ihr Herz einprägen.

Ich werde nach Rom gehen, wiederholte sie, und über ihr edles, antikes Gesicht flog jetzt ein stolzer, gebieterischer Ausdruck, als sie fortfuhr: Die Feinde meines Sohnes sollen aber nicht sagen können, daß seine Mutter geflohen ist, daß sie Frankreich verlassen hat, bevor der Kaiser, ihr Sohn, sein Land aufgegeben und verlassen hatte. Jetzt, da Du Frankreich verlassen willst, jetzt gehe auch' ich, mein Sohn. Du gehst in die Weite, ich gehe nach Rom, um in St. Peter für Dich zu beten. Mein Sohn, wir werden uns auf Erden nicht wiedersehen. Aber ich werde doch immer bei Dir sein.

Sie schritt dicht zu ihm hin, und ihre beiden Hände auf seine Schultern legend, schaute sie mit festem, flammendem Blick in das Antlitz ihres Sohnes.

Der Kaiser erwiederte diesen Blick, kein Zug seines bleichen, stolzen Angesichts zuckte, nur seine Augen, welche denen seiner Mutter begegneten, sprachen zu ihr, und Lätitia verstand die Sprache dieser düstern, flammenden Blicke. Unfern von ihnen stand Hortense, die Hände gefalten, das von Thränen überfluthete Angesicht himmelwärts gewandt, die Lippen sich bewegend in leisem Gebet.

Immer noch stand Madame Lätitia da, die Hände auf die Schultern ihres Sohn gelegt, ihn fest anschauend, aber ihre Augen waren jetzt düster geworden, und zwei große Thränen rannen langsam über ihre Wangen nieder.

Lebe wohl, mein Sohn, sagte sie jetzt laut und feierlich.

Lebe wohl, meine Mutter! rief der Kaiser, eben so laut, eben so feierlich.

Dann ließ Madame Lätitia ihre Hände von Napoleons Schultern niedersinken, als gäbe sie ihn frei an die Zukunft, an das Schicksal.

Langsam hob sie dann die Rechte gen Himmel. Dort oben, mein Sohn, sagte sie. Jetzt geht, laßt mich allein!

Napoleon schritt an ihr vorüber und ging nach der Thür hin, Hortense folgte ihm.

Lätitia, die beiden Hände an ihre wogende Brust gedrückt, die Augen weit geöffnet, das Haupt vornüber geneigt, starrte ihrem Sohn nach.

Jetzt öffnete er die Thür, jetzt trat er hinaus, Hortense hinter ihm, — Lätitia's Mund öffnete sich wie zu einem Schrei, aber er erstarrte auf ihren Lippen, — sie sah nach ihrem Sohn, sie sah ihn vorwärts schreiten, — nun ward die Thür hinter ihm geschlossen, — nun sah sie ihn nicht mehr, und ohne Laut, ohne Klage, wie eine vom Sturmwind zerschmetterte Statue des Schmerzes sank Lätitia zur Erde nieder. *)

---

*) Madame Lätitia lebte seit dieser Zeit in Rom, wo sie mit ihrem Bruder, dem Cardinal Fesch, ein stilles zurückgezogenes Leben führte. Aber diese Zurückgezogenheit sicherte sie nicht vor dem Argwohn und dem Mißtrauen der Regierungen, denen Napoleon auf immer ein Schreckniß war, obwohl er im fernsten Exil lebte. Als im Jahr 1820 das südliche Europa von den Verschwörungen der Carbonari beunruhigt ward, und sich auch in Frankreich Anzeichen einer bonapartistischen Verschwörung kund gaben, ließ der König von Frankreich dem Papst Gregor mittheilen, er habe aus genauen Quellen erfahren, daß Madame Lätitia an der Spitze einer bonapartistischen Verschwörung stehe; sie habe, wie man ihm, dem König, gemeldet, ihre Agenten in Corsika, um dort eine Erhebung zu Gunsten Napoleons anzufachen; man fügte hinzu, daß dies Complott sich bis in das Innere Frankreichs verzweige, und daß Madame Lätitia auch dort Partisanen für ihren Sohn anwerbe, daß die Regierung des Königs von der Wahrheit dieser Angaben überzeugt sei, und sogar genau wisse, wie viele Millionen Madame Lätitia zu diesen Zwecken verwendet. Der Papst durfte diese von dem französischen Gesandten, Grafen Blacas, angebrachte Beschwerde nicht unbeachtet lassen, und sandte daher seinen Staatssecretair zu Madame Lätitia, um ihr die Klagen Frankreichs vorzutragen und Rechenschaft von ihr zu fordern. Madame Lätitia hörte alle Vorhaltungen des Cardinals und Staatssecretairs mit gelassener Ruhe an; dann aber erhob sie sich und mit

Der Kaiser war in die Mitte des Nebensaals vorgeschritten. Um ihn her standen seine ihm treu gebliebenen Generäle, Diener und Freunde.

Sie standen da, gesenkten Hauptes, weinend, leise schluchzend.

Napoleon ging zu Jedem von ihnen hin, er hatte für Jeden ein Wort der Liebe, des Trostes, der Hoffnung. Jetzt näherte er sich der Gruppe derjenigen seiner Getreuen, welche ihn auf seiner Reise begleiten, sein düsteres und ungewisses Schicksal mit ihm theilen wollten, das waren Savary, der Herzog von Rovigo, die Generäle Bertrand, Lallemand und Gourgaud, die Grafen Montholon und Las Cases.

Ach, meine Freunde, rief Napoleon mit heiteren, strahlenden Blicken. Ich preise mich glücklich, denn ich bin reich, ich habe treue Freunde. Um Euretwillen vergebe ich Denen, die mich verlassen und verrathen haben. Viele sind gegangen, aber Viele sind mir treu geblieben!

Er wandte den Blick den anderen Getreuen zu, die in Thränen zerfließend umherstanden, und die nur, von den Umständen, den Verhältnissen gezwungen, zurückbleiben mußten, ihm nicht folgen konnten.

Nehmt auch Ihr meinen Dank, Ihr, meine Getreuen, sagte er. Ich beklage tief die Leiden und Zurücksetzungen, welche Eure Anhänglichkeit an meine Person Euch bereiten wird. Man wird Euch Eure Treue als eine Schuld anrechnen, aber die Zukunft und die Geschichte werden gerechter gegen Euch sein. Hofft auf diese Zukunft, setzt den Verfolgungen Eurer Feinde die Stärke Eurer Seele und die Reinheit

---

stolzer Würde sagte sie: „Herr Cardinal, ich habe keine Millionen; aber sagen Sie dem Papst, und möge er meine Worte dem König Ludwig XVIII. wiederholen lassen, sagen Sie ihm, daß, wenn ich so glücklich wäre, die Millionen zu besitzen, welche man mir so mildthätig zulegt, ich sie nicht benutzen würde, um Unruhen in Corsika anzufachen, auch nicht um meinem Sohn in Frankreich Partisanen zu werben, deren er dort hinlänglich besitzt, sondern daß ich meine Millionen benutzen würde, um eine Flotte auszurüsten, die eine ganz andere Mission haben würde, die Mission, den Kaiser von der Insel Helena zu befreien, wo die unwürdigste Gesetzlosigkeit ihn gefangen hält." Dann grüßte sie den Cardinal mit einem stolzen Kopfneigen, und zog sich in das Innere ihrer Gemächer zurück. Cochelet, Mémoires. IV. S. 183.

Eures Gewissens entgegen. Seid stark in Eintracht, in Muth und in Resignation. Liebt Frankreich, und Denen, die es hören wollen, sagt es, daß der scheidende Kaiser Frankreich seinen Segen und seine Liebe zurückläßt!

Die Thür des äußeren Vorsaals öffnete sich jetzt und General Becker trat ein.

Sire, sagte er mit leiser, zitternder Stimme, Sire, Alles ist bereit, wenn es Ew. Majestät gefällig ist!

Napoleon neigte leise bejahend das Haupt, ein lautes Aechzen und Klagen, Weinen und Schluchzen rauschte durch den Saal, Aller Angesichter waren dem Kaiser zugewandt, Aller Augen waren überströmt von Thränen.

Napoleon wandte sich um, drückte Hortense, die weinend hinter ihm stand, noch einmal in seine Arme und reichte dann den Freunden seine beiden Hände dar.

Sie stürzten zu ihm hin, sie sanken vor ihm auf die Kniee und bedeckten seine Hände mit ihren Thränen, ihren Küssen, und weinten und schluchzten laut.

Der Kaiser weinte nicht, sein bleiches Antlitz hatte einen wunderbaren, feierlichen Ausdruck angenommen, seine Augen glänzten wie an den Tagen seiner großen Schlachten.

Lebt wohl, lebt wohl! rief er mit der lauten, tönenden Stimme, mit welcher er sonst seine Soldaten zur Schlacht, zum Sieg gerufen. Lebt wohl!

Seine Stimme hallte noch in dem Saal wieder, als er ihn hastigen Schrittes schon verlassen hatte.

Hortense eilte zum Fenster hin und lehnte sich hinaus, um ihn noch ein Mal, ein letztes Mal noch zu sehen.

Jetzt trat der Kaiser aus dem Portal, jetzt sah sie noch ein Mal sein bleiches, ehernes Angesicht, sah, wie er einen langen, langen Blick über die Bäume, die Alleen des Gartens dahin schweifen ließ, wie er, schon den Fuß auf den Tritt des Wagens gesetzt, noch einmal sich umwandte und hinschaute nach dem Garten, als könne sein Auge nicht müde werden, diesen Schauplatz seines einstigen Glückes, seiner einstigen Größe zu betrachten.

Jetzt sah sie ihn rasch den einfachen Caleschwagen besteigen, gefolgt von Becker und Savary, sah in die für den Kaiser bestimmte, glänzende Equipage die Generale Gourgaud und Bertrand einsteigen, sah das übrige Gefolge und die Dienerschaft in den andern zwei Wagen Platz nehmen, hörte dieses unter Thränen und Schluchzen halb erstickte: Vive l'Empereur! der zurückbleibenden Diener — nun rollten die Wagen von dannen mit einem lauten Donner, welcher die einsamen Säle von Malmaison durchhallte und ihnen verkündete, daß der Kaiser sie für immer verlassen habe.

Hortense sank auf ihre Kniee und zog ihre Söhne mit sich nieder. Betet, rief sie mit bleichem, von Thränen überflutheten Angesicht, betet für den Kaiser und für Frankreich!

IV.

In Rochefort.

Nach viertägiger Fahrt war Napoleon mit seinem Gefolge endlich in Rochefort angelangt. Die beiden, von der provisorischen Regierung ihm zur Verfügung gestellten Schiffe lagen allerdings in dem Hafen von Rochefort für ihn bereit, aber vor dem Hafen lagen schon die, wie man sagte, von Fouché benachrichtigten Schiffe der Engländer, den Hafen blokirend und entschlossen, jedes den Hafen verlassende Schiff anzugreifen.

Napoleon vernahm diese Nachrichten mit einer wunderbaren Ruhe und Gelassenheit, und sie schienen ihn gar nicht zu berühren. Seine Gedanken weilten immer noch in Paris und bei seiner Armee.

Immer noch hoffte er, daß das französische Volk ihn mit Gewalt wieder auf seinen Thron erheben, daß seine Armee ihn zurückrufen werde.

Aber bald erschallte von Paris her die Nachricht, daß die Stadt sich den Feinden übergeben habe, daß die Verbündeten, und mit ihnen auch der König Ludwig der Achtzehnte in Paris eingezogen seien, daß die Armee sich unterworfen habe.

Bei diesen Nachrichten sah man den Kaiser erbleichen, und ein schwerer Seufzer entrang sich seiner Brust. Nun, dann ist es Zeit, Frankreich zu verlassen, sagte er. Jetzt giebt es für mich keine Hoffnung mehr!

Aber wohin wollen Ew. Majestät gehen? fragte der Graf Las Cases.

Ich werde nach den Vereinigten Staaten gehen, rief Napoleon lebhaft. Man wird mir dort Land geben, oder ich werde es kaufen, wir werden es anbauen. Ich werde damit enden, womit der Mensch angefangen hat; ich werde von dem Ertrag meines Feldes und meiner Heerden leben. *) ·

Aber glauben Ew. Majestät, daß die Engländer Sie ungestört Ihr Feld in Amerika werden bestellen lassen?

Warum nicht? Was für Schaden könnte ich ihnen dort zufügen?

Was für Schaden, Sire? Ew. Majestät haben also vergessen, daß Sie England haben zittern machen? So lange Sie leben und frei sind, wird England Ihr Genie und Ihren Haß fürchten. Sie wären für England vielleicht auf dem Throne Frankreichs, den Ludwig der Achtzehnte jetzt so klein gemacht, weniger gefährlich, als Sie es ihm in den Vereinigten Staaten sein würden. Die Amerikaner lieben und bewundern Sie; Sie würden auf dieselben großen Einfluß ausüben, und sie vielleicht dahin bringen, gewichtige Unternehmungen gegen England zu beginnen.

Was für Unternehmungen? fragte Napoleon achselzuckend. Die Engländer wissen wohl, daß die Amerikaner mit ihrem letzten Tropfen Blut ihr Land und ihre Freiheiten vertheidigen, aber daß sie sich schwer dazu entschließen würden, einen auswärtigen Krieg zu führen. Sie sind noch nicht so weit vorgeschritten, um die Engländer ernstlich beunruhigen zu können. Eines Tages werden die Amerikaner vielleicht die Rächer

*) Napoleons eigene Worte. Siehe: Fleury. Vol. IV. S. 80.

der Meere sein, aber dieser Zeitpunkt liegt noch fern; die Amerikaner werden nur langsam wachsen und sich vergrößern.

Sire, angenommen, daß die Amerikaner für England in diesem Moment keine ernsthafte Beunruhigung sein könnten, so würde Ihre Anwesenheit in den Vereinigten Staaten England wenigstens die Gelegenheit darbieten, Europa gegen die Vereins-Staaten aufzuregen. Die Alliirten werden ihr Werk für unvollendet halten, so lange Ew. Majestät nicht in ihrer Gewalt sind, und sie werden die Amerikaner zwingen, wenn nicht, Sie auszuliefern, so doch Sie von ihrem Gebiet zu entfernen.

Nun, rief Napoleon mit blitzenden Augen, dann werde ich nach Mexiko gehen, und wenn man mich auch dort nicht will, nach Caracas, und wenn es mir dort nicht gefällt, nach Buenos-Ayres, nach Californien, ich werde von Meer zu Meer schiffen, bis ich irgendwo ein Asyl gegen das Uebelwollen und die Verfolgung der Menschen finde.*)

Ach, Sire, wird es Ihnen auf diesen Weltfahrten immer gelingen, den Späheraugen und den Flotten der Engländer zu entgehen?

Nun, wenn ich ihnen nicht entgehen kann, so mögen sie mich ergreifen, rief Napoleon ungeduldig. Das englische Gouvernement taugt nichts, aber die englische Nation ist groß, edel und großmüthig. Ach, ich thäte vielleicht am Besten, nach England zu gehen, mich dort niederzulassen, und in friedlicher Zurückgezogenheit auszuruhen von meinem thatenvollen Leben. Ich habe genug gethan für die Geschichte und die Nachwelt, und ich darf wohl daran denken, jetzt ein wenig Ruhe und Behagen zu suchen. Ja, ich will nach England gehen. Das Schicksal selber giebt mir diesen Gedanken ein. Es hat die englischen Schiffe gesandt, welche hier vor dem Hafen kreuzen, es will mir die Gelegenheit geben, allen diesen Wirrnissen durch einen kühnen Entschluß mich zu entreißen, und nach England zu gehen, nach dem Lande gesetzlicher Freiheit, nationaler Größe. Las Cases, ich will Sie mit einer Botschaft zu dem Befehlshaber der beiden englischen Fahrzeuge senden. Nehmen Sie die Botschaft an?

---

*) Napoleons eigene Worte. Fleury IV. S. 81.

Sire, ich nehme jede Botschaft an, welche Ew. Majestät mir befehlen.

Fahren Sie also hinüber auf das englische Schiff zu dem Capitain Maitland. Sie kennen ihn, nicht wahr?

Ja, Sire, ich habe während meines frühern Aufenthalts in England den Capitain Maitland kennen gelernt. Er ist ein tapferer und loyaler Mann.

Fahren Sie zu ihm, Graf. Fragen Sie ihn in meinem Namen, welche Aufnahme ich von ihm zu erwarten hätte, wenn es mir vielleicht einfallen sollte, auf seinem Schiff eine Zuflucht zu suchen. Der Herzog von Rovigo und General Lallemand sollen Sie begleiten! Fragen Sie zugleich an, was man thun würde, wenn ich mit einer Parlamentairflagge auf der französischen Fregatte den Hafen verlassen, oder wenn ich auf einem neutralen Schiffe absegeln möchte. Eilen Sie! —

Graf Las Cases hatte kaum das Zimmer des Kaisers verlassen, um dessen Befehl auszuführen, als der General Bertrand hastig in dasselbe eintrat.

Sire, sagte er mit bewegter Miene, Ew. Majestät sind in Gefahr; die Engländer führen Böses im Schilde. Sie wollen Ew. Majestät verhaften, sobald Sie den Hafen verlassen. Oh, Sire, ich beschwöre Sie, zaudern Sie nicht länger, retten Sie sich, damit wir nicht den Schmerz, Frankreich nicht die Schmach erleben, Ew. Majestät in der Gewalt Ihrer Feinde zu sehen. Noch bietet sich für Ew. Majestät ein Weg der Rettung dar! Ergreifen Sie ihn, Sire, aus Erbarmen mit uns, die wir Sie lieben und anbeten, die wir bereit sind, Ihnen zu folgen bis an das Ende der Welt, mit Ihnen die Verbannung zu ertragen, uns glücklich preisend, wenn es uns nur vergönnt ist, in Ihrer Nähe zu bleiben, Ihnen unsere Dienste zu weihen. Sire, ich beschwöre Sie, erhalten Sie sich uns, Ihren treuen ergebenen Dienern, vertrauen Sie sich nicht den Engländern, retten Sie sich, retten Sie uns, so lange es noch Zeit ist!

Was soll ich thun, um mich zu retten? fragte Napoleon gelassen. Wissen Sie ein Mittel, Bertrand, mich aus dem Hafen zu bringen, ohne von den Engländern entdeckt zu werden?

Ja, Sire, ich weiß ein Mittel. Ein Franzose, der Ihnen ergeben ist, und jetzt als Schiffscapitain in dänischen Diensten steht, liegt hier im Hafen mit seinem Fahrzeug vor Anker. Er ist zu mir gekommen, Sire, er bietet sich und sein Schiff zur Rettung Ew. Majestät an. Sire, dieser Capitain Baudin ist ein unerschrockener tapferer Seemann, und er schwört, daß es ihm gelingen wird, Ew. Majestät sicher und ungefährdet aus dem Hafen hinaus und nach Amerika zu bringen.

Und er meint, die Engländer würden ihn ungefährdet ziehen lassen? Sie würden sein Schiff nicht untersuchen?

Nein, Sire, er meint das nicht. Aber er hat auf seinem Schiff ein Versteck eingerichtet, in welchem Eure Majestät während der ganzen Ueberfahr verbleiben müßten, und der aller noch so großen Wachsamkeit der Engländer dennoch verborgen bleiben würde. Sire, nehmen Sie den Vorschlag Baudins an. Retten Sie sich.

Nein, sagte Napoleon, ich will mich wohl retten, aber ich werde mich niemals verstecken.

Nun denn, Sire, so habe ich Ihnen noch einen andern Vorschlag zu machen, rief Bertrand. Einige junge Marine-Lieutenants bieten Ew. Majestät ihre Dienste an. Sie haben kleine rasche Fahrzeuge bei der Hand, und sind bereit, Ew. Majestät und Ihr Gefolge auf denselben durch die englischen Kreuzer hindurch und nach Amerika zu bringen. Sire, es sind entschlossene junge Männer, die vor keiner Gefahr zurückschrecken, vor keiner, als vor der, Ew. Majestät in die Hände Hände Ihrer Feinde fallen zu sehen, und die Sie daher bis auf das Aeußerste vertheidigen werden.

Was hülfe ihre Vertheidigung, wenn Wind und Wetter gegen mich wären, sagte Napoleon. Irgend ein Sturm könnte diese kleinen Fahrzeuge an eine englische Küste werfen, das erste beste englische Kriegsschiff könnte sie kapern, und mir würde dadurch die Schmach zu Theil, auf einem Fluchtversuch ertappt zu werden, und als Gefangener eingebracht zu werden. Nein, ich kann mit dem Schicksal selbst nicht unter der Decke spielen, ich kann mich nicht verstecken und nicht flüchten, und mein Leben nicht mit einer kleinlichen Farçe endigen. Ich fliehe nicht, ich bleibe, und erwarte mein Schicksal. Aber damit meine Gegen-

wart auf dem französischen Festlande die Feinde Frankreichs nicht be=
unruhige, und nicht Ursache sei, daß man Frankreich noch härtere
Kriegsbedingungen auferlege, will ich hinüberfahren auf die Insel Aix.
Dort wollen wir die Gestaltung unsers Schicksals erwarten. —

Eine Stunde später betrat Napoleon mit seinem kleinen Gefolge
die Insel Aix, dessen Bewohner ihn mit Freudejauchzen empfingen, und
ihn noch einmal den Ruf: Es lebe der Kaiser! vernehmen ließen.

Napoleon lächelte traurig dazu, und trat in das zu seiner Auf=
nahme bereitete Gouvernements=Gebäude ein, um dort sich an das
Fenster zu stellen, und hinüber zu spähen nach den fernen englischen
Schiffen, und nach dem Hafen, der Rückkehr des Grafen Las Cases
harrend.

Endlich am späten Nachmittage trat der Graf in das Gemach des
Kaisers ein.

Nun? fragte Napoleon lebhaft, was für Antwort bringen Sie?
Was sagt Capitain Maitland? Ist er bereit, mir auf seinem Schiffe
eine Zuflucht zu gewähren?

Sire, Capitain Maitland antwortete mir, er habe keine Verhal=
tungsregeln für solchen Fall, und müsse mich deshalb an den Admiral
Hotham verweisen, der das englische Geschwader an der französischen
Westküste commandire.

Und wenn ich mit einer Parlamentairflagge auf der französischen
Fregatte oder auf einem neutralen Schiffe den Hafen verlassen wollte?

Capitain Maitland erklärte mir, daß er jedes Schiff, unter
welcher Flagge es immer segeln möge, angreifen, jedes neutrale Schiff
streng visitiren und vielleicht sogar in einen englischen Hafen abführen
werde. Aber er gab mir den Rath, Ew. Majestät zu bereden, daß
Sie sich nach England begeben möchten, und versicherte, daß Ew.
Majestät dort einer ehrenden und rücksichtsvollen Aufnahme gewiß sein
könnten.

Es ist gut, sagte Napoleon müde, wir wollen morgen das Weitere
überlegen. Ich danke Ihnen für Ihre guten Dienste, Graf. Sie
werden ermüdet sein, und ich bin es auch. Lassen Sie uns zur Ruhe
gehen. Ach, es wäre vielleicht besser, zur ewigen Ruhe zu gehen. Ich

bin dieses Lebens satt und müde, ich fange an, mich auf der Erde zu langweilen! Lassen Sie uns also versuchen, zu schlafen. Der Schlaf bringt Vergessenheit, und selig sind Diejenigen, welche vergessen können. Ich begreife jetzt die Mythe der Alten, welche die Seelen, die das Elysium betraten, erst aus dem Lethe trinken ließen, damit sie im Paradiese glücklich zu sein vermöchten. Ja, ja, um nach einem inhalts=reichen Leben wieder das Glück des Paradieses genießen zu können, muß man den Trank des Vergessens getrunken haben. Ach, aber wo finde ich ihn, welche mitleidige Hand anders als der Tod kann mir den Lethebecher reichen, und — doch still! Gute Nacht, Graf, morgen wollen wir einen Kriegsrath halten! Heute wollen wir schlafen! Schlafen!

———

V.

Die Brücke von Jena.

Na, so haben wir's nun endlich erreicht, sagte Blücher, sich be=haglich ausstreckend auf dem mit goldenen Bienen gestickten Divan von grünem Sammet. Der Bonaparte ist nun runter und er soll die Welt nicht mehr beunruhigen. Es ist aus mit ihm, er sitzt nun in Rochefort, und wird bald nach Helena absegeln, ich sitze nun in St. Cloud, und das Cabinet des Herrn Bonaparte, das ist nun das Wohnzimmer des betrunkenen Husaren=Generals Blücher, wie der Monsieur mich immer genannt hat. Mit dem Bonaparte, da sind wir nun fertig, aber mit Frankreich noch lange nicht.

Was wollen Sie denn noch weiter fordern, Durchlaucht? fragte Gneisenau, der neben dem Divan des Feldherrn auf dem Fauteuil saß, an dessen Armlehne Napoleon so oft während des Minister=Conseils geschnitzt hatte. Frankreich ist, wie mich dünkt, hinlänglich gedemüthigt.

So, meinen Sie? fragte Blücher strenge. Na, wie so ist es denn gedemüthigt? Was haben wir ihm denn gethan?

Vor allen Dingen, Durchlaucht, haben wir es besiegt, und das ist für ein kriegerisches, ruhmsüchtiges Volk schon immer ein herbes Unglück. Dann haben wir ihm alle Beute früherer Siege wieder abgenommen, haben seinen Kaiser, den die Armee wenigstens noch immer liebte, abgesetzt und verjagt, und haben den König Ludwig den Achtzehnten, den weder die Armee, noch das Volk liebte, den Niemand wollte, wieder auf seinen legitimen Thron eingesetzt.

Daran ist mir gar nichts gelegen, rief Blücher unwirsch. Ich wollte vielmehr, der König wäre noch nicht wieder hier, denn ich hatte noch vielerlei Forderungen an die Stadt Paris und ich wollt' sie noch gehörig abstrafen. Weiß aber schon, daß der König sich nun in's Mittel legen, und bei unserm König und dem Kaiser so lange wimmern und jammern wird, bis sie ihm in Allem nachgeben und ich gar nicht dazu komme, die Stadt Paris gehörig abzustrafen.

Nun, Feldmarschall, sagte Gneisenau lächelnd, mich dünkt, Sie haben aber die Stadt schon gehörig abgestraft! Sie haben erstens befohlen, daß Paris unsere Armee als Einquartierung aufnehme und bewirthe.

Na, das war ich meinen Preußen schuldig, rief Blücher. Die Franzosen haben Jahre lang in Berlin recht angenehm logirt, es soll also kein Preuße, der mir hierher gefolgt ist, zurückkehren, ohne sagen zu können, daß die Pariser ihn auch gut bewirthet haben.*)

Dann ferner haben Sie der Stadt Paris eine Kriegssteuer von einhundert Millionen Francs auferlegt.

Und das ist eigentlich noch viel zu wenig, denn es ist nur blos 'ne Abschlagszahlung auf die vielen Millionen Thaler, die Frankreich von Preußen sich zugeeignet hat und die Preußen durch Frankreich verloren hat. Blos 'ne kleine Strafe für all' den Kummer, und die Demüthigung und den Jammer, den die Franzosen über unser unglück-

---

*) Blüchers eigene Worte. Siehe: Varnhagen: Biographische Denkmale. III. S. 472.

liches Vaterland gebracht haben und wovon mein altes Herz beinah zersprungen wäre. Wir mußten die Franzosen strafen, und es giebt nun einmal für alle Menschen keine empfindlichere Strafe, als wenn man sie ihre Sünden und Verbrechen bezahlen läßt. Das Geldgeben, das thut den Menschen am wehesten und darum müssen die Pariser zur Strafe für ihre Sünden zahlen.

Aber Sie haben ihnen auch noch andere Strafen auferlegt, Durchlaucht. Sie haben befohlen, daß aus dem Museum alle die erbeuteten Kunstschätze fortgenommen und wieder nach Deutschland zurückgeführt werden sollten.

Na, und ich will nicht hoffen, daß Sie das zu hart finden? rief Blücher ungestüm. Wenn man einen Dieb gefangen hat, und findet das gestohlene Gut bei ihm, so nimmt man es ihm wieder fort, nicht wahr? Die Franzosen hatten aber all' die Kunstschätze, die sie hier aufgestapelt haben, nicht von Deutschland geschenkt bekommen, sondern sie haben sie aus den Museen und Schlössern gestohlen und geraubt, und es ist daher man blos ganz natürlich, daß sie sie wieder rausgeben müssen und daß sie wieder nach Deutschland zurück müssen. Es wäre ja eine ewige Schmach und Schande für uns Deutsche, wenn wir so zimperlich wären und nicht wagten, die Hände auszustrecken nach unserm Eigenthum, und den Franzosen den Triumph ließen, ihr geraubtes Gut behalten zu dürfen. Als sie in Deutschland waren, da haben sie, aus Kunstsinn, wie sie's nennen, überall die Museen bestohlen und beraubt und genommen, was ihnen nicht gehört. Nu wir in Frankreich sind, wollen wir auch zeigen, daß wir Kunstsinn haben, und wollen aus ihren Museen uns wenigstens nehmen, was uns gehört.

Ew. Durchlaucht haben Recht, sagte Gneisenau, die Wiederherausgabe dieser deutschen Kunstschätze ist nur ein Act der Gerechtigkeit, und Deutschland muß Ihnen dankbar sein, denn nur Ihrer Festigkeit und Energie wird es den Wiederbesitz seiner Schätze danken. Aber, mein theurer, geliebter Feldherr, Sie sollten nun mit diesen Strafen zufrieden sein und das gedemüthigte Volk nicht noch mehr kränken. Ich dächte, Sie ständen davon ab, die eherne Siegessäule auf dem Vendome-Platz sprengen zu lassen. Die Pariser betrachten sie als ein

Denkmal ihres Ruhms, und man wird doch ihnen diesen Ruhm nicht ableugnen können.

Na, meinetwegen, sagte Blücher verdrießlich, mögen sie denn dieses Ding behalten. Es ist König Ludwigs Sache, ob er die Ruhmessäule Bonaparte's vor seiner Nase dulden will, und ob's ihn nicht verschnupft, den Bonaparte mitten in seiner Hauptstadt so gefeiert zu sehen. Wenn Er's ertragen kann, mir kann's gleichgültig sein. Aber Eins sage ich Ihnen, Gneisenau, die Brücke von Jena, die lasse ich ihnen nicht, und ich rathe Ihnen, daß Sie nicht für sie bitten. Die muß runter, eben so gut, wie der Bonaparte.

Aber es fällt mir auch gar nicht ein, für die Brücke bitten zu wollen, rief Gneisenau. Ich bin ganz Ihrer Meinung, Durchlaucht, die Brücke von Jena muß zerstört werden. Wir haben mit unseren Siegen von Leipzig, Paris und Belle-Alliance die Niederlage von Jena wieder ausgelöscht, und wir dürfen es nicht dulden, daß man dieses Denkmal jenes Unglückstages hier erhalten wolle, allen Preußen zur Beschämung und zum Aergerniß.

Recht so, Freund, rief Blücher freudig, dem General seine Hand darreichend. Sie sind ein prächtiger Mensch, und Sie halten doch noch etwas auf deutsche Ehre, sind kein solcher demüthiger Duckmäuser, der zufrieden ist, wenn er's Leben hat, und alle anderen Völker ganz bescheidentlich dafür um Entschuldigung bitten möcht', daß er man blos 'n Deutscher ist. Nein, wir Zwei, wir rühmen uns, Deutsche zu sein, und wir wollen's den Herren Franzosen beweisen, daß wir keinen Respect vor ihnen haben, und uns gar nicht geehrt fühlen, wenn wir mit ihnen französisch parliren können. Nein, Deutsch wollen wir mit ihnen sprechen, und wenn wir ihnen die Brücke von Jena zersprengen, so heißt das, 'n gutes deutsches Wort gesprochen haben. Den Bonaparte haben wir runter, nun müssen wir auch die Brücke noch runter kriegen!

Aber ich fürchte, wir werden viel Schwierigkeiten damit haben, und man wird von allen Seiten Alles anwenden, um unser Vorhaben zu vereiteln.

Freilich, wir müssen uns beeilen, sagte Blücher. Wir müssen rasch zu Werke gehen, damit die Sache abgethan ist, wenn der König nach Paris kommt.

Der König will am zehnten Juli seinen Einzug in Paris halten.

Und heute ist erst der neunte, rief Blücher. Wir haben also noch einen ganzen Tag Zeit, und den müssen wir benutzen. Denn wenn der König erst da ist, dann habe ich nicht mehr freie Hand, dann ist er der Herr, der zu commandiren hat, und ich muß mich seinem Befehl fügen. Er würde aber ganz gewiß sich von dem Gewimmere und dem Bitten des französischen Königs 'rum kriegen lassen, denn er hat 'n weiches, großmüthiges Herz, und mag lieber vergeben und vergessen, als tüchtig abstrafen. Ich aber, Gneisenau, ich denke nicht so, ich kann's nicht vergessen, wie viel Schmach uns die Franzosen angethan haben, kann's nicht vergeben, daß sie uns mit Uebermuth und Hohn so in den Staub getreten haben, daß man sich beinah schämen mußte, ein Deutscher zu sein. Es ist eine Ehrensache, daß wir die Franzosen strafen, eine Ehrensache, daß wir die Brücke von Jena zerstören, damit alle Welt sehen kann, daß wir auch empfindlich sind für unseren Ruhm, und daß 'n Deutscher eben so viel Gefühl für Ehre hat, eben so eifersüchtig ist auf seinen Ruhm, als jedes andere Volk. Wir haben uns viel gefallen lassen, darum müssen wir nun auch viel Revanche nehmen.

Leider denken nicht alle Deutsche wie Sie, Durchlaucht, seufzte Gneisenau. Selbst unsere preußischen Waffenbrüder sind zum Theil anderer Meinung. Der General Zieten war vorher hier, um gegen die Sprengung der Brücke zu protestiren. Er meint, die Sache sei dem Vertrag der Uebergabe von Paris nicht gemäß, und dürfe daher nicht geschehen.

Ich will ihm zeigen, daß sie geschehen darf und soll, rief Blücher zornerglühend. Gneisenau, schreiben Sie mal gleich auf der Stelle in meinem Namen an den General von Zieten in Paris. Da liegt Feder und Papier. Sie sind nun doch einmal immer meine Hand und mein Kopf, und verstehen sich besser auf die Feder als ich. Schreiben Sie also, was ich Ihnen dictiren will.

Gneisenau nahm die Feder, und Blücher, mit den Fingern auf

ben golbenen Bienen bes Divans trommelnb, bictirte: „Ew. Excellenz wollen sich auf keine Weise, burch Niemanb, wer es auch sei, von ber Sprengung ber Brücke von Jena abhalten lassen, inbem ich Ihnen nochmals ben bestimmten Befehl bazu wieberhole. Sinb bie Anstalten so weit, baß bie Brücke gesprengt werben kann, so soll es sogleich ge- schehen, unb ber General von Bülow benachrichtigt werben, baß er seinen Einzug über bie nächste Brücke nimmt. Ich empfehle Eurer Excellenz nochmals bie Beschleunigung ber Sprengung."*)

Na, unb nu thun Sie mir ben Gefallen, Freunb Gneisenau, unb reiten Sie selbst nach Paris, geben Sie bem General Zieten selbst meinen Brief, unb sagen Sie ihm münblich noch, was zu sagen nöthig ist, unb baß bie Sprengung geschehen muß, hören Sie, geschehen muß, um Preußens Ehre wieber rein zu waschen von bem alten Schmutz- fleck an seiner Stirn. Wir haben uns wieber aufgerichtet aus ber Erniebrigung, wir können's Haupt wieber muthig erheben, unb wir wollen eine reine, fleckenlose Stirn haben. Das sagen Sie bem Zieten, mein Freunb, unb sagen Sie ihm, er soll nicht so bevot unb bienst- beflissen gegen bie Franzosen sein, unb nicht so bei bem französischen König herumscharwenzeln, unb sich liebes Kinb machen. Was wär' benn ber Monsieur Louis von Gottes Gnaben, wenn wir Preußen ihn nicht auf ber Spitze unserer Bajonette wieber auf seinen Thron 'rauf gehoben hätten? Daran soll ber Herr König von Frankreich noch ein Bischen gebenken, unb nicht so übermüthig werben, unb barum babe ich ihm vor seinen Tuilerien recht hübsche große preußische Kanonen aufgefahren, bie Münbung gerabe gegen bas Schloß gerichtet, unb barum stehen bei ben Kanonen unb als Wache vor bem Schloß preu- ßische Artilleristen, bamit ber König boch baran benkt, baß wir Preu- ßen eigentlich bie Herren von Paris sinb, unb ber Lilienthron burch bas Feuer preußischer Kanonen wieber aufgeblüht ist. Sagen Sie bas Alles bem Zieten, General, unb sagen Sie ihm, morgen Mittag muß bie Sache abgethan sein.

Ich werbe ihm genau bie Worte Eurer Durchlaucht wieberholen,

---

sagte Gneisenau, und ich werde selbst nachsehen, wie weit die Vorar=
beiten zur Sprengung an der Brücke gediehen sind. · Leben Sie wohl,
Durchlaucht.

General Gneisenau war kaum hinaus gegangen, als Blüchers
Stentorstimme nach Christian Hennemann rief.

Sofort öffnete sich eine Seitenthür und der Pipenmeister trat ein,
den Pfeifenkasten in der Hand und eine lange Thonpfeife im Munde.
Mit gravitätischer Gleichgültigkeit schritt er über den schönen türkischen
Teppich, der den Fußboden bedeckte, dahin, und setzte den Pfeifenkasten
mitten auf den mit Landcharten bedeckten Tisch, an dem Napoleon sonst
seine Schlachten überdacht hatte.

Blücher, lang ausgestreckt auf dem Divan, und recht mit Behagen
seine Sporenstiefel auf die goldenen Bienen legend, schaute dem Trei=
ben seines Pipenmeisters mit vergnüglichem Gesicht zu, und lachte laut
auf, als dieser jetzt in gemüthlicher Ruhe das Federmesser von dem
kaiserlichen Schreibtisch nahm, und es als Bohrer für die Thonpfeife
seines Herrn benutzte, damit der Taback in der Pfeife ein wenig auf=
loderte.

Ich wollt' man blos, rief er, der Bonaparte könnte einen Augen=
blick hier hereinschauen, und zusehen, wie's der Blücher sich in seinem
Kabinet so recht bequem gemacht hat. Na nu sag mal, Pipenmeister,
wie gefällt es Dir denn nu hier in der kaiserlichen Residenz in St.
Cloud? Bist Du zufrieden mit dem Quartier, und möchtest immer so
hier wohnen?

Nein, sagte Christian verächtlich, möcht' nicht in dem langweiligen
Putzschrank immer drin stecken. Es ist mir zu fein und zu blank hier.
'N ehrlicher Mensch muß immer fürchten, daß er auf dem spiegel=
glatten Fußboden hier ausgleitet, und auf die Nase fällt, und dann
würden die Franzosen sagen, die dummen Deutschen könnten nicht auf
ihren eigenen Füßen stehen. Ist 'n übermüthiges Volk, die Franzosen,
und dabei sind sie doch so dumm, daß sie nich mal deutsch verstehen,
und ganz verwundert die Augen aufreißen, wenn 'n ehrlicher Kerl
ihnen die Ehre anthut, und sie deutsch anredet. Sollten doch dankbar
sein, daß wir gar nicht hochmüthig und stolz thun, obwohl wir Sieger

finb, unb baß wir mit ihnen reden wollen in unferer Sprach'! Aber
fie verstehen fie nicht, unb wollen fie auch nicht lernen, unb find überhaupt noch immer übermüthig unb unangenehm. Ich wollt', wir wären erst hier fort aus dem abscheulich schönen Schloß! Was geht mich
bie Pracht an, bie mir nicht gehört! 'Ne Bauernhütte, bie mir gehört,
ist mir lieber als all' bie Herrlichkeit hier, unb 'ne Biene, bie in meinem eigenen Bienenkorb summt, ist tausend Mal mehr werth, als all'
bie golbenen Bienen da auf Ihrem Sopha.

Hast Recht, Pipenmeister, sagte Blücher, behaglich seine Pfeife
bampfend, bie golbenen Bienen haben dem Bonaparte nicht so viel
Honig gesammelt, als 'ne einzige Biene sammelt, bie der liebe Gott
geschaffen hat. Na, sei man ruhig, Pipenmeister, wenn wir nun wieber nach Kunzendorf heimkehren, unb so Gott will, soll das balb geschehen, dann sollst Du auch Deinen eigenen Bienenstock haben, unb
Dein eigenes Haus. Hab' mir schon Alles hübsch ausgebacht, wie's
werden soll, unb was ich aus Dir machen will, unb hab' schon meinen Schlachtplan fertig.. Du hast mir allzeit treu unb mit rechter
Herzensliel)' gebient, unb ich bin Dir dafür, unb auch für den Hieb
bei Ligny — Du weißt doch noch, wo ich Dein Pferd durchsäbelte,
unb Du drunter zu liegen kamst, — bin Dir für Alles das noch Deine
Belohnung unb Bezahlung schulbig.

So, Herr Fürst, rief Christian trotzig, Sie wollen mich bezahlen
unb ablohnen, Sie denken, das geht man so. Ich kann Ihnen aber
sagen, daß der Christian Hennemann nicht den ganzen Krieg als tapferer Pipenmeister mitgemacht hat, unb in Sturm unb Kanonendonner
unb Kartätschenhagel immer dicht hinter seinem tollen Feldherrn geblieben ist, blos um nachher bezahlt zu werden. Um Gelb unb Lohn
hätt' ich nicht meine Arm unb Beine zerschlagen unb zerschießen lassen,
unb 's Baterland hab' ich just auch nicht damit gerettet, baß ich, wenn
bie Kugeln sausten unb bie Kartätschen pfiffen, doch immer 'n Stummel für den Feldmarschall bereit hielt. Ich hab's blos gethan, weil
ich meinen Feldmarschall lieb habe, weil er meinem alten Bater so 'n
schönes sorgenloses Leben bereitet hat, weil er sich meiner erbarmt, unb
aus 'nem dummen Dorfteufel, der ich war, als ich zu Ihnen kam,

einen anfehnlichen refpectabeln Menfchen und vornehmen Pipenmeifter gemacht hat. Ich hab's blos gethan, nicht weil Sie der Fürft find, fondern weil Sie der Blücher find, und weil Sie fich, obwohl Sie 'n vornehmer Herr find, doch 'n gutes, braves mecklenburgifches Herz bewahrt haben, und weil Sie's liebe Mecklenburg und Ihr Mutting und Vating nicht vergeffen haben. Darum bin ich Ihnen treu gewefen, und bin mit Ihnen durch Dick und Dünn geftampft, darum blos, weil ich Sie lieb habe. Aber fo was läßt fich nicht belohnen und bezahlen, und darum laffen's man gut fein damit. Ich will bleiben, was ich bin, der Pipenmeifter, und damit Bafta!

Nein, damit nicht Bafta! rief Blücher lachend. Du follft der Pipenmeifter bleiben, aber Du follft noch was Anderes werden, Chriftian. Red' mir nicht dagegen, der König hat mich belohnt, und ich muß Dich belohnen. Du fagft, das Vaterland hätteft Du nicht gerettet, daß Du mir mitten in der Schlacht immer 'nen Stummel bereit gehalten hättft! Aber ich hätt' doch nicht commandiren und Schlachten gewinnen können, wenn meine Pfeife nicht ordentlich gebrannt hätte. Alfo im Grunde genommen haft Du eigentlich das Vaterland gerettet, denn fie fagen ja, daß ich es gerettet hab'. Aber der liebe Gott da droben, der hat freilich das Meifte und Befte gethan, und alfo wollen wir denn auch nicht übermüthig werden, fondern fein befcheiden bleiben, und dem lieben Gott die Ehre geben. Aber blos Pipenmeifter kannft Du nicht bleiben, Chriftian, eben fo wenig, als ich bloßer General geblieben bin. Mein Förfter ift geftorben, wie Du weißt, na, und Du wirft nun Förfter in Kunzendorf, Chriftian. Haft Dein eigen Haus und Feld, fiehft darauf, daß die Diebe mir's Holz nicht fällen, das Wild nicht aus dem Wald maufen, und fchießt mir recht viel Wild. Na, bift Du zufrieden, Chriftian?

Ja, rief Chriftian mit Thränen in den Augen, wär' zufrieden und glücklich, wenn's Förfterhaus nicht im Wald läge. Aber es liegt im Wald, und alfo nehme ich die Stelle nicht an, und dank' dem Herrn Fürften viel Mal.

Wie? Grauelt Dir vor'm Wald? fragte Blücher erftaunt.

Nein, nicht vor'm Wald graut mir, aber davor, daß ich fo weit von Ihnen fort soll, und daß ich dann nicht mehr ordentlich für Sie sorgen kann. Wer soll denn Ihre Pfeifen stoppen, wenn ich im Wald bin und Hasen schieße? Was soll denn aus Ihnen werden, wenn der Stummel nicht brennt? Es geht nicht, Herr Fürst, ich kann nicht Förster werden, ich muß Pipenmeister bleiben.

Na, denn bleib's, Christian, rief Blücher fröhlich. Aber das kleine Haus, was am Garten steht dicht beim Schloß, das schenk' ich Dir, und da drin sollst Du wohnen, und Dein Stück Ackerland sollst Du haben, und Deine eigene Wirthschaft auch, und 'ne Frau sollst Du Dir nehmen, und die Male und ich, wir besorgen Deiner Braut die Aussteuer, und geben die Hochzeit. Und Christian, ich weiß auch schon 'ne Frau für Dich! Der Dorfschulze hat 'ne hübsche Tochter, und er ist reich. Die Tochter sollst Du heirathen.

Danke schön, sagte Christian gelassen, die ist mir viel zu hübsch und zu reich.

Nun, das sind Fehler, die man ihr verzeihen kann, lachte Blücher. Wenn Du sonst nichts an ihr auszusetzen hast —

Ich hab' aber sonst noch was an ihr auszusetzen. Sie ist keine Mecklenburgerin, sie kann nicht Plattdeutsch sprechen, und 's gruselt mir, wenn ich denk', ich sollt' mit meiner Frau immer Hochdeutsch sprechen. Nein, Durchlaucht, ich sprech' mit meinem Vating, mit 'n lieben Gott, und manchmal auch mit meinem lieben Fürsten Blücher Plattdeutsch, und also muß ich auch mit meiner Frau Plattdeutsch sprechen können.

Na, denn geh' nach Mecklenburg, und such' Dir 'ne Frau.

Hab' da schon eine gefunden, Herr Fürst. Die Hanne in Polchow auf dem Herrenhof, das ist schon seit vier Jahren meine Braut, und die und keine andere soll meine Frau werden.

Ist sie hübsch? Hat sie Geld?

Hübsch? Ich weiß nich, Durchlaucht, aber sie ist 'ne dralle Dirn mit 'nen Paar lustigen Augen, und zweiunddreißig gesunden Zähnen im Mund, und hat rothe Backen, und schöne blonde Haare. Ob sie Geld hat? Nich so viele Thaler als sie Zähne hat, aber sie kann arbeiten, und ihre Hände rühren, ist flink und geschickt, singt und lacht den ganzen Tag bei der Arbeit, und versteht 'n Mittagbrod zu kochen, wie keine Andere.

Na, so nimm sie, Christian, die Aussteuer und die Hochzeit besorge ich.

Hurrah, rief Christian, ich soll die Hanne kriegen! Die Hanne soll meine Frau werden! Ach, lieber Herr Fürst, ich dank' Ihnen, ich bin so glücklich, daß ich heulen und weinen könnt', und — ich glaub', ich thu's schon. Ich bin's sonst gar nicht gewohnt gewesen, glücklich zu sein, und darum muß ich nu weinen, und, und —

Na, na, weine nicht, Christian, sagte Blücher, sich schnell mit der Hand über die Augen fahrend, Du bist ein prächtiger, guter Bursche, und der liebe Gott wird geben, daß Du noch recht lange glücklich bist, und Dich gewöhnst an das Glück. Und — es klopft! Sieh mal nach, wer da kommt!

Christian trocknete rasch seine Thränen, und eilte nach der Thür hin.

———

VI.

Der Blüchertoast.

Es war der Adjutant des Fürsten, Graf Nostitz, welcher Einlaß begehrte. Er meldete, daß so eben ein reitender Bote von dem Grafen von der Golz, dem preußischen Gesandten in Paris, hier in St. Cloud eingetroffen sei, und überreichte dem Fürsten einen Brief des Grafen von der Golz, den der Bote für den Feldmarschall überbracht hatte.

Na, ich kann mir schon denken, was der Graf will, brummte Blücher. Hat schon einmal an mich geschrieben, und mich um Schonung und subtile Behandlung der Herren Franzosen gebeten. Ist auch einer von Denen, welche meinen, man müßte die Franzosen immer mit seidenen Handschuhen anfaffen, und recht höflich und artig gegen sie sein, damit man dadurch beweise, daß man selber ein feiner und gebildeter Mann sei und Respect habe vor den feinen, klugen Franzosen. Ich hab' aber gar keinen Respect vor ihnen, und mir ist's ganz egal, ob sie mich für einen Barbaren halten, ich will man blos sie abstrafen und Deutschland rächen, weiter nichts. Na, nun wollen wir mal sehen, was der Herr Graf schreibt.

Er schlug den Brief auseinander und las. Aber seine Züge nahmen während des Lesens einen zornigen Ausdruck an und seine dicken weißen Augenbraunen zogen sich dichter zusammen.

Noftitz, rief er, wissen Sie, was der Graf von mir will? Er verlangt, daß ich die Brücke von Jena nicht sprengen soll, er meint, man würde das als eine barbarische Grausamkeit rügen und auch unser König würde unzufrieden damit sein. Und die Hauptsach ist, daß er hinzufügt, der Herr Fürst von Talleyrand sei eben bei ihm gewesen, und in des Herrn Fürsten Namen solle er mich bringend um die Erhaltung der Brücke ersuchen. Na, was sagen Sie dazu, Noftitz?

Graf Noftitz zuckte die Achseln und schwieg.

Ich will Ihnen zeigen, was ich dazu sage, rief Blücher. Warten Sie mal hier, ich will gleich selbst die Antwort an den Grafen schreiben und Sie können sie dem Boten geben. Ich, sehen Sie mal, der Herr Fürst von Talleyrand läßt bitten, daß die Brücke von Jena nicht gesprengt werde!

Er trat rasch zu dem Schreibtisch hin, an welchem Napoleon so oft seine stolzen und hochfahrenden Briefe an den König von Preußen geschrieben, und mit fliegender Hand warf er einige Zeilen von kühner, riesengroßer Schrift auf das Papier hin.

So, sagte er dann, nun hören Sie mal meine Antwort an den Grafen!

Und mit hochfliegendem Athem, das Antlitz noch geröthet von Zorn, las Blücher: „Herr Graf! Ich habe beschlossen, daß die Brücke gesprengt werden soll, und kann Euer Hochgeboren nicht verhehlen, daß es mich recht lieb sein würde, wenn Herr Talleyrand sich vorher druf-

setzte, welches ich Euer Hochgeboren bitte, ihn wissen zu lassen."*) —
Na gefällt Ihnen der Brief, Nostitz?

Er ist ein Muster von militairischer Kürze und Entschiedenheit,
sagte Graf Nostitz lachend. Aber ich fürchte, daß der Herr Talleyrand
Ihren Wunsch leider nicht erfüllen wird.

Für Frankreich wär's aber am Besten, wenn er's thät, sagte
Blücher. Der Talleyrand, das ist der Vater der Schelme und Diplomaten und der hat viel Unglück und Noth über Frankreich gebracht!
Ich will Ihnen was sagen, Nostitz, die Diplomaten, das ist 'ne schlimme
Sippschaft, und was sie brauen und zusammenrühren, damit die
Völker es austrinken, daran verderben die armen Völker sich immer
den Magen, und werden krank davon, und nachher muß der Soldat
doch immer gerufen werden und als tüchtiger Chirurg die Quacksal-
bereien der Diplomaten wieder gut machen.

Ja, es ist wahr, sagte Graf Nostitz, sie haben auf dem Congreß
in Wien nichts Gutes zu Stande gebracht, und es ist nichts herausgekommen bei all' ihren Berathungen.

Der Bonaparte ist dabei rausgekommen, den haben sie entwischen
lassen. Geredt und geschrieben haben sie genug, aber die Augen haben
sie nicht aufgethan, und statt die Insel gehörig zu bewachen, haben sie
getanzt und sich amüsirt, und Länder und Völker vertheilt, als wären's
Bonbonnièren, die sie sich im Cotillon austheilen.

Aber das tapfere Schwert des Feldmarschalls Blücher, das hat
doch Alles wieder gut gemacht, was die Diplomaten verdorben hatten,
und hat Europa befreit von dem Unhold, der so lange wie ein Alp
es bedrückte.

Nicht ich allein, Nostitz. Mein Bruder Wellington, der hat eben
so viel gethan als ich, und ich hab' ihm blos geholfen, die Schlacht
von Belle-Alliance zu gewinnen. Mich kränkt's aber noch immer,
Nostitz, daß der Bonaparte mir doch noch einen Sieg abgewonnen und
daß er bei Ligny mich zum Rückzug gezwungen hat. Und wenn ich
denke, daß es mir noch weit schlimmer hätte gehen können, daß ich,

---

*) Varnhagen. Fürst Blücher von Wahlstatt. 475.

wenn Sie mir nicht zu Hülfe gekommen wären, den Franzosen in die
Hände gefallen, daß ich ihr Gefangener geworden wär' und sie mich
in Triumph nach Paris geschleppt hätten — Nostitz, da hätten Sie
mir doch wohl eher das Leben genommen, als mich solcher Schmach
preisgegeben? Sagen Sie selbst, ehe mich die Franzosen fortgeschleppt
hätten, was hätten Sie gethan?

Was ich gethan hätte? Ich weiß es nicht, aber ich weiß es wohl,
was ich hätte thun sollen!

Mir 'nen Gnadenstoß geben! Denn eine Gnade wär's gewesen,
mir lieber den Tod zu geben als mich den Franzosen lebendig in die
Hände fallen zu lassen. Na, der liebe Gott hat nicht gewollt, daß es
so kommen sollt', er hat es mir gegönnt, daß ich Revanche nehmen
soll für Alles, was der Bonaparte mir angethan, daß ich auch Revanche nehmen soll an den Franzosen. Aber die Revanche muß gründ-
lich sein! Und darum muß die Brücke von Jena gesprengt werden.
Siegeln Sie also meinen Brief zu und geben Sie ihn an den Courier
des Grafen von der Goltz. —

Na, nu hoffe ich, wird es zu Ende sein, murrte Blücher vor sich
hin, als er wieder allein war, nu werden sie mich in Ruh' lassen mit
dem Flennen und Wimmern, und es wird bald ein tüchtiger Kracher
von Paris herübertönen, und wird mir verkünden, daß man meine
Befehle respectirt hat und daß die Brücke gesprengt ist! —

Aber Blücher sollte sich in dieser Hoffnung doch getäuscht sehen.
Statt des „Krachers", den er erwartete, kam abermals ein Courier
von Paris daher gesprengt.

Dieser Courier trug die Livrée des Königs von Frankreich und
überbrachte von dem Oberhofmarschall des Königs ein sehr höfliches,
sehr verbindliches Schreiben, in welchem der Oberhofmarschall den
Fürsten Blücher im Namen des Königs ersuchte, sofort sich in die
Tullerien zu begeben, woselbst König Ludwig ihn in einer dringenden
und unaufschiebbaren Sache augenblicklich zu sprechen wünsche.

Ich kenne die dringende und unaufschiebbare Sache schon, sagte
Blücher achselzuckend. Der König will nun selber versuchen, was
Talleyrand nicht hat zu Stande bringen können. Ich hätt's nun zwar

nicht nöthig, dem König ben Willen zu thun, und zu ihm zu kommen, um die „Gnade einer Audienz", wie sie das nennen, zu genießen. Aber ich will's thun, um der Sache endlich ein für alle Mal ein Ende zu machen. Ich will zu dem König hingehen, und ich will ihm sagen, daß er sich keine Mühe weiter geben soll und daß die Brücke doch gesprengt wird. — —

Ludwig der Achtzehnte saß auf seinem breiten hochlehnigen Lehnstuhl, dessen ungeheuere Weite ganz von der riesigen Körpermasse des alten, siechen, gichtlahmen Königs ausgefüllt war. Er blickte mit düsterem traurigen Auge aus dem Fenster auf die Kanonen hin, die ihre weiten Mündungen gerade seinem Fenster zugewandt hatten.

Ach, seufzte er leise, diese preußischen Kanonenschlünde sagen mir nicht wie meine Hofleute Schmeicheleien, sondern sie sprechen zu mir mit sehr herben Wahrheiten. Nicht die Liebe und der Enthusiasmus meiner Unterthanen hat genügt mich auf meinen Thron zurückzuführen, sondern es bedurfte dazu noch der Hülfe meiner sogenannten Freunde, welche sich aber dabei sehr als meine Feinde darstellen, und deren insolente Kanonenschlünde mir sagen, daß ich kein freier, selbstständiger König bin, sondern ein Gefangener meiner Befreier!

Sire, sagte die schöne Gräfin Du Cayla, welche neben dem König auf dem kleinen Tabouret saß, und ihre großen brennenden Augen mit einem zärtlichen Ausdruck auf den König heftete, Sire, diese Herren Preußen werden sich ohne Zweifel beeilen, ihre Kanonen hier fortzubringen, da Ew. Majestät seit gestern wieder in den Tuilerieen residiren. Wahrscheinlich hat Ew. Majestät schnelle Ankunft sie überrascht, und sie haben nur aus Versehen die Kanonen hier zurückgelassen, welche sie aufgestellt, so lange Ew. Majestät noch nicht da waren, und man von den Bonapartisten noch Ruhestörungen und Revolten erwarten konnte.

Es ist indessen sehr traurig, daß es unter meinen Unterthanen noch immer Bonapartisten giebt, seufzte Ludwig. Leute, die ihren angestammten, rechtmäßigen König nicht anerkennen wollen, und ihm einen Usurpator vorziehen. Ach meine Liebe, ich unterzeichne wohl meine Decrete als in dem einundzwanzigsten Jahre meiner Regierung, aber ich weiß sehr wohl, daß ich noch nicht ein Jahr regiert habe, und daß ich auch in diesem Jahr mehr von den Umständen und der Charte regiert ward, als aus meinem eigenen Willen heraus regierte. Gott weiß, es sind sehr viele Dornen in dieser Krone von Frankreich, und wahrlich, meine lieben Freunde, die Feinde verwunden meine Stirn eben so sehr, wie die Bonapartisten. Sie wollen mir jetzt eine **neue** Schmach bereiten, die Brücke von Jena vernichten!

Aber Ew. Majestät werden das nicht zugeben, rief die Gräfin, Sie werden es diesen Barbaren verbieten, ein Denkmal des Ruhms von Frankreich zu zerstören.

Wenn ich wirklich König wäre, und verbieten könnte, seufzte Ludwig, dann würde ich die Barbaren verjagen, und Frankreichs Denkmäler hätten nichts von ihrer Brutalität zu fürchten.

Sire, sagte der Oberhofmarschall, welcher leise in das Kabinet eingetreten war, der Fürst Blücher ist eben in die Tuilerien gekommen, und bittet Ew. Majestät demüthig um die Gnade einer Audienz.

Höflingsphrasen, sagte Ludwig achselzuckend, Sie wissen wohl, daß ich den Fürsten habe bitten lassen, zu mir zu kommen, lassen Sie ihn eintreten. Und Sie, meine Liebe, treten Sie hinter den Schirm dort, und seien Sie eine unsichtbare Zeugin meiner Unterredung mit dem Fürsten Blücher. —

Die Thür öffnete sich, und unter Vortritt des Oberhofmarschalls trat Fürst Blücher in seiner einfachen Husaren-Uniform, ohne Orden und Stern auf der Brust, zu dem König ein.

Mit einer leichten, wenig ceremoniellen Verbeugung näherte er sich dem König, der ihm, in seinem Lehnstuhl sitzend, einen gnädigen Gruß zunickte.

Sire, sagte Blücher, der Anrede des Königs zuvorkommend, Ew. Majestät haben mich hieher befohlen, und ich bin gekommen, aber ich benachrichtige Eure Majestät, daß ich durchaus kein Wort französisch verstehe.

Mein Herr, sagte der König, meine Mutter war eine Deutsche, ich darf daher Ihre Sprache fast meine Muttersprache nennen, und wir wollen uns also in derselben unterhalten. Herr Feldmarschall, die Feinde des Königs, Ihres Herrn, behaupten, daß Sie auf seinen Befehl ein Monument meiner Hauptstadt zerstören wollen, dessen Name allein Ihren Verdruß erregen kann, — ich will aber dieser Behauptung keinen Glauben schenken. Aber da ich meinen Alliirten gefällig zu sein wünsche, habe ich Befehl gegeben, daß die Brücke von Jena von jetzt an Brücke der Militairschule genannt werde, und ich habe Ihnen das selbst sagen wollen, damit Sie Ihren Souverain davon benachrichtigen.

Sire, sagte Blücher rauh, ich kann nicht ein Monument in Paris bestehen lassen, das eine Beleidigung für meine Nation ist. Die Brücke von Jena muß verschwinden, und ihre Trümmer sollen der Nachwelt ein Zeugniß sein, daß Preußen nicht gezögert hat, seine Revanche zu nehmen.

Sie sind sehr strenge, Herr Feldmarschall. Genügt es Ihnen nicht, zwei Mal mit bewaffneter Hand in Paris eingezogen zu sein, und wollen Sie empfindungslose Steine für den Namen strafen, den man ihnen gegeben?

Bonaparte hat die Victoria vom Thor in Berlin fortgenommen, rief Blücher heftig, wir müssen Repressalien gebrauchen.

Dann wäre es eigentlich richtiger, daß Sie die ganze Brücke fortnähmen, statt das Sie sie in den Fluß werfen, sagte der König mit einem ironischen Lächeln.

Blücher schleuderte auf ihn einen wilden, trotzigen Blick. Nichts wird mich abhalten von meinem Vorsatz, rief er. Ich will eine eclatante Rache nehmen für alle Beleidigungen, die mein Vaterland erduldet hat.

Sie wollen also auf mein Haupt die Beleidigungen zurückfallen lassen, die Sie vielleicht von einem Andern erduldet haben, sagte der König in lautem, zürnendem Ton. Ich rathe ihnen indessen, Feldmarschall, mich nicht auf's Aeußerste zu treiben. Ich könnte sonst einen verzweifelten Entschluß fassen, der auf der Stelle meiner Krone ihre Würde wiedergeben, und die vermeintlichen Sieger in eine mißliche Lage bringen könnte.

Thun Sie das, Sire, sagte Blücher trotzig, es muß ein Jeder

nach seinen Grundsätzen und seinem Gewissen handeln, ich werde das auch thun, und habe die Ehre, mich Ew. Majestät zu empfehlen.*)

Er verneigte sich flüchtig, und dem König den Rücken zuwendend, verließ er mit lauten, dröhnenden Schritten das Kabinet.

Der König schauete ihm mit blitzenden Augen nach, und als die Gräfin du Cayla wieder hinter dem Schirm hervortrat, sah sie, daß Ludwig sich ganz allein aus seinem Lehnstuhl erhoben hatte, und seiner Gicht und seiner Schmerzen nicht achtend, zu seinem Schreibtisch hinging.

Sire, rief die Gräfin zu ihm hinstürzend, um seine schwerfällige, wankende Gestalt zu unterstützen, Sire, was wollen Sie thun?

Ich will an den König von Preußen schreiben, rief Ludwig mit vor Zorn zitternder Stimme. Ich will meine Ehre nicht ruhig erwürgen lassen, und ich will Denen, welche es bezweifeln wollen, beweisen, daß noch Muth in diesem von Schmerzen geschwächten Körper wohnt. —

Er nahm hastig die Feder, und schrieb:

„Mein Herr Bruder! Der Feldmarschall Blücher mißbraucht Ihre Befehle, um die Zerstörung der Brücke von Jena, deren Namen ich verändert habe, und die jetzt Brücke der Militair-Schule heißt, anzuordnen. Diese unpassende Handlung könnte mich leicht mit meinen Unterthanen in Unfrieden bringen, weil sie glauben könnten, sie sei mit meiner Zustimmung geschehen. Sie würde meine Krone in Mißkredit bringen, denn ich bin in Paris, und ich setze voraus, daß Paris noch immer meine Residenz ist. Ich bitte Ew. Majestät, mit Ihrer Autorität einzuschreiten; es ist eine Gnade, welche ich von Ihnen erflehe. Wenn Sie indessen mir dieselbe nicht bewilligen wollen, so beschränke ich mich darauf, Sie aufzufordern, mich die Stunde wissen zulassen, in der man die Brücke zerstören will, damit ich mich alsdann mitten auf dieselbe setzen kann.   Ludwig."**)

---

*) Diese ganze Unterredung ist historisch. Siehe darüber: Mémoires d'une dame de qualité. Vol. I. S. 320.
**) Dame de qualité. I. 322.

Während ein Courier mit diesem Handschreiben Ludwig des Acht=
zehnten an den König von Preußen nach dem unweit von Paris be=
legenen Hauptquartier des Monarchen hineilte, schrieb Blücher, nach
St. Cloud zurückgekehrt, an den General von Zieten:

„Euer Excellenz wollen die Sprengung der Brücke von Jena mit
größter Thätigkeit fortsetzen, damit dieses zu unserer Beschimpfung er=
richtete Denkmal spätestens bis morgen früh um zehn Uhr vernichtet
sei. Ew. Excellenz wollen in dieser Hinsicht allen Einwendungen, selbst
von englischer Seite, gar kein Gehör geben, und nur dahin streben,
diese Arbeit in kürzester Zeit zu beendigen.   Blücher.“*)

Am andern Morgen um zehn Uhr tönte von Paris her lautes
Donnern und Krachen, welches das Herz des alten Blücher mit
Freude erfüllte.

Hurruh, Gneisenau, rief er frohmüthig. Es ist geschehen. Die
Jena=Brücke ist zerstört. Nun können wir Preußen uns stolz in Paris
zeigen. Das Denkmal unserer Schmach ist vernichtet.

Aber eine halbe Stunde später sprengten zwei Couriere in den
Hof des Schlosses von St. Cloud.

Der eine brachte vom General von Zieten die Nachricht, daß die
Sprengung der Brücke mißlungen und das Pulver in der Luft zerplatzt
sei, aber die Brücke nur wenig beschädigt habe.**)

Der zweite Courier überbrachte dem Fürsten ein Handschreiben
des Königs von Preußen, in welchem derselbe seinem Feldmarschall
die ernste und bestimmte Weisung gab, von der Sprengung der Brücke
abzustehn, und keine weitern Versuche deshalb zu machen.

Es ist vorbei, sagte Blücher, die Franzosen haben nun doch wie=
der gesiegt, und mir 'ne Schlacht abgewonnen. Unsere Schmach von
Jena bleibt bestehen, und alle unsere Siege haben sie nicht ausgelöscht.
Ach, Gneisenau, ich fange an zu glauben, daß alle unsere Siege, und
alles Große, was die Deutschen in diesen letzten Jahren gethan, und
alle ihre Heldenkämpfe doch vergeblich gewesen, und daß für das arme

---

*) Barnhagen v. Ense: Fürst Blücher von Wahlstadt. 476.
**) Barnhagen. 477.

deutſche Volk wenig Vortheil und Segen davon übrig bleiben wird. Wir Soldaten, und das tapfere deutſche Volk, wir hatten unſere Sache wohl recht gut gemacht, aber die Diplomaten, die Diplomaten, die haben Alles verdorben. Was wir auf den Schlachtfeldern erworben, das iſt in Wien von den Herren des Congreſſes wieder fortgeworfen worden, und nun wird Alles bleiben, wie es iſt, und das deutſche Volk wird immer der Aſchenbrödel der Nationen bleiben! —

Am Abend dieſes Tages fand beim Herzog von Wellington ein großes Souper ſtatt, auf dem alle Generäle, Miniſter und Diplomaten der Alliirten verſammelt waren.

Es war eine heitere und frohbewegte Geſellſchaft, und mancher Toaſt ward ausgebracht. Blücher indeß war heute ernſter und ſtiller, wie er ſonſt zu ſein pflegte, und ſchaute oft düſter vor ſich hin.

Endlich, nachdem Wellington, neben dem er ſaß, einen langen und wortreichen Toaſt ausgebracht, erhob ſich auch Blücher von ſeinem Sitz. Er nahm ſein Glas, und ein trotziger Ausbruck leuchtete von ſeinem geröſtheten Angeſicht.

Na, ſagte er, jetzt will ich Euch auch einmal was ausbringen. Nu hört mal!

Und mit blitzenden Augen umher ſchauend, rief er, ſein Glas hoch emporhebend: Mögen die Federn der Diplomaten nicht wieder verderben, was durch die Schwerter der Heere mit ſo vieler Anſtrengung gewonnen worden.*)

----

*) Dieſer Toaſt machte damals durch ganz England die Runde, ward überall mit lautem Jubel aufgenommen und man nannte ihn den „Blücher-Toaſt.“ Siehe: Barnhagen. 479.

VII.

St. Helena.

Am andern Tage, nachdem Napoleon sich auf die Insel Aix begeben, waren alle Ausgänge des Hafens von englischen Schiffen blockirt, aber noch einmal ließen die jungen Marine-Officire dem Kaiser ihre Dienste anbieten, versicherten, daß es ihnen mit ihren leichten Fahrzeugen gelingen werde, allen englischen Kreuzern zum Troß den Hafen zu verlassen und die hohe See zu gewinnen. Noch einmal ließ Capitain Baudin den Kaiser beschwören, sich ihm anzuvertrauen und auf seinem dänischen Schiff in dem sichern Versteck nach Amerika zu entfliehen.

Der Kaiser lehnte alle diese Vorschläge ab. Schweigend und unentschlossen verweilte er zwei Tage noch auf der Insel Aix. Dann berief er alle die Herren seines Gefolges zu einem Kriegsrath zusammen und besprach sich mit ihnen über die zu ergreifenden Maßregeln.

Vorher aber hatte der Kaiser den Grafen Las Cases noch einmal zu dem Capitain Maitland geschickt, und diesen fragen lassen, ob er glaube, daß man dem Kaiser, wenn er sich freiwillig auf englisches Gebiet begebe, dort gastliche Aufnahme bewilligen, oder ob man ihn als Gefangenen behandeln werde.

Capitain Maitland hatte diese leßtere Frage mit edlem Unwillen zurückgewiesen und erklärt, daß England sich niemals so erniedrigen würde, Denjenigen, welcher sich Schuß suchend auf Englands gastfreien Boden begebe, als Gefangenen zu behandeln. Er hatte feierlich versichert, daß Napoleon in England ehrenvolle Aufnahme finden werde. Er hatte hinzugefügt, daß er jeßt vom Admiral Hotham seine Verhaltungsbefehle erhalten habe und daher ganz bereit sei den Kaiser mit seinem Gefolge auf dem Bellerophon aufzunehmen, und daß, sobald er den Boden seines Schiffes betreten, er sich auf englischem Boden und unter dem Schuß englischer Gesetze befinde.

Napoleon berieth sich lange und ausführlich mit seinem kleinen improvisirten Kriegsrath, und das Ergebniß der Berathung war, daß es das Beste und Gerathenste sei, wenn der Kaiser sich mit seinem Gefolge auf den Bellerophon begebe, die Gastfreundschaft Englands für sich und seine Begleiter beanspruche, und den Prinz=Regenten von England um seine Einwilligung zur Napoleons=Niederlassung in England ersuchen solle.

Ich will eigenhändig an den Prinz=Regenten schreiben, sagte Napoleon, warten Sie, meine Herren, Sie sollen meinen Brief lesen.

Er setzte sich, nahm die Feder zur Hand und ohne zu überlegen und zu sinnen, warf er rasch einige Zeilen auf das Papier, das er dann dem Herzog von Rovigo darreichte.

Lesen Sie, Herzog, sagte er, lesen Sie laut, denn nur wenn mein Schreiben Ihrer Aller Billigung findet, will ich es unterzeichnen.

Der Herzog las: „Königliche Hoheit! Im Kampf mit den Factionen, die mein Land zerfleischen, und mit der Feindschaft der größten Mächte Europa's, habe ich meine politische Laufbahn beendigt. Ich komme, mich, gleich Themistokles an dem Heerd des britischen Volkes niederzusetzen. Ich stelle mich unter den Schutz seiner Gesetze, welche ich von Ew. Königlichen Hoheit, als dem mächtigsten, standhaftesten und großmüthigsten meiner Feinde beanspruche."*)

Nun, fragte Napoleon, genügt das?

Ja, Sire, sagte General Bertrand traurig, es genügt vollkommen, wenn einmal Ihre Uebersiedelung nach England fest beschlossen ist.

Es ist in diesen wenigen Zeilen Alles gesagt und ausgesprochen, was ein tapferer edler Besiegter seinem großmüthigen Sieger sagen und zugestehen kann, rief General Gourgaud.

Der Prinz=Regent wird diesen erhabenen rührenden Worten nicht widerstehen können, sagte Savary, er wird sich beeifern, dem edlen Vertrauen, welches Eure Majestät in ihn setzen, Ehre zu machen.

Der Kaiser nahm die Feder und unterzeichnete.

---

*) Mémorial de Saint-Hélène par le Comte de Las Cases. QuartAusgabe. S. 6.

General Gourgaud, sagte er dann, ich sende Sie als Boten mit diesem Brief an den Prinz-Regenten von England. Sie werden mein Schreiben nur dem Prinz-Regenten persönlich übergeben. Sagen Sie ihm, daß ich nichts mehr begehre, nichts mehr fordere, als ein Asyl, um darin still und unbemerkt mein Leben zu beschließen, daß meine Thatkraft erschöpft, mein Ehrgeiz an Uebersättigung gestorben sei. Sagen Sie ihm, daß ich gar keine Auszeichnungen, keine Ehrenbezeugungen beanspruche, und daß ich, um diese zu vermeiden, sobald ich den Fuß auf den englischen Boden setze, meinen Namen, meinen Rang ablegen wolle. Nicht Napoleon wird in England eine Zuflucht finden, sondern nur der Hauptmann Duroc.*) — Ich weiß, daß Duroc, wenn es ihm vergönnt ist, auf diese Erde zu schauen, es zufrieden sein wird, daß ich ihn wieder aufleben lasse in mir, und mich unter den Schutz seines Namens stelle, um noch einige stille, friedliche Tage zu durchträumen. — Gehen Sie also, Gourgaud, übergeben Sie dem Prinz-Regenten meinen Brief, sagen Sie ihm, daß ich als Hauptmann Duroc in England landen will. Damit ist Alles gesagt! Lassen Sie aber erst eine Abschrift meines Briefes nehmen. Diese Abschrift soll der Graf Las Cases auf den Bellerophon zu dem Capitain Maitland tragen, und er soll ihm anzeigen, daß ich morgen mit Ihnen Allen an Bord des Bellerophon kommen werde! —

Und wie der Kaiser es bestimmt hatte, so geschah es. Am andern Tage, am funfzehnten Juli, begab sich Napoleon mit seinem Gefolge an Bord des Bellerophon.

Der Capitain Maitland empfing den Kaiser an der Schiffsleiter stehend, alle übrigen Matrosen und Soldaten des Schiffs standen in Parade auf dem Deck. Napoleon grüßte den Capitain mit einem leisen Kopfneigen, und seine Augen fest auf ihn heftend, sagte er: ich komme zu Ihnen an Bord, um mich unter den Schutz der englischen Gesetze zu stellen.

Capitain Maitland verneigte sich stumm, und der Kaiser schritt vorwärts durch die Reihen der englischen Marinesoldaten dahin, welche ihm die einem gekrönten Haupte schuldigen Ehrenbezeugungen erwiesen.

*) Las Cases: Mémorial. S. 11.

Auf der kleinen Erhöhung am Vordertheil des Schiffs blieb der Kaiser stehen, und schauete hinüber nach der französischen Brigg, welche ihn hergebracht, und die jetzt bereit war, in den Hafen zurückzusegeln.

Die ganze Mannschaft des französischen Schiffes war auf dem Deck aufgestellt, alle Gesichter waren dem englischen Schiff zugekehrt, Aller Augen waren auf den Kaiser geheftet, der da, allein, die Arme in einander geschlagen, das bleiche Antlitz beschattet von dem kleinen dreieckigen Hut, auf dem englischen Schiff stand, und seine düster flammenden Blicke auf sie heftete.

Das Zeichen zur Abfahrt ward gegeben, und jetzt schwenkten die französischen Soldaten und Matrosen ihre Mützen, ihre Arme empor, und mit lautem, donnerndem Brausen tönte es herüber: Vive l'Empereur! Vive l'Empereur!

Es war das letzte Mal, daß Napoleon diesen Ruf vernahm! — —

Am andern Tage lichtete der Bellerophon die Anker, um nach England zu segeln, und dort, wie der Kaiser meinte, ihn und sein Gefolge an das Land zu setzen. —

Aber die Tage vergingen, der Bellerophon war schon in dem Hafen von Plymouth angelangt, und immer noch war keine Kunde von England gekommen, immer noch wußte Napoleon nicht, ob der Prinz-Regent seinen Wunsch genehmigt habe, ob er ihm gestatten wolle, in England als Hauptmann Duroc sich niederzulassen.

Endlich, am achtundzwanzigsten Juli, kam Gourgaud, — aber er brachte den Brief Napoleons an den Prinz-Regenten wieder mit sich. Man hatte ihn nicht an der englischen Küste landen lassen, man hatte sein Schreiben zurückgewiesen, weil der Prinz-Regent feierlich erklärt hatte, weder eine schriftliche noch mündliche Botschaft empfangen zu wollen.

Das Gefolge Napoleons nahm die Nachricht mit Entsetzen auf, aber der Kaiser selbst blieb ruhig. Er blieb auch dann noch ruhig, als Bertrand und Savary ihm von den Gerüchten Nachricht gaben, welche sich auf dem Schiff verbreitet hatten, welche vom Lande herübergeweht waren, und die Einer dem Andern in's Ohr flüsterte, von den Gerüchten, welche sagten, daß England Napoleon als Gefangenen betrachten, und nach einer wüsten Insel im Ocean, nach St. Helena führen werde.

Nein, sagte Napoleon gelassen, das sind Verleumbungen. Ich habe mich freiwillig unter den Schutz Englands gestellt. Ich habe die Gastfreundschaft Englands beansprucht, und es wird und kann nicht so ehrlos handeln, mich, allem Kriegsrecht, aller Moral zum Trotz, als seinen Gefangenen betrachten zu wollen.

Aber bald sollte der Kaiser aus seinem Vertrauen aufgeschreckt werden.

Am dreißigsten Juli kam der Admiral Keith mit dem Unterstaats-Secretair Banbury an Bord des Bellerophon; sie begaben sich in die Cajüte zu Napoleon, der sie ernst und würdevoll empfing.

Sie theilten ihm mit, daß sie gekommen, ihm endlich die Entscheidung seines Schicksals zu bringen, und Lord Keith bat um die Erlaubniß, ihm die Depesche vorlesen zu dürfen, welche er so eben von den Ministern Englands erhalten habe.

Napoleon ertheilte diese Erlaubniß mit einem langsamen, stolzen Kopfnicken, dann, die Hand auf den Tisch gestützt, aufrecht stehend, den Admiral mit flammenden Blicken anstarrend, hörte er der Vorlesung der ministeriellen Botschaft zu.

Diese Botschaft lautete: „Mittheilung an Lord Keith im Namen der Minister Englands.

„Da es dem General Bonaparte angenehm sein mag, ohne längere Verzögerung die Absichten des britischen Gouvernements in Bezug auf seine Person zu erfahren, so ermächtigen wir Ew. Herrlichkeit, ihm folgende Informationen mitzutheilen."

„Es wäre wenig übereinstimmend mit unsern Pflichten gegen unser Land und die Alliirten Sr. Majestät, wenn wir dem General Bonaparte die Mittel und die Gelegenheit ließen, den Frieden Europa's auf's Neue zu beunruhigen; deshalb ist es durchaus nothwendig, daß er in seiner persönlichen Freiheit so weit beschränkt werde, als es dieses erste und wichtigste Augenmerk erheischt."

„Die Insel St. Helena ist zu seinem künftigen Aufenthaltsort bestimmt worden; ihr Klima ist gesund, und ihre locale Lage erlaubt, daß man ihn dort mit mehr Nachsicht behandeln kann, wie man es anderswo dürfte, in Anbetracht der unvermeidlichen Vorsichtsmaßregeln, zu denen man genöthigt ist, um seiner Person gewiß zu sein."

„Man erlaubt dem General Bonaparte, unter den Personen, die ihn nach England begleitet haben, mit Ausnahme der Generäle Savary und Lallemand, sich drei Officiere zu wählen, welche, gleich seinem Chirurgen, die Erlaubniß erhalten werden, ihn nach St. Helena zu begleiten, aber die Insel nicht ohne die Einwilligung des britischen Gouvernements wieder verlassen können."

„Der Contre-Admiral Sir George Cockburne, der zum Commandanten en Chef des Kaps der guten Hoffnung und der begrenzenden Meere ernannt ist, wird den General Bonaparte und sein Gefolge nach Helena bringen, und genaue Instructionen, die Ausführung dieses Dienstes betreffend, erhalten."

„Sir George Cockburne wird wahrscheinlich schon in einigen Tagen zur Abfahrt bereit sein, und deshalb ist es wünschenswerth, daß der General Bonaparte ohne Zögern die Wahl derjenigen Personen treffe, die ihn begleiten sollen."*)

Napoleon stand noch immer aufrecht, unbewegt da, als die Vorlesung beendet war, sein Angesicht war ruhig, kalt und unburchbringlich wie immer, aber seine Augen schossen Blitze des Zorns, wie sie in den Tagen seiner Größe seine Augen geschleudert hatten. Damals hatten diese Blitze diejenigen zerschmettert, welche sie trafen, — heute prallten sie machtlos ab an dem ruhigen, gleichgültigen Gesicht des englischen Admirals.

Ich protestire gegen dies ehrlose und unritterliche Verfahren, rief Napoleon mit bonnernder Stimme. Ich protestire gegen die Gewalt, welche man mir anthun will. Ich bin der Gast Englands, nicht sein Gefangener; ich bin freiwillig gekommen, mich unter den Schutz seiner Gesetze zu stellen. Man entweiht in meiner Person die heiligen Gesetze der Gastfreundschaft. Niemals werde ich mich freiwillig der Schmach fügen, welche man mir anthut. Die Gewalt allein kann mich dazu zwingen.

---

*) Las Cases: Mémorial. S. 8.

Admiral Keith erwiederte nichts. Er verneigte sich kalt und stumm, und verließ mit seinem Begleiter die Cajüte.

Napoleon war allein! Allein mit seinem Zorn, seinem Schmerz, allein mit seiner Verzweiflung. Er rang mit ihr viele Stunden lang, seine Diener hörten ihn mit haftigen Schritten auf- und abgehen, und laut und stürmisch mit sich selber sprechen. Aber nach und nach ward er stiller, und als er nach langen, qualvollen Stunden wieder aus seiner Cajüte hervor, und in den Kreis seiner Diener trat, war sein Gesicht wieder ruhig und unbeweglich, nur seine Lippen zuckten zuweilen, und um seine Augen lag ein tiefer bläulicher Schatten.

Napoleon hatte sein Geschick angenommen und keine Klage kam mehr über seine Lippen. Er wählte unter seinem Gefolge sich Diejenigen, welche ihn begleiten sollten, und die Generäle Bertrand, Gourgaud und Montholon weinten Thränen stolzer Freude, als die Wahl des Kaisers sie traf, und der Graf Las Cases war glücklich, als man auch ihm und seinem Sohn noch gestattete, Napoleon begleiten zu dürfen.

Mit Thränen nahm sein übriges Gefolge von ihm Abschied; Napoleon allein weinte nicht. Ruhig, stolz und gelassen verließ er den Bellerophon, der zu klein und schwach befunden, um die Reise nach Helena machen zu können, und begab sich an Bord des Schiffes Northumberland, das ihn nach seinem Exil führen sollte.

Am achten August lichtete der Northumberland die Anker, und segelte ab, seinem fernen Ziel entgegen.

Napoleon stand auf dem Verdeck, und blickte sinnend hinunter in das Meer, das kräuselnd das Schiff umrauschte. Neben ihm stand der Graf Las Cases, die Thränen zurückdrängend, welche der Abschied von seiner geliebten Gattin in seinen Augen zurückgelassen.

Es ist also unwiderruflich, sagte der Kaiser, meine Vergangenheit ist hinabgesunken in das Meer und da ruht sie wie die Perlen und Korallen. Aber kein Taucher wird sie wieder hervorholen können, sie ist verloren und begraben für immer. Sie bleibt hier zurück im Meer, das Frankreichs Küsten bespült, und ich gehe als ein neuer Mensch, als ein dem Schmerz Wiedergeborner, einer neuen Welt entgegen! Ich gehe nach Helena. — Aber ist es denn so gewiß, daß ich dahin gehe? rief er auf einmal laut. Ist denn ein Mensch abhängig von seines Gleichen, wenn er aufhören will, es zu sein?

Er neigte sich tiefer über das Meer und schaute lange schweigend hinunter in seine schäumenden Waffer.

Mein Lieber, sagte er dann mit leiser eindringlicher Stimme, ich habe zuweilen Luft Euch zu verlaffen und das würde gar nicht schwer sein. Ich darf nur meiner Gemüthsstimmung etwas Gewalt über meinen Kopf laffen, und ich werde Euch bald entschlüpft, und Alles wird beendet sein, und Ihr werdet Alle ruhig zu Euren Familien zurückkehren können. Meine innere Ueberzeugung legt mir keinen Zwang auf; ich gehöre zu Denen, welche glauben, daß die Strafen der andern Welt nur als ein Anhang zu den ungenügenden Reizen erfunden sind, welche man uns sonst davon verspricht. Gott kann niemals ein solches Gegengewicht seiner unendlichen Güte gewollt haben, vorzüglich wenn es sich um Fälle, wie dieser ist, handelt. Und was ist es denn auch im Grunde? Nur der Wunsch, recht schnell zu ihm zurückzukehren.*)

Aber Ew. Majestät werden diesem Wunsch nicht nachgeben, sagte Las Cases. Ew. Majestät werden das Wort der Dichter und Philosophen bestätigen, welche sagen, daß der mit seinem Schicksal ringende Mensch ein den Göttern wohlgefälliger Anblick ist. Das Unglück und die Niederlagen haben auch ihren Ruhm, und ein so erhabener, großer Character, wie Ew. Majestät, darf nicht gewöhnlich enden; der Mann, dem ganz Europa zu Füßen gelegen, der zwanzig Jahr seine Armee zu glänzenden Siegen geführt hat, dem die Besten seiner Zeit gehorcht und sich ihm gebeugt haben, der darf nicht enden, wie ein Spieler, der Alles verloren hat, oder wie ein verzweifelnder Liebhaber. Was sollte denn aus Denen werden, welche an Sie glauben, auf Sie hoffen? Und wollen Sie denn, Sire, Denen, welche nichts lieber wünschten, als auf immer von ihnen befreit zu sein, wollen Sie denn Denen sich so zuvorkommend gefällig zeigen, ihren Wunsch zu erfüllen? Reizt Sie der Gedanke an Ihre Feinde nicht auf zum Widerstand? Sire, der Kampf ist noch nicht zu Ende, Sie ganz allein, ohne Armee, ohne

---

*) Napoleons eigene Worte. Siehe: Las Cases: Mémorial. S. 10.

Kanonen, Sie führen ihn durch Ihr bloßes Dasein weiter gegen alle Ihre Feinde, und ganz Europa zittert vor Ihnen. Und dann, wer kann ermessen, was im Schooß der Zeiten begraben liegt? Wie vieles kann sich nicht ändern durch den Tod eines Fürsten, den Wechsel eines Ministeriums, durch Leidenschaften, Zwistigkeiten oder Freundschaften. Sire, wer lebt, hat ein Anrecht auf die Zukunft, und er darf es nicht leichtsinnig von sich schleudern.

Sie haben in manchem Betracht wohl Recht, sagte Napoleon seufzend. Aber meine Seele schaudert bei dem Gedanken an die einsame unwirthbare Insel im Weltmeer. Was werden wir nur dort beginnen, Graf?

Sire, wir werden von der Vergangenheit leben, und sie ist reich genug, um uns befriedigen zu können. Freuen wir uns nicht an dem Leben Cäsars, Alexanders? Sie werden das Buch Ihrer Vergangenheit aufschlagen, Sie werden sich selbst lesen!

Ja, ich will meine Memoiren schreiben, rief Napoleon lebhaft, man muß arbeiten! Arbeit ist die Sense der Zeit. Man muß seine Bestimmung erfüllen, das ist immer meine große Lehre gewesen. Nun wohl, so will ich auch die meine erfüllen, und will leben, so lange das Schicksal es verlangt. Sehen Sie, dort in dem blauen Nebel verschwinden die Küsten von Frankreich! In diesen blauen Nebeln verschwindet auch meine Vergangenheit. Meine Zukunft heißt: „St. Helena! Gefangenschaft!" Sei es darum. Lebe wohl, Frankreich, Land der Tapfern! Lebe wohl, Europa!